U0722722

中华优秀传统文化传承发展工程

Project for Transmission and Development of Fine Traditional Chinese Culture

中国民间文学大系

Treasury of Chinese Folk Literature

歌谣

Collection of Songs and Ballads

5-45

广西卷 | 南宁分卷 |

Guangxi Volume: Songs and Ballads from Nanning

中国文学艺术界联合会　中国民间文艺家协会　总编纂

中国文联出版社
http://www.clapnet.cn

图书在版编目（CIP）数据

中国民间文学大系 . 歌谣 . 广西卷 . 南宁分卷 / 中国文学艺术界联合会 , 中国民间文艺家协会总编纂 . -- 北京 : 中国文联出版社 , 2023.8

ISBN 978-7-5190-5202-7

Ⅰ . ①中… Ⅱ . ①中… ②中… Ⅲ . ①民间文学 – 作品综合集 – 中国②民间歌谣 – 作品集 – 南宁 Ⅳ . ① I277

中国国家版本馆 CIP 数据核字 (2023) 第 093492 号

中国民间文学大系・歌谣・广西卷・南宁分卷

Zhongguo Minjian Wenxue Daxi
Geyao Guangxi Juan Nanning Fenjuan

总编纂	中国文学艺术界联合会 中国民间文艺家协会
终审人	姚莲瑞
复审人	陈若伟
责任编辑	付劲草
责任校对	宋雨桐　田宝维
书籍设计	XXL Studio
排版制作	水行时代文化
责任印制	陈　晨
出版发行	中国文联出版社有限公司
地址	北京市朝阳区农展馆南里 10 号，100125
电话	010-85923025（发行部），010-85923091（总编室）
印刷	北京顶佳世纪印刷有限公司
开本	635*965，1/8
字数	1350 千字
印张	119
版次	2023 年 8 月第 1 版
印次	2023 年 8 月第 1 次印刷
书号	ISBN 978-7-5190-5202-7
定价	1180.00 元

中华优秀传统文化传承发展工程

中国民间文学大系出版工程领导小组

组长	铁　凝　李　屹
副组长	徐永军　董耀鹏　俞　峰　诸　迪　张雁彬 张　宏　黄豆豆　冯骥才　潘鲁生
办公室主任	张雁彬（兼）
办公室副主任	邱运华（常务）　韩新安　杨发航　邓光辉 谢　力　周由强　暴淑艳　尹　兴
成员	各省区市和新疆兵团宣传部分管领导和文联党组书记；有关文艺家协会分党组书记；学术委员会主任、编纂出版工作委员会主任和中国文联出版社社长等。

中国民间文学大系出版工程学术委员会

中国民间文学大系出版工程编纂出版工作委员会

总序

5000多年的中华文化源远流长、灿烂辉煌，滋养着中华民族生生不息、发展壮大，积淀着中华民族最深沉的精神追求，镌刻着中华民族独特的精神标识，也蕴藏着解决当代人类面临难题的传统智慧，是涵养社会主义核心价值观的精神之源，更是我们在世界文化中站稳脚跟的坚实根基。中华优秀传统文化是我们必须世代传承的文化根脉、文化基因，在实现“两个一百年”奋斗目标和中华民族伟大复兴中国梦的历史进程中，追溯中华文化的源流、探究中华文化的传续、前瞻中华文化的走向，对于为中华民族精神家园立根铸魂、为新时代中国特色社会主义事业发展凝心聚力，具有重大意义。

编纂出版《中国民间文学大系》（以下简称《大系》）是新时代传承发展中华优秀传统文化的国家级重点工程。党的十八大以来，以习近平同志为核心的党中央高度重视中华文化的传承发展。2017年1月，中央印发《关于实施中华优秀传统文化传承发展工程的意见》（以下简称《意见》），编纂出版《大系》列为其中的重大工程。《意见》从建设社会主义文化强国，增强国家文化软实力，实现中华民族伟大复兴中国梦的高度，深刻阐述了中华优秀传统文化传承发展的重要意义、指导思想、基本原则和总体目标，对传承发展工程的主要内容、重点任务、组织实施和保障措施等作出了重要部署，是当前和今后一个时期指导我们传承发展好中华优秀传统文化的重要遵循。民间文学是中华优秀传统文化中最主要的基础资源之一，它鲜明而又直接地反映着人民群众的日常生活和价值观、审美观。中国民间文学大系出版工程（以下简称大系出版工程）由中国文联负责组织实施，是中华优秀传统文化传承发展工程的重点项目之一，也是中国民间文学遗产抢救保护与传承的民心工程。这一工程的主要任务是以客观、科学、理性的态度，收集整理民间口头文学作品及理论方面的原创文献，编纂出版《大系》大型文库，完善中国口头文学遗产数据库，为中华民族保留珍贵鲜活的民间文化记忆。在编纂同时，开展一系列以中国民间文学为主题的社会宣传活动，促进全社会共同参与民间文学的发掘、传播、保护，形成全社会热爱、传承优秀传统民间文学的热潮，形成德在民间、艺在民间、文在民间的共识，推动民间文学知识普及与对外交流传播。

民间文学产生于民间，流传于民间，具有与生俱来的人民性。习近平总书记在文艺工作座谈会上的讲话中指出，“人民既是历史的创造者、也是历史的见证者，既是历史的‘剧中人’、也是历史的‘剧作者’”。因为民间文学活动本身就是人民的审美生活，是人民不可缺少的生活样式，具有浓厚的生活属性。民众在表演和传播民间文学时，就是在经历一种独特的生活方式。人民创作、人民传播和人民享受，是民间文学人民性的具体表现。

民间文学是培育和践行社会主义核心价值观的重要载体。首先，民间文学是宝贵的历史文化遗产，是中华民族祖祖辈辈集体智慧的结晶，积淀着中华民族特有的极为丰富的思想道德和文化意识形态。其次，民间文学是人民群众自己的文学和学问，具有最为广泛的人民性，没有哪一种文学艺术形式拥有如此众多的作者和观众。它对人们的生活方式和思想观念所产生的潜移默化影响也是最为深刻和久远的。再次，民间文学是人民群众最为喜闻乐见和熟悉的审美方式，也是最为便利的文学活动形式。每个地方都有祖辈延续下来的传说、故事、歌谣、谚语、小戏、说唱等等，为当地人耳熟能详。这些民间文学一旦进入当地人的生活世界，便释放出强大的感化能量。

新中国成立后，党和政府十分重视民间文艺的传承保护。民间文学搜集抢救整理成果丰硕，为编纂出版《大系》奠定了坚实基础。1950 年 3 月，我国民间文学、民间戏剧、民间音乐、民间美术、民间舞蹈等领域的文艺家与研究家发起成立了中国民间文艺研究会（以下简称民研会；1987 年更名为中国民间文艺家协会），开始在全国范围内统一组织实施中国民间文艺的传承与研究工作。在民研会成立大会上，代表们讨论并通过了《征集民间文艺资料办法》。1979 年 9 月，全国少数民族民间歌手、民间诗人座谈会在京召开，众多民间歌手和艺人恢复名誉，抢救保护民族民间文化遗产工作也随之重启。1984 年 2 月，中宣部印发《关于加强少数民族文学研究和资料搜集工作的通知》。同年 5 月，文化部、国家民委、民研会印发《关于编辑出版〈中国民间故事集成〉〈中国歌谣集成〉〈中国谚语集成〉的通知》，全国各地大批民间文艺专家和民间文艺工作者代表们会聚起来，形成强大的学术力量和社会力量，开始了民间文学抢救整理工作。1987 年至 2009 年，在全国普查、采录的基础上，全国各地民间文学“三套集成”陆续编辑出版。“三套集成”从酝酿、立项到全面实施，历经近 30 年，全国 30 个省市自治区（不含重庆、港澳台）编纂出版 90 卷（102 册），总计 1 亿多字，一大批珍贵的各民族神话、传说、故事、歌谣、谚语等民间口头文学作品，成为民间文学爱好者和研究者的通用读本。进入新世纪以来，中国民间文化遗产抢救、中国民族民间文化遗产保护等工程又相继开展，取得扎实而宝贵的工作进展。为了进一步适应今后文化发展以及科学技术进步带来的阅读、研究与利用的实际需要，2010 年 12 月，中国民间文艺家协会启动实施了中国口头文学遗产数字化工程，已陆续完成 10 多亿字民间口头文学记录文本的数字化存录，最终将形成体系完备的“中国口头文学遗产数据库”，以有效避免因各种因素造成的纸质资料遗失和损坏，并使阅读、检索和利用这些作品及资料变得更为方便、快捷和准确，从而实现更大范围的资源共享。新中国成立70年来民间文艺工作的实践与经验，数十亿字民间文艺资料的积累与储备，数十万民间文艺工作者的心血和智慧，是我国民间文艺事业发展的宝贵财富，也为《大系》的编纂工作确立了综合实力和巨大优势。

大系出版工程是新时代中国民间文学保护、传承工作的扩充、延伸、深化、升华，更是民间文学创造性转化和创新性发展的理论探索和实践行动。《大系》文库按照神话、史诗、传说、故事、歌谣、长诗、说唱、小戏、谚语、谜语、俗语、理论12个门类进行编纂，计划到2025年出版大型文库1000卷，每卷100万字，共10亿字。该工程制订的长期规划、分步骤分阶段分类别的运作策略和实施举措，保障了项目的可持续性发展和科学化运用。

《大系》既是有史以来记录民间文学数量最多、内容最丰富、种类最齐全、形式最多样、最具活态性的文库，也是在民间文学搜集整理领域开展的新时代综合性成果总结、示范性的本土文化实践活动。它将几千年来在民间普遍传承的无形精神遗产变为有形的文化财富，从而避免在全球化语境下民间文学遭遇民众文化失语和传统经典样式失忆的尴尬与窘境，为世人了解中国民间文艺发展规律、应对社会转型和变革所带来的传统文化衰微之势，提供了文化复兴的有效良方和经验范式。

《大系》充分吸收当代民间文学研究的新成果、新理念，在选编标准上，始终坚持正确的政治导向，坚持优秀传统文化的标准，萃取经典，服务当代。各分卷编委会着力还原民间文学的本真形态，忠实保持各民族作品原文意蕴，在内容、形式、类型等方面力求反映出民族风格和当地口承文化传统特点，按照科学性、广泛性、地域性、代表性的“四性”原则，在各类文本中，精心编纂出具有民间文化传统精神和当代人文意识的优秀作品文库。

编纂出版《大系》，我们始终坚持具有鲜明导向的指导思想和基本原则。《大系》汇集全国各地民间文艺领域上千名专家、学者，计划用8年的时间对民间文学12个门类进行搜集整理、编纂出版，是一项复杂的系统工程。《大系》既是党中央交给中国文联的一项重要的文化建设任务，又是民间文艺界的一项重大学术研究活动；既是一项中华民族大型文化精品创建工程，又是一次中国民间文学主题实践宣传活动；既要深入田间地头调查搜集采录第一手资料，又要坐在书斋静下心来进行归纳整理研究。《大系》具有很强的政治性、学术性、专业性、群众性。我们的指导思想是，始终高举中国特色社会主义伟大旗帜，全面贯彻落实习近平新时代中国特色社会主义思想和党的十九大精神，紧紧围绕实现中华民族伟大复兴中国梦，深入贯彻新发展理念，坚持以人民为中心的工作导向，坚持以社会主义核心价值观为引领，坚持创造性转化、创新性发展，坚定文化自信，增强文化自觉，树立正确的价值观、历史观、审美观，积极思考和探索民间文学的继承与发展等时代命题，坚持交流互鉴、开放包容，关注民间文学新的时代内涵和现代表达形式，使我们民族创造的民间文艺更接地气、更有底气、更具生气。

《大系》编纂出版工作确立了“三个坚持”的基本原则：一是坚持社会主义先进文化前进方向和正确价值取向，对民族民间文学中的制度风俗、思想观念、价值理念、乡规家风等加以梳理和诠释，去粗取精、去伪存真，发掘民间文学蕴含的核心价值观，充分发挥民间文学在“美教化、厚人伦、移风俗”等方面的特殊作用；二是坚持广泛性和代表性相结合，在广泛普查和科学分类的基础上，加强对各民族民间文学精神与思想内涵的挖掘和阐发，把强调先进价值观与突出地域文化特色、民族风格密切结合起来，推动建设中华民族和合一体的共同精神家园；三是坚持学术性与普及性相结合，以民间文学理论研究成果和当代文化思想为学术指导，加强民间文学各类别经典文本呈现、精品范本出版，促进民间文学的创造性转化和创新性发展，并注重与时代发展相适应，实现从口耳相传到多媒体传播的时代变化，激活其当代价值，高标准、高质量、高要求地打造体现中国精神、中国形象、中国文化、中国表达的经典传世精品。

编纂出版《大系》是新时代赋予我们的光荣职责和神圣使命。我国各民族民间文艺积淀深厚，灿烂博大，与人民生活紧密联系着，是中华优秀传统文化的土壤和基石。千百年来，我国民间文学薪火相传、生生不息，深深融入中华民族的血脉，深刻影响着中国人的精神世界，印刻着中华民族独特的文化记忆，鲜明地表现着广大人民群众的精神向往、道德准则和价值取向，充分彰显着中国人的气质、智慧、灵气、想象力和创造力，是中华文化的亮丽瑰宝和鲜明标志，不论过去还是现在，都有其永不褪色的价值。但同时也要看到，民间文学又是脆弱的。随着转型期社会的深刻变革和城镇化带来的高速发展，民间文学赖以生存的土壤正在迅速流失，不少优秀民间文学正在成为绝唱，更多的民间文学资源业已消失。因此，抢救与保护散落在中国大地上各区域、各民族现存的不可再生的文化遗产，按照当代学术规范和学科准则，大规模开展民间文学的搜集、整理、出版、推广、研究，激发全社会对我国优秀民间文学的热爱和珍视之情，促进民间文学保护、传承与发展，延续中华文脉，造福人民大众，为繁荣发展社会主义文艺事业提供民间文学精致文本和精彩样式，已成为热爱中华优秀传统文化有识之士的共同心声。

当前，中国特色社会主义步入新时代，在以习近平同志为核心的党中央领导下，各级党委和政府更加自觉、更加主动推动中华优秀传统文化的传承与发展，开展了一系列富有创新、富有成效的工作，有力增强了中华优秀传统文化的凝聚力、影响力、创造力。进一步发扬优秀传统，充分尊重人民群众的思想观念、风俗习惯、生活方式、民族情感、表达形式，充分尊重一代又一代民间文艺创造者、传承者的经验智慧与劳动成果，进一步凝聚共识，精耕细作，落实好、完成好大系出版工程的各项工作，不断书写出中国民间文学新的辉煌，既是新时代赋予广大民间文艺工作者的光荣职责，更是我们共同担当的神圣使命。

我们郑重呼吁：全社会都行动起来，共同承担起抢救中华民族民间文学遗产的神圣职责！

中国文学艺术界联合会

中国民间文艺家协会

2019 年 3 月 5 日

General Prologue

The splendid culture of China, with a time-honored history of more than 5000 years, has ensured the lineage, development, and growth of the Chinese nation, encompassed the deepest intellectual pursuit of the Chinese nation, engraved the distinctive cultural identity of the Chinese nation, containing the traditional wisdom to tackle today's problems faced by humanity. Moreover, the profound culture of China constitutes the spiritual source for cultivating the core socialist values, laying down a solid foundation for us to stand firm in the diverse global cultures. Fine traditional Chinese culture comprises the cultural root and gene that we must transmit from generation to generation. In the historical process of achieving the Two Centenary Goals and realizing the Chinese Dream of rejuvenation of the Chinese nation, China's fine traditional culture is of great significance in tracing the source and course of the culture of the Chinese nation while gaining a foresight of its future direction, so as to reinforce the rootedness and soulfulness of the spiritual homeland for the Chinese nation, and to pool the wisdom and strength for developing the socialism with Chinese characteristics in the new era.

The compilation and publication of the *Treasury of Chinese Folk Literature* (hereafter referred to as "the *Treasury*") is one of the national key projects for transmitting and promoting China's fine traditional culture in the new era. Since the 18th National Congress of the Communist Party of China (CPC), the CPC Central Committee with Comrade Xi Jinping at its core has been attaching great importance to the transmission and development of traditional Chinese culture. In January 2017, the central authorities issued the Opinions on Implementing the Project for Transmission and Development of Fine Traditional Chinese Culture (hereafter referred to as "the Opinions") in which the compilation and publication of the *Treasury* is included as one of the key projects. With a perspective of building China into a country with a strong socialist culture, strengthening its cultural soft power, and realizing the Chinese Dream of the rejuvenation of the Chinese nation, the Opinions not only profoundly expounds the significance, guiding ideology, basic principles, and the overall objectives of transmitting and developing China's fine traditional culture, but also conceives a holistic strategy for a series of projects on their main content, key tasks, organizational implementation, and supporting measures. It is, accordingly, a crucial guideline for us to better transmit and develop fine traditional Chinese culture at present and in the near future.

As one of the most fundamental resources in China's fine traditional culture, folk literature reflects, directly yet vibrantly, the daily life, values, and aesthetics of the people. The Publishing Project for the *Treasury of Chinese Folk Literature* (hereinafter referred to as "the Project"), organized and implemented by China Federation of Literary and Art Circles (CFLAC), is one of the key projects under the framework of the Projects for Transmission and Development of Fine Chinese Traditional Culture, and also a people-to-people exchange project for salvaging, preserving, and transmitting Chinese folk literary heritage. In an objective, scientific, and rational manner, the main tasks of the Project are 1) collect and collate the first-hand materials of folk oral literature and original documents of theoretical studies, 2) set up a large-scale textual library through compiling and publishing the *Treasury*, 3) enrich the Chinese Oral Literature Heritage Database, and 4) keep folk cultural memories alive for the Chinese nation. At the same time of compilation, a series of social publicity activities centered on the theme of Chinese folk literature should be carried out to promote the participation of the whole society in the exploration, dissemination, and safeguarding of folk literature, to unfold vigorous mass campaign for practicing and transmitting the fine traditional Chinese culture, and to reach the consensus that the people are the source of morality, art, and literature, giving impetus both to the popularization of folk literature knowledge and cultural exchanges and communication with foreign countries.

It is precisely because its origin is in the people while its spread is among the people, folk literature stands in the immanent affinity to the people. General Secretary Xi Jinping of the CPC Central Committee pointed out in his speech at the Forum on Literature and Art, "The people are both the creators and the observers of history, and both its protagonists and playwrights." Since folk literary activity itself has shaped not only the aesthetic life of the people, but also the indispensable life model of the people, it bears a strong life-attribute. When people perform and disseminate folk literature, they are experiencing a specific way of life itself. The affinity to the people of folk literature is alive in the concrete manifestations that it has been created, transmitted, and enjoyed by the people.

Folk literature is an important carrier for fostering and practicing core socialist values. Firstly, folk literature is the irreplaceable historical and cultural heritage, representing a crystallization of the collective wisdom handed down for generations of the Chinese nation, while testifying the accumulation of the distinctive and profound philosophical thoughts, moral essence, and cultural ideology attributed to the Chinese nation. Secondly, folk literature stands for people's own literature and learning and boasts the most extensive affinity to the people. No form in literature can match folk literature in terms of the number of creators and audience, and no literary form has exerted such profound and long-lasting yet subtle influence on people's mode of life and way of thinking as folk literature. Thirdly, folk literature is one of the most celebrated aesthetic means that is familiar to the average people and is also the most easily-accessible form of literature. No matter where it is, there must be legend, tale, song and ballad, proverb, drama, telling and singing, as well as other oral genres that are widely known to the local people for generations. Accordingly, once entering the life-world, folk literature will release powerful inspirational appeals.

Since the People's Republic of China was founded in 1949, the CPC and the competent authorities of government at all levels have been attaching importance to transmitting and promoting folk literature and art. The work of collecting, salvaging, and collating folk literature has yielded fruitful results, which lays a solid foundation for the compilation and publication of the *Treasury*. In March 1950, with the initiative of artists and researchers from related fields, such as folk literature, folk operas, folk music, folk fine art, folk dance, and so forth, the Chinese Society for Folk Literature and Art Research (hereafter referred to as "the Society," which was officially renamed as the Chinese Folk Literature and Art Association in 1987) was established. The Society immediately embarked on organizing and implementing the promotion and research work of folk literature and art in a unified way throughout the country. The "Measures for Collecting Materials of Folk Literature and Art" was discussed and adopted at the founding assembly of the Society. In September 1979, the National Symposium of Ethnic Folk Singers and Folk Poets was held in Beijing, with the aim of restoring the reputation of folk singers and artists who had been degraded during the Cultural Revolution, and the work of salvage and preservation of the folk cultural heritage was also resumed along the event. In February 1984, the Publicity Department of the CPC Central Committee issued the Notice on Strengthening the Research and Data-Collection of Ethnic Literature. In May 1984, the Ministry of Culture, the National Ethnic Affairs Commission, and the Society jointly issued the Notice on Compilating and Publishing *The Collection of Chinese Folktales, The Collection of Chinese Songs and Ballads, and The Collection of Chinese Proverbs*. Many experts and workers devoted to folk literature and art from all over the country were convened to form a strong academic force and social synergy and started to dedicate themselves to salvaging and collating folk literature. From 1987 to 2009, the Three Collections of Folk Literature were successively compiled and published on the basis of the nation-wide survey and collection. After nearly 30 years from preparation, project approval to full implementation, the Three Collections finally came into view of readers in 90 volumes (102 copies) in 30 provinces and autonomous regions (apart from volumes of Chongqing, Hong Kong, Macao, and Taiwan), with a total of more than 100 million characters in Chinese. Since then, a great amount of folk oral literary texts, such as myth, legend, folktale, folk song and ballad, proverb, and so forth, have become the general readers both for folk literature enthusiasts and scholars.

Since the beginning of the new century, the Project for Salvaging Chinese Folk Literature and the Project for Safeguarding Chinese Ethnic Folk Cultural Heritage have both been implemented by the Chinese Folk Literature and Art Association (CFLAA) and made remarkable achievements. In order to further adapt to the actual needs of reading, research, and utilization brought about by cultural development along with scientific and technological advancement in the future, in December 2010, the CFLAA initiated and implemented the Project for the Digitization of Chinese Oral Literature Heritage and has hitherto completed the digitization of the folk oral literature of over one billion Chinese characters. The goal of the digitization project is to create a well-established system of the Chinese Oral Literature Heritage Database, to effectively avoid the loss and damage of printed materials caused by various factors, to make reading, retrieving, and using these texts and materials more convenient, fast, and accurate, thereby enabling a wider range of resource sharing.

Over the past 70 years, the practices and experiences of folk literature and art, the accumulation and preservation of folk literary data in billions of Chinese characters, as well as the efforts and wisdom of hundreds of thousands of cultural workers, have constituted the invaluable assets for the development of Chinese folk literature and art, and also established the comprehensive strength and considerable advantage for the compilation of the *Treasury*.

The Project is not only the augmentation, extension, intensification, and sublimation of the preservation work of Chinese folk literature in the new era, but also the theoretical exploration and practical action in transforming and boosting folk literature in a creative way. The *Treasury* is to be compiled under 12 categories, namely myth, epic, legend, folktale, song and ballad, long poem, telling and singing, folk drama, proverb, riddle, folk adage, and theory. It is planned that by 2025, 1000 volumes with one million characters each and one billion characters in total will be registered. The sustainable development and scientific applying value of the Project will be ensured by its long-term planning and holistic measures with operation strategies for implementation in phases, steps, and categories.

The *Treasury* is not only the library that documents the largest number of folk literary texts with unprecedented resources in terms of content, genre, form, style, and living nature throughout history, but also provides a summarization of the comprehensive achievements in the field of collecting and collating folk literature, demonstrating local cultural practices in the new era. It turns the intangible spiritual legacy that has been generally transmitted for millenniums among the masses into tangible cultural wealth, thereby obviating the dilemma and predicament of folk literature suffering both from cultural aphasia of the folks and amnesia of the fine traditional patterns in the context of globalization. To understand the laws governing the evolution of Chinese folk literature and art, to cope with the decline of traditional culture brought about by social transformation, the *Treasury* provides an effective prescription and experience paradigm for cultural rejuvenation.

The *Treasury* fully draws on the new achievements and new conceptions gained in contemporary folk literature research. With regard to the selection criteria, it always adheres to the orientation of the people-centered and the standards of fine traditional culture to make the past serve the present. The editorial committees of each collection and each volume strive to represent the cultural reality and diverse implication of folk literature collected from Chinese people of all ethnic groups, giving specific attention to maintaining ethnic characteristics and local feature of oral-based cultural tradition in terms of content, form, genre, type, and so forth. In accordance with the Four Principles, namely, Scientificity, Extensiveness, Locality, and Representativeness, the well-elaborated Treasury collects fine folk literature works from all kinds of texts that are embedded with traditional cultural ethos and contemporary humanistic perception.

The compilation and publication of the *Treasury* always upholds the guiding ideology and basic principles with well-defined orientation. As a collaborative undertaking of thousands of experts and scholars in the field of folk literature and art across the country, it is a complicated systematic project that is planned to take 8 years to collect, clarify, collate, compile, and publish the folk literature materials under 12 categories. The *Treasury* is not only a crucial task entrusted to the CFLAC by the CPC Central Committee, but also a significant academic research project in the field of folk literature and art; it is not only a large-scale cultural project for promoting fine works of the Chinese nation, but also a promotional activity in practice highlighting the theme of Chinese folk literature; it is thus necessary both to go deep into the field to investigate, collect, and document the first-hand data, and to sit down at the desk to conduct induction, collation, and research with a will.

The *Treasury* is highly political, academic, professional with a strong connection to the grass-roots. Our guiding ideology includes to uphold socialism with Chinese characteristics and comprehensively implement Xi Jinping's Thought on Socialism with Chinese Characteristics for a New Era and the guiding principles of the 19th CPC National Congress; to make the unremitting endeavor to the realization of the Chinese Dream of national rejuvenation and push forward the new development concepts in an all-round way; to adhere to the people-centered approach, the guidance of the core socialist values, and transform and boost traditional culture in a creative way; to have full confidence in culture, enhance cultural consciousness, foster sound values and outlooks of history and aesthetics, and actively ponder over and explore into propositions put forward by the times, including the transmission and development of folk literature; to persist in deepening exchanges and mutual learning in a spirit of openness and inclusiveness, while ensuring the attentiveness of new connotation of the times and the contemporary form of expressions introduced in folk literature. In accordance with the above-mentioned guiding principles, the folk literature created by the Chinese nation should be more grounded, more uplifted, and more energetic.

The compilation and publication of the *Treasury* has established the basic principles of the Three Adherences. First, to adhere to leading direction of advanced Socialist culture and sound value orientation. In the process of clarifying and annotating the conventional custom, idea, conception, and family tradition carried in the ethnic and folk literature, we should discard the dross and keep the essential, eliminate the false and retain the true, explore the core values contained in folk literature, and to give full play to the special role of folk literature in the aspects of "giving depth to human relation, fostering sound moral values, and breaking with undesirable customs." Second, to adhere to the combination of extensiveness and representativeness. On the basis of extensive survey and scientific classification, we should strengthen the exploration and elucidation of the literary spirits and ideological connotation of folk literature among various ethnic groups, integrate the manifestation of sound values with prominent regional cultural characteristics and ethnic features, and promote the construction of a common spiritual homeland of harmony and unity for the Chinese nation. Third, to adhere to the combination of academicity and popularization. Under the professional guidance of the theoretical research results of folk literature and contemporary cultural thoughts, we should strengthen the presentation of fine texts in various categories of folk literature and the publication of quality model-texts, promote the creative transformation and innovative development of folk literature, and lay stress on keeping pace with the times, facilitating the appropriate transition from word of mouth to multimedia communication, and activating its contemporary value. With high standards, high quality, and high requirements, the *Treasury* aims to create a fine library that exemplifies Chinese spirit, Chinese image, Chinese culture, and Chinese expression that will be handed on from age to age.

The compilation and publication of the *Treasury* is the glorious duty and sacred mission delivered to us by the new era. Closely connected to the people's lives, folk literature and art of all ethnic groups of Chinese nation are profoundly developed and accumulated with its splendid, extensive, and broad spectrums, offering soil and cornerstone for the growth of fine traditional culture with Chinese features. For thousands of years, the Chinese folk literature has been passed on from generation to generation, running deep in the blood of the Chinese nation with great influence on the spiritual world of the Chinese people, and thus establishing the Chinese nation an imprint of the distinctive cultural memory. The folk literature in China thus evidently represents the spiritual aspirations, moral principles, and value orientations of the broad masses of the people, fully demonstrating the temperament, wisdom, intelligence, imagination, and creativity of Chinese people, thereby, endowing Chinese culture with the bright gem and distinctive symbol, which has its values that never faded, no matter in the past or at present. At the same time, however, we should be aware of the fact that folk literature is fragile. With the profound transformation of society and the rapid development brought about by urbanization during the transitional period, the soil that folk literature lives on is rapidly losing; many expressions of fine folk literature are becoming swan songs, and more and more folk literary resources have disappeared. Therefore, it has become the shared aspirations of those of vision to salvage and safeguard the existing nonrenewable cultural heritage scattered in various regions and ethnic groups in China, to undertake collection, collation, publication, promotion, and research of folk literature on a large scale in accordance with contemporary academic norms and disciplinary criteria, to motivate the whole society to love and cherish China's fine folk literature, to strengthen the protection, transmission, and development of folk literature so as to continue the lifeline of Chinese culture, and benefit the people's wellbeing, as well as to provide exquisite texts and wonderful formats of folk literature for the prosperity and development of socialist literature and art.

At present, the socialism with Chinese characteristics has entered a new era, the CPC committees and governments at all levels, under the leadership of the CPC Central Committee with Comrade Xi Jinping at its core, have been more conscious and more active in promoting the transmission and development of fine traditional Chinese culture, and launched a series of innovative and productive work, which has effectively enhanced the cohesion, influence, and creativity of fine traditional Chinese culture. In order to further carry forward the fine traditions, we should 1) fully respect the people's ideological concepts, customs and folkways, lifestyles, feelings and sentiments, as well as their ways of expressions, 2) fully respect the experience, wisdom, and labor outcomes of bearers and practitioners of folk literature and art in generations, 3) further consolidate consensus to carry out intensive and meticulous operations, to implement and complete all the work of the Project, and to make new achievements in Chinese folk literature. All these tasks are not only the honorable responsibilities of the practitioners of folk literature and art in the new era, but also the noble mission that we share.

We hereby earnestly call on the whole society to take actions together on the solemn duty of salvaging folk literary heritage of the Chinese nation.

China Federation of Literary and Art Circles (CFLAC)
Chinese Folk Literature and Art Association (CFLAA)
March 5, 2019

（陈婷婷　安德明　巴莫曲布嫫 译；侯海强 审订）

中国民间文学大系出版工程编纂出版工作委员会
“民间歌谣”编辑专家组

组长　　刘晔媛　赵塔里木

副组长　　刘晓春　朱智忠

组员　　（按姓氏笔画排序）

王　丹　王利剑　冯　亚　朱芹勤
李月红　李胜利　杨　红　何晓兵
邹　璐　张　谦　张应辉　陈纪宇
和云峰　周青青　郑长天　柯　琳
桑　俊　黄静华　崔　晓　崔玲玲
章　鹏

联络员　　冯　亚

序言

我国是历史悠久的文明古国，文学艺术伴随着悠久的历史而发展，蔚为大观！其中民间文艺在民众生存的奋斗中与生产生活模式、细节相始终，发展成为有独特魅力和表现形式的文化现象。民间歌谣是民间文艺中的基础类别，是民众生存状态乃至心理情绪最普及、最直接的表达方式。可以说在所有的民间文学艺术中，歌谣是最富有生活色彩、最活跃，也最有传承和创新力的民间艺术形式。

一、歌谣的悠久历史与现实活力

之所以说歌谣历史悠久，是因为它伴随着人类的语言而产生，随着人类和大自然的搏击而丰富，在文字产生之前就已经存在，它是生产和生活的口头描述和艺术记录。任何一本中国古代的文学史上，都记载着最古老的女娲伏羲的神话，其中就有女娲造笙簧、伏羲造琴瑟的情节记录。而在甘肃玉门火烧沟新石器文化遗址出土的陶埙，有一个吹孔，两个按音孔，可以发出四个乐音。同期，山东潍坊市姚官庄新石器时代遗址出土的陶埙也可以发出两个乐音，这说明在新石器时代，从西到东的华夏大地已经有了音乐。《尚书·虞书》记载："於！予击石拊石，百兽率舞。"这是歌舞场面，最生动地诠释了"歌之舞之，足之蹈之"的场景。而最早的歌谣"断竹、续竹、飞土、逐肉"的《弹歌》，更是中国民间歌谣的成熟的佳作。即便是被定为文学经典的《诗经》，最为传诵的还是"十五国风"，其中关雎之喜、黍离之悲、七月之壮怀、氓之决然，无不令人击节沉醉，拊掌赞叹！其分布之广泛，内容之丰富，表达之完整，更是让后人敬佩崇拜！尔后，汉唐至今，虽然文人文学艺术占了史著主流，但是只要政治有大事，社会有离乱，生活有波折，情绪有喜怒，歌谣都是最便利的表达方式。直到民国，直到今天！江西的红歌，西部的情歌，内蒙古的长调，吴越的山歌，仍然脍炙人口，甚至从田间走向了舞台！

现实生活中歌谣唱诵不绝，新作随时展现，它讽刺时弊，表达喜悦，联络感情，诉说衷情！可以说，歌谣已经浸入我们当代的生活，它“感于哀乐，缘事而发”，无处不在，自由弥漫，随口可吟，脱口而出。歌谣是民间文学中的基础，歌谣体现民间文化的活力。它跨学科而存在，随历史而前进，体现了它本身的历史厚重与当下的活力，是中华优秀传统文化的活跃因子。

二、歌谣分类的概括性与多样性

民间歌谣在历史上一直有着大同小异的定义和分类。

歌谣也称民谣，它泛指一切在民间产生和流传的相对短小的韵文作品。歌谣的英文名字是 folksong, 意为为民众所做的歌，也名为 ballad，意为跳舞歌。我国古代是单字表意，歌与谣同时存在，有时通用，有时独立，《诗经·魏风·园有桃》中说“心之忧矣，我歌且谣”。因为一首诗中同时用了“歌”和“谣”两个概念，所以《毛传》中作了区别解释：“曲合乐曰歌，徒歌曰谣”。《韩诗章句》也明确表述“有章曲曰歌，无章曲曰谣”。以后这个区分就基本固定下来。朱自清早年在清华大学讲授歌谣时也明确指出：本来歌谣都是原始的诗，以“辞”而论，并无分别。只因一个合乐，一个徒歌，以“声”而论，便不同了。

歌与谣在一起称谓见于《淮南子·主术训》：“古圣王……陈之以礼乐，风之以歌谣。”这说明了两者的共同之处，不但歌有音乐性，谣也存在着可唱性，体现为韵律和节奏。歌与谣两者在历史的发展中相互转化，民歌失去了乐谱，只记录词就成为诗和谣，如《诗经》《乐府诗集》等等；民谣借鉴了当地的小调，或者被喜欢的人谱了曲调，变为可演唱的民歌，这样的转换例证很多。今天在地方大众的语言中，歌谣仍然有着诸多充满泥土气息和亲切感的俏皮的称谓，如山曲、田歌、秧歌、号子、船歌、薅草锣鼓、爬山歌、三句半、信天游等等。

历史进入晚清和近现代以来，民间歌谣得到了学者们的重视，歌谣学渐入人眼。在“五四”新文化运动的推动下，从清末开始的歌谣研究走向了新的阶段。北京大学《歌谣》周刊专门开展了“歌谣是什么”的学理性讨论，以周作人为首的学者们就发表了多篇文章。在革命圣地延安，1942 年 5 月延安文艺座谈会以后，延安鲁迅艺术文学院开设了民间文学课，鲁艺师生深入陕北农村采集民歌。何其芳、张松如（公木）、毛星三人加以编辑整理，出版了首部《陕北民歌选》。当时鲁艺还专门成立了“民间音乐研究会”，吕骥、安波、马可、张鲁、刘炽等著名音乐家，用三年的时间，收集到民间歌曲两千余首，其中陕甘宁边区七百余首，其余为内蒙古、山西、河北民歌，也包括少数江南的民歌。当时边区政府对此给予了大力的支持，在财政极其困难的情况下，特拨出两千元，奖励几年来积极采风的工作者。在此期间，歌谣的研究也随之发展，先后发表了一批有影响的大家的文章，如周扬、丁玲、萧三、安波、艾青、马可、林山、柯仲平、冼星海、王希坚等都对延安的采风运动和歌谣进行了研究。尤其是柯仲平的《论中国民歌》，严辰的《从民谣看民心》，周扬的《一位不识字的劳动诗人——孙万福》，还有马可介绍的《东方红》创作改编者、民歌手李有源、李增正创作活动的文章《群众是怎样创作的》，都产生了极大的学术影响和社会影响。

新中国成立之后，继续发扬延安采风的优秀传统，国家对民间文学给予了前所未有的重视，随着大规模的歌谣采风运动和不断深入研究，学术界对歌谣的认知也越来越全面。尤其是 20 世纪 80 年代后，民间歌谣的研究有了大发展，出现了钟敬文、杨堃、贾之、姜彬、马汉民、段宝林、陶立璠、吴超等一批研究歌谣的专家。其中钟敬文教授主编的《民间文学概论》较早较完整地专门论及了民间歌谣：“民间歌谣是人民集体的口头诗歌创作，属于民间文学中可以歌唱和吟诵的韵文部分。它具有特殊的节奏、音韵、章句和曲调等形式特征，并以短小或比较短小的篇幅和抒情的性质与史诗、民间叙事诗、民间说唱等其他民间韵文样式相区别。”这个定义明确而全面，后来学者们至今无不在此基础上丰富扩展，广泛采用。

我国历代以来民间歌谣数量十分丰富，因为其随着生活而随时增长，如同一条流动的河流，随时吸纳雨水支流，很难有确切的统计。除了进入古代文学的歌谣之外，20 世纪 80 年代的民间文学普查中，专门为“民间歌谣”立卷，已经收集的歌谣就有 192 万余首，包括全国 56 个民族，及各省市和自治区。在 8 年前开始的“中国民间口头文学遗产数据库工程”建设中，又有各地区补充的近百万首。数量之庞大，内容之丰富，令人赞叹！但尽管如此，仍然不是全部，如果再加上《中国音乐集成》中的民歌，歌谣的数量就更加惊人！

歌谣有自己内容的完整性和表达的随意性，有内容的区别和形式的区别，在分类上也就有了根据内容分和根据形式分两种格式。在长短形式上，歌谣从最简单的二言体开始，到四言、五言、六言、七言不等，再到长短句混杂，乃至韵文插入杂言。在语言表现上，重章叠句是常态，从单字、词汇重复、句子重复到章节重复，一应俱全。至于句头重复和句尾重复，在歌谣和小调中更是常见，因此在分类方面各有取舍。本卷按照《中国民间文学大系》的分类方案，歌谣与长诗、史诗、说唱并列，属于韵文中的相对短小作品，包括歌和谣两种呈现形式，贯通民间文学和民间音乐。具体地说，就是歌谣和民歌。二者联系紧密又各有特点，它们分属于不同的学科领域，又同属于民间艺术。鉴于本大系是“中国民间文学大系”，因此以民间文学范畴的歌谣为主，辅以各地著名民歌，使得本卷具有和以往歌谣卷显著不同的特点，也因此打破了文人建制的藩篱，还原了民间歌谣的完整性和统一性。

本卷按照传统的便于掌握的内容分类和兼顾艺术表现的分类方法划分如下：

一、劳动歌谣。主要指按照劳动节奏，与劳动紧密结合，具有协调劳作动作、鼓舞劳作者情绪的特殊功能的歌谣。包括指挥动作力度需要的各类号子、夯歌、伐木歌、薅草锣鼓等。同时，也包括舒展情绪的采茶歌、脚夫调、爬山歌等等。

二、仪式歌谣。仪式歌谣又称礼仪歌，主要指在祭祀天地圣灵、祭祀祖宗、纪念烈士、祈祥纳福、婚丧嫁娶等具有庄严感和固定程式化的仪式上所颂唱的歌谣。包括祭祀的颂歌，祈求农事丰产的田歌，驱邪灭虫的口诀谣，丧事中的开路谣，婚事中的哭嫁歌、祝福歌，宴席上的祝酒歌等。

三、时政歌谣。主要是指与近代以来社会政治相关的歌谣，包括讽刺、揭露、感叹、歌颂、怀念等方面的歌谣，短小辛辣，曾被誉为投枪和匕首，是下层民众关注社会治理和政治人物评价的直接表达。

四、生活歌谣。广义的生活歌谣可以包括大多数歌谣，这里指狭义的生活歌谣，主要指日常家庭生活和家内劳作的歌谣，包括妇女的苦情歌、育儿歌、自叹歌以及各种劳作身份、各种工匠的自述自嘲歌谣等等。

五、爱情歌谣。见词明义，专指男女爱恋和婚姻中的歌谣，是歌谣中的最丰富最优美的类别。形式上包括自唱和对唱、群唱；在艺术上既有大胆直接的表白，更有含蓄委婉的试探，生动感人。包括相识歌、试探歌、赞美歌、相思歌、热恋歌、离别歌、失恋歌、抗争歌、婚誓歌等等。

六、儿童歌谣。主要是传统的短小的童谣，包括摇篮曲、数数歌、问答歌、游戏歌、连锁歌、绕口令、时序歌、颠倒歌等。当前由于各种幼儿教育的兴起，创作的童谣增多，本卷以未曾署名和众口流传为标准。

七、其他歌谣。涵盖一些难以归入上述类别或特征不明显的歌谣。包括地名歌、传说歌、时序歌、特产歌、属相歌、歌头谣等等。

在编选原则上，如前所述，对应《中国民间文学大系》，是以歌谣为主，民歌为辅，各省卷收入各地区代表性民歌，与歌谣比例为1∶5。民歌带有乐谱，同一乐谱最多收入三种不同歌词。在体例上歌谣和民歌混编，分类按照上述七类编入，先谣后歌。版本为8开双排，页数与其他卷页数略等，不绝对按字数编辑。照片随文插入。由于本次出版主要是编辑选优，适量增新，而不是重新普查，所以主要参考省、县、乡卷歌谣集成，以及当地个人近年所出版的民谣民歌专辑。因为有民歌加入，所以也要参考各省县乡卷民歌集成，以及近几年发现和采录的优秀作品，并且附有一定量的录音录像资料。

本次中国民间文学大系出版工程，不仅体量大，字数多，而且要代表新世纪的水平，为慎重和精准，本卷选择了四个试点省份，分别是四川、江西、重庆、海南，并由本次工程的指挥部——中国民间文艺家协会大系出版工程办公室统一调度，安排各地就近专家组成员进行指导和审阅，近期正式出版。

三、民间歌谣的认识价值和审美价值

民间歌谣是下层民众生活的百科全书，是直接的心声表达，无论是呐喊还是感叹，无论是祝福还是讽刺，在社会政治上都具有其他艺术形式无法比拟的时速性和真实性，因此它的认识价值是第一位的。尤其是在教育和媒体缺乏的旧时代，正规的流通渠道阻塞，民意无法正常上达，民谣就成为表达社会下层意愿的唯一而自然的出口。正所谓“山歌无本句句真”，正因为其真实而有代表性和群体性而被称为“风”，因此在政治上，古代开明的圣王有“采风以知民意”的举措，代代有所关注。政策的得失、官员的清浊、民意的合逆、生活的苦乐、年成的丰歉，离乱安宁、悲欢离合的种种社会现象都有民谣产生，都有民谣流传。在红色革命的时代，红色歌谣更是革命的号角和战鼓，从《两条半枪闹革命》到《送郎当红军》，从《建立红色根据地》到《东方红》，红色歌谣一直是铿锵有力的战鼓，一直是军民团结的颂歌！直到改革开放，直到当下。

就人生而言，歌谣是成长和认知的教材。从儿童的“数数歌”开始，到感恩歌的“赞爹娘”，从讲卫生到礼仪歌，一直伴随儿童的成长。从美丽的青春到美好的爱情，歌谣给了青年男女以勇气，《唱个山歌做媒人》，给了他们理解和追求表白；《生不丢来死不丢》，更给了他们爱情的责任感和约束力。从为人父母开始，歌谣表达了人们更加懂得老一辈的艰难和恩义的人生体悟，从而形成了敬老爱幼的中华特有的优秀传统。

就生产而言，歌谣告诉了人们春耕秋收夏耘冬藏，总结了历代人们的经验，歌谣的口头传播让人们轻松地认识了自然、认知了林木，认知了各种植物动物，农林牧副渔都有生产性的歌谣。林木竹草，都有形成器物的歌谣。在社会分工上，歌谣告诉了人们各行各业的自豪和艰难，告诉了人们社会对行业的安排。因此人们口头的歌谣是浸入在生活中的金玉良言，是生产生活经验的交流，在歌谣的随意顺口中，提升了自我的修养和社群的能力。同时，歌谣具有认识和了解历史、记住历朝历代、了解神话、懂得常识的各种认识价值，更有娱乐、逗趣、调节气氛、和谐人际关系的实际应用价值。在语言学上，歌谣的谐音和用词，提高了语言的表达能力，助推了词汇的多用，绕口令、谐音令，强化了民间语言的运用力、增殖力和认知力，很多至今不好理解的词汇，保存在历代流传的歌谣之中。总而言之，歌谣是民间文学的基础类别，是值得研究的社会学的真实资料，是志外之志，史外之史！

民间歌谣也具有很强的审美价值。民间歌谣之美，首先在于“真”！第一是歌谣内容真实，不做作，不矫情，不虚假，真正是言为心声（政治运动中人为的浮夸不属于真正的歌谣）。第二是情感真实，喜怒哀乐，嬉笑悲欢，形之于心而出之于口，绝无虚情假意和无病呻吟。“骑上骡子马跑了，我还年轻你老了”，这是老一辈民间文艺工作者孙建冰先生采录的农妇的苦情歌，是炕头上的做针线的妇女对被迫嫁给一个大自己四十岁丈夫的婚姻的流泪的诉说！“泥瓦匠住草房，纺织娘破衣裳，卖盐的喝淡汤，种田的吃米糠，编席的睡光床，抬棺材的死路旁！”是对民生凋敝的愤怒和揭露。“麻绳铁链把我捆，问我断情勿断情？路断桥断河水断，断手断脚勿断情！”是捍卫自己爱情的决绝的呐喊。没有矫情伪饰的虚假，没有过多的推敲琢磨，用语为大众熟悉，信手拈来，脱口而出，真情真意！

民间歌谣之美，还在于它表达了我国下层社会民众的善良勤劳和自律自觉。在长期讲求仁义礼智信的国度，形成了忠孝节义的乡风民俗。民谣就是民俗的艺术语言表达。孝道歌、兄弟谣、互助谣等无处不在。敬乡亲，敬乡贤，邻里互助，守望相助。盖房上梁，婚丧嫁娶，一盘一碗、一桌一凳无不体现善意，歌谣中引人向善、劝人宽容的内容很多，《贺新房》《新禧赞》《近邻谣》无不体现善良的美德，而《节俭谣》《勤耕谣》更是勤劳节俭的品行的传递。在今天奢侈浪费现象严重的时风下，更有其独特的意义。

民间歌谣之美，更在于赋比兴之灵活运用的艺术之美。这方面完全体现了《诗经》的艺术手法！以比喻而言，喻体随着生活的改变而改变，寓意却仍是真情的流露。其中明喻和暗喻、借喻手法交错，妙趣横生，活泼风趣！“共产党像太阳，照到哪里哪里亮。”“妹是山中一支梅，哥是喜鹊天上飞，喜鹊落在梅花树，石头打来不肯飞！”由于其直接脱胎于生活，场景的描述生动形象。至于起兴手法，民歌中比比皆是，经常用的“太阳和月亮出来”开头就有无数：太阳出来喜洋洋，太阳出来暖洋洋，太阳出来照四方，太阳出来满天红，太阳出来乌云散，等等。至于以十二月，以四季，以五更起兴的民谣民歌各地都有自己的版本，俯拾皆是。

有些民歌的起兴可以和内容相关，也可以只是定个韵脚，如山西的开花调，任何物件都可以开花：“锅里开花我下上一把米，听见了歌声我知道是你。”“灶里开花我续上一把柴，哥哥你要看我来！”生活的气息扑面而来！“一对对鸳鸯水上漂，人家都说咱两个好！”把比兴结合得天衣无缝，令人想起“关关雎鸠，在河之洲”意境之美！还有不用比兴、直抒胸臆的表白在民歌中也很常见：“郎上坡哟姐上坡哟，叫声郎哥你等等我，我走三步来退两步哟，不等你情姐呀我等哪个哟。”把青年男女约会的步伐和羞涩与真情生动风趣地呈现出来，让人听了忍俊不禁！我们无法不为民众惊人的创作力而赞叹，更为民族文化的丰饶而骄傲！

总而言之，民间歌谣是民间文化的艺术记录和形象载体，中国民间歌谣是我国各民族特有语言的诗话。它朴素而俊美，繁华而真实，它天然地融汇了民族的精神，社会的历史，阶层的状态和审美的情趣。它是语言的艺术，音乐的艺术，更是心灵的艺术，情感的艺术！它短小而精当，精准而细腻，昂扬而真情，它是各民族性格的诗化，是民众心灵的表达。当然，在各个社会阶段和不同的生活形态中，也存在一些愚昧、落后的内容，我们今天重新编撰"中国民间文学大系·歌谣"，就是要剔除糟粕，选取精华，发扬中华各民族优秀的文化传统，为美丽的中国梦增添光彩，为道路自信、文化自信提供精神营养！

让我们重视民间歌谣，搜集民间歌谣，研究民间歌谣，吸取民间歌谣真善美的精神，在民族伟大复兴的路上唱响新时代的歌谣，攻坚克难，阔步前进！

执笔：刘晔媛

本卷主编　梁肇佐

中国民间文学大系出版工程广西壮族自治区工作领导小组

组长　　严　霜

副组长　　韦苏文

成员　　（按姓氏笔画排序）

严　琴　杨佩新　林超俊

办公室　　（设在广西民间文艺家协会）

主任　　严　琴

成员　　郑春玲　吴嘉欣

中国民间文学大系出版工程广西壮族自治区专家委员会

主任　　严　霜

副主任　　韦苏文　严　琴

委员　　（按姓氏笔画排序）

韦如柱　过　竹　杨树喆　邵志忠　奉仰崇

罗世才　罗树杰　郑天雄　黄桂秋　黄赠荣

覃祥周　蓝芝同　廖明君　黎浩邦

《中国民间文学大系·歌谣·广西卷·南宁分卷》编委会

1

2002 年 5 月 1 日，壮族三声部民歌手参加柳州“金河湾”首届少数民族歌舞、民间绝技大展演

照片提供 南宁市马山县文化馆

2

南宁市马山县首届文化旅游美食节开幕式上“千人演唱三声部民歌”

摄影 李海瑛

3

2013 年 8 月，壮族三声部民歌合唱团在维也纳金色大厅演出

照片提供 南宁市马山县文化馆

4

南宁市马山县乔老歌圩

摄影 梁庆耀

5

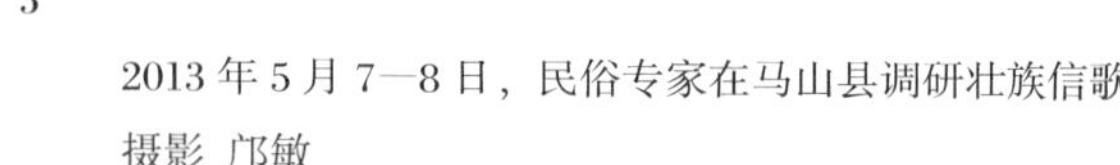
2013 年 5 月 7—8 日，民俗专家在马山县调研壮族信歌
摄影 邝敏

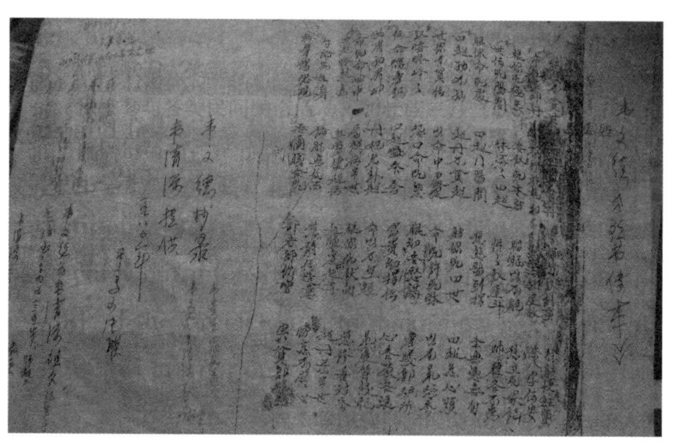

6

壮族信歌手抄本
摄影 梁肇佐

7

南宁市邕宁区壮族嘹啰山歌会上男女对歌的情景
照片提供 南宁市邕宁区文化馆

8

南宁市良庆区壮族嘹啰山歌会吸引来大批小观众
照片提供 南宁市良庆区文化馆

9

2013 年 6 月 21 日，在南宁市良庆区嘹啰山歌授牌仪式上，嘹啰山歌少年合唱团演唱山歌

摄影 谭毅

10

还球歌会的标志性饰物：球丝

摄影 梁肇佐

11

民俗专家梁肇佐（左三）到南宁市良庆区调研嘹啰山歌

摄影 覃小琼

12

南宁市武鸣区举办“灵水歌圩”广西第六届歌王大赛的情景

照片提供 南宁市武鸣区文化馆

13

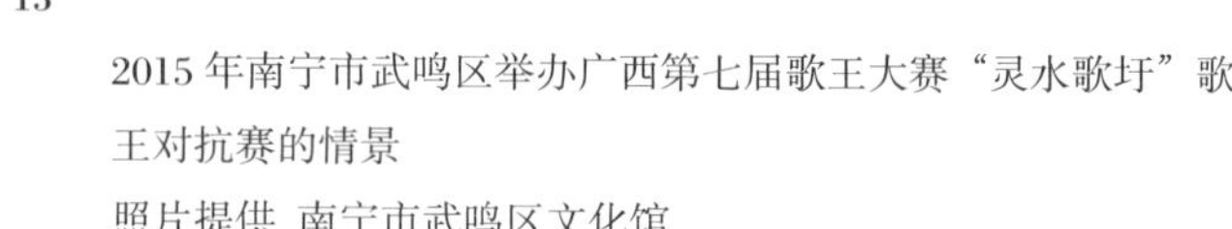

2015 年南宁市武鸣区举办广西第七届歌王大赛"灵水歌圩"歌王对抗赛的情景

照片提供 南宁市武鸣区文化馆

14

南宁市武鸣区"三月三"歌圩期间的抢花炮比赛

摄影 尹宗浩

15

南宁市武鸣区"壮族三月三"抛绣球表演

照片提供 南宁市武鸣区文化馆

16

南宁市武鸣区"灵水歌圩"期间的斗鸡比赛

照片提供 南宁市武鸣区文化馆

17

南宁市武鸣区尼达妮少年合唱团演唱壮族山歌
摄影 黄绍武

18

南宁市武鸣区文化馆内部出版的歌本
照片提供 南宁市武鸣区文化馆

19

2016 年 6 月 1 日，南宁市大明山歌圩期间，小歌手们与外国友人热情互动
照片提供 南宁市大明山风景区管理局

20

2017 年 6 月 1 日，南宁市歌王大赛在大明山歌圩举行。通过层层角逐，最终韦玉英（武鸣）、赵翠艳（武鸣）、黄宝利（马山）、谢春先（武鸣）获得了 2017 南宁市歌王大赛的歌王，并戴上了桂冠
照片提供 南宁市大明山风景区管理局

21

南宁市大明山歌圩上，群众自发对唱山歌

照片提供 南宁市大明山风景区管理局

22

横州市云表镇壮族歌圩对歌情景

照片提供 横州市文化馆

23

横州市壮族三相圩逢节期间，群众三五成群地聚集在一起对唱山歌

照片提供 横州市文化馆

24

2006年南宁市松柏多声部民歌传习活动

照片提供 南宁市兴宁区文化馆

25

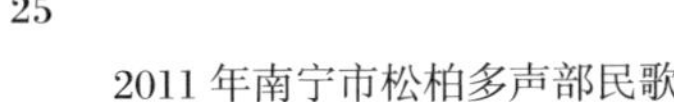

2011 年南宁市松柏多声部民歌进校园传承活动
照片提供 南宁市兴宁区文化馆

26

南宁市松柏汉族多声部平话山歌情歌部歌本
照片提供 南宁市兴宁区文化馆

27

南宁市哭嫁歌歌本封面
照片提供 南宁兴宁区文化馆

28

2014 南宁市江南区平话艺术展演活动 · 平话山歌赛颁奖晚会
照片提供 南宁市江南区文化馆

29
南宁市江南区平话山歌传承人黄才干到沙井小学开展平话山歌传承活动
照片提供 南宁市江南区文化馆

30
南宁市江南区开展平话山歌表演公益培训活动
照片提供 南宁市江南区文化馆

31
南宁市江南区平话山歌歌本
照片提供 南宁市江南区文化馆

32
南宁市西乡塘歌圩群众自发对唱山歌
摄影 梁肇佐

33
南宁市西乡塘区平话山歌培训班（一）
摄影 黄慧

34
南宁市西乡塘区平话山歌培训班（二）
摄影 黄慧

35
平话山歌文化研究者梁世华在潜心研究平话山歌
照片提供 南宁市西乡塘区文化馆

36
南宁大王节上民间师公队的八音演奏活动
摄影 梁肇佐

37

南宁大王节期间的水上居民唱传统叹歌

摄影 梁肇佐

38

白话童谣传承人万立仁在学校开展白话童谣传承活动

摄影 苏永良

39

壮族高腔民歌在秀安路小学的传承活动

摄影 苏永良

40

南宁市隆安县更望湖歌圩对歌现场

照片提供 南宁市隆安县文化馆

41
南宁市隆安县排歌传承人林碧（右一）正在与男歌手对歌
照片提供 南宁市隆安县文化馆

42
南宁市上林县壮族四六联民歌表演
照片提供 南宁市上林县文化馆

43
南宁市上林县壮族四六联民歌在万寿节上的表演
照片提供 南宁市上林县文化馆

44
南宁市上林县壮山歌培训
摄影 张宝

45

南宁市上林县三里歌圩传承基地对歌表演

摄影 张宝

46

南宁市上林县三里歌圩山歌对唱表演

摄影 张宝

47

南宁市上林县三里壮族歌圩对歌情景

摄影 梁肇佐

48

南宁市宾阳县露圩壮族圩逢节上的彩凤表演队

照片提供 南宁市宾阳县文化馆

49

南宁市宾阳县露圩壮族圩逢节上的蓝衣壮山歌对唱
照片提供 南宁市宾阳县文化馆

50

南宁市宾阳县露圩壮族圩逢节上的蓝衣壮小传承人在演唱五言壮欢
照片提供 南宁市宾阳县文化馆

51

南宁市宾阳县露圩壮族圩逢节游行队伍
照片提供 南宁市宾阳县文化馆

52

2013 年南宁市首届歌王争霸赛
摄影 邝敏

53

隆安县更望湖歌圩的文艺表演

摄影 邝敏

54

横州市三相壮族圩逢夜歌圩

摄影 梁肇佐

55

马山县古零歌圩对唱情景

摄影 李海瑛

56

南宁市马山县瑶族山歌传承活动

摄影 梁肇佐

57

南宁市宾阳县露圩壮族圩逢节上的蓝衣壮山歌对唱

照片提供 南宁市宾阳县文化馆

58

专著《壮族歌圩调查研究》

摄影 陈钰文

59

壮族歌圩歌手培训班

摄影 邝敏

60

“三月三”歌圩活动——歌手演唱壮话歌曲

照片提供 南宁市武鸣区文化馆

目录

C001 **概述**

C007 **凡例**

0001 **劳动歌谣**

0005 1 农耕歌

0005 犁田（汉族）
0006 撒秧（汉族）
0007 插田（汉族）
0007 插田（汉族）
0008 割谷（汉族）
0009 收谷（汉族）
0010 田头唱（汉族）
0010 晒谷（汉族）
0010 男打草（汉族）
0011 春犁（汉族）
0012 春心焦（汉族）
0012 牛命（汉族）
0012 对牛叹（汉族）
0013 四季忧（汉族）
0013 十二月望郎歌（壮族）
0014 割草女（壮族）
0015 农事歌（壮族）
0015 论工歌（瑶族）

0017 2 渔猎歌

0017 新船落海（汉族）
0018 滩路歌（汉族）
0018 打猎歌（瑶族）
0019 装猴歌（瑶族）
0020 装虎歌（瑶族）

0022 3 采茶歌

0022 采茶歌（一）（汉族）
0023 采茶歌（二）（汉族）
0024 采茶歌（壮族）

0025 4 工匠工艺歌

0025 木匠（汉族）
0026 染匠（汉族）
0026 三姐教我做花鞋（壮族）
0027 阿妹做鞋手艺精（壮族）
0027 窖匠歌（壮族）

0028 5 副业歌

0028 挖泥鳅（汉族）
0028 砍竹（汉族）
0028 窑工（汉族）
0029 裁缝歌（汉族）
0029 行船歌（壮族）
0030 卖柴歌（瑶族）

0033 **仪式歌谣**

0037 1 婚嫁歌

0037 哭嫁歌（汉族）
0044 迎亲夜歌（汉族）
0093 贺迎婚歌（汉族）
0093 十贺歌（汉族）
0094 贺酒筵（一）（汉族）
0095 贺酒筵（二）（汉族）
0098 上堂欢（汉族）
0099 十声人（汉族）
0101 贺酒歌（汉族）
0102 劝酒人（汉族）
0103 入门贺婚歌（汉族）
0103 贺酒歌（汉族）
0106 捧茶歌（汉族）
0109 看新娘歌（汉族）
0113 睇新人（汉族）
0114 担水红（汉族）
0114 新娘哭叹歌（汉族）
0115 新娘哭叹歌（汉族）
0117 哭嫁歌（汉族）
0117 哭嫁歌（汉族）
0119 上轿（汉族）
0120 嫁女唱（汉族）
0120 闺房唱（汉族）
0121 梳头歌（汉族）
0121 贺新娘（汉族）
0122 闹堂（汉族）
0124 抽婚唱（汉族）
0124 开笼唱（汉族）
0125 铺床唱（汉族）
0125 闹房（汉族）
0126 新人唱（汉族）
0126 入房唱（汉族）
0127 抛果歌（汉族）
0127 散房歌（汉族）
0128 回路歌（汉族）
0129 坐夜（汉族）
0139 新娘媒婆对唱（汉族）
0139 谢媒人（汉族）
0139 饮水不忘挖井人（汉族）
0140 口含八角满街香（汉族）
0140 摇去大海娶新娘（汉族）
0140 笑新郎（汉族）
0140 罗帕靓（汉族）
0141 新郎手短（汉族）
0141 你是什么船（汉族）
0141 点烛（汉族）
0142 两爱相伴到白头（汉族）
0142 骂媒娘（汉族）
0143 对唱（汉族）
0143 出嫁歌（壮族）
0152 哭嫁歌（壮族）
0153 出嫁歌（壮族）
0153 出嫁难眠歌（壮族）
0154 安床歌（壮族）
0154 撑伞歌（壮族）
0154 哭嫁歌（壮族）
0155 家祖歌（壮族）
0156 结婚歌（壮族）
0157 劝酒歌（壮族）
0158 闹新房（壮族）
0158 十忧娘（壮族）
0160 轿中唱（壮族）
0161 贺新婚（壮族）
0161 娶媳妇歌（壮族）
0162 下楼歌（壮族）
0163 哭嫁歌（壮族）
0164 新婚贺词（壮族）
0166 散花歌（一）（壮族）
0166 散花歌（二）（壮族）
0166 散花歌（三）（壮族）
0167 哭嫁歌（壮族）
0168 返面歌（壮族）
0169 送妹出嫁滴泪歌（瑶族）

0170 2 寿诞歌

0170 祝寿歌（汉族）
0171 贺满月酒歌（汉族）
0171 送灯（汉族）
0173 嫡媚情（汉族）
0175 满月歌（壮族）
0178 贺生旺歌（壮族）
0178 贺生曾孙歌（壮族）
0178 贺老年生子歌（壮族）
0178 贺寿辰歌（壮族）
0179 弥月酒歌（壮族）
0179 赞儿歌（壮族）
0181 散花词（壮族）

0182 3 丧葬歌

0182 吊丧（汉族）
0184 七期歌（汉族）
0185 丧葬道场歌（汉族）
0187 沐浴歌（汉族）
0188 解担床歌（汉族）
0189 请灵开奠歌（汉族）
0191 解结歌（汉族）
0192 解麻纱歌（汉族）
0193 落灯歌（汉族）

0193 报恩灯歌（汉族）
0194 子灯孝歌（汉族）
0195 兄弟灯孝歌（汉族）
0196 女婿灯歌（汉族）
0197 女婿宝马歌（汉族）
0197 二十四孝歌（汉族）
0199 孝家脱服歌（汉族）
0200 孝女丧歌（汉族）
0203 船民丧歌（汉族）
0204 十月怀胎（汉族）
0205 莲灯叹（汉族）
0206 哀母挽歌（壮族）
0207 哭丧父（母）歌（壮族）
0208 送葬歌（壮族）
0209 颂父母歌（壮族）
0210 守灵歌（壮族）
0211 马山二十四孝勒脚歌（壮族）
0217 哭妹歌（瑶族）
0218 死歌（瑶族）
0219 送妹下土歌（瑶族）
0220 哭母歌（瑶族）

0221 4
建房歌

0221 叹村红（汉族）
0222 上梁词（壮族）
0223 新屋挂红词（壮族）
0223 建房歌（壮族）
0224 入新宅贺词（壮族）

0225 5
节令歌

0225 节令歌（汉族）
0226 月令（汉族）
0227 季节唱（汉族）
0228 太阳经（汉族）
0228 二十四节气歌（汉族）
0229 排月连（汉族）
0230 十二月花叹（汉族）
0231 唱春牛（壮族）
0232 排月番（壮族）
0233 彩鸡词（一）（壮族）
0234 彩鸡词（二）（壮族）
0234 彩牛山歌（一）（壮族）
0235 彩牛山歌（二）（壮族）
0237 季节歌（壮族）
0237 迎春歌（壮族）
0238 季节歌（瑶族）
0240 四八雨（瑶族）

0241 6
诀术歌

0241 庙祝歌（汉族）
0242 丁煞歌（汉族）
0243 拜密丝（汉族）

0247
时政歌谣

0251 1
讽刺歌谣

0251 办公人员专办私（汉族）
0252 工局里面人咬人（汉族）
0252 鬼子落在我手中（汉族）
0252 路难行（汉族）
0253 老蒋不行好（壮族）
0253 武则天（瑶族）
0253 清朝廷（瑶族）
0254 诉皇帝歌（瑶族）
0255 蒋介石（瑶族）

0255 2
褒扬歌谣

0255 大齐团结杀日人（汉族）
0256 锦绣山河（汉族）
0256 夺取胜利再回还（壮族）
0257 大扫除赌风（壮族）
0257 万众鼎唱太平歌（壮族）
0258 陆沉游击颂（壮族）
0259 抗日歌谣三首（壮族）
0259 土改翻身歌（壮族）
0259 参军勇战铸军魂（壮族）
0260 旭日（汉族）
0260 祝愿（汉族）
0261 公社十唱（汉族）
0262 亲娘卯比党恩情（壮族）
0262 农民从此绝穷根（壮族）
0262 到处飞跃劲头高（壮族）
0262 包字包出富裕花（壮族）
0262 越思越想党越亲（壮族）
0263 如今收成胜旧时（汉族）
0263 民族政策照南天（汉族）
0263 壮乡美景胜桃源（汉族）
0263 三中全会似朝阳（汉族）
0264 项项政策订得灵（汉族）
0264 神州大地尽春天（汉族）
0264 三十年来大步跨（汉族）
0264 农林牧副谱新章（汉族）
0264 跟党总要一条心（汉族）
0265 拨开云雾见青天（汉族）
0265 翻身跟党我心坚（汉族）
0265 共产党来换新天（汉族）

0265 新人新事千万千（汉族）
0265 如今治安教育好（汉族）
0265 一片光明在眼前（汉族）
0266 好比鱼水不离分（壮族）
0266 个时世界真是好（壮族）
0266 改革城乡新面貌（壮族）
0267 深化改革沐春风（壮族）
0267 吃水不忘挖井人（壮族）
0267 唱起现时世界好（壮族）
0268 石塘改革大变样（壮族）
0268 赞石塘糖厂（壮族）

0269 3
纪事歌谣

0269 灾荒唱（汉族）
0270 热心共佢战一场（汉族）
0270 游击队员歌（汉族）
0271 送夫出征（汉族）
0271 日寇之罪（汉族）
0273 抗日（汉族）
0274 收回失地并不难（壮族）
0274 征兵歌（壮族）
0275 吹洋烟害多（壮族）
0275 抗日歌（壮族）
0277 征兵怨（壮族）
0277 咏时事（壮族）
0278 贺民团后备队歌（壮族）
0279 拉兵歌（壮族）
0279 乱世歌（壮族）
0282 秦始皇（瑶族）
0283 太平军（瑶族）
0283 战斗歌（瑶族）
0284 盛世太平喜事多（壮族）

0285
生活歌谣

0289 1
苦歌

0289 谢母恩（汉族）
0289 娶妻难（汉族）
0289 撑船难（汉族）
0290 双寡心（汉族）
0291 想返眼泪落纷纷（汉族）
0292 难做老（壮族）
0292 灾难从天降（壮族）
0293 长工歌（壮族）
0294 十叹单身苦（壮族）
0294 寡公歌（壮族）
0297 寡夫苦（壮族）
0297 寡公歌（壮族）
0298 鳏寡怨（壮族）
0298 孤儿歌（壮族）
0299 孤儿歌（壮族）
0300 孤儿悲歌（壮族）
0301 求舅歌（瑶族）
0302 流浪歌（瑶族）
0303 乞丐问答歌（瑶族）
0305 死叮话歌（瑶族）

0306 2
事态歌

0306 孤独歌（汉族）
0306 游子歌（汉族）
0307 有人欢乐有人愁（汉族）
0307 妹吃卯成住卯成（汉族）
0307 牧童与渔女对唱（汉族）
0308 十难番（汉族）
0310 虐待歌（汉族）
0311 媒婆歌（汉族）
0311 被拐诉（汉族）
0312 养大仔（汉族）
0312 穷人唱（壮族）
0313 旱年歌（壮族）
0315 上船歌（壮族）
0315 吊关歌（壮族）
0316 身湿未干雨来淋（壮族）
0317 十宽宏（壮族）
0318 节气歌（壮族）
0318 一世吃野菜（壮族）
0319 牛头歌（壮族）
0319 瑶家苦（瑶族）
0320 离婚歌（瑶族）

0322 3
妇女歌

0322 怀胎歌（汉族）
0323 十月怀胎（汉族）
0324 阿毛嫂（汉族）
0325 家书（一）（汉族）
0327 家书（二）（汉族）
0328 妻寄夫书（汉族）
0330 夫复妻书（汉族）
0332 十忧（汉族）
0333 当家难（汉族）
0333 新媳怨（汉族）
0334 盲婚怨（汉族）
0335 盲婚怨（汉族）
0335 媳妇歌（汉族）
0336 小妻怨（汉族）
0336 童媳怨（汉族）
0337 小丈夫二首（汉族）
0337 新婚泪（汉族）

0338 寡母苦（汉族）
0338 寡妇歌（壮族）
0340 寡妇自叹（壮族）
0341 妇女要自由（壮族）
0341 歌信（壮族）
0342 叹家常（壮族）
0343 小婶恨（壮族）
0344 残渣饭菜到我尝（壮族）
0344 婢女苦歌（壮族）
0345 十八妹嫁三岁郎（壮族）
0345 童养媳歌（壮族）
0346 走婆家（壮族）
0347 盼夫歌（瑶族）
0347 返媳歌（瑶族）

0349 4
劝诫歌

0349 劝妻（汉族）
0349 嘱妻（汉族）
0350 木鱼歌（汉族）
0350 劝世歌（汉族）
0351 人生处世须勤俭（汉族）
0351 家教歌（汉族）
0354 家训歌（汉族）
0356 教子歌（汉族）
0358 劝世歌（汉族）
0359 劝妹（汉族）
0360 吾教姑娘（汉族）
0360 杂咏（汉族）
0360 劝嫁歌（壮族）
0361 劝世歌（壮族）
0362 劝叹母改嫁（壮族）
0362 劝守孝歌（壮族）
0363 戒赌歌（壮族）
0364 劝夫莫赌（壮族）
0366 戒赌山歌（壮族）
0369 攒钱讨老婆（壮族）
0370 叮哥勤歌（瑶族）

0371 5
故事歌

0371 丁兰（汉族）
0373 陈佐连（汉族）
0374 春风下雨来（汉族）
0378 桂英情（汉族）
0381 龙师人（汉族）
0387 舜儿（汉族）
0396 鲁班赞（汉族）
0397 景泰叹（壮族）
0398 愚公故事歌（瑶族）
0399 张思德英雄歌（瑶族）
0400 白求恩故事歌（瑶族）

0401 6
传说歌

0401 神农歌（壮族）
0403 伏羲人（壮族）
0408 龙母古传说（壮族）
0408 牛仙古歌（瑶族）
0410 农木岗与花生豆（瑶族）

0411 7
知识歌

0411 地支连（汉族）
0413 甲子人（汉族）
0416 辨色识猫歌（汉族）
0416 相猪歌（汉族）
0417 识狗相犬歌（汉族）
0418 十物红（汉族）
0419 天地人间有十凶（汉族）
0420 问答歌（汉族）
0421 盘问连（汉族）
0423 盘问头（汉族）
0425 盘问歌（汉族）
0425 盘问头（汉族）
0426 问答（汉族）
0427 拆字番（汉族）
0428 擂台对（汉族）
0433 典故对（汉族）
0436 匆匆路去一程烟（汉族）
0436 凉风动水碧莲香（汉族）
0436 新景妙人迎舞燕（汉族）
0437 江南一树梅花发（汉族）
0437 石岩春色转弯弯（汉族）
0437 藏头诗（汉族）
0438 十月果品歌（汉族）
0439 十头歌（汉族）
0439 果菜歌（汉族）
0439 创世古歌（壮族）
0440 庐山番（壮族）
0441 盘问番（壮族）
0444 时辰歌（壮族）
0445 十二生肖歌（壮族）
0446 十二生肖歌（瑶族）
0449 问物歌（瑶族）
0452 物象歌（瑶族）
0456 天象歌（瑶族）

0465 8
生活赞歌

0465 十大碗（汉族）
0466 唱歌打动喜人间（壮族）
0467 赞福旺（壮族）

0467 歌颂福旺（壮族）
0468 和谐人生（壮族）
0468 进村赞物歌（瑶族）

0471 9
诙谐歌

0471 反言歌（壮族）
0471 曲巧歌四首（壮族）
0472 石臼栽藕屈坏莲（壮族）
0472 挑剔歌（壮族）
0473 拎篮入园去摘菜（壮族）
0473 烧烟公（壮族）

0475
爱情歌谣

0479 1
初识歌

0479 男女问名对唱（汉族）
0479 狮子逗球哥逗妹（汉族）
0480 开声唱（汉族）
0481 劝妹放心来唱歌（汉族）
0482 一张大塘水清清（汉族）
0484 未识排班安乜名（汉族）
0485 妹口轻（汉族）
0485 妹是好花香千里（汉族）
0486 妹识歌（汉族）
0487 等妹实言仓弟听（汉族）
0487 花开只为春天到（汉族）
0488 定要访查妹哪呢（汉族）
0489 个班女儿少何见（汉族）
0491 邀请歌（汉族）
0493 问情（汉族）
0493 卯论富贵卯论贫（汉族）
0494 问妹留心等哪人（汉族）
0496 兄今尽听妹口音（汉族）
0497 出外卯人共弟归（汉族）
0498 有意千里来相见（汉族）
0498 同妹采花卯想归（汉族）
0499 实卯有（汉族）
0500 心想请媒去问妹（汉族）
0501 妹讲后圩就后圩（汉族）
0502 天光双（汉族）
0504 妹有真心弟有情（汉族）
0504 石灰糊墙初相识（汉族）
0505 三十出头未有妻（汉族）
0507 情歌对唱（汉族）
0507 要连小妹等到冬（汉族）
0509 断个日子仓弟知（汉族）
0510 初识（汉族）
0511 无衣想你一同棉（汉族）
0512 连娘比似长江水（汉族）
0513 妹不连哥到几时（汉族）
0514 诘问（汉族）
0515 娘子生来似朵花（汉族）
0515 别人求雨我求晴（汉族）
0516 山中只有藤缠树（汉族）
0516 毋鸡待哥也打鱼（汉族）
0517 妹有真情哥有意（汉族）
0517 我俩相交定了心（汉族）
0518 初次相连开口难（汉族）
0519 三月三男女对歌（壮族）
0522 大家都是采花人（壮族）
0524 初次见面（壮族）
0525 球丝歌会（壮族）
0526 见妹生得白飘飘（壮族）
0526 挑逗（壮族）
0527 动问歌（壮族）
0528 你是哪方浪荡子（壮族）
0529 试探歌（壮族）
0530 盘歌（瑶族）
0532 架桥歌（瑶族）

0534 2
赞慕歌

0534 妹似后园芥菜根（汉族）
0534 发辫弯弯龙两条（汉族）
0534 妹真乖（汉族）
0535 蝴蝶爱花郎爱妹（汉族）
0536 妹歌打动弟春心（汉族）
0539 石榴正对牡丹根（汉族）
0539 妹你好比红玫瑰（汉族）
0540 赞慕（汉族）
0541 十八佳人美色娇（汉族）
0542 拎妹话语当干粮（汉族）
0542 见妹生得白眯眯（汉族）
0542 妹毋连哥枉费乖（汉族）
0543 单线二弦哥独调（汉族）
0543 正同单被入双棉（汉族）
0543 口吃蜜糖甜在心（汉族）
0544 见妹生得乖又乖（汉族）
0544 见妹生来白蒙蒙（汉族）
0545 妹你生得柳叶眉（汉族）
0545 别人求雨我求晴（汉族）
0546 我俩相逢有几何（汉族）
0547 寻妹毋怕路头远（汉族）
0547 世间妹子实难求（汉族）
0548 妹娇娥（汉族）
0548 趁机及早攀枝摘（汉族）
0551 见妹花容盖世间（汉族）
0551 心想连妹比天高（汉族）
0552 情歌四首（汉族）
0552 要乐人（汉族）
0554 我想不分怕妹分（汉族）
0555 新旧相交人等人（汉族）

0556 情兄几好是闲人（汉族）
0558 妹有真心弟有意（汉族）
0559 望妹实心共弟连（汉族）
0560 东部山歌（壮族）
0560 后生俊又靓（壮族）
0560 香似八角花（壮族）
0561 鱼得活水尾摆摆（壮族）
0561 壮族侬歌（壮族）
0561 男女对唱（壮族）
0562 良药情歌（壮族）
0562 旧情歌（壮族）
0563 等兄共妹来成连（壮族）
0564 娇情韵（壮族）
0565 若是有心把口开（壮族）
0566 情歌（壮族）
0567 对唱（一）（壮族）
0568 对唱（二）（壮族）
0568 情歌（壮族）
0569 穿鞋情歌（壮族）
0569 到死伴哥走（壮族）
0570 吃酸醋也甜（壮族）
0571 情歌对唱（壮族）
0572 探情歌（瑶族）
0575 赞妹歌（瑶族）
0576 赞美歌（瑶族）

0578 3
相思歌

0578 蜜糖共酒蒸灯草（汉族）
0582 何时等得到春天（汉族）
0585 妹归去（汉族）
0586 哥妹偕老白头毛（汉族）
0586 苎麻提来穿猪肺（汉族）
0587 泪不干（汉族）
0587 星伴月（汉族）
0588 十挂妹（汉族）
0588 总是暗藏心里知（汉族）
0589 当想蝴蝶遇花枝（汉族）
0590 望妹相思上弟身（汉族）
0592 五更雪落望成双（汉族）
0593 连妹就死眼都稔（汉族）
0593 墙高妹望弟搭梯（汉族）
0594 有心连弟仑一声（汉族）
0596 妹莫连人抛掉兄（汉族）
0598 十逢情（汉族）
0599 弟心挂垂好多时（汉族）
0600 情歌信（一）（汉族）
0601 情歌信（二）（汉族）
0602 情歌信（三）（汉族）
0603 情歌信（四）（汉族）
0605 想情心中似火烧（汉族）
0605 夜间想兄眼卯眠（汉族）
0606 妹独留心等哥归（汉族）
0607 妹是想兄兄思妹（汉族）
0608 日夜和鸣百年长（汉族）
0609 月亮团，月亮弯（汉族）
0609 世人难得共兄眠（汉族）
0610 日相思，夜相思（汉族）
0611 妹叹歌（汉族）
0611 书信歌（汉族）
0612 执笔修书夜入宵（汉族）
0614 相思歌（汉族）
0618 飞去凑哥日夜连（汉族）
0619 唱歌妹对唱歌弟（汉族）
0620 十逢情（汉族）
0621 劝情（汉族）
0621 求妹引弟入花林（汉族）
0622 千金难买少年返（汉族）
0623 唱歌也为少年时（汉族）
0624 问妹扬花到几时（汉族）
0625 情歌（汉族）
0626 朝思夜想在心田（汉族）
0627 大塘平话情歌（汉族）
0628 北部山歌（一）（壮族）
0628 北部山歌（二）（壮族）
0628 北部山歌（三）（壮族）
0628 情信歌（壮族）
0631 十望（壮族）
0631 妹是雁鹅飞过天（壮族）
0632 相思不怕锁十关（壮族）
0632 喊妹唱歌妹就唱（壮族）
0633 相思树上画眉叫（壮族）
0634 想吃牛甘等八月（壮族）
0634 壮族侬歌（一）（壮族）
0634 壮族侬歌（二）（壮族）
0635 壮族侬歌（三）（壮族）
0635 壮族侬歌（四）（壮族）
0636 壮族侬歌（五）（壮族）
0636 壮族侬歌（六）（壮族）
0637 壮族侬歌（七）（壮族）
0637 壮族侬歌（八）（壮族）
0637 壮族侬歌（九）（壮族）
0639 论哥记心间（壮族）
0641 穿鞋情歌（壮族）
0641 天崩当棚塌（壮族）
0643 网雀歌（壮族）
0645 嘱妹歌（壮族）

0646 4
相恋歌

0646 连就连（汉族）
0647 同妹连情哥不怕（汉族）
0647 江干石裂情不断（汉族）
0647 江水几长情几长（汉族）
0648 海枯石烂不变心（汉族）
0649 哥妹同心似铁坚（汉族）

0650 绿水长流日日来（汉族）
0651 弟有真心妹有情（汉族）
0651 自由夫妻永不垮（汉族）
0651 初九月亮两头勾（汉族）
0652 生死都同一路飞（汉族）
0652 园里有花蜂来采（汉族）
0652 阿妹连哥毋变心（汉族）
0653 南风不比秋风凉（汉族）
0654 生死为妹一枝花（汉族）
0655 情深再世也相逢（汉族）
0656 风吹云动天不动（汉族）
0657 妹毋愁（汉族）
0658 从细交情妹人心（汉族）
0659 妹你无心哥枉念（汉族）
0660 好情连哥不用钱（汉族）
0660 哥是枝来妹是叶（汉族）
0661 见人生好莫贪图（汉族）
0662 脚踏莲花绣丝鞋（汉族）
0662 水瓜越老越生丝（汉族）
0663 千年毋死两情深（汉族）
0663 闻哥做唱动心怀（汉族）
0664 想妹昏（汉族）
0668 哥心欢来妹心欢（汉族）
0669 别处好花我毋采（汉族）
0669 妹恋哥（汉族）
0670 有福有缘得遇妹（汉族）
0670 夜夜相思筒呀筒（汉族）
0671 连就连（汉族）
0671 同哥划桨过情河（汉族）
0672 连情就连老哥好（汉族）
0673 六十白发还相绞（壮族）
0674 朝晚么离做队欣（壮族）
0675 接字叹情歌（壮族）
0676 壮族情歌（一）（壮族）
0677 壮族情歌（二）（壮族）
0678 壮族情歌（三）（壮族）
0678 共妹永远结同心（壮族）
0678 路有几长情几长（壮族）
0679 你有情来我有意（壮族）
0679 水浸藕塘花不死（壮族）
0679 文钱粒米都要连（壮族）
0680 哥想恋妹卯怕穷（壮族）
0680 壮族侬歌（壮族）
0681 壮族侬歌（壮族）
0681 壮族侬歌（壮族）
0682 壮族侬歌（壮族）
0683 相会歌（壮族）
0684 妹在身边苦也甜（壮族）
0685 鞋歌（壮族）
0686 恋歌（壮族）
0686 传统情歌选（壮族）
0689 堂上插蜡烛（壮族）
0690 打鱼歌（壮族）
0691 孤儿恋歌（壮族）
0693 马山野歌圩（壮族）
0706 下渡歌（壮族）
0707 敬物歌（瑶族）
0708 敬酒歌（瑶族）
0709 叮花歌（一）（瑶族）
0710 叮花歌（二）（瑶族）
0711 念歌（瑶族）
0712 梦歌（瑶族）

0713 5
离别歌

0713 莫踏花街柳巷尘（汉族）
0714 十步送情歌（汉族）
0715 分离去（汉族）
0715 不知何日得相逢（汉族）
0716 十别人（汉族）
0717 两头分离两头难（汉族）
0717 去了忧（汉族）
0718 梁祝送别（汉族）
0719 新婚别（汉族）
0720 送郎行（汉族）
0721 分别眼泪湿裙衫（汉族）
0722 丢我单身独只媒（汉族）
0723 日里做工想到妹（汉族）
0723 乜叶留心等妹来（汉族）
0723 难了难（汉族）
0724 送妹去，送妹行（汉族）
0724 连情比似长江水（汉族）
0724 怯了休（汉族）
0725 送别歌（壮族）
0726 离乡歌（壮族）
0727 离别（壮族）
0728 离别歌（壮族）
0728 壮族侬歌（一）（壮族）
0729 壮族侬歌（二）（壮族）
0729 壮族侬歌（三）（壮族）
0730 别情（壮族）
0731 十送夫郎上京州（壮族）
0732 壮族情歌（壮族）
0732 情歌信之一（壮族）
0733 情歌信之二（壮族）
0734 情歌信之三（壮族）
0736 分别送物歌（瑶族）
0737 分别叮话歌（瑶族）
0738 鸡叫歌（瑶族）
0739 分别歌（瑶族）
0741 送上路歌（瑶族）
0743 送友歌（瑶族）
0744 叮妹歌（瑶族）
0745 叮情妹歌（瑶族）
0746 妹出嫁哥叮话歌（瑶族）

0747 6
苦情歌

0747 是妹嫁夫水拌油（汉族）
0748 弟不成家因无双（汉族）
0749 相思病重为妹缠（汉族）
0749 命毋修（汉族）
0749 心烦伐伐乱麻麻（汉族）
0750 苦零丁（汉族）
0750 嫁着歹夫也着跟（汉族）
0751 小弟单身日夜愁（汉族）
0752 弟孤寒（汉族）
0752 笼装凤凰难出头（汉族）
0754 苦楝情（汉族）
0755 苦连天（汉族）
0756 好了人家亏了哥（壮族）
0756 眼看凤飞留空窝（壮族）
0757 十想（壮族）
0758 壮族侬歌（一）（壮族）
0758 壮族侬歌（二）（壮族）
0759 壮族侬歌（三）（壮族）
0760 壮族侬歌（四）（壮族）
0760 壮族侬歌（五）（壮族）
0761 壮族侬歌（六）（壮族）
0761 单身汉歌（壮族）
0762 旧情歌（壮族）
0763 泪挽情歌（壮族）
0768 无妻歌（壮族）
0769 出嫁歌（瑶族）
0771 交情歌（瑶族）
0773 梦哥歌（瑶族）
0774 答妹歌（瑶族）
0774 断情歌（瑶族）
0775 送物歌（瑶族）

0777 7
抗婚歌

0777 无情难成好夫妻（壮族）
0777 自己做媒自己配（壮族）
0777 谷米一贵样样贵（壮族）
0778 家婆（壮族）
0778 下楼梯歌（瑶族）
0779 逃婚歌（瑶族）

0783
儿童歌谣

0787 1
催眠歌

0787 摇篮谣（汉族）
0787 摇篮（汉族）
0787 摇到外婆桥（汉族）
0788 船家摇篮曲（一）（汉族）
0788 船家摇篮曲（二）（汉族）
0788 嗳又嗳（汉族）
0788 嗳姑乖（汉族）
0789 嗳儿睡（汉族）
0789 嗳妹乖（汉族）
0789 催眠曲（壮族）
0790 摇篮曲（壮族）
0790 摇篮歌（壮族）

0791 2
自然事物歌

0791 火亮虫（汉族）
0791 鸦鹊鹊（汉族）
0791 马螂狂（汉族）
0792 狗吠汪汪去耙田（汉族）
0792 蔷薇花（一）（汉族）
0792 蔷薇花（二）（汉族）
0793 盖子盖莲蓬（汉族）
0793 后园种株千里香（汉族）
0793 后园种莻东管菜（汉族）
0793 捉螳咩（汉族）
0794 亮光虫（汉族）
0794 槟榔树上正开花（汉族）
0794 白鸽子（汉族）
0794 奴怩妞（汉族）
0795 月亮大（汉族）
0795 十月唱（汉族）
0795 十二月唱（汉族）
0796 螃蜱（汉族）
0796 鲤鱼红嘴又红鳃（汉族）
0796 月亮好（壮族）
0796 月亮光光（壮族）
0797 下雨飒飒（壮族）
0797 星星谣（一）（壮族）
0798 星星谣（二）（壮族）
0798 猫儿发气声不响（壮族）
0798 萤火虫（一）（壮族）
0799 萤火虫（二）（壮族）
0799 萤火虫（三）（壮族）
0799 六畜童谣（壮族）
0800 燕子（壮族）
0801 猫猫歌（瑶族）

0802 3
童趣歌

0802 月光光（汉族）
0803 天睇睇（汉族）
0803 老鼠偷萝白（汉族）
0803 摇船摇橹（汉族）
0803 萝卜苗（汉族）

0804 点虫虫（汉族）
0804 亚妈妈（汉族）
0804 车唎婆（汉族）
0804 摆摆手（汉族）
0805 肥仔二（汉族）
0805 骑木马（汉族）
0805 大肚佛（汉族）
0805 落雨咪咪（汉族）
0806 二叔公（汉族）
0806 讲古（汉族）
0806 眼睛仔（汉族）
0806 定定企（汉族）
0806 卖沙梨（汉族）
0807 贺元宵（汉族）
0807 蒙鸡撑（汉族）
0807 卖龙呵（汉族）
0808 初一骑门槛（汉族）
0808 排排坐（汉族）
0808 打掌仔（汉族）
0808 排排坐（汉族）
0809 点虫虫（汉族）
0809 月光光（汉族）
0809 排排坐等米过（汉族）
0809 滚水烫着挨跛脚（汉族）
0810 妹邀太（汉族）
0810 手螺歌（一）（汉族）
0810 手螺歌（二）（汉族）
0811 好睇姑娘买茶辣（汉族）
0811 十八姑娘吃槟榔（汉族）
0811 天皇皇地皇皇（汉族）
0812 晚学唱（汉族）
0812 游呀游（汉族）
0812 老腊虫（汉族）
0813 嗳姑大了就出海（汉族）
0813 去游游（汉族）
0813 团团转（汉族）
0814 团团转菊花园（汉族）
0815 点灯盏（汉族）
0815 箍手拇（汉族）
0815 踮脚乒乓（汉族）
0815 一托竹二托木（汉族）
0816 点卯兵（汉族）
0816 捉猪牛（汉族）
0816 点脚乒乓（汉族）
0817 颠倒头（汉族）
0818 大话歌（汉族）
0818 打烂了（汉族）
0819 煮俾宝宝送晚饭（汉族）
0819 下雨洒洒（壮族）
0820 哨音响（壮族）
0820 手胼歌（壮族）
0820 下河捞（壮族）
0821 嗲嗲且（壮族）
0821 下雨天（壮族）
0822 打秋千（壮族）
0822 嫁女谣（壮族）
0823 招蚁（一）（壮族）
0823 招蚁（二）（壮族）
0824 赏月谣（壮族）
0824 熊婆谣（壮族）
0825 逗蚂蚁（壮族）
0825 止哭谣（壮族）
0826 引蚂蚁（壮族）
0826 扯谈谣（壮族）
0827 月亮照山川（壮族）
0827 读书成秀才（壮族）

0828 4
事理歌

0828 鸡公仔（汉族）
0828 破竹歌（汉族）
0828 免得惊醒读书郎（汉族）
0829 摘朵梅花伴髻围（汉族）
0829 照南方（汉族）
0829 打发细姑嫁秀才（汉族）
0830 做人新抱实艰难（汉族）
0830 连累姑娘嫁不成（汉族）
0830 契娘打契爷（汉族）
0830 尾巴长（汉族）
0831 韭菜开花恭对恭（汉族）
0831 自食自生疮（壮族）
0831 后母憎前儿（壮族）
0832 驳骄（壮族）

0833 5
猜谜歌

0833 有好烟卖（汉族）
0833 中秋月饼（汉族）
0834 多谢好酒（汉族）
0834 巍（汉族）
0834 晶（汉族）
0834 漏斗（汉族）
0835 笋（汉族）
0835 螳螂（汉族）
0835 鼓（汉族）
0835 粽叶（汉族）
0835 绿卜子（汉族）
0836 竹磨（汉族）
0836 磨（汉族）

0837
曲谱

0839 瑶家心向党
0839 哥妹心连心
0840 三娘乖

0840 各人计较养爹娘
0841 哥妹并肩夺丰收
0842 正同龙凤麒麟
0843 哥无路难进妹花园
0843 山山弄弄彩霞飞
0844 日久出真心
0845 唱起山歌洗愁肠
0845 等妈妈
0846 难分离
0847 妹子十七八
0848 三月花儿红
0849 喜鹊叫喳喳
0850 妹问
0851 十月收谷来酿酒
0852 人人把歌唱
0853 酒歌
0854 等果熟再摘
0855 三月春光好
0856 何时再相见
0857 情到表礼仪
0857 脱贫致富戴红花
0859 园中果芳香
0860 蓝天广朗朗

0863
附录

0863 一
传承人小传

0869 二
新旧地名对照表

0873
后记

概述

南宁是广西壮族自治区首府，古称邕州，简称邕。南宁处于中国华南、西南和东南亚经济圈的结合部，位于广西中部偏南，是环北部湾沿岸重要的中心城市、中国面向东盟国家的区域性国际城市、中国—东盟博览会永久举办地。

南宁历史悠久，古代属百越之地。晋元帝大兴元年（318 年），从郁林郡分出晋兴郡，下辖晋兴等 4 个县。晋兴郡治设在晋兴县城，即今南宁。这是南宁第一次同时作为县级和郡级治所，是南宁建制的开始，距今已有 1700 多年的历史。唐朝贞观六年（632 年），南宁所在的南晋州更名为邕州，南宁简称“邕”由此而来。元朝泰定元年（1324 年），改为南宁路，取南疆安宁之意，南宁之名由此而来。1958 年，广西壮族自治区成立，南宁成为广西壮族自治区首府。南宁市辖青秀区、兴宁区、江南区、良庆区、邕宁区、西乡塘区、武鸣区、横州市、隆安县、马山县、上林县、宾阳县等七区、一市、四县，总面积 2.1 万平方公里。

一、南宁歌谣的历史与现状

（一）歌圩是歌谣的重要载体，活态传承历久弥新

南宁歌谣历史悠久。脱胎于原始氏族部落自然崇拜群体性祭祀活动的壮族歌圩，是原始歌谣的重要载体。壮族歌圩是壮族历史上最为独特的文化现象，其核心的内容就是群体性山歌对唱活动，这一具有壮族文化标识的非物质文化遗产已于 2006 年被国务院公布为第一批国家级非物质文化遗产代表性项目。据调查，南宁市历史上各县区（市）均存在歌圩点，总数多达 100 多个，现活跃的歌圩点还有 30 多个。歌圩经历了从娱神到娱人、从倚歌择配到以歌取乐的演变。歌圩活动多依附于各类庙会，一般一次歌圩活动参与人数少

者数百人，多者数十万人，时间短的一天，长的达十天，常常通宵达旦，歌唱不断。据清光绪年间出版的《武缘县图经》记载："答歌之习，武缘仙湖、廖江二处有之，每三月初一至十日，数里之内，士女如云。"由此可见传统歌圩之盛况。每一次歌圩活动，都成为一次山歌的盛典，男女老幼齐上阵，歌手们不仅传唱着古老的歌谣，同时也源源不断地创编出新的歌谣。为了有效地保护壮族歌圩这一优秀的文化遗产，南宁市政府已采取措施，建立了自治区级的壮族歌圩文化（南宁）生态保护区，以确保其自然生态和文化生态的完整性，确保壮族歌谣及其他各民族的歌谣传承发展不因环境的改变而中断。

（二）多民族歌谣相互交融，和谐共存

南宁市各县区（市）居住着壮、汉、瑶等多个世居民族，每个民族都有着各自独特的歌谣。在历次的田野调查中，搜集到的歌谣主要有壮族歌谣、汉族歌谣、瑶族歌谣。汉族歌谣中又分为汉族平话歌谣、汉族客家歌谣、汉族白话歌谣等。各民族歌谣既各有其鲜明的特点，又有互相影响互相交融的印迹。壮族、瑶族歌谣以五字句式为主，汉族歌谣以七字句式为主。壮族歌手一般多能演唱壮族歌谣，也能演唱汉族歌谣；瑶族歌手一般多能演唱瑶族歌谣，也能演唱壮族歌谣。南宁民歌调丰富多彩，歌调多达 100 多个。其中壮族歌调最为多样，多达数十个；汉族歌调有近 10 个；瑶族歌调则有镇圩调、里当调、古寨调等 3 个。在众多的各民族民歌中，壮族三声部民歌、五言壮欢、壮族高腔、平话山歌、客家山歌、壮族排歌、壮族四六联山歌、嘹啰山歌、白话童谣、瑶山歌等特色尤其鲜明，影响最为深远。壮族三声部民歌是特别稀有的民歌种类，其旋律之优美、句式之独特均在其它民歌之上，2008 年被国务院公布为国家级非物质文化遗产代表性项目。五言壮欢也是壮族具有代表性的民歌之一，为五言四句勒脚韵，即第二句第三字押首句末字韵，第三句末字押第二句末字韵，第四句第三字押第三句末字韵，这种押韵方式有一种循环往复的韵律美，深得壮族人民的喜爱。在各地举办的歌圩活动中，往往能同时听到各民族、多歌调的民歌，也能看到壮族歌手与汉族歌手对歌或瑶族歌手与壮族歌手对歌的情景。多民族相互交融、和谐共处，各美其美、美美与共，是南宁歌谣的特点之一。

（三）题材内容包罗万象，反映社会生活的方方面面

南宁歌谣主要反映壮族、汉族、瑶族等几个民族的社会生活内容，从天文地理、神话传说、宗教信仰到日常劳作、人生礼俗、反抗斗争、社交娱乐等社会生活的所有领域。根据中国民间文学大系歌谣卷编纂体例的要求，可归纳为劳动歌谣、仪式歌谣、时政歌谣、生活歌谣、爱情歌谣、儿童歌谣六个部分，其特点主要表现在以下几个方面：

1．劳动歌谣彰显地域特点，古老的“那文化”烙印十分深刻

南宁市各县区（市）属丘陵半丘陵地区，气候温暖，雨量充沛，主要农作物是水稻，水稻生产劳动是当地群众最主要的生产内容。据考古挖掘资料证实，南宁的水稻生产历史悠久，是世界稻作文化的发源地之一。水稻田壮语叫“那”，所以稻作文化也被称为那文化。人们赖“那”而食、赖“那”而居、赖“那”而乐，“那”劳作是当地群众的主要生产方式，因而催生了大量的歌咏“那”生产劳动的歌谣，如表现犁田、撒秧、插田、割谷、收谷等内容的歌谣就格外的细腻而动情，数以千万计的劳动歌谣无不打上古老那文化的深刻烙印。

2．仪式歌谣涉及生老病死的完整人生，孝歌最具深情韵味

南宁的仪式歌谣内容十分丰富，涉及人生礼仪的方方面面，新生婴儿有赞儿歌，婚嫁有哭嫁歌，寿诞有祝寿歌，送丧有送葬歌，孝宗敬祖有孝歌等等。在诸多的仪式歌谣中，孝歌以其缠绵悱恻、韵味深长且千古传唱不绝而被人们所称道。南宁人为人厚道，以尊老敬宗为荣，以忤逆乖张为耻，遵循百事孝为先的做人准则，孝歌的伦理教化无疑起到了重要的作用。在南宁的壮族、汉族、瑶族的各种民间信俗如师公、道公斋醮、道场活动中，唱孝歌是其核心的内容，在潜移默化的长期熏陶下，人们的思想观念中便牢固树立起了孝亲敬祖的意识。同时，由于孝歌旋律缠绵动人，韵味十足，因而深受百姓的喜爱。

3．时政歌谣针砭时弊，讴歌太平盛世

时政歌谣是时代的晴雨表，若时逢乱世，歌者们便以辛辣的歌谣痛陈统治者的腐败无能；欣逢盛世，歌者们便放开歌喉赞颂国泰民安。新中国成立后，人民翻身得解放，此时的时政歌谣洋溢着一种对党的英明领导的由衷赞颂之情，例如《翻身跟党我心坚》《共产党来换新天》等等；改革开放以后，乡村百姓吃穿不愁，还大多都盖上了小洋楼，生活一天比一天好，此时的时政歌谣充满一种昂扬向上的乐观气象，例如《壮乡美景胜桃源》《三中全会似朝阳》《神州大地尽春天》《三十年来大步跨》等等。

4．生活歌谣道尽人生悲喜，柴米油盐酱醋茶

人生百态，生活多姿多彩。有的人生来享尽人间富贵，有的人劳苦一生；有的人先甜后苦，有的先苦后甜；有的人长命百岁，有的人早年夭折。不同的时代、不同的制度，有不同的社会面貌，从各民族的生活歌谣中，都能清晰地看出明显的时代烙印。反映旧时代底层民众生活的生活歌谣，给我们最强烈的一种感受是“苦”。苦歌声声，如泣如诉，催人泪下：婢女苦歌、寡妇歌、孤独歌、十忧、鳏寡怨、童媳怨等等山歌感人至深。而在新

中国，普通百姓的生活，则充满着欢乐和自信，反映在歌谣里的有《歌唱新生活》《国泰民安好社会》《过美好生活》《美丽家园》等等。不同时代完全不同的生活景象，都能在南宁歌谣里体现出来。

5．爱情歌谣如泉水般源源不断，越唱越多

南宁市的爱情歌谣十分的古老，古老到我们无法追溯到它确切的源头。在原始氏族部落时代，壮族先民就有了赶歌圩的习俗，歌圩上唱的山歌相当一部分就是情歌。成书于唐代的《酉阳杂俎》就有“陇垌节”的记载，陇垌节就是歌圩节。明代邝露《赤雅》一书有关于“浪花歌”的记载，浪花歌也多为男女欢唱的情歌。历代统治者对情歌的态度不一，较开明的统治者对情歌采取的是睁一只眼闭一只眼的态度，而独裁者则采取禁歌的粗暴办法对待。例如，清代中期，思恩府知府李彦章就曾以“伤风败俗”为由，明令禁止过唱情歌。此事被当时一位文人作诗嘲笑：“兰卿太守真多事，示禁花歌浪费神”。有位山歌手还作一首反禁歌的山歌以示抗议：“天上大星管小星，地上元帅管总兵，只有知州管知县，谁敢管我唱歌人。”

情歌是南宁歌谣里数量最多的种类，再细分则还有初识歌、赞慕歌、相思歌、相恋歌、离别歌、苦情歌、抗婚歌等。

6．儿童歌谣稚气率真，朗朗上口

儿童歌谣一般是大人为婴幼儿创编的歌谣，少量是儿童自己创编的歌谣。儿童歌谣最大的特点是以儿童的口吻进行创编，切合儿童的兴趣、心理和爱好。南宁儿童歌谣主要有壮族儿童歌谣、汉族儿童歌谣、瑶族儿童歌谣，各民族儿童歌谣均有其特点。壮族和瑶族多居住于山区丘陵地区，儿童歌谣中多出现山野中常见的花草虫鱼、猪马牛羊等动物和物象，而汉族多居于城镇圩市，所以汉族的儿童歌谣中多出现街市的物象。随着城市化进程的加快，壮族儿童歌谣和瑶族儿童歌谣日渐式微，而汉族儿童歌谣则相对传承状况较好。汉族儿童歌谣以白话童谣为主。南宁白话童谣现已成为广西壮族自治区级非物质文化遗产代表性项目，在非遗进校园活动的不断推动下，白话童谣已在多所中小学校生根开花，并常常呈现于文艺舞台，深受师生们的喜爱。

二、南宁歌谣的搜集整理和研究

南宁歌谣历代多以口传心授和手抄本的方式流传。旧时代的南宁经济文化落后，边远山区文盲现象非常普遍，很多会唱山歌的人并不识字，他们会唱的山歌往往是从上一辈或者同伴那里学来的。一些识字的山歌手，则会留心记录别人传唱的优秀山歌，或者传抄别人的歌本，所以在民间做调研时，能常常看到不同朝代流传下来的山歌手抄本。南宁第一次系统地搜集整理民间歌谣是20世纪80年代全国统一开展的民间文学三套集成的搜集整理工作，全市十二个县区（市）共搜集到各类歌谣约200万字。到90年代初期，各地已陆续整理出本县区（市）的歌谣集，大部分为内部印刷传阅，只有个别县区（市）作了正式出版。此次大规模的搜集整理成果巨大，但并未能把浩如烟海的南宁歌谣真正全部搜集上来，所以部分县区（市）及部分有责任担当的专家又持续开展歌谣的搜集整理工作，并且取得了重要的收获。例如马山县，在三套集成已搜集到40多万字歌谣的基础上，到21世纪20年代，又搜集到数百万字的歌谣，并且公开出版了一部近200万字的《马山县山歌》；西乡塘区民间歌手伍吨搜集整理并内部印刷了两部《平话山歌与民歌》，字数达100多万字。此外，民俗专家梁肇佐公开出版的《壮族歌圩调查研究》一书，也收录约18万字此前未被搜集整理的壮族歌谣，此书的学术价值得到广泛的肯定，被广西壮族自治区人民政府授予广西文艺创作铜鼓奖。

广西壮乡是歌海，南宁是歌海的最深处。南宁歌谣多得像大海中的沙子，谁能数得清大海中沙子的数量呢。

凡例

一、 《中国民间文学大系·歌谣·广西卷·南宁分卷》收录作品的范围是南宁市十二个县、区（市）具有代表性的民间歌谣，主要收录了南宁市广为传唱、传播的汉族、壮族、瑶族歌谣。

二、 本卷所选作品根据“中国民间文学大系·歌谣卷编纂体例”的分类，主要分为劳动歌谣、仪式歌谣、时政歌谣、生活歌谣、爱情歌谣和儿童歌谣六大类，每类前面均有简要介绍。在各个大类下面，又分为若干小类。每一小类里面的作品，则根据不同的主题和内在逻辑进行排序。

三、 本卷收录的作品主要选自 20 世纪 80 年代南宁市各县、区（市）三大集成歌谣卷的内容，并尽可能地做了来源说明。同时也收录了编纂者田野调查搜集到的部分歌谣。所收录作品，少部分作品已公开出版，大部分歌谣则选自尚未公开发表的内部资料。

四、 每首歌谣作品包括题目、正文、流传地区、演唱者、翻译者、搜集整理者、搜集时间地点、来源。部分歌谣缺项不补。

五、 收录作品的搜集地点、流传地区，由于行政区划或名称的改变，此次编纂尽可能地做了附加说明。

六、 收录作品中涉及的方言，做了简明扼要的注释，为了让读者更好地理解作品，有部分作品做了相关民俗的背景说明。

七、 南宁市各县、区（市）的民歌调十分丰富，多达一百多个，故此次只能选择部分有代表性的曲调收入本歌谣卷，单独作为一个部分。因同一民族、同一地域的曲调，可以演唱不同内容类别的歌谣，故曲调的分类适合以民族、地域来区分，而不适合以内容进行分类。

八、 收录的歌谣保持原有的歌谣题目不变，部分歌谣原本没有题目，演唱者在演唱时常随口演唱，并没有拟定题目，故由搜集整理者、编纂者根据作品内容和主题拟定题目。

歌谣题目提示

采录者提示

文中注释位置提示

附记提示

C011

劳动歌谣

南宁有盆地、有石山、有丘陵、有河流湖泊，气候温暖、雨量充沛，生产类型多样化，故而也催生了丰富的劳动歌谣。南宁的劳动歌谣包括农耕歌、渔猎歌、采茶歌、工匠工艺歌、副业歌等，其中与稻作有关的农耕歌是南宁各族人民劳动歌谣中数量最多、最多彩的歌谣，这与南宁历史深远的稻作文化密切相关。

据近年的考古挖掘证实，南宁地区稻作文化历史悠久，是世界稻作文化的发源地之一。水稻田，壮语地区称“那”，“那”劳作是当地群众的主要生产方式，人们赖“那”而食、赖“那”而居、赖“那”而乐，因而催生了大量的歌咏“那”生产劳动的歌谣。

农耕歌里，歌唱稻作生产的内容最为生动而深情，如《犁田》《撒秧》《插田》《割谷》《收谷》等，都是直接表述水稻种植收割劳动生活的歌谣。水稻在南宁生产生活中占据重要地位，壮族地区对稻田的尊崇催生的祭稻神等民间信仰习俗足可印证。人们歌唱水稻、歌唱稻作生产、歌唱稻作生活、歌唱稻神，内容丰富多样，有赞叹歌，也有忧虑歌，情感细腻亲切。春耕秋收，离不开耕牛的勤恳劳作。《对牛叹》诉说了牛的苦、牛的劳碌：“……世间辛苦有如牛；颈上架起千斤轭，竹鞭抽打后臀头。”牛毕生忠于主人，一生辛苦劳作、埋头苦干，只做贡献，不计回报，称得上是动物界的“第一劳模”。在汉族地区劳动歌谣中对牛的歌唱皆为叹息和怜悯牛的劳苦，语言简短，有齐整的七言，也有加上前缀“牛呀牛”的感叹。

根据节气安排农事是中国独有的智慧，对节气的歌唱也是南宁劳动歌谣的一大特色。《十二月望郎哥》《十二月农事歌》《农事歌》均是对节气及农事的歌唱。二十四节气在中国家喻户晓，农村地区大字不识一个的农民，也能顺嘴说出这二十四个节气。节气指导农事，劳作顺应节气，在南宁地区流传的节气农事歌谣，可让我们窥见农耕时代本地生产方式的多样性。

南宁不仅自然资源丰富，而且是一个多民族聚居的地区，工匠工艺皆与群众日常生活密切相关，《木匠》《窑匠歌》《染匠》等劳动歌谣覆盖百姓衣食住行的方方面面。伐木砍竹、建屋造村、染布制衣、做绣花鞋等劳动生活场景，正是壮、汉、瑶等民族自给自足劳动生活的写照。

1

农耕歌

犁田（汉族）

农业学堂毕了业，
今日出来当教员。
乐歌是得操行得，
国文算术总齐全。
昨夜雷鸣大雨落，
农夫出岭犁良田。
今年风调再雨顺，
五谷丰登大有年。

忽闻鼓乐闹连连，
农夫使者赴坛前。
入筵领受香茶酒，
从头唱出我因言。
要唱小吾身出处，
生来七岁就犁田。
三更洗脚归床睡，
公鸡未啼就起先。
起来去开牛栏锁，
左手牵牛右执鞭。
牵牛去到田边企，
连忙挂轭就犁田。
种田是从正月起，
农夫出垌犁良田。
今年风调并雨顺，
五谷丰登万万年。

二月惊蛰春分节，
催春鸟雀叫连连。
催春鸟雀连连叫，
到处犁田落地完。
三月清明大雨落，
临春大雨水涟涟。
水浸良田人种作，
上下高低种作完。

四月立夏人等垱[1]，
人人等垱在江边。
低田便种夏至谷，
高田便种六禾粘。
五月正是端阳节，
人人江岸看龙船。
看了龙船夏至熟，
家家子女扛禾尖。

六月小暑大暑节，
六禾谷熟在田边。
六禾谷熟齐收割，
收完稻谷再插田。
七月正是中元节，
洗台洗凳奉祖先。

[1] 等垱：在河中装鱼。

一日服侍三茶酒，
台下不离烧纸钱。

八月正是中秋节，
中秋月饼送同年。
后生便唱歌好合，
老人便唱太平年。
九月重阳寒露节，
晚禾谷熟在田边。
晚禾谷熟齐收割，
到处收割庆丰年。

十月立冬小雪节，
人人再去犁良田。
到处良田全犁尽，
年底翻田好过年。
十一月里冬至节，
家家磨米做水圆。
人人齐贺冬至节，
老幼同歌得安然。
十二月过是春节，
人人准备过新年。
种田讲尽十二月，
算要工钱归过年。
华筵不敢言多唱，
乐官催送退坛前。

流传地区：南宁市陈东、友爱一带

演唱者：陈东、友爱师公队

搜集整理者：欧阳柳生，男，文化局干部

来源：选自中国民间文学三套集成南宁市领导小组编《南宁市歌谣》（内部资料），1987 年

撒秧（汉族）

正月立春雨水早，
人人撒秧在田边。
撒秧早来插得早，
插早割早好翻田。
忽闻鼓乐闹连连，
下乡姐妹赴坛前。

入筵领受香茶酒，
从头唱出妹因言。
要唱小吾身出处，
家在南山一垌田。
父母生来俩姐妹，
姐妹俩人务良田。

正月临春落大雨，
高低有水白涟涟。
小娘心中思一句，
连忙浸谷撒秧完。
落下田中一个月，
看见秧长合插田。
插下田中半个月，
秧根发得拥连连。

看见秧田发得好，
心里思量打柴先。
打得柴禾一个月，
禾根抽穗在田边。
抽穗到熟一个月，
心里思量割谷先。
割得谷来担归屋，
任我吃饭做水圆。
华筵不敢言多唱，
乐官催送退坛前。

流传地区：南宁市陈东、友爱一带

演唱者：陈东、友爱师公队

搜集整理者：欧阳柳生，男，文化局干部

来源：选自中国民间文学三套集成南宁市领导小组编《南宁市歌谣》（内部资料），1987 年

插田（汉族）

昨夜雷鸣大雨落，
今朝有水白涟涟。
耙得南山田一垌，
去报细姨帮日先[1]。
定住屋头冇乜做[2]，
我便去寻大姐先。
好久没见大姐面，
今日相逢在路边。

早晨得见天明月，
姐妹担秧去插田。
大姐插从这角起，
我便插从那角先。
忽闻鼓乐闹连连，
插田姐妹赴坛田。
入筵领受香茶酒，
从头唱出妹因缘。

要唱小娘身出处，
家在南山一垌田。
买得南山田一垌，
十只牯牛耕冇完。
金鸡未啼煮饭吃，

[1] 帮日先：先帮忙做一天工。

[2] 定住屋头冇乜做：冇，没有；乜，什么。在家里没有什么事可做。

天还未亮就到田。
上田犁得溶又烂，
下田犁得烂如棉。
高田便种夏至谷，
低田便种六禾粘。
白饭好吃工难做，
催人睡觉没贪眠。

千辛万苦娘做过，
那个人见冇可怜。
今日众信酬年例，
家家谷米满仓边。
华筵不敢言多唱，
乐官催送退坛前。
齐休息，
二人休息在田边。
二人休息田边住，
共我姐妹讲甜言。

流传地区：南宁市陈东、友爱一带

演唱者：陈东、友爱师公队

搜集整理者：欧阳柳生，男，文化局干部

来源：选自中国民间文学三套集成南宁市领导小组编《南宁市歌谣》（内部资料），1987 年

插田（汉族）

手巧姑娘赶插田，
两手分秧密连[3]连；
一秧一曲步步退，
退后原来是向前。
六月日头火炎炎，

[3] 密连：形容动作很快。

姑娘插田手密连；
粒米把汗有谁识，
莫嫌糯米莫嫌粘。

流传地区：宾阳县新桥、思陇、太守一带
演唱者：农人杰，男，汉族，广西宾阳太守乡新安村人，农民，初中文化
搜集整理者：王启智、陆有全
搜集时间及地点：1986年7月5日搜集于宾阳县新安村
来源：选自宾阳县民间文学三套集成编委会编《中国民间文学三套集成宾阳县歌谣卷》（内部资料），1987年

割谷[1]（汉族）

男：　快快走，
挂心外头人肚饥，
来到途中打喷嚏，
势必你娘讲乖儿。
亚乖乖，
好在姨娘今日来，
外婆做给白裤子，
姨娘做对细红鞋。
亚乖乖，
饭篮难拎路难行，
你娘田边一定讲，
晏[2]饭难给你老娘。

女：　插田晏中饭未到，
仔细想来好凄凉。
走上岭顶望一望，
并无得见有人来。

男：　亚乖乖，
莫抓亚爷耳朵根，
莫使亚爷耳朵紧，
等我抬头望你娘。

同唱：　吃晏饭，
众位莫说饭菜凉，
想请众位同齐饮，
咸鱼做菜不用盐。

女：　你慨[3]做人不识想，
放牛上岭冇安䦆[4]，
我慨[5]肚饥不要紧，
二来连累细姨娘。

男：　今朝起来实在早，
亚乖起来叫老娘。
抱去隔壁喂奶吃，
归来我才得安䦆。

女：　明明是你懒就懒，
推讲乖儿寻老娘。
定住屋里三餐饱，
难为我共细姨娘。

男：　你说送饭来得晏，
冇柴冇水难安䦆。
担得水来柴冇有；
饭菜未熟我难行。

[1]　割谷：收割稻谷。
[2]　晏：中午。
[3]　慨：那。
[4]　冇安䦆：冇，没有；安：安装；䦆：锅。
[5]　慨：这。

女：　　定住屋里做乜事，
如今讲冇水安蕹。
爷娘发[1]妹冇问过，
嫁着懒人好凄凉。

男：　　你讲爷娘冇问过，
先问人才后问娘。
种田哪个冇辛苦，
祖上遗留也着[2]耕。

女：　　吹火不着[3]真怨气，
怨上我爷共我娘。
破竹提来屈洛子，
生硬屈坏我心伤[4]。

男：　　前世姻缘天配定，
做人你不怨爹娘。
有日时通运气就，
穿绸穿缎有排场。

细姨：　田边张口没好看，
将来定给外人欺。
姐夫少讲姐少说，
大家和气养儿郎。

姐妹同唱：坛前要乐没归去，
保其老幼集千祥。
风调雨顺年丰好，
从此大家五世昌。

男：　　今日众信酬年例，
我来耍乐在坛场。
会首神心神保佑，
家家老少总吉祥。

[1] 发：打发，同"嫁"。
[2] 着：挨。
[3] 着：点燃的意思。
[4] "破竹……我心伤"两句：屈，弯；洛子，担稻谷的用具；破开竹子拿来弯成"洛子"，生硬弯它搞坏了，我心里难过。

流传地区：南宁市陈东、友爱一带
演唱者：陈东、友爱师公队
搜集整理者：欧阳柳生，男，文化局干部
来源：选自中国民间文学三套集成南宁市领导小组编《南宁市歌谣》（内部资料），1987年

收谷（汉族）

手抓禾镰去割谷，
二人出门心头乐。
夏至晚禾大丰熟，
任由吃饭做糍粑。
忽闻鼓乐闹阵阵，
割谷姐妹赴坛心。
入筵领受香茶酒，
从头唱出我根源。

我父生来十八子，
我母原来是姓陈。
生下五男并二女，
嫁落农家百姓人。
万事耕田为根本，
务农即是养人民。
五谷原是神农造，
留下凡间应济民。
喜看夏至早稻熟，
田中谷熟似黄金。

割了早稻到翻糙[1]，
翻田那时很频轮[2]。
三更起来煮饭吃，
家家灶火亮纷纷。
人说早稻大丰熟，
一年都有好收成。
女人割得手儿痛，
男人担得汗淋身。
丰收谷米归屋里，
任人吃饭做云吞。
在坛不敢言多唱，
乐官催送退坛心。
三十亩田齐割了，
冇见有人换谷抓。
走上岭头望一望，
没有米粉冇糍粑。

流传地区：南宁市陈东、友爱一带

演唱者：陈东、友爱师公队

搜集整理者：欧阳柳生，男，文化局干部

来源：选自中国民间文学三套集成南宁市领导小组编《南宁市歌谣》（内部资料），1987 年

田头唱（汉族）

机声隆隆夫打谷，
银镰闪闪妻割禾；
两张笑脸欣相照，
责任田头唱丰收。

流传地区：宾阳县新桥、思陇、太守一带

搜集整理者：黄云逸，男，汉族，广西宾阳县六蒋村人，中师文化

搜集时间及地点：1984 年 10 月 10 日搜集于宾阳县新桥乡六蒋村

来源：选自宾阳县民间文学三套集成编委会编《中国民间文学三套集成宾阳县歌谣卷》（内部资料），1987 年

晒谷[3]（汉族）

麻蒂雕[4]，
龙婆晒谷你采嘹；
若是龙婆捉得你，
斩头屈脚落窑煲。

流传地区：宾阳县新桥、思陇、太守一带

演唱者：谭日阳（搜集整理者的祖母），女，1972 年病逝，不识字

搜集整理者：王启智

搜集时间及地点：1954 年 10 月 30 日搜集于宾阳县太守乡谭蓬村

来源：选自宾阳县民间文学三套集成编委会编《中国民间文学三套集成宾阳县歌谣卷》（内部资料），1987 年

男打草（汉族）

打草上山慢慢上，
从头唱出我当初。
第一鸡啼煮饭吃，

[1] 翻糙：第二糙。

[2] 频轮：非常忙。

[3] 附注：此歌是老婆婆们晒谷时自吟自唱，有时也唱它来哄孙儿入睡，宾阳县各地均流传。

[4] 麻蒂雕：麻雀。

第二鸡啼办菜蔬。
第三鸡啼吃了饭，
第四鸡啼上岭坡。
五更天明到岭上，
仔细想来心好孤。

伸脚出门鸦雀叫，
特地来山打草坡。
穿裤有裆衫有衿，
取条白裙包屁股。
禾尖担杆两头利，
新打镰刀打石磨。

上到高山遇好草，
等我开镰打草坡。
打草便打金骨草[1]，
不打塘边水面坡。
上到高山打嫩草，
返归麓底戽牛窝[2]。

捉得大鱼上街卖，
捉得细鱼晒岭坡。
塘角鲤鱼人捉去，
黄鳝狗钻[3]实难摸。
新买泥煲煮饭吃，
急忙煮粥着粘锅。
又买柴烧买米煮，
再买油盐共菜蔬。
三百钱银招懒婿，
十八女儿嫁老哥。

一勤天下无难事，
白手点盐娶老婆。
好吃不比油炒饭，
熟悉不过俩公婆。
担杆是我慨[4]米坛，
镰刀是我慨酒壶。
烟筒时常插后背，
人人讲我派头哥。
打了草来冇乜做，
等我开言唱支歌。

流传地区：南宁上尧乡

演唱者：陈东村师公队和友爱村师公队

搜集整理者：欧阳柳生，文化局干部

来源：选自中国民间文学三套集成南宁市领导小组编《南宁市歌谣》（内部资料），1987 年

春犁[5]（汉族）

牛呀牛，
背脊向天做人奴；
你拉犁头我扶把，
不分春夏与冬秋。

流传地区：宾阳县新桥、思陇、太守、高田、新宾、芦圩等乡

演唱者：黄兴玉，男，汉族，宾阳县谭蓬村人，歌手，高小文化

搜集整理者：王启智，男，汉族，广西宾阳县文化局文学创作干部，大学中文专科毕业

搜集时间及地点：1948 年 3 月搜集于宾

[1] 金骨草：草名，也叫鸡骨草。

[2] 牛窝：指水牛滚出的小水窝。

[3] 狗钻：当地的一种鱼，身体表面多黏液，无鳞，常常与黄鳝一起钻在泥中生活。

[4] 慨：的。

[5] 此歌产生在旧社会，由为人打长工的人自唱，在宾阳县流传甚广，现在人们在春耕时感到犁田辛苦，还唱这支歌自慰。

阳县谭蓬村，系采录者和演唱者小时候听老歌手唱的

来源：选自宾阳县民间文学三套集成编委会编《中国民间文学三套集成宾阳县歌谣卷》（内部资料），1987 年

春心焦[1]（汉族）

春心焦，
出工同行路一条；
早起三朝当一日，
夫掮犁耙妻掮锹。
高山岭顶有根蓝，
日晒雨淋快标苗；
妹铲田基哥扒泙，
汗湿哥头妹湿腰。

流传地区：宾阳县新桥、思陇、太守一带

演唱者：陆祥

搜集整理者：陆有全

搜集时间及地点：1986 年 7 月采于宾阳太守乡陆华村

来源：选自宾阳县民间文学三套集成编委会编《中国民间文学三套集成宾阳县歌谣卷》（内部资料），1987 年

牛命（汉族）

牛呀牛，
你是前生命毋修；
肚饥撩吃田边草，
着人骂你大瘟收[2]。
一条拱木架你颈，
大缆两条去悠悠；
春分到来耙畬岭，
夏至到来耙插禾。

一步毋行三鞭打，
打得皮穿血又流；
到你老来无气力，
卖肉把人作菜蔬。
晒干脚筋打棉被，
烧你骨头去壅禾；
拉开你皮做鼓打，
锯平你角做号螺。
牛呀牛，
世间数你命毋修！

流传地区：宾阳县各乡村

演唱者：林秀才，女，汉族，宾阳县新桥乡马岗村人，农民，不识字

搜集整理者：黄时沛，汉族，宾阳县马岗村人，宾阳报社文艺编辑，大学中文专科毕业

搜集时间及地点：1978 年 6 月搜集于宾阳县新桥乡马岗村

来源：选自宾阳县民间文学三套集成编委会编《中国民间文学三套集成宾阳县歌谣卷》（内部资料），1987 年

对牛叹（汉族）

请君听我唱因由，
世间辛苦有如牛；

[1] 此歌多在春耕时演唱，一般是旁人称赞人家夫妻同心同德搞生产的情景。

[2] 骂人话，染上瘟疫而陨命的人就叫他是“大瘟收”。

颈上架起千斤轭，
竹鞭抽打后臀头。

主人吃米我吃草，
便宜气力种田禾；
黏米拎来煮饭吃，
糯米酿酒敬公侯。

见我老来无力气，
屠户杀来当菜蔬；
杀我老牛实冇好，
取你耕田用锄头。

流传地区：宾阳县古辣一带

演唱者：张焕亮，男，汉族，广西宾阳县古辣乡龙额村人，教师，初中毕业

搜集整理者：王启智、陆有全

搜集时间及地点：1986 年 4 月搜集于宾阳县古辣乡龙额村

来源：选自宾阳县民间文学三套集成编委会编《中国民间文学三套集成宾阳县歌谣卷》（内部资料），1987 年

四季忧（汉族）

牛呀牛，
一到春天你就忧；
拱木一条架在颈，
两条藤绞去游游。
牛呀牛，
日日上山吃草蔸[1]；
千日养兵一日用，
六月难耙一春禾。

牛呀牛，
冬天来到你更忧；
寒山野岭草枯死，
牛栏无草眼泪流。
牛呀牛，
老来无用落油锅；
皮张拎来做鼓打，
骨头拎来壅六禾。

牛呀牛，
生死一身有用途；
世间无物比得你，
鞠躬尽瘁过千秋。

流传地区：宾阳县各乡村

演唱者：太守、思陇劳动群众

搜集整理者：陆有全

搜集时间及地点：1957 年搜集于宾阳县太守乡陆华村

来源：选自宾阳县民间文学三套集成编委会编《中国民间文学三套集成宾阳县歌谣卷》（内部资料），1987 年

十二月望郎歌（壮族）

正月望郎是立春，
雨水又来临，
淋得垌垌田水满，
望郎早日来耕垦。
二月望郎是惊蛰，
浸谷过春分，
春分秧芽纷纷出，
望郎早日淋秧根。

三月望郎是清明，

[1] 草蔸：指小簇嫩草。

谷雨拔秧频，
耙田整地担粪肥，
望郎插秧要分匀。
四月望郎是立夏，
小满禾旺根，
除草追肥禾秀绿，
望郎早日及时耘。

五月望郎是芒种，
夏至禾壮生，
除虫防病保禾苗，
望郎抓紧多费心。
六月望郎是小暑，
大暑谷黄金，
谷镰沙沙娘欢喜，
望郎早日收禾根。

七月望郎是立秋，
处暑罢秧根，
晚糙翻田暂停止，
望郎早日担粪淋。
八月望郎是白露，
耘田过秋分，
晚禾肥壮青秀绿，
望郎早日多几耘。

九月望郎是寒露，
霜降谷熟匀，
朝担夜打么得空，
望郎收割帮半分。
十月望郎是立冬，
小雪麦合春，
冬雪寒霜麦更绿，
望郎除草要除尽。

十一月望郎是大雪，
冬至寒袭身，
门前雪花纷纷落，
望郎买布做衣新。
腊月望郎是小寒，
大寒工作紧，
积肥担粪落田垌，
望郎早日迎开春。

流传地区：南宁市邕宁区伶俐、五合一带

演唱者：周美容，女，壮族，不识字

搜集整理者：杨博民，男，壮族，邕宁区伶俐乡德福村人，农民，高小文化

来源：选自邕宁民间文学三套集成编委会编《中国民间文学三套集成邕宁县民间歌谣集》（内部资料），1987 年

割草女（壮族）

草根无情刺脚板，
一路下山血斑斑，
穷家少女割草卖，
一担草来一担汗。
蕨草割了又转生，
卖草贫女没青春，
泪洒衣袖知多少，
镰刀难断穷芒根。

流传地区：上林县巷贤镇、明亮镇、大丰镇、西燕镇、澄泰乡一带

演唱者：莫天让，男，壮族，上林县巷贤镇李洞村人，农民；杨益年，男，壮族，上林县明亮镇塘兑庄人，农民

搜集整理者：黄寿才，男，壮族，上林人，广西作家协会会员

来源：选自南宁市文化新闻出版广电局、

南宁市民族文化艺术研究院编《南宁歌谣集成（壮族卷）》，广西教育出版社，2014年12月

农事歌（壮族）

正月新立春，
播种玉米忙，
使尽全力干，
丰收谷满仓。
二月是春分，
种小米和粟，
要种好庄稼，
定用好肥施。

三月是清明，
认真种芋头，
种芋再种姜，
忙像兵打仗。
四月到立夏，
移秧插田忙，
不是说空话，
一天一变样。

五月到芒种，
快种下黄豆，
肥料施放好，
棵棵绿油油。
六月到大暑，
田垌稻金黄，
垌垌是一样，
个个喜洋洋。

七月到立秋，
赶快种红薯，
不是乱来讲，
节过费工夫。
八月到白露，
冬麦要种好，
晚糙[1]勤管理，
莫乱满街跑。

九月到霜降，
种下荷兰豆，
荷兰耐霜雪，
管好保丰收。
十月交立冬，
青菜绿葱葱，
踩泥做砖瓦，
犁田好过冬。

流传地区：马山县
搜集整理者：红波、清源、道亮
搜集时间及地点：1986年搜集于马山县片联乡
来源：选自马山县民间文学三套集成编写小组编，马山县文化局、马山县文化馆印《中国民间文学三套集成马山县歌谣卷（二）》（内部资料），1987年6月

论工歌（瑶族）

女：　做工啦，做工啦，
有什么工还未做？
一月里做什么工，
哥哥呀请告诉我。

男：　做工啦，做工啦，

[1]　晚糙：晚稻。

有外公的工还未做，
一月里先做外公的工，
告诉你啰妹。

女：　做工啦，做工啦，
有什么工还未做？
二月里做什么工，
哥哥呀请告诉我。

男：　做工啦，做工啦，
有外婆的工还未做，
二月里先做外婆的工，
告诉你啰妹。

女：　做工啦，做工啦，
有什么工还未做？
三月里做什么工，
哥哥呀请告诉我。

男：　做工啦，做工啦，
有舅爷的工还未做，
三月里先做舅爷的工，
告诉你啰妹。

女：　做工啦，做工啦，
有什么工还未做？
四月里做什么工，
哥哥呀请告诉我。

男：　做工啦，做工啦，
有舅娘的工还未做，
四月里先做舅娘的工，
告诉你啰妹。

女：　做工啦，做工啦，
有什么工还未做？
五月里做什么工，
哥哥呀请告诉我。

男：　做工啦，做工啦，
有阿公的工还未做，
五月里先做阿公的工，
告诉你啰妹。

女：　做工啦，做工啦，
有什么工还未做？
六月里做什么工，
哥哥呀请告诉我。

男：　做工啦，做工啦，
有阿婆的工还未做，
六月里先做阿婆的工，
告诉你啰妹。

女：　做工啦，做工啦，
有什么工还未做？
七月里做什么工，
哥哥呀请告诉我。

男：　做工啦，做工啦，
有父亲的工还未做，
七月里先做父亲的工，
告诉你啰妹。

女：　做工啦，做工啦，
有什么工还未做？
八月里做什么工，
哥哥呀请告诉我。

男：　做工啦，做工啦，
有母亲的工还未做，
八月里先做母亲的工，

告诉你啰妹。

女：　做工啦，做工啦，
有什么工还未做？
九月里做什么工，
哥哥呀请告诉我。

男：　做工啦，做工啦，
有朋友的工还未做，
九月里先做朋友的工，
告诉你啰妹。

女：　做工啦，做工啦，
有什么工还未做？
十月里做什么工，
哥哥呀请告诉我。

男：　做工啦，做工啦，
有我俩的工还未做，
十月里做我俩的工，
告诉你啰妹。

流传地区：马山县

演唱者：罗月英，女，瑶族，38岁，农民，不识字；罗吉花，女，瑶族，60岁，农民，不识字

搜集整理者：红波，壮族，46岁，大学学历，民间文学工作干部；韦善标，瑶族，33岁，农民，初中学历

搜集时间及地点：1986年4月搜集于马山县民族村罗家屯

来源：选自马山县民间文学三套集成编写组，马山县文化局、文化馆编印《中国民间文学三套集成马山县歌谣卷（三）瑶族上》（内部资料），1987年7月

2

渔猎歌

新船落海（汉族）

杉木大船两头尖，
蜡染风篷绸缎帆。
脚踏船头第一舱，
木龙旺相红纱缠。
二舱木丫排飞桨，
喝桨飞起胜龙船。
三舱几层围脚步，
拉起桅杆顶蓝天。
四舱中间盘缆索，
缆索通盘坚又坚。

五舱船壳标水位，
四时走海报安全。
六舱老大居住处，
常备浓茶共熟烟。
七舱宽敞装运货，

专放苏杭锦绸缎。
八舱红帘住女眷，
门门窗窗垂花帘。

九舱清静放碗柜，
金碗牙筷置里边。
脚踏十舱到船尾，
金镶林筒银林板。
今日良辰放落海，
四海三江通财源。

流传地区：邕宁县八尺一带

演唱者：曾子住，女，汉族

搜集整理者：李启梧

来源：选自邕宁民间文学三套集成编委会编《中国民间文学三套集成邕宁县民间歌谣集》(内部资料)，1987 年

滩路歌(汉族)

亭子白沙五旗岭，
转弯下去柳沙娘。
青山有条横水渡，
良庆是个大圩场。
楞塘倒下三升米，
冷水三杯敬庙堂。

一手攀过大石角，
剪刀底下滟洲滩。
八尺江水没多远?
北帝老爷在下塘。
多好蓑衣无人着，
将他送到钓鱼塘。
金鸡生来笼中叫，
留人洞眼望西江。

砧板有块浮水石，
接近龙头大庙堂。
大冲江水直流落，
还须经过鲤鱼滩。
鲤鱼游过东瓜榄，
木英鸡嘴是长塘。
急水滩头落下燕，
力小难飞到高塘。

看来汶头无景致，
了哥窿下是伶江。
伶江生出伶俐女，
女着男衣是倒妆。

流传地区：南宁市八尺江、邕江一带

演唱者：彭母(采录者彭志雄的母亲)，女，壮族，邕宁县航运公司退休工人

搜集整理者：李启梧、彭志雄

来源：选自中国民间文学三套集成南宁市领导小组编《南宁市歌谣》(内部资料)，1987 年

打猎歌[1](瑶族)

哥你去打猎，
多把虎兽猎，
虎兽它心虎，
多把它消灭。

哥你去打猎，
多把狼兽猎，
狼兽它心狼，
多把它消灭。

[1] 据传此歌是瑶家姑娘李龙梅送她丈夫林大哥去出征打仗时唱的歌。

哥你去打猎，
多把阴兽猎，
阴兽它心阴，
多把它消灭。

哥你去打猎，
多把野兽猎，
野兽它心野，
多把它消灭。

哥你去打猎，
多把毒兽猎，
毒兽它心毒，
多把它消灭。

哥你去打猎，
多把妖兽猎，
妖兽它心妖，
多把它消灭。

哥你去打猎，
多把牛兽猎，
牛兽它心牛，
多把它消灭。

哥你去打猎，
多把狐兽猎，
狐兽它心狐，
多把它消灭。

哥你去打猎，
多把鬼兽猎，
鬼兽它心鬼，
多把它消灭。

哥你去打猎，
多把狗兽猎，
狗兽它心狗，
多把它消灭。

流传地区：马山县
演唱者：韦永龙，瑶族，80岁，农民，不识字；韦永英，瑶族，80岁，农民，初小学历
搜集整理者：红波，壮族，46岁，文化馆干部；韦善标，瑶族，33岁，农民，初中文化
搜集时间及地点：1986年6月于内学村五弄一带
来源：摘自马山县民间文学三套集成编写组，马山县文化局、文化馆编印《中国民间文学三套集成马山县歌谣卷（三）瑶族上》（内部资料），1987年7月

装猴歌（瑶族）

呼——喂！
飞过来啰阿哥，
打过来啰阿妹。
这边地多平坦，
可以建造一座京城。

呼——喂！
快来啰花金，
快来啰花银，
京城里有皇宫，
给你坐皇位。

呼——喂！
快跑来啰大哥，
快跑来啰大妹，

父亲制糖满山堆，
快来吃糖品甜味。

呼——喂！
快飞来啰小弟，
快飞来啰小妹，
奶母在这里，
给你吃奶好去睡。

呼——喂！
冲过来啰阿公，
奔过来啰阿婆，
这里黄金满山岗，
你要几多有几多。

呼——喂！
跑过来啰老兄，
跑过来啰老弟，
这里白银堆满山，
想要多少都随你！

呼——喂！
快飞过来啰阿伯，
快跑过来啰阿叔，
这里财宝满山，
快来装啰快来背！

呼——喂！
快追来啰大嫂，
快追来啰大婶，
这里银棉铺满山，
快快过来大家分。

呼——喂！
快上来啰大姐，
快上来啰大妹，
这里美男子满山，
快快过来成双对。

呼——喂！
快进笼来啰哥，
快进笼来啰妹，
进笼来当皇帝，
万代给你坐皇位！

流传地区：马山县

演唱者：韦永龙，瑶族，80岁，农民，不识字

搜集整理者：红波，壮族，46岁，民间文学工作干部，大学学历；韦善标，瑶族，33岁，农民，初中文化

搜集时间及地点：1986年5月于内学村五弄一带

来源：选自马山县民间文学三套集成编写组，马山县文化局、文化馆编印《中国民间文学三套集成马山县歌谣卷（三）瑶族上》（内部资料），1987年7月

装虎歌（瑶族）

喔——
我的虎父呵虎父，
这里的牛成群，
请你过来一起分，
请你过来共同吃。

喔——
我的虎母呵虎母，
这里的马成坡，
请你过来一起分，
请你过来共同吃。

喔——
我的虎公呵虎公，
这里的羊成山，
请你过来一起分，
请你过来共同吃。

喔——
我的虎婆呵虎婆，
这里的猪成栏，
请你过来一起分，
请你过来共同吃。

喔——
我的虎叔呵虎叔，
这里的鹅成河，
请你过来一起分，
请你过来共同吃。

喔——
我的虎婶呵虎婶，
这里的鸭成塘，
请你过来一起分，
请你过来共同吃。

喔——
我的虎哥呵虎哥，
这里的鸡成笼，
请你过来一起分，
请你过来共同吃。

喔——
我的虎姐呵虎姐，
这里的兔成帮，
请你过来一起分，
请你过来共同吃。

喔——
我的虎弟呵虎弟，
这里的鸽成群，
请你过来一起分，
请你过来共同吃。

喔——
我的虎妹呵虎妹，
这里的鸟成林，
请你过来一起分，
请你过来共同吃。

流传地区：马山县

演唱者：韦永龙，瑶族，80 岁，农民，不识字

搜集整理者：红波，壮族，46 岁，民间文学工作干部，大学学历；韦善标，瑶族，33 岁，农民，初中学历

搜集时间及地点：1986 年 5 月于内学村五弄一带

来源：选自马山县民间文学三套集成编写组，马山县文化局、文化馆编印《中国民间文学三套集成马山县歌谣卷（三）瑶族上》（内部资料），1987 年 7 月

3

采茶歌

采茶歌（一）（汉族）

（采茶调）

正月采茶茶园青，
孟良焦赞去搬兵，
辕门斩子杨宗保，
求情媳妇穆桂英。

二月采茶是茶芽，
姐妹双双拾茶芽，
大姐拾多妹拾少，
不论多少转回家。

三月采茶是清明，
坟头扎白纸为名，
董永卖身葬父母，
书中载上孝儿心。

四月采茶茶叶黄，
田中有个睇牛郎，
睇得牛来秧又老，
插得田来禾又黄。

五月采茶是龙舟，
得见皇帝游江南，
东海老龙为国舅，
去远[1]投军不到头。

六月采茶是暑天，
去远投军十六年，
丢下妻子姑嫂多厌烦，
待得磨房相见才团圆。

七月采茶是立秋，
梦见娘亲在里边，
看见脸上是笑容，
眼眉透出是愁云。

八月采茶是中秋，
有人快活有人愁，
有人楼上吹箫鼓，
有人枕上泪双流。

九月采茶是重阳，
桃园结义刘、关、张，
大哥为王二哥为将，
张飞走上城楼头。

十月采茶雪花飞，
寒仓小女进寒衣，
日进寒衣三几件，
晚进芙蓉花一枝。

[1] 去远：到很远的地方去。

十一月采茶又是冬，
单边救主屈朝光，
平贵搬师去救子，
腰头拔箭射苏文。

十二月采茶又是年，
家家门口贴红钱，
家家门口红钱贴，
我家门口没有利市钱。

十一月采茶人唱了，
十二月采茶人唱完，
那个得唱十三月，
天子码头中状元。

流传地区：邕江沿岸

演唱者：彭桂芳，女，船民；韦荣秀，女，船民

搜集整理者：陈再明，女，南宁市群众艺术馆干部，大专学历

来源：选自中国民间文学三套集成南宁市领导小组编《南宁市歌谣》（内部资料）

采茶歌（二）（汉族）

（采茶调）

正月采茶未有茶，
白云山顶正发芽；
茶叶茶花都摘了，
众群姐妹好回家。

二月采茶茶叶新，
众群姐妹织手巾，
两头织成茶花朵，
中间织成采茶人。

三月采茶是清明，
坟头挂白自成名，
董永卖身来葬父，
孝子美名百代传。

四月采茶茶叶青，
借探茶房结成双，
霸王要娶凡间女，
乌江自刎喂鱼饥。

五月采茶是龙舟，
蓑公[1]摇船喝龙酒，
又得皇帝下南来，
江山才得永无忧。

六月采茶是暑天，
煮茶饮下倚门边，
门内煮茶门外卖，
得来方便过路人。

七月采茶太阳猛[2]，
太阳猛照着采茶人，
上好金银是草地，
得来阴凉采茶人。

八月采茶是中秋，
有人快活有人愁，
有人棚[3]上吹箫鼓，
有人枕上泪双流。

九月采茶是重阳，
重阳斟酒桂花香，

[1] 蓑公：艄公。

[2] 太阳猛：形容太阳的辐射很猛烈。

[3] 棚：指船上的尾棚，即船尾部分。

桂花香香任人赏，
只是辛苦采茶人。

十月采茶茶叶黄，
借采茶房结成双，
借采茶房执笔给爷娘，
借采茶房送姨娘。

十一月采茶又是冬，
人家有米白碰碰，
人家有米碰碰白，
我家无米过寒冬。

十二月采茶又是冬，
家家门口贴红钱，
家家门口把红钱贴，
收起茶篮贺新年。

流传地区：邕江沿岸
演唱者：韦荣秀，女，船民
搜集整理者：陈再明，女，南宁市群众艺术馆干部，大专学历
来源：选自中国民间文学三套集成南宁市领导小组编《南宁市歌谣》（内部资料），1987年

采茶歌（壮族）

正月采茶贺新年，
姐妹双双点茶田，
点得茶田十二亩，
当官来到慢支钱。

二月采茶茶报芽，
姐妹双双采细茶，
姐采得多妹采少，
不论多少早回家。

三月采茶茶叶青，
娘在家中绣手巾，
中央绣出茶花朵，
两边绣出采茶人。

四月采茶茶叶黄，
娘在家中两头忙，
前头不忙茶又老，
后头不忙茶枯黄。

五月采茶茶已老，
茶山树下绣龙船，
老叶落下烧土地，
山神土地保平安。

六月采茶热难当，
多栽杨柳少栽桑，
种下黄桑被人砍，
栽了杨柳得阴凉。

七月采茶秋风起，
秋风吹动懒夫娘，
勤人都说秋风好，
懒汉却说秋风凉。

八月采茶茶叶稀，
娘在家中上布机，
上得高机三丈六，
连时裁缝采茶衣。

九月采茶贺重阳，
重阳点酒桂花香，
姐便把杯妹把盏，

杯杯盏盏贺重阳。

十月采茶过了冬，
十担交箩九担空，
待到来年正三月，
茶山树下又相逢。

流传地区：上林县巷贤镇、明亮镇、大丰镇等地

演唱者：卢显祖，男，壮族，巷贤镇兴塘村人，高小文化

搜集整理者：韦克全，男，壮族，上林县文联原主席，广西壮族自治区民间文学研究会会员

来源：选自南宁市文化新闻出版广电局、南宁市民族文化艺术研究院编《南宁歌谣集成（壮族卷）》，广西教育出版社，2014年12月

4 工匠工艺歌

木匠（汉族）

满山松树选根高，
斧头砍断又开刀，
大锯筛来细锯整，
要平要滑上镔刨。

木在深山匠在乡，
斧头砍断尺来量，
大锯筛来细锯截，
做个笼箱裁衣裳。

上山砍竹竹头多，
虽然砍断也难拖，
利刀劈竹破成篾，
新谷登场赶织箩。

藤木屈弓织泥箕，

织对泥箕去担肥，
日也织来夜也织，
不知手脱几层皮。

木在深山匠在乡，
做把木耙五尺长，
十月犁冬等霜雪，
尽想明年多打粮。

叮当叮当打镰刀，
割禾用到不需操，
一朝割得亩零地，
刀利冇忘匠功劳。

木匠公，
出了村西到村东，
做了犁耙做木笼，
拿斧一世家还穷。

流传地区：宾阳县太守、高田、河田、思陇等乡

演唱者：陆祥

搜集整理者：陆有全

搜集时间及地点：1982 年农历正月搜集于宾阳县太守乡陆华村

来源：选自宾阳县民间文学三套集成编委会编《中国民间文学三套集成宾阳县歌谣卷》（内部资料），1987 年

染匠（汉族）

春江水暖种根蓝，
朝淋夏蹇汗湿衫，
蓝根种出天蓝水，
白布染成士林丹[1]。

人不种蓝披新色，
老娘种蓝穿旧衫，
世间就有不平事，
皆因一日求三餐。

流传地区：宾阳县太守、高田、河田、思陇等乡

演唱者：染蓝婆婆（姓名不详）

采录者：王启智

搜集时间及地点：1986 年 10 月搜集于宾阳县太守乡太守墟

来源：选自宾阳县民间文学三套集成编委会编《中国民间文学三套集成宾阳县歌谣卷》（内部资料），1987 年

三姐教我做花鞋（壮族）

三姐乖，三姐乖，
三姐教我做花鞋，
我脚长，手又笨，
何时走到七里村。

七里，七里路，
八里，八枝花，
她们请教你三姐，
又会梳头会绣花，
今晚我来请三姐，
教我做鞋和绣花。

三姐教，笨变乖，
绣鞋好比鲤鱼乖，

[1] 用一种叫做“阴丹士林”的染料染成的深蓝色棉布。

走过塘边鱼跳起，
三月清明歌满街。

流传地区：上林县巷贤镇等地

演唱者：姚雪清，女，壮族，上林县巷贤镇兆京村人，农民

搜集整理者：韦克全，男，壮族，上林县文联原主席，广西壮族自治区民间文学研究会会员

来源：选自南宁市文化新闻出版广电局、南宁市民族文化艺术研究院编《南宁歌谣集成（壮族卷）》，广西教育出版社，2014年12月

阿妹做鞋手艺精（壮族）

阿妹做鞋手艺精，
迷了多少过路人；
鞋底涌起桃花浪，
鞋头绣出鲤鱼鳞。

流传地区：上林县巷贤镇、亭亮村一带

演唱者：莫天让，男，壮族，巷贤镇李洞庄人，农民，高中文化

搜集整理者：黄寿才，男，壮族，上林人，广西作家协会会员

来源：选自南宁市文化新闻出版广电局、南宁市民族文化艺术研究院编《南宁歌谣集成（壮族卷）》，广西教育出版社，2014年12月

窑匠歌（壮族）

窑匠常住茅房棚，
辛辛勤勤烧砖瓦，
人们住上九层楼，
也靠窑匠把砖打。

锹耕土块脚踩泥，
一片一块打成器，
顶风冒雨晒太阳，
甘为人民建屋居。

天下踩泥烧窖人，
汗流全身像雨淋，
烧砖烧瓦造村庄，
做件好事为人民。
挖下泥土脚又踏，
好比泥蛇滚泥巴，
从小一直干到老，
只为人们造个家。

流传地区：上林县大丰镇、巷贤镇一带

演唱者：李杨氏，女，壮族，上林县大丰镇皇周村人

搜集整理者：李守汉，男，壮族，上林人，上林县壮校原副校长，广西壮族自治区民间文学研究会会员

来源：选自南宁市文化新闻出版广电局、南宁市民族文化艺术研究院编《南宁歌谣集成（壮族卷）》，广西教育出版社，2014年12月

5

副业歌

挖泥鳅（汉族）

挖泥鳅，挖泥鳅，
冇怕汗深鼻水流，
一条泥鳅几钱重，
全家等米落鼎锅。

流传地区：宾阳县各乡村

搜集者：王启智

搜集时间及地点：1986 年搜集于宾阳县新桥乡谭蓬村

来源：选自宾阳县民间文学三套集成编委会编《中国民间文学三套集成宾阳县歌谣卷》（内部资料），1987 年

砍竹（汉族）

上山砍竹十三簇[1]，
簇簇都有十三根，
根根都有十三眼[2]，
眼眼都卖十三文。

谁说山穷我毋信，
年年竹笋变白银，
山上自有穷人路，
毋用叹声难呀难。

流传地区：宾阳县各乡村

演唱者：王彰盛，男，汉族，宾阳县谭蓬村人，高小文化

搜集整理者：王启智

搜集时间及地点：1986 年 9 月搜集于宾阳县太守乡谭蓬村

来源：选自宾阳县民间文学三套集成编委会编《中国民间文学三套集成宾阳县歌谣卷》（内部资料），1987 年

窑工[3]（汉族）

火烟火烟，
直直上天；
年年为人烧砖瓦，
今年用过明年钱。

流传地区：宾阳县太守、新桥、新宾、芦

[1] 簇：捆。

[2] 眼：节。

[3] 此歌从解放前流传至今，在宾阳县太守、思陇、新桥、新宾、芦圩等乡烧制砖瓦的地方均有流传。

圩、思陇等乡

演唱者：黄良秀，1970年病故

搜集整理者：王启智

搜集时间及地点：1986年8月11日搜集于宾阳县谭蓬村

来源：选自宾阳县民间文学三套集成编委会编《中国民间文学三套集成宾阳县歌谣卷》(内部资料)，1987年

裁缝歌（汉族）

做衫做裙像鲁班，
银剪利落足尺寸。
七寸衫身六寸袖巾八寸领，
裁缝落剪二尺三。

衫尾剪成葵扇样，
衫领开成月样圆。
衫骨连处要平整，
银钱疏密眼对眼。

衫扭菊花朵对朵，
双飞蝴蝶面对面，
衫尾离裙三几寸，
裤头离裙寸二宽。

裙脚桃花十二朵，
裙头打褶龙鳞般。
无论蓝布还是缎，
总要大镶小滚过棋盘。

流传地区：邕宁县八尺一带

演唱者：曾子住，女，汉族

搜集整理者：李启梧

来源：选自邕宁民间文学三套集成编委会编《中国民间文学三套集成邕宁县民间歌谣集》(内部资料)，1987年

行船歌[1]（壮族）

亭子白沙五旗岭，
转弯落去柳沙娘。
青山有条横水渡，
良庆是个大圩场。
楞塘倒落三升米，
冷水三杯敬庙堂。
一手攀过大石角，
剪刀底下溢洲滩。

八尺江水无几远，
北帝老爷在下塘。
几好蓑衣无人着，
将佢[2]送到钓鱼塘。

金鸡生来笼中叫，
留人洞眼望西江。
砧板有块浮水石，
接近龙头大庙堂。

大冲江水直流落，
还须经过鲤鱼滩。
鲤鱼游过东瓜榄，
木英鸡嘴是长塘。

紧水滩头落下燕，

[1] 这首行船歌列出了由南宁亭子至伶俐航道行船必经的地点圩台、河滩、庙宇等。即亭子、白沙、柳沙、青山、良庆（圩）、楞塘、三升米、冷水州、白庙、大石角、剪刀、溢洲滩、八尺江、北帝岩、蓑衣、钓鱼塘、鸡笼山、留人洞、砧板、龙头庙、大冲坑、鲤鱼滩、东瓜滩。

[2] 佢：他。

力小难飞到高塘。
看采汶头无景缋，
了哥窿下是伶江。

流传地区：南宁市八尺江、邕江
演唱者：收集整理者的母亲，女，壮族，邕宁县航运公司退休工人
搜集整理者：彭志雄，男，壮族，初中文化
来源：选自邕宁民间文学三套集成编委会编《中国民间文学三套集成邕宁县民间歌谣集》（内部资料），1987 年

卖柴歌（瑶族）

女：　阿哥卖柴火，
曲柴你不卖，
勾柴你不卖，
为什么咧哥？

男：　哥命苦卖柴，
心不苦咧妹，
勾曲柴难烧，
卖了坏名声。

女：　阿哥卖柴火，
刺柴你不卖，
刺藤你不卖，
为什么咧哥？

男：　哥命苦卖柴，
心不苦咧妹，
藤刺柴伤人，
卖了心不美。

女：　阿哥卖柴火，
狼咬柴不卖，
虎咬柴不卖，
怕什么咧哥？

男：　哥命苦卖柴，
心善良咧妹，
狼虎咬的柴会伤命，
日月也要暗无辉。

女：　阿哥卖柴火，
蛇咬柴不卖，
有毒柴不卖，
为什么咧哥？

男：　哥命苦卖柴，
心善良咧妹，
毒柴毒害人，
害人害父母。

女：　阿哥卖柴火，
炮打柴不卖，
烧过柴不卖，
为什么咧哥？

男：　哥命苦卖柴，
心忠厚老实，
炮柴烧爆炸，
害人也害家。

女：　阿哥卖柴火，
刀伤柴不卖，
枪伤柴不卖，
为什么咧哥？

男：　哥命苦卖柴，

心老实咧妹，
刀枪柴会杀人，
害别人也害情妹。

女： 阿哥卖柴火，
有花柴不卖，
开花藤不卖，
为什么咧哥？

男： 哥命苦卖柴，
心中装满爱，
花有情有义，
让它尽情开。

女： 阿哥卖柴火，
做药柴不卖，
做药藤不卖，
为什么咧哥？

男： 哥命苦卖柴，
心中有德爱，
药柴医人命，
留它长成材。

女： 阿哥卖柴火，
果柴你不卖，
果藤你不卖，
为什么咧哥？

男： 哥命苦卖柴，
心灵善咧妹，
果藤柴结果，
卖它太缺德。

女： 阿哥卖柴火，
棉柴你不卖，
棉藤你不卖，
为什么咧哥？

男： 哥命苦卖柴，
心中懂道理，
棉藤柴结棉，
卖它像卖衣。

流传地区：马山县

演唱者：韦永英，瑶族，80岁，农民，初小文化；罗祥华，女，瑶族，48岁，农民，不识字

搜集整理者：红波，壮族，46岁，民间文学工作干部，大学学历；韦善标，瑶族，33岁，农民，初中文化

搜集时间及地点：1986年5月于内学村五弄一带

来源：选自马山县民间文学三套集成编写组，马山县文化局、文化馆编印《中国民间文学三套集成马山县歌谣卷（三）瑶族上》（内部资料），1987年7月

仪式歌谣

人的一生，从出生到逝去，充满喜怒哀乐。南宁的仪式歌谣内容十分丰富，涉及人生礼仪的方方面面，新生婴儿有赞儿歌，婚嫁有哭嫁歌，寿诞有祝寿歌，送丧有送丧歌，孝宗敬祖有孝歌等等。仪式歌谣，歌唱七情六欲，祈求财富和安康，除了婚丧嫁娶，还有信仰习俗等内容。

婚嫁是人生大事，是家庭结构变化的一个重要节点，婚嫁歌谣在仪式歌谣中的数量最丰富，内容最广，几乎囊括婚嫁的每一个环节。从闺房梳头整妆，到送嫁、撑伞、上轿、入门入房、开箱、铺床、闹房、抛果、点蜡烛、捧茶等都有歌唱，还有参加婚嫁仪式的旁人所唱的贺酒歌、看新娘歌、谢媒人歌、劝酒歌，也有新人自唱的娶媳妇歌、出嫁歌、新娘哭叹歌等等，将婚嫁的繁复程序以歌来唱，述尽婚嫁的各种习俗。流传于南宁地区的哭嫁歌，汉族与壮族不同，汉族与汉族亦有区别；一般的哭嫁歌，哭的是离别父母亲人难舍难分之情，而流传于南宁马山客家人的哭嫁歌，哭的是“骂”和“怨”，骂媒、骂陪郎，怨嫂、怨姐，非常幽默和直白，如骂媒“媒人一母狗，贪图小家一万八，拿来置棺材”，骂陪郎“陪郎狗牯（方言，意思是公狗），上村借鞋，下村借袜，门口关了，狗洞塞了，还有本事走进来”。

流传和保留下来的哭嫁歌中，反映了很多南宁远古的婚嫁习俗。如“迎亲夜歌”风俗：迎亲当日，新娘家的姐妹们作陪随到新郎家住上一夜，翌日才回去。这一夜叫“闹新房”，众多青年男女在灯火辉煌的新房里对歌、赛歌，纵情唱歌，新郎却是“凄凄惨惨”不能进洞房的，只能和其他男青年一起对歌。“迎亲夜歌”在新娘的母亲或伯叔母和姑母等长辈的“开场白”之后，进行贺喜、引唱（试探、初会、初恋）、交锋、激战、高潮、结束（送别、相嘱）等歌谣对唱，有时分几个小组来唱，有时出房外去唱，总之，非唱到天亮不可。

在南宁诸多的仪式歌谣中，孝歌以其缠绵悱恻、韵味深长且千古传唱不绝而被人们所称道。南宁人为人厚道，以尊老敬宗为荣，以忤逆乖张为耻，遵循百事孝为先的做人准则，孝歌的伦理教化无疑起到了重要的作用。在南宁的壮族、汉族、瑶族的各种民间师公、道公斋醮、道场活动中，唱孝歌是其核心的内容，在潜移默化的长期熏陶下，人们的思想观念中便牢固树立起了孝亲敬祖的意识。同时，由于孝歌旋律缠绵动人，韵味十足，因而深受百姓的喜爱。

1

婚嫁歌

哭嫁歌（汉族）

爷呀娘[1]，
千朝万朝爷冇起，
今朝卖女恁应心[2]。
第一鸡啼爷就起，
第二鸡蹄爷奉神。

第三鸡啼爷斟酒，
第四鸡啼斟酒齐。
第五鸡啼爷报客，
第六鸡啼报客齐。

第七鸡啼爷接客，
第八鸡啼客坐齐。

[1] 爷呀娘：爷，指父亲；娘，指母亲。
[2] 恁应心：这样快，反应那么敏捷。

第九鸡啼爷客退，
第十天光女起身。

人爷卖女十七八，
我爷卖女细妮妮[3]。
裙儿拖过鸡糖屎[4]，
鞋儿垫过烂牛皮[5]。

欠人几十或几百，
因何要卖女填人[6]？
一千八百有田在，
因何怎使人还人[7]？
好命开山破竹笋，
命卑开房卖女先[8]。
开山破竹娘欢喜，
开房卖女泪不干。

好命唢呐吹出去，
命卑竹筒吹落来[9]。
唢呐吹出娘欢喜，
竹筒吹落泪不干。

好命轿门向出去，
命卑轿门向落来[10]。
轿门向出娘欢喜，
轿门向落泪不干。

好命屋檐盖屋瓦，

[3] 细妮妮：指自己（出嫁姑娘）因年纪小，长得又瘦又矮。
[4] 鸡糖屎：即鸡屎。
[5] 因脚小鞋大，只好用烂牛皮垫在里面。
[6] 因何要卖女填人：不然为什么把我卖了去还人家的债？
[7] 如果欠人一千八百的话，还有田地在啊，为什么要卖女儿去还债呢？
[8] 卑：贱的意思。好命的可以上山砍竹子卖，命不好的，就只好先卖家中的女儿了。
[9] 命不好的只好吹竹筒了。
[10] 好命的轿门向外把人接回家，命不好的轿门向着家门口把人卖出好去。

命卑隔山再隔乡。
好命大田分份种，
命卑大田独你耕。

哥是沉香水底木，
妹是烂柴水面浮。
沉香水底娘捞取，
烂柴水面娘拨开。

哥是厅中金桔子，
妹是后园芥菜根。
金桔开花金桔贵，
妹是芥菜不抵钱。
千元金桔娘不卖，
分钱芥菜夺满园[1]。

远远听闻锣鼓响，
近近听闻玉笛声。
玉笛愁声人爱听，
人也爱听我爷愁。

一棍头锣二棍鼓，
不知那棍戳爷心。
喊礼奴呀带路奴[2]，
来到塘边喊啵啵。

我爷以为补锠锅，
补锠便去竹根脚。
卖油便去大塘圩，
三分两口你不补，
分钱三口你开炉。

[1] 夺满园：可以要满园的（芥菜）。

[2] 喊礼，负责礼节的人；带路，负责领路的人；奴，是骂人的字眼。

你和龟婆[3]盟有约，
龟婆扳得你慌狂。
自祖使田大路脚，
扛起犁儿丢掉牛。
丢掉犁儿不打紧[4]，
丢掉牛儿家就翻。

你和老婆颠倒睡，
穿错老婆破裤来。
老婆破裤洗不净，
蚤儿虱蛋几皮箪[5]。

行过屠行跌一只，
屠行称有百三斤。
村奴狗呀十大奴[6]，
昨夜奴头成凿柄[7]，
今日排场梳撇头。

来到塘边照水影，
照来照去马骝形。
扮手扮脚像猫脚[8]，
扮头扮面马骝形。

蟾蜍落屋还三跳，
村奴落屋定吟吟[9]。
我爷行礼行官礼，
村奴行礼不同人。

行礼如同牛踩谷，
作揖如同奴劈柴。

[3] 龟婆：指丈夫的母亲。

[4] 不打紧：不要紧。

[5] 几皮箪：箪，装谷用的器具；皮，量词。几皮箪，形容多。

[6] “村奴狗”和“十大奴”均是出嫁的姑娘骂自己新婚丈夫的话。

[7] 奴，指丈夫；凿柄，形容头发又乱又脏。

[8] 扮：打扮。

[9] 定吟吟：过于安定、拘束。

你屋奴爷[1]开木铺，
教得村奴会劈柴。

一劈落来厅灯熄，
二劈落来壁厅歪。
是叔是伯叫你坐，
村奴顿坐[2]不叫人。

村奴坐落总冇动，
村奴顿坐落生根。
生根便把锹来铲，
不怕村奴落根深。

还未安台先抽凳，
还未夹肉口先开。
我爷金筷银筷有，
还未摆筷五爪抓。

筷箸长长三尺五，
这头铲到对面台。
人夹一块你二块，
人见你讲肉相砧。

板刀切肉不合口，
斧头切肉合奴喉。
吃菜如同牛吃草，
还未夹肉口先开。

吃酒如同牛吃水，
吃饭如同石崖崩。
你屋奴爷真饿酒，
衫袖提来浸酒归。

你屋奴娘真饿肉，
叫你吃饱再包归。
归到塘边日晒过，
让你奴爷哭一餐。

宗呀祖[3]，
一拜便还[4]娘抱大，
二拜便还抱大恩，
三拜便还蕉子饭[5]，
四拜便还蕉子钱，
五拜便还亲叔伯，
六拜便还叔伯恩，

七拜便还哥共嫂，
八拜便还哥嫂恩，
九拜厅中铺幼席，
十拜完了女起身。

托朵白花节节拜，
红花三拜尽今朝，
白花打扫香炉脚，
红花脚下起春烟，
三月初三九月节，
冇得同哥拜祖宗。

爷呀娘，
提脚出门离门槛，
一离门槛二离娘，
三离同胞亲细舅，
四离姐妹断肝肠，
五离同胞亲叔伯，
同村叔伯总离齐，

[1] 奴爷：指丈夫的父亲。
[2] 顿坐：坐得太拘谨，不敢随便动一动。
[3] 宗呀祖：即祖宗。
[4] 还：谢过。
[5] 蕉子饭：当地人喂小孩常用芭蕉和饭混合着去喂，故称蕉子饭。

叔伯离齐不打紧，
同村哥嫂总离齐，
哥嫂离齐不打紧，
同村姐妹总离齐，
果子离根果蔫了，
细女离娘心好伤，
果子大了人采摘，
含花结蕊交还娘。

太公爷呀太婆娘，
捉鸡落笼你心痛，
背人落轿你心安。
落了轿门当落板，
落了轿帘当打钉。
唢呐手呀扛轿奴，
人想人娘人就哭，
你想佚钱你就扛。

要你膊头[1]做凳坐，
要你尸骸做路行。
送嫁舅呀姐命丑，
报你冇送就冇送，
送到人村冇得还。
去到门前企一企，
企看竹门是木门。
若是木门才落去，
若是竹门返退还。

若是你退叫姐退，
丢掉人村抵肚饥。
金椅过来你才坐，
木椅过来你起身。
金杯斟茶你才饮，
瓦杯斟来你放还。

［1］ 膊头：肩膀。

同村姐呀十姐妹，
头戴金花大姐嘅，
过后才还大姐恩。
头插金簪二姐嘅，
过后才还二姐恩，
耳戴金圈三姐嘅，
过后才还三姐恩。

手戴银镯四姐嘅，
过后才还四姐恩，
手抓汗巾五姐嘅，
过后才还五姐恩。
身着蓝衫六姐嘅，
过后才还六姐恩。
身着罗裙七姐嘅，
过后才还七姐恩。
脚穿袜儿八姐嘅，
过后才还八姐恩。
脚踏花鞋九姐嘅，
过后才还九姐恩。

爷呀娘，
头插金簪爷去买，
爷去桂林买返归。
以为买来做乜使，
谁知买给女游乡。
人家游乡三五日，
到我游乡六十年。

三五日期容易过，
六十年间够你长。
山老婢呀奴老婢，[2]

［2］ 郊区平话地区风俗，结婚当晚，新娘刚到夫家一会，便回娘家，接着，男方的两个妹妹又陪伴新娘回夫家。回来路上，男方的两个妹妹往往要手拿由新娘亲手扎成的木杆火把（压邪）在花轿前带路。这里的“山老婢”和“奴老婢”即是新娘对男方两个妹妹的蔑称。

头插金簪我冇紧。
你插银簪催紧归。

头戴金花我冇紧，
你戴茅花催紧归，
耳戴金圈我冇紧，
耳露令令[1]催紧归。
手拿汗巾我冇紧，
手空拍拍催紧归。

身穿蓝衫我冇紧，
你穿茹布[2]催紧归。
身穿罗裙我冇紧，
你穿破裙催紧归。
脚踏袜儿我冇紧，
脚露令令催紧归。
脚踏花鞋我冇紧，
你踏破鞋催紧归。

媒呀人，
人会做媒高凳坐，
冇会做媒挨壁笆。
挨了壁笆好了你，
推出后园挨屎坑。
挨了屎坑好了你，
捉来灌屎又刨鳞。

人家游村贩鸡鸭，
到你游村贩妹儿。
我爷冇给就冇给，
朝来夜侵[3]我爷门。
人家狗瘦为碱蚀[4]，
我爷狗瘦为媒婆。

行得门前成大路，
漱口吞门成大塘。
腊肉吃了几多块，
枯鱼吃了几多篮，
吃着枯鱼卡着颈，
“咽咽哼哼”吐冇出。

我爷冇给就冇给，
抄得我爷细笼[5]翻。
抄得八字快快走，
千怕我爷剥要还[6]。
我爷问你几间屋，
你报我爷三叠堂[7]。
火棒提来做正柱，
筷箸提来做二梁。
蕉叶提来做瓦盖，
狂风吹去就通天。

日出厅中晒得谷，
雨落房中放得鱼。
深房便放乌钩鲩[8]，
厅中便放白鲢鱼。
厅中蚰鲢刮去卖，
房中刮去请媒婆。

我爷问你几百谷，
你报我爷千有零。
三担高田讲一百，
四担低田讲一千。
三担高田被天旱，

[1] 耳露令令：耳朵下空空的，什么也没戴。
[2] 茹布：自制的粗布。这是骂媒人的歌。
[3] 朝来夜侵：早上来晚上来。
[4] 碱蚀：指狗身上的黄癣。
[5] 细笼：即小箱子。
[6] 剥要还：抢回。
[7] 三叠堂：即三进屋。
[8] 乌钩鲩：即鲩鱼。

四担低田被水推。

哥呀嫂，
哥坐墩头[1]嫂坐凳，
一齐斟酌卖姑娘。
哥在厅中讲价卖，
嫂在房中拿钱包。
细秤称人哥冇肯，
大秤称人哥点头。

妹是牛儿踩烂地，
卖了牛儿烂地平。
妹是猪儿抢嫂潲，
卖了猪儿嫂潲剩。
妹是鸡儿抢嫂米，
卖了鸡儿嫂米存。
妹是茅根夹嫂眼，
把火来烧嫂眼开。

哥讲拎篮去买肉，
嫂讲后园芥菜多。
哥讲装锅煮饭吃，
嫂讲锅头有粥多。
哥起大屋妹有份，
哥扶正柱妹扶梁。

哥起大屋千年住，
妹来挨伞一时间。
哥是燕子扒屋脊，
妹是画眉扒屋檐。

爷呀娘，
从细做工到咁大，
做来冇抵一分钱，

[1] 墩头：郊区农户常常用禾秆编成的圆形矮凳。

叫买手巾爷冇买，
语言多过手巾钱。[2]

昨夜台头多女凳，
今夜多凳冇多人，
多凳多人娘欢喜，
多凳少人泪冇干，[3]
昨夜同娘共脚盆，
今夜留娘脚盆空。

昨夜洗脚我娘屋，
明朝洗面在人乡。
泼水娘屋栽韭菜，
泼水人乡栽草头。
韭菜割了还再长，
草头铲了就干枯。

昨夜和娘同幼席，
今夜留娘幼席空。
昨夜和娘同盖被，
今夜留娘锦被空。

昨夜关门叫几姐，
今夜关门叫几娘。
叫到几姐娘欢喜，
叫到几娘泪冇干。

昨夜云霞打斗[4]住，
今夜云霞散满天。
昨夜星子伴同住，
今夜星子离开月。

[2] 以下还有十一段歌词，将本段中的“手巾”分别换成：金簪、金花、金圈、件衫、金镯、戒指、手帕、纸扇、罗裙、袜儿、花鞋。其余歌词相同，此处不再罗列。

[3] 以下还有两段歌词，将本段中的前四句重复，“凳”分别换成筷、碗，其余歌词相同，此处不再罗列。

[4] 打斗：做窝，形容藏起来。

昨夜牛儿打队[1]住，
今夜牛儿窜错栏。
窜错人栏人训斥，
有角是难抄出归。

昨夜猪儿打队住，
今夜猪儿窜错笼。
窜错人笼人训斥，
有嘴是难抄出归。

昨夜鸡儿打队住，
今夜鸡儿散满乡。
散满人乡人训斥，
有翅是难飞出归。

娘有破笠多给顶[2]，
等女提归遮日头。
娘有大刀多给把，
等女提归去打柴。

空日打柴圩日卖，
睡床三日就挨饥。
三日旧粥娘莫泼[3]，
等女提归救肚饥。

娘有草鞋多给对，
等女提归垫路基。
禾秆担竿放屋角，
这回有望女来担。
担水埠头断女桶[4]，
洗菜塘塍断女名。

插到大田莫望女，
莫想返头望女来。
娘挑大担女细担[5]，
这回两担独娘担。
日出日晒蚂蚁罢，
雨落雨淋铁树根[6]。

以为养大替气力，
谁知养大替人娘。
替得人娘住阴底[7]，
丢掉我娘晒日头。
我娘口恶心里好，
龟婆口好舌头长。
舌头做得门扇板，
牙齿做得竹篙撑。
上唇栽得九蔸竹，
下唇栽得九棵姜。

我娘打女麻根打，
龟婆打女担竿棒。
一棒过来蓝靛沤，
二棒过来苏木红。
蓝靛恁沤肉恁沤，
苏木恁红女恁红。

放米落锅数米粒，
有见一粒赖女偷。
放柴落灶数柴枝，
有见一枝赖女偷。
偷给我娘路是远，
偷给隔离面是生[8]。

[1] 打队：在一起。
[2] 母亲你有破竹笠的话，多给一顶。
[3] 莫泼：不要倒。
[4] 断女桶：意思是不见女儿来挑水了。
[5] 细担：小担。
[6] 这两句均形容经日晒雨淋，人很黑。
[7] 阴底：阴凉的地方。
[8] 面是生：不熟悉。

一粒米头三桶水，
几何煎得粥成锅。
煎得成锅人吃了，
龟婆吃了浸空锅。
浸得空锠留女洗，
洗得锅干泪冇干。

服侍我娘大步走，
服侍龟婆慢慢行。
失错一脚大步走，
大骂牛依和马娘[1]。

流传地区：南宁市郊

演唱者：梁日桂

搜集整理者：李绮光、欧阳柳生

来源：选自中国民间文学三套集成南宁市领导小组编《南宁市歌谣》(内部资料)，1987年

迎亲夜歌[2](汉族)

(铺处唱)
欢了欢，
今日梧桐落凤凰；
凤凰落在梧桐树，
独只金鸡配成双。
欢了欢，
独子筷子得成双；
恩恩爱爱成双对，
百年夫妇得双全。

欢了欢，
今日我哥得成双；
今日我哥成双对，
月老大恩真莫忘。
欢了欢，
哥嫂今日得洞房；
笋上插针叮嘱你，
父母养恩切莫忘。
拨灯光，
拨灯光光照新房；
昨夜照哥哥独自，
今夜照哥哥成双。

欢了欢，
今日我哥结新双；
今日我哥结双对，
明年婆抱白花孙。
屋外点灯屋内光，
照见伴娘双对双；
若你有话你就讲，
若你有歌你就盘[3]。

一夜容易到天光，
你有山歌快点盘，
若有山歌你不唱，
浪荡[4]喊你来伴房。

[1] 因为一时大意走得快了，连家中的父母亲都被骂。牛依、马娘：贬义词，即父亲和母亲。

[2] 聚居在宾阳县的东南，青岭公社一带讲依话的汉族人民，在娶媳妇时，必定择佳期迎亲。当晚，新娘家的姐妹们作陪随到新郎家住上一夜，翌日才回去。这一夜叫“闹新房”，过得相当风趣多彩，花烛双辉，歌声醉人，一唱必唱到大天亮，最后不分胜负，依依不舍地分离而去。
新郎呢？他是不能和新娘一起入洞房的。他的一切都得自己去理会，或是跟本村的男歌手、歌友一起到灯火辉煌的新房里去对歌、赛才。“夜歌”有个“开场白”，一般是新娘的母亲、伯叔母和姑母等长辈来充当这个角色的。这个“开场白”也叫“铺处唱”(因为需要铺好处、安好床招待伴娘们)，当“铺处唱”一过就是男家请来的男歌手与伴娘们“对歌”。对歌过程大体分为贺喜、引唱(试探、初会、初恋)、交锋、激战、高潮、结束(送别、相嘱)等六个情节。在对歌时，有男唱女和的，多半是女唱男答的。有时分开几个小组来唱，有时出房外去唱，总之，非唱到天亮不可。

[3] 盘：唱。

[4] 浪荡：枉费。

唱就唱，盘就盘，
舍命唱歌怕哪门[1]？
只有偷牛犯着罪，
哪有唱歌犯着官。

唱就唱来盘就盘，
今日正逢喜盈门，
口字入门问问你，
能否唱到大天光。
有歌不怕唱天光，
就怕伴娘无歌盘，
你会盘来我会答，
你是水尾我是源。

有歌不怕唱天光，
唱了一船又一船，
若是今夜唱不尽，
约定明夜再来盘。
唱就唱来盘就盘，
我今不怕唱歌王，
你唱出来我做答，
答不上来算你狂。

什么生来同队飞？
一只瘦来一只肥。
若有三只飞过去，
再飞几只才双归？
鸳鸯生来同队飞，
一只瘦来一只肥，
若有三只飞过去，
再飞三只才双归。

什么生来一点红？
什么生来弯似弓？

[1] 哪门：什么。

什么生来颠倒吊？
什么生来暗蒙蒙？
桃唇生来一点红，
娥眉生来弯似弓，
蒜鼻生来颠倒吊，
罗裙底下暗蒙蒙。
日头出来一点红，
月亮出来弯似弓，
星子出来颠倒吊，
乌云盖月暗蒙蒙。

（男引唱[2]）
入门首先贺新翁，
迎亲大吉乐融融；
堂上椿萱如旭日，
门前兰桂笑春风。

贺喜唱，
贺喜新娘入屋归；
贺喜新娘归到屋，
全家老少尽欢眉。
吉日良辰结新双，
叔伯公婆个个欢；
今年哥娶新花嫂，
来年婆抱白花孙。

欢了欢，
特来唱歌闹新房；
祝贺新娘姊妹队，
淡酒多杯也成双。
欢了欢，

[2] “引唱”是赛歌前的挑衅、逗情，以激发对方兴趣，也借以窥测对方的声调、功底和规律。有时是男方做引唱者，也有女方当挑战者（因男方没有唱歌能手），在这方面的情歌，有劝诫、奉陪的，有谦虚委婉的，也有讽刺谩骂的。唱时不一定是一唱一和，也不一定押一韵到底。逐步将对歌引向新高潮。一般都是男家（新郎家）请的歌手来到了，一入门就唱。

今晚特来拜歌王，
你是刘三的姊妹，
请你教歌千把双。

同咳[1]庚，
来到侬村莫做生；
妹是唱歌最能手，
少少唱些礼义行。
姐妹姨，
少少唱些礼义陪，
早知你是唱歌手，
特来领教这一回。
同咳庚，
今日有缘上歌山，
扛伞歌山唱横笛，
望你知音共我弹。

男：　催妹唱，
手安琵琶催妹弹，
吹笛便有声音起，
催妹唱歌兄做还。
催妹唱，
桃核标芽催妹栽。
有歌也要唱几首，
有花也能插两枝。
唱歌王，
有歌亦能唱万双，
唱得黄牛配白马，
唱得金鸡配凤凰。

求妹唱，
点香入庙求神仙，
求神求得三分福，
求妹咁久不开言。

[1]　咳：语句助词，下同。

劝妹唱，
手拎天笛劝妹吹，
你是刘三个姊妹，
望你唱歌给我陪。

邀妹唱，
生茅点火叫妹吹，
汤熟鸡蛋吃蛋白，
你还留心等哪谁？
求妹唱歌实在难，
求一求二又求三，
不是借钱又借米，
怕人来借没有还。

有歌不唱屈坏肚，
有马不骑屈坏鞍，
屈坏马鞍不要紧，
就怕屈坏妹心肝。
我想唱歌来到儿[2]，
有意唱歌你就围。
天早鹧鸪飞过界，
有情就在这边啼。

女：　唱就唱，
放雀出门叮就叮，
早知你是刘三弟，
爱国爱歌早扬名。

男：　今夜侬队出来游，
遇逢竹笋正标蔸，
今晚哥来遇见妹，
正同蝴蝶遇花球。

女：　唱了情，

[2]　儿：这里。

花开能有几朝新；
石灰里头打筋斗，
白头上头成老人。

男：同咳庚，
三两支歌你有还，
哥坟葬在犀牛地，
妹坟葬在唱歌山。

男：真不唱，
今夜唱歌真不陪，
少少都唱三五支，
莫把侬队同空回。

女：真应灵，
出来遇中唱歌营，
今晚遇着唱歌队，
妹队有歌奉陪兄。

男：我记今日是十五，
谁知十五月不明，
大胆问声情妹咳，
有心唱歌就出声。

男：树大无荫枉占地，
乌云无雨枉遮天，
月亮不光枉十五，
妹不唱歌枉少年。

男：人家求妹轻如纸，
我来求情重如山；
人来求妹开门等，
我来求妹锁门关。

男：唱就唱，
拉车下坡不用推，
大姐又叫三姊唱，
留我两兄叫哪谁？

男：吾英台，
劝你唱歌不推挨，
唱歌好比拉锯样，
正同细雨落筛筛。

男：咁好大塘不种藕，
咁好大田不插禾，
咁好姑娘不做唱，
屈坏年华春过秋。

女：唱就唱来还就还，
不怕鬼王来阻拦，
打定唱歌犯王法，
提到衙门去坐监。

男：不用怕来不用颤，
大刀架颈也当闲，
只有偷牛犯王法，
哪有唱歌挨坐监。

男：不用怕来不用烦，
妹队有歌任便弹[1]，
风流也是前人造，
前人造路后人行。

男：只管唱歌不管它，
谁人敢管后生家，
世间断得风流事，
天上断云海断沙。

男：赶牛去吃田基草，

[1] 弹：唱。

牛不吃禾谁敢牵。
刀割猪肝切不入，
有意连情心要坚。

男：　劝妹唱，
手拎白菜劝妹栽，
栽得成蔸先吃叶，
特定留心等妹来。

男：　劝妹唱，
生[1]茅烧火望妹燃[2]，
灯草跌落藕塘内，
你心想共哪兄连？

女：　情歌好唱口难开，
樱桃好吃树难栽，
白米好吃田难种，
鲜鱼好吃网难抬。

男：　我引唱，
飞天白鹤引天鹅，
白鹤引鹅鹅引凤，
我引阿妹唱情歌。

男：　我引唱，
飞天白鹤引黄猄，
白鹤引猄猄引凤，
我引阿妹唱起声。

女：　不识唱来不会歌，
因为细时吃菜多，
吃菜太多不识字，
想学唱歌怎奈何？

[1]　生：吹。
[2]　燃：言。

男：　鹧鸪飞来石头顶，
未曾拍翅先闻啼，
你来侬村不敢唱，
你去人村当老师。

男：　有歌就唱不怕羞，
直笛横吹不怕愁，
世间断得风流事，
黄河长江水断流。

男：　有歌不唱屈坏肚，
有酒不筛屈坏瓶，
屈坏酒壶不要紧，
就怕屈坏妹心情。

男：　望你唱来哥做还，
不使推挨过时间，
天旱琵琶挂壁上，
愿我知音共你弹。

男：　唱罗情，
花开能有几朝新，
再过十年人老了，
担水淋花也不成。

男：　灯盏点灯又无油，
十八妹儿实难求，
不求情妹要钱使，
只求情妹要风流。

男：　不要风流也过世，
妹不烧烟妹也穷，
不信但看街头肉，
你不买斤那也空。

男：　唱歌一排又一排，

为何有歌不唱来，
唱歌不用金钱买，
花开不用剪刀裁。

女：妹唱歌，
妹想渡船就下河，
南江去合北江水，
侬绕相逢有几何？

女：唱就唱，
马上战场嘶就嘶，
妹是深潭水老虎，
不怕十层九网围。

女：妹讲唱歌就唱歌，
妹讲撑船就下河，
哥拿竹竿妹拿桨，
由妹撑到那条河。

男：唱就唱，
你我都是笼中鸡，
你我都是笼中鸟，
打开笼门唱一时。

女：唱就唱，
牵手上台歌对歌，
妹是北海鸬鹚鸟，
为鱼飞过万条河。

（女引唱）
女：后生哥，
留歌不唱做什么？
哪有留歌发万富？
只有留米养得哥。

男：唱就唱，围就围，
马上战场嘶就嘶，
担沙去筑东洋海，
几何又得唱歌回？

女：这村后生实在差，
不会唱歌缩在家，
来到人村冇歌唱，
寒风冷雨吃勾虾。

男：考唱你，
考验声同知不同，
考得声同侬慢唱，
莫让旁边人笑侬。

女：差了差，
人村不见一枝花，
鸡不啼来狗不吠，
谁人看见心都麻。

男：南宁大大无牛卖，
圩场细细有牛群，
莫看侬村不出样，
侬村大有唱歌人。

女：千不该来万不该，
不见你村的后生，
全村后生去哪了，
让些老人来顶更。

男：妹莫狂，
谅你不是唱歌王，
一斗芝麻几多粒，
一天星子几多双？

女：半边天黑半边光，
一天星子落单双，

哥你问妹妹考你，
岭顶生草几多荒？

男：　你歌哪有我歌多，
我有一万八千箩，
拿到江边洗一洗，
沙子几多歌几多。

女：　你歌哪有我歌多，
唱本装来几万箩，
记得那年发大水，
妹拿歌本塞江河。

男：　唱歌就唱百把排，
只唱几排你莫来，
十排八排你莫唱，
莫采打坏我招牌。

女：　牛角不尖不过界，
马尾不长不扫街。
妹今不是画眉鸟，
哪敢飞到这边来。

男：　初来到，
初来就唱初来歌，
哥是裁缝初学剪，
恐怕剪坏细绫罗。

女：　树大招风叶子稀，
白鸟飞来落树枝，
白鸟飞来不停叫，
还不开声到几时。

女：　下雨不知天早夜，
水深不知路高低，
妹今好比孤单鸟，
落在青山慢慢啼。

男：　樱桃好吃树难栽，
妹你好连口难开，
瓮作肝囊大胆问，
妹若有意答过来。

（恋战）

女：　讲起山歌妹最多，
好比山中了鸡哥，
好比山中画眉雀，
开口出来都是歌。

男：　你有山歌唱过来，
你有好酒摆上台，
牛肉我放沙姜炒，
铁门我有钥匙开。

女：　山歌不唱不开怀，
石磨不推不转来，
酒不醉人人自醉，
花不逢春不乱开。

男：　妹叫哥唱哥就唱，
不会山歌慢慢来，
妹是大船游四海，
哥是小船慢慢开。

女：　叫妹唱歌妹就来，
叫妹裁衣妹就裁，
裁缝师傅靠尺寸，
唱歌师傅靠肚才。

男：　山歌越唱心越开，
井水越挑水越来，
山歌不用金钱买，

舌头弯弯就出来。

女：唱得好来唱得乖，
唱得乌云朵朵开。
唱得行云飞鸟止，
唱得江河滚滚来。

男：唱得好，
唱得云开天也开，
唱得后生团团转，
唱得老人纷纷来。

女：唱得好，
唱得牡丹朵朵开，
唱得人人眉眼笑，
唱得哥妹坐平排。

男：妹会唱歌妹会陪，
大声唱去子[1]声回，
桅杆顶上挂灯草，
真心不怕大风吹。

女：得罪哥，
初初得罪哥一回，
唱得不对哥多讲，
妹是生铁哥多锤。

男：皂水洗头不用灰，
我俩连情不用媒，
不用猪羊作礼彩，
一句山歌带妹回。

女：山上木叶落成堆，
有心唱歌就学吹，
哪时吹得歌好听，
花香引得蝴蝶回。

男：唱歌一句连一句，
打鼓一捶连一捶。
不信你看车筒水，
一筒去了一筒回。

女：唱就唱，
手拿木叶吹就吹，
木叶不是金钱买，
哥能唱来妹能回。

男：初学唱，
哥是鸟儿初学飞，
哥是山中斑鸠鸟，
初初逢着老画眉。

女：初学唱，
无毛鸟儿初学飞，
讲起唱歌妹不会，
勉强唱句把哥陪。

男：有歌就唱不怕丑，
短笛横吹不怕羞，
谁人禁得唱歌路，
除非长江水倒流。

女：唱句山歌解解闷，
喝口凉茶润心头，
凉水解得颈喉渴，
唱歌解得万年愁。

男：山歌好唱难起头，
木匠难起八角楼，
石匠难打石狮子，

[1] 子："小"的意思。

铁匠难打钓鱼钩。

女：　唱歌不是人发癫，
有人唱歌得成仙，
不信你看刘三姐，
鲤鱼岩里坐千年。

男：　情妹歌声硬又尖，
碰到石头冒火烟，
谁知碰到情哥肚，
又是软来又是甜。

女：　妹老练来妹老当，
上街卖鸭妹老行，
妹是山中松柏树，
不知挂了几多霜。

男：　大海越大浪越汹，
山歌越唱心越疯，
街头去吃胭脂李，
哪个越熟心越红。

女：　满堂都是唱歌人，
为何歌王不出声。
满岭都是金鸡叫，
为何不见凤凰鸣。

男：　不会烧香得罪神，
不会讲话得罪人，
不会唱歌得罪妹，
望妹谅解哥一句。

女：　谁个唱歌像弹琴，
听见歌声不见人，
半夜公鸡啼[1]醒你，
拿块砖头换黄金。

男：　独角牛牯来打架，
喷嘴瞪眼总想赢，
谁知翻落山谷底，
只好忍气又吞声。

女：　上山打枪惊动鸟，
庙堂打鼓惊动神，
读书惊动孔夫子，
唱歌惊动风流人。

男：　一条河水绿茵茵，
不知浅来不知深，
丢块石头试深浅，
唱句山歌试妹心。

（交锋）

女：　烧猪腊鸭我吃过，
未曾吃过火烧鹅，
江湖子弟我连过，
未曾连过读书哥。

男：　荔枝龙眼我吃过，
未曾吃过嫩山姜，
读书妹仔我连过，
未曾连过嫩姑娘。

女：　咁大未曾吃过藕，
哪知吃藕内丝长，
咁大未曾连兄过，
哪知连兄兄心凉。

[1]　啼：双关语，含“提”的意思。

男：　　去圩买鹅买中雁，
雁也咁肥鹅咁肥[1]。
咁大未曾连妹过，
哪知连妹妹心飞。

女：　　画水无风空画浪，
绣花虽好不闻香，
不得真连空做唱，
越唱情歌心越凉。

男：　　好姐妹，
成双还望你来陪，
月亮里头开酒店，
团圆请你饮千杯。

女：　　饮酒实在妹不会，
酒量不高吃饭陪，
今生实在陪不起，
来世再和哥碰杯。

男：　　锡壶装酒瓷器坏，
酒筛面前妹莫推，
肥肉莫嫌多吃块，
才算妹是有心陪。

女：　　少陪了，
酒量不高实难陪，
有心相连总有日，
相逢何止这一回。

男：　　美酒一杯又一杯，
酒到面前妹莫推，
妹是毛桃煮秽酒，
为哥舍命也来陪。

女：　　竹子做筷瓷做杯，
慢慢唱来慢慢陪，
酒逢知心千杯少，
话不投机半句余。

男：　　说妹想要就得要，
说妹想游就得游，
有日阎王请喝酒，
沙纸蒙脸不回头。

女：　　人情要做做到老，
吃酒半杯礼义疏，
头杯拿来妹吃去，
二杯筛来妹要收。

男：　　哥的酒量实在高，
好酒能筛两三瓢，
平酒能喝十二碗，
打只老虎当打猫。

女：　　妹的酒量实不高，
多饮脸红像仙桃，
今晚欢心饮半碗，
再吃一些身飘摇。

男：　　灯盏无油望月圆，
身上无衫望热天，
坛中无米望禾熟，
枕边无双望妹连。

女：　　那还讲，
得哥连妹那还嫌，
若是得哥来连妹，
黄连烧茶妹讲甜。

男：　　今朝走过藕塘边，

[1]　咁肥：“这么”的意思。

满塘鸭仔叫连天，
鸭仔无娘跟水去，
哥今无妻跟谁连。

女：　新打镰刀难转弯，
初次连情开口难，
心头忐忑颤又跳，
脸红好比红牡丹。

男：　心不用跳心莫颤，
哪个没做过后生，
哪有鲤鱼不想水，
哪有后生不想顽。

男：　哥无分，
江边开船妹无橼，
手拿菜籽园中撒，
大风吹过别人园。

女：　妹无分，
墙上种菜妹无园，
手拿菜籽随风撒，
不知吹落谁人园。

男：　西瓜种在苦瓜园，
又种香瓜在园门，
西瓜香瓜人吃了，
还剩苦瓜在哥园。

女：　大江水，
无车难得上高田，
东岭鹧鸪西岭叫，
无媒难得近身边。

男：　岩洞里头栽竹笋，
今生难得出头天，
无钱还可向人借，
哥打单身谁可连。

女：　缸中晒谷不见天，
长江水好难上田，
脚长被短盖不过，
短棍打蛇难拢边。

男：　烧香一世不见仙，
看来修佛也枉然，
灯盏无油望月亮，
谁知云雾又遮天。

女：　石上栽花福分浅，
杉木烧灰炭黑先，
哑子手拿一只筷，
心想成双口难言。

女：　高山岭顶做秧地，
没有水来怎样耙？
高台吃饭跌条箸，
不得成双怎样扒？

男：　新起门楼缺少瓦，
无双流浪不思家，
飞蛾飞到灯台下，
一夜行游为灯花。

女：　猴子上山去偷瓜，
因为肚饥拼命爬，
蜜蜂飞入蜘蛛网，
为花死在粘丝纱。

男：　山高路远难见妹，
鱼在深潭难下叉，
睡梦正同亲眼见，

醒来又是隔江花。

女： 新织麻篮眼对眼，
照镜梳头眉对眉，
空见两眉对两眼，
不得成双枉妹思。

男： 花好生在人园内，
伸手摘花又隔枝，
竹筒装米鸡难叮，
只有低头抵肚饥。

女： 下雪鲤鱼死水底，
为霜（双）冻死有谁知，
天旱路边蛇脱壳，
为晴（情）不死脱层皮。

男： 十七十八正当时，
妹不连情到哪时？
只有风吹花落地，
哪有风吹花上枝。

女： 月亮里头有桂树，
妹想伸手摘一枝，
可惜鲁班死得早，
无人同妹搭天梯。

男： 自己买酒自己筛，
自己关门自己开，
自己铺床自己睡，
半边席子起青苔。

女： 东边下雨排打排，
映过西边十二街，
人讲西边下雨大，
谁知旱死嫩禾胎。

男： 三更人睡哥不睡，
四更人回哥不回，
五更还在妹门前，
受了几多冷风吹。

女： 妹是路边一蔸梅，
无人管理无人围，
请哥拿回后园种，
免在路边受风吹。

男： 山上木叶堆打堆，
可惜情哥不会吹，
几时吹得木叶响，
一句情歌妹就回。

女： 上树攀花花落水，
下河捞花花水推，
妹今不是桃花命，
走进花园空手回。

男： 心想捣米去找谁，
见谁不闲哥空回，
挑担黑金河边倒，
别人倒泥哥倒煤。

女： 想起情哥真倒霉，
独马单枪去靠谁？
不信你看单身雁，
夜里无窝到处飞。

男： 大海中间放钓钩，
浮浮摆摆水面游，
麻绳钓鞭风吹断，
眼见得鱼不得收。

女： 今早吃饭不下喉，

跑到后园望斑鸠，
望见斑鸠成双对，
阿妹单身泪双流。

男：　马无笼头到处走，
哥打单身到处游，
哥今好比水浮萍，
浮在江边随水流。

女：　大河水涨浪悠悠，
山崩河塞断江流，
鸭子下塘人打散，
可惜妹难共哥游。

男：　衣裳晒在妹门口，
翻风下雨望妹收，
妹是竹壳哥是笋，
望妹节节包哥头。

女：　出屋人笑妹也笑，
进屋人笑妹低头，
明处点灯暗处坐，
半盏眼泪半盏油。

男：　北风吹过渡船头，
连妹不得自叹愁，
檐前麻雀成双对，
亏哥独自过千秋。

女：　竹子当收哥不收，
笋子当留你不留，
谷子当收哥不割，
赚得忧来赚得愁。

男：　初七初八月半边，
十五十六月团圆，
月亮团圆在十五，
我俩团圆眼望穿。

女：　立夏天，
塘边蚂拐叫连连，
寻情蚂拐连连叫，
叫生叫死为同年。

男：　人家有双怨夜短，
哥今无双嫌夜长，
鸡啼三遍未睡着，
半夜阉猪心暗伤。

女：　九月桂花是重阳，
重阳酿酒桂花香，
人家做酒有夫喝，
妹今做酒无夫尝。

男：　可惜了，
起屋无瓦可惜墙，
画鱼无水空作浪，
绣花虽好不闻香。

女：　枉费了，
庙中无神枉烧香，
庙里无神空打鼓，
水中捞月枉心肠。

男：　真想妹，
正同蝴蝶想花枝，
蝴蝶想花也断日，
哥想阿妹未断时。

女：　想哥痴，
想哥迷迷哥不知，
一年想哥不断日，

一日想哥不断时。

男：想妹痴，
想妹迷迷妹不知，
初一想妹到十五，
十五想妹时又时。

女：你在你家你想我，
我在我家想你多，
不想那时吃半碗，
想着那时碗不摸。

男：山牛过水尾拖拖，
妹莫专心想阿哥，
骑马过江肚带断，
不知鞍落哪条河？

女：哥咳哥，
你莫专心想妹多，
妹是江边青翠鸟，
不知飞去哪条河？

男：大田插秧分两边，
妹插糯来哥插粘，
粘禾糯禾扬花了，
微风吹来香满田。

女：一条江水去游游，
不见阿哥妹就愁，
吃茶连杯吞落肚，
千年不烂埋心头。

男：流水往低人望高，
烂扇无风我不摇，
烂帽无顶我不戴，
哪个无心哥不交。

女：前面巍峨一座山，
问哥是否敢登攀，
若哥能登到山顶，
妹就跟哥结红颜。

男：妹娇娥，
情哥如今底子薄，
几穷几苦我不怕，
就怕中途妹丢哥。

女：同咳年，
几穷几苦妹不嫌，
去做丐化我情愿，
烂碗各人捧半边。

男：路边单竹生单笋，
竹笋单来哥也单，
短木架桥不到岸，
望妹伸手过来攀。

女：见哥生得十分乖，
好比竹笋标出来，
可惜是人不是笋，
是笋妹就挖回栽。

男：无衣去借人衣裳，
袖短衫长不合身，
心想共妹成双对，
又怕妹你嫌哥贫。

女：哥莫忧，
有意连哥不怕贫，
只要阿哥待妹好，
无茶喝水也甘心。

男：妹像芝麻真多心，

连了情哥连别人，
劝妹莫学石榴果，
要学荔枝一颗心。

女：　无针莫把皮肉挑，
无水莫把空锅烧，
无心莫把妹来引，
无情难同哥结交。

男：　恋妹情，
灯草恋油油恋灯，
蝴蝶恋花花恋蝶，
哥不恋妹恋谁人？

女：　凤凰飞上金鸡岭，
不比羽毛先比声，
你唱青春红似火，
我唱爱情树常青。

男：　八角担去广东卖，
叹我风流在远乡，
大鹞叼鸡坟顶吃，
早知你是老飞常。

女：　鸡儿去叮磨顶谷，
你就从小会思粮，
大鹞叼鸡坟顶吃，
早知你是老飞常。

男：　走上高山放纸鹞，
想你风流飞上天，
下雨扛伞去寻妹，
不得见晴泪涟涟。

女：　行路捡得着虫藕，
有意连情切莫嫌；
若你有心来连我，
同台吃饭笑声甜。

男：　树大无荫枉占地，
乌云无雨枉遮天，
月亮不光枉十五，
妹不连哥枉少年。

女：　情咳情，
吃少操多面肉青；
爹娘不识为什么？
四处庙堂去拜神。

男：　真想妹，
相思病重凭墙行；
爹娘不知为啥病，
请来几多个医生。

女：　半斤鲤鱼四两胆，
大胆连兄怕谁知，
人讲也当风过耳，
不是做贼犯官司。

男：　扛伞过桥荫对荫，
照见鲤鱼在水深，
半斤鲤鱼四两胆，
大胆连妹怕谁人。

女：　行路拾得着虫藕，
知你真莲知假莲，
兄是飞天只大鹞，
千祈不丢这边天。

男：　巷子晒茅鸣扒乱，
几时整得茅头齐；
哥得成人也望妹，

木根长大也望泥。

女：哪样得，
哪样得成兄屋妻；
哪样得成兄屋妇，
烧茶煮饭等兄归。

男：走去凉亭卖灯草，
风流同你真得心，
天旱龙潭干到底，
想着情妹万丈深。

女：你在你家想我么？
我在我村想你多；
那餐不念吃半碗，
那餐念着碗不摸。

男：不单你想我也想，
兄心念妹更加多，
煮饭有时忘放水，
喝水着噎为娇娥。

女：芥菜好吃有条心，
鲜鱼好吃网难寻，
糯饭好吃水难定，
同年好连难定心。

男：上圩买酒连壶取，
只怕阿妹不饮杯；
若你有心来连我，
订定日期在哪圩？

女：皂水洗头不用灰，
江头洗衫不用捶；
舍得连哥不用喊，
头圩不来即后圩。

男：茉莉拎来作灯草，
知你真心知假心。
六月畲禾不入米，
知你扬花到哪时。

女：哪个梳头不损发，
哪个搓麻不损丝；
谁的同年谁不疼，
疼在心头人不知。

男：马肚生疮痛在内，
不是阉猪疼出皮；
若得妹成兄屋妇，
眼盹上床多讲时。

女：咁大未曾去过山，
山上都有石头拦；
咁大未曾连情过，
谁知连情得心烦。

男：走上山寨种黄豆，
生思淫欲上高攀；
连情不饥又不饱，
欲得人心百样烦。

女：日头落山四边阴，
落海打鱼万丈深；
打鱼不得不收网，
连情不得不收心。

女：门前有棵大榕树，
遮荫也望你遮阴；
得你有心采连我，
半夜打曾气偷淫。

男：树大根深不怕风，

连情不怕外人攻；
连情不怕人放火，
大火烧山心更红。

女：五对牡丹不结子，
十枝花落九枝空；
天上起云就下雨，
你想连情就转风。

男：我庚同，
真实不知妹有心，
真实不知妹有意，
知妹有意早来寻。

女：隔壁穿针线想你，
连兄未找到媒人；
红豆九双吞落肚，
生思十八缠在心。

男：红豆挑去广东卖，
千条路远为生思。
哪个少年不耍乐，
哪个田螺不吃泥。

女：天旱鹧鸪偷水吃，
为情来到江边啼；
皇帝去补皮鞋卖，
世上难逢见一回。

男：明镜藏在米缸内，
难得见回我老同；
天旱三年菜死了，
入园摘菜不得葱。

女：蜜蜂飞去茉莉企，
少年爱乐在花中；
捉条南蛇归屋养，
几时盼得它成龙。

男：吃米便吃油身米，
油身细米饭多香；
连情便连读书妹，
识书识理好心肠。

女：上圩买碗买花装，
上山斩木斩桄榔；
上街买针拣细耳，
连情拣个读书郎。

男：放钩落塘钓螃蟹，
望你来钳我钓钩；
担粪入园种萝卜，
狠心难得你成头。

女：上园有根石榴子，
下园有根野仙桃；
正想摘个送兄吃，
怕兄知味又来偷。

男：灯草长长莫折断，
折断变成两条心；
祝你一心点到底，
三心两意莫来寻。

女：大秤拎来作厘等，
你也没厘我没分；
交情好比铁灵木，
斧劈不开我俩人。

男：好久不见天下雨，
一直断晴到这遭，
三年不见猪油面，

上圩想舔屠郎刀。

女：　六月日头行正天，
日长夜短莫偷连；
细话吝声情表咳，
待等收冬十月先。

男：　灯草穿钱去买藕，
有心就在此时连；
蜡烛点灯在额上，
就想见光在眼前。

女：　苏木拎归煎茶吃，
因为你染妹心红。
走入竹林种红豆，
生丝就攀我老同。

男：　扛伞过桥寻朋友，
没命去寻水底人；
走去庙寺放纸鹞，
为你风流入了神。

女：　初八去拜天边月，
不得团圆得半边；
走上凉亭种茉莉，
为花欲我上半天。

男：　要学英台共山伯，
生死共行路一条；
在阳一日连一日，
死去阴间莫想娇。

女：　仰面上天落大雨，
眼前就见你无晴。
若有哪门得罪你，
街头卖米你出升。

男：　煮熟猪肝吃不了，
枉我留心圩过圩。
三日逢圩去两日，
不见我情来一回。

女：　情表咳，
岭上熟畬你莫荒，
妹回三圩或七日，
三圩七日又来盘。

男：　红豆生吞不落颈，
相思日夜挂在喉；
日出寻情不见面，
夜间独睡泪双流。

女：　你队想情怎样想，
我队想情日夜忧；
想情走去门楼望，
望到心焦眼泪流。

男：　黄鳝经过三须筐，
见你滑头兄难装；
开便铜盆等雪水，
几时等得你成霜。

女：　天星伴月到天光，
田基生草伴禾黄；
我伴贤兄到六十，
死后阴司也结双。

男：　伞荫遮头卖皇历，
遮荫不丢我同庚，
灯草拎来打鞋底，
要你有心共我行。

女：　黄豆九双吞落肚，

生思十八挂兄怀。
人未曾来话先过，
路隔千山妹也来。

男：荔枝好吃甜又酸，
同年好连在人村；
怎得移归同村住，
同条巷子门对门。

女：后背菜园生草荒，
空得同园不同盆；
得闻贤兄同样讲，
十分愁苦心也欢。

男：点火不让火星飞，
连情不让别人知；
六月西瓜破边卖，
浓红在心不出皮。

女：龙眼开花细微微，
连情不怕讲是非，
闲人想讲他俱讲，
闲人讲话当风飞。

男：风流也是前人造，
不使果时侬操疑，
点火落塘去挖藕，
明日偷连怕谁知。

女：到久不到这边天，
这边尽是六禾田；
六禾米饭真好吃，
这边子弟实好连。

男：你有真心你慢讲，
假心假意莫乱言，
就在面前我问你，
风流条路哪时连。

女：情表哥，
连情路远隔山河；
想情走去江头望，
江水流少泪流多。

男：千蔸松柏共个岭，
万朵白云共个天；
灯草共藕一担卖，
要取真心侬正连。

女：上圩买帽拣细篾，
只图细篾不图新；
连情不贪兄富贵，
图兄好话暖妹心。

男：牡丹花下打瞌睡，
迷迷懵懵也为花；
拆屋去种茉莉树，
为花为柳不同家。

女：天旱入园去掐蒜，
丢情日久都有葱，
柳巷花街守等你，
花街不见妹老同。

男：今朝行过藕塘头，
见妹洗藕白油油；
正想同妹吃节藕，
又怕藕丝缠在喉。

女：是你想吃出声问，
你要哪头就哪头；
你要哪头妹给你，

是我真情不使忧。

男：　灯草放在米缸内，
兄心也想成老同；
若得同年来伴夜，
十分愁眉也欢容。

女：　遇中你，
担谷过江遇着船；
今夜我来遇中你，
真正遇中唱歌王。

男：　筷子上台你执箸，
敲锣打鼓你停声；
塘城影出横枝藕，
有福得见过路莲。

女：　路边扛伞伞淫淫，
问兄遮阴不知音，
识得遮阴哥来接，
哥来接到妹真心。

男：　胡弦弹琴挂壁上，
拉了胡弦到弹琴；
怎得妹来配合奏，
兄拉妹弹得知音。

女：　天旱龙潭干到底，
想到我情万丈深；
路远寄话不到处，
偷吃芝麻暗在心。

男：　后背塘干蚂蚁行，
甘蔗皮黄心也生，
共你同时又同日，
叹条私路不同行。

女：　天旱插旗石顶上，
侬队实情要念返；
琵琶挂在床头上，
想起知音侬又弹。

男：　天旱三年不下雨，
为晴看路几多餐；
茶饭不思也念你，
面黄饥瘦为娇颜。

女：　今朝行过牛甘根，
牛甘生子笑吟吟；
我问牛甘为乜笑，
笑妹三十未结婚。

男：　今朝行过石榴根，
石榴开花笑吟吟；
我问榴花笑哪个，
榴花笑弟无人跟。

女：　行过塘头人挖藕，
我也想插落去跟；
连挖三蔸不见藕，
红泥溅污妹衫裙。

男：　慢慢唱，
壶里有酒慢慢斟；
淡酒多杯当双料，
淡薄交情得日深。

男：　想吃鲤鱼下深潭，
偷莲不怕藕塘深；
情愿牡丹花下死，
纵然作鬼也甘心。

女：　不怕死，

怕生怕死不连情；
皇帝千金有人娶，
色胆包天确是真。

男：　天旱三年不下雨，
晒得江干岭出烟；
晒死鲤鱼不要紧，
就怕晒死我同年。

女：　天上起云日日雨，
日日想晴人不知；
六对茶杯吞落肚，
一日想情十二时。

男：　不单你想我也想，
一日想情廿四时；
无时无刻不想妹，
想断肝肠人不知。

女：　鸡母拎归床底放，
你总不啼我也知；
世上风流古注定，
哪个田螺不吃泥。

男：　三岁走去凉亭住，
风流靠在少年时；
彭祖落塘去挖藕，
老了想莲心也迟。

女：　月亮光，
照落下园果子黄；
蕉子黄黄是人的，
哥生虽好是人双。

男：　月亮光，
月亮光光照哥房；
照落哥房见什么？
多个枕头少个双。

女：　针咀不磨针咀利，
明镜不磨明镜光；
铜盆装雪日头晒，
日晒不融是真霜。

男：　灯盏无油哪有亮，
天气不寒哪有霜；
天上无云哪有雨，
妹不连哥哪有双？

女：　日头落山后背黄，
老虎等猪出山门；
老虎老虎莫咬我，
你等猪羊妹等双。

男：　害怕老虎莫养羊，
怕头落地莫连双；
总要我俩有真心，
双刀架颈也不慌。

女：　一日不见同年面，
菜饭上台不想吞；
哪个连情不想乐，
哪个养猪不想银。

男：　昨晚梦见一塘藕，
生魂去共你偷莲；
苏醒起来不见面，
手拍胸膛天咳天。

女：　茉莉园崩没人塞，
好花怎得你来围；
担谷出圩去换米，

妹家无磨实见亏。

男：　担谷出圩去换米，
任挑任拣还加俐；
免费灯油免费力，
免费堆响到鸡啼。

女：　兄咳兄，
茶壶无盖妹单身；
茶壶无盖我独自，
愿做你妻分有分。

男：　共你做人倒是愿，
叹我家穷没有银；
若是有钱娶得你，
夫妻早晚共耕耘。

女：　连就连，
不讲手镯不讲钱；
讲起钱财连不久，
讲情讲义久久连。

男：　好同年，
只讲情意不讲钱；
若妹良口对得口，
灯盏无油点得燃。

女：　我同年，
只讲情意不讲钱；
哥今不是摇钱树，
妹也不是卖花园。

男：　好柴烧火不出烟，
好牛犁田不用鞭；
好石磨刀不用水，
妹妹连哥不用钱。

女：　高山起屋不怕风，
两人相爱不怕穷；
两人真心相爱了，
冷水泡茶味也浓。

男：　饮酒不醉人冲水，
打铁不怕人掺铜；
禾不结谷为虫咬，
连情不到因家穷。

女：　大海撑船不怕浪，
高山筑屋不怕风；
舍得搏命不怕死，
舍得跟哥不怕苦。

男：　哥家穷，
床上睡张竹壳篷；
半夜翻身竹壳响，
狗母吠停到狗公。

女：　妹不论，
老菜无油妹也吞；
烂刀无钢妹也使，
哥家贫穷妹也跟。

男：　白糖拿来蒸猪肺，
你心又甜话又乖；
今夜有缘得见妹，
如同山伯遇英台。

女：　昨夜无盐吃餐淡，
今朝无米吃粥稀；
天旱老虎咬竹笋，
不讲苦情你不知。

男：　斑鸠飞来竹表啼，

你就开啼我就知；
饭酒蜜糖蒸猪肺，
好心同年世上稀。

女：天旱三年晴不断，
你来我去方长匀；
约定日期莫变动，
日期变动害死人。

男：挑担不怕日头毒，
只要南风吹得匀；
连情不怕路头远，
只要日期记得清。

女：风吹花叶动花芯，
日念我情十二辰。
十二时辰都念你，
生魂落在你衫裙。

男：行路不知路长短，
落水不知哪处深；
连情不知哪个好，
不知哪个好良心。

女：新织箩儿密密篾，
新做双鞋密密针；
针针都被针刺手，
为情操了几多心。

男：你讲你想我更想，
暗想几多为金银；
勺饭上台念到你，
口含菜饭不思吞。

女：上塘洗手赖偷藕，
下塘洗手赖偷莲；
未来连情先着讲，
以能着讲以能连。

男：你总不讲人也讲，
上下村团人也扬；
以能交情到六十，
六十还增十年长。

女：大江水，
哪时变得大缸油；
哪时变得兄屋妇，
花鞋脱在兄床头。

男：老鼠跌落米缸内，
纵然得吃不欢容；
一年三百六十回，
几时等得米缸空。

女：缸内有米你具吃，
你莫望西又望东；
等我烧香保缸坏，
你得欢容不瞒侬。

男：圩卖猪肝滴出血，
谁人又识你心生；
你是有心来连我，
一世坚心共你耕。

女：石上无泥种灯草，
其实不知你有心；
其实不知你有意，
知兄有意早来寻。

男：塘角拎来种灯草，
侬的良心实不差；
三岁入园种茉莉，

哪个少年不贪花。

女：　行路便行中央心，
莫行路边有草针；
连情便连伶俐弟，
返归挨打也甘心。

男：　吃血便吃大鱼肉，
莫吃细鱼害咀腥；
连情便连风流妹，
风流妹仔好良心。

女：　走落藕塘去洗手，
未得偷莲枉人传；
若是贤兄连有个，
崩口厅堂你莫瞒。

男：　塘基栽竹叹无地，
石上栽花叹无泥；
火烧竹竿兄长叹，
叹我家贫未有妻。

女：　今朝行过庙门前，
打开庙门拜神仙；
我便烧香脚下跪，
神仙保我结同年。

男：　行路打踢为高石，
不为同年为谁人？
蜜蜂飞过千重岭，
闻你花香拼命跟。

女：　圩买铜盆装雪水，
我的良心交给铜；
铁在面前你不打，
问兄何处去寻铜。

男：　水干就知石出现，
来连就识哥心忠；
蜜糖拌水淋蕉树，
甜言日后就成弓。

女：　新开生畲种红豆，
生思有意不生荒；
妹也伴兄兄伴妹，
田基生草伴禾黄。

男：　无钉扁担挑鸭蛋，
把哥尽打两头忧；
生也同生死同死，
双双牵手上花州。

女：　杀鸡吃血当天咒，
也看这遭寻不寻；
若妹到处交有意，
绝妹今年二十零。

男：　水缸拿来作酒瓮，
都说打细未有晴；
素来未见同年面，
终身大事莫非轻。

女：　广东那边人求雨，
广西依队正求晴；
骑马过江肚带断，
望哥鞍乐我青春。

男：　竹在面前不破篾，
哪里寻筒山过山；
井在面前不吃水，
问妹哪处有龙潭？

女：　手拿银币不识钱，

脚踏藕芽不识莲；
行过峨眉不拜佛，
问哥何处去求仙？

男：连就连，
不使推迟年过年；
不要推迟月过月，
花开能有几多天？

女：不唱好歌心不乐，
不栽竹木不成林；
天旱劝哥种松柏，
妹行远路得蔽荫。

男：走上峨眉山顶望，
望见好花分两盆；
茉莉移归同园种，
共妹牵手入花园。

女：黄胆木皮煮粥吃，
不讲不知我苦头；
在外人乐我也乐，
归屋人乐妹心愁。

男：我也单身你独自，
我也独自睡空床；
有缘你来依配合，
免使两家床上嚷。

女：下雨天边出虹降，
知你有晴知假情；
你有真心你慢讲，
千祈莫来欺骗人。

男：情咳情，
坐也不成行不成；
吃也不成睡不着，
不久又嚷声迭声。

女：你讲你想我更想，
你讲你忧妹更忧；
细语吝句贤兄咳，
十分想妹就去游。

男：游就游，
哪怕脱轭卖耕牛；
卖牛得钱去娶妹，
不得插田也不休。

女：鸭仔出世无娘带，
孤身全靠水塘挨；
妹是旱塘花一朵，
望哥移去井边栽。

男：隔河望见桃花开，
哥想连根扯过来；
哥想扯归连夜种，
连夜浇水望花开。

女：妹是好花在后园，
哥是莲藕在深田；
几时移花排藕种，
花也香来藕也甜。

男：共河不如共水沟，
共村不比共门楼；
哪日得妹共屋住，
衫裤共柜枕共头。

女：妹想变，
石山想变烂泥田；
画眉想变青龙马，

任哥骑来任哥牵。

男：踏上云梯去望月，
梯短怎能到月边；
高山望见长江水，
喉干难得到眼前。

女：那样变得小扁担，
摇摇曳曳在哥肩；
那样变得金扣子，
时时扣在哥胸前。

男：叹妹生得好身腰，
行路无风衫尾摇；
怎能变得衣裙带，
日夜都在妹身飘。

女：金樱花开白潺潺，
望见花开妹心烦；
睡梦正同亲眼见，
醒来隔水又隔山。

男：早早起来坐门边，
东瞧西望为同年；
铁打肝肠哥想断，
铜打眼睛哥望穿。

女：种田之人想禾黄，
读书之人想做官；
喝酒之人想酒醉，
连情之人想成双。

男：哥也想来妹也想，
哥种红豆妹种姜；
十字路头杀猪卖，
哥挂心来妹扯肠。

女：九月九日好重阳，
想哥想得泪汪汪；
床头有个亮窗眼，
夜夜望哥到天光。

男：年年想妹在端阳，
越思越想越凄凉；
人家早禾扬花了，
阿哥田中未撒秧。

女：想哥太多头又痛，
望哥太多眼又蒙；
爹娘问妹为何事？
妹讲夜里受伤风。

男：一把扇子两面龙，
手中摇扇扇摇风；
妹你望哥哥望妹，
两人有意在心中。

女：哥想不如妹想尽，
日断肝肠夜碎心；
想哥好比池中月，
拨开水面月还沉。

男：做工想妹在田垌，
割草想妹在山中；
连情比似东风雨，
十场都有九场空。

女：想哥一下吃不下，
想哥一天吃不甜；
吃粥好比吃龟尿，
吃茶好比吃黄连。

男：想妹想到面皮青，

想得发痧难翻身；
手拿铜镜当面照，
至少消瘦十三斤。

女：　哥大胆，
半边戽斗戽龙潭；
万丈竹竿不到底，
问哥戽到哪时干。

男：　妹大胆，
竹排做船过海湾；
人坐大船都怕死，
问妹为何不怕翻。

女：　不怕翻，
我俩有心过险滩；
有心能把险滩过，
无心平滩也是滩。

男：　讲好了，
我俩有心过险滩；
我俩有志闯过海，
谁人怕死只回返。

女：　树枝摇摆必有风，
水浪汹汹必有龙；
哥你见妹眯眯笑，
必定有话在心中。

男：　公鸡不叫毛不松，
母鸡不叫脸不红；
妹你见哥红了脸，
必定有话在心中。

女：　想哥迷，
眼泪流来洗得衣；
三天不思吃餐饭，
无人送信给哥知。

男：　想妹深，
想妹深深像海深；
下雨拿筛当帽戴，
两眼望穿不见晴。

女：　鹧鸪难舍路边啼，
田螺难舍塘中泥；
鲤鱼难舍滩头水，
蜜蜂难舍桂花枝。

男：　哪只野猫不想鸡，
哪个田螺不想泥；
哪个出门不想伞，
哪个情哥不想妻。

女：　妹想情哥想到昏，
雷响以为是天崩；
太阳当作天星看，
风吹以为哥开门。

男：　想妹昏，
十根肝肠断九根；
还剩一根养哥命，
妹要心肝哥也分。

女：　一年三百六十日，
难得见哥哪一时；
放声大喊天地咳，
有话难得讲哥知。

男：　想妹迷，
水面浮萍空想泥；
水面浮萍靠水养，

哥怎得妹是亲妻？

女：　手拿纸币不识钱，
脚踩藕芽不识莲；
行过峨眉不拜佛，
问哥何处去求仙。

男：　妹娘生妹赛神仙，
好比塘中水浮莲；
好比莲花浮水面，
哥做藕须水底缠。

女：　讲定了，
我俩有志敢移山；
我俩有志闯过海，
十级飓风也等闲。

男：　不怕翻，
十叶作船过海湾；
有志能把大海过，
无志在家也喊难。

女：　新打镰刀把把光，
不知哪把是真钢；
世上男人千万个，
不知哪个妹真郎。

男：　天上星子无数双，
地下人家无数村；
世上女人多的是，
不知哪个是真双。

女：　一条江水去弯弯，
鸬鹚晒翅在沙滩；
鸬鹚晒翅沙滩耍，
不得成双心不甘。

男：　我俩变鸟共一山，
我俩变牛共一栏；
哥变檀香妹变线，
变成琵琶日夜弹。

女：　摇船过海卖灯草，
正好遇中卖油人；
挑油遇着卖灯草，
有心遇着有情人。

男：　空手上街去买酒，
正好遇中卖瓶人；
补锅出门遇铁匠，
哥妹都是一炉人。

女：　火焰山上架床睡，
为哥哪怕火烧身？
马走千里为嫩草，
妹行千里为真情。

男：　走上高峰打铺睡，
风流哪怕跌碎身？
五湖长江归大海，
为妹高山哥走平。

女：　上街买针逢着线，
下街买线逢着针；
荔枝遇着龙眼果，
你我生来一个心。

男：　江水有浊又有清，
人讲是非妹莫听；
千斤好铁打耙齿，
条条耙齿共条心。

女：　衣裳不用件件新，

只要干净见得人；
有情不用天天见，
只要时时念在心。

男：　　的确真，
真心诚意念交情；
三担黄泥打架磨，
千条磨齿共条心。

女：　　塘边杨柳荫又荫，
风吹杨柳动妹心；
借问一声杨柳树，
妹来路远可遮荫。

男：　　放鸭落塘游在你，
瓶中有酒任你斟；
哥种有根杨柳树，
不知是否动妹心。

女：　　哥心高，
得吃荔枝想仙桃；
得吃龙肉想海味，
得吃双酒想三花。

男：　　妹心高，
上州下县你都跑；
上州下县都走遍，
找不到双杠费劳。

女：　　同咳庚，
相思病重凭墙行；
家人不知为何病，
庙里烧香浪荡喃。

男：　　我同庚，
相思病重实勾关；
父母不知我底细，
夜点灯笼求医生。

女：　　破手挑皮种红豆，
入骨相思哥不知；
天旱拉牛进大海，
情深半寸也难移。

男：　　半夜想妹到鸡啼，
鸡啼想到月落西；
吃饭好比吞沙子，
走路正同牛拉犁。

女：　　红豆生思着虫咬，
相思病重有谁知；
口含蜜糖不知味，
吃饭正同吞沙泥。

男：　　薯良当作水饺煮，
情重难说给妹知；
天旱路边蛇脱壳，
为妹不死脱层皮。

女：　　坐在板凳打瞌睡，
人人都讲酒多杯；
因为那日同哥讲，
魂魄飘渺未曾回。

男：　　自从那日离花台，
失落三魂去跟乖；
吃茶不知茶味道，
走路忘记脚穿鞋。

女：　　妹见青山路一条，
不见情哥来一朝；
流了几多相思泪，

手巾抹湿几多条。

男：　出门不讲哪得笑，
过河不架哪得桥；
连情因为唱歌起，
才有相思路一条。

女：　一更想情睡不着，
二更想情望天星；
三更想起情甜语，
四更流泪五更停。

男：　妹想不如哥想尽，
日断肝肠夜碎心；
双手拨开水底月，
拨开水底月还沉。

女：　上塘洗手赖偷藕，
下塘洗手赖偷莲；
咀咬指头永记住，
永远不近藕塘边。

男：　男大当婚女当嫁，
讲来又羞又不羞；
哪根花针又拖线？
那条灯芯不扯油。

女：　见兄生得脸长长，
红红白白动心肠；
蜘蛛结网岭顶上，
难得吊丝入兄乡。

男：　藕塘养鱼不快大，
冷水泡茶不快香；
谈情要讲真心话，
虚虚假假不甜长。

女：　天上有云才有雨，
树尾摇摆才有风；
鹧鸪找伴才过岭，
无心哪里得相逢。

男：　哥用竹筒做枕睡，
左思右想两头空；
哥捉南蛇归屋养，
几进熬炼得成龙。

女：　耐心等，
蝴蝶耐心等花开；
哥打单身专等妹，
山伯专等祝英台。

男：　灯草拿来打死结，
无人解得哥心开；
天上神仙都难解，
除非等得我情来。

女：　芥兰菜，
吃叶留心等哥来；
吃叶留心等哥到，
桃花等到李花开。

男：　铁打锁头银打钥，
哥交钥匙等妹来；
十年不来十年等，
钥匙不来锁不开。

女：　耐心舂米得好糠，
耐心熬蔗得好糖；
不信你看打铁铺，
生铁打久变成钢。

男：　耐心等，

一定等妹来结双；
江边淘船来等水，
等到水涨慢开船。

女：　芝麻落地耐心捡，
花针落地耐心寻；
夜兰花香耐心理，
耐心等妹得成亲。

男：　新起房屋不盖瓦，
特地留来望天星；
哥今单身不娶嫂，
特地留心等姣情。

女：　万般总要哥耐心，
犁头磨成绣花针；
总要情哥耐心等，
自然有日得成亲。

男：　打破花盆砌花街，
砌起花街等妹来；
十年不到十年等，
再不移花别处栽。

女：　谷种无收不怨地，
只怨无本种太稀；
连哥不到不怨你，
只怨妹家门太低。

男：　打鸟不得不怨枪，
只怨火药烘不干；
连妹不得不怨妹，
只怨哥家太贫寒。

女：　茅盖屋顶泥筑墙，
哥无老子妹无娘；
十字街头杀狗卖，
哥撕心肝妹扯肠。

男：　苦零丁，
世间苦哥一个人；
三块石头架个灶，
砂煲无盖我单身。

女：　世上数妹第一贫，
烂衫补缀像鱼鳞；
人家穿绸又穿缎，
妹穿破旧过冬春。

男：　妹讲妹苦哥更苦，
妹讲妹穷哥更贫；
妹穷还有茅屋住，
哥住破屋望天星。

女：　人家穿红又穿新，
妹衫件件烂补丁；
上街见人下街躲，
好比鸡仔躲鹞鹰。

男：　有钱穿绸件件新，
哥穷穿衫烂布筋；
蚊帐烂如破鱼网，
蚊子打死两三斤。

女：　树大根深不怕风，
铁坚不怕火炉红；
水涨船高不怕浪，
有志结交不怕穷。

男：　听闻情妹同样讲，
日晒龙眼我宽容；
老得同妹当世界，

苦尽甘来得成龙。

女：　走去广东种茉莉，
千条路远为花街；
妹想广东茉莉树，
难得移归兄园栽。

男：　竹笋无心外有壳，
蕉子有皮本有心；
芭蕉有心标嫩叶，
阿妹有心就来寻。

女：　连情就要连到老，
空边半世我也嫌；
你看英台与山伯，
死后变蝶花间连。

女：　大山竹，
怎得移归大山栽？
我是穷家贫贱女，
望你遮阴得快怀。

男：　大山竹，
哪样都移大山栽？
天旱三年不出笋，
日夜淋水出芽来。

女：　我同年，
折断藕筒半边连；
三年藕芽床底内，
屈坏生丝年过年。

男：　黄豆放在米缸内，
实在想念我同年；
叹我在远不在近，
在近天天手相牵。

女：　天上星子有大细，
地上山岭有高低；
老是做天分得合，
侬俩早日成夫妻。

男：　天上星子花对花，
树上木枝桠过桠；
若是先年配给你，
吃水如同八角茶。

女：　圩买红兰染灯草，
兄心染得妹心红；
妹是路边甘蔗芽，
望兄行路踏泥壅。

男：　我今未曾娶过妇，
成双也望你来逢。
就在面前大胆问，
共你做人从不从。

女：　一条江水去滔滔，
一日连情千日燥；
铁打葫芦难开口，
石板切鱼难下刀。

男：　扛伞过桥荫对荫，
望见鲤鱼在江心；
半斤鲤鱼四两胆，
大胆连兄怕谁人？

女：　我金银，
生思共你未曾分；
今世不成兄屋妇，
死去阴间再结婚。

男：　在阳不得成夫妇，

死去阴间更不成；
无心只讲无心话，
何必面前乱画云。

女： 我金银，
隔山隔海都要跟；
山高便搭天梯过，
海深渡船过去跟。

男： 我金银，
你在你家巨修心；
你但修心守等我，
生思共你未曾分。

女： 我金银，
问取双鞋我也分；
问取双鞋我也吡，
同年不吡吡谁人？

男： 你有真情你慢讲，
假心莫让别人闻；
雪中送炭情义重，
阿哥永远不忘恩。

女： 今朝行过牛甘根，
牛甘细叶笑纷纷；
牛甘细叶笑什乜，
笑妹单身配谁人？

男： 白布跌落蓝缸底，
是黑是蓝也难分；
咁多后生来在此，
哪个得心你就跟。

女： 手按罗盘定子午，
不知方向也是难；
吹箫去拜峨眉月，
怎得团圆手上顽。

男： 一夜五更兄长想，
床头滴泪无时枯；
宾州担谷贵县晒，
只叹黄天没日头。

女： 咁好日头咁好天，
咁好月亮缺半边；
月亮团圆望十五，
我俩团圆在哪年？

男： 灯草种在藕塘内，
条心就想共你莲；
有心千里来相会，
无心一年拖一年。

女： 上山不知哪条路，
下水不知哪处深；
连情不知哪个好，
不知哪个好良心。

男： 近山就知百草味，
近林就知百鸟音；
侬村白米真好吃，
侬村子弟好良心。

女： 石榴开花叶子黄，
石榴花开妹进园；
一路与兄花园要，
有心有意结成双。

男： 月里嫦娥望吴刚，
织女吹箫望牛郎；
筷子跌落高台底，

望妹拾起得成双。

女：天上有云才有雨，
地上有寒才有霜；
我俩有心又有意，
有心有意必成双。

男：灯草无油灯不光，
雨不洒花花不芳；
天上无云不下雨，
妹不连哥哪有双？

女：我同庚，
时常想着你英颜；
睡梦正同亲眼见，
醒来隔水又隔山。

男：我同庚，
时常想你在心坎；
想妹在心饭懒吃，
想情流泪湿衣衫。

女：十字街头人卖藕，
十横九直好莲铺；
灯草架桥半腰断，
知你得心在哪头？

男：情表咳，
问你得心在哪头？
若你得心归在我，
我就办钱起洋楼。

女：蜘蛛结网藕叶底，
你也想莲我相思；
糯米放在石磨上，
有意相交莫推辞。

男：天旱江边人打钓，
想晴唯得鱼上钩；
灯草穿过六笛窟，
要你有心共兄游。

女：好久不行后背路，
花街路口起青苔；
不起青苔我没跌，
不为情深妹不来。

男：妹久没行后背路，
后背大路生草荒；
妹也要来哥要去，
牵手行多路就光。

女：鱼筐放在坝基上，
心想吃鱼用意装；
勺饭上台筷子跌，
望兄拾起得成双。

男：茉莉是兄亲手种，
好花莫移别处栽；
圩买槟榔归请酒，
就想两人对面筛。

女：实凄切，
筛箕筛米谷归心；
脱轭卖牛因天旱，
千里连哥为情深。

男：树柏根高不到天，
芙蓉花开在路边；
芙蓉花开在路上，
妹无真心谁敢连。

女：米缸装米用筒量，

你想连情就出声；
风吹灯草飞过岭，
谁人不识你心轻。

男： 灯草两头点起火，
要你一心共我燃；
若得同妹结夫妇，
同床共枕漫甜言。

女： 妹是蜜糖兄是蕉，
蕉子甜来蜜也甜；
蕉子拿归缸内发，
生梳又怕你不甜。

男： 兄是蜜糖妹是粉，
怎得蜜糖共粉猜；
手拎扁壶去打酒，
米酒送糍共妹筛。

女： 情表兄，
坐也不成行不成；
吃也不甜睡不着，
心躁肚乱为情人。

男： 情咳情，
朝思夜想为谁人？
杂草放在长颈瓮，
心烦也为你欲情。

女： 半夜阉猪割着脏，
为情断了细花肠；
鱼胆木根煮酒卖，
苦死无人共妹尝。

男： 天旱入园种灯草，
为情操心无时闲；
坐在凉亭不吃饭，
得你风流抵饭餐。

女： 灯草塞在竹筒内，
其实不知兄有心；
其实不知兄有意，
知兄有意早采寻。

男： 红豆担去广东卖，
条长路远为生思；
哪个大哥不娶嫂，
哪个田螺不吃泥。

女： 六月西瓜破边卖，
怎得兄来亲口尝；
走去凉亭做豆腐，
风流就望你煮浆。

男： 灯草穿钱去买鳖，
一心就想娶妹归；
娶得妹归成夫妇，
朝同出去晚同归。

女： 天上星子有大细，
地下石子有高低；
若是老天分得合，
我俩今日结夫妻。

男： 伸手去捞月底月，
想你团圆上手归；
手拎铜盆等雪水，
好彩成双在果场。

女： 石灰箩内打筋斗，
白发上头都要连；
八十不死情固在，

只怕贤兄心事偏。

男：　刀切猪肝切不入，
你心要同我心坚；
我俩坚心结夫妇，
磨转千年心不偏。

女：　天上也有零丁星，
地下也有零丁人；
村村都有零丁妹，
为何情哥打单身？

男：　昨夜火烧花婆庙，
因为花婆分不平；
分得男多女又少，
这般年纪打单身。

女：　鸟飞双双去投林，
做鸟也不愿单身；
两个枕头一人睡，
叫妹伤心不伤心。

男：　哥单身，
望妹照顾哥成人；
哥是高山独蔸树，
望妹挑水常来淋。

女：　天上月亮配星星，
地下狮子配麒麟；
林里锦鸡配鸾凤，
妹打单身配谁人？

男：　你看天上那朵云，
又想落雨又想晴；
你看唱歌那个妹，
又想连哥又怕人。

女：　兄咳兄，
花开能有几朝新；
本想来做兄屋妇，
恐怕日后你丢情。

男：　石灰禾堂晒谷种，
实没有心嫌意晴；
若是谷种晒不好，
当然影响到来春。

女：　得闻贤兄同样讲，
把妹的心动不停；
正想喊哥接妹去，
见哥心事有些惊。

男：　哥是定时弹一个，
原子安装有几斤；
正想弯弓去爆炸，
又怕破坏妹终身。

女：　妹屋粮田有粒石，
今日特来寻罗兄；
望兄开石来耕种，
免把丢荒生草青。

男：　喊我种田倒容易，
问妹租谷几多斤？
若是谷租交不上，
没有面皮见四邻。

女：　谷租多少妹不讲，
只要贤兄肯出勤；
总不交租不要紧，
只要贤兄管水匀。

男：　西津安有水电站，

就旱三年有水匀；
妹田肥来兄种好，
插来定必好收成。

女： 既然贤兄同样讲，
快些犁地等明春；
鸡母拿归床底放，
我总不啼天也明。

男： 园中种菜青又青，
没有哪张污泥尘；
妹你园门要关好，
不让野牛踩菜平。

女： 十二点心重在你，
没有哪点重别人；
行动小心又谨慎，
没有哪个识内情。

男： 反着衫心你有理，
计高不过读书人；
不信你看些三国，
刘备平安靠孔明。

女： 练骑单车是肯定，
全靠贤兄帮助情；
读书使钱是兄出，
成绩应该归在兄。

男： 哥出钱财如粪土，
得妹情义深如凌；
谷贵担米出圩卖，
望娘进步得高升。

女： 世上男子多如星，
独见贤兄咁好倾；
对天许下终身愿，
跟兄共订百年亲。

（激战[1]）

女： 妹是深山狼牙刺，
周身尖刺一排排；
谁也不敢来近我，
老虎也不敢来挨。

男： 哥是广东廉州匠，
特来寻罗这根柴；
越生刺多木越硬，
做犁做耙好木材。

女： 妹是深山花岗石，
山高石硬谁敢弹；
石凿碰中石凿崩，
石锤碰中石锤翻。

男： 哥打石锤百二磅，
又打钢钎十二排；
特来寻罗花岗石，
花岗越硬越欢怀。

女： 五六月天晒竹壳，
你讲你嚣我更嚣；
你是白骨精一只，
我是金箍棒一条。

男： 高山岭顶种辣椒，
妹讲妹刁哥更刁；
妹是黄蜂哥是火，
黄蜂还怕火来烧。

[1] 双方对歌到了深夜，从恋战转入激战，互相挖苦，互相考试，比长赛强。一打一拉，互不服气，陷入紧张气氛。此段一般是女唱男和。

女：　妹非轻，
你是八两我半斤；
不信你看鹧鸪雀，
飞上半天打鹞鹰。

女：　样子来人一大群，
尽是老货和嫩仔；
稔三想四不得只，
同样唱歌怎得赢。

男：　正真唱歌不多人，
单我一个顶十人；
从细跟爹做木匠，
直斧横刨我铁镔。

女：　新买竹帽新帽带，
风吹帽带诱哥来；
诱得哥来妹又走，
男人不比女人乖。

男：　一山都是贸心木，
没有一根成器柴；
一群姐妹都到此，
没有一个程度乖。

女：　莫骂歹，
比看是谁有肚才；
我来出题你做答，
答不得对是湿柴。

男：　比就比来排就排，
你做出谜我做猜；
随口答令我做到，
你说哥是状元才。

女：　三十个瓜吃九餐，
餐餐吃双不吃单；
若你做兄分得合，
我就决心来嫁颜。

男：　三十个瓜分九餐，
餐餐吃双不吃单；
六餐便吃二十四，
剩下六个吃三餐。

女：　三百牯牛赶上岭，
几多牛角几多蹄；
其中几多蹄落地，
还有几多不粘泥？

男：　三百牯牛六百角，
共有一千二百蹄；
二千四百只落地，
二千四百不粘泥。

女：　三六根香装九社，
社社装单不装双；
若是贤兄分得合，
我愿跟兄配成双。

男：　三六根香插九社，
社社插单不插双；
右手五根插五社，
左手四根插两双。

女：　一百七十一个缸，
问哥分做几船装？
不许哪船多一个，
不许哪船少一缸。

男：　一百七十一个缸，
我就分做三船装；

每船都装五十七，
没有哪船少一缸。

女：　十二两纱牵九地，
九二分开十八机；
若你做兄分得合，
我就愿来做你妻。

男：　十二两纱十八织，
六钱五纱为一机；
剩下三两分不尽，
留把情妹补衫衣。

女：　唱歌大王我问你，
五马五羊多少蹄？
几多大蹄走大路，
几多小蹄不到泥？

男：　唱歌能手我回你，
群马群羊百只蹄；
六十大蹄走大路，
四十小蹄不到泥。

女：　什么岩上盘脚坐？
什么在家织绫罗？
什么爱织悬天网？
什么爱唱五更歌？

男：　猴子岩上盘脚坐，
蚕儿在家织绫罗；
蜘蛛爱打悬天网，
公鸡爱唱五更歌。

女：　什么圆圆圆上天？
什么圆圆海中间？
什么圆圆街上卖？
什么圆圆妹面前？

男：　月亮圆圆圆上天，
团鱼圆圆水中间；
簸箕圆圆街上卖，
粉盆圆圆妹面前。

女：　什么弯弯弯上天？
什么弯弯海中间？
什么弯弯街上卖？
什么弯弯妹面前？

男：　月牙弯弯弯上天，
虾子弯弯海中间；
镰刀弯弯街上卖，
梳子弯弯妹面前。

女：　什么生须在头顶？
什么结子入地泥？
什么开花不结子？
什么无花子满枝？

男：　玉米生须在头顶，
花生结子入地泥；
牡丹开花不结子，
榕树无花子满枝。

女：　什么生来头又大？
什么生来头又尖？
什么生来无娘带？
什么生来好姻缘？

男：　牯牛生来头又大，
鸡仔生来头又尖；
鸭儿生来无娘带，
哥妹生来好姻缘。

女：　高高个儿一身青，
圆脸金黄喜盈盈；
天天朝着太阳笑，
结的果实数不清。

男：　向日葵蔸一身青，
葵花脸圆喜盈盈；
天天向着太阳笑，
结的果实数不清。

女：　什么生来口对口？
什么生来头对头？
什么生来耳对耳？
什么成双水面浮？

男：　剪刀生来口对口，
手镯生来头对头；
银环生来耳对耳，
鸳鸯生来水面浮。

女：　老大头上一撮毛，
老二脸红似火烧；
老三越老腰越弓，
老四开花节节高？

男：　玉米头上一撮毛，
高粱脸红似火烧；
稻子越老腰越弓，
芝麻开花节节高。

女：　什么好好飞上天？
什么好好水中眠？
什么好好街上卖？
什么好好在眼前？

男：　凤凰好好飞上天，
鸳鸯好好水上眠；
桂花好好街上卖，
情哥好好妹身边。

女：　大哥头上戴铁帽，
二哥身穿大红袍；
三哥浑身都是刺，
四哥正同一把刀？

男：　茄子头上戴铁帽，
红萝卜身穿红袍；
菠萝浑身都是刺，
豆角正同一把刀。

女：　大姐白衣好几层，
二姐浑身碎纷纷；
三姐头上开了花，
四姐肚里窟窿深。

男：　白菜白衣好多层，
香菜浑身碎纷纷；
芥菜头上开了花，
莲藕肚里窟窿深。

女：　什么树上尾拖拖？
什么唱得百鸟歌？
什么打得天上鼓？
什么穿得紫绫罗？

男：　锦鸡树上尾拖拖，
画眉唱得百鸟歌；
雷公打得天上鼓，
情妹穿得紫绫罗。

女：　什么生脚不会走？
什么无脚走河江？

什么有心苦又苦？
什么无心甜过糖？

男：　板凳有脚不会走，
大船无脚走河江；
莲子有心苦又苦，
连妹无心甜过糖。

女：　大姐天天游花园，
二哥弹琴黑夜天；
三姐织布到天亮，
四姐做饭香又甜？

男：　蝴蝶天天逛花园，
蝈蝈弹琴黑夜天；
蜘蛛织布到天亮，
蜜蜂做饭香又甜。

女：　大姐用针不用线，
二姐用线不用针；
三姐点灯不干活，
四姐做活不点灯？

男：　黄蜂用针不使线，
蜘蛛用线不用针；
萤虫点灯不干活，
蝙蝠干活不点灯。

女：　大姐上山滑溜溜，
二姐下山滚绣球；
三姐磕头梆梆响，
四姐洗面不梳头？

男：　蛇儿上山滑溜溜，
刺猬下山滚绣球；
啄木磕头梆梆响，
猫儿洗脸不梳头。

男：　请问妹，
问妹家中有几人？
几个老来几个少？
还有几个打单身？

女：　哥听真，
妹家共有七个人，
四个老来三个少，
还有一个打单身。

女：　反问哥，
问哥家中几只鸡？
拿了几只上街卖？
还有几只家中啼？

男：　答妹题，
哥家共有九只鸡，
拿了八只别处养，
还有一只家中啼。

女：　算哥乖，
情哥真是状元才，
妹下决心来嫁你，
共哥日夜共书台。

男：　在天愿作比翼鸟，
在地愿作连理枝；
天长地久终有尽，
我俩交情无绝期。

女：　今世求哥不得哥，
不知妹命是如何？
提起哥来妹愿死，
死也死在相思河。

男：　拉屎落塘气死狗，
放心烧山气死天；
天旱三年不下雨，
生生屈坏一塘莲。

女：　月亮光，
月亮光光照果园；
果子黄黄是人的，
同年好好是人双。

男：　辣椒辣辣连皮吃，
蕉子甜甜着丢皮；
苦瓜苦苦连皮煮，
同年好好是人妻。

女：　你讲无妻我不信，
我讲没夫方是真；
那日我亲到你屋，
灶门烧火是谁人？

男：　你讲无夫我不信，
我讲没妻确是真；
那日你来到我屋，
灶门灶火老表亲。

男：　妹实精，
你已有夫偏瞒兄；
那日我亲到你屋，
你夫白白在书厅。

女：　哥神经，
在妹面前讲风神；
你不识人讲你听，
书厅那个是亲兄。

女：　你是老人我扒渣，
不要来逗妹红花；
哥是老藤攀老树，
妹是嫩姜刚发芽。

男：　老正好，
也有老树开红花；
也有嫩藤标嫩叶，
也有老谷标新芽。

女：　老发颠，
老了生须十八层；
一层织得三张网，
二层织得九张罩。

男：　莫笑老，
老了生须十八层；
不信你看田中糯，
哪粒生须哪粒恒。

女：　买米莫买染色米，
种田莫买老黄牛；
连情莫连老头子，
茶麸翻榨不得油。

男：　沙姜还是老的辣，
八角都是老的香；
不信但看打铁铺，
总是老人拉风箱。

女：　见兄老，
兄老过妹十几年；
本想买牛归耕种，
老牛怎能耕得田。

男：　真是女人程度浅，
老牛耕田不用言；

犁地耙田样样会，
老牛拉车不用牵。

女：　六十公公来问妹，
你想掮犁来此挨；
岭顶开荒作秧地，
问你哪些得水来。

男：　西津已有发电站，
岭顶做田也不歹；
飞天渡槽百二里，
田中饱水禾含胎。

女：　二十妹仔六十郎，
苍苍白发配红装；
丝罗帐内行云雨，
好像枯松对海棠。

男：　老的好，
油炸豆腐老的香；
不信你看人买菜，
哪个不买老沙姜。

女：　新打刀子摆成行，
不知哪把是真钢；
世上后生千万个，
不知哪个是侬郎。

男：　林中百鸟枝头栖，
不知哪只是金鸡？
世上姑娘无数个，
不知哪个是贤妻？

女：　新世婚姻得自由，
妹不忧来哥不忧；
自由恋爱好夫妇，
包办婚姻有当无。

男：　人说个锅合个盖，
又讲新桶配新箍；
圩上百牛中百客，
歹歹好好是亲夫。

女：　早吃三斤苦楝子，
晚吃三斤苦楝皮；
哥你连情苦不苦，
苦在心中人不知。

男：　苦刺根，
苦刺开花乱纷纷；
苦刺开花也要采，
千苦万苦也要根。

女：　韭菜割了又标青，
火烧芭蕉不死心；
我俩不得成双对，
搞到黄河水不清。

男：　刚才情哥把妹探，
情妹果是真凤凰；
情妹咁甜心也好，
哥愿与妹结成双。

女：　大海中间起庙亭，
十八罗汉配观音；
神仙还有成双对，
难怪世间人爱人。

（高潮[1]）

女：　要连你，
要连哥你一枝花；
十二把刀架在颈，
连情不怕夫搬家。

男：　要连妹，
哪怕为情火烧天；
哪怕为情烧身死，
去到阴间又再连。

女：　要连你，
打生打死要连兄；
前门打断九条棍，
后门招手喊声情。

男：　要连你，
山崩地裂要连姣；
在阳不得成双对，
死落阴间再起头。

女：　要连你，
海枯石烂不变心；
要死我俩同时死，
要生在世结同心。

男：　天连地来地连天，
哥妹结交心要坚；
哥能凿山通大海，
妹能炼石补青天。

女：　哥去凿山通大海，
妹去炼石补青天；
世上几多为难事，
成功全靠在心坚。

男：　生要连来死要连，
只讲情深不讲钱；
砍头好比风吹帽，
坐牢也当作神仙。

女：　生要连来死要连，
不怕刀枪在眼前；
索绑好比戴金链，
坐牢也当坐花园。

男：　十二把刀架在颈，
血出淋身也要连；
变神我俩共个庙，
变鬼我俩共纸钱。

女：　讲过先，
我俩结交足百年；
谁人九十七岁死，
奈河桥上等三年。

男：　讲定先，
我俩相交千万年；
骨头打断筋不断，
驳好骨头筋再连。

女：　我俩变鸟共一山，
变牛变马也同栏；
哥变檀香妹变线，
变成琵琶日夜弹。

男：　铜锣不打千年响，
明镜不照万年光；
只要我俩有心意，

[1]　“不打不相识”，从“激战”转入求爱的高潮，如胶如漆，如糖如蜜，情意洋溢，沁人肺腑，十分醉人。

人头落地又何妨。

女：　　吾英台，
结发夫妻难分开；
不信你看梁山伯，
生时同枕死同埋。

男：　　情表姨，
我俩结交永不离；
生时我俩同床睡，
死后两尸共堆泥。

女：　　我英台，
我唱着歌记在怀；
死去变龙共一穴，
变鬼也要共灵台。

男：　　妹娘生妹似观音，
貌比芙蓉出水新；
宁愿芙蓉花下死，
纵然作鬼也甘心。

女：　　做鸟我俩共一枝，
做鱼我俩共一溪；
生前我俩共饭碗，
死了我俩共堆泥。

男：　　生不离来死不离，
死了我俩尸叠尸；
我俩变龙共一潭，
我俩变花共一枝。

女：　　生不离来死不离，
我俩死后共堆泥；
生要成双死成对，
阎王批准做夫妻。

男：　　难丢开，
生要同枕死同埋；
生在人间共饭碗，
死在阴间共门牌。

女：　　刺刀尖上打筋斗，
舍得头破有血流；
人人都说花难种，
舍得淋水花点头。

男：　　哥讲不丢就不丢，
成隆庙里砍鸡头；
妹扯眉毛做灯草，
哥滴眼泪作灯油。

女：　　生不丢来死不丢，
我俩结交九十秋；
阎王勾簿八十死，
去到阴间再风流。

男：　　石灰里头打筋斗，
同妹结交到白头；
除非日打西方上，
除非黄鳝变泥鳅。

女：　　生不丢来死不丢，
生死共坟做一丘；
变蛇我俩共一洞，
变花我俩共一蔸。

男：　　即使大水浸九州，
我俩结交不回头；
九十不死情还在，
只怕阎王把簿勾。

女：　　不怕阎王把簿勾，

阎王向妹来点头；
阎王向妹来交底，
和哥再连六十秋。

男：打铁不怕火星烧，
连情不怕杀人刀；
就算一刀头落地，
同妹走过奈河桥。

女：高山岭顶种辣椒，
风吹椒叶动摇摇；
人恨山崩来塞路，
我俩舍命架天桥。

男：十二斤钢打把刀，
掮在肩头动摇摇；
谁人敢拦风流路，
不断头来也断腰。

女：生为交来死为交，
画眉为咀入笼牢；
妹不成人因哥丢，
猴子跌死为仙桃。

男：不怕死，
十分怕死莫来连；
十二把刀架在颈，
哪怕头壳分两边。

女：不怕死，
怕死之人不偷连；
只有竹子破成四，
哪有两人破四边。

男：竹子开花叶子青，
黄豆开花开到尖；
有心跟哥跟到老，
莫学杜鹃啼几天。

女：哥没有心妹莫交，
庙没神灵妹莫朝；
龙在大海敢拎尾，
虎在深山敢擒掏。

男：高山点灯不怕风，
大海行船不怕龙；
我俩连情不怕死，
只怕人同心不同。

女：天上起云乱纷纷，
哥心好比朵白云；
妹心好比石磨样，
磨转千年不偏心。

男：连情连到雷公死，
分离要等泰山崩；
江水断流情不断，
天五日头也要跟。

女：连情连到马生角，
海枯石烂不变心；
斧劈江水也不断，
日月不明情不分。

男：天旱同妹挖水井，
水井几深情几深；
水井千年不换水，
哥妹千年不变心。

女：人说松柏高又大，
怎么比得竹林荫；
人说东洋深万丈，

怎能比得哥情深。

男：　天旱三年不落雨，
祝你千祈不断晴；
牛皮拎来做鼓打，
不死也连到百春。

女：　天旱三年不落雨，
好久不闻滴雨声；
灯草架桥催贵米，
愿断饭餐不断情。

男：　要你有心来连我，
如同月亮共天星；
长江断流侬不断，
东洋水干不丢情。

女：　不会丢，
难舍丢旧去连新；
连新也难识心事，
不如连旧得长匀。

男：　彭祖担藕出圩卖，
老来侬队都要连；
侬队连情先讲过，
不许得新丢旧边。

女：　你不舍离我不离，
祝兄千祈莫丢姨；
石灰箩内打筋斗，
我俩交情到白眉。

男：　照我做兄实不丢，
恐怕你丢我不知；
英台也为梁山伯，
蜜蜂难舍丢花枝。

女：　红豆跌落瓦瓮内，
生丝共你并头连；
连情比似藤缠树，
树老藤枯照旧缠。

男：　连就连，
新打棉被共纱连；
只有今世成夫妇，
哪有后世合同年。

女：　在阳不得成双对，
死去阴间是枉然；
听说死落黄泉路，
黄泉鬼路暗五天。

男：　我英台，
生也同枕死同埋；
骨骸移归共一塚，
灵位移采共一台。

女：　要连情，
打生打死要连兄；
前门打出后门人，
后门招手喊声情。

男：　生不离来死不离，
除非石头变成泥；
除非马头生了角，
马头生角再分离。

女：　风吹云去天不去，
水推船移岸不移；
刀斩藕断丝不断，
我俩身离魂不离。

男：　生不离来死不离，

死柴不离生柴枝；
手抛石头沉下海，
石头返浮才分离。

女：　生不离来死不离，
生时同寝死同埋；
上山砍竹来做磨，
竹磨生芽才分离。

男：　难分离，
情妹难舍哥难离；
鲤鱼难舍滩头水，
嫩笋难舍九层衣。

女：　大河水涨泡九州，
泡死一对好斑鸠；
哪对斑鸠舍得死，
哪对连情舍得丢。

男：　妹不丢来哥不丢，
我俩交情到白头；
变鸟我俩同蔸树，
变鱼我俩共江游。

女：　哥不丢来妹不丢，
同甘共苦到白头；
天晴我俩割草卖，
下雨我俩挖柴蔸。

男：　生不丢来死不丢，
生死同着江水流；
江水不断情不断，
江水不流哥不丢。

男：　广东栽藕广西城，
藕叶遮荫到南宁；
藕子撒下扶绥县，
生丝出茧去连情。

（结束[1]）

女：　五更鸡仔叫连连，
声声句句催分离；
若是先年配合你，
怎出今日这盘棋。

男：　恨死笼中老公鸡，
今晚不该早早啼；
夜长给你啼短了，
天明我俩着分离。

女：　恨死笼中坏公鸡，
不该几早喔喔啼；
甜话未曾讲过半，
日又上东月落西。

男：　和妹排坐肚就饱，
和妹分离肚就饥；
一时提到分离话，
十根肝肠断九根。

女：　心实焦，
好比水缸断了瓢；
情妹离哥哥离妹，
好比大路断了桥。

男：　断了桥，
不得过桥心又焦；
细话未得对妹讲，
好比南蛇断了腰。

[1]　一般是唱到拂晓时分转入结束歌。男女双方依依不舍，互相劝诫、叮嘱、赞美、送别。

女：　五更鸡仔叫连连，
我俩唱歌正够甜；
世上三年逢一闰，
为何不闰五更天。

男：　火烧茅屋哥难救，
妹讲分离哥难留；
三十钢刀吞落肚，
不割肝肠也割喉。

女：　迈脚出门分手了，
眼泪好比河水流；
心中想起哥甜语，
正同杀鸡未断喉。

男：　天光了，
收起歌堂哥队归；
灯草园崩无刺塞，
无心无意共哥围。

女：　石头顶上种根姜，
一阵风吹九阵香；
现时讲起分离话，
哥断肝来妹断肠。

男：　断了断，
箩筐断耳耳断绳；
门前断了妹脚印，
窗前断了妹歌声。

女：　风过岭头水过基，
男从女愿莫讲离；
有情吃水也欢乐，
无情吃肉也愁眉。

男：　蜘蛛结网在屋檐，
莫让风吹破半边；
网烂补来也不好，
情断连来也不甜。

女：　哥莫慌，
我俩成双哥莫慌；
望哥慢走相思路，
自然有日得成双。

男：　想留菜种看菜花，
想连阿哥由妹查；
如今世界人眼浅，
挑盐上市乱掺沙。

女：　石板高头种葫芦，
慢慢挑泥慢慢扶；
慢慢留心守等妹，
马尾装套等鹧鸪。

男：　劝妹要学刀切藕，
祝妹莫学刀切葱；
刀切藕断丝不断，
刀切葱断两头空。

女：　我俩连情苦对苦，
甘蔗榨糖甜对甜；
甜咀甜心甜到尾，
生死我俩订百年。

男：　胶水放多也冇粘，
话讲太多也不甜；
千句缩做一句讲，
祝妹不久又来连。

男：　送妹送到侬村边，
村边大塘尽种莲；

谁人行过这条路，
不想藕花也想莲。

女：　不用送，
好马拉车不用牵；
送君千里终有别，
只要良心对得天。

男：　送妹送到侬村头，
村头有个望花楼；
侬队爱花日夜望，
解得闷来解得愁。

女：　不用送，
蜡烛点灯不用油；
哥说话头妹记住，
三圩七日又来游。

男：　送妹送到大竹林，
林中百鸟叫啾啾；
百鸟声声嘱咐妹，
妹归不久再来游。

女：　不用送，
祝哥止步转回头；
今日连情不要紧，
千祈莫把丢工夫。

男：　回了休，
打开坝水两头流；
你回你家得耍乐，
我回我家自己忧。

女：　回了休，
得哥话语记千秋；
话比天星讲不尽，
天缘有份再来游。

流传地区：宾阳县

搜集整理者：覃万安

贺迎婚歌（汉族）

厅堂联欢歌开吉，
恭喜迎婚主人先；
今日令少欣结对，
诗咏关雎第一篇。
结婚欣逢乙丑年，
喜邀戚友临酒筵；
彭祖抱孙栽莪术[1]，
满堂老少喜欢天。

流传地区：横县云表一带

演唱者：陆亦鸿，男，壮族，横县云表乡南康村人，农民，初小文化

搜集整理者：黄庆东，男，壮族，横县云表亚陂校教师，高中文化

来源：选自横县民间文学三套集成编委会编《横县歌谣集上册》（内部资料），1987年1月

十贺歌（汉族）

唱支歌词贺新婚，
先贺主家一翁人；
今年主家多兴旺，
恭喜发财又添新。
二支歌词贺新婚，

[1]　彭祖：人名，传说中的长寿者。莪术：药用植物。

又贺新郎共新人；
六任判官先注定，
鸳鸯配合凤凰身。

三支歌词贺新婚，
又贺介绍[1]你一人；
成亲多得你出力，
两头有话你都仑[2]。
四支歌词贺新婚，
又贺百客众六亲；
多得六亲来恭贺，
又烦厚仪人门临。

五支歌词贺新婚，
又贺法师一翁人；
新人吃口糖糯饭，
夫妻和合万年春。
六支歌词贺新婚，
又贺吹倌[3]你几人；
吹得调奏满筵乐，
笛鼓琵琶闹八音。

七支歌词贺新婚，
又贺厨倌你几人；
鸡啼劏猪[4]又杀鸭，
办得五味香甜因[5]。
八支歌词贺新婚，
又贺茶倌你一人；
热茶热水轮流转，
柴近灶边火常匀。

[1] 介绍：指媒人。
[2] 仑：告诉。
[3] 吹倌：吹鼓手。
[4] 劏猪：杀猪。
[5] 因：语气助词。

九支歌词贺新婚，
又贺动用[6]一班人；
人客来到茶就到，
你队[7]手脚轻便因。
十支歌词贺新婚，
又贺伴姨[8]你几人；
烦你伴姨来到启[9]，
一烦脚步二烦心。
十支歌词伝[10]唱了，
手拎[11]琵琶另转音；
今夜伴姨来到启，
卯[12]成敬意送姨人。

流传地区：横县石排村

演唱者：雷洪深，男，壮族，飞龙乡石排村人，农民，初中文化

搜集整理者：农朝珍，男，壮族，飞龙文化站干部，初中文化

搜集时间及地点：1986 年 9 月 18 日搜集于横县石排村

来源：选自横县民间文学三套集成编委会编《横县歌谣集上册》（内部资料），1987 年 1 月

贺酒筵（一）[13]（汉族）

入门唱支歌恭喜，
唱歌恭喜贺酒筵；

[6] 动用：杂工。
[7] 你队：你们。
[8] 伴姨：陪送新娘的女友。
[9] 启：这里，此。
[10] 伝：我，我们。
[11] 拎：拿。
[12] 卯：不。
[13] 此歌汉族、壮族通用。全歌由贺酒歌、赞坎连、诗对连、大礼连四部分组成。

今日天合地又合，
吉日良辰又好天。
恭喜未了又恭喜，
又来恭喜主家先；
今日主家真有福，
娶得新人入门前。

恭喜未了又恭喜，
恭喜新人你个边[1]；
今日新翁高上位，
如同观音坐红莲。
恭喜未了又恭喜，
又来恭喜媒人先；
铁打担干[2]你得力，
个头[3]又传那头言。

恭喜未了又恭喜，
恭喜厨倌你一言；
半夜点灯办酒席，
办得菜味香又甜。
恭喜未了又恭喜，
恭喜茶倌你一言；
热茶热酒轮流煮，
常坐灶边火常燃。

恭喜未了又恭喜，
恭喜酒童你一言；
客来斟酒捧到手，
饮茶未了又递烟。
恭喜未了又恭喜，
恭喜六亲队一言；
今朝贺仪来到启[4]，
好得增光伝酒筵。

恭喜未了又恭喜，
恭喜送姨[5]队一言；
今夜送姨来到启，
菜蔬淡薄酒多添。
十支歌儿伝唱了，
到你送姨出歌言；
今晚送姨来到启，
围齐[6]增光歌酒筵。

流传地区：横县南乡镇及周边地区

演唱者：梁振恒，男，壮族，南乡镇五合村人，农民，高中文化

搜集整理者：何小黎，女，汉族，南乡镇文化站干部，高中文化

搜集时间及地点：1986年9月16日搜集于横县南乡镇细稔村

来源：选自横县民间文学三套集成编委会编《横县歌谣集上册》（内部资料），1987年1月

贺酒筵（二）（汉族）

坐在厅中伝恭喜，
唱歌恭喜贺酒筵；
今日主人娶新妇[7]，
杀猪饮酒两排筵。

开声唱，
开声唱歌贺酒筵；

[1] 个边：这边。
[2] 担干：扁担。
[3] 个头：这边，这头。
[4] 贺仪：贺婚的礼物。启：此，这里。
[5] 送姨：送新娘到男家的女性。
[6] 围齐：大家。
[7] 新妇：儿媳。

酒筵也贺歌亦贺，
亦贺主人娶妇先。
开声唱，
开声唱只贺酒筵；
一贺酒筵二贺主，
三贺叔公大伯先；
也贺六亲来饮酒，
酒担两头都有钱。
一个六亲一条担，
一头糯米一头粘[1]。

恭喜主人伝唱了，
又来恭喜媒人先；
这个媒人真得力，
个头有话那头传。

恭喜主人歌唱了，
又来恭喜媒人先；
翻风落雨[2]也着去，
淋湿衣裳也着穿。

恭喜媒人歌唱了，
又来恭喜先生先；
先生睇得好日子，
也好日头[3]也好天。

恭喜亦连多恭喜，
恭喜先生理当然；
择得三台[4]良吉日，
鸳鸯结对入门前。

坐在厅中侧一望，
抬头望见弟坎[5]前；
弟个坎前真好睇，
龙凤绣花在两边。

坐在厅中侧一望，
抬头望见弟坎前；
点对龙烛坎前上，
桂花插在香炉边。
坐在厅前侧一望，
点对龙烛在坎前；
一双龙烛坎前点，
取归人屋接香烟。

坐在厅中侧一望，
有双花碗在坎前；
花碗接来装糯米，
服侍祖公年过年。
坐在厅中侧一望，
有双甘蔗在坎前；
甘蔗出糖甜长久，
结发夫妻甜长年。

坐在厅中侧一望，
有双朴子[6]在坎前；
有双朴子坎前上，
鸳鸯结对百年坚。
坐在厅中侧一望，
有双格木[7]在坎前；
格木拿来斗[8]坎架，
撑硬祖公万万年。

坐在厅中侧一望，

[1] 粘：黏米。
[2] 落雨：下雨。
[3] 日头：太阳。
[4] 三台：道公术语，指天德、地德、月德。
[5] 坎：厅堂中安置祖宗神位的地方。
[6] 朴子：柚子。
[7] 格木：树名，木质坚硬，常用作家具材料。
[8] 斗：制作。

有株蜜梨在坎前；
有株蜜梨坎前起，
蜜梨花开白连连。
坐在厅中侧一望，
有株梅木在坎前；
有株梅木坎前起，
梅木结子酸又甜。

坐在厅前侧一望，
有株苏木在坎前；
红布盖在子梁[1]上，
子孙日后坐红莲。
坐在厅中侧一望，
有蔸八角在坎前；
伝队乡方是强[2]惯，
娶妇人房接香烟。

坐在厅中侧一望，
有蔸根竹在坎前；
千望笋长胜过竹，
后低加高过在前。
坐在厅中侧一望，
有蔸松柏在坎前；
松柏常青卯落叶，
根深叶茂万千年。

坐在厅中侧一望，
祖宗牌位在坎前；
祖宗牌位坎前坐，
儿孙世代中状元。
踏脚入门侧一望，
厅中贴对亮连连；
一边贴红边贴绿，

[1] 子梁：厅堂梁一般有上下两条，下方一条称子梁。
[2] 强：告诉，说给。

一边又贴弟同年[3]。

踏脚入门侧一望，
厅中贴对亮连连；
满堂吉庆贴在正，
五福临门贴两边。
个个先生真会写，
写头写尾写齐全；
写得又仑细[4]弟贴，
上厅贴落[5]下厅前。

今朝早早发个礼，
早早发礼[6]出门前；
礼酒先去米跟后，
吹箫打笛去行先。
今朝发礼出门前，
炮响三声去连连；
礼米便跟礼酒尾，
礼鸡挂在单车边。

今朝发礼出门前，
炮响三声去连连；
炮响三声连连去，
连连去到妹村边。
去到妹屋放落礼，
妹屋叔婆出来掂；
妹屋叔婆掂来睇，
掂落台盘敬祖先。

去到妹屋放落礼，
妹屋叔婆出来掂；

[3] 弟同年：对对方的尊称。民歌中唱歌者对对方有按韵称呼的习惯，这里用“田边”韵，故用“弟同年”。
[4] 细：小。
[5] 落：到。
[6] 发礼：打发人去女家送礼。

礼米捣得雪花白，
礼酒比得蜜糖甜。
礼米捣得雪花白，
礼酒比得蜜糖甜；
叔婆掀开酒瓮睇，
叔公饮了笑连连。

那门[1]礼物都装有，
门门装足冇门嫌；
礼酒礼肉都未算，
还有喜糖和香烟。
那门礼物都装有，
门门装足冇门嫌；
礼银讲过装几百，
暇时装多几十元。
今日己兄到妹屋，
冇有一厘陪搭钱；
叹妹叔公家贫薄，
家中冇有亦难言。

今日己兄到妹屋，
冇有那门陪搭先；
人屋嫁女伝卖女，
叔公家贫女抵钱。
今日己兄到妹屋，
冇有那门陪搭先；
理应搭张细关席[2]，
搭张大关有些嫌。

今日己兄到妹屋，
冇有那门陪搭先；
理应搭张红绒被，
倒搭贝纱被冇棉[3]。
今日己兄到妹屋，
冇有那门陪搭先；
理应搭只红锁笼[4]，
去请扛佚卯近前。

流传地区：横县陶圩一带

演唱者：莫家源，男，汉族，陶圩乡上莫村人，农民，高小文化

搜集整理者：韦艺文，男，壮族，校椅镇草衣村人，干部，初中文化

搜集时间及地点：1986年9月13日搜集于横县陶圩上莫村

来源：选自横县民间文学三套集成编委会编《横县歌谣集上册》（内部资料），1987年1月

上堂欢（汉族）

接妹去，
己兄来接妹王宽[5]。
叔娘大姐快打理[6]，
装整新人好出门。
接妹去，
己兄来接妹王宽；
弟放落杠[7]入门接，
频轮[8]来接送姨们。

接妹去，

[1] 那门：什么。
[2] 细关席：用细关草织成的席。
[3] 贝纱：农家自织的粗布。冇棉：没有棉絮。
[4] 笼：箱。
[5] 己兄：自己的兄弟。妹王宽：盘宽韵中对女方的尊称。
[6] 打理：料理。
[7] 杠：扛嫁妆、礼品的工具。
[8] 频轮：匆忙。

己兄来接妹王宽；
兄行一步妹行步，
费事[1]行错别人村。
引妹去，
引头就跟弟王宽[2]；
第一道桥返到垌[3]，
第二道桥返到村。
引妹去，
引头就跟弟王宽；
行过塘塍入巷子，
过了巷子入大门。

新人到，
新人回返到大门；
个个炮手真灵水[4]，
炮响连天人心欢。
新人到，
新人回返到大门；
屋里法师放轿布[5]，
伞阴新人入房门。

新人到，
新人回返到大门；
厅堂点对龙凤烛，
装起电灯在房门。
新人入屋多恭喜，
多多恭喜主人欢；
一来恭喜叔伯众，
二来恭喜阿婆们。
今夜新人入了屋，
恭喜主人心更欢；
话有千般讲卯尽，
伝队唱歌收起盆。

流传地区：横县飞龙、新福等乡镇

演唱者：梁大红，男，壮族，飞龙乡杨柳村人，农民，初小文化

搜集整理者：方昌，男，壮族，横县新福乡陈村人，农民，大专文化

搜集时间及地点：1986 年 9 月 2 日搜集于横县飞龙乡杨柳村

来源：选自横县民间文学三套集成编委会编《横县歌谣集上册》（内部资料），1987 年 1 月

十声人（汉族）

一声贺喜酒堂君[6]，
开筵饮酒请六亲；
今日开筵伝饮酒，
烦动六亲个个跟。
第一伝赞酒堂君，
开筵饮酒满堂人；
今日杀猪伝饮酒，
又报六亲来相寻。

二声贺喜主人君，
主人作事用钱银；
先积银钱今日用，
婚男嫁娶请六亲。
第二伝赞主人君，
杀猪饮酒请六亲；
养好大猪娶新妇，

[1] 费事：免得。
[2] 弟王宽：对男方的按韵称呼。
[3] 垌：田垌。
[4] 灵水：灵敏。
[5] 轿布：黑布。用于新娘进夫家时铺在席上供新娘行过。轿布一般由法师负责放置。
[6] 酒堂君：主持人。

留来接续后底人。

三声贺喜个主人，
养儿养女伴前人；
又要一男对一女，
天地分开成对人。
第三伝赞主人君，
养儿养女不忧心；
一夫一妇成双对，
成双成对万年春。

四声贺喜男共女，
男女结对成婚姻；
燕子飞归厅中企[1]，
鸳鸯结对在厅心。
四声伝赞夫与妇，
情投意合结为婚；
伝学英台梁山伯，
结对鸳鸯万古人。

五声贺喜新郎君，
新郎今日结成婚；
吹倌[2]去先多恭喜，
客郎[3]跟后又劳心。
第五伝赞新郎君，
动起吹倌去迎亲；
夫妇团圆今日贵，
就用银钱也甘心。

六声贺喜我姨贵，
凭赖夫君伴活伝；
天星多得月亮伴，
夫妇团圆日日新。
第六伝赞新人好，
新人等对夫君因；
娶得新人真伶俐，
叔公大伯得欢心。

七声贺喜新郎贵，
新郎实是有才人；
自古高门对高女，
名门女子对书林。
第七伝赞夫妻好，
伶俐夫妻等对因；
一个戊辰个己巳，
夫妻两木合成林。

八声伝贺成双人，
一家吉庆莫忧心；
百年偕老望长久，
结发夫妻望长匀。
第八伝赞妻和合，
好丑话言慢思斟；
意重如山日过日，
百年和合不忧心。

九声贺喜娘识事，
又报我姨来行春[4]；
三年两载成家计[5]，
就用银钱见抵因[6]。
第九伝赞你姨好，
未曾报话就行春；
有日成家又成计，
斤肉人情也着跟。

[1] 企：站。
[2] 吹倌：迎亲的吹鼓手。
[3] 客郎：送礼的人。
[4] 行春：春天播种。
[5] 成家计：成家。
[6] 抵：很合算。因：语气助词。

十声别了亲父母，
别了亲娘不见匀；
对月猪儿捉去卖，
皮毛闲好离娘身。
第十伝赞父母亲，
娘家夫家总是亲；
女嫁九州客有主，
要有女郎[1]返相寻。

流传地区：横县
演唱者：莫家源
搜集整理者：严手欢、韦艺文
搜集时间及地点：1986年11月搜集于横县
来源：选自横县民间文学三套集成编委会编《横县歌谣集上册》（内部资料），1987年1月

贺酒歌（汉族）

兄也恭喜娘也贺，
又贺酒筵共主人；
今日开筵来饮酒，
大门贴对红又新。
兄也恭喜娘[2]也贺，
伝队也来贺主人；
今日主人真有福，
娶得新人入门临。

再来贺，
再贺介绍[3]你一人；
铁打担干[4]你得力，
个头[5]有话那头仑。
再来贺，
贺你新郎得新人；
自由婚姻得配合，
婚姻配合万年春。

再来贺，
再贺先生你一人；
择得富贵好日子，
吉日良辰天好因[6]。
兄也恭喜娘也贺，
贺你酒堂强[7]多人；
今日酒堂人辛苦，
限在酒堂转纭纭。
再来贺，
再贺煎茶热饭人；
煎茶热饭人辛苦，
坐在灶边火常匀。

再来贺，
再贺厨倌尼[8]几人；
八角共糖配菜味，
配得菜味甜香因。
再来贺，
再贺百客共六亲；
六亲百客人有礼，
贺仪酒米来纭纭。
十只贺歌伝唱了，
伝把歌词再来吟；
你有好歌一面唱，
我把粗歌共你温。

[1] 女郎：女婿。
[2] 娘：女性自我称呼。
[3] 介绍：媒人。
[4] 担干：扁担。
[5] 个头：这边，这头。
[6] 因：语气助词。
[7] 强：这样。
[8] 尼：这。

流传地区：横县南乡一带

演唱者：梁振恒，男，壮族，南乡镇五合村人，农民，高中文化

搜集整理者：严子欢，男，汉族，横州镇人，县文化馆干部，高中文化

搜集时间及地点：1986年9月7日搜集于横县南乡镇五合村

来源：选自横县民间文学三套集成编委会编《横县歌谣集上册》（内部资料），1987年1月

劝酒人[1]（汉族）

今日叔公娶新妇，
吉日吉时娶新人；
兄兄弟弟齐在启[2]，
又得伴姨到屋寻。
天夜了，
伴姨姨娘到屋心；
谁个叔娘来招客，
拎茶卯心分卯匀[3]。
口讲饮酒就饮酒，
问妹何人造械伝[4]？
何人造酒何人饮，
何人饮了醉几分？

烧酒便是杜康造，
便是杜康造械伝；
杜康造酒老吕[5]饮，
老吕饮了醉几分。

今日叔公娶新妇，
伝队唱歌贺新人；
妹打远乡来到启[6]，
弟队来了饮几轮。

今日叔公娶新妇，
伴姨姨娘真有心；
来到兄村卯识礼，
难对得住妹几人。
夫妇结婚伝恭喜，
唱歌恭喜贺新人；
今日鸳鸯结成对，
鸳鸯结对万年亲。

今日叔公娶新妇，
祝贺叔公贺新人；
娶得新妇返到启，
叔公大伯得欢心。
夫妇团圆伝恭喜，
歌词恭喜贺六亲；
今夜新人入了屋，
齐家恭喜贺新人。

一上二座伝恭喜，
歌词恭喜六亲人；
四处六亲来饮酒，
又得厚情帮赠伝。
一上二座伝恭喜，
歌词恭喜六亲人；
槟榔上门敬百客，
惊动六亲到启寻。

一亲二亲伝恭喜，

[1] 《劝酒人》是在酒席中边饮边唱的民歌。

[2] 齐在启：都在这里。

[3] 拎：拿。卯：不。

[4] 何人造械伝：酒是谁人酿给我们？

[5] 老吕：传说中的吕洞宾。

[6] 到启：到这里。

复抄[1]贺到送姨人；
今夜送妇来到启，
多烦贵步到屋寻。
今日叔公娶新妇，
一队伴姨真有心；
因朋伴姨来到启，
有好歌词共弟斟。

流传地区：横县莲塘一带

演唱者：黄万英，男，汉族，莲塘乡张村人，农民，高小文化

搜集整理者：李进光，男，汉族，莲塘乡张村人，莲塘乡文化站干部，初中文化

搜集时间及地点：1986 年 9 月搜集于横县莲塘乡张村

来源：选自横县民间文学三套集成编委会编《横县歌谣集上册》（内部资料），1987 年 1 月

入门贺婚歌（汉族）

行过巷子就睇见，
门前贴对[2]行对行；
我估兄家有喜事，
正是兄儿结成双。
七星伴月照四方，
今日兄儿做新郎；
新郎新娘真幸福，
鸳鸯结对万年双。
入到大门就恭喜，
唱歌恭喜主人欢；
主人饮起结婚酒，
劏猪饮酒请全村。
入到大门就恭喜，
唱歌恭喜主人因；
主人饮起结婚酒，
劏猪饮酒请六亲。

流传地区：横县府城一带

演唱者：谢浩遂，男，汉族，附城乡大和村人，农民，不识字

搜集整理者：黎坚，男，汉族，附城乡清江村人，文化站专干，高中文化

搜集时间及地点：1986 年 11 月 8 日搜集于横县附城乡大和村

来源：选自横县民间文学三套集成编委会编《横县歌谣集上册》（内部资料），1987 年 1 月

贺酒歌[3]（汉族）

天夜了，
装台吃饭在厅心；
装台吃饭厅中坐，
男坐一群女一群。
天夜了，
装台吃饭在厅心；
细弟装台厅中坐，
坐落卯充陪酒人。

天夜了，
装台吃饭在厅心；
今日叔公娶媳妇，

[1] 复抄：复转回来。
[2] 贴对：贴对联。

[3] 贺酒歌：汉族结婚饮酒没有唱歌的习惯，只是在与壮族毗邻的汉族农村，因受壮族风俗的影响，采用壮族的婚仪才有这个习俗。其歌词和调子均与壮族相同。上述贺酒歌流行于陶圩附近一带。

烦你送姨到启寻。
今日叔公娶媳妇，
烦妹送姨到启寻；
烦妹送姨来到启，
知得有茶斟未斟。

今日叔公娶媳妇，
烦妹送姨到启寻；
厅中人客都吃了，
正好请到送姨人。
今日叔公娶媳妇，
烦妹送姨到启寻；
一烦脚步二烦力，
三烦脚步到村心。

今日叔公娶媳妇，
烦妹送姨到启寻；
远亲百客都吃了，
后来正到送姨人。
今日叔公娶媳妇，
烦妹送姨到启寻；
只叹送姨真有礼，
吃饭又要敬主人。

今日叔公娶媳妇，
烦妹送姨到启寻；
菜饭上台纸样薄，
失礼总归弟己人。
菜饭上台纸样薄，
失礼总归弟己人；
卯菜上台空吃饭，
淡酒献杯妹己人。

劝妹饮，
酒在壶中劝妹斟；
酒爱客人兄爱妹，
妹是客人多饮分。
劝妹饮，
酒在壶中劝妹斟；
郎言仑句送姨们，
多饮两杯擂脚筋。
劝一劝二娘卯饮，
劝三劝四卯饮分；
酒在面前妹着饮，
缩手退归失礼因。

扫帚写书娘大话，
讲吃几壶又几斤；
台边放有几壶酒，
一壶未斟到平分。
湿水皮鞋应该宣[1]，
卯楦己娘鞋卯新；
斤米原来是斤酒，
酒落地底敬土神。
劝娘卯饮伝猜码，
试睇拳头哪个欣[2]；
拮[3]锹去铲娘马路，
今夜共娘试开新。

劝娘卯饮伝猜码，
试睇拳头哪个欣；
兄便喊三娘喊四，
七子团圆读书人。
劝娘卯饮伝猜码，
装双驸马上桂林；
桂林驸马装丞相，
试睇哪个码路欣。

[1] 宣：劝。
[2] 欣：大或力。
[3] 拮：扛。

今日己兄到妹屋，
人到大门礼纷纷；
踏人厅中放下杠，
饮茶未完烟又分。
今日己兄到妹屋，
入到大门礼纷纷；
妹屋叔公来接礼，
开口就讲真早晨。

今日己兄到妹启，
妹队呢兄[1]有礼因；
人说富家有礼义，
娘村礼义更加深。
今日己兄到妹启，
妹队呢兄有礼因；
老人来伴还未算，
后生又来劝几轮[2]。
今日己兄到妹启，
妹队呢兄有礼因；
上台劝落下台去，
酒洒胸膛湿几分。

上台劝落下台去，
酒洒胸膛湿几分；
同台饮酒都未算，
还要拦门劝几斤。
今日己兄到妹启，
猜码上台轮复轮[3]；
扣肉上台还未算，
瘦肉切丝云耳心。

今日己兄到妹启，
猜码上台轮复轮；
四角台盆放四碗，
中央还有龙肉心。
慢慢吃来慢慢饮，
慢慢饮杯莫频轮[4]；
兄在上台猜赢了，
妹在下台卯饮分。

慢慢吃来慢慢饮，
慢慢饮杯莫频轮；
兄在上台正猜码，
妹在下台就起身。
慢先走，
吃饱也不拱[5]起身；
菜少再仑主人煮，
酒少再斟第二轮。

天便[6]人暗共妹饮，
未曾饮到五更深；
只叹送姨真斯文，
吃饭想着老少人。
执起酒来执[7]起筷，
酒杯筷子总同匀；
真是人家识事女，
吃饭总偏[8]老小人。

流传地区：横县陶圩一带

演唱者：莫家源

搜集整理者：韦艺文

搜集时间及地点：1986 年 9 月 13 日搜集于横县陶圩乡上莫村

来源：选自横县民间文学三套集成编委会

[1] 妹队呢兄：阿妹那里的兄长。

[2] 轮：趟。

[3] 轮复轮：一趟又一趟。

[4] 饮杯：喝喜酒。频轮：匆忙。

[5] 拱：站。

[6] 便：刚刚。

[7] 执：拿。

[8] 偏：谦让。

编《横县歌谣集上册》（内部资料），1987年1月

捧茶歌[1]（汉族）

今夜送姨来到启，
开口问兄喊吃茶；
强[2]大未曾捧茶过，
未识茶杯那样抓。
强大未曾捧茶过，
未识茶杯那样抓；
卯识茶杯那样捧，
望妹仑声弟荣华[3]。
弟捧杯茶喊妹吃，
莫要嫌弟单身茶；
茶到面前妹便接，
妹莫嫌兄手污沙。

喊一喊二妹卯接，
喊三喊四卯饮茶；
是妹嫌兄年纪老，
或是嫌兄手艺差？
今夜捧茶妹卯接，
妹就嫌兄手污沙；
灯草拿共青草放，
清心守等妹饮茶。

在弟面前讲便话，
过了明朝妹思家；
妹个有家思家计，
怕是己兄队有家。
执[4]定槟榔煲定茶，
守等送姨到弟家；
守等送姨到弟屋，
冇酒饮杯淡淡茶。

执定槟榔煲定茶，
守等送姨到弟家；
第一个杯送姨饮，
第二个杯送姨妈。
一岁妹，
两岁执茶归煲茶；
三岁妹爹就放命[5]，
四岁就有人定家。
五岁上机织粗布，
六岁上机织粗花；
七岁情娘大礼娶，
八岁就去管人家。

正三二月春来到，
一个作[6]犁个作耙；
耙得田返饭熟了，
夫妻入门笑哈哈。
耙得田返饭熟了，
夫妻入门笑哈哈；
夫妻入门哈哈笑，
应过山洪响哗哗。
口讲舍舍心卯舍，
妹卯舍得到弟家；
舍得真心到弟屋，
那只阉鸡肥慢抓。

[1] 捧茶歌：汉族人结婚捧茶时原没有唱歌的习惯，但在与壮族聚居毗邻的汉族农村，受壮族风俗的影响，故也有捧茶唱歌的习俗，其调子也与壮族相同。

[2] 强：这样。

[3] 荣华：对对方的尊称，民歌中唱歌者对对方有按韵称呼的习惯，这里用“麻花”韵，所以，男用“弟荣华”，女则用“妹荣华”。

[4] 执：摘。

[5] 放命：交年庚合命。

[6] 作：使。

正三二月春来到，
头茶过了又二茶；
茶在山头已开叶，
槟榔树上已开花。
妹荣华，
你有几何到弟家？
你有几何到弟屋？
几何得饮单身茶！
真是人家识事女，
是弟有钱都械[1]抓；
单手捧茶双手接，
失礼都是弟荣华。

妹荣华，
讲话如同人纺纱；
讲话如同人放炮，
噼里啪啦出嘴丫。
十几年来到廿几，
廿几年来未成家；
想要红花人卯械，
想要过家[2]人又查。
十几年来到廿几，
廿几年来成红花；
卯信妹便访查睇，
查睇已兄娶那家。

妹荣华，
还来骗弟未成家；
卯讲仑郎郎已识，
卯嫁那良[3]嫌那家。
三更出门暗麻麻，
小弟巡游到启[4]家；
小弟巡游到启处，
见妹唱歌闹喳喳。

妹荣华，
今夜捧茶分糖瓜[5]；
今夜兄多妹便少，
妹队卯想弟荣华。
真好彩，
唱歌遇着妹担茶；
弟把粗歌唱两支，
妹便过来送把茶。

妹荣华，
弟是平田[6]近那家；
今夜偷来共[7]妹唱，
饮了几多有双茶。
共妹讲尽千般话，
讲多讲尽是人家；
可惜妹爹嫁妹早，
弟有黄金当泥沙。
蜘蛛结网凉亭上，
耍尽风流慢思家；
是妹有来兄有往，
僧极[8]岭头伝两家。

大江水起船也起，
屋有工夫卯管它；
姑娘虽然村村有，
开水明凉卯如茶。
断定日期去僧极，
识弟来寻妹荣华；
灯草挂在屋顶上，

[1] 械：给。
[2] 过家：寡妇。
[3] 那良：村名，在今陶圩乡。
[4] 启：此。
[5] 糖瓜：糖果。
[6] 平田：村名，在今陶圩乡。
[7] 共：和。
[8] 僧极：玩耍。

卯有一心思别家。
讲着种田卯忧差，
真卯放心过别家；
苏叶拿来煲水吃，
弟队连娘饮口茶。

情娘还讲个呢[1]话，
卯信连娘得金花；
十月黄蜂离了巢，
妹队尽嫌弟穷家。
妹荣华，
卯想连弟尽思家；
讲来卯怕得罪妹，
还有手巾你卯抓。

五湖四海弟卯想，
卯信你就去访查；
是妹卯丢弟卯屈，
当想[2]水中鱼共虾。
妹学英台共马家，
实是难亏弟荣华；
杀鸡去供[3]牡丹树，
死眼卯稔[4]也为花。

金鸡飞上米筒企[5]，
啼声仑句妹荣华；
墨砚水干收起笔，
天旱作田[6]收起耙。
墨砚水干收起笔，
天旱作田收起耙；

[1] 个呢：这些。
[2] 当想：好像。
[3] 供：供奉，祭。
[4] 稔：闭。
[5] 企：站。
[6] 作田：耙田。

尽唱这只卯唱了，
收起歌词弟回家。

欢喜因，
陪姨捧茶真有心；
那个真情妹先械，
械你真情慢械伝。
今日陪姨来到启，
捧茶应斟弟就斟；
弟是主人妹是客，
喊妹捧茶失礼因。
未曾接茶弟先问，
问娘杯茶真卯真；
杯茶是真仑弟听，
怕妹放有断肠根。
弟是主人妹是客，
喊妹捧茶来比坛；
送姨有心仑弟听，
个[7]杯好茶两平分。

接就接，
接落茶杯两平分；
兄己吃半娘吃半，
吃落肚中人思人。
送姨杯茶真好饮，
饮了杯茶凉透心；
人口甘甜心快乐，
吃了一杯还想斟。
娘茶好，
犹如蜜糖在里混；
郎今吃了蜜糖水，
甜心尽想妹来寻。

[7] 个：这。

接茶在手郎喜同[1]，
只叹送姨真有心；
一来喜同罗[2]茶客，
二来喜同捧茶人。
小弟原来是单身，
多得送姨来伴伝；
卯乜[3]东西送得妹，
淡茶械杯妹尝新。
茶到面前你卯接，
有心也当卯心人；
虽然今夜来到启，
来寻也当卯来寻。

接落茶杯送姨你，
接落茶杯伝慢斟；
卯接卯识娘心意，
只是嫌弟娘亦仑。
弟茶便是龙潭水，
好比娘茶凉透心；
淡淡是兄个[4]心意，
只是嫌弟妹亦仑。

弟茶捧杯真是真，
卯有什么在里混；
郎茶卯有断肠药，
报你放心吃慢斟。
弟茶便是龙潭水，
莫[5]来喜同弟单身；
富贵来寻贫穷仔，
难对得住送姨人。

有心妹队饮就饮，
有意妹队放落心；
放米落锅煮成饭，
千祈报妹莫生心。
妹有心来弟有意，
灯草伝俩同条心；
捧杯茶水大家饮，
香甜都是自己人。

流传地区：横县陶圩乡一带

演唱者：莫家源

搜集整理者：韦艺文

搜集时间及地点：1986 年 9 月 13 日搜集于横县陶圩乡上莫村

来源：选自横县民间文学三套集成编委会编《横县歌谣集上册》（内部资料），1987 年 1 月

看新娘歌[6]（汉族）

点火伝打厅堂点，
伝打厅中点起身[7]，
厅中点火纷纷亮，
亮人房中睇新人。
厅中点，
厅中点火亮纷纷；
今日新人返到启，
请齐[8]入屋睇新人。
厅中点，
厅中点火亮纷纷；
六亲百客齐集启，

[1] 喜同：谢谢。
[2] 罗：要。
[3] 卯乜：没有什么。
[4] 个：的。
[5] 莫：不要。

[6] 看新娘歌：汉族结婚没有唱歌的习惯，只是在与壮族毗邻的汉族农村，因受壮族风俗的影响，采用壮族婚仪才有这个习俗。其歌词与调子均与壮族相同。
[7] 起身：起来。
[8] 请齐：齐，大家。请齐，都请、全部请。

请齐入屋睇新人。

望在厅中唱一音，
厅中点火亮纷纷；
点火佐打中心点，
佐打中心点起身。
点火佐打中心点，
佐打中心点起身；
厅中点火油油亮，
亮人房中睇新人。
一双灯草一双心，
佐打厅中点起身；
点火佐打厅中点，
手拎[1]灯引亮纷纷。
一双灯草一双心，
手拎灯草亮纷纷；
六亲百客齐集启，
请齐入屋去睇新。

点火入房惊动妹，
惊动大姨队起身。
人到房门歌已唱，
开门等弟睇新人。
睇新妇，
点火入房睇新人；
日头都打东边起，
佐打东边亮起身。
睇新妇，
点火入房睇新人；
东边点火西边亮，
亮见四面都是人。

睇新妇，
点火入房睇新人；

[1] 手拎：手拿。

叔公娶得好媳妇，
今夜特定[2]来睇新。
睇新妇，
点火入房睇新人；
入门问声送姨队[3]，
哪个新人你直仑。
睇新妇，
点火入屋睇新人；
火亮卯知睇哪个，
四边总是送姨人。
睇新妇，
点火入房睇新人；
因怕日后相逢弟，
卯识恐防喊错人。

睇新妇，
点火入房睇新人；
哪个新人仑声弟，
等兄为齐好睇真。
来到兄村礼义深，
又喊点火睇新人；
人说官家有礼义，
兄村礼义更加深。

点火入房睇新人，
这条道理村村分；
佐队乡方是强惯，
娶妇入门要睇新。
来到兄村礼义深，
又喊点火睇新人；
一队送姨齐在启，
踏脚入门个个新。

[2] 特定：专门。
[3] 队：们。

点火入房睇新妇，
这条规例村村分；
送姨都讲个个是，
卯识那个结婚姻。
来到兄村礼义深，
又喊点火睇新人；
要睇新人来强夜，
天亮明朝睇正真。
点火入房睇新妇，
各条规例村村分；
新人便是今夜睇，
过了明朝睇卯新。
要睇新人睇就睇，
莫要点火亮纷纷；
因为我姨还怕丑，
转脸人墙卯睇人。

娶得新人返[1]到屋，
点火调定[2]来睇新；
结婆完婚大吉利，
一世为人今日新。
结娶新人返到屋，
点火调定来睇新；
手拎灯引[3]油油亮，
卯忧火烧妹衫裙。

要睇新人睇就睇，
莫要点火亮纷纷；
今日同行一日路，
那样行为你睇真。
娶得新妇返到屋，
点火调定来睇新；
虽是同行一日路，
撑把雨伞睇卯真。

兄队又喊睇新人，
妹队以能[4]直直仑；
新人便是东边个，
东边那个坐吟吟。
一队大兄睇新妇，
多得送姨队讲仑；
大伯叔婆齐返睇，
伝孙媳妇实乖因。
大兄又喊睇小婶，
这条道理卯应因[5]；
我姨卯比大婶好，
卯比大婶强勤仑[6]。

扫把扫地前人造，
人造在先后人跟；
古话笋长胜过竹，
后来胜过在前人。
我姨卯好也娶了，
用坏祖公呢[7]钱银；
百钱百布都卯识，
屈坏姨夫一世人。

叔公娶得好新妇，
银钱用去也甘心；
孙郎合得贤妻女，
娶得当家伶俐人。
我姨卯好也娶了，
用坏祖公呢钱银；
不去读书不识字，

[1] 返：回。
[2] 调定：特意。
[3] 灯引：油灯的灯心。
[4] 以能：顺便。
[5] 卯应因：不大应该。
[6] 强勤仑：这样勤俭。
[7] 呢：的。

挑粪下田不会分。

叔公娶得好新妇，
钱银用去也甘心；
面貌又乖心又好，
后来发福成千金。
今夜新人卯空睇，
喜赂银钱[1]弟着分；
喜赂银钱都未算，
还要麒麟挂颈稔[2]。

卯讲皆知弟也识，
卯械[3]落空个新人；
要取麒麟也容易，
你要钱银弟也分。
今夜新人卯空睇，
喜赂银钱报弟分；
冇[4]钱便械三五十，
麒麟不有也应分。
卯讲皆知郎也识，
卯械落空睇新人；
喜赂银钱七十二，
除返廿八赂新人。

今夜新人卯空睇，
喜赂银钱报弟分；
赂得亦是你小婶，
便宜卯出外边人。
喜赂银钱也应份，
摸摸荷包钱有分；
饮酒多杯真忘记，
天亮明朝伝慢分。

随随便便口乱讲，
准知弟队分卯分；
一个大兄械二十，
赂得我姨钱满身。

喜赂银钱也应份，
摸摸荷包钱有分；
正想去摞[5]天又夜，
笠哩[6]灯笼亮卯真。
已睇新人歌已唱，
有条规例未完因，
那头亲家搭有柜，
喊椤锁匙那个拎。

已睇新人歌已唱，
有条规例未完因；
弟问一声送姨队，
问睇锁匙那个拎。
已睇新人歌已唱，
有条规例未完因；
柜内里头装物件，
团圆宝镜亮纷纷。

已睇新人歌已唱，
有条规例未完因；
柜内里头有宝物，
开睇是金还是银。
今夜新人歌唱了，
退下脚步出门临；
退出厅中歌慢唱，
有乜[7]话儿伝慢斟。

[1] 喜赂银钱：封包。
[2] 稔：指植物嫩芽，这里是指颈项。
[3] 械：给。
[4] 冇：没有。
[5] 摞：要。
[6] 笠哩：火光微弱，亮度不大。
[7] 乜：什么。

顺从妹，
退下脚步出门临；
退出厅中伝慢唱，
男坐一群女一群。

流传地区：横县陶圩乡一带

演唱者：莫家源

搜集整理者：韦艺文

搜集时间及地点：1986年9月13日搜集于横县陶圩乡上莫村

来源：选自横县民间文学三套集成编委会编《横县歌谣集上册》（内部资料），1987年1月

睇新人（汉族）

先生睇得好日子，
睇好日子娶新人。
火亮不知是哪个，
四边总是同样新。
哪个新人仑弟听，
等弟近前好看新。
正想卯问又卯识，
睇见情娘礼义深。

人说官家有礼义，
兄村礼义卯成因。
点火入房睇新妇，
总照老例在前人。
弟队乡村总是强，
新人入房且看新。
妹队莫怪弟队睇，
例规总照睇新人。

伴姨卯讲哪个是，
卯知哪个是新人。
电灯挂在竹根表[1]，
望妹争光照亮伝。
一队人兄睇新妇，
多得大嫂队讲仑。
大伯叔婆齐来睇，
伝孙新妇实乖因。
扫杆扫地前人造，
人造去先伝后跟。
古话笋长高过竹，
后底加高三五分。

叔公娶得好新妇，
银钱用去也甘心。
自古高门对高女，
名门女子对书林。
我姨卯比大嫂样，
用坏叔公个尼[2]银。
命因先年合苦命，
碍弟已难得翻身。

叔公娶得好新妇，
银钱用去也甘心。
人才也好命也好，
叔公叔婆得欢心。
唱支歌词恭喜妹，
喜同[3]槟榔礼义深。
槟榔细小人情大，
叫娘捧械卯成因。

流传地区：横县莲塘乡一带

演唱者：黄万英

搜集整理者：李进光

[1] 竹根表：竹梢。
[2] 个尼：这些。
[3] 喜同：多谢。

搜集时间及地点：1986年9月搜集于横县莲塘乡张村

来源：选自横县民间文学三套集成编委会编《横县歌谣集上册》（内部资料），1987年1月

担水红[1]（汉族）

今朝新人担新水，
四边六亲来看众[2]。
自古看新不看旧，
看旧家家都有同。
今朝新人担新水，
四边六亲来看众。
六亲百客个个叹[3]，
身着衣裳个个同。

六亲百客个个叹，
身着衣裳个个同。
头上插花面又白，
身着条裙又绣龙。
六亲百客排排坐，
个个叹娘[4]穿着同。
脚踏丝鞋绣龙凤，
龙头丝带绿又红。

流传地区：横县新福乡一带

演唱者：梁大红

搜集整理者：方昌

搜集时间及地点：1986年9月2日搜集于横县新福乡杨柳村

来源：选自横县民间文学三套集成编委会编《横县歌谣集上册》（内部资料），1987年1月

[1] 担水红：按本地风俗，新娘到家第二天清早须去担水，这首歌谣是歌手赞叹新娘及其同伴担水的歌。

[2] 来看众：谓来看者众多。

[3] 叹：称赞。

[4] 娘：姑娘的简称。

新娘哭叹歌[5]（汉族）

正宗老爷呀，
日夜想挨[6]近你呀老爷，
明星落月伴仙英雄。
天上一家姐呀，
三支清香绿叶抵[7]扇来赠上呀家姐，
请姐落来戒凡人。

天上七家姐呀，
手提经书来教导呀家姐，
你认清字眼莫走神。
船头伏龙公老爷呀，
脚踏波浪万里行呀老爷，
你本开舟拕[8]带绕安全。

伏龙公老爷呀，
第一个舱人品好呀老爷，
第二个舱人财两胜富贵荣华。
第三个舱贵客招财哟老爷，
船头人胜礼声亮。
舵从老爷呀，
手扳舵脊左右来把舵呀老爷，
眼看路程脚船难过舟船。

灶君老爷呀，

[5] 这是姑娘出嫁前夜在娘家边哭边唱的歌。

[6] 挨：靠。

[7] 抵：当。

[8] 拕：拖。

人话掌舵难求火呀老爷，
我华灯齐照尽光明。
祖公祖母呀，
你去阴间湖江游呀祖母，
又再保我兄人财两胜好摘花银。
祖公祖母呀，
花河买花你唔[1]会买呀祖母，
你又将红花落来引妈流泪。
花公又花婆呀，
屋里种条万寿果呀祖母，
你万寿结果又保我兄寿得万千年。

兄嫂呀，
胭脂水粉原系[2]南朝过来呀兄嫂，
嫂高难落姑摇开洋。
媒娘呀，
滑口蛇心来又哄娘呀媒娘，
哄人上树把梯收埋[3]。

媒娘呀，
搞主搞心你撬计[4]大呀媒娘，
你移人撬计肚兴腥潮。
媒娘呀，
你拐带人娇过别省呀媒娘，
竟然唔见我爷乜追查。

流传地区：横县峦城

演唱者：陈延秀，女，汉族，峦城航运大队船民，不识字；谢秀英，女，汉族，峦城航运大队船民，不识字；张秀莲，女，汉族，峦城航运大队船民

搜集整理者：郭汉炳、陆权

搜集时间及地点：1986年9月中旬搜集于横县峦城

来源：选自宾阳县民间文学三套集成编委会编《中国民间文学三套集成宾阳县歌谣卷》（内部资料），1987年

[1] 唔：不。
[2] 系：是。
[3] 埋：起来。
[4] 撬计：阴谋诡计。

新娘哭叹歌[5]（汉族）

祖公祖呀，
祖公千秋福禄寿呀，
千秋福寿睇过[6]娇兰。
亲爷[7]呀，
劏猪卖女实可咽[8]呀，
劏龙娶嫂正是欢容。
亲爷呀，
使去[9]钱财赔个女呀，
留来娶嫂更加光荣。

亲爷呀，
九字一撇一横又一钩呀，
我乜[10]放娇卯好十分艰难。
亲爷呀，
金字写成银字衬呀，
花银使[11]散丢了娇兰。

亲娘呀，

[5] 这一组出嫁哭叹歌是在汉族姑娘临出嫁的前一夜哭唱的。边哭边唱的歌称为叹。叹有哭叹和还叹，哭叹是出嫁的姑娘唱的，还叹则是亲人或旁人答还出嫁姑娘唱的。哭叹的内容多是围绕家中亲人唱的，好则赞好，不好则骂。哭叹是旧社会妇女消极反抗封建包办婚姻的一种形式。
[6] 睇过：看护过。
[7] 爷：爸爸。
[8] 咽：伤心。
[9] 使去：花去。
[10] 乜：母亲。
[11] 使：花。

有凳抽支来启[1]坐呀，
等我双膝跪落还下功劳。
亲娘呀，
天顶挡云天脚暗呀，
且听[2]起风吹散才见亲娘。
亲娘呀，
雀儿飞天卯见影呀，
你娇飞过大山大海卯见亲娘。

兄嫂呀，
脚踏花鞋系你送呀，
绣得如龙配凤伴珠球。
兄嫂呀，
脚踏双鞋连柳桂呀，
连柳桂花打送我姑娘。
兄嫂呀，
脚踏双鞋绣雁鸯呀，
绣得雁鸯六翼四海飘游。

内客外兄哥呀，
头上插花买返[3]打送妹呀，
头上清景是你使散花银。
内客外兄哥呀，
胭脂水粉你打送呀，
沉香河水起动[4]兄台。

两位贵手[5]呀，
我坐在龙床龙被宙[6]呀，
揭开龙被捉我生魂。
两位贵手呀，
拉我落床就坐凳呀，
平人坐凳我带飘摇。
两位贵手呀，
广东胭脂南宁粉呀，
南宁水粉搽个仙人。
两位贵手呀，
新梳梳头头肉痛呀，
旧梳梳头使我通融。
两位贵手呀，
个件红衫拧[7]来我卯着[8]呀，
着出厅堂难对六亲共客人。

两位贵手呀，
个条花裙拧来我卯着呀，
着出厅堂讲我无个相同。
两位贵手呀，
个只凤冠我卯戴呀，
我卯是观音台上爱花球。
两位贵手呀，
个只凤冠我卯戴呀，
当想天罗地网网住娇兰。

兄哥呀，
连子带伝送妹出呀，
送妹行出间墙离别长兄台。
兄哥呀，
送妹出屋你回转呀，
转回厅堂报返朝。

兄嫂呀，
个杯青茶我领落呀，
青茶领落共嫂分离。
兄嫂呀，

[1]　抽：端。启：这里。
[2]　听：等。
[3]　返：回来。
[4]　起动：多谢。
[5]　贵手：搀扶新娘的人俗称贵手，一般要两个人。多选俗话好命的女性担任。
[6]　宙：盖。
[7]　个：这。拧：拿。
[8]　卯着：不穿。

个杯青茶我领落呀，
青茶领落不知何日还嫂功劳。
同班姐呀，
今夜为齐返启[1]睡呀，
苗械[2]乜丢落空房。
低年细弟[3]呀，
红纸封包[4]我卯有呀，
放在八仙台上忘记拧[5]来。
低年细弟呀，
过了三朝[6]去接姐呀，
三朝卯接姐亦返回。
低年细弟呀，
红纸封包提上手呀，
归家大小齐家分匀。

流传地区：横县府城一带

演唱者：蒙泽煌

搜集整理者：蒙泽煌

搜集时间及地点：1986年12月20日搜集于横县府城

来源：选自横县民间文学三套集成编委会编《横县歌谣集上册》(内部资料)，1987年1月

哭嫁歌（汉族）

姐呀姐，
你嫁行先[7]得好处呀，
我嫁跟尾做乞儿人[8]呀！
叔伯[9]呀，
砧板上头切我肉呀，
问你心头凉卯凉呀？
叔娘呀，
个只红轿实卯好呀，
凭生[10]拥我落棺材呀！
叔呀叔[11]，
人家卖牛还搭锁呀，
我叔嫁女卯衣裳呀！

流传地区：横县

演唱者：周凤兰

搜集整理者：石必山，男，横县马岭乡文化站干部，初中文化

来源：选自横县民间文学三套集成编委会编《横县歌谣集上册》(内部资料)，1987年1月

哭嫁歌（汉族）

莫怨叹，
爹妈陪搭总齐全，
当初卯人来报话，
衣裳便请裁缝剪。
莫怨叹，
爹妈陪搭总齐全，
冷热衣裳总械妹，
四季衣裳任妹穿。

莫怨叹，

[1] 为齐返启：大家回到这里。
[2] 苗械：不要给。
[3] 细弟：小弟。
[4] 封包：利市，红包。
[5] 拧：拿。
[6] 三朝：汉族结婚，有新娘三朝回门的习惯。
[7] 行先：前面。
[8] 跟尾：在后。乞儿人：乞丐。
[9] 叔伯：此段歌词对厨倌唱，故叔伯指厨倌。
[10] 凭生：强行。拥：推。
[11] 叔：指父亲。

爹妈陪搭总齐全；
养女便爱嫁妆物，
养儿防老授粮田。
那个大嫂应当理，
少少封包有百钱，
再唱支歌伝恭喜，
轿布执返[1]械弟先。
叔婆大嫂齐在启[2]，
敬花钱[3]文挂两边，
放落轿布新人过，
莫械人争七星钱[4]。

踏出庭前离了屋，
踏出大门过别边，
一来离爹二离队，
三来又离大舅先。
踏出大门思又想，
想着爹妈生在前。
可惜妹命生错相，
卯得伴爹几多年。

辛苦爹妈养大女，
今日己兄[5]带去先。
嘱报爹娘放心落，
莫要流泪在胸前。
今日婚姻接你女，
吃饭台盆空半边。
养得女大兄带去，
带去接续弟香烟。

卖出粮田嫁出女，
报你[6]吃饭莫怨天。
出了明朝返回面[7]，
回面伴妈三五年。

莫怨叹，
爹妈陪搭总齐全，
被铺蚊帐已有械[8]，
又陪一张金山毡[9]。
莫怨叹，
爹娘陪搭银共钱。
嫁妆便有大舅送，
牛儿已有细舅牵。

再唱支歌伝恭喜，
恭喜叔婆大嫂先，
有乜东西执[10]齐便，
执齐东西送侬[11]先。
再唱支歌伝恭喜，
烦你法师劳力先。
利市封包钱十九，
少少敬意你莫嫌。
再唱支歌伝恭喜，
那个法师在跟前，
齐便衣衫放台上，
烦你法师传金言。

流传地区：横县新福乡一带

演唱者：梁大红

搜集整理者：方昌

[1] 轿布：过去结婚时，放在天井草席上供新娘行过的黑布。执返：拾起。

[2] 在启：在这里。

[3] 敬花钱：过去结婚时挂在轿门两边的利市钱，一般尾数都规定为六。

[4] 七星钱：过去结婚，新娘进屋前，在天井铺一张草席，草席复铺一块布，布上摆有七枚铜钱，形似大熊星座，故名七星钱，新娘走过后，小孩则抢之。据说，谁抢得七星钱谁得福。

[5] 己兄：随新郎迎亲的男青年。

[6] 报你：希望你。

[7] 回面：新娘婚后第三天回娘家叫回面。

[8] 械：给。

[9] 金山毡：过去质量较好的一种毡，红色。

[10] 乜：什么。执：收拾。

[11] 侬：小孩。

来源：选自横县民间文学三套集成编委会编《横县歌谣集上册》（内部资料），1987年1月

上轿[1]（汉族）

娘呀娘，
女大嫁人去别乡。
房门锁匙交给你，
女房留有旧衣裳。
移干睡湿娘辛苦，
洪恩未曾报答娘。
半夜杀猪分上水，
女暗挂心娘挂肠。

爸呀爸，
今日女儿离别家。
笕竹烟筒交把你，
饭台放有一杯茶。
隔山隔水路途远，
难得朝朝服侍爸。
家内事情有哥理，
你莫操多发易花。

哥呀哥，
妹是女人不奈何。
妹做新娘离别去，
行前嘱声哥呀哥！
屋内工夫交给你，
春夏秋冬独望哥。
同胞骨肉难离别，
正同卖囡丢新罗。

拜别嫂嫂断肝怀，
男家红轿就来抬。
工夫如麻我帮理，
今后几多嫂自来。
菜饭上台喊婆吃，
酒摆上台喊公篩[2]，
担水扁挑交给你，
离开嫂嫂泪篩篩[3]。

弟斟杯茶捧到身，
饮弟杯茶姐嫁人。
嘱弟要听爹娘话，
日后读书要用心。
身有零钱交把弟，
买支好笔学贤人。
爹娘种竹望笋大，
姐望竹笋节节升。

姐去嫁人妹孤零，
留件衫衣伴妹身。
丝结鸳鸯做纽扣，
日挂胸前夜挂心。
嫁女出门是外客，
日后回归是相巡。
鼓手声声催上轿，
红袱盖头我起身。

流传地区：宾阳县各乡村

演唱者：赵英，女，汉族，广西宾阳人，农民，不识字

搜集整理者：王启智，男，汉族，广西宾阳县文化局文学创作干部，大学中文专科毕业；陆有全，男，汉族，广西宾阳县太

[1] 旧社会女子出嫁上轿时，怀念亲人而哭唱此歌。

[2] 篩：饮。

[3] 篩：形容泪下状。

守乡陆华村人，中学副总务主任，中专毕业；黄龙琼，男，汉族，广西宾阳县人，退休干部，高小毕业

搜集时间及地点：1986年3月4日搜集于宾阳县太守乡陆华村

来源：选自宾阳县民间文学三套集成编委会编《中国民间文学三套集成宾阳县歌谣卷》（内部资料），1987年

嫁女唱[1]（汉族）

十零岁女嫁人家，
红红白白一枝花。
我女年登十三四，
到处媒人来问妈。

一次媒来娘有理，
二次媒来娘就把。
年纪渐登十五六，
男家过礼定红花。
得了礼银娘准备，
先买笼箱和洋纱。
老娘为女织被里，
眼利[2]姨娜绣被花。

嫁妆做成日子到，
四边人客到喳喳。
个边喊我去接担，
那边喊我去斟茶。
吉日良辰红轿到，
吹吹打打到我家。
女婿上门拜天地，
拜完三祖拜爷妈。

流传地区：宾阳县

演唱者：梁志超，男，汉族，广西宾阳县芦圩人，教师，大学毕业

搜集整理者：陆有全

搜集时间及地点：1986年4月5日搜集于宾阳县新宾中学

来源：选自宾阳县民间文学三套集成编委会编《中国民间文学三套集成宾阳县歌谣卷》（内部资料），1987年

〔1〕旧社会女子出嫁时，不仅是新娘怀念亲人而哭唱，其母亲也同样思念从小养育长大的女儿，一旦离别互相哭唱一番，此习俗在宾阳县农村普遍流行。

〔2〕眼利：此处指视力很好。

闺房唱（汉族）

篮竿打水起纷飞，
竹叶冇曾离竹枝。
从小未曾离父母，
一旦出门泪如丝。
村前鼓手声声响，
观音听闻心也悲。
出嫁又嫌别母早，
嫁夫又恨识夫迟。

流传地区：宾阳县

演唱者：谭汝珍，男，汉族，广西宾阳六普村人，农民，高小文化

搜集整理者：王启智、陆有全、黄龙琼

搜集时间及地点：1986年6月7日搜集于宾阳县太守墟

来源：选自宾阳县民间文学三套集成编委会编《中国民间文学三套集成宾阳县歌谣卷》（内部资料），1987年

梳头歌[1]（汉族）

一条大路白蒙蒙，
有人请我去修容。
人人识得梳头妹，
哪根树大冇招风？
父母生我三姐妹，
是妹聪明肚内通。
从细跟娘学打扮，
三分面貌七分工。

边村大妈嫁个女，
上轿梳头喊整容。
先用茶麸水洗发，
油搽金发妹梳通。
头上高扎龙凤髻，
鬓边妹插布芙蓉。
头辫妹扎戎通索，
冇招蝴蝶冇招蜂。

妹今头簪挑前发，
平眉剪过做头蓬。
头巾扣紧金银器，
耳环配戴巧玲珑。
眼眉妹过利刀口，
毫画眼眉弯似弓。
面若毋光打光粉，
胭脂淡淡拭唇红。

下身穿着绫罗缎，
上身穿着石榴红。
脚板紧穿丝绸袜，
脚踏花鞋朵朵红。

近看观音殿上坐，
远观皇后进朝中。
美人出在巧人手，
人间美女夺天宫。

流传地区：宾阳县

演唱者：黄龙琼

搜集整理者：陆有全、王启智

搜集时间及地点：1986年5月5日搜集于宾阳县思陇墟

来源：选自宾阳县民间文学三套集成编委会编《中国民间文学三套集成宾阳县歌谣卷》（内部资料），1987年

[1] 女子出嫁那天，请来年过46岁、有儿女、夫妻双全的妇女梳头，她边梳边唱，显示她有一手梳头绝招，博人爱慕，并表示兴旺。

贺新娘[2]（汉族）

良辰吉日见新娘，
金鸾得配凤朝阳。
千里有缘天作合，
绿水浮游好鸳鸯。
娘呀新，新呀娘，
红袱盖头花衣裳。
脚踏花鞋手戴镯，
头低不敢看厅堂。

娘呀新，新呀娘，
田等你来育壮秧；
公婆早已养鸡等，
后园早已种生姜。
火烧笕竹望你爆[3]，
竹笋标芽望你长。

[2] 新娘被迎接进男家厅堂时，三亲六戚以歌祝贺新娘，直至男女双方拜堂后引入新房为止，此歌谣在宾阳县广为流传。

[3] 爆：此处作报喜解，即生孩子。

娘呀新，新呀娘，
对待公婆要善良。
和和气气对邻里，
婶母面前莫嚣张。
人家之事少栽刺[1]，
见人园坏帮围墙。
家务事情嫂多理，
无事不要逛墟场。
永结丝锣山海固，
同居五世庆其昌。
石灰房内打筋斗，
白发齐眉百岁长。

流传地区：宾阳县

演唱者：黄兴玉，男，汉族，广西宾阳县人，农民，高小文化

搜集整理者：王启智、陆有全、黄龙琼

搜集时间及地点：1986 年 6 月 10 日搜集于宾阳县民范村

来源：选自宾阳县民间文学三套集成编委会编《中国民间文学三套集成宾阳县歌谣卷》（内部资料），1987 年

闹堂[2]（汉族）

唱就唱，盘就盘，
撒网落塘专望团。
专望媒人来做唱，
姨娜一起总增光。
偷吃猪肝真有瘾，
同样唱歌心实欢。

你唱一支我唱支，
两支合来就成双。

哥在一村嫂在村，
今夜同归一个房。
我你唱歌真合意，
好比鸳鸯对凤凰。
挑货出墟有人问，
路在口边有人传。
有人做媒来把我，
有人想撑你支船。

我是作客顶主门，
你是姨娜作伴房。
借问姨娜个贵府，
你姓哪门在哪村？
你是作客唱歌王，
我是请来作伴房。
今夜唱支闹堂唱，
你问这些做哪门？

我听说，
听说你是唱歌王。
饭熟米汤难比你，
萝卜冇比柑子团。
我闻讲，
你今才是唱歌王。
今夜唱歌冇比你，
沙梨冇比黄梅酸。

做唱你强刘三姐，
跨过六塘太守团。
放鱼落塘遇中獭，
大小细腥你吃光。
槟榔请酒贺新双，
请来做唱使心欢。

[1] 栽刺：指管闲事。

[2] 新娘入新房后，厅堂留下众客和媒人、伴房娘等，贺客们这时分男女对歌、主客对歌，这是宾阳县普遍流行的风俗。

不怕山高千万丈，
海深也有渡人船。

今夜唱歌心实欢，
有意唱歌慢慢盘。
做唱不用爹娘教，
肚内想来怕那门！
今夜同来贺新双，
唱歌无本慢来盘。
好比利刀对利斧，
随便拿来砍那门！

过河无桥专望你，
望你来撑个支船。
同贺新双归到屋，
簸箕吃饭得团圆。
唱就唱，
讲到唱歌怕那门。
好吃果子高枝挂，
想吃再高我也狂[1]。

凤凰飞高有处落，
白云无翅达天门。
好比天晴冇落雨，
要天落雨望眼穿。
独木架桥我难过，
瘦骨莫把皮露穿。
妹是鸡儿难落水，
簸箕哪能顶大门？

糖做糍粑妹冇馅[2]，
塘基种菜妹无园。
细人捣米对不起，
话语高强妹冇慌。
做牛冇怕架木轭，
做马冇怕人磨房。
田垌禾黄有去割，
留来逗你唱歌王。

白颈老鸦难比凤，
野鸡冇能比凤凰。
上地竹笋我嫩水[3]，
星子冇如月亮光。
苍蝇飞过我眼底，
辨别公母几多双。
鸡圳一眼看到底，
料你冇能行得船？

和气唱，
和气唱歌唱冇完。
和气唱歌才长久，
有歌同唱到天光。
弓木生枝我顺你，
和气唱歌慢慢盘。
顺水行船少费力，
晒干龙眼得心宽。
停止唱，
由哥伴嫂好同房。
贪图唱歌得快乐，
哥嫂两人等心酸。

流传地区：宾阳县
演唱者：唐燕新，男，汉族，广西宾阳县高田乡谭蒙村人，艺人，高小文化
搜集整理者：王启智、陆有全
搜集时间及地点：1986年6月5日搜集于宾阳县谭蒙村

[1] 狂：摘。
[2] 冇馅：无馅料，无内容。
[3] 嫩水：不老练。

来源：选自宾阳县民间文学三套集成编委会编《中国民间文学三套集成宾阳县歌谣卷》（内部资料），1987 年

抽婚唱[1]（汉族）

蜡烛光辉根对根，
哥拿白扇去抽婚；
台上摆有酒和肉，
哥嫂两人平半分。
烧酒三杯同众饮，
猪肝一粒两人分；
分肝之义先人造，
肝肠表示结同心。

纸扇轻轻点额角，
揭开红袱笑红云；
扇打你头请谨记，
以后夫妻紧紧跟。
美酒一杯喷嫂面，
甘醇两口结同心；
美酒喷头意义重，
堂中侍奉好双亲。

流传地区：宾阳县

演唱者：封国添，男，汉族，同太村人，歌手

搜集整理者：王启智、陆有全、黄龙琼

搜集时间及地点：1986 年 7 月 1 日搜集于宾阳县新宾乡同太村

来源：选自宾阳县民间文学三套集成编委会编《中国民间文学三套集成宾阳县歌谣卷》（内部资料），1987 年

开笼唱[2]（汉族）

樟木先年是木秧，
今日大来合笼箱；
木匠合成樟木笼，
合来装载新衣裳。
打开笼，打开箱，
打开笼内看衣裳。
闻讲缔娟[3]手艺好，
四边被角绣鸳鸯。

今日舅公开笼箱，
三亲六戚喜洋洋；
不知笼内装什乜，
大众先闻布气香。
马上扛开樟木笼，
鞋袜衣衫装满箱；
胸前打结蝴蝶扣，
都讲缔娟手艺强。

开笼先时有俗例，
舅公手巾三尺长；
鞋袜公婆各取对，
儿郎得件衬衣裳。
开了一箱到二箱，
箱内装有万年粮；
柑子饼干都装有，
留来哥嫂枕边尝。

[1] 新娘入洞房后，新郎的大姐夫引新郎入洞房会新娘，此歌谣为在旁的接亲娘和伴房娘指点新郎和新娘会面唱的仪式歌。这个风俗全县流行。

[2] 旧社会农村结婚，装新衣裳的多数是木笼。女家兄弟将锁头锁好了，扛至男家时，再请新郎的舅父、舅母或表兄弟开锁头，但先要饮三杯酒，唱歌，才能开。

[3] 缔娟：指岳母。

演唱者：封国添

搜集整理者：王启智、陆有全

搜集时间及地点：1986 年 7 月 1 日搜集于宾阳县新宾乡同太村

来源：选自宾阳县民间文学三套集成编委会编《中国民间文学三套集成宾阳县歌谣卷》（内部资料），1987 年

铺床唱[1]（汉族）

铺床先，
手拿禾稿[2]抖连连；
旧时铺床三百六，
现时铺床冇文钱。
一铺禾稿二铺席，
再来铺上好毛毡；
花被枕头床上摆，
哥嫂同枕吐甜言。

铺好新床抢柑子，
柑子团团粒粒甜；
柑子团团人想吃，
哥嫂两人各吃边。
吉日良时铺好处，
更深哥嫂上床眠；
哥是主人睡在内，
嫂是新来睡外边。

流传地区：宾阳县

演唱者：封国添

搜集整理者：王启智、陆有文、黄龙琼

搜集时间及地点：1986 年 7 月 1 日搜集于宾阳县同太村

来源：选自宾阳县民间文学三套集成编委会编《中国民间文学三套集成宾阳县歌谣卷》（内部资料），1987 年

闹房[3]（汉族）

吃粥多谢干柴煮，
吃酒多谢酒连杯；
吃鱼多谢拦江网，
我俩成双多谢媒。
高山高岭高松柏，
矮山矮岭矮香梅；
多谢伴娘好姐妹，
成双多谢你栽培。

担泥堆土做菩萨，
成人是靠你来陪；
洞房花烛摆酒席，
成双请你酒多杯。
良缘佩缔咏关雎，
洞房花烛两情抒；
红叶题诗天作合，
有福花开二度梅。

流传地区：宾阳县

搜集整理者：陆有全

搜集时间及地点：1980 年 10 月 10 日宾阳县陆华村陆立天结婚时听唱记录

来源：选自宾阳县民间文学三套集成编委会编《中国民间文学三套集成宾阳县歌谣卷》（内部资料），1987 年

[1] 过去结婚为新娘铺床的人，必须是有儿有女、夫妻双全、只结一次婚的中老年妇女，铺时边唱边铺，这种习俗全县各地都有。

[2] 禾稿：稻草。

[3] 农村中男婚当晚，请来男女歌手，双方以对歌为乐，通宵作贺，此风俗全县流行。

新人唱（汉族）

哥拿果苗妹挑肥，
我俩同心种荔枝；
先种树苗后结果，
先交情义后夫妻。

初三初四娥眉月，
十五月圆挂天边；
筷子插在云头上，
我俩成双托赖天。
牛甘[1]生子细连连，
吃果先苦后来甜；
天做媒人地作证，
我俩婚成到百年。

流传地区：宾阳县

搜集整理者：陆有全

搜集时间及地点：1980 年 10 月 10 日宾阳县陆华村陆立天结婚时听唱记录

来源：选自宾阳县民间文学三套集成编委会编《中国民间文学三套集成宾阳县歌谣卷》（内部资料），1987 年

入房唱（汉族）

塘基栽芋又栽姜，
姜芽有比芋芽长；
姑媚[2]有比同胞妹，
家婆有比得亲娘。
哥在一乡嫂在乡，
今日带归隔背墙；
吉日厅堂双打拜，
正同鸾凤配鸳鸯。
新筑塘基栽藕筒，
藕筒生花白又红；
藕筒生花红又白，
正同水面映芙蓉。

新筑塘基栽根菰，
瓠芽瓠叶绿苏苏；
瓠藤配得瓠子起，
南山能蔽这根瓠。
金菜生花金子黄，
萝卜生花撒满园；
只有姑媚送孙女，
有是留来送伴房。

唱就唱来盘就盘，
今夜唱歌紧哪门；
不是墟中卖鲮鲤，
捉得鲮鱼照眼穿。
唱就唱来盘就盘，
今夜唱歌人紧门；
你唱过来我就答，
正同犁口对锹盘。

焦了焦，
好个人才找草烧；
若是有缘娶得你，
顾人担水买柴烧。
贺双只唱贺双话，
莫用讲来话太嚣；
亲戚如绵取那个，
你喊姨娜怎打招。

唱就唱，排就排，
大众唱歌冇推挨；

[1] 牛甘：一种野生果树。

[2] 姑媚：即姑姑。宾阳地区把姑叫媚。

你有好歌你便唱，
正同细雨顺风来。
十二纽纱挂屋阶，
鸳鸯飞去凤飞来；
哥是鸳鸯嫂是凤，
鸳鸯和凤总同乖。
屋檐滴水石头基，
银匠打花枝对枝；
金家便娶银家女，
两家都是贵花儿。

流传地区：宾阳县

演唱者：黄秀英，女，汉族，广西宾阳县人，歌手，高小文化

搜集整理者：王启智、陆有全、黄龙琼；凌辉谋，男，汉族，广西宾阳县思陇乡江底村人，小学教师，高中毕业

搜集时间及地点：1986 年 7 月 8 日搜集于宾阳县思陇乡江底村

来源：选自宾阳县民间文学三套集成编委会编《中国民间文学三套集成宾阳县歌谣卷》（内部资料），1987 年

抛果歌[1]（汉族）

柑子团，
柑子团团摆四方；
四边床角摆四个，
中央两个是婆孙。
我哥今夜结成双，
邻舍隔壁来闹房；
马上抛出大柑子，
各人来抢各人孙。

柑子团，
柑子有甜又有酸；
各人自有各人意，
哥想嫂甜婆想孙。
柑子团，
柑子原来各一方；
哥嫂先时各在处，
今夜同归一个房。

流传地区：宾阳县

演唱者：封国添

搜集整理者：王启智、陆有全、黄龙琼

搜集时间及地点：1986 年 7 月 1 日搜集于宾阳县同太村

来源：选自宾阳县民间文学三套集成编委会编《中国民间文学三套集成宾阳县歌谣卷》（内部资料），1987 年

散房歌[2]（汉族）

夜了思，
夜睡起身把步移，
出门各人分火把，
只分火把冇分篱。
夜了思，
深夜已经十二时，
今夜良辰哥成对，
话不讲穿各自知。
夜了思，
更深夜静斗星移，

[1] 为新郎新娘铺好床后，铺床者端坐在床中间，手抓六个柑子。首先唱抛果子歌，接着任意唱别的歌。此歌全县流传。

[2] 闹房闹到深夜，贺客不肯离去，主家姐、嫂们以唱歌催促贺客散房，以便新郎新娘同床共枕。此歌全县流传。

哥在厅堂打眼闭，
嫂在深房叹肚饥。
夜了思，
各人穿好各人衣，
暗吃水圆心有数，
由哥关门渡佳期。

流传地区：宾阳县

演唱者：封国添

搜集整理者：王启智、陆有全、黄龙琼

搜集时间及地点：1986年7月1日搜集于宾阳县新宾乡同太村

来源：选自宾阳县民间文学三套集成编委会编《中国民间文学三套集成宾阳县歌谣卷》（内部资料），1987年

回路歌[1]（汉族）

妈咳妈，
嫁女为何冇细查？
哪门都听媒婆讲，
凤落鸦巢进错家！

女怨一声妈呀妈，
是你栽花不爱花；
牡丹插在牛屎上，
乱将彩凤配乌鸦。
二怨一声妈呀妈，
嫁个丈夫狗娜娜[2]；
三日是墟去四日，
夜游日伏冇思家。
三怨一声妈呀妈，
衣食住行你冇查；
吃粥正同水过笕，
吃菜正同苦楝芽。
四怨一声妈呀妈，
三厅五座是虚夸；
兄弟分家得间屋，
火灶连房黑麻麻。

五怨一声妈呀妈，
尺九大铛尽补疤；
得个鼎锅冇有耳，
沙煲煮饭被鸡扒。
六怨一声妈呀妈，
谷种分来人得抓，
斗谷分做三筒晒，
冇乜心机拿谷耙。

七怨一声妈呀妈，
婶母人多心事差，
为着只鸡叮粒米，
打得鸡晕满地爬！
八怨一声妈呀妈，
朝争夜吵打冤家；
兄弟相争硬过铁，
个拿茅枪个扛耙。

九怨一声妈呀妈，
有书不读子孙差，
写字正同鸡扒泙，
算数十有九条差。
连怨十声妈呀妈，
细妹嫁谁由在她，
一取勤劳二忠直，
任由细妹认真查。
妈呀妈！

［1］回路歌是指旧社会女子出嫁到夫家三天后回娘家唱的歌。回路：出嫁三天后返回娘家。旧社会是盲婚，女子嫁的丈夫多不合心，故回来后埋怨母亲。

［2］狗娜娜：指不成器。

流传地区：宾阳县

演唱者：赵英，女，汉族，广西宾阳县陆华村人，初小文化

搜集整理者：王启智、陆有全、黄龙琼

搜集时间及地点：1986 年 3 月 4 日搜集于宾阳县陆华村

来源：选自宾阳县民间文学三套集成编委会编《中国民间文学三套集成宾阳县歌谣卷》（内部资料），1987 年

坐夜[1]（汉族）

祈神叹

（新娘唱）
天上七家姐[2]呀！
七支清香齐插落，
家姐！
你妹膝头跪下向姐申陈[3]。
七家姐呀！
月光里头藏桂树，
家姐！
丢张桂叶救我爷[4]穷人。

天公[5]老爷呀！
一保天公不落雨，
老爷！
二保去风排浪免灾难。

太阳老爷呀！
太阳是从东边红云起，
老爷！
阳光照着你娇日晒衣裳。

土地老爷呀！
借你地头锄一夜，
老爷！
爷孙遭难要你来维持。

水龙王老爷呀！
日日洗衣要摇动你，老爷！
娇儿说话你又要哀怜。

祖公祖母呀！
一保我兄万事胜意；
祖母！
二保我兄人财两旺福至心灵；
祖公祖母呀！
三保我们爷娘寿年老；
祖母！
四保我们同胞贤弟日日生辉；
祖公祖母呀！
五保我们姐妹几个人秀貌；
祖母！
六保鲜花有人扶持日日鲜红。

[1]　“坐夜”是船家姑娘婚嫁之夜的一种仪式。在过去，船女出嫁时，新娘必在自家船摆上歌堂，邀上亲朋好友轮番歌唱，这种形式就是“坐夜”。
“坐夜”主要以叹情为主，重在内心情感，曲调沉缓、悱恻。形式上采取“绕台围”进行，即船头上摆一张四方台，台上摆一对红烛和一只煮熟的摆成像凤凰展翅的线鸡，又叫凤凰鸡，还有一盆柏枝、一盆四季桔以及若干花生米、纸球，四碗糯米饭摆在台边四角，还有一盏青油灯。
新娘扮作船老板，五个女伴分别扮成头工、尾舵、计仓、伙计（二人）。头工手拿一把黑雨伞，伞口用红丝线扎住，站在队伍的前头；尾舵排在队伍的最后，手抱一张卷好的硬席作舵；计仓和船老板、两个伙计在中间，一行六人就像一只船。
绕台围开始时，由新娘先唱，然后其他五人才加进来，顺着台子绕一圈唱一个叹。
接着，新娘根据对媒婆印象的好坏，唱些贬褒歌，还和男方家来接亲的人对歌，最后，新娘才在两位来亲嫂（男家船妇）陪伴下，登上男家船，进入拜堂仪式。

[2]　七家姐：民间传说的天上七姐。

[3]　申陈：表白、陈述。

[4]　爷：父亲。

[5]　天公：老天爷。

花王圣母呀！

天天淋花十六朵圣母！

小心给人横手[1]摘了花头。

观音圣母呀！

神前有“金玉满堂”四个字，圣母！

祝愿生来富贵繁荣。

梳粒叹

（新娘唱）

兄嫂呀！

红丝绿丝弹额角[2]。

兄嫂！

弹开额角你姑不是上粉之人。

兄嫂呀！

眼眉修好弯对弯，像月圆。

兄嫂！

两边拢发你姑改换装头[3]。

兄嫂呀！

银针二支同姑挑头路，

兄嫂！

银簪一插离别家庭。

兄嫂呀！

同姑梳头不快意，

兄嫂！

你姑梳惯月出时辰[4]。

兄嫂呀！

同姑梳头不合意，

兄嫂！

你姑头上打惯辫排。

[1] 横手：意外地从旁边来一手，暗喻着不知道哪一天，某个姐妹又被嫁去远方。

[2] 额角：过去妇女用线把脸上的汗毛弹去，达到修容的目的。

[3] 装头：这里指由打排辫改成挽后髻的发型。

[4] 月出时辰：船家姑娘习惯早上梳妆，而婚嫁却在晚上，婚前的梳妆使新娘极不习惯。

兄嫂呀！

这条绿裙我不想穿，

兄嫂！

我想穿条柳英[5]挂帅五彩花裙。

兄嫂呀！

这件红衫我不想穿，

兄嫂！

我想穿柳小姐水火红袍。

蜡烛叹

（新娘唱）

兄嫂呀！

洋蜡二支似见番兵[6]，

我喊爷不去领，

兄嫂！

竟然领回难为姑娘。

兄嫂呀！

龙烛二支龙又对凤，

龙头抬起扶持我爷。

兄嫂呀！

龙尾勾勾扶持舅，

兄嫂！

四边龙爪扶持兄家庭。

兄嫂呀！

龙烛二支我喊嫂、姑不用点，

兄嫂！

竟然不点原物交还，为难姑娘。

[5] 柳英：古典戏剧中的人物，即柳金花。

[6] 番兵：外国兵。

别情叹

（新娘唱）
兄嫂呀！
八仙台上还有四盅糯米饭，
兄嫂！
东津糯米苏湾黄糖。
兄嫂娘呀！
大线名鸡在八仙台上企，
兄嫂！
两边展翅口咬金钱。

阿爹阿嫂[1]呀！
今晚采花不会采[2]，
阿爹！
最好采得牡丹茉莉种在玉石花盆。

阿爹阿嫂呀！
十七岁投军[3]我闻营地饭又恶食，阿爹！
我见父被押母跟入军营。
阿爹阿嫂呀！
大海流芒[4]娘说是格木[5]，
阿嫂！
飞天白鹤爷又说是天鹅。
阿爹阿嫂呀！
海底鸟藤结成凳，
阿爹！
我喊爷坐下来答谢功劳。

天牌大舅父呀！
皱纱绸红金戒指，
舅父！
响铃在脚喊娇难行[6]。
舅父呀！
戒指打来又断路，
舅父！
你不要打条银链锁住娇儿。

大兄，兄嫂呀！
细龙[7]访夫又难见面，
兄嫂！
你姑住在石岩下耿教门楼。
大兄，兄嫂呀！
戒指打上英文字，
大兄！
他日冲散凭英文找见姑娘。
大兄，兄嫂呀！
蕉子独梳（一个）是独子，
大兄！
哥要顺爷嫂要顺娘。

大兄，兄嫂呀！
嫂是杨柳软木你姑性情猛，
大兄！
嫂时常下气顺从姑娘。
大兄，兄嫂呀！
船到埠头来接媒，
大兄！
不给旁人小看我兄家贫。
大兄，兄嫂呀！
没菜待姑情意有，
大兄！

[1] 阿嫂：船上人很多称妈为嫂，这里作母讲。
[2] 今晚采花不会采：意思是对父母给自己说合的婚事不满意，也暗示男家船不应该要自己为妻，而另择更好的姑娘为妻。
[3] 投军：是指父亲十七岁时被抓去当兵。
[4] 大海流芒：海上漂流着的柴枝。
[5] 格木：大木头。
[6] 响铃在脚喊娇难行：船上人一生下来就要戴上银脚镯，这句意为我的脚镯还未脱下，怎舍得离开家。
[7] 细龙：民间传说中的人物。

纵然没米饮杯清茶。

船仓叹

（新娘唱）

阿爹呀！

脚踏尾棚[1]，

你姑不愿去，

阿爹！

尾棚大边[2]是娇梳头。

阿爹呀！

脚踏林筒[3]，

你娇不愿去，

阿爹！

林筒还有林神爷爷。

林神老爷呀！

龙州宪木还在山顶种，

老爷！

不落我家难富贵荣华。

阿爹呀！

六成西水乘船船下林，

阿爹！

我爷把林富贵繁荣。

阿爹呀！

脚踏尾仓、灶仓，

你娇不愿去，

阿爹！

灶仓还有灶君爷爷。

灶君老爷呀！

十二月二十三西天上老爷！

又说我爷娘年老兄家贫。

灶君老爷呀！

灶头蛛丝[4]结成罗丝网，

老爷！

灶头烧火难催起浮云。

筷子简大兄呀！

桂林毛竹做筷子，

大兄！

我爷一家人口要你维持。

阿爹呀！

脚踏高仓、水仓，

你娇不愿去，

阿爹！

水仓还有姑母娘。

水仓大姑母呀！

卸完商家大担货，

姑母！

水斗交还你挂心[5]。

阿爹呀！

脚踏神仓、二仓，

你娇不愿去，

阿爹！

神仓大边是爹龙床。

阿爹呀！

[1] 尾棚：即船尾部分。

[2] 大边：过去船家尾棚分大小，这里是指姑娘住的地方。

[3] 林筒：舵。

[4] 蛛丝：蜘蛛网。

[5] 水斗交还你挂心：意思是船家有货装船前要用水斗戽干水仓内的水，这里表示担心下一趟没有货装船。

脚踏围脚仓，
你娇不愿去，
阿爹！
围脚仓还有桅星爷爷。

桅星老爷呀！
桅杆高高围盘坐，
老爷！
围盘顶上挂有顺风旗[1]。

阿爹呀！
五撑桅杆打篷放，
阿爹！
顺风顺水直驶靠埠。

阿爹呀！
脚踏仓口仓、二仓，
阿爹！
月门还有把门神。

门神老爷呀！
我爷一家由你来护保，
老爷！
南和北合四边通行。

阿爹呀！
脚踏九叠仓、头仓，
你娇不愿去，
阿爹！
船头还有木龙[2]公爷呀！

木龙阿公呀！
我爷船头有二十四向，
阿公！
要保我爷左招贵客右招财。

木龙阿公呀！
有你木龙万事胜，
阿公！
你孙明早撒米和钱胜旺还[3]。

龙大兄呀！
龙州苏木山顶种，
大兄！
我兄神滩过尽换浆回还。

绕台围

（由计仓头工、尾林、伙计、新娘轮流唱）

女伴：细妹[4]呀！
我初来电船不熟手，
阿妹！
我把车不熟心带惊狂。
姑娘妹呀！
遇上柳州无杉木卖，
姑娘妹！
撑把桂林雨伞来遮头。
姑娘妹！
贵县桥圩席做林，
牙兰扎起把林行船。
家姐呀！
吹起银笛排正队，
家姐！
银笛一响向前行。
手把电筒自来火，
家姐！

[1] 顺风旗：帆。
[2] 木龙：船头上的两个木孔，称龙眼或木龙。
[3] 胜旺还：胜意、兴旺、归来。
[4] 细妹：女伴对新娘的称谓。细妹、姑娘妹、家姐都是对新娘的尊称。

叫姐支钱买电油。

新娘：　二位兄嫂，家姐，两位细妹呀！
嫂做头工[1]胜过滩师三个倍，
兄嫂！
避开船只上落见机来行。

女伴：　我是计仓[2]不理事，
细妹！
有头工尾林[3]指点行船。
姑娘妹呀！
我们赶水入沙船能上，
姑娘妹！
还要伙计尾林打稳精神。
姑娘妹呀！
船头插花又挂红，
姑娘妹！
郎船来接我姑行。

家姐呀！
山伯英台隔渡海，
家姐！
我们六人下来隔张花台。
带水佬[4]挂牌又开十二点，
家姐！
办房又说四点开船。

新娘：　今晚开舟长途线，
兄嫂！
问嫂姑江河风浪可行舟船？
女伴！
女字上头门篷盖，

[1]　头工：船头摇大桨的。
[2]　计仓：掌握电船发电开船的人。
[3]　尾林：在船尾掌舵的人。
[4]　带水佬：水手。

细妹！
今晚平安无事夜行舟船，
一景中山有戏做。
姑娘妹！
我们姐妹去看全女班开台？
今晚开舟尚好日。

姑娘妹！
又求东南四海把船行，
今晚开舟问姐去何处泊？
家姐！
米粮不够脚步虚浮。
大坑对面有间三界庙，
家姐！
先烧元宝后放奚纸钱。

新娘：　三牛砌来成个字，兄嫂！
犇（奔）波劳碌为夜行舟船。

女伴：　二山叠来成个字，
细妹！
我们六人今晚夜出游河。
二景大红菊花真秀貌，
姑娘妹！
我们众群姐妹脚步不停去赏花。
我做林修又要头工拍硬当[5]，
姑娘妹！
头工不合我怕拆招牌。
南宁开薪（开船）买柴米，

家姐！
买齐杂物好行舟船。
初次下船心内颤，
家姐！

[5]　拍硬当：合作。

见滩中水猛我心中狂。

新娘：　摇孙去荡花灯景，
偶遇强贼被迫上山寨，
兄嫂！
观音下凡来搭救，
乾隆宝扇扇姑还魂。

女伴：　一景白石洞天多景致，
细妹！
看来二景是罗蓉。
三景鸡龙山对面有间三界庙，
姑娘妹！
上落船艇要进香添油。
今晚开薪不怕路程远，
姑娘妹！
我手抓八卦眼看路程。
手抓竹篙十二节，
家姐！
竹篙下海[1]要向边行。
船上功夫我不晓，
家姐！
竹篙下海脚步浮。

新娘：　皮笼装好游河去，
兄嫂！
紧紧相伴在姑身前。

女伴：　四景西山好晚景，
细妹！
五景莲塘夜雨熄去妖邪。
六景大街有宝物，
姑娘妹！
中间长堤两边苏杭。

[1]　海：两广人称江、河为海。

三木写来成个字，
姑娘妹！
森（深）更夜静好行舟船
“海不扬波”四个字，
家姐！
舟船出海平静波浪。
船到砧板、冬瓜、
鸡咀、盐台贼斗地，
家姐！
有乡丁护送不用慌狂。

新娘：　口字里头木字坐，
兄嫂！
最怕乘船被困在山林。

女伴：　五景东门横水渡，
细妹！
六景珍珠宝塔在羊栏。
六景猪头岭对面有间观音菩萨庙，
姑娘妹！
我们众群姐妹去添香油。
一口良田身挂衣成个字，
姑娘妹！
我们开舟行船福至心灵。
两木排来成个字，
家姐！
林场杂木运去南朝。
卒子上台向前没后退，
家姐！
连环炮马等在沙场。

新娘：　两王在头今字底，
兄嫂！
你姑弹琴游海要嫂陪行。

女伴：　羊栏宝塔、铜鼓滩声、

南江夜渡，眼看西山好晚景，
细妹！
七仙八景映落西洋。
我妹好像穆飞公主打蛇盘寨，妹！
又像军民急步勇前行[1]。
三点水在旁少字衬，妹！
沙干水浅难行夜船。

日月相挨成了个字，
家姐！
有明星朗且照姐行船。
戎马追车去斩象，
家姐！
纵然事紧让戎马行桥。

新娘：一个转弯金结字，
兄嫂！
张灯结彩嫂带姑游河。

女伴：我今晚带妹去外国，
细妹！
带妹去到绍潜国[2]飘外洋。
曲尺[3]三支防在身，
姑娘妹！
行船转弯要提防。
曲尺三支我还未有，
姑娘妹！
叫姑转周[4]行船不用慌狂。

三点在旁工字衬，
家姐！
转入江河口水路通行。

[1] 整句的意思是在问，为什么船开得这么急，这么快。
[2] 绍潜国：传说中旧时某外国名。
[3] 曲尺：手枪。
[4] 转周：开船时，船必定要转 180 度大弯，这叫转周或圈头。

大门不吉成个字，
家姐！
转周今晚向东行。

新娘：一个退步不给兵[5]行散，
兄嫂！
兵散船空人心狂。

女伴：三点在旁还有古月衬，
细妹！
江湖难走水路难行。
八宝葫芦里头藏宝物，
妹！
铁拐李得了葫芦发火赶上龙王。
我是上河林修不懂下河水[6]，
妹！
小心把林见机而行。
皱纱束肩头戴铜鼓帽，
家姐！
迎面又是悦城水口这班人。
王燕章把守三关黄河道，
家姐！
听闻人叫我就开船。

新娘：把林这边转过东莞、石龙，
兄嫂！
我未曾走过下海仙桥。

女伴：一点上天，乌云在两边，
王字坐不正，
尔字坐旁边，
月字流金水，
七字八仙且具还不晓，

[5] 兵：这里指绕台围的六人队伍。
[6] 上河：百色—南宁航线。下河：南宁—梧州航线。

细妹！
风大浪高万宝（保）行船。
梁山状元，你嫂字墨浅，
姑娘妹！
我做文章不会只有二跳龙门。

丘字下边加两点，
姑娘妹！
前兵后勇伴住姑娘。
三点水在旁皮子衬，
家姐！
波浪凶猛不想撑船。
眼见米缸没米煮，
家姐！
迫于无奈只有开船。

新娘： 船到大滩望见四个字兄嫂！
“铁胆心寒”迫着行。
伏波将军大相公老爷呀！
船到滩头望你来保护，
老爷！
又闻钟响还有神护。

女伴： 木字旁边易字衬，
细妹！
我妹好像杨文太保上京行。
船到大滩[1]下黎壁，
姑娘妹！
台盘白浪不用慌狂。
船到隆安又叫头工下大桨，
姑娘妹！
头上摇多两桨走元腾。
广东先生日赶夜路去，
家姐！
押箱入店困住地龙。
货物过乡是宝物，
家姐！
运出外省胜赚花银。

新娘： 过渡仙桥是蔡中兴[2]扶持人起成，
兄嫂！
观音显灵发钱银。

女伴： 观音化钱又化银，
细妹！
得来修整六羊桥。
船到茶路看水记，
姑娘妹！
滩干水浅难以行船。
船踏青草下滑林，
姑娘妹！
打篷小放[3]刘公圩场。
我姐过船学礼仪，
家姐！
上次返家滚茶热水待家娘。
我在船头拿竹篙探其水，
家姐！
滩中水路无阻请姐行船。

新娘： 新起六羊桥又一渡，
兄嫂！
观音造化变成彩莲船。

女伴： 门字里头扭丝衬，
细妹！

[1] 大滩：大滩航道险恶，过往船只无不心寒畏惧。近处有一伏波庙，船只经过大滩时，必要放爆竹，庙里敲起钟声，船只方能通过。

[2] 蔡中兴：民间传说中的人物。传说他领人修起了六羊桥，方便群众，感动了观音，最后以钱银助他，建成了六羊桥。

[3] 小放：小休。

带妹避难七（关）躲风浪。
洞天宝剑我抓在手，
姑娘妹！
利剑能镇妖魔邪。
九曲山弯弯，
湾过湾站过站，
妹！
夜宿湾船难过站头。
龟头岭画眉坑出名贼斗地，
家姐！
上落时候要姐装防。
梁红玉击鼓战金兵我们摇船去，
姐！
遇见伏兵立即开船。

新娘：　蔡中兴买石铺路街好走，
兄嫂！
我们一齐夜荡花园。

女伴：　萬（万）字除头单人衬，
细妹！
结成佳偶两国相和。
曹国舅手拿扫枝化斋去游耍，
妹！
就像何仙姑手启莲花好悠闲。
大字里头加一点，
姑娘妹！
太平世界夜行舟船。
路径太多站过站，
家姐！
看准埠头抛船停行。
木字旁边易字衬，
家姐！
杨（扬）船出海好耍风流。

新娘：　曲曲弯弯不知带姑何处去？
兄嫂！
有心无力去耍河南？

女伴：　两土移近木字衬；
细妹！
桂枝摇摇去歇阴凉。
有山东响马我还见路程远，
姑娘妹！
看完六国封相五马巡城[1]。
跑马山东路程远，
姑娘妹！
幸得赵雨云手拿宝剑救姑回朝。
大字上头加一画，
姑娘妹！
天公静风息浪我们好夜行舟船。

新娘：　船到梧州靠正埠，
兄嫂！
停船拉笛各自回家庭。

女伴：　船到梧州靠正埠，
细妹！
平安到埠把神还。
船到梧州靠正埠，
姑娘妹！
我和姑嫂携手去饮夜茶。
船到梧州望见大东酒家灯色旺，
家姐！
人来客往楼上有清茶。
手执算盘去踢子，
家姐！
计完数尾还赚二利。

新娘：　二位来亲嫂呀！

[1]　五马巡城：五人骑马游城。

手擎宫灯铜镜团圆敬，
嫂！
红烛六盏衬住清油。
“五世其昌”气势大，
嫂！
你仗势要姑过郎船。
撑伞要撑“两广”圆边三托伞，
嫂！
接姑过船要你龙伞遮头，
杉板搭桥我不过，
嫂！
又要园冬草木屐砌路行。

流传地区：邕江一带

演唱者：李桂英、杨秀芳、韦秀英、林晚妹、罗莲舅、黄三妹（以上都是船民）

搜集整理者：何广锋，男，汉族，邕宁县海员新村人，船民，初中学历

来源：选自中国民间文学三套集成南宁市领导小组编《南宁市歌谣》（内部资料），1987 年

新娘媒婆对唱（汉族）

（水上民歌）

新娘唱：媒婆大话真大话，
声声媒仔有大钱，
今朝撑来我亲眼见，
才知是只打渔船。

媒婆唱：大船有，大船有，
大船弯在大埠头。
滩干水旱没来得，
开只小舟来接娘。

流传地区：邕江一带

演唱者：林燕芬，女，船民

搜集整理者：陈再明

来源：选自中国民间文学三套集成南宁市领导小组编《南宁市歌谣》（内部资料），1987 年

谢媒人（汉族）

（水上民歌）

媒婆好眼缘，
青纱罗斗好均匀，
家公睇见偷欢喜，
家婆睇见笑吟吟，
丈夫偷睇深深谢媒人。

流传地区：邕江一带

演唱者：林燕芬，女，船民

搜集整理者：陈再明

来源：选自中国民间文学三套集成南宁市领导小组编《南宁市歌谣》（内部资料），1987 年

饮水不忘挖井人（汉族）

（水上民歌）

饮水不忘挖井人，
过桥不忘搭桥人，
起屋成间谢木匠，
成双结对谢媒人。

流传地区：邕江一带

演唱者：淡进声，男，船民

搜集整理者：陈再明

来源：选自中国民间文学三套集成南宁市领导小组编《南宁市歌谣》(内部资料)，1987 年

口含八角满街香（汉族）

（水上民歌）

小时同姐一双双，
买布裁衫一样长，
走出街前人借问，
口含八角满街香。

流传地区：邕江一带
演唱者：梁瑞英，女
搜集整理者：陈再明
来源：选自中国民间文学三套集成南宁市领导小组编《南宁市歌谣》(内部资料)，1987 年

摇去大海娶新娘（汉族）

（水上民歌）

低头烧口黄烟炮[1]，
惊动四河人起身，
惊动四河人起早，
远屋秀才来娶亲，
得嫂过船擦船板，
摇去大海娶新娘。

流传地区：邕江一带
演唱者：谢惠芳，女，船民
搜集整理者：陈再明

[1] 黄烟炮：鞭炮。

来源：选自中国民间文学三套集成南宁市领导小组编《南宁市歌谣》(内部资料)，1987 年

笑新郎（汉族）

（水上民歌）

远望新郎身穿青，
四条罗带染黄恙[2]，
不怕你哥官职大，
十分官大要求娘。

流传地区：邕江一带
演唱者：梁瑞英，女，船民
搜集整理者：陈再明
来源：选自中国民间文学三套集成南宁市领导小组编《南宁市歌谣》(内部资料)，1987 年

罗帕靓（汉族）

（水上民歌）

罗帕靓，
挑开罗帕见夫妻，
前天见夫多闪避，
今日见夫同拜又同行，
上床要叫郎拉手，
下床要叫郎手扶。

流传地区：邕江一带
演唱者：黄三妹，女，船民
搜集整理者：陈再明

[2] 黄恙：新郎身上披挂的黄带子。

来源：选自中国民间文学三套集成南宁市领导小组编《南宁市歌谣》（内部资料），1987 年

新郎手短（汉族）

（水上民歌）

新郎手短真手短，
新郎手短似南钩，
遇上今年西水大，
来得钩住水捞柴[1]。

流传地区：邕江一带

演唱者：谢惠芳，女，船民

搜集整理者：陈再明

来源：选自中国民间文学三套集成南宁市领导小组编《南宁市歌谣》（内部资料），1987 年

你是什么船（汉族）

（水上民歌）

天早篓[2]，晚早篓，
你是什么船靠埠头？
你是什么船打起双锣鼓？
你是什么船挂上象牙牌？
天早篓，晚早篓，
我是郎船靠埠头，
我是郎船打起双锣鼓，
我是郎船挂块象牙牌。

[1] 水捞柴：漂在水里的柴枝。这首歌意为看不起新郎送来的彩礼，嫌少。

[2] 天早篓：很早的意思。

流传地区：邕江一带

演唱者：黎俊英，女，船民

搜集整理者：陈再明

来源：选自中国民间文学三套集成南宁市领导小组编《南宁市歌谣》（内部资料），1987 年

点烛（汉族）

（水上民歌）

手抓纸球七寸三，
上烛二人手段生。
上烛二人生手段，
旦帆四眼[3]请走开。
等他二人上了烛，
完婚之后请过来。
抬头蜡烛点交加，
点起四红龙眼花。
点起四红龙眼子，
龙眼团圆哥落家。
抬头蜡烛点青青，
点起家旺晚自庆。
好像南蛇游过海，
口里含住百万银。
神船有个进财神，
日间进财夜进宝，
心中大船敢冲深。
晚间有个唱歌人。

流传地区：邕江一带

演唱者：彭玉馨，女，船民

搜集整理者：陈再明

来源：选自中国民间文学三套集成南宁市

[3] 旦帆：只要的意思 。四眼：怀孕妇女。

领导小组编《南宁市歌谣》(内部资料),

1987 年

两爱相伴到白头(汉族)

(水上民歌)

抬头蜡烛点交加,
点起四红龙眼花。
点起四红龙眼子,
龙眼团圆哥置家。
手抓纸球七寸三,
上烛渔人手段生。
上烛渔人生手段,
四边老大爱阻拦。
手拈纸球球对球,
鸳鸯跌落顺风楼。
良缘配合寻佳偶,
两爱相伴到白头。

流传地区:邕江一带

演唱者:彭桂芳,女,船民

搜集整理者:陈再明

来源:选自中国民间文学三套集成南宁市领导小组编《南宁市歌谣》(内部资料),1987 年

骂媒娘(汉族)

(水上民歌)

媒娘呀!
孔雀飞来报吉事,
媒娘!
念妃摆计害死忠臣。
媒娘呀!
田心种泥鳅不怕沙入眼,
媒娘!
做牛不怕犁伤田。

媒娘呀!
砧板破鱼男边大,
媒娘!
男家讲话句句是家财。
媒娘呀!
拉马又叫媒娘去找回魂草,
媒娘!
及时去救我亲儿。

媒娘呀!
媒婆心中顶着墙头草,
媒娘!
北风吹来倒南面呀。
媒娘呀!
红旗白边无道理,
媒娘!
先骗人口又劫家财。

媒娘呀!
青蛇精,白蛇精水浸媒娘庙门口,
媒娘!
摇艇过海去救青莲。
媒娘呀!
拐骗人口你罪状重,
媒娘!
开堂对审你假装不知情。

流传地区:邕江一带

演唱者:梁亚喜,女,船民

搜集整理者:陈再明

来源:选自中国民间文学三套集成南宁市

领导小组编《南宁市歌谣》(内部资料),

1987 年

对唱(汉族)

(水上民歌)

来呀，嫂!
莫在你爹船尾坐，
你爹船尾多虫蚁，
我哥船尾过明油。
未在紧，未在先[1]，
姐在深房未起身，
姐在深房未洗面，
那家娶妻这样狂[2]。

流传地区：邕江一带

演唱者：黄三妹、罗莲舅、韦秀英(以上都是船民)

搜集整理者：陈再明

来源：选自中国民间文学三套集成南宁市领导小组编《南宁市歌谣》(内部资料),1987 年

出嫁歌(壮族)

(开声)
爹呀娘[3]——
闲朝[4]鸡啼女冇识，
今朝鸡啼女开声，
公鸡开声三拍翼，
爹呀娘——
公鸡开声惊动女。
女儿开声惊动娘，
惊动我娘不要紧，
惊动邻舍睡不眠，
不睡得着正为女。

爹呀娘——
请娘床中高枕听，
等女条条数报娘，
数报我娘心痛否?
数报我娘心慈么?

爹呀娘——
心慈心痛冇卖女，
留女家中服侍娘，
服侍我娘要碗水，
服侍山婆[5]要碗茶。
碗水打泼不要紧，
打泼碗茶难要还。

爹呀娘——
服侍我娘六十日，
服侍山婆六十年，
六十日子容易过，
六十年间实在长。

(天亮对唱)
爹呀娘——
朝看东边日头上，
夜看西边日落云，
爹呀娘——
爹起深屋睡深屋，
朝朝睡到日头红。

[1] 未在紧，未在先：不要那么紧张，不要急忙，慢慢来的意思。

[2] 狂：意为急迫。

[3] 爹呀娘：一段词前面的哭叫声。

[4] 闲朝：平常日子的早上。

[5] 山婆：家婆，即丈夫的母亲。

爹呀娘——
日头不上你不起，
日头上来你起身。
爹呀娘——
明朝卖给山婆了，
卖给山婆听鸡啼。

爹呀娘——
第一鸡啼女惊醒，
第二鸡啼女起身，
第三鸡啼女扫屋，
第四鸡啼女扫厅。
爹呀娘——
扫屋不给扫把响，
不给灰尘飞屋梁。
我娘教女教针线，
山婆教女教拔秧。

爹呀娘——
教女针线女明白，
教女拔秧女难明。
山婆熟插低头插，
你女不识双泪流。
爹呀娘——
我娘打女灯草棍，
山婆打女担杆[1]横。
一棍打来蓝靛沤[2]，
二棍打来苏木红，
三棍打来女跌地，
四棍打来肉飞天。

（天黑对唱）
爹呀娘——
日头落窟星子出，
十个天星不比月，
十个家婆不比娘，
人娘不比我亲娘。
爹呀娘——
哪个螺丝不弯曲，
哪个家婆不歪心。
胡椒不比辣椒辣，
陈皮不比桂皮香。

爹呀娘——
十个油团不比饭，
十个家婆不比娘。
黄牛不比水牛角，
黄牛不比水牛强。
爹呀娘——
行过塘中芹菜嫩，
世间不见家婆欢。
得见塘中芹菜好，
世间不见家婆好。

（死了娘，出嫁时哭叹）
舅呀舅——
请舅烧香等娘归，
请舅挪椅等娘坐，
等姐落膝还娘恩。
登仙呀娘——
日头落窟重上还，
我娘落阴不回头。
丢匹乱麻给爹解，
给爹留下几多愁。

人娘卖女吃鱼肉，
我娘卖女闻烧香。
娘在台前得见女，
女看地府不见娘。

［1］ 担杆：扁担。
［2］ 蓝靛沤：像蓝靛沤过的乌青色。

母鸡生蛋母鸡抱，
哪人当女咁[1]凄凉，
有娘生来无娘带。

人娘渡船渡到岸，
我娘撑船半中间。
人娘养女养得大，
我娘养女留孤寒。
登仙呀娘——
一拜二拜拜张纸，
三拜四拜拜空台。
两旁台边人站满，
为何不见我娘亲。

（骂媒婆）
媒呀人——
花婆托归你托去，
花婆托归得张纸，
你既去托得条红，
得来条红挂弟颈。

媒呀人——
托得枝花插你头，
你识做媒通给弟，
不识做媒通给人。
通给我弟高椅坐，
通去给人坐茅墩，
得坐茅墩还算好，
最怕催你坐屎坑。

媒呀人——
上村去借得件衫，
借得件衫没有领，
修得条裤没有头。

[1] 咁：极其。

借得双鞋不合脚，
拖的拖嗒上爷门。

媒呀人——
来到塘边照水映，
照来照去马骝[2]形，
来到园边先找筷，
来到竹根找竹筒。
找得双筷三尺六，
上台叉过下台来。
三块四块不合口，
半斤四两合喉咙。
吞落喉咙髻子歪，
髻子歪歪不打紧，
只怕喉咙发炸腮[3]。

媒呀人——
人的烂箩好装灰，
你只烂人为做媒。
烂箩装灰跌随路[4]，
烂人做媒钻随村[5]。

（唱家堂）
开头
大吉利市点双灯，
灯花麒子笑吟吟，
灯花麒子吟吟笑，
五男二女在花根。
好对烛，
好对双龙把头上，
谁人饮着双龙酒，
两老齐眉到白头。

[2] 马骝：猴子。
[3] 发炸腮：腮腺肿大。
[4] 跌随路：撒了一路。
[5] 钻随村：各个村都去。

手染指甲红出树，
指甲花开九里明。
头上鹦哥啼一二，
就提四句众人听。
安席坐，坐席齐，
四边都是白藤围。
四边都是藤围椅，
姐叫三声人坐齐。

（联唱）
请姐出，
请姐出来拜祖先，
拜了祖先正位坐，
两个伴娘伴两边。
左边伴娘伴得好，
右边伴娘伴得娇，
伴得手指节对节，
伴得眼眉条对条。

抬头点烛好华荣，
树树结成龙眼花，
树树结成龙眼子，
到处新官坐正衙。
一对花烛花连连，
花烛头上有大船，
花烛上头有新屋，
姐去人家寿千年。

坐落歌堂闹融融，
两边门扇打雕通。
两旁排着红粉女，
中间有对嫩芙蓉。
一盆桔子好清香，
栽花结果贺新娘，
莲花并蒂随根起，
百年永世五其昌。

今日正是好日子，
我姐移花植着对，
今夜移花明朝种，
明年就有白花儿。
一个西瓜破四边，
皮青肉嫩似桃花，
眼似天星眉似月，
口似石榴花样鲜。

家堂好唱口难开，
扁桃好吃树难栽，
想吃扁桃上树要，
望风打落几时来。
点火去烧扁菜[1]地，
今夜离开大小姨，
姐是乌鸦妹是雀，
怎好同群做队飞。

石上洗衫随水白，
四月荔枝随水红，
公鸭头青尾倒勾，
公鸡头上牡丹球。
爷疼女，
高台明镜女梳头，
一两胭脂二两粉，
铜皮光镜女行油。

姐命好，
嫁个姐夫真细心，
姐夫亮灯姐搽髻，
问姐搽粉是搽油。
搽油就去街上买，
搽粉就去广东州，
人说广东路途远，

[1] 扁菜：韭菜。

打对薄船随水游。
独龙女，女独龙，
出门骑马又骑龙，
骑马骑龙人跟后，
二人跟后接英雄。

独龙女，女独龙，
从小雕花不做工，
后园有蔸松柏木，
早招细雨夜招风。
娇娇女，射射香，
千埕[1]酒米万猪羊，
叫吃只羊三扭角，
叫吃猪牙七寸长。
要你文官来付礼，
要你武官来接娘。

五更时分听鸡啼，
想着学堂心里迷，
白饭正从书中出，
笔头点中状元来。
紫背菜，
紫背是爹亲手栽，
紫背是爹亲手种，
爹不留女看花开。

月亮真，
月亮庭前共姐玩，
月亮庭前共姐耍，
我姐跌条花手巾。
失落手巾不要紧，
失落钗头两六银。
谁人得见给还姐，
四两槟榔谢谢恩。

诗家新景在新春，
绿柳残黄半不匀，
若在上林花似锦，
出门别主看花人。
一间大屋石灰批，
里头有对金鸡啼。
金鸡打破莲花碗，
莲花挑散妹过西。

姐去人家成双对，
成双结对好鸳鸯。
上房点灯下房照，
照着新人好嫁妆。
金打钩环银打垂，
鸳鸯藤枕配牙床。

请姐起，
请姐起来着罗衣，
穿了罗衣床前站，
手拿罗扇泪裙飞。
今夜唱歌我来迟，
屋里工夫不了时，
爹娘问妹这样紧，
装身跳过九层篱。

贺新喜，
贺喜床新席又新，
贺喜床头多个枕，
明年必有读书君，
读书三年逢两考，
秀才落屋乱纷纷。
一张竹叶摆归西，
我爹朝去夜才归，
不比闲时女在屋，
烧茶热水等爹归。

[1] 埕：坛。

同姐揖麻同碗水，
麻皮相交手拨开，
今年人传姐去嫁，
麻篮水碗起青苔。
姐难舍，姐难离，
后园甘蔗叶相遮。
后园甘蔗相遮叶，
叶叶相遮难舍离。

从小同姐玩泥人，
阴凉树底好梳头。
好姐不得同村住，
好鱼不得共塘游。
手上戒指新又新，
后园芥菜起双心，
后园芥菜双心起，
姐留黄叶妹留心。
姐留黄叶遮根底，
妹留心事等同群。
簸箕簸米转归米，
是我姐妹转归心。

白纸扇，金圆边，
生前买把送同年，
同年长衫套马褂，
细丝银柳在胸前。
好比白扇虫丝咬，
好比牡丹虫咬边。
好个哥哥不好嫂，
干塘种藕独莌莲。
高山岭顶有莌葵，
风吹葵叶鹧鸪啼，
鹧鸪渐啼鹰渐叫，
正好同群姐去归。

娥眉月上两头勾，
有对鸳鸯在里头。
鸳鸯便含金桔子，
燕子便含金石榴。
石榴嘴上鹦哥脚，
男家吃酒女家愁。
想姐多，
上隔青山下隔河，
日望天公落大雨，
吹沙塞断这条河。

庭前晒谷半边阴，
爷奶做人两样心，
大姐耳环真金打，
二姐耳环铜打心，
三姐耳环金水泼，
四姐耳环金对金。
庭前落雨响丝拉，
洗净金盆栽菊花，
菊花跌落金盆里，
姐的贵人在贵家。

姐莫哭，
哭多泪淋湿衣裳。
留住衣裳拜父母，
三朝两日拜人乡。
行过柳园柳花香，
听见哥嫂共商量，
哥讲买牛陪嫁妹，
嫂讲买羊陪姑娘。
四张椅子排门坐，
今夜离开姐这张。

跨脚落门不见姐，
得见栏杆姐衣裳。
盖被齐头不见姐，
得见枕头花样香。

一蔸龙眼俊婆娑，
花多叶少拥唑唑[1]，
今夜有缘来相会，
如同蝴蝶伴鹦哥。

开门日日见青山，
只是青山不改颜，
我问青山何日老，
青山问我几时闲。
一对花烛两头龙，
点放堂中敬祖宗，
姐妹双双龙配凤，
姑娘对对贺成龙。

姐去嫁，
丢掉后园指甲花，
日出无人担水洒，
雨落无人去拾花。
庭前落雨细密微，
竹叶未曾离竹枝，
咐大未曾离父母，
就离父母泪淋衣。
姐难舍，姐难离，
后园青石好题诗，
口讲离姐三五日，
心里不离姐一时。

小路边，
小路旁边种木棉，
木棉开花十六朵，
姐妹相逢十六年。
看到人人都去圩，
半买犁耙半买书，
田地可耕书可读，
半为农者半为书。
一斗芝麻撒满天，
姐有家诗两三千，
南京唱到北京去，
返来再唱两三年。

一堂贵客转纷纷，
半是同宗半表亲，
今夜有缘来相会，
齐齐道喜贺新人。
坐落歌堂闹锵锵，
问你歌堂成不成，
若是不成讲报姐，
等姐去归趁月明。
天上红云配白云，
水府鲤鱼金绣鳞，
茶叶开花金黄色，
菠萝果上绣麒麟。

（十送）
一送姐，出门楼，
手拿牙梳梳姐头，
手拿牙梳梳姐髻，
问姐何日转回头。
二送姐，出屋厅，
步步出来接姐声，
步步出来接姐影，
问姐何日转回厅。

三送姐，到后街，
后街有水湿姐鞋，
姐的红鞋新丝做，
穿出龙门一样派[2]。
四送姐，到塘畦，

[1] 拥唑唑：很拥挤，唑是衬词。

[2] 派：派头。

送到塘畦摘荔枝，
连皮带核吞落肚，
问姐何日转回时。

五送姐，到庙边，
买把沉香入庙烧，
姐姐烧香妹妹拜，
等姐行路不飘摇。
六送姐，到竹林，
风吹竹林竹弹琴，
正好弹琴丝线断，
不比那时姐细心。

七送姐，到桥头，
左手槟榔右手柳，
姐得成双妹一个，
酸甜苦辣在心头。
八送姐，到大墩，
送到大墩人考文，
送到大墩人考武，
文文武武高过人。

九送姐，到九州，
送到九州双泪流，
送到九州双泪落，
问姐何日转回头。
十送姐，去匆匆，
锁匙挂在柜头中，
白手写字难记住，
脚踏房中想姐空。

（十望）

正月望姐姐不归，
田中有对马圆蹄，
这大圆蹄都吃了，
因为我姐实莫归。

二月望姐姐不归，
人放鹦哥一样齐，
人放鹦哥随线上，
为何我姐实莫归。

三月望姐姐不归，
三月清明等姐归，
三月清明又过了，
因何我姐实莫归。
四月望姐姐不归，
燕子含泥归做圩，
燕子含泥来结对，
因何我姐实莫归。

五月望姐姐不归，
黄茅包粽等姐归，
手拿禾镰去割谷，
连生带熟都提归。
六月望姐姐不归，
六月田头等姐归，
六月田神都拜了，
为何我姐都不归。

七月望姐姐不归，
手拎白米养肥鸡，
养大肥鸡都吃了，
因何我姐都不归。
八月望姐姐不归，
八月中秋等姐归，
中秋月饼都吃了，
因何我姐都不归。

九月望姐姐不归，
九月重阳等姐归，
九月重阳都吃了，
因何我姐都不归。

十月望姐姐不归，
十个姐妹都归齐，
十个姐妹都归了，
因何我姐都不归。

（十来）

大姐来，
盘龙高髻插金钗，
身上衣裳鹅儿线，
脚踏横州绸缎鞋。
二姐来，
高点明灯等姐来，
高点明灯等姐吃，
双手提壶慢慢猜。

三姐来，
三埕礼酒决定开，
三埕礼酒决定饮，
金钱提壶慢慢猜。
四姐来，
四姐再用四人抬，
来到门前落轿椅，
使奴使婢托茶来。

五姐来，
黄茅包粽等姐来，
黄茅包粽等姐吃，
想着糖甜又再来。
六姐来，
来到田边菊花开，
头戴菊花来饮酒，
菊花跌落酒盅来。

七姐来，
七只线鸡一样排，
七只线鸡共条线，
放出笼门一样乖。
八姐来，
八领白衫是姐裁，
八领白衫是姐剪，
到处人传手艺乖。

九姐来，
九月秋风花不开，
九月秋风花不结，
低头落地吃羊斋。
十姐来，
十个姐妹共张台，
十个姐妹共张椅，
手提线盒绣花鞋；
绣得花鞋共十对，
对对手艺一样乖。

（对唱）

唱：姐有歌，
姐有三千九万箩，
打开一箩共你唱，
唱到明年谷扬花。

对：姐有歌，
姐有三千九万箩，
人家要箩来装谷，
不见要箩来装歌。

唱：大姐去嫁二姐忧，
台头碗碟无人收，
大姐返归收一只，
眼泪双双落灶头。

对：大姐去嫁妹不忧，
台头碗碟有人收，
台头碗碟人收了，

等姐有闲过屋游。

唱：　过村鸡，
过到人村不敢啼，
飞高又怕枪来打，
飞低又怕网来围。

对：　过村鸡，
过到人村定要啼，
飞高不怕枪来打，
飞低不怕网来围。

唱：　大姐有，
姐有金床银枕头，
金镬煮菜银碗筷，
银篮洗菜挂金钩。

对：　姐大话，
家有钢镬泥灶头，
钢镬煮菜竹做筷，
竹篮洗菜挂柴钩。

唱：　茉莉香，
茉莉香香飞过墙，
有女莫配读书子，
白衣难洗又难浆。

对：　茉莉香，
茉莉香香飘过墙，
有女定配读书子，
出门人讲秀才娘。

流传地区：邕宁县吴圩镇、苏圩乡

演唱者：罗孙方，男，壮族；罗绍秀，女，壮族

搜集整理者：卢艺，男，壮族，邕宁区文化局干部，高中文化

来源：选自邕宁民间文学三套集成编委会编《中国民间文学三套集成邕宁县民间歌谣集》（内部资料），1987 年

哭嫁歌（壮族）

爹呀爹，
朝朝起床锣嘭[1]响，
今朝锣嘭过人乡。
娘呀娘，
今夜点灯照见你，
明夜点灯照空房。
弟呀弟，
你捧杯茶俾[2]我饮，
这杯就是分离茶。
妹呀妹，
我个大了又去嫁，
担水担干[3]交俾你。

流传地区：横县校椅镇

演唱者：廖凤坚，女，壮族，横县校椅镇粕僧村人，农民，初小文化

搜集整理者：韦昌竞，男，壮族，横县校椅镇青桐村人，校椅镇文化站干部，初中文化

来源：选自横县民间文学三套集成编委会编《横县歌谣集上册》（内部资料），1987 年 1 月

［1］　锣嘭：铜锣。
［2］　俾：给。
［3］　担干：扁担。

出嫁歌（壮族）

下第一台阶，
穿戴金与银；
妆扮去嫁人，
娘心里无奈。
下梯第二级，
娘气急悠悠；
红布盖上头，
娘抽泣泪流。

下到第三级，
嫂子叫梳头；
穿花衣红绸，
去侍候人家。
下到第四级，
娘气息奄奄；
送女到塘边，
差点见阎王。

下到第五级，
整装都停妥；
嫂子扶送我，
娘脖子将断。
下到第六级，
伞帽挂轿头；
东西样样有，
比鹰收还齐。

下到第七级，
你起来烧香；
越看越凄凉，
越想越伤心。
下到第八级，
家中客还吵；
我嘱哥与嫂，
帮看好爹娘。

下到第九级，
女人真无奈；
如果是男孩，
可代父耕田。
下到第十级，
父奋笔疾书；
契文桌上铺，
逐女为人娘。

流传地区：马山县

演唱者：韦茂英，女，1969 年 2 月出生

搜集整理者：梁肇佐、陈钰文

搜集时间及地点：2012 年 2 月搜集于马山县

出嫁难眠歌（壮族）

鸡啼第一声，
娘起拎马桶；
看天又看钟，
纵我快出嫁。
鸡啼第二声，
全村应嘈嘈；
娘叫起洗脚，
我抱头痛哭。

鸡啼第三声，
村人来热闹；
大小都来到，
瞧我去新家。
鸡啼第四遭，
叫人急潺潺；
娘催我打扮，

我哭惨凄凄。

鸡啼第五场，
我忙上忙下；
娘米头上撒，
我泪洒倾盆。
鸡啼第六遍，
我卷被叠衣；
鞋袜将收齐，
娘要死去先。

鸡啼第七次，
步移到桥头；
村人尽忧愁，
我被篼去了。
鸡啼声第八，
妈心疼肝坏；
我若成男孩，
代父亲耕田。

鸡啼声第九，
接亲门口挤；
捡嫁妆习习，
娘要刈脖颈。
鸡啼第十遍，
扁担丢给娘；
你白将我养，
让人享劳力。

流传地区：马山县

演唱者：韦秀娥，女，1962 年 11 月出生

搜集整理者：梁肇佐、陈钰文

搜集时间及地点：2012 年 2 月搜集于马山县

安床歌（壮族）

吉日安床，
天地开张；
百年偕老，
瓜瓞绵长。

流传地区：隆安县

演唱者：黄才荣，男，壮族，1952 年 2 月出生，布泉乡龙礼村多助屯人，农民，小学文化

搜集整理者：梁肇佐、陈钰文

搜集时间及地点：2012 年 4 月搜集于隆安县布泉乡

撑伞歌（壮族）

撑起纸伞给新娘，
挡风散雨遮太阳；
人生路上金光闪，
鸳鸯结对永同行。

流传地区：隆安县

演唱者：黄才荣，男，壮族，1952 年 2 月出生，布泉乡龙礼村多助屯人，农民，小学文化

搜集整理者：梁肇佐、陈钰文

搜集时间及地点：2012 年 4 月搜集于隆安县布泉乡

哭嫁歌（壮族）

撒出一把米，
娘家当外人；

父母能生我，
我难孝双亲。
出门入花轿，
当作抬去埋；
不见父母面，
苦泣痛心怀。
下梯第一级，
泪流车灰湿；
湿了滴如雨，
父母我别离。

流传地区：隆安县

演唱者：黄权干，男，壮族，1950 年 2 月出生，布泉乡龙礼村多助屯人，农民，小学文化

搜集整理者：梁肇佐、陈钰文

搜集时间及地点：2012 年 4 月搜集于隆安县布泉乡

家祖歌[1]（壮族）

一保[2]二保曾孙玄孙结婚齐眉好，
三保四保明年当爸当妈有子孙抱，
五保六保代代儿孙登科又入考，
七保八保持犁落地任牛跑，
有粮养猫叫咪咪，
九保十保添财又添宝。

忽闻锣鼓闹锵锵，
老祖姓 ×[3]回到家，
归到厅堂坐椅正，
子孙斟酒又斟茶。
子孙今日有酒饮，
台台凳凳摆满家，
杀鸡杀鸭还不算，
又劏只猪叫喳喳，
肉裹肉筐[4]都吃了，
丢掉骨头喂图骂[5]。

我家子孙真伶俐，
男人读书女绣花，
儿好田塘祖宗置，
四时有水流哗哗。
良田种谷禾苗好，
肥塘养鱼鱼儿大，
上块畲地种玉米，
下块畲地种金瓜。
教化子孙要和睦，
有为芝麻吵坏家，
教导子孙买鱼肉，
归家夫妻讲细话。
告诉子孙听老话，
有去龙头做生意[6]，
龙头人精鱼吃虾。

讲你子孙勤出工，
晚上收工莫乱窜，
坐着牛车同回家。
讲教子孙冇嫖赌，
饮吹嫖赌四败家。
讲多不如讲少好，
勤烧纸钱念祖德。

[1] 家祖歌是壮民在婚嫁时请师公到家里来，扮作祖宗先人，由鼓乐伴奏，边唱边跳对子孙后代进行家训的歌。

[2] 保：保佑。

[3] ×：不定指，谁家结婚就唱谁。

[4] 肉裹肉筐：大块肉成筐。

[5] 图骂：指狗。

[6] 龙头：上思县的一个圩镇。

流传地区：邕宁县吴圩镇、苏圩乡

演唱者：奚济桐，男，壮族，退休教师，高小文化

搜集整理者：卢艺，男，壮族，邕宁区文化局干部，高中文化；李启栖，男，壮族，邕宁区民间文学三套集成收集组组员，初中文化

来源：选自邕宁民间文学三套集成编委会编《中国民间文学三套集成邕宁县民间歌谣集》（内部资料），1987 年

结婚歌（壮族）

坐在厅堂歌恭喜，
恭喜阿公阿婆伝；
今日孙儿成双对，
吉日迎亲进嘉宾。
再恭喜，
恭喜叔婶幸福人；
今日家门好福禄，
新妇入门新又新。

真是叔婶多本领，
又杀大猪待六亲；
百客亲朋来奉贺，
饮杯美酒笑纷纷。
吉日结成双蝴蝶，
鸳鸯成对真精神；
今日伴姨来到启[1]，
齐唱歌词贺新婚。

吉日结成双蝴蝶，
鸳鸯成对真精神；
彭祖抱孙秧莪术[2]，
老幼喜欢笑吟吟。
鸳鸯结对千秋合，
鸾凤和鸣新对新；
白发齐眉真戥对，
和谐到老百年亲。

牛郎织女银河隔，
今日会见觉精神；
老话传来卯错得[3]，
金鸡配合凤凰身。
现在文明新世界，
对象自找人合人；
走落田中撒谷种，
个下[4]来年好种春。

家庭事务安排好，
入屋商量工作勤；
夫妻双方感情好，
工作不用人等人。
年去年返生贵子，
接续香火有后人；
日后读书有进步，
考得朝廷当官人。
葬着太公龙口地，
又出大人吃饷银；
老老少少都快乐，
父母贴贵[5]太平因。

流传地区：横县

演唱者：韦昌顺，男，壮族，横县云表镇新庆村人，初小文化

[1] 伴姨：伴送新娘的女友。启：这里，此处。

[2] 彭祖：人名，传说中的长寿者。秧：种。莪术：药用植物。

[3] 卯错得：不会错。

[4] 个下：这下，以后。

[5] 贴贵：沾光。

搜集整理者：黄家香，男，壮族，横县云表镇文化站干部，高中文化；蒙仁伟，男，壮族，横县镇龙乡文化站干部，高中文化

来源：选自横县民间文学三套集成编委会编《横县歌谣集上册》（内部资料），1987年1月

劝酒歌[1]（壮族）

未曾安台先摆杯，
未曾落雨先动雷；
塘头鲮鱼贺新水，
共妹饮酒贺头杯。
头一杯，
妹是初来头一回；
妹是初来头一次，
弟共情妹串两杯。

总卯[2]多饮饮一杯，
到妹千祈妹莫推；
若是个杯[3]妹卯饮，
再次到来弟卯陪。
声声都叫弟放落，
拎个杯[4]来难收回；
酒到面前放心饮，
卯怕有药放入杯。

劝妹饮，
转到面前妹莫推；
妹推就是嫌弟意，
就是嫌意弟未陪。
快些接落莫嫌弃，
不要嫌弃弟个杯；
弟杯原是心意酒，
卯好心意卯来陪。

饮了一杯到二杯，
好事成双是个回；
饮了个杯讲你听，
千祈莫信外人杯[5]。
饮了二杯到三杯，
欢欢喜喜是个杯；
饮了这杯讲你听，
喊妹回家做个媒。

饮了三杯到四杯，
四季长匀是个杯；
个杯正是长匀酒，
个月来寻三五回。
饮了四杯到五杯，
五福临门是个杯；
饮了个杯弟卯饮，
嘱报伝朋[6]饮多杯。

流传地区：横县

演唱者：黄超进，男，横县校椅镇草衣村人，农民，初中文化

搜集整理者：韦艺文，男，横县校椅镇草衣村人，县文化局干部，初中文化

搜集时间及地点：1986年9月2日搜集于横县校椅镇草衣村

来源：选自横县民间文学三套集成编委会编《横县歌谣集上册》（内部资料），1987年1月

[1] 结婚劝酒歌一般不唱“回”字韵，但此歌是新娘到新郎家后的第二天，男家的男青年与伴娘对唱的歌，故不限此例。

[2] 卯：不。

[3] 个杯：这杯，个是“这”的意思。

[4] 拎个杯：举杯。

[5] 杯：唆怂。意为不要听信别人的闲话。

[6] 嘱报伝朋：请大家。

闹新房（壮族）

新娘捧茶到面前，
闻到茶味香又甜；
茶叶卯是自己种，
问你买着几多钱。

捧茶来给表公饮，
祝你饮后寿高年；
茶叶桂平西山产，
朋友送给卯要钱。

岩岩[1]捧茶又捧烟，
双手捧来到面先；
香烟两头都同样，
打哪点火烧得燃？

捧了茶后再捧烟，
旧传礼教理当然；
香烟切平分头尾，
分清头尾点得燃。

香烟糖瓜[2]放盒中，
双手捧采给舅公；
糖瓜是哪处出产？
香烟是哪厂加工？

香烟糖瓜放盒中，
手粗礼薄捧给公；
糖瓜南宁厂出产，
香烟武鸣厂加工。

流传地区：横县

演唱者、搜集整理者：陆权，男，汉族，横县六景镇文化站干部，初中文化

搜集时间及地点：1986 年 9 月 15 日搜集于横县六景镇

来源：选自横县民间文学三套集成编委会编《横县歌谣集上册》（内部资料），1987 年 1 月

十忧娘[3]（壮族）

一忧嫁去路头远，
三日寻亲卯见娘；
妹妹装马送妹去，
马儿背脊背衣裳。
一劝去当人世界，
路头离远莫凄凉；
男大当婚女当嫁，
天晴日暖慢寻娘。

二忧嫁去贫穷子，
千斤重担难亏娘；
日便来来往往去，
夜间卯米卯思量。
二劝去当人世界，
贫穷苦切慢思量；
有日天开郎富贵，
到处乡村人传扬。

三忧嫁去卯田种，
一年同种一封[4]秧；
还了租来还了债，

[1] 岩岩：刚刚。
[2] 糖瓜：糖果。

[3] 此歌流传于横县各地，是新娘出嫁后第二天在新郎家所唱，由伴娘代表新娘唱。
[4] 一封：一扎。

哪样有米来养娘？
三劝去当人世界，
你莫多忧养爹娘；
只鸡还有只鸡米，
个人还有个人粮。

四忧嫁落婄娜[1]恶，
碓边捣米碓边量；
鸡儿执吃[2]碓边米，
量米卯够尽骂娘。
四劝去当人世界，
婄娜爱你当亲娘；
量米卯怪婄娜数，
钱文经数米经量。

五忧嫁去大嫂恶，
过屋执麻[3]尽讲娘；
已有外人讲我听，
如同刀割我心肠。
五劝去当人世界，
婶母和睦日子长；
有半爱灯半爱火，
莫信旁人说短长。

六忧嫁去小妹丑，
担水埠头亦讲娘；
担水埠头亦讲妹，
吃饭台上卯喊娘。
六劝去当人世界，
姐妹如同江水长；
做女在家凭娘恶，
有日分离过别乡。

七忧嫁去公爹[4]恶，
饮酒圩中亦讲娘；
饮酒圩中尽讲妹，
如同猪儿共狗羊。
七劝去当人世界，
莫计外人说话章[5]；
老人讲多莫见怪，
万望后代福禄强。

八忧嫁落人儿丑，
执笔写书就卖娘；
叔公得闻如此话，
拍起台盘骂一场。
八劝去当人世界，
夫妻和合慢思量；
气紧[6]那时个少句，
莫要记紧在心肠。

九忧嫁去卯屋住，
北风过岭又来凉；
点灯一盏伴明月，
寒霜雪落难亏娘。
九劝去当人世界，
一家老少万年长；
雀在树上还有队，
谁人露宿在村场。

十忧尽怕离同队，
一离同队二离娘；
眼看青天双泪落，
偕人作乐又何尝。
十劝报娘莫忧气，

[1] 婄娜：家婆，丈夫的母亲。
[2] 执吃：捡着吃。
[3] 执麻：搓麻。
[4] 公爹：家公，丈夫的父亲。
[5] 本句意为不要计较别人说闲话。
[6] 气紧：生气。

自有妹夫伴活娘；
十支歌词都唱了，
福禄总归新妇娘。
个运夫妻和合好，
出入做工勇当当；
唱了十忧歌一韵，
报妹回家心莫凉。

流传地区：横县

演唱者：何昌武，男，横县校椅镇草衣村人，农民，初小文化

搜集整理者：韦艺文，男，横县校椅镇草衣村人，县文化局干部，初中文化

搜集时间及地点：1986年9月搜集于横县校椅镇草衣村

来源：选自横县民间文学三套集成编委会编《横县歌谣集上册》（内部资料），1987年1月

轿中唱[1]（壮族）

爹咳爹啊，
人家卖牛搭条索啊，
你今卖女搭哪门呀——爹！
哥咳哥啊，
有心送妹送到处啊，
冇心送妹半路返呀——哥！

弟咳弟啊，
你是男儿养爹妈啊，
姐是女人去当奴啊——弟！
爹咳爹啊，
人家嫁女满堂客啊，
我爹嫁女冷清清啊——爹！

妈咳妈啊，
弟是鸡儿有娘带啊，
妹是鸭儿过人乡啊——妈！
妈咳妈啊，
你养女儿恩未报啊，
今日离娘做人媳啊——妈！

妈咳妈啊，
这些嫁妆毋使契[2]啊，
留来契弟去学堂啊——妈！
嫂咳嫂啊，
担水担竿留契你啊，
从此我嫂代妹劳啊——嫂！

轿夫咳叔，
慢慢起程慢慢去啊，
日头还在半空天啊——叔！
轿夫咳叔，
轿杠短来人又矮啊，
几时扛到别人村啊——叔！
鼓手咳叔，
又吹唢呐又赶路啊，
千祈莫踢脚趾破啊——叔！

流传地区：宾阳县甘棠镇、露圩镇等地

搜集整理者：刘延伸，男，壮族，宾阳县六卢高小教师，高中文化

搜集时间及地点：1986年5月5日搜集于宾阳县露圩镇六卢村

来源：选自宾阳县民间文学三套集成编委会编《中国民间文学三套集成宾阳县歌谣卷》（内部资料），1987年

[1] 旧社会女子出嫁，会在轿里唱歌，宾阳县农村亦有类似礼俗。此歌是宾阳县甘棠镇、露圩镇两个镇农村壮族女子出嫁时用汉话演唱的歇后歌。

[2] 契：给或把。本句意为“这些嫁妆不用给”。

贺新婚[1]（壮族）

百年好合，
珠联璧合成亲，
一对新人，
结成同心配偶。
百年偕老，
凤歌鸾舞吉祥，
东海南洋，
难比万丈情深。
酒宴佳宾，
邀来齐声报喜，
今日婚期，
欢天喜地不尽。
祝贺新人，
花开阳春常在。

流传地区：上林县明亮镇、巷贤镇一带

演唱者：牵宏规，男，壮族，上林县明亮镇罗勘村人，农民

搜集整理者：黄寿才，男，壮族，上林人，广西作家协会会员

来源：选自南宁市文化新闻出版广电局、南宁市民族文化艺术研究院编《南宁歌谣集成（壮族卷）》，广西教育出版社，2014年12月

娶媳妇歌（壮族）

欢歌第一句，
执笔来学习，
今晚进学校，
祝老人健康。

欢歌第二句，
红纸贴厅堂，
娶媳妇到家，
满堂皆喜庆。

欢歌第三句，
厅堂贴红纸，
今日好吉利，
给主家恭喜。
欢歌第四句，
宾主笑眯眯，
娶媳妇到家，
满堂皆欢喜。

欢歌第五句，
似掌上玉马，
两家都富贵，
男女都丰足。
欢歌第六句，
不让乱错闹，
先看好日子，
吉利才去要。

欢歌第七句，
不许有差错，
好人有天助，
富贵两周全。
欢歌第八句，
有义不缺财，
媳妇同台坐，
好话倾出来。

欢歌第九句，
楼上花十朵，
哪朵好就摘，
不要把丑说。

[1] 此歌在娶媳妇时对主家唱。

欢歌第十句，
吉利又兴旺，
得媳妇善良，
年年谷满仓。

流传地区：马山县加方乡一带

演唱者：曾翠芬，女，壮族，农民

搜集整理者：蓝求、梁肇佐、廖昆铭

搜集时间及地点：1987年3月2日搜集于马山县加方乡加让村合马屯蓝业隆家

来源：选自马山县民间文学三套集成编写小组编，马山县文化局、马山县文化馆印中国民间文学三套集成《马山县歌谣卷（二）》（内部资料），1987年6月

下楼歌（壮族）

走下第一级楼梯，
泪水滚滚落下地；
女儿梳妆打扮出娘家，
可怜丢下爹和妈。
走下第二级楼梯，
母亲心烦父意乱；
女儿哭哑了喉咙，
母亲心绞肠要断。

走下第三级楼梯，
嫂子来给我把头发梳理；
梳头来又穿衣打扮，
泪珠似屋檐水往下滴。
走下第四级楼梯，
母亲怄气心忧忧；
女儿哭泣出门去，
好似刀剪割心头。

走下第五级楼梯，
婶娘背着送进轿；
舅爷站在门边送，
好似女儿被老鹰抓走。
走下第六级楼梯，
抬众抬起被窝和蚊帐；
骨肉今日离别去，
好似烈火烧肝肠。

走下第七级楼梯，
手握花伞穿花衣；
众伙伴脸儿强装笑眯眯，
祝福我去建造幸福新天地。
走下第八级楼梯，
端起茶杯敬宾朋；
感谢外公外婆舅爷和舅娘，
你们的恩情永世记心中。

走下第九级楼梯，
嘱咐父母哥嫂和兄弟；
用心管好家业，
积份财产好嫁小妹去新家。
走下第十级楼梯，
别人提笔立了命字；
女儿声声泪如雨，
不知伤心到几时。

流传地区：马山县

搜集整理者：红波、清源、道亮

搜集时间及地点：1986年搜集于马山县片联乡

来源：选自马山县民间文学三套集成编写小组编，马山县文化局、马山县文化馆印中国民间文学三套集成《马山县歌谣卷（二）》（内部资料），1987年6月

哭嫁歌（壮族）

下一级楼梯，
妹哭悲凄凄，
红布盖小脸，
脚软哭得急。
红布盖小脸，
肚乱哭得急，
家族众兄弟，
心都乱为你。

下二级楼梯，
父见心更愁，
妹若成男仔，
早代父牵牛。
妹若成男仔，
早代父牵牛，
为女不得顾，
怨父命太丑。

下三级楼梯，
眼泪流刷刷，
出嫁离亲娘，
难报母恩情。
出嫁离双亲，
恩情未能报，
限去不限回，
难尽孝父母。

下四级楼梯，
眼泪如雨下，
像草丛斑鸠，
长大离爹妈。
像草丛斑鸠，
长大离爹妈，
丢下老人家，
有谁敬杯茶。

下五级楼梯，
盂脸拜四堂，
出嫁离家门，
远走难得回。
出嫁离家门，
远走难得回，
请亲生父母，
多保重身体。

下六级楼梯，
泪湿新衣裳，
妹刚十八岁，
就充当新娘。
妹刚十八岁，
就充当新娘，
想到真伤心，
不想在阳间。

下七级楼梯，
看天黑到地，
道别众姐妹，
身软像糍粑。
道别众姐妹，
身软像糍粑，
难再来相处，
难再赶歌圩。

下八级楼梯，
拜别哥和嫂，
妹另去成家，
请您管父母。
妹另去成家，
请您看父母，
尽心待老人，

给哥赔恩情。

下九级楼梯，
我母哭淋淋，
妹如今离家，
伤心睡不起。
妹如今离家，
伤心睡不起，
儿小父母养，
长大送别人。

下十级楼梯，
妹哭悲惨惨，
众亲戚邻居，
齐送出村庄。
众亲戚邻居，
齐送出村庄，
进山妹还叹，
眼泪难流完。

流传地区：马山县贡川乡一带

演唱者：覃仕宏，男，壮族，农民；韦金福，男，壮族，农民；韦明亮，男，壮族，农民

搜集整理者：韦才恒，男，壮族，文化站工作人员，中专文化

搜集时间及地点：1987 年 3 月 14 日搜集于马山县贡川乡五元村速旺屯

来源：选自马山县民间文学三套集成编写小组编，马山县文化局、马山县文化馆印中国民间文学三套集成《马山县歌谣卷（二）》（内部资料），1987 年 6 月

新婚贺词（壮族）

提起贤奶奶，
真是有福气，
娶来好媳妇，
才子配佳人。

才子配佳人，
奶奶心欢喜，
媳妇似桂花，
嫁到你家里。
儿子成家室，
迎亲娶吉月，
才子配佳人，
奶奶心欢喜。
结美满姻缘，
选吉庆佳期，
媳妇似丹桂，
嫁到你家里。

庆鸾凤和鸣，
夫妻永和好，
富贵添荣华，
宜室又宜家。
有如天配偶，
东成又西就，
庆鸾凤和鸣，
夫妻永和好。
讲华宝吉祥，
心中多欢快，
富贵添荣华，
宜室又宜家。

祖宗好坟山，
天赐结良缘，
享百年偕老，

玉种于蓝田。
多疏财仗义，
事实众人见，
祖宗好坟山，
天赐结良缘。
瑞气迎入门，
兴旺又齐全。
享百年偕老，
玉种于蓝田。

君子娶淑女，
命好福寿长，
家中有丹桂，
八宝入金堂。
日子正甘甜，
奶奶把福享，
君子娶淑女，
命好福寿长。
朱陈来结好，
福禄寿安康，
家中有丹桂，
八宝入金堂。

庆洞房花烛，
爹奶有福禄，
择吉日良辰，
新人迎入屋。
新人拜祖先，
夫妻咏和睦，
庆洞房花烛，
爹奶有福禄。
迎秀色入门，
华堂松长绿，
择吉日良辰，
新人迎入屋。

姻缘喜匹配，
好似对斑鸠，
早日生贵子，
落在河之洲。
媳妇到门庭，
吉星头上照，
姻缘喜匹配，
好似对斑鸠。
金花配玉叶，
家中长富有，
早日生贵子，
落在河之洲。

新媳妇某氏，
六户识纲常，
梁王配孟光，
福荫万年长。

龙门乘快婿，
享百年偕老，
媳妇到家中，
天成配佳偶。
桃月花春茂，
爹奶有享受，
龙门乘快婿，
享百年偕老。
百事不忧愁，
夫妻百年好，
媳妇到家中，
天成配佳偶。

流传地区：隆安县小林乡一带

演唱者：林贞腾，男，壮族，隆安县小林乡人，退休教师，初中文化

搜集整理者：姚俊、林敢枢

翻译者：陈朝阳

搜集时间及地点：1986 年 10 月搜集于隆安县小林乡

来源：选自南宁市文化新闻出版广电局、南宁市民族文化艺术研究院编《南宁歌谣集成（壮族卷）》，广西教育出版社，2014 年 12 月

散花歌[1]（一）（壮族）

散花香，散花香，
鸾凤和鸣归家堂，
姻缘配命结夫妇，
某家女配某家郎，
富贵荣华万年长。

演唱者：赵贵芳，男，壮族，隆安县杨湾乡联伍村人，高小文化

搜集整理者：农之亮

翻译者：陈朝阳

来源：选自隆安县民间文学三套集成编委会编《中国民间文学三套集成隆安县歌谣集 第二集》（内部资料），1987 年 8 月

散花歌（二）（壮族）

散好花，散好花，
送姑娘归家，
一起种田同温饱，
一齐养鱼同品尝。

演唱者：卢卓方，男，壮族，隆安县丁当镇森岭村人，初小文化

搜集整理者：罗拜干

来源：选自隆安县民间文学三套集成编委会编《中国民间文学三套集成隆安县歌谣集 第二集》（内部资料），1987 年 8 月

散花歌（三）（壮族）

好散花，好散花，
某妹归家，
某家配某家。
一散天花花叶秀，
结配良缘天长久；
二散地花花满堂，
百年偕老永安康；
三散人花花结果，
生男育女炽而昌。

散花第一，
俾昌俾炽，
之子于归，
宜家宜室。
散花起程，
福寿安宁，
之子于归，
宜其家人。

散花，散花，
一散东方朵青莲花，
花散南粉蝶，
山茶对海棠，
借问其中意，
前三三后三三，
佛国土上散明花。

二散南方朵赤莲花，

[1] 《散花歌》为隆安县壮族新娘出门口下楼时散木代花的唱词。

花散西粉云，
童子笑嘻嘻，
老人认得其中意，
便能解出此花一枝红。
佛国土上散明花。

三散西方朵白莲花，
花散花香这个家。
四散北方朵黑莲花，
散花仍旧漫烂洒。
五散中央朵红莲花，
花散四季兴隆，
国泰平安。

演唱者：赵贵芳，男，壮族，隆安县杨湾乡联伍村人，高小文化；卢卓方，男，壮族，隆安县丁当镇森岭村人，初小文化
搜集整理者：农之亮、罗拜干
翻译者：陈朝阳
来源：选自南宁市文化新闻出版广电局、南宁市民族文化艺术研究院编《南宁歌谣集成（壮族卷）》，广西教育出版社，2014年12月

哭嫁歌[1]（壮族）

穿上红花鞋，
好似进棺材；
糯米与鸡鸭，
要来祭灵牌。
撒出一把米，
娘家当外人；
父母能生我，
我难孝双亲。

出门入花轿，
当作抬去埋；
不见父母面，
苦泣痛心怀。
下梯第一级，
泪流单灰湿；
湿了滴如雨，
父母我别离。

下梯第二级，
心痛苦至极；
伤烦父母心，
离别亲兄弟。
下梯第三级，
姐妹亦分离；
似小牛失母，
伤悲情依依。

下梯第四级，
越想心越烦；
母亲为育我，
未得有饱餐。
下梯第五级，
难诉腑衷言；
如果我是男，
得代父犁田。

下梯第六级，
想母亲劳碌；
不是别人生，
打骂真恶毒。
下梯第七级，

[1] 《哭嫁歌》是壮族姑娘出嫁时诉说别离情的民歌，代代相传。壮族习俗，在出嫁姑娘的床前摆放一碗米（插上一炷香）、一只小生鸡、一对红花鞋。此歌从姑娘下床穿花鞋时起唱，边走边唱至入轿后起程止。唱时声情悲切，催人泪下，同声悲泣。

嫁妆样样齐；
母不舍我去，
我去母悲啼。

下梯第八级，
心烦乱凄凄；
嫁了返不得，
从此断情义。
下梯第九级，
忧心难以语；
肝肠都寸断，
伤心有谁知。

下梯第十级，
悲伤有谁见？
为何要出嫁，
只有问苍天。

演唱者：黄琼芬，女，壮族，都结村人，初小文化

搜集整理者：梁朝泰、林敞枢

翻译者：马成宁

搜集时间及地点：1986年9月搜集于隆安县都结乡

来源：选自南宁市文化新闻出版广电局、南宁市民族文化艺术研究院编《南宁歌谣集成（壮族卷）》，广西教育出版社，2014年12月

返面歌[1]（壮族）

首次回娘家，
念父母至极，
不怕走夜路，
心伤有谁知。
二次回娘家，
伤心又激气，
不去母也催，
泪水滴满地。

三次回娘家，
不回更伤悲，
不见亲友面，
心伤有谁知。
四次回娘家，
心似水淹天，
为奴侍别人，
伤悲母不见。

五次回娘家，
到家母不留，
连夜催回去，
回去当放牛。
六次回娘家，
不去母心烦，
刚到连夜返，
隔母在天边。

七次回娘家，
夜夜想夫君，
当晚即回去，
与夫度日辰。
八次回娘家，
忘了娘家屋，
入夜又回去，
又怕激父母。

九次回娘家，

[1] 隆安县壮族有新娘结婚后第二天回娘家的习俗。《返面歌》是新娘回娘家时诉思念情而唱的民歌。“返面”即回，返回见双亲之意。

丈夫随后跟，
厉色面也变，
从此忘亲人。
十次回娘家，
一去不返顾，
不论晴和雨，
不离我父母。

流传地区：隆安县都结乡一带
演唱者：黄琼芬，女，壮族，初小文化，隆安县都结村人
搜集整理者：梁朝泰、林啟枢
翻译者：马成宁
搜集时间及地点：1986 年 9 月搜集于隆安县都结村
来源：选自南宁市文化新闻出版广电局、南宁市民族文化艺术研究院编《南宁歌谣集成（壮族卷）》，广西教育出版社，2014 年 12 月

送妹出嫁滴泪歌（瑶族）

洒下第一滴泪水，
恭喜妹走去享福，
恭喜妹前程似锦，
恭喜妹妹得新夫。
洒下第二滴泪水，
恭喜新夫爱妹妹，
恭喜公婆爱新媳，
恭喜妹家团圆美。

洒下第三滴泪水，
恭喜妹妹发大财，
恭喜妹有饭菜吃，
恭喜妹有好衣穿。
洒下第四滴泪水，
恭喜妹有好田园，
恭喜妹有好田地，
恭喜妹有好家园。

洒下第五滴泪水，
恭喜妹家米满仓，
恭喜妹家金满柜，
恭喜妹家银满斛。
洒下第六滴泪水，
恭喜妹妹有花儿，
恭喜妹有美花金，
恭喜妹有娇花银。

洒下第七滴泪水，
恭喜妹家猪满圈，
恭喜妹家牛满栏，
恭喜妹家马满坡。
洒下第八滴泪水，
恭喜妹家鸡成笼，
恭喜妹家鸭成群，
恭喜妹家鹅成帮。

洒下第九滴泪水，
恭喜妹家棉满地，
恭喜妹家豆满弄，
恭喜妹家果满山。
洒下第十滴泪水，
恭喜妹去永富贵，
恭喜妹去永荣华，
恭喜妹去永长寿。

流传地区：马山县
演唱者：韦永英，瑶族，80 岁，农民，初小文化；韦桂哥，瑶族，80 岁，农民，初小文化；罗祥华，女，瑶族，98 岁，农民，

不识字

搜集整理者：红波，壮族，46岁，文化馆干部；韦善标，瑶族，33岁，农民，初中文化

搜集时间及地点：1986年10月搜集于马山县内学村五弄屯

来源：选自马山县民间文学三套集成编写组，马山县文化局、文化馆编印《中国民间文学三套集成马山县歌谣卷（三）瑶族上》（内部资料），1987年7月

2 寿诞歌

祝寿歌[1]（汉族）

北斗注生南斗寿，
福禄滔滔水有源，
为人行善得好报，
老者康宁寿延年。
寿比南山春满园，
福如东海水长源；
阳彩堂上椿萱茂，
儿孙喜庆笑开颜。

流传地区：马山县

演唱者：张有龙，汉族，男，小学文化

搜集整理者：蓝求，壮族，干部

搜集时间及地点：1986年12月17日搜集于马山县周鹿镇周鹿村亨屯张有龙家

［1］ 此歌是在客家话地区祝贺高寿的老人时唱的。

来源：选自马山县民间文学三套集成编写小组编，马山县文化局、马山县文化馆印中国民间文学三套集成《马山县歌谣卷（二）》（内部资料），1987 年 6 月

贺满月酒歌（汉族）

入到大门就恭喜，
唱歌恭喜主人欢；
主人真是家幸福，
劏猪饮酒贺添孙。
王字点头唱主起，
日月排排我唱明；
可字驮去厅中挂，
主人增口又添丁。

王字点头唱主起，
士字撇头我唱壬；
了字画腰生贵子，
两木排排得成林。
唱歌我问主人起，
且问主人该卯该？
若是主人该就唱，
井字入门伝唱开。

流传地区：横县
演唱者：谢浩遂
搜集整理者：黎坚
搜集时间及地点：1986 年 11 月 8 日搜集于横县附城乡大和村
来源：选自横县民间文学三套集成编委会编《横县歌谣集上册》（内部资料），1987 年 1 月

送灯[1]（汉族）

花灯一盏拎入村，
我做婆媚[2]来送孙；
拎灯寻尔取灯主，
请你主人快开门。
有心送花应早到，
为乜三更才拍门？
手拎龙珠你诱我，
怀疑你是假婆王。

一年一度送灯节，
黄金难买此时光；
今夜头灯送把你，
毋把贵子受寒霜。
既是婆媚我问你，
你做婆媚住哪村？
自古是人必有姓，
从头一二讲根源。

媚是熬山[3]周氏女，
熬山天井[4]是媚村；
门前石刻（阶）三百六，
层层叠叠到媚门。
讲来真是婆媚到，
晒干龙眼我心欢；
婆媚怎识我无子，
葫芦卖药我难团（猜）。

[1] 宾阳县各地每逢正月十一，以立有社坛的村落为单位，全村男男女女同饮一顿。上年生男丁的就得献出两只阉鸡答谢社坛公，也作慰藉村人。在这个节气里，每个社坛都挂彩灯，祭拜社王，也叫做吃“灯酒”。结婚多年未生养或婚后都是生女的人家，这一晚就得求社王许盏灯给她，由婆王送去。迷信的人认为取了灯当年必定生男丁，那是不一定的。不过碰巧生男丁的也有，故自古以来都有人迷信这一作法。这种风俗宾阳县各地都有，送灯时就由女歌手唱歌祝贺。
[2] 婆媚：传说中的西天皇母，又叫婆王，她专门管理人间生育之事。
[3] 熬山：传说是婆王出生的地方。
[4] 天井：婆王的村名。

夜看天星查北斗，
朝看日头查子源；
查尔花心暗结子，
特来送你桂花盆。
手拎糍粑你具捏，
任由捏扁任由团；
你是熬山送花女，
问你花苗有几盆？

婆媚送花分红白，
问你主人想哪盆？
红花结出红颜女，
白花结出读书孙。
春雷惊动冬眠蛤，
庙祝敲鼓惊动皇；
出门遇着鸡拍翅，
闻啼这声心尽欢。

鸡啼天光门毋开，
你喊婆媚怎送孙？
肚饥你嫌糯米食[1]，
羊入马栏我落错门。
慢紧走，我开门，
请你婆媚入深房；
香茶请你婆媚吃，
高床请你放花盆。

主人有心媚就坐，
坐到五更到天光；
你屋红花飞满地，
床底草长你肚荒（慌）。
灯草打结吞入肚，
如何解得我心欢？
风停不见蝉在树，
灯残不见月临窗。

你若真心求巧子，
早该请我入闺房；
清明过了落谷种，
你着多壅哑同黄。
想寻白花门上锁，
寻花哑识路难窜；
黄蜂去叮绿卜子[2]，
一心尽想那些酸（孙）。

礼瓮拎来造七醋[3]，
你毋勤捞那怎酸？
竹筒载米你叮吃，
只有低头望眼穿。
纱纸做裙我幅（福）薄，
两个膝头跪婆王；
灯草拎来做磨齿，
心机操碎为儿孙。

深山掏牛我解你，
旱水耘田你莫荒（慌）；
白花一朵媚就送，
十五无云月亮光。
摆菜上台我难等，
酒糟腌菜我想酸；
鲤鱼捉归水缸养，
几时等得变龙王？
十一头灯送把你，
备好甜酒洗姜盆；
正月送花十月诞，
补好新衫把孙穿。
今夜婆媚来送子，

[1] 糯米食：指糯米饭。

[2] 绿卜子：指沙田柚，也叫柚子。

[3] 七醋：即用酒糟酿造的酸品。

白花开在我深房；
如果今年心愿许，
大个猪头敬婆王。

婆媚送你贤孝子，
唇红齿白面敦圆；
七岁读书八岁巧，
十五出头中状元。
人屋年纪细过我，
几早抱儿去书房；
今夜得你来保长，
好酒一杯敬婆王。

人屋梅花二月发，
你是菊花九月黄；
大塘草鱼肥在尾，
后背山高日迟光[1]。
七年鸡母屙白蛋，
个心尽想红鸡冠；
盼望婆媚多保佑，
尽取男丁顶大门。

白花结子靠雨露，
西山月侧天欲光；
婆媚现时趁早走，
毋误鸡公入深房。
婆媚修心作善事，
恩深似海永不忘；
水推礼瓮[2]难留你，
祝婆慢慢出房门。

流传地区：宾阳县

演唱者：覃子琳，男，汉族，宾阳县新桥乡群英村人，农民，高小文化

搜集整理者：王启智

搜集时间及地点：1987 年 1 月 11 日搜集于宾阳县新桥乡群英村

来源：选自宾阳县民间文学三套集成编委会编《中国民间文学三套集成宾阳县歌谣卷》(内部资料)，1987 年

[1] 日迟光：意思是太阳升上迟。

[2] 礼瓮：口小肚大的瓮子，常用来装礼物，如酒之类，故叫礼瓮。

娣媚情[3](汉族)

喜鹊枝头叫潺潺[4]，
鸿雁传书喜开颜；
十月怀胎女报喜，
绿叶一枝生牡丹。
上墟赶买鸡公蛋，
下墟又买三朝衫；
独只肥鸡放在屋，
着只野狸狼狗担[5]。

狼狗担鸡猎狼狗，
返归又见狗扒罂；
糯米一罂狗吃净，
着个老头打一餐[6]。
头棍过来中腰鼓，
二棍过来中耳罂；
三棍过来中小肚，
一脚踢来就仰棚[7]。

[3] 宾阳县有个风俗，就是女儿出嫁后生了孩子，第三天娣媚（外婆）必定送衫（衣服）和鸡蛋去慰问女儿，俗话又叫送瓮。外孙出生半个月后请外婆来吃“半月酒”，参加吃半月酒的人每人得买一样东西送去，如 1 斤猪肉、10 个鸡蛋等，越多越表明你情义重。这首歌全县各地都有流传。

[4] 叫潺潺：叫喳喳的意思。

[5] 担：此处作叼解。

[6] 打一餐：打一顿。

[7] 仰棚：指仰面跌倒。

夫君打云因穷极，
扶我起身老泪横；
当世为人实在难，
想去个村衫毋衫。
底屋二妈人涩柿[1]，
新衫放在二层栏[2]；
边屋三娘口应借，
又讲喂猪手毋闲。

饿死不吃猫儿饭，
冷死不穿叩化[3]衫；
求人不如求自己，
鼎锅煲饭毋如罂。
日出东方红一点，
顺水行船我转弯。
人做人情担打担，
我做人情两半篮；
礼物虽轻情义重，
担上膊头娘就行。

我做外婆人屋间，
双手揽裙抢外孙。
外孙好，好外孙，
嘴细鼻高面红潺[4]；
伸嘴轻轻做一拙[5]，
脸上酒窝映红斑。
外孙身是婻媚肉，
手抱一枝红牡丹；
女呀女，记心间，
半夜醒床共记翻。

吃奶小儿屎尿多，
勤换湿裙勤换衫；
得对[6]之前靠喂奶，
喂饭不如喂米羹[7]。
多吃青菜儿少病，
果子吃匀疮毋生；
工夫再忙理好子共，
头寒肉热请医生。

六月多防子共感冒，
十月多为子共穿衫。
女咳女，去了忧，
丢掉心肝在睡窝；
娘嘱话头女紧记，
放女共莫把落草窝。

一来是怕灶公怪，
二来是怕火赖垛[8]；
养女共犹如活金鲤，
钱财易尔子难求。
去了忧，
嘱女千祈嘴莫粗；
对待公婆要孝顺，
对待丈夫少顶牛。

讲到家婆怎比你，
拎水搭头毋比油；
对待公婆女也识，
大话女将细话和。
对待邻居要和气，
树上红花绿叶扶；
同台吃饭教儿女，

[1] 涩柿：很吝啬。
[2] 二层栏：指二层楼。
[3] 叩化：指乞丐。
[4] 红潺：很红的样子。
[5] 拙：吮的意思。
[6] 得对：满一周岁叫得对。
[7] 米羹：米汤。
[8] 火赖垛：指火蔓延到草堆。

竹笋生高过老蔸。

人情世事女也识，
吃食当分邻舍婆；
在世做人靠儿女，
毋用我娘嘱咐周。
家内钱财要管紧，
积少成多买得牛；
量米煮饭凸手刮，
吃少煮多浪荡馊。

送娘出门去了悠，
我娘话语记心窝；
娘去毋同石落井，
石头落井不见浮。
好外孙，红石榴，
外婆再吻你酒窝；
踮脚出门娘就去，
伞上膊头去了悠。

流传地区：宾阳县

演唱者：韦月伦，女，汉族，广西宾阳县人

搜集整理者：王启智、陆有全、莫兆桐

搜集时间及地点：1986 年 4 月搜集于宾阳县武陵乡政府

来源：选自宾阳县民间文学三套集成编委会编《中国民间文学三套集成宾阳县歌谣卷》（内部资料），1987 年

满月歌[1]（壮族）

甲：日头当空还未歪，
外婆吃宴慢行开，
有意多谈三五日，
相寻讲古心才快。

乙：今日外孙满月酒，
杯杯恭敬外婆太，
筷子无筒难插住，
外婆饮醉就行开。

甲：蔬菜两盆真淡薄，
宜当一意表心怀，
海沙放入英雄伞，
望你包涵遮过来。

乙：去买螃蚶归吊顺[2]，
蟹肉香汤摆满台，
高朋满座饮姜酒，
胜友如云庆贺来。

甲：今日外婆恩德重，
招呼不到外婆太，
愧乏琼浆开设宴，
粗茶淡饭忍饥挨。

乙：多烦兄弟傍邻队，
又烦家主费银财，

[1] 满月歌又名花篮歌、外婆歌。女儿出嫁后，第一胎生下男孩的，吃满月酒时，娘家得准备一只花篮，装满糯饭，插上七枝花（五白二红，寓意五男二女），还要备好十个染红的鸡蛋、一个猪头、一口新锅、一对小鸡、一张抱被、一件背带、一对新鞋、一对新袜、一套新衣裳、一顶帽、一只银麒麟，由外婆送到外孙家去，并组织一队女歌手随行。吃完中午饭离开外孙家时，外孙家也预先约有男女歌手来一路对歌一路送行。
（下面歌词，甲代表外孙家，乙代表外婆家）

[2] 吊顺：方言，煮汤。

多谢亲家摆酒筵，
山珍海味摆满台。

甲：　　木叶煎茶味道淡，
清茶淡饭来招待，
人情礼义欠周到，
道理讲来实不该。

乙：　　今日欢心喜个男，
糖饼微微敬红孩，
冬雪梅花初出叶，
梅花雪白细叶开。

甲：　　浅地搬泥种绿芋，
成萌感谢外婆太，
庭前兰桂添贵子，
翁姑今日乐欢怀。

乙：　　家道贫寒礼物少，
区区小器不成财，
半个猪头四两重，
空空来看外孙乖。

甲：　　铜锣大打鸣（名）声有，
外婆厚礼来做太[1]，
竹笼装鹅人看见，
鸡鸭成担上门来。

乙：　　泥土做墙难彩画，
朽木难雕花朵开，
孤火并无如映月，
厚德重担未有来。

甲：　　多得外婆增光彩，
赠送新衣袜共鞋，
肥润园中栽桔子，
正是高强节节开。

乙：　　天上有云不落雨，
哪有旱塘水会来，
山岗竹笋直直上，
嘴尖皮厚腹空怀。

甲：　　旱地喜得逢甘雨，
湿润滋滋草木开，
育得乖儿强又壮，
重恩厚德外婆太。

乙：　　不是天高不是洋，
不是山高不是海，
不是江河大水涨，
大作文章理不该。

甲：　　今日外婆厚礼彩，
大幅绫罗块叠块，
珍珠挂在门楣上，
显现豪光映出外。

乙：　　孔雀脱毛秃了尾，
哪有金银撒得开，
乌鸦本来名声丑，
山鸡怎同凤平排。

甲：　　燕子轻身虽细小，
展翅高飞海南涯，
灯笼挂在门楣上，
亮光映照九天外。

乙：　　碎布提来缝抱被，
补补贴贴才提来，

[1]　太：壮语外婆的简称。

礼疏自愧不成样，
都难见得亲家台。

甲：贵子兰孙真幸福，
颈挂麒麟亮腮腮，
玛瑙跌落沟渠里，
珍珠莫给滟来埋；

乙：萝卜拿来滚水煮，
图个名头来做太，
红泥拿来捏做罐，
盐煲好罐是泥搓。

甲：玉石琢磨成美器，
亦是出自旧家寨，
若得成人立大志，
托赖外婆共妗太。

乙：莫要遮伞戴大帽，
岭上茅根哪成材，
做伞之人恩德有，
应该遮给外孙家。

甲：外婆道理讲得佳，
如同甘雨润禾胎，
饮水思雨多谢井，
成家重托外婆太。

乙：移木培根种红槐，
姑爷辛勤来灌溉，
亲家栽花根叶茂，
定有芳香喷出来。

甲：外婆六旬花甲寿，
享有高庚理应该，
插种萌芽初出叶，
红男绿女外婆栽。

乙：正是肥塘藕节生，
莲子朵朵鲜花开，
外孙聪明多知识，
年长育成栋梁材。

甲：礼重而来真欢谢，
兴家靠得外婆财，
琼枝玉叶飞鹦鹉，
树荫千秋念好槐。

乙：秋日菊花香分外，
大家观赏乐开怀，
桃李门前多喜气，
满堂珠厦尽英才。

甲：娱乐升平满堂福，
百年瓜瓞代传代，
今日外婆讲彩话，
正是淋漓好肚才。

乙：今年来做满月酒，
明年再看外孙乖，
口吃鲮鱼梗（讲）不尽，
告别面辞众亲台。

流传地区：邕宁区伶俐乡、邕江畔的壮乡

演唱者：韦义盛，男，壮族；滕一杰，男，壮族

搜集整理者：杨博民，男，壮族，邕宁区民间文学三套集成采风队队员，高小文化

来源：选自邕宁民间文学三套集成编委会编《中国民间文学三套集成邕宁县民间歌谣集》（内部资料），1987年

贺生旺歌（壮族）

恭喜阿公连阿兄，
兰孙脱颖笑添丁；
家门旺相增吉庆，
瑞气盈庭振家声。
门前新栽君子竹，
今日节节出嫩枝；
满月开筵孙生旺，
南堂帝母赐麟儿。

流传地区：横县

演唱者：陆亦鸣

搜集整理者：黄庆东

搜集时间及地点：1986 年 9 月搜集于横县云表镇亚陂村学校

来源：选自横县民间文学三套集成编委会编《横县歌谣集上册》（内部资料），1987 年 1 月

贺生曾孙歌（壮族）

恭喜老祖连嫩祖，
两个健康同喜欢；
新添曾孙生旺日，
四代同堂好家门。

流传地区：横县

演唱者：陆亦鸣

搜集整理者：黄庆东

搜集时间及地点：1986 年 9 月搜集于横县云表镇亚陂村学校

来源：选自横县民间文学三套集成编委会编《横县歌谣集上册》（内部资料），1987 年 1 月

贺老年生子歌（壮族）

恭喜伯爷行老福，
今日添丁乐荣华；
老蚌生珠人共羡，
母桂晚秋正开花。

流传地区：横县

演唱者：陆亦鸣

搜集整理者：黄庆东

搜集时间及地点：1986 年 9 月搜集于横县云表镇亚陂村学校

来源：选自横县民间文学三套集成编委会编《横县歌谣集上册》（内部资料），1987 年 1 月

贺寿辰歌（壮族）

恭喜伯爷辰诞日，
祝贺海屋再添筹[1]；
矍铄健康同鹤寿，
百岁尚加数十秋。

流传地区：横县

演唱者：陆亦鸣

搜集整理者：黄庆东

搜集时间及地点：1986 年 9 月搜集于横县云表镇亚陂村学校

来源：选自横县民间文学三套集成编委会编《横县歌谣集上册》（内部资料），1987 年 1 月

[1] 海屋：形容房子很大；添筹：添喜庆。

弥月酒歌[1]（壮族）

仓内有稻谷，
容易出大米，
媳妇娶到家，
不烦不受气。
从今日以后，
生活乐融融，
媳妇娶到家，
双亲喜相逢。

今年喝了结婚酒，
明年再喝满月酒，
孙子生下来，
大家皆欢喜。
结婚酒已过，
转眼又一年，
今日抱孙子，
幸福乐无边。

孙子怀里抱，
金贵似凤鸟，
上天降洪福，
大家皆欢笑。
年年有喜庆，
月月皆吉利，
今日来到此，
高声道恭喜。

孩子怀里抱，
好似凤飞天，
聪明又伶俐，
心中喜连连。
看见你健壮，
欢乐在心头，
聪明又伶俐，
哪有忧和愁。

从今日以后，
孙子身后跟，
老人若公正，
全家皆平安。
孙子怀里抱，
似凤鸟朝阳，
日后有出头，
门庭美名扬。

恭喜亲家人，
心存礼义深，
孙子有出息，
双方都闻名。

流传地区：马山县加方乡一带
演唱者：曾翠芬，女，壮族，农民
搜集整理者：蓝求、梁肇佐、廖昆铭
搜集时间及地点：1987年3月2日搜集于马山县加方乡加让村合马屯蓝业隆家
来源：选自马山县民间文学三套集成编写小组编，马山县文化局、马山县文化馆印中国民间文学三套集成《马山县歌谣卷（二）》（内部资料），1987年6月

赞儿歌（壮族）

男：　小宝宝呀小宝宝，
你真贵过金；
将大必成人，
创家立业定胜过你父亲。

[1] 此歌谣是村屯里为婴儿满月办弥月酒的时候唱，而且广为流行。

女：　开口唱第一首歌，
亲朋贺喜来到家；
保佑小宝宝健壮，
聪明伶俐快长高长大。

男：　小宝宝呀小宝宝，
你贵过龙孙龙子；
今后你的事业，
定胜过英雄的父亲。

女：　开口唱第二首歌，
抱孙仔出来给大家看；
宝贝孩儿真健壮，
好似朵荷花朝太阳。

男：　见到贵子大家赞美，
肌肤胖胖白里透红；
大家抱来又抱去，
人人脸上笑融融。

女：　开口唱第三首歌，
宝宝人才真好样；
脸儿像桃花粉红，
一看就知是颗小寿星。

男：　抱着宝宝传来传去，
脸膛似月亮般皓白；
服侍的阿姨是歌仙，
常唱歌儿陪宝宝入梦乡。

女：　开口唱第四首歌，
宝贝儿胜过千金；
大家抱着看不够，
美的胜过画中人。

男：　阿姨呀阿姨，
你抱宝宝在怀中；
将来他长大，
陪着你玩乐无穷。

女：　开口唱第五首歌，
阿姨来抱宝孙孙；
横抱直抱总不够，
喜的乐津津。

男：　宝儿乖得像马仔，
浓眉尖尖似剃刀；
见他真逗人喜爱，
抢着把他抱又亲。

女：　开口唱第六首歌，
宝宝睡在摇篮中；
个个过来爱抚摸，
真贵过龙王孙仔。

男：　小宝宝呀小宝宝，
你真贵过凤凰仔；
将来长大成家办喜酒，
定请姨妈坐首台。

女：　开口唱第七首歌，
给孙宝宝剪衣裳；
美美新衣身上穿，
花绿如同新戏班。

男：　抱孙宝宝出来玩，
大家喝彩似喝酒唱戏；
喝酒唱戏怎能比，
合家欢乐人人喜。

女：　开口唱第八首歌，
祝宝宝聪明伶俐；

先送你一支笔，
将来读书一定得第一。

男：　小宝宝呀小宝宝，
肥嫩嫩来多聪明；
送你两角零用钱，
给你买件东西做纪念。

女：　开口唱第九首歌，
送顶金银帽给宝宝；
祝孙宝宝永健壮，
好似金麒麟样乖巧。

男：　今年抱个胖孙仔，
心中多欢喜；
今年抱个乖孙仔，
合家笑眯眯。

女：　开口唱第十首歌，
亲朋送襁褓送背带；
外婆姨妈辞归去，
贵孙宝宝在娘怀。

众人：　宝宝笑脸开似朵花，
眼睛亮堂堂；
穿起龙袍像太子，
犹似一位小皇上。

众人：　宝宝真可爱，
聪明又巧乖；
满脸带笑容，
大家乐开怀。

众人：　宝宝呀宝宝，
你真是灵精；
老人抱在怀，
越看越可爱。

众人：　宝宝真可爱，
伶俐又巧乖；
姨妈把你抱，
高兴把脸开。

众人：　小宝宝呀真漂亮，
好像一朵初放的梨花；
小宝宝呀真美貌，
好像一朵牡丹刚绽发。

众人：　今年有贵仔，
齐贺祝他乖；
外婆姨妈若真爱，
日后请多来。

流传地区：马山县

搜集整理者：红波、韦清源、道亮

搜集时间及地点：1986 年搜集于马山县片联乡

来源：选自马山县民间文学三套集成编写小组编，马山县文化局、马山县文化馆印中国民间文学三套集成《马山县歌谣卷（二）》，1987 年 6 月

散花词（壮族）

散花第一，福如东海。
散花第二，寿比南山。
散花第三，生男生女，
散花第四，富贵双全。

流传地区：隆安县雁江镇一带

演唱者：陆古心，男，壮族，隆安县雁江

镇那朗屯人，农民，高小文化

搜集整理者：陆忠万

来源：选自南宁市文化新闻出版广电局、南宁市民族文化艺术研究院编《南宁歌谣集成（壮族卷）》，广西教育出版社，2014年12月

3 丧葬歌

吊丧[1]（汉族）

嘱别孝男心里愁，
今日大限到，
一去不回头。

一嘱我儿断肝肠，
今日归阴不转阳，
家有田塘并事业，
凡间处世要思量。
本望父（母）亲寿百载，
岂知一旦就凄凉，
是夜羽流[2]来超度，
得达天堂往仙乡。
嘱别去，

[1] 老人逝世，请来道公当晚为死者亡灵超度登天，在灵台前跪唱此歌谣。
[2] 羽流：信仰羽教（即道教）的一派人，此处指道教祖师。

嘱别我女心里愁，
今日大限到，
一去不回头。

二嘱别女泪涟涟，
思思切切不闻言，
朝夕嗟叹念亲在，
日夜孝心怀从前。
侍奉翁姑并侍主，
三从无失感苍天，
今夜超亡升天界，
殁后沾恩得自然。
嘱别去，
嘱别孙儿孙女愁，
今日大限到，
一去不回头。

三嘱孙儿并孙女，
分离辞别到阴中，
习读诗书学礼义，
方能丕振旧家风，
山中只有千年树，
世上难逢百岁翁。
凭仗羽流超度去，
提超亡者上天宫。
嘱别去，
嘱别侄男侄女愁，
今日大限到，
如水过滩头。

四嘱侄男并侄女，
隔别阴阳永无踪，
阴阳隔别如张纸，
千金难买见颜容。
父母恩深实难报，
命请羽流来忏通，
去毛割肉身未冷，
这等冤仇怎肯容。
嘱别去，
丢我弟兄心里愁，
今日大限到，
一去不回头。

五嘱我兄与我弟，
堂前嘱咐别了阳，
紫荆树下兄和弟，
岂知限到各分场。
和气连枝今日别，
同胞共乳断肝肠，
仗此羽流伸荐拔，
辞别阳间泪沧沧。
嘱别去，
嘱别夫妻心里愁，
夫妻魂魄今日别，
一去不回头。

六嘱我夫（妻）实堪悲，
夫妻义重旦分离，
蝴蝶团圆今拆散，
鸳鸯成对各纷飞。
天结良缘情义重，
堪叹隔别实无知，
今夜羽流来超度，
亡魂真魄上天机。
嘱别去，
嘱别子孙心里愁，
公魂今日别，
永不再回头。

七嘱九叹别阳间，
阴道相催归西山，
灵前献宝三杯酒，

哀哀切切泪潺潺，
十别十叹桥上过，
引登仙境佛同班。

流传地区：宾阳县

演唱者：黄宝辉，男，汉族，广西宾阳县思陇乡大塘村人，师公艺人，高小文化

搜集整理者：莫兆桐，男，汉族，广西宾阳县王灵村人，文化馆聘用创作员，初中文化

搜集时间及地点：1986 年 11 月 12 日搜集于宾阳县思陇大塘村

来源：选自宾阳县民间文学三套集成编委会编《中国民间文学三套集成宾阳县歌谣卷》（内部资料），1987 年

七期歌[1]（汉族）

莫道阴阳无报应，
举头三尺有神明，
天流甘雨佛留经，
人留子孙草留根。
人留子孙逢年老，
草留旧根再逢春，
积德行善最为乐，
苍天不负善心人。

一七去到秦广王，
恶狗如狼吠渊渊，
为善之人仙子护，
作恶之人罪多端。
冥王案上一二问，
在阳之日作何般，
作恶之人枷铁锁，
行善之人出好方。

二七去到楚庄王，
判官审事不非轻，
案前从头一二问，
在阳因何不公平？
善者放到人身去，
恶者打枷受苦刑，
在阳做了过头事，
冤家债主不容情。

三七去到宋帝王，
铜枷铁索响叮当，
恶者打入冥冷狱，
毒者担枷上铁床。
为善行归左边看，
作恶送出右边行，
斗讼是非罪不赦，
忤逆长枷也难当。

四七去到五官王，
从头一二问根言，
善者得放生天界，
恶者拷打泪涟涟。
谋财害命恶不赦，
放火烧山入狱愆，
且劝世间男共女，
百事宜安本心田。

五七去到阎罗王，
阎罗审事得公平，
善者当还善者审，
恶者应该受苦刑。

[1] 老人逝世，每隔七天请道公喃诵一次，共七次，叫七期，一、二、三次是孝子请，四次是女儿请，五次是兄弟请，六、七次是主家请，表示对死者生时过失的补偿。

台前放有阴阳镜，
善恶镜中分得明，
积善放出极乐国，
恶者付诸剪刀刑。
六七去到变成王，
从头一二问根源，
牛头马面左右立，
狱卒夜叉在两旁。
伴魂使者来到案，
看见刑法泪纷飞，
恶者打入狱中去，
善者放出善路归。

七七去到泰山王，
从头一二问因由，
死去阴间七七满，
再不放你转回头。
杀牲害命入地狱，
断桥截路奈河浮，
积德有功上天界，
无功无德入迷途。

百日去到平政王，
冥君审事不差偏，
低头跪在冥君殿，
虽然横恶出善言。
喝风骂雨入地狱，
抛散五谷罪如棉，
恶者放上刀山上，
善者得达大罗天。

对年去到都市王，
为人在世罪多端，
一时去到冥君殿，
铁锤铁棒克心慌。
去到阴司为善好，
在阳作恶结仇端，
人恶人怕天不怕，
人善人欺天结冤。
恶者打入地狱去，
善者放他出好方。

三年去到转轮王，
十殿冥司问齐全，
从此冥王照有判，
有德有功各变尸。
无德使出畜牲路，
有功有德出人尸，
奉请羽流来超度，
提起亡者上天机。

流传地区：宾阳县

演唱者：黄宝辉

搜集整理者：王启智、莫兆桐、黄龙琼

搜集时间及地点：1986 年 10 月 11 日搜集于宾阳县思陇六塘村

来源：选自宾阳县民间文学三套集成编委会编《中国民间文学三套集成宾阳县歌谣卷》（内部资料），1987 年

丧葬道场歌[1]（汉族）

步虚歌

一念通三界，
重焚透九天；
玉关谗达信，
金阙已闻言。
迷梦通坛悃，

[1] 此歌反复唱三次，二次唱二洒，三次唱三洒。

香烧满座前；
宝炉香一炷，
普献众神仙。

步虚歌

太道洞玄虚，
有念无不起；
炼质八真仙，
遂成金刚体。
超度三界难，
地狱无苦声；
悉皈太上经，
称念稽首礼。

引亡歌

天堂享大福，
地狱无苦声；
火医成清净，
剑树化为灵。
上登朱陵府，
下入开光门；
超度三界难，
径上元始尊。

盖棺歌

天尊圣号不思义，
降赤人间阐化机；
法水滋云弥覆盖，
龙章凤辇拥丹墀。
遍通幽府俱开悟，
使出冥关免捡欺；
道德真香为达信，
超升天界宴瑶池。

回亡歌

天尊设经教，
引接于浮生；
勤修学无为，
五真道自然。
不迷亦不灭，
无我亦不明，
朗咏罪福句，
万变心垢精，
一炷道德香，
引超三境路。

威灵歌

且说死生离此别，
苦怨皇天切。
一堂父（母）子甚团圆，
今日被无常。
未报在生亲爱育，
答劬劳未足。
不知亡者往何方，
合眷泪涟涟。
请道迎师荐资助，
加托天堂路。

若能追拔建良缘，
愿得往生方。
稽首皈依无上道，
男女哀投苦。
稽首大圣大慈悲，
救拔度灵兮。
一炷元来本在天，
下沾尘世积成愆；
一去一回知旧路，
随师举步得超升。

今日离尸归故国，
明心见性坐宝莲；
伏道随声称齐号，
三声响彻九重天。
茗香伸召请，
四兽八卦神；
五帝五龙王，
乘云来解秽。

东方壬子木，
戊子火南方；
西方甲子金，
丙子北方神。
中央庚子土，
五子纳归庚；
天乙华池水，
涌浪下九江。

混和交合气，
香水两相和，
茗香度净水，
法水度茗香。
功德不思义，
尘劳皆洁净。

净棺歌

初洒亡灵，
棺椁衣裳，
四足之秽，
九窍之清。
左右身体，
头脑开轩，
衣裳自洁，
内外清净。
受师法水，
随道超升。

流传地区：横县

搜集整理：摘自覃宏任光绪十四年（1888）三月手抄本

来源：选自横县民间文学三套集成编委会编《横县歌谣集上册》（内部资料），1987年1月

沐浴歌（汉族）

第一明灯神供养，
十方三宝大慈尊，
明明天眼鉴凡情，
照脱灵魂生天界。
累劫冤仇尤未报，
多生冤债及羁留，
今凭道力照幽路，
得达无穷三境界。

第二明灯神供养，
寻声救苦度亡灵，
执幡引路接亡者，
驾鹤乘云尽超升。
近故亡魂堪听受，
凭灯照彻离暗幽，
寻声赴感荐超度，
得达无为三境界。

第三明灯神供养，
解冤解结叩三光，
千愆解脱永无干，
六道四生皆光朗。
接引亡灵离黑暗，
提携七魄上天堂，

寻声救苦度亡者，
超破幽囚诸孽障。

第四明灯神供养，
坤维帝主五狱都，
奈河江畔广无边，
暗黑之中万丈深。
荐超沉魂跨道岸，
亡灵滞魄见光明，
四生六道尽超升，
世世常居安乐国。

第五明灯神供养，
冥司地狱十冥王；
狱中典使及牛头，
地狱门前诸鬼众。
凡有罪魂经天下，
诸司幽狱赦囚中；
判度亡灵生净界，
超度亡魂往天堂。

第六明灯神供养，
亡灵债主众冤家；
负财害命忧执对，
故伤误杀欲来缠。
惟愿照涤除孽垢，
尽承灯映照光明；
六道四生皆光朗，
得道天堂三境界。

第七明灯神供养，
三魂七魄旧精神；
分光照彻朗幽关，
散映灯煌还故国。
奉道冤家得解脱，
冥途荐超地府中；
愿承此夜灯光惠，
得达天堂换新容。

流传地区：横县

搜集整理：摘自莫若隆光绪十年（1884）手抄本

来源：选自横县民间文学三套集成编委会编《横县歌谣集上册》（内部资料），1987年1月

解担床歌（汉族）

忏解东方担床神，
为 ×[1] 死去担床跟；
吾师勒送担床鬼，
免你一世得轻身。
解去南方担床神，
临老死去担床跟；
吾师勒送南方煞，
以免子孙后代人。

忏解西方担床神，
勒送恶煞化为尘；
亡者从此得欢乐，
担床神煞永无侵。
忏解北方担床神，
黑煞担床永无细，
今日老君勒恶煞，
从今永无此样人。

忏解中央担床神，
勒送戊己恶鬼神，
奉请天师来解送，

[1] ×：亡者姓名

邪魔恶煞上天心。

流传地区：横县

搜集整理：摘自莫若隆光绪十年（1884）手抄本

来源：选自横县民间文学三套集成编委会编《横县歌谣集上册》（内部资料），1987年1月

请灵开奠歌（汉族）

步虚歌

超度三界难，
地狱无苦声；
悉皈太上经，
称念稽首礼。
稽首天重天，
亮光照大千；
北风吹不动，
一朵紫金莲。
愿承道果照沉沦，
超出奈河登彼岸，
判度超者未曾超，
未脱苦沦当脱苦。

送亡歌

命尽可身亡，
轻衣踏地光；
我今将付与，
装衣见阎王。
渡过江河水，
举识定根源；
三关寻旧路，
一去别生方。

大圣赞宝楼歌

楼台一座在东方，
青色琉玻瓦盖装；
青色结成狮子状，
青红结绣牡丹双。
鱼鳃卜仰重重叠，
滴水花街事事成；
特状羽流伸祝赞，
愿随救苦度亡灵。

二十四孝设黄祥，
敬重丁兰刻木娘；
董永卖身葬父母，
至今天下永传扬。

楼台一赞在南方，
赤红琉玻内里装；
滴水花篮圆绕过，
红丹滴水四边光。
珍珠影落方圆照，
斗驾壮严万事强；
亡灵好归楼上座，
从今千载别家乡。

曹安杀子救娘饥，
杀死梅香人不知；
千古流传思孝义，
至今孝义感天机。
西方楼台甚精成，
珊瑚琥珀结秀成；
白纸结成花柳巷，
白鹤先生点地形。

八仙玉女门前接，
青龙白虎尽来迎；
今伏羽流伸祝赞，
亡者承此得超升。
孟宗泣竹冬生笋，
母病思量吃笋汤；
冬笋煲汤母便吃，
母亲病患就安康。

北方楼阁已周完，
彩画分明件件全；
顶上高篷光亮照，
鳌鱼白鹤秀金仙。
花街柳巷般般有，
处处庄严花色鲜；
是伏羽流伸祝赞，
资荐亡者往生天。

黄粱一梦梦黄粱，
楼台一赞在中央；
上盖黄铜木一副，
承载黄金内里藏。
孝义哀投持泣杖，
思亲流泪落连连；
亡者好归楼上座，
从今一去别家园。

宝楼一剩花色开，
唯有良工妙剪裁；
龙头凤昆童子柱，
青莲浮现牡丹开。
鲁班匠人打一笔，
剪成花朵妙色鲜；
玉女双双前后拥，
仙童仙女左右边。

奉请亡灵登宝阁，
逍遥快乐往生天；
登亭一所甚威仪，
上盖琉玻下青砖。
奉请亡灵楼上座，
逍遥快乐大罗天；
热天便归楼上座，
寒冬便归楼下眠。

倒药树歌

人生似鸟同林宿，
大难来临各自飞；
劳劳碌碌为家计，
空手去见阎罗时。
日日夜夜药水服，
药治无良极悲伤；
药树原来高万丈，
亡魂正在树中央。

正月十五是元宵，
儿女采药泪漂漂；
孝男家中多吉庆，
亡魂早步上云霄。
二月春分百花开，
男女采药到山来；
今日亡魂归阴府，
合家酬药哭哀哀。

三月清明正当天，
男女采药到山前；
琵琶线断音也断，
铜锣敲破五团圆。
四月百花开茂盛，
血泪染成红杜鹃；
南山采药北山来，

指望医治得安康。

五月初五端午节，
上山采药泪汪汪；
思念亲时肝肠断，
无雨狂风受孤寒。
六月六日六洋洋，
不知采药在何方；
亡魂今日酬药债，
愿超亡魂上天堂。

七月秋风渐渐凉，
想着采药断肝肠；
董永卖身葬父母，
丁兰刻木作爹娘。
八月十五是中秋，
关张刘备结为友；
霸王夺国争天下，
命到乌江也亡丘。

九月九日重阳节，
家家药酒香满天；
罗卜当年亲救母，
愿超亡者早生天。
十月立冬海棠清，
上山采药痛归心；
孟宗泣竹冬生笋，
郭巨埋儿天赐金。

冬至大雪十一月，
上山采药冻难移；
千里边远无人问，
孟姜女儿送寒衣。
大寒年穷月又穷，
渐交岁月又相逢；
王公卧冰鲤鱼上，
鲤鱼逢生谢王公。

药树结束事已周，
亡者骑马又乘龙；
白鹤飞天龙下海，
千年万载又相逢。

流传地区：横县

搜集整理：摘自莫若隆光绪十年（1884）手抄本

来源：选自横县民间文学三套集成编委会编《横县歌谣集上册》（内部资料），1987年1月

解结歌（汉族）

堪叹人生能几何，
一生在世辛苦多，
思量昨日今朝事，
如同江水逐流波。
堪叹人生在世间，
春去夏来秋冬间，
一年三百六十日，
何曾一日得宽闲。

人生唇舌枉徒劳，
爱作人前两面刀，
积下冤愆难解释，
今朝苦报受煎熬。
为人唇舌有多语，
说与张三李四前，
是非积孽皆因口，
罪遭拔舌苦连天。

人生心意莫贪谋，

前生分定不强求，
贪人利己成冤孽，
无常今日报冤仇。
且叹人生出世来，
身心贪爱积钱财，
放钱一百收二百，
违禁取利罪难开。

人生在世百年期，
生死始终有别离；
富贵贫穷皆由命，
何须贪积厚家资。
为人在世莫怨天，
积成罪彰便牵缠；
是夜绕棺伸解结，
怨天骂地罪消灭。

世间只有母痛儿，
少有儿子痛母时，
夫妻饱暖鱼共水。
父母饥寒不尽知。
为子出去母长思，
常望爱子早回归；
望长望短儿归到，
不喊爹娘先喊妻。

一生浮世一梦中，
切莫误杀害诸虫，
放火烧山千万命，
害它虫蚁罪难容。
为人在世逞高强，
婚男嫁女宰猪羊，
杀鸡鹅鸭千性命，
今宵解释免刑伤。

四时八节及元辰，
庚子甲子不修身，
三辛三厌俱无戒，
如今参戒免沉沦。
秤尺不平最不良，
大升小斗积祸殃，
贪人利己瞒天下，
今时参解免刑伤。

流传地区：横县

搜集整理：摘自覃通河光绪十三年（1887）四月手抄本

来源：选自横县民间文学三套集成编委会编《横县歌谣集上册》（内部资料），1987年1月

解麻纱歌（汉族）

烧麻纱，上天家，
孝男孝女福荣华；
烧麻容，上天宫，
孝男孝女永无穷。

烧麻丝，上天机，
孝男孝女手彰美，
烧麻线，上三天，
孝男孝女列两边。

今宵奉道烧麻纱，
化灰顺风上天家；
冤家未解今时解，
烧了麻纱上天界。

开笼放鸡入山去，
鸡入深山变彩凤；
卷网放鱼归大海，

鱼归大海化成龙。

流传地区：横县

搜集整理：摘自覃通河光绪十三年（1887）四月手抄本

来源：选自横县民间文学三套集成编委会编《横县歌谣集上册》（内部资料），1987年1月

落灯歌（汉族）

灯燃五盏在坛中，
普照幽囚处处通；
灯光照彻星斗现，
盏盏如莲水月中。
能照暗黑千般苦，
照破阿鼻十八重；
亡者早随灯影去，
乘光超度上天宫。

燃灯点照神供养，
照开黑暗尽光明；
风雷地狱早超升，
虎鬼龙神皆托朗。

落气亡魂生天界，
沉迷超度往生天；
今宵燃点此明灯，
亡者速超清净界。

六道四生同托化，
冤家债主不羁留；
酆都地狱各罢对，
群类孤魂尽超升。

人生在世早修缘，
死归冥司登彼岸；
落气亡魂生净界，
胎卵湿化尽生天。

亡者生身居浮世，
万般造罪积愆尤；
冤家债主免相缠，
七祖九玄同托化。

流传地区：横县

搜集整理：摘自赖善华光绪元年（1875）三月手抄本

来源：选自横县民间文学三套集成编委会编《横县歌谣集上册》（内部资料），1987年1月

报恩灯歌（汉族）

世上三品贵贱人，
恭敬为先奉二亲；
设经十教可以报，
追修答谢伏诚心。

如期孝感乾坤德，
是伏奉酬父母恩；
燃点红莲伸忏罪，
早离孽垢出迷津。

临产昔时多苦恼，
忽然坐草欲倾危；
朝如重病果难安，
夕似何得沉昏迷。

一身闷绝恼悲伤，

五脏开张多辛苦；
但觉皱眉生下子，
不辞流血似屠场。

双神掩风无弃失，
两乳充饥未曾离；
恩情不废情难报，
是伏燃灯伸报德。

严父配天何恩德，
慈母像地得还恩；
深思大义酬未报，
是伏羽流盖世尘。

亡灵死去别千秋，
今宵恩重报恩酬；
金玉满堂谁掌管？
一旦无常限到头。

只望华封祝三享，
何期至今命难留；
燃点报恩灯荐悼，
亡灵从此出阎浮。

流传地区：横县

搜集整理：摘自赖善华光绪元年（1875）三月手抄本

来源：选自横县民间文学三套集成编委会编《横县歌谣集上册》（内部资料），1987年1月

子灯孝歌（汉族）

第一怀胎身罔极，
世间莫把发层轻；
丁兰刻木作亲娘，
董永卖身葬父母。
天尊传教世间人，
从古至今传妙法；
今宵燃点报恩灯，
惟愿亡灵生天界。

第二恩酬哺乳苦，
朝朝月日挂娘怀；
子路负米来养育，
郭巨埋儿天赐金。
今日爹娘辞世去，
孝男竭力报双亲；
燃点光灯垂荐拔，
惟愿亡灵往生天。

第三报答恩移湿，
将儿移出受苦地；
舜儿行孝感于天，
曾参奉亲不曾离。
昔子何日行孝道？
流传百世子孙知；
今宵报答此恩灯，
惟愿亡灵生天界。

第四报酬恩分娩，
慈亲产育受艰辛；
多少劬劳何报答，
粉身不足报亲恩。
孟宗泣竹冬生笋，
王祥卧冰出鲤鱼；
今宵燃点报恩灯，
惟愿父（母）魂生天界。

第五恩酬亲鞠育，
恩深德重大如山；

为子当思亲受苦，
劬劳粉骨酬恩还。
曹安送米去寻母，
七岁儿童识孝娘；
今宵燃点报恩灯。
荐助亡魂登彼岸。

第六报酬教育恩，
五男习读保儿身；
为子当思亲教诲，
何期一旦别亲恩。
五娘割发灵棺木，
日红割服救婆亲；
今夜恩灯光高照，
愿超亲魂上天界。

第七报酬恩洗浴，
母忧子女失惊啼；
洗浴深恩难报答，
何期为子备超升。
古人九龄方九岁，
温席双亲免受苦；
今宵燃灯为酬答，
愿承灯影登极乐。

第八远游恩未报，
思量游子挂亲心；
时时意念心中切，
朝思暮想虚光阴。
目连尊者来救母，
地狱门前救母亲；
恩灯涌光八方照，
亡者早上九霄云。

第九恩酬报法戒，
双亲养我命垂张；
求神卜问投坛送，
不拘僧道学言章。
伯皆泣杖双泪落，
方知老命实难留；
恩灯报点惠光照，
亡魂快乐度春秋。

第十降生身未报，
产育愆尤罪及亲；
生身未报恩罔极，
岂期一旦别宗亲。
恩重如山难报答，
燃灯滴泪尽伤怀；
仰凭救苦大慈悲，
接度亡灵上天界。

流传地区：横县

搜集整理：摘自覃宏任光绪十四年(1888)三月手抄本

来源：选自横县民间文学三套集成编委会编《横县歌谣集上册》(内部资料)，1987年1月

兄弟灯孝歌（汉族）

金乌东出兔归西，
四相飞空立改时；
昨日满堂欢喜乐，
今朝合家泪伤悲。
孤男伏地肝肠断，
兄弟号天挂孝衣；
共乳连枝今日别，
曹溪过了见须弥。

忆思同胞脐割断，

兄恭弟顺望长坚；
大限来催被迫别，
赞助灵兮往生天。
同气连枝今日别，
共胞共乳别荐行；
明灯超度往西衢，
世世相逢龙华会。

流传地区：横县

搜集整理：摘自赖善华光绪元年（1875）三月手抄本

来源：选自横县民间文学三套集成编委会编《横县歌谣集上册》（内部资料），1987年1月

女婿灯歌（汉族）

第一层灯通三界，
亡灵离苦上天庭；
冤家孽障尽消除，
地狱门前无阻碍。
本望岳父（母）登百岁，
何期今日命无常；
今宵点亮报恩灯，
资荐岳魂生天界。

第二层灯照法界，
照辉天府众高真；
千重地狱息开通，
亡者三魂生净界。
孝婿今宵伸奉报，
灵前燃点报恩灯；
天尊流教宣扬广，
奉荐岳魂生天界。

第三层灯照法界，
三途五苦尽开通；
亡灵离苦得生天，
债主仇家永无逢。
惟异迟龄增鹤寿，
岂知一梦返泉台；
今宵赞献此灯影，
三魂七魄登金阶。

第四层灯照净界，
天府高真总照全；
惟愿寿原同山岳（嶽），
何期命尽人黄泉。
亡者承此早生天，
特点明灯伸荐悼；
是夜明灯光映照，
惟愿岳魂登彼岸。

第五层灯通法界，
照开水府众龙宫，
四海五湖诸众圣，
下元水国九江神。
惟愿寿原登彭祖，
何期一旦返黄粱；
今宵燃点此光灯，
荐超岳魂上天宫。

第六层灯照法界，
照通黑暗得光明；
牛头狱卒尽欢喜，
赦教灵魂登彼岸。
今宵孝婿点恩灯，
愿垂岳魂生天界；
愿祈孝族长安泰，
阴阳两利获升平。

有福有禄并有会，
得恩得果报升平；
孝婿恩灯事已毕，
惟愿岳魂登快乐。
广布福地留后世，
重增福寿与儿孙；
龙华会上再相见，
阴阳同里皆同欢。

流传地区：横县

搜集整理：摘自莫若隆光绪十年（1884）手抄本

来源：选自横县民间文学三套集成编委会编《横县歌谣集上册》（内部资料），1987年1月

女婿宝马歌（汉族）

花球宝马白莲莲，
唯有良缘彩画鲜；
昔日鲁班多妙手，
装成宝马甚周全。

白马金鞍皮肚带，
土金蛇儿作马鞍；
惟愿亡魂乘宝马，
一飒举步到西天。

奉请亡魂上宝马，
摇鞭相色甚风容；
女婿金钱将买得，
亡魂游褶任西东。

亡灵骑马往西奔，
莲花台上好安身；
玉宝皇上来接引，
出离地狱免沉沦。

流传地区：横县

搜集整理：摘自覃通河光绪十三年（1887）四月手抄本

来源：选自横县民间文学三套集成编委会编《横县歌谣集上册》（内部资料），1987年1月

二十四孝歌（汉族）

第一罗卜孝行重，
含悲叩佛救慈亲；
感天方便开生界，
神炽随录证上真。

第二舜子孝思全，
报恩无量感于天；
逢凶迪吉何天相，
乘此慈光度有缘。

第三妙善重亲恩，
驸马荣华脱世尘；
从劫舍身行救报，
今宵慧炬度迷津。

第四款秀行孝道，
黄泉相会悟君心；
报恩感格全终始，
慧炬超灵仍至今。

第五郭巨孝无汇，
将儿拘向后园埋；
报恩恩筹乾坤重，

燃炬超魂出夜台。

第六董永痛重丧，
将身作仆葬爹娘；
遗来天女守恩德，
凭此慈光度仙乡。

第七黄香行孝德，
承欢膝下未当离；
冬温夏清皆全孝，
用荐亡灵上天机。

第八丁兰行孝道，
报恩刻木奉双亲；
号外扑地伸追荐，
仗此灯光征善因。

第九剡子报深恩，
晨昏供奉答殷勤；
文王箭杀三身化，
孝感无边荐二人。

第十仲尼结孝道，
诵经超荐报严亲；
发心叩道燃明炬，
普度灵魂八五为。

十一孟宗陈荐悼，
笋生冬节供甘汤；
念切守恩情倍笃，
用伸超度上天堂。

十二姜诗孝通奇，
双鱼供养不思义；
良宵报德伸孺慕，
宝炬超升仗二师。

十三闵子孝传名，
芦絮至今见性情；
兄弟双亲眉友爱，
用资逝魄上天庭。

十四蔡伯行孝道，
赵家田氏学登科；
殷勤图报亲恩切，
追荐亡灵上大罗。

十五曾参行孝隆，
守身报恩尽始终；
谗言不入慈亲信，
用荐亡魂无碧穷。

十六道志孝堪传，
勤学成名荐椿萱；
子道克全垂不冀，
用荐幽爽上生天。

十七交让行孝制，
担泥作场报慈亲；
终天抱根悲风水，
仗点灯光度苦尘。

十八向阳孝道昭，
高堂久病请医疗；
不遗宁处常深动，
用若亡灵上法桥。

十九元党孝德修，
买鱼奉养报劬劳；
六根洗净听明见，
荐超亡魂上玉楼。

二十王裒孝义全，

享都报德感苍天；
雷威特是神通报，
传兴来荐资九泉。

廿一齐军行孝重，
鲁秦二国叹非常；
存亡图报情何切，
用荐亲恩上天堂。

廿二留帝存超伦，
动伤父逝国忠臣；
九泉图报情难已，
仗此慈光作善因。

廿三秦子孝思全，
抱恨终天动惨然；
情切守恩哀未尽，
超升乐国在良缘。

廿四曹娥孝最重，
惊天动地报恩隆；
为人欲放贞义德，
宝炬超亲报朵宫。

流传地区：横县

搜集整理者：黄家香，男，壮族，横县云表乡文化站干部，高中文化

来源：选自横县民间文学三套集成编委会编《横县歌谣集上册》（内部资料），1987年1月

孝家脱服歌（汉族）

帽冠各顶付信人，
爱心报效答亲情；
顶戴三年终于满，
今时释服解冤明。

一幅衫衣六幅裙，
常披孝道报恩情；
守孝三年时辰过，
阴阳两利各升平。

孝服当初是包胎，
能生能养护身来；
抛弃儿女悲伤切，
当成报答慈亲胎。

一条绳索三尺六，
付归孝子各殷勤；
源带割肠分清浊，
出恭入敬报生身。

一条孝杖齐眉颈，
重行三步就哀声；
披麻戴孝悲泪落，
伏望亡亲上天庭。

明灯点照妙虚空，
亡者承光悟本宗；
丧灯并与心灯现，
内燃外影照无穷。

地狱天堂本无踪，
只在人心一念中；
亡者脱离尘垢地，
引登净境礼金容。

一点明灯照路上，
一灵不昧悟本宗；
一向道前求忏悔，

一心恭敬礼三尊。

冥衣洒法水，
元始符命尊；
人间罗衣服，
僧道绣锦衣。

一枝赖善缘，
久卦得清凉；
脱离三途苦，
上登居福田。

遨游天地转，
逍遥不回乡。

流传地区：横县

搜集整理：摘自莫若隆光绪十年（1884）手抄本

来源：选自横县民间文学三套集成编委会编《横县歌谣集上册》（内部资料），1987年1月

孝女丧歌[1]（汉族）

夜思

踏脚入门我想起，
前早两日跳眼眉。
眼眉也跳心也跳，
有乜事情女卯知。

昨日又闻乌鸦叫，
卯好兆头心伤悲。
吃也卯饱睡卯着，
眼也卯眯[2]肚卯饥。
蜘蛛结网蚊帐顶，
睡觉卯成通夜思。

报讣

今早有人去报我，
报讲阿爸（妈）病难医。
报讲病重医卯好，
抛掉儿女已分离。
你女心头跌落地，
心头跌地魂魄飞。
马上换衫返来睇，
三步到屋尚嫌迟。
路上眼泪双双落，
双落眼泪湿衫衣。

收殓

返到娘家仔细望，
厅堂左（右）边放爸（妈）尸；
我买白布三尺六，
今日还恩物件稀。
父（母）亲今年几十岁，
为何今日早分离？
现将棺椁收殓你，
儿孙后事你莫思。

三拜

我向灵前来跪拜，
膝头落地拜亲慈；

[1] 这是女儿、女婿回娘家奔丧的组歌。全曲由九个段落组成，完整地表达了从闻讯到慰魂的全过程。

[2] 卯眯：不打瞌睡。

一拜亲慈功劳大，
从小教育到今时。
二拜亲慈情义好，
亲慈养女当养儿；
三拜亲慈今离别，
一时离别女心悲。

育思

亲生骨肉同血系，
难分难舍难别离。
你女一时想难尽，
哭断肝肠费心机。

十月怀胎功劳大，
拖拖带带卯分离。
一岁两岁吃乳大，
背背抱抱过日时。
无茶又忧女口渴，
无米又忧女肚饥。
到夜在床共妈睡，
拉尿拉屎累亲慈。

左边湿了右边放，
右边湿了左边移。
三岁四岁亲照顾，
又顾吃饭顾穿衣。

热天又怕蚊子咬，
冷天又怕无被遮。
五岁六岁未识事，
裤脚衫尾时常扯。

执菜[1]又怕娘去久，
担水又怕娘回迟。
七岁八岁去入学，
送女读书当送儿。

细时读书不懂事，
画坏纸张与书皮。
读书不识书宝贵，
如今识得也是迟。

娘生娘养功劳大，
奔波劳碌养女儿。
上山摘果不舍吃，
悭口执返给女儿。

趁圩上街不吃晏，
悭买糖果与饼儿。
爹娘辛苦养儿大，
今日隔别泪长披。

教养

不会做工爹娘教，
又教插田与种畲[2]。
又教撕麻和织布，
又教做鞋补衫衣。

又教在家要和睦，
又教出外莫为非。
为人在世平平过，
不高不低正为宜。
千言万语爹娘教，
如今一别永分离。

[1] 执菜：摘菜。

[2] 畲：指地势较高，种耐旱作物的耕地。

古孝

二十四人行孝道，
第一孝道是舜儿。
第二文王床前跪，
问安事善敬严慈。

第三业子学鹦叫，
父母欢乐过日时。
第四子骞愿受冷，
兄弟和顺敬亲时。

第五姜诗是孝子，
灶边涌鱼救亲慈。
第六伯逾常挨打，
父母严教成孝儿。

第七郭巨把父孝，
天赐黄金满地飞。
第八丁兰刻木像，
木绣真容念亲时。
第九赵兹父先死，
剩下亲娘伴孤儿。
第十蔡顺咬手指，
忍心肉痛念严慈[1]。

十一董永身自卖，
卖身葬父传今时。
十二江草添粮谷，
尽心抚养顾严慈。

十三黄香勤扇枕，
扑蚊暖铺是孝儿。
十四媳妇母九十，
九十高龄不受饥。

十五赵俗曾遇贼，
勇打贼人救父时。
十六黄祥侍后母，
前子亦当亲生儿。

十七子路黎笋养，
黎笋养母众人知。
十八杨青种玉米，
朴得玉米救娘饥。

十九山浴辞官职，
不做大官顾严慈。
二十孟宗哭冬笋，
冬笋煮汤救娘饥。

廿一范良配姜女，
夫妻和顺敬严慈。
廿二曾子当先养，
行孝父母天下知。
廿三曹安舍杀子，
孝道忍痛救娘饥。
廿四乐正请匠绣，
纪念父母衬当时。
廿四个人个个孝，
世间男女慢心思。

深情

人讲天高未为高，
爹娘功劳高过天。
人讲地厚未为厚，
爹娘情义厚万年。
人讲棉暖未为暖，
爹娘爱孩暖过棉。

[1] 严：父。慈：母。

灯草移落藕塘种，
爹娘子女心紧连。
山上树木总是笔，
书写难尽子女言。
天上白云总是纸，
亦难写尽父母言。
井水挑回总是墨，
难写爹娘话生前。

劝魂

彭祖寿年八百岁，
现今不见在哪边。
人生在世难免死，
百年归寿有一天。
世上何数年轻死，
世间几人活百年？

爹娘今年几十岁，
无人可说亡少年。
爹娘瞑目归泉路，
逍遥快乐游西天。
女请资荐引超度，
佛前参礼罪消愆。
金童引入长乐界，
玉女接归极乐天。

流传地区：横县

演唱者、搜集整理者：陈龙泉，男，汉族，横县那阳乡文化站干部，高小文化

来源：选自横县民间文学三套集成编委会编《横县歌谣集上册》（内部资料），1987年1月

船民丧歌（汉族）

叹乜十月怀胎。
阿乜[1]呀，
带喜贱娇一个月呀，
口唔[2]中想食思量。
阿乜呀，
带喜贱娇两个月呀，
口中单食饭泡茶。

阿乜呀，
带喜贱娇三个月呀，
口中还想食酸甜。
阿乜呀，
带喜贱娇四个月呀，
枕头共席不离床。

阿乜呀，
带喜贱娇五个月呀，
口中讲话心带忧愁。
阿乜呀，
带喜贱娇六个月呀，
又防六甲害了亲娘。

阿乜呀，
带喜贱娇七个月呀，
七生八死害母条命。
阿乜呀，
带喜贱娇八个月呀，
太公难保是女是男。

阿乜呀，
带喜贱娇九个月呀，

[1] 乜：母。
[2] 唔：不。

我乜买定腊丸买定姜。
阿乜呀？
带喜贱娇十个月呀，
我乜红粉险见阎王。

流传地区：横县
演唱者：李日和
搜集整理者：何小黎
搜集时间及地点：1986年9月搜集于横县南乡
来源：选自横县民间文学三套集成编委会编《横县歌谣集上册》（内部资料），1987年1月

十月怀胎[1]（汉族）

（水上民歌）

亲呀娘！
手捧经书照字禀，
双膝跪落孝娘恩厚，
你今离别亲人离别子，
红莲小女泪双流。

亲呀娘！
驮起贱娇一个月，
我娘朦胧不知什情由。
驮起贱娇二个月，
打瞌酷眠常吐呕。
驮起贱娇三个月，
酸姜荞头正合娘口，
驮起贱娇四个月，
分开男女伴母共暖流。

亲呀娘！
驮起贱娇五个月，
餐餐吃饭把茶淘。
驮起贱娇六个月，
生怕六甲胎神要母惆。

亲呀娘！
驮起贱娇七个月，
担怕七星临盆没时候。
驮起贱娇八个月，
又怕七生八死儿命休。

亲呀娘！
驮起贱娇九个月，
我娘买便腊丸共姜头。
驮起贱娇十个月，
临盆将近命关攸。

亲呀娘！
娘似挨场病瘀绞，
爷在神前求保佑。
十月怀胎一日见，
贱娇离娘堕床头。
亲呀娘！
你娇刚刚出娘胎，
是男是女娘未见，
说是红莲女一个，
有口难言怎怨天。

亲呀娘！
落地头朝，爷在神前定庚子，
也在深房泪连连。
落地二朝，邻舍问娘男还女？
花王注定梳髻缚红线。

亲呀娘！

[1] 《十月怀胎歌》是邕江沿岸船家“祭奠”歌中的一个章节。

落地三朝，六亲床前来问好，
产下牛郎还是织女仙。
娘说好字傍边无爱子，
是男是女功劳皆不凡。

亲呀娘！
落地四朝，双手抱娇来吃奶，
我爷吩咐少食辣吃酸。
落地五朝，我爷抱娇作玉宝，
又搂被子又搂裙绢。

亲呀娘！
落地六朝，勾藤乌蜂爷买回，
闲备急用作剂煎。
落地七朝，日出东边娘晒席，
日头西斜晾裙片。

亲呀娘！
落地八朝，柿饼作饭口口接，
一口不接乜愁颜。
落地九朝，磨米擂浆难为乜，
朝朝喂大女红莲。

亲呀娘！
落地十朝，娇打喷嚏娘害怕，
求神保莲日日鲜。
落地十一朝，我娘育娇日日好，
儿干娘湿亲乜不安然。

亲呀娘！
落地十二朝，外婆赶来安花王，
花王保佑娇强健。
你娇餐餐食饭娘好笑，
少餐不吃乜愁面。

亲呀娘！
三朝七日娘顾虑，
怕娇伤风感冒病缠绵。
你忍饥寒将娇养，
挨更抵夜不安眼。

亲呀娘！
娇我吃尽娘亲心肝奶，
娘还怕奶水不够娇吞咽。
我娘养娇年年好，
望娇成人长进欢容颜。

亲呀娘！
今日乜儿永离别，
祝您安然去长眠。
念亲淌泪肝肠断，
送乜送到奈桥天。

流传地区：邕江一带

演唱者：曾子佳，女，汉族，邕宁县海员新村船民

搜集整理者：何广锋，男，汉族，邕宁县海员新村船民，初中学历；卢艺

来源：选自邕宁民间文学三套集成编委会编《中国民间文学三套集成邕宁县民间歌谣集》（内部资料），1987 年

莲灯叹（汉族）

（祭奠唱叹）

亲娘呀！
一盏莲灯台上摆，亲娘呀！
明师点起照娘光明。
二盏莲灯台上摆，亲娘呀！
红烛点起不用加油。

三盏莲灯台上摆，亲娘呀！
拿鸡送子到娘台前。
四盏莲灯台上摆，亲娘呀！
五湖四海生意兴隆。

五盏莲灯台上摆，亲娘呀！
五福临门富贵荣华。
六盏莲灯台上摆，亲娘呀！
福禄双全好过旧时。

七盏莲灯台上摆，亲娘呀！
七位仙女下凡尘。
八盏莲灯台上摆，亲娘呀！
八仙过海大撒金钱。

九盏莲灯台上摆，亲娘呀！
九子连环世代兴旺。
十盏莲灯台上摆，亲娘呀！
十烛齐全白发齐眉。

流传地区：邕江一带

演唱者：梁亚喜，女，船民

搜集整理者：陈再明

来源：选自中国民间文学三套集成南宁市领导小组编《南宁市歌谣》（内部资料），1987 年

哀母挽歌（壮族）

妈去阴间我凄凉，
泪如泉涌哭断肠。
送棺出门步踉跄，
一哭三呼我的娘！

突刮北风又下霜，
大树折根倒路旁，
无情暴雨从天降，
芋折叶碎芋心伤。

妈呀妈呀开口讲，
你去阴间哪一方？
儿愿用钱来买命，
盼你阴魂得还阳。

惜儿如金盼儿长，
柔情万缕儿难忘，
养育恩情难再报，
为儿越想越凄凉。

腥臭屎尿撒在床，
妈你偎儿在身旁。
夜间频频换尿布，
不给孩儿身受脏。

干处让儿好安睡，
你却受湿又受脏，
护儿像护石上蛋，
夜夜朦胧到天光。

早上披星下田去，
夜晚戴月回家堂，
终年劳碌为养子，
脸生皱纹鬓发苍。

做工归来一身累，
又抱孩儿亲脸庞，
甜食可口把儿喂，
你却独自饮米汤。

越是想你越见影，
仿佛你还在身旁。

喊“妈”声声你不应，
孤儿越哭越凄凉。

盼妈灵魂上天堂，
早得超度再还阳。
腾云驾雾乘风去！
来世享福寿无疆。

流传地区：武鸣县东部

演唱者：杨汉武，男，壮族

搜集整理者：译文广，男，壮族，武鸣县马头乡人

来源：选自南宁市文化新闻出版广电局、南宁市民族文化艺术研究院编《南宁歌谣集成（壮族卷）》，广西教育出版社，2014年12月

哭丧父（母）歌（壮族）

父（母）呀父（母）呀，
你怎拿脸去藏，
赶集赶乡，
去到晚上就回。

死去难归，
不见父（母）辈再现，
死进阴间，
像被鹰犬抓去。
真出不意，
你怎赶去阴司，
实在难思，
我父（母）不得享福。

生病辛苦，
一块鱼肉不进，
一辈艰辛，
使我终生难忘。
回到家堂，
棺材已装尸体，
死来活去，
跪棺哭啼父（母）亲。

惨叫声声，
不见父（母）亲回转，
跪在灵前，
冥香点燃致哀。
给你化斋，
内心悲哀无比，
猪头供祭，
父（母）亲已是不尝。

放炮三响，
就要上扛去葬，
父子（母女）分散，
好比刺钻我心。
想念父（母）亲，
哀哭声声难咽，
从这时间，
不得再见脸形。

父母恩情，
实在难行离分，
羊跪乳恩，
乌鸦报恩反哺。
上拜下俯，
愿你阴府安定，
每年清明，
我去上坟还义。

流传地区：上林县大丰镇、巷贤镇一带

演唱者：覃华胜，男，壮族，上林县巷贤

镇耀河村人，高小文化

搜集整理者：李守汉，男，壮族，上林人，上林县壮校原副校长，广西壮族自治区民间文学研究会会员

来源：选自南宁市文化新闻出版广电局、南宁市民族文化艺术研究院编《南宁歌谣集成（壮族卷）》，广西教育出版社，2014年12月

送葬歌[1]（壮族）

摆到第一条，
路干点着火，
江里没有水，
尸骨曝荒坡。

摆到第二条，
还有一段路，
若是真生母，
到桥头痛哭。

摆到第三条，
母亲已入殓，
双手捧黄纸，
泪水流成泉。

摆到第四条，
厅堂门敞开，
道公摇铜铃，
抬你到灵台。

摆到第五条，
忙上又忙下，
送你到黄泉，
一去不复返。

摆到第六条，
挖坑把竹种，
竹篾十二丈，
缚紧苦难言。

摆到第七条，
嘴闭不得开，
父死母亦死，
儿像牛徘徊。

摆到第八条，
做鬼到阴间，
手拿槟榔果，
腾云飞上天。

摆到第九条，
纸钱谢鬼神，
送父母上山，
难报双亲情。

摆到第十条，
穿着带孝衣，
送父母下地，
一去永不回。

流传地区：马山县加方乡一带

演唱者：曾翠芬，女，壮族，农民

搜集整理者：蓝求、梁肇佐、廖昆铭

搜集时间及地点：1987年3月2日搜集于马山县加方乡加让村合马屯蓝业隆家

来源：选自马山县民间文学三套集成编写小组编，马山县文化局、马山县文化馆印《中国民间文学三套集成马山县歌谣卷

[1] 此歌在出丧前后唱。

（二）》（内部资料），1987 年 6 月

颂父母歌（壮族）

如今母逝世，
似流星飞去；
母亲归西天，
恩情不能断。

北风自会吹，
南风会旋转；
母亲返仙乡，
不能再返归。

要肉鱼来祭，
不见母亲尝；
香烛燃灵位，
不见母亲魂。

母离别人间，
失田地家产；
母辛劳一世，
子今晚还恩。

子年幼身病，
母搏命找药；
儿子患病重，
母劳心管病。

喂奶儿不吸，
母亲心里跳；
吃口粥不完，
母亲心里慌。

伴儿子睡觉，
母睡在潮湿；
儿拉屎拉尿，
眯不上眼睛。

生死如今别，
儿心里惊动；
母离开子孙，
辞别乡亲友。

母亲做到了，
父从小管家；
服侍要耐烦，
报答父母恩。

老人在世间，
不闹三闹四；
忘了老人情，
人拿去流传。

日落下西边，
夜去日归来；
母亲离别去，
她不再回了。

子孙都在家，
守孝还恩情；
明早棺出殡，
永世不相见。

今晚守棺材，
陪伴母身边；
明早送阴宫，
母房留空了。

年幼母亲别，
父亲心里凉；

快到年到节，
心凉似泉水。

母年轻守寡，
坏了半世人；
为了小满仔，
在人间受难。

母亲做贩卖，
开口眼泪流；
入腊月三冬，
无日得休息。

爱儿如宝珠，
赶街都不去；
望着独生子，
何时才成家。

天看到独仔，
子孙围满堂；
媳妇懂礼貌，
报恩还情义。

烧完了钱纸，
敬天又敬地；
母亲的情义，
儿子不忘恩。

流传地区：马山县

演唱者：潘士英，男，壮族，马山县民委副主任

搜集整理者：潘士英、陈振虞

搜集时间及地点：1987 年 7 月 13 日搜集于马山县城

来源：选自马山县民间文学三套集成编写小组编，马山县文化局、马山县文化馆印《中国民间文学三套集成马山县歌谣卷（二）》（内部资料），1987 年 6 月

守灵歌[1]（壮族）

夫过第一桥，
眼泪滴满床，
靠叔伯四邻，
棺木来相帮。

夫过第二桥，
越想越心伤，
谁是属至亲，
帮洗理装身。

夫过第三桥，
道公到也齐，
虽伤心至极，
亦杀鸡拜祭。

夫过第四桥，
剪纸立灵牌，
不论男和女，
环棺来祭拜。

夫过第五桥，
死别到阎罗，
亲人永不见，
阴阳两相错，

夫过第六桥，
备好路上餐，

[1] 《守灵歌》亦名《离堂歌》，是妇女为哀悼亡夫而唱的山歌，与道公所唱的《离堂歌》相近。

暂时歇一歇，
脚步也蹒跚。

夫过第七桥，
铁锅煮祭饭，
灵前摆几碗，
子哭我心烦。

夫过第八桥，
祭品 碟碟，
儿哭地上爬，
放入箩中坐。

夫过第九桥，
斧砍恩情断，
从今一永别，
含泪烧纸钱。

夫过第十桥，
父子不见面，
杀鸡来相送，
灵魂到西天。

难却夫妻情，
入土慰亡灵，
选个好坟地，
望你得安宁。
夫呀！

流传地区：隆安县南圩乡一带

演唱者：潘氏，女，壮族，布泉街人

搜集整理者：林啟枢、隆雅林

翻译者：黄平文，广西民族干校教师

搜集时间及地点：1986 年 10 月搜集于隆安县布泉街

来源：选自南宁市文化新闻出版广电局、南宁市民族文化艺术研究院编《南宁歌谣集成（壮族卷）》，广西教育出版社，2014 年 12 月

马山二十四孝勒脚歌[1]（壮族）

序

二十四行孝，
礼道难分清。
父母的恩情，
请孩儿记住。
人们来世间，
要赡养父老。

二十四行孝，
礼道难分清。
日间背和抱，
晚还抱去巡。
父母的恩情，
请孩儿记住。
孝堂先肃静，
讲古代圣人。

二十四孝情，
请大家来听。
男女先别哭，
听师傅诵经。

[1] 《二十四孝》是由汉朝至宋朝二十四个生动活泼、短小精悍的故事组成，歌颂尊老敬长的传统美德的经书。它是理家之术，修身之本，养性之源，伦理之冠。乌鸦反哺回报养育恩，山羊跪乳答谢生身痛。马山壮族师公根据二十四孝典故用壮族欢勒脚形式编写咏唱，教育子孙后代，让后裔永远文明昌盛。

壮族欢勒脚，每首有十二句，雅称十二行勒脚歌。有些称作“四柱八脚”歌。“四柱”者，是以开头的四句为全首的骨架子，如建房的四个柱子也。“八脚”者，为后面八句也——这后面八句中每四句的后两句分别以前四句的开头两句和末尾两句为结束。

孝堂先肃静，
讲古代圣人。
有鸡或有肉，
拿出来祭灵。

二十四孝情，
请大家来听。
说各位孝男，
拿幡跟巡棺。
听行孝宣传，
还父母情义。
咱父母过世，
情义此时还。
说各位孝男，
拿幡跟巡棺。

送父母升天，
才成德成贤。
听行孝宣传，
还父母情义。
学董永行孝，
编教天下扬。
今晚开道场，
唱古人故事。

陪亲生父母，
辛苦你别闹。
学董永行孝，
编教天下扬。
孝感动天地，
世人难跟上。
今晚开道场，
唱古人故事。
行孝有经书，
告诉人们听。
二十四孝情，
都是圣贤人。
道公和师公，
先别动锣鼓。
行孝有经书，
告诉人们听。
大家记不住，
有书出来评。

二十四孝情，
都是圣贤人。
谁读过经书，
才想出功名。
待父母尽情，
才成名成家。
父母命归阴，
恩情自然无。
谁读过经书，
才想出功名。

二十四孝经，
传古代名人。
待父母尽情，
才成名成家。

二十四孝·欢（故事略）

虞舜孝感天

虞舜的孝顺，
天下人该倡。
在历山开荒，
群象来帮忙。
百鸟帮犁田，
尧帝都感动。
虞舜的孝顺，
天下人该倡。
开荒来行孝，

天地报上榜。
在历山开荒，
群象来帮忙。

老莱子娱亲

老莱子行孝，
巧技让母笑。
衣盖头要招，
玩笑让娘欢。
他母亲过世，
起灵位祷告。
老莱子行孝，
巧技让母笑。
七十岁老人，
不歆也不笑。
衣盖头要招，
玩笑让娘欢。

周剡子鹿乳奉亲

说剡子行孝，
鹿皮当袍穿。
混鹿群中间，
骗鹿帮为友。
挤母鹿的奶，
回来敬二老。
说剡子行孝，
鹿皮当袍穿。
果真有幸运，
对猎人高喊。
混鹿群中间，
骗鹿帮为友。

周子路为亲负米

说子路行孝，
报给人们传。
去官府做官，
赚米来养母。
吃野草野菜，
实在苦难嚼。
说子路行孝，
报给人们传。
记父母恩情，
认真去看管。
去官府做官，
赚米来养母。

周曾参啃齿心痛

说曾参故事，
深情爱继母。
家里穷又苦，
出门卖柴草。
继母病三年，
买甜果来伺。
说曾参故事，
深情爱继母。
读书懂道理，
爱继母十足。
家里穷又苦，
出门卖柴草。

周闵骞单衣顺继母

说闵骞行孝，
跪央求老父。
不能驱后母，
无娘孤儿郎。
读书人聪明，
诚心爱俩老。
说闵骞行孝，
跪央求老父。
母在独我凉，
娘走三儿孤。
不能驱后母，

无娘孤儿郎。

前汉文帝亲尝汤药

文帝行孝道，
爱老母十全。
母亲病三年，
亲自煎药医。
喂药前先尝，
怕烫伤娘老。
文帝行孝道，
爱老母十全。
孝感天地惊，
名声天下传。
母亲病三年，
亲自煎药医。

汉蔡顺采葚供亲

蔡顺孝敬母，
山里拾桑葚。
赤眉[1]听惊心，
送牛肉并粮。
家穷无炊米，
卖力换粮肉。
蔡顺孝敬母，
山里拾桑葚。
母亲哭肚饿，
儿泪流满巾。
赤眉听惊心，
送牛肉并粮。

汉郭巨为母埋儿

郭巨的行孝，
爱老母实在。
背独崽去埋，
化金银来救。
家十样无样，
对娘还尽孝。
郭巨的行孝，
爱老母实在。
给娘一块肉，
娘留半让孩。
背独崽去埋，
化金银来救。

汉董永卖身葬父

董永设孝堂，
开丧葬老父。
去打工半路，
遇仙女来帮。
烧香又跪拜，
哭灵尽哀伤。
董永设孝堂，
开丧葬老父。
终身打长工，
因穷成债户。
去打工半路，
遇仙女来帮。

汉丁兰刻木事亲

说汉朝丁兰，
少年父母亡。
刻木头作样，
想象成双亲。
烧香又跪拜，
仿佛在人间。
说汉朝丁兰，
少年父母亡。
真诚爱父母，
祭物又烧香。
刻木头作样，

[1] 赤眉：农民起义军。

想象成双亲。

汉姜诗涌泉跃鲤

姜诗的行孝，
被褒为圣经。
带头哭双亲，
长城也惊动。
七月入秋令，
燕拎书来报。
姜诗的行孝，
被褒为圣经。
咬手取鲜血，
燮骨骸为生。
带头哭双亲，
长城也惊动。

后汉陆绩怀桔遗亲

说六岁陆绩，
对娘第一爱。
袁术用果待，
怀揣两个回。
书刊天下扬，
世人讲难比。
说六岁陆绩，
对娘第一爱。
陆绩会行孝，
巧计对母爱。
袁术用果待，
怀揣两个回。

后汉黄香扇枕温衾

黄香真聪明，
十成爱俩老。
赏识他行孝，
姓名报官方。
冬冷睡衾暖，
夏热扇枕冰。
黄香真聪明，
十成爱俩老。
买鱼肉来留，
外出不久迢。
赏识他行孝，
姓名报官方。

后汉江革行佣供母

江革的行孝，
背老娘行乞。
世乱盗贼遇，
不忍刈死他。
古代的儿童，
懂赡养俩老。
江革的行孝，
背老娘行乞。
卖力换钱物，
供母食与衣。
世乱盗贼遇，
不忍刈死他。

魏王裒闻雷泣墓

王裒受教育，
识理又知书。
安葬完老母，
又建亭护坟。
天下雨打雷，
他上坟堆哭。
王裒受教育，
识理又知书。
人家知礼节，
舍得装纸物。
安葬完老母，
又建亭护坟。

晋孟宗哭竹生笋

晋孟宗行孝，
爱老娘情真。
娘病想吃笋，
他出门去找。
竹林中跪哭，
地出笋合抱。
晋孟宗行孝，
爱老娘情真。
老妈身子病，
请医又求神。
娘病想吃笋，
他出门去找。

晋王祥卧冰求鲤

王祥很聪明，
忠心行孝义。
母想吃鲤鱼，
他跪祈求天。
躺雪地求鲤，
以此赔母情。
王祥很聪明，
忠心行孝义。
十足爱娘亲，
逢餐他心急。
母想吃鲤鱼，
他跪祈求天。

晋杨香扼虎救父

杨香行孝情，
真正得救父。
拼命打老虎，
救父亲回来。
老虎抓父走，
他下跪求情。
杨香行孝情，
真正得救父。
去拿棍操刀，
不忘救老父。
拼命打老虎，
救父亲回来。

晋吴猛恣蚊饱血

吴猛让蚊咬，
孝心感朝廷。
家贫蚊子叮，
忧心俩老人。
夏日蚊蝇多，
家莫蚊帐顶。
吴猛让蚊咬，
孝心感朝廷。
为俩老松爽，
光身养蚊蝇。
家贫蚊子叮，
忧心俩老人。

齐庚黔娄尝粪忧亲

庚黔娄聪明，
真心爱老父。
辞官回老屋，
陪老父治病。
尝大便不苦，
自悟人不行。
庚黔娄聪明，
真心爱老父。
尝父亲粪便，
可见最爱父。
辞官回老屋，
陪老父治病。

唐夫人乳姑不怠

唐夫人不怠，

爱姑妈无比。
后来生儿女，
考取状元名。
姑妈无儿女，
病体弱衷衷。
唐夫人不怠，
爱姑妈无比。
姑妈想吃奶，
夫人待不止。
后来生儿女，
考取状元名。

宋黄庭坚亲涤溺器

黄庭坚聪明，
诚心爱老母。
当官在高府，
亲身护理娘。
搬母亲屎尿，
料理细又精。
黄庭坚聪明，
诚心爱老母。
有佣工不派，
亲身来管护。
当官在高府，
亲身护理娘。

宋朱寿昌弃官寻母

朱寿昌七岁，
母亲被改嫁。
五十年失查，
后来才查到。
辞官找娘亲，
艰辛气不馁。
朱寿昌七岁，
母亲被改嫁。
多方去寻找，
娘老七五啦。
五十年失查，
后来才查到。

流传地区：马山县

搜集整理者：蓝庆军，马山县人民检察院检察官，马山县山歌协会主席

来源：选自南宁市文化新闻出版广电局、南宁市民族文化艺术研究院编《南宁歌谣集成（壮族卷）》，广西教育出版社，2014年12月

哭妹歌[1]（瑶族）

我的妹啊我的妹，
你为什么这样老实，
父母压着你来嫁我，
不愿意为什么不说。

我的妹啊我的妹，
你不愿意又不对人说，
你以死来相对，
给我怎么办呵。

我的妹啊我的妹，
为不嫁我而吃药，
害死花一样美的你，
让我怎么赔得你呢。

我的妹啊我的妹，

[1] 据传瑶家英雄韦堂英将军，在战场上为国立下了不少大战功，名声传遍瑶山，因此山主李富山特把自己一位美貌的女儿嫁给韦堂英。由于韦将军在战场上英勇杀敌，面部多次受刀伤、箭伤，变成了一个破相的人。山主的女儿极度爱美，成亲后发现了韦将军相貌如此难看，但迫于韦是将军，又有大功，故而不敢吭声，最终自己服毒自尽。韦将军在为她送葬时哭出了此歌。

我本是老实的人，
我从不乱害好人，
你也应该知道我的心。

我的妹啊我的妹，
我原本也是漂亮人，
因为为国去打仗，
才变成残废丑人。

我的妹啊我的妹，
我的脸黑有伤疤，
受的是箭伤刀伤，
害我丑陋是敌人。

我的妹啊我的妹，
你恨我脸黑有伤疤，
不愿嫁我又不说，
这样死去不应该。

我的妹啊我的妹，
我多次回来探家，
曾因面丑不愿提亲事，
难道你不知道呀妹？

我的妹呀我的妹，
哥是个正直汉子，
你如果早讲实话，
哥决不会强留你。

我的妹啊我的妹，
死了别怪罪于哥，
是你自己害自己，
千万千万别怪哥。

流传地区：马山县

演唱者：罗祥华，女，瑶族，98岁，农民，不识字

搜集整理者：红波，壮族，46岁，文化馆干部；韦善标，瑶族，33岁，农民，初中文化

搜集时间及地点：1986年4月搜集于马山县内学村五弄屯

来源：选自马山县民间文学三套集成编写组，马山县文化局、文化馆编印《中国民间文学三套集成马山县歌谣卷（三）瑶族上》（内部资料），1987年7月

死歌（瑶族）

死去第一更，
妹身冷冰冰，
父母看已死，
拿白纸报道公。

死过第二更，
父母欲断肠，
师公持剑指阴路，
道公握幡引亡灵。

死过第三更，
道公高扬幡，
幡上写祭文，
写上我俩的名字。

死过第四更，
父母亲呕气，
想起亲生骨肉，
摆饭菜来祭祀。

死过第五更，
四块板当棺材，

新土埋脸长青草，
也不忘少时相聚。

死过第六更，
用竹子架天桥，
抬去到桥头，
也等着哥来到。

死过第七更，
相见在田地，
正月十四不回来，
你住的屋留空着。

死过第八更，
母亲吊着幡龙纸串，
愿你死去投胎又成人，
祖地永不给人来侵占。

死过第九更，
心烦意又乱，
师道敲锣又打鼓，
送你亡灵上西天。

死过第十更，
师道挥剑劈棺材，
口含清水喷门口，
从此恩情断阳间。

流传地区：马山县

演唱者：韦永英，瑶族，80岁，农民，初小文化；蓝桂年母，瑶族，75岁，农民，不识字；韦秀王，瑶族，40岁，农民，不识字

搜集整理者：红波，壮族，46岁，文化馆干部；韦善标，瑶族，33岁，农民，初中文化

搜集时间及地点：1986年4月搜集于马山县合群乡五弄一带

来源：选自马山县民间文学三套集成编写组，马山县文化局、文化馆编印《中国民间文学三套集成马山县歌谣卷（四）瑶族下册》（内部资料），1987年7月

送妹下土歌（瑶族）

人家送朋友下楼梯出门，
我却送朋友下地入土，
送你出去了哇妹妹，
到哪一世才又能相会。

人家送朋友去上街，
到晚上朋友又转回来，
我送你出门去了哇妹妹，
你却去千年万代不再回。

人家送朋友去娘家，
去多久都打转回来，
我送你去入土呵妹妹，
你去了却永远不见回来。

人家送朋友去父亲家，
去了几天又打转回来，
我送你去入土呵妹妹，
这一去却不见你再归。
人家送朋友去跟姐妹，
见了姐妹又转回来，
我送你下土了哇妹妹，
你却丢下兄弟姐妹不归来。

人家送友上山砍柴，
我却送你下土去埋，

砍柴人得柴就回来，
下土人一去不复返。

人家送友去乡村，
我却送友去下土，
走村人晚了就回，
下土人却不见你归。
人家送朋友去玩，
玩够了就转回来，
我送你下土去，
为什么不见你归回。

人家送朋友去上学，
毕业了又转回家乡，
我送朋友去下土，
你什么时候又转回世。

人家送友去做官，
我送朋友去黄泉，
做官人年年转回，
你去黄泉老不见归。

流传地区：马山县

演唱者：韦永英，瑶族，80 岁，农民，初小；韦永机，瑶族，82 岁，农民，不识字

搜集整理者：红波，壮族，46 岁，文化馆干部；韦善标，瑶族，33 岁，农民，初中文化

搜集时间及地点：1986 年 5 月搜集于马山县内学村五弄屯

来源：选自马山县民间文学三套集成编写组，马山县文化局、文化馆编印《中国民间文学三套集成马山县歌谣卷（三）瑶族上》（内部资料），1987 年 7 月

哭母歌（瑶族）

头戴纸帽泪淋淋，
身穿白衣心茫茫，
手提纸杖头昏昏，
膝跪手爬哭我娘。

多少悲伤啊母亲，
天生还有这痛苦的日子，
天崩地裂的岁月啊，
日后给我怎么过。

你怎忍心离我而去，
我身是你血肉结成的啊母亲，
天大地大不比你的恩情大啊，
河深海深不比你的养育深。
怀带九月如泰山压身，
风里浪里背我行，
雨里雪里把我藏，
你的血肉才铸就了我的身躯。
你一生辛苦没法说，
你生我时天红如火血，
你喊天天不答你，
你喊地地不应你。

你东跪西跪把膝跪裂，
你爬上爬下把手抓破，
血泪斑斑身如雷炸，
才生下了这不孝的我。
你在月中长夜不眠把我抱，
月后你喝水吃菜把我养。

血肉化成乳汁把我喂，
你美丽的身躯变成了我的粮仓。
母亲与儿是一体，
你为何这样别我而去。

血水相连血肉相关，
给我用什么来赔你？

天啊天，地啊地，
我不知道用什么来报答母爱，
我只好守灵四月来赔你的恩，
一百二十天吃素来报答你的情。

寸草难报三春晖，
我虽大却没有什么本领，
我四年不杀生来赔你德，
四十八个月不吃香味来报答你恩情。

多么悲痛的日子啊，
你怎么爱也终有一别，
安息吧亲爱的母亲，
儿一生不会忘记你的恩教。

流传地区：马山县
演唱者：韦桂哥，瑶族，85 岁；韦永青，瑶族，78 岁；蓝公党，瑶族，80 岁
搜集整理者：红波，壮族，46 岁，文化馆干部；韦善标，瑶族，33 岁，农民，初中文化
搜集时间及地点：1986 年 11 月搜集于马山县合群乡内学村五弄屯
来源：选自马山县民间文学三套集成编写组，马山县文化局、文化馆编印《中国民间文学三套集成马山县歌谣卷（四）瑶族下册》（内部资料），1987 年 7 月

4

建房歌

叹村红（汉族）

日出东，
好歌只叹弟村中；
面前又安朱雀[1]位，
后背又安玄武[2]龙。

日出东，
好歌只叹弟村中；
四边大塘中央井，
围活大鱼过秋冬。

弟村好，
弟村村出之字龙；
春秋四季落大雨，

[1] 朱雀：星宿名。
[2] 玄武：星宿名。

世代卯[1]忧欠水穷。

弟村好，
日上东边照门中；
门楼又盖童子瓦[2]，
窗棂绣花又绣龙。

弟村好，
弟村起屋合穴[3]中；
起屋火砖起到顶，
花窗只只向西东。

弟村好，
火砖兰灰起威风；
三阴两照四边耳[4]，
又起屋儿做鸡笼。

弟村好，
生出双龙凶势凶；
生出双龙多富贵，
出了几多秀才公。

流传地区：横县

演唱者：梁大红

搜集整理者：方昌

搜集时间及地点：1986年9月2日搜集于横县新福乡杨柳村

来源：选自横县民间文学三套集成编委会编《横县歌谣集上册》，1987年1月

[1] 卯：不。

[2] 童子瓦：门楼最低一行瓦称童子瓦。

[3] 穴：龙穴。

[4] 三阴两照四边耳：乡村建筑术语。

上梁词[5]（壮族）

一发打下梁头柱，
借神压杀一同心，
四去千里埋伏藏，
吉星高照护四方。

二打梁中乾坤合，
愿配祖根去天地。
安归荣华千万岁，
田塘六畜皆兴旺；
产出男女聪又秀，
保期世代出贤人。

三打梁头及梁尾，
主人师匠无私语。
打左青龙来恭贺，
打右白虎进明堂。

流传地区：隆安县雁江镇一带

演唱者：余恒瑞，男，壮族，隆安县雁江镇东义村人，农民

搜集整理者：余恒盛

搜集时间及地点：1986年11月搜集于隆安县东义村

来源：选自南宁市文化新闻出版广电局、南宁市民族文化艺术研究院编《南宁歌谣集成（壮族卷）》，广西教育出版社，2014年12月

[5] 《上梁词》是新屋上梁时，木匠师傅边伐墨边念的祈词，以祈求进宅大吉，四季平安，万事如意。

新屋挂红词（壮族）

争看圣地造华堂，
吉日时辰大寝昌，
富贵荣华千载盛，
子孙世代寿祯祥。

流传地区：隆安县

演唱者：李大松

搜集整理者：李月英

来源：选自南宁市文化新闻出版广电局、南宁市民族文化艺术研究院编《南宁歌谣集成（壮族卷）》，广西教育出版社，2014年12月

建房歌[1]（壮族）

鸡啼一，
鸡鸭都欢唱，
鸡啼二，
兄弟来商量，

鸡啼三，
山村天将亮，
弟出外不出，
无屋又无床，
不去即返归，
不去便不利。

外出到田垌，
爸叫人来讲，
回去吃早餐，
回去把酒饮，
边饮边商量。

看书择吉日，
哪月不吉利，
哪年得福至，
看来又看去，
三月选初一，
七月择卯日。

去请师傅来，
宪木做椽子，
条条都是石山长，
崖边生，
斧劈难入芝麻深，
刨利难刨一粒米，
今天好日子，
来日便上梁，
白米撒落满地雪，
红布黑布闪闪亮[2]。

流传地区：隆安县

演唱者：韦年松，男，隆安县龙会村古同屯人，农民

搜集整理者：隆雅林、林敢枢

翻译者：黄平文，广西民族干校教师

搜集时间及地点：1986年10月搜集于隆安县龙会村古同屯

来源：选自南宁市文化新闻出版广电局、南宁市民族文化艺术研究院编《南宁歌谣集成（壮族卷）》，广西教育出版社，2014年12月

[1]　《建房歌》是新居落成入室时由妇女唱的贺歌。

[2]　隆安壮族在新宅上梁时把红、白、黑三种布条悬挂梁上，以示吉利。

入新宅贺词（壮族）

一鸡生蛋三十一，
一鸭生蛋七十二，
十只得十只，
一条都不死，
吃不着小鸡，
母鸡不怕鹞，
黑鸡伏篱下，
白鸡伏墙下。

再保猪吃糠，
猪吃糠就白，
猪吃馊就肥，
三个月大如皿，
六个月大如床，
三个月可以劏，
四个月可以卖。

再保栏底猪，
柱边牛，
出垌懂得自己返，
出田懂得自己回，
不会住树林，
不会居山里，
早上懂得自己出，
入夜懂得自己回，
出栏一排排，
回家一队队。

流传地区：隆安县都结乡一带

演唱者：杨清宽，男，壮族，隆安县都结村人

搜集整理者：梁朝泰、林敢枢

翻译者：陈朝阳

搜集时间及地点：1982年9月搜集于隆安县都结村

来源：选自南宁市文化新闻出版广电局、南宁市民族文化艺术研究院编《南宁歌谣集成（壮族卷）》，广西教育出版社，2014年12月

5

节令歌

节令歌（汉族）

正月节：
女婿装身去拜年，
太公便给金戒指，
太婆便给拜年钱。

二月节：
到处人粑秧地田，
谷种提去田中撒，
何时收得落归完。

三月节：
到处人坟挂纸钱，
有男有女成双拜，
有男有女泪涟涟。

四月节：
妹拿白棒去耘田，
姐是拨来妹拨去，
秧根脚下起青莲。

五月节：
鱼缅等挡[1]在江边，
师傅打鱼徒弟卖，
不给大头娇鲌鲢[2]。

六月节：
六禾谷熟在田边，
十个姐妹同去割，
禾刀响到海南边。

七月节：
公婆归屋闹翻天，
一日三茶三顿饭，
台底不离烧纸钱。

八月节：
戏台鼓响闹连连，
大姐提篮买月饼，
提归姐妹聚团圆[3]。

九月节：
黄蜂归恋屋檐边，
九九黄蜂归酿酒，
开来复转当糖甜。

十月节：
各人收割落归完，
黏米提来我俩吃，

［1］　鱼缅：缅网如箕形，狭广后前。等挡：洪水期间鱼汛到，渔工常用一种麻丝织成的布，做成飞机身那样子的“挡”，放在流水中，让鱼花顺水推入“挡”里。
［2］　大头：指大头鱼。鲌鲢：鲌鲢鱼。
［3］　聚团圆：结拜同年的意思。

糯米提来卖要钱。

十一月节：
庭前落雪白涟涟，
微风细雨连连落，
扯被来盖取暖先。

十二月节：
过了大寒是新年，
出街去买门神纸，
扯下旧的换新鲜。

流传地区：南宁市郊一带

演唱者：陈日升

搜集整理者：刘亚有，男，汉族，心圩文化站专干

来源：选自中国民间文学三套集成南宁市领导小组编《南宁市歌谣》（内部资料），1987 年

月令（汉族）

盘古开天有生机，
岭头叠叠好田池；
万里苍山千古秀，
五湖四海漾涟漪。
日月如轮快世界，
风云变幻阴阳移。

正月来临地生笋，
细雨霏霏润地皮。
二月桃红地出菌，
燕子含泥各自飞。

三月清明齐扫祖，
山间炮响纸钱飞。
四月禾苗风摆尾，
日长夜短肚多饥。

五月江边屈原吊，
万人丢粽又投糍。
六月禾黄谷桶响，
饥人舂米笑眯眯。

七月嫩姜炒鸭颈，
中元鬼节烧纸衣。
八月热茶送月饼，
月下唱吟团圆诗。

九月黄蜂归煮酒，
菊花金黄渗地皮。
十月收禾归齐整，
糯米做糍分外痴（粘）。

十一池塘多落网，
上市鲜鱼只只肥。
十二冬梅满山白，
锣鸣鼓响闹年期。
斗转星移周而复，
桃符迭换不稀奇。

流传地区：宾阳县

演唱者：黄恩辉，男，汉族，广西宾阳县芦墟乡孟村人，师公艺人，初小文化；施彩春，男，汉族，广西宾阳县古辣乡甘地村人，师公艺人，初小文化

搜集整理者：王启智

搜集时间及地点：1985 年 7 月 3 日搜集于宾阳县芦墟、古辣乡

来源：选自宾阳县民间文学三套集成编委会编《中国民间文学三套集成宾阳县歌谣卷》（内部资料），1987 年

季节唱[1]（汉族）

正月霏霏雨水匀，
春满人间万物新；
农事安排按节令，
一年之计在于春。

二月惊蛰又春分，
花上枝头白如银；
点豆种瓜要抓紧，
误过季节不生根。

三月清明谷雨天，
家家祭扫各纷然；
田垌禾苗已青绿，
阉苗补缺做在先。

四月立夏和小满，
种也完来耘也完；
七分管理三分种，
肥水足够两双全。

五月芒种夏至天，
大雨淋漓勤看田；
禾苗抽穗防虫害，
免把丰年变歉年。

六月小暑大暑天，
金谷沉沉满陌阡；
一收二插三又晒，
农夫辛苦心里甜。

七月立秋和处暑，
新谷入仓赶种茄；
洗耙同过中元节，
二造虫多要早除。

八月白露又秋分，
秋豆收完撒菜银[2]；
芋头月饼敬明月，
塘头塘尾放明灯。

九月寒露霜降到，
二造追肥快长筒；
扬花避过寒风刮，
良田十有九成丰。

十月立冬小雪寒，
畲地抢收大紧张；
抢砍甘蔗收茹芋，
一年辛苦喜洋洋。

十一大雪冬至天，
犁田过冬快扬鞭；
种田不忘完赋税，
兵强保国得安然。

十二小寒又大寒，
梅花点点吐芳香；
举家团聚过除夕，
鼓炮齐鸣庆平昌。

流传地区：宾阳县

演唱者：陆祥，男，汉族，广西宾阳太守乡陆华村人，农民，高小毕业

搜集整理者：陆有全，男，汉族，广西宾阳太守乡陆华村人，宾阳县新宾中学总务

[1] 这首《季节唱》是农民在农闲时小声吟唱的歌谣，且散见于艺人唱本，全县各乡均有人唱。

[2] 菜银：指菜籽。

副主任，中专毕业，已退休

搜集时间及地点：1957年12月10日搜集于宾阳县陆华村

来源：选自宾阳县民间文学三套集成编委会编《中国民间文学三套集成宾阳县歌谣卷》（内部资料），1987年

太阳经（汉族）

太阳，太阳，
太阳出现满天行，
行得迟来无处停，
行得快来催人老，
家家户户都照到，
那个敬重太阳经，
太阳是正月十九生，
正月十九日家家点圣灯。

流传地区：南宁城区

演唱者：张大姑，女，汉族

搜集整理者：郭志敏，男，新城区文化馆干部

来源：选自中国民间文学三套集成南宁市领导小组编《南宁市歌谣》（内部资料），1987年

二十四节气歌（汉族）

正月立春又雨水，
拮锹去塞田头窿；
又再有个十五节，
到处舞狮又舞龙。

二月惊蛰春分节，
百民播秧在垌中；
花生粟米也要种，
床底芋头爆苗红。

三月清明又谷雨，
到处人家拜祖宗；
瓜菜豆类也要种，
抓紧插秧满垌中。

四月立夏小满节，
粟米双苞白又红；
抗旱防涝要抓紧，
耙田杀虫担粪壅。

五月芒种夏至节，
粟米双苞熟垌中；
担箕去收黄粟米，
早熟黄禾归家中。

六月大暑小暑节，
三夏工作莫放松；
夏收夏种粮入库，
工作完成心正红。

七月立秋处暑节，
复插完成种茹旺[1]；
又再有个中元节，
家家都煮糖米红。

八月白露秋分节，
管理晚禾兼杀虫；
又再有个中秋节，
月饼成封送外公。

[1] 旺：红火、热闹。

九月寒露霜降节，
收割晚禾在垌中；
冬种作物抓紧种，
又积肥料满屋中。

十月立冬又小雪，
晒干晚谷又翻冬[1]；
担粪堆在田头角，
又挖红薯归家中。

大雪冬至十一月，
护理耕牛好过冬；
山塘水渠修理好，
备耕工作样样通。

小寒大寒十二月，
谷米满仓乐融融；
家家打饼又包粽，
门前贴对鲜又红。

流传地区：横县

演唱者：农元牲

搜集整理者：农朝珍

搜集时间及地点：1986 年 9 月搜集于横县飞龙乡

来源：选自横县民间文学三套集成编委会编《横县歌谣集上册》（内部资料），1987 年 1 月

排月连（汉族）

正月交过二月天，
白树开花白连连；
只叹我情卯会采，
渐渐相逢就新鲜。

二月交过三月天，
工夫紧急在眼前；
连情又要思耕种，
卯为连情抛荒田。

三月交过四月天，
嘱报伝情收心先；
人讲今年雨水好，
塞好藕塘才有莲。

四月交过五月天，
千祈报妹心莫偏；
人讲今年谷米贵，
吃法卯平[2]人新鲜。

五月交过六月天，
禾热插早得安然；
工夫卯做有日做，
等伝共娘坐落先。

六月交过七月天，
七月秋风上面前；
葵扇蔽[3]灯睇皇历，
共妹风（封）光到老年。

七月交过八月天，
北风大雨亦难连；
彭祖走上凉亭宿，
风流报妹收心先。

[1] 翻冬：即冬耕。

[2] 卯平：不便宜。

[3] 蔽：遮。

八月交过九月天，
垌中禾熟在眼前；
垌中禾熟要收割，
工夫缓了再来连。

九月交过十月天，
又报伝情心莫偏；
外人讲妹随他讲，
伝俩连情将得年。

十月交过十一月，
冬至过了又是年；
今年春种收了割，
要要风流等明年。

流传地区：横县
演唱者：梁振恒，男，壮族，南乡镇五合村人，农民，高中文化
搜集时间及地点：1986 年 10 月 2 日搜集于横县南乡镇棚稔村
来源：选自横县民间文学三套集成编委会编《横县歌谣集上册》（内部资料），1987 年 1 月

十二月花叹（汉族）

众位呀？
正月桃花开放艳，众位！
桃园结义永传扬。
（以下开头叹句从略）
二月李花开满树，众位！
风吹雨打果不成。

三月茶花分五彩，众位！
花红树绿卫英雄。
四月含笑花开人敬重，众位！
白兰开放衬得园林。

五月玉兰香千里，众位！
玉兰青景配上花篮。
六月白玉彩莲映照船，众位！
宝鸭穿莲永不停行。

七月时花时常景，众位！
勿和天气去争移。
八月桂花开放时，众位！
飘香十里已名扬。

九月菊花开亭前上，众位！
梅点衬配缀满家庭。
十月牡丹花富贵，众位！
绿叶扶持去游江南。

十一月海棠花艳又艳，众位！
玉绣球伴住满园池。
十二月梅花满枝头，众位！
如雪飘零咁辉煌。

流传地区：邕江一带
演唱者：麦秀兰，女，船民
搜集整理者：陈再明
来源：选自中国民间文学三套集成南宁市领导小组编《南宁市歌谣》（内部资料），1987 年

唱春牛[1]（壮族）

贺喜歌[2]

今日春牛来贺喜，
春牛贺喜主人家，
前门有蔸摇钱树，
后门有蔸石榴花。
石榴花开多结籽，
多生贵子中探花，
多生贵子中状元，
享尽富贵共荣华。

插田娘唱十二月歌

唱起新春归正月，
（锣鼓锵锵好丰年）
到处亲朋来拜年。
（姐妹笑连连）

初一初二拜父母，
（锣鼓锵锵好丰年）
初三初四拜同年。
（姐妹笑连连）

唱起丰年归二月，
（锣鼓锵锵好丰年）
各家担粪撒落田；
（姐妹笑连连）
我家人少担得少，
（锣鼓锵锵好丰年）
人家人多担得完。
（姐妹笑连连）

（以下衬腔从略）
又唱丰年归三月，
坟头挂纸白连连；
年年都有春三月，
各家担菜拜祖先。

又唱丰年四月天，
夫君使牛妻插田；
左手分秧右手插，
风吹秧尾动连连。

又唱丰年五月天，
黄茅包粽两头尖；
人人都讲端阳好，
结伴江边看龙船。

又唱丰年六月天，
五谷丰收数油粘；
去年分田得三斗，
今年四斗还冒尖。
（鼓乐大闹，唢呐伴人）

唱平安，七月天，
洗台洗凳接中元；
台上摆菜来奉祖，
台下香炉化纸钱。

唱平安，八月天，
鱼生米粉味道鲜；
人家有钱鱼生粉，

[1] “唱春牛”是壮族的一种民间歌舞。春节期间“春牛”挨家挨户去拜年恭贺新禧。出场表演的有：耕田郎、看牛郎、插秧娘、那莲婆（女帮工、丑旦）和两头牛（道具）。歌词以一年12个月的农事为内容，反映了古代壮族人民力争好收成和对平安、幸福的向往。曲调简朴、粗犷、风趣。这里仅记录其中的部分歌词。

[2] “春牛”到农户家拜年，吃了主家的糖，喝了主家的茶后，便由两个拿着彩扇的男青年和两个提着花篮的女青年唱起贺喜歌，边唱边舞。

我家钱少粉捞[1]盐。

唱平安，九月天，
各家婶姆备禾镰；
家家主妇先下地，
男人跟后扛禾尖[2]。

唱平安，十月天，
菜蔬开花金满园；
人人都说菜籽好，
留着明年卖要钱。

唱平安，十一月，
冬至到来买垫毡；
糯米蒸来舂糍吃，
一半担去送同年。

唱平安，十二月，
家家户户数银圆；
赶圩买办过年货，
沽酒买酱共对联。

流传地区：邕宁区吴圩镇、苏圩镇一带
演唱者：奚济桐，男，壮族，退休教师
搜集整理者：李启梧，男，壮族，邕宁区民间文学三套集成收集组组员，初中文化
来源：选自邕宁民间文学三套集成编委会编《中国民间文学三套集成邕宁县民间歌谣集》（内部资料），1987 年

[1] 捞：拌。
[2] 禾尖：挑禾苗的扁担。

排月番（壮族）

五湖四海都唱了，
伝唱一唱排月番；
一年分成十二月，
春来夏去秋冬间。
唱歌伝打正月起，
立春雨水白潺潺；
一来又怕爹娘老，
二来又怕弟孤单。
二月惊蛰春分节，
小妹想要采牡丹；
弟是牡丹初出叶，
妹是娥眉月上山。

三月清明到谷雨，
四处岭头人拜山[3]；
有儿使得儿拜扫，
有儿冇女守空山。
四月立夏又小满，
水大无船难过滩；
寻情只叹路头远，
路隔千山又万山。

五月芒种又夏至，
脚踏丝鞋上泰山，
寻情卯怕路头远，
隔山隔水都卯难。
六月小暑又大暑，
早禾熟在垌中间；
双双出力来收割，
双双割得眼都翻。

七月立秋又处暑，

[3] 拜山：扫墓。

晚禾揪秧又插返；
前世生来知怎样，
北风吹落妹花颜。
八月白露秋分节，
到处花街敬社坛[1]。
广东女嫁到广西，
有福便返冇福难。

九月寒露又霜降，
禾花落地白潺潺；
风吹树木头叶落，
几时守得花开返。
十月立冬又小雪，
北风过岭冇衣衫；
若妹有多借械件[2]，
天晴日暖慢还返。

大雪冬至十一月，
夜睡罗帷心想烦；
日思夜想娇娥妹，
想着情妹身自翻。
小寒大寒十二月，
渐渐年近风又翻；
风吹海水重重浪，
雨落石头点点斑。

流传地区：横县

演唱者：韦德米，男，壮族，横县校椅镇草衣村人，农民，高小文化

搜集整理者：韦艺文，男，横县校椅镇草衣村人，县文化局干部，初中文化

搜集时间及地点：1986年9月4日搜集于横县校椅镇草衣村

来源：选自横县民间文学三套集成编委会编《横县歌谣集上册》（内部资料），1987年1月

[1] 社坛：社公，社神。

[2] 借械件：借给一件。

彩鸡词[3]（一）（壮族）

鸡也喜，
狗也欢。
利市到门前，
大猪在庭院。
贺爹奶养鸡，
面红就下蛋。

孵得二十天，
吃米地上玩；
走过塘边去，
黑白来相间。
只只都好看，
三百只阉鸡，
三百笼鸡仔。

等到了新年，
大帮放出笼。
只只六七斤，
挑往南圩卖。
得吃又得卖，
得大批钱财。

流传地区：隆安县

演唱者：林贞滕，男，壮族，退休教师，初中文化；李安贞，男，壮族，农民，初中文化

[3] 彩鸡（舞鸡）是壮族民间艺术形式之一，在新年期间用来给各户拜年。彩鸡用水瓜络插上鸡毛做成，每到一户祝贺完毕，户主拔鸡毛数根插在门口，以示吉祥。彩鸡唱词属顺口溜形式，比较灵活，唱词可增可减，随机应变。

搜集整理者：姚俊、林敢枢

翻译者：陈朝阳

搜集时间及地点：1986 年 10 月搜集于隆安县小林乡、那重乡

来源：选自南宁市文化新闻出版广电局、南宁市民族文化艺术研究院编《南宁歌谣集成（壮族卷）》，广西教育出版社，2014 年 12 月

彩鸡词（二）（壮族）

恭喜！恭喜！
吉时！吉时！
祝合家其昌，
人丁兴旺又发财。
保奶奶养鸡，
脸红就下蛋，
孵得二十天，
吃米地上玩。

黑白来相间，
只只一样大，
得吃又得卖，
得大批钱财，
趁着是新年，
保样样平安。

恭喜！恭喜！
发财！发财！
保奶奶养鸡，
下蛋不会坏，
鸡仔有黑白，
只只一样大。

三十笼阉鸡，
四十笼项鸡，
得吃又得卖，
得大批钱财。

保奶奶养猪，
猪大过猪栏，
猪耳大如伞，
百二斤一边。
挑到南圩卖，
得大批钱财。
趁着是新年，
保四季平安。

流传地区：隆安县那桐镇一带

演唱者：马秋兰，女，壮族，兰台村人，农民，高小文化

搜集整理者：卢如安、林敢枢

翻译者：马成宁

搜集时间及地点：1987 年搜集于隆安县那桐镇兰台村

来源：选自南宁市文化新闻出版广电局、南宁市民族文化艺术研究院编《南宁歌谣集成（壮族卷）》，广西教育出版社，2014 年 12 月

彩牛山歌[1]（一）（壮族）

神牛刚来到，
为送恩赐福，

［1］ 彩牛（舞牛）是壮族民间艺术形式之一，备受群众欢迎。每年正月初二至二月初二，彩牛临户拜年，边舞边唱山歌祝贺。彩牛山歌大致分为三个段落，头段为一般祝贺山歌；中段为带滑稽表演夫妻吵嘴的山歌；后段为歌颂受拜户三代家史的山歌。山歌歌词比较固定，但可随机应变，随时增减。对歌颂受拜户家史的山歌佳句，东家以一记锣声为号，一记锣声多给一份利市钱，每份利市钱一二角不等。

保六畜兴旺，
保合家安康。

一保六畜兴旺，
二保五谷丰登，
新年已来到，
选种闹春耕。

大伯有福气，
春牛来贺喜，
在门前参拜，
禾草来喂吃。

爹奶选良种，
插种抓时机，
神牛远路来，
为春耕出力。

神牛来助耕，
大娘作迎请，
大伯心欢喜，
叔婶都高兴。

全家同欢喜，
神牛保安宁，
架辘下田去，
留心听锣声。

神牛走得快，
帮伯娘春耕，
块块都翻完，
伙计听锣声[1]。

[1] 东家对唱得好的歌句，以打锣为号，一记锣声多得一份利市钱。

流传地区：隆安县南圩镇、乔建镇、小林乡等地

演唱者：林兆荣，男，壮族，隆安县大林村人，农民，高小文化

搜集整理者：林啟枢

翻译者：陈朝阳

来源：选自南宁市文化新闻出版广电局、南宁市民族文化艺术研究院编《南宁歌谣集成（壮族卷）》，广西教育出版社，2014年12月

彩牛山歌（二）（壮族）

宝牛在西天，
天黑才来到，
爹奶与婶嫂，
宝牛请收留。

请宝牛入屋，
吉利到门前。
今天好日子，
牛贺喜拜年。

牛贺喜拜年，
富贵耀门前，
爹奶来布置，
春到牛耕田。

春到牛耕田，
把辘来安装，
小孩莫来近，
免牛把人伤。

免牛把人伤，
翻亩几夹石田，

时间也已晏，
道理实正当。

时间实已晏，
放牛抽支烟，
老伴不送饭，
未免挂心间。

男：　老伴啊老伴，
不把我来痛，
黑出来翻田，
日晏饭不送。

女：　我打点送饭，
拿碗又忘筷，
你吃过糍粑，
肚饿这样快。

男：　吃点丁糍粑，
饭留小孩吃，
难为你讲出口，
老妻真背时。

女：　扁担没有钉，
孩子喊吃奶，
哭啼声噫噫，
怎能出门来。

男：　你讲总有理，
赖孩子阻拦，
吃饱再装扮，
日晏出门槛。

女：　不是我爱晏，
实在分身难，
喂猪又喂鸡，
孩子拉衣衫。

男：　孩子不算小，
最小两三岁，
把话来推挡，
实在为扮装。

女：　有钱我就穿，
哪怕人家讲，
你也五十三，
鬓长留西装。

男：　鬓长防日晒，
不为出风头，
你也几十老，
梳头还抹油。

男：　我俩莫争吵，
免人当笑谈，
贺东家几句，
要抓紧时间。

女：　在新年正月，
莫谈家常事，
大家少扯皮，
为东家贺喜。

流传地区：隆安县南圩镇等地

演唱者：李安枢，男，壮族，隆安县那重村人，退休职工，高小文化

搜集整理者：林啟枢

翻译者：陈朝阳

搜集时间及地点：1986年9月搜集于隆安县那重村

来源：选自南宁市文化新闻出版广电局、南宁市民族文化艺术研究院编《南宁歌谣

集成（壮族卷）》，广西教育出版社，2014年12月

季节歌（壮族）

正月立春冰始融，
二月惊蛰兼春分，
三月清明进谷雨，
四月立夏小满淋，
五月芒种入夏至，
六月小暑大暑临，

七月立秋到处暑，
八月白露兼秋分，
九月寒露到霜降，
十月立冬小雪淋，
十一大雪兼冬至，
十二小寒大寒临。

正月老虎山上吼，
二月上山采野果，
三月地头来排水，
四月鸡啼去耙田，
五月满地野花开，
六月抓瓢先抓蛾。

七月月黑抓青蛙，
八月母猪先关好，
九月狗仔戏街头，
十月玩耍过田边，
十一正好鸡鸭壮，
十二放牛到河边。

流传地区：马山县永州镇、州圩镇一带

演唱者：农元新，男，壮族，高小文化

搜集整理者：蓝求、梁肇佐

搜集时间及地点：1987年5月12日搜集于马山县永州镇永州村邕是屯

来源：选自马山县民间文学三套集成编写小组编，马山县文化局、马山县文化馆印《中国民间文学三套集成马山县歌谣卷（二）》（内部资料），1987年6月

迎春歌（壮族）

正二月花开，
先开什么花，
蜜蒙花[1]争艳，
开几月不败。

正二月花开，
先开朵梅花，
蜜蒙花开在春时，
大家乐嘻哈。
二三月金樱花，
邀友去游玩，
花开一山山，
这山最好看。

二三月牵牛花，
与友去游玩，
花开一层层，
这层最好看。

二三月玫瑰花，
邀友去游玩，
花开一丛丛，
这丛最好看。

[1] 蜜蒙花：黄色，味香，三月做五色饭用。

二三月以后，
四边与中间，
那块可种姜，
那块能种蒜。

二三月以后，
四边与中间，
那块可种姜，
那块好种棉。

蝉在树上叫，
我哭扁担下，
蝉虫越是叫，
早餐我放筷。

蝉在树上叫，
我哭棯树下，
蝉虫越是叫，
午饭我放筷。

蝉在树上叫，
我哭芒苇下，
蝉叫激心烦，
晚饭我放筷。

三月初，
鸟儿催春耕，
婴儿哭声悲，
父背篓出工。

三月初，
持铲去扫墓，
企求生个女，
替母来织布。

三月初，
持铲去扫墓，
企求生个男，
耕犁得替父。

上屋蒸米一斗五，
下屋蒸米一斗四，
我家蒸米一升半，
泡在水缸里。

上屋蒸米一斗五，
下屋蒸米一斗四，
我家蒸米只一升，
泡在水瓢里。

三月三，
逐家讨饭团，
一户讨得一两个，
拿来拜祖坟。

流传地区：隆安县都结乡、天等县进结乡、平果县新安乡一带
演唱者：梁加振，男，壮族，隆安县都结乡天隆村人，高小文化
搜集整理者：林敢枢
翻译者：马成宁
搜集时间及地点：1987 年 3 月搜集于隆安县都结乡
来源：选自隆安县民间文学三套集成编委会编《中国民间文学三套集成隆安县歌谣集第二集》（内部资料），1987 年 8 月

季节歌（瑶族）

正月什么鸟首先醒来了？
它在墙头上吱吱叫不停。

我问你啰大哥，
正月有什么季节？

正月是麻雀鸟先醒，
它在墙头上吱吱叫不停。
我告诉你呀妹，
正月立春雨水同时来。

二月什么鸟醒最早？
它在田边地头叫。
请问你大哥，
二月有什么季节到？

二月喜鹊醒来早，
它在田边地头叫。
告诉你呀银妹，
二月惊蛰春分先后来到。

三月什么鸟来得早？
飞去飞来织春景。
请问你呀大哥，
三月什么季节来临？

三月燕子飞来早，
飞来飞去含泥忙筑巢。
告诉你呀银妹，
三月清明谷雨先后来到。

四月什么鸟起得早？
成天哭着它是独龙宝。
请问你大哥，
四月有什么季节来到？

四月斑鸠起得早，
它哭自己是独龙宝。
告诉你银妹，
四月立夏小满先后来到。

五月什么鸟叫声高？
飞过天空呀呀叫个不停。
请问你大哥，
五月有什么季节来迎？

五月乌鸦起得早，
一天到晚在天空喳喳叫个不停。
告诉你银妹，
五月芒种夏至先后来迎。

六月什么鸟起得早？
它能展翅搏击万里云涛。
请问你大哥，
六月有什么季节来到？

六月大鹏起得早，
它展翅于万里云霄。
告诉你银妹，
六月小暑大暑先后来到。

七月什么鸟起得早？
叫声尖又嫩苗苗。
请问你大哥，
七月有什么季节到？

七月画眉起得早，
唱歌声尖又嫩苗苗。
告诉你银妹，
七月立秋处暑同时来到。

八月什么鸟起得早？
成群搬家到南方群岛。
请问你大哥，
八月有什么季节来到？

八月大雁起得早，
成群结队搬家到南方群岛。
告诉你银妹，
八月白露秋分同时来到。

九月什么鸟起得早？
它夜晚还飞不停。
请问你大哥，
九月有什么季节来到？

九月猫头鹰起得早，
它夜晚还飞行去捉虫。
告诉你银妹，
九月寒露霜降要来到。

十月什么鸟起得早？
它常在蓝天下飞翔。
请问你大哥，
十月有什么季节来到？

十月天鹅起得早，
它常在蓝天下飞翔。
告诉你银妹，
十月立冬小雪同来到。

冬月什么鸟起得早？
它最贪玩自己不筑巢。
请问你大哥，
冬月有什么季节来到？

冬月寒号鸟起得早，
它最贪玩自己不筑巢。
告诉你银妹，
冬月大雪冬至同来到。

腊月什么鸟起得早？
天气越冷它越说好。
告诉我大哥，
腊月还有什么季节来到？

腊月交雄鸟起得早，
天气越冷它越说好。
告诉你银妹，
腊月小寒大寒同来到。

流传地区：马山县
演唱者：韦永青，瑶族，73岁，农民，初小文化；韦永英，瑶族，80岁，农民，初小文化；韦秀玉，瑶族，40岁，农民，不识字；兰正生，瑶族，35岁，农民，初中文化
搜集整理者：红波，壮族，46岁，文化馆干部；韦善标，瑶族，33岁，农民，初中文化
搜集时间及地点：1986年6月搜集于马山县内学村五弄一带
来源：马山县民间文学三套集成编写组，马山县文化局、文化馆编印《中国民间文学三套集成马山县歌谣卷（三）瑶族上》（内部资料），1987年7月

四八雨（瑶族）

四八雨，总不停，
好像老天早已定，
节日一到它就下，
泼下五彩六色的金墨，
描绘了龙凤的宏图。

流传地区：马山县
演唱者：韦永才，70岁，农民，初小文化

搜集整理者：红波，壮族，46 岁，文化馆干部；韦善标，瑶族，33 岁，农民，初中文化

搜集时间及地点：1986 年 7 月搜集于马山县合群乡内学村五弄山区

来源：摘自马山县民间文学三套集成编写组，马山县文化局、文化馆编印《中国民间文学三套集成马山县歌谣卷（三）瑶族上》（内部资料），1987 年 7 月

诀术歌

庙祝歌（汉族）

忽闻鼓乐闹昌昌，
庙祝之人赴坛来。
入筵领受香茶酒，
从头唱出我言来。

今日众位守年例，
众神列圣降福来。
众王庇佑家家发，
又发人丁又发财。

发丁发财又发福，
添子添孙添色来。
士农工商千年旺，
年月日时进钱财。

能进春夏秋冬福，

常招东南西北财。
日进黄金千万两，
夜进票银数万来。

常进金银常进宝，
珍珠宝玉满门来。
各个孩儿聪明好，
个个文章考得来。

字显名扬通四海，
加官进爵位三台。
各位耕农种五谷，
五谷提归满仓来。

谷满仓前添福禄，
就比石崇大发财。
生意兴隆通四海，
水陆平安任发财。

家家六畜齐兴旺，
个个讲来都发财。
养牛只只大过象，
沙沙水水[1]满栏来。

养猪对年五百六，
只只养来高过台。
养鸡鸡笼都发达，
鸡儿变出凤凰来。
养鸭成群成队好，
朝朝鸭蛋变成财。
养狗只只能守夜，
免得坏人捣乱来。

户户平安添吉庆，
家家富贵花朵开。
玉燕投怀房中有，
仙姬送子入门来。

百岁夫妻齐眉寿，
成双寿老满村来。
成双寿老如彭祖，
五代荣华福寿来。

全村老幼相和好，
一团和气永生财。
福如东海年年在，
寿比南山岁岁来。

流传地区：西乡塘区石埠乡一带

演唱者：西乡塘区石埠师公队

搜集整理者：李绮光

来源：选自中国民间文学三套集成南宁市领导小组编《南宁市歌谣》(内部资料)，1987年

丁煞歌[2]（汉族）

安架桥梁都完备，
巫师丁煞唱原因，
且唱东方甲乙木，
木星也是恶星神。

昔日木星冇开眼，
害了何多何少人？
今日木星开了眼，
有利千家万户人。

[1] 沙沙水水：沙牛、水牛。

[2] 半夜时分，主家备鸡鱼酒肉到村头众人桥边，将梧桐树用红布缠两头，放在桥板两边，边唱边用钉子钉稳，以保平安。

师把铜钱丁木眼，
凶星退位吉星临，
丁煞东方都完备，
又到南方火德君。

火德君，
火德君是恶星神，
昔日火星毋开眼，
害了何多何少人？
今日火星开了眼，
千家万户得安宁，
师把铜钱丁火眼，
凶星退位吉星临。
丁煞南方都已备，
又到西方金德君。

金德君，
金德也是恶星神，
昔日金星冇开眼，
害了何多何少人？
今日金星开了眼，
千家万户得安宁，
师把铜钱丁金眼，
凶星退位吉星临。
丁煞西方已完备，
又到北方水德君。

水德君，
水德也是恶星神。
昔日水德冇开眼，
害了何多何少人？
今日水德开了眼，
千家万户得称心。
师把铜钱丁水眼，
凶星退位吉星临。

流传地区：宾阳县

演唱者：唐燕彩

搜集整理者：王启智、莫兆桐

搜集时间及地点：1986 年 11 月 10 日搜集于宾阳县高田乡谭蒙村

来源：选自宾阳县民间文学三套集成编委会编《中国民间文学三套集成宾阳县歌谣卷》（内部资料），1987 年

拜密丝[1]（汉族）

正月灵，二月圣，
桃花开，李花新。
鞋子紧，袜子宽，
几时行到七里村？

七里七里路，
八里八枝花；
谁人请教高家女，
又会做鞋会绣花。
装了香，开了台，
沙糕糖散[2]已安排；
双藤跪，深深拜，
奉请三媚快上来，

［1］ 密丝：人名，相传是古时宾阳县一个生得十分漂亮的姑娘。她排行第三，属姑辈。宾阳方言又叫姑为媚，故后人称密丝姑叫三媚。因三媚善于纺纱绣花，特别是做鞋；时人婚男嫁女，都要三媚亲手做的鞋为必不可少的彩礼，否则就不过门。相传在某年正月初二日晚上，当时的县官赵进硬逼三媚嫁给其十分丑陋的儿子赵昴，三媚不从，赵进用种种借口限三媚在三天之内做十二双鞋，不得就抓去坐牢。当时三媚日夜赶做花鞋，为了完成任务，大便时也拿鞋到厕所去做；赵进在当天天黑时分派衙役闯到三媚家要抢亲，于是，三媚便跳落粪坑而死。方圆十里姐姐妹妹闻讯都来吊唁三媚，在厕所门口摆“三牲”祭拜，一直祭到正月十六才结束。借祭拜三媚之机学穿针线，不准点灯，只准点一根香照针耳孔，一次穿过就算手艺过关，说是学得了三媚手艺。这十六个夜晚中谁一次穿不过针耳，来年还得来祭拜三媚。这个习俗一直传到今天，现还尚有少数乡村姑娘祭拜三媚。
此歌流传于宾阳县汉族地区。

［2］ 糖散：米花。

请做乜，请做鞋，
娘生阿妹未曾乖。

三媚乖，
三媚教妹做花鞋；
鞋底针针开水浪，
鞋头乜出鲤鱼鳃。

三媚乖，
身着件衫自己裁，
面前绣结鸳鸯扣，
身穿彩带两边排。

三媚乖，
三媚冤死为双鞋；
三媚初二官逼死，
年年都拜三媚乖。

一更娇[1]，
一更也是妹来朝；
爹娘骂妹梳头久，
打断牙梳气冇消。

二更娇，
二更也是妹来朝；
爹娘骂妹洗面久，
面上乌云擦一朝。

三更娇，
三更也是妹来朝；
爹娘骂妹着衫久，
衫领冇平扯一朝。

四更娇，
四更也是妹来朝；
爹娘骂妹担水久，
井阜人多等一朝。

五更娇，
五更也是妹来朝；
爹娘骂妹磨谷久，
磨勾索断打飘摇。

六更娇，
六更也是妹来朝；
爹娘骂妹捣碓久，
打断碓关抢碓腰。

七更娇，
七更也是妹来朝；
爹娘骂妹播米久，
嚓嚓吹吹播一朝。

八更娇，
八更也是妹来朝；
爹娘骂妹乜菜久，
打断菜根扶菜苗。

九更娇，
九更也是妹来朝；
爹娘骂妹煮饭久，
铛空水漏火难烧。

十更娇，
十更也是妹来朝，
爹娘骂妹吃饭久，
新禾米饭箸难挑。

流传地区：宾阳县

[1] 一更娇：这里的“更”是指古代一种计时方法，一炷香燃完就为“一更”，时间相当现在一个小时。因此唱词中有十更之说。“娇”此处作语气词用，无实在意义。整句解作“一更到来啊！”

演唱者：韦月伦，女，汉族，广西宾阳县高荣村人，农妇，初小文化

搜集整理者：王启智、陆有全、莫兆桐

搜集时间及地点：1986 年 5 月 3 日搜集于宾阳县武陵乡高荣村

来源：选自宾阳县民间文学三套集成编委会编《中国民间文学三套集成宾阳县歌谣卷》（内部资料），1987 年

时政歌谣

时政歌谣是时代的晴雨表，若时逢乱世，歌者们便以辛辣的歌谣，痛陈统治者的腐败无能；若欣逢盛世，歌者们便放开歌喉歌唱国泰民安。时政歌谣由讽刺歌谣、褒扬歌谣、纪事歌谣三部分构成。

讽刺歌谣，反映的是人们对当下社会生活的嘲讽和对现实不公的不满情绪，如《办公人员专办私》《工局里面人咬人》《路难行》《清朝廷》等，真实地表现了社会激烈变革时代，生活的方方面面。

褒扬歌谣，反映的是人们对好人好事、英雄人物、好政策的赞美。如抗日战争时期褒扬抗日英勇行为的《大齐团结杀日人》《夺取胜利再回还》；解放后褒扬新政策、新生活，反映人们对生活环境改善、生活水平提高的由衷感恩和赞美，如《壮乡美景胜桃源》《神州大地尽春天》等。

纪事歌谣，以歌谣的形式，记录在特定历史条件下，对人们的生活产生了深刻影响的重大事件，如《灾荒唱》《战斗歌》《盛世太平喜事多》等。

1

讽刺歌谣

办公人员专办私[1]（汉族）

瞒上欺下吞钱儿，
任从[2]怨骂厚面皮；
乡长出圩[3]买蚕茧，
办公人员专办丝（私）。
朽木拎[4]来搭厕所，
睇见办公[5]真儿戏，
盲佬黑灯挑鸦片，
暗中任佢捞捞呢[6]。
贪官污吏同出气，
大小为命共相依，
蜘蛛结网麻蓝底，
上也有丝（私）下有丝（私）。
脚肚生疮脚面盒[7]，
谂估佢乡加好呢；
漆木拎来斗[8]凳坐，
谁知吃人[9]都未知。
鸡蛋过手轻四两，
当官哪个卯[10]自私？
有日乡长轮到你，
大家都是个[11]窿蛇。
升官发财是宗旨，
衙门一开就为私；
你看圩中人卖肉，
哪个屠行手卯肥？
盆阔吞钱就见鬼，
有日轮到屎都稀；
捉蛤[12]抓腰一肚气，
拍你扣[13]出都未知。
我夫修路去少日，
就罚桂钞十过呢[14]；
猪肚拎来塞[15]猪脚，
真掘气，
一肚煽馊到强[16]时。

流传地区：横县
演唱者：陈妥当，男，汉族，板露粮所离休老干部，初小文化
搜集整理者：黄明安，男，汉族，板露乡

[1] 这一首时政歌选自解放前横县南乡镇群众办的刊物《山歌台》其中一期。
[2] 任从：任你怎么样。
[3] 出圩：赶圩。
[4] 拎：拿。
[5] 睇见：看见。办公：指为公家办事。这里也指拉大便，过去横县人把“大便”叫“办公”，认为这样叫比较文雅。
[6] 任佢：由他。呢：一些。
[7] 盒：敷，敷药。
[8] 斗：制作，做。
[9] 吃人：人碰上漆树又痒又肿称为“挨漆吃”。这里拿漆木来喻吃人。
[10] 卯：不。
[11] 个：这。
[12] 蛤：青蛙。
[13] 扣：青蛙的胃，俗称蛤扣。杀青蛙时用手对蛙嘴一拍，扣就吐了出来。
[14] 桂钞：当时广西流通的伪币。十过呢：十元多一些。
[15] 塞：用力放到里面的意思。
[16] 强：今。

文化站专干，高中文化

搜集时间及地点：1986年9月搜集于横县板露乡

来源：选自横县民间文学三套集成编委会编《横县歌谣集上册》（内部资料），1987年1月

工局里面人咬人（汉族）

强时[1]世界日日新，
工局[2]里面人咬人，
炒香花生送烧酒，
叽叽吸吸尽想仁（银）[3]。

流传地区：横县

演唱者：莫家源，男，农民，陶圩乡上莫村人，高小文化

搜集整理者：韦艺文，男，壮族，校椅镇草衣村人，县文化局干部，初中文化

搜集时间及地点：1986年11月8日搜集于横州陶圩乡

来源：选自横县民间文学三套集成编委会编《横县歌谣集上册》（内部资料），1987年1月

鬼子落在我手中（汉族）

日上东边一点红，
燕子出来捉蚊虫，
蚊虫落在燕子口，
鬼子落在我手中。

流传地区：横县

演唱者：农元牲

搜集整理者：农朝珍

搜集时间及地点：1986年9月10日搜集于横县飞龙乡

来源：选自横县民间文学三套集成编委会编《横县歌谣集上册》（内部资料），1987年1月

路难行（汉族）

难了难，
民国世界路难行；
老年搜身挨抢剥，
后生妇女着强奸。
路难行，
今朝去墟着贼拦；
捉我爷娘丢马岭[4]，
捉我亲夫丢北兰[5]。
路难行，
半夜想来心尽弹；
谁人过得廖平[6]路，
不死也着剥光衫。

流传地区：宾阳县

演唱者：黄龙琼

搜集整理者：陆有全

搜集时间及地点：1986年7月2日搜集于宾阳县太守乡北兰村

来源：选自宾阳县民间文学三套集成编委

[1] 强时：今时。

[2] 工局：旧社会工部局。

[3] 叽叽吸吸：仿吃花生时的声音。这句中的“仁”“银”同音，借吃花生仁说工部局的人尽想银。

[4] 马岭：地名，在思陇乡西面。

[5] 北兰：地名，在太守乡境内。

[6] 廖平：地名，在大桥乡北面。

会编《中国民间文学三套集成宾阳县歌谣卷》(内部资料)，1987 年

老蒋不行好（壮族）

旧社会当兵，
先做好灵牌，
一世当炮灰，
不得顾妻孩。
拉兵又派钱，
逼民卖田块，
辛苦又受气，
怨声满村街。
年年都打仗，
百姓多受害，
劳民又伤财，
苦难深似海。
怕死不抗战，
内战几十载，
老蒋不行好，
实应该倒台。

流传地区：隆安县城厢镇一带

演唱者：乃示伦，男，壮族，城厢镇震东村人，农民，初中文化

搜集整理者：许汝参

翻译者：曹秀扬

搜集时间及地点：1987 年 1 月搜集于隆安县城厢镇

来源：选自南宁市文化新闻出版广电局、南宁市民族文化艺术研究院编《南宁歌谣集成（壮族卷）》，广西教育出版社，2014 年 12 月

武则天（瑶族）

武则天，
美女毒蛇。
吸人民的血汗，
谋害皇帝。
杀戮将士，
怀有毒心。
想独霸帝位，
天不应，
最后落后，
自己灭绝。

流传地区：马山县

演唱者：韦永英，70 岁，农民，初小文化；农公留，90 岁，农民，初小文化

搜集整理者：红波，壮族，46 岁，文化馆干部；韦善标，瑶族，33 岁，农民，初中文化

搜集时间及地点：1986 年 5 月搜集于马山县古零提东屯

来源：选自马山县民间文学三套集成编写组，马山县文化局、文化馆编印《中国民间文学三套集成马山县歌谣卷（三）瑶族上》(内部资料)，1987 年 7 月

清朝廷（瑶族）

满清朝廷很笨蛋，
不尊重英雄谋士，
不重视法规法律。
把大门打开，
安然睡大觉。
让毒蛇来占领，
给狗狼来侵犯。

吃掉了人民百姓，
损害了祖宗江山，
他们是一代无能小丑。

流传地区：马山县

演唱者：韦公宁，80 岁，农民，不识字；兰公龙，95 岁，农民，初小文化；袁桂玲，70 岁，农民，不识字

搜集整理者：红波，壮族，46 岁，文化馆干部；韦善标，瑶族，33 岁，农民，初中文化

搜集时间及地点：1986 年 5 月搜集于马山县合群乡上龙民族村

来源：选自马山县民间文学三套集成编写组，马山县文化局、文化馆编印《中国民间文学三套集成马山县歌谣卷（三）瑶族上》（内部资料），1987 年 7 月

诉皇帝歌[1]（瑶族）

皇帝啊皇帝！
你可真狠毒啊！
我儿刚十八岁就被抓去从军，
在风雷雹雨里受熬煎。
为过安宁他日夜守边关，
而你却在高楼上花天酒地。
和宫娥美女玩游不知春秋，
你是多么可恨又可耻。
你统治了这么大的国土，
不给百姓安定团结创建家业；
却搜刮人民的金银财宝，
去打造杀人的凶器。
拿我们亲生的骨肉当炮灰，
你是狗不是人啊皇帝。
你使百姓互敬互爱团结一致不好吗，皇帝？
你让百姓好好创家业不好吗，皇帝？

你把用来打造杀人凶器的金银财宝，
分发给百姓造家立业不好吗，皇帝？
为什么一定要去造杀人的凶器呢，皇帝？
你是多么地可恨啊，皇帝！

我们的儿子在战场上流血牺牲粉身碎骨，
你不感到可怜吗，皇帝？
把一个断手断脚的儿子还给父母，
你知道是何等的悲痛吗，皇帝。
皇帝啊皇帝！
血汗是宝贵的，
人身是宝贵的，
你应该使百姓安定过日子啊，皇帝！

流传地区：马山县

演唱者：罗飞，85 岁，农民，不识字；兰公东，87 岁，农民，初小文化；韦公宁，90 岁，农民，初小文化

搜集整理者：红波，壮族，46 岁，文化馆干部；韦善标，瑶族，53 岁，农民，初中文化

搜集时间及地点：1986 年 12 月搜集于马山县合群乡民新民乐山区

来源：选自马山县民间文学三套集成编写组，马山县文化局、文化馆编印《中国民间文学三套集成马山县歌谣卷（三）瑶族上》（内部资料），1987 年 7 月

[1] 据传这是兰丁木将军在战场上英雄杀敌牺牲后，他母亲在哭葬时，悲痛地哭唱出的歌。

蒋介石（瑶族）

厢老鼠[1]，
真坏蛋，
黑心肝，
像毒蛇。
不做工，
偷白米，
勾外敌，
咬家衣。

流传地区：马山县

演唱者：罗飞，85岁，农民，不识字；韦公列，76岁，农民，初小文化

搜集整理者：红波，壮族，46岁，文化馆干部；韦善标，瑶族，53岁，农民，初中文化

搜集时间及地点：1987年2月搜集于马山县合群乡玉业村民新村山区

来源：选自马山县民间文学三套集成编写组，马山县文化局、文化馆编印《中国民间文学三套集成马山县歌谣卷（三）瑶族上》（内部资料），1987年7月

[1] 厢老鼠："蒋介石"的谐音。

2 褒扬歌谣

大齐团结杀日人（汉族）

秤星放上厘星等[2]，
同堂国事乱纷纷；
桓公[3]面前画佛像，
大齐团结杀日人[4]。
日本侵华又屠民，
赶快起来抗敌军；
嫖客碰着行经女，
拼佢流血干一阵。
庭前磨谷太阳照，
忽然又被日侵伝[5]；
火烧围墙上楼打，
焦土抗战莫灰心。

[2] 等：这里指天平。
[3] 桓公：春秋时齐国国君齐桓公。
[4] 大齐：大家。日人：日本侵略者。
[5] 伝：我们。

流传地区：横县

演唱者：陈妥当

搜集整理者：黄明安

搜集时间及地点：1986 年 9 月 12 日搜集于横县南乡镇板露

来源：选自横县民间文学三套集成编委会编《横县歌谣集上册》(内部资料)，1987 年 1 月

锦绣山河（汉族）

锦绣山河在亚洲，
顶顶有名遍全球。
良善人民四万万，
人人知识非常高。
文明先进吾国早，
至今已有五千秋。
世界各国皆称赞，
唯有中华最自豪。
地大川流山河秀，
物博资源到处有。
地杰产物多富厚，
人灵才智策略周。
极少汉奸当走狗，
错认日本作老豆[1]，
媚外求荣不知羞，
勾结日本犯神州。
不为人齿汪精卫，
遗臭万年罪滔滔。
全国人民齐发奋，
不甘做人的马牛。
消灭汉奸驱日寇，
严惩日本嘅[2]祸首。
永保山河春不老，
人人捍卫我神州。

流传地区：横县

演唱者：谢生，男，汉族，峦城锦德街人，民间艺人，高小文化

搜集整理者：郭汉炳，男，汉族，峦城文化站干部，初中文化

搜集时间及地点：1986 年 9 月 17 日搜集于横县峦城镇

来源：选自横县民间文学三套集成编委会编《横县歌谣集上册》(内部资料)，1987 年 1 月

夺取胜利再回还（壮族）

女：民国无王世界乱，
兵马反，
百姓住么安，
衙门官府忙疏散。

男：东洋鬼子来侵犯，
占边关，
中华起抗蛮，
望娘送勇出安南。

女：不怕敌关卡得紧，
斗凶顽，
抗日不畏难，
带妹前去杀寇番。

男：别离亲友踏沙场，

[1] 老豆：父亲。

[2] 嘅：的。

壮士胆，
共娘保江山，
夺取胜利再回还。

流传地区：邕宁区伶俐乡等地

演唱者：李兆昴，男，壮族

搜集整理者：李武康、卢艺，男，壮族，高中文化，邕宁区文化局干部

来源：选自邕宁民间文学三套集成编委会编《中国民间文学三套集成邕宁县民间歌谣集》（内部资料），1987 年

大扫除赌风[1]（壮族）

大扫除赌风，
壮士重训练，
能守又能战，
免害变殖民。

流传地区：南宁市西乡塘区坛洛镇

演唱者：马兆益

搜集整理者：林凯

来源：选自南宁市文化新闻出版广电局、南宁市民族文化艺术研究院编《南宁歌谣集成（壮族卷）》，广西教育出版社，2014 年 12 月

[1] 此歌在抗战时获坛洛镇山歌比赛冠军。

万众鼎唱太平歌[2]（壮族）

太平军威势峨峨，
不怕艰途多坎坷，
乌龟王八池中缩，
鱼跳龙门奔清波。
西山男儿聚，
北山巾帼多，
向奔太平军，
壮士四围罗。
前有洪秀全，
左有秀清哥，
右有达开将，
后有杨、苏、罗[3]。
旌旗举日月，
一腔热血改山河。
嗟呼，迎来太平日，
不许狐鼠作妖魔。
夜月郎，瑞风和，
千灶炊烟山下袅，
万众鼎唱太平歌。

流传地区：邕宁区伶俐乡一带

演唱者：杨忠，壮族，邕宁区伶俐乡福庆村民

搜集整理者：杨博民，男，壮族，高小文化，邕宁区民间文学三套集成采风队队员

来源：选自邕宁民间文学三套集成编委会编《中国民间文学三套集成邕宁县民间歌谣集》（内部资料），1987 年

[2] 这是流传于邕宁区伶俐乡福庆村壮族群众中的一首太平天国歌谣。1852 年（清咸丰二年）农历二月初二，杨元林、苏以振、罗荣贵在福庆村土地庙前招集乡民，揭竿起义，响应太平军。当时有五百多名乡民参加了太平军。

[3] 杨、苏、罗：太平天国时在邕宁县伶俐乡福庆村率众起义的将领，杨元林、苏以振、罗荣贵。

陆沉游击颂（壮族）

巍峨参天岭，
广阔陆沉乡[1]；
一九四七年，
革命红旗扬。
当时“刮民党”，
凶狠如虎狼；
穷人受压迫，
抗征又抗粮。

在党领导下，
拿起刀和枪；
建立“九支队”[2]，
反封又反蒋。
农为民同志，
胸中有朝阳；
带领游击队，
战斗最坚强。
打倒反动派，
宣传党主张；
队伍日壮大，
革命烈火旺。

万恶伪政府，
怕得好慌张；
四处起团队，
杀向陆沉乡。
不少好兄弟，
牺牲在战场；
不少好同志，
鲜血染衣裳。
敌人用屠杀，
难屈共产党；
革命如春草，
春风吹又长。
摩天山夜战，
粉碎敌扫荡；
战士用鲜血，
写下新篇章。

三百对一千，
敢于弱胜强；
运用新战术，
土枪胜洋枪。
敌人羞夹怒，
气焰更嚣张；
妄图扑烈火，
增兵又调将。
小小九支队，
锐利不可挡；
越打越勇敢，
鏖战一夜长。

农为民同志，
为党献力量；
带头陷敌阵，
伤不下战场。
爬去挡炮眼，
掩护队伍上；
死眼亦不闭，
牺牲最悲壮。

前者倒下了，
后者接过枪；
打得敌丧胆，
晕头乱转向。
丢了批盔甲，
丢了批刀枪；

[1] 陆沉乡：地名，在今校椅镇。
[2] 九支队：横县的一支革命游击队。

夹着尾巴跑，
叫爹又叫娘。

人民见此景，
个个喜洋洋；
齐声赞游击，
打得真漂亮！

流传地区：横县

演唱者：何建林，男，壮族，横县校椅镇六味村人，农民，初小文化

来源：选自横县民间文学三套集成编委会编《横县歌谣集上册》（内部资料），1987年1月

抗日歌谣三首（壮族）[1]

窃笑野心侵略者

大刀答复作弹声，
誓斩倭寇总不惊；
窃笑野心侵略者，
缘何枉自送残生。

雄心不畏人威胁

听惯空中轧口声，
运筹帷幄总无惊；
雄心不为人威胁，
寝尽仇皮慰此生。

桂岭旗开敌胆惊

江淮一片抗倭声，
桂岭旗开敌胆惊；
奠定复兴基础史，
戚公勋业庆重生。

搜集整理者：潘琥，男，壮族，大塘乡太安村人，广西民团（行政）干校毕业

来源：选自邕宁民间文学三套集成编委会编《中国民间文学三套集成邕宁县民间歌谣集》（内部资料），1987年

土改翻身歌（壮族）

我们穷人苦得多，
说起苦情有几箩；
今日抬头要作主，
大齐唱支翻身歌。

演唱者：卢步规，男，汉族，丁当乡森岭村人，高小文化

搜集整理者：罗邦干

搜集时间及地点：1986年7月搜集于隆安县丁当乡森岭村

来源：选自南宁市文化新闻出版广电局、南宁市民族文化艺术研究院编《南宁歌谣集成（壮族卷）》，广西教育出版社，2014年12月

参军勇战铸军魂（壮族）

投笔从戎勇应征，
文武为国报忠贞。
攻无不克钢铁志，
战无不胜八一兵。

[1] 这三首歌是资料提供者1941年3月收集的。

戴表入伍去打仗，
随时应战保和平。
团结拧成一股绳，
坚不可摧如钢钉。

军民保持距离零，
军民血肉脉相承。
练兵场上瓮作靶，
对敌打击不留情。

子弟兵建钢长城，
坚不可摧卫国宁。
来犯之敌纸老虎，
痛打大虫露原形。

珠峰顶上放岗哨，
高度警惕察敌情。
长征路上播火种，
为党卫国光明程。

父母担瓮出圩卖，
送子从军双亲情。
红豆移上高山种，
高尚思想闪光明。

旧时好铁不打钉，
今日靓仔爱当兵。
金匾挂在大门顶，
光荣之家全民称。

白鸽飞返石岩企，
稳定江山保和平。
花瓮沸落长江水，
敌敢入侵不留情。

斧利不怕柴纹乱，
立马打败入侵兵。
枪打斑鸠跌落水，
有翼连头都难擎。

敲锣打鼓舞狮子，
带头响应勇应征。
杀敌战场立功绩，
为党卫国誉美名。

流传地区：横县

演唱者：黎英群，女，汉族，1950 年出生，广西横县横州镇人

搜集整理者：梁肇佐、陈钰文

搜集时间及地点：2012 年 9 月搜集于横县

旭日（汉族）

红旗插上天安楼，
旭日东升照全球；
劳苦大众拍手笑，
阶级敌人发了愁。

流传地区：宾阳县

搜集整理者：陆有全

搜集时间及地点：1949 年 12 月搜集于宾阳县太守墟一次秧歌舞会上

来源：选自宾阳县民间文学三套集成编委会编《中国民间文学三套集成宾阳县歌谣卷》（内部资料），1987 年

祝愿（汉族）

祝福领袖毛泽东，
寿比南山不老松，

青松敢熬冰霜雪，
春江水暖更青葱。

流传地区：宾阳县

搜集整理者：陆有全

搜集时间及地点：1962 年中秋节搜集于宾阳县城中秋山歌晚会

来源：选自宾阳县民间文学三套集成编委会编《中国民间文学三套集成宾阳县歌谣卷》（内部资料），1987 年

公社十唱[1]（汉族）

一唱公社好前程，
千家万户得翻身，
衣食住行逐步好，
生活水平节节升。

二唱公社好前程，
一大二公讲文明，
征服自然有力量，
改天换地都能成。

三唱公社好前程，
产量年年向上升，
五谷丰登六畜旺，
鸡鸭成群谷满厅。

四唱公社好前程，
个个社员劳动勤，
人人都走集体路，
集体道路宽又平。

五唱公社好前程，
发展经济多经营，
社员增加收入大，
丰衣足食有余盈。

六唱公社好前程，
公社文娱气象新，
村村都有文化室，
寨寨响起喇叭声。

七唱公社好前程，
社员文化大翻身，
村村办起耕读校，
白天黑夜有书声。

八唱公社好前程，
民主办社得公平，
干部社员团结紧，
发扬革命好精神。

九唱公社好前程，
千家万户喜盈盈，
喜唱人民公社好，
高歌公社万年春。

流传地区：宾阳县

搜集整理者：蒙秀泉

来源：选自宾阳县民间文学三套集成编委会编《中国民间文学三套集成宾阳县歌谣卷》（内部资料），1987 年

[1] 最初发表于 1962 年宾阳县文化馆编印的《文艺宣传》第 1 期。

亲娘卯[1]比党恩情[2]（壮族）

老竹卯比嫩柳青，
星星卯比月亮明；
旧时卯比强[3]时好，
娘亲卯比党恩情。

流传地区：横县

演唱者：覃仁选，横县石塘镇逢村人

来源：选自横县民间文学三套集成编委会编《横县歌谣集上册》（内部资料），1987年1月

农民从此绝穷根[4]（壮族）

落实包字转乾坤，
五谷丰登捷报频；
百姓上山挖苦藠[5]，
农民从此绝穷根。

流传地区：横县

演唱者：李立仕，横县校椅人

来源：选自横县民间文学三套集成编委会编《横县歌谣集上册》（内部资料），1987年1月

[1] 卯：不。
[2] 最初发表于《赛歌台》第4期。
[3] 强：今。
[4] 最初发表于《赛歌台》第21期。
[5] 藠：根茎。

到处飞跃劲头高[6]（壮族）

大搞四化传捷报，
宏图大展志气豪；
玉林单车销各省，
到处飞跃劲头高。

流传地区：横县

演唱者：黄庆东，横县云表镇亚陂村学校教师

来源：选自横县民间文学三套集成编委会编《横县歌谣集上册》（内部资料），1987年1月

包字包出富裕花[7]（壮族）

四化化去穷与白，
包字包出富裕花；
旧说尧舜盛世好，
今日中国更胜它。

流传地区：横县

演唱者：杨叙之，横县校椅镇校椅街人

来源：选自横县民间文学三套集成编委会编《横县歌谣集上册》（内部资料），1987年1月

越思越想党越亲[8]（壮族）

旧时种田泪纷纷，

[6] 最初发表于《赛歌台》第25期。
[7] 最初发表于《赛歌台》第25期。
[8] 最初发表于文化馆《横县民歌》第2集。

如今种田笑吟吟；
灾年丰收仔细想，
越思越想党越亲。

流传地区：横县

演唱者：莫景骏，横县石塘镇供销社干部

来源：选自横县民间文学三套集成编委会编《横县歌谣集上册》（内部资料），1987年1月

如今收成胜旧时[1]（汉族）

大网落江捉大鱼，
细网落江捉鱼儿，
科学种田大胆搞，
如今收成胜旧时。

流传地区：横县

演唱者：邓金电，横县莲塘乡张莲村人

来源：选自横县民间文学三套集成编委会编《横县歌谣集上册》（内部资料），1987年1月

民族政策照南天[2]（汉族）

欢庆建区廿周年，
民族政策照南天；
村佬做厨抓刀柄，
壮家翻身掌政权。

流传地区：横县

[1] 最初发表于横县文化馆1979年8月30日《赛歌台》。

[2] 最初发表于横县文化馆1978年12月5日编印的《赛歌台》第1期。

演唱者：周洪溢，横县莲塘乡杨彭村人

来源：选自横县民间文学三套集成编委会编《横县歌谣集上册》（内部资料），1987年1月

壮乡美景胜桃源[3]（汉族）

嫦娥奔月千万年，
下凡游览西江边，
游罢广西大惊叹：
壮乡美景胜桃源。

流传地区：横县

演唱者：陆民韬，横县南乡镇三籼村人

来源：选自横县民间文学三套集成编委会编《横县歌谣集上册》（内部资料），1987年1月

三中全会似朝阳[4]（汉族）

三中全会似朝阳，
金光闪闪照南疆，
南疆儿女喜织锦，
巧绣“四化”鱼米乡。

流传地区：横县

演唱者：农永政，横县陶圩乡善塘村人

来源：选自横县民间文学三套集成编委会编《横县歌谣集上册》（内部资料），1987年1月

[3] 最初发表于横县文化馆1978年12月5日编印的《赛歌台》第1期。

[4] 最初发表于横县文化馆1979年4月5日编印的《赛歌台》第3期。

项项政策订得灵[1]（汉族）

伟大正确共产党，
项项政策订得灵，
好比西津[2]开电闸，
条条线路放光明。

流传地区：横县

演唱者：康春，横县那阳乡保华村人

来源：选自横县民间文学三套集成编委会编《横县歌谣集上册》（内部资料），1987年1月

神州大地尽春天[3]（汉族）

祖国建设三十年，
神州大地尽春天，
生机勃勃兴四化，
来日山河色更鲜。

流传地区：横县

演唱者：韦昌立，横县百合镇大炉村人

来源：选自横县民间文学三套集成编委会编《横县歌谣集上册》（内部资料），1987年1月

三十年来大步跨[4]（汉族）

贫穷祖国新兴家，
三十年来大步跨，
卯信你睇国际赛，
跳水冠军属中华。

流传地区：横县

演唱者：谢飞，横县附城乡蒙村

来源：选自横县民间文学三套集成编委会编《横县歌谣集上册》（内部资料），1987年1月

农林牧副谱新章[5]（汉族）

山上有花山下香，
桥底有水桥面凉，
政策落实搞四化，
农林牧副谱新章。

流传地区：横县

演唱者：谢飞，横县附城乡蒙村人

搜集时间：1980年2月15日

来源：选自横县民间文学三套集成编委会编《横县歌谣集上册》（内部资料），1987年1月

跟党总要一条心[6]（汉族）

跟党总要一条心，
坚决执行党方针；
好比冬天雪萝卜，
风霜雨打不花心。

流传地区：横县

[1] 最初发表于横县文化馆1979年7月1日编印的《赛歌台》第4期。
[2] 西津：地名。建有大型水电站。
[3] 最初发表于横县文化馆1979年10月1日编印的《赛歌台》第5期。
[4] 最初发表于横县文化馆1979年10月1日编印的《赛歌台》第5期。
[5] 最初发表于横县文化馆《赛歌台》第6期。
[6] 最初发表于横县文化馆《横县民歌》第1集。

来源：选自横县民间文学三套集成编委会编《横县歌谣集上册》，1987 年 1 月

拨开云雾见青天（汉族）

湿柴拿来煮黄连，
旧时有冤苦难言；
多得来了共产党，
拨开云雾见青天。

流传地区：横县

来源：选自横县民间文学三套集成编委会编《横县歌谣集上册》，1987 年 1 月

翻身跟党我心坚（汉族）

过去做奴贱过狗，
解放正得出头天；
辛酸苦辣我尝过，
翻身跟党我心坚。

流传地区：横县

来源：选自横县民间文学三套集成编委会编《横县歌谣集上册》（内部资料），1987 年 1 月

共产党来换新天（汉族）

国民党时刮民钱，
共产党来换新天；
遍地建立水利网，
旱地变成保水田。

流传地区：横县

来源：选自横县民间文学三套集成编委会编《横县歌谣集上册》（内部资料），1987 年 1 月

新人新事千万千（汉族）

旧时读书想扒钱，
今日读书爱种田；
移风易俗真正好，
新人新事千万千。

流传地区：横县

来源：选自横县民间文学三套集成编委会编《横县歌谣集上册》，1987 年 1 月

如今治安教育好（汉族）

过去几多受抢劫，
尸横路上臭满天；
如今治安教育好，
拾金不昧四处传。

流传地区：横县

来源：选自横县民间文学三套集成编委会编《横县歌谣集上册》，1987 年 1 月

一片光明在眼前（汉族）

床底栽藕苦死莲，
旧时穷人难见天；
如今走上四化路，
一片光明在眼前。

流传地区：横县

来源：选自横县民间文学三套集成编委会编《横县歌谣集上册》，1987 年 1 月

好比鱼水不离分[1]（壮族）

豆角开花藤牵藤，
石榴结子心连心；
党和人民心一颗，
好比鱼水不离分。

好比鱼水不离分，
永跟党走不变心；
党说下海我下海，
党说登云我登云。

搜集整理者：黄寿才，男，壮族，上林人，广西作家协会会员

来源：选自南宁市文化新闻出版广电局、南宁市民族文化艺术研究院编《南宁歌谣集成（壮族卷）》，广西教育出版社，2014 年 12 月

个时世界真是好（壮族）

个时世界真是好，
改革开放得民间。
到处欢歌又跳舞，
民族风情大转新。

民欢以凭领导好，
全国上下一条心。

［1］ 最初发表于 1964 年 7 月 1 日《南宁晚报（副刊新歌台）》

今日民欢又快乐，
唱支山歌报党恩。

流传地区：横县

演唱者：周建敏，男，汉族，1957 年 12 月出生，横县莲塘镇莲塘村人

搜集整理者：梁肇佐、陈钰文

搜集时间及地点：2012 年 9 月搜集于横县

改革城乡新面貌（壮族）

改革城乡新面貌，
新江美景年胜年；
粮食满仓油满钵，
大干更上一重天。

嘹啰重振仗尧天，
喜遇知音是圣贤；
堪尉歌王承旧业，
带群胜友创新篇。

深惭似我无佳句，
何幸刘君赐雅言；
祈望重当常馥郁，
并肩同步乐颐年。

重振新江歌史承，
嘹啰百首放芳馨；
雄才济济成新栋，
大略滔滔抒晚情。

民俗古风孚众望，
鹏程远大现精英；
责无旁贷当心血，
为党高歌唱不停。

举国欢呼七一节，
党的光辉照四方；
政策为民办实事，
神州到处兴小康。

英雄水库换新装，
清水流到各村庄；
饮水工程已实现，
扭动龙头水到缸。
举国欢呼十一节，
红男绿女唱嘹啰；
红男绿女来庆贺，
舞亦多来歌亦多。

反腐倡廉施善政，
党为人民作主张；
干群共同遵党策，
祖国繁荣更富强。

山歌基地那桃坡，
代表广西上北京；
四代同堂歌颂党，
传承人是刘正成。

流传地区：邕宁区

演唱者：刘正成，男，77 岁，邕宁区人

搜集整理者：梁肇佐

搜集时间及地点：2013 年 8 月搜集于邕宁区

深化改革沐春风（壮族）

深化改革沐春风，
继往开来展丽容。
塞北飘霜染絮白，
南国相思映日红。

歌圩继兴迎雅客，
壮乡盛传山歌风。
岁月无情催人老，
化作情感伴苍松。

流传地区：横县

演唱者：邓志林，男，汉族，1957 年 8 月出生，横县莲塘镇六莲村委莲塘村人

搜集整理者：梁肇佐、陈钰文

搜集时间及地点：2012 年 9 月搜集于横县

吃水不忘挖井人（壮族）

改革开放实是好，
多得中央领导人。
国泰民安人欢乐，
快快乐乐过秋春。
灯草移至北京种，
党对下层最关心。
幸福不忘共产党，
吃水不忘挖井人。

流传地区：横县

演唱者：苏思秀，女，汉族，1963 年 5 月 17 日出生，横县莲塘镇佛子村委佛子村人

搜集整理者：梁肇佐、陈钰文

搜集时间及地点：2012 年 9 月搜集于横县

唱起现时世界好（壮族）

神龙在上保众生，

风调雨顺众欢颜；
各项作物得收获，
为民消灾又除难。
唱起旧时刘三姐，
就像神仙下凡间；
唱起现时世界好，
千祈冇唱老来难。
唱歌只为高兴来，
有人唱歌有人还；
二胡琵琶一起摆，
哥会拉来妹会弹。

流传地区：横县石塘镇

演唱者：赖桂芳，女，壮族，1969 年 2 月 4 日出生，横县石塘镇禾仓村委禾仓村人

搜集整理者：梁肇佐、陈钰文

搜集时间及地点：2012 年 9 月搜集于横县石塘歌圩

石塘改革大变样（壮族）

石塘改革大变样，
石塘夜宵强热闹，招贵客；
振兴中华办歌场，
名师炒菜扑鼻香。

各界人士来助兴，
黄鳝泥鳅白鸽粥，样样有；
歌手云集示高强，
爱吸田螺任君尝。

石塘办起民歌节，
石塘歌节未完善；
望君年年来捧场，
山歌越唱心越甜。

路旁种有迎客树，
希望贤君来指教；
男男女女好乘凉，
来年服务更周详。

开水灌入暖瓶里，
常来常往茶卯凉；
女嫁去做人新妇，
来往总要念爹娘。

流传地区：横县石塘镇

演唱者：梁爱兰，女，壮族，1960 年 12 月 28 日出生，横县石塘镇石塘街人

搜集整理者：梁肇佐、陈钰文

搜集时间及地点：2012 年 9 月搜集于横县石塘歌圩

赞石塘糖厂（壮族）

石塘种蔗变强镇，
荒山野岭变个样；
蔗价有升冇有降，
讲起群众个个知；
亩百公斤奖励肥，
糖厂蔗农心相依。

自从建立了糖厂，
另外补钱两百一，
预计今年三百八，
带动百业得腾飞；
蔗农开心笑微微，
激动干群笑嘻嘻。

石塘全镇好地皮，
结交民情水共鱼；

蔗农进厂每吨蔗，
歌唱宣传秋植蔗。
花生粟米改种蔗，
喜事建房都靠它；
买了摩托买汽车，
脱贫子女得读书。

流传地区：横县石塘镇

演唱者：覃植英，女，壮族，1963年9月27日出生，横县石塘镇石塘街人

搜集整理者：梁肇佐、陈钰文

搜集时间及地点：2012年9月搜集于横县石塘歌圩

3 纪事歌谣

灾荒唱（汉族）

乙未那年[1]天大旱，
苦况几多不忍闻。
六月廿七断雨水，
收了禾排过秋分。

干风呼呼出大日，
田垌禾枯黄了根。
江水戽干塘戽尽，
日日望天不起云。

四处庙堂叩鼓响，
人群求雨拜神灵。
到处神坛香烟起，

[1] 指清光绪年间的1895年。

仄岭去扛陈大人[1]。

籴米分墟来度日，
肚饥暗哭泣成声。
芦墟人行卖骨肉，
两三千钱[2]得一群。

粽也不包糕不捣[3]，
锣鼓不敲是丙申。
洪岭[4]那边吃灯酒，
酒毋醉人粥醉人。

自古旱灾无此惨，
山歌一曲纪实情。
天呀天，
宾州[5]连旱两三年；
百钱个子共[6]连罗卖，
两佬功劳丢上天。

流传地区：宾阳县

搜集整理者：李仲显，男，汉族，县委统战部副部长，广西宾阳县古辣乡人

搜集时间及地点：1986年12月5日搜集于1962年版宾阳县志

来源：选自宾阳县民间文学三套集成编委会编《中国民间文学三套集成宾阳县歌谣卷》（内部资料），1987年

[1] 仄岭，村名。陈大人，指乾隆时人陈宏谋，因他使乾隆皇帝免去广西畲地粮税而被农民敬仰，他逝世后广西各地都建有庙堂并塑他的像膜拜，因说去扛陈大人。
[2] 钱：此处指解放前的铜钱。
[3] 糕不捣：不做糕。
[4] 洪岭：村名。
[5] 宾州：指宾阳县。
[6] 子共：宾阳方言，指孩子。

热心共佢[7]战一场（汉族）

日本真是无理由，
屡次来炸我横州，
奉劝同胞快捐款，
买架飞机去报仇。
日本来占佉国疆，
嘱报[8]同胞要商量；
灯草放落滚水镬，
热心共佢战一场。

流传地区：横县

演唱者：农元牲，男，壮族，飞龙乡高料村人，农民，高小文化

搜集整理者：农朝珍，男，壮族，飞龙乡文化站干部，初中文化

搜集时间及地点：1986年9月7日搜集于横县飞龙乡高料村

来源：选自横县民间文学三套集成编委会编《横县歌谣集上册》（内部资料），1987年1月

游击队员歌（汉族）

陈，吴，宁[9]，
翻身翻得真有名。
二五斗争[10]炼成铁，
英雄[11]坐牢笑盈盈。
笑盈盈，
十八村庄一个营。

[7] 佢：他。
[8] 嘱报：告诉、提醒。
[9] 陈，吴，宁：新福乡彭岭、哪河、三阳等十八个村的三个主要姓氏。
[10] 二五斗争：指1937年春，中共地下党员在横南开展的二五减息运动。
[11] 英雄：指1938年被捕，1944年释放的游击队员施旭初、方策、方冠三人。

家家卖牛置机枪。
置机枪，
打得敌人心胆惊。

流传地区：横县

演唱者：方策，男，新福乡彭村人，离休干部

搜集整理者：方昌，男，壮族，新福乡陈村人，农民，大专文化

搜集时间及地点：1986 年 9 月 14 日搜集于横县新福乡彭村

来源：选自横县民间文学三套集成编委会编《横县歌谣集上册》（内部资料），1987 年 1 月

送夫出征（汉族）

征调壮丁去抗日，
妹夫奉命出边关，
同枕夫妻分别去，
含悲流泪送夫行。

夫去比似天边雁，
相思何日得回南。
一路送行一路嘱，
嘱夫立志保江山。

庙祝装香顺打鼓，
当兵难免斗敌顽，
满天炮火纷飞响，
嘱咐夫君心莫弹[1]。

十八后生当好汉，
为民舍死莫贪生，
杀尽敌人方罢手，
收回失地建江山。

立功受赏官莫做，
功名富贵视等闲，
桥头暂别送夫去，
厅堂望燕早回南。
和尚吃斋守等你，
清心守恋夫回还！

流传地区：宾阳县

演唱者：黄月莲，女，汉族，广西宾阳县思陇乡人，歌手，高小毕业

搜集整理者：王启智，男，汉族，广西宾阳县民范村人，文化局文学创作干部，中文专科毕业；陆有全，男，汉族，广西宾阳县陆华村人，中学副总务主任，中专毕业；黄龙琼，男，汉族，广西宾阳县北兰村人，退休干部，老艺人，高小毕业

搜集时间及地点：1986 年 7 月 5 日搜集于宾阳县那油坪村

来源：选自宾阳县民间文学三套集成编委会编《中国民间文学三套集成宾阳县歌谣卷》（内部资料），1987 年

日寇之罪（汉族）

民国世界乱纷纷，
四面八方立刀山；
国内无人作正主，
奸臣卖国引番邦。

精卫勾通日本鬼，

[1] 心莫弹：心莫跳，不要怕。

起兵袭击夺东三[1]；
王诚失守沈阳市，
学良战败黑龙江。

上海北平都失守，
日兵逼近到华南；
全国呼声要抗日，
四海分兵守五关。

台儿庄有宗仁守，
血洗敌人一万三；
卢沟个仗真够惨，
双方战死尸如山。

中村正雄南北战，
兴师直下广州湾；
小董[2]登陆进南宁，
妄图打通出越南。

中央军团援桂系，
将兵退守昆仑关[3]；
日军驻到五塘[4]地，
前兵攻打昆仑关。

聿明机械师赶到，
日兵被退五塘还；
日兵陆空齐出动，
几回血染昆仑关。

日军包抄甘棠[5]过，
后路被断失江山；
日寇到来民遭难，
抢光杀光又强奸。

大屋高楼被烧掉，
街道墟场尽炸翻；
妻离子散逃条命，
你我不知死和生。

太守[6]有个万人墓，
中村战死昆仑关；
一万敌人死去半，
尸横遍地到东江[7]。

战争绝灭生灵命，
劝世和平且莫争；
记下当年战史事，
万代流传记心间。

流传地区：宾阳县

演唱者：黄月莲

搜集整理者：王启智、陆有全、黄龙琼

搜集时间及地点：1986 年 5 月搜集于宾阳县思陇乡那由坪村

来源：选自宾阳县民间文学三套集成编委会编《中国民间文学三套集成宾阳县歌谣卷》（内部资料），1987 年

[1] 东三：指东北三省。

[2] 小董：地名，属钦州市。

[3] 昆仑关：位于广西宾阳县与邕宁交界处。1939 年冬，国民党中央第五军与日中村正雄部队在此展开震惊中外的争夺战，历时近一个月，我方歼灭日寇五千余人，击毙了侵华日军少将旅团长中村正雄。为纪念中华儿女抗击日寇的光辉功绩，此地建有纪念塔和纪念碑。解放后，自治区人民政府把昆仑关列为文物保护单位，每年清明和农闲常有人前往参观，有时多达一万人以上。

[4] 五塘：指邕宁五塘墟。

[5] 甘棠：指宾阳县甘棠镇。

[6] 太守：指太守乡的太守墟。

[7] 东江：指思陇乡的东江桥。

抗日[1]（汉族）

四四那年值新正，
日寇突然到武陵[2]；
先到藤村[3]大掳掠，
群众开枪打鬼兵。

各村闻声同围打，
日寇伤亡退武陵；
四料[4]当时民上阵，
安排抗敌十零人。

把守东灰桥[5]马路，
塘记岭[6]头埋伏兵；
防止日寇来偷袭，
坚持日夜互流轮。

廿七深夜风雨大，
守卡民兵暂转程；
刚刚离开塘记岭，
日寇已经出武陵。

大家正谈守卡事，
忽闻留岭[7]响枪声；
哨兵巡看文山岭[8]，
又闻马叫在田平[9]。

回村放下大门闸，
东边天上扯红云；
日兵占据香烟岭[10]，
文山塘角响枪声。

日本鬼子开炮打，
子仁[11]家内炸成陵；
弹片飞中建琛[12]脚，
脚皮肉破血不停。

一炮打中大门口，
香公[13]屋内飞泥尘；
廷庄[14]走上高窗望，
差点送命在枪声。

全村群众齐愤怒，
摩拳擦掌打敌人；
岑山背柱茂岭[15]上，
三个地方都伏兵。

日寇军官被击毙，
马翻人仰在草坪；
敌人惨败逃命去，
四村祝捷保安宁。

流传地区：宾阳县

演唱者：宋大宁，男，汉族，广西宾阳县四料村人，农民，初小文化

搜集整理者：王启智；陆有全；莫兆桐，男，汉族，宾阳县文化馆聘用创作人员，初中毕业

[1] 1944年日寇侵犯到宾阳县，到处杀人放火，当时被日寇侵犯最严重的是武陵乡上顾村，七十多人被杀害。宾阳县各地人民不甘受辱，齐起抗击日寇，于是出现如歌所唱的抗日行动，杀得日寇惨败而逃。

[2] 武陵：地名。

[3] 藤村：村名。

[4] 四料：地名。

[5] 东灰桥：地名。

[6] 塘记岭：村名。

[7] 留岭：地名。

[8] 文山岭：地名。

[9] 田平：地名。

[10] 香烟岭：地名。

[11] 子仁：人名。

[12] 建琛：人名。

[13] 香公：人名。

[14] 廷庄：人名。

[15] 茂岭：地名。

搜集时间及地点：1986年5月8日搜集于宾阳县武陵乡四料村

来源：选自宾阳县民间文学三套集成编委会编《中国民间文学三套集成宾阳县歌谣卷》（内部资料），1987年

收回失地并不难（壮族）

国难临头心正紧，
中华不幸被侵占，
日贼烧杀又强奸。
天公难杀民间尽，
强弯担杆宁愿断，
不做顺民去从番。

政工队员四处讲，
征兵征粮板过板[1]，
国固家园才平安。
宣传讲愁也讲乐，
四万万人同心干，
收回失地并不难。

演唱者：赖昌瑶，男，壮族，邕宁区那楼镇中山村屯赖坡农民，初中文化

搜集整理者：卢艺，男，壮族，邕宁区文化局干部，高中文化；李启梧，男，壮族，邕宁区民间文学三套集成采风队队员，初中文化

来源：选自邕宁民间文学三套集成编委会编《中国民间文学三套集成邕宁县民间歌谣集》（内部资料），1987年

[1] 板：村。

征兵歌（壮族）

提到国民党，
越讲越伤心，
拉夫抽征兵，
讲十天难尽。
年纪十三四，
被迫登年龄，
到时要当兵，
赴战场打仗。

村长与甲长，
勒索众人民，
借抽签要兵，
捞钱放腰包。
时时催要兵，
哪个心不烦，
丢妻子在家，
离散各一方。

丈夫去当兵，
妻子在家守，
一挨养公婆，
二守寡到死。
独子去当兵，
母愁满衷肠，
年老逝世了，
无人来送终。

儿子去当兵，
母寻早无夜，
年老去靠谁，
造孽满世人。
抓儿去当兵，
父放声诉苦，
无人来照顾，

这样过生活。
母子俩离散，
受难伤透心，
哭泣不成声，
愿咬舌死去。

流传地区：马山县加方乡福兰村、福子村一带

演唱者：覃宏新，男，壮族，高中文化

搜集整理者：蓝求、梁肇佐、廖昆铭

搜集时间及地点：1987 年 3 月 3 日搜集于马山县加方乡福兰村覃宏新家

来源：选自马山县民间文学三套集成编写小组编，马山县文化局、马山县文化馆印《中国民间文学三套集成马山县歌谣卷（二）》（内部资料），1987 年 6 月

吹洋烟害多（壮族）

两手抓烟枪，
身曲像条狗，
卖好多田地，
家散妻也离。
吹上鸦片烟，
脸面黄连连，
儿去喊吃饭，
像死床里边。

流传地区：马山县白山镇一带

演唱者：唐美凤，女，壮族

搜集整理者：罗玉树，男，壮族，初中文化

搜集时间及地点：1987 年 3 月 28 日搜集于马山县白山镇业余剧团

来源：选自马山县民间文学三套集成编写小组编，马山县文化局、马山县文化馆印《中国民间文学三套集成马山县歌谣卷（二）》（内部资料），1987 年 6 月

抗日歌（壮族）

父劝子：为国家民族，
儿呀儿，
去抗日争荣，
父望子成龙，
我劝你，
要尽忠报国。
最后得胜利，
联国际，
我们才太平，
去反击敌人，
赶出京，
才完成革命。

父子对唱：救国家民族，
我的儿，
去抗日争荣，
父望子成龙，
我和你，
尽忠来报国。

手拿只布袋，
我走先，
到县里报名，
响应去参军，
当个兵，
为国为人民。

夫对妻唱：我挨征出去，
说贤妻，

你管好小孩，
论田工畲工，
家务事，
你料理等我。

妻对夫唱：总动员抵抗，
万上万，
为国难当头，
亲夫呀亲夫，
你别忧，
还有我料理。
我叮嘱贤夫，
你别忧，
还有我料理，
论田工畲工，
家务事，
不用你顾虑。

出征时：那时我们家乡沦陷，
最凄惨，
同胞挨杀成千万，
日本是强盗，
我们别怕，
拿马刀对待。
日本鬼他一路杀人，
行毒心，
哪个见了总是议论，
那时我们家乡沦陷，
最凄惨，
同胞挨杀千万个。

黄牛水牛猪鸭鸡，
各家事，
收藏起来为高，
日本是强盗，
我们别怕他，
拿起马刀来对待。
在宾阳开始打，
往上来，
又打过上林，
日本鬼一路把人杀，
行毒心，
哪个见了总愤恨。

日本鬼到处烧杀掳掠，
吃得肥，
不理也不打，
黄牛水牛猪鸡鸭，
各家事，
收起来为高，
枪声叭叭响，
打轻机，
逃上来成帮，
那时我们沦陷，
最凄惨，
无辜的同胞被杀千万个。

流传地区：马山县古零镇上级村云凌屯一带

演唱者：零东海，男，壮族，高小文化

搜集整理者：梁庆耀，男，壮族，马山县古零镇文化站干部；蓝求；梁肇佐

搜集时间及地点：1986 年 12 月搜集于古零镇

来源：选自马山县民间文学三套集成编写小组编，马山县文化局、马山县文化馆印《中国民间文学三套集成马山县歌谣卷（二）》（内部资料），1987 年 6 月

征兵怨（壮族）

夫当兵远去，
至今不回还；
锣鼓分两边，
何日才团圆。

夫妻不见面，
世界示大乱；
心伤欲断气，
面色黑似猿。

为人一世苦，
命衰鸡不叮；
夫被逼当兵，
守寡度年轻。

老蒋反动派，
拆我夫妻情；
夫当兵不回，
我亦不愿生。

夫离到天边，
把犁生木耳；
家里没男人，
床里挂蛛丝。

吃饭当吃沙，
肉色无点血；
为惦夫妻情，
似尼姑守节。

女能变男子，
赤去把兵当；
打败日本鬼，
夫妻回家堂。

流传地区：隆安县乔建镇、小林乡一带

演唱者：林兆荣，男，壮族，小林村人，高小文化；陆福隆，男，壮族，儒浩村人，农民，初中文化

搜集整理者：林啟枢

翻译者：马成宁

搜集时间及地点：1986 年 9 月搜集于隆安县乔建镇、小林乡

来源：选自南宁市文化新闻出版广电局、南宁市民族文化艺术研究院编《南宁歌谣集成（壮族卷）》，广西教育出版社，2014 年 12 月

咏时事[1]（壮族）

上望有清官，
为乡村保护；
大家勤作苦，
储足数输粮。
闻绿林逼近，
老少尽惊慌；
企望有清官，
为乡村保护。
无饷给防兵，
清官也难顾；
大家勤作苦，
储足数输粮。

流传地区：隆安县那桐镇一带

演唱者：李安乔，男，壮族，那重村人，农民，初小文化

搜集整理者：林啟枢

[1]《咏时事》摘抄自民国二十三年《隆安县志》。用与壮语同义的汉语成歌。壮语能唱，汉语明义。

翻译者：陈朝阳

搜集时间及地点：1986年10月搜集于隆安县那重村

来源：选自南宁市文化新闻出版广电局、南宁市民族文化艺术研究院编《南宁歌谣集成（壮族卷）》，广西教育出版社，2014年12月

贺民团后备队歌[1]（壮族）

东榜四首

（一）

不忍国瓜分，
广西民拼起；
全盘备若彼，
定一举强华。

（二）

给民团荣幸，
唯我者先机；
作模范良规，
邻村希借镜。

（三）

全省皆是兵，
复苦征丁壮；
训练果精当，
并可抗外洋。

（四）

我省练团丁，
为抗战出力；
愿邻村仿效，
誓共扫东瀛。

西榜四首

（一）

联广西全部，
振商武精神；
万众同一心，
共同伸国耻。

（二）

列强屡侵我，
我无可奈何；
识与众哥哥，
同枕戈待旦。

（三）

共褐并倭笑，
首尾皆受敌；
民团当两役，
一起击双方。

（四）

后备队群英，
似长城万里；
大家同奋起，
把失地收回。

流传地区：隆安县那桐镇一带

演唱者：李安乔，男，壮族，那重村人，农民，初小文化

搜集整理者：林敢枢

[1]《贺民团后备队歌》摘抄自民国二十三年《隆安县志》。用与壮语同义的汉语成歌。壮语能唱，汉语明义。《贺民团后备队歌》系当时民歌获奖歌词。

翻译者：陈朝阳

搜集时间及地点：1986 年 10 月搜集于隆安县那重村

来源：选自南宁市文化新闻出版广电局、南宁市民族文化艺术研究院编《南宁歌谣集成（壮族卷）》，广西教育出版社，2014 年 12 月

拉兵歌（壮族）

男：二妹呀二妹，
锣鼓都拆散，
你夫被拉兵，
何时再逢迎。

女：世界不平安，
夫妻两拆散，
一月过一月，
盼信眼望穿。

男：日夜盼音信，
亲人在天边，
不讲你也懂，
年轻守寡难。

女：不守也不得，
实在是为难，
夫在守活寡，
越想心越烦。

男：夫死虽伤心，
活寡更难挨，
你夫再不回，
追寻莫徘徊。

女：想去寻夫君，
无奈家也贫，
去到南边界，
路远怎寻人。

男：别事还自可，
草木盼春采，
老天不落雨，
难望得花开。

女：越想越心伤，
泪水湿衣衫，
有夫守活寡，
做人实艰难。

流传地区：隆安县那桐镇一带

演唱者：李安乔，男，壮族，那重村人，农民，初小文化

搜集整理者：林啟枢

翻译者：陈朝阳

搜集时间及地点：1986 年 10 月搜集于隆安县那重村

来源：选自南宁市文化新闻出版广电局、南宁市民族文化艺术研究院编《南宁歌谣集成（壮族卷）》，广西教育出版社，2014 年 12 月

乱世歌（壮族）

今逢大旱年，
并良种棉花；
贼人望乱世，
趁乱劫民财。

今年什么年，

李果把桃变；
先辈时常讲，
李变桃世乱。

今年什么年，
李果把梨变；
先辈常时疑，
李变梨世乱。

今逢大旱天，
地方怕会乱；
一怕乱府州，
亲友音信断。

今逢大旱天，
地方怕会乱；
二怕乱京城，
情人难相见。

逃荒往安南[1]，
见两只小船；
见两节毛竹，
恐死在途间。

逃荒往安南，
见两只小船；
见两节单竹，
恐死在途间。

逃荒往安南，
青蛇缠帽边；
蛇咬大拇指，
有药脱险难。

逃荒往安南，
毒蛇缠手腕；
越缠就越紧，
举手亦困难。

逃荒往安南，
青蛇缠腕边；
猛咬大拇指，
有药脱险难。

举步离了家，
月夜找友谈；
屋前见友面，
心话说不完。

出外离了家，
孩儿年纪小；
孩儿还年细，
担子妹来挑。

离家或不离，
屋坏妹你补；
瓦坏妹你拾，
农活妹你做。

外出到下方[2]，
孤儿四处爬；
四邻收来养，
摘菜把母代。

外出到下方，
孤儿四处爬；
四邻收来养，

[1] 安南：越南。

[2] 下方：隆安县人习惯把田东、田阳、百色称为上方，把坛洛、邕宁、南宁称为下方。

代父把祖拜。

遇到下贱人，
相处住半年；
出外熟富翁，
日食吃不完。

相识下贱人，
共同住十天；
相熟孤独人，
自食吃不完。

山里孩，
下水捉小鱼；
小鱼浮水上，
懒坏山里儿。

外出去逃荒，
山里人在除草；
除草在高山，
山里人习惯。

外出去逃荒，
山里人在除草；
除草石隙间，
眼红似八哥鸟。

逃荒去上方，
天黑夜雾黄；
天上见红云，
想妹少年相。

逃荒去上方，
天黑雾色黄；
见天上彩云，
想妹少年相。

逃荒去上方，
妹立滩头上；
织布或织巾，
能否给一张？

逃荒去上方，
见妹站屋旁；
洗鞋或洗袜，
能否给一双？

一同到坡下，
相对换头巾；
我以坏换好，
妹莫嫌哥巾。

父穷去烧炭，
不穷不当兵；
身穿上军装，
为官府卖命。

年纪还细小，
相争去烧炭；
烧炭亦辛苦，
打更挨夜难。
挨饥又挨寒，
被迫去当兵；
身上穿军装，
为官府卖命。

咸丰皇执政，
天地乱纷纷；
不分日和夜，
百姓难保身。

咸丰皇坐殿，
天下闹覆翻；

牵连几十省，
安南地变乱。

先辈常时讲，
法国也来侵；
想占我广西，
百姓皆义愤。

日过五轮马，
夜过五轮客；
客是抗敌兵，
打仗赶路程。

骑马下泥潭，
马不落打鞭；
鞭打总不停，
幼马更可怜。

骑马上土坡，
上石坡拉马；
马转辘鞍跌，
马翻覆鞍坏。

旗走就得走，
旗退也得退；
跑马似蝶飞，
似涝蚁成队。

旗走就得走，
旗留就得留；
跑马似蝶飞，
乱爬似蛄螋。

绿旗三四张，
六七面蓝旗；
兵跟绿旗走，
帅跟红旗去。

绿旗三四张，
六七面蓝旗；
兵跟绿旗走，
官跟红旗去。

兵在马上打，
官在轿中嚎；
血流似洪水，
人头如石堆滩头。

你不信我讲，
请你出去看；
血流似洪水，
人头如石堆沙滩。

流传地区：隆安县都结乡一带

演唱者：梁加振，男，壮族，天隆屯人，农民，初小文化

搜集整理者：林啟枢

翻译者：陈朝阳

搜集时间及地点：1987年3月搜集于隆安县都结乡天隆村

来源：选自南宁市文化新闻出版广电局、南宁市民族文化艺术研究院编《南宁歌谣集成（壮族卷）》，广西教育出版社，2014年12月

秦始皇（瑶族）

秦始皇，
放臭屁，
害祖德，
坏人心。

陈胜吴广是英雄豪杰，
领导人民闹翻身。
秦始皇被打倒，
无法再起来了。

流传地区：马山县

演唱者：兰公龙，95岁，农民，初小文化；韦公现，88岁，农民，初小文化

搜集整理者：红波，壮族，46岁，文化馆干部；韦善标，瑶族，33岁，农民，初中文化

搜集时间及地点：1987年5月搜集于马山县合群内学五弄山区

来源：选自马山县民间文学三套集成编写组，马山县文化局、文化馆编印《中国民间文学三套集成马山县歌谣卷（三）瑶族上》（内部资料），1987年7月

太平军（瑶族）

太平天国革命军，
是英雄豪杰。
他们创办的事业很雄伟，
但是没有建起稳定的根基。
最后失败了，
我们应该常记住。

流传地区：马山县

演唱者：罗飞，85岁，农民，不识字；韦公堂，90岁，农民，初小文化

搜集整理者：红波，壮族，46岁，文化馆干部；韦善标，瑶族，53岁，农民，初中文化

搜集时间及地点：1987年2月搜集于马山县玉业山区

来源：选自马山县民间文学三套集成编写组，马山县文化局、文化馆编印《中国民间文学三套集成马山县歌谣卷（三）瑶族上》（内部资料），1987年7月

战斗歌[1]（瑶族）

轰轰烈烈地战斗吧，瑶友！
多么残酷的岁月来到了。
我们虽然是山顶上的苦楝树，
虽然是石缝里的苦瓜，
树皮草根养大了我们；
但是，我们有志气有能力，
完全能够冲破敌人的围剿。

起来战斗吧，瑶友！
看那一丛丛古老的祖宗树，
在敌人的弹雨里倒下去了。
看那一山山鲜红的丹花，
在敌人的乱箭下纷纷飘落。
一支支箭，无情地，
射向那白发苍苍的无力老人的心胸。
一把把雪白的恶刀，无情地，
向那无衣无裤正在游玩的小孩脖上砍去。

多么地悲惨啊，瑶友，
大胆地起来战斗吧，瑶友。
我们是瑶家的男子汉，
既然生存在世间里了，
长大就应当胆大封侯拜官，
投身到战斗中去建立丰功伟业；
只能空守着故土家园不顾离去，
寸步不移算什么英雄好汉呢。

[1] 据传这首歌是一位名叫李云峰的瑶家英雄在清军来临时演唱的一首战歌。

青春的伙伴们，别犹豫了，
接过祖先的宝刀勇敢地前进吧。
杀向那狼心狗肺的敌人，
胜利定属于我们，前进吧瑶友！

流传地区：马山县

演唱者：罗祥华，瑶族，95岁，农民，不识字；韦永英，瑶族，78岁，农民，初小文化

搜集整理者：红波，壮族，46岁，文化馆干部；韦善标，瑶族，53岁，农民，初中文化

搜集时间及地点：1986年10月搜集于马山县合群乡内学村五弄屯

来源：选自马山县民间文学三套集成编写组，马山县文化局、文化馆编印《中国民间文学三套集成马山县歌谣卷（三）瑶族上》（内部资料），1987年7月

盛世太平喜事多（壮族）

中秋团圆好唱歌，
赶走烦恼快乐多；
木鸭扑在米瓮上，
天生配得靓娇娥。

民族文化上规模，
盛世太平喜事多；
经济腾飞如春笋，
节节直升众高歌。

酒翁拿出太阳晒，
天地有情人欢容；
蛐蛇过街来表演，
显得石塘更兴隆。

代代相传唱歌儿，
陆续不断藕连丝；
歌唱现时世界好，
党政干群水共鱼。

流传地区：横县石塘镇

演唱者：覃仁选，男，壮族，1950年2月22日出生，横县石塘镇禾仓村委禾仓村人

搜集整理者：梁肇佐、陈钰文

搜集时间及地点：2012年9月搜集于横县石塘歌圩

生活歌谣

歌谣源于生活，生活是艺术的源泉。南宁生活歌谣道尽人生悲喜，柴米油盐酱醋茶，内容丰富而又与家庭生活密切相关。本卷生活歌谣分为苦歌、事态歌、妇女歌、劝诫歌、故事歌、传说歌、知识歌、生活赞歌、诙谐歌九类。不同的时代，不同的制度，有不同的社会面貌；从各民族的生活歌谣中，都能清晰地看出明显的时代烙印。

1. 苦歌：苦歌是旧时代生活在底层的劳动人民的呐喊和无奈，长工苦、单身苦、难娶妻、寡妇苦、寡公苦、孤儿苦、流浪苦……苦歌的背后，总是充满着泪水和伤悲。旧时代南宁邕江的船民生活漂泊不定，被称为“贱民”，表现他们生活艰辛的“苦歌”令人印象尤为深刻，如《娶妻难》《撑船难》等等。“劳劳碌碌又一年”“在世总是怨，多少难题摆眼前”，如泣如诉，情感至深，催人泪下。

2. 事态歌：事态歌谣内容繁杂，大多是反映人们一生中所遇到的不孝顺、不公平、不道德等情形，也有自哀自叹的悲怜歌唱。

3. 妇女歌：妇女在古代一直处于不平等地位，妇女发出的苦叹，字字是泪珠，如：《怀胎歌》《新媳怨》《盲婚怨》《童媳怨》《寡妇歌》等等，诉不尽姐妹分离、十月怀胎、盲婚盲嫁、年轻守寡之悲怆。同时，表现妇女对自由平等渴望的歌谣诸如《妇女要自由》等也不在少数。

4. 劝诫歌：劝诫内容广泛，从《家教歌》《家训歌》《教子》到《劝妻》《劝妹》《劝夫莫赌》《劝世歌》《劝守孝歌》《戒赌山歌》《叮哥勤快》等歌谣，题材内容多样，劝诫的内容往往是劝孝顺、善良、真诚、勤快、戒赌等，宣扬人性真善美。

5. 故事歌：此类歌谣主要歌唱的是历史人物故事，如《陈佐连》《桂英情》《鲁班赞》等。有本民族的英雄人物故事，也有外地流传过来的历史人物故事。

6. 传说歌：歌颂的是创世神和创世英雄，如壮族的《神农歌》《伏羲人》《龙母古传说》，瑶族的《牛仙古歌》《农木岗与花生豆》等。还有歌唱本民族、本地区创世神的，也有歌唱外地流传到本地区的神话人物和传说人物，民族文化交融特色鲜明。

7. 知识歌：以生活常识为主，包括天干地支、时辰生肖、果品菜品、动物植物等；形式上，主要以七言、问答为主。很多歌谣在一问一答中，习得生活知识和经验积累。

8. 生活赞歌：生活赞歌是生活歌谣的一抹亮色，歌唱美好时代和美好生活。在这些歌谣中，往往将新旧社会完全不同的生活景象做对比，凸显新变化，感受新时代美好生活所带来的幸福感。

9. 诙谐歌：生活歌谣里，还有一类诙谐歌，以反话、反讽、反言来说事说理，歌词诙谐风趣，讲究平仄、音韵，还常使用象声词。

1

苦歌

娶妻难（汉族）

左桥扭，右桥烂，
龙船过桥拉碰滩，
拉断几条黄竹缆，
摇断几支铁橹桨，
铁打橹桨都摇断，
手掌摇烂都为娘[2]。

流传地区：南宁市邕江一带

演唱者：李桂英，女，船民

搜集整理者：陈再明

来源：选自中国民间文学三套集成南宁市领导小组编《南宁市歌谣》（内部资料），1987 年

谢母恩[1]（汉族）

一条背带背生根，
二条背带背成人，
背得成人禾长大，
三个叩头谢母恩，
不知谢得不谢得，
说话出来安母心。

流传地区：南宁市邕江一带

演唱者：彭桂芬，女，船民

搜集整理者：陈再明

来源：选自中国民间文学三套集成南宁市领导小组编《南宁市歌谣》（内部资料），1987 年

撑船难[3]（汉族）

沙角[4]又横缆又短，
喊弟下桥怎样撑，
怎样撑来怎样走，
喊上拉姑爬上篷杆，
抽紧裤头顿下板，
搽脸胭脂禾草缆[5]，
丢弟下桥怎样撑？
这样撑来这样走，
噼噼啪啪顿断几块桥楼板
险些条命葬在羊桥下。

流传地区：南宁市邕江一带

演唱者：李桂英，女，船民

[1] 这是一首船家后生不知对母亲的养育之恩日后是否能报而发出的叹息。在过去，船家生活极其艰辛，对未来从不抱希望，唯有叩头来安母亲的心。

[2] 娘：老婆。此歌反映船家后生娶妻之艰难。

[3] 上水时是很难行走的，经常要人下船到岸边拉纤，船上的人用竹篙使力撑。

[4] 沙角：沙滩的角头。

[5] 本句意思是拉缆时，手掌出血，把用禾草搓成的缆绳都染红了。

搜集整理者：陈再明

来源：选自中国民间文学三套集成南宁市领导小组编《南宁市歌谣》（内部资料），1987 年

双寡心（汉族）

自从那年妻病逝，
双亲也早去阴间，
只剩弟今过生活，
正同独鸭过条江。

膊头衫坏毋人补，
小便尿满毋人摊，
三更想着三更哭，
泪流染湿几层衫。

一年三百六十日，
毋有哪时心不烦，
计得外来毋得屋，
理得锅来又丢婴。

今日无聊想起你，
一时热血涌心间，
执笔修书封好了，
托人交予你英兰。

你也年轻夫病逝，
犹如寡雁宿林间，
你失夫君我失妇，
两人同执一张单。

现时年轻劳动得，
一日倒能捞两餐，
如果将来年纪老，
日吃油盐哪个帮。

水过滩头怨莫及，
那时进退两头难。
高垫枕头你慢想，
想看弟言啱毋啱[1]。

我是寡公你寡母，
我俩拎锅来合铛，
婚后商量创富路，
床头密语细声谈。

今日在墟接封信，
背处无人看几番，
寄信这人正是你，
正是邻村个黄三。

黄三人事英兰识，
妻人早已别阳间，
你失夫君我失妇，
两人确是共张单。

自打英兰夫病逝，
十几媒人通话行，
竹排放落东洋海，
不知深浅乱来撑。

今日得你哑生活，
硬当鲤鱼跳上滩，
铁打葫芦你开口，
树上斩藤靠你帮。

黄三本领英兰识，
能文能武又能讲，

[1] 啱毋啱：合不合适。

为人一世心忠直，
出墟入市毋多贪。

你在信中求到我，
喊我拎锅来合铛，
隔壁穿针线想你，
我硬破心与你谈。

石灰批墙我表白，
决心与你死同生，
手续云今去办好，
免得旁人闲话谈。

国家颁有婚姻法，
谁也不能推得翻，
婚后你恩我也爱，
犹如彩蝶舞花间。

流传地区：宾阳县
演唱者：严永刚，男，汉族，宾阳县大桥乡罗江村人，艺人
搜集整理者：莫兆桐、熊兴亮
搜集时间及地点：1986 年 5 月 10 日搜集于宾阳县罗江村
来源：选自宾阳县民间文学三套集成编委会编《宾阳县歌谣卷》（内部资料），1987 年

想返眼泪落纷纷（汉族）

人家有双肉挨[1]肉，
到弟单身挨屋荫[2]；

[1] 挨：靠。
[2] 荫：檐。

藕芽拎[3]共猪肝切，
苦切有个可怜伝。

娘[4]来一次又一次，
总卯介绍来械[5]伝；
藕芽跌落长江水，
总卯可怜弟单身。

手拎田螺归屋养，
望娘伴活两三春；
前日娘讲做介绍，
今夜卯见我情人。

塘底将来种红豆，
假起相思来欲[6]伝；
龙肉有盐放水煮，
味道虽好意淡因。

洗面望见水底月，
难得团圆上手拎；
初一望到娘十五，
专望介绍来械伝。

风吹红豆衫披[7]等[8]，
专望相思上弟身；
泥塑观音未上色，
己兄难成个好人。

十月拿盘等雪水，
若得成双弟欢心；

[3] 拎：拿。
[4] 娘：这里指姑娘。
[5] 械：给。
[6] 欲：挑逗。
[7] 衫披：衣服前下部的俗称。
[8] 等：接住。

弟是鸡儿初出斗[1]，
望娘翼长遮过伝。

兄有好妻卯伴住，
丢了丈夫去嫁人；
自己想想实是极[2]，
想返[3]眼泪落纷纷。

咁耐[4]未曾得罪过，
只因条命带孤神，
命丑又兼家贫薄，
想返小弟不同人。

流传地区：横县

演唱者：梁大红，男，壮族，60岁，横县飞龙乡杨柳村人，农民，初小文化

搜集整理者：方昌，男，壮族，28岁，横县新福乡陈村人，农民，大专文化

搜集时间及地点：1986年9月搜集于横县新福乡陈村

来源：选自横县民间文学三套集成编委会编《横县歌谣集下册》（内部资料），1987年1月

难做老（壮族）

劳劳碌碌又一年，
人生有何甜？
日望三餐想断烟。
枉费我老度春秋，
留下儿女吃黄连。

[1] 斗：窝。
[2] 极：气。
[3] 想返：回想，想起。
[4] 咁耐：这么长时间。

为儿操心常失眠，
在世总是怨，
多少难题摆眼前。
做人父母够辛苦，
愿死了事去桃源。

流传地区：横县

演唱者：何建林

搜集整理者：何建林

搜集时间及地点：1986年9月1日搜集于横县校椅镇

来源：选自横县民间文学三套集成编委会编《横县歌谣集下册》（内部资料），1987年1月

灾难从天降（壮族）

夜来满庭雪，
园中花总灭；
遮体无寒衣，
欲愿秋风绝。

梅雨使人忧，
行路滑如油；
阿姨骂上帝：
渗泪不知羞！

不见光景变，
只闻我儿怨；
三十未结婚，
春来独飞燕。

三日又逢圩，
本是访友时；
宝宝牵住我，

有翼都难飞。

八月又中秋，
穷来自然忧；
闻妻讲送礼，
眼泪暗中流。

一日三餐粥，
得老[1]儿又哭；
莫怪命不好，
地主逼租谷。

风翻梁上瓦，
雨冲梨子下；
灾难从天降，
心疼如鞭打。

转眼十月中，
寒露尽生风；
田里稻花落，
收尽人笑容。
年来望年好，
今日情更差；
国政乱如麻，
税收日日加。
年年割草卖，
心伤肉都麻；
揾朝又无夜，
贱来如牛马。

流传地区：横县

演唱者：何建林，男，壮族，70岁，横县校椅镇六味村人，农民，初小文化

搜集整理者：何建林，男，壮族，70岁，横县校椅镇六味村人，农民，初小文化

搜集时间及地点：1986年9月1日搜集于横县校椅镇

来源：选自横县民间文学三套集成编委会编《横县歌谣集下册》（内部资料），1987年1月

[1] 得老：老人还将就过得去。

长工歌[2]（壮族）

作为天等人，
来尝粽谢元[3]，
中间放黏米，
粽米包旁边。
来尝粽谢元，
从来也不嫌，
只因有福份，
越吃越甘甜。

流传地区：隆安县那桐镇一带

演唱者：李安齐，男，壮族，隆安县那重村人，农民，初小文化

搜集整理者：林敢枢

翻译者：陈朝阳

搜集时间及地点：1987年3月搜集于隆安县那重村

来源：选自隆安县民间文学三套集成编委会编《中国民间文学三套集成隆安县歌谣集第三集》（内部资料），1987年8月

[2] 《长工歌》是隆安县都结人所作。都结旧属天等县，因地瘠人穷，被迫到谢元打工，财主有意刁难，都结人常受欺凌，唱此歌以揭露财主的恶毒奸诈。

[3] 谢元：邕宁地名，汉族聚居地。粽谢元，指谢元汉人财主做的粽粑。

十叹单身苦（壮族）

春节间，
家家包粽过新年，
我这单身坐冷凳，
想吃粽子难又难。

二月二，
地里杂草相争出，
无妻帮我来耘地，
茅草长成一簇簇。

三月三，
家家喜蒸黑糯饭，
我家无米下锅煮，
托腮忍饥受熬煎。

四月四，
秧苗青青蛙儿鸣，
没人帮我把秧插，
孤苦零丁好伤情。

五月五，
人们结伙去访亲，
好像羊群成对走，
此情此景伤我心。

六月六，
独自耘田累又烦，
村童放牛交正午，
我家还未煮早餐。

七月七，
家家户户剪纸衣，
单身穷汉贫如洗，
祭祖无鸭又无鸡。

八月八，
耘罢稻禾等登场，
妹有丈夫陪说笑，
我无妻儿好凄凉。

九月九，
晚糯先熟可收割，
舂罢谷子干瞪眼，
无人帮我筛和簸。

十月十，
稻谷黄熟得登场，
收得新谷回家放，
无人帮我抬进仓。

流传地区：武鸣县东部

演唱者：骆元皇，男，壮族，武鸣县城厢镇杏泉村人，退休教师，中师毕业

搜集整理者：覃绍焕，男，壮族，武鸣县文化馆工作人员，高中文化

来源：选自南宁市文化新闻出版广电局、南宁市民族文化艺术研究院编《南宁歌谣集成（壮族卷）》，广西教育出版社，2014年12月

寡公歌（壮族）

贤妻病重气奄奄，
骨瘦如柴我心颤，
把手问慰眼落泪，
米汤进嘴难下咽，
阳气数尽成新鬼，
眼望连理断枝残。

米汤滤喉不下咽，

气息奄奄命归天，
请人合棺心神乱，
妻子闭眼离人间，
妻呀妻，你怎忍，
丢下孩儿让我赡。

双手拿着黄纸片，
脸色青青如蓝靛，
装身入殓进棺材，
她闭双目别阳间，
死进阴府成雌鬼，
丢我寡公苦连连。

三声炮响烧冥钱，
贤妻成鬼进阎殿，
香烛成灰人下土，
孩儿年幼哭连连，
声声叫妈声声切，
你闭口目不回言。

晚上独睡不成眠，
自伴孤儿泪涟涟，
夜深听鸟报更次，
愁肠柔断自思量，
放声叹息前缘事，
叹声震得水缸颤。

睡醒起来四下瞧，
屋里屋外静悄悄，
自转灶边心破碎，
独柴点火亦难燃，
苍天有眼天也叹，
今世渺渺难无边。

清早起床把粥煎，
贤妻容表浮眼帘，
想起妻子泪自落，
妻死留下孤儿贱，
我自伤心有谁知，
养儿何时才成年。

收工归来夜了天，
未脱竹笠泪先溅，
孤儿倚在门角等，
点灯才能把粥煎，
大大小小叫阿爸，
肚饿把泪当饭咽。

穿件衣服烂上肩，
穿件裤子烂裤尖，
男人难做女人活，
没有人来把线穿，
没有人来把衣补，
烂如鱼网和铜钱。

家里竹篓有稻谷，
磨没推把也难磨，
有谷难出白米来，
连理断枝无人扶，
难呀难来苦呀苦，
有谷无米难开锅。

白米谷壳拌一罗，
要出白米不会簸，
拿去扬风风不起，
谷壳拌采没法脱，
手拿簸箕干瞪眼，
情愿割颈进阴府。

清早迈步进菜园，
眼望野草泪自溅，
比上比下不同人，

餐餐断藕点白盐，
怨呀怨来恨呀恨，
恨我贤妻早归天。

农忙季节人插田，
无人帮我把秧迁，
苦情多如斗毛样，
妻死孤儿未成年，
孤儿好比嫩竹笋，

重担轻担压我肩。
家活农活一件件，
我像水磨团团转，
倘若贤妻还在世，
样样活儿赶人前，
怨天怨地怨魔鬼，
为何牵妻进阴间。

走进深山割茅草，
想妻心像烈火燎，
面对青山掉眼泪，
我是孤藤独一条，
倘若贤妻还健在，
何愁家中没柴烧。

清早出工中午归，
贤妻不在空个位，
拿起粥碗缺双筷，
眼望四壁泪自催，
假如还有妻子在，
携手同步似鸟飞。

一副灵位放厅堂，
孩儿见了更悲伤，
放声哭来要阿妈，
好比乱箭射心房，
倘若妻子还健在，
孤儿哪里受遭殃。

中年丧妻真难当，
如船无帆难起航，
孤儿未大难掌橹，
船搁浅滩难转弯，
正想再娶齐共渡，
又怕难得前妻样。

晚上独自伴儿眠，
三更半夜喊连连，
大的睡闹小的哭，
屎屎尿尿一大片，
公鸡带仔真辛苦，
只怨你娘早归天。

一条扁担没有钉，
也难拿住肩上擎，
全家重担一人挑，
只因中年失爱情，
寡公好比三脚马，
日负重担一千斤。

流传地区：上林县西燕镇、澄泰乡一带

演唱者：苏福明，男，壮族，上林县西燕镇云灵村人，高小文化

搜集整理者：李守汉，男，壮族，上林县壮校原副校长，广西壮族自治区民间文学研究会会员

来源：选自南宁市文化新闻出版广电局、南宁市民族文化艺术研究院编《南宁歌谣集成（壮族卷）》，广西教育出版社，2014年12月

寡夫苦（壮族）

鸡啼两遍就起床，
里里外外两手忙，
挑水煮饭又喂猪，
不觉日出三竿长。
三头六臂不比俩，
有谷难把米来尝，
牛蹄扎进深沟里，
千斤力气无用场。

流传地区：上林县巷贤镇一带

演唱者：莫天让，男，壮族，农民，高中文化

搜集整理者：黄寿才，男，壮族，上林人，广西作家协会会员

来源：选自南宁市文化新闻出版广电局、南宁市民族文化艺术研究院编《南宁歌谣集成（壮族卷）》，广西教育出版社，2014 年 12 月

寡公歌（壮族）

正月吃粽粑，
填饱满肚肠；
无妹来讲笑，
没人喊起床。

到二月初二，
犁田把秧播；
要是误了工，
苗长不同伙。

到三月初三，
家家蒸糯饭；
唯哥不懂蒸，
美丑对同班。

到四月初四，
众人插田忙；
寡公无妻帮，
独爬田中央。

到五月初五，
众人耘田忙；
寡公耘不快，
莪草高过秧。

到六月初六，
无水田枯干；
田裂自己戽，
无人送饭餐。

到七月初七，
家家收新谷；
寡公多辛苦，
早晚乱忙碌。

到八月初八，
抓紧管二糙；
管田又理地，
披星戴月归。

到九月初九，
粳谷自己收；
自收又自打，
下雨天不由。

到十月初十，
牲畜田垌游；
年做工到头，

谷发芽未收。

当寡公辛苦，
自叹端瓦罐；
样样亲手做，
问妹怎么办？

妹你若心怜，
丢哥理不通；
但望妹得空，
来帮几天工。

流传地区：马山县

搜集整理者：红波、韦清源、道亮

搜集时间及地点：1986年搜集于马山县片联乡

来源：选自马山县民间文学三套集成编写小组编，马山县文化局、马山县文化馆印中国民间文学三套集成《马山县歌谣卷（二）》（内部资料），1987年6月

鳏寡怨（壮族）

女：　夫死留把犁，
想来自伤悲，
茫茫一片水，
无人可相随。

男：　棉花可织布，
不独你伤悲，
夫死留把犁，
妻死留布机。

流传地区：隆安县乔建镇一带

演唱者：陆福隆，男，壮族，隆安县儒浩村人，农民，初中文化

搜集整理者：林啟枢

翻译者：陈朝阳

来源：选自隆安县民间文学三套集成编委会编《中国民间文学三套集成隆安县歌谣集第三集》（内部资料），1987年8月

孤儿歌（壮族）

天上有片怪云彩，
来把太阳密密盖，
为着魔鬼下狠心，
我变孤儿苦苦在。

双脚能把梨树踩，
哪料变成孤儿仔，
父亲死了娘改嫁，
我失双亲苦苦在。

父亲死了娘也死，
养牛打工人苦海，
身世不同自受苦，
早晚眼泪一排排。

父亲死了娘也死，
我像孤牛无人睬，
进家像牛没有栏，
无人养来无人爱。

我像一只孤鸡仔，
自到河边找虫来，
没有亲生好妈妈，
贱如苦枯无人买。

我像一只孤鸡仔，

翅膀断来脚又拐，
没有亲爹和亲娘，
好比浮萍水上栽。

我像一只孤鸡仔，
自找自吃无人睬，
晚上进家没有笼，
睡在草堆苦泪来。

我像鱼儿在盆里，
水少没满过鱼鳍，
得一岁多娘就死，
好比田螺丢旱地。

三更半夜公鸡啼，
朦朦胧胧在梦里，
梦见父亲和母亲，
见到墓鬼哭凄凄。

我像一支独竹笋，
未成竹来娘就殒，
变成孤儿实在苦，
好比牛仔无主人。

听到别人叫声妈，
我像把刀把心扎，
听到别人叫声父，
眼泪如雨漱漱下。

别家孩子生了病，
有娘找药请医生，
我生病来无人理，
眼泪自流哭无声。

我像一支水浮萍，
常常随着流水奔，
越流越往低处走，
没有地方来生根。

每逢过年节气到，
别人都有鸡腿咬，
唯有我们两兄妹，
站在巷子无人叫。

阳春三月清明到，
人人都喊把墓扫，
别人喊爸又喊娘，
我家坟墓生野草。

鸡鸭桌上已摆好，
只摆三双竹筷条，
抬头没见父母亲，
双眼泪水落滔滔。

流传地区：上林县西燕镇一带

演唱者：苏福明，男，壮族，高小文化

搜集整理者：李守汉，男，壮族，上林县壮校原副校长，广西壮族自治区民间文学研究会会员

来源：选自南宁市文化新闻出版广电局、南宁市民族文化艺术研究院编《南宁歌谣集成（壮族卷）》，广西教育出版社，2014年12月

孤儿歌（壮族）

打鸟掉石上，
两脚伸向前，
父死母改嫁，
两倍苦难言。

你像斑鸠鸟，
啼哭在枝头，
孤儿无父母，
一生泣悲愁。

天上众星星，
大小不一样，
世上多孤儿，
别自苦衷肠。

天上下白雪，
茄叶遭霜杀，
因鬼怪作孽，
方变孤儿家。

天上下白雪，
黄花惨遭殃，
叹父母双亡，
像野牛游荡。

太阳将下山，
亮成一盏灯，
孤儿跟后娘，
终日心恐慌。

太阳将下山，
火把一样亮，
孤儿跟婶母，
心头醋样酸。

三月到清明，
扫坟在深谷，
孤儿无父母，
一生泣悲苦。

三月到清明，
人相邀扫墓，
孤儿无父母，
一生泣悲苦。

枫叶生三月，
叶叶皆绿嫩，
孤儿苦零丁，
与人不一样。

流传地区：马山县加方乡一带
演唱者：曾翠芬，女，壮族，农民
搜集整理者：蓝求，壮族，干部；梁肇佐，壮族，干部；廖昆铭，壮族，干部
搜集时间及地点：1987 年 3 月 2 日搜集于马山县加方乡加让村合马屯蓝业隆家
来源：选自马山县民间文学三套集成编写小组编，马山县文化局、马山县文化馆印《中国民间文学三套集成马山县歌谣卷（二）》（内部资料），1987 年 6 月

孤儿悲歌（壮族）

为孤第一年，
怨如水跳滩；
找爹娘不见，
叫天天不应。

为孤第二年，
急如天注水；
无米下锅炊，
叫鬼鬼不救。

为孤第三年，
屋院静悄悄；
只见狗和猫，

叫爹娘不应。

第四年为孤，
哭得脸发黑；
自哭又自斥，
自下河洗漱。

第五年为孤，
树梢吊灯泡；
样样做不到，
见到吗爹娘？

第六年为孤，
竹子不伸节；
草木不长叶，
扯什么为食？

为孤第七年，
冰坚如钢铁；
家中无火热，
别人有谁知？

第八年为孤，
种麦不出芽；
到坟前问妈，
她不应一句。

为孤第九年，
爹娘丢不顾；
生儿不养护，
生出干什么？

为孤第十年，
实在太烦恼；
爹娘丢不找，
儿成鹞与鸦。

流传地区：马山县

演唱者：黄光文，1954年生，男，退休工人

搜集整理者：梁肇佐

搜集时间及地点：2012年9月搜集于马山县

求舅歌（瑶族）

舅舅你别急走吧，
多住他几天吧，
你受命去守边防，
去后就难归来啦。

今我俩姐妹，
见你如见母，
我们母亲命太苦，
早别我们先离去。

平均不满三岁我们就做孤儿，
没记起母亲的身是啥模样，
今天见到舅舅的面，
犹如见到了亲娘。

我们姐妹爱你胜过金银，
怎么也不愿意你离开去，
父母的命太苦早早离开走了，
你还活在世上就不应该与我们再分离。

我今年已经十八岁了，
不知道明年又被嫁到何方去，
舅舅你去到了远方，
何日归来再相聚。

天早收我们母亲去，

想起母亲泪涟涟，
舅舅你现在来了，
就应该与我们多住几天。

孤儿家里是穷困的，
没有贵物来接待舅舅，
苦艾菜是最好的食品了，
端到桌上心里就感到内疚。

万望舅舅莫见怪，
辛苦也住他几天，
让我们也开开心，
这辈子不会忘记你的恩情。

孤儿家是十分穷困的，
舅吃艾菜吞不下去，
我们姐妹家穷力气不穷，
愿去做牛马换米来煮给你吃。

多住几天吧舅舅，
多教我们懂些道理，
让我们多看几眼吧舅舅，
我们就是你的女儿。

流传地区：马山县

演唱者：韦祖基，瑶族，90岁；韦永才，瑶族，90岁

搜集整理者：红波，壮族，46岁，文化馆干部；韦善标，瑶族，33岁，农民，初中文化

搜集时间及地点：1986年12月搜集于马山县合群乡内学村五弄屯

来源：选自马山县民间文学三套集成编写组，马山县文化局、文化馆编印《中国民间文学三套集成马山县歌谣卷（四）瑶族下册》（内部资料），1987年7月

流浪歌（瑶族）

我这世没成什么人，
只好流浪走四海五湖，
丢下孤苦伶仃的孩儿，
妹如爱就把他养育。

我流浪走啰妹，
丢下孩儿由他自行打算，
妹如心中爱着他，
到晚上就与他作伴。

我流浪走啰妹，
家中丢下苦儿郎，
他不知做事管家当，
妹如果爱就去帮忙。

我流浪走啰妹，
丢下的孤儿还太嫩，
肩挑手抬他还不会，
教他慢慢学会做个人。

我流浪走啰妹，
丢下的孤儿没父亲，
他做哪样不会，
妹要当母多爱怜。

我流浪走啰妹，
丢下孤儿自己玩，
孩儿还嫩未成熟，
妹要时时多看管。

我流浪走啰妹，
丢下孤儿自己走自己飞，
没有父亲在他身边，
叫他莫走远常相随。

我流浪走啰妹，
丢下的孤儿自己睡，
刮风下雨又打雷，
妹爱就去作伴陪。

我流浪走啰妹，
远走他乡不能快归回，
丢下孤儿来管家，
莫让狗进门乱咬吠。

我流浪走啰妹，
离别久了心浮游，
在家莫要害别人，
在家莫要害朋友。

流传地区：马山县

演唱者：韦永英，瑶族，80岁，农民，初小文化

搜集整理者：红波，壮族，46岁，文化馆干部；韦善标，瑶族，33岁，农民，初中文化

搜集时间及地点：1986年8月搜集于马山县内学村五弄屯

来源：选自马山县民间文学三套集成编写组，马山县文化局、文化馆编印《中国民间文学三套集成马山县歌谣卷（四）瑶族下册》（内部资料），1987年7月

乞丐问答歌[1]（瑶族）

问：
哥你为什么去当乞丐，
当乞丐有什么好处？
你常睡在院子牛栏下，
滚地泥岂不坏身体。

答：
我命苦只好去当乞丐，
当乞丐难道还有什么好处？
常年睡在院子和牛栏下，
睡地泥养蚊子自讨苦吃。

问：
哥你为什么去当乞丐，
当乞丐有什么好处？
天天端破碗沿街讨吃，
难道不感到丢脸皮？

答：
我命苦只好去当乞丐，
当乞丐难道还有什么好处？
吃别人每餐剩饭剩菜，
丢脸皮又有谁可怜呢？

问：
哥你为什么去当乞丐，
当乞丐有什么好处？
你常睡在田头路边，
难道不感到辛苦孤独？

答：
我命苦只好去当乞丐，
当乞丐是下贱的勾当，
夜晚睡在田头路边，
裸着身体去养蚊子和蚂蚁。

问：
哥你为什么去当乞丐，
当乞丐有什么好处？
走近人前人就骂，
哪里去找你的前途？

答：
我命苦只好去当乞丐，
当乞丐难道还有什么好处？
人家见我不仁不让，

[1] 这首乞丐问答歌，据传是有个妹仔叫罗升，从西关来南宁，遇上了当年的朋友李云正在街上行乞，他俩一唱一答表露自己心情的歌谣。

把我当狗一样惩处。

问：　哥你为什么去当乞丐，
当乞丐有什么好处？
人家见你拳打脚撩，
讨一碗饭要受多少气。

答：　我命苦只好去当乞丐，
当乞丐难道还有什么好处？
随人家臭骂指手画脚，
我知道自己比狗还不如。

问：　哥你为什么去当乞丐，
当乞丐有什么好处？
人家爱打就打，爱踢就踢，
对你从来不讲道理。

答：　我命苦只好去当乞丐，
当乞丐难道还有什么好处？
人家爱打就打，爱踢就踢，
真是比不上狗比不上猪。

问：　哥你为什么去当乞丐，
当乞丐有什么好处？
人家喝酒又吃肉，
你能讨得什么吃。

答：　我命苦只好去当乞丐，
当乞丐难道还有什么好处？
人家喝酒又吃肉，
我讨残羹剩饭把口糊。

问：　哥你为什么去当乞丐，
当乞丐有什么好处？
去吃人家的猪饭猪菜，
难道你也心甘愿意？

答：　我命苦只好去当乞丐，
当乞丐难道还有什么好处？
吃人家的猪饭猪菜，
我知道自己比猪还不如。

问：　哥你为什么去当乞丐，
当乞丐有什么好处？
你常和虎狼睡在一起，
难道不怕它们把你咬吃？

答：　我命苦只好去当乞丐，
当乞丐难道还有什么好处？
夜晚常和虎狼睡在一起，
任由它们撕咬啃瘦骨。

问：　哥你为什么去当乞丐，
当乞丐有什么好处？
你没有妻子没有老婆，
一生中还有什么欢乐。

答：　我命苦只好去当乞丐，
当乞丐难道还有什么好处？
我没有妻子没有老婆，
只好任人耻笑任人折磨。

流传地区：马山县

演唱者：韦永英，瑶族，80岁，农民，初小文化

搜集整理者：红波，壮族，46岁，文化馆干部；韦善标，瑶族，33岁，农民，初中文化

搜集时间及地点：1986年7月搜集于马山县内学村五弄屯

来源：选自马山县民间文学三套集成编写组，马山县文化局、文化馆编印《中国民间文学三套集成马山县歌谣卷（四）瑶族

下册》(内部资料),1987 年 7 月

死叮话歌[1](瑶族)

我先走啰哥哥,
妹的阳寿已尽,
无法赔哥情义,
非常对不起你。

我先走啰哥哥,
丢下孤儿给你,
千辛万苦是你,
麻烦你多管教。

我先走啰哥哥,
抛下年老父母,
一切辛苦由你,
你要仔细照料。

我先走啰哥哥,
留下你多可怜,
独单一人在世,
想起我多心凉。

我先走啰哥哥,
丢下破砖烂瓦,
麻烦你自收集,
慢慢再造家园。

我先走啰哥哥,
留个空床给你,
对不住你啰哥,
想起令人惆怅。

我先走啰哥哥,
丢下重担给你,
辛苦你了大哥,
千万保重身体。

我先走啰哥哥,
草地留你去锄,
辛苦你了大哥,
田间护理由你。

我先走啰哥哥,
留下脏臭衣服,
辛苦你啰哥哥,
让你自己去洗。

我先走啰哥哥,
破衣烂衫丢给你,
辛苦你啰哥哥,
穿针引线自己补。

流传地区:马山县

演唱者:韦永英,瑶族,80 岁,农民,初小文化;韦永亿,瑶族,86 岁,农民,不识字

搜集整理者:红波,壮族,46 岁,文化馆干部;韦善标,瑶族,33 岁,农民,初中文化

搜集时间及地点:1986 年 8 月搜集于马山县内学村五弄屯

来源:选自马山县民间文学三套集成编写组,马山县文化局、文化馆编印《中国民间文学三套集成马山县歌谣卷(四)瑶族下册》(内部资料),1987 年 7 月

[1] 死叮话歌:李花飞与罗大勇结婚后生下两个小孩,孩子刚长到不满五岁,李花飞便得了急病死了。在临死前,她握着罗大勇的手唱了这首诀别歌。

2

事态歌

孤独歌[1]（汉族）

夜了天，
夜了家家起火烟；
有娘有爷煮饭等，
无爷无娘等路边。

夜了天，
夜了家家起火烟；
夜了家家关门睡，
妹你丢哥在门边。

夜了天，
夜了家家起火烟；
夜了家家关门睡，
妹我热水等哥先。

[1] 孤独歌是演唱者常听老歌手们在街上唱的。

三月蚂拐叫连连，
想讨老婆又无钱，
端张板凳给妈坐，
妈哄一年又一年。

冷冰冰，
脚下无鞋冷到心，
哪个有心帮我做，
一世不忘她恩情。

夜了阴，
夜了乌鸦凭竹林，
乌鸦还有竹林凭，
妹今去靠哪一人。
妹是后园芥菜花，
妹今无爹又无妈，
三月清明七日过，
喊妹回来哪个家。

流传地区：马山县
演唱者：黄国清，男，壮族，初中文化
搜集整理者：蓝求，壮族，干部；零锡耿，壮族，干部

游子歌[2]（汉族）

除夕鞭炮响腊腊，
铁打心肠也念家，
龙肉做餐也是假，
放心不下为爸妈。
三十晚夜将近到，
举目无亲把气淘，
听见人家烧年炮，

[2] 游子歌是演唱者常听老歌手们在街上唱的。

肚里犹如吃酸滳。

流传地区：马山县

演唱者：黄国清，男，壮族，初中文化

搜集整理者：蓝求，壮族，干部；零锡耿，壮族，干部

有人欢乐有人愁（汉族）

八月十五是中秋，
有人欢乐有人愁；
富裕人家吃月饼，
贫穷农民吃芋头。

天也不平地不平，
一边落雨一边晴；
一边人吃新糯饭，
一边饹[1]得眼都青。

实在忧，
讲着当家实在愁；
一来又忧无米煮，
二来又忧无盐油。

流传地区：横县

演唱者、搜集整理者：农元

搜集时间及地点：1986年9月搜集于横县飞龙乡

来源：选自横县民间文学三套集成编委会编《横县歌谣集下册》（内部资料），1987年1月

[1] 饹：挨饿。

妹吃卯成住卯成（汉族）

极情[2]极情真极情，
我夫抽签着当兵；
结婚未入洞房住，
就挨拉去赴远征。

木鞋拎[3]共花瓮卖，
讲我处世真极情；
结婚未入洞房住，
我夫挨拉去当兵。

栽藕遇着兵反乱，
连郎冇日得安宁；
郎挨去当运输队，
妹吃卯成住卯成。

流传地区：横县

演唱者、搜集整理者：农元

搜集时间及地点：1986年9月搜集于横县飞龙乡

来源：选自横县民间文学三套集成编委会编《横县歌谣集下册》（内部资料），1987年1月

牧童与渔女对唱（汉族）

牧童：　船家妹，
日日划船江里游，
一年三百六十日，
几时划船得到头。

[2] 极情：激气，即生气。
[3] 拎：拿去。

渔女： 看牛仔，
问你看牛忧不忧，
一年三百六十日，
几多岭头够你踎[1]。

牧童： 烧鸡烧鸭都食过，
未曾食过火烧鹅，
十八妹仔都见过，
未曾睇[2]过弹家[3]婆。

渔女： 烧鸡烧鸭都食过，
未曾食过火烧鹅，
十八后生都见过，
未曾睇过村龟[4]哥。

牧童： 搂人[5]大姐十二三，
手抱孩儿问你是女还是男，
是男就打双金戒指，
是女就打双金耳环。

渔女： 乌龟公碰着死王八，
白日青天你发乜[6]鸡盲，
大刀斩你老鸦颈，
我哥撑船嫂煮晏[7]，
禾杆穿针我睇唔过眼[8]，
我清闲无事抱孙行。

牧童： 打鱼人女饿墩墩，
有男不娶打鱼人，
海底石螺都摸尽，
番薯[9]连根夹沙吞。

渔女： 生食芋头痕[10]又痕，
有女专嫁打鱼人，
夜间打鱼日间卖，
风流快活暖在心。

流传地区：横县

演唱者：李日和，女，73岁，汉族，横县南乡镇人，船民，不识字

搜集整理者：何小黎，女，23岁，汉族，干部，横县南乡镇文化站工作人员，高中文化

搜集时间及地点：1986年9月搜集于横县南乡镇河面

来源：选自横县民间文学三套集成编委会编《横县歌谣集下册》（内部资料），1987年1月

十难番（汉族）

一叹有牛亦是难，
朝朝拎索企人栏[11]；
第一问声人卯应，
第二问声说卯闲。
二叹冇屋亦是难，
谁人冇屋谁人难；
走去人村屋角缩，
又着人儿骂大餐[12]。

[1] 踎：蹲。
[2] 睇：看。
[3] 弹家：对船上人的贬称。
[4] 村龟：对乡下人的贬称。
[5] 搂人：抱小孩的。
[6] 乜：什么。
[7] 晏：午饭。
[8] 睇唔过眼：看不过眼。
[9] 番薯：红薯。
[10] 痕：痒。
[11] 拎索：拿绳子。企人栏：站在别人的牛栏前。
[12] 人儿：人家的儿子。骂大餐：骂一顿。

三叹冇田亦是难，
百姓冇田总是难；
十月收成冇米煮，
揾[1]得朝餐冇夜餐。

四叹卯识字亦难，
去求人写封包难；
有日[2]方知道理贵，
执笔写书一时间。

五叹冇儿亦是难，
卯儿冇女十分难；
春到冇儿喊起睡，
金银平天都当闲。

六叹孤寒亦是难，
孤寒男女都是难；
一来冇吃又冇着[3]，
眼泪如同水落滩。

第七便是无双难，
无双无对甚艰难；
春到去田又去岭，
厅前晒谷冇人翻。

八叹贫穷亦是难，
贫穷条担人怕担；
有米寻人生谷债[4]，
铁打葫芦开口难[5]。

九叹师人亦是难，
师人独葬五台山[6]；
口吞清水出烟火，
脚踏风车上大山。

十叹恶人亦是难，
恶人白口又自喃；
生铜捞共黄金煮，
入时容易出时难。

流传地区：横县

演唱者：刘增划

搜集整理者：蒙琼伟

搜集时间及地点：1986 年 9 月搜集于横县陶圩

来源：选自横县民间文学三套集成编委会编《横县歌谣集下册》（内部资料），1987 年 1 月

附记

这首传统歌谣流传面很广，各地所唱的内容有所差异。现将不同部分摘录于下：

“第一伝唱富贵难，
谷有满仓牛满栏；
天收地杀实难想，
石崇富贵亦为奸。”
……
“第三便是老人难，
老了耳聋手又颤；
卯比当初年十八，
连连走得几十山。”

[1] 揾：方言，找。
[2] 有日：有朝一日。
[3] 着：穿。
[4] 生谷债：因借谷而产生债务。
[5] 开口难：自己难出口。
[6] 师人：巫师。独葬五台山：据说五台山是师人的发祥地。

……

“第六便是后生难，

后生无钱无衣衫；

夜睡罗帏正定想，

想着无米断饭餐。”

……

“第八便是独村难，

独村独住甚艰难；

上村人请去饮酒，

盆箩平地冇人担。”

……

“第十便是道人难，

手拎朝笥对神喃；

头戴丁冠对明月，

身穿道服去阴间。”

“第四难，

当人奴仆甚艰难；

过夜冻饭是奴吃，

千斤重担是奴担。”

“第五难，

当人新妇甚艰难；

斗谷摊开三朝磨，

工夫叠叠无时闲。”

……

“第八难，

读书君子亦是难；

手拎笔杆无两重，

写字舞来重如山。”

虐待歌（汉族）

今日当着人公婆，

婆做抱孙公看牛。

大腿当作轿栏坐，

背脊拿来作床铺。

有个哭来有个笑，

正同啄着黄蜂窝。

菜饭上台难得吃，

一个睡来一个苏。

细囝推把老人看，

问取口粮面肉粗。

有些媳妇不识想，

烧猪骂狗话难留。

骂老吃得做不得，

早死喊人去挖窝。

有些后生不识想，

节气杀鸡锥毋留。

服侍老人太刻薄，

粥锅拿去那房抽。

厅堂椅子轮流坐，

迟早总之着轮流。

今日你当人媳妇，

来日你当人家婆。

墟卖皮鞋有样照，

犁口出墟接着模。

奉劝世间男共女，

尊老爱幼乐春秋。

流传地区：宾阳县

演唱者：陈智邦，男，汉族，广西宾阳县人，干部，高中文化

搜集整理者：王启智、陆有全

搜集时间及地点：1986年5月5日搜集于宾阳县黎明乡

来源：选自宾阳县民间文学三套集成编委

会编《中国民间文学三套集成宾阳县歌谣卷》(内部资料),1987 年

媒婆歌(汉族)

讲到做媒第一名,
老娘敢把手拇伸。
富家子弟来请我,
富家小姐也求情。

人讲油罂口最滑,
怎比我做媒人精。
这头得话那头讲,
那头回话这头迎。

去到男家夸女好,
去到女家赞男勤。
哪个后生不想妇,
哪个女子不思亲?

使他两家都满意,
老娘出马就功成。
媳妇入门重谢我,
大个封包入我身。

天上无云不有雨,
地上无媒不成亲。
媒在中间作得主,
来也得明去得清。
不信你看人打铁,
帮锤重来正锤轻。
嘱句世间男共女。
千祈莫骂做媒人。

流传地区:宾阳县

演唱者:吴天镜

搜集整理者:王启智、陆有全

搜集时间及地点:1986 年 4 月 5 日搜集于宾阳县甘球村

来源:选自宾阳县民间文学三套集成编委会编《中国民间文学三套集成宾阳县歌谣卷》(内部资料),1987 年

被拐诉(汉族)

从细生乖面红潺,
比似山中红牡丹。
赞妹面同抹光粉,
说如仙女下凡间。

二十出头春色满,
人人赞妹是红颜。
叔伯长兄贪银物,
把妹卖到广州湾。

身价钱文三百五,
人贩暗中捞千三。
途中受尽人间苦,
妹比泥鳅放落铛。

正想将头碰石死,
人贩抢抱又来拦。
这场落入妖魔掌,
几多丑处露机关。

去到乡间更恶毒,
不合他心又打餐。
煮粥水开就停火,
米皮正熟米心生。

到口也难吞落肚，
骂妹无福吃仙丹。
放妹在房锁着养，
屙屎派人跟后监。

几多智谋都想尽，
插翅难飞五指山。
操多染成相思病，
姑媚跟去请医生。

医生正是同乡友，
将妹隐藏在房间。
带妹上船连时走，
救妹逃跑出火坑。

更谢海军给方便，
免遭半路遇强拦。
水路顺风到贵县，
转车直达到乡间。

得见亲娘共弟妹，
如同死了再返生。
世上最毒人贩子，
百计推人落火坑。

流传地区：宾阳县

演唱者：滕均恒，男，壮族，广西宾阳县人，干部，高中文化；柳福安，男，汉族，宾阳县柳洞五一村人，歌手，高小文化

搜集整理者：陆有全、王启智

搜集时间及地点：1986年7月5日搜集于宾阳县芦墟旅社

来源：选自宾阳县民间文学三套集成编委会编《中国民间文学三套集成宾阳县歌谣卷》（内部资料），1987年

养大仔（汉族）

爹卖大鱼养大仔，
仔买大鱼绕路行。
鱼骨拎来敬父母，
鱼肉拎来喂你妻娘。

流传地区：南宁市邕江一带

演唱者：梁瑞英，女，船民

搜集整理者：陈再明

来源：选自中国民间文学三套集成南宁市领导小组编《南宁市歌谣》（内部资料），1987年

穷人唱（壮族）

世人衣一件，
内外翻着穿，
若是要出圩，
翻内出来穿。

人有新衣穿，
我穿烂丝连，
遇着刮大风，
四角挂铜钱。
别人垫毡毡，
我垫稻草眠，
翻身沙沙响，
众狗汪连连。

七尺布缝裤，
五个儿同穿，
蜷曲似画眉，
无一条换穿。

酉时夹戌时，
锅下未火燃，
搅两抓粉末，
带锅也想舐。

有两只孤鸡，
捉上街换钱，
今朝无米饭，
眼花泪涟涟。

上坡再下坡，
汗浃背心煎，
想不再多干，
火灶就断烟。

怨你天呀天，
生人卯生田，
人吃饱返吐，
我饿死路边。

大家同个天，
天不应我贱，
当面田满垌，
我无禾沾边。

搜集整理者：易培恩，男，壮族，宾阳县甘棠镇金奎村人，初小文化

翻译者：黄轻，男，壮族，广西宾阳县壮文学校，大学文化

来源：选自宾阳县民间文学三套集成编委会编《中国民间文学三套集成宾阳县歌谣卷》（内部资料），1987 年

旱年歌（壮族）

天旱第一年，
烈火晒成天，
见荫就想躲，
穷人最可怜。

天旱第二年，
扯旱秧插田，
塘边有块地，
赶种养活先。

天旱第三秋，
庄稼总失收，
牡丹根也萎，
百草尽低头。

天旱第四载，
林间生鬼怪，
上下翻腾叫，
天昏眼难开。

天旱第五年，
穷人被压扁，
富翁更加富，
吃亏苦难言。

天旱第六年，
地硬难犁田，
细雨虽纷纷，
土块尚朝天。

天旱七年多，
青麻种也末，
夫妻悲分手，
各自找生活。

天旱第八年，
田地无收成，
官家无晚饭，
何况穷百姓。

九年旱情宽，
鸡犬也不安，
捉去当圩卖，
才能饱一餐。

天旱十年秋，
溪间全断流，
野鸭口渴死，
人间处处愁。

天旱十一春，
天星尾结绳，
江山如火烤，
淤田飞泥尘。

十二年大旱，
深潭鱼头泛，
源头种旱禾，
秧儿不生秆。

旱十三年头，
星星在打架，
活了八十岁，
今年惨最辣。

十四旱年凶，
河中死了龙，
海水将干涸，
龙王喝北风。

天旱十五年，
播秧叶不显，
童叟双目望，
河藻死江间。

十六年旱像，
晒铁溶成浆，
大山十二座，
也溶变平阳。

天旱十七岁，
大路生芦苇，
日夜倚门盼，
游子也难归。

天旱十八载，
石榴花难开，
想食一餐水，
走遍全世界。

天旱十九春，
喊杀声震天，
刀枪相拼命，
大难到人间。

流传地区：马山县、武鸣县、平果县、都安县

演唱者：黄秀梅，女，壮族

搜集整理者：黄国昭，壮族，初中教师

搜集时间及地点：1986 年 12 月 7 日搜集于马山县州圩镇平山村坡马屯

来源：选自马山县民间文学三套集成编写小组编，马山县文化局、马山县文化馆印《中国民间文学三套集成马山县歌谣卷（二）》（内部资料），1987 年 6 月

上船歌（壮族）

上船第一步，
起步跨渡口，
丢情妹不顾，
不知怎么走。

上船第二步，
心烦饭不吃，
随日晒雨淋，
独往他乡去。

上船第三步，
像屋翻颠倒，
抱头哭凄凄，
丢命在他乡。

上船第四步，
似洪淹到天，
漂流到天涯，
难回头相见。

上船第五步，
越走脸越黑，
去十天十夜，
返故里难得。

上船第六步，
过十岭八山弄，
枪炮响隆隆，
死去人无穷。

上船第七步，
起来整衣装，
寄居人檐下，
难得返故乡。

上船第八步，
枪声响连天，
死成千成万，
去了难回还。

上船第九步，
打进京城府，
枪声响不断，
百姓多受苦。

上船第十步，
死像中元节的鸭，
死如正月节的鸡，
真可怜呀真可怕！

流传地区：马山县

搜集整理者：红波、清源、道亮

搜集时间及地点：1986年搜集于马山县片联乡

来源：选自马山县民间文学三套集成编写小组编，马山县文化局、马山县文化馆印《中国民间文学三套集成马山县歌谣卷（二）》（内部资料），1987年6月

吊关[1]歌（壮族）

妹嫁不回夫家过，
一生青春有几何？
流年如水人易老，
丧失良心理不合！

愁绪绵绵眉紧皱，
双颊常常泪水流，

[1] 吊关："关"指丈夫，这里意指女子出嫁后不住夫家而在娘家住。

长住娘家变怠懒，
发乱如麻不梳头。

赖枉娘家不知耻，
人家喊姐又称姨，
别个像你早当妈，
你当闺女到何时？

有日病魔把身缠，
谁问寒暖把水端？
孤苦伶仃受磨难，
想那惨状更心寒。

半生不死更孤零，
被人看成眼中钉，
指额骂后又瞪眼，
凄情惨景难形容。

细细想来情理亏，
不落大家自倒霉，
夫妻同栽幸福树，
往后生活才甜美。

流传地区：武鸣县陆斡镇、罗波镇一带

演唱者：黄福兴，男，小学教师

来源：选自南宁市文化新闻出版广电局、南宁市民族文化艺术研究院编《南宁歌谣集成（壮族卷）》，广西教育出版社，2014年12月

身湿未干雨来淋（壮族）

忧心未了又忧心，
身湿未干雨来淋，
前年旧债还未了，
今年新债又来侵。

天旱遇着狂风起，
谷米腾贵不了期，
拮[1]锹去壅[2]粟米蕴[3]，
嘱报同胞固根基。

出支歌词报后生，
趁圩莫近水边行，
红谷担入水研[4]屋，
耐久白米变成糠。

不肯读书信长毛[5]，
两老斟斟独自煲，
母猪肚油放落水，
抛掉爹娘无功劳。

父母在生须奉养，
莫等临丧跪棺材，
和尚饭餐吃狗肉，
就作灵宝是假斋。

流传地区：横县

演唱者：农元生，男，50岁，壮族，横县飞龙乡高料村人，农民

搜集整理者：农元生，男，50岁，壮族，横县飞龙乡高料村人，农民

搜集时间及地点：1986年9月搜集于横县飞龙乡

来源：选自横县民间文学三套集成编委会

[1] 拮：扛。
[2] 壅：培。
[3] 蕴：根。
[4] 水研：水力碾米。
[5] 长毛：女人。

编《横县歌谣集下册》（内部资料），1987年1月

十宽宏（壮族）

一宽莫怨天共地，
天上地下一般同，
地下天高千万丈，
天高万丈谁人冲？

二宽莫怨日共月，
日月上山红又红，
日月上山高照彩，
天无日月暗重重。

三宽莫怨风共雨，
风飘雨顺得欢容，
无风无雨天干旱，
百姓人民冇[1]欢容。

四宽莫怨父共母，
老了归阴成祖公，
父母在阳[2]得敬佩，
爹娘父母一般同。

五宽莫怨兄共弟，
兄令共弟一般同，
有兄有弟成双对，
无兄无弟是独龙。

六宽莫怨牛共马，
牛马出门宗[3]赶宗，
马儿望牛牛望马，
马尾结丝去寻同[4]。

七宽莫怨猪共狗，
卯养只猪一世穷，
家中养狗得耍乐，
熊到大门实卯中[5]。

八宽莫怨鸡共鸭，
伝家有鸡即英雄[6]，
生鸡啼富又啼贵，
夜间五更不过胧[7]。

九宽莫怨田共地，
有田有地好做工，
若是有田即是好，
冇田冇地即是穷。

十宽又叹己娘好，
娘家快乐实威风，
不知哪村泥水匠，
火砖粒粒工对工[8]。

流传地区：横县

演唱者：何昌武，男，63岁，壮族，横县校椅镇草衣村人，农民，初小文化

搜集整理者：韦艺文，男，横县校椅镇草衣村人，县文化局干部，初中文化

搜集时间及地点：1986年9月搜集于横

[1] 冇：没有。
[2] 在阳：在世。

[3] 宗：群。
[4] 同：同伴。
[5] 本句意为有狗报警，熊无法伤害人。
[6] 本句意为五更时有鸡报晓，不误事。
[7] 不过胧：不会睡过时间。
[8] 工对工：用砖砌墙的砖一般呈品字形，砖线呈工字形。工对工就是说砖线对得正，砌得好。

县校椅镇草衣村

来源：选自横县民间文学三套集成编委会编《横县歌谣集下册》（内部资料），1987年1月

节气歌[1]（壮族）

正月立春与雨水，
天上有云雨水来；
二月惊蛰与春分，
兄弟造田把土挖。

三月清明与谷雨，
天上日出过山来；
四月立夏与小满，
商人贩盐上山寨[2]。

五月芒种与夏至，
官出告示在州衙；
六月小暑与大暑，
大汗淋淋把肩拿。

七月立秋与处暑，
船去百色不回头[3]；
八月白露与秋分，
耕牛出垌做玩耍。

九月寒露与霜降，
小蛙休息眼不开；
十月立冬与小雪，
日夜自思叫哎呀[4]。

十一月大雪与冬至，
青蛙过冬洞里埋；
腊月二寒完节气，
家里有米无芝麻[5]。
头发条黑几条白，
大雨还得把地挖；
南宁条街三十层，
天旱水干蚁吃蝌（鱼）。

流传地区：隆安县都结乡、平山乡、布泉乡一带

演唱者：李开成，男，壮族，隆安县都结乡同乐村人，农民，初小文化

搜集整理者：林敢枢、梁朝泰

翻译者：马成宁

搜集时间及地点：1987年3月搜集于隆安县都结乡同乐村

来源：选自隆安县民间文学三套集成编委会编《中国民间文学三套集成隆安县歌谣集第三集》（内部资料），1987年8月

一世吃野菜（壮族）

从前我还小，
吃鸡腿点盐，
（后来）妈卖我下船，
一世吃野菜。

流传地区：南宁市坛洛镇一带

演唱者：马振桓，男，壮族，教师

[1]　《节气歌》是一首通过叙述二十四节气而诉说穷人在旧社会受苦受难的诉苦歌，言词简练，含意很深，慢慢推敲才明其意义。

[2]　商人贩盐上山寨：农历四月一般山洪暴发，水淹路阻，商人以贩盐牟取暴利。

[3]　船去百色不回头：解放前只有右江通船。此处一喻贼匪多，社会不安宁；一喻人，穷人七月即上百色打工，一去不回。

[4]　叫哎呀：十月秋收后，家里无粮，越想越害怕，而叫哎呀。

[5]　无芝麻：十二月年节来临时，穷人家无油之意。

搜集整理者：马振桓，男，壮族，教师

来源：选自南宁市文化新闻出版广电局、南宁市民族文化艺术研究院编《南宁歌谣集成（壮族卷）》，广西教育出版社，2014年12月

牛头歌（壮族）

请君听我说根由，
世间辛苦莫如牛，
春夏秋冬常着力，
四时耕作未曾休。

犁轭压下千斤重，
竹鞭乱打痛心头，
一见老来无力气，
拉到市场去出售。

屠行砍杀无情义，
剥皮剔骨不软手，
生来为人做奴役，
死后白骨无人收。

良田万顷没牛使，
子子孙孙抓锄头，
粒米养人来不易，
最大功劳是只牛。

流传地区：南宁市邕宁区

演唱者：李兆升，男，壮族

搜集整理者：李武康；卢艺，男，壮族，邕宁区文化局干部，高中文化

来源：选自邕宁民间文学三套集成编委会编《中国民间文学三套集成邕宁县民间歌谣集》（内部资料），1987年

瑶家苦（瑶族）

山上最苦是黄连，
世间最苦过山瑶，
上接云间下接沟，
出门背篓爬山头。

云梯绝壁猿猴路，
手攀脚勾心发愁，
万恶的旧社会，
逼得瑶人遍山走。

三把茅草搭个棚，
火堆来当棉被盖，
麻布来作衣裳穿，
砍柴卖草没法活。

一担柴草换斤盐，
斤盐吃半年，
树叶来当菜，
草根来当粮。

山霸来压迫，
奸商来剥削，
人生心惶惶，
苦难难分天和地。

流传地区：马山县

演唱者：罗下完，瑶族，90岁；兰光龙，瑶族，95岁；韦英公，瑶族，80岁

搜集整理者：红波，壮族，46岁，文化馆干部；韦善标，瑶族，33岁，农民，初中文化

搜集时间及地点：1986年10月搜集于马山县内学村五弄屯

来源：选自马山县民间文学三套集成编写

组，马山县文化局、文化馆编印《中国民间文学三套集成马山县歌谣卷（四）瑶族下册》（内部资料），1987 年 7 月

离婚歌[1]（瑶族）

男： 一离你啰妹，
离就离千年，
妹自作自受，
莫怪哥翻脸。

女： 离就离啰哥，
千年求不来，
妹走茅草路，
不会把哥怪。

男： 二离你啰妹，
离就离万代，
妹自断情义，
莫要把哥怪。

女： 离就离啰哥，
万代不相会，
妹自断情义，
没说哥不对。

男： 三离你啰妹，
妹自发狼心，
花蕾是你摘，
苦果你自吃。

女： 离就离啰哥，
我错发狼心，
害我俩家庭，
辛苦不怪哥。

男： 四离你啰妹，
妹自变狗心，
咬了千年花，
要它难长成。

女： 离就离啰哥，
妹错发狗心，
变狗咬花仙，
受罪不怪哥。

男： 五离你啰妹，
你自发虎心，
害金又害银，
难收回啰友。

女： 离就离啰哥，
妹错吃虎心，
变虎害金银，
该死不做人。

男： 六离你啰妹，
离去不让回，
死不去吊念，
万代不相见。

女： 离就离啰哥，
离了不再来，
这世不做人，
更不想天开。

男： 七离你啰妹，

[1] 据传牛飞和白浪小妹结婚后，牛飞从军出外，白妹在家没有守好本分，另和人家私通，并生了私生子；牛飞为国战斗，胜利归来，当上官，回乡探家时，发现了妻子的不正行为，愤然提出离婚，白浪自知不对，同意离去。因此在离婚时对唱了这首离婚歌。

离去情义断，
情义断去了，
花开不再红。

女：离就离啰哥，
妹断情自走，
早已应该死，
不该留人世。

男：八离你啰妹，
如断这条路，
丢草路不走，
含情又不顾。

女：离就离啰哥，
情路妹自断，
让好路长草，
对不起大哥。

男：九离你啰妹，
离去如鸟飞，
放鸟飞进山，
永不再返回。

女：离就离啰哥，
自飞进深山，
这世不英明，
活该死了算。

男：十离你啰妹，
断离姻缘花，
缘花是仙花，
死不敢再摘。

女：离就离啰哥，
丢花姻有罪，
妹花无人爱，
死不怪你哥。

流传地区：马山县

演唱者：罗祥华，瑶族，98岁，农民，不识字

搜集整理者：红波，壮族，46岁，文化馆干部；韦善标，瑶族，33岁，农民，初中文化

搜集时间及地点：1986年6月搜集于马山县内学村五弄屯

来源：选自马山县民间文学三套集成编写组，马山县文化局、文化馆编印《中国民间文学三套集成马山县歌谣卷（四）瑶族下册》（内部资料），1987年7月

3

妇女歌

怀胎歌（汉族）

一月怀胎娘身上，
元阳一点造成人。
头青面悴如珠露，
乾坤合配娘由根。

二月怀胎娘身上，
隙陇肚里固元神。
头昏心闷吐口水，
方知有孕在娘身。

三月怀胎娘身上，
气急喉干孕有形。
行立坐卧宜端正，
日后孩儿体格真。

四月怀胎娘身上，
胎儿受气在娘身。
六甲所占体移动，
免犯胎神保安宁。

五月怀胎在娘身，
怀胎渐渐见艰辛。
酸甜苦辣娘爱吃，
思量百味合娘身。

六月怀胎娘身上，
六月方才长六根。
日夜思量枕上睡，
连娘带子两个人。

七月怀胎娘身上，
孩儿肚里四肢分。
阴阳自此分男女，
七通八窍已分真。

八月怀胎娘身上，
面浮脚肿好艰辛。
行立坐卧多忧虑，
恐怕临盆此身生。

九月怀胎娘身上，
睡枉房中懒起身。
有人来请娘冇去，
恐怕孩儿路上生。

十月怀胎娘身上，
娘身肚里好艰辛。
儿在腹中团团转，
抓娘肝胆痛娘心。

一阵痛来声声叫，
二阵痛来落三魂。

牙齿咬得铁钉断，
绣鞋踏得地皮穿。

叫娘上天天无路，
叫娘落地地无门。
孩儿落地哭一声，
娘命隔纸见阎君。

脐带不敢将刀割，
恐怕胎衣坠娘身。
孩儿落地哭二声，
娘命今番二世人。

扶上床坐不敢睡，
把碗姜汤定娘心。
孩儿落地哭三声，
合家大小放欢心。

将刀割下儿脐带，
烧盆净水洗儿身。
八幅罗裙来抱起，
将儿抱在母怀襟。

左边湿处娘亲睡，
右边干处放儿身。
若是两边都湿了，
双手抱儿到天明。

一日吃娘三餐乳，
三日吃娘九顿浆。
娘乳不是长江水，
不是山林树木浆。

口口吃娘身上血，
吃娘血脉面焦黄。
未病之时娘先虑，
未冷之时娘挂心。

未曾吃饭娘挂牵，
不敢高声怕儿惊。
洗屎洗尿娘不厌，
只要孩儿快长成。

十月怀胎娘辛苦，
三年乳哺母艰辛，
孩儿长大娘受苦，
杀身难报养育恩。

流传地区：南宁市上尧乡一带

演唱者：上尧乡陈东师公队

搜集整理者：欧阳柳生

来源：选自中国民间文学三套集成南宁市领导小组编《南宁市歌谣》（内部资料），1987 年

十月怀胎[1]（汉族）

为儿为女打冤家，
无儿无女坐莲花。
有孑共[2]在身一个月，
吃少嫌多算是娜[3]；
菜饭上台不想吃，
一心想吃米花茶。

有孑共在身两个月，
头重脚轻神气差；
一到饭餐嘴又淡，

[1] 这首《十月怀胎》，各地歌手和师公都会唱，他们所持的歌本几乎相同。原歌很长，由出生唱到长大，长大唱到出嫁，出嫁又唱到有孩子，这里我们只截取一段。

[2] 孑共：指肚内的婴儿。

[3] 娜：指母亲。

眼见酸味手便抓。

有孖共在身三个月，
整日头晕手脚麻；
你讲是风又不冷，
你讲着寒又不哈。

有孖共在身四个月，
娘喊做鞋懒扦花；
夜睡天光不想起，
手软腰酸懒理家。

有孖共在身五个月，
额前灯火尽烧花；
日夜肚痛腰骨胀，
茶罂煲饭着鸡扒。

有孖共在身六个月，
头发懒梳油懒搽；
工夫懒做饭懒吃，
灰满灶桥娘懒耙。

有孖共在身七个月，
无面见人算是妈；
门也懒出墟懒去，
日夜心烦操发痧。

有孖共在身八个月，
田垌禾黄娘懒搓[1]；
拼命也跟夫去割，
一朝割得十零抓。

有孖共在身九个月，
正同白袋载西瓜；
三步走来两步退，
条命短同织尾纱。

九月交来十月满，
孩儿落地哭哇哇；
预备是儿吃姜酒，
谁知是朵小红花。

爹爱头儿妈爱女，
到处黄梅一样花；
高堂公婆小欢喜，
是女外婆笑哈哈。

流传地区：宾阳县

演唱者：黄秀英，女，汉族，宾阳县思陇乡江底村人，歌手，高小文化

搜集整理者：王启智、陆有全、黄龙琼

搜集时间及地点：1986 年 5 月 7 日搜集于宾阳县思陇乡江底村

来源：选自宾阳县民间文学三套集成编委会编《中国民间文学三套集成宾阳县歌谣卷》(内部资料)，1987 年

阿毛嫂[2]（汉族）

操了操[3]，
嫁着底村个阿毛；
嫁个阿毛毋成货[4]，
偷人斧头凑大刀。
偷盗东西被人捉，

[1] 搓：指抢收。

[2] 旧社会女子怨命不好，嫁几个丈夫都不称心，本县人称这种不幸的妇女为“阿毛嫂”。这个“毛”指命运不好的意思，并非是嫁“毛”姓就叫她阿毛嫂。此歌全县各乡都有流传，师公们把它编成剧演唱。

[3] 操了操：特别揪心的意思。

[4] 毋成货：不成人。

绑去庙堂石柱绑；
偷三偷四死不改，
讲那毋侬嫁马槽[1]。

操了操，
嫁到马槽背勾刀；
朝朝上山去揹木[2]，
膊头衫坏拎（拿）索绚。
贫寒夫君心忠直，
肚内不藏一包糟；
可恨好人多短命，
瘟神尔中个挨刀[3]。

操了操，
凤失娇凰嫁陆高[4]；
陆高个人计打赌，
日伏夜游家毋操。
屋内钱财输光净，
上锈鼎锅毋米煲；
穷极争吵情丝断，
贼反当兵伝又逃。

操了操，
荒岭嫁夫两脚高；
瘦骨如柴毋点力，
细狗碰来打滑摇。
粉铳[5]虽长打毋响，
三年毋见得只雕[6]；
香炉湿水难接火，
两两相嫌伝又逃。

操了操，
几次嫁人年渐高；
肚饥伝吃紧火饭，
嫁个丈夫同草包。
官府抓丁当兵去，
五年不见马回槽；
从此又唱操字韵，
苦海孤漂浪滔滔。

流传地区：宾阳县

演唱者：韦月伦，女，汉族，广西宾阳县高荣村人，歌手，初小文化

搜集整理者：王启智，男，汉族，广西宾阳县人，文化局创作干部，大学专科毕业；陆有全，男，汉族，广西宾阳县人，中学副总务主任，中专毕业；莫兆桐，男，汉族，广西宾阳县人，文化馆聘用创作员，农民，初中毕业

搜集时间及地点：1986 年 4 月 20 日搜集于宾阳县高荣村

来源：选自宾阳县民间文学三套集成编委会编《中国民间文学三套集成宾阳县歌谣卷》（内部资料），1987 年

家书（一）[7]（汉族）

执笔修书起五更，
低头磨墨泪潺潺[8]；
夫君远走江湖路，
水过滩头不回还。

[1] 马槽：泛指村名。并非指太守乡的马槽村。
[2] 揹木：即扛木头。
[3] 尔：找的意思；挨刀：骂人话，此处指丈夫死得太早。
[4] 陆高：泛指村名，并非指思陇六高村。
[5] 粉铳：鸟枪。
[6] 雕：泛指鸟。

[7] 在宾阳县民歌中，这种书信类占有一定比重，内容大同小异，各地歌手大都会唱这首歌。这种书信是解放前当家的妇女，因丈夫为了谋生和维持家庭生活而外出做生意多年不回，信也无复，故感到痛苦，以唱歌来发泄不满之情。
[8] 泪潺潺：泪落不断的样子。

前日出墟闻句话，
说夫挑担上东兰；
把我听闻心暗极，
魂魄飘游共你行。

妻有哪门得罪你，
今日因何心事生？
纸包灯草我疼你，
墟中买靛爱青蓝。

毋是亲妻谁讲你，
若是外人我当闲；
喊你莫走江河路，
蓝缸染布你贪蓝。

你别东兰上四府[1]，
闲言入耳我心烦；
坐也不安睡不着，
心烦吃饭毋成餐。

半夜操心贼劫你，
白日忧夫过税关。
命里有财到处有，
路上紧张毋用行。

寡鸟出巢当归宿，
浪子回头我欢颜。
你得出门家不管，
丢妻守寡受孤单。

红袱盖头入你屋，
毋知吃你几多馋[2]。
梦见夫君右边睡，
含羞解我外皮衫。

苏醒起来人不见，
只抱床边被一幡。
世上天伦不得享，
泪流染湿几层衫。

想夫多多染成病，
起身舀粥凭墙行。
人夫在屋得服侍，
你在天边无人帮。

手拿铜镜房门照，
牡丹缺水失红颜。
若得夫归伴亲侣，
如同口内含仙丹。

夫呀夫，难上难，
肥田丢荒毋人耕。
家有双亲不服侍，
鸭母屙蛋浪荡生。

人屋生男又育女，
笼内行鸡蛋不生。
逢年过节人欢乐，
唯有妻人泪纵横。

自打出门你无信，
银钱不见寄分文。
刀砍芭蕉心不死，
眼前就见你心生。

先日与夫发盟誓，
烧香许愿在神坛。
你边烧香我边拜，
膝头落地表年庚。

[1] 东兰、四府：都是指外县的地方名。

[2] 馋：此处指口水。

我是丙寅年二一，
你是甲子年二三。
口咬指头写血字，
白布血书记心间。

心想凭夫得快乐，
谁知丢我落深潭。
别人有夫不守寡，
我今有夫拎空罂。

你再不归我愿死，
死了又怕你孤单。
鸿雁传书到你处，
打马回头快起行。

流传地区：宾阳县

演唱者：黄月莲，女，汉族，宾阳县思陇乡那由坪村人，歌手，高小文化

搜集整理者：王启智、陆有全；黄龙琼，男，汉族，宾阳北兰村人，思陇供销社退休干部，初中文化

搜集时间及地点：1986年5月5日搜集于宾阳县思陇乡那由坪

来源：选自宾阳县民间文学三套集成编委会编《中国民间文学三套集成宾阳县歌谣卷》（内部资料），1987年

家书（二）（汉族）

执笔修书寄与夫，
从头一二道因由。
信中不讲闲言语，
声声叮嘱我亲夫。

夫君出门三载满，
犁口成针算耐磨。
人家往归又往去，
花灯彩马复轮流。

唯你出巢无音讯，
口渴等霜馋[1]尽流。
骑马过江肚带断，
不知鞍落哪河州。

你去正同天上月，
上落轮流秋过秋。
年轻有夫半床空，
当低人世实毋修。

上屋嫂嫂成双对，
唯我单身睡冷铺。
人伦不享我无怨，
独为家贫十样忧。

一忧节气无钱使，
二忧春到毋耕牛。
三忧四月谷米贵，
四忧年老公和婆。

五忧旁人欺女性，
六忧难割两春禾。
七忧穿着不同队[2]，
八忧缺米与盐油。

九忧家中儿女细，
十忧凡事把人求。
人家有夫夫作主，
我枉有夫变单孤。

[1] 馋：此处指口水。

[2] 不同队：不与别人一样的意思。

红袂盖头你忘记，
眼泪几多打肚流。
毋念妻身念儿女，
爹娘年老你该忧。

你在远乡得快乐，
丢我当家事事忧。
逢年过节人团聚，
丢儿丢女企屋头。

为你三年任劳怨，
为你三年头不梳，
为你三年穿破烂，
为你三年灯毋油。

红粉佳人尤易老，
英容跌落洞庭湖。
夜睡牙床想着你，
眼睛欲闭又翻苏。

纸船过海难度日，
魂魄飘悠共你游。
自打嫁夫入你屋，
哪门服侍不全周？

茶饭不曾稍误你，
头寒肉热我来扶。
越写肚皮越有气，
讲句粗言情不留。

如果亲夫真嫌我，
及早回书讲因由。
秤杆既经三年失，
毋怪散墟丢秤砣。

我嘴快，夫呀夫，
千祈秤杆毋离砣。
夫妻难免讲声笑，
床头打架床尾和。

行过葱行不执蒜（算），
原谅妻人话糊涂。
鸡啼五更天欲亮，
月亮落山星子疏。

妻人话长纱纸短，
墨砚水干灯毋油。
书到夫身快拆看，
回头江水妻望夫。

流传地区：宾阳县

演唱者：黄月莲

搜集整理者：王启智、陆有全、黄龙琼

搜集时间及地点：1985 年 5 月 6 日搜集于宾阳县那由坪

来源：选自宾阳县民间文学三套集成编委会编《中国民间文学三套集成宾阳县歌谣卷》（内部资料），1987 年

妻寄夫书（汉族）

三月又逢三月三，
北风过了转回南，
时值插秧清明节，
工多团细毋人帮。

独坐深房思又想，
执笔修书写信函，
信到请夫你慢读，
知我在家样样难。

自你出门得几载，
我心比似利刀簪[1]；
人也毋居信毋见，
毋识你今死或生？

昨日出墟得句话，
知你跑游到东兰，
十字路头摆红绿[2]，
这边拍手那边喃[3]。

同样做人真毋好，
蹉跎枉度过时间，
远别双亲妻儿女，
屋有良田你毋耕。

骗人取钱卖假药，
不知哪日坐牢监，
头发又长衫裤坏，
面皮黑过墨油罂。

后生毋思世界事，
老了方知苦共咸，
日落山岗你晒谷，
费坏工夫浪荡担。

行多滑路有时跌，
你盲[4]尝过腊蛇羹；
生路毋行行死路，
留个臭名在世间。

想到当初结发日，
春风满面笑开颜，
立志兴家同创业，
千斤重担共承担。

同枕夫妻未几久，
霜淋蕉死你心生；
丢儿丢女由我养，
养得虽生心也烦。

肥水耙田撒糯谷，
久后为何你变粳？
早识你心同这样，
金铺大路毋来谈。

夜睡在床想着你，
抱个枕头复又翻，
想多逼着放声哭，
低头眼泪落潺潺。

叹你双亲年纪老，
走路摸墙撑棒行，
三间大屋无人理，
漏雨犹如水瓜棚。

半夜翻风天落雨，
公拎面盆婆拎铛；
公走快多险烂跌[5]，
婆卒[6]公须拼命帮。

连夜闻他叹大气，
三日毋尝些米羹；
瘦骨如柴同只鬼，
十程也有九程难。

[1] 簪：刺入某种东西。
[2] 红绿：形容红绿药水医生。
[3] 喃：讲话。
[4] 盲：未，没有。
[5] 烂跌：踉跄。
[6] 卒：抓住。

公婆为你操成病，
和尚诵经成夜喃；
照顾细团侍奉老，
五腑六脏尽操翻。

你变游军成浪狗，
不思人世计偷闲；
铺内买鞋劝声你，
船到海中补漏难。

牯牛毋断长江路，
祝夫恐防万一间；
明火烧猪成逼着，
今日火烧到脚争[1]。

拍手无尘靠那个，
喊天不应实勾关；
正想拎刀割颈死，
摸到团头又哭餐[2]。

老鼠走人风箱去，
既然受气两头难；
着虫灯草心伤够，
龙肉毋盐也当闲。

前世毋修嫁中你，
东游西荡宿花间；
叹我年轻难过世，
风吹花落在深潭。

今日孤寒妻为你，
毋衫遇着北风翻；

[1] 脚争：脚跟。

[2] 哭餐：哭一顿。

你同水过芋蒙[3]背，
性情暴躁又刁蛮。

长话毋如伝短讲，
请夫马上转回还；
夫妻还享天伦乐，
共夫彩蝶舞花间。

流传地区：宾阳县

演唱者：吴德强，男，汉族，宾阳县新桥乡马鞍村人，艺人，高小文化

搜集整理者：王启智、陆有全

搜集时间及地点：1986年6月2日搜集于宾阳县新桥乡白岩马鞍村

来源：选自宾阳县民间文学三套集成编委会编《中国民间文学三套集成宾阳县歌谣卷》（内部资料），1987年

夫复妻书（汉族）

上墟卖货下墟行，
接到贤妻信一函；
手捧妻书仔细读，
从头一二复书还。

你在信中劝导我，
毋凑歹徒合伙行；
沙洲画马画[4]是假，
外人挑拨是离间。

我未出门问过你，
得你同心我哑行；

[3] 芋蒙：当地一种可食用植物。

[4] 画：话。

自从经商离别去，
家内如何心也烦。

离别双亲和妻子，
我识妻人在屋难；
在外为夫心毋变，
绿苏[1]毋上水瓜棚。

头发须长毋空理，
拆锅合着半边铛；
生意赚钱毋露富，
我是装穷着坏衫。

妻书总是怨言语，
尽讲时哀百步难；
现时毋讲也讲了，
我略督些你沙罂[2]。

人讲工夫你懒做，
专凑公婆日夜争；
出入烧猪又骂狗，
出气公婆打烂铛。

双亲年老还劳苦，
年纪已登七十三；
婆去插田跌落水，
公去犁耙着牛帮。

田垌禾黄你装病，
额前毋断拙痧罂[3]；
公婆受气操成病，
你讲喊人挖冢坑。

细抿丢把公婆看，
刁皮泼辣世间横；
拎刀架颈寻短见，
索绑颈纲假眼翻。

吓得公婆气到病，
三日只尝碟米羹；
打坏算盘出乱子，
是你做妻事毋啱[4]。

我上无兄下无弟，
父母生我独一男；
管得屋来毋得外，
毋去也难去也难。

鸭吃田螺正顺嗦（遂），
利大过娘翻几番；
广西有条回头水，
广东有个望夫山。

几大回家看一看，
卖了货完马上行！
手拎牛拥出墟卖，
是妻意而生藤帮[5]。

我毋同人贪脂色，
英雄难过美人关；
忍气做人我识得，
滑路斜坡我毋行。

流芳千古传青史，
留个美名在世间；

[1] 绿苏：茄子。
[2] 督些你沙罂：指出你的一点短处。
[3] 拙痧罂：中医用的罐疗法。
[4] 啱：合适。
[5] 帮：扯。

打算头天到百色[1]，
明天车过昆仑关[2]。

今日归家心似箭，
千里家乡两日还；
好丑话头毋执算，
两人相见笑开颜。

祝我全家身体好，
老人高寿比南山；
一家大小团圆乐，
同枕夫妻和气谈。

搁笔完书付与你，
墨砚水干笔毋行。

流传地区：宾阳县

演唱者：吴德强，男，汉族，宾阳县新桥乡马鞍村人，艺人，高小文化

搜集整理者：王启智、陆有全

搜集时间及地点：1986年6月2日搜集于宾阳县新桥乡白岩马鞍村

来源：选自宾阳县民间文学三套集成编委会编《中国民间文学三套集成宾阳县歌谣卷》（内部资料），1987年

十忧（汉族）

一忧家内无人理，
样样事情是我忧；
你娘也同我父母，
个谁肯舍使公婆。

二忧春到难耕种，
耙也无耙牛无牛，
春到耙田又播种，
过时只得几成种。

三忧团细无人带，
不知肠断几多箍[3]；
大小日夜对我哭，
情景凄凉夫咳夫。

四忧年轻你游远，
钱财易找子难求；
屋内无灯望月亮，
乌云渐盖月中秋。

五忧旁边人欺负，
讽言冷语刺心窝，
出入烧猪又骂狗，
吞声忍气不抬头。

六忧当世不同队，
眼泪几多打肚流，
婶母面前个比个，
茶罂煲饭独亏锅。

七忧世界难当起，
铁打扁挑压膊头，
内外工夫做不去，
吃少操多面肉浮。

八忧公婆年纪老，
厅堂点烛怕风头，
侍奉公婆怎比你，
毋比亲生服侍周。

[1] 百色：广西百色市。

[2] 昆仑关：地名，位于宾阳与邕宁交界处。

[3] 本句意为“不知道操断了几多肠。”

九忧家内无钱使，
逢年过节个谁忧，
莫讲朝鱼晚又肉，
起码莫把断盐油。

十忧屋宅无人理，
雨淋打坏大门楼；
屋有诗书无人读，
丢在书箱谷蚁搜[1]。

流传地区：宾阳县

演唱者：黄秀英，女，汉族，宾阳县江底村人，歌手，高小文化

搜集整理者：王启智、陆有全、黄龙琼

搜集时间及地点：1986 年 7 月 8 日搜集于宾阳县江底村

来源：选自宾阳县民间文学三套集成编委会编《中国民间文学三套集成宾阳县歌谣卷》（内部资料），1987 年

当家难（汉族）

米缸毋抓过夜米，
油罂完全毋点油，
正想过家去借煮，
口水求干也难磨。

十二月天穿短裤，
单衣难顶北风头，
逼着生心把孑共[2]卖，
前世毋修夫啊夫。

[1] 搜：啃。

[2] 孑共：此处指自己儿子。

横切鲮鱼肝肠断，
低头哭死我公婆，
火晾干鱼都流泪，
石狗得知泪也流。

流传地区：宾阳县

演唱者：连新，男，汉族，宾阳县武陵乡理化村人，农民，高小文化

搜集整理者：王启智、陆有全

搜集时间及地点：1986 年 5 月 1 日搜集于宾阳县武陵乡理化村

来源：选自宾阳县民间文学三套集成编委会编《中国民间文学三套集成宾阳县歌谣卷》（内部资料），1987 年

新媳怨（汉族）

愁了愁，
媒婆诱我上鱼钩；
家婆心似黄蜂毒，
利针处处刺我头。

红袱盖头人那屋，
样样挑剔不顺喉：
担水骂伝[3]担水久，
婶母担多井埠溇[4]。

日捣六箩二秕谷，
米少糠多赖伝偷，
行路骂伝脚声响，
喷嚏骂伝鼻涕流；

[3] 伝：我。

[4] 溇：读“楼”，解作滑。

担粪骂伝桶毋满，
插田骂伝腰毋勾，
晒谷骂伝捞毋快，
割禾骂伝手毋搂[1]。

家婆逆来伝顺受，
大话伝把细话和；
家婆恶毒吝又涩，
监人正同耙晚牛。

放米落锅秤片两，
放柴落灶数柴头；
摘菜落篮数菜秆，
一条菜秆两条头。

盐罂打有封条锁，
油罂放在那房抽[2]；
杀鸡家婆吃脯肉，
妹是买来吃骨头。

节气剩菜抽在柜，
宁愿发霉丢到馊；
大年大节诡计出，
无事生非而话头。

自己孩儿不中使，
反骂秤杆不理砣。
夫妻之间绹马尾，
奴身被打手蒙头。

趁机赶我出门外，
走投无路宿山沟；
一年三百六十日，
夜夜泪流湿枕头。

唉，愁了愁，
石头落井实难浮！
一世长长如流水，
苦水几时得尽头？

流传地区：宾阳县

演唱者：廖树桂，男，汉族，宾阳县七里村人，艺人，高小文化；唐建豪，男，汉族，宾阳县思陇墟人，歌手，高小文化

搜集整理者：王启智、陆有全

搜集时间及地点：1986 年 6 月 10 日搜集于宾阳县七里村和思陇墟

来源：选自宾阳县民间文学三套集成编委会编《中国民间文学三套集成宾阳县歌谣卷》（内部资料），1987 年

[1] 搂：形容词，解作快。

[2] 抽：解作藏。

盲婚怨（汉族）

高山岭顶种粟禾，
岭上无泥迫着铺，
出世鸡儿靠把米，
红花细女靠好夫。
天呀天，
逼我嫁个发羊癫，
怎得他今连时死，
留妹与哥日夜连。

流传地区：宾阳县

演唱者：韦月秀，女，汉族，宾阳县大桥乡廖平墟人，农民，初小文化

搜集整理者：熊兴亮、莫兆桐

搜集时间及地点：1986 年 5 月搜集于宾阳县廖平墟

来源：选自宾阳县民间文学三套集成编委会编《中国民间文学三套集成宾阳县歌谣卷》（内部资料），1987 年

盲婚怨（汉族）

逼我嫁个发财郎，
背脊又弧齿又扛（撬）；
鼻筒插得抓零箸，
耳朵载得斗零糠；
面花正同雨打湴，
嘴阔正同坏蓝缸。

好秧插中石头地，
个场实在屈坏秧，
前世毋修身尸贱，
日夜暗哭泪成塘。
夫不像人不如死，
好请道公来打丧；
笼内画眉望笼破，
远走高飞去别乡。

流传地区：宾阳县
演唱者：黄二婆，汉族，宾阳县沂桥乡马岗村人，歌手，不识字
搜集整理者：黄时沛
搜集时间及地点：1986 年 5 月 3 日搜集于宾阳县马岗村
来源：选自宾阳县民间文学三套集成编委会编《中国民间文学三套集成宾阳县歌谣卷》（内部资料），1987 年

媳妇歌（汉族）

第一鸡啼插好髻，
第二鸡啼鸡叫光，
第三鸡啼擦面粉，
粉水未干饭就香。

第一装饭给爹食，
爹讲来早又来迟。
第二装饭家婆吃，
家婆又话肚未饥。
第三装饭大伯食，
大伯拿盆丢一边。
第四装饭大母食，
大母深房喂细儿。
第五装饭三叔食，
又要金盆银叉吃。
金盆银叉去哪些要。
第六装饭亚姑食，
三个亚姑齐鸡落，
见乜[1]就拿乜。

船头有条木鱼棍，
就给细姑打木鱼。
打到日落斜，
总归是你妻。
糖糕打烂沙茶盏，
茶盏团圆我才归。

流传地区：南宁邕江一带
演唱者：李桂英，女，船民
搜集整理者：张彤、何瑞娴
来源：选自中国民间文学三套集成南宁市

[1] 乜：什么东西。

领导小组编《南宁市歌谣》(内部资料),1987 年

小妻怨(汉族)

十零岁女嫁三零,
比似粗纱人幼承[1],
若喊做哥他又老,
正喊做爷当毋成。

一班姐妹十零人,
是我嫁夫家事贫,
家事贫寒夫又老,
又吹又赌又嫖人。

辣椒又辣又添姜,
家婆又恶夫又强,
家婆动手夫动棒,
毋挨灶背也挨墙。

肚内剌剌痛怨怨,
自落郎门心不欢,
自入郎门心毋快,
一心想见阎罗王。

流传地区:宾阳县

搜集整理者:熊兴亮,男,高中文化,汉族,广西宾阳县文化馆创作干部;莫兆桐

搜集时间及地点:1986 年 5 月 20 日搜集于宾阳县洋桥乡

来源:选自宾阳县民间文学三套集成编委会编《中国民间文学三套集成宾阳县歌谣卷》(内部资料),1987 年

[1] 承:织布工具。

童媳怨(汉族)

难了难,
早死爹娘我孤单;
十岁嫁人做媳妇,
火烧脚跟逼着行。
家婆矮细嚣又恶,
骂人正同北风翻;
头发梳光骂我野,
毋洗毋梳骂我憨。
喷嚏嫌我出鼻涕,
发哈嫌我出口痰;
担水讲我桶毋满,
行路要我蹑脚行。
起床喊我扶腰鼓,
入睡喊我挂衣衫;
洗脸喊我端热水,
煲茶喊我洗茶罂。
天光喊我去担水,
担完喊我洗污衫;
日落西山取饭熟,
煮菜莫把淡和咸。
吃饭不得同台坐,
我是"猫儿"牟[2]灶坛;
节气不得吃鱼肉,
我是贱人呷剩羹。
出墟毋得穿新袜,
我是好身穿坏衫;
热天毋得撑蚊帐,
房内熏烟到五更。
冷天毋得盖棉被,
禾稿垫床遮坏衫;
一年三百六十日,
毋有哪天得欢颜。

[2] 牟:蹲。

丈夫身残不成货，
半呆半傻半癫憨；
喊我世人如何过，
愿条残命去阴间；
希望老天落大雨，
鲮鱼脱水出江湾。

流传地区：宾阳县

演唱者：陆有全

搜集整理者：陆有全、王启智

搜集时间及地点：1986年6月15日搜集于宾阳县新宾中学

来源：选自宾阳县民间文学三套集成编委会编《中国民间文学三套集成宾阳县歌谣卷》（内部资料），1987年

小丈夫[1]二首（汉族）

一

朝朝洗面照英雄，
英雄跌落铜盆中，
屋底大田毋出谷，
浪荡我儿放粪壅。
有钱毋买细牛童，
耙也毋通犁毋通，
犁耙不落三分土，
叫我禾苗怎生根？

二

牛柑生子细纷纷，
嫁个细夫也着跟。
上床就像娘共仔，
白日如同老弟跟。
有钱莫买细牛童，
犁也不通耙不通，
犁耙不入三分土，
叫我禾苗怎标筒。
一心想只飞天鹞，
谁知嫁中无毛鸡，
半夜三更踢中他，
只闻拍翅不闻啼。

流传地区：宾阳县

演唱者：陆祥

搜集整理者：王启智、陆有全

搜集时间及地点：1986年6月4日搜集于宾阳县陆华村

来源：选自宾阳县民间文学三套集成编委会编《中国民间文学三套集成宾阳县歌谣卷》（内部资料），1987年

新婚泪[2]（汉族）

百岁夫妻一宿难，
犹如画虎未成斑。
灯烛堂前光静寂，
脱了红衫变白衫。
脚踏孝鞋绕坟冢，
冢前心似利刀弯，
鸳鸯配偶成虚影，
奴家今日拜夫坟。

坟前敬酒肝肠断，
泪雨如丝落弯弯，
世上红颜多薄命，

[1] 小丈夫：旧社会女子对嫁给比自己年纪小得多的男孩的称词。

[2] 一位富家的儿子病危，听说要媳妇能冲喜，便给娶妻。新娘过门，未得洞房，丈夫就死了，从此变为寡妇。这是寡妇哭夫坟的歌。

十二条筋断九根。
两条留来撑条命，
一条留去伴夫魂。
从今拜别夫君去，
留个空名在世间。

流传地区：宾阳县

演唱者：陆祥

搜集整理者：陆有全

搜集时间及地点：1986年6月搜集于宾阳县太守乡大华村

来源：选自宾阳县民间文学三套集成编委会编《中国民间文学三套集成宾阳县歌谣卷》（内部资料），1987年

寡母苦（汉族）

天呀天，
寡母妇娘真苦怜，
半夜三更落大雨，
全无点水落伝[1]田。

流传地区：宾阳县

演唱者：陆祥

搜集整理者：王启智、陆有全

搜集时间及地点：1986年6月4日搜集于宾阳县陆华村

来源：选自宾阳县民间文学三套集成编委会编《中国民间文学三套集成宾阳县歌谣卷》（内部资料），1987年

[1] 伝：指人的意思，这里指我。

寡妇歌（壮族）

丈夫有病我痛心，
盼望早日复原身，
谁料魔鬼下毒手，
丢我守寡苦零丁。

夫妻本是同林鸟，
谁料中途又分飞，
魔鬼带他进阴府，
怨我守寡抹眼泪。

六月天上白雪下，
来淋茄藤死断芽，
为何魔鬼这样狠，
给我半辈来守寡。

夫妻恩爱情不差，
丈夫好比被鹰抓，
死去丢我伴孤儿，
好比母猪没有家。

天地广阔大天下，
为何注定犯我家，
魔鬼无情拿夫去，
丢我下贱来守寡。

一副棺材放在家，
你儿放声哭爸爸，
怨天怨地拜灵台，
你若听见泪也下。

烧香又把冥纸化，
祭完灵台埋地下，
你儿悲痛哭断肠，
你怎忍心丢一家。

祭完灵台就埋下，
大大小小哭要爸，
从此孤儿没有父，
好比鸡仔没有家。

你的灵堂安在家，
餐餐祭你眼泪下，
你的孩儿年还小，
你怎把他来丢下。

晚上独自进房眠，
心情恍惚心自颤，
我当妈来又当父，
辛苦有谁来可怜。

白天出工回到家，
没见到你眼泪下，
丢下孤儿年纪小，
家穷怎能养得大。

这一辈子在天下，
我做单身来守寡，
好像海中浮萍草，
不知哪处来安家。

大大小小未懂理，
喊吃喊穿哭滴滴，
你闭双目进阴府，
谁把孩子养给你。

要靠树来树又弯，
要靠藤来藤又残，
单身守寡无依靠，
独自养儿难上难。

人家吃剩把蔗丢，
我儿就捡蔗根咬，
可怜丈夫你可懂，
为何你死这么早。

农历三月春季到，
天上风雨落滔滔，
屋漏好比熬酒样，
求人检漏无法找。

别人插秧已得耘，
我无夫来秧未分，
忙上忙下像纺纱，
样样都是我操心。

千斤也是我自挑，
百斤也是我自担，
放下耙来又拿犁，
几时熬过这难关。

想带孤儿另改嫁，
又怕去了难安家，
一怕孤儿吃大亏，
二怕继父虐待他。

二十几岁就守寡，
好比春苗受残踏，
正想改嫁别处去，
只怕孤儿贱如马。

要向前走被耙拦，
要向后退被犁挡，
进退两难不堪想，
愿死颈喉不断肠。

流传地区：上林县西燕镇一带

演唱者：苏福明，男，壮族，上林县西燕

镇云灵村人，高小文化

搜集整理者：李守汉，男，壮族，上林县壮校原副校长，广西壮族自治区民间文学研究会会员

来源：选自南宁市文化新闻出版广电局、南宁市民族文化艺术研究院编《南宁歌谣集成（壮族卷）》，广西教育出版社，2014年12月

寡妇自叹（壮族）

夫为人稳重，
善体贴儿妻，
出门一起去，
形影不分离。

聪明又和气，
不冷眼对人，
笑脸迎宾朋，
欢容待至亲。

务农兼经商，
农商一起抓，
精打又细算，
共同把家发。

我回家几年，
生活甜无比，
有多或有少，
从不自己吃。

手中有个果，
一半分为妻，
无论钱与财，
任我随意使。

美貌无伦比，
如潘安再世。
突然病缠身，
卧床再不起。

病痛难言喻，
不知为何因。
医生还未到，
便归阴长眠。

我抚夫痛哭，
越哭越伤心。
叫夫夫不应，
夫紧闭双唇。

修容连理发，
伤心无伦比。
望夫醒回还，
但已成僵尸。

披发跪灵前，
望天地回恩。
与夫换容妆，
已僵硬长眠。

下跪又叩头，
情惨实难忘。
坟墓长草茸，
墓前倍心伤。

我时衰命蹇，
才这样艰难。
送夫香几炷，
从此别关山。

夫去难安寝，

午夜把泪弹。
含泪把月度，
人憔悴凄然。

夜梦见郎君，
又半醒半迷。
摸不着夫影，
泪水淹草席。

清苦来守寡，
有谁表同情。
怨咱命不死，
凭影孤零零。

先死有灯送，
后去竹送圈。
人卑鬼也贱，
香炉无人燃。

流传地区：隆安县乔建镇一带

演唱者：陆福隆，男，壮族，隆安县于晏村人，初中文化

搜集整理者：林敢枢、何生德

翻译者：马成宁

搜集时间及地点：1986 年 12 月搜集于隆安县。

来源：选自隆安县民间文学三套集成编委会编《中国民间文学三套集成隆安县歌谣集第三集》（内部资料），1987 年 8 月

妇女要自由[1]（壮族）

我们，
妇女不自由，
吃稀粥，
三更起，
鸡啼煮，
衣服没有穿。
从小把婚订，
难道命注成，
想到眼泪流，
何时得自由。
打倒封建，
我们得抬头。

流传地区：隆安县雁江镇一带

演唱者：黄广胜，男，壮族，隆安县雁江镇六龙村人，农民，初小文化

搜集整理者：陆忠万、林敢枢

翻译者：马成宁

搜集时间及地点：1986 年 8 月搜集于隆安县雁江镇六龙村

来源：选自隆安县民间文学三套集成编委会编《中国民间文学三套集成隆安县歌谣集第三集》（内部资料），1987 年

歌信（壮族）

民国世界乱悠悠，
夫去当兵几年头；
坐在房中忽想起，
想起夫君眼泪流。

[1] 《妇女要自由》以粤曲《苏武牧羊》头段为曲填壮文音字，流畅易唱。解放初期流传于隆安县雁江镇一带，很受群众欢迎。

嫁夫已有十几秋，
闲时都难得郊游；
房中玉枕无被盖，
难得团圆结绣球。

坐在房中无思想，
无人理我这条头；
有时想起真激气，
龙肉送饭卯[1]落喉。

求人写信寄与君，
嘱咐我君卯远游；
丢了少年共哪个？
钱财易见子难求。
三座踏堂[2]抛丢去，
落雨淋坏你门头；
三月清明人拜祖，
无人拜扫你坟丘。
人家往来又往去，
几年不见信回头；
大嫂叔婆有世界，
喊我女人哪不忧。

想见家贫无姑念，
三年头发不搽油；
夫去如同石落水，
日月转回春过秋。

骑马过江肚带断，
不知漂落哪河州；
待等三年江水起，
若有返江[3]就长流。

[1] 卯：不。
[2] 三座踏堂：指大屋。
[3] 返江：洪水未退完又复涨上来的称返江水。

一忧家事无人管，
二忧春到又无牛；
三忧旁邻人睇小[4]，
四忧同种卯同收。

五想孩儿又有有，
六忧夫妻不到头；
七忧世界捞不起，
八忧孤单日夜愁。

九忧田圹无人种，
十忧夫去远乡游；
正想多言三几句，
墨砚水干笔已收。

好丑话言在信上，
谨报夫君记心头；
人生在世能多久？
六十转返又白头。

流传地区：横县
演唱者：陆绍汉，男，壮族，横县六景镇官山村人，农民，初中文化
搜集整理者：陆权
搜集时间及地点：1986年9月搜集于横县六景镇官山村
来源：选自横县民间文学三套集成编委会编《横县歌谣集下册》（内部资料），1987年1月

叹家常（壮族）

男：　去冬开荒川，

[4] 睇小：看不起。

至今不种棉，
无衣裳遮体，
如此抗严寒。

提起开荒川，
七窍冒火烟，
土块像簸箕，
种棉何堪言。

妻室太懒馋，
像赖狗发癫，
冬去春夏来，
换洗缺衣衫。

女：结亲已多年，
家穷买布难，
你穿着补丁，
羞惭不羞惭。

我为你纺织，
身上穿烂衣，
我为你锄禾，
天天挨肚饿。

公婆俩懒人，
度日无衣襟，
寒冬十二月，
牙齿冷对阵。

煮粥你嫌稀，
煮饭你挑剔，
事事都指责，
唯有把家离。

男：竿头独自夸，
别听她喳喳，
煮粥和煮饭，
相问她言发。

稀粥如水渍，
弯身见发影，
忆起以往事，
生活多艰辛。

事不论大小，
指责话不停，
家婆太苛刻，
媳妇泪频吞。

演唱者：黎启英，女，壮族，隆安县乔建镇人

搜集整理者：陆秀英、陈建睦

翻译者：曹秀扬

来源：选自隆安县民间文学三套集成编委会编《隆安县歌谣集第三集》（内部资料），1987 年 8 月

小婶恨[1]（壮族）

女：芥菜虽可口，
吃后实苦喉。
刚捡菜回家，
嫂诬我偷汉。
大嫂贪钱财，
把小婶卖掉，
其狼子野心，
我不知分毫。

[1] 在旧社会里，隆安县治下的乡间，曾有明卖人口的恶习。县里某人远出作客他乡，久无音讯，妻在家倚闾相望。其嫂贪财，诬小婶与人通奸，并以此为口实，把小婶卖到邕宁县，小婶作歌怨叹以明己志。

男：　炎阳似火烧[1]，
妹还在苦熬。
帽子也不戴，
何苦这样熬。
你是邕宁人，
何以围巾拖地走？
如此保玉容，
此地实少见。

女：　我原籍隆安，
被卖到邕宁。
十几年夫妻，
你竟忘红颜？
我被当猪卖，
是大嫂良心丧，
捡菜刚回还，
便诬我为娼。
大嫂贪钱财，
把小婶卖掉，
其狼子野心，
我不知分毫。
（夫闻歌惊跌马下而卒）

流传地区：隆安县振东村一带

演唱者：苏周彩

搜集整理者：乃庆谕，男，壮族，隆安县城厢镇振东村人，初中文化；何生德

翻译者：马成宁

搜集时间及地点：1986年9月搜集于隆安县振东村

来源：选自隆安县民间文学三套集成编委会编《中国民间文学三套集成隆安县歌谣集第三集》（内部资料），1987年8月

[1]　小婶被卖后，有一天，她在大路旁一块棉田里耕棉，前夫骑马回乡路过田边，不知耕棉者是其妻，作歌以戏之。

残渣饭菜到我尝（壮族）

父母生我无米养，
卖给人家做婢娘，
吃饭站在台边角，
残渣饭菜到我尝。

流传地区：南宁市三塘一带

搜集整理者：农起光，三塘文化站专干

来源：选自南宁市文化新闻出版广电局、南宁市民族文化艺术研究院编《南宁歌谣集成（壮族卷）》，广西教育出版社，2014年12月

婢女苦歌（壮族）

十四岁出嫁，
十五岁入屋，
八岁抱小孩，
十五岁生育。
我家实在苦，
财主来欺负，
十四就出嫁，
十五才入屋。

今生我命苦，
生活似镳铲，
八岁抱小孩，
十五就生育。

十五就生育，
久不久在目，
八岁抱小孩，
不是己生育。

花果要丰收，
雨水要丰足，
十五就生育，
久不久在目。

担重再加袱，
为婢别人屋，
八岁抱小孩，
不是己生育。

流传地区：隆安县那桐镇一带
演唱者：李安齐，男，壮族，隆安县那桐镇那重村人，农民，初小文化
搜集整理者：林啟枢、马成宁
搜集时间及地点：1987 年 3 月搜集于隆安县那重村
来源：选自隆安县民间文学三套集成编委会编《中国民间文学三套集成隆安县歌谣集第三集》（内部资料），1987 年 8 月

十八妹嫁三岁郎[1]（壮族）

媳叹：　十八妹嫁三岁郎，
你说凄凉不凄凉，
吃罢晚饭帮洗澡，
还要把他抱上床。
半夜三更吵嚷嚷，
哭喊吃奶摸胸膛，
又可怜来又苦恼，
我是你妻不是娘。

娘答：　想到媳妇我可怜，
劝你耐心等些年，
待我孩儿长大了，
夫妻双双再团圆。

媳叹：　你儿长成后生郎，
我这老妇鬓发苍，
他像红日从东起，
我似落月下西岗。

流传地区：武鸣县东部
演唱者：骆元皇，男，壮族，武鸣县城厢镇杏泉村人，退休老师，中师毕业
搜集整理者：覃绍焕，男，壮族，武鸣县文化馆工作人员，高中文化
翻译者：骆元皇、覃绍焕
搜集时间及地点：1986 年 9 月搜集于武鸣县城
来源：选自南宁市文化新闻出版广电局、南宁市民族文化艺术研究院编《南宁歌谣集成（壮族卷）》，广西教育出版社，2014 年 12 月

[1]　此歌是以自叹形式表达，并在群众中流传，反映封建包办婚姻造成的生活悲剧。

童养媳歌（壮族）

鸡仔未满斤，
捉去关做母，
妹年纪还小，
别母去成家。
人家你样大，
睡还喊阿妈，
妹年纪还小，
别母去成家。

流传地区：马山县加方乡福子村、福兰村一带
演唱者：覃宏新，男，壮族，马山县政协

委员，高中文化

搜集整理者：蓝求、梁肇佐

搜集时间及地点：1987 年 3 月 2 日搜集于马山县加方乡福兰村覃宏新家

来源：选自马山县民间文学三套集成编写小组编，马山县文化局、马山县文化馆印《中国民间文学三套集成马山县歌谣卷（二）》（内部资料），1987 年 6 月

走婆家（壮族）

一次走婆家，
脸面假羞答，
表面不亲热，
内心实爱他。

二次走婆家，
问田又问地，
地麻有几分，
田麻有几厘。

三次走婆家，
问左右邻居，
房子有几座，
上下有几姓。

四次走婆家，
内心暗欢喜，
嫁得美貌夫，
合情又合意。

五次走婆家，
拜见众妯娌，
哪个脸常笑，
哪位勤操持。

六次走婆家，
拿伞赶路急，
夫家路遥远，
每走怨自己。

七次走婆家，
妈亲送出门，
送到池塘边，
分手难相见。

八次走婆家，
糍粑当午饭，
想吃又难咽，
忍饿把路赶。

九次走婆家，
以后难返啦，
家猪别离去，
留糟给爹妈。

十次走婆家，
提鸡敬爹妈，
生个贵公子，
满门笑哈哈。

流传地区：马山县

搜集整理者：红波、清源、道亮

搜集时间及地点：1986 年搜集于马山县片联乡

来源：选自马山县民间文学三套集成编写小组编，马山县文化局、马山县文化馆印《中国民间文学三套集成马山县歌谣卷（二）》（内部资料），1987 年 6 月

盼夫歌（瑶族）

早上我盼东升的太阳，
晚上我盼西落的太阳，
西落的太阳明早再升起，
我盼夫无影无踪雾茫茫。

日日盼来夜夜盼，
盼得我欲断肝肠，
名是说我有了夫婿，
但我比孤儿还感到悲伤。

我的夫日夜守在边关，
不知你的心现在想何样？
双人的被子单人盖，
常常惊梦大炮打在郎身上。

要当兵的人来做夫真心痛，
恩爱被割在天各一方，
就问月亮和太阳，
几时才能相会在厅堂。

夫的命挂在刀枪上，
日夜在风雨中摇晃，
王帝官家要当兵去卖命，
搏到死也难回到家乡。

弓箭是无情义的，
它不知好人和坏人，
哪个女人不担心自己的丈夫受不幸，
哪个母亲不担心自己的儿子挨伤身。

我夜夜哭哥夜夜盼，
泪水湿完了被子谁知道，
我日日思念日日望，
肝肠欲断夕桥谁知晓。

盼夫归我吞不下饭，
想夫回我饿死也不怕，
天生下男女时时要思恋，
再没有什么比爱情的力量更伟大。

我夫守在边关，
我日日夜夜祈祷保平安，
不盼你升官发财，
只盼你活条命归来。

我盼国平出征人得归家，
我盼丈夫平安回山寨，
见你回来我喝凉水也觉甜，
见你回来我吃草根也高兴。

流传地区：马山县

演唱者：韦祖基，瑶族，90岁，农民，不识字；韦永伯，瑶族，90岁，农民，不识字

搜集整理者：红波，壮族，46岁，文化馆干部；韦善标，瑶族，33岁，农民，初中文化

搜集时间及地点：1986年10月搜集于马山县内学村五弄屯

来源：选自马山县民间文学三套集成编写组，马山县文化局、文化馆编印《中国民间文学三套集成马山县歌谣卷（四）瑶族下册》（内部资料），1987年7月

返媳[1]歌（瑶族）

返媳第一回，
用绿布加宽衣袖，

[1] 返媳：女人出嫁后，来到夫家之意。

我走上男人的门堂，
眼泪就不住地往下流。

返媳第二回，
受尽了气不吃饭也饱，
要我去嫁给别人，
日夜哭泣哀号。

返媳第三回，
把自己打扮成荷花，
叫别人的父亲做父亲，
想起泪水不停如雨下。

返媳第四回，
像只鸟被关进笼，
想飞不得飞，
辛苦有谁懂。

返媳第五回，
我变成扑火的飞蛾，
向前去公婆骂，
倒回走父母打。

返媳第六回，
戴着帽子老老实实走，
夫家已远离，
往回谁怜惜。

返媳第七回，
两眼泪花花，
两手拿着脸巾，
泪流自己抹。

返媳第八回，
母包粽粑做午饭，
得个蠢男人，
浪费娘家饭。

返媳第九回，
蜷身睡草场，
草场当床铺，
草料当被盖。

返媳第十回，
公婆藏起八字来，
翻脸不认人，
逼我走上断头台。

流传地区：马山县

演唱者：蓝世周，瑶族，50 岁，农民，不识字

搜集整理者：红波，壮族，46 岁，文化馆干部；韦善标，瑶族，33 岁，农民，初中文化

搜集时间及地点：1986 年 5 月搜集于马山县民族村、上龙村的弄茶屯等

来源：选自马山县民间文学三套集成编写组，马山县文化局、文化馆编印《中国民间文学三套集成马山县歌谣卷（四）瑶族下册》（内部资料），1987 年 7 月

4

劝诫歌

劝妻（汉族）

今朝打烂一只梅花碗，
从朝骂到晚时，
妻呀你莫呕气。
家婆没有千年住，
夫君还有出门时，
大把锁匙交过你，
三餐菜饭好过旧阵时。

流传地区：南宁市郊区一带

演唱者：奚三姐，汉族，农民

搜集整理者：雷务远，郊区亭子文化站专干

来源：选自中国民间文学三套集成南宁市领导小组编《南宁市歌谣》（内部资料），1987 年

嘱妻（汉族）

时到五更鸡又啼，
执笔修书寄与妻；
边荒月缺秋风冷，
更有杜鹃树上啼。

若问我今身体事，
钢骨磨光锈脱齐；
但愿我妻无病苦，
带儿带女把田犁。

朝出家庭交代好，
夜来窗户要关齐；
安分守己当人世，
莫贪意外好东西。

教儿教女勤耕读，
莫用多心学野鸡，
忍气做人是非少，
莫与狂徒比高低。

专心创业立志气，
自然有日上云梯，
切嘱贤妻企得正，
顶天立地把家齐。

有泪暗忍吞在肚，
少把苦处向人提，
条条大路通心胆，
千斤重担在吾妻。

即使心丸跌落水，
水清石现得目充齐；
世道离奇鹿作马，
人生曲折凤成鸡。

待等春回山转秀，
旧窠旅燕得双栖，
话头话尾难说尽，
几行墨泪嘱吾妻。

流传地区：宾阳县
演唱者：甘平凡，男，汉族，宾阳县新桥乡甘村人，高小文化
搜集整理者：王启智、陆有全
搜集时间及地点：1954 年 5 月 10 日搜集于宾阳县甘村
来源：选自宾阳县民间文学三套集成编委会编《中国民间文学三套集成宾阳县歌谣卷》（内部资料），1987 年

木鱼歌（汉族）

开书唱，习书文。
未唱三皇并五帝，
且唱五娘教导人。
男人教导听父母，
女人教导听夫君。
女子当人新媳妇，
唔比当初做女时。

第一鸡啼娘就醒，
第二鸡啼娘起身，
第三鸡啼娘梳妆，
梳妆头髻人厨房。
一盆清水来洗手，
顺便烧香点明灯。
烧香唔使把扇拨，
唔使口吹敬灵神。
轻轻离步房中里，
细气低声叫夫君。
夫君还在床前坐，
一杯热茶醒精神。
铜盆倒水夫洗面，
左手牙刷右手巾。
牙刷刷牙银咁白，
婆婆睇见真欢欣，
父君睇见笑容容。

家有婆婆年八十，
好好服侍老年人。
好好塘鱼买四两，
好好瘦肉买半斤。
塘鱼生蒸肉煮顺[1]，
饭熟之时要给食，
唔给饭冻冷坏人。

借人四两还半斤，
还嫌米碎有糠尘。
穷人去到富人屋，
犹如扫把倚墙根。
富人来到穷人屋，
要茶要水去纷纷。

流传地区：南宁市郊区一带
演唱者：奚学荫，农民
搜集整理者：雷务远
来源：选自中国民间文学三套集成南宁市领导小组编《南宁市歌谣》（内部资料），1987 年

劝世歌（汉族）

自古英雄汉，

[1] 煮顺，煮得很适合。

淑女配才郎。
红尘标准字，
黄土盖文章。

从此一断去，
春草永无踪。
黄泉有老少，
来去一般同。

渺渺亡不辄，
人死如灯灭。
若要重相会，
江水捞明月。

过了千江水，
再有万重山。
只见千人去，
不见一人还。

一步一殷勤，
显身礼入门。
若人垂光照，
菩提路上程。

佛设西方境，
迢迢十万程。
弥陀亲接引，
幻醒梦中人。

明月风飕飕，
星斗乱纷纷。
早登龙华会，
免坠奈河真。

净土声声观，
莲花朵朵开。
仗凭五官力，
脱苦上莲台。

流传地区：南宁市郊区一带

演唱者：南宁市坛洛道公

搜集整理者：欧阳柳生

来源：选自中国民间文学三套集成南宁市领导小组编《南宁市歌谣》（内部资料），1987 年

人生处世须勤俭（汉族）

人生处世须勤俭，
青年千祈莫贪懒；
认真谋划未来事，
当世须经一排难。

流传地区：横县

演唱者：陆华靖，男，汉族，横县板露乡三细村人，农民

搜集整理者：黄明安

搜集时间及地点：1986 年 10 月搜集于横县板露乡三细村

来源：选自横县民间文学三套集成编委会编《横县歌谣集下册》（内部资料），1987 年 1 月

家教歌（汉族）

当年喜欢做新郎，
今日谁知苦恼生；
儿大伶俐卯信教，

新妇[1]常与婄娜争。

篾穿猪头卯够称，
日日关心总为争。
早知儿厉[2]妇又恶，
再卯喜欢做新郎。

宗族宗支由此出，
谁卯喜欢做新郎？
儿厉妇恶从宽教，
免使烦恼暗中藏。

新妇又恶儿又横[3]，
养狗反牙白喂糠。
四月入园阄[4]姜种，
卯念老人根蔃生。

山中竹木有相碰，
有时相好有时争。
三言两语伝卯记，
娘你睇孑农[5]跌落床。

我夫当兵未几耐[6]，
卯好婄娜逼我行。
黄连染布针衫着[7]，
苦极到身逼着争。

在世最好家中乐，
当想[8]虾鱼同一塘。

大小工夫一齐做，
亦无烦恼亦无争。

为人最怕伤脑事，
一家卯和实难当。
宁好[9]三餐卯饭吃，
卯愿长时听相争。

公爹总讲新妇恶，
其实婄娜心也横。
卯知我忍几多气，
正想卯争逼着争。

伝做一家好和睦，
卯照[10]伯娘强相争。
厅内里头蒸糯米，
一团和气在家堂。

新妇婄娜成冤恶，
指猪骂狗又来争。
个人卯欢成烦恼，
难成相好在家堂。

为人最好家和顺，
家中和睦卯相争。
夫尊妇从情意好，
父训子受乐安康。

家中卯和本难当，
专门找事来相争。
半夜眼困睡卯着，
老人烦恼暗中藏。

[1] 新妇：新媳妇。
[2] 厉：厉害。
[3] 横：蛮横。
[4] 阄：培植。
[5] 睇孑农：看管小孩。
[6] 未几耐：没有多久。
[7] 针衫着：缝衣服穿。
[8] 当想：应当想到。
[9] 宁好：宁愿。
[10] 卯照：不学。卯：不。

新妇嫱娜亦都恶，
两恶逢冲[1]那没争？
任你跟朝[2]讲到夜，
恶人心性多是横。

争得成仇难劝你，
闻声见影又来争。
头上发疮[3]卯服好，
伤脑烦心实难当。

新妇嫱娜同样恶，
连得个儿心也横。
口含黄连吞落肚，
烦恼重重苦难当。

嫱娜新妇尽计争，
粗言恶语心真横，
喊得大塘鱼都跳，
恶亦卯人同口强[4]争。

新妇嫱娜恶对恶，
唛喉唛颈尽势争[5]。
如果做工强落力[6]，
卯忧冇米[7]落沙瓮[8]。

当儿扶养爹娘好，
新妇嫱娜卯应争。
屋里墙壁涂过蜡，
天天和睦在家堂。

我个嫱娜本等恶，
长时骂我卯安康。
伝做嫩人[9]卯记话[10]，
记论那时都有争。

有吃有穿卯勿事[11]，
专造是非来相争。
行屋走落[12]瓦窑住，
为人烦恼窟中藏。

为人娶着恶新妇，
吵闹家中苦难当。
佢赖共侬[13]工卯做，
一日尽思斗相争。

你做公爹卯作主，
重用嫱娜死恶争。
想卯出声都卯得，
睇见吓[14]到冇路行。

我做老人卯中用，
自想自爱苦恼生。
屠行[15]吹猪[16]未开肚，
屈气几多总着当。

爹娘教我好行善，
嫁落你家性就横。
哪个嫁夫卯想好？
你做嫱娜逗我争。

[1] 逢冲：相遇。
[2] 跟朝：从早上。
[3] 发疮：生疮。
[4] 强：这样。
[5] 唛喉唛颈尽势争：打开喉咙尽力争吵。
[6] 落力：卖力。
[7] 冇米：没有米。
[8] 沙瓮：陶锅。
[9] 嫩人：青年人。
[10] 卯记话：不计较。
[11] 卯勿事：没有什么事。
[12] 走落：走入。
[13] 佢赖共侬：她诬陷她带小孩。共：带。侬：小孩。
[14] 吓：欺负。
[15] 屠行：屠户。
[16] 吹猪：杀猪一般先从脚吹气进去，待猪肚涨大后才去毛。

人家养儿留防老，
到我养儿心事横。
新妇兼之鬼强恶，
自害自身苦恼生。

新妇恶多难下落[1]，
卯着[2]亦争着亦争。
尽听争吵难过日，
心烦苦恼卯安康。

真是当家卯作主，
历来埋怨苦恼生。
儿厉妇恶卯听教，
吃乙[3]卯甜放坏糖。

总说我恶你亦恶，
自己卯正说人横。
晒射[4]是非谁抵[5]得？
屈气不通焗实[6]争。

入屋出门交朋友，
到你一家人还争。
好事卯做做恶事，
让人取笑你名堂。

大嫂日值[7]共娘争，
卯识我哥着那行[8]。
若是我妻同强做，
一个拳头眼打盲。

今日儿厉媳妇恶，
早识卯愿做新郎。
个人应该识道理，
街市铺崩连外行。

牡丹花开卯结果，
想返好子实难生。
儿大父兄教不信，
好比南瓜肚坏囊。

床上鸭儿初出壳，
有娘也当无娘生。
嘱报世间男共女，
莫要时常来相争。

你忍气来我亦忍，
家中和睦得安康。

流传地区：横县

演唱者：黄保禄，男，汉族，横县莲塘乡张村人，农民，初小文化

搜集整理者：李进光，男，汉族，36岁，干部，横县莲塘乡文化站人员，初中文化

搜集时间及地点：1986年9月搜集于横县莲塘乡张村

来源：选自横县民间文学三套集成编委会编《横县歌谣集下册》（内部资料），1987年1月

[1] 下落：对付。
[2] 卯着：无理。
[3] 乙：糍粑。
[4] 晒射：冷嘲热讽，含沙射影地骂人。
[5] 抵：受。
[6] 焗实：逼着。
[7] 日值：整日。
[8] 着那行：怎么办。

家训歌（汉族）

几句粗言诉与君，
为人当报父母心。
父母深恩若不报，
枉为生来一世人。

自从受胎娘怀妊，
坐睡何曾得安宁。
饮食无味娘黄瘦，
腰酸脚软头昏晕。

娘在暗中自害怕，
父在背地也操心。
腹中疾痛如刀割，
昏迷几次又还魂。

是男是女生下地，
娘命犹如两世人。
不管好丑将女抱，
哪怕臭气与臊腥。

不论男女都欢喜，
点香烧烛叩家神。
娘看孩儿如珠宝，
爷看孩儿作团金。

儿睡干床娘睡湿，
翻身也怕把儿惊。
若是孩儿闹声哭，
急忙将奶哄儿停。

三年喂奶吃娘血，
面黄饥瘦毋精神。
若是孩儿得灾病，
娘忌腥荤睡不成。

多费钱财都不讲，
只要保得儿康宁。
日夜操心儿冷暖，
不知费尽几多心。

供不大来操共大，
供大又操共成亲。
择日买就猪羊酒，
贫穷也要请六亲。

为儿该知父母苦，
媳妇理当敬双亲。
谁知有等不孝子，
娶得妻来变了心。

夫妻鱼水情意合，
不将父母挂在心。
只想与妻同欢乐，
却将父母当闲人。

只管夫妻床兴暖，
不管父母冷冰冰。
双亲年老做不得，
便说白养个闲人。

二老气得情愿死，
愿见阎罗把苦伸。
人说养儿得侍老，
不如无子尚安身。

倘若父母有灾病，
不见孩儿问一声。
不见媳妇茶和水，
不见孩儿请医生。

等到父母身亡故，
买口棺材装老身。
儿孙满门虽痛哭，
何曾哭得转述魂。

灵台摆有猪羊供，
哪见父母进咀唇。

双亲死后敬酒肉，
浪荡花钱养六亲。

何用全猪全羊祭，
四两清汤就领情。
生时多端茶和水，
好过死后守空灵。

生病在床多问句，
强过死后念佛经。
忤逆还生忤逆子，
古时厚福生三子。

大子骂父遭雷打，
其妻不孝火烧身。
二子打母毒蛇咬，
其妻不孝虎狼吞。
三子夫妻多行孝，
得中状元受王恩。

孟宗孝母哭冬笋，
董永尊父卖己身。
五娘剪头街前卖，
万古传名直至今。

劝君在世多行善，
孝敬双亲尽心神。
口教后生不入耳，
有书与他看假真。
虽是粗言无平仄，
唤醒世间梦里人。

流传地区：宾阳县

演唱者：唐燕彩，男，汉族，宾阳县谭蒙村人，艺人，高小毕业

搜集整理者：王启智、莫兆桐

搜集时间及地点：1986 年搜集于宾阳县高田乡谭蒙村

来源：选自宾阳县民间文学三套集成编委会编《中国民间文学三套集成宾阳县歌谣卷》（内部资料），1987 年

教子歌（汉族）

平韵歌词人唱了，
添些共妹唱运人；
二胡排共六笛要，
不知合音不合音？

姜公[1]去共彭祖[2]坐，
我们老人对老人；
不是侬儿讲僧极[3]，
唱歌伝教后代人。

共娘得唱而能[4]唱，
而能唱落教子人；
嘱报世间男和女，
当世莫忘父母恩。

没有当初没今日，
奔波是为后代人；
父母功劳极之大，
好多寒苦正成人。

出世三朝有患难，
一日请医看几轮；
为侬操心饭不吃，

[1] 姜公：即姜太公，又名姜子牙，《封神演义》里的人物。
[2] 彭祖：传说中的寿星。
[3] 僧极：游玩。
[4] 而能：顺便。

捧到台前不想吞。

十二月天冻死人，
冷冻老娘要起身；
赖尿赖屎被又湿，
一日不知挨几陈[1]。

十二月天去洗被，
手指拆裂痛归心；
侬儿睡干娘睡湿，
难怪老来腰难伸。

三岁侬儿吃嚼饭，
落口还给侬儿吞；
又喂白糖共柿饼，
不知吃了几多斤。

半夜眼睏不得睡，
白天做工背在身；
挑担方知牛吃力，
养子方知父母恩。

小时又操他不大，
大了巷头巷尾巡；
连喊三声他不应，
翻面还来骂母亲。

年龄刚刚十几岁，
送去书房[2]三五春；
过了春节将开学，
爹娘备定学费银。

读了几年村小学，
得上中学又无银；
人有父兄没子弟，
子弟聪明家又贫。

侬大年当二十几，
媒人又来喊定亲；
新屋刚成娶媳妇，
拍拍荷包又无银。

儿大应当娶媳妇，
子债不还让那人？
尼姑梳头没有计[3]，
偷吃田螺暗声吞。

大礼日期即将到，
父忙东走又西奔；
纺纱上机自己织，
不要惊动外面人。

试问叔公哪个有，
最好借来应急伝；
事情过后再打算，
年头到尾再还人。

生债娶来儿媳妇，
利息未知顶几深！
娶亲刚好得半载；
儿媳吵闹把家分。

娶得好来就讲好，
娶得不好苦自吞。
巷头巷尾讲闲话，
一天不知吵几轮！

[1] 陈：趟。

[2] 书房：学校。

[3] 计：髻。

儿大好比过山雀，
养大翼长飞起身；
四月人园刣芋种[1]，
不念父母根蒰深。

吃粥捞饭养子大，
养得大来起横心；
餐到朝鱼又晚肉，
伝做老人气不闻。

周年八节节日到，
糯米发糕不见分；
他寻外母嫌箩小，
找只大箩才合拎[2]。

牛牯生来两只角，
女人注定两头亲；
不做轻南又重北，
来这也当屋里人。

古话养儿留防老，
积谷防饥事是真；
脚踏纱车轮流转，
人老也轮到你伝。

孝顺人生孝顺子，
不孝人生不孝人；
不信你看屋檐水，
点点滴滴不差分。

生出儿子不孝顺，
讲多又见不好闻；
住居拿来关犯佬，
外面好过屋里人。

爷儿装船贩灯草，
想争就得排[3]操心；
牛牯野蛮还教熟，
当世为人讲良心。

隔夜冷饭给狗吃。
馊气莫出外人闻；
若是媳好子和合，
顺妻免吵隔离闻。

流传地区：横县

演唱者：黄保禄，男，汉族，横县莲塘乡张村人，农民，初小文化

搜集整理者：李进光，男，汉族，36岁，干部，横县莲塘乡文化站人员

搜集时间及地点：1986年9月搜集于横县莲塘张村

来源：选自横县民间文学三套集成编委会编《横县歌谣集下册》(内部资料)，1987年1月

劝世歌（汉族）

天根地表宜当想，
莫把秽布洗江津。
污秽江河有大罪，
可知江河有龙神。

讲起东邻又西邻，
瞎造是非祸及身。
斗讼两边人相打，

[1] 刣芋种：培植芋种。

[2] 拎：拿。

[3] 排：一番。

中央拍手作间人。

劝人莫吃田中蛤，
先砍头来后剥皮。
远看犹如狮出洞，
近看好似小孩儿。

劝人莫打春天鸟，
子在巢中望母归。
儿在巢中守望母，
杀娘丢子罪难逃。

老幼男女多不知，
无事放火去烧山。
烧死几多禽鸟兽，
死到阴间受火焚。

为人在世色莫贪，
正犯阎王第一关。
红罗帐里如地狱，
鸳鸯枕上似刀山。

奉劝世间大小娘，
欺骂丈夫及爹娘。
阴间注有善恶簿，
死去阴间问短长。

劝人在世莫赌钱，
输光钱银坏心田。
贪穷心思作贼盗，
死去阴间积罪愆。

劝人在世莫吹烟，
瘦骨如柴不安然。
吹久无钱变鬼怪，
阴司簿内注罪愆。

为人莫起妒毒心，
害人利己罪非轻。
怪贪妒毒无人享，
阴司簿内注姓名。

流传地区：宾阳县

演唱者：黄宝辉

搜集整理者：王启智、莫兆桐、黄龙琼

搜集时间及地点：1986 年 7 月 3 日搜集于宾阳县思陇乡大塘村

来源：选自宾阳县民间文学三套集成编委会编《中国民间文学三套集成宾阳县歌谣卷》（内部资料），1987 年

劝妹（汉族）

甘蔗生蛆心不甜，
番桃落地味不鲜，
花朵凋谢色不秀，
妹仔口恶后生嫌。
劝妹千祈莫贪闲，
贪闲容易受摧残，
骗仔专而贪闲妹，
不管女人死或生。
做妹清白在世间，
提防受骗去跟男，
怕做工夫易上当，
误入歧途怨毋还。

流传地区：宾阳县

搜集整理者：熊兴亮、莫兆桐

搜集时间及地点：1986 年 6 月 15 日搜集于宾阳县黎明乡

来源：选自宾阳县民间文学三套集成编委会编《中国民间文学三套集成宾阳县歌谣

卷》（内部资料），1987 年

吾教姑娘（汉族）

（水上民歌小调）

吾教姑娘学深闺，
做女功夫要学齐。
在家听从父母使，
出嫁丈夫使性要减低。
行路要小心，
不给花鞋沾着泥。
女人要学女人规，
无事在家寻手艺。
和睦叔婆共伯奶，
说话定然惹是非。

对镜梳头脂粉托，
头发梳成似孟姜。
爱梳爱整不用看，
三分人才七分貌。
尚好头绳买几丈，
得来扎成髻中央。
鸡声梳成龙凤髻，
青油搽手髻心威[1]。
清水打盆来洗面，
走出神口点起大流莲[2]。
第一斟茶第二扫地，
猪狗喂齐碗碟洗完。
叫定安人量定米，
莫要高强是琐来为[3]。

流传地区：南宁市邕江一带

演唱者：李桂英，女，船民

搜集整理者：何广锋，男，汉族，邕宁县海员新村船民，初中学历；卢艺

来源：选自中国民间文学三套集成南宁市领导小组编《南宁市歌谣》（内部资料），1987 年

[1] 威：漂亮。

[2] 大流莲：莲灯。

[3] 是琐来为：意为不要什么琐事都要逞能。

杂咏（汉族）

怄气太多人易老，
泪水流多眼会蒙；
青山嫩草为霜死，
梧桐落叶为秋风。
成只火球吞入肚，
一团烈火胸中烧；
火烧青竹妹守节，
雪打青松不弯腰。

流传地区：宾阳县

演唱者：陆祥

搜集整理者：王启智、陆有全

搜集时间及地点：1986 年 7 月 6 日搜集于宾阳县太守陆华村

来源：选自宾阳县民间文学三套集成编委会编《中国民间文学三套集成宾阳县歌谣卷》（内部资料），1987 年

劝嫁歌（壮族）

女叹：　身为女孩实在冤，
闺房钉鞋年过年，
只恨自己不是仔，
替父犁田扬牛鞭。
劝者：　女孩怎把男孩变？

既是女来莫怨天，
牛肉不比鸡肉美，
怎当鸡肉论价钱？

女叹：　怨我生来“八字”贱，
是条狗命太可怜，
从此亲爸不常见，
夫父为爸口难言。
劝者：　为人在世莫怨命，
立身屋外莫怨天，
女孩命定是该嫁，
自古以来代代传。

女叹：　男女莫要分贵贱，
不该嫁女离家园，
招个称心上门婿，
同样能结好姻缘。
劝者：　父老母死孤单单，
没有男孩把家传，
或迟或早总要嫁，
老了才嫁不值钱！

女叹：　别人父母好命运，
生男续后代代传，
单我生来是个女，
去把别家饭碗端。
劝者：　过年过节回家转，
再与亲爸共团圆，
盼你发财生贵子，
劝你莫哭把心宽。

流传地区：武鸣县灵马镇

演唱者：方刚，男，壮族，农民；方世师，男，壮族，农民

搜集整理者：黄永清，武鸣县灵马文化站管理员

来源：选自南宁市文化新闻出版广电局、南宁市民族文化艺术研究院编《南宁歌谣集成（壮族卷）》，广西教育出版社，2014年12月

劝世歌[1]（壮族）

戒赌

猜落二跳三，
心贪遭鬼侮；
若不知退步，
后路便倾匡。

戒吹

瘾重两肩高，
连身腰瘦削；
刚强成懦弱，
动作软如棉花。

戒嫖

万恶首为淫，
分明关大罪；
乱思尝别味，
神鬼恨如仇。

戒饮

一饮解千愁，
小酌乐无忧；
但沉湎获咎，
便遗臭千秋。

来源：选自南宁市文化新闻出版广电局、

[1] 此四首摘自民国二十三年（1934）《隆安县志》，用汉语步隆安“壮欢（潘）”韵成歌。

南宁市民族文化艺术研究院编《南宁歌谣集成（壮族卷）》，广西教育出版社，2014年12月

劝叹母改嫁（壮族）

人传母改嫁，
儿激怒冲发；
找母亲责问，
拆床奔回家。

母拆旧床架，
把床板留下；
铺地当床架，
以免把病发。

一床旧棉被，
妈你别拿去；
数九天地冻，
方能把寒御。

蚊帐已多年，
破烂不值钱；
妈妈拿了去，
孩儿苦熬煎。

妈改嫁离去，
儿悲伤哭啼；
脚痛无人怜，
发长无人剃。

妈年纪四旬，
断风流事韵；
指痛连心头，
妈应细思吟。

好坏命注定，
黄连肚里吞；
丢儿去改嫁，
妈你心狠毒。

改嫁离家门，
儿我靠谁人；
家中无食粮，
徒空空四庭。

儿幼难耕耘，
靠母顾晨昏；
饥寒相交加，
母亲心何忍。

孤儿无依靠，
行乞在街头；
儿本娘身肉，
饿死谁怜恤。

流传地区：隆安县那桐镇一带

演唱者：卢如安，男，壮族，隆安县那桐镇浪湾村人

搜集整理者：卢如安，男，壮族，隆安县那桐镇浪湾村人

翻译者：陈建睦、陈朝阳

搜集时间及地点：1987年9月搜集于隆安县

来源：选自隆安县民间文学三套集成编委会编《中国民间文学三套集成隆安县歌谣集第三集》（内部资料），1987年8月

劝守孝歌（壮族）

女：　别个去嫁人，

恩爱多欢喜，
一想到自己，
泪水湿衫衣。

男： 泪水湿衫衣，
无子或夫死，
有什么苦楚，
是否讲我知。

女： 一来苦无子，
二来死丈夫，
三来家也穷，
四来心中苦。

男： 身世有人同，
不独唯有你，
想你夫刚死，
等过守孝期。

女： 为我夫守孝，
日夜心不宁，
阴间若有路，
愿死到阴冥。

男： 何必就想死，
人生路还长，
你欲想改嫁，
耐心多烧香。

女： 守孝来烧香，
夫死不回生，
杀猪羊奠祭，
无子拜亡灵。

男： 无子拜亡灵，
形单又只影，
等抬骨埋葬，
再打点行程。

流传地区：隆安县乔建镇一带

演唱者：陆涛媛，女，壮族，隆安县乔建村人

搜集整理者：陆秀英、林啟枢

翻译者：陈朝阳

搜集时间及地点：1986 年 9 月搜集于隆安县

来源：选自隆安县民间文学三套集成编委会编《中国民间文学三套集成隆安县歌谣集第三集》(内部资料)，1987 年 8 月

戒赌歌（壮族）

想捞买菜钱，
卖番为心贫；
卖在腰中间，
念三瞪白眼。
心实不想赌，
看见好摊路；
三过二跳四，
家产全赌输。
赌博与淫嫖，
同是走险桥；
两样都败家，
落薄人耻笑。

流传地区：隆安县乔建镇一带

演唱者：陆福隆，男，壮族，农民，初中文化，隆安县于浩村人

搜集整理者：林啟枢、马成宁

搜集时间及地点：1987 年 3 月搜集于隆安县

来源：选自隆安县民间文学三套集成编委会编《中国民间文学三套集成隆安县歌谣集第三集》(内部资料)，1987 年 8 月

劝夫莫赌（壮族）

女：
叫你不要赌，
要顾这个家，
孩儿渐长大，
吃穿花费多。

男：
做农太辛苦，
学赌容易懂，
赌术在手中，
赛种田千亩。

女：
务农较稳妥，
赌博国风坏，
按法律制裁，
挨抓去劳改。

男：
何不讲明白，
免不败钱财，
油倒捡芝麻，
何时划得来。

女：
道理我早讲，
你还倔要去，
四月农忙时，
田不犁也赌。

男：
实心不想赌，
又无路发财，
见张红红牌，
搏命来两圈。

女：
就是这两圈，
也输钱百几，
如今输到底，
还要计哄人。

男：
谁赌不想赢，
搏命把本下，
有时输一把，
你总骂不停。

女：
不是我乱骂，
连家产倾尽，
赌博到天明，
儿病也不管。

男：
我睡不睡觉，
要你补不成？
若得荷包盈，
你连声也不出。

女：
十赌九输钱，
摆空手回房，
缸无隔夜粮，
家当卖精光。

男：
见他人赌好，
我也学乖巧，
不管赢多少，
包你能吃好。

女：
留的花生种，
也倾空赌了，
问你说不晓，
其实早卖完。

男：
你别诬赖我，

我何时上街，
花生乱放摆，
给孩儿偷吃。

女：别说漂亮话，
哪街你不去？
新衣还没洗，
也被你卖掉。

男：做赌这么长，
无那样差错，
新衣放别处，
反诬我卖掉。

女：我诬你哪桩，
想起心就烦，
卖猪几百元，
我不见一分。

男：何必要银花，
有佳肴同享，
吃肉喝鱼汤，
还嚷嚷什么？

女：当田又卖地，
你是败家精，
穷饿泪沾襟，
饱温何时有？

男：我跟别人一样，
经常爱赶集，
除非不上圩，
时时有鱼肉。

女：穿像叫花子，
吃锅粑充饥，
衣服不蔽体，
不知悲和苦。

男：我虽然爱赌，
也顾及家中，
你偷懒不做工，
贫穷能怨谁。

女：耕牛都没有，
甜头在哪里，
要翻一些地，
向邻居求借。

男：缺牛是暂时，
翻地你别愁，
买不得耕牛，
牛钱贴身放。

女：牛钱已输光，
身上无分文，
坐家中饮恨，
还讲风凉话。

男：不是风凉话，
怨家底贫寒，
今不把圩赶，
安心干农活。

女：你像赖狗懒，
天天进赌场，
现时钱输光，
才不逛大街。

男：你我都是懒，
正好缠成股，
有时我不赌，

干苦力干活。

女：　他人住砖房，
咱茅房漏风，
无被子过冬，
靠烘火御寒。

男：　穷富由天定，
怨命不如人，
穷人四处有，
何须诉家贫。

女：　穷得像乞丐，
四海算咱苦，
跟你没出路，
不如早离婚。

男：　我上当受骗，
赌钱把家倾，
改邪做新人，
齐心搞生产。

女：　你说改恶习，
我和气平息，
夫妻同努力，
务农做生意。

男：　务农田地少，
又不会搞生意，
养猪兼养鱼，
也许较稳当。

女：　我完全同意，
你养鱼翻地，
下种又管理，
由为妻全包。

男：　猪大出栏快，
碰彩鱼价涨，
到年终算账，
收入上千元。

女：　下力抓几年，
有银又有粮，
建起大砖房，
业旺人欢畅。

男：　我听劝改赌，
夫妻齐耕耘，
家昌国风正，
享尽人间乐。

流传地区：隆安县南圩镇一带

演唱者：叶德川，男，壮族，农民，初小文化

搜集整理者：陈建滴、许汝参

翻译者：马成宁

搜集时间及地点：1986 年 10 月搜集于隆安县

来源：选自隆安县民间文学三套集成编委会编《中国民间文学三套集成隆安县歌谣集第三集》（内部资料），1987 年 8 月

戒赌山歌（壮族）

男：　赌博害处大，
家崩耗财钱，
耗钱财甚多，
不敢对人言。
赌博已多年，
歪道难回转，
赌博害处大，

家崩耗财钱。
姑娘呵姑娘，
哥实太羞惭，
耗钱财甚多，
不敢对人言。

女：你长大成人，
要创建家园，
劝兄莫虚荣，
听妹我规劝。

男：为兄因赌博，
难以守家园，
逃债赴云南，
住野岭荒山。
债主日日催，
饭菜难下咽，
为兄因赌博，
难以守家园。
命运实悲惨，
人生路艰难，
逃债赴云南，
住野岭荒山。

女：哥逃债上路，
妹痛在心间，
今日赴云南，
何时再回返。

男：妹你痛心间，
哥也泪涟涟，
无钱开赌债，
似罗阎纠缠。
哑口吃黄连，
难以告婵娟，
妹你痛心间，
哥也泪涟涟。
有心赴黄泉，
讲来实羞惭，
无钱开赌债，
似罗阎纠缠。

女：欠债何其多，
似死神缠身，
背包袱上路，
妻离子也散。

男：树老怕剥皮，
人穷人羞惭，
债主日日催，
死神把身缠。
妹不知根底，
哥身世悲惨，
树老怕剥皮，
人穷人羞惭。
口张鼻冒烟，
身世确悲惨，
债主日日催，
死神把身缠。

女：在家多清闲，
逃债路艰难，
实情告知妹，
欠多少银单？

男：欠银十二贯，
折粮米八担，
告知妹根底，
债坑无法填。
家无隔夜钱，
详情告婵娟，
欠银十二贯，

折粮米八担。
忧怨何时断，
兄已近黄泉，
实情告婵娟，
债坑难补填。

女：我知哥苦情，
妹家穷无银，
送给猪一头，
还债做新人。

男：越想越凄怆，
熬煎哥心肠，
猪肉几十斤，
难填满债坑。
妹想救兄难，
永世不能忘，
我自叹命蹇，
熬煎哥心肠。
妹你情意长，
债还一身爽，
猪肉几十斤，
难填满债坑。
送镯又送猪，
来世衔草环。

女：我俩心相投，
相帮度艰难，
哥你命坎坷，
食饭难下肠。

男：食饭难下肠，
妹对哥情长，
恩重如高山，
永世不能忘。
妹一帮二帮，
哥实感羞惭，
食饭难下肠。

女：哥两短三长，
妹无限悲伤，
玉镯和犁耙，
索线填债坑。

男：妹待哥情浓，
爱哥胜亲夫，
首先送头猪，
现又送玉镯。
陌路成知音，
哥心笑欣欣，
妹妹情意浓，
胜过结婚姻。
我本心灰冷，
妹救哥回转，
恩重如高山。
我俩胜夫妻，
情意实缠绵，
妹对我情深，
来世难偿还。

女：哥何讲偿还，
我俩胜婵娟，
夫妻恩情长，
帮哥度艰难。

男：水过鸭肩背，
感谢妹相帮，
朋友如夫妻，
爱郎心意坚。
我命本太謇，
妹把哥来恋，
水过鸭肩背，

感谢妹相帮。
妹想结婵娟，
奈哥家艰难，
朋友如夫妻，
爱哥心意坚。

女： 家穷我也知，
相帮度艰难，
三天不想聚，
恩情焚心间。

流传地区：隆安县小林乡一带
演唱者：林兆荣，男，壮族，隆安县小林乡大林村人，初小文化
搜集整理者：林兆荣、陈建睦
翻译者：马成宁
来源：选自隆安县民间文学三套集成编委会编《中国民间文学三套集成隆安县歌谣集第三集》（内部资料），1987 年 8 月

攒钱讨老婆（壮族）

女： 烧筒烟啵啵，
又花八文钱；
几多同龄人，
因烧烟离婚。

男： 抽烟浪费钱，
钱不容易找；
没有个管家，
风吹花也乱。

女： 哥不愁烟钱，
留要第二妻；
哥你好威势，
要四妻不难。

男： 哥一妻未娶，
妹讲要二妻；
哥是丑八怪，
哪个中意哥？

女： 哥抽烟太多，
一包八元钱；
请你不烧烟，
攒钱娶老婆。

男： 戒烟不容易，
愿不娶老婆；
头勾鼻涕流，
身弹抖不停。

女： 烧烟烧银纸，
日烧几十筒；
夜里烧不停，
哥你不怕穷？

男： 抽烟浪费钱，
现实也是真；
哥有大把钱，
妹想跟就来。

女： 哥若戒了烟，
妹愿跟哥来；
你若不戒烟，
不敢嫁给哥。

男： 妹说戒就戒，
只要妹真心；
若妹有顾虑，
遇见就批评。

演唱者：陈金英，女，壮族，1958 年出生，宾阳县露圩镇浪利村委库利村人

搜集整理者：梁肇佐

搜集时间及地点：2013 年 5 月搜集于宾阳县

叮哥勤歌（瑶族）

三十到了哥，
要认真干啦哥，
莫要去流浪了啰哟，
要认真干活啰哟。

用心啰大哥，
认真去干啰哥，
要精耕细作，
五谷才丰登。

人要去养地，
地才知道养人，
人不哄地皮，
地不哄肚皮。

地是黄金板，
人勤地不懒，
我们人不认真，
土地可是认真。

大哥要用力，
锄下长黄金，
人以粮为纲，
才办成事咧哥。

请哥多用脑，
要发展多种经营，
一手来抓金，
一手来抓银。

山是摇钱树，
水是聚宝盆，
靠山是吃山，
靠水是吃水。

我的哥呀哥，
要治山治水，
管天又管地，
向自然要宝。

大哥要用功，
向地球开战，
事在靠人为，
人能定胜天。

我的哥呀哥，
要勤俭办事业，
要勤俭持家，
才是好的当家人。

我的哥呀哥，
要勤劳苦干，
若是好吃懒做，
必然坏家当。

一生要节约，
大哥莫浪费，
滴水流成河，
粒米堆成山。

积谷防饥饿，
蓄水防口干，
大哥要仔细想，

一世做好人。

流传地区：马山县

演唱者：兰炳珍，女，瑶族，36岁，农民，不识字；韦美花，女，瑶族，40岁，农民，不识字；韦爱新，女，瑶族，25岁，农民，不识字

搜集整理者：红波，壮族，46岁，文化馆干部；韦善标，瑶族，33岁，农民，初中文化

搜集时间及地点：1986年10月搜集于马山县内学村五弄屯

来源：选自马山县民间文学三套集成编写组，马山县文化局、文化馆编印《中国民间文学三套集成马山县歌谣卷（四）瑶族下册》（内部资料），1987年7月

5

故事歌

丁兰[1]（汉族）

闲杂歌词伝杂唱，
伝唱丁兰歌一番，
新擺[2]剃刀未开口，
等弟共娘唱一餐[3]。
日头落岭天夜了，
牵牛入屋唱丁兰。
三岁孤寒爹死早，
如今留落我丁兰。
有娘生来卯娘教，
丁兰性情暴又蛮。

［1］ 这篇故事歌是叙述丁兰对待母亲冷酷无情。丁兰在岭上劳动，母亲送饭给他，反而遭到他的毒打，后来丁兰从“乌鸦反哺想着母”的事例中觉醒，发誓不再打骂母亲，但悔之晚矣。此故事流传甚广，颇有教育意义。

［2］ 擺：买的意思。

［3］ 唱一餐：唱一场。

每日做工娘送饭，
送迟送早都着喃[1]；
有日送早倒着打，
可怜母亲挨打餐[2]。

正定[3]想返[4]极又极[5]，
心中屈气泪潺潺：
“在早得知我去嫁，
想返进退两头难；
本想今朝卯[6]理你，
又怕饿坏你丁兰。”

“莫丢你儿走去嫁，
有日想返你我难。
有日还恩你一日，
合欢一日敬儿餐。”
“有生之时都卯敬，
死去何需敬坟山，
有日识秤冇肉卖。
口讲出血都当闲。”

丁兰走去木根坐，
划火烧烟透歇间。
抬头望见木根表，
雀儿衔蜢喂儿男。
望见雀儿啾啾叫，
抬头守等母娘返。
雀卯会讲还会叫，
儿女相敬总卯难。
乌鸦反哺想着母，
养儿想母还思返。

“我今打母成过错，
知错就改还好返。
远望我娘送饭到，
远远走去接饭篮。”
丁兰喊娘你莫走，
这回卯打鹞鹰弹。

娘见丁兰走强[7]快，
连时走躲入林山。
连时走入空心木，
缩身避过日月间。
东山走过西山去，
东山喊话应西山。
丁兰找娘不见面，
失条性命在深山。

母子分离心惨淡，
我想还恩未得还。
边行边哭过岭去，
不知何日相逢返。
丁兰踢着木头跌，
踢跌一跤血红潺。
刻个木头认作母，
好好收留在世间。

唱了丁兰歌一番，
流传后底教儿男。
嘱报[8]世间男共女，
为人在世莫反蛮。

流传地区：横县

[1] 喃：不停地骂。
[2] 挨打餐：挨打一场。
[3] 正定：认真。
[4] 想返：回想。
[5] 极：伤心。
[6] 卯：不。
[7] 强：这样。
[8] 嘱报：希望。

演唱者：刘增划，男，汉族，62 岁，横县陶圩乡刘村人，农民，初小文化

搜集整理者：蒙琼伟，男，壮族，37 岁，干部，横县陶圩文化站人员，初中文化

搜集时间及地点：1986 年 9 月 20 日搜集于横县陶圩乡

来源：选自横县民间文学三套集成编委会编《横县歌谣集下册》（内部资料），1987 年 1 月

陈佐连（汉族）

一更交过二更天，
三更佉[1]唱陈佐连；
听闻老人先讲过，
前人讲落后人传。
陈佐永仙交朋友，
来来往往两同年；
陈佐有钱家富贵，
结对青龙在门前。

永仙去到陈佐屋，
作礼问声个同年：
今日我来到你屋，
想问同年来借钱。
他妻便对陈佐讲：
"你莫械[2]人乱借钱。"
陈佐答言他妻听：
"好兄好友莫多言。"

陈佐连时开银柜，
银钱总要白藤穿；
穿好银钱一百贯，
请人担去械同年。
永仙得钱多高兴，
京州作客两三年；
生意取得双倍利，
合来已得银几千。

永仙生意有成就，
也买牛羊也买田；
陈佐借钱不吉利，
预料不到意外边。
失火烧屋牛死了，
牛羊死了着卖田；
连连三年没成就，
如今穷落冇文钱。
妻便答言陈佐听：
"去寻当初旧日钱；
欠有一百还两百，
欠有一千还两千。"

陈佐去到永仙屋，
想共同年讲斟言：
"佉俩结交鱼共水，
今日有难求你先。
无事卯来到你屋，
想寻当初旧日钱；
我今穷落无路想，
逼紧奈何着[3]出言。"
永仙拍手哈哈笑，
"何年何月借你钱？
借钱也要人中保，
你把书文拿来先。"

二人相争又相打，

[1] 佉：我们。
[2] 械：给。
[3] 着：只好。

永仙不认得借钱。
陈佐回家讲妻听，
有赃没证实难言。
陈佐便去告官府，
官府何曾入理先！
告官没钱官不信，
挨人捉打冤枉天。

陈佐回家思一计，
买取沉香烧上天；
烧香对天对地讲，
永仙借钱不还钱。
真是皇天多玄应，
乌风暗雨落连连；
六王判官先注定，
永仙条命入黄泉。

永仙借钱不还钱，
死了变牛还借先；
备定牛轭备定缆，
留等永仙来耕田。
只牛背脊有三字，
字字写出有因原，
三字原来是强写：
“永仙变牛还债钱。”

陈佐便对永仙讲，
这回你替我耕田；
日间留你日头晒，
夜间留你露天眠。
朝早耕田到夜晚，
慢行两步就用鞭，
善人自有善人报，
恶人自有恶人缠。

唱了陈佐歌一运，
世间男女记心田，
有借有还天道理，
借人财物要还完。
为人在世须忠直，
结交朋友讲忠言，
贪财不富反害己，
莫学在前人永仙。

流传地区：横县
演唱者：莫家源，男，48岁，汉族，横县陶圩上莫村人，农民，高小文化
搜集整理者：莫家源，男，48岁，汉族，横县陶圩上莫村人，农民，高小文化
搜集时间及地点：1986年11月20日搜集于横县陶圩上莫村
来源：选自横县民间文学三套集成编委会编《横县歌谣集下册》（内部资料），1987年1月

春风下雨来（汉族）

正三二月春来到，
伝唱春风夏雨来，
春风便是富贵子，
夏雨卖草又卖柴。
春风有钱家富贵，
请人担水入门来，
上街喊人睇八字，
睇条八字乖卯[1]乖。

老卯[2]先生排八字，
摆开八字拎书来，

[1] 卯：不。
[2] 老卯：算命人。

摆开八字照书讲，
春风条命卯聚财。
春风就骂老卯你，
“你只先生乱噏腮，
我家有钱几百贯，
怎样才算为聚财？”
老卯答言春风听：
“你呢[1]便是眼前财，
败落如同水推去，
跌落深潭人卯拉。”

春风好共老卯讲：
“如何才该得聚财，
你做先生尽心讲，
好好尽心讲出来。”
老卯便对春风讲：
“春风要共夏雨排，
共佢结交认兄弟，
结认老同更加佳。”

春风便对老卯讲：
“哪里有只合脚鞋？
哪里有个夏雨子，
你做先生找出来。”
“夏雨有，
由你春风请媒奶[2]；”
西街有个夏雨子，
天天卖草又卖柴。
春风便对老卯讲：
“你做先生作媒奶，
明天你去共佢讲，
喊佢来到我屋来。”
老卯去问夏雨子：
“今早你又来卖柴？
近前共你讲两句，
春风喊你到屋来。”
“有乜话言在此讲，
我有空闲到屋来；
脚底卯行锅卯热，
我要上山去打柴。”
老卯又对夏雨讲：
“春风要你到屋来，
佢想共你结兄弟，
认个老同更加佳。”
“讲认老同我卯想，
一亦卯挨二卯挨，
我今便是贫穷子，
难配春风强有财。”

春风心中思一计，
去共夏雨买担柴，
买柴喊佢担到屋，
关门马上锁起来。
“今日担柴卖给你。
为何把我关起来？
有乜话言你就讲，
这条道理跟天来。”
“今日担柴卖给我，
你也少何到此来，
你也少何来到此，
慢慢从宽捧茶来。”
“烟也卯烧茶卯饮，
屋里母娘等归来，
开门械钱我回去，
锅中水热米未来。”
“开门回去就没有，
请人去喊你娘来；
明日你娘来到此，
今后无忧着卖柴。”

[1] 呢：的。
[2] 媒奶：红娘。

春风马上就出计，
银钱随带在身怀；
送钱去到夏雨屋，
共佢母娘讲一排。
坐下母娘双泪落，
“我儿卖柴未归来，
昨日就去到今日，
怕被官人拉当差。”
“我共你儿买担柴，
今日正是送钱来，
现时你儿在我屋，
你做老人莫挂怀。”
“我儿担柴有几重，
值得强多文钱财？
到底原因为何事，
怕要佢命抵钱财？”

“你儿卖柴多辛苦，
你喊你儿莫卖柴，
我想共佢做生意，
赚得齐家享福来。
明天你去到我屋，
一早就去莫拖拉，
坐落齐家伝慢讲，
共你认个老同奶。”
母娘去到春风屋，
坐落共儿同一台，
老卯先生出口讲：
“你俩结交兄弟来。
自古有风必有雨，
风雨结交兄弟来；
前世原来同兄弟，
开书合命卯强佳。”
“水推垃圾随江落，
谁知前世从哪来？
前世后人怎样识，
江边勒竹谁敢挨？”

夏雨便对母娘讲：
“贫穷难配富家财，
碓臼[1]拿来邓灯草[2]，
虽是有心邓卯来[3]。”
春风便对夏雨讲，
“大家高兴卯论财；”
老卯先生做作证，
今日老同已同台。
春风杀鸡又杀鸭，
打酒上台高兴猜，
上屋叔公请几个，
下屋叔公请几台。

饮酒完席一更过，
饮了收杯又扫台，
春风便对夏雨讲，
两人越讲越开怀。
春风富贵出资本，
各人做起生意来，
夏雨便开杂货铺，
择好吉日挂招牌。

生意各人各门路，
东成西就多进财；
夏雨为人多正直，
招尽几多远客来。

春风买牛又买马，
做起牛马生意来；
人算亦无胜天算，

[1] 碓臼：冲谷用的石臼。
[2] 邓灯草：配灯草。
[3] 邓卯来：挑担时一头轻一头重，俗称“邓不起”，即不相配。

牛马发瘟败了财。
春风横心思一计，
高飞远走苏州街，
走入赌场掷一注，
想赢倒输败家财。
春风败落无依靠，
行乞讨饭街过街，
连吃三年百家米，
夜里无床睡肉台。

同兄别走苏州街，
如今几载无书来，
知得是生或是死，
或做乞丐睡大街。
我今因凭同兄好，
隔别卯见泪常来；
昨夜三更作一梦，
讲佢归阴见泉台。

管佢是生或是死，
修返阴功就做斋，
三朝七日做斋醮，
阴人也来阳也来。
春风听闻别人讲，
闻讲远处人做斋，
贫伦[1]拎篮又拎碗，
赶去斋坛讨饭来。
乞丐排队来分饭，
便是从头分过来；
人多饭少饭分了，
未分春风后尾排。

春风自想真暗咽[2]，
眼中流泪湿胸怀，
出口骂句夏雨你，
如今富贵忘恩台。
有人传话夏雨听，
春风乞儿骂你来，
骂你忘恩又负义，
这条道理从哪来？

夏雨答言仆人听：
“马上请他这里来，
睇是真神或假鬼，
怕是哪个来冒牌。”
春风去到夏雨屋，
见面大家流泪来；
夏雨便问同兄你，
为何跌落步梯来？

春风答言同弟听：
“我今败落冇家财；
等我实言讲你听，
几年乞儿睡巷街。”
夏雨听闻双泪落，
“同兄为何不早来？
过去大家同结愿，
祸福同当也欢怀。”

春风边讲泪边落，
“贫穷败落不敢来，
亦为赌钱正败尽，
日夜忧心不欢怀。”
夏雨答言同兄听，
“吹嫖赌饮不该来，
吹烟是鬼赌是贼，
世上无人发得财。”

夏雨又对春风讲：

[1] 贫伦：匆忙。
[2] 暗咽：悲伤。

"如今另集你家财，
我给银钱一百贯，
回家报你莫赌牌。"
春风接钱双泪落，
多得同弟救兄来，
时勤弄刀勤着斩，
我定收心集家财。

春风夏雨歌唱了，
谁人听了不欢怀，
嘱报世间郎君子，
莫道曲中去求财。
和气生财财有道，
清心积福福常来，
富贵思着贫穷日，
好天办定落雨柴。

流传地区：横县

演唱者：莫希佐，男，84岁，汉族，横县陶圩乡（现横州市陶圩镇）上莫村人，农民，高小文化

搜集整理者：莫家源，男，48岁，汉族，横县陶圩乡（现横州市陶圩镇）上莫村人，农民，高小文化

搜集时间及地点：1986年9月搜集于横县陶圩乡（现横州市陶圩镇）上莫村

来源：选自横县民间文学三套集成编委会编《横县歌谣集下册》（内部资料），1987年1月

桂英情（汉族）

担石落江塞大海，
少何得见妹真诚；
妹是花街红粉女，
胜过在前穆桂英。
恰好闻娘作歌唱，
吟歌作唱穆桂英；
桂英生在何州府，
住在何州何县城？
桂英红粉一个女，
住在山东九重城；
计谋千般出不尽，
千斤石锁还嫌轻。
宗保开口问李靖：
"何汝将首是女名？
东西两省是我管，
今日何人来出征？"

实言仑句宗保兄：
"我是山东穆桂英，
刀也有双剑冇把，
并无铁器手上拎[1]。"
"男人行游虎样猛，
拳当铜锤手上拎；
手是铜皮脚铁骨，
不怕桂英女传名。"
手拿一条黄龙木，
孤女一人来出征；
共你对阵不投降，
扭转乾坤另招兵。

桂英想打杨宗保，
问你招有几多兵，
公鸡去叮白蚊巢，
你有几多够我叮。
我身带有三件宝，
铁器何曾和你迎；
手拎一个女窝镜，

[1] 拎：拿。

公鸡眼见也难叮。

几大阵场我经过，
怕你女窝镜不明；
讲你桂英女在口，
除根铲草不留情。
桂英女子也有名，
住在山东管九城；
手拎一条黄龙木，
打破虎山和军营。

走上虎头来叮虱，
立足乾坤备足兵；
焦赞孟良打头阵，
看你桂英赢不赢。
桂英学得孔明计，
火星烧了几多兵；
脚踏东西两个省，
四处传扬妹名声。

宗保就同桂英打，
兄也不输妹不赢；
打打见娘吟吟笑，
你强[1]儿戏为哪经[2]。
我暂停枪讲两句。

开言且问宗保兄：
"是你夫人未娶有，
愿订白头妹共兄。"
"杨家堂堂大元帅，
要你山婆穆桂英？
恐怕娶娘犯国法，
触犯军令事不轻。"

"国家法令我先识，
嘱报[3]杨兄心莫惊；
若是上头责罪你，
我慢起兵去救兄。"
开言问声穆桂英：
"有何本领抗天兵？
若你桂英救不到，
送我一生枉死城。"
"佉[4]俩大家暂停战，
连手上山妹共兄；
到我公堂慢慢讲，
战场讲话不高明。"

南[5]脚入门到妹屋，
礼义纷纷意不轻；
坐落香茶捧到手，
又摆宴席敬奉兄。
"粗茶淡饭佉不讲，
且讲出兵又救兄；
手边就带三件宝，
又带三千女子兵。
咬破手指写红字，
决定成亲妹共兄；
孔雀开屏引天凤，
佉俩英雄同一营。"

大家婚事已谈好，
夫妻结发百年零；
箧结南蛇把饭养，
硬要成龙妹共兄。
日落西山话少讲，
辞别下山返本营；

[1] 强：这么。
[2] 哪经：哪般。
[3] 嘱报：希望。
[4] 佉：我。
[5] 南：跨。

回家仑给爹娘听，
红朱大礼慢相迎。

日落西山天又夜，
送兄下山好行程：
“嘱报杨兄身体好，
一路平安到朝庭。”
宗保带兵返[1]到屋，
南脚入门见父兄；
话有多端未曾讲，
谁知他爹不同情。

你今做得好事情，
欺父欺君罪不轻；
左右快将他绑手，
推出辕门去行刑。
当时宗保身受难，
大小三军心胆惊；
文武官员保不得，
佘老太君保不灵。

焦赞孟良思一计，
立刻上山找桂英；
桂英先知有此事，
早已屯兵在外城。
桂英得见孟良到，
马上进兵到军营；
辕门得见杨宗保，
双泪交流去说情。

桂英去到大本营，
借名献宝就出声；
开口就问大元帅，
今日辕门斩某名。

元帅答言桂英听，
等我实言仑你听；
辕门斩子杨宗保，
为他反骨又无情。

桂英答言大元帅，
今日特来救杨兄；
自古老虎不吃子，
请你放他免死刑。
“畜牲做事太无情，
阵上招亲罪非轻；
扰乱军心兼抗令，
不斩王亲令不明。”

“元帅真是老王八，
杀子辕门理不应；
今日不放杨宗保，
把你军营尽扫平。”
“山婆亚妇穆桂英，
胆大过天扫军营；
宗保实行就不放，
看你桂英事不成。”
“若你不放杨宗保，
把你军营都踏平；
你若不服就打过，
连时拔剑向他迎。”
元帅当时心胆惊，
想来此事实非轻；
不如放了杨宗保，
所有罪名总免清。

等我实言仑你听：
“早已屯兵在外城，
若是你杀杨宗保，
马上放火烧军营。”
元帅得闻如此话，

[1] 返：回。

自知武功不够迎；
低头暗思又暗想，
释放宗保免死刑。

桂英救得杨宗保，
连手上山同一营；
日间讲计朝练兵，
四处传扬妹共兄。
桂英见放杨宗保，
好似云开见月明。
连手回家拜父母，
二人得见了太平。

为你二人结婚事，
今日朝廷作证明；
立刻行过结婚礼，
君臣礼义甚光荣。
桂英一个红粉女，
嫁了杨家定太平；
夫妻相爱鱼共水，
罗帷帐里又谈兵。

流传地区：横县

演唱者：邓立论，男，52岁，壮族，横县莲塘张村人，农民，初小文化

搜集整理者：李进光，男，36岁，汉族，干部，横县莲塘文化站人员，初中文化

搜集时间及地点：1986年9月搜集于横县莲塘张村

来源：选自横县民间文学三套集成编委会编《横县歌谣集下册》（内部资料），1987年1月

龙师人（汉族）

闲杂歌词始作唱，
伝唱龙师火帝人；
且唱龙师出身处，
水出有源花有根。
龙师便是龙家子，
三岁孤寒共母亲，
三岁孤寒娘寡母，
吃穿无爹苦切因。

龙师家贫思一计，
去做王公看牛人，
日便看牛朝扫地，
雇工不论多少银。
龙师去到王公屋，
王公开口问原因：
“你来我家有乜[1]事”
有乜事情要讲仑。
龙师答言王公听：
“我来寻你有原因；
我来做你看牛仔，
望你靠揽孤寒人。”
王公答言龙师弟：
“你来共我放牛真，
你屋母亲那样讲，
一年讲要几多银？”
龙师答言王公听：
“我家母亲不讲银；
出在你心由你奉，
望公遮靠孤寒人。”

“看牛工作我家有，

[1] 乜：什么。

等我剖心仑你闻[1]，
一年工钱银三两，
另有围裙和毛巾。”
龙师雇工三年满，
各家打发雇工人；
起身便对王公说：
“我要回家见母亲。”
王公答言龙师弟：
“等我连时[2]算工银，
一年工钱银三两，
三三九两好付银。”

龙师接银捧在手，
谢天谢地谢王恩，
辞别王公共王母，
转身拎帽想行人[3]。
龙师临别想行人，
王母开口问原因：
“同我看牛三年满，
有些话言来曾仑。”
龙师答言王母听：
“有乜话言仑我闻，
有乜话言趁早讲，
凡事细心慢慢陈。”
“昨夜微风落细雨，
龙凤高楼被雨淋，
你就拮[4]梯帮我盖，
明朝早早慢回寻。”

龙师得闻如此话，
不争十二个时辰；
连时扛梯上去盖，
来日慢返[5]见母亲。
龙师雇工三年整，
未见王公屋女人，
今日拆开玻璃瓦，
见他美女在房深。

龙师手盖玻璃瓦，
谁知瓦砾又伤身，
割着手指出红血，
高楼滴血上娘[6]身。
滴上娘身娘便问，
“龙师你得强频轮[7]？
做事小心为第一，
切莫狂忙伤着身。”

“不是做工不小心，
因为玻璃瓦紧因，
用力一拖割着手，
血出在皮痛在心。”
“血出在皮痛在心，
想返[8]真是可怜因，
等我给些绫罗布，
你好抹干包起身[9]。”
龙师答言火帝女：
“佳人真是好心因；”
手接绫罗口又问：
“问你有婚未有婚？”
帝女答言龙师弟：
“年当十八未曾婚，
叹我爹娘选择大，
要嫁有财伶俐人。”

[1] 闻：知道。
[2] 连时：立刻。
[3] 拎：拿。想行人：就想走。
[4] 拮：扛。
[5] 慢返：再回。
[6] 娘：姑娘。
[7] 得强：为何这样。频轮：慌张。
[8] 想返：想起来。
[9] 起身：起来。

龙师答言火帝女：
“十八未婚成老人，
世上为人能多久，
花不朝朝树上新。”
帝女答言龙师弟：
“我也未嫁你未婚，
兄命戊辰娘己巳，
两木相连合成林。”

龙师答言火帝女：
“成婚却叹我家贫；
你家爹娘富又贵，
知否肯我孤寒人。”
帝女答言龙师弟：
“总要大家都有心；
万丈江河有处浅，
皇帝私亲有个贫。”

龙师得闻如此话，
风吹灯草动春心；
出口问声火帝女，
你写年庚械我拎[1]。
帝女就仑龙师弟：
“你便回家请媒人，
请个媒人到我屋，
问我爹娘要生辰。”
龙师盖好玻璃瓦，
辞别姑娘就转身，
担起行李悠悠走，
南[2]脚入门见母亲。

见了母亲母便问：
“你去看牛已三春，
今日回家愁满面，
有乜[3]事情强关心？”
“帝女决心结成亲，
要我回家请媒人；
四处请媒请不得，
此事不成气死人。”
“你说请媒请不得，
我今报你放开心；
求人不如求自己，
等我老娘行一巡。”

龙师听了母亲话，
买好槟榔交母亲；
“明朝你到王公屋，
去问王公要生辰。”
母亲到了王公屋，
王公开口问原因：
“昨日龙师刚来了，
今日又到你来寻。”
母亲答言王公听：
“今日特地来相寻，
正说家中有紧事，
我来寻你想借银。
王公答言龙师母：
“你说寻我想借银；
世上钱财难过信，
借钱也要中保人。”

母亲便对王公讲，
“我来寻你想借银；
你要中人我没有，
是你信我就借银。”
王公听闻此言语，
等我细思想原因：

[1] 械我拎：给我拿。
[2] 南：跨，踏。
[3] 乜：什么。

"你今共我捣臼谷，
明日定然仑你闻。"
"喊我捣谷就捣谷，
一身都是谷糠尘。"
人家做媒吃酒肉，
到我做媒受苦因。"

母亲刚刚返到屋，
龙师开口问原因：
"你对王公怎样讲，
知否肯伝不肯伝？"
"我今去到王公屋，
我哄王公想借银；
他说钱财难过信，
借银要有中间人。"

龙师坐落再思想，
再买槟榔三五斤：
"明朝母亲你再去，
出口问他要生辰。"
母亲又到王公屋，
王公开口问原因：
"昨日刚刚跟启[1]去，
为何今日又来寻？"

母亲实对王公说：
"我来寻你做媒人；
手拿槟榔到你屋，
龙师和你女成婚。"
王公听闻此言语，
拍起台盘骂一阵：
"几粒槟榔做一口，
看你龙师何样人。"

[1] 启：这里。跟启：从这里。

母亲便对王公说：
"吃了槟榔是我人，
狗入竹笼难得脱，
入勃[2]猪儿难脱身。"
王公拍起台盘骂，
几粒槟榔一口吞：
"台上槟榔我吃了，
看你龙师真不真。"
母亲便对王公讲：
"吃了槟榔是我人，
若你不肯龙师弟，
拿刀斩断两平分。"

王公答言龙师母：
"我要金银三百斤，
黄金坠我屋梁断，
龙师正得我家人。"
母亲便对王公讲：
"你个口开太阔因，
四处乡方都有女，
没人讲要强[3]多银。"
"龙师想娶火帝女，
我要石崇[4]屋强深，
我要石崇强屋舍，
赐与我娇你为婚。"
母亲到屋龙师问：
"王公何样讲话音，
知否成事不成事，
知否成亲不成亲？"

母亲见问直言讲，
从头至尾讲原因：

[2] 勃：猪笼。
[3] 强：这么，这样。
[4] 石崇：传说中的富豪。

"佢要石崇强屋舍，
又要金银三百斤。"
"我今要娶火帝女，
他要金银三百斤；
同年便对同年讲，
直问同年赠几文。"
同年答言同年听：
"总不赠银赠言音。
近亲去礼我提点，
何样欠些代你仓。"

龙师家贫思一计，
去买苎麻三五斤，
缉麻织网去装雀[1]，
出门装雀揾[2]金银。
母亲说言龙师弟：
"你今装雀揾金银，
装雀去到南山去，
人说南山雀多因。"
拮[3]网出门去装雀，
朝朝见网立起身[4]，
连装三朝卯得雀，
谁人弄我网索伸？

母亲说话龙师弟：
"明日带刀看夜深，
看到天光你就见，
看是鬼神还是人。"
山神土地来立网，
朝朝都见立起身，
即问山神老土地：
"共[5]你何仇又何因。"

山神就问龙师弟：
"你今做我对头人，
钓个[6]仇人在何处，
与你有何冤强深？"
"我今要娶火帝女，
值要金银几百斤，
是你有钱我放你，
无钱要你转归阴。"

山神土地就说有，
有处金银当泥尘；
龙师便跟山神去，
引入石山万丈深。
龙师见银哈哈笑，
山神讲话句句真，
多得山神老土地，
灵神赐报我乾坤。

龙师暂担两三担，
大秤称来几百斤，
回家便对母亲讲，
喊人择日去迎亲。
母亲便对龙师讲：
"你想择日去迎亲，
择日有钱都未得，
要起石崇屋强深。"

龙师听了母亲话，
明朝就将石崇寻，
拿尺去量石崇屋，
看它几长又几深。

[1] 装雀：捕雀。
[2] 揾：找。
[3] 拮：扛。
[4] 起身：起来。
[5] 共：与。
[6] 个：的。

石崇便对龙师说：
“你来我屋有何因，
你度我屋有何事，
又问几长又几深？”
“我去迎亲火帝女，
要起[1]同你屋几深，
但要石崇强屋舍，
龙师正得其家人。”

石崇看小龙师弟，
“儿儿戏戏强讲人；
火帝家中独个女，
何曾肯你孤寒人。”
龙师答言石崇听：
“说你儿戏恐怕真，
大话看人没得尽，
老木逢春还萌稔[2]。”
“龙师想娶火帝女，
里屋铜钱没多文，
我今看你娶不得，
那里找得强多银？
龙师娶得火帝女，
俾过我屋你接亲；
是你龙师娶不得，
来做三年我奴人。”
“你今看我娶不得，
你写契文我手拎，
双方打上红手印，
我判三年挨卖身。”

石崇执笔便写字，
就写契文给你拎，
写好契约打手印，
来年多得个奴人。
龙师接了契约文，
即刻回家仑母亲，
回家便对母亲说：
“石崇小看孤寒人。”

母亲便对龙师说，
从头至尾讲原因：
“你今拿了契约字，
喊今择日去迎亲。”
利年利日娶媳妇，
龙师装礼去迎亲，
请得人伕三百六，
金花大轿接新人。

龙师去娶火帝女，
利年利月接新人，
三百金银挂一百，
剩有两百回返伝。
一百挂上高梁断，
多得白雀帮忙伝，
白雀叫声屋梁断，
多得同年赠言音。
龙师去娶火帝女，
彩旗铜锣响纷纷，
彩旗罗伞游乡去，
石崇见得事是真。

龙师去娶火帝女，
三吹四打起烟尘，
龙师便打前门入，
石崇走出后门遁。
石崇计谋已想尽，
难挡龙师成好人，
石崇当时噎死人，
只为财高欺了贫。

[1] 起：建。
[2] 稔：芽。

流传地区：横县

演唱者：邓立江，男，壮族，横县莲塘六莲村人，农民，初小文化

搜集整理者：李进光

搜集时间及地点：1986 年 9 月搜集于横县莲塘乡六莲村

来源：选自横县民间文学三套集成编委会编《横县歌谣集下册》（内部资料），1987 年 1 月

舜儿[1]（汉族）

母逝娘来

话说古时个舜儿，
相传故事有神奇；
舜儿家住梨花寨，
独家新屋瓦琉璃。
后园四季常青绿，
十里花香蝴蝶飞；
青山三面如围抱，
村前娇竹绕清溪。
远看风景美如画，
入村心爽笑开眉；
舜儿父亲姚古叟，
亲娘蒋氏实贤慈。

生下一男和一女，
妹叫雀娇兄舜儿；
舜儿生乖貌出众，
雀娇牡丹花一枝。

一家四口多恩爱，
爹娘兄妹够情谊；
东海水干情不断，
天无日月也难离。
夫妻比似同林鸟，
大难来时各自飞；
将氏一病就去世，
留下丈夫女和儿。

骨肉恩情真难舍，
竹叶实难离竹枝；
贤娘去世爹无奈，
日夜鸡公带鸡儿。
早起贪黑勤耕种，
内外工夫独自为；
天黑入门煮夜饭，
月上中天洗夜衣。
缸内泥鳅团团转，
工夫多比乱麻丝；
只见风吹花落地，
毋见风吹花上枝。

古叟娶妻心火急，
事情宜早不宜迟；
女是牡丹花一朵，
男是飞天蝴蝶儿。
山高路远都飞到，
问柳寻花不怕飞；
媒人介绍杨婆寡，
蜘蛛结网那牵丝。
身材肥瘦正相宜，
横肉薄唇柳叶眉；
萍水相逢机会到，
男从女愿话投机。
砂煲愿凑鼎锅合，
无须红叶去题诗；

[1] 《舜儿》这首歌，在宾阳县各地流传已久。自从唐代佛教传进我县后，师公艺人就把舜帝孝母的事迹编成师公戏来唱。白事才唱，红事不唱，目的是用以教育人们在世时要孝顺父母，有一定的现实意义。

择定日期娶后母，
后母带来个象儿。

苦祈舜儿

古叟娶得了杨婆，
初似鸳鸯共水游；
鸡屙烂屎头前热，
马屎外光内心粗。
古叟商量做生意，
防备杏水有时沽；
无笈[1]扁担挑鸭蛋，
出门爹打两头忧。
刀架胸膛无话讲，
家内事情有妻忧；
手心手背都是肉，
毋忧白鸡屙蛋乌。

象儿舜儿同处睡，
雀娇女共我床铺；
玫瑰花香带有刺，
蜜蜂不敢过园游。
出墟入市我行正，
夜睡关门防贼偷；
大碗拿来做灯盏，
你大放心夫呀夫。
古叟出门正几日，
杨婆内心起计谋；
象儿舜儿两个子，
舜儿毋经过肚流[2]。

一条江水滔滔去，
流来还是两条头；
两边都是长流水，
我要担沙塞一头。
半夜梳头我早髻，
近计首先有远谋；
旱死鱼苗先断水，
要想芽枯先挖蔸。
象儿夜同杨婆睡，
雀娇舜儿睡狗窝；
舜儿穿着烂麻袋，
象儿穿着是新绸。

象儿吃菜是鱼肉，
舜儿青菜毋盐油；
象儿东游西又耍，
舜儿晴雨看耕牛。
雀娇找柴又担水，
时常打骂使同奴；
节气杀鸡又杀鸭，
兄妹兼些硬骨头。
若是一时不顺眼，
杨婆就骂大瘟收；
喂猪那骂喂毋饱，
又骂晒衫毋早收。
洗菜无泥骂有草，
破鸡为何帮断喉？
吃饭骂同狗抢骨，
饭后为何不洗锅？

若是回声答句那，
大棒连时打在头；
松柏木儿屈圈椅，
实毋因知得咁柔（愁）。
若是亲娘还在日，
怎把打骂额前头？
杨婆赶得舜儿走，

[1] 无笈：没打钉。
[2] 毋经过肚流：不是亲生。

她与象儿塞大喉[1]。
若是雀娇喊哥吃，
就照耳朵尽力抽；
有娘无供固然苦，
拱无亲娘又更愁；
石头跌落东洋海，
毋知哪日得抬头？

上树移梯

天呀天，
毋有亲娘真苦怜；
吃食毋平眼泪落，
又忧条命去西天。
出海打鱼层层网，
杨婆毒舜灭香烟[2]；
后园有根高果树，
喊舜摘归卖取钱。

舜儿去摘后园果，
架梯上树喜欢天；
从低到高向上摘，
摘了一边到一边。
杨婆蹑脚到树下，
她就把梯移出边；
移走长梯底装蒺；
杀人不用刀和签。
舜儿摘果箩筐满，
眼不见梯天呀天！
正想上天又无翅，
下地无梯脚难踮。

雀妹象儿她哄走，
喊生哭死有谁怜？
杨婆害舜仙翁识，
白鹤化来飞满天。
仙鹤齐心驮舜下，
成群鹤下飘飘然；
舜儿合掌拜大地，
死里回生托鹤仙。

舜挑鲜果入屋放，
并将梯事对杨言；
老鼠跌楼猫假哭，
杨婆假装瞒老天。
咒骂哪个害我子，
老娘放哪落锴煎！
哪个发瘟心妒毒，
毋有良心对住天；
上树移梯计失算，
杨婆再起坏心田。

纵火烧舜

杨婆移梯舜不死，
打死蟾蜍气毋消；
火烧芭蕉心不烂，
杨婆诡计耍花招。
独间草屋早漏雨，
雨淋打坏了衫条；
舜儿割草去盖漏，
人矮草长汗尽漂。
舜儿屋上正铺草，
草屋杨婆藏火苗；
无风火高三尺焰，
浓烟滚滚冲天烧。

舜儿正想走下屋，
不见长梯心更焦；

[1] 塞大喉：她和象儿大吃。
[2] 灭香烟：灭后代。

大风吹火高几丈，
团团火焰冲云霄。
仙翁得闻火烧舜，
黑云变雨落成条；
仙翁化风驮舜走，
放到深山好治疗。
伤好肚饥去找吃，
胳得神虚冷汗漂；
遇个村姑来割草，
问舜为何着火烧？

舜儿哭对村姑讲，
村姑肠断几多条；
答应过村去通话，
亲口讲知妹雀娇。
雀娇得闻兄被害，
肝肠寸断好心焦；
妹趁杨婆不在屋，
放粥落罂走遥遥。
象儿看见也跟去，
边走边喊跟雀娇；
走到深山兄妹见，
抱头痛哭泪漂漂。

妹哭兄来兄哭妹，
生死总之命一条；
若兄毋回妹毋转，
宁愿同埋在山腰。
雀娇哭对舜儿讲，
兄是父亲根正苗；
回家后娘再害你，
讲给父亲毋会饶！

兄妹转回刚入屋，
杨婆毒口又来烧；
舜儿正想开口答，
硬竹扁挑打断条。
雀妹上前去抱脚，
舜儿横身就抱腰；
鸡秃相打肉叮肉，
舜儿踢脚顺将溜。
世间偏有凑巧事，
父归碰见问明瞭；
杨婆指着舜儿骂，
你家好种出歹苗！

火烧草屋那毋喊，
走去深山宿一宵；
那只看牛毋割草，
定去人园偷芭蕉。
细时毋教大过拗，
大了毋偷也赌嫖；
棒头打出聪明子，
重重打些且莫饶！
兄妹正想开口讲，
杨婆瞪眼喊嚣嚣；
鸡失早在大娜肚，
舜爷心内已明瞭；
恶口教子痛在肚，
博得杨婆口气消。

挖井下石

过了一关又二关，
舜儿受尽苦和咸；
古叟心想经商富，
买些干货赶州南。
行前嘱妻带好仔，
且莫朝争夜也争；
妻儿答应毋争吵，
担上膊头爹就行。
送爹出门转回屋，

毒计杨婆口又喃；
你爸出门交待我，
后园埋银无数罂。

直挖下去一丈八，
横直毋差过丈三；
若挖金银得到手，
我家就有金银山。
舜儿心虽有疑问，
火烧脚根逼着行；
毋识是真知是假，
可能挖中小银山？
拿锹出门连时挖，
先挖园基后菜坛；
大挖半天深二丈，
只见石头不见罂。

舜儿身粗怀疑大，
思前想后毋通关；
今日挖银银不见，
是否后娘心事生？
挖个横窿做预备，
恐防万一命休关；
舜儿赶挖横窿窟，
汗流汗泻湿衣衫。
舜儿坐下歇一阵，
石头泥土落乒乓；
杨婆在上对天笑，
舜儿有翅也难生。

接代舜家是姓象，
茄子得上水瓜棚；
为人莫做亏心事，
犁口做锹毋会喘。
仙翁得闻土地动，
火烧灯草尽心烦；
化只麒麟钻地穴，
救出舜儿脱险关。

驮出舜儿地上坐，
低头哭得泪湾湾；
过路大娜上前问，
为何血泪污斑斑？
后娘诱我去挖宝，
说有余银无数罂；
挖得井深银不见，
耳闻土石落深坑。

杨婆心想生埋我，
九死我今得一生；
伯娜听了肝肠断，
一双老泪落潺潺。
拭干眼泪扶起舜，
两人同哭又同行；
吃饱赠银送舜走，
杨州大地去谋生；
苦命舜儿得脱难，
雏燕毛长翅又生。

历山耕耘

惊弓雏燕得脱身，
展翅高飞远远奔；
鸭儿无娘能养大，
青松能耐雪霜淋。
海阔天空宽无际，
不知何处是栖身；
舜儿肚饥吃野果，
夜宿街头风雨侵。

脚底无鞋起血泡，
身着烂衫污泥尘；

山高还有人开路，
水深也有渡船人。
皇天不截好人路，
刘公收舜看牛群；
大地做床天作帐，
养牛快长远闻名。

日占月来年易过，
舜儿长大已成人；
男儿立下青云志，
树苗长大会成林。
日日看牛岭上望，
山坡地阔好耕耘；
春冬四季长流水，
历山宜富不宜贫。

夜归直对刘公讲，
想去历山做耕耘；
刘公听了心欢喜，
人生立志在年青。
结算工钱交与舜，
赠送家私件件新；
拜别刘公历山去，
茅房搭屋暂栖身。

两间茅房不用瓦，
泥巴木柱也称心；
早出晚归勤耕种，
仙翁看见笑吟吟。
决心下凡帮助舜，
多方协助舜成人；
化只神牛犁土地，
龙王降雨也均匀。

日夜飞禽除虫害，
神童仙女夜间耘；
过年风调又雨顺，
五谷丰登仓满盈。
苦命舜儿变富裕，
荒年将谷救饥贫；
逢墟运去杨州卖，
交易公平对待人。
舜儿慷慨救贫苦，
赞慕舜儿到处闻。

众叛亲离

古叟生意是虚花，
舜儿被害早离家；
杨婆心比青蛇毒，
害得个家乱如麻。
亲也不来戚不去，
左邻右舍远离她；
屋内钱财尽使净，
杨婆想充身骨麻。

夜睡想多变恶梦，
梦充煮粥变锅巴；
梦充金银变火炭，
伤天害理被人抓。
梦见雷公擎砍斧，
叮头啄眼是乌鸦；
梦见阎王勾名字，
惊醒起来喊喳喳。

魂魄飘游不附体，
瘦骨如柴凭墙爬；
身上无钱缸毋米，
备得神虚眼又花。
偷生夜带象儿走，
丢下雀娇弃了家；
雀娇醒来人不见，

哭得千哥又万爸。

大娜闻声走来看，
方知丢下这根芽；
我爷为乜去咁久，
你做伯娜帮我查。
闻讲妹爷病在外，
病在途中服药茶；
一连拖累半年久，
归来家已不成家。

大门关上铁环锁，
走去隔离屋调查；
大娜屋内见亲女，
厅堂睡熟似勾虾。
手抱雀娇女呀女，
哥也毋充娜毋娜；
大娜出来照实讲，
舜爷听了骨酸麻。
我助钱银舜儿走，
住在杨州刘公家；
杨婆害舜天难忍，
吃穷败尽走离家。

丢下女儿零丁苦，
实难舍得你根芽；
舜爷听了心后悔，
宁愿寡公不娶她。
谢别大娜带女去，
几间房屋黑麻麻；
木怕剥皮人怕病，
哭多两眼膜来爬。

又遇荒年谷米贵，
缸内毋多米一抓；
家内工夫靠女理，
杨州买米也由她。
买米归来对爷讲，
卖米之人个个夸；
问我哪村哪姓妹，
家中是否有爷娜？

墟人太多不敢讲，
讲爷哭哥眼膜爬；
不知他是可怜我，
毋收分文米也把。
口音也像我哥样，
相貌同哥实毋差；
舜爷听了心欢喜，
老天留我这根芽；
是真是假带爷去，
明天一早就离家。

百里寻亲

蜜蜂为花山过山，
鸬鹚为鱼滩过滩；
爷女取道杨州去，
顺水行船起风帆。
口渴便饮江中水，
路遇粥摊又吃餐；
不久赶到杨州镇，
上墟直去米行摊。

雀娇远见说真是，
舜哥眼眉一字横；
舜爷两步作一步，
挤入人群到米摊。
舜儿见妹引爷到，
又惊又喜在心间；
双手抱爷又摸眼，
问爷双眼为何盲？

墟中人见此情景，
同情眼泪湿衣衫；
墟场难叙离情苦，
舜儿马上就收摊。
爷妹同回历山住，
从头到脚换新颜；
米酒鸡鱼敬奉父，
子孝父恩不用谈。

请求父亲先治眼，
一早送爷请医生；
服侍亲爷留下妹，
交代周全舜回还。
话讲杨婆心头慌，
离乡别井两头难；
披头散发如饿鬼，
象儿衫坏肉红蛮。
闻讲历山有善士，
杨州卖米济穷难；
娘拱直向历山去，
善士施恩去求生。

一见双方都认识，
杨婆进退两头难；
杨婆惊定装笑脸，
跪拜舜儿诉苦咸。
不见我儿娘寻找，
东南西北尽查翻；
先日是娘骂错儿，
千祈莫记在心间。

恶人天诛地又灭，
杨婆罪恶也完终；
舜儿从此得安乐，
旭日东升飞彩虹。
舜儿怒骂杨婆恶，
狼心狗肺凶又残；
扁挑打头情义断，
上树移梯装茨拦。

盖屋你暗放大火，
挖井你将泥石翻；
皇天不绝好人路，
你想害儿我到生。
难亏有面来见我，
火烧脚跟逼你行；
杨婆嘴似油罂口，
大铳[1]推她死毋行。
又喊象儿落膝跪，
今日靠兄才得生；
老娘打你弟拦住，
情同手足当亲生。

舜儿一贯心慈善，
一副良心肚内生；
如果杨婆再作恶，
随时惩办只凶顽！
你队起来入屋住，
日后千祈心莫生；
昔日梨花岭拆散，
今日历山聚首还。

天诛地灭

山中散鸟有离合，
江中萍水有相逢；
杨婆诱得舜儿信，
舜儿试看那行踪。
杨婆假装变老实，
出入对儿带笑容；

[1] 大铳：大火药枪。

脚也毋停手毋空，
家务工夫尽做通。
对待舜儿特别好，
出言和顺又谦恭；
项庄舞剑不图乐，
寻找杀机在沛公。

杨婆看见舜儿富，
血染新罾眼尽红；
杨婆想毒舜儿死，
毒药陷糍有内容。
做好送把舜儿吃，
谁知白狗咬糍溶；
毒药害舜不到手，
竹篮打水一场空。

舜儿手戴金手镯，
杨婆紧记在心中；
入夜三更娘动手，
虱爬心口那行胸[1]。
谁知兄弟同床睡，
见兄戴镯也心红；
象儿问兄取镯戴，
黑夜杨婆难入手。

兄弟两人同头睡，
双双甜睡梦魂中；
杨婆拿刀撬门入，
摸充手镯就行凶。
惨声惊醒舜儿起，
象儿流血满地红；
杨婆走出门边躲，
舜儿追上抓衣胸。
夺刀飞脚踢跌贼，
见是杨婆把手松；
三更撬门去杀子，
你是真颠知发疯？

养熟狗儿那反口，
凶手是谁看血踪；
为乜你身全是血，
狗儿刁粽难解通。
舜儿指着杨婆骂，
是真是假我亲充；
放下屠刀想成佛，
天地实难把你容！

哪有杀人天不识，
冤魂早已报仙翁；
雷公擎起砍妖斧，
历数杨婆罪几宗。
舜家财产想独占，
衣食住行舜不同；
喊舜盖屋你放火，
摘果移梯茨泥壅。

诱儿挖井你落石，
舜儿变富眼睛红；
毒药陷糍想害舜，
三更入屋你行凶。
蓄意害人害自己，
丧尽良心天不容；
善恶到头终有报，
额前点火眼亲目充。

舜儿听完仙翁话，
眼冒金星怒满胸；
砍妖斧落杨尸碎，
电火燃烧骨肉熔。
蜈蚣说是杨婆变，

[1] 胸：同“凶”。

又有一些变蚊虫；
粘在衣衫变蚤虱，
又变蚂蝗在水中。

合家安乐

日出东边一点光，
舜爷眼好放光芒；
爷女两人回到屋，
历山欢喜乐团圆。
舜儿长大好相貌，
红叶题诗把话传；
舜爷得享老来福，
晒干龙眼得心欢。
同心合力兴家业，
谱写史诗万代传。

流传地区：宾阳县

演唱者：黄龙琼、唐建豪

搜集整理者：陆有全、王启智；方冠章，男，汉族，宾阳人，文化馆副馆长，中师毕业

搜集时间及地点：1986年4月5日搜集于宾阳县思陇、太守两个乡

来源：选自宾阳县民间文学三套集成编委会编《中国民间文学三套集成宾阳县歌谣卷》（内部资料），1987年

鲁班赞（汉族）

忽闻鼓乐闹锵锵，
鲁班使者赴坛场。
入筵领受香茶酒，
从头唱出我言章。
要唱小吾身出处，
随娘嫁到鲁家乡。

未到一岁爹先故，
未满二岁我无娘。
终日游洲并浪荡，
游洲浪荡好凄凉。
舅公抱归当亲生，
妗婆苦心来抚养。

养得小吾年七岁；
叫吾上岭看牛羊。
岭上看牛冇乜做，
砍蔸芦笛架桥梁。
先斩桃园洞里木；
条条斩断出来量。
正柱打成三丈六，
筵柱打成三丈长。

顶头便盖琉璃瓦，
下堂板壁阔又长。
忽闻青山桥梁断，
朝庭出榜下村场。
小吾入朝去领榜，
领得榜文便回乡。
同堂叔伯多来骂，
骂吾做事不思量。

第二日朝清早起，
安排斧锯到山场。
第一架桥接东海，
第二架桥连佛乡[1]。
第三架桥架婆国[2]，
第四架桥架落乡。

[1] 佛乡，指海外。
[2] 婆国，指海外。

第五架在阎王殿，
阳人过去不回乡。
第六架桥到佛国，
留给凡间子女行。

唯有一条无处架，
将来架给众神行。
架得桥梁多完满，
去请丹青来画量。
桥头绣莚春秋树，
阳人过去挂衣裳。
桥尾绣对金狮子，
凤凰晒羽在中央。
有福之人桥上过，
无福之人桥下行。

千岁公公桥头坐，
万岁婆婆桥尾行，
华筵不敢言多唱，
乐官催送退坛场。

流传地区：西乡塘区石埠乡一带

演唱者：西乡塘区石埠师公队

搜集整理者：李绮光

来源：选自中国民间文学三套集成南宁市领导小组编《南宁市歌谣》（内部资料），1987 年

景泰[1]叹（壮族）

景泰元年天大旱，
谷贵米少鱼肉难，
兵马反乱交趾国，
如今又反到界山。
景泰二年二月间，
百姓人民实是难，
米粮运去交趾国，
手上无钱难罗[2]返。

景泰三年兵马反，
扛旗打鼓去云南，
第一打我柳州府，
村村打散入深山。
景泰四年四月间，
百姓人家个个难，
十八女儿未去嫁，
可怜日子更加难。

景泰五年贼马反，
百姓人民冇[3]裙衫，
正是想返极又极[4]，
一个出东个出南。
景泰六年六月间，
军马年年都卯闲，
白日守班到值夜，
有时鸡啼走入山。

景泰七年七月间，
百姓农民实是难，
六七月天冇米煮，
眼泪如同水落滩。
景泰八年八月间，
四处贼马转弯弯[5]，
只有官府发令大，
四处发旗去守山。

[1] 景泰：为明朝皇帝明代宗朱祁钰的年号。

[2] 罗：买。

[3] 冇：没。

[4] 极：气愤。

[5] 转弯弯：四处出没。

景泰九年九月间，
小弟单身实是难，
独狗无朋难开口，
身上无钱心意烦。
景泰十年十月间，
百姓人民卯得闲，
人人都委[1]苦役事，
捉得民佚难得返。
三国年年想造反，
每日招兵卯得闲，
你队卯饶我卯忍，
争朝夺国为心贪。

流传地区：横县

演唱者：何昌武

搜集整理者：韦艺文，男，横县校椅镇草衣村人，横县文化局干部，初中文化

搜集时间及地点：1986年9月6日搜集于横县校椅镇草衣村

来源：选自横县民间文学三套集成编委会编《横县歌谣集下册》（内部资料），1987年1月

愚公故事歌（瑶族）

我介绍愚公的形象，
讲给儿孙们知道，
他活到九十九岁，
做工干劲还很高。
我讲愚公的故事，
愿儿孙们都来学习，
他家在华北地区，
是个有志气的中国人。
在他家前面，
有两座山挡路，
过去祖祖辈辈，
走路很困难。
愚公下死决心，
一定要搬掉这两座山，
带儿孙扛起锄头泥箕，
男女老少去把泥土搬。

有个老人叫智叟，
笑我们愚公人笨，
两座山这么高，
怎么能搬得完？
愚公骂智叟：
你才是笨人，
我死还有儿孙，
搬掉山不难。
山搬逐日矮，
再不见它长高，
有代代子孙，
定把它搬掉。

愚公干劲很大，
感动了上帝，
派来两个仙女，
把两座山背走。
我叮嘱你们儿孙，
大家都来学愚公，
做愚公这样的人，
建好我们的国家。
我希望儿孙们，
学习愚公干劲，
改造我们的世界，
为我们后代造福。

流传地区：马山县

[1] 委：委派。

演唱者：韦永英，瑶族，80 岁；韦秀连，瑶族，60 岁

搜集整理者：红波，壮族，46 岁，文化馆干部；韦善标，瑶族，33 岁，农民，初中文化

搜集时间及地点：1986 年 12 月搜集于马山县合群乡内学村五弄屯

来源：选自马山县民间文学三套集成编写组，马山县文化局、文化馆编印《中国民间文学三套集成马山县歌谣卷（四）瑶族下册》（内部资料），1987 年 7 月

张思德英雄歌（瑶族）

张思德形象，
是我们榜样，
为革命牺牲，
我们应该学习他。
他家在四川，
是仪陇县人，
从小家很苦，
七个月就做孤儿。

张思德同志，
还没出生父已死，
他生下七个多月份，
他的母亲也去世。
贫农刘光友，
抱他去养育，
经过多少艰难困苦，
他才长大成人。

他受尽地主压迫，
家穷没饭吃，
十二岁小小年纪，
去当长工放牛羊。
当五年长工，
受气又挨打，
狗地主恶霸，
打得他半生半死。

年轻的张思德，
心中萌芽革命思想，
年还未满十七岁，
就报名去参加红军。
他当红军的时候，
处处表现英雄汉，
打仗他冲锋在前，
立下了几次功劳。

张思德同志，
彻底为人民，
烧炭窑连窑，
为人民牺牲。
他担任班长，
积极去烧炭，
职务不论大小，
不讲有贵贱之分。
张恩德同志，
有很多的成绩，
他为人民而死，
我们应该学习他。

流传地区：马山县.

演唱者：罗善标，瑶族，40 岁，农民，高中文化；韦善珍，瑶族，28 岁，农民，高中文化

搜集整理者：红波，壮族，46 岁，文化馆干部；韦善标，瑶族，33 岁，农民，初中文化

搜集时间及地点：1986 年 12 月搜集于马

山县内学村五弄屯

来源：选自马山县民间文学三套集成编写组，马山县文化局、文化馆编印《中国民间文学三套集成马山县歌谣卷（四）瑶族下册》（内部资料），1987年7月

白求恩故事歌（瑶族）

毛主席教咱，
要学白求恩，
做到五种人，
一生为革命。
讲到白求恩，
是加拿大的人，
为中国人民，
一心干革命。

他是医生专家，
五十多岁人，
为支援中国革命，
丢下家庭不顾。
白求恩同志，
是国际主义好战士，
一九三七年，
来帮助我们中国。

他不怕困难，
跑了很多路途，
帮助我们中国，
为穷人干革命。
一九三七年，
抗日战争时期，
白求恩来到，
日夜给伤员看病。
他废寝忘食，
日夜医伤员，
他奔赴抗日前线，
医治伤员有几千。
白求恩同志，
输血给伤员，
为中国抗日，
彻底为人民。

党对他照顾，
月补助一百元，
他不用一分，
全部分给伤员。
他的手指受伤，
仍连续做工作，
多少痛苦他忘记，
最后牺牲在中国。
白求恩精神，
一定学到老，
样样为多数人，
死才是光荣。

流传地区：马山县.

演唱者：罗善标，瑶族，40岁，农民，高中文化；韦善珍，瑶族，28岁，农民，高中文化

搜集整理者：红波，壮族，46岁，文化馆干部；韦善标，瑶族，33岁，农民，初中文化

搜集时间及地点：1986年12月搜集于马山县内学村五弄屯

来源：选自马山县民间文学三套集成编写组，马山县文化局、文化馆编印《中国民间文学三套集成马山县歌谣卷（四）瑶族下册》（内部资料），1987年7月

6

传说歌

神农歌（壮族）

（师公调）

农家姐妹唱：且唱当年神农恩，
忽闻阳界鼓阵阵，
神农皇帝降来临。
早间住在历山庙，
功曹执状庙门迎。
入坛受领香花酒，
从头唱出我根基。
不唱前王和后汉，
且唱当初神农恩。

当初神农未出世，
并无田地养人民。
如今神农出了世，
耕田种地养人民。
当初神农造五谷，
伏羲姐妹造人民。

当初神农无衫着，
又穿木叶做衫裙。
当初神农无饭吃，
空吃薯良马叶根。
正二三月春来到，
神农皇帝整良田。
整得良田都完备，
又把五谷撒田园。

神农闻言李仙道，
一见李仙说好言。
李仙答言神农道，
想要五谷大罗天。
神农变成星斗现，
一刻飞到大罗天。
飞到大罗山上坐，
得见五谷就无言。

得谷提返下界种，
人民充裕笑连连。
正月至时人浸谷，
二月至时人下秧。
二月下秧已完备，
又无牛马去耕田。
神农四方把牛买，
买到耕牛返家园。

神农唱：忽闻阳界闹纷飞，
后稷农宫出坛仪。
人来唱出人言语，
我来唱出我根基。
要唱小吾身出处，
出在前期本姓姬。

当初神农吃百草，
又穿木叶做衫衣。
我个神农计较大，
访来五谷救民饥。
取得五谷如何种，
我来教稼后人知。

五谷千祈莫亏空，
误了神农费心机。
嘱报人间男共女，
未瞒恩义在前时。
黏米提来煮成酒，
糯米磨来做白糍。
到坛不敢多言唱，
乐官相送我还移。

农家姐妹插田唱：
来到已是落妖媚，
好耐莫充大小姨。
好耐莫充我姐妹，
找来同伴唱歌词。
膊头担秧冇乜落，
姐妹担秧去插田。

来到田边放落担，
姐妹齐齐背朝天。
放水下田快快插，
插了一连又一连。
左手分秧右手插，
风吹秧尾动连连。
插好田来洗好手，
齐齐洗手在田边。

洗好手来田边坐，
衫袖掩口笑连连。
对岸有棵大榕木，
木叶遮阴好乘凉。
有水插秧莫怕旱，
有命当家莫怕迟。

养儿长大望奉老，
农夫耕作望年财。
如今日头当天顶，
晏饭未送到几时。
我个肚饥心烦闷，
亏了身旁我细姨。

孩童唱：十几岁人当家早，
今朝我出茶堂妹。
人讲好命成家早，
奔波劳碌为亚乖。
堂上爹娘莫有空，
不奈几何有了乖。

细子人家真多手，
莫扯阿爹鬓子来。
细女人家真龌龊，
你莫屙尿白衫来。
至好白衫围个领，
我都拿来着大排。
你有哭来是乖好，
你哭爹娘挂心怀。
送饭途中打踢脚，
看来你好说亚乖。
行行来到田边处，
都拿着过一条排。
放担叫声来吃饭，
婶嫂爹娘乐开怀。

众人贺年：要唱丰年归正月，
贺丰年，
到处新郎来拜年。

要唱丰年归二月，
贺丰年，
犁耙抽轭在田边。

要唱丰年归三月，
贺丰年，
家家户户插良田。
要唱丰年归四月，
贺丰年，
人人担粪落田园。

要唱丰年归五月，
贺丰年，
龙船打闹在江边。
要唱丰年归六月，
贺丰年，
六禾谷熟在田园。

要唱丰年归七月，
贺丰年，
家家户户接祖先。
要唱丰年归八月，
贺丰年，
中秋月饼送同年。

要唱丰年归九月，
贺丰年，
到处坟山挂纸钱。
要唱丰年归十月，
贺丰年，
晚禾谷熟在田园。

要唱丰年归十一月，
贺丰年，
收拾晚禾入仓先。
要唱丰年归十二月，
贺丰年，
到处人家乐过年。

流传地区：邕宁区

演唱者：南宁市邕宁区中和乡周禄村师公队玉殿成

搜集整理者：玉仁统；卢艺，男，壮族，邕宁区文化局干部，高中文化

来源：选自邕宁民间文学三套集成编委会编《中国民间文学三套集成邕宁县民间歌谣集》（内部资料），1987 年

伏羲人（壮族）

好歌不得回头唱，
从头唱只伏羲人。
盘古造天又造地，
伏羲子妹造人民。
造得男多女又少，
妹便有双弟单身。
龙王五年求霹雳，
心悟壮计[1]等雷神。

满江造起青苔坝，
青苔糊屋滑如尘。
雷公一时就霹雳，
打跌一跤下屋心。
连时就拎个铁罩，
罩到雷公难动身。
多得伏羲两子妹，
十分想着我雷神。

我爹上街去买卖，

［1］ 心悟壮计：想出办法。

买得香壶[1]敬雷神。
雷公答言伏羲听：
“有水分些数械伝[2]。
若你有水分我吃，
牙齿拔条械[3]你拎。”
伏羲答言雷公听：
“械条牙齿有何因？
有钱你便械一百，
水饭分些械你吞。”
雷公答言伏羲听：
“个条牙齿值千金。
牙齿挖去下园种，
终须有日得还恩。”

伏羲械水雷公吃，
打破铁罩上天心。
雷公得上天心去，
仔细思量恨在心。
雷公当时不脱得，
个遭[4]天上断雷神。
不惜牺牲必定死，
又得伏羲救脱身。
伏羲拎齿下园种，
种得葫芦根一阵，
一日瓜苗窜一丈，
两日瓜苗成木林，
三日开花又结果，
生得葫芦十分匀，
四日叶落苗枯老，
连时割断旧花心。

正得[5]四朝皮黄熟，
这个葫芦装得人。
装得伏羲两子妹，
伏羲子妹是先人。
生得葫芦个上天，
里头葫芦一大心。
雷公正脱天心去，
计数[6]来收[7]企眼人[8]。

真主玉皇殿奏本，
连差十二个君臣。
连连九年洪水起，
四边水浪起纷纷。
金角龙王爷奏本，
五海龙王同用心。

你便起云我起雨，
四处大雨落纷纷。
五处雷公同起雨，
乌龟脱水卵留鳞。
连落十日又十夜，
江河湾水转纭纭。
一日江水起三丈，
江水相交万丈深。
二人入山走高岭，
高山岭顶得安心。
得上高岭望水退，
谁知一日起三阵。

水起之时雨亦落，
雀飞水面眼都晕。

[1] 香壶：香炉。
[2] 分些数械伝：分些给我。
[3] 械：给。
[4] 个遭：这一回。
[5] 正得：刚刚。
[6] 计数：想法。
[7] 收：收拾。
[8] 企眼人：传说中的一种人，这种人两眼倒竖，心地狠毒。

洪水从天淹到地，
企眼人民死断根。
六十公公都死了，
可惜老人卯过春。

千千万万都淹死，
地下并无草木根。
白雀飞天都淹死，
伝两飞开大水深。
伏羲子妹无处住，
走入葫芦头缩身。

我爹已入葫芦去，
三人在里暗沉沉。
洪水越起葫芦起，
葫芦直起到天心。
伏羲有缘亦有应，
卯信皇天万丈深。

我爹已上天心去，
得见天心乱纷纷。
一直返到玉皇殿，
要捉雷公来取心。
玉皇答言季公听：
“你取雷公又乜[1]因？”
季公答言玉皇听：
“雷公正是我仇人。”
玉皇答言季公听：
“你今听我说原因。
你捉雷公不容易，
要斩月边树木根。
若你斩倒月边树，
五个五雷交你拎。
若你卯斩日边树，
你肉将来四甲分。”

季公得闻心欢喜，
要斩此树不忧心。
磨得斧头够锋利，
一日定斩得平分。
玉皇喊吾就去斩，
一日定斩得平分。
少女送饭木边吃，
乌鸦一日报三阵。

乌鸦飞去木根报：
“你斩此木太操心。
此木正是仙丹树，
你斩一日卯断分。”
饭箩挂在仙丹树，
乌鸦偷吃去平分。
季公抬头看得见，
心气又学火生身。

生气不甘木藴宿，
又思一计在伝身。
起身赶走乌鸦去，
返归木口合平分。
把头伸入木口睡，
谅冇仙丹生过身。
仙丹生过我爹去，
占木成仙万古人。
伏羲送饭木根看，
仙丹生过我爹身。
把手绑[2]爹不得动，
我爹开口说原因。
都想走生得死路，
不知自己自误身。

[1] 乜：什么。

[2] 绑：壮语，意为拉。

女便答言我爹听，
“谁人喊你捉雷神！”
季公答言伏羲听：
“只忧人死卯忧贫。”
两人绑爹不得动，
子妹回家建祖坟。
我有仙丹树卯吃，
不饥不渴是仙人。
千千万万都淹死，
天地便收企眼人。

伏羲子妹同声叹，
生得葫芦救脱伝。
上已无姐下无弟，
二人眼泪落纷纷。
抽眼看天天无月，
抽眼看地地无人。
抽眼看山山无草，
白雀并无一双跟。

伏羲低头眼泪落，
此时世上冇人民。
看见乌鱼随水上，
乌鱼听我说原因：
“天下人民都死了，
卯知哪个造人民。”
乌鱼答言伏羲听：
“你俩子妹结为婚。”
伏羲得闻如此语，
捉住乌鱼打一轮。

兄便打头妹打尾，
打脱乌鱼周身鳞。
又见乌鱼随水上，
我今问你取原因：
“洪水淹天人死了，
卯知哪个造人民。”
乌鱼答言伏羲听：
“你俩子妹结为婚。”
伏羲当时就发气[1]，
拎刀就斩乌鱼身。
“若你乌鱼刀口合，
我俩子妹结为婚。
乌鱼背脊斑花点，
是我伏羲刀口痕。”

面前又有条大竹，
你今听我说原因：
“天下人民都死了，
卯知哪个造人民。”
大竹答言伏羲听：
“你俩子妹结为婚。”
伏羲得闻如此语，
拎刀就斩大竹根。

利刀从头斩到尾，
伏羲踢断说原因：
“若你大竹刀口合，
我俩子妹结为婚。”
毕竟有缘命有性，
刀口合来节节新。
伏羲得见刀口合，
结成夫妻造人民。

结发夫妻得半载，
自然六甲上娘身。
天下无人无名姓，
九天玄女托寻伝。
天下分成一百姓，
亦有姓徐又姓陈。

[1] 发气：生气。

老君甜水第一喷，
淋妹就成横眼人。
造得人民无处住，
挖地成窝作屋阴。
话说二年生盘古，
造成日月照前人。
盘古身世多贫贱，
想返世界实多纷。

有了伏羲造八卦，
造成八卦定乾坤。
又得神仙造竹木，
你为下界造人民。
造得衫裙无礼义，
尚无礼义教人民。

康王出世造写字，
孔子出世教书文。
周公国玉造礼义，
造全礼义教人民。
又得蔡伦造师草[1]，
造成师草写书文。
又造布绨[2]共起讲，
合结打被贤才身。
元古皇帝造灯照，
上将大道造金银。
文王出世造贼道，
考王出世管人民。
周王仙春造竹木，
雷师造水满江心。
神农皇帝造五谷，
舜帝耕种养人民。
自古皇帝尧舜好，
四边平静得宽心。

社君[3]出世民安乐，
百姓人民心尽欣。
社君出世虽还出，
主要立志入得人。
霸道出阵人不爱，
只是文章取贤人。
文季[4]才郎史书熟，
亦要文书亦爱人。

只有读书身才贵，
金银财宝当是尘。
内才亦有外亦有，
休怕点魁入翰林。
有银亦要读诗文，
黄金卯比得乌金。
愿把世间郎共女，
自古时今照前人。

流传地区：横县

演唱者：莫家源，男，48岁，汉族，横县陶圩乡（现横州市陶圩镇）上莫村人，农民，高小文化

搜集整理者：韦艺文，男，42岁，壮族，干部，横县文化局人员，初中文化

搜集时间及地点：1986年9月4日搜集于横县陶圩乡上莫村

来源：选自横县民间文学三套集成编委会编《横县歌谣集下册》（内部资料），1987年1月

[1] 师草：纸。

[2] 布绨：用棉、麻等织成的，可以做衣服的材料。

[3] 社君：土神。

[4] 文季：传说中的才子。

龙母古传说（壮族）

龙母古传说，
妇孺皆知道；
庙口朝潭心，
不曾向百硕[1]。
罗波庙灵应，
正正对潭首；
三月初三日，
户户糯米黄。

流传地区：武鸣县罗波镇
演唱者：欧文美，男，1950年出生，罗波镇板欧八组人
搜集整理者：梁肇佐、陈钰文
搜集时间及地点：2012年3月搜集于武鸣县罗波镇

牛仙古歌（瑶族）

古传有一仙，
姓牛住天宫，
有空暇出游，
来到瑶山地，
留下一故事，
传给大家听。

事情是这样，
瑶弄有一女，
貌美如天仙，
但不愿劳动，
专游手好闲，
白天睡大觉，
夜晚当野鸡。

年岁已三十，
还做父家女，
多官上门问，
不愿离家门，
长年搞风流。
传说有一晚，
她饭后出游，
路遇牛仙官，
装同路而行，
牛仙是美男，
宝身如金银。

她见十分恋，
步步紧靠近，
用花言巧语，
引诱他来亲。
牛仙早知道，
有意跟她行，
路过一岩洞，
她说夜太深，
死坐不起来，
苦求牛大仙，
进洞陪她住，
牛仙不反对，
一同进洞里。

此女真下贱，
见牛仙貌美，
进到深洞里，
死抱住不放，
似儿见乳母，
死也吸一口。
牛仙天命重，
忙挣脱了身，

[1] 百硕，即马头镇敬三村百硕屯，据说以前有龙母庙。

把法力一收，
现出了原形，
金光辉灿烂，
洞亮如白昼，
身高数百丈，
体大似小山。

这女见此样，
如似遇魔鬼。
魂魄飞九天，
像个死人样，
倒地无动弹。
大仙见此样，
忙抱起急救，
一摸此女身，
早已凉冰冰，
大仙念善令，
吹了口仙气，
救了此女命。

此女得了救，
坐在大仙怀，
像个三月娃，
睁眼望大仙，
有话说不出，
两眼泪淋淋。
大仙见此状，
放声哈哈笑，
手指她说道，
你这个妖娃，
真无赖透顶，
年都满三十，
还不顾法纪，
淫乱反天德，
违天地仁伦，
本该罪灭命，
但念你凡人。
怪家教不严，
宽恕你一程。

为何我不“干”，
因天命严紧，
“宁愿硬着死，
不愿软着生。”
仙法和凡法，
条规一样严，
特望你水娃，
切记永莫忘，
得法重于命，
在世要遵守，
“宁愿硬着死，
不愿软着生。”
这个大道理，
你应当记住。

目今你回去，
找个勤劳汉，
创家立大业，
开花结正果。
人生世不长，
无两度青春。
做个思德人，
才是理应当。
说完吹口气，
把她送归家，
大仙化朵花，
飞上天宫去。

此女归了家，
誓守天仙令，
创家立了业，
解邪归了正，

为人做善事，
成了大恩人，
后做皇帝妻，
仙化归天庭。

此故事有理，
人生应一提，
严守德法令，
自幼洁金身，
人无两度春，
处处严求己，
做个清白人，
万代留名声。

流传地区：马山县

演唱者：袁桂玲，瑶族，80岁，农民，不识字；韦永英，瑶族，80岁，农民，初小文化；韦秀才，瑶族，75岁，农民，不识字；韦桂哥，瑶族，80岁，农民，不识字

搜集整理者：红波，壮族，46岁，文化馆干部；韦善标，瑶族，33岁，农民，初中文化

搜集时间及地点：1986年8月搜集于马山县内学村五弄屯

来源：选自马山县民间文学三套集成编写组，马山县文化局、文化馆编印《中国民间文学三套集成马山县歌谣卷（四）瑶族下册》（内部资料），1987年7月

农木岗与花生豆（瑶族）

农木岗是天上的仙人，
他下凡当农夫，
当时地球刚开辟，
穷得没吃又没穿。
他没办法只好上天打长工，
给玉帝王母当鼓夫。

因为他是长工，
给他吃得很少，
过大节也只给他吃一颗豆粒。
但他为世人的幸福，
一颗豆粒也不吃，
他要求给他生豆不要熟豆。
他在天上打了三年长工，
得了三粒花生豆。
他当满工日下凡来，
用三粒花生宝豆来做种，
艰苦地种它十年，
得了一千六百斗花生。

他把豆种分发给贫民，
要大家都来播种，
过不久大家获得大丰收，
贫穷变成了富裕。
他勤俭耕种的事，
感动了天上的玉帝王母，
王母娘娘说他真伟大，
便收他上天去当库官。

花生因为是天上的油豆，
本来是在上面开花结果的。
它因为能生吃，
它怕人家偷吃对不起主人，
因此它钻进土里去结果，
后来人们叫它做花生土豆。

流传地区：马山县.

演唱者：兰公了，瑶族，80岁，农民，不识字；李公金，瑶族，86岁，农民，

初小文化

搜集整理者：红波，壮族，47岁，文化馆干部；韦善标，瑶族，34岁，农民，初中文化

搜集时间及地点：1987年1月搜集于马山县贡川乡弄明村

来源：选自马山县民间文学三套集成编写组，马山县文化局、文化馆编印《中国民间文学三套集成马山县歌谣卷（四）瑶族下册》（内部资料），1987年7月

7 知识歌

地支连（汉族）

子时鸡啼子风起，
子风吹过落连连；
老鼠偷吃大仓谷，
猫儿伏鼠五更天。
十二时辰从子起，
子字两头勾一边；
老鼠挖窟墙头缩，
一更交过五更天。

丑时来了五更天，
牛儿耕尽半边田；
谁人养得好牛种，
接续连枝万万年。
丑时来了五更天，
最怕风雨落连连；
牛是农民传家宝，

百姓无牛难耕田。

寅时来了天快亮，
赶快去理下塘莲；
虎咬木鞋真苦极[1]，
僧极怕兄心卯坚[2]。
虎皮斑斑在身边，
女儿最贵在少年；
火烧木鞋讲强[3]极，
有柴你怕火卯燃。

卯时天光天亮了，
共兄唱歌乐连连；
多儿成双结对早，
早想成双结团圆。
天亮未真[4]鱼多出，
兔儿最爱月光天；
兔儿穿打园中过，
一心尽想花园莲。

辰时手拎皇历睇[5]，
选个日期寻同年；
龙凤花开日子久，
桃木花开引蝶连。
辰时来了卯时过，
日晒芙蓉花儿鲜；
龙凤也爱娇娥月，
鸳鸯晒翼艳阳天。

巳时日上半腰天，
抓紧入院采花园；
蛇过打地没有用，
想吃藕芽早栽莲。
巳时便有两个口，
问兄真言是假言；
空壳田螺械妹嘣[6]，
亏兄淫欲娘心甜。

午时正好伝僧极[7]，
莫失时机强好天；
马走断肠会上阵，
花儿正好会少年。
午时日正中心天，
骑只马儿去采莲；
骑入深山吃嫩草，
骑归平地等少年。

未时日过半西天，
得兄作乐两三年；
羊过木桥伝有队，
世上卯单伝两边[8]。
未时日过半西天，
羊儿吃草在山前；
羊毛拿来作车线，
留织毛巾送同年。

申时日落西山地，
聪明得意两同年；
猴王去偷人玉米，
早望双包近身边。
申字写来两头穿，
猴子住在石山边；

[1] 苦极：痛苦伤心。
[2] 僧极：玩耍。卯：不。
[3] 强：这样。
[4] 未真：朦胧。
[5] 拎：拿。睇：看。
[6] 械：给。嘣：吸食。
[7] 伝：我们。僧极：玩耍。
[8] 两边：两个。

三人骑羊过岭顶，
这只马骝[1]真嚣天。

酉时口吃蜜糖水，
一更都想弟甜言；
鸡啼拎缴[2]去捞月，
早醒成双结团圆。
鸡卯读书识子丑，
天生注定聪明先；
糯饭捞糖共哥吃，
兄贪好吃妹贪甜。

戌时曲木无思想，
望长望短会同年；
狗儿守门防有贼，
人望青春结团圆。
狗儿守在大门前，
一更守到五更天；
大虫[3]肚饥吃藕叶，
知娘卯吞是假连。

亥时梦中得吃藕，
醒采落床卯见莲；
猪儿偷吃塘塍笋，
想着嫩筒嘴边甜。
亥时三更打失藕，
今朝早早去查莲；
猪儿吃笋母猪引，
倒反你来喊伸冤。

地支歌词十二支，
至好从头至尾传；
谁人识得地支尽，
胜过刘三妹在前。
地支歌词伝唱了，
最好连唱天干连[4]；
天干好比人寡母，
冇[5]有天干实卯便。

流传地区：横县良圻乡一带

演唱者：梁汉受，男，壮族，良圻乡周田村人，农民；陈友恩，男，汉族，良圻乡良村人，文化站干部，高中文化

搜集时间及地点：1986年9月搜集于横县良圻乡

来源：选自横县民间文学三套集成编委会编《横县歌谣集下册》（内部资料），1987年1月

甲子人（汉族）

甲子乙丑海中金，
沉在海中万丈深；
谁人取得黄金宝，
一两黄金十两银。

丙寅丁卯炉中火，
火在炉中煮金银；
金银煮成龙凤布，
留娘去嫁慢装身。

戊辰己巳大林木，
郎来路远得遮荫；

［1］ 马骝：猴子。
［2］ 拎缴：拿网兜。
［3］ 大虫：老虎。
［4］ 天干连：天干指甲、乙、丙、丁、戊、己、庚、辛、壬、癸等中国传统表示次序的符号。连是韵。
［5］ 冇：没。

路远入山采蜜梨，
遇逢龙女结婚姻。

庚午辛未路边土，
风吹泥土起沙尘；
报妹去先挽裙角，
莫教泥尘沾妹身。

壬申癸酉剑风针，
刀剑何曾杀得人；
识士又要杀李旦，
又得陶四救脱身[1]。

甲戌乙亥山头火，
火在山头烧木根；
琴如[2]求得孟于蛤[3]，
放火烧山烧得人。

丙子丁丑间下水，
屋檐滴水卯差分；
顺龙做官十八载，
慢娶孟姜女披滛[4]。

戊寅己卯墙头土，
沙成泥土养人民；
甘罗[5]十二为丞相，
金榜有名第一人。

庚辰辛巳白乐金，
白乐打刀卯用银；
自古有名玉帝女，
庙门亦对龙娘神。

壬午癸未杨柳木，
杨柳绣人成观音；
装身正是玉帝女，
口吃清斋是仙人。

甲申乙酉泉中水，
井水担归亦有麈；
舜帝跳落河中去，
又得龙王救起身。

丙戌丁亥劈雳火，
劈雳不过孟将军；
诵经伝人庙堂里，
庙里行正是中人。

戊子己丑松柏木，
松柏长青叶常新；
彭祖寿年八百岁，
未曾见过一千春。

庚寅辛卯屋上土，
家中起屋泥墙新；
龙师去娶火帝[6]女，
人间注定结婚姻。

壬辰癸巳长流水，
江水长流秋过春；
伝学英台共山伯，
结对鸳鸯万古人。

甲午乙未沙中金，
耐炼淘沙见真金；

[1] 识士、李旦、陶四：传说中的人物。
[2] 琴如：蟾蜍。
[3] 蛤：青蛙。
[4] 披滛：漂亮的女性。
[5] 甘罗：古人名。
[6] 龙师，火帝：传说中的人物。

石崇[1]富贵传天下，
我命贫穷受苦因。

丙申丁酉山下火，
山火何曾烧得人；
包公[2]审得阴阳事，
日便审阳夜审阴。

戊戌己亥平地木，
大木作梁起屋阴；
神农皇帝造五谷，
造成五谷养人民。

庚子辛丑壁上土，
泥土将来起屋新；
识书不过孔夫子，
天下都算第一人。

壬寅癸卯白腊金，
白金将来点观音；
白金清清好法宝，
木头绣出菊花人。

甲辰乙巳伏灯火，
日夜点灯照亮真；
鲁班聪明又伶俐，
裙衫装整木头人。

丙午丁未天河水，
春天雨水落纷纷；
蜘蛛结网逢少女，
并无父母上天心。

戊申己酉大赤土，
赤土使郎记在心；
董永卖身葬父母，
孟宗哭竹就生笋。

庚戌辛亥沙中金，
梳装美女笑吟吟；
古时有个刘三妹，
口里唱歌不分亲。

壬子癸丑草枝木，
正三二月长新粮；
造亲正是孟姜女，
多口那个是仇人。

甲寅乙卯大雾水，
雾水长流在草根；
有名便是火帝女，
亲自招夫笑吟吟。

丙辰丁巳沙中土，
沙崩自有水来淋；
有名曹安孝父母，
杀子养娘传古今。

戊午己未天上火，
天火下来打动人；
乌明割身为多手，
宋王头断为贪淫。

庚申辛酉石榴木，
石榴细小自为身；
从古之时还地去，
入到九重地狱深。

壬戌癸亥大海水，

[1] 石崇：人名。
[2] 包公：人名。

海水长流秋过春；
牛郎落水捉龙简，
血出龙门念脚筋。

流传地区：横县

演唱者：莫家源，男，48岁，汉族，横县陶圩乡上莫村人，农民，高小文化

搜集整理者：韦艺文，男，42岁，壮族，横县文化局人员，干部，初中文化；严子欢，男，46岁，汉族，横县文化馆人员，干部，高中文化

搜集时间及地点：1986年11月19日搜集于横县横州

来源：选自横县民间文学三套集成编委会编《横县歌谣集下册》(内部资料)，1987年1月

辨色识猫歌（汉族）

锦被银床样极奇，
黄身白肚世上稀。
两耳淡黄圆头骨，
尾小绒毛薄嘴皮。
黑猫点点插金钱，
耳小头圆尾又尖。

胸膛无旋方为贵，
识者方知是值钱。
雪猫身体白如银，
眼若金银尾若生。
身白全无瑕半点，
绝然赤白始为真。

世上难逢三脚猫，
主人富贵免愁忧。
良善性情可真爱，
左右邻舍鼠尽跑。
身黄身黑未为奇，
踏雪寻梅世所稀。

但看四蹄如雪白，
人人皆羡可猫儿。
猫儿身上全无杂，
四蹄毛色纯黄黑（名曰四时仔）。
猫儿通身黑白色，
背上点点黄毛生（名曰将军虎）。
寻得此猫家里养，
富贵荣华在眼前。
人物兴隆万事胜，
夫唱妇随福寿全。

流传地区：南宁市上尧一带

演唱者：曾炳光，男，汉族

搜集整理者：邓新能、曾振坚

来源：选自中国民间文学三套集成南宁市领导小组编《南宁市歌谣》(内部资料)，1987年

相猪歌（汉族）

好猪相来不寻常，
猪母毛粗尾要长，
猪姑要如猪母肚，
大喉最易喂猪糠。
猪嘴贵齐耳贵阔，
乌龙人鼻最为良，
腰直更能如格尾，
永无疾病免灾殃。
四脚齐齐最易肥，
嫩毛猪仔大如飞，

通身黑色眼如象，
额上三皱世所稀。
花白黑皮不可养，
养之主人受遭殃，
若是四蹄皆一样，
人家畜养也无妨。

或有单黑一只蹄，
家道不宁有灾殃，
三蹄皆黑一蹄白，
主人穷凶不了得。
前蹄皆白后蹄黑，
此与单黑同一格，
前蹄一黑后蹄白，
无吉有凶多疑惑。

流传地区：南宁市上尧一带

演唱者：曾炳光，男，汉族

搜集整理者：邓新能、曾振坚

来源：选自中国民间文学三套集成南宁市领导小组编《南宁市歌谣》(内部资料)，1987年

识狗相犬歌（汉族）

世上欲能识好狗，
顺分春夏与秋冬。
若能依得此狗诀，
谁把闲钱丢落空。
春狗有蝇会带路，
夏天身臭不堪嗅，
三秋乱吠人厌恶，
唯有冬生四处和。

黑犬黄眉堪可用，
家庭保护顶呱呱，
若然胸白臀部白，
诸恶不招祸自来。
黄狗黄眉宜淡色，
逢凶化吉无踪迹。
若然两道黄眉现，
吉往凶来时不息。

白犬黑眉是祸胎，
主人破败泪哀哀。
入门来久家当乱，
耗散黄金万两财。
斑犬道眉似虎狼，
强盗鼠窃心必慌。
英雄志气人难敌，
个犬儿郎胆战寒。

豹尾狮犬是家宝，
十个养来九个好。
有道之财日日增，
不招祸患无烦恼。
黄狗黄绒生喜色，
白绒师犬世间多。
黑绒乌狗主人富，
未识斑狗意若何。

白犬虎纹主富贵，
若然蹄白祸先招。
浑身黑色全无白，
凶邪远逐不相饶。
遍身白色黄头尾，
定主兴隆大吉昌。
此犬世间稀少有，
兴家发迹入门堂。
黄黑原来各异形，
白前二足主人宁。

黑身本白驱邪怪，
黄犬生成家道兴。
身黄尾白主衣冠，
山自灵山护佛门。
箭尾若逢冬月产，
强盗知觉胆心寒。

黄白犬背有圆月，
富贵荣华不在说。
黑斑背上有圆月，
增福延寿人人说。
身短嘴长能捕猎，
獐麋鹿兔难逃脱。
耳薄细小不畏风，
长嘴兼之身口舌。

毛包卵子性刚烈，
不畏茅芽身受伤。
入林捕猎真高强，
明日行路万古扬。
两眼圆睛亮若珠，
风吹无泪是为奇。
时时抖擞精神样，
智慧灵通识性知。

流传地区：南宁市上尧一带

演唱者：曾炳光，男，汉族

搜集整理者：邓新能、曾振坚

来源：选自中国民间文学三套集成南宁市领导小组编《南宁市歌谣》(内部资料)，1987年

十物红（汉族）

第一伝[1]唱日头红，
夜了落西又出东；
卯[2]怕雪山高万丈，
太阳一照尽消融。

第二伝唱铁炉红，
生铁入炉必定熔；
生铁入炉成熟铁，
打刀打斧利如风。

第三伝唱红纸红，
时常摆卖在圩中；
正月便是新年节，
家家户户贴对红。

第四伝唱狮头红，
头大尾细[3]照平空；
正月便是年宵节，
家家户户都拜通。

第五伝唱珍珠红，
珍珠出在大海中；
谁人有了珍珠宝，
只有富贵卯忧穷。

第六伝唱槟榔红，
槟榔出在下广东；
槟榔细小人情大，
做了几多事情通。

[1] 伝：我。
[2] 卯：不。
[3] 细：小。

第七伝唱绉纱红，
绉纱出在下广东；
绉纱便是官家物，
百姓何曾穿做工。

第八伝唱银珠红，
银珠出在海南中；
银珠都属有钱个[1]，
哪个有钱就威风。

第九伝唱彩旗红，
时常摆卖在圩中；
旧时结婚人嫁女，
彩旗红红入村中。

第十伝唱牡丹红，
牡丹出在园里中；
妹会插花插一朵，
卯[2]会插花满头红。

流传地区：横县

演唱者：黄朝溢，男，40 岁，汉族，农民，初中文化，横县马岭乡马岭村人

搜集整理者：石必山，男，36 岁，壮族，干部，初中文化，横县马岭乡文化站人员

搜集时间及地点：1986 年 9 月搜集于横县马岭乡

来源：选自横县民间文学三套集成编委会编《横县歌谣集下册》（内部资料），1987 年 1 月

[1] 有钱个：有钱的人。

[2] 卯：不。

天地人间有十凶（汉族）

第一就是雷公[3]凶，
雷公打令[4]满天红；
雷叫[5]一声震天地，
谁人敢近佢[6]身中？

第二就是日头[7]凶，
几多冰雪都晒融；
天旱三年卯落雨[8]，
山上石头都晒松[9]。

第三就是江水凶，
江边石壁水击溶；
宁愿逆山卯逆水，
谁个逆水计全空。

第四就是山人[10]凶，
山人毛长又英雄；
山人身高又身大，
长时宿在山林中。

第五就是老虎凶，
百二斤猪吞肚中；
山中百兽都害怕，
害怕大王逞威风。

第六就是只牛凶，
独只膊头去帮工；

[3] 雷公：雷神。

[4] 打令：闪电。

[5] 雷叫：雷响。

[6] 佢：它。

[7] 日头：太阳。

[8] 卯落雨：不下雨。

[9] 松：碎散。

[10] 山人：野人。

有钱罗[1]只沙牛作，
朝作一工夜一工。

第七就是只象凶，
象瘦千斤亦英雄；
背脊生来弓箭样，
临当入阵冲便冲。

第八就是只马凶，
只马行路冇人同；
白马装鞍官人坐，
伐[2]打一鞭走如风。

第九就是犁口凶，
犁口去先犁得松；
正三二月春来到，
犁得田头田尾通。

第十就是雁鹅[3]凶，
雁鹅飞天丛叠丛；
雁鹅飞返门头企[4]，
叹弟无枪又无弓。

流传地区：横县

演唱者：刘增划，男，62岁，汉族，横县陶圩刘村人，农民，初小文化

搜集整理者：蒙琼伟，男，37岁，壮族，干部，横县陶圩文化站人员，初中文化

搜集时间及地点：1986年9月搜集于横县陶圩

来源：选自横县民间文学三套集成编委会编《横县歌谣集下册》(内部资料)，1987年1月

[1] 罗：买。
[2] 伐：抽。
[3] 雁鹅：大雁。
[4] 企：站。

问答歌[5](汉族)

问：也人脚板尺三阔？
也人头发丈三长？
也人老时亲眼见？
也人把尺就来量？

答：神仙脚板尺三阔，
观音头发丈三长，
龙母娘娘亲眼见，
鲁班把尺就来量。

问：二十四州边[6]州大？
二十四河边河深？
边州边市在里面？
边州在外耍风流？

答：二十四州广州大，
二十四河苦河[7]深，
柳州桂林在里面，
梧州在外耍风流。

问：什么地面起双关？
什么排头有船弯？
什么码头双铁柱？
什么庙在海中间？

答：梧州地面好双关，

[5] 此问答歌为船歌，流行于珠江一带。
[6] 边：哪个或哪条。
[7] 苦河：即黔江。

紧水排头有船弯，
天子码头双铁柱，
鸡笼洲庙海中间。

问：　什么地面好双关？
什么阵阵落西山？
什么滩头水浸石？
珍珠宝塔在何湾？

答：　桂平地头好双关，
日头阵阵落西山，
铜鼓山头水浸石，
珍珠宝塔在洋栏。

问：　什么落海身冇湿？
什么落地脚冇泥？
什么能打三腰鼓？
什么能唱落山歌？

答：　禽螺[1]落水身冇湿，
黄蜂落地脚冇泥，
田鸡[2]能打三腰鼓，
画眉能唱落山歌。

问：　问妹何木装高州？
问妹何木割案头？
问妹何木界[3]横板？
问妹何木界亚蜢[4]？

答：　柳州杉山装高州，
南宁櫶木界案头，
月中丹桂界横板，
头段河木界亚蜢。

问：　船头亚蜢有几对？
船中拱篷有几张？
几人开篾几人织？
几日工夫就织成？

答：　船头亚蜢有五对，
船中拱篷有五张，
四人开篾五人织，
九日工夫就织成。

[1]　禽螺：大蜘蛛。
[2]　田鸡：青蛙。
[3]　界：锯开的意思。
[4]　亚蜢：即用来固定船桨的木桩，形似蚱蜢腿。

流传地区：横县
演唱者：李秀英，女，57岁，汉族，船民，谢圩水运公司工人，不识字
搜集整理者：黎坚，男，30岁，汉族，干部，横县附城文化站人员，高中文化
搜集时间及地点：1986年10月搜集于横县谢圩
来源：选自横县民间文学三套集成编委会编《横县歌谣集下册》(内部资料)，1987年1月

盘问连（汉族）

盘问妹：　人唱歌词伝[5]亦传，
歌祖谁个造行先[6]？
又问何人造出水？
何人造水救良田？

奉还弟：　便是田横造行先，
便是雨师造出水，

[5]　伝：我。
[6]　行先：在先。

雨师造水救良田。

盘问妹：　第一第二何山大？
又问何山顶到天？
又问何山挂烟雾？
何花落地几千年？

奉还弟：　第一第二昆仑山，
便是昆仑顶到天，
峨眉山顶挂烟雾，
仙花落地七千年。

盘问妹：　昆仑便有几叉田？
上垌早禾得几百？
下垌晚禾得几千？

奉还弟：　昆仑便有九叉田，
上垌早禾得九百，
下垌晚禾得九千。

盘问妹：　何人数得天星尽？
何人放箭射上天？
何人抵痛[1]救父母？
何州藕叶出好莲？

奉还弟：　太白数得天星尽，
桂公放箭上青天，
友福抵痛救父母，
横州藕叶出好莲。

盘问妹：　何处大塘出好藕？
何处山水出良田？
又问何山出好木？
又问何处出八仙？

［1］　抵痛：忍痛。

奉还弟：　公狼大塘出好藕，
峨嵋山水出好田，
便是深山出好木，
桃源洞口出八仙。

盘问妹：　何人识得[2]天下尽？
何人得道在江边？
何人有翼飞天下？
何人细小在天边？

奉还弟：　天师识得天下尽，
韩湘得道在江边，
邓师有翼飞天下，
马倌细小在天边。

盘问妹：　古时有个何勿事[3]？
年轻细小去求仙？
求仙走人那处[4]去？
又着那门[5]送上天？

奉还弟：　古时有个后生仔，
年轻细小去求仙；
求仙走人弥陀去，
又着弥陀送上天。

流传地区：横县

演唱者：梁汉受，男，37岁，壮族，横县良圻周田村人，农民，初中文化

搜集整理者：陈友恩，男，23岁，汉族，干部，横县良圻文化站人员，高中文化

搜集时间及地点：1986年9月于横县

来源：选自横县民间文学三套集成编委会

［2］　识得：懂得。
［3］　何勿事：什么事。
［4］　那处：什么地方。
［5］　那门：什么。

编《横县歌谣集下册》（内部资料），1987年1月

盘问头（汉族）

盘问妹：　贴妹唱[1]，
　　　　　贴妹唱落盘问头。
　　　　　一只筛箕几多眼？
　　　　　一斤猪肉几多油？

奉还弟：　奉还十几弟金钩[2]；
　　　　　筛箕论只卯论[3]眼，
　　　　　猪肉论斤卯论油。

盘问妹：　天地便是何人造？
　　　　　何人造水满江流？
　　　　　又问何人造五谷？
　　　　　何人打令[4]在云头？

奉还弟：　天地本是盘古造，
　　　　　雨帝造水满江流，
　　　　　便是神农造五谷，
　　　　　五雷打令在山头。

盘问妹：　人民便是何人造？
　　　　　便是何人做动头[5]？
　　　　　造得人民几多姓？
　　　　　数千数万乐悠悠。

奉还弟：　人民便是伏羲造，
　　　　　伏羲兄妹做动头，
　　　　　造得人民数万姓，
　　　　　数千数万乐悠悠。

盘问妹：　何物出世有娘带？
　　　　　何物出世冇娘愁？
　　　　　何物生来骨包肉？
　　　　　冇娘孤寒日夜游。

奉还弟：　只鸡出世有娘带，
　　　　　只鸭出世冇娘愁，
　　　　　田螺生来骨包肉，
　　　　　冇娘孤寒日夜游。

盘问妹：　何物梳头卯洗面？
　　　　　何物洗面卯梳头？
　　　　　何物生来冇有颈？
　　　　　何物生眼卯生头？

奉还弟：　只马梳头卯洗面，
　　　　　只猪洗面卯梳头，
　　　　　条鱼生来冇有颈，
　　　　　螃蚶[6]生眼卯生头。

盘问妹：　何物冇骨游水底？
　　　　　何物冇翼满天游？
　　　　　何物要死大路上？
　　　　　何物死了队来收？

奉还弟：　蚂蟥冇骨游水底，
　　　　　日月冇翼满天游，
　　　　　蚯蚓死在大路上，
　　　　　蚁子死了队来收。

[1]　贴妹唱：陪妹唱。
[2]　弟金钩：民歌中按韵对对方的尊称。
[3]　卯论：不论。
[4]　打令：打闪，即闪电。
[5]　动头：带头。
[6]　螃蚶：螃蟹。

盘问妹：　何物生来满肚丝？
何物生来真醒头[1]？
何物生来四十脚？
何物生来亮油油？

奉还弟：　蜘蛛生来满肚丝，
生鸡[2]生来真醒头，
百足生来四十脚，
蜍虫[3]生来亮油油。

盘问妹：　深山大木几多莌[4]？
问有几多松柏木[5]？
又有几多莌屈头[6]？

奉还弟：　大木论山卯论莌，
松柏也是论山讲，
生来冇莌是屈头。

盘问妹：　问妹何人起高楼[7]？
起得高楼何人爱？
何人要乐过春秋？

奉还弟：　在前鲁班起高楼，
起得高楼人要乐，
少年要乐过春秋。

盘问妹：　木锯便是何人造？
便是何人做动头？
造得木锯几多齿？
又问那边是挡头？

[1]　醒头：醒目。

[2]　生鸡：公鸡。

[3]　蜍虫：一种在晚上能全身发光的小长虫。

[4]　莌：棵。

[5]　松柏木：松树。

[6]　屈头：树尖被物阻压向下弯曲生长。

[7]　起高楼：建高楼。

奉还弟：　木锯便是鲁班造，
便是鲁班做动头；
锯有三百六十齿，
冇齿那边是挡头。

盘问妹：　烧酒便是何人造？
便是何人做动头？
又问斤米几多酒[8]？
又放何物在里头？

奉还弟：　烧酒便是杜康造，
便是杜康做动头，
斤米半斤成双料，
又放酒饼在里头。

盘问妹：　问妹几时立横州？
立得横州何人住？
何人理事在里头？

奉还弟：　同正二年立横州，
立得横州官人住，
官人理事在里头。

盘问妹：　横州石龟有几只？
几只缩在衙门头？
几只偷吃王仓谷？
又问哪只着斩头[9]？

奉还弟：　横州石龟有四只，
两只缩在衙门头，
一只偷吃王仓谷，
东边那只着斩头。

[8]　斤米几多酒：一斤米能熬多少酒。

[9]　着斩头：被斩头。

流传地区：横县陶圩乡

演唱者：刘增划，男，62岁，汉族，横县陶圩乡刘村人，农民，初小文化

搜集整理者：蒙琼伟，男，37岁，壮族，干部，横县陶圩乡文化站人员，初中文化

搜集时间及地点：1986年9月于横县陶圩乡

来源：选自横县民间文学三套集成编委会编《横县歌谣集下册》（内部资料），1987年1月

盘问歌（汉族）

何勿[1]东西硬过铁？
何勿东西软过棉？
何勿东西深过海？
何勿东西大过天？

兄弟打跤[2]硬过铁，
夫妻和合软过棉，
父母恩情深过海，
孝顺父母大过天。

何物出门口向后？
何物出门口向前？
何物出门口向地？
何物出门口向天？

拮锹出门口向后，
拮犁出门口向前，
拮锄出门口向地，
担瓮出门口向天。

[1] 何勿：什么。
[2] 打跤：打架。

流传地区：横县南乡镇

演唱者：梁振轩，男，33岁，壮族，横县南乡镇人，农民，高小文化

搜集整理者：何小黎，女，23岁，汉族，横县南乡文化站人员，干部，高中文化

搜集时间及地点：1986年9月搜集于横县

来源：选自横县民间文学三套集成编委会编《横县歌谣集下册》（内部资料），1987年1月

盘问头（汉族）

问：　何物用口来行路？
何物造斗[3]水里头？
何物生来两张口？
何物生来两个头？

答：　田螺用口来行路，
螃蟹造斗水里头，
剪刀生来两张口，
铁钳生来两个头。

问：　何物有肉又无油？
何物有耳又无头？
何物开花不结果？
何物无花子结球？

答：　虾子有肉又无油，
铁锅有耳又无头，
牡丹开花不结果，
榕树无花子结球。

问：　何物有头又无尾？

[3] 造斗：造窝。

何物有尾又无头？
何物无骨土里长？
何物无骨水里游？

答：　蟒蟹有头又无尾，
田螺有尾又无头，
蚯蚓无骨土里长，
蚂蟥无骨水里游。

问：　何物平平不生草？
何物尖尖不生芽？
何物头戴青绿帽？
何物头开牡丹花？

答：　镜面平平不生草，
牛角尖尖不生芽，
鸭公[1]头戴青绿帽，
公鸡头开牡丹花。

问：　何物出门口向地？
何物出门口朝天？
何物出门口向后？
何物出门口朝前？

答：　撑伞出门口向地，
担箩出门口朝天，
拮[2]铲出门口向后，
拮犁出门口朝前。

问：　何物无骨死路上？
何物无骨又来收？
何物有脚走不得？
何物无脚过村游？

［1］　鸭公：雄鸭。
［2］　拮：扛。

答：　蚯蚓无骨死路上，
蚂蚁无骨又来收，
台凳有脚走不得，
阳伞无脚过村游。

流传地区：横县良圻乡

搜集整理者：梁汉受，男，37岁，壮族，横县良圻乡周田村人，农民，初中文化

搜集时间及地点：1986年9月21日搜集于横县

来源：选自横县民间文学三套集成编委会编《横县歌谣集下册》（内部资料），1987年1月

问答（汉族）

问：　什么开花不结子，
什么结子不开花？
什么无脚走天下，
什么独脚走万家？

答：　玉兰开花不结子，
香梅结子不开花，
大船无脚走天下，
雨伞独脚窜万家。

问：　什么变幻在天空，
什么弯曲在水中，
什么水面撑大伞，
什么与水有相逢？

答：　乌云变幻在天空，
田螺弯曲在水中，
藕叶水面撑大伞，
江河萍水有相逢。

问：　　什么开花细蒙蒙，
什么开花喇叭筒？
什么开花同碗大，
什么开花满山红？

答：　　牛甘开花细蒙蒙，
砧瓜开花喇叭筒，
葵子开花同碗大，
杜鹃开花满山红。

问：　　什么呼吸两头通，
什么走路响隆隆？
什么性子最过急，
什么落水全身红？

答：　　手拉风箱两头通，
火车走路响隆隆，
火药性子算最急，
苏木落水一身红。

流传地区：宾阳县

演唱者：陆洋

搜集整理者：王启智、陆有全

搜集时间及地点：1986 年 6 月 6 日搜集于宾阳县陆华村

来源：选自宾阳县民间文学三套集成编委会编《中国民间文学三套集成宾阳县歌谣卷》（内部资料），1987 年

拆字番[1]（汉族）

千重绿水万重山，
八斗才郎赴远间；
日影西斜常垂泪，
香闺懒整旧时颜。

西山尤谈碧兰房，
示我伤心懒整装；
风雨凄凄情切切，
飘浮魂梦在世间。

木在深山高过山，
十夜思君九夜烦；
又侧世上无伴鸟，
枝上画眉空唱弹。

丝结绫罗绣牡丹，
士居高官思家还；
口是心非非君子，
结爱桃源敬鲁班。

水在洞中三春暖，
户外葱茏遍野山；
犬吠非君空自喜，
泪落胸前湿裙衫。

草木逢春又出叶，
化身人意梦亦还；
匕旨[2]非甘难下咽，
花开满园竞红颜。

三水合流归大海，
草庐茅舍也须攀；
各人各言须紧记，
落榜状元心自烦。

[1]　拆字番是民间游戏歌的一种，每首歌拆的是第四句头一个字，连起来读便是：香飘枝结泪，花落蝶含愁。

[2]　匕旨：药材名。

虫在深山诸多名，
世上难逢百岁颜；
木老逢春叶又发，
蝶飞花园竞无难。

人穷志短非真理，
官府差使欺民间；
口诛笔伐皆无用，
含冤为阴何许颜。

禾熟垌中农夫乐，
火上加油催债还；
心欲舒坦波又起，
愁心百姓在世间。

流传地区：横县

演唱者：莫家源

搜集整理者：韦艺文

搜集时间及地点：1986 年 9 月搜集于陶圩乡上莫村

来源：选自横县民间文学三套集成编委会编《横县歌谣集下册》（内部资料），1987 年 1 月

擂台对[1]（汉族）

封山割草怕带头，
钝刀杀鸭怕开喉；
今日相逢伝对唱，
同把经验共交流。

闻你唱歌有名头，
胜过上林凑宾州；

我是鱼蒙塘内活，
未曾出过大江湖。

唱歌好比戏台上，
笛凑胡弦大众和；
瘦肉开汤我顺口，
椤落细缸我怕抖[2]。

闻兄卖艺有名头，
走过南京凑杭州；
生来你吃清闲饭，
蚂蝗两头滑油油。

今日上台把戏耍，
大众卖些个工夫；
你唱过来我就答，
初抱鸭儿是个铺[3]。

唱歌毋怕上山头，
出门毋怕雨淋头；
百二斤钢打把剑，
特定留来耍工夫。

酒逢知己多杯饮，
狗肉舔酸有汁头；
唱歌比似人吃饭，
合口多吞三两瓯。

上山割草下山收，
草刀毋利石头磨；
柴草茨蔸妹都砍，
钝刀硬剃大人头。

[1] 即席对唱，随唱随答。

[2] 抖：取水，本句意思是我怕和你对歌。

[3] 抱：孵。铺：一次。

上锈大刀任你锉，
新买帽儿[1]妹戴头；
细氓[2]看鸭我跟你，
千祈莫踏众人禾。

旗开得胜鬼神忧，
独马单枪战几州；
上阵交兵正几合，
败将残兵尽被俘。

春种秋收争季节，
七月花生我想劏[3]；
妹你好比花生豆，
想挖哪蔸就哪蔸。

新栽金竹滑油油，
嫩笋生高过老蔸；
八月花生拿去榨，
放你上箍榨出油。

肩挑泥箕去割草，
我是特来对你收；
小鬼去摸老人耳，
想而亚公敲你头。

新筑塘基种蕹菜，
嫩老连根一起搜[4]；
唱歌比似大江水，
滔滔不绝落滩头。

扛锹出门去挖蛤，
这次同时抓扁头[5]；
金银包铁都捉尽，
你只扁头去哪牟[6]？

瞎眼涎蛇闯过界，
白手想抓吊蠹窝[7]，
鸡蛋想碰马卵石，
砂煲敢来碰鼎锅。

狗吠大虫[8]毋识死，
白手想来挡耙头；
七月黄蜂八月蠹，
大火一把烧你窝。

上水鲮鱼你先抢，
迟早总之落网篼；
捉归破肚成只煮，
煎你这把老骨头。

白眼细鱼起大浪，
万只煮来毋够瓯；
拿榜去戽东洋海，
取你骨酸腰又勾。

三年牛屎你老粪，
雨淋热晒你轻浮；
三山竹篾织个斗，
一斗戽干洞庭湖。

糯米做糍尽量轴，
轴到拆经慢再和；
做唱正同人比武，

[1] 帽儿：小孩布帽。
[2] 细氓：小孩子。
[3] 劏：挖。
[4] 搜：拔。
[5] 扁头：吹风蛇。
[6] 牟：蹲。
[7] 吊蠹窝：吊在树上的蜂窝。里面的蜂是蜂中最恶。
[8] 大虫：老虎。

我两开拳赛工夫。

黏米做糍硬大轴，
放你落镥难得浮；
硬糍射狗狗都死，
浪荡把娘洗坏锅。

牵纱上机出力撞，
看你细纱怎耐磨；
望你纱线条条好，
不然浪荡费工夫。

四两猪头得个嘴，
料你块皮毋点油；
贼抢扛郎你无礼，
你烧生烟太顶喉。

水泥塘渡你口硬，
我用钢钎对你鰳；
七月十四破鸭肚，
顺手又扯你硬喉。

无字天书你毋识，
万卷诗书读哪科？
碓砍拿来做帽戴，
取你脚弹头又勾。

十年攻书入学院，
大学四年读本科；
猪肚翻来做帽戴，
取你兼些臭名头。

白蚁做窝菩萨肚，
明识老头我也搜；
隔墟发糕拿去卖，
你为捞钱毋计馊。

雷劈木根你老鬼，
瞎眼点灯白费油；
黄豆落镥放大火，
炒你全身焦又枯。

尺九大镥炒黄豆，
千补还强过鼎锅；
切断黄鳝逐截卖，
再短还长过泥鳅。

鳅短鳝长鲢口阔，
现时又切鲈鱼头；
刀切鲈鱼逐粒卖，
我拿秤来照眼勾。

十三山竹织戽斗，
织得成来走去抖；
一斗戽干东洋海，
看你乌龟去哪牟。

脚穿新鞋走路紧，
恐怕雨天走路溇[1]；
鸡落麻篮你缠轴，
韭菜做糍怕你馊。

真金不怕炉中火，
利刀毋用石头磨；
八豆煮来做饭吃，
怕你眼同死田螺。

上山你逢猫抓茨，
十有九程你被勾；
你毋侧身小心过，
勾你皮穿血又流。

[1] 溇：路滑。

磨刀上山砍柴头，
想砍哪蔸就哪蔸；
今日碰中丁当茨[1]，
舍命砍柴毋怕勾。

九月乡里砍甘蔗，
你这根芽毋好留；
吐饥铛边拿粥杓，
我是专来对你逗[2]。

落雨瓠田被水浸，
眼见烂了你根瓠；
几多瓠藤都烂了，
何况你根细六苏[3]。

初教沙猫打辘轴，
量你难出大力头；
轴轴缠缠拉毋去，
耙到三朝溢毋浮。

牛童耙田因得势，
禾苗高过芭芒[4]蔸；
牛落细塘去相打，
鱼轴死齐湴也浮。

落雨耙田你够水，
棒落染缸你滑头；
拿罾去打大水圳，
为鱼你想全身图。

水笕过江你高架，
你比油罂口滑头；

上墟买着鸡兰菜，
我早已知你耗油[5]。

你是江中只螃蟹，
大棒一伸敲你头；
棒打螃蟹取你缩，
毋敢横行到处游。

拿网出门遇中獭，
碰中鸬鹚我更嬲；
上山去砍铁灵木，
再硬也难当斧头。

扛枪出门去打鹤，
遇中百劳鸡也扣[6]；
打跌百劳我也取，
慢慢捉归逐只搜。

大虫坐在石头上，
若你碰中屎尿流；
想吃山珍老虎胆，
反被大虫吃骨头。

毋怕景阳白额虎，
难挡武松棒棍头；
莲花盖顶劈力打，
连时取你命呼呜。

新种杉木满山头，
毋怕火烧大斧头；
火烧也有壬癸水，
斧头也怕大烘炉。

[1] 丁当茨：长利的刺。
[2] 逗：惹弄。
[3] 细六苏：小茄子。
[4] 芭芒：多年生草本植物。
[5] 耗油：形容一个人东游西荡。
[6] 鸡也扣：扣鸟枪的扳机。

泥批墙壁着雨打，
你想毋和就毋和；
八九月天藕好卖，
为了得钱尽量嬲。

你为贪钱夜挖藕，
踩断藕筒人毋欧[1]；
马楼[2]去捞水底月，
麻袋绣花费坏绸。

扛钎出门去撬石，
石毋露头我也嬲；
等我凿通放横药，
喊声取你上云头。

我是村边根大木，
声声句句想交流；
妹屋大门铁石柱，
白蚁看见都摇头。

白蚁宿归门角住，
正是公鸡死对头；
若是公鸡扒中你，
多有一些毋够喉。

阉猪顺阉老鸡头，
刀割肚皮毋割喉；
毋怕你今痛在肚，
怕你夹生[3]尽力闹。

独只公鸡你阉去，
一村鸡母为哥愁；
留只公鸡来做种，
毋有鸡头枉抱窝[4]。

出世共儿[5]正三日，
杀只公鸡敬花婆；
顺便洗盘姜酒水，
免把公婆嫌你馊。

姜酒冲水洗儿子共，
又洗你抓老骨头；
脚踩瓜皮识你滑，
滑过石山老马楼。

马楼做得小儿药，
专治五疳有名头；
出世你成疳积病，
差些条命去呜呼。

马楼你是凭山强，
落得底山头就勾；
又怕米糖鸡屎扒，
又怕烟筒敲你头。

猴王坐镇水帘洞，
乌猿你着拜金猴；
金猴奋起千钧棒，
专打妖精白骨头。

你是金猴毋算恶，
又着唐僧上头箍；
箍你个头你喊死，
连时跪地去哀求。

[1] 人毋欧：人不买，或人不取。
[2] 马楼：指猴子。
[3] 夹生：阉不彻底。
[4] 抱窝：母鸡孵蛋。
[5] 共儿：孩子。

唐僧靠我如来佛，
如来佛祖赐金箍；
几多良言你不信，
险些丢你老骨头。

墟中摆摊毋你份，
山上芭芒你那蔸？
山大无柴算是你，
毋如矮岭出柴头。

山大有柴又藏宝，
矮岭柴头有几蔸？
扛铡上山去而你，
挖你一蔸又一蔸！

帽笠着虫你顶烂，
取你个头戴铁箍；
头戴铁箍也难保，
雨打青萍取你浮。

头上点灯我顶火，
青石我做人硬头；
任你风吹任雨打，
铜皮铁骨硬功夫。

秋去春来堂上燕，
你是南飞北也游；
你入人家借屋住，
到了冬天无处牟。

江边起屋落石脚，
你讲我浮硬毋浮；
家内有男又有女，
天长地久稳千秋。

日新月异多变幻，
有日我能上月球；
吴刚捧出桂花酒，
嫦娥微笑打招呼。

月球怎比天宫美，
玉皇请我去遨游；
金童为我端茶水，
殷勤玉女献花球。

唱去唱来讲天话，
你拉我扯费工夫；
你是半斤我五两，
同轻同重两平和。

叶包鸡追[1]我收尾，
人屋散墟收摊铺；
歌比天星唱不尽，
晒谷天阴大众收。

流传地区：宾阳县

演唱者：封国添、黄秀英

搜集整理者：王启智、陆有全、黄龙琼

搜集时间及地点：1986 年农历八月十五日搜集于宾阳县县城山歌晚会

来源：选自宾阳县民间文学三套集成编委会编《中国民间文学三套集成宾阳县歌谣卷》（内部资料），1987 年

典故对（汉族）

邀兄唱，
兄妹现今唱古人；
唱歌最好唱典故，

[1] 鸡追：鸡尾尖。

知你同心毋同心？
同意你提唱典故，
塘虱鱼行咬尾跟；
何人造天又造地，
是谁共造世间人？

陪奉你，
答兄所问古时人；
盘古造天又造地，
伏羲兄妹造人民。
我又再来问句你，
问你古时神与人；
哪王大德天和合，
哪王大旱十三春？

答吝[1]你，
吝你古时神与人；
雷王大德天和合，
汤王大旱十三春。
我又再来问句你，
历代皇帝为人民；
哪个当王发大水，
如何治水救人民！
答复你，
答兄所问帝皇君；
夏禹当皇发大水，
三过家门不探亲。

又问你，
帝皇残暴是谁人？
不顾民生谷米贵，
饿死几多善良民！
答你听，
历史暴君害人民；
纣王三年谷米贵，
饿死千千万万人。
再问一声人咳人，
历史人民恨暴君；
是谁伐讨安邦国，
国富民强气象新？

陪奉你，
纣王暴虐失民心；
武王伐讨安邦国，
神州大地得回春。
大海撑船你够水，
问你管天管地人；
何人能数天星斗，
是谁簿记世间人？
你听真，
过去管天管地人；
玉皇管天数星斗，
阎王簿记世间人。
我又再来问一问，
问你古时聪明人；
何人聪明他死早，
是谁著书教后人？

请你听，
中国古时出圣人；
颜回聪明他死早，
孔子著书教后人。
停一停，我问你，
问兄两个发明人；
是谁总结造纸术，
印刷何人又创新？

奉还你，
总结造纸是蔡伦；
毕昇创新印刷术，

[1] 吝：讲，告诉。

两位都是宋朝人。
问你历史圣医手，
他是哪朝哪姓人？
医学成家哪两个？
谁是体操创始人？
华佗他和张仲景，
两家都是东汉人；
两位都是圣医手，
张是体操创始人。
落雨耘田你够水，
问你答来事事成；
谁人酿酒谁人饮，
谁人饮酒醉三春？
奉还你，还咳人[1]，
提问两人你听真；
杜康酿酒刘伶饮，
刘伶饮酒醉三春。

再问你，
鲁班他是哪朝人？
鲁班别名叫什乜，
称他哪样祖师君？
奉还你，
鲁班生于鲁国人；
公输班是他名字，
称他木匠祖师君。

再问你，
谁是养蚕织布人？
裁缝染造是谁创，
请兄一二吝分明。
奉还你，
黄道婆婆创织布，
嫘祖养蚕织丝裙；
裁缝祖师轩辕氏，
葛洪染造色花新。

又问你，
是谁造笔写书文？
豆腐又是谁人创，
人民生活谁关心。

陪奉你，
陪奉两人你听真：
豆腐祖师是乐毅，
蒙恬造笔写诗文。
史载我国寿星人，
他是何朝史官臣？
享受寿元几百岁，
是否有诗作证吟？
彭祖寿元八百岁，
商周两朝史官人。
诗曰："柱杖彭铿叩铜鼓，
经寻我语觅余声"。

最后又来问一问，
问件东西不问人；
何物数尽山木叶，
何王数尽海鱼鳞？
奉还你，
答你所问要听真；
细雨数尽山木叶，
龙王数尽海鱼鳞。

流传地区：宾阳县

演唱者：黄龙琼、黄秀英

搜集整理者：王启智、陆有全

搜集时间及地点：1986年中秋节搜集于宾阳宾州镇灯光球场

来源：选自宾阳县民间文学三套集成编委

[1] 咳：给。

会编《中国民间文学三套集成宾阳县歌谣卷》(内部资料)，1987 年

匆匆路去一程烟（汉族）

（回文诗）[1]

东西任意极遥天，
健角鹏飞独往前，
鸿爪雪流难自料，
马蹄双陷恸人怜。
风边袖拂狂吟客，
月底杯邀醉梦仙，
同抱素心真个小，
匆匆路去一程烟。

流传地区：横县

演唱者：莫家源

搜集整理者：韦艺文

搜集时间及地点：1986 年 9 月搜集于横县陶圩乡上莫村

来源：选自横县民间文学三套集成编委会编《横县歌谣集下册》(内部资料)，1987 年 1 月

凉风动水碧莲香（汉族）

（回文诗）

香莲碧水动风凉，
水动风凉夏日长；
长日夏凉风动水，
凉风动水碧莲香。

[1] 回文诗是民间的一种游戏诗，此诗从上而下顺读，从下而上倒读都可以。

流传地区：横县

演唱者：谢洁遂

搜集整理者：黎坚

搜集时间及地点：1986 年 11 月 8 日搜集于横县大和村

来源：选自横县民间文学三套集成编委会编《横县歌谣集下册》(内部资料)，1987 年 1 月

新景妙人迎舞燕（汉族）

（连环诗）[2]

春元晓燕舞迎人，
燕舞迎人妙景新，
新景妙人迎舞燕，
人迎舞燕晓元春。

夏炎嬉蝶恋群花，
蝶恋群花映朝霞，
霞朝映花群恋蝶，
花群恋蝶嬉炎夏。

秋霜夜白泛芦洲，
白泛芦洲浅水流，
流水浅洲芦泛白，
洲芦泛白夜霜秋。

冬寒积雪雾高松，
雪雾高松古秀容，
秀容古松高雾雪，
松高雾雪积寒冬。

[2] 连环诗是民间的一种游戏诗，必要时也可以用歌唱出。这种诗在书写上，可将所用到的文字按顺序写成一个圆圈，让人判读，借此考察才智，并借以娱乐。

流传地区：横县

演唱者：卢汗瑞，男，汉族，马岭乡新塘村人，农民，初中文化

搜集整理者：石必山

搜集时间及地点：1986 年 9 月搜集于横县马岭乡新塘村

来源：选自横县民间文学三套集成编委会编《横县歌谣集下册》（内部资料），1987 年 1 月

江南一树梅花发（汉族）

（连环诗）

江南一树梅花发，
一树梅花发白潺，
花发白潺春色到，
白潺春色到岸然。
岸然白白云烟起，
白白云烟起云山，
烟起云山流水向。
云山流水向江南。

流传地区：横县

演唱者：孙重光，男，汉族，农民，马岭乡马岭村人

搜集整理者：石必山

搜集时间及地点：1986 年 9 月搜集于横县马岭乡马岭村

来源：选自横县民间文学三套集成编委会编《横县歌谣集下册》（内部资料），1987 年 1 月

石岩春色转弯弯（汉族）

（连环诗）

江南一树梅花发，
一树梅花发石岩，
花发石岩春色转，
石岩春色转弯弯。
弯弯滴滴云烟起，
滴滴云烟起半山，
烟起半山云水响，
半山云水响江南。

流传地区：横县

演唱者：谢洁遂

搜集整理者：黎坚

搜集时间及地点：1986 年 11 月 8 日搜集于横县大和村

来源：选自横县民间文学三套集成编委会编《横县歌谣集下册》（内部资料），1987 年 1 月

藏头诗[1]（汉族）

李哥在西妹在东，
朝看日出一点红；
荣华富贵妹不想，
同心造福正英雄。
志愿造福情哥你，
和合齐眉佳偶浓；
你有何情待寄语，
谈心两年订婚融。

[1] 藏头诗古已有之，其中心内容由每句的头一个字连接起来表达，如这首的中心内容就是："李朝荣同志，和你谈句知心话，林杜妹与哥结交深情意长"。至于诗句的意义可以相同，也可以相反。

句半话儿哥记紧，
知己知彼妹心松；
心里话儿难说尽，
话长纸短无文风。
林妹在东哥在西，
杜鹃啼春桃花丛；
妹心花香莺问情，
与你勤奋建勋功。

哥情真佳待妹来，
结意冰心玉壶中；
交合凝霜枫林红，
深如幽谷峦叠峰。
情哥友爱甜如蜜，
和鸣凤凰屏相通；
意结姻缘如金玉，
长情永结胸怀中。

流传地区：横县

演唱者：方昌

搜集整理者：方昌

搜集时间及地点：1986年9月搜集于横县新福乡陈村

来源：选自横县民间文学三套集成编委会编《横县歌谣集下册》（内部资料），1987年1月

十月果品歌（汉族）

（水上民歌）

正月蜜柑甜津津，
拜年拜祖敬亲人。
二月马蹄清又脆，
放落碟中叠麒麟。
三月枇杷一泡蜜，
千祈莫要连核吞[1]。
四月桃子话好食，
心里核子满花纹。

五月荔枝红了脸，
压坠枝杈逗人馋。
六月白榄好匀陈[2]，
扎箍打钉落纷纷[3]。

七月沙梨多又多，
瓦缸收藏盐水浸。
八月蜜柚黄又黄，
想吃拜月慢再分。

九月塘中采菱角，
成筐成担挑回村。
十月万寿曲绕果，
老人吃了添寿辰。

流传地区：南宁邕江一带

演唱者：何广锋，男，船民，初中文化

搜集整理者：李启梧，男，壮族，初中文化，南宁市邕宁区那楼镇罗马小学教师

来源：选自邕宁民间文学三套集成编委会编《中国民间文学三套集成邕宁县民间歌谣集》（内部资料），1987年

[1] 枇杷核有毒，曾有人煨熟多吃身亡。

[2] 匀陈：均匀。

[3] 榄树高大，果实采摘不易，人们便在树干上用藤条扎箍，再打上钉子，让果实吸收不到水分，从而纷纷掉落下来。

十头歌[1]（汉族）

上头来趁[2]下头圩，
丫头来买大头鱼，
腰头掏钱抬头数，
两头输赌一头赢，
多谢事头。

流传地区：南宁邕江一带

演唱者：杨雪玲，女，船民

搜集整理者：陈再明

来源：选自中国民间文学三套集成南宁市领导小组编《南宁市歌谣》（内部资料），1987 年

果菜歌（汉族）

兄嫂呀！
正月芥兰二月荞，兄嫂！
三月黄瓜大担街买。
（以下开头叹句从略）
四月还有南华李，兄嫂！
荔枝五月栽满枝头。
六月黄皮街有卖，兄嫂！
白榄落盐正好和味。
七月沙梨还有钉，兄嫂！
甩枝龙眼还带酸味。
八月中秋仙娘诞，兄嫂！
各人买饼贺仙娘。
九月风筝随地转，兄嫂！
放条长线入乌云。
十月柑橙人说好，兄嫂！
柑要剥皮橙要破。
十一月近冬十二月又近年，
兄嫂！
各人又去揾饭钱。

流传地区：南宁邕江一带

演唱者：梁亚喜，女

搜集整理者：陈再明

来源：选自中国民间文学三套集成南宁市领导小组编《南宁市歌谣》（内部资料），1987 年

创世古歌（壮族）

男：　今晚到这里，
来唱造世歌；
众姐妹若欢迎，
就同来把歌唱。

女：　今晚到这里，
山歌阵阵急；
众兄弟多伶俐，
先把歌头提。

男：　哪个排第一，
开劈建天地？
哪个排第二，
造地连造田？

女：　盘古排第一，
开劈建天地，
伏羲排第二，
造地连造天。

[1] 一天，一位渔人到街上卖鱼，一位姑娘上前要买鱼，渔人说，你能一下子唱出十个头，我就白送一条鱼给你，姑娘想了想，开口便唱了此歌。

[2] 趁：方言，即“赶”。

男：　哪个排第三，
首先建家业？
哪个排第四，
钻木能起火？

女：　神农排第三，
首先建家业，
燧人排第四，
钻木能起火。

男：　哪个排第五，
要竹做房屋？
什么排第六，
开河道消灾？

女：　有巢氏排第五，
竹子来造房屋，
夏禹皇排第六，
开河道消洪灾。

男：　哪个排第七，
造纸给人民？
哪个第八皇，
教百姓读书？

女：　蔡伦排第七，
造纸给人民，
孔子不是皇，
教百姓读书。

男：　哪个排第九，
拿斧打墨尺？
哪个排第十，
国家得统一？

女：　鲁班排第九，
拿斧打墨尺，
秦始皇第十，
把国家统一。

流传地区：马山县

搜集整理者：红波、清源、道亮

搜集时间及地点：1986 年搜集于马山县片联乡

来源：选自马山县民间文学三套集成编写小组编，马山县文化局、马山县文化馆印《中国民间文学三套集成马山县歌谣卷（二）》（内部资料），1987 年 6 月

庐山番（壮族）

得唱也连共妹唱，
也连唱落庐山番[1]，
若妹肚间[2]还得弟，
弟就共妹长肚间[3]。
庐山学堂何人造？
何人教学在庐山？
教得几多正子弟？
又问哪个长肚间？
庐山学堂鲁班造，
孔子教学在庐山，
教得三千正子弟，
啱[4]得颜回长肚间。

庐山学堂高几丈？
里头小屋几多间？

[1] 庐山番：庐山是此歌要唱的内容，番是此歌所用的韵。横县的传统歌谣多半用这种格式定名。

[2] 肚间：知识，肚才。

[3] 长肚间：长知识。

[4] 啱：刚、只。

便有几多间向北？
又有几多间向南？
庐山学堂高万丈，
里头小屋七千间，
便有三千间向北，
又有四千间向南。

屋上几多童子瓦[1]？
几多级[2]落几多翻？
又问几多条梁格？
几丈律码[3]过封山[4]？
十万有多童子瓦，
半份级去半份翻，
便有四千条梁格，
四丈律码过封山。

庐山学堂何样向？
何向大门正对南？
几重门口几重锁？
几重锁头几重关？
庐山学堂坐丙向，
丙向大门正对南，
八重门口九重锁，
九重门锁十重关。

知得会唱卯[5]会唱？
知得会还卯会还？
完了庐山歌一韵，
两头卯见月中间。

流传地区：横县

演唱者：何昌武，男，63岁，横县校椅乡（现校椅镇）草衣村人，壮族，农民，初小文化

搜集整理者：韦艺文，男，42岁，壮族，干部，横县文化局人员，初中文化

搜集时间及地点：1986年9月搜集于横县校椅乡（现校椅镇）草衣村

来源：选自横县民间文学三套集成编委会编《横县歌谣集下册》（内部资料），1987年1月

盘问番（壮族）

东西南北都唱了，
伝唱一声盘问番，
若妹真心共弟唱，
几大[6]共妹唱大餐[7]。

盘问妹：贵县[8]原来有几山？
又问几多是石壁？
又问几多是石山？

奉还[9]弟：贵县原来有四山，
便有四山是石壁，
一面原来是石山。

盘问妹：何处有个桂林山？
南山[10]何岭对何岭？
问弟何庙向归南？

[1] 童子瓦：屋檐瓦。
[2] 级：俗语，即瓦面向下，称为公瓦。瓦面向上为翻，称为母瓦。
[3] 律码：山墙宽度的单位术语。
[4] 封山：山墙。
[5] 卯：不。

[6] 几大：无论如何。
[7] 大餐：很长时间。
[8] 贵县：地名，在横县东北方向。
[9] 奉还：奉命还歌。
[10] 南山：山名，位于横县县城南面。

奉还弟：　桂州[1]有个桂林山，
南山正对五娘岭，
就是娘娘庙向南。

盘问妹：　何处有个镇龙山？
镇龙出有几条水？
几条流去几条返？

奉还弟：　横州有个镇龙山，
镇龙出得五条水，
三条出桂两条返。

盘问妹：　几条大路通灵山[2]？
几条专到支元国[3]？
几条专到海南山[4]？

奉还弟：　三条大路通灵山，
一条专到支元国，
两条专到海南山。

盘问妹：　横州[5]问有几重山？
几个山头几个庙？
几个向东几向南？

奉还弟：　横州便有五重山，
五个山头五个庙，
就是娘娘庙向南。

盘问妹：　横州寺庙几多间？
横州便是何池大？
问妹何庙向归南？

[1]　桂州：地名，即现桂林市。
[2]　灵山：地名。
[3]　支元国：地名。
[4]　海南山：地名。
[5]　横州：地名。

奉还弟：　横州寺庙七十间，
横州便是龙池大，
就是娘娘庙向南。

盘问妹：　佛山寺庙几多间？
又问几多石狮子？
几个仙人把门关？

奉还弟：　佛山寺庙八十间，
三十余三石狮子，
四个仙人把门关。

盘问妹：　桃源洞口几重山？
几个山头几个雀？
何雀头污身又斑？

奉还弟：　桃源洞口五重山，
五个山头五双雀，
喜鹊头污身又斑。

盘问妹：　桃源洞口几条幡？
又问几条绕卯[6]过？
几条大路白潺潺？

奉还弟：　桃源洞口五条幡，
便有两条绕卯过，
三条大路白潺潺。

盘问妹：　何人坐在学明山？
何神坐在六壬庙？
又问何人坐高山？

奉还弟：　天师坐在学明山，
仙姑坐在六壬庙，

[6]　卯：不。

天师弟子坐高山。

盘问妹：何人教学在庐山？
又问何年去入学？
又问何年正给返[1]？

奉还弟：孔子教学在庐山，
甲子年来去入学，
直到丙寅年给返。

盘问妹：何物黑黑走入屋？
何物斑斑走入山？
何物四脚走卯得？
何物独脚转弯弯？

奉还弟：只牛黑黑走入屋，
老虎斑斑走入山，
台盘[2]有脚走卯得，
纱车[3]独脚转弯弯。

盘问妹：何处有条李白水？
何处有个望夫山？
何处有个阴阳井？
何处有个鬼门关？

奉还弟：广东有条李白水，
广西有个望夫山，
陆川有个阴阳井，
贵县有个鬼门关。

盘问妹：何人上山去捉虎？
何人落水捉龙返？

[1] 正给返：才让回。

[2] 台盘：桌子。

[3] 纱车：纺车，它只有一个转轮，因此谓独脚。

何人石上孵鸡蛋？
何人天上转弯弯？

奉还弟：赵公[4]上山去骑虎，
邓公[5]落水捉龙返，
孔坚[6]石上孵鸡蛋，
雷公[7]天上转弯弯。

盘问妹：何处山头有个庙？
何人骑虎行出山？
望见何山出紫水？
何山白象又来拦？

奉还弟：石马山[8]头有个庙，
赵公骑虎出山行，
望见横州[9]出紫水，
南山白象[10]又来拦。

盘问妹：何处山头弯弯转？
何处有个大娘山？
何物闻声卯见面？
何物见面喊卯返？

奉还弟：般南山头弯弯转，
横州有个大娘山，
雷公闻声卯见面，
日头[11]见面喊卯返。

盘问妹：又问何人管天下？

[4] 赵公：人名。

[5] 邓公：人名。

[6] 孔坚：人名。

[7] 雷公：神名。

[8] 石马山：山名。

[9] 横州：横县县城，“紫水呈祥”是横州古八景之一。

[10] 白象：白象岭，在今白沙渡，通往南山必经于此。

[11] 日头：太阳。

又问何人管千山？
何人冇屋[1]岭头住？
何人落水捉龙返？

奉还弟：天上雷公管天下，
地上土神管千山，
马骝[2]冇屋岭头住，
邓公落水捉龙返。

盘问妹：又问何人造得火？
何物唱歌在高山？
又问何人造得海？
何人出在海中央？

奉还弟：自古赵公造得火，
车子唱歌在高山，
便是八仙造得海，
魁王出在海中间。

盘问妹：又问何人识某数[3]，
借得明明肚中间？
又问何人教笔字，
教书笔字留人间？

奉还弟：法六判官识某数，
借得明明肚中间，
自古鲁班教笔字，
教书笔字是鲁班。

流传地区：横县

演唱者：韦德米，男，42岁，壮族，横县校椅乡（现校椅镇）草衣村人，农民，高小文化

[1] 冇屋：没有房屋。

[2] 马骝：猴子。

[3] 识某数：未卜先知的数。

搜集整理者：韦艺文，男，42岁，壮族，横县校椅乡（现校椅镇）草衣村人，干部，县文化局人员，初中文化

搜集时间及地点：1986年9月3日搜集于横县校椅乡（现校椅镇）

来源：选自横县民间文学三套集成编委会编《横县歌谣集下册》（内部资料），1987年1月

时辰歌（壮族）

一年十二个季节，
你讲哪季好；
一天有哪十二个时辰，
请告诉我听。

一年十二个季节，
每一个季节都好；
一天有十二个时辰，
讲你好好听。

子时是老鼠的时辰，
大家一起来杀它；
因为它咬衣服又损害庄稼，
它害连千家万家。

丑时是牛的时辰，
它为人出大力；
每天吃草来充饥，
帮人拖犁又拖耙。

寅时是老虎的时辰，
它性暴躁又凶恶；
常要吃人肉，
碰见心胆寒。

卯时是兔子的时辰，
人要懂得饲养；
把养法传给大家，
懂得养才能发财。

辰时是龙的时辰，
可是谁也未见龙是怎么样；
这些都是古时传下来的，
没有谁亲眼见过。

巳时是蛇的时辰，
它能保护东西；
它这个很厉害，
专门抓老鼠吃。

午时是马的时辰，
人靠骑它走上走下；
拉着大车隆隆响，
一天到晚帮人来做工。

未时是羊的时辰，
它常进菜园吃人家菜秧；
它的全身都是宝，
养它富也快。

申时是猴子的时辰，
它一年四季住山头；
山山弄里的玉米未成熟，
它就偷来吃。

酉时是鸡的时辰，
早晚为人啼鸣；
它是家养的动物，
全身肉毛都有用。

戌时是狗的时辰，
它为人们看家守财；
皮和肉都有用，
它是人类的好朋友。

亥时是猪的时辰，
发家致富全靠它；
有方法养得好，
穷人变富人。

十二个生物，
有益有害明显分；
歌就唱到这里，
要分别对待它们才行。

家当要安排好，
歌谱分类唱；
驯养要勤快，
行行都吃香。

流传地区：马山县

搜集整理者：红波、清源、道亮

搜集时间及地点：1986 年搜集于马山县片联乡

来源：选自马山县民间文学三套集成编写小组编，马山县文化局、马山县文化馆印《中国民间文学三套集成马山县歌谣卷（二）》（内部资料），1987 年 6 月

十二生肖歌（壮族）

子时属老鼠，
门角转噜噜，
人睡着寂静，
出来偷吃谷。

丑时属耕牛，
拉犁肩软透，
不走挨鞭打，
泡沫流出口。

寅时属老虎，
住山弄峡谷，
碰见人走过，
咬死吃人肉。

卯时属于兔，
吃花草忙碌，
天黑不得回，
钻草丛投宿。

辰时属于龙，
蜷缩在海中，
四月出来走，
水漫白蒙蒙。

巳时属长蛇，
嘴里含毒汁，
全身长又长，
爬行体拖泥。

午时属马匹，
拉磨转原地，
碾黄豆玉米，
整日跑不息。

未时属山羊，
吃树叶爬墙，
拉它去行礼，
啼哭似孩腔。

申时属猕猴，
食物贮囊兜，
过山攀陡崖，
找果吃不休。

酉时属于鸡，
生蛋脸耳赤，
孵蛋二十天，
雏下地吃米。

戌时是属狗，
客到汪汪吠，
少一天不喂，
卧床底不吠。

亥时属懒猪，
好风流自在，
最大三百斤，
杀上街摆卖。

流传地区：隆安县南圩镇一带

演唱者：陈耀铄，男，壮族，隆安县南圩镇光明村人，农民，高小文化

搜集整理者：陈维局、许汝芬

翻译者：曹秀扬

搜集时间及地点：1986 年 9 月搜集于隆安县

来源：选自隆安县民间文学三套集成编委会编《中国民间文学三套集成隆安县歌谣集第三集》（内部资料），1987 年 8 月

十二生肖歌（瑶族）

妹：子时是属于什么兽物的时辰，
它偷米又怕猫把它捕捉？
五鬼又是什么坏东西，

专门啃啮咱兄弟的财物？

哥：　子时是老鼠的时辰，
它偷油偷米又怕猫把它捕吃，
五鬼也是讨厌的老鼠，
它专门啮咬咱兄弟的东西。

妹：　丑时是什么兽物的时辰，
天未亮就出栏去田垌？
丑时是什么兽物的时辰，
它早早就出门去做工？

哥：　丑时是牛的时辰，
它早早出栏去田垌，
丑时是牛出栏去做工，
它勤勤恳恳为人劳动。

妹：　寅时是什么兽物的时辰，
抢它儿子打它它也不跑掉？
寅时是什么兽物活动的时刻，
它平时最爱睡在火灶边？

哥：　寅时是老虎的时辰，
你抢儿子怎么打它也不走，
寅时是老猫的时刻哩，
它最爱在火边睡大觉[1]。

妹：　卯时是什么兽物的时辰，
它常到石洞里去做窝？
卯时是什么动物做工的时刻，
它常挖土洞做房子住？

哥：　卯时是兔子的时辰，
它常到石洞里去造窝，
卯时是兔子做工的时辰，
它也常挖土洞当房子住。

妹：　辰时是什么兽物的时辰，
它们在大海兴风作浪？
辰时是什么兽物的时刻，
它们在水里吐雾吞云。

哥：　辰时是龙的时辰，
它们在大海里兴风作浪，
辰时是鲤鱼跳龙门的时候[2]，
它们在水里尽情欢狂。

妹：　巳时是什么兽物的时辰，
太阳一照它就跑进洞里？
巳时是什么兽物的时辰，
它总离不开塘边地呢？

哥：　巳时是蛇的时辰，
它最怕热常常穿在草地里，
巳时是蛀蛇的时辰，
它经常住在塘边烂泥中。

妹：　午时是什么兽物的时辰，
主人骑在它身上鞭打飞奔？
午时是什么兽物的时辰，
太阳刚刚升到天的顶中？

哥：　午时是马的时辰，
主人骑在身上鞭打行走不停顿，
午时是兽王出行的时辰[3]，
太阳照正中，千军万马即奔腾。

[1]　瑶家常把猫称为小老虎。

[2]　瑶家常把鲤鱼称为龙。

[3]　瑶家常把马称为兽王。

妹：　未时是什么兽物的时辰，
它成群出栏奔拥山坡？
未时是什么兽物的时辰，
天黑了它成群结队走回窝？

哥：　未时是山羊的时辰，
山羊出栏上山坡吃百草，
待到太阳落下山岗，
它也从山上回归羊栏。

妹：　申时是什么兽物的时辰，
它常翻崖越壁住山洞？
申时是什么兽物的时辰，
它常爬树攀藤轻如云鹰？

哥：　申时是猿猴的时辰，
它常翻崖越壁寻食物，
申时是熊人活动的时辰[1]，
它常爬树攀藤穿岩洞。

妹：　酉时是什么兽物的时辰，
它一叫太阳就升起[2]？
酉时是什么兽物的时辰，
它常在树上引吭鸣啼？

哥：　酉时是金鸡的时辰，
它一鸣啼太阳就从东方升起，
酉时是飞鸟云集的时辰，
它常云集在树上鸣啼。

妹：　戌时是什么兽物的时辰，
夜间它常守在主人家门口？
戌时是什么兽物的时辰，
人老远走来它预先知道？

哥：　戌时是狗的时辰，
它常守卫在主人家的大门，
戌时是狗工作的时辰，
当它听到生人的脚步就吼叫。

妹：　亥时是什么兽物的时辰？
它常睡在栏里肥滚溜溜，
一日三餐要吃米饭，
不会说话吃得胀如牛。

哥：　亥时是猪的时辰，
一天到晚在栏里睡大觉，
一日三餐要吃大米饭，
不会说话只会喊叫。

流传地区：马山县

演唱者：韦永英，瑶族，80岁，农民，初小文化；韦秀王，瑶族，40岁，农民，不识字；蓝正生，瑶族，30岁，农民，初中文化

搜集整理者：红波，壮族，46岁，文化馆干部；韦善标，瑶族，33岁，农民，初中文化

搜集时间及地点：1986年4月搜集于马山县内学村五弄屯

来源：摘自马山县民间文学三套集成编写组，马山县文化局、文化馆编印《中国民间文学三套集成马山县歌谣卷（四）瑶族下册》（内部资料），1987年7月

[1]　瑶家常把猿猴称为熊人。
[2]　酉时，下午五、六点，此时正当月出之际，有“太阳金鸡”的传说。

问物歌[1]（瑶族）

妹：　什么出世界，
照亮我百姓？
什么长天下，
来养我人民？

哥：　日月星出世界，
照亮我百姓。
五谷长天下，
来养我人民。

妹：　什么出世界，
吃千斤米都不够？
什么在天下，
日走千里路？

哥：　大象出世界，
吃千斤米都不够。
飞马在天下，
一日走千里。

妹：　什么出世界，
吃肉来养命？
什么在天下，
吃草来充日？

哥：　虎猫出世界，
吃肉来养命。
牛马在天下，
吃草来度日。

妹：　什么出世界，
吃桃果来度日？
什么在天下，
吃酒肉养命体？

哥：　猴子出世界，
吃桃果来度日。
人类在天下，
吃酒肉养命体。

妹：　什么出世界，
死不离开水？
什么生天下，
死不离开土？

哥：　鱼虾出世界，
死不离开水。
草木生天下，
死不离开土。

妹：　什么出世界，
不见小过便？
什么在天下，
不见大过便？

哥：　鸡鸭出世界，
不见小过便。
草木在天下，
不见大过便。

妹：　什么出世界，
味香满街市？
什么生天下，
味苦人心头？

哥：　八角出世界，
味香满街市。
黄连生天下，

[1]　这首歌谣是瑶家在过节日办喜酒时常唱的欢乐歌。

味苦人心头。

妹：　什么出世界，
人吃它身水？
什么生天下，
人吸它的气？

哥：　甘蔗出世界，
人吃它的水。
烟叶生天下，
人吸它的气。

妹：　什么出世界，
不吃母生奶？
什么生天下，
不见父母生？

哥：　鸡仔出世界，
不吃母生奶。
鸭仔生天下，
不见父母生。

妹：　什么出世界，
人类生物都爱它？
什么出天下，
人类生物都靠它？

哥：　清水出世界，
人类生物都爱它。
太阳出天下，
人类生物都靠它。

妹：　什么出世界，
能救病人命？
什么生天下，
人吃它就死？

哥：　仙草出世界，
能救病人命。
断肠草生天下，
人吃它就死。

妹：　什么出世界，
能帮人做工？
什么生天下，
能助人走路？

哥：　牛驴出世界，
能帮人做工。
马骡生天下，
能替人行路。

妹：　什么出世界，
人抓不住它？
什么流天下，
刀砍它不断？

哥：　风气出世界，
人抓不住它。
河水流天下，
刀砍不断它。

妹：　什么出世界，
给人来报晓？
什么生天下，
常给人守哨？

哥：　金鸡出世界，
给人来报晓。
金狗生天下，
常给人守哨。

妹：　什么出世界，

吃斤起不来？
什么生天下，
吃两不得了？

哥：　酒精出世界，
喝斤起不来。
辣椒生天下，
吃两不得了。

妹：　什么出世界，
给人爱过命？
什么在天下，
人爱过母亲？

哥：　黄金出世界，
给人爱过命。
美女在天下，
人爱过母亲。

妹：　什么出世界，
一生最勤劳？
什么生天下，
一生最贪玩？

哥：　蜜蜂出世界，
一生最勤劳。
蝴蝶生天下，
一生最贪玩。

妹：　什么出世界，
杀它也不走？
什么在天下，
不动它也跑？

哥：　山岭出世界，
杀它也不跑。
雨水在天下，
不动它也跑。

妹：　什么出世界，
能融化成水？
什么生天下，
上大变成雨？

哥：　冰雪出世界，
能融化成水。
蒸气生天下，
上天变成雨。

妹：　什么出世界，
下水它就灭？
什么生天下，
入土不见它？

哥：　火子出世界，
下水它就灭。
雨水生天下，
入土不见它。

妹：　什么出世界，
帮友扫灰尘？
什么淋天下，
帮友来洗澡？

哥：　大风出世界，
帮友扫灰尘。
大雨淋天下，
帮朋友洗澡。

流传地区：马山县

演唱者：袁桂玲，瑶族，80 岁，农民，不识字；韦永英，瑶族，80 岁，农民，初小

文化；蒙照玲，瑶族，75岁，农民，不识字

搜集整理者：红波，壮族，46岁，文化馆干部；韦善标，瑶族，33岁，农民，初中文化

搜集时间及地点：1986年9月搜集于马山县古零乡提东村、民族村弄茶屯

来源：选自马山县民间文学三套集成编写组，马山县文化局、文化馆编印《中国民间文学三套集成马山县歌谣卷（四）瑶族下册》（内部资料），1987年7月

物象歌[1]（瑶族）

女：　请问一声风水哥，
母猪衔草来垫窝，
天气将要怎么样？
烦大哥哥告诉我。

男：　回你一声风流妹，
母猪衔草来垫窝，
预兆寒潮将来到，
告诉小妹请记住。

女：　请问一声风水哥，
炎热天气狗呛水，
天气将要怎么样？
烦大哥哥告诉我。

男：　回你一声风流妹，
炎热天气狗呛水，
大雨马上就来到，
告诉小妹请记住。

女：　问你一声风水哥，
狗猫他们换毛早，
天气将要怎么样？
烦大哥哥告诉我。

男：　回你一声风流妹，
狗猫他们换毛早，
今年冬季冷得快，
告诉小妹请记住。

女：　问你一声风水哥，
鸡宿迟是为何因，
鸡早出笼又为何？
烦大哥哥告诉我。

男：　回你一声风流妹，
鸡宿迟预兆阴雨，
鸡早出笼雨将到，
告诉小妹请记住。

女：　问你一声风水哥，
炎热天鸡晒翅膀，
天气将要怎么样？
烦大哥哥告诉我。

男：　回你一声风流妹，
炎热天鸡晒翅膀，
大雨将从天下降，
告诉小妹请记住。

女：　问你一声风水哥，
麻雀噪喳天将怎么样？
麻雀在水里洗澡天又将怎么样？
大哥哥呀告诉我。

[1] 据传这是瑶家的风水仙公韦龙飞在游山玩水观龙看物时于凤岭山和一群妹仔（未婚女性）相遇时对答的物象歌。

男：　回你一声风流妹，
麻雀噪喳喳天晴朗，
麻雀洗澡雨将到，
告诉妹妹要记住。

女：　问你一声风水哥，
燕子姐妹低低飞，
天气将要怎么样？
烦大哥哥告诉我。

男：　回你一声风流妹，
燕子姐妹低低飞，
大雨马上就来到，
告诉小妹请记住。

女：　问你一声风水哥，
燕子做窝垫草多，
天气又要怎么样？
烦大哥哥告诉我。

男：　回你一声风流妹，
燕子做窝垫草多，
今年雨量将是多，
告诉小妹请记住。

女：　问你一声风水哥，
假若白鸟飞来早，
天气将有何变化？
烦大哥哥告诉我。

男：　回你一声风流妹，
如果白鸟飞来早，
今年雨水来得快，
告诉小妹请记住。

女：　问你一声风水哥，
群雁南飞为什么，
群雁北飞怎么说？
烦大哥哥告诉我。

男：　回你一声风流妹，
群雁南飞天将冷，
群雁北飞转暖和，
告诉小妹请记住。

女：　问你一声风水哥，
老天久雨鹧鸪啼，
天气将怎么变化？
烦大哥哥告诉我。

男：　回你一声风流妹，
老天久雨鹧鸪啼，
很快转晴天气好，
告诉小妹请记住。

女：　问你一声风水哥，
乌鸦成群飞又叫，
天气将要怎么样？
烦大哥呀告诉我。

男：　回你一声风流妹，
乌鸦成群飞又叫，
寒潮很快就来到，
告诉小妹请记住。

女：　问你一声风水哥，
大白天猫头鹰叫，
天气将要怎么样？
恭请大哥多指教。

男：　回你一声风流妹，
白天猫头鹰啼叫，

天降大雨将来到，
告诉小妹请记住。

女：　问你一声风水哥，
工蜂采蜜迟归巢，
天气将要怎么样？
烦大哥哥告诉我。

男：　回你一声风流妹，
工蜂采蜜迟归巢，
将有风吹雨来到，
告诉小妹请记住。

女：　问你一声风水哥，
三尾虫成群扑灯，
天气将要怎么样？
烦大哥哥告诉我。

男：　回你一声风流妹，
三尾虫成群扑灯，
大雨不久就来临，
告诉小妹请记住。

女：　问你一声风水哥，
青蛙集中来鼓噪，
天气将要怎么样？
烦大哥哥告诉我。

男：　回你一声风流妹，
青蛙集中来鼓噪，
很快就有大雨到，
告诉小妹请记住。

女：　问你一声风水哥，
蜘蛛忙碌碌补网，
天气将要怎么样？
烦大哥呀告诉我。

男：　回你一声风流妹，
蜘蛛忙碌织大网，
天气就要大晴朗，
告诉小妹请记住。

女：　问你一声风水哥，
大蛇小蛇来拦路，
天气将要怎么样？
烦大哥呀告诉我。

男：　回你一声风流妹，
大蛇小蛇来拦路，
狂风暴雨就来到，
告诉小妹请记住。

女：　问你一声风水哥，
蚯蚓封洞口，
天气将要怎么样？
烦大哥呀告诉我。

男：　回你一声风流妹，
蚯蚓封洞口，
将有大雨到，
告诉小妹请记住。

女：　问你一声风水哥，
蚂蚁搬家到高处，
天气将发生怎么变化？
烦大哥呀告诉我。

男：　回你一声风流妹，
蚂蚁搬家到高处，
大雨将来水满地，
告诉小妹请记住。

女：　　问你一声风水哥，
蚂蚁向低处搬家，
天气将要怎么样？
烦大哥呀告诉我。

男：　　回你一声风流妹，
蚂蚁向低处搬家，
今年天就要干旱，
告诉小妹请记住。

女：　　问你一声风水哥，
黑蚁搬土来垒窝，
天气将要怎么样？
烦大哥呀告诉我。

男：　　回你一声风流妹，
大黑蚂蚁垒高窝，
狂风暴雨就要到，
告诉小妹请记住。

女：　　问你一声风水哥，
鲤鱼成群来放蛋，
天气将要怎么样？
请大哥哥告诉我。

男：　　回你一声风流妹，
鲤鱼成群来放蛋，
不涨洪水雨也狂，
告诉小妹请记住。

女：　　问你一声风水哥，
甲鱼放蛋窝成窝，
天气将要怎么样？
请大哥哥告诉我。

男：　　回你一声风流妹，
甲鱼放蛋窝成窝，
洪水涨到田边来，
告诉小妹请记住。

女：　　问你一声风水哥，
桌上盐罐返潮湿，
大气将要怎么样？
请大哥哥告诉我。

男：　　回你一声风流妹，
盐罐返潮湿漉漉，
噼哩啪啦下大雨，
告诉小妹请记住。

女：　　问你一声风水哥，
榕树叶经冬不落，
天气将要怎么样？
烦大哥呀告诉我。

男：　　回你一声风流妹，
榕树叶经冬不落，
今年要有倒春寒，
告诉小妹请记住。

女：　　问你一声风水哥，
桐果树开花时候，
天气将要怎么样？
烦大哥呀告诉我。

男：　　回你一声风流妹，
当桐果树开花时，
高山平地断霜雪，
告诉小妹请记住。

流传地区：马山县

演唱者：兰公平，瑶族，75 岁，农民，不识字；罗公林，瑶族，86岁，农民，初小文化；唐公现，壮族，81岁，教员，初中文化；韦公考，瑶族，95岁，农民，不识字；韦祖基，瑶族，86岁，农民，初小文化；韦永英，瑶族，80岁，农民，初小文化；韦桂哥，瑶族，80岁，农民，初小文化

搜集整理者：红波，壮族，46岁，文化馆干部；韦善标，瑶族，33岁，农民，初中文化

搜集时间及地点：1986年10月搜集于马山县瑶族地区

选自：马山县民间文学三套集成编写组，马山县文化局、文化馆编印《中国民间文学三套集成马山县歌谣卷（四）瑶族下册》（内部资料），1987年7月

天象歌[1]（瑶族）

女：　请问你风水哥，
日出像胭脂一样红，
今天天气将是怎么样，
请大哥给我讲一讲。

男：　告诉你风流妹，
早上日出像胭脂红，
天不下雨就是生风，
请妹记心中。

女：　请问你风水哥，
黄日照射后天边，
天气将是怎么样，
请大哥告诉我知先。

男：　告诉你风流妹，
黄日它照后天边，
明天将要发大雨水，
请妹记住莫等闲。

女：　请问你风水哥，
月亮边边撑红伞，
明天将要怎么样，
请大哥你谈谈看。

男：　告诉你风流妹，
月亮如果撑红伞，
明天将要下大雨，
不信请妹明天看。

女：　请问你风水哥，
月亮撑黄伞，
天气将要发生什么变化，
请大哥告诉我。

男：　告诉你风流妹，
月亮如果撑黄伞，
明天将要下小雨，
请妹妹你要记住。

女：　请问你风水哥，
月亮撑黑伞，
天将有怎么变化，
请大哥告诉我。

男：　告诉你风流妹，
月亮如果撑黑伞，
明天将是大晴天，
告诉了妹请记住。

[1]　据传这是瑶家的风水仙公韦龙飞，在游山玩水观龙看物时，在风岭和一群妹仔（未婚女性）相遇，继而对答的天象歌。

女：　请问你风水哥，
月亮撑蓝伞，
明天天气怎么样，
请大哥告诉我。

男：　告诉你风流妹，
月亮如果撑蓝伞，
明天将会多风云，
不信明天看。

女：　请问你风水哥，
日晕将怎么样，
月晕将怎么样，
请大哥告诉我。

男：　告诉你风流妹，
日晕是三更雨，
月晕是午时风，
千万要记住。

女：　请问你风水哥，
月亮、太阳绕大华天将怎么样，
月亮、太阳绕小华天将怎么样，
大哥能否对我讲？

男：　告诉你风流妹，
月亮、太阳绕大华是晴天，
月亮、太阳绕小华是雨天，
请妹记住莫丢过一边。

女：　请问你风水哥，
天上星星哭含泪，
天气将有何变化，
请大哥说给我听。

男：　告诉你风流妹，
天上星星哭含泪，
马上有雨来淋头，
告诉妹妹要记住。

女：　请问风水大哥哥，
天气久晴发射线，
大气将有何异样，
大哥呀请告诉我。

男：　告诉风流小妹妹，
天气久晴发射线，
不久有雨来扑面，
告诉妹妹要记住。

女：　请问风水大哥哥，
东方若现出彩虹，
天气将有啥变化，
大哥呀请告诉我。

男：　告诉风流小妹妹，
东方若有彩虹出，
天气将是大晴朗，
告诉妹妹要记住。

女：　请问风水大哥哥，
西方若有彩虹出，
天气将是怎么样，
大哥哥请告诉我。

男：　告诉风流小妹妹，
西方若有彩虹出，
上苍马上降大雨，
告诉妹妹要记住。

女：　请问风水大哥哥，
早上天边起红霞，

天气将有何变化，
大哥哥呀告诉我。

男：　告诉风流小妹妹，
早上天空泛红霞，
晚上一定下大雨，
告诉妹妹要记住。

女：　请问风水大哥哥，
晚上天边起红霞，
天气又将怎么样，
大哥哥请告诉我。

男：　告诉风流小妹妹，
晚上天边泛红霞，
日头辣辣晒死鱼，
告诉妹妹要记住。

女：　请问风水大哥哥，
假若大火烧天空，
天气将是怎么样，
大哥呀请告诉我。

男：　告诉风流小妹妹，
假若大火烧天空，
天气出现大干旱，
告诉妹妹要记住。

女：　请问风水大哥哥，
老天久晴有大雾，
天气将是怎么样，
大哥哥请告诉我。

男：　告诉风流小妹妹，
老天久晴有大雾，
天空就要降雨了，
告诉妹妹要记住。

女：　请问风水大哥哥，
老天久雨有大雾，
天气将是怎么样，
大哥哥请告诉我。

男：　告诉风流小妹妹，
老天久雨有大雾，
天气将要变晴朗，
告诉妹妹要记住。

女：　请问风水大哥哥，
早上看见雾罩地，
天气将是怎么样，
大哥哥呀告诉我。

男：　告诉风流小妹妹，
早上看见雾罩地，
天气将要大晴朗，
告诉妹妹要记住。

女：　请问风水大哥哥，
天打直雷怎么样，
天打横雷怎么样，
大哥哥呀告诉我。

男：　告诉风流小妹妹，
天打直雷下小雨，
天打横雷下大雨，
告诉妹妹要记住。

女：　请问风水大哥哥，
西北方若打闪电，
风雨将是怎么样，
大哥呀请告诉我。

男：　告诉风流小妹妹，
西北方若打闪电，
风雨来快过也快，
告诉妹妹要记住。

女：　请问风水大哥哥，
天气闷热风又静，
老天将要怎么样，
大哥呀请告诉我。

男：　告诉风流小妹妹，
天气闷热风又静，
雷雨强烈势不轻，
告诉妹妹要记住。

女：　请问风水大哥哥，
晚看西北方暗黑，
天气将要怎么样，
大哥哥呀告诉我。

男：　告诉风流小妹妹，
晚看西北方暗黑，
半夜定有风雨到，
告诉妹妹要记住。

女：　请问风水大哥哥，
空中一黑又一亮，
天气将要怎么样，
大哥呀请告诉我。

男：　告诉风流小妹妹，
天空一黑又一亮，
天上大雨来不息，
告诉妹妹要记住。

女：　请问风水大哥哥，
中午太阳一现一隐，
天气将有何转变，
大哥呀请告诉我。

男：　告诉风流小妹妹，
中午太阳一现一隐，
天将久雨才有晴，
告诉妹妹要记住。

女：　请问风水大哥哥，
早上太阳热辣辣，
天气将有何变化，
大哥哥呀告诉我。

男：　告诉风流小妹妹，
早上太阳热辣辣，
过午一定有雨下，
告诉妹妹要记住。

女：　请问风水大哥哥，
天上星星光闪烁，
天气将是怎么样，
大哥呀请告诉我。

男：　告诉风流小妹妹，
天空星星光闪烁，
大雨来临时不远，
告诉妹妹要记住。

女：　请问风水大哥哥，
空中漏秋十八缸，
天气将是怎么样，
大哥呀请告诉我。

男：　告诉风流小妹妹，
空中漏秋十八缸，

几天几夜雨不停，
告诉妹妹要记住。

女：　请问风水大哥哥，
雨后还下小细雨，
天气将是怎么样，
大哥呀请你告诉我。

男：　告诉风流小妹妹，
大雨过后下细雨，
天晴不久变阴天，
告诉妹妹要记住。

女：　请问风水大哥哥，
大雨过后下阵雨，
天气将是怎么样，
大哥呀请告诉我。

男：　告诉风流小妹妹，
大雨后又来阵雨，
天将要有晴朗日，
告诉妹妹要记住。

女：　请问风水大哥哥，
天旱如果刮东风，
天气将要怎么样，
大哥呀请告诉我。

男：　告诉风流小妹妹，
天旱如果刮东风，
天气不会有雨下，
告诉妹妹要记住。

女：　请问风水大哥哥，
阴雨天又刮东风，
天气将怎么样子，
大哥呀请告诉我。

男：　告诉风流小妹妹，
阴雨天又刮东风，
细雨绵绵天晴天，
告诉妹妹要记住。

女：　请问风水大哥哥，
连绵阴雨刮南风，
天气又将怎么样，
大哥呀请告诉我。

男：　告诉风流小妹妹，
连绵阴雨刮南风，
天气很快就转晴，
告诉妹妹要记住。

女：　请问风水大哥哥，
连绵小雨起大风，
天气将要怎么样，
大哥呀请告诉我。

男：　告诉风流小妹妹，
连绵小雨起大风，
天气将要转晴了，
告诉妹妹要记住。

女：　请问风水大哥哥，
下雨之前先刮风，
天气将是怎么样，
大哥哥请告诉我。

男：　告诉风流小妹妹，
如果雨前先刮风，
下雨就不会长久，
告诉妹妹要记住。

女：　请问风水大哥哥，
下雨之后未生风，
雨期是长或是短，
大哥呀请告诉我。

男：　告诉风流小妹妹，
下雨之后未生风，
雨水连续总不停，
告诉妹妹要记住。

女：　请问风水大哥哥，
如果云雾往东飞，
天气将是怎么样，
大哥呀请告诉我。

男：　告诉风流小妹妹，
云雾如果往东飞，
近期不会有雨水，
告诉妹妹要记住。

女：　请问风水大哥哥，
如果东云往西飞，
天气又将怎么样，
大哥呀请告诉我。

男：　告诉风流小妹妹，
如果云雾往西飞，
天将降雨洒人间，
告诉妹妹要记住。

女：　请问风水大哥哥，
早上起来雾水大，
天气将是怎么样，
请大哥呀告诉我。

男：　告诉风流小妹妹，
如果早上雾水大，
天气晴朗就得久，
告诉妹妹要记住。

女：　问一声风水大哥，
如果寒潮过去了，
大气将要怎么样，
大哥哥呀告诉我。

男：　答一声风流妹妹，
寒潮如果过去了，
天气将要转晴日，
告诉妹妹请记住。

女：　问一声风水哥哥，
一朝突然西风起，
天气又将怎么样，
告诉我一下哥哥。

男：　回你一声风流妹，
一朝突然西风起，
天上一定有霜降，
告诉妹妹请记住。

女：　问你一声风水哥，
一朝有霜又没了，
天气又将怎么样，
大哥哥呀告诉我。

男：　回你一声风流妹，
一朝有霜就没了，
天气晴日不久长，
告诉妹妹要记住。

女：　问你一声风水哥，
有霜三朝又没了，

天气将是怎么样，
大哥哥呀告诉我。

男：　回你一声风流妹，
三朝有霜就没了，
天气将会长久晴，
告诉妹妹要记住。

女：　问你一声风水哥，
白日暖来夜寒冷，
天气将有何变化，
大哥哥请告诉我。

男：　回你一声风流妹，
白日暖来夜寒冷，
将要出现大旱天，
告诉妹妹要记住。

女：　问你一声风水哥，
白日暖来夜也暖，
天气又将怎么样，
大哥哥呀告诉我。

男：　回你一声风流妹，
白日暖来夜也暖，
天将很快降大雨，
告诉妹妹要记住。

女：　问你一声风水哥，
天边上有馒头云，
天气将要怎么样，
大哥哥呀告诉我。

男：　回你一声风流妹，
天边若生馒头云，
天气长久大晴朗，
告诉妹妹要记住。

女：　问你一声风水哥，
天上出现鱼鳞斑，
天气将又怎么样，
大哥哥呀告诉我。

男：　回你一声风流妹，
天上出现鱼鳞斑，
晒谷必定不用翻，
告诉妹妹要记住。

女：　问你一声风水哥，
天上有毛玻璃云，
天气又将怎么样，
大哥哥呀告诉我。

男：　回你一声风流妹，
天上有毛玻璃云，
未来将有小雨下，
告诉妹妹要记住。

女：　问你一声风水哥，
天上出现豆荚云，
天气又将怎么样，
烦大哥呀告诉我。

男：　回你一声风流妹，
天上若有豆荚云，
太阳辣辣晒煞人，
告诉小妹要记住。

女：　请问一声风水哥，
天空布满龙鳞斑，
天气将是怎么样，
大哥哥呀告诉我。

男：　回你一声风流妹，
天空布满鱼鳞斑，
天不下雨也风颠，
告诉小妹请记住。

女：　请问一声风水哥，
天上出现勾勾云，
天气又将怎么样，
烦大哥呀告诉我。

男：　回你一声风流妹，
天上出现勾勾云，
不久将要雨淋淋，
告诉小妹请记住。

女：　请问一声风水哥，
天上勾勾云消散，
天气将有何变化，
烦大哥呀告诉我。

男：　回你一声风流妹，
天上勾勾云消散，
天气晴朗多干旱，
告诉小妹请记住。

女：　请问一声风水哥，
天空出现铁砧云，
天气又将怎么样，
请大哥哥告诉我。

男：　回你一声风流妹，
天空出现铁砧云，
不久地上水淋淋，
告诉小妹要记住。

女：　请问一声风水哥，
天上云积聚宝塔，
天气将有何变化，
烦大哥呀告诉我。

男：　回你一声风流妹，
天上云积聚宝塔，
不久将有雨哗哗，
告诉小妹请记住。

女：　问你一声风水哥，
云上乌头天怎样，
云上白头天怎样，
请大哥哥告诉我。

男：　回你一声风流妹，
云上有乌头将生大风，
云上有白头将下大雨，
告诉小妹请记住。

女：　问你一声风水哥，
天上乌云接落日，
天气又将怎么样，
烦大哥哥告诉我。

男：　回你一声风流妹，
天上乌云接落日，
下雨逃不过今明日，
告诉小妹请记住。

女：　请问一声风水哥，
天空出现悬球云，
天气又将怎么样，
烦大哥哥告诉我。

男：　回你一声风流妹，
天空出现悬球云，

雷雨猛烈下不停，
告诉小妹请记住。

女：请问一声风水哥，
天上出现梨桃云，
天气又将怎么样，
烦大哥哥告诉我。

男：回你一声风流妹，
天上出现梨桃云，
不久将有雨来临，
告诉小妹请记住。

女：请问一声风水哥，
早上天有棉絮云，
天气又将怎么样，
烦大哥哥告诉我。

男：回你一声风流妹，
早上天有棉絮云，
下午雷鸣倾盆雨，
告诉妹妹请记住。

女：请问一声风水哥，
早上天云积碉堡，
天气将要怎么样，
烦你大哥告诉我。

男：回你一声风流妹，
早上天云积碉堡，
预兆大雨快来到，
告诉妹妹请记住。

女：请问一声风水哥，
天上出现赶羊云，
天气将有何兆头，
烦你大哥告诉我。

男：回你一声风流妹，
天上出现赶羊云，
预兆有雨也不猛，
告诉妹妹请记住。

女：请问一声风水哥，
日落西边有射脚，
天气将要怎么样，
烦你大哥告诉我。

男：回你一声风流妹，
日落西方有射脚，
三天之内有雨落，
告诉妹妹请记住。

女：请问一声风水哥，
山戴帽天将怎样，
云拦腰天将怎样，
烦大哥哥告诉我。

男：回你一声风流妹，
山戴帽将有雨下，
云拦腰雨将来到，
告诉小妹请记住。

女：请问一声风水哥，
天上如果云绞云，
天气将会怎么样，
烦大哥哥告诉我。

男：回你一声风流妹，
天上如果云绞云，
天将降下雨淋淋，
告诉了妹请记住。

女：　请问一声风水哥，
西北方天上开锁，
天气将是怎么样，
烦大哥呀告诉我。

男：　回你一声风流妹，
西北方天上开锁，
午后将见太阳出，
告诉了妹请记住。

流传地区：马山县

演唱者：兰公平，瑶族，82岁，农民，初中文化；罗公荣，瑶族，73岁，农民，不识字；唐公现，壮族，80岁，教员，初中文化；韦公英，瑶族，92岁，农民，初小文化；韦桂哥，瑶族，80岁，农民，初小文化；袁桂玲，瑶族，80岁，农民，不识字

搜集整理者：红波，壮族，46岁，文化馆干部；韦善标，瑶族，33岁，农民，初中文化

搜集时间及地点：1986年10月搜集于马山县瑶族地区

选自：马山县民间文学三套集成编写组，马山县文化局、文化馆编印《中国民间文学三套集成马山县歌谣卷（四）瑶族下册》（内部资料），1987年7月

8

生活赞歌

十大碗（汉族）

（唱叹）

兄嫂呀！
第一碗线鸡[1]上台是白切[2]，
兄嫂！
芫荽盖面麻油淋。

兄嫂呀！
第二碗上台芙蓉燕，
兄嫂！
味料烩落又清甜。

兄嫂呀！
第三碗明虾烩碎肉，

[1]　线鸡：阉割了的公鸡。
[2]　白切：白切鸡。

兄嫂！
芝麻盖顶熟油淋。

兄嫂呀！
第四碗上台鱿鱼片，
兄嫂！
鱿鱼砌成彩莲船。

兄嫂呀！
第五碗上台三星蚝士（牡蛎）落碟砌，
兄嫂！
落齐小碟请姑尝。

兄嫂呀！
第六碗上台炖全鸭，
兄嫂！
落齐材料引得娥媚。

兄嫂呀！
第七碗上台五柳鱼，
兄嫂！
酸甜蜜味请姑来尝。

兄嫂呀！
第八碗上台固蹄肉，
兄嫂！
冬菇莲子烩得清甜。

兄嫂呀！
第九碗上台鱼丸滚（打）汤得胜果，
兄嫂！
味料烩落脆夹清甜。

兄嫂呀！
第十碗上台红皮扣，
兄嫂！
嫂哥帮手砌成金钱。

兄嫂呀！
十大碗摆开样样有，
兄嫂！
你姑食下寿千年。

流传地区：南宁邕江一带

演唱者：胡月朋，女，船民

搜集整理者：陈再明

来源：选自中国民间文学三套集成南宁市领导小组编《南宁市歌谣》（内部资料），1987年

唱歌打动喜人间（壮族）

唱歌打动喜人间，
民俗歌声响潺潺；
社会和谐世界好，
我来唱欢你来还。

鸟儿冇离得青山，
快乐冇离唱歌班；
现时有福冇识享，
老了如同水落滩。

流传地区：横县石塘镇

演唱者：黄桂醒，男，汉族，1945年9月23日出生，横县石塘镇石塘村委黄屋村人

搜集整理者：梁肇佐、陈钰文

搜集时间及地点：2012年9月搜集于横县石塘歌圩

赞福旺（壮族）

福旺建在黄金地，
人民生活年胜年；
好比上楼吃甘蔗，
步步登高节节甜。

石狮蘑菇名声传，
一年产值百万元；
人修水利门前过，
这条正是好财源。

大沙硬叶人心坚，
水泥村路勇争先；
村村大楼平地起，
麻雀难找旧廊檐。

山洪颜塘景色鲜，
西南砖厂荔枝园；
妹要麻藤绞成索，
缚得财神随手牵。

福旺真是聚宝盆，
金矿开工在圩边；
银行建在罗盘地，
四面财源万万千。

福旺展现桃源景，
快乐如同小神仙；
锦上添花铺画卷，
脚踩金梯步步踮。

树吐新芽含秀意，
党持德政春满园；
大鹏展翅福旺过，
经济腾飞心民坚。

皇历底下买酒饼，
年年发财谱新篇；
福旺儿女绣飞鼠，
美满幸福万万年。

流传地区：横县陶圩镇

演唱者：龙进贤，男，汉族，1945 年 6 月出生，中共党员，横县陶圩镇谢村村委委员，龙新村人

搜集整理者：梁肇佐、陈钰文

搜集时间及地点：2012 年 9 月搜集于横县陶圩镇

歌颂福旺（壮族）

四月初四纪念日，
今天热闹似县城；
铜锣拎上高山打，
福旺传扬有美名。

东山快速林满岭，
西边四处蘑菇亭；
北面芒硝矿产物，
南方荔枝果满坪。

村村安有自来水，
幸福泉水到家庭；
远水引来救近渴，
解脱劳力负担轻。

生活似吹笼包子，
蒸蒸日上气象升；
禾堂晒谷无凹凸，
丰衣足食乐太平。

流传地区：横县陶圩镇

演唱者：黄少娟，女，壮族，1955年7月出生，横县陶圩镇社区荔枝村人

搜集整理者：梁肇佐、陈钰文

搜集时间及地点：2012年9月搜集于横县陶圩镇

和谐人生（壮族）

一声大笑前事了，
一片欢心愁事勾。
一辈无忧无所求，
一无所得不计酬。
一串凯歌响天外，
一个惊喜振五州。

一技之长乐贡献，
一马当先带好头。
一生知足长生药，
一心常乐慢白头。
一世开心自求乐，
一添福禄二添寿。

一吃一喝民为食，
一粒粮食人必求。
一天一早宜多吃，
一天三餐好谋筹。
一餐荤素配搭好，
一干二净质量优。

一瓶醇酒壮筋骨，
一壶香茶凉润喉。
一无所痛也保健，
一了百了无所求。
一搭两用标本治，
一身平安得长寿。

一团和气身心悦，
一片和谐乐悠悠。
一呼百应紧跟上，
一唱百和同歌讴。
一脉相承传下去，
一鼓作气创一流。

一诺千金高信用，
一心一德不罢休。
一帆风顺平安路，
一年四季争上游。
一心向阳光明路，
一定之规必定投。

一帆风顺永平安，
健康长寿乐千秋。
二耳聪闻世间事，
闲情逸致心无忧。

流传地区：横县一带

演唱者：宋廷明，男，汉族，1953年出生，横县横州镇宋村人

搜集整理者：梁肇佐、陈钰文

搜集时间及地点：2012年9月搜集于横县

进村赞物歌（瑶族）

我走进这村里来，
一条道路三丈宽，
两边两只大狮子，
能不能讲个古给妹听。
不怕咧金妹，
京城皇位我们也可以坐，

不怕咧妹友，
现在的天下已属于我们。

走进这个村里来，
在街上真怕遇见外公外婆，
在街上又怕遇见姑父姑母，
讲讲笑笑怕不怕别人讲。
不怕咧金妹，
外公外婆正盼你来到；
不怕咧乖妹，
姑父姑母正盼我们交好。

走进这村里来，
砖房连瓦房，
大门宽广十二丈，
想唱个歌得不得呢朋友？
不怕咧金妹，
这里的家当都是我们的，
门口宽广十二尺，
请唱支歌来敬父老和兄弟。

走进这个村里，
一家比一家好，
房子一座比一座高，
在这里讲笑得不得呢朋友。
不怕咧银妹，
太阳和月亮在一起，
不怕咧朋友，
这个天地是我们的。

登上楼梯先赞梯，
一层梯子三步走，
两边的门一样宽大，
是哪里的工匠做呢？
登楼梯就赞楼梯，
一级楼梯三步走，
两边两扇大门，
是请南宁的工匠来做。

进房间就赞房间，
你的房间又长又宽，
柱子上雕龙又画凤，
是哪里的工匠来造？
进房间就赞房间，
房间长又宽，
柱上有龙又有凤，
是请北京的工匠来造。

坐板凳就赞板凳，
板凳全是檀木做，
板面又平又光亮，
是请哪里的工匠来做？
坐板凳就赞板凳，
板凳全是檀木做的，
做得又平又光滑，
全靠南宁的工匠巧手艺。

进桌吃饭就赞桌子，
这桌子是桦木来做，
做得上下都平滑。
请哪里的工匠做？
进桌吃饭就赞桌子，
桌子全是用桦木来做，
上下平整又光滑，
是请宾阳的工匠来修造。

拿茶杯就赞茶杯，
这些杯是宾阳造，
请问你大哥，
宾阳县人口多少？
拿茶杯就赞茶杯，
这些杯是宾阳造，

告诉你咧阿妹，
宾阳有百万人口。

喝酒就赞酒，
这些酒是京城来的酒，
请问你大哥，
从这里到京城有多远？
我父亲走了四个月，
他回来也走四个月，
每天走一百二十里，
你自己算就知道远近。

拿筷子就赞筷子，
这筷子是楠竹做，
两头平平又光滑，
是哪里的师傅来刨？
拿筷子就赞筷子，
这筷子是楠竹做，
两头平平又光滑，
是高岭的师傅来刨。

拿碗就赞碗，
这碗是南宁产的碗，
请问你大哥，
南宁有多宽？
上街有三千丈宽，
下街有七千丈长，
大路平平像水面，
妹若喜爱就去玩。

流传地区：马山县

演唱者：罗月英，瑶族，53 岁，农民，不识字；韦秀王，瑶族，40 岁，农民，不识字；韦永英，瑶族，80 岁，农民，初小文化

搜集整理者：红波，壮族，46 岁，文化馆干部；韦善标，瑶族，33 岁，农民，初中文化

搜集时间及地点：1986 年 4 月搜集于马山县合群乡内学村五弄屯

来源：选自马山县民间文学三套集成编写组，马山县文化局、文化馆编印《中国民间文学三套集成马山县歌谣卷（三）瑶族上》（内部资料），1987 年 7 月

初一初二月团圆，
夏天冷来冬天热，
被拉亚婆遮额前。

尼姑拉住和尚髻，
和尚抓住尼姑辫，
刚好盲佬来睇见，
聋佬听闻哑仔言。

流传地区：邕宁县伶俐乡
演唱者：蔡氏，女，壮族
搜集整理者：腾奔藤；卢艺，男，壮族，高中文化，邕宁区文化局干部
来源：选自中国民间文学三套集成南宁市领导小组编《南宁市歌谣》(内部资料)，1987年

9

诙谐歌

反言歌（壮族）

海狗上岸深潭热，
老虎入沟去睡眠，
黄鳝有鳞虾有翼，
青蛙拉蛇田对田。

田螺拉鸭罗罗转，
老鼠拖猫在灶边，
桅杆顶上开酒店，
白云山顶划龙船。

鲤鱼拉獭过屋顶，
空中麻雀来耕田，
猴子落水摘甜果，
蚂蚁背牛过水边。

十五十六蛾眉月，

曲巧歌四首[1]（壮族）

等人等我远离去

哥呵哥，
问你等人或等我，
等人等我远离去，
免多思。

邀队去贩人情缸[2]

邀队去贩人情缸，
回到高山下岗，

[1] 壮族曲巧歌又称老歌了啰、长歌了啰、勒特歌和吊歌。其基本形式有三种：吊头、挑心和吊尾。歌词诙谐风趣，讲究平仄、音韵，还常使用象声词。曲巧歌体现了壮族人民的智慧。

[2] 人情缸：当地壮民送礼时专门用来盛米酒等物品的小瓦罐。

碰的碰口当[1]，
京奇京康[2]，
跌落石卜摔碎了，
得来无埕（情）空荡荡。

不让丝绷（私朋）断线条

抓剪摆行裁衣衫，
裁正裁好，
车正车好，
接正接好，
放进笼，
几层锁，
不让丝绷（私朋）断。

瘪壳先飞饱粒后

（一位老公公见本村年纪稍大的姑娘尚未出嫁，唱一首歌想表示叹息，也有劝嫁之意：）
小的姐妹都嫁了，
孙女呀！
剩你呆坐塘边守。
（姑娘不以为然回他一首：）
你去看看人风谷，
阿公呀！
瘪壳先飞饱粒后。

流传地区：邕宁区百济镇、新江镇、大王滩一带

演唱者：孙升臣，男，壮族；黄维生，男，壮族；农绍总，男，壮族

搜集整理者：林凯；卢艺，男，壮族，高中文化，邕宁区文化局干部

来源：选自邕宁民间文学三套集成编委会编《中国民间文学三套集成邕宁县民间歌谣集》（内部资料），1987 年

石臼栽藕屈坏莲（壮族）

妹嫁个夫小点点，
又是锁来又是关，
石臼装水来种藕，
没路生根屈坏莲。

流传地区：南宁市邕宁区那楼镇

演唱者：黄文谦，男，壮族

搜集整理者：李启梧，男，壮族，南宁市邕宁区那楼镇罗马小学教师，初中文化

来源：选自中国民间文学三套集成南宁市领导小组编《南宁市歌谣》（内部资料），1987 年

挑剔歌（壮族）

妹有花好看，
摆卖压全圩，
要一朵来插，
乐意不乐意？
老木弯兜圈[3]，
不断用不久；
年纪老过度，
也想来揩油。
捻花虽然好，
怎能比玉兰，
卖花叹花好，

[1] 碰的碰口当：人情缸相碰击的声音。

[2] 京奇京康：人情缸跌落滚下山时的声音。

[3] 兜圈：捕鱼用小网兜的圈子，一般用藤弯成。

回家对镜看。

流传地区：隆安县乔建镇一带

演唱者：陆福隆，男，壮族，隆安县儒浩村人，农民，初中文化

搜集整理者：林啟枢

翻译者：马戚宁

搜集时间及地点：1987 年搜集于隆安县

来源：选自隆安县民间文学三套集成编委会编《中国民间文学三套集成隆安县歌谣集第三集》（内部资料），1987 年 8 月

拎篮入园去摘菜（壮族）

拎篮入园去摘菜，
摸着辣椒讲是茄；
乌龟行过滑石板，
恐怕跌跤变成鱼。

流传地区：宾阳县

演唱者：黄泽俭，男，壮族，宾阳县露圩镇六卢村人，农民，初中文化

搜集整理者：熊兴亮、莫兆桐

搜集时间及地点：1986 年 7 月 2 日搜集于宾阳县露圩镇六卢村

来源：选自宾阳县民间文学三套集成编委会编《中国民间文学三套集成宾阳县歌谣卷》（内部资料），1987 年

烧烟公（壮族）

烧烟公，
一烧就烧十八筒；
正想托媒去嫁你，
怕你烧烟都烧穷。
男人烧烟出得气，
你毋烧烟钱毋充；
毋烧毋饮也过世，
草毋生花也过冬。

流传地区：宾阳县和吉镇、洋桥镇、黎明镇等地

演唱者：宾阳县洋桥镇桂西村歌手葛玉甫、葛玉祥

搜集整理者：熊兴亮、莫兆桐

搜集时间及地点：1986 年 5 月 10 日搜集于宾阳县洋桥镇桂西细村

来源：选自宾阳县民间文学三套集成编委会编《中国民间文学三套集成宾阳县歌谣卷》（内部资料），1987 年

爱情歌谣

南宁，是天下民歌眷恋的地方。南宁的爱情歌谣十分古老，早在原始氏族部落时代，壮族先民就有了赶歌圩的习惯，在歌圩上唱情歌、找恋人，是歌圩的主要内容。唐代的《酉阳杂俎》有“陇垌节”的记载，“陇垌节”即是歌圩节；明代邝露《赤雅》一书有关于“浪花歌”的记载，浪花歌是男女欢唱的情歌。爱情歌谣，在南宁百姓生活中，占据重要地位，青年男女也好，中老年人也罢，都喜欢对唱情歌，在欢声笑语中展现歌者的智慧。

爱情歌谣是南宁的歌谣里数量最多的类别，细分有初识歌、赞慕歌、相思歌、相恋歌、离别歌、苦情歌、抗婚歌等。男女从初识到爱慕，从相思到相恋，从相会到离别；以及不能相爱的苦情，不愿结合的抗婚，所有爱情的酸甜苦辣，全在爱情歌谣里得到反映。

南宁的爱情歌谣，对唱是主要的歌唱形式。对唱多是一对一进行的，当一对男女青年对唱的时候，双方的朋友都围在身旁呐喊相助，甚至还有歌师在旁边出谋划策。对唱的程序非常复杂而严格，一般来说，从初交到确定恋爱关系，要经过下列对唱阶段：1. 游歌（沿路歌），歌手在路上即兴而唱，目的是引起别人的注意，寻找自己中意的对唱者；2. 初会歌，歌手间初次见面，一般是先互通姓名、相致问候，询问对方村屯地址，并相互赞美；3. 求歌，就是以山歌的形式请求与对方正式对歌；4. 和歌（接歌），被邀请的一方，如对求歌者满意，即对唱和歌开始唱答；5. 盘歌，即一般的对歌，双方相互盘问唱答，考察对方的聪明才智，以增进相互了解和初结情谊；6. 相交歌（甜歌），这是男女之间彼此倾心、相互爱慕，为抒发情怀、披露心声而唱的“甜蜜之歌”，是双方交结情谊的一种标志；7. 信歌（定情歌、赠物歌），是男女互赠信物，以表示确定关系、缔结姻缘所唱的歌；8. 思歌（念情歌、相思歌），恋人在“定情”之后或“会情”之时，常以各种“思歌”抒发思恋的情怀，诉说相思的衷肠；9. 离别歌（别歌、相送歌），对歌将结束时，男女双方难分难舍而对唱的山歌；10. 约歌（约定歌、约会歌），约定下次歌圩再见面的歌。

经过一系列的对唱，男女之间加深对彼此的了解，双方的情感随着歌唱的逐步深入而渐渐升温。爱情歌谣，是从前壮族、汉族、瑶族地区青年男女婚恋的一个重要媒介。

1

初识歌

男女问名对唱（汉族）

今日有缘同相会，
初来见面冇识名，
水浸木棉哥问妹，
问妹排班怎样称。

哥问妹来妹实讲，
妹按排班定了名，
想知去圩买灯草，
买来随便任郎称。

流传地区： 西乡塘区心圩乡一带
演唱者： 潘带凤，女，农民
搜集整理者： 刘亚有

狮子逗球哥逗妹（汉族）

辣椒再辣有人点，
甘蔗再甜有人嫌，
娇媚山顶栽旱藕，
哥担水淋也要莲[1]。

送哥送到大门口，
门口有蔸白石榴，
想摘一个送给哥，
怕哥识了转来偷。

娘暗私同哥逃走，
为事人讲爹妈咒，
芝麻今同泥豆榨，
越喊越打越出油[2]。

盘了歌才盘个心，
送了铜镜送锦巾，
瓮缸放在屋檐底，
等水指望高埕[3]深。

问哥有无芝麻经，
米落红锠报娘听，
丝线去共绫罗摆，
人屋成交我莫成[4]。

同妹结交春过春，
还象浮萍未定根，
只怕竹篾扎马纸，
有口无心哄死人。

[1] 莲：意同“连”。
[2] 油：意同“游”。
[3] 高埕：意同“交情”。
[4] 成：意同“情”。

妹掌耙时哥掌犁，
哥磨粉时妹舂糍，
石灰放落藕塘底，
莲到白头共堆泥。

连就连来莫讲分，
为人绪交情要真，
莫学葫芦装灯草，
嘴巴下面两度心。

打柴逢着沉香木，
掏沙逢着海边金，
求花逢着花婆来，
歌坡逢着妹知音。

跌丁白银得黄金，
生了狮子得麒麟，
担缸过桥跌落水，
得见真埕舍命跟。

去了去了又来寻，
来了来了又离分，
牡丹种在棺椁里，
这朵红花惑死人。

两团糯饭做一堆，
歌棚未拆牵手回，
灯草放落鱼花桶，
任凭人摇芯不飞。

甘蔗提归煮水吃，
自己成糖味更甜，
若是差媒去问妹，
露了根基不抵钱。

新买葫芦未揭盖，
望妹开口应情哥，
开口等哥识了底，
安心去归免思多。

一条江水跳滩滩，
鱼游水面虎游山，
狮子逗球哥逗妹，
逗妹不成心不安。

流传地区：邕宁县蒲庙、苏圩、南晓讲客家话、平话的村镇

演唱者：奚济桐，壮族；陆耀轩，壮族；黄文谦，男，壮族

来源：选自中国民间文学三套集成南宁市领导小组编《南宁市歌谣》(内部资料)，1987年

开声唱[1]（汉族）

开声唱，
共妹唱只歌儿先；
兄隔几年已卯[2]唱，
试睇[3]声音便卯便。

共兄唱，
共兄习下歌词先，
妹是蝴蝶初出巢，
望兄带妹入花园。

唱就唱，
共妹闲习歌词先；

[1] 最起发表于《横县情歌》1981年8月版。
[2] 卯：不。
[3] 睇：看。

出壳鸡儿卯会叫，
望妹指教兄个边[1]。

放心唱，
慢慢共哥唱歌先；
想吃鲤鱼就落海，
想摘牡丹就入园。

慢慢唱，
共妹慢慢唱歌先；
十只手儿有长短，
红花亦无日日鲜。

共哥唱，
哥唱那边就那边，
一日时间卯几耐[2]，
唱到娥眉[3]落西边。

流传地区：横县

搜集整理者：肖光华

来源：选自横县民间文学三套集成编委会编《横县歌谣集上册》（内部资料），1987年1月

劝妹放心来唱歌（汉族）

定坐不如伝唱歌，
定坐吟吟做什么？
能有几多年十八？
担水还江有几何？

正想唱，
又见肚里卯有歌；
十月水瓜挂壁上，
肚里尽是乱丝多。

劝妹唱，
劝妹放心来唱歌；
唱歌比想[4]牛行路，
前脚去先后脚拖[5]。

卯识歌，
因为幼年大吃多；
阿婆喊我小小吃，
阿公喊我连盆拖。

妹识歌，
妹识三箪又九箩；
前日行过妹门口，
见妹厅前摆几箩。

卯识歌，
因为幼年大吃多；
一餐半斤四两肉，
只结肚油卯结歌。

妹识歌，
妹识三箪又九箩；
前日落雨江水起，
又着大水推几箩。
只见谷箩装得谷，
卯见谷箩装得歌；
你看圩中人买卖，
卯见有人讲卖歌。

[1] 个边：这边。
[2] 卯几耐：没多久。
[3] 娥眉：指月亮。
[4] 比想：好比。
[5] 拖：移动。

妹娇娥[1]，
你莫推挨卯识歌；
唱歌妹是刘三姐，
胜过秀才几倍多。
耐卯[2]唱歌忘记歌，
耐卯行船忘记河，
耐卯读书忘记字，
亦无清心记强[3]多。

唱歌好，
唱歌解得闷愁多；
有歌卯唱屈坏肚，
屈坏在肚可惜多。
弟讲唱歌真好乐，
妹今怕唱卯成歌；
拎[4]谷落垌去叫鸭，
试哨两声弟娇娥[5]。
弟把粗歌唱两支，
粗歌引起妹好歌；
鸭儿缩落勒竹[6]躲，
真是难勾妹娇娥。
见弟唱歌心勇勇，
歌词打动妹娇娥；
弹家拎网船头企[7]，
得鱼都望这条河。

流传地区：横县

演唱者：莫家源，男，汉族，横县陶圩乡上莫村人，农民，高小文化

搜集整理者：莫家源，男，汉族，横县陶圩乡上莫村人，农民，高小文化

搜集时间及地点：1986年11月搜集于横县横州

来源：选自横县民间文学三套集成编委会编《横县歌谣集上册》(内部资料)，1987年1月

[1] 妹娇娥：民歌中男女互相尊称。
[2] 耐卯：很久没有。
[3] 强：这么。
[4] 拎：拿。
[5] 哨：叫。弟娇娥：称呼。
[6] 勒竹：竹的一种，有刺。
[7] 弹家：指渔民。企：站立。

一张大塘水清清（汉族）

十几情[8]，
问妹排班喊乜名[9]，
妹喊乜名仑弟听，
留弟出圩好相称。
问一问二妹卯讲，
问三问四卯仑兄；
还是嫌兄年纪老，
还有一班嫩十零。
在妹喊，
妹喊乜名就乜名；
因为爹娘去世早，
生来强大未安名。
问一问二妹卯讲，
问妹十句卯应声；
问你十句都卯讲，
你个心头铁打成？

妹十零[10]，
问你十句卯应声；
高机织布卯会纺，
之是嫌兄卯会倾[11]？
卯识哪家富贵女，

[8] 十几情：“十几”指年龄，“情”是情妹的简称。
[9] 乜名：什么名字。
[10] 妹十零：一般称谓，男称女为“妹十零”，女称男为“弟十零”。
[11] 之是：或是。倾：聊天。

未曾得识喊乜名；
虽是同行卯相识，
出圩少见妹十零。

妹十零，
妹喊乜名就乜名；
等弟实言仑你听，
就是孤寒弟十零。
妹十零，
莫讲孤寒未有名；
卯肯仑弟弟已识，
已识妹个安有名。

妹十零，
问你真真喊乜名；
若妹真心仑弟听，
出圩逢中好相倾。
问一问二卯肯讲，
问三问四卯仑兄；
幼纱[1]去共粗纱纺，
望妹搭成共弟经[2]。

在妹喊，
妹喊乜名就乜名；
弟是黄蜂初出斗[3]，
初纺布机上高经。
一张竹叶两边青，
一个女儿两个名；
一个喊做人双表，
一个喊做读书名。

妹十零，
问妹排班喊乜名；
问妹喊三还喊四，
望妹实言仑句兄。
一张大塘水清清，
妹队原来安有名；
卯信你睇松树木，
哪杈松树叶卯青？
一张大塘水清清，
小弟未曾安有名；
细时喊做无名弟，
大了喊做败家精。

在妹喊，
妹喊乜名就乜名；
圩上买麻归屋缉[4]，
缉得成纱在妹经。
一张大塘水清清，
弟队未曾安有名；
弟屋爹娘长还[5]讲，
出去女儿慢安名。
正想喊，
卯识妹名实难倾[6]；
卯识妹名也难喊，
喊卯着名应卯灵。

妹十零，
讲话如同燕子声；
见妹人乖意又好，
心想偷连十几情。
见妹人乖意又好，
心想偷连十几情；
黄豆移上墙头种，

[1] 幼纱：细纱。
[2] 经：招呼。同时指经线。
[3] 斗：巢。
[4] 缉：搓。
[5] 长还：时常。
[6] 卯：不。倾：聊天。

相思千望妹应承。
个呢又是那呢表[1]，
梳装打扮实在灵；
强大未曾相会过，
卯识那村妹十零。

东头人打西头鼓，
为唱山歌心里惊；
为唱山歌心里勇，
弟亦喜欢唱堂情。
东头人打西头鼓，
为着唱歌心里惊；
初次共妹唱两支，
知妹应承卯应承。
东头人打西头鼓，
为着唱歌心里惊；
禾堂人晒大堆谷，
弟亦沾些晒一坪。

流传地区：横县
演唱者：莫家源
搜集整理者：韦艺文
搜集时间及地点：1986年9月搜集于横县陶圩乡上莫村
来源：选自横县民间文学三套集成编委会编《横县歌谣集上册》（内部资料），1987年1月

未识排班安乜名（汉族）

兄也零丁妹零丁[2]，
今日相逢妹共兄；
担水洗纱拖来纺，
见妹合意弟就经[3]。

文钱落地响叮叮，
有福逢中妹共兄；
弟有真心记念妹，
好纱自然得好经。

今日初次相逢妹，
未识排班安乜[4]名；
问妹排三或排四，
出圩入市好经声。

真是人家识事仔，
问答称呼口强[5]轻；
小时叫做卧地鳖，
大了叫做败家精。

今日相逢郎共妹，
未识排班安乜名；
恐防出圩伝相见，
对面喊声妹共兄。

等妹真心仑句弟，
圩上人多莫乱经；
笔墨写书千年记，
耐久[6]终于识妹名。

出圩入市伝相见，
对面经声妹十零；
好久相识伝讲尽，
叫妹实言仑句兄。

[1] 个呢：这些。那呢：那里。表：称呼。
[2] 零丁：也可说“丁零”，无意碰见。
[3] 经：招呼。同时指经线。
[4] 乜：什么。
[5] 强：这样。
[6] 耐久：长久。

妹有真心讲弟听，
等弟回家好商量；
正想亲身到弟屋，
怕弟工夫做不成。

石头打钉费气力，
望妹是条得力钉；
若妹真心讲弟听，
就是千工都要停。

流传地区：横县

演唱者：梁振恒

搜集整理者：梁振恒

搜集时间及地点：1986 年 10 月 2 日搜集于横县南乡镇五合村

来源：选自横县民间文学三套集成编委会编《横县歌谣集上册》（内部资料），1987 年 1 月

妹口轻（汉族）

十几情[1]，
讲话如同燕子声；
面目如同擦光粉，
眼似天上北斗星。

十几情，
面皮白白口轻轻；
不知哪家富贵女，
离远见人妹就经[2]。

妹口轻，
离远见人妹就经；
都算人家识事女，
不论老幼都经声。

遇着妹，
尽管喊声妹十零；
大秤拿上桅杆挂，
妹莫高声对大兄。

流传地区：横县

演唱者：梁大红

搜集整理者：方昌

来源：选自横县民间文学三套集成编委会编《横县歌谣集上册》（内部资料），1987 年 1 月

妹是好花香千里（汉族）

妹真乖，
如同旧时祝英台；
妹是好花香千里，
弟是蜜蜂万里来。

见妹生得白标标，
三寸眉毛七寸腰；
入庙烧香神仙笑，
江边洗手鲤鱼跳。

见妹生得白丝丝，
犹如木瓜丢了皮；
木瓜丢皮哥想吃，
吃落千年肚卵饥。

[1] 十几：指年龄。情：民歌中按韵对对方的尊称。
[2] 经：打招呼。

妹会倾[1]，
讲话如同燕子声；
真是大家富贵女，
搭弟讲话口轻轻。

手巾宙[2]头白丝丝，
问你想情或去圩？
是妹等情卯怕讲，
大家都是少年时。

问一问二妹卯应，
问三问四妹卯倾；
是为那门[3]嫌弃弟？
为何妹你卯开声？

手巾宙头白丝丝，
总卯仑弟弟也知；
好比人放大塘水，
鲤鱼卯跳也露鳍。

流传地区：横县

演唱者：覃秀文

搜集整理者：蒙仁伟

来源：选自横县民间文学三套集成编委会编《横县歌谣集上册》（内部资料），1987年1月

妹识歌（汉族）

妹识歌，
肚装几担又几箩；
几担几箩还未算，
还有一半在江河。

去圩妹，
你队去圩得乜返[4]？
是有果子或有饼？
给些小弟解心烦。
千圩万圩都卯[5]出，
今日去圩空手返；
圩上果子虽然有，
手上无钱实见堆。

眼见有，
开口就问妹花颜[6]；
若是妹队舍得械[7]，
等弟下圩慢还返。
实在难对弟花颜，
卯钱果子冇有返；
富贵人行弟卯问，
单问贫穷妹花颜。

流传地区：横县

演唱者：覃秀文

搜集整理者：蒙仁伟

搜集时间及地点：1986年9月9日搜集于横县镇龙乡那荣村

来源：选自横县民间文学三套集成编委会编《横县歌谣集上册》（内部资料），1987年1月

[1] 倾：倾谈。
[2] 宙：盖。
[3] 那门：什么。
[4] 队：你们。乜：什么。返：回来。
[5] 卯：不。
[6] 妹花颜：按韵对对方的尊称。
[7] 械：给。

等妹实言仑弟听（汉族）

个呢女儿哪村表[1]？
面白俏俏集齐眉；
面貌又生人不熟，
问妹人生贵处姨。

洋纱织布亦要纺，
亦妥访查是哪呢[2]；
若得情娘仑句弟，
出圩相逢好经[3]姨。

洋纱织布卯用纺，
卯用访查妹哪呢；
亦是陶圩邻近启[4]，
卯是广东来路姨。

洋纱织布亦要纺，
亦要访查妹哪呢；
虽然乡村邻近启，
卯问怎识那村姨。

绿丝织带卯用纺，
卯用访查妹哪呢[5]；
等妹实言仑弟听，
仑个村名械弟知。

灯草放落竹筒里，
得妹有心仑弟知；
伝两直人讲直话，
莫要来哄是哪呢。

竹筒担水妹心直，
真心仑句弟相思[6]；
灯草放落黄豆碗，
若弟有心就得知。

口含黄豆吞落肚，
日夜想娘弟心思；
灯草放落烧酒瓮，
谁说念情心卯思？

流传地区：横县

演唱者：莫家源

搜集整理者：韦艺文

搜集时间及地点：1986年9月16日搜集于横县陶圩乡上莫村

来源：选自横县民间文学三套集成编委会编《横县歌谣集上册》（内部资料），1987年1月

[1] 个呢：这些。表：表妹。
[2] 哪呢：哪里。
[3] 经：招呼。
[4] 启：处，这里。
[5] 妹哪呢：妹是哪里人。
[6] 弟相思：对对方的尊称。

花开只为春天到（汉族）

花开只为春天到，
雀飞只为肚中饥；
唱歌只为郎心勇，
贪花只为少年时。

兄在岭顶妹岭崎[7]，
卯识[8]哪村贵处姨；
卯识哪村富贵女，
近来欲动弟心扉。

[7] 岭崎：山脊。
[8] 卯识：不知。

兄在岭顶妹岭崎，
手掌掩嘴笑微微；
手欲近前偷问妹，
怕人旁边眼热姨。

望妹唱，
弟来找妹唱歌词；
弟讲娘村落大雪，
弟来寻妹有双姨。

妹会唱，
四脚歌词妹会思；
四岁牛儿拉六轴[1]，
六轴过田转纷飞。

妹会唱，
四脚歌词妹会思；
灵师教出灵弟子，
妹村姑婆教孙姨。

望妹唱，
鹿儿细马正当骑；
蝴蝶生来为花死，
青春正合耍乐时。

流传地区：横县

演唱者：莫家源

搜集整理者：韦艺文

搜集时间及地点：1986年9月14日搜集于横县陶圩乡上莫村

来源：选自横县民间文学三套集成编委会编《横县歌谣集上册》(内部资料)，1987年1月

[1] 六轴：农具。

定要访查妹哪呢（汉族）

妹相思，
问你吟吟想哪呢[2]？
问你吟吟想哪个？
怕娘想着嫱娜儿。
歌亦卯唱话卯讲，
问你吟吟想哪呢？

弟卯年年十七八，
妹卯年年做女儿。
路逢鲜花采一朵，
得遇人双唱歌词；
得共人双讲两句，
回家想妹弟卯饥。

上水流落下水陂，
清闲无事唱歌词；
郎是清风妹是月，
清风摇动月娥眉。

扛斧上山去放木，
碰巧放着桂花枝；
踏脚出门去僧极[3]，
碰巧遇着风流姨。

今朝出门好运数[4]，
得遇鲜花采一枝；
得遇鲜花采一朵，
得遇人双讲一时。

手巾盖头白丝丝，

[2] 哪呢：哪些，哪里。

[3] 僧极：游玩。

[4] 运数：运气。

卯识哪村富贵姨；
面貌不生又不熟，
望妹讲句弟相思。

强[1]大未曾相会过，
妹是哪呢仑弟知；
望妹直言仑句弟，
留弟过后好识姨。

口红眉勾面又白，
面白俏俏人双姨；
神仙得见神仙爱，
情兄得见心事思。

妹相思，
面白乖溜人双姨；
远看如同龙摆尾，
近看好比凤凰飞。

卯用访，
卯用访查弟哪呢；
以是陶圩邻近启，
卯是广东来路儿。
定要访，
定要访查妹哪呢。
卯访卯识哪呢个，
卯查卯识哪村姨。

绿丝织带卯用纺，
卯用访查弟哪呢；
弟隔妹村卯几远，
长时行往得遇姨。

麻纱织布亦要纺，
定要访查妹哪呢；
妹卯仑兄兄卯识。
怕是屋婆[2]呢孙姨。

流传地区：横县

演唱者：莫家源

搜集整理者：韦艺文

搜集时间及地点：1986 年 9 月 16 日搜集于横县陶圩乡上莫村

来源：选自横县民间文学三套集成编委会编《横县歌谣集上册》（内部资料），1987 年 1 月

个班女儿少何见（汉族）

行路逢中人等鸭，
好看娇娥同一群；
个班女儿少何见[3]，
问妹贵处哪村人？

个班女儿少何见，
个个装身同[4]强匀；
卯识哪家富贵女，
面白俏俏人乖因。

个队女儿少何见，
一好人才二好心；
邻近乡村冇人比[5]，
如同南海佛观音。

藕芽移返池塘种，

[1] 强：这么。

[2] 屋婆：祖母。

[3] 个班：这群。少何见：很少见。

[4] 装身：打扮。同：同样。

[5] 冇人比：没有人比得上。

想莲仍旧表生春[1]；
拿钱去买猪肝吃，
十分中意合郎心。

正想收心去耍乐，
过后难遇强好人；
出门得见人双好，
得见人双耍一阵。

雪落天秤十六两，
总卯成双都要跟；
青天白日得见妹，
娥眉勿亮[2]又遮阴。

红豆根前人卖藕，
相思千望妹连伝；
元宝[3]拎来包灯草，
一心尽思妹金银。

大钵里头种韭菜，
割表[4]留头想妹跟；
撑伞人园秧[5]红豆，
相思千望妹遮阴。

三岁男儿卖鸭蛋，
少年念着妹青春；
天旱三年卯落雨，
想情好耐卯见伝[6]。

今日逢情讲两句，
当想在前有话仑；
以[7]要伴夫当世界，
以要伴郎三五春。

天亮出圩伝莫紧，
上圩报妹下圩寻；
连娘比想[8]十五月，
月亮高高照亮伝。

新起凉亭高万丈，
风流胜过许多人；
坏伞撑落藕塘里，
连娘好比半边荫。

单身连娘当有妇，
宁愿结交当亲人；
银珠拿来涂鸭蛋，
伝俩青春红在心。

侧耳听闻断日子，
得在后圩加好因；
断定日期去耍乐，
伝俩约好要早晨。

流传地区：横县

演唱者：莫家源

搜集整理者：韦艺文

搜集时间及地点：1986年9月16日搜集于横县陶圩乡上莫村

来源：选自横县民间文学三套集成编委会编《横县歌谣集上册》(内部资料)，1987年1月

[1] 这句话的意思是：我想莲还是会生得很好的。
[2] 娥眉勿亮：月亮不亮。
[3] 元宝：这里指祭祀用的纸元宝，俗称金银。
[4] 表：梢。
[5] 秧：种。
[6] 好耐：好久。伝：这里指对方。
[7] 以：也。
[8] 比想：好比。

邀请歌（汉族）

妹同庚，
歌词唱出真是生；
个个听闻都叹[1]妹，
欲弟听闻卯舍行[2]。

见妹乖滑又伶俐，
妹队极[3]是中意郎；
一匹人才真伶俐，
欲弟各方呢[4]后生。

甘蔗摆街兄卯吃，
一心想吃黄豆糖；
水瓜移上塘地种，
等妹根生慢[5]搭棚。

三月鹧鸪啼岭上，
卯媒想见以难装[6]；
弟想共妹成亲戚，
卯人做媒共弟行。

岭顶挖窝[7]来养鱼，
伴[8]活一张小池塘；
兄便十七妹十八，
时令连郎正应当。

煮熟桐油浸鞋索，
又念相交路常行；
石板搭桥情铺路，
携手同行到桥崩。

共妹如同一队鸭，
成群结队人入塘；
青鸭飞去白鸭企[9]，
嘱报娇娥慢先行。

讲讲成事又退返，
有话卯讲叫低头行；
老人讲落真卯错，
女人鹧鸪心事生。

鸭儿担出圩中卖，
一队娇娥作了帮；
两手拍空正定想，
大鱼脱过别人塘。

东莲遇着西莲节，
南莲遇着北莲塘；
池塘栽藕人偷挖，
同强[10]偷连还想生？

灯草拿来作篾使，
剖心仑句妹同庚；
有话我情出圩讲，
背处相逢慢仑郎。

日久不见我情面，
寄话出圩嘱报郎；
妹想寻兄话几句，
见兄不断[11]妹难行。

[1] 叹：赞叹。
[2] 卯舍行：舍不得走。
[3] 极：非常。
[4] 呢：这些。
[5] 慢：再。
[6] 装：捕。
[7] 窝：坑洼。
[8] 伴：养。
[9] 企：站。
[10] 同强：这样。
[11] 不断：不决断。

弟叫情妹来耍乐，
千祈丢工来寻郎；
若得情妹同弟意，
请妹后圩就来行。

妹想阿哥来耍乐，
半夜都想溜出门，
若得郎心同妹意，
丢去工夫来寻郎。

闻妹强讲真是假？
怕妹是逗弟心欢；
文钱灯草得一把，
怕妹多心逗哥玩。

妹言是真不是假，
不似别人来哄郎；
灯草放落烧酒瓮，
一心情念弟同庚。

语言有真也有假，
也有无心采哄郎；
在弟面前讲想弟，
回家妹想别村郎。

妹已一心记念弟，
再不多心连别帮；
若得郎心同妹意，
同行到老慢[1]分行。

灰沙墙头押风雨，
专望我情出家山；
若妹不抛郎不丢，
总要大家路长行。

[1] 慢：再。

连情就要连到老，
路头莫给草返生；
酒瓮跌落长江水，
心想我情日夜行。

灯草移落藕塘种，
怕妹心生抛掉郎；
煮酒过筒火又黑[2]，
怕妹不念弟同庚。

煮酒过筒我加火，
要念我情路长行；
口读经书娘又念，
常时记念弟同庚。

灯草被风吹过岭，
怕妹心飞不念郎；
盏里无油灯便黑，
妹不一心照兄行。

红豆放落烧酒瓮，
相思情念弟同庚；
若弟有心妹有意，
大家有念路长行。

流传地区：横县

演唱者：梁大红

搜集整理者：方昌

搜集时间及地点：1986年9月搜集于横县新福乡陈村

来源：选自横县民间文学三套集成编委会编《横县歌谣集上册》（内部资料），1987年1月

[2] 黑：灭。

问情（汉族）

小弟单身未有妇，
家有良田没人耕；
若得情娘成弟妇，
朝同做工夜同床。

嫁弟好，
弟屋有田也有塘，
有牛耕田饭有吃，
十月收割谷满仓。
九月禾黄熟在垌，
无人收割入兄仓；
若得情娘成弟妇，
朝同出去夜同行。

嫁弟好，
弟屋有田也有塘；
若得有福嫁着弟，
同去做工勇叮当。
塘里无鱼空活水，
留得水深共妹行；
妹是人家茶订妇[1]，
不得成双共弟行。
雪水拎来浸木患[2]，
小妹无双苦到郎；
若得已兄肯要妹，
等妹丢工就嫁郎。

问娘强话[3]真是假？
怕妹无心来嫁郎；
怕妹成了人新妇，
妹来欲[4]兄等心生。
娘讲一句还一句，
再不多心来哄郎；
不信你看桄榔木，
直直到表[5]冇枝横。

流传地区：横县

演唱者：梁大红

搜集整理者：方昌

搜集时间及地点：1986 年 8 月 28 日搜集于横县新福乡陈村

来源：选自横县民间文学三套集成编委会编《横县歌谣集上册》（内部资料），1987 年 1 月

卯论富贵卯论贫（汉族）

照妹已人总卯[6]论，
卯论富贵卯论贫，
篾结灯笼用纸裱[7]，
不轻不重合妹拎[8]。
凉亭顶上安棺椁，
风流妹爱有财人；
自古有财朝圣主，
小弟贫穷妹卯寻。

家卯有，
家有黄金妹亦分；
自古心思力卯到，

[1] 茶订妇：茶订是旧俗订婚仪式。茶订妇是说女方已订婚。
[2] 拎：拿。木患：一种树，果黄、圆，味苦，可洗衣服。
[3] 强话：这样的话。
[4] 欲：逗引。
[5] 表：梢。
[6] 卯：不。
[7] 裱：糊。
[8] 拎：拿。

月亮好捞械[1]弟拎。
想学投师又卯法，
想买东西又卯银；
正定想返极又极[2]，
卯物分妹妹卯跟。

流传地区：横县

演唱者：梁振恒

搜集整理者：梁振恒

搜集时间及地点：1986年9月搜集于横县南乡镇五合村

来源：选自横县民间文学三套集成编委会编《横县歌谣集上册》（内部资料），1987年1月

问妹留心等哪人（汉族）

妹是人家富贵女，
衫似乌鸦翼强新；
上衣着卡下着涤，
出门要乐醒过人。

藕芽担出圩中卖，
妹意连郎共兄斟；
灯草放落烧酒瓮，
妹念有情弟有心。

入园摘菜留黄叶，
弟留黄叶妹留心；
弟留黄叶遮根脚，
问妹留心等哪人？

骑马过街马等马，
兄过岭头正等伝；
别处哪呢[3]伝卯等，
只等唱歌妹两人。

担水埠头姑等嫂，
有心以[4]等有情人；
观音走上竹排坐，
自家都同个[5]船人。

初初不知妹想弟，
知妹想兄早成亲；
如今识秤无肉卖，
见人禾熟想种春。

三月租牛卯到手，
转眼日子又过春；
成事卯成在今日，
等到后圩兄耐因[6]。

米筒里头种灯草，
伝有几何得同心？
鸭衔灯草去造斗[7]，
嘱报娇娥放落心。

塘塍栽竹未起笋，
总之有日得成林；
夏禾捞共晚禾插，
迟早共弟成一春。

晒谷未干须有日，

[1] 械：给。
[2] 正定想返：一心想起来。极又极：倍加伤心。

[3] 哪呢：哪些。
[4] 以：也。
[5] 个：这。
[6] 耐因：时间长。
[7] 斗：窝。

皇帝坐朝自有轮；
秀才上京去科考，
后底加高胜前人。

皇帝虽然是人做，
不知何日轮到伝？
六十卯儿娶亚婶，
共妹强时[1]加好因。

半夜撑船伝莫紧，
路是一条慢慢寻；
缸瓦出圩买卯了，
嘱报信情莫频轮[2]。

藕叶拿来包灯草，
口讲连郎心卯真，
皇历跌落长江水，
眨眼风光流过春。

灯草拿来作旗杆，
若弟顶幡妹立心；
新买酒壶打断嘴，
问弟个回那样斟[3]？

晴天无云得见月，
娥眉[4]照亮弟单身；
秀才去担红豆卖，
相思多得贵人恩。

郎讲无妻妹卯信，
暗中流泪妹卯闻；
卯是鲮鱼破得肚，
破开心肝械妹拎[5]。

报弟莫讲句假话，
卯用己兄破开心；
煲熟猪肝切出血，
卯痛弟皮痛妹心。

弟去买油着哄[6]过，
这回不信滑嘴人；
藕芽拿来修筷子，
得连上手才为真。

水推藕叶随江去，
问妹流连到那寻；
无帽出门天落雨，
兄今正是等情人。

地理寻龙照见穴，
手上无经[7]亦难寻；
有针无线难通引，
无媒难问妹金银[8]。

石上舂谷兄无碓，
成双可惜无媒人；
天旱蜘蛛不结网，
弟为思情又过春。

行路打从藕塘过，
真想偷连妹金银；
初作开荒秧[9]红豆，
相思条路生疏因。

[1] 强时：今时。
[2] 莫频轮：莫心急。
[3] 斟，斟酌商量。
[4] 娥眉：月亮。
[5] 械：给。拎：拿。
[6] 着哄：挨骗。
[7] 经：罗盘，俗称罗经。
[8] 妹金银：按韵对对方的尊称。
[9] 秧：种。

扫净厅前晒灯草，
莫让狂风打乱心；
猪肝放上芭蕉树，
怕妹生疏各自心。

田角洗罾人眼浅，
报妹行为要小心；
未曾落雨云先起，
未曾成事人先闻。

日头大，
就算戴帽亦卯荫；
共妹将钱买把伞，
只荫伝俩卯荫人。

流传地区：横县
演唱者：梁振恒
搜集整理者：梁振恒
搜集时间及地点：1986年9月搜集于横县南乡镇五合村
来源：选自横县民间文学三套集成编委会编《横县歌谣集上册》（内部资料），1987年1月

兄今尽听妹口音（汉族）

妹是牡丹开树上，
逢春映出红又新；
天旱屋背开路口，
有情便得妹来寻。

好话讲多成重复，
淡酒饮多亦醉人；
闲习话伝少讲，
仑个日期械[1]弟寻。

琵琶挂在皇帝殿，
玉口开声等弟寻，
小弟单身断卯准[2]，
妹队有双断加真。

妹断好，
小弟单身断卯真；
弟断翻风又落雨，
妹断青天起白云。

妹断南风又出月，
弟断翻风雨来临；
美女行街吹支笛，
兄今尽听妹口音。

妹金银[3]，
卯断日期话卯真；
共妹讲了千般话，
妹卯实言仑弟闻。

流传地区：横县
演唱者：梁振恒
搜集整理者：梁振恒
搜集时间及地点：1986年9月搜集于横县南乡镇五合村
来源：选自横县民间文学三套集成编委会编《横县歌谣集上册》（内部资料），1987年1月

[1] 械：给。
[2] 断卯准：推断不准确。
[3] 妹金银：男方对女方的尊称。

出外卯人共弟归（汉族）

龙眼花开齐刁齐[1]，
女儿好看是人妻；
女儿好看是人个[2]，
单身只是弟老为[3]。

龙眼开花齐刁齐，
强好[4]要乐讲卯妻；
行过塘塍照水影，
俩老同高卯个低。

单身弟，
亦卯爹娘亦卯妻；
坐落卯人共弟讲，
出外卯人共弟归。

弟老为，
在妹面前讲卯妻；
三岁爹娘娶械[5]弟，
劏猪饮酒满村齐。

三岁孤寒到今日，
一无爹娘二无妻；
总卯个人伴活弟，
想返真贱弟老为。

有双弟，
又来哄妹做乜西[6]；
去到弟屋亲眼见，
一个喂猪个喂鸡。

单身只讲单身话，
有双哄得妹罗为[7]。
木叶拿来煲水饮，
任妹访杏问四围[8]。

有双弟，
在妹面前讲卯妻；
弟娶那时有份饮，
猪肉上台吃卯齐。

上塘担水是人妇，
下塘担水是人妻；
拗破炮仗颠倒射，
依人妹讲弟老为。

有钱弟娶十二妻，
三个舂谷三个筛；
三个入园去摘菜，
三个煮饭等夫归。

小弟一妻都未有，
妹成报[9]兄十二妻；
若真娶有十二个，
卯米养佢吃乜西[10]。

单身弟，
独自舂谷独自筛；
又要低头来拣谷，
又要抬头来赶鸡。

[1] 齐刁齐：非常整齐。
[2] 个：的。
[3] 弟老为：弟很难过。
[4] 强好：那么好。
[5] 械：给。
[6] 乜西：什么。
[7] 妹罗为：男方对女方的称呼。
[8] 四围：四周围。
[9] 成报：还讲。
[10] 佢：她。乜西：什么。

流传地区：横县

演唱者：梁振恒

搜集整理者：梁振恒

搜集时间及地点：1986年9月搜集于横县南乡镇五合村

来源：选自横县民间文学三套集成编委会编《横县歌谣集上册》（内部资料），1987年1月

有意千里来相见（汉族）

连妹不近都算近，
想来大路隔铺零[1]；
弟屋离妹也不远，
雷响大家都闻声。

有心连郎不怕远，
不怕路途行日零；
有意千里来相见，
无情对面不开声。

田水洗罾[2]人眼浅，
旁边眼热弟连情；
今时世界人不好，
不是个个都通情。

母子周行人还讲，
一句人添百句成；
有意连弟一味去，
不怕外人耻笑声。

[1] 铺零：十里为一铺，"铺零"即十多里。

[2] 罾：捕鱼的工具。

生鸡飞上米筒企[3]，
得妹开声仑句兄；
弟队无物送给妹，
总无物送要念情。

流传地区：横县

演唱者：梁大红

搜集整理者：方昌

搜集时间及地点：1986年9月搜集于横县新福乡

来源：选自横县民间文学三套集成编委会编《横县歌谣集上册》（内部资料），1987年1月

同妹采花卯想归（汉族）

睇见娘村卯几大，
一群女儿得强齐[4]！
僧极[5]大门日夜讲，
那样出计勾个归？

心想共娘认亲戚，
不知娘心齐卯齐；
自古风流世接代，
不是伝俩新例规。

邀邀勇勇[6]来问妹，
问声妹队去哪归？
若得共娘结亲戚，
出门讲话实风威。

[3] 生鸡：未被阉割过的公鸡。米筒：量米用的竹筒。企：站。

[4] 强齐：那么齐整。

[5] 僧极：玩耍。

[6] 邀邀勇勇：一伙同伴，不约而同地聚在一起为某个目标行动。

广东移藕归塘种，
远乡偷连花色齐；
偷连千望妹共弟，
共妹采花卯想归。

今日共娘讲两句，
欲[1]弟回家心事迷；
闻讲娘村有好藕，
心想偷连妹老为[2]。

家里又贫面貌低，
弟卯肯连妹老为；
人劫乞丐要财宝，
败坏名头弟老为。

流传地区：横县

演唱者：莫家源

搜集整理者：韦艺文

搜集时间及地点：1986 年 9 月 14 日搜集于横县陶圩乡上莫村

来源：选自横县民间文学三套集成编委会编《横县歌谣集上册》（内部资料），1987 年 1 月

实卯有（汉族）

郎有妇，
三岁那时有了妻；
父母降钱娶械[3]你，
好花早在人园围。

实卯有，
只有父母没有妻；
小弟家中多贫薄，
卯有银钱来娶妻。

郎有妇，
十八年来有了妻；
弟妻亦同弟强好，
插筷落筒卯强齐。

实卯有，
十八年来未有妻；
昨日出圩算条命？
兄今条命十分孬[4]。

郎有妇，
双飞蝴蝶平排归；
昨日行过弟门口，
睇[5]见弟妻实是威。

实卯有，
若有名字倒着写。
木叶拎[6]来煲水吃，
任妹访查村周围。

龙眼开花齐又齐，
识得情兄有了妻；
卯讲仑娘娘亦识，
杀猪请酒娶弟妻。

白鹤飞天对对齐，
妹个有夫弟卯妻；

[1] 欲：逗引。
[2] 老为：男女按韵对对方的尊称。
[3] 械：给。
[4] 孬：坏。
[5] 睇：看。
[6] 拎：拿。

杀猪请酒是人个[1]，
小弟贫穷实难为。

前日行过弟门口，
同台吃饭笑咪咪；
同台吃饭同凳坐，
一个坐东个坐西。

独笼鸡，
独笼吃谷独笼啼；
田里做工卯有队，
园里种菜自己围。

前日行过弟门口，
又见弟妻喂谷鸡；
弟妻便从正门入，
弟从横门笑入归。

买对鸭儿死一只，
娇娥难得成双归；
无事出圩去耍乐，
无人煮饭等弟归。

有钱弟娶十二妻，
三个捣碓三个筛；
三个入园去执菜，
三个煮饭等夫归。

一夫一妇我见过，
没有个人强多妻；
就是娶得亦难养，
不是田螺吃得泥。

流传地区：横县

[1] 人个：别人的。

演唱者：莫家源

搜集整理者：韦艺文

搜集时间及地点：1986年9月搜集于横县陶圩乡上莫村

来源：选自横县民间文学三套集成编委会编《横县歌谣集上册》（内部资料），1987年1月

心想请媒去问妹（汉族）

去圩弟，
问弟去圩买乜西[2]？
买有果子分些妹，
亦留一些给弟妻。

十字街前人卖果，
手上无钱难买归；
担柴出圩换米煮，
妹见难亏卯难亏？

肉在菜盆空吃饭，
果子摆街卯买归；
弟是人家富贵子，
装穷叫苦做乜西？

郎贫薄，
卯有银钱买东西；
件衫补红又补绿，
出圩人喊弟花鸡。

弟是人家富贵子，
讲强[3]凄凉做乜西？

[2] 乜西：什么。
[3] 强：这么。

若是未曾娶有妇，
红粉女儿跟弟归。

上下乡方人知道，
一欠家贫人又孬[1]；
心想请媒去问妹，
怕妹笑兄想妻迷。

情书拿来包灯草，
见兄言语妹心迷；
心想共兄结双对，
怕弟卯娶个样妻。

想妹迷，
树上喜鹊立乱[2]啼；
心想共娘结双对，
械乜[3]东西上手提？

想弟迷，
又怕情兄有了妻；
若是未有老实讲，
嫁弟又怕嫌妹孬。

孬便孬，
朝同出去夜同归；
好过别人卯娶有，
出去望东又望西。

若弟卯嫌妹卯论，
伝队[4]两家孬对孬；
吃水甘心欢乐日，
白发齐眉正风威。

[1] 孬：不好。
[2] 立乱：胡乱。
[3] 械乜：送什么。
[4] 伝队：我们。

流传地区：横县

演唱者：莫家源

搜集整理者：韦艺文

搜集时间及地点：1986年9月搜集于横县陶圩乡上莫村

来源：选自横县民间文学三套集成编委会编《横县歌谣集上册》（内部资料），1987年1月

妹讲后圩就后圩（汉族）

灯草担过弟村卖，
一又合心二合时；
若弟连妹得到手，
当想[5]江中水共鱼。

情妹心中想连弟，
有句话言讲妹知；
米壹[6]到圩中趁早卖，
妹莫推挨时过时。

出圩摆摊卯人睇[7]，
伝俩散场算一圩；
娘也返[8]去兄返去，
不识[9]逢娘在那时。

春到百花蝶卯采，
等花落地采空枝；
风吹灯草过岭去，
后生打动妹心扉。

[5] 当想：好像。
[6] 米壹：糯米制品，质软，内有馅。
[7] 睇：看。
[8] 娘：姑娘。返：回。
[9] 不识：不知。

蛋装红绒出圩卖，
问娘真思是假思？
若是真思讲仑弟，
日子问娘讲几时？

蜘蛛结网五双瓮，
十情都有九情思；
等妹真心仑弟听，
的断日期计[1]后圩。

的断日期讲便讲，
怕妹欲坏[2]弟心思；
空口无凭信卯过，
要娘东西械[3]定期。

小妹定期卯物械[4]，
小妹认真仑你知；
若是情兄信卯过，
断定齐家举手儿[5]。

同举手儿事是假，
曲直娘心弟卯知；
妹械定期正为实，
空口怕妹话言虚。

头上卯簪手卯镯，
小弟喊妹械乜呢？
卯用定期娘讲实，
妹讲后圩就后圩。

流传地区：横县飞龙乡

演唱者：梁大红

搜集整理者：方昌

来源：选自横县民间文学三套集成编委会编《横县歌谣集上册》（内部资料），1987年1月

[1] 的断：决定。计：大约。
[2] 欲坏：逗乱。
[3] 械：原意为"给"，这里应为"作"。
[4] 械：这里意为"给"。
[5] 齐家：大家。举手儿：民俗，互勾手指表示言必信。

天光双（汉族）

天光光，
鸡出笼门双趁双[6]；
母鸡引儿去找食，
小心莫械牙鹰邦[7]。

天光光，
鸡出笼门双趁双；
早朝出去三十六，
到夜归来十八双。

天光光，
望见下园蕉子黄；
蕉子黄黄是人个[8]，
女儿好看是人双[9]。

天光光，
望见下园蕉子黄；
洗净面盆等雪水，
霜白不怕蕉子黄。

天光光，
天光又落白头霜；

[6] 双趁双：一双跟着一双。
[7] 牙鹰：老鹰。邦：追赶。
[8] 人个：人家的。
[9] 人双：人家的伴侣。

白头霜落卯要紧[1]，
打得蕉根叶总黄。

天光光，
白头霜落蕉根黄；
叶黄有心根未死，
怕妹生疏也难防。

天光光，
鹿儿过岭帮趁帮[2]；
鹿儿想吃山头草，
娘脚踏雪为寻双。

天光光，
英台骑马过西方；
英台得遇梁山伯，
小弟有缘遇人双。

六月拎[3]杯等雪水，
娘今睇见难成双；
心想共兄偷相识，
见弟有双妹心狂。

郎言嘱报娇娥[4]妹，
千祈报妹莫心狂；
妹也无夫弟无妇，
有心伝俩就成双。

百鸭死了九十九，
娇娥何日得成双？
六月水瓜不结子，
怕妹搭棚落空忙。

买对鸭儿归屋养，
千望娇娥同一双；
连娘千望成双对，
卯得成双心卯甘。

吃饭冇鱼思着肉，
小妹冇夫想着双；
家里冇钱想着宝，
如同廿几望月光。

二人同吃路边雪，
伝俩大家都想双；
小班去合大班戏，
伝俩二人正合邦。

英台去共山伯坐，
千望二人得同窗；
若弟不嫌娘不论，
鸳鸯结对就成双。

早天去贩花瓮卖，
伝守前情必成双；
无霜千望天落雪，
无米千望妹禾黄。

流传地区：横县

演唱者：莫家源

搜集整理者：严子欢、韦艺文

搜集时间及地点：1986 年 11 月 20 日搜集于横县陶圩乡

来源：选自横县民间文学三套集成编委会编《横县歌谣集上册》（内部资料），1987 年 1 月

[1] 卯要紧：不要紧。
[2] 帮趁帮：一帮跟着一帮。
[3] 拎：拿。
[4] 娇娥：男方对女方的昵称，或女方自称。

妹有真心弟有情（汉族）

兄以[1]零丁妹零丁，
有福得见妹共兄；
担水洗纱拕[2]来纺，
见妹合情弟来经[3]。

今日共妹初相识，
知妹有心来念兄；
妹有真心记念弟，
好纱自然有好经。

今日共妹初相识，
卯识排班安乜[4]名；
恐防有日伝相见，
出圩人市好喊声。

灯草出圩共瓮卖，
妹有真心弟有情；
交情好比长江水，
四季长流总不停。

反手梳头兄长髻，
常时记念妹有情；
江水不分兄和妹，
卖鸭娇娥同一营。

天旱人拎[5]长鼓打，
两头好打也为情；
红豆跌落竹根脚，
人林相思也为情。

[1] 以：也。
[2] 拕：拖。
[3] 经：招呼，喊。
[4] 卯：不。乜：什么。
[5] 拎：拿。

织布纱断灯草接，
兄有真心来接情；
藕叶拿来作帽戴，
妹来连郎遮荫兄。

千钱买只花酒瓮，
弟有万分高兴情；
皇历扎排过大海，
共妹浮游几年零。

流传地区：横县
演唱者：梁大红
搜集整理者：方昌
搜集时间及地点：1980 年搜集于横县南乡镇松柏村、新福乡陈村
来源：选自横县民间文学三套集成编委会编《横县歌谣集上册》（内部资料），1987 年 1 月

石灰糊墙初相识（汉族）

今日共娘初相识，
问妹贵处是哪方？
弟想共妹讲两句，
知妹心中想哪方？

石灰糊墙初相识，
初初相识妹个邦[6]；
强大[7]未曾相会过，
共妹讲句话心房。

踏脚出门踩着雪，

[6] 个邦：这里。
[7] 强大：这么大。

谁知今日遇人双[1]；
英台得遇梁山伯，
蜜蜂得遇桂花黄。

郎来得遇红粉女，
又缘得遇妹人双；
小弟共娘伝相识，
当想鸳鸯时凤凰。

观音面前点蜡烛，
望妹增光弟个邦；
若得娘心同弟意，
好比新佛初开光。

山伯去住英台屋，
伝俩返归同一房；
北京移藕归塘种，
望妹成连在弟方。

等弟真心仑妹听，
兄今单身未有双；
小弟亦是单身仔，
妹慢去查上下方。

郎话是真卯[2]是假，
家贫那样得成双；
不信妹跟到屋睇，
一来无娘二无双。

夜睡罗帏郎独自，
单身独自守空房；
正定想返心暗噎，
小弟单身实是狂。

郎独自，
出门遇着妹无双；
小弟单身娘独自，
伝俩合来成一双。

昨夜三更打一梦，
谁知今日遇逢双；
六任判官先注定，
注定婚姻坛成双。

去年遇妹桃花色，
今年见妹面色黄；
知得做工多辛苦，
定是遇着雪风霜。

共妹偷连望到老，
分离守等另换皇；
对月[3]孙儿卯娘带，
望娘拖带帮弟忙。

流传地区：横县

演唱者：梁大红

搜集整理者：方昌

搜集时间及地点：1986年10月搜集于横县新福乡陈村

来源：选自横县民间文学三套集成编委会编《横县歌谣集上册》（内部资料），1987年1月

三十出头未有妻（汉族）

亏了亏，
越思越想心越亏；

[1] 人双：已经结婚了的男女。
[2] 卯：不。
[3] 对月：满月。

三岁孤寒到今日，
三十出头未有妻。

三岁孤寒到今日，
一卯爹娘二卯妻；
弟要竹筒去担水，
全村男女都笑齐[1]。

实卯有，
上台吃饭独自围；
衫烂无人共弟补，
捣碓无人共弟筛。

实卯有，
家中十样九卯齐；
独只锅儿独只碗，
独只鸭儿独只鸡。

满垌禾黄弟冇[2]米，
满圩女儿弟卯妻；
算命先生开八字，
睇[3]我条命实是低。

卯哄妹，
哥今单身实卯妻；
不信妹你访查过，
你睇那个是弟妻。

妹卯信，
强[4]好人才未有妻；
沙纸做扇出圩卖，
哥你千祈莫随葵。

[1] 笑齐：个个取笑。

[2] 冇：无。

[3] 睇：看。

[4] 强：这样。

真真是，
当年廿几未有妻；
出门睇见人双好，
回家睇见泪凄凄。

亏了亏，
皇天分摊卯同齐[5]；
树上雀儿成双对，
亏哥单身卯有妻。

三岁孤寒到今日，
一卯爹娘二卯妻；
单身只讲单身话，
有双哄你做乜西[6]？

亏了亏，
无双想见泪凄凄；
人家田垌禾得割，
弟今独田未得犁。

出入得见斑鸠叫，
双双同飞不同啼；
哥我如同孤山雀，
独自出去独自归。

流传地区：横县

演唱者：莫家源

搜集整理者：韦艺文

搜集时间及地点：1986 年 9 月 16 日搜集于横县陶圩乡上莫村

来源：选自横县民间文学三套集成编委会编《横县歌谣集上册》（内部资料），1987 年 1 月

[5] 卯同齐：不在一起。

[6] 乜西：什么。

情歌对唱（汉族）

男： 各位贵步行过启[1]，
一总请入我屋返；
若得贵步入我屋，
有菜马上捉鸡劏[2]。

女： 人去有乜就吃乜，
不用捉呢[3]头牲劏，
一来喜同[4]兼盛惠。
同强搞吵太麻烦。

男： 鸡鸭便是家居养，
常时准备客来劏。
未曾得吃先喜同，
有口无心是哄郎。

女： 要我入去容易得，
怕你夫妻俩相争；
一来又怕你卯处，
又烦隔离更加难。

男： 独只竹箩摆街卖，
人人都知我孤单；
总要有心你入启，
十分卯处伝同床。

女： 你床便是夫妻睡，
叫妹同床卯应当；
讼棍拎[5]刀喊打杀，
弄妹进退两头难。

男： 鹿角搭桥作路过，
放心大胆正经行；
若是有妻我包架，
千斤重担要承担。

女： 得你强讲心欢乐，
记紧下次来寻郎；
十五月光来寻弟，
月亮晒谷有得晾。

男： 既然强讲莫要去，
免你贵步卯用行；
日日得见心正乐，
一日不见当年间。

女： 连情好比日头强，
今朝去了明朝返；
夫妻还有隔别日，
那得时时已配郎。

流传地区：横县

演唱者：梁振恒

搜集整理者：严子欢、黄明安、容小玉、何小黎

搜集时间及地点：1986 年 9 月 8 日搜集于横县南乡镇五合村

来源：选自横县民间文学三套集成编委会编《横县歌谣集上册》（内部资料），1987 年 1 月

[1] 启：这里。
[2] 劏：杀。
[3] 捉呢：捉这些。
[4] 喜同：多谢。
[5] 讼棍：专门为人写状纸者；拎：拿。

要连小妹等到冬（汉族）

弟唱个只卯唱了，
日头起山红又红；
只见做工有饭吃，

人讲唱歌得强[1]疯。

莫紧去，
平地堂禾[2]莫紧松；
今日有歌你卯唱，
过后点火都难逢。

共妹讲了千句话，
卯句[3]实话讲仑兄；
裁缝帮人针[4]背带，
难道就给弟落空？

饭甑[5]炊纱莫愁气，
莫要愁气弟两同；
担粪入园种灯草，
有心唱歌自然同。

共妹讲讲得口爽，
吃蔗吐渣甜口中；
田螺着人吃了肉，
空壳拎来讲空筒。

强大未曾去过哪[6]，
妹队未曾哄过同[7]；
木叶拎来煲水吃，
任弟去查妹村中。

落雪田螺不开口，
妹队有双成[8]嫌重；
三月螃蚶[9]过大路，
春天见妹两头冲[10]。

十八原来妹未嫁，
三板船儿卯有篷；
饭甑里头炊宝鸭，
专望娇娥出气同。

闲话讲多还反复，
淡酒饮多亦醉同；
若念有心记念弟，
卯乜东西寄俾[11]同。

等妹实言仑弟听，
马儿细小未能冲；
要吃莲藕等十月，
要连小妹等到冬。

流传地区：横县

演唱者：黄朝溢，男，汉族，横县马岭村人，初中文化

搜集整理者：石必山，男，壮族，横县马岭乡文化站干部，初中文化

搜集时间及地点：1986年9月搜集于横县马岭乡马岭村

来源：选自横县民间文学三套集成编委会编《横县歌谣集上册》(内部资料)，1987年1月

[1] 得强：那样。
[2] 堂禾：用牛拉石磙在禾场上脱粒称堂禾。
[3] 卯句：没有一句。
[4] 针：缝。
[5] 饭甑：蒸笼。
[6] 哪：什么地方。
[7] 同：同龄人。
[8] 成：还。
[9] 螃蚶：螃蟹。
[10] 冲：遇见，碰见。
[11] 寄俾：寄给。

断个日子仑弟知（汉族）

讲着定物弟未有，
是有理应交械[1]姨；
等弟实言仑弟听，
报妹断[2]个准日期。

是妹有心断日子，
断个日子仑弟知；
断个日期留准备，
准备手巾共马儿[3]。

是妹有心断日子，
断个日子仑妹知；
断个日期货以定，
定只马儿械弟骑。

马儿儿，
马儿细小未当骑；
一来马儿又细小，
二来未有马鞍披。

马儿儿，
未曾织有马鞍披；
报妹欢心迟下日，
织得拎去娘村骑。

妹相思[4]，
借只马儿弟队骑；
借只马儿弟骑去，
有借有还妹相思。

妹卯舍，
妹卯舍得借马儿；
儿好马儿妹都有，
妹留去定别村呢[5]。

妹屋有，
妹屋有牛有马儿；
问一问二娘卯给，
真是有财人粒呢[6]。

妹讲卯有弟卯信，
给只定计恰为奇[7]；
马儿亦跟妹脚迹，
裙带亦跟妹衫衣。

千望妹，
千望情娘械马儿；
是妹真心交给弟，
给弟过后慢还姨。

马儿儿，
买定马鞍装定骑；
鞍披装成龙凤尾，
四角铜铃响纷飞。

莫械粗言郎仑妹，
妹想成亲在嫩时[8]；
闻讲已娘养有马，
望妹借只己兄骑。

灯草拎来织篷帐，

[1] 械：给。
[2] 断：定。
[3] 手巾、马儿：男女之间逗情的信物。
[4] 妹相思：按韵对女方的称呼。
[5] 呢：的。
[6] 粒呢：小气。
[7] 给只定计恰为奇：给件信物才为真。
[8] 嫩时：年轻时。

有心思量趁早呢[1]；
好话讲多成重复，
望妹定计莫迟疑。

流传地区：横县
演唱者：莫家源
搜集整理者：韦艺文
搜集时间及地点：1986 年 9 月 16 日搜集于横县陶圩乡上莫村
来源：选自横县民间文学三套集成编委会编《横县歌谣集上册》（内部资料），1987 年 1 月

初识（汉族）

东边天上有朵云，
又想落雨又想晴；
行过藕塘那个妹，
又想偷莲（连）又怕人。

上山陡陡问妹姓，
行路平平问妹名；
亚妹若是吝哥听，
出墟入市好相称。

唱支山歌逗一逗，
看妹回头不回头；
若是有心回头看，
哥是姜公放钓钩。

好难盼，
难盼红鲤吃金钩；
难得画眉叫一叫，
难得妹你开金喉。

[1] 早呢：早些。

买马配鞍毋龙头，
无梯怎得上高楼；
小妹生来实太笨，
肚内无木开乜喉。

上墟买锁锁连匙，
锁匙连锁不能移；
连情比似高松柏，
树根毋动表难移。

你想唱歌就唱歌，
你想撑船就下河；
撑船不怕滩水急，
唱歌不怕有人多。

妹是深山大枧木，
顺着清江流下来；
皇帝拿去做门板，
大小官员谁敢挨？

哥是鲁班木匠师，
手拿斧头走过街；
皇帝请哥做门板，
三分入木七分裁。

月亮出来照中街，
照见哥影柱头挨；
阿哥不是死猪肉，
为何不敢上高台？

人生白净坐书台，
你生黑塔去担柴；
三日是墟去四日，
戴边竹帽在墙挨。

哥身红黑是真色，

日日上山为妹来；
哥是无心砍柴卖，
专来和妹企并排。

哥在一边妹在边，
渺渺茫茫难近前；
铁打葫芦难开口，
人熟礼生难直言。

有心有意隔张纸，
无心无意隔边天；
有心千里来相会，
无心对面也难言。

水鸡飞过高山顶，
不知何处有塘田？
十二月天藕旱死，
叫哥何处去寻莲（连）。

今朝行过藕塘边，
塘内莲花朵朵鲜；
大胆问声藕塘主，
这塘好藕是谁莲？

流传地区：宾阳县

演唱者：陆祥，男，汉族，宾阳县陆华村人，农民，高小文化

搜集整理者：陆有全，男，汉族，宾阳县人，中专学历，中学副总务主任；王启智，男，汉族，宾阳县人，文化局创作员，大专学历

搜集时间及地点：1986 年 7 月 10 日搜集于宾阳县太守乡陆华村

来源：选自宾阳县民间文学三套集成编委会编《中国民间文学三套集成宾阳县歌谣卷》（内部资料），1987 年

无衣想你一同棉[1]（汉族）

今朝走过藕塘边，
水浸藕花真可怜！
因何尽是哥等妹，
为何妹不等同年？
一更过了二更天，
三更霜水落连连；
妹在深房抱被睡，
丢坏同年在外边。

火烧鞭炮因引紧，
妹不诱哥天限天；
毋用拖拉月过月，
青春能有几多年？
鸡儿鹅儿不是鸭，
劝哥问心想过先，
灯草穿钱去买藕，
同心合意慢来连？

屋内无灯望月亮，
身上无衣望热天；
月亮毋光望十五，
枕上无妻望同年。
猪心炒藕毋用煎，
今日有心想取莲；
买只公鸡居做种，
嘱哥千祈毋用嫌[2]。
黄金落地是人宝，
再好姑娘哥毋连；
人家花园哥不进，
哥个良心对得天。

[1] 棉：意同“眠”。
[2] 嫌：意同“阉”。

屋底湴塘种莲藕，
一心想望你生莲；
墟中摆卖荔枝子，
毋尝哥怎识酸甜？
江边种竹无人砍，
也无一根高过天；
妹当青春不想伴，
怕你修身当神仙？

榄子生来两头尖，
菠萝生茨内心甜；
哥着新衫鼻孔大，
行路见妹望上天！
出山黄猄眼角尖，
门逢看人妹眼偏；
十二月天下大雪，
无衣想你一同棉。

流传地区：宾阳县

演唱者：陆祥

搜集整理者：王启智、陆有全

搜集时间及地点：1986 年 7 月 14 日搜集于宾阳县太守乡陆华村

来源：选自宾阳县民间文学三套集成编委会编《中国民间文学三套集成宾阳县歌谣卷》（内部资料），1987 年

连娘比似长江水（汉族）

连娘比似长江水，
哥同白鹤守娘滩；
我今有心想问妹，
问你姓名还毋还？

想识妹姓也容易，
想知妹名也不难；
在家同队喊兰妹，
出墟同学叫金兰。

过了一山又一山，
山中鸟叫我心烦；
再过一山不见妹，
把兄进退两头难。

你讲你难妹也难，
见兄青色毋知兰；
毋皂洗衫石上摆，
兄今覆覆又翻翻。

难了难，
坏网装鱼浪荡拦；
妹比山中芭蕉树，
一刀砍断见心生。

你说你难妹更难，
哥实毋知苦共咸？
妹比画眉笼内养，
喊生喊死为青山。

落雨毋柴烧牛轭，
毋念当初活颈行；
哥吃田螺来做饭，
毋知肚内几多弯。

放水落田哥毋押，
岭上放牛哥毋栏；
今日想连由在妹，
再毋同人抓手帮。

同呀庚，
讲到断情是好闲；

你不连情便放手，
肥田哪怕毋人耕？

担水码头洗细纱，
妹你想哥仔细查；
妹你有心当面讲，
毋要杨梅暗开花。

拿锹落塘去挖藕，
专来寻你这根芽；
藕未生根人就挖，
何曾生出水莲花？

咸蛋无门盐自进，
吊兰无土自开花；
世上连情不仅妹，
到处黄梅一样花。

苦瓜苦苦连皮吃，
甘蔗甜甜也丢渣；
妹是五月荔枝子，
即有皮花心毋花。

路远哥行三五朝，
燕子飞高来路遥；
隔山望妹开条路，
隔江望妹架条桥。

生柴落灶火难烧，
十八姑娘莫太嚣；
妹不嫁哥也会老，
花不招蜂也会凋。

妹不梳头嫌发乱，
梳光又说妹轻飘；
正同蚂拐中间缚，
把娘一肚气难消。

舍吃辣椒毋怕辣，
舍命连情毋怕刁；
只求留得青山在，
哪怕煮饭毋柴烧。

流传地区：宾阳县

演唱者：陆祥

搜集整理者：王启智、陆有全

搜集时间及地点：1986年7月14日搜集于宾阳县太守乡陆华村

来源：选自宾阳县民间文学三套集成编委会编《中国民间文学三套集成宾阳县歌谣卷》（内部资料），1987年

妹不连哥到几时（汉族）

天鹅白鹤转弯弯，
乌龟也想上高山；
蛤蟆想吃天鹅肉，
枉费你吞一肚馋。

今日走过藕塘边，
见藕开花白莲莲；
上前向妹问一句，
这塘好藕是谁莲。

龙眼开花细丝丝，
双双蜂蝶为花迷；
阿妹十八哥二十，
妹不连哥到几时？

流传地区：宾阳县

搜集整理者：黄世荣，男，汉族，宾阳县

新桥乡务本村人，初中教师，高中文化

搜集时间及地点：1986年9月8日搜集于宾阳县新桥乡

来源：选自宾阳县民间文学三套集成编委会编《中国民间文学三套集成宾阳县歌谣卷》（内部资料），1987年

诘问（汉族）

日头团团就落西，
阿哥赶牛落岭来；
触景生情歌出嘴，
红叶题诗试肚才。

鸡圳撑船你够水，
头戴礼帽你够稽；
摊头摆货任你问，
鹧鸪多情任你啼。

三百牯牛过岭梯，
几多牛角几多蹄？
几多牛蹄踩落地，
几多牛蹄不沾泥？

三百只牛六百角，
共有一千二百蹄；
一千一百蹄落地，
一百只蹄不沾泥。

妹比三斤大鲈鱼，
请哥对鱼唱出居；
每句必有两头字，
唱得出来送你鱼。

塘头打鱼墟头卖，
秤头钩人大头鱼；
篾头穿过鱼头去，
这头拎过那头墟。

三十个瓜吃九餐，
餐餐吃双不吃单；
若是贤兄分得对，
凤变梧桐愿藤攀。

一字写来有乜难，
易过鲤鱼跳落滩；
六餐先吃二四个，
剩下六个吃三餐。

一千铜钱零一文，
再问贤兄几份分？
随问随答不间断，
鸭公落水跟你行。

一千铜钱零一文，
单数出题七份分；
每份先取一百四，
剩下零头各三文。

什么生来一堆肉？
什么死了一抓筋？
谁能数尽山木叶？
谁能数尽海鱼鳞？

南瓜生来一堆肉，
水瓜死了一抓筋；
细雨数尽山木叶，
龙王数尽海鱼鳞。

你够水，你精灵，
山中鸾凤共和鸣；

两只筷子成双对，
牛郎织女共行程。

流传地区：宾阳县

演唱者：黄荚秀，女，汉族，广西宾阳覃滩村人，民间歌手，高小文化

搜集整理者：王启智、陆有全、黄龙琼

搜集时间及地点：1986 年 5 月 1 日搜集于宾阳县陈平乡覃滩村

来源：选自宾阳县民间文学三套集成编委会编《中国民间文学三套集成宾阳县歌谣卷》（内部资料），1987 年

娘子生来似朵花（汉族）

娘子生来似朵花，
日日种田伴泥巴；
早知今日种田苦，
当初何不嫁官家？

状元头上戴乌纱，
只管朝廷不管家；
不如嫁个种田弟，
日里耕田夜采花。

流传地区：宾阳县

演唱者：陆祥

搜集整理者：王启智、陆有全

搜集时间及地点：1986 年 7 月 14 日搜集于宾阳县太守乡六华村

来源：选自宾阳县民间文学三套集成编委会编《中国民间文学三套集成宾阳县歌谣卷》（内部资料），1987 年

别人求雨我求晴（汉族）

天旱几年毋落雨，
别人求雨我求晴（情）；
求你正同高价米，
求三求四毋出升（声）。

不会打枪惊动鸟，
不会装香惊动神；
不会唱歌难答伴，
金鸡难对凤凰鸣。

石上切鱼难落手，
武术拳师难近身；
十八罗汉对面坐，
难开神口听神音？

葫芦放入长流水，
为何哥你不来寻？
琵琶三年挂壁上，
为何哥你不弹（谈）声？

江水流下毋流上，
妹今交口毋交心！
哥是留心守等妹，
妹你留心等何人？

忧多日夜妹无乐，
操多吃饭也难吞；
哥你连人连得好，
水上浮萍没有根。

席关坏了两条筋，
妹你也有两条心；
也有一半来恋我，
一半留来恋别人？

有心怎比妹有心，
剥皮蕉子蜜糖淋；
蕉子淋糖把哥吃，
哥还嫌妹没良心。

吃蔗妹嫌甘蔗硬，
连情妹讲哥家贫；
小弟家贫心事好，
问妹怎起反良心？

是哥起了坏良心，
又奸又滑又阴沉；
哥你毒心应早死，
莫在世间哄好人。

火烧芭蕉心不死，
天遥路远哥来寻；
妹放灯草来垫路，
个场踏碎了哥心。
柑子跌落井中心，
一半浮采一半沉；
早知哥是葫芦种，
晒干黄鳝早收身。

流传地区：宾阳县

演唱者：陆祥

搜集整理者：王启智、陆有全

搜集时间及地点：1986 年 7 月 14 日搜集于宾阳县太守乡陆华村

来源：选自宾阳县民间文学三套集成编委会编《中国民间文学三套集成宾阳县歌谣卷》（内部资料），1987 年

山中只有藤缠树（汉族）

个天落雨落簌簌；
蛤公来寻蛤母游；
蚂拐都识成双对，
问妹为乜毋嫁夫？

只有黑鸡屙白蛋，
哪有白鸡屙乌蛋；
山中只有藤缠树，
哪有嫩草尔饥牛。

流传地区：宾阳县

演唱者：吴二公、黄月莲

搜集整理者：熊兴亮、莫兆桐、陆有全

搜集时间及地点：1986 年 7 月 4 日搜集于宾阳县芦墟乡

来源：选自宾阳县民间文学三套集成编委会编《中国民间文学三套集成宾阳县歌谣卷》（内部资料），1987 年

毋鸡待哥也打鱼（汉族）

一条大路白灰灰，
问你阿妹去哪居？
若你有心吝我听，
送娘十里转回居。

世上毋充得咁好，
无亲无戚送娘回；
若是有心送到屋，
毋鸡待哥也打鱼。

流传地区：宾阳县

演唱者：龙润根，男，汉族，宾阳县人，

农民，初小文化

搜集整理者：王启智、陆有全

搜集时间及地点：1986 年 6 月 16 日搜集于宾阳县武陵乡龙村

来源：选自宾阳县民间文学三套集成编委会编《中国民间文学三套集成宾阳县歌谣卷》（内部资料），1987 年

妹有真情哥有意（汉族）

背枪上山去打鸟，
毋知爬了几多坡；
妹比江中只水獭，
毋知游了几多河。

高山有根老松柏，
毋知挂了几多霜；
哥比狮子正月舞，
毋知拜了几多门。

鱼上木根去打浪，
雁落洞庭去做窝；
世间毋见这只怪，
是妹疑瓜变六苏。

水淹天门鱼吃獭，
成群蚯蚓落塘游；
牛鼻吹风口气大，
芭蕉叶大遇霜枯。

春到公园景色佳，
既有鲜花有落花；
湿索绑牛妹上紧，
再过几年变大妈。

妹在墟头包粽卖，
粽心有肉有芝麻；
谁爱粽巴谁就买，
肚饥装饱也由他。

妹有真情哥有意，
我俩同心到白头；
莫听旁人来引诱，
移梯去上别人楼。

妹是真铜打锁头，
再留百年毋锈搜；
毋是热天做糍卖，
当天毋卖隔天馊。

流传地区：宾阳县

演唱者：唐建豪

搜集整理者：王启智、陆有全

搜集时间及地点：1986 年 6 月 6 日搜集于宾阳县思陇乡

来源：选自宾阳县民间文学三套集成编委会编《中国民间文学三套集成宾阳县歌谣卷》（内部资料），1987 年

我俩相交定了心（汉族）

上山妹便问哥姓，
下山妹再问哥名；
若你有心吝声妹，
出墟人市好相惊。

家住桃村哥姓李，
桃李花开正闹春；
李字去头是名字，
李子清甜合妹心。

见哥开口近人情，
讲话对人带笑声；
妹是单名喊做义，
家住内山本姓程。

妹叫程义动哥心，
细缸载酒我同程；
世间难得程义妹，
结交情义是知心。

鹅绒织衣把兄着，
怕你嫌娘情意轻；
青藤爬上大榕树，
高攀不起你贤兄。

苦瓜藤攀苦楝树，
苦对苦采程对情；
咸鱼放凑苦瓜煮，
咸咸苦苦两交情。

咸鱼苦瓜一锅煮，
同咸共苦毋嫌腥；
哥吃得咸妹吃苦，
不嫌咸苦两深情。

活鱼专望塘水深，
连情专望讲知心；
韭菜开花哥心直，
对镜梳妆人望人。

烧砖出窑已定型，
我俩相交定了心；
墟卖灯草讲心话，
问兄交面知交心？

同众上墟买衣服，
不短不长合妹身；
哥捧件衫送把伴，
你且莫嫌作定情。

领哥件衫送背心，
望你时常穿在身；
衫凑背心是定物，
情重如山记在心。

流传地区：宾阳县

演唱者：黄秀英、黄龙琼

搜集整理者：王启智、陆有全

搜集时间及地点：1986 年 6 月 6 日搜集于宾阳县思陇乡江底村

来源：选自宾阳县民间文学三套集成编委会编《中国民间文学三套集成宾阳县歌谣卷》（内部资料），1987 年

初次相连开口难（汉族）

今朝喜鹊来唱歌，
喊伝今日会娇娥；
请妹放伞厅堂坐，
毋杀项鸡也杀鹅。

南脚入门笑呵呵，
问你排行第几哥；
今日我俩初相会，
正同白鹤与天鹅。

走路不知路远近，
过河不知水浅深；
和妹初逢难开口，
初会不知妹良心。
进入堂门遇见兄，

看见人多不敢倾；
旁人多多不敢讲，
超眼送波表些情。

石榴开花叶子黄，
我俩唱歌又何仿？
只有杀人犯死罪，
哪有唱歌犯鬼王？

新织麻篮难开口，
新织簸箕难收边；
今月初初来相识，
心中有意难开言。

高山岭顶种根葱，
风吹葱叶摆归东；
若哥有心摆向妹，
我就跟哥去做工。

新打镰刀难转弯，
初次相连开口难；
心头扑扑跳不止，
满面绯红同牡丹。

流传地区：宾阳县
演唱者：韦才英
搜集整理者：覃万安
搜集时间：1986 年选自搜集整理者的唱本
来源：选自宾阳县民间文学三套集成编委会编《中国民间文学三套集成宾阳县歌谣卷》（内部资料），1987 年

三月三男女对歌（壮族）

男：　每逢三月三，
歌响遍山坡，
姑娘和小伙，
出寨对山歌。

女：　各人住各岗，
不知你歌郎，
今日来相会，
歌郎住何方？

男：　向妹讲真情，
哥家住丰平，
妹家住何处，
讲给阿哥听。

女：　相隔几垌田，
住九甲庭院，
昔日咱读书，
像同学同班。

男：　咱都是丰平，
话讲最真情，
妹名叫什么，
给哥讲真心。

女：　阿妹是最小，
不用去查考，
家里有大姐，
哥你随便叫。

男：　原来叫二姐，
聪明又伶俐，
哥与姐来比，
相差似天地。

女：　相逢不相识，
哥名妹不知，

大胆问哥郎，
排班叫第几。

男：　称呼是在理，
合哥的心意，
家有个大哥，
我就是老弟。

女：　这样叫二哥，
同读过书诗，
愚妹的看法，
大家学猜谜。

男：　阿哥文化低，
不熟悉猜谜，
既然妹提议，
哥愿同学习。

女：　木和木相排，
林字不准猜，
望哥你抓紧，
把谜底揭开。

男：　猜谜真心慌，
哥深思细想，
相字是谜底，
妹说可猜上。

女：　十和十相顶，
日头影中间，
月亮照旁边，
啥字请哥言。

男：　双十真没力，
日头隔分离，
月亮旁边照，
哥猜是朝字。

女：　答得这样快，
哥你满肚才，
莫要太谦虚，
别说无能耐。

男：　哥没啥能耐，
只答胡乱猜，
阿哥有差错，
请把贵手抬。

女：　哥叫妹指教，
妹无法达到，
望哥多指导，
好共同提高。

男：　六十又不够，
八十又太多，
妹你来说说，
到底是猜何？

女：　妹见识浅薄，
信口来开河，
阿妹猜平字，
哥你说如何？

男：　北方有只马，
跑来吃田禾，
廿一人去找，
被关卡八个。

女：　哥你才学高，
把字拆又造，
骥字来猜妹，
的确是巧妙。

男：　阿妹真伶俐，
智力真不差，
字字来对答，
胜过文学家。

女：　哥有才有志，
知识确没差，
哥几时成家，
分糖给妹嘛。

男：　阿哥没福气，
处处人看低，
一来年纪老，
二来无钱娶。

女：　哥你莫怨言，
人正是青年，
生着两只手，
娶妻何愁钱。

男：　讲到丰平地，
泥瘦半边石，
茅草长过垄，
无水源种犁。

女：　只要人有志，
不怕草难犁，
犁耙平田地，
荒山出白米。

男：　妹志气不枯，
真令哥佩服，
种谷谷不出，
生活苦难诉。

女：　哥室有贤妻，
叫来共合计，
一人拉一边，
何必空叹气。

男：　哥实没有亲，
妹你又不信，
间隔离邻近，
哥笨家又贫。

女：　郎讲没有妻，
妹看相有底，
人有妻另样，
哥相与众奇。

男：　像石头独住，
似蜘蛛孤独，
没妻同床宿，
住惯不见苦。

女：　哥不嫌妹愚，
恩爱结夫妻，
问声阿哥你，
还有啥主意。

男：　听妹这么讲，
哥像死还阳，
鸡逢白米抢，
哥心真欢畅。

女：　猪不嫌狗虱，
跳来在一起，
百岁不分离，
甜苦永相聚。

男：　花逢春才开，
哥见妹欢快，

谈好了恋爱，
结姻缘世代。

女：　燕子春对春，
还是飞过海，
哥和妹恋爱，
成夫妻百载。

男：　和妹心连心，
好似块真金，
放进炉火炼，
心如金般纯。

女：　青藤盘古树，
永世不分离，
哥妹二人好，
百年共相聚。

流传地区：南宁市坛洛镇一带
演唱者：马兆益，男，壮族
搜集整理者：马龙棉，壮族，坛洛镇人，初中文化
来源：选自中国民间文学三套集成南宁市领导小组编《南宁市歌谣》（内部资料），1987 年

大家都是采花人（壮族）

男：　手巾新，
手巾包头是哪人？
手巾包头是哪个？
转面过来我看真！

女：　本地女，
妹是邻村本地人，
妹是邻村本地人，
你都爱还看不真？

男：　未识真，
咁耐未曾看过人，
弟都未曾见过妹，
今日你来有何因？

女：　妹是蚂蝗浮水面，
听闻水响我来寻，
人担弓车过路响，
见人好要我来跟。

男：　井水唔担哪得出？
朋友唔交哪得亲？
出圩买麻归屋放，
有丝哪样得成朋？

女：　妹是蜜蜂初出窝，
不知哪处有花根，
若郎识得花园路，
望郎带妹入林花。

男：　担网出门碰着獭，
大家都是打鱼人，
鸳鸯飞来逢蝴蝶，
大家都是采花人。

女：　初来到，
不识江河哪步深，
初来不识郎心事，
识朋心事早来寻。

男：　过江得见人来往，

手上无罾难得任[1]，
去归拿罾路又远，
心想捉鱼水又深。

女：　半路见蛇半路打，
几何听得入茅根，
半路风流半路要，
几何入屋请媒人。

男：　是真假，
开口问娘假是真，
若妹有心来连弟，
等弟安钱便定银。

女：　实是想，
不想再不到处跟，
不想不再来到此，
那蒙小董几多人。

男：　情十分，妹千金，
见妹乖流合弟心，
若娘变得金戒指，
等郎日夜带随身。

女：　妹冇乖，
小妹生来不同人，
灯笼挂在郎门口，
弟都光明妹不登。

男：　娘十成，妹千金，
娘未开口笑吟吟，
未曾开口吟吟笑，
给弟想娘当宝金。

[1]　任：把罾放落塘里等鱼来时称为任。

女：　你讲想娘都是假，
小妹想郎正是真，
不信解衫来看过，
胸前还有泪流痕。

男：　情十足，妹千金，
见妹乖流合弟心，
千船计较郎吟尽，
难得因由近妹身。

女：　你想不比我更想，
小妹思郎日夜吟，
三圩七日娘想尽，
再不打忘一时辰。

男：　娘忘弟，
讲话出来不对心，
蟾蜍抓来做蛤卖，
年中骗了几多人。

女：　不是骗，
小妹未曾骗过人，
蟾蜍另样蛤另样，
你都频轮看冇真。

男：　拿罾去打东洋海，
洞庭海阔几难谣，
千丈黄河万丈水，
识冇有鱼就有念。

女：　用心出门去打网，
冇怕洞庭海水深，
若弟有心装罾等，
有福自然到弟缯。

男：　真是假，

开口问娘假是真，
拮锹去挖塘中藕，
若是得连托赖朋。

女：　新斗挡耙未人拼，
耐久未曾约过人，
观音吃茶我吃水，
有人同妹样真心。

男：　灯草结成双花枕，
若得排头免挂心，
王字头上加一点，
得郎做主免求人。

女：　出圩买麻归搓线，
不识搓纬是搓纶，
若是郎肯同妹搓，
总要我情搓得匀。

男：　解衫睡落泥沟里，
都算小弟舍得身，
石板搭桥行到老，
常行望妹不相分。

女：　一条灯草两头点，
你也尽油妹尽心，
不信你看藤绞木，
木死藤生难脱身。

流传地区：南宁市邕宁区南晓镇一带

搜集整理者：陆耀轩，男，壮族，高小文化

来源：选自邕宁民间文学三套集成编委会编《中国民间文学三套集成邕宁县民间歌谣集》（内部资料），1987 年

初次见面（壮族）

咱初次见面，
像蜜蜂朝花；
两人乐沙沙，
天黑不回家。

妹见哥英雄，
心已乱一团；
妹见哥可爱，
回家走错门。

稻禾才扬花，
要小心打理；
咱齐交心意，
合一世不分。

今日趁歌圩，
人山又人海；
见哥好靓仔，
妹颠倒神魂。

如得哥伴妹，
如同水共鱼；
欢度到老时，
同画鹏结对。

如同牛解轭，
唱歌乐连连；
中秋贺团圆，
年比年幸福。

流传地区：横县石塘镇

演唱者：韦连英，女，壮族，1957 年 10 月 26 日出生，横县石塘镇禾仓村委禾仓村人

搜集整理者：梁肇佐，陈钰文

搜集时间及地点：2012 年 3 月搜集于横县石塘歌圩

球丝歌会[1]（壮族）

思灵人好仁父好，
来到就托给茶烟；
来到就托烟茶给，
我们回敬一杯茶。
齐齐进来先吃茶，
不想留步再回家。
蝴蝶秋到飞回去，
逢春又来寻香花。
出圩见人不见面，
想寻不见挂心怀。
干阁地盆水都少，
哪有鲤鱼戏游来。

三月鸟飞来这里，
投落思灵榕树枝；
躲在思灵榕树上，
看见荫榕放球丝。
听讲思灵养有鸡，
我们先把价格议；
查问价钱要多少，
以便买回贩出圩。
大家买卖成个圩，
店铺门口挂招牌，
店铺门口价牌挂，
你们来买更欢怀。

若是道理这样讲，
连招驸马正应该，
连招驸马正当合，
等他（她）夫妇永和谐。
拿钱来买同年镜，
对照眼见两个乖，
对照眼看两个好，
两相朝晚情欢怀。
花轿临门女就嫁，
临好日子合安排，
临好日子安排好，
衫新鞋花上轿台。

撒谷好久不见鸡，
难道人多它心慌？
难道人多怕出来，
思灵赶快开鸡笼。
花轿来到女出嫁，
要她赶快来梳妆，
头插红花穿新衣，
到了时辰入洞房。
借鸡思灵提归养，
喂好长快面红光，
连时下蛋孵五对，
成双成对没单行。
燕子到秋就飞退，
明春飞回来游游，
明春飞回悠悠乐，

[1] 球丝歌会，流传于邕宁县百济、新江、那马、那陈、大王滩、大塘等乡村。传说在古时候，有一位十分美丽而且能歌善舞的勒稍（姑娘）选婿时，在村中搭起高高的彩台，由她把一只公鸡从台上抛下来，接到公鸡的勒昌（小伙子）经与她对歌后，结成夫妇；后来就逐步演变为放球、还球的“球丝”歌会。歌场上人山人海而谓之歌圩。其“球丝”是用薄艮制成艮球，上端插上五条公鸡美毛（寓意五谷丰登），艮球面上印有蝙蝠一对（寓意福禄双全），艮球的下方系着六条艮链，分别吊着猪、羊等（寓意六畜兴旺）。每逢正月十五或三月三、八月十五、九月重阳等节日，开展放球或还球的对歌活动。一般以村或坡为组成代表，对唱双方各有歌师一二名，歌手两名；其中一方是两男青年，另一方则是两女青年。对歌时，由放球的女方提着球丝唱出歌，首接球的男方按着歌意、歌韵对歌，主场以外人山人海，有的对唱，有的散唱。等到放球的女方唱赢后，才把球丝抛给男方，约定半年或一年后，领球的男方来还球，再次举行歌会。若是还球一方唱不赢，放球一方不领接，则约定来年再对唱。文中记录的是新江乡新江街和思灵村对唱的部分歌词内容。

打对吟诗在村头。

流传地区：邕宁区新江镇一带

演唱者：林朝成，男，汉族，邕宁区新江镇新江街人，小学文化；谭大成，男，壮族，邕宁区新江镇屯卢村人，小学文化

搜集整理者：李启梧，男，壮族，邕宁区民间文学三套集成采风队队员，初中文化；玉光华，男，壮族，邕宁区那楼镇广播站工人，中专文化

翻译者：卢艺，男，壮族，高中文化，邕宁区文化局干部

来源：选自邕宁民间文学三套集成编委会编《中国民间文学三套集成邕宁县民间歌谣集》（内部资料），1987 年

见妹生得白飘飘（壮族）

见妹生得白飘飘，
如同鱼儿好逍遥；
邻近有人比得你，
人才漂亮又苗条。
石塘歌圩好热闹，
车水马龙人欢笑；
歌声如同海水涨，
再振雄风起高潮。

流传地区：横县石塘镇

演唱者：郑活然，男，汉族，1950 年 10 月 20 日出生，横县石塘镇石塘居委郑屋村人

搜集整理者：梁肇佐、陈钰文

搜集时间及地点：2012 年 3 月搜集于横县石塘歌圩

挑逗（壮族）

昨晚灯开花，
今日阿妹来；
双方同声开，
唱英台山伯。

丢石头下溪，
引花鱼出窝；
山伯唱山歌，
约英台来和。

请妹来唱欢，
同围园种花；
种得簇又簇，
和得首又首。

草木长山里，
不需肥来养；
人们有欢唱，
肚里酿出来。

说此地有竹，
削节做笛子；
吹声引鸭子，
妹子快出来。

说此地狗多，
人过不见吠；
此地有俏妹，
为啥不见影？

说此地有谷，
一路不见秧。
此地有歌王，
不见唱一声？

筒里筷子多，
任你摸一双；
天下广朗朗，
唱哪儿随你。

哥邀妹唱歌，
不迫你挑担；
如妹力不便，
小声点也行。

挑也挑个够，
逗也逗好多；
妹肚里有歌，
啥不啊出来？
藏歌埋肚里，
积压多会烂；
请妹赶快唱，
让稻穗开花。

流传地区：马山县

演唱者：韦文渊，男，马山县人，1955年4月生，个体户

搜集整理者：梁肇佐、陈钰文

搜集时间及地点：2012年8月搜集于马山县

动问歌（壮族）

弟问妹，
问妹排班是乜名，
妹是乜名仑[1]弟听，
等弟出圩好相经[2]。
弟问妹，
问妹只名卯[3]仑兄，
之是[4]话言得罪妹？
之是嫌弟问卯成？
哪只铜锣卯有声？
哪个生来卯安名？

你讲没有弟卯信，
只牛只马都有名。
大路短短也有名，
为何妹你卯讲名？
真是人家识事女，
不愿仑名械[5]哥听。

大路短短问妹姓，
大路平平问妹名，
问妹排行第几姐，
爹娘生来叫乜名。
何人世间卯有排？
何物世间卯有名？

卯是只牛是只马，
只牛只马还有名。
高山岭顶一只井，
井膛四面托铜铃，
妹是铜铃只只响，
四处传扬妹有名。

你讲卯名弟不信，
先日爹娘安有名，
一只猪头八斤重，
搭条猪尾九斤零。

[1] 仑：告诉，说给。
[2] 经：招呼。相经：互相招呼。
[3] 卯：不。
[4] 之是：是否。
[5] 械：给。

妹不仑弟弟卯识，
卯识妹你排几名，
咐大未曾同队过，
排班卯识实难经。

仑就仑，
弟喊妹仑妹就仑，
十只手儿减去六，
剩下个呢[1]是妹排。
仑就仑，
弟喊妹仑妹就仑；
一九二六六减八，
剩下个呢是妹排。
一六二五仑你听，
二三四五仑你闻；
三一八七五四二，
弟你算准再喊伝。

流传地区：横县

演唱者：黄超进

搜集整理者：韦艺文，男，初中文化，横县文化局干部，横县校椅镇草衣村人

搜集时间及地点：1986 年 9 月搜集于横县校椅镇草衣村

来源：选自横县民间文学三套集成编委会编《横县歌谣集上册》(内部资料)，1987 年 1 月

你是哪方浪荡子（壮族）

强耐卯过个边天[2]，
个边尽是六禾[3]田；
到了田头我问姐，
插田先是唱歌先？
实新鲜，
兄哥见面就开言，
共你生来卯识面，
白日堂堂你发癫。

行过藕塘卯执叶，
未曾得罪妹金莲[4]；
有日行跟[5]我村过，
颈渴吃茶卯问钱。
多少钱财是粪土，
人情世事大过天；
你是哪方浪荡子？
风花雪月学少年！
人有几多年十八？
花有几多日新鲜？
不信利刀来切藕，
切开藕断有丝连。

流传地区：横县

演唱者：甘汝椿，男，横县云表镇福龙卫生所医师，高小文化

搜集时间及地点：1986 年 9 月搜集于横县云表镇福龙村

来源：选自横县民间文学三套集成编委会编《横县歌谣集上册》(内部资料)，1987 年 1 月

[1] 个呢：这些。

[2] 强耐：这么久。个边天：这边天。

[3] 六禾：六月收割的禾，即早禾。

[4] 妹金莲：在田边韵中对女性的称呼。

[5] 跟：从。

试探歌（壮族）

男：　想做木匠学鲁班，
拿把斧头进大山，
想砍树木回家用，
又怕崖拦砍不翻。

女：　哥做木匠学鲁班，
手拿斧头上高山，
前面遇见好杉木，
你管挥斧来砍翻。

男：　阿哥转身向大山，
想找杉树造纸张，
恐怕福气还未到，
找不见来白白忙。

女：　只要阿哥有主张，
容易找来不用忙，
面前一棵大杉树，
为何不敢把斧扬。

男：　玉马想往南处跑，
又怕中间有绳拦，
杉树倒是长成片，
不知哪棵树多长。

女：　只要玉马配金鞍，
想跑高处也不难，
有棵杉树在眼前，
阿哥为何又不砍。

男：　玉马虽然配金鞍，
不知路直还是弯，
心可想看西洋镜，
又怕病死心不甘。

女：　一对飞凤翅弯弯，
落在树上对面山，
阿哥想看西洋镜，
莫怕病魔缠心肝。

男：　天上织女练仙丹，
来到下界试平凡，
想要回来做管家，
又怕无缘哥难攀。

女：　上天三条路坦坦，
条条笔直不转弯，
但得我俩心相照，
誓要生魂恋婵娟。

男：　嘴里话呆这样讲，
不知阿妹何心肠，
虾子落塘变螃蟹，
想要又怕夹手伤。

女：　老鹰坐在山顶上，
正想抓鸡充肚肠，
阿妹我是真心事，
只等阿哥来开腔。

男：　妹像一颗荔枝样，
人已采回家里藏，
我得看来不得要，
害得瞎想坏心肠。

女：　妹是嫩竹做扁担，
用手一压两头弯，
妹是一条真心事，
从来没有二心肝。

男：　三天逢圩走一场，

我出门口来探望，
可想筑铺连成段，
还未找到好地方。

女：　天上大雨落悠悠，
洞里虾鱼还游荡，
哥想筑铺连成段，
最好开门向东方。

男：　我心倒想开商场，
想找木匠没地方，
想把红旗升上去，
天时不利难飘扬。

女：　阿哥你想找木匠，
阿妹包请来到场，
假若阿哥真心想，
开个铺头易开张。

男：　看见凤凰朝圩场，
想要不得费心肠，
筑店开铺倒容易，
又缺公鸡啼家堂。

女：　劝哥莫要乱心肠，
东方云彩还亮堂，
劝哥莫要灰心意，
天坏还有女娲帮。

流传地区：上林县覃排乡、三里镇、乔贤镇一带

演唱者：覃红英、覃红梅，上林县覃排乡朝坐村人，高小文化

搜集整理者：李守汉，男，壮族，上林县壮校原副校长，广西壮族自治区民间文学研究会会员

来源：选自南宁市文化新闻出版广电局、南宁市民族文化艺术研究院编《南宁歌谣集成（壮族卷）》，广西教育出版社，2014年12月

盘歌（瑶族）

问：　盘妹第一句，
一本历书几多字，
妹知道就告诉我，
街上摆有多少货。

答：　答哥第一句，
一本历书千万个字，
请哥要记住，
街上货物有百样千样。

问：　盘妹第二句，
一块地有多少条边，
妹知道就告诉我，
织一张毛巾用几多两棉。

答：　答哥第二句，
一块地有四条边，
请哥要记住，
织一张毛巾用四两棉。

问：　盘妹第三句，
一个房子有多少根木头，
妹知道就告诉我，
一个县长有几多钱。

答：　答哥第三句，
一个房子有一千条木头，
请哥要记住，

一个县长有一万块钱。

问：　　盘妹第四句，
一条马尾有多少根毛，
妹知道就告诉我，
一个筛子有几多洞眼。

答：　　答哥第四句，
一条马尾有一万根毛，
请哥要记住，
一个筛有一千个洞眼。

问：　　盘妹第五句，
天上的星星有多少个，
妹知道就告诉我，
天空有多少宽阔。

答：　　答哥第五句，
天上星星数不尽，
请哥要记住，
天空海阔无边沿。

问：　　盘妹第六句，
一根楠竹有几多张叶，
妹知道就告诉我，
一蔸梅树有多少枝杈。

答：　　答哥第六句，
一根楠竹有一千张叶子，
请哥要记住，
一蔸梅树有一百个枝杈。

问：　　盘妹第七句，
一棵桦木有几多张叶，
妹知道就告诉我，
一树棉桃有多少粒种子。

答：　　答哥第七句，
一棵桦树有一万片叶，
请哥要记住，
一树棉桃有一千粒种子。

问：　　盘妹第八句，
一只画眉有几多根毛，
妹知道就告诉我，
一根云香竹有几多节。

答：　　答哥第八句，
一只画眉有一千根羽毛，
请哥要记住，
一根云香竹有二十节。

问：　　盘妹第九句，
什么东西变成雨，
妹知道就告诉我，
什么东西变成风。

答：　　答哥第九句，
水汽升到空中才变成雨，
请哥要记住，
空气波动才能变成风。

问：　　盘妹第十句，
一个衙门有多少个官人，
妹知道就告诉我，
什么人死后立庙纪念。

答：　　答哥第十句，
一个衙门有一千个官人，
请哥要记住，
英雄死了才立庙祭祀。

流传地区：马山县

演唱者：韦桂王，瑶族，40岁，农民，不识字；兰桂斌，瑶族，45岁，农民，初小文化

搜集整理者：红波，壮族，46岁，文化馆干部；韦善标，瑶族，33岁，农民，初中文化

搜集时间及地点：1986年4月搜集于马山县内学村五弄屯，民族村甘红屯、台祥屯

来源：选自马山县民间文学三套集成编写组，马山县文化局、文化馆编印《中国民间文学三套集成马山县歌谣卷（三）瑶族上》，1987年7月

架桥歌（瑶族）

问：　开口唱歌问第一句，
用一根烟草来架桥，
河水哗哗从桥下流过，
看哥哥敢不敢走过去。

答：　开口唱歌答第一句，
妹敢要一根烟草来架桥，
河水哗哗从桥下流过，
哥也要爬过去。

问：　开口唱歌问第二句，
要一根竹子来架桥，
河水哗哗从桥下流过，
看哥哥敢不敢走过去。

答：　开口唱歌答妹第二句，
妹敢要一根竹子来架桥，
河水哗哗从桥下流过，
哥也要爬过去。

问：　开口唱歌问第三句，
要一根桄榔来架桥，
河水哗哗从桥下流过，
看哥哥敢不敢走过去。

答：　开口唱歌答妹第三句，
妹敢要一根桄榔来架桥，
河水哗哗从桥下流过，
哥保证能爬过去。

问：　开口唱歌问第四句，
要一蔸梅树来架桥，
河水哗哗从桥下流过，
看哥哥敢不敢走过去。

答：　开口唱歌答妹第四句，
妹敢要一蔸梅树来架桥，
河水哗哗从桥下流过，
哥也要爬过去。

问：　开口唱歌问第五句，
要一棵芭蕉树来架桥，
河水哗哗从桥下流过，
看哥哥敢不敢走过去。

答：　开口唱歌答妹第五句，
妹敢要芭蕉树来架桥，
河水哗哗从桥下流过，
哥也要爬过去。

问：　开口唱歌问第六句，
要一蔸棉桃来架桥，
河水哗哗从桥下流过，
看哥哥敢不敢走过去。

答：　开口唱歌答妹第六句，

妹敢要一蔸棉桃来架桥，
河水哗哗从桥下流过，
哥也要爬过去。

问：　开口唱歌问第七句，
要一根稻秧来架桥，
河水哗哗从桥下流过，
看哥哥敢不敢走过去。

答：　开口唱歌答妹第七句，
妹敢要一根稻秧来架桥，
河水哗哗从桥下流过，
哥也要爬过去。

问：　开口唱歌问第八句，
要一根韭菜来架桥，
河水哗哗从桥下流过，
看哥哥敢不敢走过去。

答：　开口唱歌答妹第八句，
妹敢要一根韭菜来架桥，
河水哗哗从桥下流过，
哥也要爬过去。

问：　开口唱歌问第九句，
要一根桐木来架桥，
河水哗哗从桥下流过，
看哥哥敢不敢走过去。

答：　开口唱歌答妹第九句，
妹敢要一根桐木来架桥，
河水哗哗从桥下流过，
哥也要爬过去。

问：　开口唱歌问第十句，
要一张菜叶来架桥，
河水哗哗从桥下流过，
看哥哥敢不敢走过去。

答：　开口唱歌答妹第十句，
妹敢要一张菜叶来架桥，
河水哗哗从桥下流过，
哥就是死也要爬过去。

流传地区：马山县

演唱者：罗月英，瑶族，已去世，享年33岁；罗吉花，瑶族，63岁

搜集整理者：红波，壮族，46岁，文化馆干部；韦善标，瑶族，33岁，农民，初中文化

搜集时间及地点：1986年5月搜集于马山县合群乡民族村甘红屯

来源：选自马山县民间文学三套集成编写组，马山县文化局、文化馆编印《中国民间文学三套集成马山县歌谣卷（三）瑶族上》（内部资料），1987年7月

2

赞慕歌

发辫弯弯龙两条[2]（汉族）

见妹生得白漂漂，
好比园中芥菜苗；
雪白牙齿银子打，
发辫弯弯龙两条。
见妹生得白漂漂，
金边围裙集[3]在腰；
林中采果鸟来叫，
塘边洗手鱼来朝。

流传地区：横县

来源：选自横县民间文学三套集成编委会编《横县歌谣集上册》（内部资料），1987年1月

妹真乖[4]（汉族）

妹真好，
妹你生得貌又乖；
行过龙前龙摆尾，
行过佛前佛叹乖。

妹真乖，
好比跟天[5]飘落来；
世上都叹观音好，
观音还共妹拎[6]鞋。
妹生好，
身材苗条貌又乖；

妹似后园芥菜根（汉族）

哥比岭上金桔子，
妹似后园芥菜根。
金桔千文[1]冇摘叶，
芥菜分钱卖断根。

流传地区：南宁市郊区一带

演唱者：苏立英，女，汉族

搜集整理者：欧阳柳生，男，郊区文教局干部

[1] 千文：一千文钱。

[2] 最初发表于《横县情歌》1981年8月版。

[3] 集：扒。

[4] 最初发表于《横县情歌》1981年8月版。

[5] 跟天：从天。

[6] 共：替。拎：拿。

是哥生得同妹强[1]，
走上柳州去摆街。

妹你生得样样好，
妹你生得样样乖；
雪白牙齿都未算，
白衫打底红花鞋。

妹你生得样样好，
妹你生得样样乖；
南宁柳州都走过，
无人比得妹生乖。

远远见妹走过来，
身材不高又不矮；
银白衫领红花点，
好比鲤鱼破开鳃。

妹会插田真是乖，
个行[2]插了那行来；
中间好比墨斗[3]打，
旁边好似剪刀裁。

妹会插田乖又乖，
个行插了那行来；
插秧好比鸡叮米，
辫子一甩春风来。

看妹生得实是乖，
白衫打底红花鞋；
两眼好比青铜镜，
抬头照亮十字街。

[1] 强：这样。

[2] 个行：这行。

[3] 墨斗：木匠用来打直线的工具。

妹会织来妹会耕，
样样功夫手上来；
种田种得粮高产，
种只南瓜两人抬。

春风来，
春风吹来百花开；
妹是牡丹一朵花，
哥是蜜蜂万里来。

流传地区：横县

来源：选自横县民间文学三套集成编委会编《横县歌谣集上册》（内部资料），1987年1月

蝴蝶爱花郎爱妹（汉族）

正二三月丹桂树，
黄蜂蝴蝶爱花园；
蝴蝶爱花郎爱妹，
风流要乐在少年。

蜘蛛结网藕塘里，
相思怕弟卯[4]成连；
人担月桂上村卖，
好花打送弟同年。

买卖人过小桥边，
叹弟来迟卯遇先；
叹弟来迟花卖了，
卯识花卖几多钱？

丹桂担出圩中卖，

[4] 卯：不。

妹是好花一时鲜；
若弟肯取妹肯卖，
伝队熟人卯用钱。

好花鲜，
好花遇着陈藤缠；
几时守得陈藤断，
陈藤卯断守千年。

好花鲜，
好花遇着陈藤缠；
卯死千年卯得脱，
有翼难飞得上天。

甜藤树，
甜藤遇着苦藤缠；
一刀斩断陈藤树，
怕你甜藤会飞天？

隔江望见好花园，
渺渺茫茫难近前；
若得已娘做渡子，
渡兄过去看花园。

妹在上江作渡子，
弟在下江请渡船；
渡船渡人卯渡弟，
渡子共弟有乜[1]冤？

走去上江喊渡子，
走落下江请渡船；
大船便在正江过，
小船便撑在岸边。

[1] 乜：什么，啥。

弟在南乡[2]请渡子，
妹在西津[3]作渡船；
三板艇儿过卯得，
必定嫌兄细小钱。

妹在下江作渡子，
弟在上江请渡船；
若弟肯上妹就渡，
日过三次卯要钱。

流传地区：横县

演唱者：梁振恒

搜集整理者：梁振恒

搜集时间及地点：1986年9月搜集于横县南乡镇五合村

来源：选自横县民间文学三套集成编委会编《横县歌谣集上册》(内部资料)，1987年

妹歌打动弟春心（汉族）

凉亭花盆种灯草，
风流活跃少年心；
琵琶弹得人心乐，
唱歌解得忧愁人。

见妹唱歌支叠支，
妹歌打动弟春心；
正想收心歌卯[4]唱，
想返[5]又是少年人。

少年正好要乐因，

[2] 南乡：地名。
[3] 西津：地名。
[4] 卯：不。
[5] 想返：想起来。

老了风流卯勇神；
双手拍胸心定想，
妹卯年年十八春。

芥菜嫩嫩正当执[1]，
莫到老了摘黄根；
再过两年妹老了；
盆种灯草卯心神。

想不烧烟心又瘾，
见花不采可惜因[2]；
妹没年年十七八，
花没朝朝枝上新。

作客去贩红豆卖，
相思担到妹屋寻；
入庙烧香敬佛祖，
四边都是勇来神。

三更人担灯草卖，
有心半夜还来寻；
郎来不是为何事，
特来共妹唱歌音。

木大婆娑招雾水，
脚踏草鞋招泥尘；
园里有花招蝴蝶，
砧板有油蚁子跟。

落雨木鞋踏过岭，
专门来寻耍乐人；
三头灯草做一担，
为妹担心斗杰[3]寻。

有心妹，
千里遥远万里寻；
有心千里来到此，
无心对面不见人。

拎[4]刀上山去斩木，
碰巧斩着桂花根；
拔帽出门去耍乐，
谁知遇着风流人。

唱歌妹队识歌音，
弟一点头妹就跟；
妹常撑船识水路，
识画黄河水浅深。

灯草拿来做磨心，
见妹转好弟心欣；
得妹人双同弟意，
如同鱼苗出江心。

挂钟拖上凉亭打，
见妹风流高兴因；
手拎灯笼行夜路，
得妹增光照亮伝。

哑子想吃山红豆，
相思有意话难仑[5]；
灯草跟前人堆佛，
想妹形容在弟心。

[1] 执：摘。
[2] 因：语气助词。可惜因：可惜得很。
[3] 斗杰：挑担时一头轻一头重。
[4] 拎：拿。
[5] 仑：告诉，讲。

驶悝[1]撑船去挖藕，
报妹顺风连时寻；
槟榔拿共苏木煮，
得妹开口弟红心。

灯草织笼鸡孵蛋，
一心想共妹成亲；
心想共妹定个仆[2]，
知妹意上如何心。

鸭蛋擂浆封酒瓮，
点火难寻情共亲；
饭甑里头炊宝鸭，
专望娇娥出气伝[3]。

甘蔗修皮又修节，
一心想着妹甜心；
四处女儿郎卯爱，
想去妹村口留个跟[4]。

半夜失牛去验脚，
知娘肯跟卯肯跟？
空得口边共弟讲，
心事卯知问那人。

凉亭打钟郎高兴，
风流高兴妹金银；
僧极女儿到处有，
火烟遮月卯如伝。

新买时钟未经打，
知妹爱伝卯爱伝；
在弟面前是强讲，
肚里弯弯想别人。

文钱买只鸭儿养，
高兴娇娥有十分；
僧极[5]乡方须有女，
杨梅哪比牡丹新。

公鸡飞上竹表企[6]，
高声啼醒妹精神；
到处杨梅花一样，
到处牡丹一样新。

鸦雀造窝木根表，
郎今兴近妹高根；
石头顶上栽藕荡[7]，
实想偷连怕卯真。

九双红豆吞落肚，
十八相思在弟心；
藕芽放落锅中煮，
兄今连妹得同群。

风吹红豆把衫藏，
专望相思上弟身；
烧香去敬观音佛，
想返[8]无路着求神。

流传地区：横县

演唱者：梁振恒

搜集整理者：梁振恒

搜集时间及地点：1986 年 9 月搜集于横

［1］ 驶悝：扬帆。

［2］ 定个仆：互勾小指，表示言而有信。

［3］ 出气伝：向我出气。

［4］ 留：追求。留个跟：追求一个恋人。

［5］ 僧极：游玩。

［6］ 表：梢。企：站。

［7］ 藕荡：莲藕后部被丢弃的根蒂。

［8］ 想返：回想。

县南乡镇五合村

来源：选自横县民间文学三套集成编委会编《横县歌谣集上册》(内部资料)，1987年1月

石榴正对牡丹根（汉族）

个班女儿少何见，
个个装身一样匀；
亦卯[1]个高卯个矮，
卯钱生债揾[2]个跟。

一来见妹情意好，
二来见妹又好心；
三来见妹颜容好，
四来见妹合弟因。

买布便看布色新，
买船看木慢交银；
连郎便看郎面貌，
面貌光鲜妹才跟。

买鞋合脚兄便踏，
同妹耍乐妹来跟；
同弟攀行连一个，
攀行耍乐笑吟吟。

纱车拕[3]共猪肝卖，
得妹交心正合伝；
兄便十八妹十七，
共妹年龄合适因。

[1] 卯：没。
[2] 揾：找。
[3] 拕：拖。

兄便戊寅妹己卯，
二人年纪合适因；
比想[4]山中龙共虎，
共妹同住又同群。

好笔写书只对只，
白日点灯光对真；
弟来正对娇娥妹，
石榴正对牡丹根。

若妹不嫌弟不论，
笛共二弦[5]正合音；
白糖捞共糯米粉，
如同沙纸合门神。

流传地区：横县

演唱者：梁振恒

搜集整理者：梁振恒

搜集时间及地点：1986年9月搜集于横县南乡镇五合村

来源：选自横县民间文学三套集成编委会编《横县歌谣集上册》(内部资料)，1987年1月

妹你好比红玫瑰（汉族）

见妹生得白西西，
两眼眉毛同样齐；
行路如同凤摆尾，
讲话如同画眉啼。

妹你如同花丹桂，

[4] 比想：好比。
[5] 二弦：二胡。

花开蝴蝶出来围；
行过塘边鱼跳水，
行过兄村头低低。

妹你好比花丹桂，
花开蝴蝶齐来围；
行过塘边鱼跳水，
行过田边人停犁。

妹你好比红玫瑰，
花开蝴蝶齐来围；
唱歌好比刘三姐，
树上画眉卯敢啼。

若是情弟连得妹，
如同登天踏云梯；
乌鸦若得凤凰配，
好比麻雀配金鸡。

情妹连兄有心意，
好比栽花卯离泥；
共兄成双又成对，
朝同出去夜同归。

若得共妹成双对，
行路脚底卯贴泥；
春来二月伝耕种，
妹担谷种兄抬犁。

情妹有心哥有意，
两人种田结夫妻；
伝学英台共山伯，
死去阴间共堆泥。

流传地区：横县

演唱者：莫家源

搜集整理者：韦艺文

搜集时间及地点：1986年9月16日搜集于横县陶圩乡上莫村

来源：选自横县民间文学三套集成编委会编《横县歌谣集上册》（内部资料），1987年1月

赞慕（汉族）

唇红齿白笑吟吟，
妹你生同活观音；
哪个神灵人多拜，
哪朵花香多蝶寻。

见妹两眼比天星，
眉清目秀多精灵；
得妹成双多有福，
手也勤来脚也勤。

水过滩头船也过，
哥讲妹勤哥也勤；
哥家门高妹门矮，
妹是低头来做人。

龙眼开花千万朵，
毋比芙蓉花一枝；
墟上千千万万妹，
几多毋比妹西施！
见妹生得白眯眯，
好比墟中白蚕丝；
通身好像玻璃镜，
照人哥心日夜思。

爱哥好，为哥思，
爱哥是个读书儿；

若是墟中有你卖，
愿出千金买你归。

有情有意有商量，
你比人间百宝箱；
若是嫁夫同你样，
吃粥毋盐也觉香。

妹是贵家高门女，
身上无花也喷香；
葵扇交在妹手上，
时时感到好清凉。

八月秋风自然凉，
满园花开向朝阳；
哥如松柏年年秀，
妹似芝兰夜夜香。

见妹生得白潺潺，
白玉一粒在凡间；
又想墟中水季子，
红红白白实吞馋。

见哥生得白如银，
好比仙童飘下凡；
欲把银圆打戒镯，
毋知哪日得回还？

好妹仔，
生来比似一枝花；
眼比天星眉比月，
十指尖尖比藕芽。

妹是金鱼游水面，
哥是真钩不用须；
颈渴想吃酸萝卜，
谁知遇中熟黄梅。

夜睡牙床梦见你，
见情好比活神仙；
怎得妹是仙桃子，
把哥吃了饱千年。

流传地区：宾阳县

演唱者：陆祥

搜集整理者：王启智、陆有全

搜集时间及地点：1986 年 7 月 14 日搜集于宾阳县太守乡陆华村

来源：选自宾阳县民间文学三套集成编委会编《中国民间文学三套集成宾阳县歌谣卷》（内部资料），1987 年

十八佳人美色娇（汉族）

十八佳人美色娇，
欢欢笑笑插禾苗；
一双玉手遭泥染，
八幅罗裙任雨漂。
两袖风吹洒珠雨，
遍身玉雨淌过腰；
两条白腿出水面，
路过行人踩空桥。
远看村头一座桥，
不知桥下有花娇；
妹今不接往来客，
慢慢洗衫不起腰。

流传地区：宾阳县

搜集整理者：黄玉兴，男，汉族，宾阳县新桥乡民范群英村人，歌手，高小文化

搜集时间及地点：1956 年 8 月 15 日搜集

于宾阳县太守区磨勾山头歌会

来源：选自宾阳县民间文学三套集成编委会编《中国民间文学三套集成宾阳县歌谣卷》（内部资料），1987 年

拎妹话语当干粮（汉族）

阿妹生得眼迷离，
头蓬筛筛到眼眉；
风吹头蓬条条动，
条条打动哥心思。

齿白唇红妹色新，
眼似秋波动哥心；
行路犹如风摆柳，
坐比莲花坐观音。

久闻情妹一枝花，
会绣绫罗会纺纱；
一日织布三四丈，
哪个不想妹当家。

南风拂拂过田池，
妹整田基铲草飞；
回头看妹眯眯笑，
冬至取你居捣糍。

前年同妹吃餐饭，
直到今年嘴还香；
和妹行路不带米，
拎妹话语当干粮。

流传地区：宾阳县

搜集整理者：杨世模，男，汉族，宾阳县太守初中教师，高中文化

搜集时间：1986 年 9 月 15 日选自搜集整理者的唱本

来源：选自宾阳县民间文学三套集成编委会编《中国民间文学三套集成宾阳县歌谣卷》（内部资料），1987 年

见妹生得白眯眯（汉族）

见妹生得白眯眯，
好比墟中十样丝；
怎得娶妻同你样，
三日吃餐肚毋饥。

流传地区：宾阳县

演唱者：封国添，男，汉族，宾阳县新宾乡同太村人，歌手，高小文化

搜集整理者：王启智、陆有全、黄龙琼

搜集时间及地点：1986 年 6 月 4 日搜集于宾阳县新宾乡同太村

来源：选自宾阳县民间文学三套集成编委会编《中国民间文学三套集成宾阳县歌谣卷》（内部资料），1987 年

妹毋连哥枉费乖（汉族）

唱得好来唱得乖，
唱得鲜花朵朵开；
到处山头蜜蜂喊，
为花只只都飞来。

一条大路白筛筛，
哥毋喊妹妹也来；
入门毋图哥什么，
图哥人义毋图财。

好个酒壶毋酒筛，
好个青山毋好柴；
大塘无鱼枉放水，
妹毋连哥枉费乖。

流传地区：宾阳县

搜集时间：1986 年 8 月 10 日选自覃文斌的唱本

来源：选自宾阳县民间文学三套集成编委会编《中国民间文学三套集成宾阳县歌谣卷》（内部资料），1987 年

单线二弦哥独调（汉族）

单线二弦哥独调，
谁人毋识弟弹弓；
得妹心同个口讲，
六月西瓜心实红。

流传地区：宾阳县

搜集整理者：陆永天，男，汉族，宾阳县黎明乡横岭村人，农民，高小文化

搜集时间：1986 年 11 月选自搜集整理者的唱本

来源：选自宾阳县民间文学三套集成编委会编《中国民间文学三套集成宾阳县歌谣卷》（内部资料），1987 年

正同单被入双棉（汉族）

情妹生得白漂漂，
三寸金莲四寸腰；
进庙烧香神笑死，
落河洗手鲤鱼标。

见妹生得白昌昌，
好比一枝玉兰香；
阿妹走去风头企，
三里吹来九里香。

鸭嘴毋比鸡嘴尖，
哥嘴毋比妹嘴甜；
有缘娶得甜嘴妹，
煮菜毋用放油盐。

见妹生得白连连，
情来打动弟心田；
若弟有缘娶得妹，
正同单被入双棉。

流传地区：宾阳县

搜集整理者：义工，武陵中学教师

来源：选自宾阳县民间文学三套集成编委会编《中国民间文学三套集成宾阳县歌谣卷》（内部资料），1987 年

口吃蜜糖甜在心（汉族）

妹是山泉清又清，
哥是梯田宽又平；
清泉流入梯田去，
同心合力育收成。

与妹相见话语深，
不想时装不想金；
声声叫妹快开口，
口吃蜜糖甜在心。

妹在山中采茶桑，
哥放水牛上山岗；

牛肥腰阔两人坐，
正如织女伴牛郎。

流传地区：宾阳县

搜集时间：1986 年 8 月选自蓝清民的唱本

来源：选自宾阳县民间文学三套集成编委会编《中国民间文学三套集成宾阳县歌谣卷》（内部资料），1987 年

见妹生得乖又乖（汉族）

见妹生得乖又乖，
颜容比似祝英台；
两眼比似青铜镜，
昂头照亮九条街。

见妹生得白蒙蒙，
不擦胭脂面也红；
风吹头发条条动，
条条动在哥心中。

见哥生得十分乖，
越看情哥心越开；
好马难得同槽养，
好花难得共盆栽。

情哥生得白悠悠，
好比竹竿晒白绸；
若妹能穿白绸服，
今世做人再毋忧。

妹是路边龙眼子，
人人行过想摘尝；
好山好水人游玩，
幼布好花人想量。

流传地区：宾阳县

搜集整理者：施采亲，男，汉族，宾阳县古辣乡甘地村人，歌手，小学文化

搜集时间：1986 年 9 月选自搜集整理者的唱本

来源：选自宾阳县民间文学三套集成编委会编《中国民间文学三套集成宾阳县歌谣卷》（内部资料），1987 年

见妹生来白蒙蒙（汉族）

见妹生来白蒙蒙，
好比后园白芋蒙；
牙齿白白银子打，
头发弯弯九条龙。

见妹生得白漂漂，
银链围裙缠过腰；
画妹英容街上摆，
十人见了九人瞧。

见妹生得白迷迷，
好比春来花上枝；
妹过塘边鲤鱼跳，
妹过青山百鸟啼。

哥是天上老岩鹰，
铁嘴铜身猫眼睛；
站在门前古树上，
想来偷鸡不作声。

流传地区：宾阳县

搜集整理者：施采亲，男，汉族，宾阳县古辣乡甘地村人，歌手，小学文化

搜集时间：1986 年 9 月选自搜集整理者

的唱本

来源：选自宾阳县民间文学三套集成编委会编《中国民间文学三套集成宾阳县歌谣卷》（内部资料），1987 年

妹你生得柳叶眉（汉族）

妹你生得柳叶眉，
脸白唇红人善慈；
红叶题诗娶得你，
大山三座可搬移。

好园毋得种好花，
好牛毋得好犁耙；
芙蓉种在细缸内，
白白沤坏这枝花。

久闻阿妹一枝花，
日织绫罗夜织纱；
能耕会织手艺巧，
人人想娶妹当家。

妹娘生妹白漂漂，
好比后园白菜苗；
牙齿白白如银打，
头辫拖拖到半腰。

见妹生得身苗条，
如同园中白菜苗；
锦菜拎来共肉煮，
好想品尝三两条。

吃米便吃油身米，
油身细米饭多香；
连情便连读书弟，
读书弟子好心肠。

见哥生得白漂漂，
面白眉粗眼黑溜；
若得同哥做夫妇，
比似牡丹得蝶朝。

流传地区：宾阳县

演唱者：莫希考、黄启信、覃子勤

搜集整理者：覃万安，男，汉族，宾阳县和吉高小教师，初中文化

搜集时间：1986 年 11 月选自搜集整理者的歌本

来源：选自宾阳县民间文学三套集成编委会编《中国民间文学三套集成宾阳县歌谣卷》（内部资料），1987 年

别人求雨我求晴（汉族）

天旱三年不落雨，
怎得旱雷叫一声；
三界庙堂求雨水，
别人求雨我求晴[1]。

路上逢情讲细话，
等人过了再出声；
衫袖内边点蜡烛，
虽然外暗筒内明。

落雨避风去祭典，
为花心切我求情；
半夜三更偷熬酒，
妹今暗起另装程。

[1] 晴：意同“情”。

读书之人讲礼义，
耕田种地讲收成；
生意之人讲买卖，
青年男女讲连情。

上岭求情上到顶，
落岭求情落到坪；
大海撑船要到岸，
且莫半途就抛兄。

利刀难断长江水，
观音难避吕洞宾；
哪只公鸡不啼夜，
哪只猫儿不吃腥。

树大毋高枉遮地，
乌云无雨枉遮阴；
月亮毋光枉十五，
妹不连哥枉青春。

隔岭抛球望妹接，
松胶点火望情燃；
大锣拎上高山打，
望妹开声哥近前。

当初与兄不相识，
如今同你坐相连；
天底挖塘哥种藕，
皇天保我得成莲[1]。

天旱不死井边田，
撑船不破海中天；
我俩初交难分别，
利刀切藕有丝连。

[1] 莲：意“连”。

想吃酸梅自己腌，
想吃泥鳅慢火煎；
想吃花生慢慢炒，
合心合意慢来连。

流传地区：宾阳县

演唱者：陆祥

搜集整理者：王启智、陆有全

搜集时间及地点：1986年7月14日搜集于宾阳县太守陆华村

来源：选自宾阳县民间文学三套集成编委会编《中国民间文学三套集成宾阳县歌谣卷》（内部资料），1987年

我俩相逢有几何（汉族）

中秋月朗唱山歌，
唱歌毋怕你人多；
关公来到观音庙，
我俩相逢有几何？

妹在岭顶收柑子，
哥在岭下摘菠萝；
菠萝黄透柑子熟，
为何两样不同箩？

不是果子不同箩，
卒子初引未过河；
你装鞍来我作马，
任君骑过哪条河。

流传地区：宾阳县

搜集整理者：韦庆发，男，宾阳县古辣乡人

搜集时间及地点：1986年7月1日搜集

于宾阳县古辣乡

来源：选自宾阳县民间文学三套集成编委会编《中国民间文学三套集成宾阳县歌谣卷》（内部资料），1987 年

寻妹毋怕路头远（汉族）

未曾落雨先动雷，
未曾吃酒先摆杯；
未曾连情先托梦，
连连托梦两三墟。

日头落岭落飞飞，
试问妹今去哪归；
问你得糍知得粽，
把我吃些顺肚饥。

高山岭顶有只田，
毋耕毋种十零年；
若妹有心把哥种，
圳水滔滔入妹田。

行过一山又二山，
山山都有石头拦；
寻妹毋怕路头远，
毋怕踏破九重山。

流传地区：宾阳县黎塘、和吉一带

搜集整理者：谭恒发，男，汉族，宾阳县民委会副主任，高中文化

来源：选自宾阳县民间文学三套集成编委会编《中国民间文学三套集成宾阳县歌谣卷》（内部资料），1987 年

世间妹子实难求（汉族）

唱歌不用钱来买，
花开不用剪刀裁；
哥若做唱不比妹，
三花米酒罚哥筛。

江边栽竹密筛筛，
竹枝挂落江边来；
这边正是风流地，
想唱山歌请过来。

哥唱一支妹一支，
哥唱一排妹一排；
妹也会唱哥会答，
实难分出输赢来。

想上高山没有路，
想过大河毋船来；
想连情妹难开口，
何处请得媒人来。

一个铜钱滚过街，
问妹回去几时来；
毋丢大路生青草，
毋把石阶上青苔。

一张白纸飞过街，
几时想妹几时采；
嘱哥门前要看紧，
莫把野花攀过来。

妹英台，
问妹行来坐船来？
船来划坏几根桨，
行来踏坏几双鞋？

问得好来问得乖，
妹是骑着单车来；
不用船来不用桨，
一路骑车飞飞来。

今日行过妹屋阶，
见妹门前卖布鞋；
正想上前去买对，
又怕价钱讲毋来。

山上鹧鸪啼咕咕，
手拎米饭诱鹧鸪；
鹧鸪不吃白米饭，
世间妹子实难求。

流传地区：宾阳县

搜集整理者：谭育杰

搜集时间：1986 年 12 月 27 日选自搜集整理者的唱本

来源：选自宾阳县民间文学三套集成编委会编《中国民间文学三套集成宾阳县歌谣卷》（内部资料），1987 年

妹娇娥（汉族）

妹娇娥，
共条江水共条河；
朝朝担水得见面，
衫袖蔽面眼望哥。

一条江水转弯弯，
有只天鹅在水滩；
谁人想吃天鹅肉，
走去广东算命还。

隔河望见桃花开，
哥想连根移过河；
哥想连根连夜种，
连夜淋水想花开。

今朝行过藕塘头，
见妹洗藕白油油；
正想问妹取节吃，
又怕藕丝缠颈喉。

男大当婚女当嫁，
讲来又羞又毋羞；
哪个针耳不穿线？
哪条灯心不汲油？

行过庙门毋拜佛，
问妹何处去求神；
哥在面前妹毋想，
何必撑伞另寻亲？

流传地区：宾阳县

演唱者：黄启信

搜集整理者：覃万安

搜集时间：1986 年 10 月 23 日选自搜集整理者的歌本

来源：选自宾阳县民间文学三套集成编委会编《中国民间文学三套集成宾阳县歌谣卷》（内部资料），1987 年

趁机及早攀枝摘[1]（汉族）

冬瓜有心又无嘴，
葫芦有嘴又无心；

[1] 此歌谣是搜集整理者从多年自己收集的本子上精选而来。

葫芦落水半边起，
恐怕哥你半心人。

灯盏无油望月亮，
缸中无米望禾黄；
家中无妻专望妹，
望妹伴哥得心欢。

哥不连妹妹不忧，
妹不撑伞上门求；
留得五岭青山在，
东风三日着求吾。

乱编乱唱不成歌，
白鹤落塘不是鹅；
黄牛配鞍不是马，
妹莫假情采诱哥。

情哥口甜心不甜，
心中好比苦黄连；
石灰刷墙光外面，
内边尽是烂泥填。

先日哥有两文钱，
妹同哥讲比糖甜；
今日之间哥失运，
连喊三声妹不言。

妹是荔枝一个核，
哥是柚子几层皮；
妹便有心想到你，
怕你反心横眼眉。

打把锄头挖水沟，
连挖三天水不流；
连挖三年水不到，
问哥为何塞水头？

一条江水黑溜溜，
有对鲤鱼水面浮；
水底鲤鱼成双对，
怎得同妹结白头？

妹会戴花戴一朵，
不会戴花戴满头；
妹会连情连一个，
莫连两个结冤仇。

斩竹便斩旁边竹，
莫斩中间着茨勾；
连情便连单身妹，
莫连有双着人嬲。

望见隔江花摇摇，
哥想过江水浸桥；
若妹真心想到我，
等到江河大水消。

妹村面前有条河，
半年水少半年多；
看妹你是半心意，
半想连人半连哥。

一根大树十八叉，
结了果来不结瓜；
结了桃来不结李，
我俩莫再恋人家。

无心种豆哪得豆，
无心种瓜哪得瓜；
无心读书哪识字，
无心连情哪成家。

十七十八正当连，
莫要拖拉年过年；
年去年来人老了，
千金难买得花鲜。

妹毋连人哥不信，
海底断沙天断云；
贴久门神已褪色，
英容不比旧时新。

十二文钱买个曲，
圳水毋流我也装；
行路见娘顺口问，
怕娘都是这条行。

妹屋门前有根梨，
果熟不摘到那时；
有日狂风吹落地，
无人捡起沤烂尸。

妹真稽，
妹是山中老画眉；
哪个山头妹不到，
哪个老林妹不栖。

妹开眉，
你毋连哥到几时；
花不天天在树上，
妹不年年做女儿。

得罪哥，
初来得罪哥一回；
唱歌不对哥指教，
妹是生铁哥是锤。

小妹正同毋贯牛，
无人牵索四边游；
又如浮萍飘水面，
浮在江边随水流。

园中种菜青又青，
没有哪张叶染尘；
嘱妹园门要关好，
不让野牛踩菜平。

我同年，
只讲情意不讲钱；
双手便是摇钱树，
想要几千就几千。

辣椒辣辣有人买，
甘蔗甜甜有人嫌；
哥不连妹硬毋剩，
隔圩甘蔗还值钱。

槟榔丢进苏木桶，
染得皮红心毋红；
同妹谈时妹讲好，
其实口同心不同。

妹心多，
一把芝麻撒满坡；
东边芝麻未结子，
又去西边种菠萝。

独马单鞭走正路，
莫做犯春立夏雷；
莫学高楼墙表草，
东南西北任风吹。

芭蕉一条妹心直，
恐哥铁炭变成灰；

得了珍珠变玛瑙，
千祈莫揭这篇书。

十月扁柑已成熟，
再毋能留到出年；
趁机及早攀枝摘，
免至旁人眼角尖。

流传地区：宾阳县

搜集整理者：覃万安

来源：选自宾阳县民间文学三套集成编委会编《中国民间文学三套集成宾阳县歌谣卷》(内部资料)，1987年

崩口夫娘讲坏话，
怕妹拿猫来诱鱼；
鹧鸪飞来屋头企，
浪荡啼声咕咕居。

流传地区：宾阳县

演唱者：黄兴玉

搜集整理者：王启智

搜集时间及地点：1986年7月1日搜集于宾阳县新桥乡民范村

来源：选自宾阳县民间文学三套集成编委会编《中国民间文学三套集成宾阳县歌谣卷》(内部资料)，1987年

见妹花容盖世间（汉族）

见妹花容盖世间，
好似观音偷下凡；
若哥有缘娶得妹，
勤俭做人心毋烦。

见哥讲话舌伸蛮，
正同饿虎出深山；
梦中想吃仙桃子，
肚饥无肉枉吞馋。

妹是山中只百劳，
又乖又滑又飞高；
几次托人去问妹，
獭落荒塘枉湿毛。

心想与妹成夫妇，
螳螂撼树实难敖；
正想亲身去妹屋，
石上砍藤难落刀。

心想连妹比天高（汉族）

见妹行路头勾勾，
喊三喊四毋回头；
妹是深山水李子，
未曾当吃人先偷。

见哥行路头勾勾，
谁识哥心起计谋；
老鼠咬坏扫垃簿，
个场为你坏名头。

见妹行路行滔滔，
心想连妹比天高；
铁打葫芦难开口，
石上砍藤难下刀。

见妹生好十三分，
毋人通信弟难跟；
若是有人通信到，
成双多谢好媒恩。

一条大路白筛筛，
哥讲哥来妹也来；
今日有缘碰到妹，
正同仙女下凡来。

今朝行过藕塘边，
见朵莲花真新鲜；
正欲脱衣落塘取，
又怕蚂蝗在水边。

燕子担泥屋架梁，
来时有义去无情；
灯草穿钱去买藕，
毋连操坏弟心神。

好花一朵在远乡，
把哥一见断肝肠；
正想前去问声妹，
又怕得罪好情娘。

小弟初来到妹乡，
人心难测水难量；
正想共妹讲两句，
旁边人眼利如枪。

流传地区：宾阳县

演唱者：覃文威

搜集整理者：王启智、陆有全

搜集时间及地点：1986 年 5 月 6 日搜集于宾阳县思陇乡

来源：选自宾阳县民间文学三套集成编委会编《中国民间文学三套集成宾阳县歌谣卷》(内部资料)，1987 年

情歌四首（汉族）

日落西山半边阴，
葫芦落水半浮沉。
有识真情是假意，
未曾开口笑吟吟。

天旱三朝冇落雨，
担水去淋蕉子根。
瓢瓢水淋蕉根脚，
蕉子尽苗哥尽心。

有歌就唱不怕丑，
有意连情不怕人。
山歌非是我初造，
前辈造给后辈人。

上山砍柴惊动木，
落水打塘惊动罾。
村中打锣惊父老，
风流惊动青年人。

流传地区：西乡塘区心圩乡一带

演唱者：苏孟鳞，男，农民

搜集整理者：苏超群，心圩乡文化站专干

来源：选自中国民间文学三套集成南宁市领导小组编《南宁市歌谣》(内部资料)，1987 年

耍乐人（汉族）

见娘一讲又一笑，
一好人才二好心；
女儿虽然村村有，

总是卯比妹金银[1]。

九双白鹤池塘企[2]，
十八娇娥合弟因；
灯草移落藕塘里，
心想连情妹己人。

见娘一讲又一笑，
一好人才二好心；
神仙得见神仙爱，
交郎得见弟欢欣。

心想共娘结成亲，
怕妹又嫌弟家贫；
怕妹又嫌郎卯好，
问妹爱上如何心？

妹金银，
手指如同蕉子稔[3]；
拎[4]刀去斩光椰树，
贪娘苗条想留[5]跟。

青春时代爱耍乐，
木大婆娑好遮荫；
灯草跟前鸡生蛋，
成春千望妹有心。

弟想连娘开口问，
是妹有心仑句伝；
桅杆顶上点蜡烛，
望妹争光照亮伝。

照弟本身实想妹，
不知妹心真卯真？
饭甑里头蒸腊鸭，
千望娇娥出气伝。

问妹一声真还假，
欲[6]得己兄心事欣；
猪血拎来染灯草，
得妹有意弟红心。

鹿皮拎来作鼓打，
小弟正经高兴因；
五双酒瓮装鸭蛋，
十情想共妹成亲。

豆角捞共玉米种，
死去也沾玉米根；
万丈黄河干到底，
共妹结交情意深。

扛锹落塘去挖藕，
小弟连娘足志[7]因；
浢[8]到膝头水到颈，
就没过头都要跟。

早日接到娘书信，
情娘真是有心人；
真是人家识事女，
好歌打动弟心坎。

风吹灯草随江上，
娘心涌起弟心欣；

[1] 妹金银：民亲韵中对女方的称呼。有时也呼“妹己人”。
[2] 企：站。
[3] 稔：嫩芽。
[4] 拎：拿。
[5] 留：追求。
[6] 欲：逗引。
[7] 足志：信心足。
[8] 浢：稀泥。

圩中灯草卖断市，
听妹尽心仑弟闻。

小弟单身真是极[1]，
望妹照顾弟成人；
兄今十七妹十八，
风流要乐合时因。

有意伝结鸳鸯对，
同企高枝要青春；
情娘有话照直讲，
要乜[2]东西趁早仑。

无事去贩灯草卖，
有心僧极在近仑[3]；
妹断去圩弟亦去，
妹断岭头弟亦跟。

水推勒竹[4]随江去，
别处有勾弟卯寻；
别处还有弟卯想，
实想结交妹己人。

风吹竹表[5]动纷纷，
知妹有了后生跟；
昨日去圩弟还见，
连手过圩笑纭纭。

去圩打从糠行过，
又着糠尘飞上身；
反手过来则[6]两拍，
妹就讲兄招手人。

弟是黄蜂初出巢，
未曾入过花树根；
爹娘生来十七八，
未曾经过风流人。

自古斑鸠娘老雀，
企了几多勒竹根；
指甲起毛娘老手，
妹队风流见多因。

新刀卯斩勒竹表，
弟就知妹卯勾伝；
好花移过别园种，
移过别园花还新。

流传地区：横县

演唱者：莫家源

搜集整理者：韦艺文

搜集时间及地点：1986 年 9 月 12 日搜集于横县陶圩乡上莫村

来源：选自横县民间文学三套集成编委会编《横县歌谣集上册》（内部资料），1987 年 1 月

我想不分怕妹分（汉族）

把手去撩十五月，
就想团圆上手拎[7]；
寄钱去买贵油伞，

[1] 极：伤心。
[2] 乜：什么。
[3] 在近仑：在最近告诉。
[4] 勒竹：竹的一种，有刺。
[5] 竹表：竹的尾梢。
[6] 则：打。
[7] 拎：拿。

无双专望妹遮荫。

连妹比想双蝴蝶，
我俩采花同一群；
千银买把龙骨扇，
摆摆摇风我俩人。

妹意长长是江水，
川流不息我长奔；
米筒将来装灯草，
共妹同心再不分。

我说不丢怕妹丢，
我说不分怕妹分；
六月入园吃蔗表[1]，
怕妹头甜尾淡因。

妹不分，
再不抛丢弟己人；
人讲交情九十九，
少少伝交[2]六十春。

我想不丢怕妹丢，
我想不分怕妹分；
蜘蛛结网蜜梨树，
得见好花不思奔。

妹不丢，
世不抛丢弟己人[3]；
天旱蜘蛛常结网，
日夜恩情合圆因。

我见妹是富贵女，
兄家贫穷无钱文；
米瓮水洗卯强[4]净，
钱也无文米无斤。

水瓮里头装灯草，
交情总要伝有心；
世上钱财如粪土，
人有情义值千金。

天旱去贩灯草卖，
交情本是妹有心；
若妹不嫌郎不论，
总要大家心事真。

流传地区：横县

演唱者：梁大红

搜集整理者：方昌

搜集时间及地点：1986年8月28日搜集于横县新福乡陈村

来源：选自横县民间文学三套集成编委会编《横县歌谣集上册》（内部资料），1987年1月

新旧相交人等人（汉族）

石壁无梯也难上，
葫芦落水浮又沉；
乞儿[5]落塘挖藕吃，
有意偷连莫嫌贫。

灯里无油心苦切，

[1] 表：尾梢。

[2] 伝交：我俩相交。

[3] 弟己人：民亲韵中对男方的称呼。

[4] 卯强：没有这样。

[5] 乞儿：乞丐。

增光望妹加油斟；
栽藕三年挖不了，
连妹远多见难因。

人面不见意还在，
妹莫讲兄冷淡因；
水口竹篙兄撑硬，
石头落水沉便沉。

四五月天米价起，
新旧相交人等人；
鸭蛋放落烧酒瓮，
望妹念情秋过春。

烂市猪肝卖卯了，
常时勾挂在郎心；
报妹欢心要记紧，
剪花落水总卯沉。

担泥去修旧路口，
若有高低妹要仑；
共妹讲尽千船话，
同强就喊半路分。

独只母鸭不生蛋，
知妹就是强多亲；
瓮装红豆过村卖，
妹就思情别处寻。

柱顶瓜苗上竹表[1]，
知妹死撑卯有根；
正面不吃木麻子，
背面连皮带核吞。

[1] 竹表：竹梢。

流传地区：横县

演唱者：方昌

搜集整理者：方昌

搜集时间及地点：1980年搜集于横县南乡松柏村及新福乡陈村

来源：选自横县民间文学三套集成编委会编《横县歌谣集上册》（内部资料），1987年1月

情兄几好是闲人（汉族）

得心都算妹得心。
连兄都算妹有心；
前日共妹讲两句，
今日娘就到屋寻。

撩眼见兄满面笑，
见弟形容动妹心；
妹把粗歌来问弟，
心想共弟成头亲[2]。

妹你有心便过爱，
总怨己兄卯同人；
一来衫长袖又短，
二来又见弟家贫。

拿钱去起凉亭住，
风流贪要不贪银；
多少银钱妹莫计，
总要己兄有心跟。

妹你虽然很可爱，
总怨己兄不同人；

[2] 头亲：门亲。

拱背人贩鸭蛋卖，
实是难得个头亲[1]。

任弟便讲娘卯有，
有心要成个头亲；
蚂蟥咬上公鸡脚，
弟就飞天妹要跟。

千言万语本心话，
莫要记实弟成亲；
苏州巷口人守卡，
花街条路弟难寻。

东南西北四条路，
哪条拦得风流人？
心想世上无难事，
世上偷连卯单伝[2]。

上骗老兄下骗弟，
又骗爹娘去连人；
兄弟知道不要紧，
爹娘知道棍落身。

大鸭便是鸭儿变，
爹娘做过后生人；
风流世上老人造，
交情偷连卯单伝。

弟爹不比妹爹好，
妹爹任你成天亲；
我爹日间锁门口，
夜间一时锁几巡[3]。

白米煲粥便放蛋，
今晚就要弟成亲；
任弟便讲妹不信，
总想推托事是真。

妹要成亲实难因，
宁愿剖肚械只[4]心；
去到广东买佛像，
报妹另连别村人。

着虫担竿真起粉，
道道都是不成亲；
若是己兄不连妹，
等妹跳水莫做人。

见妹讲得心便极[5]，
喊弟几阵又几阵；
得弟应承同妹意，
犹如乞儿讨得银。

情你想兄得强极[6]，
也要伴夫当世人；
也要伴活儿和女，
思兄想着再来寻。

兄讲伴夫是闲事，
总见难舍弟成亲；
日夜睡梦得见弟，
一日还想来几阵。

隔离邻舍妹不怕，
单怕寻兄不见人；

[1] 个头亲：这门亲。
[2] 卯单伝：不只是我，还有别人。
[3] 几巡：几次。
[4] 械只：给只。
[5] 极：气愤。
[6] 得强极：这样气。

邻舍知道不要紧，
丈夫知道棍落身。

金鱼跳上勒竹[1]笋，
宁愿皮穿莫丢鳞；
若是你夫打到你，
己兄听闻可怜因。

心连小弟不怕打，
报弟莫使强关心；
入庙烧香去拜佛，
操恒等得几多春。

情妹强讲不成话，
不好都是你夫君；
妹总心飞来连弟，
情兄几好是闲人。

流传地区：横县

演唱者：梁大红

搜集整理者：方昌

搜集时间及地点：1980年搜集于横县南乡镇松柏村、新福陈村

来源：选自横县民间文学三套集成编委会编《横县歌谣集上册》（内部资料），1987年1月

妹有真心弟有意（汉族）

见妹讲话又推迟，
欲得[2]己兄心事思；
心想共娘定个仆[3]，
问妹心事思卯思？

竹筒担水郎心直，
弟个直心仑妹知；
心想共娘定个仆，
问妹心事思卯思？

灯草放落油瓮里，
妹有念情弟相思；
心想共娘成双对，
问妹心事思卯思？

照弟本心定想妹，
妹有真心报弟知；
伝队直人讲直话，
无心莫哄弟相思。

口含红豆吞落肚，
日也想娘夜亦思；
火烧栏杆长长炭，
叹弟在早卯想姨。

问娘强[4]讲真是假？
欲得己兄心事思；
妹有真心弟有意，
迟花慢发红绯绯。

郎话是真卯是假，
是假卯仑妹队[5]知；
明日在天空得见，
难得近前下手时。

[1] 勒竹：竹的一种。
[2] 欲得：引得，挑逗的意思。
[3] 仆：双方将小指勾在一起，表示言而有信。
[4] 强：这样。
[5] 仑：讲。妹队：妹们。

妹是牡丹花一枝，
弟是采花蝴蝶儿；
蝴蝶爱花郎爱妹，
齐家[1]都爱少年时。

一双蝴蝶入园飞，
对面双翼动丝丝[2]；
蝴蝶爱花牡丹朵，
采了牡丹枝过枝。

喜鹊造窝竹根表[3]，
十分高兴妹高枝；
别村有女弟卯想，
单想娘村妹子媚。

流传地区：横县

演唱者：莫家源

搜集整理者：韦艺文

搜集时间及地点：1986 年 9 月 16 日搜集于横县陶圩乡上莫村

来源：选自横县民间文学三套集成编委会编《横县歌谣集上册》(内部资料)，1987 年 1 月

望妹实心共弟连（汉族）

连就连，
妹械那门定计先[4]？
妹械那门定计弟？
等弟坚心共妹连。

连就连，
报妹莫信坏人言；
报妹莫信人唆惑，
闲言伝放在一边。

榄子妹吃两头尖，
兄老两年妹就嫌；
你睇下园辣椒子，
越老越红越新鲜。

莫嫌细，
细个亦有细个连；
卯信你到江边看，
细小竹篙撑大船。

半夜拎[5]壶去买酒，
伝情有心弟来连；
若得妹心同弟意，
六月北风千望千。

妹同年，
迟行两步等兄先；
等兄仑句相思话，
好好成双在今年。

连就连，
去问你夫同意先；
去问你夫同意你，
你夫同意慢来连。

弟在上塘栽好藕，
妹在下塘管好莲；
弟队总是空心个，
望妹实心共弟连。

[1] 齐家：大家。
[2] 动丝丝：象声词，谓双翅微微抖动。
[3] 表．梢。
[4] 妹械那门定计先：妹赠什么礼物给弟呢？
[5] 拎：拿。

旱塘栽藕田晒裂，
见兄浪荡卯可连；
纱纸扇坏今还在，
卯念强时[1]念当前。

流传地区：横县

演唱者：莫家源

搜集整理者：韦艺文

搜集时间及地点：1986 年 9 月 16 日搜集于横县陶圩乡上莫村

来源：选自横县民间文学三套集成编委会编《横县歌谣集上册》（内部资料），1987 年 1 月

东部山歌（壮族）

你是楼顶一颗珠，
哥哥望来不可及，
你是镜中美人影，
哥难娶你来做妻。

流传地区：武鸣县陆斡镇

演唱者：潘海花，女，壮族，农民，高小文化

搜集整理者：蒙水生，男，壮族，武鸣县城厢镇人，大学本科毕业

来源：选自中国民间文学三套集成南宁市领导小组编《南宁市歌谣》（内部资料），1987 年

[1] 强时：今时。

后生俊又靓（壮族）

后生俊又靓，
挥手就成风；
敢抓又敢闯，
勒俏[2]瞄不忘。

流传地区：武鸣县

演唱者：潘春花，女，61 岁，歌师，武鸣县敬三村 8 队人，从罗波镇天马村嫁到本村

搜集整理者：梁肇佐、陈钰文

搜集时间及地点：2012 年 3 月搜集于武鸣县敬三村

香似八角花（壮族）

妹今年十八，
好似松柏花；
石榴与西荣，
香似八角花。
妹你别回转，
哥与你谈话；
对坐情脉脉，
流连忘返家。

流传地区：隆安县

演唱者：黄金英，女，壮族，1951 年 5 月出生，隆安县布泉乡龙礼村多助屯人，农民，小学文化

搜集整理者：梁肇佐、陈钰文

搜集时间及地点：2012 年 4 月搜集于隆安县

[2] 勒俏：姑娘。

鱼得活水尾摆摆（壮族）

鱼得活水尾摆摆，
禾得雨露叶尖尖，
若得阿妹同结对，
白盐送粥也见甜。

流传地区：横县

演唱者：黄庆东

搜集整理者：黄庆东

搜集时间及地点：1986 年 9 月搜集于横县云表镇亚陂村

来源：选自横县民间文学三套集成编委会编《横县歌谣集上册》（内部资料），1987 年 1 月

壮族依歌（壮族）

见妹生得白蒙蒙，
手臂正同藕节筒；
娶得个妻同你样，
毋茶吃水也欢容。

流传地区：宾阳县洋桥镇、和吉镇、黎明镇等地

演唱者：宾阳县洋桥镇桂西村歌手葛玉甫、葛玉友、葛玉祥、葛玉剑、葛行吾等

搜集整理者：熊兴亮、莫兆桐

来源：选自宾阳县民间文学三套集成编委会编《中国民间文学三套集成宾阳县歌谣卷》（内部资料），1987 年

男女对唱（壮族）

男：出圩想买果，
未见摆成行；
得共妹同耍，
望妹捱近些。

女：织女共牛郎，
得玩耍做伴；
妹见哥可爱，
望同双同去。

男：今日未见面，
树底下乘凉；
哥有果有糖，
咱边吃边倾。

女：见哥讲有果，
妹张口流水；
是得哥分给，
吃了更有味。

男：有歌咱就唱，
睇妹相同笑；
哥见妹娇俏，
正合哥心头。

女：阿妹冇识歌，
就识歌也少，
难配上老表，
哥聪明难跟。

男：冇识歌谁信？
人讲妹有名；
咱广西南宁，
妹有名上榜。

女：　乌造窝竹上，
哥乱讲乱夸；
妹同番茄渣，
半生又半熟。

男：　蛤蟆讲蟾蜍，
当小孩来哄；
宾阳共横州，
最滑头是妹。

女：　吃鱼讲刺多，
肥肉连皮卖；
妹跟在后面，
未曾见头尾。

流传地区：宾阳县

演唱者：林永盈，男，壮族，1943年出生，宾阳县露圩镇浪利村委库利村人

搜集整理者：梁肇佐

搜集时间及地点：2013年5月搜集于宾阳县

良药情歌（壮族）

男：　吃饭当吃药，
哥我身虚弱，
发痧还可治，
心病忧虑多。

女：　为何因发病？
半醒又半迷，
不妨讲因原，
妹我能医治。

男：　别枉费心机，
料你难救医，
病已入膏肓，
复返难痊愈。

女：　你有何内病，
对我讲何妨？
对病开药单，
花旗参处方。

男：　花旗参味香，
有口也难张。
若你有情意，
熊心是奇方。

女：　有心结连理，
情意长又长，
熊心花旗参，
病除身无恙。

流传地区：隆安县

演唱者：陆忠承，男，壮族，隆安县雁江镇那朗村人，农民，初小文化

搜集整理者：陆忠万、陈建睦

翻译者：陈朝阳

搜集时间及地点：1986年9月搜集于隆安县雁江镇那朗村

来源：选自隆安县民间文学三套集成编委会编《中国民间文学三套集成隆安县歌谣集 第二集》（内部资料），1987年8月

旧情歌（壮族）

男：　想妹情切切，
日日四处寻；
不知在何方，

恋情埋在心。

女：　不见哥返回，
妹上下打听；
想起以往事，
妹变成痴人。

男：　想起从前事，
梦中几回醒；
想到孩提时，
玩耍实天真。

女：　想到孩提事，
妹心绪翻腾；
与哥情已深，
谁知妹恋情。

男：　恋情无人知，
独自埋心底；
手拉手谈情，
相聚两依依。

女：　手拉手谈情，
相聚两依依；
提起从前事，
相恋心已痴。

男：　手拉手谈情，
倾心又相恋；
板凳两头坐，
好像对婵娟。

女：　同坐条板凳，
情似蜜糖甜；
很久不相逢，
妹情心煎熬。

男：　谁心不煎熬，
几年不见面；
想从前情意，
犹如在眼前。

女：　想从前情意，
滴水唇不沾；
妹想返家园，
恋哥又回转。

流传地区：隆安县

演唱者：黄金英，女，壮族，1951年5月出生，隆安县布泉乡龙礼村多助屯人，农民，小学文化

搜集整理者：梁肇佐、陈钰文

搜集时间及地点：2012年4月搜集于隆安县

等兄共妹来成连（壮族）

今夜妹来冇乜菜，
两碟青菜挂碗边；
回到同村姐妹问，
就讲咸菜送稀饭。

斟酒入杯去敬妹，
双手提杯妹前面；
哥有真心去敬妹，
妹冇嫌淡推一边。

天旱三年冇落雨，
担水淋花花值钱；
塘里没鱼虾子贵，
屋里冇妻妹值钱。

口含蜜糖共妹讲，
甜言共妹讲几年；
妹做裁缝领男布，
领得男布能冇连。

远远见妹担花卖，
问妹花卖几多钱；
千祈冇把花散卖，
等兄共妹来成连。

南蛇打把沙洲上，
得见真龙心想连；
藕芽种在牛脚趾，
若妹点提兄就连。

流传地区：隆安县

演唱者：黄仁青，女，壮族，1950 年 8 月出生，布泉乡龙礼村多助屯人，农民，小学文化

搜集整理者：梁肇佐、陈钰文

搜集时间及地点：2012 年 4 月搜集于隆安县

娇情韵（壮族）

高山有路难通天，
江河有水难通田；
花针冇耳难通线，
有条大路入花园。

手拿一条钢码称，
旧因初来冇识名；
郎来千里望指点，
望妹指点报旧称。

早早去担大海水，
见妹捞螺水冇清；
灯草去芯犁头担，
见妹心多灯冇亮。

唱支山歌出门去，
快出大门再转回；
妹在房中像朵花，
让妹心烦变笑声。

妹是一个女学院，
考了南宁再北京；
灯笼提去高山上，
哪人冇识妹高明。

问三问四能冇讲，
能再开之问旧郎；
天旱三年冇落雨，
界旧求多实在难。

叫我唱加我就唱，
叫我还加我就还；
人担草席过街卖，
几时得和妹同床。

妹你好似红牡丹，
迎春开放在高山；
我家花园样样有，
单缺一朵红牡丹。

宝鸭飞在东海上，
飞来想落妹莲塘；
坚心固意正飞去，
叫声姨妹装备当。

唱加冇算加脚断，

提河米算河水干；
河中冇有水还有，
退复来寻有何难。

问三问四能冇讲，
能再开之问旧郎；
天旱三年冇落雨，
畀旧求多实在难。

叫我唱加我就唱，
叫我还加我就还；
人担草席过街卖，
几时得和妹同床。

妹你好似红牡丹，
迎春开放在高山；
我家花园样样有，
单缺一朵红牡丹。

宝鸭飞在东海上，
飞来想落妹莲塘；
坚心固意正飞去，
叫声姨妹装备当。

唱加冇算加脚断，
提河米算河水干；
河中冇有水还有，
退复来寻有何难。

流传地区：隆安县

演唱者：黄仁青，女，壮族，1950年8月出生，布泉乡龙礼村人，多助屯农民，小学文化

搜集整理者：梁肇佐、陈钰文

搜集时间及地点：2012年4月搜集于隆安县

若是有心把口开（壮族）

三岁去搭洋船客，
望妹流通到海河，
六笛挂在椅子背，
愁声依靠得姨么？

正想开言去问妹，
问妹心头是如何，
街头地处开鸭铺，
问妹心意是能么？

有意便午真心话，
莫午姨夫着技多，
撑伞出门姨夫问，
假作寻亲是如何。

旧在东边真想妹，
妹在南边念旧么，
旧有十分真心爱，
妹有半厘想旧么。

妹屋姨夫实在好，
怎量朋兄比得多，
徒行杀猪破边卖，
问妹心爱哪边好。

同台吃酒算我老，
狗菜开花满地红，
取酒过来还敬妹，
等我敬妹两三盅。

定了日期妹冇改，
妹冇改期去做工，
工夫冇做工夫在，
改期到日冇相逢。

斟酒入杯去敬妹，
等去敬妹两三杯，
旧有真心妹有意，
敬酒筭妹莫相推。

好酒大齐吃入瘾，
酒便飘浮实冇杯，
喝得妹讲喝莫讲，
妹妹推迟放下杯。

今夜高兴共妹喝，
同台喝酒再穿杯，
实是甘甜细米酒，
甘甜再敬两三杯。

话来得共妹讲过，
未曾得共妹穿杯，
单手提杯冇礼貌，
妹冇嫌我把手推。

朋姨讲话真有理，
多敬筭姨过两杯，
妹是半边天女子，
讲话有理莫相推。

十月天时江水涨，
撑船去接水涝柴，
接得沉香削做柴，
烧得成双莫分开。

六月插田紧正紧，
停工去看妹花开，
得见花开中旧意，
心想提归屋头栽。

剪刀挂在剃刀顶，
风流千望妹来栽，
北京教戏来到几，
若妹成班兄搭台。

早早骑马街过街，
马脚踏泥两路开，
手拿马鞭十二节，
节节报妹跟旧来。

妹是那家人乐女，
见妹英雄装得乖，
唱支山歌飘过去，
若是有心把口开。

流传地区：隆安县

演唱者：黄连红，女，壮族，1953 年 7 月出生，隆安县布泉乡龙礼村多助屯人，农民，小学文化

搜集整理者：梁肇佐、陈钰文

搜集时间及地点：2012 年 4 月搜集于隆安县

情歌（壮族）

登上高山望一望，
望见妹村竹叶青，
竹叶青青离得远，
阿妹几时得连情。

真想妹，
想妹如同金和银，
想妹如同金戒指，
何时落入我手心。

今日同妹讲过日，

妹是日讲定日期，
今夜归家睡冇着，
暗处泪流妹不知。

抬脚出门往外走，
阿妹是哥心头肉，
屋里千金哥不想，
单想共姨攀肩游。

天旱丰年冇落雨，
到处塘干石子枯，
到处老塘干到底，
妹来得见可怜无。

流传地区：隆安县
演唱者：黄连红，女，壮族，1953 年 7 月出生，隆安县布泉乡龙礼村多助屯人，农民，小学文化
搜集整理者：梁肇佐、陈钰文
搜集时间及地点：2012 年 4 月搜集于隆安县

对唱（一）（壮族）

男：　今夜会面旧真欢，
唱支加支表情心，
若是姨妹真高兴，
抓紧时间争分秒。

女：　久未读书字字深，
久未唱加难校音，
若兄当真高兴唱，
请兄带路妹后跟。

男：　吉月吉日好时辰，
兄行来运逢妹人，
妹不嫌弃饮杯酒，
今后相见记得真。

女：　妹谢兄哥好情心，
领酒一杯念亲人，
恭敬情郎酒一盏，
鸳鸯比翼高飞腾。

男：　听妹话来欢旧心，
美满吉日凤寻龙，
同齐交杯共助乐，
并祝妹兄福无穷。

女：　情兄讲话喜心中，
开作之合配姻缘，
盟兄祝福妹祝寿，
举案齐眉万万年。

男：　妹意与兄共成亲，
甘苦共过一世人，
唱着山歌种田地，
欢欢乐乐走前程。

女：　人生在世冇怕穷，
马瘦毛长也威风，
铜盆破烂斤两在，
春天到时花自红。

男：　兄是同年妹同年，
只要情重冇要钱，
若讲钱来连不久，
讲到情重久久连。

女：　妹心愿，
十月甘蔗节节甜，

我俩结交永不变，
齐兄一世六十年。

流传地区：隆安县
演唱者：黄连红，女，壮族，1953年7月出生，隆安县布泉乡龙礼村多助屯人，农民，小学文化
搜集整理者：梁肇佐、陈钰文
搜集时间及地点：2012年4月搜集于隆安县

对唱（二）（壮族）

男：今早走过藕塘边，
莲藕花开朵朵鲜，
哥想伸手要一朵，
不知哪朵合哥莲。

女：哥你未曾吸过烟，
不知是苦还是甜，
哥你未曾种藕过，
不知哪样叫做莲。

男：妹你好心花朵鲜，
好花生在海中间，
哥拿竹篙捞一朵，
好花不拨竹篙边。

女：哥你好心花朵鲜，
好花生在海中海，
竹篙捞花捞不到，
灯草扎排拢花边。

男：鲤鱼乖呀鲤鱼乖，
鲤鱼红尾又红鳃，
哥拿渔网江边撒，
石头勾网网难开。

女：哥你打鱼不用网，
哥会钓鱼不用钩，
哥你有心江边坐，
时时鱼在水中游。

流传地区：隆安县
演唱者：黄连红，女，壮族，1953年7月出生，隆安县布泉乡龙礼村多助屯人，农民，小学文化
搜集整理者：梁肇佐、陈钰文
搜集时间及地点：2012年4月搜集于隆安县

情歌（壮族）

男：鲤鱼游来鲤鱼游，
这滩游到那滩头，
几多计谋都用尽，
捉鱼不得眼泪流。

女：哥你连情牢不牢，
海里架桥摇不摇，
问哥连妹久不久，
若连不久枉功劳。

男：糯米煮饭软不软，
甘蔗榨糖甜不甜，
我们结交苦对苦，
哥穷妹苦结同年。

女：草鞋合脚哥好穿，
情投意合才好连，

连情不是转眼过，
石板架桥望千年。

男：石榴开花朵朵红，
枣子结果像灯笼，
情哥见妹心头动，
只怕妹妹嫌哥穷。

女：好马过桥不用鞭，
好妹恋哥不用钱，
讲起钱来恋不久，
不讲银钱久久恋。

穿鞋情歌（壮族）

穿第一双鞋，
如鸭戏田边；
穿鞋去喝酒，
妹在哥心田。
穿第二双鞋，
赛过送金钱；
穿在哥脚上，
变老鹰上天。
穿第三双鞋，
不忍踩尘埃；
日夜不离脚，
妹情记心怀。

穿第四双鞋，
想妹心坚贞；
鞋烂不忍丢，
难忘妹意情。
穿第五双鞋，
上下村游荡；
老少看见了，
把你妹赞扬。

流传地区：隆安县

演唱者：黄元香，女，壮族，1951 年 11 月出生，隆安县布泉乡龙礼村多助屯人，农民，小学文化

搜集整理者：梁肇佐、陈钰文

搜集时间及地点：2012 年 4 月搜集于隆安县

到死伴哥走（壮族）

男：锁匙交给你，
妹你记收好；
小鸟恋火屋，
妹你管好家。

女：哥怕妹忘记，
赶圩别惹事；
出去三几日，
怕闲话就来。

男：若赶圩不见，
妹记手机号；
请妹别关机，
听手机再讲。

女：我日日注意，
有手机便利；
不是你声音，
我干脆不应。

男：秧苗种落田，
就愿秧成稻；

妹返去记回，

不给秧苗死。

女：月亮伴天星，

天星伴月亮；

哥你莫忧愁，

妹下月会来。

男：妹讲话算数，

妹莫拐转去；

不论好与丑，

别转去另处。

女：妹我心不变，

就怕哥多心；

去恋红花妹，

当鸳鸯游水。

男：哥不恋别人，

我见你坦直；

世上几多人，

但见妹最好。

女：共哥搭条桥，

没有桥难行；

妹我心不变，

到死伴哥走。

流传地区：宾阳县

演唱者：黄启初，男，壮族，1947 年出生，宾阳县露圩镇浪利村委库利村人

搜集整理者：梁肇佐

搜集时间及地点：2013 年 5 月搜集于宾阳县

吃酸醋也甜（壮族）

男：做人真怄气，

我一世忧愁；

面皱头发白，

爱人难找到。

女：哥你别怄气，

总容易找到；

十八岁红花，

总容易到手。

男：阿妹可单身，

知面未知名；

有意共谈情，

你心灵哪样？

女：花开在山里，

有红好有白；

你生得帅气，

不别忧愁多。

男：你若未出嫁，

我一定娶你；

得你来理家，

不用另找人。

女：想入你家门，

又怕无凳坐；

爸妈不同意，

找凳坐都难。

男：若得你做伴，

吃酸醋也甜；

如无你做伴，

吃蜜糖也酸。

女：　妹已四十岁，
怕阿哥不要；
哥你嘴头滑，
怕你逗我乐。

男：　妹生得好靓，
白嫩又高挑；
做得你情郎，
死变鬼也欢。

女：　蜡烛烧不旺，
希望亮过夜；
妹我未成人，
祈望你来伴。

流传地区：宾阳县

演唱者：韦明生，男，壮族，1951 年出生，宾阳县露圩镇浪利村委库利村人

搜集整理者：梁肇佐

搜集时间及地点：2013 年 5 月搜集于宾阳县

情歌对唱（壮族）

男：　上来看见妹，
越看越好看；
如同祝英台，
又乖又伶俐。

女：　烧杉木乱炭，
别乱赞妹乖；
妹同堆牛屎，
雨淋更难睇。

男：　见妹实际乖，
人靓会理家；
做样样不差，
如同莲藕花。

女：　妹孬又贫穷，
命孬人又差；
去圩不识返，
与哥结伴回。

男：　哥对妹有意，
中意你人才；
同山伯英台，
哥想你做伴。

女：　园内种竹子，
祈望鸟来朝；
妹我生不乖，
怕难与做伴。

男：　只要妹有意，
有心意跟我；
不是石榴树，
尽想勾做伴。

女：　妹虽然有意，
怕不真爱我；
哥张口嘴滑，
转身跟别人。

男：　哥有心有意，
尽想与妹好；
请阿妹放心，
哥不想别人。

女：　妹有心有意，
与哥同种花；

糯米粘布帕，
有心结做伴。

流传地区：宾阳县
演唱者：韦壬生，男，壮族，1952年出生，宾阳县露圩镇浪利村委库利村人
搜集整理者：梁肇佐
搜集时间及地点：2013年5月搜集于宾阳县

探情歌（瑶族）

哥：哥想与妹结交，
怕妹心里不爱，
得与妹成双对，
哥一辈子心开。

妹：恋就恋啦哥，
交就交啦友，
莲花正开放，
问你想恋多久。

哥：妹中意就交，
共造风流的生活，
如果父母不同意，
日子也难过。

妹：恋就恋啦哥，
同去淋花蕾，
父母定同意，
就怕哥不爱。

哥：想与妹同凳坐，
就怕妹的凳脚高，
想与妹同家，
就怕妹不爱。

妹：请大哥放心，
妹凳脚不高，
有情同凳坐，
哪样不应该。

哥：想与妹同路走，
六路朝向京城，
想到南宁共造一条街，
就怕妹不爱。

妹：走就走啦哥哥，
道路向京城，
到南宁共造一条街，
妹心爱万代。

哥：得与妹做夫妻，
三年不用种米，
三年不用关鸡，
狐狸拿去就算。

妹：大哥真有心，
三年米不种，
三年鸡不关，
同死妹也做。

哥：能真交吗妹，
莫哄哥心浮，
若不能结交，
只哄哥心愁。

妹：妹讲话如口，
不给哥心浮，
哥不想造家当，
我活有何用。

哥：　妹讲话出口，
莫哄哥卖地，
话已讲出口，
田地难收回。

妹：　我讲话出口，
不哄哥卖田地，
哥不懂妹的心，
死也与哥相恋。

哥：　大海像天宽，
死也要下去，
大海比天宽十倍，
也要下去找妹妹。

妹：　大海像天一样宽，
哪个能下去找妹，
大海宽广无边，
风吹哥去与妹同船。

哥：　大海像天一样宽，
也下去与妹同船，
到京城有三条路，
走到平地才算数。

妹：　大海像天一样宽，
愿哥与妹同船，
到京城有三条路，
一定走得到。

哥：　过深山丛林，
哥妹一起走，
得与妹做夫妻，
不烦父母心忧。

妹：　过深山丛林，
哥妹一起走，
哥如真正爱，
定成双成对。

哥：　过深山丛林，
哥妹一起过，
得妹管家当，
出门不忧心。

妹：　过深山丛林，
哥妹一同走，
得哥来当家，
妹永爱不够。

哥：　过深山丛林，
哥妹一同走，
与妹造世界，
就怕妹不爱。

妹：　过深山丛林，
哥妹一起走，
哥妹同造家，
有哪样不好。

哥：　变成牛成马，
到街心去玩，
变成碗成筷，
俩相不能散。

妹：　说要恋就恋，
花开在面前，
不恋青春过，
花开莫多时。

哥：　树木长满山，
不易成犁架，

天下人很多，
不比妹一枝花。

妹：　好花开满山，
不知哥恋哪朵，
哄话妹心浮，
给人说妹笨。

哥：　山歌这样唱，
道理这样讲，
哥不乱讲笑，
哪句说不当？

妹：　山歌唱的好，
妹慢唱慢陪，
拿道理来评，
句句讲的对。

哥：　妹心莫多想，
想多心变酸，
请妹莫多想，
想多肚烦乱。

妹：　想多也这样，
事不关妹心，
天下很多人，
死了又来新。

哥：　今晚同做对，
像梨花正开，
明天妹离去，
想哪时再来。

妹：　今晚同做对，
像梨花正开，
明天离去远，
有心同妹走。

哥：　今晚得同坐，
像芙蓉盛开，
明晚对现在，
花开在哪地？

妹：　今晚得同坐，
像芙蓉盛开，
明晚哥还爱，
变化去同桌。

哥：　别哭多啦妹，
哭多坏眼睛，
安心过日子，
做工来养命。

妹：　不成啦大哥，
戴草帽造家当，
不成啦金哥，
家里空荡荡。

哥：　忧什么呢银妹，
伤什么呢银妹，
想另外与哪个结合，
请告诉呀大姐。

妹：　怄气了就唱歌，
伤心了就歌唱，
一心与大哥结交，
一心与大哥成双。

哥：　小蚂蚁架桥，
架桥要近路，
架桥近荷花，
到花边去玩。

妹：　请大哥过桥，
请二哥过桥，
过桥来同班，
妹盼哥来到。

哥：　一嘱又二嘱，
嘱这河边花，
嘱三又嘱四，
嘱话妹莫忘。

妹：　哥叮一叮二，
像蜜蜂叮花，
哥叮三叮四，
妹死不会忘。

哥：　我俩结情谊，
万代不会忘，
四块木盖下土，
不忘妹的话。

妹：　哥如有心死，
妹也重情死，
死到阴暗庙，
再和哥成双。

哥：　一日三变化，
妹必与哥断情，
断久了不通信，
还有什么情。

妹：　天上的云断了，
我才与大哥断这条路，
大海的水干了，
我才与大哥断情意。

哥：　有十二座高山，
不比一座矮山，
有十个风流妹，
不比你一个可爱。

妹：　话是这样讲，
是不是真心爱，
哄给妹心浮，
讲多不信赖。

哥：　休息等凉水解渴，
吸烟等情友来同坐，
等情友来到，
才有力赶路。

流传地区：马山县

演唱者：韦秀王，瑶族，40岁，农民，不识字；韦小年，瑶族，50岁，农民，不识字

搜集整理者：红波，壮族，46岁，文化馆干部；韦善标，瑶族，33岁，农民，初中文化

搜集时间及地点：1986年6月搜集于马山县内学村五弄屯

来源：选自马山县民间文学三套集成编写组，马山县文化局、文化馆编印《中国民间文学三套集成马山县歌谣卷（三）瑶族上》（内部资料），1987年7月

赞妹歌（瑶族）

妹的头发黑黝黝，
两条辫子长又长，
妹长得像朵水仙花，
让哥看见真难忘。

妹的脸蛋圆又圆，
好像红通通的太阳，
好像一朵桃花美，
让哥见了永难忘。

妹的鼻子高又直，
妹嘴红红含樱桃，
妹长似朵红玫瑰，
给哥见了永难忘。

妹的牙齿白又白，
妹的耳朵方又方，
妹似一树李花开，
让哥见了永难忘。

妹的身材苗条条，
妹的腰儿像蜂腰，
妹像一蔸金线树，
让哥看见难忘掉。

妹的胸部高又高，
妹的胸膛凸又凸，
妹像一朵含苞的牡丹，
让哥见了怎能不羡慕。

妹的双手嫩又嫩，
十指尖尖似春笋，
妹好像朵金银花，
让哥一闻香喷喷。

妹的肌肉胖又胖，
妹的股形圆又圆，
妹长得像朵莲花美，
给哥看见怎不恋。

妹的大腿白又白，
妹的小腿嫩又嫩，
妹长得像朵梨花美，
让哥看见就想跟。

妹的脚板大又大，
妹的脚跟直又直，
妹长得像一棵大树，
给哥看见实难忘。

流传地区：马山县

演唱者：韦永红，瑶族，82岁，农民，不识字

搜集整理者：红波，壮族，46岁，文化馆干部；韦善标，瑶族，33岁，农民，初中文化

搜集时间及地点：1986年5月搜集于马山县内学村五弄一带

来源：选自马山县民间文学三套集成编写组，马山县文化局、文化馆编印《中国民间文学三套集成马山县歌谣卷（三）瑶族上》（内部资料），1987年7月

赞美歌（瑶族）

男：

头上包镶金的花巾，
两边拉两条长辫，
辫上扎着花蝴蝶，
这个花妹从哪里来。

女：

头包黑色的叶巾，
两边乱发纷飞，
野蝴蝶粘满头，
我是从山里来的猩狸。

男：

脸蛋圆圆像瓜儿，

两眼黑黑藏画眉，
肉色粉红像桃花，
这鲜花从哪里来。

女：　脸儿长的像芭蕉叶，
眼睛长的如螃蟹眼，
肉色黑得似木炭，
妹是野人不敢与哥见。

男：　鼻子直直似笛子，
口唇圆圆似樱桃，
牙齿白白如银条，
这个仙女哪里来。

女：　鼻子钩钩似牛角，
嘴巴宽宽似磨盘，
牙齿黑黑似墨条，
我是烧炭的仙姑从山里来。

男：　耳朵挂满了金珠宝，
颈项上套着银环，
银珠闪闪如天星，
龙女不知从哪里来。

女：　耳朵粘满了臭虫，
颈间挂的是烂藤条，
全身黑得像烧火的锅底，
我就是新来的山猫。

男：　腰儿似蜜蜂的腰，
胸脯高高婀娜窈窕，
身儿苗条似金线，
美女不知从哪里来。

女：　腰儿粗粗似黄牛，
胸脯平平无花果，
身儿弯得像张弓，
我是虫蛇出山角。

男：　屁股圆圆似铜盘，
两腿大如芭蕉树，
美丽如同荷花样，
银妹不知从哪里来。

女：　屁股尖尖似羊角，
两腿细小如蚂蚁，
貌儿丑陋似螃蟹，
我是山沟里出来的猴儿。

男：　手臂白如鸡蛋白，
双脚白皙似雪棒，
十指尖尖如竹笋，
这位神仙哪里来。

女：　手臂黑得像木炭，
双脚黑得像煤块，
手指弯得像铁钩，
妹像蜈蚣从窝里出来。

男：　衣袖长长绣金边，
衣领高高封金条，
四周衣脚画龙凤，
这个娇妹好新鲜。

女：　衣袖短短补烂布，
衣领矮矮缝破布条，
衣角撕烂像旗条，
娇妹打树丛里出来。

男：　裤腿画着凤的翅膀，
裤裆画着凤的身，
远看美如朵金花，

这凤凰从哪里来。

女：裤腿脏得像锅灰，
裤裆脏得像炭灰，
脸面丑如烂铜锣，
我是黑鸡从笼中来。

男：脚上穿着绣花鞋，
手口戴着金戒指，
闪闪发亮如太阳，
我说的是不是咧妹。

女：脚穿着补钉的烂鞋，
手戴铁锁链，
黑墨墨像天上的乌云，
由你怎么说都行咧哥。

流传地区：马山县

演唱者：罗祥华，瑶族，98岁，农民，不识字；韦永英，瑶族，80岁，农民，初小文化

搜集整理者：红波，壮族，46岁，文化馆干部；韦善标，瑶族，33岁，农民，初中文化

搜集时间及地点：1986年6月搜集于马山县内学村五弄一带

来源：选自马山县民间文学三套集成编写组，马山县文化局、文化馆编印《中国民间文学三套集成马山县歌谣卷（三）瑶族上》（内部资料），1987年7月

3 相思歌

蜜糖共酒蒸灯草（汉族）

有歌不唱屈坏肚，
有马不骑屈坏鞍；
屈坏金鞍不要紧，
屈坏少年花牡丹。

唱支山歌甩过去，
任它甩落那弯山，
任它甩落那弯路，
那人接得那人还。

好丑大家讲过了，
妹要推迟到那天？
急水埠头人种藕；
长推几时得成莲。

风吹灯草岭过岭，
岭过岭来洲过洲；
猪肺跌落油缸里，
只为油[1]多心才浮。

走上高山望一望，
望见妹村竹叶青，
竹叶青青还到尾，
哥无一时忘记情。

不唱山歌怎样乐？
不笑眉头怎样开？
燕子不进愁人屋，
见妹欢颜哥才来。

真想妹，
想妹如同金共银，
若妹变成金桔果，
给哥连皮带核吞。

风吹本叶响沙沙，
初初见妹坐不安，
心想讲话难开口，
脸红好比火烧山。

高山岭顶有个井，
鲤鱼常在井中游，
丝线穿针放下水，
用尽心机不上钩。

[1] 油：同“游”。

上树摘花花落水，
下河捞花水又推，
哥命不是桃花命，
走进花园空手回。

情妹生得十分乖，
给哥得见不得采，
仙桃种在天庭上，
凡人想死口白开。

火烧茅屋实难救，
同年出嫁实难留，
白鸭沿江一直下，
哥喊千声不转头。

思想妹，
水面浮萍空想泥，
浮萍想泥不到底，
情哥想妹是人妻。

辣椒种在苦瓜根，
又辣又苦又难吞，
情哥已有好妹伴，
哪有心机念我们。

同妹坐到五更头，
点完灯草点完油；
哥扯眉毛做灯草，
妹滴眼泪做灯油。

眼看日头要落山，
我俩根由讲不完，
妹拿锁匙哥拿锁，
锁紧日头在半山。

打烂花碗砌花街，

万丈高堂砌起来，
十年不来十年等，
再不移花别处栽。

在世我俩共凳坐，
死去我俩共灵牌，
灵牌上面共八字，
灵牌脚下望花开。

妹莫慌，
天大事情哥敢当，
去到衙门讲道理，
人争田地哥争双。

同妹排坐哥心宽，
提到分手断肠肝，
来时好比龙上殿，
去时好比虎离山。

昨夜落雨江水涨，
撑船去等水流柴，
等得沉香修筷子，
修好成双莫丢开。

下雨担油上街卖，
肯走不怕踩青苔，
落霜栽下双芽蔗，
同心死了共穴埋。

妹毋怕，
心正毋怕闲言长，
铁打象棋摆上台，
心坚哪个敢来“将”。

口头照入东海洋，
拿尺来量海水长，
海水是长尺是短，
妹心难识水难量。

天上牛郎共织女，
凡间哥妹两心同，
若是有情配定了，
庙堂有鬼配神公。

自小同玩在蕉根，
手捏手儿心对心，
不信伸手出来看，
手上还见指甲痕。

大路两旁栽种藕，
成连万望妹来觅，
半月行走十五天，
莫让塘干藕断丝[1]。

天上云飞月不走，
地下沙飞石不离，
哥妹情真最难舍，
花根落地最难移。

与妹连情实在好，
好比塘中鱼共水，
蜜糖共酒蒸灯草，
心甜心醉哥同妹。

勒竹拿来捆成把，
望妹扎实莫分离，
黄鳝有鳞才讲分，
蚂蝗有脚才讲离。

哥是芥菜园里种，

[1] 丝：同“思”。

有心望妹来淋水，
短木搭桥不到岸，
望妹担泥两岸培。

大石抛落山塘里，
塘干石烂在一起，
手戴玉镯不舍脱，
脚踏麻丝不肯离。

当初与妹不相识，
如今与妹心相连，
早时识得灯是火，
早连三日当三年。

麻杆扎排载糙米，
不嫌粗糙就同船，
麻布拿来裁褂子，
妹莫嫌粗不肯连。

酱油煮菜一样吃，
大家有意不用盐[1]，
大路中间栽灯草，
问妹条心坚不坚。

碎布裁衫七寸袖，
哥有别人好派头，
八角船儿弯在岸，
闻香哥才出来游。

讲到唱歌妹第一，
妹是凤凰教哥啼，
田螺搁在大山顶，
有心去攀妹高师。

[1] 盐：同“嫌”。

生不丢来死不丢，
哥妹相好到白头，
不信看人做炮仗，
哪串不是联到头。

铁打葫芦难开口，
望妹开口讲起头，
皇帝挂牌招驸马，
哥来千望妹抛球。

利刀斩水难分段，
灯草成灰难剖片，
裁缝病重拿针线，
除非死去才不连。

手拿菜籽无处种，
这边无园[2]去那头，
肩托酒缸找水吃，
得埕[3]到手再不丢。

寒冬腊月栽种藕，
抵寒挨冻为着莲[4]，
甘蔗绞汁泪纷纷，
皮开肉烂为心甜。

自从分手妹归去，
哥吃不安睡不宁，
蜡烛插在生脚尖，
踮蹄[5]哥就泪不停。

藤穿猪肺心有蔑[6]，

[2] 园：同“缘”。
[3] 埕：同“情”。
[4] 莲：同“连”。
[5] 踮蹄：同“掂提”。
[6] 蔑：同“灭”。

若然有心再连还，
水浸沙洲麦未烂，
妹想见面是不难。

水瓜种在塘基脚，
哥是初次来找棚[1]，
蜡烛插在窑口外，
不得见埕泪纷纷。

朽木搭桥又铺路，
桥坍路断怎能行；
藕芽提去滩头种，
急水栽莲怎能生。

共妹开石铺路上，
日久不行青苔长；
灯草跌落深潭里，
妹不来寻心就凉。

分手日久不见面，
四时尽看两边天；
高塔楼梯望不见，
好比痴佬看撑船。

三更分麻冇点灯，
看不见时哥乱丝；
麦地改来栽韭菜，
何时见面还不知。

昨夜归来睡不着，
点去三斤四两油，
饮了两埕三花酒，
迷迷糊糊梦来游。

[1] 棚：同"朋"。

天阴阴，
阿妹归去不来行，
韭菜被人齐根割，
再过几日心就生。

竹根拿来打蜡烛，
妹讲分手哥泪流；
酒缸放在大道旁，
莫要将埕半路丢。

分手难，
油浸木梳何时干？
藕芽丢落古井种，
水深几时得莲还。

流传地区：西乡塘区石埠乡一带

演唱者：李许年，男，和乐村村民

搜集整理者：林凯，男，邕宁县文化局干部，初中文化

来源：选自中国民间文学三套集成南宁市领导小组编《南宁市歌谣》（内部资料），1987年

何时等得到春天[2]（汉族）

初三初四哥望月，
何时望得月团圆。
十月螺蛳等雪水，
何时等得到春天。

一路唱歌一路去，
一路红花一路开，
妹是桂花香千里，

[2] 选自民间手抄本。

阿哥闻香千里来。

真想妹，
想妹如同水共鱼，
蜜糖酿在埯根[1]脚，
甜多使哥实难离。

哥是飞天蝴蝶子，
妹是路旁花朵根，
蝴蝶有意采花朵，
只求花儿共蝶欣[2]。

江中流来一枝藕，
双手提回后园栽，
栽得三朝出两叶，
吃叶留心等妹来。

天上红云朵对朵，
庙堂狮子对麒麟，
若妹同村共屋住，
妹吹玉笛哥弹琴。

老了老，
老了如同老水瓜，
水瓜老了还做种，
情哥老了有人嫁。

难有难，
竹篮打水上高山，
断木搭桥不到岸，
使哥进退两头难。

昨夜睡梦得见妹，
睡梦得见妹来游，
翻身醒来不见妹，
泪落床中枕席浮。

火烧深山出嫩草，
水浸沙洲出嫩苔，
哥是青苔妹是水，
青苔共水分不开。

高山挖塘来栽藕，
生死要等藕结莲，
自从开春见了妹，
煮菜不用放油盐。

春天落雨不怕大，
只要风停落得匀，
想着连情不怕远，
只要日期讲得清。

白鹤飞来田塍企[3]，
晒翅未干总为鱼，
老虎行山专为肉，
哥行夜路为情姨[4]。

打铁出身冇怕火，
屠行冇怕血淋身，
桅杆脚下敢吊颈[5]，
连情怕死冇为人。

日头落去再有月，
再有嫦娥月上还，
妹夫死去还有哥，

[1] 埯根：一种植物，其叶锋利可割破皮肤。平话（汉语方言）山歌常用其喻离情。
[2] 欣：方言，玩耍的意思，这里指连情。
[3] 田塍企：塍，当地方言读作“升”；企，站。
[4] 姨：即妹。
[5] 桅杆：指庙堂、祠堂门口插旗的旗杆。这句的意思是为了连情，在公共场合也敢上吊，即不怕死。

再冇抛掉妹孤寒。

天阴只为云遮日，
水流只为地冇平，
眼痛只为长流泪，
哥愁只为冇见情。

哥是龙眼独只子，
妹是枇杷几样心，
三板船[1]儿去摆渡，
贪揽人多必定沉。

哥在南边妹在北，
一人住在一边天，
邕江岸上人吹笛，
哥愁冇得近身边。

请妹坐，
请妹坐落草坪来，
板凳没有台没有，
草坪当作八仙台。

妹的贵名报了哥，
阿哥人钝[2]记冇清，
石灰提来粉墙壁，
妹冇表白哥冇明。

萝卜冇头成烂菜，
哥若冇妻成烂人，
不信你看水面草，
虽见嫩苗冇定根。

生时共妹同枕被，
死时共妹同石碑，
中间便刻双名字，
两旁便写哥与妹。

大雨要落趁早落，
细雨要晴趁早晴，
哥想连情尽早讲，
如今才讲何时成。

别人问妹妹就讲，
到哥问妹连连推，
有心吹火火冇着，
使哥如今满面灰。

连情便连义气好，
不挑人风十足多[3]，
不信去看林中竹，
十条就有九条驼[4]。

竹笋提去江边种，
朝朝去望竹成林，
望得成林遮盖舅[5]，
妹冇横枝过别人。

桅杆脚下人炒豆，
风流妹勿听人唆，
灯草穿过螺蛳底[6]，
现在人心弯曲多。

左江汇合右江水，
两水同流归海边，
出街去买瓷器碗，

[1] 三板船：用三块木板做成的船，泛指小船。
[2] 钝：迟钝。
[3] 人风十足多：指外貌、风度很好。
[4] 驼：歪曲。
[5] 舅：同“哥”。
[6] 螺蛳底：田螺底部。

闹妹共捧到老年。

哥去凿山通大海，
妹来炼石补青天，
如今世上无难事，
只怕人心自不坚。

哥是飞天蝴蝶子，
妹是园中花牡丹，
今日有缘来相会，
花逢蝴蝶妹逢郎。

哥屋坟山葬哪里？
催出哥来哪恁刁，
行过圩中望见哥，
人人总讲哥飘俏[1]。

人冇同人话懒讲，
鸡冇同鸡懒得啼，
情哥难同妹连情，
出门见人头低低。

单人唱歌不好听，
独条灯草点不明，
点灯千望双灯盏，
开言千望哥帮声。

想哥想出相思病，
睡在床中冇识人，
爹娘去问药店铺，
有药难医痴病人。

鲮鱼破肚冇除胆，
使我暗苦在心头，
牡丹脚下人吊颈，
死去还思花下游。

流传地区：西乡塘区石埠乡一带

搜集整理者：李绮光，男，汉族，石埠乡石埠村人，石埠文化站专干，初中文化

来源：选自中国民间文学三套集成南宁市领导小组编《南宁市歌谣》（内部资料），1987 年

妹归去（汉族）

妹归去，
妹去如同日落山，
日头落去还转上，
问妹哪日转来还。

不讲死，
讲到死来哥心伤，
宁可死人莫死妹，
留妹阳间同哥行。

深山里头人烧窑，
难得好埕[2]不近街，
寄信去报瓷器客，
若有好埕多带来。

流传地区：江南区亭子乡一带

演唱者：奚学荫，男，汉族

搜集整理者：雷务远

来源：选自中国民间文学三套集成南宁市领导小组编《南宁市歌谣》（内部资料），1987 年

[1] 飘俏：英俊。

[2] 埕：平话谐音“情”。

哥妹偕老白头毛（汉族）

一想哥，
一想东边月上高。
二想行归靠冇得，
便同江水浪滔滔。
三想有情来依靠，
有情依靠冇操劳。

四想四旁兄弟好，
四旁兄弟当同胞。
五想老米煮粥无浆润，
揭开盖子散嘮嘮[1]。
六想六禾糯米来煮酒，
真可惜，煮成糟，
冇得共情双手煞。

七想那些做菜好，
便同鸭肉煮酸桃。
八想中秋嘅月饼，
甜过白糖云片糕。
九想造屋成间了，
成间哥冇念功劳。
十想连情连得好，
如能连理齐到老，
哥妹偕老白头毛。

流传地区：南宁市郊区一带

演唱者：刘英娇

搜集整理者：刘亚有

来源：选自中国民间文学三套集成南宁市领导小组编《南宁市歌谣》（内部资料），1987 年

[1] 散嘮嘮：形容老米煮粥没有黏性。

苎麻提来穿猪肺[2]（汉族）

未曾劏猪先定肺，
妹冇有郎嘅点心。
木马本来三只脚，
灯笼四眼独条心。

灯草去做黑针线，
由头到尾一条心，
一日未见二日想，
三日未见想何人。

路上逢人见就问，
话来讲出汗淋身，
苎麻[3]挂在观音手，
哪日不思妹一人。

灯草搭埕[4]过街卖，
想情哪日冇担心，
苎麻提来穿猪肺，
日夜长思挂在心。

猪肺跌入沙洲水[5]，
千祈妹冇昧良心，
蜜糖提来包粽子，
只为贪甜痴[6]在心。

流传地区：南宁市郊区一带

搜集整理者：黄贵光

来源：选自中国民间文学三套集成南宁市

[2] 选自民间手抄本。

[3] 苎麻要撕开才能织布，平话（汉语方言）山歌常用其比喻对情人的思念。

[4] 灯草搭埕：酒埕瓮名，“埕”方言读作“情”。当地山歌常用灯草比喻心，用埕比喻情意。灯草搭埕，意思是担子的一头是对恋人的真心，另一头是对恋人的情意。

[5] 沙洲水是凉的，猪肺跌入水后就成了凉心，喻下句的“良心”。

[6] 痴：平话“粘连”的意思。

领导小组编《南宁市歌谣》(内部资料),

1987 年

泪不干[1](汉族)

一想归家心不爽,
做人过世断阳间。
二想低头跳水死,
日无依靠真艰难。

三想青苔浮水面,
任从飘游过哪站。
四想手巾湿眼泪,
眼泪不曾有日干。

五想正是如刀切,
四时勾挂在心肝。
六想六月人种藕,
望妹不离半中间。

七想燕子在南北,
哥没料妹在北南。
八想横梁吊颈死,
哥去留妹在阳间。

九想寻情路遥远,
路途远隔九重山。
十想吃饭不见妹,
如同死去在阴间。

流传地区:河井乡一带

搜集整理者:黄贵光,男,汉族,沙井三津人,沙井文化站专干,高中文化

[1] 选自民间手抄本。

来源:选自中国民间文学三套集成南宁市领导小组编《南宁市歌谣》(内部资料),1987 年

星伴月(汉族)

一想妹,
睡在床上覆再翻。
二想二人对面住,
二人对面手相攀。

三想妹你面容好,
妹你面容像牡丹。
四想四月排八字,
四时八字住不安。

五想五对瓷器埕,
单想十棚一样装。
六想六月人种藕,
莲成不用半年间。

七想七星来伴月,
月伴明星妹伴郎。
八想八仙来贺寿,
八宝明灯照住郎。

九想九月重阳节,
再有黄蜂酿蜜糖。
十想十月人斗耙,
斗耙成双垅垅攀。

流传地区:南宁市亭子乡一带

演唱者:奚学荫,男,汉族

搜集整理者:雷务远

来源:选自中国民间文学三套集成南宁市

领导小组编《南宁市歌谣》(内部资料),1987年

十挂妹[1](汉族)

一挂连情在远处,
梦思结扣子,
四时挂妹在心怀。
二挂途中千万里,
隔山再隔水,
怕妹嫌远再没来。

三挂归家不见妹,
哥写书信去,
写信恐怕被人开。
四挂天还下大雨,
路旁青草滑,
途中恐怕妹行歪。

五挂怕妹上人计,
桐油榨棺椁,
怕妹贪图人钱财。
六挂掩根不扎实,
四时心里刻,
怕妹到尾再散开。

七挂桅杆深山立,
情深不受唆,
恐怕人熟妹再歪。
八挂劏猪不卖肺,
等妹来帮称[2],
妹莫偏心称别台[3]。

九挂连情天大旱,
种藕人偷窃,
怕妹偷连别处来。
十挂情妹造大屋,
吃了完工酒,
怕妹成家(嫁)再没来。

流传地区:南宁市石埠乡一带

搜集整理者:李绮光

来源:选自中国民间文学三套集成南宁市领导小组编《南宁市歌谣》(内部资料),1987年

总是暗藏心里知(汉族)

的昔[4]妹,
身上穿套的昔衣;
头上梳只的昔髻,
眼上画双的昔眉。

风流女儿中意郎,
讲话言谈笑眯眯;
不知哪家富贵女,
偷来欲弟心扉飞。

妹是路边松柏木,
坐落知音讲一时;
蚁仔行过蜜糖瓮,
见妹口甜卯[5]舍离。

[1] 选自民间手抄本。
[2] 帮称:方言,买来。
[3] 称别台:指去别的肉摊买肉。
[4] 的昔:苗条、漂亮。
[5] 卯:不。

好话一句行三句，
好比风吹林木枝；
人多不敢近前讲，
短棍打蛇难近呢。

得娘强[1]讲郎算好，
执笔写书记紧姨；
南蛇去共鹅儿扑[2]，
伴弟成龙妹再飞。

广东移藕归屋种，
成莲千望叶生枝；
纸剪斑鸠挂墙壁，
有强英雄莫乱飞。

卯早识，
早识共娘先得之；
六十亚公织个篮，
有福理应在个呢[3]。

凿石开井人吃水，
有心不怕水来迟；
十二月天秧[4]丹桂，
迟花慢发还好呢[5]。

还未迟，
六月还有拜年时；
正月办年买皇历，
还有好多个日期。

失觉火烧皇历铺，
叹兄日久卯冲[6]姨；
话有千盘卯得讲，
总是暗藏心里知。

流传地区：横县

演唱者：莫家源

搜集整理者：莫家源

搜集时间及地点：1986年11月20日搜集于横县陶圩上莫村

来源：选自横县民间文学三套集成编委会编《横县歌谣集上册》（内部资料），1987年1月

当想蝴蝶遇花枝（汉族）

出门踏着蜘蛛网，
有缘得遇有情妹；
有缘得遇娇娥妹，
得遇娇娥心事飞。

睡梦不知日子到，
今日遇着妹相思；
丝鞋拎共[7]木鞋踏，
怕妹嫌兄卯合时。

卖柴遇着沉香木，
来寻红豆遇相思；
弟队有缘遇着妹，
当想蝴蝶遇花枝。

灯草搭桥卯到岸，
虽然有心难寻姨；

[1] 强：这样。
[2] 扑：逗玩。
[3] 个呢：这些。
[4] 秧：种。
[5] 好呢：好一些。
[6] 卯冲：碰不见。
[7] 拎共：拿去和。

牡丹开花卯结子，
枉造威风在花枝。

蜘蛛结网木鞋口，
日夜常思僧极[1]时；
利市[2]贴在大门口，
贴上千年都卯离。

流传地区：横县
演唱者：梁大红
搜集整理者：方昌
搜集时间及地点：1986年9月搜集于横县飞龙乡
来源：选自横县民间文学三套集成编委会编《横县歌谣集上册》（内部资料），1987年1月

望妹相思上弟身（汉族）

出门遇着乌鸦叫，
得个兆头卯好因[3]；
龙肉没盐放水煮，
味道高明意淡因。

芥菜被风打断表[4]，
知妹一定不成跟；
塘底拿来种红豆，
假起相思来欲[5]伝。

街前人担红豆卖，
在行相思不勾伝；
小弟想返真是极[6]，
有钱难买妹儿人。

芥菜嫩嫩应当摘，
莫枉老来摘条稔[7]；
有日兄老妹也老，
花卯日日得强新。

粗纱捞共洋纱织，
同妹结交合情因；
灯草将来[8]穿元宝，
一心想着妹金银。

十字街前人叫鸭，
得只娇娥立乱[9]跟；
天旱木鞋摆街卖，
情来寻妹僧极人。

风吹红豆衫来等，
望妹相思上弟身；
今日望见我情面，
好比云开见月真。

口吃蕉心思卯断，
想妹想多挂郎心；
白鹤飞去沙滩企[10]，
望见鱼游水又深。

望见山头花蜜梨，
好花欲弟少年人；

[1] 僧极：游玩。
[2] 利市：春节时贴在门口顶上的用红纸制作的利钱，以示吉庆。
[3] 卯好因：不太好。
[4] 表：尾梢。
[5] 欲：逗引。
[6] 极：很气。
[7] 稔：嫩芽。
[8] 将来：拿来。
[9] 立乱：乱来。
[10] 企：站立。

洗面望见水底月，
难等团圆上手拎[1]。

马走过岭为无草，
黄蜂过岭为花林；
唱歌亦为女儿队，
偷连亦为弟单身。

穿过勒竹[2]栽蜜梨，
爱花不怕勒勾身；
烧酒拿来浸灯草，
有强念心谁不寻。

见妹生得白如银，
手儿好比藕芽新；
猫见鱼枯[3]挂壁上，
不得近前涎成吞。

挂钟拎出街前卖，
见妹在行高兴因；
担粪入园壅萝卜，
望妹成头出好稔。

口含酸梅收鸭蛋，
吞涎[4]想妹好多春；
笋起半天[5]风打断，
知妹这样难成林。

十字街前卖鸭蛋，
弟爱共妹成头[6]亲；

六月担箩生谷债，
望妹禾黄弟尝新。

初一吃斋到十五，
守妹都算弟清心；
新打刀儿挂壁上，
望些肉气也甘心。

芥菜被风打断表，
望妹横丫窜好稔[7]；
缸瓦船沉无瓮卖，
弟实极情过两春。

半夜寻娘又怕鬼，
白日寻娘又怕人；
见天见地真容易，
寻情僧极见难因。

朝想夜想睡不着，
东行西企路边巡；
三岁孩儿收鸭蛋，
少年谁不爱青春。

角钱买只鸭儿养，
高兴娇娥有十分；
无屋走入瓦窑住，
想返[8]屈气难仑人。

流传地区：横县

演唱者：方昌

搜集整理者：方昌

搜集时间及地点：1986年8月25日搜集于横县新福乡陈村

[1] 拎：拿。
[2] 勒竹：竹的一种，有刺。
[3] 鱼枯：鱼干。
[4] 涎：唾沫。
[5] 半天：很高。
[6] 头：门。
[7] 窜好稔：长出好嫩芽。
[8] 返：起。

来源：选自横县民间文学三套集成编委会编《横县歌谣集上册》（内部资料），1987年1月

五更雪落望成双（汉族）

见娘的昔[1]郎中意，
五更雪落望成双；
红豆担去妹村卖，
兄今相思有良方。

一心相思妹成双，
南山草木尽枯黄；
月暗凉亭打暗照，
风流千望妹争光。

雁鹅池塘打水踊[2]，
水底鱼儿打[3]慌狂；
风吹灯草郎心勇，
缔结鸳鸯共凤凰。

一百鸡儿分两路，
数你娇娥有双双；
若妹无双郎取只，
等兄成双妹成双。

塘干藕根起青草，
等水入返莲卯[4]荒；
淡酒饮些有起色，
红桥搭过东南方。

妹也无夫郎无妇，
秋到梧桐叶自黄；
牡丹烟纸一个样，
好丑红花同一双。

贫穷连着富贵女，
好比乞儿[5]得做王；
灯笼里面点油烛，
兄今日夜见风光。

一世为人连着妹，
再不移居过别方；
好比英台和山伯，
明朝同见阎罗王。

连娘好比鸳鸯对，
分离守等换新王；
红豆装过海南卖，
怕妹又思第二方。

共妹偷连日子久，
思情十载在草芒；
妹也有来郎有往，
路头莫给草生荒。

怕妹心生抛掉弟，
欠烧灯草弟心狂；
藕荡[6]游街卖不了，
妹莫思连第二方。

离别伝情日子久，
欲得己兄心事狂；

[1] 的昔：苗条，漂亮。
[2] 打水踊：泅水想站起来。
[3] 打：发。
[4] 入返：入来。卯：不。
[5] 乞儿：乞丐。
[6] 藕荡：莲藕的枝杈。

正定想返激[1]不激，
比想[2]无牛田抛荒。

纸剪人儿随风去，
如今跌落草坪荒；
六月拿杯等雪水，
想返难得妹成双。

流传地区：横县

演唱者：莫家源

搜集整理者：韦艺文

搜集时间及地点：1986年11月20日搜集于横县陶圩乡上莫村

来源：选自横县民间文学三套集成编委会编《横县歌谣集上册》（内部资料），1987年1月

连妹就死眼都稔（汉族）

见妹生得多清秀，
好比旱花得水淋；
病佬落塘去挖藕，
连妹就死眼都稔[3]。

天亮猪肝放落水，
若妹有心趁早寻；
笼里关鸡生独蛋，
你莫嘈嘈就过春。

别处女儿兄不想，
尽想纳将[4]妹一人；
半夜蜘蛛布下网，
实是暗暗思妹恩。

若妹也同兄强[5]想，
僧极日期要紧仑，
拱背[6]阿七去担水，
等弟勾勾[7]就去寻。

讲去寻妹必容易，
大路未算为远因；
总要妹同兄强想，
有力半朝行平分。

流传地区：横县

演唱者：梁振恒，男，壮族，横县南乡镇五合村人，农民

搜集整理者：何小黎，女，壮族，横县南乡文化站干部，高中文化

搜集时间及地点：1986年9月搜集于横县南乡镇细稔村

来源：选自横县民间文学三套集成编委会编《横县歌谣集上册》（内部资料），1987年1月

墙高妹望弟搭梯（汉族）

想双迷，
日出想到日落西；
饭也卯思茶卯想，
夜夜想双到鸡啼。

[1] 正定想返：专心想来。激：气。
[2] 比想：好比、好像。
[3] 稔：闭。
[4] 纳将：中意。
[5] 强：这样。
[6] 拱背：驼背。
[7] 勾勾：独自专门。

落雨长久冇[1]晴日，
湿柴煮饭实难为；
无城园儿种红豆，
相思望妹共哥围。

卯休亏，
初四娥媚月未齐；
十月拎[2]杯等雪水，
总之有日得双归。

见妹生得白西西，
好比笼中花金鸡；
若兄度得画眉雀，
飞落笼边共妹啼。

妹是金鸡东山雀，
弟是画眉在山西；
日上东山天晴朗，
双双飞返一山啼。

妹是人村富贵女，
熟红果子女人围；
眼见园中果子熟，
弟手卯长难要归。

有意连妹隔层纸，
卯意连妹隔东西；
树高哥搭飞机执[3]，
墙高妹望弟搭梯。

妹是人村富贵女，
八字着人手上提；
红熟果子落了瓮，
无情哄哥空得齐[4]。

妹是天边娥媚月，
等到团圆才见齐；
天旱妹想烧酒瓮，
有情连弟成夫妻。

流传地区：横县

演唱者：莫家源

搜集整理者：韦艺文

搜集时间及地点：1986年9月16日搜集于横县陶圩乡上莫村

来源：选自横县民间文学三套集成编委会编《横县歌谣集上册》（内部资料），1987年1月

有心连弟仑一声（汉族）

千望妹，
大雨涟涟千望情；
小弟巡游来到启[5]，
千望妹队靠揽兄。

行路见娘喊一声，
喊娘卯应弟心惊；
米同灯草出圩卖，
有心连郎仑一声。

人乖面白都未赞，
暂赞情娘张口轻；
好比春天杨柳树，

[1] 冇：没。
[2] 拎：拿。
[3] 执：摘。
[4] 得齐：得在一起。
[5] 到启：到这里。

执笔划来都卯成。

见妹生得白精灵，
眼如北斗银光星；
天子换衫官换位，
今日郎来换旧情。

谁讲深山无猛虎？
谁讲女儿无旧情？
哪个少年卯耍乐？
哪杈松柏叶卯青？

千望妹，
灰筑墙头千望成；
筑城未成天落雨，
墙崩废坏弟工程。

天公落雨卯早落，
强时[1]正落哪时晴？
伝情有话卯早讲，
晒时正讲哪时成？

晒干九百黄豆子，
相思妹有几千情；
妹村有雨兄村卯，
妹有人情兄卯情。

高山岭顶吹横笛，
问妹识声卯识声；
识声便到码头接，
船未到岸马来迎。

月亮又光天又晴，
单身小弟睡卯成；
娘村卯有歌堂会，
踏脚出门纸强轻。

独只黄牛身污泙[2]，
独只白马挂铜铃；
白马挂铃到处响，
歌堂卯断妹名声。

只天尽落毛毛雨，
十字路头去等情；
十字路头等卯见，
弟队回家坐卯成。

弟队想娘日过日，
越思越想坐卯成；
猪肝挂在牡丹树，
花开打动弟心惊。

春到百花开树上，
蝴蝶为花弟为情；
蝴蝶为花弟为妹，
少年耍乐为春情。

流传地区：横县

演唱者：莫家源

搜集整理者：韦艺文

搜集时间及地点：1986 年 9 月 13 日搜集于横县陶圩乡上莫村

来源：选自横县民间文学三套集成编委会编《横县歌谣集上册》（内部资料），1987 年 1 月

[1] 强时：今时，此时。

[2] 泙：烂泥巴。

妹莫连人抛掉兄（汉族）

月上东山照红日，
月落西山照着情；
扛锹去挖山黄豆，
弟为相思坐卯成。

日久卯见伝情面，
难得相逢讲一声；
为花犹气日日过，
茶饭卯思尽想情。

当初卯连卯相识，
强时连了椤[1]心惊；
回家茶饭卯想吃，
一心尽想共娘倾[2]。

担沙去塞大江水，
今日郎来千望成；
鸭蛋拎[3]来作青色，
娇娥在邻勤来拧[4]。

见妹生得白精灵，
好比观音坐莲城；
妹是人家富贵女，
弟是人家贫穷兄。

五谷花开九月九，
蜜梨花开正月正；
若得情娘成弟妇，
一世卯愁卯欢情。

竹笋拿米吹横笛，
见妹声音总卯明；
若妹连人抛掉弟，
动雷阵阵在天庭。

好酒长思亦当饮，
好花插朵满头青；
好看娇娥连一个，
心甘世上唱歌情。

弟有真心来念妹，
以卯忘你唱歌情；
是妹有双仑弟听，
妹莫连人抛掉兄。

夜睡卯着想着妹，
好比龙潭水强[5]清；
担鸡出圩独只卖，
难得娇娥同一营[6]。

担瓮过村换米煮，
弟有十分是极情[7]；
篾结斑鸠墙头放，
报妹莫乱放飞鹰。

当初相逢卯相识，
行路逢中卯相倾；
天旱三年卯雨落，
谁知妹队是真情？

今日共妹初相识，
好比云开见天明；

[1] 强：现。椤：自找。
[2] 倾：交谈。
[3] 拎：拿。
[4] 拧：提。

[5] 强：那样。
[6] 一营：一群。
[7] 极情：伤心。

女儿虽然村村有，
哪个称心来连兄？

正月动雷初交雨，
弟合初初交雨情；
弟以卯知连着妹，
妹以卯知连着兄。

正月动雷初交雨，
池塘栽藕伝连情；
卖牛行打藕塘过，
想去偷连妹正应。

得连一个娇娥妹，
冲妹讲话合岩[1]兄；
生铁打刀伝耐久[2]，
好好入钢卯械惊[3]。

人说山中井水好，
不比长江流水清；
女儿虽然村村有，
别村不如妹十零。

有心念返当初日，
青天落雨有时晴；
若妹有心记念兄，
好纱原来有好经[4]。

天以卯平地卯平，
一边落雨一边晴；
一边得吃新米饭，
一边着饿眼都青。

天以卯平地卯平，
同同落雨同同晴；
同同是吃新禾米，
冇有那方卯收成。

有话过后伝再讲，
今后相逢伝慢倾；
人多伝便低头过，
只天落雨有时晴。

昨日出圩得见妹，
人多小弟实难倾；
小弟心中思又想，
口滑卯如得强灵。

昨日出圩得见妹，
为何小妹总卯倾？
弟以[5]未曾得罪过，
何曾得罪妹十零[6]。

月上东山共妹讲，
月落西山讲未明；
照弟本身实卯丢，
怕妹无心抛掉情。

初交乍识娇娥妹，
如同月亮伴天星；
交情总嫌兄手短，
难比别村个伝[7]情。

望妹交情再卯丢，
好马行街脚卯停；

[1] 合岩：中意。
[2] 耐久：长久。
[3] 械：给。惊：裂纹。卯械惊：不给有裂纹。
[4] 经：织机上的经线。
[5] 以：也。
[6] 十零：指年龄。
[7] 个伝：这位。

深水卯识兄共妹，
白麻共娘同一经。

流传地区：横县
演唱者：莫家源
搜集整理者：韦艺文
搜集时间及地点：1986年9月16日搜集于横县陶圩乡上莫村
来源：选自横县民间文学三套集成编委会编《横县歌谣集上册》（内部资料），1987年1月

十逢情（汉族）

一逢情，
凉亭生草一片青；
妹是牡丹花一朵，
卯见折枝送俾兄[1]。

二逢情，
见情了了又比英；
行过龙前龙摆尾，
行过佛前开口经[2]。

三逢情，
苦楝花开叶又青；
今年连兄到二月，
明年连兄到清明。

四逢情，
四角台盘四角钉；
四角台盘钉四角，
打开龙凤送俾兄。

五逢情，
手中银瓶对银瓶；
手中银瓶妹爹执[3]，
妹个[4]田塘交给兄。

六逢情，
绿罗丝带两头灵；
绿罗丝带妹手织，
卯好以是送伝情。

七逢情，
七条红线少条经；
饭甑炊米卯气起，
嫁夫卯好偷连兄。

八逢情，
弟有真金俾妹拎[5]；
弟有真金送俾妹，
不知何日得还兄。

九逢情，
嫁夫出门也为兄；
冬年时节人接到，
我在远村带愁情。

十逢情，
来到江河水断清；
来到江河水断了，
妹在远方不知情。

[1] 卯：不。送俾：送给。
[2] 经：招呼。
[3] 执：收藏。
[4] 个：的。
[5] 拎：拿。

流传地区：横县

演唱者：梁振恒

搜集整理者：梁振恒

搜集时间及地点：1986 年 10 月 2 日搜集于横县南乡镇五合村

来源：选自横县民间文学三套集成编委会编《横县歌谣集上册》(内部资料)，1987 年 1 月

弟心挂垂好多时（汉族）

实是想，
当想[1]母鸡想着儿；
母鸡想儿卯吃米，
弟想情娘肚卯饥。

不知情娘想弟卯？
照弟本心实是思，
回家共队日夜讲，
讲多讲少妹卯知。

蜘蛛结网三江口，
水推卯断是真丝；
鸭蛋擂浆糊酒瓮，
又念情新愿卯离。

上圩红豆摆摊卖，
得妹相思加好呢[2]；
共妹好比银案椅，
同坐千年卯厌时。

出血手指写红字，
断过卯分就卯离；
金刀插入银刀鞘，
得妹包藏加好呢。

蜜梨秧共灯草种，
每日好花心事飞；
煮熟桐油过伞子，
得妹卯离加好呢。

脚指着踢谁受得？
踢痛在心时过时；
求本生银想实利，
过海寻船无根基。

大本原来有大利，
远走卯比近邻呢；
有钱开间龙江铺，
不睇高处宽心呢。

卯本去贩红豆卖，
实是卯钱想得思；
你有良田思耕种，
江湖整日路长思。

蜘蛛结网米筒里，
伝俩同心做队思；
合本出圩做生意，
伝俩械[3]钱都卯知。

岭上葬坟把石砌，
效者真龙伝莫移；
有心想连伝莫紧，
池塘挖藕慢寻思。

[1] 当想：好像。

[2] 呢：些。

[3] 械：给。

麻布拿来围塘窦[1]，
人人都爱密扩箕；
人人都爱成双对，
卯成费坏弟心机。

有花理应当面插，
手剥长麻当面撕；
隔夜猪肝卖卯了，
弟心挂垂好多时。

流传地区：横县

演唱者：莫家源

搜集整理者：韦艺文

搜集时间及地点：1986年9月16日搜集于横县陶圩乡上莫村

来源：选自横县民间文学三套集成编委会编《横县歌谣集上册》(内部资料)，1987年1月

情歌信（一）（汉族）

少年事，
想返卯[2]同人，
立书文，
寄去寻妹队[3]。

弟心底，
长还流眼泪，
难相会，
弟队寄来文。

情俩心，
怕卯真作想，
结心意，
日子已蛮长。

离别耐[4]，
欲动弟心凉，
弟共娘，
得商量很少。

为何故，
英雄路落空，
几月中，
不碰情一面。

难见面，
正属信来论，
夫管紧，
知是信了人。

行卯行，
以应当趁早，
分别后，
强耐久[5]时间。

情呀情，
等空闲是难，
总卯闲，
也应来到启[6]。

妹连兄，
到空闲成事，

[1] 塘窦：水塘的放水口。
[2] 想返：回想起来。卯：不。
[3] 队：们。
[4] 耐：长。
[5] 强耐久：这么长久。
[6] 启：这里。

是有意，
心到启寻兄。

想妹队，
日夜卯清停，
念卯明，
卯仑声[1]日子。

是可爱，
就卯去连新，
要认真，
卯失伝条路。

情共兄，
未完成任务，
要趁早，
卯失好时机。
若念兄，
就仑声日子，
书到启，
已等弟真来。

梁山伯，
同要乐英台，
情娘呀，
卯推迟强耐。

话分时，
要得弟口意，
完了完，
话暂谈到启。

弟实言，
千祈千同意，
完了完，
妹要记在心。

流传地区：横县

演唱者：黎万甲，男，汉族，附城乡长淇村人，农民，高中文化

搜集整理者：黎坚

搜集时间及地点：1986年11月21日搜集于横县横州

来源：选自横县民间文学三套集成编委会编《横县歌谣集上册》（内部资料），1987年1月

[1] 卯仑声：不讲一声。

情歌信（二）（汉族）

春去夏来秋又到，
不见伝情心事烦；
写书寄去伝情旧，
报妹寻兄倾[2]江山。

就打[3]那回共妹讲，
一永不碰半年间[4]；
红豆园门把勒槎[5]，
这条相思路蓄[6]返。

伝想从前当初日，
好丑言语有几摊；
戏子过街交朋友，
讲过大家卯散班。

[2] 倾：讲，倾谈。
[3] 打：从。
[4] 此句意为：没有见面已经半年了。
[5] 勒：荆棘。槎：拦堵。
[6] 蓄：荒芜。

人兄得过娘恩典，
正定想返[1]重如山；
奴婢嫁大卯耳坠，
叹弟贫穷卯得还。

弟是塘塍露蕹[2]竹，
多得法情伴泥拦；
丹桂树高攀不到，
手短想返也见难。

己兄得过娘物件，
时常紧记在肚间；
六月担箩生[3]谷债，
迟早终须有日还。

圩中人做私盐客，
卯忧小弟欺骗关；
灯草割开作弦线，
报妹安心身莫颤。

个时[4]妹信人唆使，
有日情娘怨卯返[5]；
蛋家拎网船头企[6]，
妹就抛兄寻别湾。

圩上人做平安醮[7]，
不信同峨就散嬗；
瓮装烧酒西洋卖，
嘱报伝情要念返[8]。

[1] 正定想返：专门想起。
[2] 蕹：根茎。
[3] 生：借贷。
[4] 个时：这时。
[5] 怨卯返：怨不回来，即后悔莫及。
[6] 蛋家：对船家的贬称。拎：拿。企：站。
[7] 平安醮：道场的一种。
[8] 返：回。

横水撑船未到岸，
妹莫抛兄在中间；
独只鸡儿无娘带，
小弟单身就见难。

墨砚水干收起笔，
言语讲多心也烦；
日出洞中人叫鸭，
净听[9]娇娥早回返。

流传地区：横县
演唱者：梁振恒
搜集整理者：严子欢、黄明安、容小王、何小黎
搜集时间及地点：1986 年 9 月 8 日搜集于横县南乡镇五合村
来源：选自横县民间文学三套集成编委会编《横县歌谣集上册》（内部资料），1987 年 1 月

情歌信（三）（汉族）

执笔写歌在纸上，
寄去远乡十几情[10]；
正想无歌空传话，
又怕别人讲卯明[11]。

就打旧年[12]共妹讲，
一别卯见又年零；
蜘蛛结网水瓮里，
日夜心中思想情。

[9] 净听：专门等候。
[10] 十几情：“十几”指的是对方年龄，“情”是情妹的押韵简称。
[11] 卯明：不明。
[12] 旧年：去年。

对岁孩儿初学走，
行亦卯成坐卯成；
连连长落几日雨，
终日望天卯见情。

圩中人打定更鼓，
听极卯闻[1]妹一声；
天旱三年卯雨落[2]，
弟气极娘断了情。

瓮装灯草拂落水，
弟想立心去寻情；
红豆园门把勒槎[3]，
相思条路草生青。
早日得闻妹报话，
弟欲做工做卯成；
狗帮鹿儿[4]走过岭，
识是[5]真经是假经？

天旱无工人纺织，
日夜长思亦为情，
水瓮拎来种藕荡，
恐怕我情连卯成。

灯草放落烧酒瓮，
若妹有心弟有情；
担粪去壅红豆脚，
个棚[6]相思必定成。

猪肝拎来煲藕吃，
得妹连兄心欢迎；
打开通书看甲子，
断好日期弟寻情。

纸短言长写不尽，
话有千般讲不明，
皇历拎落银炉放，
且到日期伝慢倾[7]。

多烦远乡好朋友，
细心读仑伝情听，
量米借筒搁里屋，
好丑报[8]妹还返声。

己兄[9]今年初开笔，
恐怕歌粗字卯成，
唢呐吹个番鬼调，
嘱报尊台莫怪兄。

流传地区：横县

演唱者：梁振恒

搜集整理者：梁振恒

搜集时间及地点：1986年9月18日搜集于横县五合村

来源：选自横县民间文学三套集成编委会编《横县歌谣集上册》（内部资料），1987年1月

情歌信（四）（汉族）

夜睡罗帷暗可思，

[1] 听极卯闻：怎么听也听不到。
[2] 卯雨落：没有雨下。
[3] 勒：荆棘。槎：堵。
[4] 狗帮鹿儿：狗追赶鹿儿。
[5] 识是：不知是。
[6] 个棚：这棚。
[7] 慢倾：慢慢倾谈或再倾谈。
[8] 报：希望。
[9] 己兄：哥我。

写书寄去上乡姨；
低头做工难过日，
想去寻情要一时。

三月初间还见妹，
我情卯肯对日期；
对面经[1]声妹卯应，
上乡莲藕真大支[2]。

四月饥荒伝挨饿，
望妹皇仓救下饥；
担箪入门去问妹，
妹就喊兄过隔离。

交情路远难见面，
日夜操心就为佢；
有话卯同队中讲，
忧气情娘心事飞。

自己想来又想去，
要念当初旧情时；
闲有新瓮卯合络[3]，
都是旧情加好呢[4]。

天旱织篱拦大海，
情深守等个[5]步陂，
灯草生藤攀过壁，
同妹沾心莫械[6]离。

灯草围园风吹散，
妹心渐渐就想离，
藕叶拎来包糖水，
怕妹甜心离别呢[7]。

大幡落在凉亭上，
卯械[8]风流过了期，
六月中旬哥寻妹，
回头最迟到月尾。

听闻坏言队[9]中讲，
横州猪脚太差呢；
妹若真心抛丢弟，
亏弟难想妹了期。

竹影闻风吹过耳，
造我一棚假是非；
正定想返[10]明不白，
十月矮瓜[11]真正奇。

墨砚水干收起笔，
言语讲多心也飞；
有日出圩伝相见，
斩菜上台猜几皮[12]。

流传地区：横县

演唱者：梁振恒

搜集整理者：严子欢；黄明安；何小黎；容小玉，女，汉族，高中文化，横州镇文化站干部

搜集时间及地点：1986年9月8日搜集于横县南乡镇五合村

[1] 经：招呼。
[2] 大支：人家招呼故意不应的意思。
[3] 络：挑东西用的工具，有竹络藤络。
[4] 呢：些。
[5] 个：这。
[6] 莫械：不给。莫让。
[7] 别呢：别处。
[8] 卯械：不给。
[9] 队：同伴。
[10] 正定想返：专门回想。
[11] 矮瓜：茄瓜。
[12] 皮：码。

来源：选自横县民间文学三套集成编委会编《横县歌谣集上册》（内部资料），1987年1月

想情心中似火烧（汉族）

反反复复睡卯着，
打开大门睇[1]天星；
天星也有月亮伴，
只有小弟孤零零。

清早起云晚起风，
想去花园无路通；
一连三朝飘细雨，
蝴蝶困在半路中。

想情心中似火烧，
愁愁闷闷朝过朝；
三餐茶饭卯想吃，
尽想共妹架下桥。

大海中央有只船，
四面八方水来朝；
手拎[2]香罗搭卯到，
妹你有心架下桥。

眼盲过桥无人带，
错踏一步落江河；
拆屋去找凉亭住，
卯成家计为娇娥。

[1] 睇：看。
[2] 拎：拿。

流传地区：横县
演唱者：覃秀文
搜集整理者：蒙仁伟
搜集时间及地点：1986年9月6日搜集于横县那荣村
来源：选自横县民间文学三套集成编委会编《横县歌谣集上册》（内部资料），1987年1月

夜间想兄眼卯眠（汉族）

想兄先，
想兄婚书合一篇；
男便属金女属水，
金水相和六十年。

桂朝捞共山优插[3]，
希望成禾同一田；
同台吃饭照个照[4]，
共你做人世卯嫌[5]。

见兄生来白如棉，
出外露头映亮天；
神仙得见都还想，
何况妹见卯想连？

天旱牛皮煮柿子，
交情总要齐家[6]甜；
妹你想兄兄想妹，
如鱼共水在江边。

[3] 桂朝、山优：稻谷品种。
[4] 照个照：照个相。
[5] 世卯嫌：一世不嫌。
[6] 齐家：大家。

日间想兄卯[1]吃饭，
夜间想兄眼卯眠；
如得变成真蝴蝶，
风吹禾叶得交连。

六月汗衫涤又涤，
长时涤涤[2]在身边；
皇历放在伞影底，
得妹遮过就同年。

流传地区：横县
演唱者：蒙泽煌
搜集整理者：蒙泽煌
搜集时间及地点：1986 年 10 月搜集于横县附城乡长江村
来源：选自横县民间文学三套集成编委会编《横县歌谣集上册》（内部资料），1987 年 1 月

妹独留心等哥归（汉族）

弟屋因穷无盖瓦，
抬头望见满天星；
望见天星说是月，
望见人双说是情。

月大想哥三十日，
月小思哥二十零；
哥讲哥想妹更想，
为你相思面肉青。

六月无霜哪有冰，
连绵阴雨哪来情；
手抱琵琶断了线，
正想偷谈又无声。

蓝缸爱老毋爱新，
旧时罗带旧时裙；
旧时罗带思不断，
旧情难断为思兄。

为情操多心意烦，
睡在牙床覆又翻；
兄弟毋知讲我懒，
姐妹毋知说是奸。

连也难来丢也难，
风吹坏席毋通关；
走去你村贩地豆，
心烦是为妹花生。

火烧灯草哥心烦，
久不见情开口难；
路远相思去不到，
犹如相隔万重山。

为哥怄气在心间，
思多吃饭毋成餐；
操多日思夜又想，
有谁识得妹心烦。

燕子能飞过大海，
凤凰飞过万重山；
山高海阔我毋怕，
唯有相思路最难。

谁人吃饭肯丢筷，
谁人骑马肯丢鞍；

[1] 卯：不。
[2] 涤涤：涤纶布。

屠行杀猪台上卖，
相思谁肯丢心肝？

家贫只为无田地，
孤单还有影相依；
哥是家贫妹也识，
家贫为妹总相思。

昨夜三更托一梦，
梦见我俩共相依；
翻身醒来不见你，
泪落床头积成池。

面色青青包块皮，
英雄瘦了为情姨；
三日不沾茶与水，
为情操出病相思。

天旱蜘蛛结夜网，
想情只在暗中思；
若是有缘天作合，
三日吃餐肚毋饥。

只有云动天不动，
只有船移岸不移；
若是女人总嫁了，
妹独留心等哥归。

流传地区：宾阳县

演唱者：陆祥

搜集整理者：陆有全

搜集时间及地点：1986 年 7 月 10 日搜集于宾阳县太守乡陆华村

来源：选自宾阳县民间文学三套集成编委会编《中国民间文学三套集成宾阳县歌谣卷》（内部资料），1987 年

妹是想兄兄思妹（汉族）

八角茴香一锅煮，
你是一香我一香（乡）；
半夜杀猪分下水，
妹暗挂心哥挂肠。

老鼠想谷鬼想香，
猫想干鱼哥想娘；
口里相思夜里梦，
梦见情娘肉气香。

画鱼虽好不起浪，
画花虽好不闻香；
肚饥想吃仙桃子，
手短天高难得尝。

哥也想来妹也想，
为情想得好心伤；
旱塘种莲屈坏藕，
岭顶插禾屈坏秧。

为情操心怄气多，
铁打葫芦心不开；
想哥走去江边哭，
江水流少泪流多。

天气阴沉想落雨，
哥是忧愁想妹多；
想妹正同刀割肉，
毋识想情为如何。

青翠鸟，
为鱼才到妹条河；
来到河边河水浊，
想情总是走奔波。

昨夜想情睡不着，
睡在床中双眼开；
老鼠跳以床尾过，
以为半夜妹寻哥。

一条江水去涟涟，
无车难得上高田；
东岭画眉西岭牛，
无媒难近妹身边。

哥在一边妹在边，
时时看望那边天；
半夜关门心暗极，
泪落床头种得田。

隔江烧窑见青烟，
隔岭望情难得连；
妹你好比观音佛，
手上毋香难近前。

昙花虽好一时鲜，
菠萝带刺内心甜；
毋是鹧鸪分岭界，
妹是画眉靠媒牵。

成群大雁去南湖，
野外荒茅色转枯；
日头落山又得日，
离情一日当三秋！

哥去正同石落井，
也同铁匠断风流；
三更半夜花开发，
自己花开自己收。

菩萨放落蓬笼内，
出门把弟着担丘（忧）；
离别情娘几个月，
正同铁匠断风流。

久不见情心里愁，
十月冬干晒死螺；
为妹相思话懒讲，
吃少操多面肉粗。

竹竿晒布守日上，
神父清心守香炉；
嘱妹修心守正节，
旧桶留来把弟箍。

妹是想兄兄思妹，
如星伴月过中秋；
待等贤兄来伴妹，
比似鸳鸯共水游。

流传地区：宾阳县

演唱者：梁志超，男，汉族，宾阳县芦圩人，教师，大学毕业

搜集整理者：陆有全、王启智

搜集时间及地点：1986 年 7 月 1 日搜集于宾阳县芦圩

来源：选自宾阳县民间文学三套集成编委会编《中国民间文学三套集成宾阳县歌谣卷》（内部资料），1987 年

日夜和鸣百年长（汉族）

别人送鞍我不骑，
别人求情我不依；
沙江团鱼孵水蛋，
日夜死守你条丝。

鹅鸭同落一张塘，
我无老子你无娘；
今日鹧鸪啼一处，
日夜共鸣百年长。

彩蝶双双采花枝，
形影相随不分离；
虫兽尚有天天乐，
唯独穷哥夜夜悲。

今朝行过藕田边，
莲藕开花朵朵鲜；
哥想落塘摘一朵，
又怕着骂不落田。

流传地区：宾阳县

演唱者：覃子琳，男，汉族，宾阳县新桥乡群英村人，歌手，高小文化

搜集整理者：王启智

搜集时间及地点：1986 年 5 月 11 日搜集于宾阳县新桥乡群英村

来源：选自宾阳县民间文学三套集成编委会编《中国民间文学三套集成宾阳县歌谣卷》（内部资料），1987 年

月亮团，月亮弯（汉族）

月亮团，月亮弯，
月亮弯团照上山；
山上有根茶花树，
望那开花难上难。

莫用气，毋用烦，
嘱哥待等莫心烦；
茶花要开有季节，
待等来年三月三。

上了一山又一山，
鹧鸪啼叫我心烦；
几时等到清明节，
行路喉干想吃羹。

嘱哥莫吃紧火饭，
十餐都有九餐生；
肚饥吞吃大柑子，
棒头打你手发瘫。

等就等，
等到来年三月三；
笋上插针钉竹[1]你，
莫叫阿哥控空篮。

流传地区：宾阳县

演唱者：甘平凡

搜集整理者：王启智、陆有全

搜集时间及地点：1986 年 5 月 7 日搜集于宾阳县新桥乡甘村

来源：选自宾阳县民间文学三套集成编委会编《中国民间文学三套集成宾阳县歌谣卷》（内部资料），1987 年

世人难得共兄眠（汉族）

行过犁田真着击，
击在心头不敢言；
连哥比似藤缠木，
木死藤枯一样缠。

[1] 钉竹：谐音“叮嘱”。

睡在牙床专想你，
梦见阿哥共妹言；
苏醒起来不见面，
把娘眼泪落连连。

因为嫁夫不相配，
好秧插落石头田；
怎得姻缘两配合，
家事虽穷毋怨天。

火烧栏杆成长炭[1]，
只叹你今心毋坚；
瓮内豆芽真受屈，
世人难得共兄眠。

流传地区：宾阳县

演唱者：黄月莲

搜集整理者：黄龙琼、陆有全、王启智

搜集时间及地点：1986 年 5 月 23 日搜集于宾阳县思陇乡那由坪村

来源：选自宾阳县民间文学三套集成编委会编《中国民间文学三套集成宾阳县歌谣卷》（内部资料），1987 年

日相思，夜相思（汉族）

闻哥屋前有条河，
河水清清鱼也多；
翡翠飞来河边企，
翡翠想鱼妹想哥。

牡丹花发在高枝，
蝴蝶闻香四处飞；
蝴蝶为花哥为妹，
后生子弟想情姨。

见哥生得白迷迷，
好似墟中五色丝；
若妹嫁夫同你样，
同住千年毋厌时。

日相思，夜相思，
一日想哥十二时；
十二时辰想过了，
毋得见哥妹暗悲。
好吃果子有些酸，
有情姐妹隔邻村；
洗脚上床想到那，
生翅难飞入那门。

远看哥村竖石牌，
哥村虽好妹难来；
白米好吃田难种，
槟榔好看树难栽。

见哥生好白潺潺，
比似江边白牡丹；
心想连哥妹便去；
织机放上二层栏。

更深夜静雪霜冰，
庙上木鱼声赶声；
夜睡自思自想妹，
口叹五更鸡未鸣。

流传地区：宾阳县

搜集整理者：唐建豪

搜集时间：1986 年 12 月 10 日选自搜集整理者的歌本

[1] 炭：音同“叹”。

来源：选自宾阳县民间文学三套集成编委会编《中国民间文学三套集成宾阳县歌谣卷》（内部资料），1987 年

妹叹歌[1]（汉族）

日头上山一朵云，
嫁夫毋好为媒人；
一怨媒人二怨命，
三怨爹娘查毋清。

妹你叹低实无情，
怨人包办你婚姻；
怨来怨去只怨你，
怨你贪钱不择人。

月亮越光天越晴，
打开窗户看天星；
只见七星来伴月，
毋见情娘来伴兄。

一边落雨一边晴，
独室深房听雨声；
只有雨声伴妹坐，
怎得情哥伴妹倾。

流传地区：宾阳县

搜集整理者：严永刚，男，汉族，高小文化，艺人，宾阳县大桥乡罗江村人

来源：选自宾阳县民间文学三套集成编委会编《中国民间文学三套集成宾阳县歌谣卷》（内部资料），1987 年

[1] 选自搜集整理者歌本。

书信歌（汉族）

今将话语付书篇，
寄张书信与同年；
笔是肝肠纸是肚，
从头告诉我英贤。

寄张书信非为乜，
只讲相交旧背年；
那日路头得遇妹，
正同过海遇神仙。

我去你来情意重，
情深义重比糖甜；
一毋舍离二毋丢，
正同山木与藤缠。

三步回头又想你，
四时挂你在心田；
五肚申冤真毋奈，
怎得天份在眼前。

六妹话头记在肚，
肝肠寸断似刀钎；
七七条桥望妹架，
八九行巡心毋偏。

十足同班想毋了，
别情弟当断油盐；
朝朝走出村头望，
面常望过妹方天。

路上行人千打百，
毋充那个是同年；
望毋充情哥又叹，
外人毋识讲哥癫。

为妹愁谋工懒做，
多少饭餐吃毋甜；
三日共来吃半碗，
行路神虚脚懒踮。

旧索牵牛真毋耐，
烦多我又去求签；
银牌挂在观音颈，
财动人心鬼话篇。

神灵吐出真言语，
为妹迷花鬼逐缠；
为情染着相思病，
神鬼方知云两边。

口吃黄连自知苦，
难张苦口对人言；
医生毋有华佗药，
灯火烧花个额前。

正想亲身去妹屋，
毋曾去过那方天；
人也生疏地不熟，
又怕旁人眼角尖。

有心天下无难事，
只怕人心自不坚；
弟要凿山通大海，
妹能炼石补青天。

鸭群赶入藕塘去，
千祈妹毋去偷连；
大节黄金千两价，
莫学偷牛卖半边。

云两有情山海固，
钱财过眼是云烟；
秋水远逢千里雁，
春风固惠玉蓝田。

流传地区：宾阳县

演唱者：封大姑

搜集整理者：封家朝

搜集时间及地点：1986年6月6日搜集于宾阳县新宾乡同太村

来源：选自宾阳县民间文学三套集成编委会编《中国民间文学三套集成宾阳县歌谣卷》（内部资料），1987年

执笔修书夜入宵（汉族）

执笔修书夜入宵，
台头磨墨妹心焦；
妹书不讲闲言语，
只讲相交大路遥。

小妹年登十七八，
花开自有蜜蜂朝；
断久毋见情哥面，
心内正同灯火烧。

爹娘比似雷公毒，
寸步行歪那毋饶；
禁妹在楼锁着养，
房门关好打封条。

毋得嫁哥心毋服，
打死蟾蜍气毋消；
半夜三更去尔你，
女扮男妆过新桥。

去到哥村锣鼓响，
正月采茶贺元宵；
心想共哥住两夜，
岂能大胆住三朝。

四处出红寻尔妹，
妹在深房心自焦；
不奈其何哥送妹，
路头分手泪如潮。

南[1]脚入门个个问，
令妹面红冷汗冒；
连问三声妹毋应，
苦竹扁挑打断条。

吊上二梁妹毋认，
竹枝打断两三条；
刑法上身妹毋认，
又讲拎娘去生烧。

白口闲言那毋据，
剐骨剥皮妹毋招；
关妹在楼锁更紧，
一连洛妹两三朝。

幸得二娘心事好，
瞎人着茨利人挑；
送饭上楼把妹吃，
楼门底下人人瞧。

为你操心身染病，
额前灯火尽烧焦；
妹病在床半个月，
阎王几次想勾销。

三日共来吃半碗，
二娘替妹去求饶；
人生自古谁无死，
生死均之路一条。

小妹淘船听水起，
听哥水起慢开漂；
万丈深潭哥有底，
妹如水上架浮桥。

若是妹爹毋应口，
药买一包索一条；
为情伤心妹尽死，
三魂飞过奈河桥。

若妹死先哥死后，
嘱哥铲扫清明朝；
三月清明坟挂纸，
香纸千祈坟面烧。

死入阴间妹毋怨，
要哥芭蕉心一条；
智计千条都想尽，
难得生机路一条。

嘱喊我哥带妹走，
走入深山割草烧；
妹破只鱼丢个胆，
岂能丢胆水中漂。

信到千祈来接妹，
且莫诱娘朝限朝；
若妹得成弟屋妇，
三生有幸在今朝。

流传地区：宾阳县

[1] 南：跨。

演唱者：封大姑、黄月莲

搜集整理者：封家朝、王启智、陆有全

搜集时间及地点：1986年5月5日搜集于宾阳县芦圩

来源：选自宾阳县民间文学三套集成编委会编《中国民间文学三套集成宾阳县歌谣卷》(内部资料)，1987年

相思歌[1]（汉族）

十字街头开铁铺，
怎得共妹做一炉；
怎得铜来共铁炼（恋），
哪日哥成妹丈夫。

子时想哥半夜中，
想去想来泪蒙蒙；
睡入梦中都在想，
梦中也想哥来逢。

卯时想妹大天光，
不知情妹在何方；
不知我情在哪处，
问天何日得成双。

辰时想哥太阳红，
想去想来忧忡忡；
想来想去心思乱，
哪日与哥得相逢。

巳时想妹闷沉沉，
入屋出门不做声；
爹娘问我不答应，
想妹得了病一身。

午时想哥正中午，
想哥想到心头慌；
想哥成了一身病，
爹娘为我求药方。

未时想妹日偏西，
不见情妹怎奈低；
千方百计都想尽，
怎得妹来做我妻。

申时想哥日落西，
不见情哥心实亏；
朝朝夜夜都在想，
相思病重毋钱医。

酉时想妹黑了天，
为妹呆坐大门前；
为妹坐在大门口，
吃口冷水抽口烟。

戌时想哥无下落，
手又冷来脚又冰；
是妹八字生来错，
今世无缘结成亲。

亥时想妹想不通，
抬头望月手捶胸；
看到人家花园美，
低头眼泪落蒙蒙。

出门踏中哥脚印，
双手捧泥贴紧胸；
贴胸又怕泥土跌，
口衔又怕泥土溶。

[1] 选自搜集整理者自己的唱本。

哥在一村妹一村，
妹想情哥眼望穿；
屙屎守等月亮上，
肚饥怎等六禾黄。

墟买菜芽图脆嫩，
水缸活鱼图新鲜；
沙梨毋吃吃龙眼，
不图大个只图甜。

月亮不光全靠星，
鸟儿毋窝全靠林；
哥今无妻全靠妹，
田螺全靠水翻身。

上墟便买细线针，
挑花便挑石榴心；
连情便连知情妹，
知情识理好良心。

蜜蜂飞落花园内，
寻见好花哥慢行；
寻得好花哥就采，
免把枉费妹青春。

柳巷桃街做针匠，
花街路口望相逢；
灯草牛皮苏木染，
得你相交心就红。

烧烟便烧三两筒，
毋烧三筒气毋通；
连情便连两三个，
这个毋逢那个逢。

鸳鸯也有交情事，
何况人生在世间；
后生断得风流路，
世间大路断人行。

半夜想妹半夜来，
来到妹家门口关；
一见门神双手拜，
妹毋出来心实烦。

枫树千枝盖万枝，
哥想妹来妹不知；
想妹心似长江水，
日夜东流无歇时。

灯草晒在高山上，
哪个后生心不飞；
哪个后生不耍乐，
哪个田螺不吃泥？

哪个梳头不落发，
哪个搓麻不落丝；
哪个同年心不疼，
疼在心头人不知。

十七十八正当时，
正当买马正当骑；
过了三十得半世，
千金难买少年时。

想妹迷，
水面浮萍空想泥；
水面浮萍得水养，
怎能得妹是亲妻。

爬竿上楼也当梯，
林中孔雀当金鸡；

墟买白藤当篾使，
连情日久当亲妻。

手拎筛箕筛红豆，
上有相思下相思；
红豆跌落大缸底，
挂你相思不断时。

去了休，
手拎芝麻撒满窝；
撒好芝麻自打转，
等它结子慢来收。

上山砍竹做横箫，
口欲吹箫心里焦；
心焦无妹来作伴，
一连吹了十三条。

不单妹想哥也想，
无人来架这条桥；
有人把桥架到岸，
成双宝烛对天烧。

实想妹，
砍根竹子做横箫；
白日吹得鸟雀叫，
夜晚吹得妹来朝。

高山岭顶种仙桃，
南风吹过动摇摇；
只叹花高摸毋到，
手摸毋到我心焦。

高山有根八角茶，
风吹茶叶响沙沙；
茶叶煎出香甜水，
茶杯映出爱情花。

桃李并排花对花，
织机织布纱对纱；
若哥有缘娶得妹，
吃水如同八角茶。

园边隔草草隔花，
妹在一家哥一家；
几时我俩得同住，
妹种菜来哥种瓜。

天不平来地不平，
这边落雨那边晴；
妹在那边撑把伞，
哥在这边挨雨淋。

阿哥是条单筷子，
怎得成双夹粒鱼；
男大当婚女当嫁，
石上栽花望妹陪。

妹是旱龙宿古井，
望天早动打春雷；
连情不是爹娘教，
风吹浮萍望做堆。

连情痴过鸳鸯鸟，
上天落水永跟随；
春蚕到死丝（思）方尽，
离情一日当三墟。

百二斤猪劈做两，
喊妹肝肠挂哪边；
巷子蜘蛛来结网，
吐丝妹打两边牵。

云出山头专望雨，
藕秆花开望成莲；
青春一刻千金值，
望兄共妹订百年。

鱼水相逢多快乐，
人生快乐在青年；
怎得我俩成双对。
枕边细话似糖甜。

哥想变成条扁担，
摇摇曳曳在妹肩；
又想变成金扣子，
时时扣在妹胸前。

实想兄，
想兄多多睡毋成；
想兄走去江边哭，
江水流干泪毋停。

想妹愁，
一日毋见当三秋；
开箱锁匙取毋出，
时常想你在肚抽。

一条江水去悠悠，
日毋见哥妹就忧；
吃茶连杯吞落肚，
千年不烂记心头。

撑伞出门寻朋友，
半寻朋友半寻情；
落雨拎筛当帽戴，
两眼望穿不见晴。

自从那日离开你，
三魂七魄来回来；
吃饭不知饭味道，
走路不知脚踏鞋。

拎弓出门弹棉被，
花飞是为这条筋；
哥去阉猪兼算命，
断肠是为百中经。

烟袋装烟烟装火，
灯盏装油油装芯；
妹望哥来哥望妹，
对镜梳头人望人。

哥是锁匙妹是锁，
哥爱妹来妹爱哥；
一条锁匙配一锁，
锁头必用锁匙开。

芥菜开花黄似金，
萝卜开花白如银；
黄金白银哥毋取，
只取情妹好良心。

后背岭顶有块田，
一半种藕半种烟；
收得藕来送情妹，
收得烟来送同年。

想哥太多心又痛，
望哥太多眼又朦；
爹娘问妹为什乜，
妹讲沙飞入眼中。

金樱花开白潺潺，
望见花开妹心烦；

睡梦正同亲眼见，
苏来又隔万重山。

想哥变，
想哥变裤又变衫；
若哥变得妹衫裤，
穿在妹身共哥行。

天连地来地连天，
哥妹结交心要坚；
哥能凿山通大海，
妹能炼石补青天。

流传地区：宾阳县
搜集整理者：覃万安
来源：选自宾阳县民间文学三套集成编委会编《中国民间文学三套集成宾阳县歌谣卷》（内部资料），1987 年

飞去凑哥日夜连（汉族）

新筑塘基栽六苏，
底节根生叶又枯；
几时等得六苏大，
得妹嫁来喊做夫。

新筑塘基栽六苏，
栽得根生叶又枯；
耐心等得六苏大，
耐心得哥做妹夫。

新筑塘基栽白瓜，
日也标苗夜打花；
几时等得白瓜大，
几时得与弟成家。

见妹生得白迷迷，
让哥看见费心思；
为你虑多染成疾，
额前灯火烧烂被。

见哥生得白迷迷，
英雄打动妹心扉；
有缘有福嫁得你，
朝同出去夜同归。

蕹菜一眼是一眼，
韭菜生花一条心；
从小交情都想你，
想你正同粒黄金。

田垌蚂拐叫苏苏，
只公只母出来游；
蚂拐都有成双对，
叹我妹儿未有夫。

上山毋比下山悠，
买马耕田毋比牛；
屋有亲夫毋比你，
蜡烛点灯毋比油。

长竿点火我长求，
是妹装香未满炉；
若我装香得满福，
一世与哥共床铺。

天呀天，
逼我嫁个发羊癫；
笼里画眉盼笼坏，
飞去凑哥日夜连。

流传地区：宾阳县

演唱者：韦月秀，女，汉族，宾阳县大桥乡廖平墟人，农民，初小文化

搜集整理者：熊兴亮、莫兆桐

搜集时间及地点：1986 年 5 月搜集于宾阳县廖平墟

来源：选自宾阳县民间文学三套集成编委会编《中国民间文学三套集成宾阳县歌谣卷》(内部资料)，1987 年

唱歌妹对唱歌弟（汉族）

世界花花又绿绿，
要得一餐算一餐[1]；
有日太阳晒日谷，
天阴落雨慢收返。

竹在路边卯破[2]篾，
有日巡藤[3]山过山；
有日巡藤过了岭，
见天容易见情难。

在早得知[4]藤是篾，
再卯巡藤过别山；
在早得知灯是火，
家中煮饭好多餐。

无柴伝去山上打，
无水伝去井中担；
无米伝去隔壁借，
十月收成亿慢还。

六月共娘借米煮，
三朝七日就送还；
黄豆担出圩中卖，
相思望妹早开摊。

龙亦斑斑虎斑斑，
龙潜水底虎行山；
唱歌妹对唱歌弟，
欢心作乐一时间。

四月立夏雨行山，
百姓人家卯得闲；
屋有千工做卯了，
哪里得闲耍大餐？

工作卯单娘屋有，
小弟贫穷也无闲；
能有几多年十八，
老了采花花色残。

百姓人家卯得闲，
卯做农工又上山；
一年三百六十日，
亦无一日得清闲。

根竹织笼妹卯空，
破篾织篮妹卯闲；
弟屋工夫火样紧，
求娘耍乐甚艰难。

只见做工有饭吃，
卯见唱歌作饭餐；
亦要唱歌伝耍乐，
亦要耕种在田间。

流传地区：横县

[1] 一餐：一趟。
[2] 卯破：不破。
[3] 巡藤：寻找树藤。
[4] 在早得知：如果早知。

演唱者：莫家源

搜集整理者：韦艺文

搜集时间及地点：1986年9月14日搜集于横县陶圩乡上莫村

来源：选自横县民间文学三套集成编委会编《横县歌谣集上册》（内部资料），1987年1月

十逢情（汉族）

一逢情，
小妹巡游到弟厅；
小妹巡游到启处[1]，
如同白马进朝廷。

二逢情，
一更栽藕二更青；
藕芽拿来作菜吃，
藕叶拿来打[2]送兄。

三逢情，
深山木叶张张青；
深山木叶随风转，
过了秋风才老成。

四逢情，
四角面盆排字清；
四角面盆排字满，
中央那个是兄名。

五逢情，
四角面盆四条青；
四角面盆四条绿，
请妹差媒去问兄。

六逢情，
绿丝织带两头铃；
绿丝织带是娘扎，
人就说娘送械[3]兄。

七逢情，
共弟针衫针卯成[4]；
灯里无油烧灯草，
弟共情娘针卯成。

八逢情，
人逢骑马扮红缨；
十二两银买只马，
加多二两要银铃。

九逢情，
九逢骑马去寻兄；
九逢骑马去寻弟，
等弟跑步报弟名。

十逢情，
好丑话言都讲明；
好丑言语都讲了，
墨砚水干收起声。

流传地区：横县

演唱者：莫家源

搜集整理者：韦艺文

搜集时间及地点：1986年9月16日搜集于横县陶圩乡上莫村

[1] 启：此。启处：这里。

[2] 打：赠。

[3] 械：给。

[4] 针衫：缝制衣服。卯：不。

来源：选自横县民间文学三套集成编委会编《横县歌谣集上册》（内部资料），1987年1月

劝情（汉族）

旧伞拿去搽油过，
小心我有几年撑；
得妹收藏兄就勇，
尽思风流田不耕。

弟同庚，
风流要要田要耕；
亦要种田养父母，
亦要风流伴后生。

心生生，
家有良田弟懒耕；
家有良田弟懒种，
情愿丢荒共妹行。

心生生，
兄有良田亦要耕；
屋有良田亦要种，
丢工要乐人笑郎。

丢工以为妹贪色，
工夫懒做为同庚；
总要娘心同弟意，
愿要风流田懒耕。

灯草剖开作篾使，
剖心仑句弟同庚；
等妹真心仑弟听，
田塘莫给草返生[1]。

流传地区：横县

演唱者：梁大红

搜集整理者：方昌

搜集时间及地点：1986年8月28日搜集于横县新福乡陈村

来源：选自横县民间文学三套集成编委会编《横县歌谣集上册》（内部资料），1987年1月

求妹引弟入花林（汉族）

撑伞出门打坏瓮，
眼见真情卯[2]得音；
蝶入苏庆[3]人赶走，
未曾得采妹花林。

拆尾遇逢天落雨，
交情无处去藏身；
苏庆店里人买被，
求妹引弟入花林。

蔗在人园弟口渴，
想妹甜言卯得吞；
天旱灯草种卯起，
为情操了好多心。

行过井边偷照镜，
颜容退色为情深；
蜘蛛结网圈明月，

[1] 返生：回生。
[2] 卯：不。
[3] 苏庆：指有花的地方。

为妹相思到白云。

走上凉亭买灯草，
讲着风流真挂心；
红豆担从竹山过，
相思为妹入了林。

天旱琵琶挂壁上，
离情日久卯闻音；
明镜跌落牛窝水，
不明不白卯见人。

连妹在近当在远，
三日一圩卯见人；
出门吹哨又打笛，
愁声叹气妹卯闻。

六月出圩去买蒜，
等多等少卯冲人[1]；
比想[2]鲤鱼吃着钓，
一条丝线挂弟心。

想去妹村耍一日，
独自无朋见难因；
正想亲身到妹屋，
旁边人眼利过针。

流传地区：横县

演唱者：梁振恒

搜集整理者：梁振恒

搜集时间及地点：1986年9月搜集于横县南乡镇五合村

来源：选自横县民间文学三套集成编委会编《横县歌谣集上册》（内部资料），1987年1月

[1] 卯冲人：没有碰见人。

[2] 比想：好比。

千金难买少年返（汉族）

南风阵阵过青山，
脚踩牡丹花色残；
白发何曾思富贵，
黄金难买少年返。

买卖见钱谁卯想，
谁见好花心卯贪；
弟为情娘卯吃饭，
不知饿了几多餐。

家中卯酒难待客，
塘里卯水活鱼难；
身上无衣难作乐，
肚里卯歌作唱难。

家有千金都是假，
少年卯乐亦为闲；
迟过几年娘老了，
千金难买少年返。

正想收心卯耍乐，
六月北风尚未翻；
散圩伝摆灯草卖，
等妹舍心未收摊。

塘里无水天落雨，
无衫又遇南风返；
无双又得娘照顾，
无米下锅都当闲。

自古少年爱耍乐，
老人便爱酒肉餐；
塘中鲤鱼正爱水，
后生[1]正爱女儿班。

想娘走上岭头望，
望东不见望西南；
东西南北都望了，
只见重重叠叠山。

只见重重叠叠岭，
不见重重叠叠山；
只见女儿结队去，
不见伝情结队返。

千个岭头万个山，
山山都有好花颜；
弟欲近前采一朵，
朵朵成双卯朵单。

花红花白弟卯采，
眼高选花山过山；
弟选人村富贵女，
妹个贫穷弟卯攀。

流传地区：横县

演唱者：莫家源

搜集整理者：韦艺文

搜集时间及地点：1986 年 9 月 13 日搜集于横县陶圩乡上莫村

来源：选自横县民间文学三套集成编委会编《横县歌谣集上册》（内部资料），1987 年 1 月

[1] 后生：男青年。

唱歌也为少年时（汉族）

担谷过村去求碓，
求碓以能[2]求簸箕；
去年打跌[3]三把锁，
今日郎来寻旧时。

有谷你忧卯有碓？
有米你忧卯簸箕？
有儿你忧卯媳妇？
有锁卯忧卯锁匙。

锁是有，
不知妹爹放哪呢[4]；
回家但问妹爹佢，
放在门楣都未移。

买肉连皮又搭骨，
买锁连收[5]又搭匙；
连娘又得娘面貌，
又得青衫贴内衣。
要吃细鱼装密梗，
要连小弟费心机；
织布拎入深房里，
好好收藏莫露机。

口讲想兄有乜[6]想？
口讲思兄有乜思？
妹讲思兄卯想吃，
回家只叹饭来迟。

[2] 以能：顺便。
[3] 打跌：丢失。
[4] 哪呢：哪里。
[5] 收：老式锁的锁心。
[6] 乜：什么。

胸膛收银心暗咽，
大家暗想人未知；
兄也暗思妹暗想，
房里缉麻妹暗思。

上塘有水雁鹅企[1]，
下塘卯水雁鹅飞；
雁鹅飞去桃源洞，
留个空笼在树枝。

上涧又见人打戽，
下涧又见人戽鱼；
捉鱼无罾又无网，
白手共妹叉椤呢[2]。

花开亦为春来早，
雀飞也为肚中饥；
含花也为郎不归，
唱歌也为少年时。

流传地区：横县
演唱者：莫家源
搜集整理者：韦艺文
搜集时间及地点：1986年11月20日搜集于横县陶圩上莫村
来源：选自横县民间文学三套集成编委会编《横县歌谣集上册》（内部资料），1987年1月

问妹扬花到几时（汉族）

成本唱，
凤凰拍翼[3]还未飞；
手拎弓箭还未射？
问妹把弦到几时？

成本唱，
凤凰拍翼还未飞；
十月黄禾未有米，
问妹扬花到几时？

成本唱，
凤凰拍翼还未飞；
水推藕叶随江去，
问妹流连到哪呢？

冇[4]雨望天日过日，
弟望情娘时过时；
饭熟上台卯想吃，
空身行路卯心机。

蜘蛛结网墙头顶，
雨淋卯断是真丝；
屋卯灯草寻人借，
实是有心在个时。

甘蔗根高人拗表[5]，
龙眼婆娑人拗枝；
真是个时人卯好，
子妹同行人已疑。

上屋人讲人便讲，
下屋人疑人便疑；
有儿得连人屋女，

[1] 企：站。
[2] 叉椤呢：用鱼叉来捉一些。
[3] 拍翼：振翅。
[4] 冇：没有。
[5] 拗：折。表：梢。

有女得连人屋儿。

叹老了，
花落村头叹了枝；
十二连来卯成对，
斩妹牡丹花一枝。

一十连娘到二十，
有心三十慢分离；
个回[1]连娘该到老，
白发上头共齐眉。

共娘僧极[2]分离去，
分离切切泪丝丝；
日期断定以着[3]去，
口便报娘心事迟。

夜间走去秧[4]红豆，
暗中千望对相思；
走去北京贩灯草，
为妹担心时过时。

芙蓉花开九月九，
蜜李花开正月时；
牛羊贵在三四月，
女儿贵在少年时。

七月人收鸭蛋孵，
共妹成亲只嫌迟；
在早得知连妹队，
好彩成双都未知。

骑牛行田牛又瘦，
识事主人家有稀；
自古衫长袖又短，
六月北风卯合时。

昨日出来到今日，
来到娘村肚又饥；
娘身带有相思药，
分些小弟解肚饥。

定仆[5]出在人高兴，
暂唱只歌解闷时；
灯草根前挖井水，
有心卯怕水来迟。

流传地区：横县

演唱者：莫家源

搜集整理者：韦艺文

搜集时间及地点：1986 年 9 月 16 日搜集于横县陶圩乡上莫村

来源：选自横县民间文学三套集成编委会编《横县歌谣集上册》（内部资料），1987 年 1 月

情歌（汉族）

（水上民歌）

又同班，又伴挡[6]。
靠岸船篷，靠船篷，
若得和情同舱住，
不吃西瓜心也凉。

[1] 个回：这回。
[2] 僧极：游玩。
[3] 以着：逼着。
[4] 秧：种。
[5] 定仆：双方互勾小指，表示言而有信。
[6] 挡：指装鱼花的竹挡。

同个渡，
几次捧过妹茶壶，
上街买条腊肉归，
过船同妹打边炉。

榄子遮过嫩丁香，
几层荫里暗思凉[1]，
甘榄丁香哥不想，
停着竹篙望着娘。

白纸买张画你相，
画娘容貌转回乡，
日间挂在书房舱，
夜间挂在纱罗帐。

问妹何时结成双，
请哥听妹说言章，
如今买砖又买瓦，
买齐妹就起庵堂。

桃花谢了杏始开，
大姐去了妹才来，
水浸码头步步上，
哪有大水先浸街。

少只鸡仔少把米，
少张渔网少把丝，
少个姑娘少把手，
好比皇帝少支旗。

流传地区：邕宁县八尺一带

演唱者：曾子住，女，汉族

搜集整理者：李启梧

来源：选自邕宁民间文学三套集成编委会编《中国民间文学三套集成邕宁县民间歌谣集》（内部资料）

[1] 凉：同“量”。

朝思夜想在心田（汉族）

执笔修书寄一篇，
向妹声声道直言；
书中不讲非凡事，
只讲交情志毋坚。

自打中秋离别去，
日月如轮又半年；
隔江洗手成分别，
石上砍鱼各一边。

牡丹容颜难忘却，
朝思夜想在心田；
前日从妹村边过，
见妹花开实新鲜。

正想开口问一句，
又怕旁人眼角尖；
一路回家千般悔，
两脚如棉步难踮。

饭也不思工懒做，
良田丢荒牛草毡；
腊鸭分墟毋想吃，
饭蒸塘虱不香甜。

媒人日日撑伞到，
讲到馋干哥毋言；
一心只想牡丹妹，
青藤缠树一心坚。

长江水路遥遥远，
船缆一条望妹牵；
奈河桥断望妹架，
瘦马毋行望妹鞭。

肚饥想吃仙桃子，
手短也难摸到天；
哥是画眉笼内养，
成日愁谋对着天。

鲮鱼窜落三须省，
莫把屈坏我青年；
筷子成双哥早盼，
贤妹千祈记从前。

高田缺水求落雨，
大水淹塘求相连；
八角树下种甘草，
把望香甜年过年。

流传地区：宾阳县

演唱者：黄月莲

搜集整理者：王启智、陆有全、黄龙琼

搜集时间及地点：1986 年 5 月 15 日搜集于宾阳县那由坪村

来源：选自宾阳县民间文学三套集成编委会编《中国民间文学三套集成宾阳县歌谣卷》(内部资料)，1987 年

大塘平话情歌（汉族）

庭前晒布被雨打，
老来泪就落，
正挂伝朋泪未干，
怨命难。

装饭上台都想吃，
三吞不落颈，
放筷还台算一餐，
复复番。

侬识妹心哪样想，
你么讲报舅，
给郎日夜挂心肝，
住么安。

妹住在南哥在北，
日夜常思想，
有言有语要通关，
实在难。

定住任任[1]有处想，
激气难行去，
正想寻妹讲一番，
移步难。

高机织布有成匹，
条条挂弟心，
无朋望妹过来攀，
共免烦。

书信是郎亲手写，
如今哥报妹，
给弟心烦住么安，
想复番。

三圩九日妹回信，
如今由你想，
几大[2]复信等弟安，

[1] 任任：呆呆地。
[2] 几大：豁出去。

心免烦。

演唱者：林全泰，男，汉族，农民，初中文化

搜集整理者：林凯；卢艺，男，壮族，邕宁区文化局干部，高中文化

来源：选自邕宁民间文学三套集成编委会编《中国民间文学三套集成邕宁县民间歌谣集》（内部资料），1987 年

北部山歌（一）（壮族）

心想娶妹话难提，
好比纺棉不出丝，
想你熬出一身病，
龙肉做药也难医。

流传地区：武鸣县府城镇一带

演唱者：覃家先，男，壮族，农民，高小文化

搜集整理者：蒙水生，男，壮族，武鸣县城厢镇人，大学本科毕业

来源：选自中国民间文学三套集成南宁市领导小组编《南宁市歌谣》（内部资料），1987 年

北部山歌（二）（壮族）

你那肉色白鲜鲜，
身材苗条脸圆圆，
走过塘边映入水，
鲤鱼见了跳连连。

流传地区：武鸣县城厢乡

演唱者：骆元皇，男，壮族，武鸣县城厢镇杏泉村人，退休教师，中师毕业

来源：选自中国民间文学三套集成南宁市领导小组编《南宁市歌谣》（内部资料），1987 年

北部山歌（三）（壮族）

愿做一只小汤匙，
一辈为你舀饭食，
愿做手镯随你戴，
一生亲你永不离。

流传地区：武鸣县东部

演唱者：覃平基，男，壮族，武鸣县陆斡镇覃内村人，农民，高小文化

搜集整理者：覃绍焕，男，壮族，武鸣县文化馆工作人员，高中文化

来源：选自中国民间文学三套集成南宁市领导小组编《南宁市歌谣》（内部资料），1987 年

情信歌[1]（壮族）

启者，
忆念遥函报哥，
昔日华词，
愚妹切思也。
岂知柳有更者乎？
何则既往义重情深？

自别郎君，

[1]　《情信歌》是一首女子写给男子的情歌。

春夏温暖，
独坐房中犹可，
秋冬寒冷孤眠，
独枕难当。
缅思才郎，
拂田塘而懒作，
有麻怠缉。

独坐寒居，
心思至乱，
朝思夕想，
转辗难安，
若梦若寐，
难见形影。

想郎家远室遥，
关山阻隔，
难得亲往，
缄鱼书，
付使者，
表寸心，
藉慰盼，
切切此呈。

独坐房中心暗想，
深情意，
切思思，
写封书信报郎知。
缄书寻郎没别事，
思念舅[1]，
妹远离，
情深意重在前时。

自从那日痛分别，
日不见，
夜常思，
为我情郎挂心机。
缩在房头工懒做，
饭冇吃，
肚不饥，
为郎甜言妹心飞。

思郎想着鸳鸯对，
同结伴，
两齐飞，
朝形夕影不分离。
转辗反侧睡冇着，
常思想，
挂心肌，
寤寝念念莫了时。

想舅想到夜入梦，
郎去别，
妹心疑，
哭醒眼泪湿裙衣。
日夜想郎身出病，
魂飞散，
不存尸，
险些丧命去阴司。

一日不见当三日，
情意深，
似海兮，
鸿雁万里送诗书。
自叹花婆有识托，
是命定？
无佳期，
良缘难配空相思。

半路姻缘当结发，

[1] 舅：哥。

阳暂定，
不了知，
阴司再配结齐眉。
若得舅能随妹意，
同携往，
伴过世，
俩相齐眉九十七。

砍只公鸡同饮血，
表盟心，
情不移，
哪个反悔首离尸。
笃情如玉美无瑕，
心中记，
俩相知，
如蚕丝缠情依依。

鸿雁捎信找郎屋，
千嘱咐，
别另飞，
莫丢低丫寻高枝。
若照古人依旧偶，
如玉叶，
配金枝，
花蕾并蒂放彩异。

搭桥千望行长久，
同来往，
不断时，
郎莫半途另转移。
若比英台与山伯，
同笔砚，
读书诗，
生不同床死同居。

妹比梨花樊氏女，
薛家穴，
择佳期，
得配丁山拜天地。
若得配郎成夫妇，
行四德，
三从持，
你耕我织兴家计。

妹欠书墨不识字，
托大写，
白文书，
难比颜渊共子思。
信到郎门拆开看，
愚抄写，
不成诗，
收藏不给外人知。

纸短话长写不尽，
略略讲，
心意慈，
俗话几句报郎知。
缄扎歌书鸿雁寄，
说仁义，
别失期，
早日回音切莫辞。

流传地区：南宁市邕宁区伶俐乡等地

演唱者：黄光廷，男，壮族

搜集整理者：卢艺，男，壮族，邕宁区文化局干部，高中文化；杨博民，男，壮族，邕宁区民间文学三套集成采风队队员，高小文化；李启梧，男，壮族，邕宁区民间文学三套集成采风队队员，初中文化

来源：选自邕宁区民间文学三套集成编委会编《中国民间文学三套集成邕宁县民间歌谣集》（内部资料），1987 年

十望（壮族）

一望齐姐去贩硧，
途中指望你，
过带我，
望姐带我得成人。

二望齐姐顾及我，
生来三不四，
弟单身，
望姐过带我小人。

三望齐姐贩灯草，
提归织成布，
要真心，
望姐带弟去交朋。

四望齐姐去栽竹，
搬泥归种好，
得成林，
成林慢念姐功恩。

五望齐姐开石板，
提归搭做路，
修给我，
若我得行念姐恩。

六望齐姐去塞海，
造塘归种藕，
得成莲，
成莲慢念姐功恩。

七望齐姐做队行，
郎笨冇识路，
么识人，
望姐带弟去交朋。

八望齐姐开沓地，
提归种玉米，
又到春，
望姐保得我成人。

九望齐姐上走下，
贩盐过界卖，
判冇亲，
包涵我不乱传人。

十望齐姐千足至，
郎今吩咐你，
记言身，
千条万望姐真心。

流传地区：南宁市良庆区大塘镇、南晓镇等地

演唱者：农业勤，男，壮族，农民

搜集整理者：林凯；卢艺，男，壮族，邕宁区文化局干部，高中文化

来源：选自邕宁民间文学三套集成编委会编《中国民间文学三套集成邕宁县民间歌谣集》（内部资料），1987 年

妹是雁鹅飞过天（壮族）

妹是雁鹅飞过天，
弟是狐狸守山边，
狐狸想吃雁鹅肉，
喊你爹娘生过先。
三岁孩儿学打铁，
专门来打鹅飞天，
枪打雁鹅飞落地，
我俩二人得团圆。

流传地区：横县

演唱者：韦烈，男，壮族，横县校椅镇粗僧村人，农民，初小文化

搜集整理者：韦昌竞，男，壮族，校椅镇文化站干部，横县校椅镇青桐村人，初中文化

搜集时间及地点：1986 年 9 月搜集于横县校椅镇粗僧村

来源：选自横县民间文学三套集成编委会编《横县歌谣集上册》（内部资料），1987 年 1 月

相思不怕锁十关（壮族）

高山石壁无梯上，
谁人趁得妹高圩；
三个叔公同个女，
九张大塘活条鱼。

弟是雷公第三仔，
脚踏云梯趁妹圩；
三百斤钢打把钓，
专门来钓大塘鱼。

妹今有把十字锁，
十字路头锁十关；
金水去涂皇帝女，
花园中心栽牡丹。
十字路头种红豆，
相思不怕锁十关，
伸手去邀皇帝女，
同入花园赏牡丹。

流传地区：横县

演唱者：陈本宏

搜集整理者：韦昌竞，男，壮族，横县校椅镇青桐村人，校椅镇文化站干部，初中文化

搜集时间及地点：1986 年 9 月搜集于横县校椅镇水抱村

来源：选自横县民间文学三套集成编委会编《横县歌谣集上册》（内部资料），1987 年

喊妹唱歌妹就唱（壮族）

喊妹唱歌妹就唱，
唱妹单身孤寒姨；
是兄有双妹卯[1]唱，
唱来兄妻造是非。

阿兄也是高蕉树，
也是单弓子厚皮；
不信妹你访查看，
也是独笼只鸡儿。

大舅行跟[2]沙泥过，
兄你爱瞒妹隔离；
鸳鸯结对千秋合。
鸾凤和鸣早同飞。

白发齐眉弟未有，
佳偶卯知在哪呢[3]？
皇历包麻挂壁上，
枉弟凄凉日夜思。

[1] 卯：不。
[2] 跟：从。
[3] 哪呢：哪里。

肚饥吃着生梅子，
欲妹心酸动眼眉；
看见人马有人爱，
妹马装鞍冇[1]人骑。

孙抱去看十五月，
望妹团圆照伝儿；
是将妹结双蝴蝶，
入园去采新花枝。

兄是富家人财主，
山鸡配坏凤凰皮；
你看年头关鸡鸭，
娇娥卯比剦鸡肥。

尽布车[2]衫差只袖，
望妹帮弟补成衣；
若是卯得同妹配，
死落阴间还寻姨。

卯讲死，
死落阴间患难时；
劝你阿兄卯用气，
妹我决心下盘棋。

黄豆放落淀矿浸，
莫把弟染成生丝；
十二月天落大雪，
伝俩成双趁早呢[3]。

今年整整十加九，
待等明年还未迟；
妹伴爹娘多几载，
再去结婚衔春泥。

今日唱歌暂到此，
大家记紧费心机；
因为日头落了岭，
回家吃饭喂鸡猪。

流传地区：横县云表镇

演唱者：班仁爱，男，壮族，云表镇大良村人，高小文化

搜集者：黄家香、蒙仁伟

搜集时间及地点：1986年10月搜集于横县云表镇大良村

来源：选自横县民间文学三套集成编委会编《横县歌谣集上册》（内部资料），1987年1月

相思树上画眉叫（壮族）

相思树上画眉叫，
卯见情妹哥心焦；
想妹流出相思泪，
手巾抹烂好几条。

演唱者：黄天处

搜集整理者：黄天处，男，壮族，横县镇龙乡六昌村人，农民，高小文化

来源：选自横县民间文学三套集成编委会编《横县歌谣集上册》（内部资料），1987年1月

[1] 冇：没。
[2] 车：缝。
[3] 早呢：早些。

想吃牛甘等八月（壮族）

龙眼细细盲（未）当吃，
表妹年少哥慢连，
想吃牛甘等八月，
想连表妹等明年。

乌云渐渐出山头，
白云渐渐正来稠，
云雾都知来相会，
因何妹你毋来游？

见情生得十分娇，
穿条裙带黄蜂腰，
地豆生藤毋结子，
生思空得一身苗。

流传地区：宾阳县甘棠镇、露墟镇等地
演唱者：黄泽俭，男，壮族，宾阳县露圩镇六卢村人，农民，初中文化
搜集整理者：熊兴亮
搜集时间及地点：1986年5月3日搜集于宾阳县露圩镇
来源：选自宾阳县民间文学三套集成编委会编《中国民间文学三套集成宾阳县歌谣卷》（内部资料），1987年

壮族侬歌（一）（壮族）

种豆毋成因地瘦，
连情不得为家贫；
黄豆出墟逐粒卖，
相思你跟有钱人。
天旱芝麻煮粥吃，
为情肚内乱如沙；
我不成人是为你，
花针耳断为纱卡。
兄心比似木兰叶，
毋是牡丹有几张；
正想开心给你看，
叹兄手上毋刀钳。

流传地区：宾阳县和吉镇、洋桥镇、黎明镇等地
搜集整理者：冯智光，宾阳县和吉镇巴乍村人
搜集时间及地点：1986年6月3日搜集于宾阳县和吉镇巴乍村
来源：选自宾阳县民间文学三套集成编委会编《中国民间文学三套集成宾阳县歌谣卷》（内部资料），1987年

壮族侬歌（二）（壮族）

墟买千银只白鸭，
十分想你贵娇娥；
三百秀才栽莉茉，
好花招得贵人多。

流传地区：宾阳县甘棠镇、露圩镇等地
演唱者：黄泽俭，男，壮族，宾阳县露圩镇六卢村人，农民，初中文化
搜集整理者：熊兴亮、莫兆桐
来源：选自南宁市文化新闻出版广电局、南宁市民族文化艺术研究院编《南宁歌谣集成（壮族卷）》，广西教育出版社，2014年12月

壮族侬歌（三）（壮族）

有意凿山通大海，
有心挖岭得成陵；
水推石子真耐滚，
滚久自然得配兄。

妹难言，
几多相思在心田；
正想近兄讲几句，
又怕外人眼角尖。

心想连，
毋怕外人眼角尖；
满肚话头不得讲，
妹心比似利刀钎。

灯草放在北风口，
你个凉心[1]我也知；
三白不充妹个面，
行路飘摇脚难移。

白鹤飞天我看见，
识你有心早来连；
知哥有心早连了，
落水寻龙掏索牵。
灯草两头点起火，
哥妹有心对面言；
墟中买藕十六两，
你也要跟哥要连。

石上无泥种黄豆，
生死是望你来缠；
蜜糖拎来淋蕉子，
兄妹情甜意更浓。

丢情久，
丢情久多也想娘；
哪怕三年逢一闰，
细茶丢久味加香。

天旱耳环跌落井，
耳环毋想想情深；
丢失耳环毋要紧，
毋把丢失两恩情。

见妹生来一枝花，
十只手儿比藕芽；
毋得连情死不服，
死去阴间出字查。

流传地区：宾阳县和吉镇、洋桥镇、黎明镇等地

搜集整理者：冯达群，男，壮族，宾阳县和吉镇巴村人，歌手，高小文化

来源：选自宾阳县民间文学三套集成编委会编《中国民间文学三套集成宾阳县歌谣卷》（内部资料），1987 年

壮族侬歌（四）（壮族）

难了难，
一团云雾盖前山；
双手打开云雾散，
见天容易见情难。
十字路头买豆腐，
哥心早望妹开斋；
如同灯草游街卖，
千思万想妹情来。

[1] 凉心：良心。

流传地区：宾阳县

演唱者：黄寿光

搜集整理者：熊兴亮、莫兆桐

搜集时间及地点：1986 年 5 月 5 日搜集于宾阳县洋桥镇

来源：选自南宁市文化新闻出版广电局、南宁市民族文化艺术研究院编《南宁歌谣集成（壮族卷）》，广西教育出版社，2014 年 12 月

壮族侬歌（五）（壮族）

昨日见情日又短，
今日毋见日又长；
谁人栽得撑天竹，
顶起日头在中央。

大鼓皮穿为棒打，
花针耳断为丝拖；
赶鸭落田毋吃谷，
三饥两饱为娇娥。

一条江水去滔滔，
为想情娘日夜操；
托话把鱼鱼落水，
托话把鹞鹞飞高。

流传地区：宾阳县和吉镇、洋桥镇、黎明镇等地

演唱者：冯达群

搜集整理者：熊兴亮、莫兆桐

搜集时间及地点：1986 年 6 月 19 日搜集于宾阳县和吉镇巴乍村

来源：选自宾阳县民间文学三套集成编委会编《中国民间文学三套集成宾阳县歌谣卷》（内部资料），1987 年

壮族侬歌（六）（壮族）

这边望见那边山，
望见花开白漻漻；
正想伸手摘一朵，
朵朵成双毋朵单。

翻翻覆覆睡不着，
打开窗棂望天星；
望见天星去伴月，
怎得妹来伴夜兄。

见兄生得十分乖，
一条绸纱带揽来；
兄是蜜糖娘是粉，
怎得蜜糖共粉搓。

见兄生得面方长，
红红白白妹思量；
蜘蛛结网并封底，
难得吊丝入你乡。

流传地区：宾阳县和吉镇、洋桥镇、黎明镇等地

演唱者：冯达和、冯达光

搜集整理者：熊兴亮、莫兆桐

来源：选自宾阳县民间文学三套集成编委会编《中国民间文学三套集成宾阳县歌谣卷》（内部资料），1987 年

壮族侬歌（七）（壮族）

棚上水瓜趁嫩摘，
毋摘老了会生思；
彭祖落塘去挖藕，
老了想连心也迟。

中央大海有个岛，
四方八面水来潮；
隔水无船难过去，
望兄修心架条桥。

半夜撕麻不点火，
谁人见你暗相思；
灯草烧灰包粽吃，
有心改日不为迟。

流传地区：宾阳县和吉镇、洋桥镇、黎明镇等地

演唱者：冯达群、冯达光、冯达和、冯耀天、冯启秀（均系宾阳县和吉镇巴乍村人）

搜集整理者：熊兴亮、莫兆桐

来源：选自宾阳县民间文学三套集成编委会编《中国民间文学三套集成宾阳县歌谣卷》（内部资料），1987 年

壮族侬歌（八）（壮族）

年纪已登到这步，
念不成人兄也休；
二三月天人种瓜，
根底毋泥怎结球？

十八娇娥红粉女，
诱得才郎心实歪；
燕子逢春飞过界，
也是为情我才来。

我也毋曾识过你，
你也毋曾见过我；
新作裁缝线交合，
共妹得心不掉情。

不但妹思兄也想，
连情不知谁好心；
人讲钱财如粪土，
连情有意值千金。

流传地区：宾阳县和吉镇、洋桥镇、黎明镇等地

演唱者：葛达光，宾阳县洋桥镇桂西村人，歌手

搜集整理者：熊兴亮、莫兆桐

搜集时间及地点：1986 年 5 月 5 日搜集于宾阳县洋桥镇桂西村

来源：选自宾阳县民间文学三套集成编委会编《中国民间文学三套集成宾阳县歌谣卷》（内部资料），1987 年

壮族侬歌（九）（壮族）

初三去拜娥眉月，
毋得团圆人也欢；
人若围台就坐凳，
我便移花去就园。

一条大路白滔滔，
正想喊哥人又多；
剪刀无钉难开口，

银河相隔难近哥。

高山岭顶有只田，
火烧禾秆两头燃；
望哥有心来救火，
既能救火又能连。

灯草拎来打鞋底，
你我有心伝照行；
从细连情到今日，
你想毋来哥懒邦。

新筑塘基种蕉子，
久了毋来就生疏；
拎笔去涂石狮子，
几多旧话记心头。

昨夜无盐吃餐淡，
今朝无米吃餐稀；
天旱大虫[1]咬竹笋，
妹有苦情你不知。

早种畲禾顺肚饥，
从细连情得欢眉；
棚上水瓜趁嫩乜[2]，
莫等老多会生丝（思）。

赶牛入园吃甘蔗，
吃了蔗叶丢条心；
棚上冬瓜雨打死，
兄个英雄毋好心。

后背大园种芹菜，
你便乜芽等我来；
若是未来你也等，
你莫移花别处栽。

撑伞过桥阴对阴，
望兄鲤鱼在江心；
半斤鲤鱼四两胆，
大胆连兄怕哪人？

天阴灯草跌落水，
个转毋情心亚凉；
若是阿妹断绝我，
喊哥再连哪姑娘。

行路便行路中心，
毋行路边有草针；
连情就要连到老，
毋连半世操坏心。

妹是牡丹哥茉莉，
怎得移归哥后园；
怎得我俩同屋住，
衫裤同箱鞋同双。

天上起云又起雾，
铜盆载水种牡丹；
牡丹开花真好看，
喊我丢情实在难。

我是广东牛贩客，
谁人敢砍哥牛蹄；
面前大塘谁敢打，
后背大园谁敢犁？

流传地区：宾阳县

演唱者：冯达群

[1] 大虫：老虎。

[2] 乜：摘。

搜集整理者：熊兴亮、莫兆桐

搜集时间及地点：1986 年 4 月 25 日搜集于宾阳县和吉镇巴乍村

来源：选自宾阳县民间文学三套集成编委会编《中国民间文学三套集成宾阳县歌谣卷》（内部资料），1987 年

论哥记心间[1]（壮族）

（跳脚歌）

（一）

妹来写文章，
开头是这样，
念哥情意厚，
妹思心飞扬。
日夜妹在想，
阿哥好心肠，
妹越写越伤，
句重句飘扬。

（二）

正月交立春，
夜落睡又想，
告哥别生气，
妹等日吉祥。
父逼妹出嫁，
难见哥面相，
金钱妹毋想，
嫁个好心肠。

[1] 这十三段壮族"跳脚歌"是搜集整理者多年来从歌手们演唱中采录得来，演唱者姓名不详。

（三）

二月交春分，
夜盼日又想，
思共哥会面，
话难透过墙。
耙田又插秧，
人夫妻上场，
报谷鸟声长，
如刀刺心肠。

（四）

三月交清明，
妹停在墟场，
有话欲告知，
不见哥心伤。
过了天又天，
不见哥影像，
想找哥坐谈，
反挨骂一场。

（五）

四月交小满，
脑乱心惆怅，
干活无力气，
望哥来帮腔。
站门外眺望，
不见哥到场，
父骂似雷响，
妹头晕心伤。

（六）

五月交夏至，
赶农活紧张，
衣袖抹眼泪，
想寻哥帮腔。
本想去寻哥，

活多难离乡，
蛙叫声声高，
震乱妹思想。

（七）

六月交分龙，
任从哥主张，
妹心归向哥，
恩爱一世长。
垃圾浮江面，
随水飘下洋，
花四季开红，
春冬结艳阳。

（八）

七月交立秋，
石榴花过造，
妹似江中石，
望哥搭桥救。
告知你阿哥，
谁毋想毋忧，
一月过一月，
一日毋情留。

（九）

八月交白露，
饭难吞下肠，
思哥已懵懂，
心软懒洋洋。
妹想多脑乱，
哥毋见毋伤，
田里稻谷黄，
山上果子香。

（十）

九月交霜降，
稻田谷米香，
哥你有心等，
小妹毋变样。
句话值千金，
别失望乱想，
妹真心爱哥，
咱俩别拆墙。

（十一）

十月交立冬，
红花仍娇阳，
话哥别泄气，
世界是咱唱。
咱要坚如铁，
别泄似葱样，
咱坚贞到死，
山伯英台样。

（十二）

完了完，
二十字一句，
这句算完结，
论哥心要记。
写毋成道理，
也想三五句，
妹赞阿哥乖，
情重过诗句。

（十三）

写完封好信，
手上来端详，
决心作伴侣，
蒜别变葱样。
封好想寄出，
怎能到哥乡，
嘱咐又嘱咐，

咱俩要坚强。

流传地区：宾阳县和吉镇、洋桥镇、邹圩镇等地

搜集整理者：黄轻，男，壮族，宾阳县壮文学校，大学文化

来源：选自宾阳县民间文学三套集成编委会编《中国民间文学三套集成宾阳县歌谣卷》（内部资料），1987 年

穿鞋情歌（壮族）

男：

穿第一双鞋，
如双鸭戏田边，
穿鞋去喝喜酒，
妹在哥心田。

穿第二双鞋，
赛过送金钱，
穿在哥脚上，
变老鹰飞上天。

穿第三双鞋，
不忍踩尘埃，
日夜不离脚，
妹情记心怀。

穿第四双鞋，
想妹心坚贞，
鞋烂不忍丢，
难忘妹意情。

穿第五双鞋，
上下村游荡，
老少看见了，
把你妹赞扬。

女：

你叫我送鞋，
鞋布未晒干，
三月初八日，
送鞋给哥郎。

你叫我送鞋，
棉树未开花，
到圩镇去买。
何怕花钱财。

流传地区：隆安县

演唱者：陆忠承，男，壮族，隆安县雁江镇那朗村人，农民，初小文化

搜集整理者：陆忠万、陈建睦

翻译者：陈朝阳

搜集时间及地点：1986 年 9 月搜集于隆安县雁江镇那郎村

来源：选自南宁市文化新闻出版广电局、南宁市民族文化艺术研究院编《南宁歌谣集成（壮族卷）》，广西教育出版社，2014 年 12 月

天崩当棚塌（壮族）

很久不相见，
哥到处寻求，
今天得相逢，
妹你还记否。

怎么会忘记，
妹想哥难忘，
隔久不相逢，
日夜自悲伤。

日月在天上，
还有相逢时，
妹你年纪轻，
莫听人唆使。

天崩当棚塌，
我想妹心焦，
我你不见面，
似火把蕉叶烧。

听哥一席话，
有情义有意，
你言我又语，
妹不舍分离。

相处合情意，
哥与妹相依，
相会情不断，
到死不分离。
盘古劈天地，
男女配成双，
只要合心意，
莫东疑西想。

亚妹不顾虑，
哥情永不忘，
两人相爱恋，
龙凤配成双。

龙凤得成双，
妹你恩情重，
一别回家去，
梦中听妹声。

与哥在一起，
甜似吃荔枝，
若然分离去，
不舍情依依。

妹不与哥离，
哥更想妹意，
若然分离去，
我心伤凄凉。

月亮打晕枷，
夜色暗依稀，
与哥并肩生，
同月再分离。

月落再分离，
越想心越痴，
有心来相聚，
到死不分离。

有情永不断，
藕断有丝连，
有意永不离，
锁含匙不散。

有情永不断，
似锁不离匙，
柱不离垫石，
妹你记心扉。

哥想妹也念，
似山伯英台，
到死也相恋，
尸骨同穴埋。

挖坎种柏树，
永远不分离，
死了骨成灰，

风吹合一起。

挖坎种苦楝，
哥话记心田，
妹得哥同眠，
天旱当半年。

情意谈不完，
爱恋永不断，
等到三月三，
再来续姻缘。

流传地区：隆安县那桐镇等地

演唱者：李安齐，男，壮族，农民，初小文化

搜集整理者：林敢枢

翻译者：陈朝阳

搜集时间及地点：1986 年 12 月搜集于隆安县那桐镇那重村

来源：选自隆安县民间文学三套集成编委会编《中国民间文学三套集成隆安县歌谣集 第二集》（内部资料），1987 年 8 月

网雀歌（壮族）

男：　今日到野外，
四野鸟啼鸣，
撑网到坡上，
捕鸟走不停。

女：　春分还未到，
鸟在草里穿，
一浪费时间，
二费力撑网。

男：　三代人捕鸟，
四处人都知，
鸟喜二三月，
捕捉好时机。

女：　捕捉好时机，
实在把人骗，
有好多老手，
空手返家园。

男：　人家空手回，
留给后人圈，
鸟网一张开，
满载回家园。

女：　什么满载还，
你鸟网已破烂，
东游又西荡，
吃亏在眼前。

男：　有心来网鸟，
哪怕草丛堆，
四处撒下网，
插翅也难飞。

女：　你有何本事？
名扬不过坡，
张网鸟就飞，
空徒叹奈何。

男：　网鸟本非凡，
本领自高强，
你从未见过，
鸟飞好下网。

女：　鸟飞才下网，

实在够辛劳。
无事一身松，
无鸟才逍遥。

男：网鸟不怕难，
何以讲逍遥，
决心为第一，
妹你别讥笑。

女：山间静悄悄，
鸟不飞不跳，
张网费心机，
返家唱歌谣。

男：进山无空还，
多搜几座山，
鸟儿换柴米，
网鸟兴家园。

女：网鸟兴家园，
计划欠周全，
养鱼才发家，
劝哥返家转。

男：妹你真糊涂，
自家没池塘，
何以能发家，
望妹想周详。

女：妹我细沉吟，
下村有熟人，
与我一般高，
今年十九正。

男：今年十九正，
与骨不相称，
想找“半家妇”，
理家才殷勤。

女：时代已不同，
妇女顶半边，
农家娶新妇，
理家兼插田。

男：理家兼插田，
农家娶妻难，
哥穷口难开，
妹有何良言？

女：哥家虽穷苦，
不用挂心田，
草草来拜堂，
淑女回家园。

男：无钱娶妻还，
思想实彷徨，
悄声迎淑女，
愧对众邻房。

女：家穷迎淑女，
不必摆酒宴，
日已过中午，
妹想返家园。

男：日刚过中午，
妹何回家转？
摘树叶垫坐，
夜近再回还。

女：养鸡又养鸭，
家务女承担，
妹暂回家转，

请哥能体谅。

男：　劳燕分飞难，
人散更流连，
今日妹离去，
何时重相见。

女：　相聚难定时，
妹也思念郎，
待日赶圩集，
相见谈细详。

男：　日后赶圩场，
与妹论婚嫔，
街头或街尾，
妹需讲分明。

女：　妹把话讲明，
相会在街亭，
哥不必再问，
妹意已讲清。

男：　妹已讲分明，
哥牢记在心，
今日暂分手，
待日聚街亭。

流传地区：隆安县南圩镇一带

演唱者：陆敢棉，男，壮族，隆安县南圩镇灵利村人，初小文化

搜集整理者：陆建，陈建睦，壮族，隆安县南圩镇灵利村人

翻译者：马成宁

搜集时间及地点：1987 年 3 月搜集于隆安县南圩镇灵利村

来源：选自隆安县民间文学三套集成编委会编《中国民间文学三套集成隆安县歌谣集 第二集》（内部资料），1987 年 8 月

嘱妹歌（壮族）

嘱妹第一句，
手拿笔写诗；
咱恩爱无比，
去哪即相邀。

嘱妹第二句，
别丢地作田；
丢地去耘田，
鸦想站不得。

嘱妹声第三，
种柑橘要管；
你到新家暖，
还转回看我？

嘱妹第四句，
天地先别造；
哥说到做到，
到时定娶你。

嘱第五句话，
庄稼要施肥；
早晚勤栽培，
别给人占用。

嘱妹第六道，
有帽别忘伞；
相爱如根杆，
别断情断意。

嘱第七句话，
种麻要保护；
尽心又尽意，
收成是你我。

第八句嘱托，
山伯说英台；
见别男人帅，
你别再去恋。

第九句叮咛，
观音已牵线；
有别男人看，
妹别站去近。

嘱妹第十点，
先别捡梨花；
嫁对好人家，
把哥撂一边？

流传地区：马山县

演唱者：韦修宁，1952年生，男，残疾军人，马山县苏博桥歌圩组织者和传承人

搜集整理者：梁肇佐、陈钰文

采录时间及地点：2012年9月搜集于马山县白山镇

4

相恋歌

连就连（汉族）

一条大路白连连，
一朵莲花在眼前；
一朵莲花在兄手，
打开云雾见青天。

连就连，
竹筒担水上高田；
高田毋用几多水，
连妹毋用几多钱。

流传地区：宾阳县

演唱者：施伟

搜集整理者：施伟

搜集时间及地点：1986年11月29日搜集于宾阳县

来源：选自宾阳县民间文学三套集成编委

会编《中国民间文学三套集成宾阳县歌谣卷》(内部资料),1987 年

同妹连情哥不怕(汉族)

同妹连情哥不怕,
新搭浮桥贴面飘,
同妹落贴永水面,
不怕别人放火烧。

流传地区:南宁市上尧乡一带
演唱者:陈顺金,男,汉族
搜集整理者:邓新能
来源:选自中国民间文学三套集成南宁市领导小组编《南宁市歌谣》(内部资料),1987 年

江干石裂情不断(汉族)

行过江边人洗菜,
人捞菜壳哥捞心。
哥嘅留心来等妹,
妹嘅留心等哪人?

一条灯草两头点,
我和阿妹有分心。
江干石裂情不断,
天无日月才相分。

流传地区:南宁市郊区一带
演唱者:曾门养,男,汉族
搜集整理者:邓新能、曾振坚
来源:选自中国民间文学三套集成南宁市领导小组编《南宁市歌谣》(内部资料),1987 年

江水几长情几长(汉族)

好木烧火冇[1]火烟,
好妹连情卯[2]讲钱;
好石磨刀卯要水,
好马过桥卯用鞭。

连情好比长江水,
江水几长情几长;
灯草移共八角种,
真心连情味正香。

哥去凿山通大海,
妹去炼石补青天;
世界本来无难事,
只怕人心卯够坚。

连就连,
只讲情心卯讲钱;
讲起钱财连卯真,
讲起情心连万年。

连就连,
见哥真心妹心甜;
两只槟榔结成对,
不用媒人不用钱。

初一晒麻初二纺,
初三初四就上机;

[1] 冇:没有。
[2] 卯:不。

初五初六织成布，
省得我情日夜思。

鱼得新水尾摆摆，
杨柳当风叶摇摇；
哥你有心当天誓，
何用拎香到庙烧！

生亦卯分死卯离，
死去同娘葬岭崎[1]；
三月清明同受拜，
七月十四同烧衣。

流传地区：横县

演唱者：覃秀文

搜集整理者：蒙仁伟

搜集时间及地点：1986年9月搜集于横县镇龙乡

来源：选自横县民间文学三套集成编委会编《横县歌谣集上册》（内部资料），1987年1月

海枯石烂不变心[2]（汉族）

卯舍分，
我俩相似大木根[3]；
天出日头[4]人家晒，
天落大雨大家淋。

我俩好，
我俩相好到如今；
刀砍杉木根卯死，
火烧芭蕉卯死心。

哥已有心来连妹，
永结鸳鸯订终身；
利刀斩水水不断，
暴力拆亲亲不分。

既连妹，
卯怕大海万丈深；
船上使针跌落海，
有心也卯难追寻。

妹连哥，
妹在哥前表真心；
不怕恶蛇来拦路，
不怕雷公劈死人。

千不分来万卯分，
哥妹连情到如今；
哥是秤砣妹是秤，
秤砣秤杆卯能分。

哥讲卯分妹卯分，
对天对地表真心；
我俩情意深过海，
海枯石烂不变心。

哥妹连情卯论在，
卯论银纸[5]五分文；
米筒放在肩头上，
做得一斤吃一斤。

卯分卯分真卯分，

[1] 岭崎：山脊。

[2] 最初发表于《横县情歌》1981年8月版。

[3] 大木根：大树。

[4] 日头：太阳。

[5] 银纸：货币。

莫怕旁人眼如针；
砍断头颅还有颈，
打断骨头还有筋。

秤砣拎[1]来吞落肚，
共哥相爱铁了心；
除非世上马生角，
青蛙起毛都未分。

生卯分来死卯分，
种田度日春过春；
仫学英台共山伯，
死人阴间也同坟。

流传地区：横县

来源：选自横县民间文学三套集成编委会编《横县歌谣集上册》（内部资料），1987年1月

哥妹同心似铁坚[2]（汉族）

想妹多，
想妹眼泪湿胸前；
铜打肝肠都想断，
铁打眼睛都望穿。

想哥多，
妹吃黄连苦难言；
妹流眼泪归大海，
五湖四海装不完。

连就连，
我俩结交订百年；
有米煮来大家吃，
有马养来大家牵。

连就连，
卯怕爹娘在眼前；
相连卯是犯法事，
我俩携手上青天。

哥变七星妹变月，
同下西边上东边；
拎[3]锹去挖深塘藕，
水浸平胸都要连。

卜子[4]移共灯草种，
坚心共妹结良缘；
天崩自有高人顶，
矮子卯怕闹翻天。

爬楼卯怕楼梯断，
吃水不怕水断源；
莲藕打断分两地，
虽然藕断也丝连。

哥妹坚，
哥妹泰山卯强[5]坚；
只要石凳打得稳，
不怕洪水淹屋檐。

妹学嫦娥志飞天，
哥似吴刚共妹连；
冷风吹火火更旺，

[1] 拎：拿。

[2] 最初发表于《横县情歌》1981年8月版。

[3] 拎：拿。

[4] 卜子：柚子。

[5] 卯强：没有这样。

恶浪击石石更坚。

生也连来死也连，
卯怕州官在眼前；
拎刀去砍峨眉月，
不得团圆要半边。

出圩入市自买卖，
结婚我有自由权；
铁臂共挽真情吐，
我俩恋爱坚对坚。

自己做鞋自己穿，
自己结偶是良缘；
冇[1]恩冇爱难得世，
蜜糖洗身心卯甜。

鸳鸯飞过藕塘边，
自由结配自由连；
哥妹同心结伴侣，
白发偕老到百年。

流传地区：横县

来源：选自横县民间文学三套集成编委会编《横县歌谣集上册》，1987年1月

绿水长流日日来（汉族）

家穷财薄头低低，
马瘦毛长卯敢嘶；
人卯同人话懒讲，
鸡卯同鸡鸡懒啼。

近在三伏个天时，
好乐人人爱扇儿；
弟买一把送给妹，
留妹即日伴行圩。

四月又交五月节，
买扇写歌送情娘；
半轮明月拎[2]在手，
方便日夜扇风凉。

青山不老长时在，
绿水长流日日来；
妹也有来郎有往，
如同山伯共英台。

爱时如同人磨谷，
共妹送往又迎来；
灯草拿来做磨笋[3]，
我心长正卯时[4]歪。

共妹交情通天下，
乡方能有多少同；
挖起大蒜种韭菜，
莫叫下园伝断葱[5]。

流传地区：横县

演唱者：农永政，男，壮族，横县陶圩乡船塘村人，农民，高小文化

搜集整理者：蒙琼伟，男，壮族，横县陶圩文化站干部，初小文化

搜集时间及地点：1986年10月搜集于横县陶圩乡船塘村

[1] 冇：无。

[2] 半轮明月：纸扇。拎：拿。

[3] 磨笋：磨心轴，木制。

[4] 卯时：没有一时。

[5] 葱：意指冲，即相逢。

来源：选自横县民间文学三套集成编委会编《横县歌谣集上册》(内部资料)，1987年1月

弟有真心妹有情(汉族)

灯草出圩共瓮卖，
弟有真心妹有情；
相连佉照大兄队[1]，
胜过大兄队头名。

交情好比长江水，
四季长流冇时停；
佉照在前红粉女，
胜过山东九重城。

佉讲交情再卯丢，
好马行街脚卯停；
江水卯分兄共妹，
买鸭共鸡众一营[2]。

反手梳头兄长计，
酒在壶中念有情；
石板搭桥成古路，
望妹同行到老成。

流传地区：横县

演唱者：梁振恒

搜集整理者：梁振恒

搜集时间及地点：1986年10月2日搜集于横县南乡镇五合村

来源：选自横县民间文学三套集成编委会编《横县歌谣集上册》(内部资料)，1987年1月

自由夫妻永不垮(汉族)

稔子[3]开花花对花，
自由婚姻结成家；
不用父母来包办，
自由夫妻永不垮。

流传地区：横县

演唱者：梁善发，男，汉族，横县峦城镇明新村人，农民，高小文化

搜集整理者：郭汉炳，男，汉族，横县峦城镇文化站干部，初中文化

搜集时间及地点：1986年10月搜集于横县峦城镇明新村

来源：选自横县民间文学三套集成编委会编《横县歌谣集上册》(内部资料)，1987年1月

初九月亮两头勾(汉族)

世上卯见断花蔸，
人间卯见断风流；
人间卯见断谷米，
世间卯见断日头。

初九月亮两头勾，
两只天星在里头；
哥是天星妹是月，
天星伴月落西洲。

[1] 队：他们。
[2] 众一营：同一笼。
[3] 稔子：又称桃金娘，野果的一种。

流传地区：横县

演唱者：黄天处

搜集整理者：蒙仁伟

搜集时间及地点：1986 年 10 月搜集于横县镇龙乡六昌村委下大乙村

来源：选自横县民间文学三套集成编委会编《横县歌谣集上册》（内部资料），1987 年 1 月

生死都同一路飞（汉族）

睡梦共娘种红豆，
翻身想着妹相思；
竹筒里头装灯草，
大齐[1]同心不分离。

讲过卯丢就卯丢，
讲过卯离就卯离；
蚂蟥去巴[2]水鸡脚，
生死都同一路飞。

讲过卯丢就卯丢，
死落阴间葬岭崎[3]；
三月清明同扫拜，
七月十四齐烧衣。

流传地区：横县

演唱者：梁振区，男，壮族，横县南乡镇细稔村人，农民，初中文化

搜集整理者：梁振区

搜集时间及地点：1986 年 9 月搜集于横县

来源：选自横县民间文学三套集成编委会编《横县歌谣集上册》（内部资料），1987 年 1 月

[1] 大齐：大家。

[2] 巴：贴住。

[3] 岭崎：山脊。

园里有花蜂来采（汉族）

园里有花蜂来采，
针头有耳线来穿；
十五月照长征路，
共妹同行得团圆。

流传地区：横县

搜集整理者：蒙泽煌，男，横县附城乡长江村人

来源：选自横县民间文学三套集成编委会编《横县歌谣集上册》（内部资料），1987 年 1 月

阿妹连哥毋变心（汉族）

天旱扛锹寻古圳，
米贵出门寻故亲；
无双出门去找伴，
新瓮毋[4]如老酒埕。

妹是金来又是银，
妹家富贵哥家贫；
若是有缘娶得妹，
拾得黄铜当得金。

想情深，
阿哥想妹泪淋淋；
哥今好比石崖水，

[4] 毋：不。

夜滴朝流挂在心。

妹打戒指哥应承，
算是情娘金口灵；
领妹金银拎去打，
今朝定做后墟成。

灯草结球抛把妹，
切莫嫌哥手艺轻；
一心只为团圆事，
家贫不会做人情。

夜了深，
蚊虫来咬雨来淋；
怎得我情叫入屋，
毋茶吃水也甘心。

七月嫩竹直到顶，
连情再毋两条心；
江水长流不改向，
阿妹连哥毋变心。

流传地区：宾阳县

演唱者：陆祥

搜集整理者：陆有全、王启智

搜集时间及地点：1986 年 5 月 5 日搜集于宾阳县六华村

来源：选自宾阳县民间文学三套集成编委会编《中国民间文学三套集成宾阳县歌谣卷》(内部资料)，1987 年

南风不比秋风凉（汉族）

远望青山路一条，
年半难逢遇一朝；
不知眼泪流多少，
手巾拭坏几多条。

妹你如同三脚灶，
生也烧来枯也烧；
哥家两条铁灵木，
问妹合心取哪条？

爬山越岭来看妹，
有人拿刀等路桥；
山中老虎哥毋怕，
哪怕路边索一条。

哥走大路妹走桥，
哥也瞧来妹也瞧；
毋得见情心毋服，
哪怕三年逢一朝。

远远见哥远远笑，
口含芭蕉心一条；
不得连情刀割肉，
打死蟾蜍气毋消。

一条江水去飘飘，
妹在江边等心焦；
妹是缚船等水起，
顺水撑船远远飘。

连哥毋怕爹娘打，
打算捉情用火烧；
刑法上身妹毋怨，
打死打生妹毋招。

新鞋上脚步步紧，
步步紧跟娘毋饶；
放牛上山去寻你，

灯草毋油干心焦。

青翠飞来蔗根企，
为了情甜又想郎；
为情宁愿饥寒死，
不闭眼睛讲为双。

无霜望晴口水干，
望梅止渴不如汤；
为妹染成相思病，
三日毋尝口粥汤。

烧香毋拜枉费装，
有马毋骑枉装鞍；
有吃毋吃枉费想，
毋把费坏妹心肝。

兄在一庄妹一庄，
虽无隔岭隔山岗；
中间有个三界庙，
两边连接藕丝塘。

隔江看见观音庙，
哥想烧香无渡船；
哥在江边双膝跪，
成双托拜两姻缘。

想妹想到泪汪汪，
一见情娘心就欢；
初一想情到十五，
娥眉想到月团圆。

舍命连情毋怕死，
若还怕死毋连双；
砍头哥当风吹帽，
坐监哥当坐花园。

南风不比秋风凉，
外人不比我亲郎；
亲郎伴我六十载，
外人伴我夜不长。

流传地区：宾阳县

演唱者：黄月莲、黄龙琼

搜集整理者：王启智、陆有全

搜集时间及地点：1986 年 5 月 10 日搜集于宾阳县思陇乡那由坪村

来源：选自宾阳县民间文学三套集成编委会编《中国民间文学三套集成宾阳县歌谣卷》（内部资料），1987 年

生死为妹一枝花（汉族）

打开花碗摆条街，
开条花路等情来；
三年毋得三年等，
再毋移花别处栽。

山中有根梧桐树，
斧头砍断锯来筛；
破开板来做饭桌，
团圆哥妹两同台。

妹是园中苦马菜，
旱地瘦田都可栽；
哥是碗来妹是碟，
自然有日得同台。

不见一时当一日，
毋充[1]一日当三天；

[1] 毋充：不见。

哥你离情三五日，
妹当离情三五年。

哪怕三年润一日，
米糠青菜一样甜；
兄有情来妹有意，
生草猪儿都毋阉[1]。

苦瓜种近苦楝树，
苦对苦来死死缠；
山中注定藤缠木，
我俩注定有姻缘。

隔壁穿针线想你，
想你泪流种得田；
八角树下种甘草，
我俩香甜年过年。

蜜蜂为花山过山，
青翠为鱼滩过滩；
猫行屋脊为老鼠，
哥为情妹走三更。

同咳庚，
时时想你在心间；
想哥是鱼妹是水，
如鱼得水在深潭。

骑马不怕马头大，
养象不怕象生牙；
蜜蜂为花不怕死，
生死为妹一枝花。

流传地区：宾阳县

[1] 阉：音同“嫌”。

演唱者：陆祥

搜集整理者：王启智、陆有全

搜集时间及地点：1986年5月1日搜集于宾阳县太守乡陆华村

来源：选自宾阳县民间文学三套集成编委会编《中国民间文学三套集成宾阳县歌谣卷》（内部资料），1987年

情深再世也相逢（汉族）

一条江水长又长，
江水流来洗嫩姜；
洗得嫩姜共藕煮，
共情日夜吃甜香。

江水清来江水长，
江水清长洗嫩姜；
舍吃嫩姜毋怕辣，
连情毋怕路头长。

哥妹比似对鸳鸯，
棒打鸳鸯各一乡；
屠行杀猪台上摆，
为情留下哥心肠。

哥在一乡妹一乡，
今日同居隔背墙；
炒豆我俩分边吃，
好菜分些大众尝。

根深不怕大风吹，
有胆对官骂几回；
刑法如雷妹不认，
风流刑打不招谁。

等哥一回又一回，
牛皮做鼓算耐捶；
妹是专心守恋你，
番茄入灶是真煨。

水中捞月空见影，
瓶中无酒枉拎杯；
牡丹虽好价钱贵，
哥心想买空手回。

风流不是爹娘教，
贪花也为肉身催；
若是姻缘配得合，
有福花开二度梅。

碾米做糍毋嫌碎，
竹箩装芋毋嫌疏；
哥不嫌妹人生矮，
妹不嫌哥面肉粗。

有缘千里来相会，
无缘对面不相逢；
生为妹生死为妹，
画眉为嘴坐牢笼。

石碑刻字千年记，
红珠写字万年红；
妹是真心哥实意，
情深再世也相逢。

山中注定藤缠树，
桑根注定养蚕虫；
世上阴阳成对偶，
铺内卖鞋对对同。

流传地区：宾阳县

演唱者：梁志超

搜集整理者：陆有全

搜集时间及地点：1986年6月1日搜集于宾阳县新宾中学

来源：选自宾阳县民间文学三套集成编委会编《中国民间文学三套集成宾阳县歌谣卷》（内部资料），1987年

风吹云动天不动（汉族）

风吹云动天不动，
水底沙崩石不离；
俩人有意真难舍，
花根栽定实难移。

连情合意实难舍，
山崩地裂也难移；
东海水干情不断，
日月无光也不离。

实难舍得实难离，
竹叶实难离竹枝；
鲤鱼难舍滩头水，
哥实难离妹一时。

好灯一盏当百盏，
好花一枝当万枝；
好妹痴心连一个，
连多浪荡费心机。

手臂挑开种牛痘，
入骨恩情是为姨；
蜘蛛结网三江口，

水推毋断是真丝[1]。

哥有情来妹有意，
哥是痴心妹亦痴；
蜡烛放在深房点，
暗中流泪无人知。

操得太多哥头痛，
哭得太多眼出痴；
操多又怕染成病，
毋操又怕你分离。

蜡烛点灯哥写信，
未曾动笔泪淋衣；
情意越长纸越短，
实难写尽妹相思。

毋舍情意就毋离，
篱笆拆烧毋舍篱；
情愿长年离父母，
不愿一时丢相思。

妹是牡丹花一朵，
哥是飞天蝴蝶儿；
山高路远也飞去，
问柳寻花不怕飞。

请妹坐下讲相思，
怎得有缘比翼飞；
今日共讲相思苦，
讲尽心水再分离。

闻妹笑声哥骨软，
听闻妹话哥心飞；
若是你心同一样，
两人形影不分离。

流传地区：宾阳县

演唱者：黄龙琼

搜集整理者：陆有全、王启智

搜集时间及地点：1986 年 6 月 16 日搜集于宾阳县太守乡

来源：选自宾阳县民间文学三套集成编委会编《中国民间文学三套集成宾阳县歌谣卷》（内部资料），1987 年

妹毋愁（汉族）

十七十八正当初，
世界毋曾到妹忧；
衫袖毋长哥买布，
头发毋光哥买油。

松柏生枝子一球，
圳水分开两头流；
若是打春天落雨，
等哥耙插妹春禾。

想情欲睡又翻苏，
远隔千山难回头；
天光走出门前望，
正同北斗望西湖。

今日与情暂不别，
二弦线断接声和；
妹是朱砂哥是墨，
朱砂共墨两相糊。

阿妹勤来哥勤去，

[1] 丝：音同“思”。

毋把私路断风流；
石灰房内打筋斗，
鲤鱼眼花难辨钩。

妹毋愁，
好花拿来哥屋抽；
若是同心又同意，
两个枕头把个留。

伞上膊头去了忧，
哥也愁来妹也愁；
一对鸳鸯分两路，
我俩分开眼泪流。

日头落山又转上，
毋同大水过滩头；
哥去千祈心莫乱，
鲤鱼眼花难辨钩。

想情一日当三秋，
想尽江河水不流；
灯草架桥人踩断，
为妹一心挂两头。

留得五湖四海在，
不愁无处下金钩；
哪怕三年逢一次，
犁口成针多耐磨。

对面有根红石榴，
是妹亲手种那蔸；
心想摘个疤哥吃，
怕哥吃了又来偷。

等就等，妹呀，
犁口成针要耐磨；
粟包生须身未老，
冬瓜头白叶还稠。

等毋久，哥呀，
燕子衔泥先做窝；
三十晚夜撕日历，
一夜天光就到初。

八月十五是中秋，
明月团圆照九州；
明月团圆月月有，
我俩团圆在哪秋？

八月十五是中秋，
唱歌能解哥妹愁；
唱歌如种春天藕，
春季种来秋季收。

流传地区：宾阳县

演唱者：黄秀英

搜集整理者：王启智、陆有全

搜集时间及地点：1986 年 5 月 5 日搜集于宾阳县思陇乡江底村

来源：选自宾阳县民间文学三套集成编委会编《中国民间文学三套集成宾阳县歌谣卷》（内部资料），1987 年

从细交情妹人心（汉族）

鹧鸪脚矮带黄金，
从细交情妹人心；
得妹人心哥走丢，
正同嫩草着霜淋。

一条江水黑溜溜，

哥在江边放钓钩；
好只鲈鱼不吃钓，
诱哥日夜守江头。

流传地区：宾阳县

演唱者：韦月秀

搜集整理者：熊兴亮、莫兆桐

搜集时间及地点：1986 年 5 月 5 日搜集于宾阳县廖平墟

来源：选自宾阳县民间文学三套集成编委会编《中国民间文学三套集成宾阳县歌谣卷》（内部资料），1987 年

妹你无心哥枉念[1]（汉族）

当初待哥妹真心，
如今反骂妹无情；
灯草扎排飘过海，
毋知费妹几多心。

走过园边望果子，
人人都讲哥偷桃；
跑入羊栏去避雨，
为啨辘得一身臊。

白纸画饼哄哥吃，
白布画马哄哥骑；
三脚板凳哄哥坐，
哄哥上树把梯移。

新织麻篮眼对眼，
铜镜梳头眉对眉；
空得两眉对两眼，
不得成双枉相思。

当初同妹共一担，
哥一头来妹一头；
担到中途扁担断，
哥也愁来妹也愁。

门前良田十二丘，
妹屋无犁又毋牛；
咁好良田不得种，
屈坏良田秋过秋。

拆屋大门去盖庙，
神鬼毋灵浪荡修；
早知妹有两来肚，
晒谷天阴哥早收。

灯盏毋油枉挂高，
江中无水枉架桥；
妹你无心哥枉念，
旱田枉插嫩秧苗。

石子落河激起波，
妹见哥来就唱歌；
哥去南山修大路，
妹也跟哥去打硪。

流传地区：宾阳县

搜集整理者：程豪光，男，汉族，宾阳县委党校教员，大学毕业

来源：选自宾阳县民间文学三套集成编委会编《中国民间文学三套集成宾阳县歌谣卷》（内部资料），1987 年

[1] 此歌是搜集整理者小时候听歌手们演唱，根据回忆整理而成。

好情连哥不用钱（汉族）

哥是天上一条龙，
妹是地上花一丛；
龙毋翻身毋落雨，
雨不淋花花不红。

情妹生好白蒙蒙，
比似江边水芋蒙；
自己标芽自己大，
毋人担粪毋人壅。

江水虽清有时浊，
铜镜虽光内有人；
世上若断风流事，
海底断鱼天断云。

园内花开白筛筛，
蜜蜂飞去又飞来；
今日有心来连妹，
只图人义毋图财。

一条江水流哗哗，
妹在江边洗香瓜；
哥想吃瓜拎个去，
哥想娶妹问过娜。

上塘洗手赖偷藕，
下塘洗脚赖偷莲；
未曾偷藕先着赖，
既然着赖我就连。

好柴烧火不有烟，
好马过桥不用鞭；
好石磨刀不用水，
好情连哥不用钱。

流传地区：宾阳县

演唱者：黄凤莲，女，汉族，宾阳县思陇乡人，歌手

搜集整理者：黄龙琼

来源：选自宾阳县民间文学三套集成编委会编《中国民间文学三套集成宾阳县歌谣卷》（内部资料），1987 年

哥是枝来妹是叶（汉族）

哥在高山栽松木，
顶过风霜雨雪淋；
一条手帕赠把妹，
礼物虽轻情意深。

妹做双鞋赠把哥，
盼我阿哥想妹心；
手儿锥坏几多肉，
双鞋锥了几多针。

人逢喜事精神爽，
树到春来又发枝；
哥是枝来妹是叶，
枝繁叶茂两相依。

屋脊山高蔽朵云，
忽然落雨湿哥身；
三百铜钱买把伞，
只遮我俩毋遮人。

妹去同人当世界，
弟似坏鞋丢落河；
心烦走去江边哭，
江中水少泪流多。

分手那时妹嘱你，
你莫专心想妹多；
妹是江中青翠雀，
毋知飞入哪条河？

哥到有心带小妹，
毋取良心我心伤；
是妹喊哥炊鸦片，
诱哥上瘾就收枪。
诱哥上树移梯走，
妹是杀人刀一张；
宁愿俩人吞刀死，
由那割肝或割肠。

流传地区：宾阳县

演唱者：梁志超、陆有全

搜集时间及地点：1986 年 5 月 5 日搜集于宾阳县新宾中学

来源：选自宾阳县民间文学三套集成编委会编《中国民间文学三套集成宾阳县歌谣卷》（内部资料），1987 年

见人生好莫贪图（汉族）

毋送只讲毋送话，
莫来欲诱我心歪；
我俩交情也望你，
初一毋来十五来。

担沙去筑东洋海，
有我在场怕乜先；
风流也是前人造，
官家有女也偷连。

走去江边放沉吊，
诱兄浪荡蹲江头；
你去别处交情重，
讲话无凭欲诱吾。

手拿铁炮我毋信，
因何久久毋来寻；
灯草两头点起火，
看你两心不两心？

家里贫穷都毋怨，
要取良心对得侬；
人讲钱财如粪土，
人义相交大不同。

求人先知娘富贵，
风流欲动几多人；
妹有情来兄有意，
无义交情实难跟。

十七十八正当期，
你毋嫁哥到几时；
再过几年人老了，
老木怎能生嫩枝？

着弟心同口样讲，
妹比蚕虫满肚丝；
不识兄心同哪样，
风吹灯草怕心飞。

不识情娘为什乜，
真真难测妹心齐；
怕娘你有两来肚，
诱兄上树想移梯。

妹心真比芭蕉树，
毋同杨柳枉枝勾；

恐怕我哥心事反，
纱线搓绳另起头。

笋上插针叮嘱你，
见人生好莫贪图；
歹歹好好两夫妇，
栏中大小是哥牛。

流传地区：宾阳县

演唱者：封国添

搜集整理者：王启智、陆有全

搜集时间及地点：1986年7月11日搜集于宾阳县新宾乡同太村

来源：选自宾阳县民间文学三套集成编委会编《中国民间文学三套集成宾阳县歌谣卷》（内部资料），1987年

脚踏莲花绣丝鞋（汉族）

妹也决心哥决意，
箸插额前筷[1]在眉；
我俩比似藤缠树，
树老藤枯死不离。

夜睡稚床想到你，
眼眉毋合到鸡啼；
恋娘比似宿林鸟，
怎得同巢日夜栖。

一条大路白筛筛，
嘱三嘱四妹毋来；
嘱五嘱六妹来了，
脚踏莲花绣丝鞋。

流传地区：宾阳县

演唱者：封国添

搜集整理者：王启智、陆有全

搜集时间及地点：1986年5月7日搜集于宾阳县新宾乡同太村

来源：选自宾阳县民间文学三套集成编委会编《中国民间文学三套集成宾阳县歌谣卷》（内部资料），1987年

水瓜越老越生丝[2]（汉族）

哥屋耙田妹来插，
妹屋割禾哥担箩；
两人拉锯个帮个，
田等秧苗妹等哥。

妹比牡丹花一枝，
哥像蜜蜂转转飞；
蝴蝶恋花花恋蝶，
糯米拌糖毋分离。

蜘蛛结网大缸内，
连情日夜肚中丝；
打算连情连到老，
撑棒出墟还念姨。

后背菜园种荔枝，
根深叶茂实难移；
今日连情连到老，
水瓜越老越生丝。

流传地区：宾阳县

演唱者：黄兴玉

[1] 筷：音同“快”。

[2] 丝：音同“思”。

搜集整理者：王启智、陆有全

搜集时间及地点：1986 年 6 月 1 日搜集于宾阳县太守墟

来源：选自宾阳县民间文学三套集成编委会编《中国民间文学三套集成宾阳县歌谣卷》(内部资料)，1987 年

千年毋死两情深（汉族）

一条江水清又深，
两边都是打鱼人；
打毋得鱼毋收网，
连情毋成不死心。

栏杆晒布阴沉沉，
阿妹蓝布染着深；
妹是染缸哥是棒，
毋得捞些心毋沉。

见情生得白蒙蒙，
手臂正同藕节筒；
妹你正同细关席，
毋得伸些骨毋松。

先年哥妹种山林，
今年林木已成荫；
我俩坚心如松柏，
千年毋死两情深。

流传地区：宾阳县

演唱者：蒙焕章，男，汉族，宾阳县太守乡六华村人，农民，高小文化

搜集整理者：王启智、陆有全、黄龙琼

搜集时间及地点：1986 年 5 月 5 日搜集于宾阳县太守墟

来源：选自宾阳县民间文学三套集成编委会编《中国民间文学三套集成宾阳县歌谣卷》(内部资料)，1987 年

闻哥做唱动心怀（汉族）

闻哥做唱动心怀，
把妹连时跳出来；
跳过三间屋瓦顶，
满身粘是瓦青苔。

粟禾米饭凉鱼蛋，
相思大路镇龙山；
来时正同风过岭，
去时大路实难行。

江水灰，
江水洗头毋用灰；
我俩正同筒晒谷，
摆白三摊毋用催。

见哥骑马过塘基，
妹就架梯过墙围；
我娜问妹什乜响，
妹讲风吹竹壳飞。

昨日走来脚步凶，
踩死后园那坛葱；
我娜问妹为乜死，
妹讲落雨又翻风。

新铲塘基爽爽光，
水鸭飞来六十双；
哥拎石头箭水鸭，
谁知箭中唱歌王。

流传地区：宾阳县

演唱者：百良婆

搜集整理者：熊兴亮、莫兆桐

搜集时间及地点：1986 年 5 月 2 日搜集于宾阳县大桥乡

来源：选自宾阳县民间文学三套集成编委会编《中国民间文学三套集成宾阳县歌谣卷》（内部资料），1987 年

想妹昏[1]（汉族）

想妹昏，
十根肝肠断九根；
剩得一根养条命，
妹取心肝哥也分。

鱼在龙潭望水深，
鸟在深山爱树荫；
哥在家中盼情妹，
为何日久不来寻。

黄连烧茶苦对苦，
甘蔗榨糖甜对甜；
十月甘蔗甜到尾，
我俩交情甜百年。

妹是海中一朵莲，
哥是漂洋一只船；
不怕无风三尺浪，
坚心漂拢妹身边。

腰鼓拿来两头打，
原来都是一个音；
灯草两头点起火，
哥妹竟燃一条心。

谷子出磨才见米，
塘干才见鲤鱼鳞；
总讲妹你有情意，
灯草剥皮才见心。

十二月天吃谷种，
打定出年田毋耕；
十八妹儿吃剂药，
哪怕世人毋子生。

煮熟猪肝毋出血，
我识你今心毋生；
哥是真心来连妹，
一世坚心共你玩。

我英台，
半夜想妹半夜来；
老虎走先我走后，
踩中南蛇当草鞋。

妹在上江撑船来，
哥在下江划木排；
木排也到船也到，
浪花也开心也开。

妹是山上梅一枝，
哥是空中喜鹊飞；
喜鹊落在梅枝上，
白头到老不分离。

高山岭顶有堆泥，
双手捧归种荔枝；
荔枝是哥亲手种，

[1] 此歌谣是搜集整理者从多年收集的本子中精选而来。

人把千金哥毋移。

我家有饭我不吃，
偏来你家吃麦糍；
别村有花我不采，
特来你村采一枝。

两马共槽不吃草，
两花对面笑眯眯；
有钱打只银胶椅，
同坐百年不厌时。

蜘蛛结网屋檐底，
三年还念这条丝；
我俩连情永不断，
利刀砍水不分离。

哪个田荡不筑基，
哪个后生心不飞；
爹娘要骂他就骂，
水过芋蒙当不知。

月亮出来同金钩，
两颗星星挂两头；
哥是星星妹是月，
月不下山星不收。

当初同妹共一担，
哥一头来妹一头；
挑到中途扁担断，
哥也愁来妹也愁。

一条江水绿幽幽，
有朵莲花水面浮；
哥今有心来作伴，
随妹飘游到哪洲。

鲤鱼偷吃江边钩，
断索一条挂在喉；
时时挂情在肚内，
硬当利刀来砍头。

清早起来门墩坐，
眼痛因为望娇娥；
脚痛因为走夜路，
心痛因为想妹多。

狐狸想鸡猴想瓜，
蜜蜂想糖蝶想花；
蜜蜂想花来酿蜜，
哥想情妹来当家。

夜夜想妹到鸡啼，
鸡啼想到月落西；
吃饭好比吞石子，
走路正同白屎鸡。

世上男人多如星，
独见贤兄话好倾；
对天许下终身愿，
跟兄共订百年亲。

行路拾得着虫藕，
有意连情切莫嫌；
若哥有心来连妹，
同台吃饭笑声刮。

害怕老虎莫出门，
怕头落地莫连双；
只要我俩真心恋，
大刀架颈也不慌。

朝朝起来门口望，

东瞧西望为成双；
床头有个亮窗眼，
夜夜望妹到天光。

灯草扎排过大海，
鹅毛做桨去采莲；
不怕海深风浪大，
为连死了也心甜。

今朝出门天气阴，
毋知落雨毋知晴；
落雨我俩共把伞，
出汗我俩共手巾。

想吃荔枝不怕远，
想吃仙桃不怕高；
真心相连不怕死，
五马分尸当拔毛。

火烧茅屋哥难救，
妹讲分离哥难留；
七寸钢刀吞落肚；
不割肝肠也割喉。

天旱不断长江水，
雨淋不烂石头山；
只要我俩真心恋，
稳坐渔船不怕翻。

长颈葫芦装糯饭，
装入容易倒出难；
若要我俩情意断，
鸡蛋碰崩大石山。

去了忧，
你去你家丢我孤；
行路见蛇你莫打，
是我生魂伴你游。

暗茫茫，
情哥有心送妹行；
把妹行三又退两，
行三退两舍情难。

读书兄，
朝朝读书在书厅；
兄做写字妹磨墨，
磨到几时得交情。

好烟吸口满嘴香，
好茶半盏透心凉；
好酒一杯昏昏醉，
好花一朵满园香。

粗切萝卜细切姜，
我俩交情莫传扬；
连情不是等闲事，
人怕出头鸟怕枪。

为鱼才走这个滩，
为鸟才去这座山；
为花才走这条路，
为妹才把这树攀。

真好彩，
如同旱天得雨来；
如同得吃桂花酒，
今日得妹金口开。

公鸡打架有客来，
剪刀落地有布裁；
妹今见哥吟吟笑，

一定有话在心怀。

出门拾得一节藕，
藕节有芽哥才栽；
昨日得妹托句话，
话中有意哥才来。

入山砍竹竹尾低，
凤凰飞来竹尾啼；
红豆跌落靛缸底，
染得相思病难医。

茉莉木根无处种，
好花无园也难移；
哥是塘边露根竹，
望妹壅泥三两箕。

灯草架桥小心过，
莫学飘浮人会疑；
半夜蜘蛛去织网，
你也暗思[1]我暗思。

竹根直直不到头，
眼见娇娥不得游；
上山望见大江水，
颈喝难得水润喉。

上无爹娘下无弟，
今生光棍只一条；
预定寡公过一世，
谁知情妹竟来潮。

南脚出门分了手，
眼泪正同沓水流；

心中想起哥言语，
正同杀鸡毋断喉。

灯草架桥被踩断，
鸡圳撑船毋奈何；
闻讲情妹想断弟，
横切鲮鱼脏断多。

久不落雨地皮枯，
久不相逢面目疏；
三年灯草把妹点，
望妹有心念当初。

伞坏还留伞骨在，
船坏还留有好钉；
我俩断情不断意，
路上相逢问一声。

斑鸠飞来塘头企，
毋处藏身逼着飞；
后园种菜着牛吃，
个场把哥浪荡围。

大河水涨滚悠悠，
山崩河塞断江流；
鸭子落塘人打散，
难得妹来共哥游。

当初共妹种根瓜，
攀藤三年不开花；
种下三年不结子，
枉费担水去淋它。

吃了田螺丢了壳，
毋念当初嘞嘴甜；
旺鸡被着阉夫捉，

[1] 思：音同“丝”。

踩翅呀知是着阉。

弟家穷，
上床睡张竹壳篷；
半夜翻身竹壳响，
狗母吠停到狗公。

流传地区：宾阳县

搜集整理者：覃万安

来源：选自宾阳县民间文学三套集成编委会编《中国民间文学三套集成宾阳县歌谣卷》（内部资料），1987 年

哥心欢来妹心欢[1]（汉族）

妹是山中松柏根，
哥似青藤缠妹身；
树高一尺缠一度，
树也不枯藤也青。

妹在河边洗衣裳，
手拎棒槌眼望郎；
棒槌打在妹手上，
只怨棒槌不怨郎。

好地葬坟不怕远，
有心不怕路头遥；
今日有话对妹讲，
放米落锅毋草烧。

送妹送到妹村头，
哥也相思妹相思；
十字路头分火把，
只分火把毋分离。

哥有心来妹有心，
不怕旁人是非精；
真金不怕火来炼，
石山毋怕雨来淋。

妹做铁匠打铁钉，
铁钉钉稳了哥心；
帮哥打双铁耳朵，
旁人闲话不闻声。

吃鱼要吃重三斤，
毋吃细鱼辘嘴腥；
连情莫连贪财女，
免得败坏哥名声。

新做双鞋乖又精，
一心送给我情人；
祝情踏上青云路，
莫踏花街柳巷尘。

哥心欢来妹心欢，
哥妹结交两成双；
连情要学长流水，
不要学那路边霜。

流传地区：宾阳县

搜集整理者：杨世模

来源：选自宾阳县民间文学三套集成编委会编《中国民间文学三套集成宾阳县歌谣卷》（内部资料），1987 年

[1] 此歌谣是搜集整理者从自己收集的歌本中精选而来。

别处好花我毋采（汉族）

别处好花我毋采，
是娘打动我心坚；
哪怕一刀头两断，
生也要连死要连。

新围后园种蔗卖，
想着甜言肚毋饥；
妹是香花哥是蝶，
飞入花园宿一时。

大早病重娘毋讲，
只有仙丹救得姨；
哥作先生去看病，
手摸妹脉笑眯眯。

大江水，
任你流来浪飞飞；
六月田禾未成谷，
留你浪花到哪时？

有心送鞋送到屋，
毋去岭头企呆呆；
鞋不值钱情意重，
莫把雨淋阿哥鞋。

流传地区：宾阳县

演唱者：冯达光

搜集整理者：熊兴亮、莫兆桐

搜集时间及地点：1986 年 5 月 27 日搜集于宾阳县和吉乡巴乍村

来源：选自宾阳县民间文学三套集成编委会编《中国民间文学三套集成宾阳县歌谣卷》（内部资料），1987 年

妹恋哥（汉族）

妹恋哥，
鸟恋青山鱼恋河；
蝴蝶为花飞断翅，
哥行夜路为娇娥。

硬毋从，
妹爹逼妹已三冬；
拎索落房吊颈死，
想到同年索又松。

五六月天莫想雪，
旱圳捉鱼你免摸；
妹是飞天只白鹤，
单身难伴得塘鹅。

小妹在家守正节，
毋着连人丢掉哥；
从细爹娘过八字，
与夫绹绊在丝罗。

毋断现时讲断话，
硬气做人哥咳哥；
劝兄收起拦江网，
放娘另去一条河。

想你钱财也有限，
想你英雄毋几多；
今日书来云两免，
劝哥莫打个声锣。

流传地区：宾阳县

演唱者：封大姑

搜集整理者：封家朝

搜集时间及地点：1986 年 7 月 14 日搜集

于宾阳县新宾同太村

来源：选自宾阳县民间文学三套集成编委会编《中国民间文学三套集成宾阳县歌谣卷》（内部资料），1987年

有福有缘得遇妹[1]（汉族）

白日青天一朵云，
不知下雨不知晴；
百钱把伞也要买，
只遮我俩毋遮人。

日头上早四边高，
见哥上树摘仙桃；
妹是鱼苗出墟卖，
出门步步用哥熬。

停阵先，
哥拎烟筒妹拎烟；
哥是烟筒妹是火，
烟筒凑火合同年。

我俩正同星共月，
游行六国看花枝；
妹便是星哥是月，
天星伴月不分离。

千条路头万里长，
人行路多泥成浆；
哥比路边根大树，
远来停困贪图凉。

妹比鸭儿初落水，
望哥带我出江湾；
劝哥渡船渡到岸，
莫把丢妹在中江。

弟是鸭儿初落水，
望妹带弟出江边；
出壳鸡儿靠白米，
小弟毋妻望妹连。

万水千山来寻妹，
有福有缘得遇娘；
芦墟买扇来相送，
无风也感满身凉。

流传地区：宾阳县

搜集整理者：覃文威

来源：选自宾阳县民间文学三套集成编委会编《中国民间文学三套集成宾阳县歌谣卷》（内部资料），1987年

夜夜相思筒呀筒[2]（汉族）

石上毋泥栽芥菜，
你讲毋缠妹要缠；
若你真心来伴我，
有日花开照样红。

话比天星讲不尽，
我俩讲来心相同；
去做叩化妹跟后，
兄拎坏碗妹拎筒。

闻妹讲来兄细想，

[1] 此歌谣是搜集整理者从自己的演唱本中精选而来。

[2] 此歌谣是搜集整理者从自己的抄本中精选而来。

箸插面前筷在胸；
米麦拎来做枕垫，
夜夜相思筒呀筒。

海碗拎来做灯盏，
十二条心你放松；
白鹤企在南蛇背，
特来伴你得骑龙。

我俩变鸟共个山，
若变鱼儿共条江；
妹变七星哥变月，
五更同路落西山。

牡丹去与石榴比，
与你花开一样红；
新打钢条做弓箭，
谁人敢拔这条弓？

伸手去捞水底月，
怎得团圆上手中；
哥是泥塘水又浅，
担心难养妹真龙。

哥是深山松柏树，
千年万代色青葱；
怎得妹心同我样，
毋茶吃水也欢容。

流传地区：宾阳县

搜集整理者：陆永天，男，汉族，宾阳县黎明乡横岭村人，艺人，高小文化

来源：选自宾阳县民间文学三套集成编委会编《中国民间文学三套集成宾阳县歌谣卷》（内部资料），1987 年

连就连（汉族）

六月日头大连连，
晒死畲禾抛掉田；
晒死禾苗毋要紧，
毋把晒死两同年。

连就连，
毋怕山高水淹天；
山高自有人行路，
水深自有沙来填。

一条灯草两头烧，
谁知恬两共条心；
连哥就要连到老，
莫要分离别处寻。

流传地区：宾阳县

搜集整理者：施炜，宾阳县中华乡施村人

搜集时间：1986 年 9 月选自搜集整理者的歌本

来源：选自宾阳县民间文学三套集成编委会编《中国民间文学三套集成宾阳县歌谣卷》（内部资料），1987 年

同哥划桨过情河（汉族）

心想买鹅毋买雁，
莫讲鹅肥雁也肥；
阿妹恋哥哥恋妹，
愿作鸳鸯比翼飞。

妹毋嫌哥新米碎，
哥毋嫌妹是疏箩；
情海茫茫爱是岸，

同哥划桨过情河。

夜了深，
四边霜水落沉沉；
为了情娘行夜路，
脚底毋鞋刺到心。

哥妹交情坚似石，
石山毋怕雨来淋；
妹比墟中卖榄子，
只有坏皮毋坏心。

成婚浪费负担重，
如同捉狗去拉犁；
只要哥勤品德好，
妹心情愿做哥妻。

荷花结子既成莲，
妹也毋疑哥毋嫌；
苦瓜攀上苦楝树，
虽然同苦永相连。

哥摘荷花在手上，
妹摘荷花在手边；
双手插入花瓶内，
合来便是并头莲。

阿哥心中不用愁，
定然去到你房楼；
与哥同吃合卺酒，
手执匙更慢慢莿[1]。

十字街头妹打铁，
不知哪个肯帮锤；

[1] 匙更：勺子。莿：饮。

心想同哥成夫妇，
不识谁人肯做媒。

灰水洗头不用碱，
搓板洗衫不用锤；
石板晒谷毋用筒，
我俩同心不用媒。

吞着黄连落肚内，
妹今苦水上心头；
本想凑哥成夫妇，
谁知爹娘毋点头。

执得瓜皮讲大话，
好花留去上高楼；
五六月天做糍吃，
怕妹久留糍会馊。

常讲金银如粪土，
从来情义值千钱；
阿哥吃藕问妹取，
免把人讲是偷连。

流传地区：宾阳县
搜集整理者：唐建豪
搜集时间：1986 年 12 月选自搜集整理者的歌本
来源：选自宾阳县民间文学三套集成编委会编《中国民间文学三套集成宾阳县歌谣卷》（内部资料），1987 年

连情就连老哥好（汉族）

当初共妹得糖甜，
如今正同菜毋盐；

早知妹有两来肚，
鬼拍背脊哥毋连。

我是深潭红鲤鱼，
春江水涨把我催；
上得滩来水又退，
下得滩来人又追。

十字路口有块田，
十只牯牛犁半边；
早知田大妹毋种，
早知哥老妹毋连。

今朝正是芦墟朝，
哥你骑马去遥遥；
马公跌落石桥底，
马母桥上嘶半朝。

架凳上楼不如梯，
拎锄种田毋如犁；
虽说古钟识迟早，
哪比公鸡按时啼？

种田就种大田先，
种得谷多好过年；
连情就连老哥好，
老蔗榨糖汁更甜。

蕹菜攀藤节节通，
世上男人少寡公；
毋信你看塘中鸭，
鸭母频头邀鸭公。

十七十八好风流，
家事未曾到妹忧；
再过几年人老了，
正同坏庙毋人修。

流传地区：宾阳县

搜集整理者：黄世荣

搜集时间：1986 年 12 月选自搜集整理者的歌本

来源：选自宾阳县民间文学三套集成编委会编《中国民间文学三套集成宾阳县歌谣卷》（内部资料），1987 年

六十白发还相绞（壮族）

男：今朝出门姑娘叫，
见妹身娆娇，
给我凝眸移不了。

女：岭上茅草叶不青，
没有虫儿咬，
你来扒挖枉辛劳。

男：岭上埯根高又高，
叶青又盛茂，
给我遮阴免阳照。

女：斑鸠住在树桠腰，
莫下地来叫，
哪有芝麻给你叼。

男：岭上鹧鸪住茅根，
扒挖肚也饱，
一世不想另处逃。

女：三月鹧鸪分地界，
各有各山叫，
莫来做队啼叨叨。

男：　四月江水处处流，
条条往海消，
一生同心共飘摇。

女：　想我生来身难瞧，
身瘦又弱小，
好比江里条鱼跳。

男：　郎我好比补锅佬，
村过村去跑，
不得开炉枉喊叫。

女：　亚妹贱如狗儿样，
总在台下绕，
望人弃骨才得叼。

男：　园中苦瓜味道苦，
身细皮粗糙，
你给吃时实难咬。

女：　苦楝过冬更苦楚，
叶儿全落掉，
哪有青藤伸来绞。

男：　今朝拿镰去割禾，
谷粒全熟了，
还见禾叶青夭夭。

女：　鸭儿已有二斤半，
应该削得了，
几何等得翼相绞。

合：　翼相绞，交就交，
一世不分巢，
六十白发还相绞。

流传地区：南宁市伶俐镇一带

演唱者：杨功臣，男，壮族，农民；杨正君，男，壮族，农民

搜集整理者：杨博民，男，壮族，邕宁区民间文学三套集成采风队队员，高小文化；卢艺（壮文记录），男，壮族，邕宁区文化局干部，高中文化

来源：选自邕宁民间文学三套集成编委会编《中国民间文学三套集成邕宁县民间歌谣集》（内部资料），1987 年

朝晚么离做队欣[1]（壮族）

自细你我同交结，
日朗花前蝴蝶舞，
相逢结对在花根。
相逢结对在花间，
蝴蝶寻花人寻爱，
交结与妹不离分。

你我交钱去贩伞，
无缘你我难结合，
自叹不得妹遮阴。
十八佳期妹起嫁，
大朵浮云遮过月，
得见团圆又不真。

人家有缘又有分，
铜鼓花轿来接妹，
唢呐齐吹配八音。
猪羊礼肉鸡成担，
食格圆蹄茶饼面，
凤凰花烛配龙鳞。

[1]　欣：壮话，意思是玩、唱或啼。

鸯凤笺里装庚谱，
双条年庚字对字，
地久天长共乾坤。
彩红高挂妹门上，
筵席台边坐贵客，
红花喜酒连连斟。

妹都有心请到田，
算娘义气如山重，
算娘情意海样深。
正想亲行到妹房，
替娘梳妆插花簪，
又怕丝多难抽身。

礼担封包郎有有，
单赏贤娘镯一对，
一只玉石一只银。
照面一只同年镜，
送妹提归朝晚照，
伴送一条花手巾。

胭脂广粉做人情，
报妹海涵只管领，
好丑千祈莫报人。
祝妹鸯鸳成双对，
比翼齐飞几等好，
朝晚莫离做队欣。

流传地区：南宁市邕宁区蒲庙镇，良庆区

演唱者：梁桂芳，女，壮族

搜集整理者：李启梧，男，壮族，邕宁区民间文学三套集成采风队队员，初中文化

来源：选自邕宁民间文学三套集成编委会编《中国民间文学三套集成邕宁县民间歌谣集》（内部资料），1987 年

接字叹情歌（壮族）

日日时辰想着妹，
妹否想到弟？
弟想情娘足十分。
分手难舍双离别，
别了桥头路，
路途都起茅草根。

根深莲子藕对藕，
藕断丝还连，
连姐到底过世人[1]。
人都三朋交五友，
友自叹单独，
独有姐姐合弟心。

心朝至望常来往，
往来有盟约，
约期冇见姐来寻。
寻丝（沉思）细想条条激[2]，
激气腔抿痛，
痛得动肺刺肝心。

心激闷多么处消，
箫笛来作乐，
乐少愁多泪飞纷。
纷纷走去高山哭，
哭淋至哭泪，
泪泉如同丧骨亲。

流传地区：南宁市邕宁区伶俐乡等地

演唱者：周德勤，男，壮族，农民，邕宁区伶俐乡新村人，高小文化

［1］　过世人：过一辈子的人。

［2］　条条激：样样生气的意思，“激”为生气。

搜集整理者：卢艺，男，壮族，邕宁区文化局干部，高中文化；杨博民，男，壮族，邕宁区民间文学三套集成采风队队员，高小文化

来源：选自邕宁民间文学三套集成编委会编《中国民间文学三套集成邕宁县民间歌谣集》（内部资料），1987 年

壮族情歌（一）（壮族）

若能娶你做妻，
一生恩爱俩相依，
你有差错我不怪，
白你一眼笑眯眯。
你爱我来我爱你，
纺锤跟车转不息，
妹爱哥来哥爱妹，
相待一生不分离。

我俩若能做夫妻，
共伞耘田影不离，
一兜禾苗分半耘，
手拉手来笑嘻嘻。

不离永不离，
生死两相依，
除非万浮草变藤，
我俩才有断情时。

楼顶好看难攀登，
妹你好看难近身，
你是镜中美人影，
怎能与你结成亲？

细细铁线架条桥，
你不心惊就过江，
朵朵珊瑚生海底，
想采你就下汪洋。

倚门放眼观田垌，
茫茫一片稻花扬，
心叹自家无田块，
伤心流下泪两行。

有心结交进庙堂，
神灵面前盟心肠，
一元铜钱各拿半，
谁给断情谁先亡。

弯断银圆来盟誓，
折断树枝来表心，
哪个爱得情不深，
虎咬雷劈归阴间。

想妹心烦无气力，
好比纺棉不出丝，
面色发青人变样，
为是爱妹爱得痴。

我能娶你来做妻，
死了心甘合眼皮，
做工归来一身累，
不哼声苦不叹息。

天塌地陷也要恋，
死到阴间照样连，
石头浮水心不变，
一辈恩爱情绵绵。

我俩相爱不分离，
好比锁头配锁匙，

情深意重常恩爱，
红糖拌豆甜丝丝。

流传地区：武鸣县南部地区

演唱者：陆运开，男，武鸣县双桥镇八桥村人，退休教师，初中文化

搜集整理者：韦民伟，男，武鸣县双桥镇八桥村人，初中文化

翻译者：覃绍焕，男，壮族，武鸣县文化馆工作人员，高中文化

搜集时间及地点：1986 年 9 月搜集于武鸣县双桥镇八桥村

来源：选自南宁市文化新闻出版广电局、南宁市民族文化艺术研究院编《南宁歌谣集成（壮族卷）》，广西教育出版社，2014 年 12 月

壮族情歌（二）（壮族）

妹像兰花喷喷香，
招蜂引蝶一帮帮，
哥是蜂儿花间转，
想采花蜜酿成糖。

莫流口水把果望，
枝头果儿还未黄，
劝你眼看手莫动，
没到成熟莫乱尝。

铁镀黄金亮光光，
金贵铁贱不想当，
好酒好肉你不爱，
却来喝这艾菜汤。

我是短嘴水牛样，
吃草不选短或长，
怕你这条十斤鱼，
嫌我这个小鱼塘。

两个叫花同甘苦，
共个罐来同铺床，
丈夫勤恳妻能干，
抬石像把灯草扛。

难得天晴春风暖，
谷子发芽正相当，
耙好秧田就播种，
抓紧季节快插秧。
铁钉入木往下没，
心心相印情意合，
鲤鱼养在大塘里，
一生一世都快活。

流传地区：武鸣县

演唱者：卢超元，男，武鸣县罗波镇布凌村人，农民，壮族歌师，广西壮族自治区山歌协会会员，高小文化；韦荚蓉，女，壮族，武鸣县罗波镇板欧村人，农民，初小文化

搜集整理者：覃绍焕，男，壮族，武鸣县文化馆工作人员，高中毕业

搜集时间及地点：1983 年 3 月搜集于武鸣县城

来源：选自南宁市文化新闻出版广电局、南宁市民族文化艺术研究院编《南宁歌谣集成（壮族卷）》，广西教育出版社，2014 年 12 月

壮族情歌（三）（壮族）

你那样貌白鲜鲜，
身材苗条脸圆圆，
走过塘边映入水，
鲤鱼见了跳连连。

哥爱妹来妹爱哥，
好像馍馍粘筛簸，
爱母尽孝哪能比，
爱妹牵肠挂心窝。

流传地区：武鸣县城厢镇

演唱者：骆元皇，男，壮族，武鸣县城厢镇杏泉村人，退休教师，中师毕业

搜集整理者：覃绍焕，男，壮族，武鸣县文化馆工作人员，高中毕业

搜集时间及地点：1986年搜集于武鸣县城厢镇杏泉小学

来源：选自南宁市文化新闻出版广电局、南宁市民族文化艺术研究院编《南宁歌谣集成（壮族卷）》，广西教育出版社，2014年12月

共妹永远结同心（壮族）

黄金卯[1]比乌金贵，
我俩交情贵过金；
灯草穿过铜钱眼，
共妹永远结同心。

流传地区：横县

演唱者：黄天处，男，壮族，横县镇龙乡六昌村人，农民，高小文化

搜集整理者：黄天处，男，壮族，横县镇龙乡六昌村人，农民，高小文化

搜集时间及地点：1986年9月搜集于横县镇龙乡

来源：选自横县民间文学三套集成编委会编《横县歌谣集上册》（内部资料），1987年1月

[1] 卯：不。

路有几长情几长（壮族）

割草卯怕山岭高，
担柴卯怕路途长，
早出晚返[2]卯带饭，
兄把妹言当干粮。

隔山隔水心相连，
我俩结交志坚强；
江有几深意几深，
路有几长情几长。

流传地区：横县

演唱者：黄庆东

搜集整理者：黄庆东

搜集时间及地点：1986年9月搜集于横县云表镇亚陂村

来源：选自横县民间文学三套集成编委会编《横县歌谣集上册》（内部资料），1987年

[2] 返：归。

你有情来我有意（壮族）

哥真好，
种田打禾巧又勤；
若得共哥结成对，
实是八两合半斤[1]。
门板门神对门神，
我俩家贫对家贫；
你有情来我有意，
合成一双挖穷根。

流传地区：横县

演唱者：黄庆东

搜集整理者：黄庆东

搜集时间及地点：1986 年 9 月搜集于横县云表镇亚陂村

来源：选自横县民间文学三套集成编委会编《横县歌谣集上册》(内部资料)，1987 年 1 月

水浸藕塘花不死（壮族）

唱就唱，连就连，
怕兄反骨心有偏；
你睇[2]古时陈世美，
得新弃旧丢以前。

勿使气[3]，我心坚，
百岁白头并蒂莲；
那个九十七岁死，
奈河桥上等三年。

铜盆拎[4]来装灯草，
妹我颗心铁样坚；
水浸藕塘花不死，
火烧碑志字不燃。

流传地区：横县

演唱者：甘汝椿

搜集整理者：符景伟

搜集时间及地点：1986 年 9 月搜集于横县云表镇

来源：选自横县民间文学三套集成编委会编《横县歌谣集上册》(内部资料)，1987 年 1 月

文钱粒米都要连（壮族）

连就连，
妹械那门定记[5]先？
妹械那门定记弟？
械个定记慢开言。

连就连，
打判[6]明年卯种田；
打判明年谷米贵，
文钱粒米[7]都要连。

流传地区：横县

演唱者：黄超进

搜集整理者：韦艺文，男，横县校椅镇草衣村人，横县文化局干部，初中文化

搜集时间及地点：1986 年 9 月 5 日搜集

[1] 八两合半斤：旧制十六两为一斤，故八两为半斤。
[2] 睇：看。
[3] 勿使气：不用气。
[4] 拎：拿。
[5] 械：给。那门：什么。定记：定婚信物。
[6] 打判：就算。
[7] 文钱粒米：一枚铜钱一粒米，形容贵。

于横县校椅镇草衣村

来源：选自横县民间文学三套集成编委会编《横县歌谣集上册》(内部资料)，1987年1月

哥想恋妹卯怕穷（壮族）

葫芦落水半边沉，
日头落岭半边红；
月到中秋月更圆，
想妹成双在梦中。

哥想恋妹卯怕穷，
妹想阿哥卯寡公；
凤凰愿共公鸡宿，
我俩相爱卯守空。

勿[1]忧穷，
竹筒吹火两头通；
手拎[2]灯笼行夜路，
得妹高兴欢心中。

一对鸳鸯鱼共水，
共同畅游在海中；
结交结到白头老，
夫妻恩爱乐融融。

石榴花开心更红，
卯同葵花偏西东；
灯盏点灯心一条，
共建家园喜通通。

[1] 勿：不。
[2] 拎：拿。

流传地区：横县

演唱者：陆权

搜集整理者：陆权

搜集时间及地点：1986年9月搜集于横县六景镇

来源：选自横县民间文学三套集成编委会编《横县歌谣集上册》(内部资料)，1987年1月

壮族侬歌（壮族）

妹行一乡又一乡，
来到哥村巷子长；
巷子又长屋又阔，
正同官府对衙梁。

咐大未来过哥村，
来到哥村巷子团；
巷子又团屋又阔，
正同官府对衙门。

榆叶圆圆不是钱，
菠萝皮花中间甜；
不嫌阿妹长得丑，
隔山隔海也来连。

妹莫嫌，
头菜煮汤不用盐；
两块腐乳舔送粥，
无茶吃水也心甜。

见妹诚心哥不嫌，
我俩结交做同年；
哥图阿妹个心直，
不贪嫁哥取金钱。

家有千金不喜爱，
不贪地位不贪财；
哥有双手勤劳动，
为人忠厚妹才来。

宁愿跟哥吃白菜，
只桶装水两人抬；
心直好比芭蕉树，
要讲金钱妹不来。

高山岭顶好种茶；
风吹茶叶动茶花，
晒干茶叶送把妹，
望妹和哥早成家。

妹是鸾凤出山啼，
百鸟听闻尽头低；
妹比东方红日上，
一天星子尽收齐。

流传地区：宾阳县和吉镇、洋桥镇、黎明镇等地

演唱者：冯达群

搜集整理者：熊兴亮、莫兆桐

搜集时间及地点：1986 年 3 月搜集于宾阳县和吉镇巴乍村，系壮族依歌，汉话演唱

来源：选自宾阳县民间文学三套集成编委会编《中国民间文学三套集成宾阳县歌谣卷》（内部资料），1987 年

壮族依歌（壮族）

江水清清有日浊，
木叶青青有时黄；
你尽放心来连妹，
自然有日得成双。

东边毋见西边见，
望见荔枝只只红；
心想摘个给兄吃，
四边大路有人见。

哥金银，
落塘洗手细鱼跟；
细鱼便跟浊水去，
我也跟兄春过春。

担桶出门跟后兄，
谈谈笑笑到江亭；
我娜问我为乜久，
我讲坝崩水毋清。

不舍掉，
泥糊墙壁不舍离；
不信你看藤缠树，
树死藤枯缠还痴。

流传地区：宾阳县

演唱者：冯达和、冯耀天

搜集整理者：熊兴亮、莫兆桐

搜集时间及地点：1986 年 5 月 5 日搜集于宾阳县和吉镇巴乍村

来源：选自宾阳县民间文学三套集成编委会编《中国民间文学三套集成宾阳县歌谣卷》（内部资料），1987 年

壮族依歌（壮族）

遇着你，
犹如水底遇着龙；

新买皮鞋各踏只，
你来我往有相逢。

天旱人担灯草卖，
一要有心二有情；
尔张牛皮送彭祖，
我俩交心交到九旬。

灯草放在门槛上，
那样关心我不忧；
一日要来三五次，
不是一年见一秋。

流传地区：宾阳县甘棠镇、露圩镇一带

演唱者：黄泽俭，男，壮族，宾阳县露圩镇六卢村人，农民，初中文化

搜集整理者：熊兴亮、莫兆桐

搜集时间及地点：1986 年 6 月 1 日搜集于宾阳县露圩镇六卢村

来源：选自宾阳县民间文学三套集成编委会编《中国民间文学三套集成宾阳县歌谣卷》（内部资料），1987 年

壮族侬歌（壮族）

共你如同铁灵木，
斧劈毋开算是痴；
蚂蝗咬上水鸡脚，
你飞上天我也飞。

天旱三年晴不断，
你来我去算长匀；
订定日期不能改，
改动日期害死人。

天旱三年不落雨，
好久毋闻滴水声；
灯草串钱买贵米，
愿断饭餐不断情。

屋后菜园栽沙姜，
一阵大风九阵香；
嫁夫毋好连情补，
好过亲夫来伴娘。

女子并排本等好，
你也想兄兄想娘；
今晚娘来兄也到，
如同蝴蝶遇花香。

天旱龙潭干到底，
只要阿妹你情深；
若得你成兄屋妇，
毋茶吃水也甘心。

高山独坐想风凉，
你也想兄兄想娘；
今日得见同年面，
如同蝴蝶遇花香。

风吹蕉叶动蕉心，
同年丢久毋来巡；
甜甜相交不长久，
淡淡相交得长匀。

天旱三年毋落雨，
世上难逢咁好晴[1]；
茉莉种在墙头上，
风流共你过青春。

[1] 晴：音同“情”。

桃花李花枝交枝，
枝叶相交难分离；
生也同生死同死，
一个棺材载两尸。

想兄多了难睡着，
想兄路远隔江河；
想兄专去江边望，
江水流少泪流多。

岭顶点灯不怕风，
平地打蛇不怕龙；
手持网子滩头企，
看浪打鱼毋落空。

茉莉木根搭屋住，
家计不成为花根；
扛罾出门遇着獭，
我俩都是苦命人。

兄呀兄，
想送条布家又穷；
待等明年天丰熟，
细布连鞋一起封。

月亮光，
照落果园蕉子黄；
蕉子黄黄是人果，
红红白白是人双。

流传地区：宾阳县和吉镇、洋桥镇、黎明镇等地

演唱者：冯达群

搜集整理者：熊兴亮、莫兆桐

搜集时间及地点：1986 年 6 月 6 日搜集于宾阳县和吉镇巴乍村

来源：选自宾阳县民间文学三套集成编委会编《中国民间文学三套集成宾阳县歌谣卷》（内部资料），1987 年

相会歌（壮族）

阿哥很久不过岗，
路过长草十丈长，
好久不见阿妹面，
问妹何处走还乡。

第一种畬在山上，
第二种田在路旁，
今日有空赶圩去，
有缘逢哥在山岗。

凤娇李旦俩相长，
不常走过这山岗，
今日有缘来相会，
好比嫦娥从天降。

狮子麒麟舞롬场，
我俩相会喜洋洋，
哥妹双双在一起，
好比甘蔗拌蜜糖。

今早走出我家堂，
看见荷花开满塘，
妹像凤凰飞来到，
梧桐树上把翅扬。

今早迈步到池塘，
手拿荷花喜洋洋，
哥像狮子门前舞，
同哥结友好吉祥。

看见红花开树上，
算我今日遇吉祥，
今天同妹得见面，
好比见龙海中翔。

木棉花开在树上，
千年万代永芬芳，
哥妹结伴真是好，
不许哪个坏心肠。

阿妹脸像桃花样，
好比鸭肉放油汤，
想用筷条去夹回，
不知甜淡不敢尝。

鸭肉生油淋在上，
请哥管开嘴来尝，
哥唱山歌妹作伴，
情甜好比嘴含糖。

今日见妹在山岗，
像吃鸭肉那样香，
好久不得同妹讲，
一句话值千光洋。

把谷晒在塘岸上，
常见麻雀来到场，
今日同哥得见面，
好比狮子进家堂。

好久不得骑骏马，
不知骏马狂不狂，
如今哥想练蹄步，
哪个前面牵马缰。

骏马独自在路上，
早盼有人把鞍装，
倘若我俩有福气，
双双骑马回家堂。

阿妹嘴讲可是香，
不知心事怎么样，
骏马已落别人圈，
你叫阿哥怎去抢。

嘴讲怎样就怎样，
妹早有心来恋郎，
宁愿恋哥站着死，
死了阴魂共一堂。

流传地区：上林县覃排乡、三里镇、乔贤镇一带

演唱者：覃红英、覃红梅，上林县覃排乡朝坐村人，高小文化

搜集整理者：李守汉，男，壮族，上林县壮校原副校长，广西壮族自治区民间文学研究会会员

来源：选自南宁市文化新闻出版广电局、南宁市民族文化艺术研究院编《南宁歌谣集成（壮族卷）》，广西教育出版社，2014年12月

妹在身边苦也甜（壮族）

六月没有米下锅，
妹在身边不觉饿，
我看你来你看我，
好比蜜糖甜心窝。

十月床上没被窝，
妹在身边像团火，

我爱你来你爱我，
手臂相交心暖和。

流传地区：上林县大丰镇、明亮镇、澄泰乡一带

演唱者：吴贤宝，男，壮族，上林县人

搜集整理者：吴贤宝；黄寿才，男，壮族，上林县人，广西作家协会会员

来源：选自南宁市文化新闻出版广电局、南宁市民族文化艺术研究院编《南宁歌谣集成（壮族卷）》，广西教育出版社，2014年12月

鞋歌（壮族）

男：　接得妹送一双鞋，
鞋样乖似麻雀飞；
拿来就穿在脚上，
飞去与妹成双对。

女：　妹送给你这双鞋，
妹似冲水爆米花；
妹的手艺笨又差，
请哥莫要乱来夸。

男：　接得妹送这双鞋，
乖巧似两只鲤鱼；
刚穿到脚上，
排排去成双。

女：　妹送给你这双鞋，
像只青蛙跌火灰；
好比塘边瘦蚂拐，
更谈不上美。

男：　妹送的这双鞋，
样乖似了哥鸟；
哥放在桌面上，
见新又见巧。

女：　做鞋不像鞋，
像死鼠灰中埋；
哥不用夸巧，
妹脸要羞坏。

男：　接得妹这双鞋，
样比燕子还乖巧；
昨日穿去赶府城，
人给九元要想买。

女：　送哥这双鞋，
似尖嘴猴腮；
帮瘦线又脱，
像乌鸦蛋刚孵出仔。

男：　接得妹这双鞋，
哥穿去喝喜酒；
个个过来看，
人人赞不绝口。

女：　讲穿去喝喜酒，
那是当众丢丑；
穿在脚下多难看，
好似蛇死烂水沟。

男：　妹送的这双鞋，
穿在脚上真合意；
妹真有眼力，
好像量过哥脚底。

女：　送这鞋给哥，

好似鲤鱼吃毒药；
好像癞蛤蟆，
难看哥莫怪。

男：妹给双又双，
哥没一样送给妹；
哥家实在穷，
不知要啥还情意？

女：相爱不要花布，
情深不用金银；
我俩若有情意，
日后共建美家园。

流传地区：马山县

搜集整理者：红波、清源、道亮

搜集时间及地点：1986年搜集于马山县片联乡

来源：选自马山县民间文学三套集成编写小组编，马山县文化局、马山县文化馆印《中国民间文学三套集成马山县歌谣卷（二）》（内部资料），1987年6月

恋歌（壮族）

恋哥似神仙，
情意如蔗甜，
好比双灯花，
又如双门联。

恋情胜夫妻，
归阴不闭眼，
思情断肝肠，
相思团转转。

想哥忘寝食，
死后共坟园。
相思情意长，
死后埋丘荒。

妹送哥情鞋，
黄泉同坟葬，
若你先赴阴，
棺木三层板。

妹我归阴时，
麻布长三丈。
天地宽又广，
没见三层棺。
不需麻布长，
道场灯耀煌。

流传地区：隆安县

演唱者：牵秀兰，女，壮族，隆安县雁江镇那朗村人，不识字

搜集整理者：陈忠万、陈建睦

翻译者：陈朝阳

搜集时间及地点：1986年9月搜集于隆安县雁江镇那朗村

来源：选自隆安县民间文学三套集成编委会编《中国民间文学三套集成隆安县歌谣集 第二集》（内部资料），1987年8月

传统情歌选（壮族）

我俩空闲同齐唱，
唱歌是否同个腔，
同唱山歌不同调，
好比分船各一方。

好比各人自出海，
若要同齐实在难，
要想同行要不得，
隔音好比隔大山。

若得妹你同心愿，
起步同行去游街，
你我有心又有意，
一诺千金定下来。

若果哥有这份心，
生不成双死成亲，
带酒同去观音庙，
问咱是否有缘分。

若果妹有这份心，
两家同走路一条，
两家同走一条路，
同艰共苦心相照。

若话哥你有心意，
好比踢毽互往来，
毽子往来传心意，
往往来来哥安排。

靠哥呀，
靠哥心意来安排，
有情不交变路人，
有路不走长黄茅，
有路不走长芒草，
谦虚话语莫过头。

亚妹想哥上高山，
见鸟见鹞不见哥，
不见哥来只见鹞，
亚妹落山泪成河。

亚妹连石砌畬塍，
哥砌田基在后头，
砌完田基再砌畬，
莫留空地长杂草。

哥你运石砌畬塍，
妹在后头砌田边，
哥你开沟引泉水，
亚妹开水通向田。

思思想想心凄凉，
蚂蚁死落在塘缸，
蚂蚁死落在酒罐，
虽然身死心也甘。

日夜相思心地软，
好比豆腐未下槽，
豆腐下槽也变硬，
我想亚妹情悠悠。

河水干了还有沙，
鞋底烂了有鞋面，
丢了情意不思念，
难测其中何因原。

脚板未有沙叶长，
未换乳牙把哥想，
乳牙未换与哥好，
早想请哥把船撑。

妹你手里有把伞，
拿来给哥行不行，
拿来给哥得不得，
哥得遮阴不忘情。

栽树就想树木长，

盼树一日发三芽，
望树一日开三丫，
望得树荫把话拉。

乞丐肚饥逢野果，
心里欢喜有几多，
知了欢喜卖力唱，
阿妹心里可知足？

哥你心欢妹心欢，
好比弹棉一样松，
心欢逸逸似棉花，
棉花越弹心越松。

妹你说来一片心，
一把塞水把船浮，
水塞起来船也起，
撑起船来出外游。

哥你说来一片心，
同齐划船过大海，
过海同齐把船划，
妹不识划莫见怪。

船头不转由哥转，
船尾不转由妹撑，
船尾不摆由妹摆，
千万莫给翻了船。

大雨淋淋河水涨，
水推涝渣渣在前，
水上三分船也上，
莫给大水把船翻。

去年火烧八角林，
今年过路还闻香，
出门三天不带米，
亚妹言语做干粮。

火苗虽灭灰还暖，
灰暖尚且能煮饭，
好吃莫过鹧鸪肉，
恩爱莫如我俩甜。

鹦鹉高飞去看海，
地肥种柳柳成荫，
最香莫过酒饼草，
大寒酿酒酒更醇。

麻雀飞逢画眉鸟，
两方难跳过高山，
麻雀断脚翼还硬，
吃谷又飞到田间。

抬头望天云遮月，
低头又见云遮天，
天上银河星星亮，
金丝雀几世少见。

抬头望天天不应，
低头问地地不灵，
低头问地地不应，
只看别人去连情。

难得妹你这样说，
同齐撑伞去街游，
去到远方起店铺，
宁愿挨饥不回头。

难得亚哥这样话，
同齐拉手去逛街，
南宁街有七二道，

玩他百年再回来。

日也盼来夜也盼，
盼到月落见太阳，
盼到日长变日短，
日日相会情意长。

哥你盼来妹也盼，
盼到月落见太阳，
一日变作三日使，
情意深深情意长。

鲤鱼出海去悠游，
你在泉里还在湾，
你愿留泉或出海，
或者远出去游山。

鱼在河湾未换翅，
哥不撑伞上门求，
八月芝麻自开口，
未放钓竿鱼上钩。

妹是园中一枝花，
红花开在别人家，
妹是金花盆中在，
金花不开哥不来。

妹是金花照样开，
无人偷来无人采，
情哥有心又有意，
妹你在家等哥来。

妹是桃花迎春开，
随风飞落别人家，
情哥有心跟妹走，
怕妹过河不看咱。

亚妹如今播菜种，
三五七日便发芽，
亚妹秧苗田里长，
不是哥田妹不插。

流传地区：隆安县平山乡、布泉乡一带

演唱者：黄建龙，男，壮族，平山乡上琴村人，高小文化；隆珠柏，男，壮族，平山乡留利村人，初中文化

搜集整理者：林啟枢

翻译者：陈朝阳

搜集时间及地点：1986 年 9 月搜集于隆安县平山乡

来源：选自隆安县民间文学三套集成编委会编《中国民间文学三套集成隆安县歌谣集 第二集》（内部资料），1987 年 8 月

堂上插蜡烛（壮族）

大年三十晚，
爸把你往家牵，
哥哥莫往返，
与我配情鸳。
与我配情鸳，
寒年梅花添，
一起杀鸡鸭，
蜡烛插堂前。

流传地区：隆安县

演唱者：卢雄文，男，壮族，隆安县丁当镇联合村人，高小文化

搜集整理者：黄安柳，隆安县丁当镇淀粉厂职工；陈建睦

翻译者：陈朝阳

搜集时间及地点：1986 年 9 月搜集于隆

安县丁当镇联合村

来源：选自隆安县民间文学三套集成编委会编《中国民间文学三套集成隆安县歌谣集 第二集》（内部资料），1987 年 8 月

打鱼歌（壮族）

周身不爽快，
似雾把心迷，
鲮鱼戏莆茜，
撒网来捕鱼。

鲮鱼在河中，
游戏茜草间，
请你勿撒网，
免得蚀本钱。

怎么会蚀本，
鱼也近岸边，
看水来撒网，
不得我不返。

能得或不得，
鱼在水底藏，
哥你白费力，
恐怕坏鱼网。

有心来打鱼，
不必有顾虑，
鱼儿藏水底，
网到就浮起。

鱼浮或不浮，
水满冒河边，
一来空手退，
二再挨伤寒。

网到鱼浮头，
水越满越好，
把网撒下去，
鱼花也难逃。
鱼儿难捕捉，
网旧又朽烂，
鱼若到网中，
网坏捕捉难。

网眼有千万，
加上四条网，
鱼儿碰着网，
欲逃没地方。

河面宽又广，
捕鱼实在难，
哥你莫多想，
随我把家还。

大海都不怕，
小河何堪言，
一竿打下去，
捉鱼回家煎。

你讲有本事，
怕你不坚持；
很多人自负，
空篓回家去。

有人空手回，
留给我来捕；
与你讲实话，
同你打招呼。
何事来商量，

请你把话提；
喝酒做鱼生，
帮手又出力。

妹你帮出力，
前世修姻缘；
相逢择吉日，
庆双喜临门。

流传地区：隆安县
演唱者：卢如安，男，壮族，初中文化；陆福隆，男，壮族，初中文化
搜集整理者：林敢枢
翻译者：陈朝阳
搜集时间及地点：1986 年 7 月搜集于隆安县乔建镇、那桐镇
来源：选自隆安县民间文学三套集成编委会编《中国民间文学三套集成隆安县歌谣集 第二集》（内部资料），1987 年 8 月

孤儿恋歌（壮族）

女：　今天是好日子，
在这里相逢，
有心来相问，
哥度几寒冬？

男：　年庚二十四，
还未娶妻房，
靠妹来相帮，
才能成双拜堂。

女：　你这话当真？
别东扯西谈，
口说没妻房，
何以双双赶圩忙？

男：　与我把圩赶，
那是表嫂远房，
若有同班辈，
请妹帮个忙。

女：　哥要妹相帮，
确实有为难，
若不合哥意，
岂不把咱怨？

男：　只要妹中意，
绝不论短长，
烦你开条路，
请妹别推搪。

女：　你说不推托，
菩萨知端详，
我年纪还轻，
日后再商量。

男：　好话你不说，
要闲话来讲，
别推三推四，
在此就商量。

女：　不是我推托，
实在有为难，
你以为山中薪，
随手可捡还？

男：　妹推三推四，
实叫哥为难，
有半路之情，
叫人难安眠。

女：　半夜难安眠，
是思念相缠。
思念暂不谈，
先论古谈天。

男：　说谈天论古，
好悲凉凄惨，
我三岁丧父，
度日好艰难。

女：　你三岁丧父，
我满月就没娘，
稀粥当奶浆，
爹痛断肝肠。

男：　为免你夭折，
爹劳碌奔忙，
艰苦难言喻，
三天说不完。

女：　苦瓜两头摆，
中间无藤牵，
与哥结鸾凤，
同病好相怜。

男：　我三岁丧父，
家穷无分文，
你我结鸾凤，
苦水怎样吞？

女：　说到吞苦水，
哥你别担心，
与哥结鸾凤，
绝不嫌家贫。

男：　话虽这么说，
然哥实在太穷，
家无隔夜粮，
人冷嘲热讽。

女：　别怕人讥笑，
天塌由妹顶，
共自力更生，
何愁没吃穿。

男：　话虽这么说，
现实确为难，
身上无分文，
何以办嫁妆？

女：　咱因简就陋，
楼板做新床，
纸箱为妆奁，
哥不用心慌。

男：　妹你有决心，
哥也不推搪，
与妹结鸾凤，
同鼓起风帆。

流传地区：隆安县南圩镇

演唱者：陆逊，男，壮族，隆安县南圩镇灵利村人，高小文化

搜集整理者：陆君、何生德

翻译者：马成宁

搜集时间及地点：1986年12月搜集于隆安县南圩镇

来源：选自隆安县民间文学三套集成编委会编《中国民间文学三套集成隆安县歌谣集 第二集》（内部资料），1987年8月

马山野歌圩[1]（壮族）

引唱[2]

昨晚灯开花，
今日阿妹来。
双方同声开，
唱英台山伯。
丢块石下河，
引花鱼出窝。
山伯唱山歌，
望英台来和。

请妹来唱欢，
同围园种花。
种得札又札，
和得句又句。
柴草长山里，
不需肥采养。

人们有欢唱，
肚里酿出来。
说此地有竹，
削节做笛子。
吹声引鸭子，
妹子快出来。

说此地狗多，
人过不见吠。
此地有俏妹，
为啥不见影？

[1] 所谓野歌圩，就是男女青年在村镇以外的山坡、平原、牧场、河岸或田垌等地带，用唱山歌来互相交流思想、交流生活经验、谈情说爱、寻找对象、选择伴侣的文化活动。因为是在野外举行，所以叫野歌圩。一般有十个部分，即引唱、初会、自吹、初问、赞美、追求、初恋、相思、热恋、分别等。

[2] 男方为引起女方注意而即兴逗唱。

说此地有谷，
一路不见秧。

此地有歌王，
听不见一句？
筒里筷子多，
任你摸一双。
天下广朗朗，
唱哪儿随你。

哥邀妹唱歌，
不迫你挑担。
如妹力不便，
小声点也行。
挑也挑个够，
逗也逗好多。

妹肚里有歌，
啥不啊出来？
藏歌埋肚里，
积压多会烂。
请妹赶快唱，
让稻穗开花。

初会[3]

女：　今天初见面，
腼腆心口跳。
嘴闭像剪刀，
叫我怎么唱？

男：　今天初相见，
确实有点羞。
芭蕉拿来沤，

[3] 男女互相问候，互通姓名、住址，并互相谦恭赞许而唱的歌。

两天够熟的。

女：哪家男儿乖，
开欢爆如火。
像竹子烧火，
多好啊老表。

男：蓝村人不乖，
开欢自然差。
哪句不像话，
请阿妹包涵。

女：石头有称呼，
树木有名称。
见你帅又灵，
名字叫什么？

男：我叫蓝图志，
搞科技出名。
见妹你精灵，
也想懂名字。

女：出村见桐林，
进村荫大榕。
我叫张鑫红，
脸红怕见人。

男：妹穿红布衣，
比芙蓉雅秀。
哥像溪水流，
佳偶自天成。

女：哥阳光下站，
坚挺像松柏。
妹旧房刚拆，
想松柏来造。

男：对面见条鱼，
没什么去捞。
如能变只猫，
爪抄来舔吃。

女：村里有鱼塘，
爱来网河鲈。
家中有媳妇，
爱来逐人家。

自吹大话[1]

男：唱要唱四天，
喧一句莫来。
鱼莫游浅滩，
猫逮去解馋。

女：角尖敢出场，
尾长敢扫街。
既然敢出台，
赛几多都得。

男：你爱我就爱，
蒿菜煮山泉。
你愿我就愿，
今晚建亲家。

女：你爱我虽愿，
没那么便当。
种子丢埂上，
让你吃恁快？

男：话虽这么讲，
心上爱是真。

[1] 自吹大话也叫求歌，男方通过自夸和讽刺对方，以激起对方不服而反唇相讥对唱。

进屋或出门，
心里念叨叨。

女：说将到即到，
说将达即达。
我带你回家，
怕你妻来闹。

男：要我俩好过，
哪个不睬理。
咱俩有心意，
一起进新屋。

女：那样就那样，
咱俩都放心。
今晚咱共枕，
不进食也甜。

初问[1]

男：今天出来遛，
不料脚下陷凹。
那天打柴草，
你忘我了吗？

女：怎能忘得去，
千年总记来。
时过载又载，
哥你还好吗？

男：牛死角不腐，
我无心干活。
记起那天说，
我丢活来寻。

女：好久不进山，
茅草叶变青。
今天见你兄，
像孩童见妈。

男：爱你多妹呼，
进屋直梦魇。
双脚未伸展，
梦见你几回。

女：闭目想跳崖，
脚还卡草蔓。
想死去了断，
恋你多才回。

男：想你多着迷，
爱你多宿疾。
想爬去跟你，
怕死于非命。

女：闭目想跳崖，
柴草还拉腿。
想死去成鬼，
为爱你才活。

男：爱恋啊爱恋，
田螺粘水桶。
爱父母是空，
爱你痛心头。

女：与娘灶旁坐，
娘好我说歹。
娘递水果来，
想你排娘走。

[1] 初问也叫盘歌，即一般的对歌，双方相互盘问唱答，考察对方的聪明才智，以增进相互了解和初结情谊。

男：　　相思啊相思，
　　　　昏死板凳下。
　　　　娘伸手去查，
　　　　能达天亮吗？

女：　　你思或不思，
　　　　我想得痴呆。
　　　　你爱或不爱，
　　　　我痴得快死。

男：　　照我单相思，
　　　　时时想见你。
　　　　不知你那里，
　　　　是否想嫁我？

女：　　说到婚嫁事，
　　　　我没那意图。
　　　　怕像牛马贱，
　　　　无脸面见人。

男：　　得你做老婆，
　　　　我不打不骂。
　　　　别公婆打架，
　　　　咱牵手去看。

女：　　我空念空念，
　　　　像蜂恋岩口。
　　　　鲤鱼恋洞口，
　　　　你心有我吗？

男：　　得与妹同桌，
　　　　像牛嚼嫩草。
　　　　得与妹相好，
　　　　乞丐讨老婆。

女：　　我空念空念，
　　　　像蜂恋树梢。
　　　　恋不得哥好，
　　　　死了心不愿。

男：　　得与妹同桌，
　　　　又胶鞋进屋。
　　　　交谈甜滋滋，
　　　　做人真值得。

女：　　空恋嫁不走，
　　　　像狗追月亮。
　　　　嫁不了兄长，
　　　　望月亮下山。

男：　　得与你同桌，
　　　　我心很扎实。
　　　　咱俩笑嘻嘻，
　　　　比何人都乐。
　　　　你说未出嫁，
　　　　那脸不亮白。
　　　　你说是女孩，
　　　　胸怀排深沟。

女：　　好多人来追，
　　　　我都不会嫁。
　　　　古零哥福大，
　　　　赶得我嫁给。

男：　　你说未出嫁，
　　　　那脸色不同。
　　　　走路慢腾腾，
　　　　同母猪带崽。

女：　　煮菜少放油，
　　　　脸皱纹才多。
　　　　家穷钱不多，

和瘦猴一样。

男：　　你说未嫁人，
　　　　脸蛋啥不润？
　　　　走路步子笨，
　　　　怎能像女孩？

女：　　你说我走路，
　　　　步不是女孩。
　　　　问你表哥乖，
　　　　女孩怎样走？

男：　　女孩子走路，
　　　　腰直如弓箭。
　　　　妹走软绵绵，
　　　　腰弯如弓形。

女：　　三十岁走路，
　　　　步不疾如风。
　　　　三十岁面容，
　　　　自不同十八。

男：　　看你的样子，
　　　　实在看起眼。
　　　　如妹你喜欢，
　　　　愿你嫁给我。

女：　　你说未曾娶，
　　　　吃饭时见过。
　　　　桌上和你说，
　　　　那个谁老婆？

男：　　昨晚咱吃饭，
　　　　你来偷看过。
　　　　那女跟我坐，
　　　　伯母的女孩。

女：　　人们都谣传，
　　　　从外传到里。
　　　　说你刚娶妻，
　　　　是真还是假？

男：　　我二十七岁，
　　　　内外都去找。
　　　　说我是孤佬，
　　　　不愿到我家。

女：　　你说没有妻，
　　　　又与谁进出？
　　　　相搀又相扶，
　　　　还用足相撩。

男：　　我长这么大，
　　　　未见过雷公。
　　　　今年近五旬，
　　　　未闻女人气。

女：　　你说未有妻，
　　　　我去问星斗。
　　　　星星点点头，
　　　　你有妻同睡。

男：　　我像鹧鸪鸟，
　　　　叫喳喳田边。
　　　　说“救援救援”，
　　　　妹见可怜吗？

女：　　你说不养猪，
　　　　门前有猪屎。
　　　　你说没有妻，
　　　　婴儿屋里啼？

男：　　婴儿屋里哭，

不必问罗乖。
是我哥的崽，
过来与叔玩。

赞美[1]

男：　穿新花衣服，
出这条路来。
哪个女儿乖，
来这里对歌？

女：　加方的麻雀，
来这里欢呼。
古零的鹧鸪，
来此寻对歌。

男：　古零的鹧鸪，
来此寻欢乐。
坡上坡下看，
成双对了吗？

女：　古零的帅哥，
个个白胖胖。
成双不成双，
想同伞遮阳。

男：　不摘到山姜，
枉费心几天。
找路去不便，
全心无主张。

女：　古零的帅哥，
个个白嫩嫩。
胡须两三根，
真我心上人。

男：　我赶过东边，
你钻西方去。
日夜追如此，
能抓到你吗？

女：　古零的帅哥，
个个白胖胖。
看你笑模样，
想不抱都难。

男：　你说帅就帅，
但帅在山弄里。
走坡上沟里，
以红薯为餐。

女：　我说来就来，
我说到就到。
背个花锦袋，
来这里作客。

男：　该褒的就褒，
来褒我白山，
我等非好汉，
滥褒干什么？

女：　背个花布袋，
卷裤脚过街。
脚上穿皮鞋，
实在帅气多。

男：　这女脸真厚，
来此逗男人。
花衣服女人，

[1] 赞美也叫甜歌，通过上述对唱，考察男女之间是否彼此倾心、相互爱慕。是为抒发情怀、披露心声而唱的“甜蜜”之歌。

逗男人不羞。

女：　见你笑眯眯，
真想逗你乐。
见你是帅哥，
我想你着迷。

男：　加方的女孩，
身材实在好。
肉嫩皮肤俏，
想不讨都难。

女：　我命运不好，
面貌也不配。
想嫁你不对，
农夫追就得。

男：　妹穿红花衣，
比芙蓉还美。
哥像流溪水，
芙没水难成。

女：　哥站布伞下，
挺拔像松柏。
妹旧房刚拆，
想松柏来造。

男：　愿丢平原地，
不弃岭上畲。
弃母亲自灭，
不舍妹单身。

女：　我想你着迷，
迷死板凳下。
娘伸手去查，
笑说天亮啦。

男：　愿丢平原地，
不许畲长草。
愿母亲自灶，
不抛妹单身。

女：　当年还孩童，
总不爱上集。
如今得见你，
不记路回家。

男：　平地造有田，
山边造有地。
心向你伙计，
怕福气没有。

女：　当年未交友，
上集就回屋。
如今见丈夫，
不想回家了。

男：　妹平地上坐，
哥倚崖壁边。
我像三角岩，
恐妹黏不合。

女：　吃肉没青菜，
没凳踩编帽。
听你这话到，
坐卧老不安。

追求[1]

男：　河水清湛湛，
是浅还是深？

[1]　盘歌的继续，男女双方披露“甜蜜”后，追求成双而唱的歌。

丢石头探寻，
妹敢现身否？

女：鸟儿树上飞，
鱼儿不会知。
我想哥哥你，
有谁知我心？

男：好久不见面，
好像十多载。
久不见妹乖，
如隔十代皇。

女：这段静悄悄，
老鸭不亮翅。
别后好多月，
不见哥出门。

男：三月不种谷，
六月要啥吃。
天天来见你，
吃风吗情妹。

女：天天尽劳作，
钱多袋难装。
天天护鱼塘，
易晃荡一生。

男：养两只小燕，
天天等我吃。
不如我与你，
不吃也觉饱。

女：你天天劳作，
不理我啦友？
劳作不忧愁，
我可难受啊。

男：正想不劳作，
俩老可难脱。
个个等吃喝，
难脱去恋妹。

女：现在不劳作，
如风把花揪。
现在不风流，
容易遛一生。

男：现在我已老，
吹口哨不力。
现在老无力，
举手无人看。

女：十七正好要，
十八正好玩。
一天过一天，
一闪就过去。

男：妹像条花鱼，
躲汪里无愁。
哥过去钓钩，
上钩来与否？

女：有米你就撞，
有糠你就驱。
听你讲这句，
主意都一样。

男：说此汪水深，
想泵来充淮。
独龙女有才，
怎样都来恋。

女：　说此河有鱼，
是鲽还是鲫？
哥说话算数，
亲眼睹才信。

男：　听到鸟叫声，
精神格外爽。
见阿妹恁靓，
有丈夫了吗？

女：　出嫁还没有，
还守娘灶边。
上街赶紧还，
习惯当闺女。

男：　今已三十多，
还不说出嫁。
我问你妹呀，
是女儿家吗？

女：　出嫁干什么，
免得人拐卖。
有钱去搓牌，
人难拐骗走。

男：　盘古开天地，
女人就出嫁。
妹是女儿家，
不嫁哪成人？

女：　我命运不好，
照镜影不见。
我的命很贱，
拿钱变火炭。

男：　你卅几未嫁，
我四把未娶。
我问妹一句，
嫁许我好吗？

女：　我运气不旺，
挖塘碰磐石。
守贞成老女，
等待你来要。

男：　你说未出嫁，
打死我不信。
即使剪我筋，
也不信半点。

女：　好多人来追，
我都不会嫁。
娘早说好啦，
要等嫁给你。

男：　夫坟草木高，
还要去祭奠。
蛛丝早结茧，
还不愿嫁人。

女：　妹想哥好多，
不知怎么忘。
一世容易忘，
哥别忘妹啊。

男：　恋友到恋妻，
妹你真合意。
娘说妹妹你，
几多钱都娶。

女：　哥你若有心，
妹今也有意。

咱不耕平地，
畲山地种烟。

男：有斑鸠陪笑，
有鹰鹞引路。
得与妹讲古，
哥舒服无比。

女：今天见到你，
如龙得水游。
哥妹缘分有，
握手不再放。

男：两手摆撩撩，
两脚使劲走。
妹赶路嗖嗖，
想投哪村落？

女：两手使劲摇，
双脚使劲奔。
妹赶无名村，
哥寻也难对。

初恋[1]

男：昨天我赶集，
猪肉三个价。
哥带三朵花，
妹爱哪一朵？

女：昨天我上山，
山山花红艳。
哥无心奉献，
妹不便开口。

男：鲤鱼河里游，
这头到那头。
哥没法去捜，
到手实在难。

女：会打不用网，
会攘不用钩。
有心河边走，
鱼会游近来。

男：蜡烛一条心，
哥有心相连。
贫穷妹不嫌，
捡桃种来播。

女：妹做对新鞋，
送哥做结情。
妹手工不行，
请哥别嫌弃。

男：得妹送双鞋，
心快乐无比。
鞋面到鞋底，
记妹十层情。

女：妹做鞋不乖，
请哥遮盖点。
情谊藏里面，
百年订里头。

男：刀难割流水，
哥送对手镯。
情结你和我，
定百年偕老。

[1] 初恋也叫定情、赠物歌，是男女互赠信物，以表示确定关系、缔结姻缘所唱的歌。

女：　哥送对玉镯，
妹锁入柜中。
见镯暖烘烘，
情哥心中留。

思歌[1]

男：　蜘吐丝结网，
哥想妹在心。
在家或出门，
心想入非非。

女：　有发爱梳头，
有蕉爱腌沤。
妹想哥悠悠，
喉咙不进水。

男：　相逢竹林里，
相聚竹丛旁。
妹赠袜一双，
哥心忘不了。

女：　相逢竹堆旁，
哥送上海表。
日夜转绕绕，
妹牢记你哥。

男：　送妹个手机，
人说诺基亚。
爱你多妹啊，
要电话相通。

女：　夜晚将吃饭，
妹还拿手机。
哥讲话我记，
娘逼我不听。

男：　那天咱赶圩，
不意逢天黑。
到半路相陪，
拄拐杖回家。

女：　那天你赶街，
假借等天暗。
等人们全散，
你赶来跟我。

男：　相逢竹林边，
相恋榕树旁。
只有哥妹俩，
越讲越精神。

女：　相逢竹林边，
相恋榕树旁。
只有咱俩讲，
鬼神让几分。

男：　相逢竹林边，
相恋鹿汰寨。
咱俩坐平排，
鬼怪不敢近。

女：　相逢竹林边，
相恋棉花垌。
咱鞋巾相送，
凶鬼也不懂。

男：　相逢竹林边，
相恋梧桐脚。

[1]　思歌也叫念情歌、相思歌，恋人在“定情”之后或“会情”之时，常以各种“思歌”抒发思恋的情怀、诉说相思的衷肠。

咱俩相抓挠，
妖鬼也不知。

女：　我恋啊恋啊，
茧丝作红线。
从近恋到远，
恋到结成双。

男：　我坐火灶前，
摊灰画人像。
从下画到上，
真像你妹啊。

女：　夜晚掌灯时，
我去烧脚水。
走路有影随，
以为你来到。

热恋[1]

男：　我多爱你啊，
心窝乐滋滋。
入睡到鸡啼，
梦见你几回。

女：　石桥不固结，
铁桥才固稳。
我俩不离分，
稳如铁桥实。

男：　朝朝去看藕，
时时去候花。
成苴或成葩，
心如麻绳乱。

女：　塘中长莲藕，
夜夜都有花。
妹到集上查，
难见罗阿哥。

男：　想见不怕难，
跨万水千山；
荆棘由哥砍，
水拦哥撑船。

女：　还是难靠近，
猫爪刺真多。
水沟拦难过，
无桥果真难。

男：　请妹大胆来，
开路由阿哥。
如果要过河，
哥去背你来。

女：　真难到你家，
家门难开通。
前门十棍顶，
后门撑九柴。

男：　请妹莫担忧，
家门由哥开。
顶棍由哥排，
撑柴由哥搬。

女：　吃毛薯当饭，
耐嚼耐甘甜。
哥如此心肝，
妹不连也难。

[1]　恋爱的深入，是男女双方经历相识、初问、定情等过程后，为巩固恋情而唱的歌。

分别[1]

女： 月亮明又暗，
山歌唱难了。
咱俩心相交，
天要咱停歇。

男： 山歌未唱完，
阳光渐渐弱。
咱俩难离脱，
索木撑太阳。

女： 老表呀老表，
情由表不完。
回去明后天，
再见在街上。

男： 城乡公路通，
哥送妹摩托。
何时想见哥，
坐摩托过来。

女： 靠国家扶持，
家通水泥路。
上街或串户，
进屋来喝茶。

男： 摩托刚送给，
怕妹不会用。
让哥先启动，
送到家即回。

女： 转回就转回，
各回各的家。
蜜蜂难离花，
花也难离蜂。

男： 我送妹回家，
望见家即回。
咱粘如胶水，
怕到难回得。

女： 离别就离别，
八角隔山种。
香气相交溶，
攻心又攻头。

男： 妹是哥心肝，
像肉用姜炒。
杀鸡丢腿脚，
不抛心和肠。

女： 鲤鱼爱新水，
蜜蜂陪花开。
山伯与英台，
转来又转去。

男： 田在垌中央，
望妹帮播插。
哥有金银花，
等阿妹来捡。

女： 妹家在山脚，
前有老榕树。
如果哥过路，
记住让妹见。

男： 月亮当头照，
影子随脚下。
妹在心中卡，

[1] 分别也叫相送歌、分别歌，是对歌将结束时，男女双方难舍难分而唱的山歌。

多么难举步。

流传地区：马山县

演唱者：黄宝利、韦汉承等

搜集整理者：蓝庆军，马山县文联山歌协会主席；韦文渊、潘世文，马山县文联山歌协会副主席

下渡歌（壮族）

男：　走下渡口第一级，
好似鸭仔放下海；
我俩双双走京城，
妹的心里爱不爱。

女：　敬答哥哥第一句，
妹的心里难平静；
哥叫我去走京城，
那不成了流浪人。

男：　走下渡口第二级，
能与同年同路不容易；
我俩一同走天下，
问妹欢喜不欢喜。

女：　敬答哥哥第二句，
有情意不在同年；
与哥一同走天下，
定能过好人世间。

男：　走下渡口第三级，
好像河流水跳滩；
离别阳间进阴地，
问妹是否真心跟哥去？

女：　走下渡口第三级，
好似天翻倒了地；
哥去到哪永跟去，
不灰心也不呕气。

男：　走下渡口第四级，
跨过十几道堤坝；
不知哪天丢尸骸，
问你阿妹怕不怕。

女：　走下渡口第四级，
请哥莫烦恼莫呕气；
妹已铁心跟哥走，
死了也共埋一块。

男：　走下渡口第五级，
抬起头来奔前程；
请问亲爱的侬金，
能否与哥共条心。

女：　走下渡口第五级，
屠刀割颈也不怕；
我们从京城回来，
再共把家业来建造。

男：　走下渡口第六级，
好似水车转不停；
我有妹相依为命，
早晚有说有笑甜如蜜。

女：　走下渡口第六级，
狂风大雨雷劈也不停；
得与哥相依为命，
一世永不再离分。

男：　走下渡口第七级，

恶浪滚滚冲到脚底；
我俩一分笑来三分哭，
就怕死不得在一起。

女： 走下渡口第七级，
恶流冲来也不分离；
妹永远跟哥走，
千年不断情和意。

男： 走下渡口第八级，
好像山伯与英台；
我俩结成双对，
死要共堆泥埋。

女： 走下渡口第八级，
哥的话句句冲心底；
妹与哥结交，
死愿共堆泥。

男： 走下渡口第九级，
好像真武与观音；
我与妹结交，
永世不怕别人欺笑。

女： 走下渡口第九级，
我俩共同往前走；
我俩相亲又相爱，
一直到死永不丢。

男： 走下渡口第十级，
好像飞蝶过火界；
双双紧相依，
活死不分开。

女： 走向渡口第十级，
双双并排走天下；
我俩有情意，
欢喜又快乐。

流传地区：马山县

搜集整理者：红波、清源、道亮

搜集时间及地点：1986 年搜集于马山县片联乡

来源：选自马山县民间文学三套集成编写小组编，马山县文化局、马山县文化馆印《中国民间文学三套集成马山县歌谣卷（二）》（内部资料），1987 年 6 月

敬物歌（瑶族）

哥来到妹家，
没有好酒来敬哥，
倒杯山茶来代酒，
望哥莫忘情。

哥来到妹家，
没有什么招待哥，
吃顿苦艾来当餐，
望哥莫忘友。

哥来到妹家，
没有帽子送给哥，
摘几朵桐花，
扎个帽子送给哥。

哥来到妹家，
没有毛巾送给哥，
摘几朵桃花，
编条毛巾送给哥。

哥来到妹家，

没有挂包送给哥，
摘几朵荷花，
织个荷包送给哥。

哥来到妹家，
没有衣服送给哥，
摘几朵棉花，
做件衣服送给哥。

哥来到妹家，
没有裤子送给哥，
摘几朵沙皮花，
做条裤子送给哥。

哥来到妹家，
没有袜子送给哥，
摘几朵麻花，
织双袜子送给哥。

哥来到妹家，
没有双鞋送给哥，
摘几朵稻花，
做双鞋送给哥。

哥来到妹家，
没有带子送给哥，
摘几朵瓜花，
做条带子送给哥。

流传地区：马山县

演唱者：韦永英，瑶族，80岁，农民，初中文化

搜集整理者：红波，壮族，46岁，文化馆干部；韦善标，瑶族，33岁，农民，初中文化

搜集时间及地点：1986年4月搜集于马山县内学村五弄一带

来源：选自马山县民间文学三套集成编写组，马山县文化局、文化馆编印《中国民间文学三套集成马山县歌谣卷（三）瑶族上》（内部资料），1987年7月

敬酒歌（瑶族）

敬你一杯大米酒，
望你心白像大米，
心白意善一条心，
同心同德双双飞。

敬你一杯糯米酒，
望你香甜像糯谷，
粒粒结双合拢在，
心心相贴永不分。

敬你一杯芭蕉酒，
望你学蕉树一条心，
一心情爱莫分裂，
一心到头永不变。

敬你一杯葡萄酒，
望我俩像葡萄结成串，
哥妹情义结一心，
到死还是紧相连。

敬你一杯南瓜酒，
望我俩瓜藤牵相连，
瓜红藤死莫分离，
哥妹心心结一条。

敬你一杯红花酒，
望你心像花常开，

双双心灵似花红，
心红到底不变色。

敬你一杯青梅酒，
望你青春像青梅，
情爱青青永长在，
愿我们青春永相连。

敬你一杯韭菜酒，
望你像韭菜有情意，
今日割了明日长，
情心青青永朝上。

敬你一杯蜜糖酒，
望你像蜜蜂采花一样勤，
日日双双莫忘情，
同结情亲蜜样甜。

敬你一杯千年酒，
望你千年情义长，
情义千年春常在，
千年石烂莫丢情。

流传地区：马山县

演唱者：罗霞飞，86 岁，农民，不识字；罗霞珍，80 岁，农民，不识字

搜集整理者：红波，壮族，46 岁，文化馆干部；韦善标，瑶族，33 岁，农民，初中文化

搜集时间及地点：1987 年 2 月搜集于马山县民新玉业村

来源：选自马山县民间文学三套集成编写组，马山县文化局、文化馆编印《中国民间文学三套集成马山县歌谣卷（三）瑶族上》（内部资料），1987 年 7 月

叮花歌（一）[1]（瑶族）

一月份到了，花妹，
我们到街上去玩吧，
真要经过千炼万炼，
千炼万炼才能成双对。

二月到了，桔妹，
请别离开我去吧，
你妈苦拿八字送到远方去，
远方再好也不要去。

三月份到了，棉妹，
我们白白坐等东风，
墓上的幡旗迎风舞，
不成双也成鬼做一窿。

四月份到了，香妹，
耐心等到白露节，
即使死进阴暗庙，
也要成双对。

五月到了，荣妹，
死在古榕花树下，
身变成了鬼，
也十分记得你。

六月份到了，金妹，
你像鸟儿离开了妈妈，
不管去得怎么样远，
请莫要把友忘记。

[1] 据传兰平辉与卢金金原定于某年一月份完婚，由于兰平辉家穷，无法送彩礼，所以延长了一年又一年都无法完婚；兰平辉为了表明他的心情，而编出此歌来唱。

七月到了，银妹，
山伯成仙等英台，
我俩要像山伯与英台一样，
生不得成双，死也要同埋。

八月份到了，灯妹，
请灯花不要灭，
长明亮万代，
照耀英雄好汉的世界。

九月到了，龙妹，
愿你像龙老都不变化，
象松柏常青，
千年万代春常在。

十月份到了，蜂妹，
花蕊千年万代都在开放，
太阳也永远发亮，
愿我们变成太阳同照这世界。

流传地区：马山县

演唱者：兰月华，女，瑶族，40 岁，农民，不识字

搜集整理者：红波，壮族，46 岁，文化馆干部；韦善标，瑶族，33 岁，农民，初中文化

搜集时间及地点：1986 年 7 月搜集于马山县上龙村弄茶屯

来源：选自马山县民间文学三套集成编写组，马山县文化局、文化馆编印《中国民间文学三套集成马山县歌谣卷（三）瑶族上》（内部资料），1987 年 7 月

吖花歌（二）（瑶族）

一先吖荷花，
哥没有父母，
成孤儿在世，
妹若爱就来。

二又吖桃花，
哥为人在世，
没有妻老婆，
妹若爱就来。

三再吖梨花，
哥没有家当，
流浪走天下，
妹若爱就来。

四吖香饭花，
哥是寄生藤，
没有根茎，
妹若爱就来。

五吖芙蓉花，
哥今成乞丐，
做乞丐过世，
妹若爱就来。

六再吖莲花，
哥是水中鱼，
没有塘有潭，
妹若爱就来。

七吖蝴蝶花，
哥是仙人儿，
修仙在天下，
妹若爱就来。

八叮石榴花，
哥靠妹过世，
十分麻烦你，
辛苦你啰妹。

九又叮银花，
哥十分爱你，
一日寻三次，
不见心就烦。

十再叮金花，
哥爱你十分，
死到阴腊庙，
也来寻相跟。

流传地区：马山县

演唱者：韦永英，瑶族，80岁，农民，初小文化；韦永青，瑶族，78岁，农民，初小文化

搜集整理者：红波，壮族，46岁，文化馆干部；韦善标，瑶族，33岁，农民，初中文化

搜集时间及地点：1986年6月搜集于马山县内学村五弄一带

来源：选自马山县民间文学三套集成编写组，马山县文化局、文化馆编印《中国民间文学三套集成马山县歌谣卷（三）瑶族上》（内部资料），1987年7月

念歌（瑶族）

一念到荷花，
到街心来经风尘，
千金对万银，
越炼越成材。

二念白兰花，
莫要那么快就死去，
想到我是水命，
莫先死去啰情友。

三念家中苦，
坐守京城门，
交待你特花，
守门等哥临。

四念庙门神，
永记莫瞒情，
死了葬下地，
要永记千年。

五念花常开，
花开情常在，
花红又变白，
到死也不变。

六念桂兰花，
从小一同玩，
相好还不够，
请莫丢情友。

七念白露花，
莫丢情常在，
白纸扎墓幡，
莫相丢旧友。

八念英台花，
恩爱情义深，
死不断友情，
黄泉也同墓。

九念石榴花，

花落石榴红，
莫要分离去，
太阳照当空。

十念灯笼花，
仙花未曾开，
请莫断情义，
像山伯英台。

流传地区：马山县
演唱者：兰世周，瑶族，53岁，农民，不识字
搜集整理者：红波，壮族，46岁，文化馆干部；韦善标，瑶族，33岁，农民，初中文化
搜集时间及地点：1986年6月搜集于马山县上龙村弄荼、弄朝屯
来源：选自马山县民间文学三套集成编写组，马山县文化局、文化馆编印《中国民间文学三套集成马山县歌谣卷（三）瑶族上》（内部资料），1987年7月

梦歌（瑶族）

梦去第一更，
梦到田到地，
梦去又梦来，
再回到原地。

梦去第二更，
梦去点灯笼，
梦去又梦来，
想同妹成双。

梦去第三更，
梦去问要信，
问妹要得信，
得信再回来。

梦去第四更，
梦去吃桃梨，
四更梦得好，
得和妹同路。

梦去第五更，
梦下田插秧，
五更梦见花，
与花同凳坐。

梦去第六更，
梦去握妹手，
六更梦起飞，
与妹双飞走。

梦去第七更，
梦去摘葱花，
七更梦见龙，
变双龙戏珠。

梦去第八更，
梦走过花桥，
八更梦分手，
桥头情依依。

梦去第九更，
梦寄信给友，
梦信过大河，
送到友的手。

梦去第十更，
公鸡鸣叫醒，

醒来对友说，
恩爱莫忘情。

流传地区：马山县

演唱者：兰桂年母，瑶族，75岁，农民，不识字

搜集整理者：红波，壮族，46岁，文化馆干部；韦善标，瑶族，33岁，农民，初中文化

搜集时间及地点：1986年5月搜集于马山县内学村五弄冲邦屯

来源：选自马山县民间文学三套集成编写组，马山县文化局、文化馆编印《中国民间文学三套集成马山县歌谣卷（三）瑶族上》（内部资料），1987年7月

5

离别歌

莫踏花街柳巷尘（汉族）

送君行过清水渠，
问君此去几时回；
野草开花君莫采，
家中还有一枝梅。

四月鸪鹧树上啼，
把哥听到打西呆；
担谷已经吃三斗，
为乜阿哥未娶妻？

妹做双鞋白布钉，
做成寄与我夫君；
劝君踏上青云路，
莫踏花街柳巷尘。

流传地区：宾阳县

演唱者：甘平凡

搜集整理者：陆有全、王启智

搜集时间及地点：1986 年 7 月 1 日搜集于宾阳县新桥乡甘村

来源：选自宾阳县民间文学三套集成编委会编《中国民间文学三套集成宾阳县歌谣卷》（内部资料），1987 年

十步送情歌[1]（汉族）

一步送情行归去，
双手来攀妹肩头。
手攀肩头兄问妹，
问妹哪日得来游。

二步送情行归去，
千万不忘再来游。
长行不给思路断，
不给荒草遮路头。

三步送情行归去，
如同刀插兄心头。
蜡烛点在门头顶，
关门送妹泪长流。

四步送情行归去，
妹勿把情半路丢。
拿刀入园割韭菜，
割了报妹复还头。

五步送情行归去，
丢掉情兄半路头。
半路肚饥冇想吃，
吃水难吞落颈喉。

六步送情行归去，
送情归去泪长流。
断气孩儿手上抢，
骨肉分离难舍留。

七步送情行归去，
步步离情心好愁。
妹嘅归家有夫靠，
丢兄途中双泪流。

八步送情行归去，
泪流满衿哥恳求。
噎气吞声叮嘱妹，
勿把话言半路丢。

九步送情行归去，
如同燕子转春秋。
手抱死人满棺椁，
哭死不见妹退头。

十步送情行归去，
问妹哪日转来游。
踏烂草鞋挂墙上，
妹冇学人半路丢。

流传地区：南宁石埠一带

搜集整理者：李绮光

来源：选自中国民间文学三套集成南宁市领导小组编《南宁市歌谣》（内部资料），1987 年

［1］ 选自民间手抄本。

分离去（汉族）

月出东边共妹讲，
抬头望见月落西；
要乐只嫌日子短，
连情叹话讲卯齐[1]。

分离去，
妹以[2]去归兄去归；
甘蔗拿来作长笛，
好音甜语话未齐[3]。

分离去，
妹以去东兄去西；
糯米描浆贴背帕[4]，
情兄难离妹难归。

分离去，
那日相会话再提；
家中工夫兄要做，
莫要想妹得强[5]迷。

分离去，
想妹迷迷脚拖泥；
共妹情深意又重，
日出想到月落西。

分离去，
妹喊情兄头卯低；
自古三年逢一闰，
甜言相会慢讲齐[6]。

分离去，
妹喊情兄头卯低；
是否情兄生妹气？
你走东来我走西。

流传地区：横县
演唱者：莫家源
搜集整理者：韦艺文
搜集时间及地点：1986年9月16日搜集于横县陶圩乡上莫村
来源：选自横县民间文学三套集成编委会编《横县歌谣集上册》（内部资料），1987年1月

不知何日得相逢（汉族）

望妹去，
看看弟村同卯[7]同；
妹屋青砖又白瓦，
弟屋尽是茅草蓬。

望妹去，
望妹去到弟屋中；
是妹有心去到屋，
我罗大鱼又罗[8]葱。

分离了，
圩头人卖分离葱；
妹队分离去妹屋，

[1] 卯齐：不完。
[2] 以：也。
[3] 未齐：没完。
[4] 背帕：用多层布叠糊而成，用来做鞋底等的材料。
[5] 强：这样。
[6] 慢讲齐：再说完。
[7] 卯：不。
[8] 罗：买或要。

弟队分离屋卯同。

分离了，
圩头人卖分离葱；
去了你思我亦想，
不知何日得相逢。

流传地区：横县

演唱者：黄朝溢

搜集整理者：石必山

搜集时间及地点：1986年9月搜集于横县马岭乡马岭村

来源：选自横县民间文学三套集成编委会编《横县歌谣集上册》（内部资料），1987年1月

十别人（汉族）

一别伝情分手去，
回头嘱报妹金银；
天亮石头跌落井，
报妹那日早呢[1]寻。

二别伝情了了去，
日头落岭西边阴；
拎[2]秤上街收红豆，
相思条路暂时分。

三别一思又二想，
想多招罪上郎身；
藕种收丝容易过，
眼中流泪为情人。

四别伝情双泪落，
低头泪流落纷纷；
纱车放在观音脚，
报妹坐落记思伝。

五别尽心仑句妹，
记紧郎言在妹心；
担酒上山淋红豆，
嘱报相思念情人。

六别相思难逢妹，
想妹英雄路远因；
三更想起睡梦话，
翻身醒眼卯见人。

七别妹分郎便去，
撑伞栽花荫别林；
圩卖红绒人偷剪，
想妹英雄有十分。

八别鸳鸯飞过岭，
有双飞去别村心；
有双卯飞去寻对，
无双小弟空守林。

九别人家伶俐女，
祝家分别马家人；
哥妹英雄情意在，
想着当初话仑寻[3]。

十别尽心仑句妹，
明月在天方晴阴；
好看伝情分两路，
交郎撑伞有情人。

[1] 呢：些。

[2] 拎：拿。

[3] 话仑寻：寻，探望。捎话叫你来探望。

流传地区：横县

演唱者：梁振恒

搜集整理者：严子欢、黄明安、容小玉、何小黎

搜集时间及地点：1986 年 9 月 8 日搜集于横县南乡镇五合村

来源：选自横县民间文学三套集成编委会编《横县歌谣集上册》（内部资料），1987 年 1 月

两头分离两头难（汉族）

果子细细[1]未当吃，
妹年小小未当连；
想吃果子等十月，
哥想连妹等三年。

送情去，
两头分离两头难；
两头分离眼泪落，
妹你难行哥难返[2]。

送情去，
送情上路去悠悠；
送情上路悠悠去，
卯识[3]那日再回头。

我情去了卯见面，
眼泪流来湿衣裳；
得见我情日又短，
卯见我情日又长。

分离了，
一双蝴蝶分单飞；
齐家[4]分离独自去，
妹脚难移哥难移。

分离了，
分离各去各村乡；
去到尽头莫尽想，
放心做工养爹娘。

今日请妹断[5]日期，
妹断那时就那时；
妹断日期仑哥听，
落雨翻风卯改期。

千记紧，
紧把兄话记在心；
记紧兄话在心里，
到了日期要来寻。

流传地区：横县

演唱者：覃秀文

搜集整理者：蒙仁伟

搜集时间及地点：1986 年 9 月 9 日搜集于横县那荣村

来源：选自横县民间文学三套集成编委会编《横县歌谣集上册》（内部资料），1987 年 1 月

去了忧（汉族）

去了忧，

[1] 细细：小小。
[2] 难返：难回。
[3] 卯识：不知。
[4] 齐家：大家。
[5] 断：断定。

放鸭落塘水面游；
放鸭落塘人打散，
娇娥难得同塘游。

去了忧，
放船落水望船流；
莫械[1]船头飘上去，
莫械船尾撞石头。

去了忧，
想情暗咽在心头；
不知哪日才见面，
实是眼泪落愁愁。

送情去，
送妹半路哥回头；
妹去屋头卯话讲，
弟转屋头眼泪流。

送情去，
送情分离去悠悠；
分离小弟悠悠去。
不见妹你讲回头。

送情去，
送情容易相逢难；
相逢是由妹你讲，
妹你莫讲卯得闲。

送情去，
问妹去了几时返[2]？
情来有时去有日，
分离容易相见难。

[1] 械：给。

[2] 返：回。

千记紧，
千万记紧莫连人；
弟也直心仑妹听，
永不丢妹去连新。

千记紧，
记紧莫让藕断丝；
藕卯丝时伝慢[3]断，
江河断水慢分离。

流传地区：横县

演唱者：覃秀文

搜集整理者：蒙仁伟

搜集时间及地点：1986 年 9 月 9 日搜集于横县那荣村

来源：选自横县民间文学三套集成编委会编《横县歌谣集上册》（内部资料），1987 年 1 月

梁祝送别（汉族）

（水上民歌——游海歌）

哥送我，到门楼，
门楼有蔸白石榴。
有心摘个同哥吃，
怕哥知味又来偷。
不如丢开不摘了，
免得阿哥回头转。

哥送我，到江山，
江中有朵玉芙蓉，
可惜哥哥不会采，
花在西边他望东。

[3] 慢：再。

摇船划桨悠悠过，
不知何日再相逢。

哥送我，到渡河，
渡口有对雌雄鹅。
雄鹅低头前面走，
雌鹅跟后叫哥哥。
叫哥声声情意重，
阿哥无语不奈何。

哥送我，到河西，
河西有对大蟛蜞。
频频拱手话分别，
送了再送好难离。
蟛蜞都还有情意，
好个哥哥却不知。

哥送我，到河东，
河东白鹤戏青松。
站在枝头面对面，
问哥哪只是雌雄。
梁兄若识雌雄事，
双双回到哥家中。

哥送我，到江滨，
江滨水仙花缤纷。
心想摘朵给哥戴，
梁兄不是戴花人。
花开花落随流水，
再开不知等哪春。

哥送我，到滩旁，
滩头菩萨在庙堂。
空有把嘴不会讲，
求佛想双枉烧香。
望哥抽签求个卦，
便知是阴还是阳。

哥送我，到三江，
三江流水白茫茫。
梁兄对弟开言讲，
渔人撒网水中央。
今要脱衫同过水，
问弟何不脱衣裳。

我对梁兄说言章，
脱衣渡江又何妨？
只为脱衫光着身，
被人看见礼不当。
一来难对天和地，
二来失礼海龙皇。

哥送我，到海边，
海边有只打渔船。
这好顺风不使帆，
渔人蠢笨不知天。
只有撑船去靠岸，
哪有撑岸去就船？

流传地区：南宁邕江一带

演唱者：郭寿山，男，初小文化，船民

来源：选自中国民间文学三套集成南宁市领导小组编《南宁市歌谣》（内部资料），1987 年

新婚别（汉族）

夫：　离娇妻，
离妻启航运东西，
顺风离娇两三日，
最迟不过两三圩。

一日三餐你自理，
莫要思念抵肚饥，
白菜寒凉你别吃，
爱吃莫忘加姜丝。
日间天冷要添衣，
夜间莫忘加锦被，
水路情长难顾爱，
最忌莫作跳滩鱼。

妻：哥启航，去梧州，
阿妹留守在船头，
有食冇食不要紧，
担忧我夫九州游。
若闻我夫返航归，
妹擦胭脂又搽油。
若闻我夫返到港，
新房罗帐挂丝球。

流传地区：南宁邕江沿岸

演唱者：曾子佳，女，汉族，邕宁县海员新村船民

搜集整理者：李启梧，男，壮族，初中文化，邕宁县那楼乡罗马小学教师

来源：选自邕宁民间文学三套集成编委会编《中国民间文学三套集成邕宁县民间歌谣集》（内部资料），1987年

送郎行（汉族）

送郎送到妹村头，
村头有棵红石榴；
正想摘个给哥吃，
怕哥吃味又来偷。

送郎送到青山头，
青山柑子绿油油；
柑子本是我俩种，
阿妹毋把盗贼偷。

送郎送到大桥头，
妹在桥头久久留；
哥你转身骑马走，
妹不见郎眼泪流。

送郎行，
送郎三步妹心烦；
郎去莫同石落井，
千祈想到妹孤单。
鸡啼喔喔正五更，
妹便起身送郎行；
送到桥头妹打转，
哥行大路妹行山。

送郎送到大山弯，
妹便嘱声哥好行；
初一毋来到十五，
千祈毋把过二三。

送郎送到金猫山，
金猫山路毋人行；
哥也难分妹难舍，
两人抱头又哭餐。

送郎去，
脚踏出门送郎归，
送到村边两分手，
泪如细雨落纷飞。
送郎送到妹村边，
难分难舍两相依；
十字路头分火把，
只分火把毋分篱。

流传地区：宾阳县

演唱者：陆祥

搜集整理者：陆有全、王启智

搜集时间及地点：1986 年 7 月 14 日搜集于宾阳县太守乡六华村

来源：选自宾阳县民间文学三套集成编委会编《中国民间文学三套集成宾阳县歌谣卷》（内部资料），1987 年

分别眼泪湿裙衫（汉族）

千日烧香不识佛，
万日撑船不识弯；
有福得遇娇娥妹，
如同明月挂世间。

白日空见牛结队，
夜间不见牛入栏；
饭店面前人挨饿，
无人可怜械[1]吃餐。

天旱路边开酒店，
有念伝情就近摊；
牡丹担出街前卖，
有福得遇妹花颜[2]。

铁打葫芦装红豆，
眼见相思开口难；
妹是人家茶订[3]妇，
弟有黄金都等闲。

鸭儿跌落长江水，
娇娥[4]去了实难返；
酒瓮里面种灯草，
妹有念心弟便担。

丁字街前卖红豆，
妹为相思又转弯；
洗净面盆装雪水，
卯得成双妹心烦。

灯草被风吹过岭，
为妹心飞山过山；
粗纱拎[5]落深房纺；
大家暗思在肚间。

船家无屋船头企[6]，
见鱼无网想捉难；
比想[7]街前人卖肉，
手上无钱难买返。

太阳渐渐落西山，
牛羊结队自返栏；
牛羊返栏弟返去，
古话人闲心不闲。

兄也返去妹返去，
大家过了莫心烦；
六月寻兄说无米，
十月寻兄说无闲。

分别去，
分别眼泪湿裙衫；

[1] 械：给。

[2] 花颜：花一样的容貌。

[3] 茶订：订婚仪式，即送茶礼，又称过小礼。

[4] 娇娥：对女方的尊称。

[5] 拎：拿。

[6] 企：站。

[7] 比想：好比。

别了兄思娘亦想，
见天容易见情难。

流传地区：横县

演唱者：莫家源

搜集整理者：韦艺文

搜集时间及地点：1986年9月14日搜集于横县上莫村

来源：选自横县民间文学三套集成编委会编《横县歌谣集上册》（内部资料），1987年1月

丢我单身独只媒（汉族）

竹筒载米鸡难吃，
何必低头把你求？
石上砍藤刀两断，
撇开圳水两头流。

睡在牙床梦见你，
眼眉欲动又翻苏；
苏醒起来不见面，
眼泪几多打肚流。

因妹嫁夫不相等，
好秧插落石头田；
兄是无缘妹无福，
今日分开各在边。

菜饭上台妹信到，
把哥放筷看书先；
看妹信中情义断，
饭难落喉泪涟涟。

天旱不奈井边田，
撑船不破水中天；
人说我俩情义断，
利刀切藕有丝连。

蜘蛛结网巷子边，
两边屋檐有丝连；
风吹雨打都不怕，
重新相交照如然。

半年无雨因天旱，
为你晴（情）多蔗芽甜；
吃了田螺丢了壳，
还念当初嘣嘴甜。

高山岭顶招风雨，
花香蝴蝶蜜蜂追；
养熟画眉飞走脱，
丢我单身独只媒。

春上枝头花自催，
青春能有几多回？
先日与情鱼共水，
今日泪如断线珠。

先日与情鱼共水，
双双游去又游回；
今日分开别处去，
飘游皆为那枝梅。

流传地区：宾阳县

演唱者：梁志超

搜集整理者：陆有全、王启智

搜集时间及地点：1986年7月1日搜集于宾阳县芦圩

来源：选自宾阳县民间文学三套集成编委会编《中国民间文学三套集成宾阳县歌谣卷》（内部资料），1987年

日里做工想到妹（汉族）

哥嘱妹你去了思，
蜘蛛吊颈要长丝（思）；
去了毋同石落井，
毋见石头见水池。

自打去年分别妹，
哥便在东妹在西；
日里做工想到妹，
手抓铁锹打西呆。

流传地区：宾阳县

演唱者：封国添

搜集整理者：王启智、陆有全

搜集时间及地点：1986 年 5 月 6 日搜集于宾阳县新宾同太村

来源：选自宾阳县民间文学三套集成编委会编《中国民间文学三套集成宾阳县歌谣卷》（内部资料），1987 年

乜叶留心等妹来（汉族）

石上毋泥栽苦麻，
人屋怕栽弟要栽；
栽得三朝开两叶，
乜叶留心等妹来。
甘蔗甜甜着丢表，
地豆香香着剥皮；
你我爹娘冤仇斗，
阿哥虽好着分离。

流传地区：宾阳县

演唱者：欧流琼

搜集整理者：王启智、陆有全

搜集时间及地点：1986 年 6 月 5 日搜集于宾阳县四镇乡大欧村

来源：选自宾阳县民间文学三套集成编委会编《中国民间文学三套集成宾阳县歌谣卷》（内部资料），1987 年

难了难（汉族）

难了难，
毋见阿妹哥心烦；
正想差人去问妹，
条藤扯动半边山。
个天落雨落蒙蒙，
园内百花朵朵红；
今日惜哥丢掉妹，
鼻头粘饭当盲充（未见）。

为花为柳操心肠，
为哥愁多心自伤；
有米过年日子短，
毋米过年日子长。
日头落山分别你，
共哥分别各回乡；
八角桂树分开种，
哥是一香妹一香(乡)。

流传地区：宾阳县

演唱者：革文威

搜集整理者：王启智、陆有全、黄龙琼

搜集时间及地点：1986 年 6 月 6 日搜集于宾阳县思陇墟

来源：选自宾阳县民间文学三套集成编委会编《中国民间文学三套集成宾阳县歌谣卷》（内部资料），1987 年

送妹去，送妹行（汉族）

送妹去，送妹行，
送妹出门心就烦；
妹你去了慢细想，
千祈想到哥孤单。

流传地区：宾阳县

演唱者：何云

搜集整理者：王启智、陆有全

搜集时间及地点：1986 年 5 月 4 日搜集于宾阳县陈平乡平天村

来源：选自宾阳县民间文学三套集成编委会编《中国民间文学三套集成宾阳县歌谣卷》（内部资料），1987 年

连情比似长江水（汉族）

自从交情到今蕃，
阿妹未曾得罪庚；
连情比似长江水，
哥同青犁守江滩。

阿哥无妻专望妹，
望妹伴哥在阳间；
断久不见情人面，
哥心比似利刀弯。

白日又思夜又想，
正同马踢弟心翻；
为你操多饭毋吃，
比似泥鳅煎落铛。

为妹憨谋睡毋起，
落床又着凭墙行；
想你如何过得世，
生意毋做田懒耕。

嘱你早来陪伴我，
得妹伴哥当仙丹；
鲤鱼吃着长江钓，
为妹生死在河江。

流传地区：宾阳县

演唱者：梁志超

搜集整理者：陆有全、王启智

搜集时间及地点：1986 年 7 月 1 日搜集于宾阳县芦圩乡

来源：选自宾阳县民间文学三套集成编委会编《中国民间文学三套集成宾阳县歌谣卷》（内部资料），1987 年

怯了休（汉族）

怯了休，
我俩分开眼泪流；
眼泪也流妹也去，
路头路尾滴成窝。

怯了休，
去了千祈莫用忧；
妹也嘱哥哥嘱妹，
千祈去了做工夫。

流传地区：宾阳县

演唱者：唐建豪

搜集整理者：王启智、陆有全

搜集时间及地点：1986 年 6 月 6 日搜集于宾阳县思陇墟

来源：选自宾阳县民间文学三套集成编委

会编《中国民间文学三套集成宾阳县歌谣卷》(内部资料)，1987 年

送别歌（壮族）

男：　每谈到分离，
开口眼泪流；
别了我姣妹，
睡几天不起。

女：　别就别啰友，
莫回头相望；
眼相望难堪，
心酸步难行。

男：　送别第一步，
好似鸭离水；
鸭离水高兴，
哥离妹心灰。

女：　送别第二步，
好比鲤鱼离深潭；
别了我的哥呀，
何日再相见。

男：　送别第三步，
情谊转悠悠；
鸟儿比翼高飞去，
我俩泪双流。

女：　送别第四步，
愿跳深潭死；
离了我的哥，
跳死给你救。

男：　送别第五步，
如飞蛾扑灯；
离了我姣妹，
宁死去相跟。

女：　送别第六步，
天覆地又翻；
离了我的哥，
心烦发了病。

男：　送别第七步，
心急口难言；
离了我姣妹，
何日才相见。

女：　送别第八步，
心痛得要死；
离了我的哥，
愿死不愿活。

男：　送别第九步，
好像斧头劈观音；
离了我姣妹，
好像亲儿离亲娘。

女：　送别第十步，
萤烛飞过山边；
离了我的哥，
何日再相见。

流传地区：马山县永州镇、州圩乡一带

演唱者：黄金光，男，壮族，初中文化；蓝体群，男，壮族，初中文化；蓝金英，女，壮族，初中文化；李本忠，女，壮族，高小文化

搜集整理者：陈振虞、蓝求、零锡耿

翻译者：梁肇佐

来源：选自马山县民间文学三套集成编写小组编，马山县文化局、马山县文化馆印《中国民间文学三套集成马山县歌谣卷（二）》（内部资料），1987 年 6 月

离乡歌（壮族）

我家穷又苦，
大家亦相知；
讲到我家底，
大众莫笑叽。

龙凤两相爱，
私逃离隆安；
去到广南地，
一去不复返。

口讲不回还，
外出亦身单；
夫妻分离去，
弟妹见面难。

讲到我家穷，
屋里空散散；
早晚无米煮，
想来实艰难。

你若是好汉，
别去讲为难；
逃奔到广南，
难道有银山？

我夫不识事，
卖儿不带眼；
你实不知情，
两餐吃一餐。

妹你意志坚，
日夜都想走；
找得好人家，
幸福能到老。

哪有找幸福，
暂出去几年；
与你如姐妹，
接你到身边。

不管好与坏，
出走实为难；
你去望你返，
黑似三更天。

请你莫思念，
人似一阵风；
得吃也算好，
越讲越心痛。

想也想不得，
哭也难相见；
外出路遥远，
今后难见面。

流传地区：隆安县乔建镇一带

演唱者：潘桂英，女，壮族，不识字，隆安县乔建村人

搜集整理者：陆秀英、林敢枢

翻译者：马成宁

搜集时间及地点：1986 年 9 月搜集于隆安县乔建村

来源：选自隆安县民间文学三套集成编委

会编《中国民间文学三套集成隆安县歌谣集 第二集》(内部资料)，1987 年 8 月

离别（壮族）

自从与哥来连情，
想到哥来哭不停，
几时想哥几时哭，
沙纸揩泪不干净。
沙纸揩泪泪不停，
下梯脚软步难行，
身软无力拄拐棍，
走路一步重来一步轻。

与哥讲来话溜溜，
睡觉醒来挂心头，
挂在心头睡不着，
讲得不对哥莫恼。
见面一次想几回，
路隔天边心也飞，
若然不得结夫妇，
米汤难吞亦相随。

走出门口眼泪流，
难得平排与哥走，
难得同步与哥去，
相思难解心更愁。
不忘哥情不忘记，
死落棺材还相思，
死落棺材过三载，
哥过妹墓妹哭啼。

哥别街头不趁街，
妹守火灰哥不知，
死落棺材把哥想，
两人同死了相思。
妹你想哥怎样想，
哥想妹来似悬梁，
哥若想妹不得妹，
吃饭似沙落肚肠。

为哥死了下棺材，
想看亚哥爬上来，
打起锣鼓抬出去，
才会忘记哥情怀。
鸡啼一次细心想，
鸡啼二次心凄凉，
鸡啼三次要分别，
心头忐忑不舍郎。

我俩相随又别离，
凤凰飞去山林里，
凤凰飞去山也黑，
心想跟去步难移。
如果能变针和线，
我愿挂在哥襟前，
如果能变雀和鹞，
愿去做窝哥屋边。

与哥相交在今天，
好像茅草绞成团，
茅草绞来在一起，
滴水不吃心也甜。
鹧鸪颈花翅也花，
妹你人乖心也乖，
但得与妹同齐死，
三朝小孩发横财。

三朝儿死心也痛，
青蛙死了口也干，
哥讲句句知心话，

妹像小孩把糖含。
日齐夜齐七八餐，
路上相逢似梦幻，
荷叶拿来当伞使，
为妹一死心也甘。

流传地区：隆安县平山乡

演唱者：许梅娥，女，壮族，农民，初小文化，隆安县平山乡航行屯人

搜集整理者：伦义宁、林啟枢

翻译者：陈朝阳

搜集时间及地点：1986 年搜集于隆安县平山乡

来源：选自隆安县民间文学三套集成编委会编《中国民间文学三套集成隆安县歌谣集 第二集》（内部资料），1987 年 8 月

离别歌（壮族）

女：　雄鸡早啼鸣，
心里实不安，
妹得赶回去，
哥你多包涵。

男：　妹甭管鸡啼，
离天明还远，
你放心睡眠，
天明再回还。

女：　天黑好赶路，
白天怕人拦，
待有好机会，
再与哥唱弹。

男：　小偷会打洞，
白天怕人逢，
花开若不采，
实为难为兄。

女：　哥你别猴急，
热糍会把嘴烫，
待有好机会，
再来找哥玩。

男：　望妹守春约，
欢娱靠青年，
日后三十岁，
游春就为难。

流传地区：隆安县

演唱者：陆福隆，男，壮族，初中文化，隆安县儒浩村人

搜集整理者：林啟枢、何生德

翻译者：马成宁

搜集时间及地点：1986 年 12 月搜集于隆安县乔建镇

来源：选自隆安县民间文学三套集成编委会编《中国民间文学三套集成隆安县歌谣集 第二集》（内部资料），1987 年 8 月

壮族依歌（一）（壮族）

送哥送到大门前，
天上乌云盖半边；
保佑老天落大雨，
留哥伴妹两三天。

送哥送到大树边，
树荫盖地凉心田；
妹心不舍哥离去，

晚上缺哥妹难眠。

送哥送到大路边，
话长路短口难言；
阿哥一去路头断，
几时得哥再来连。

送哥送到大桥边，
桥上行人成双连；
把望大桥霹声断，
留哥凑妹两三年。

送哥送到大河边，
河水滔滔船向前；
眼泪随着流水去，
阿哥远影在天边。

流传地区：宾阳县甘棠镇

搜集整理者：曾月华，女，汉族，初中文化，宾阳县文化馆干部

搜集时间及地点：1985 年 4 月搜集于宾阳县甘棠镇邓村

来源：选自宾阳县民间文学三套集成编委会编《中国民间文学三套集成宾阳县歌谣卷》（内部资料），1987 年

壮族依歌（二）（壮族）

妹英台，
请你寻山问水来；
上山又吃山内药，
落水又吃水青苔。
昨夜三更睡毋着，
生魂去共妹偷连；
苏醒起来各一处，
花园又隔九层天。

今朝行过藕塘边，
藕花映水白连连；
藕花映水三尺远，
离情一日当三年。
新做双鞋乖又乖，
走去岭边等情来；
连去三朝不见面，
泪如下雨落筛筛。

流传地区：宾阳县和吉镇、洋桥镇、黎明镇等地

演唱者：冯启勤

搜集整理者：熊兴亮、莫兆桐

搜集时间及地点：1986 年 5 月 6 日搜集于宾阳县和吉镇巴乍村

来源：选自宾阳县民间文学三套集成编委会编《中国民间文学三套集成宾阳县歌谣卷》（内部资料），1987 年

壮族依歌（三）（壮族）

见面那时赚得笑，
走了不见又心伤；
怎得变仙或变佛，
变成南风去寻娘。
离了离，
鱼换新鳞花换枝；
你也莫来我毋去，
棒打鸳鸯各自飞。
今天落雨落蒙蒙，
一淋芥菜二淋葱；
芥菜得吃葱得卖，
同年去了难相逢。

流传地区：宾阳县

演唱者：冯达群、冯达光、冯达和、冯耀天

搜集整理者：熊兴亮、莫兆桐

搜集时间及地点：1986年6月6日搜集于宾阳县和吉镇巴乍村

来源：选自宾阳县民间文学三套集成编委会编《中国民间文学三套集成宾阳县歌谣卷》（内部资料），1987年

别情（壮族）

男：　北风连雨来，
妹说想返去；
有啥就吃啥，
妹别紧返去。

女：　鸡鸭喊喳喳，
不回也得回；
没有人理家，
我须返去啊。

男：　妹刚来到此，
我讲句实话；
留妹住多日，
住多日再返。

女：　哥真有心意，
我实在得返；
屋头工夫多，
我返去再来。

男：　妹真想返去，
哥带妹出行；
不怕大路远，
送到哪都送。

女：　如哥有时间，
望哥一同行；
得哥送妹去，
再远也不远。

男：　妹你趁早起，
天很快就亮；
大路人行多，
人见多难看。

女：　现在新世界，
人见多怕啥；
当去寻外公，
没什么可怕。

男：　送妹去门口，
门口没有字；
怕妹你忘记，
锁匙你带上。

女：　锁匙多难记，
哥你别给错；
错给阿公的，
开错实难看。

流传地区：宾阳县

演唱者：黄秋丽，女，壮族，1952年出生，宾阳县露圩镇浪利村委库利村人

搜集整理者：梁肇佐

搜集时间及地点：2013年5月搜集于宾阳县

十送夫郎上京州（壮族）

女：　一送夫郎落床头，
手挽夫膊泪双流，
今日与夫相分手，
暂且分别各自愁。

男：　一嘱娇妻听原由，
郎言报你莫须忧，
今朝分离是小别，
科场过了再排头。

女：　二送夫郎出房门，
挽夫轻轻开门楼，
如今送夫上京去，
不知哪日转回头。

男：　二嘱娇妻泪莫流，
勿为夫离日夜忧，
为取功名且别去，
割痛皆因觅封侯。

女：　三送夫郎到屋檐，
细言家务你莫忧，
堂上双亲我料理，
家中事务我筹谋。

男：　三嘱娇妻乐分手，
听你讲来我免忧，
朝夕瞻老托你代，
里里外外托你谋。

女：　四送夫郎到厅前，
轻轻移步娘启口，
夫去京城路遥远，
留心提防在路头。

男：　四嘱娇妻在厅前，
携手附耳说从头，
出路吉人有天相，
何劳娘子为郎忧。

女：　五送夫郎出庭院，
京城路远暗悠悠，
若夫有言尽管讲，
等娘信守记心头。

男：　五嘱娇妻在庭院，
平时切莫共人游，
三姑六婆都奸滑，
勿为贪财上钓钩。

女：　六送夫郎到门楼，
手拿槟榔共石榴，
给夫一个吞落肚，
留娘一个搁心头。

男：　六挽娇妻在门楼，
亲眷来往你绸缪，
紧记爱夫上京去，
功名成就转回头。

女：　七送夫郎出村头，
手提金叶送郎收，
皆因送郎莫到底，
赠你路上作盤头。

男：　七挽娇妻在村头，
娘给盘费我来收，
若得功名成就日，
念你功劳敬重酬。

女：　八送夫郎到沙丘，

得见宝鸭戏洲头，
路到半途飞一个，
留下单寡独孤愁。

男：　八挽娇妻坐膝头，
鸳鸯同伴宿沙洲，
夫妻本是同林鸟，
为着功名离别走。

女：　九送夫郎到九洲，
九洲柳叶散稠稠，
九洲柳叶稠稠散，
孤单独返泪难收。

男：　九挽娇妻在九洲，
劝娇到此便回头，
若望陌头杨柳感，
勿怨夫婿觅封侯。

女：　十送夫郎上京州，
订定牌匾迎夫侯，
路上逢花君莫采，
要为金榜挂名头。

男：　十劝娇妻你等候，
郎言劝报你莫忧，
若得皇天开恩日，
夫荣妻贵乐悠悠。

流传地区：邕宁三宫区

演唱者：班必冠，男，壮族，农民，邕宁县南晓乡晓贤村人

搜集整理者：澹夫；村夫；卢艺，男，壮族，高中文化，邕宁区文化局干部

来源：选自邕宁民间文学三套集成编委会编《中国民间文学三套集成邕宁县民间歌谣集》（仅供内部参考），1987 年

壮族情歌（壮族）

与妹别离情依依，
两行眼泪往下滴，
风过树梢难回返，
再见情妹是何时？
愿变汤匙随你使，
一辈为你舀饭食，
愿变银镯给你戴，
一生随你死不离。

流传地区：武鸣县

演唱者：覃平基，男，壮族，农民，高小文化，武鸣县陆斡镇覃内村人

搜集整理者：覃绍焕，男，壮族，武鸣县文化馆工作人员，高中文化

搜集时间及地点：1983 年搜集于武鸣县陆斡镇覃内村

来源：选自南宁市文化新闻出版广电局、南宁市民族文化艺术研究院编《南宁歌谣集成（壮族卷）》，广西教育出版社，2014 年 12 月

情歌信之一（壮族）

自从那次分别妹，
算来已有几年长；
灯草捞共雪水煮，
想娘卯中弟心凉。

乞儿上街租米吃，
千祈报妹共哥量；

六月旱天打谷种，
千祈莫械[1]弟遭殃。

摞[2]镜以连摞灯草，
照弟本心实想娘；
饭餐卯吃为想妹，
为妹卯来断肝肠。

六月热天千望妹，
千望南风过来凉；
枕头要来作笼卖，
千祈莫械断枕箱。

是妹有心记念弟，
断[3]个日期来商量；
人担八角过村卖，
几时来到弟村乡。

以前得罪妹莫记，
复再回头到哥乡；
断个日期伝再回，
感情念到妹老乡。

灯盏卯油半夜黑，
弟的话语长又长；
恐怕粗言有白字，
报妹来寻慢[4]商量。

睇[5]了歌书妹记紧，
千祈记紧在心肠；
完了歌书祝报妹，
祝报小妹莫传扬。

[1] 莫械：不要给。
[2] 摞：买或要。
[3] 断：决定、选。
[4] 慢：再。
[5] 睇：看。

流传地区：横县

演唱者：黄超进

搜集整理者：韦艺文，男，初中文化，横县文化局干部，横县校椅镇草衣村人

搜集时间及地点：1986 年 9 月搜集于横县校椅镇草衣村

来源：选自南宁市文化新闻出版广电局、南宁市民族文化艺术研究院编《南宁歌谣集成（壮族卷）》，广西教育出版社，2014 年 12 月

情歌信之二（壮族）

南[6]脚出门心闷闷，
时常挂，
思想我情大过天，
滴泪磨墨写歌信，
来报妹，
交给我情信一封。
信中不讲何别事，
嘱报妹，
报妹来寻两三人；
离别我情好长久，
不见面，
长时挂念在心田。

知得我情为那路，
永不见，
或夫管紧话难言；
想情不见情一面，
心暗咽，

[6] 南：抬。

眼泪流落白连连。
早日共娘已讲过，
仑妹听，
句句话言强[1]高坚，
那时风吹石燃起，
不了事，
今年灯草打沉船。

几多话言弟讲尽，
妹尽听，
塘头种藕望生莲，
知得我情那样想，
妹呀你，
丢弟孤寒一边天。
出门望见人执[2]菜，
卯见妹，
望天不见月团圆；
妹去那呢[3]受人管，
或那样？
只是风流断今年。

想妹不明妹心意，
那样想，
怕妹信人话乱言；
弟是下园芭蕉树，
直心讲，
再卯多心别处连。

郎今话言来报妹，
莫再耐[4]，
最近来寻千祈千；

[1] 强：这样。
[2] 执：摘。
[3] 那呢：那里，这里指大家。
[4] 莫再耐：不要再拖时间。

复信以连[5]来到屋，
妹呀你，
莫要限期天过天。
守在暗房无照顾，
宁愿死，
愿死归阴下黄泉，
是得你娘同床睡，
心正快，
如同塘水活[6]鲮鱼。

流传地区：横县

演唱者：黄超进

搜集整理者：韦艺文，男，初中文化，横县文化局干部，横县校椅镇草衣村人

搜集时间及地点：1986年9月6日搜集于横县校椅镇草衣村

来源：选自南宁市文化新闻出版广电局、南宁市民族文化艺术研究院编《南宁歌谣集成（壮族卷）》，广西教育出版社，2014年12月

情歌信之三（壮族）

鸿雁传书再复妹呀妹同年，
仑妹听，
莫械[7]十三州人传；
少年耍呀耍乐事，
合弟意，
年少阿妹合弟连。

若得连妹犹如鱼呀鱼共水，

[5] 以连：一起。
[6] 活：养。
[7] 莫械：不要给。

心快事，
单想白云飞过见青天；
有话即断日期伝呀伝上岭[1]，
弟卯怕，
大家有话对面慢还言。

如今共娘偷连相呀相识事，
人人有，
想返过去老人更高坚；
过去传扬英台共呀共山伯，
双蝴蝶，
生也同连死也同飞天。

之是[2]嫌弟贫穷孤呀孤寒仔，
邓卯起[3]，
小弟贫穷高兴在少年；
弟是鸭儿本来初呀初出斗[4]，
年纪少，
望妹娇娥挖带出河边。

你有常思小弟有呀有常想，
仑妹听，
报妹莫要忧气哥话言；
妹是蝴蝶弟是黄呀黄蜂子，
强同意[5]，
伝俩二人都爱在花园。

人家富贵女，
真呀真识事，
配卯起，
断文识字相貌美；

[1] 断：决定或选定。
[2] 之是：或是。
[3] 邓卯起：配不上。
[4] 斗：窝。
[5] 强：这样。同意：意气相投。

伝照天上牛郎共呀共织女，
夫妻俩，
总之有日对面慢开言。

前日在街虽然得呀得见面，
卯得讲，
眼见英雄好汉叠叠先[6]；
心想共娘在街讲呀讲几句，
相思话，
又见人多纭纭在眼前。

昨夜三更情兄打呀打一梦，
少年事，
梦见我妹形影在身边；
醒来卯见我情形呀形影面，
心不快，
忧气眼泪连时[7]落连连。

人话重庆搭桥过呀过大海，
心快事，
伝俩牵手同行露少年；
落了船头洋洋飘呀飘四海，
真可爱，
伝俩二人总要心事坚。

话是天星讲极都呀都不尽，
言语事，
略言几句去报我情闻；
若是天上生藤得呀得到地，
多得妹，
多得情妹一个大团圆。

先后六日未得同呀同相会，

[6] 叠叠先：很多人拥在前面。
[7] 连时：立刻。

见人讲，
如同石榴跌落大海洋；
弟是孤寒独自人呀人一个，
仑妹听，
日夜盼望得共妹商量。

流传地区：横县

演唱者：黄超进

搜集整理者：韦艺文，男，初中文化，县文化局干部，横县校椅镇草衣村人

搜集时间及地点：1986 年 9 月 7 日搜集于横县校椅镇草衣村

来源：选自南宁市文化新闻出版广电局、南宁市民族文化艺术研究院编《南宁歌谣集成（壮族卷）》，广西教育出版社，2014 年 12 月

分别送物歌[1]（瑶族）

妹出嫁离开哥，
这世未能与哥同床，
送件东西给哥做记号，
死去再与哥成双。

送一个帽子给哥，
哥别戴在头上，
待到死上西天时，
戴去做记号。

送张纸给哥，
哥莫拿去写字，
待到死进阴堂里，
再写上我俩的名字。

送条彩带给哥，
哥莫先缠在身上，
待死到阴间过阴河，
拿去架桥给我俩过。

送块金条给哥，
哥拿去先别用，
待死到阴间赶圩时，
再拿它去买财物。

送块银给哥，
哥拿去先别用，
待死到阴间在一起，
再拿它去买东西。

送双鞋给哥，
请哥先别穿，
待死进阴间罗汉街，
再穿去游玩。

送朵花给哥，
哥莫拿给人，
待死到阴国，
再送给妹戴。

送把伞给哥，
哥先别拿去遮，
待死进阴间路，
给咱俩同撑。

送蔸木给哥，
哥先别拿去用，
待到阴府同做伴，

[1] 据传这是白雪妹爱上韦林大哥，但韦林父亲不许他们结合，白雪年纪大了只好先出嫁。但白雪妹心不服，决心活着不能结成双对，死后也要到阴间里去再做夫妻。在出嫁前，她特意把十样东西送给韦林哥保管，让他死时带去做记号相会。

好给我俩做床铺。

流传地区：马山县

演唱者：韦永英，瑶族，80岁，农民，初中文化；罗祥华，女，瑶族，98岁，农民，不识字

搜集整理者：红波，壮族，46岁，文化馆干部；韦善标，瑶族，33岁，农民，初中文化

搜集时间及地点：1986年4月搜集于马山县内学村五弄一带

来源：选自马山县民间文学三套集成编写组，马山县文化局、文化馆编印《中国民间文学三套集成马山县歌谣卷（三）瑶族上》，1987年7月

分别叮话歌（瑶族）

告别哥哥我先走了，
爱你讲两句，
如果哥愿意，
就带去做种。

讲哥第一句，
别种断肠草，
断肠草毒人，
害你命归天。

讲哥第二句，
别种苦楝花，
苦楝花心苦，
苦你一辈子。

讲哥第三句，
别种老虎花，
老虎花心虎，
咬吃你啰哥。

讲哥第四句，
别种樱花果，
樱花刺勾人，
见人不放过。

讲哥第五句，
别种流浪花，
流浪花心狗，
摆尾它就走。

讲哥第六句，
要种金银花，
金银花心金，
至死不变心。

讲哥第七句，
要种石榴花，
石榴它心善，
颗颗亮晶晶。

讲哥第八句，
要种芭蕉花，
芭蕉一条心，
一世跟哥连。

讲哥第九句，
要种水仙花，
仙花心明净，
陪哥永不衰。

讲哥第十句，
要种千年花，
十年花开久，

万代永不败。

流传地区：马山县

演唱者：韦永英，女，瑶族，80岁，农民；罗祥华，女，瑶族，98岁，农民

搜集整理者：红波，壮族，46岁，文化馆干部；韦善标，瑶族，33岁，农民，初中文化

搜集时间及地点：1986年6月搜集于马山县内学村五弄屯

来源：选自马山县民间文学三套集成编写组，马山县文化局、文化馆编印《中国民间文学三套集成马山县歌谣卷（三）瑶族上》（内部资料），1987年7月

鸡叫歌（瑶族）

哥：　雄鸡高唱头一遍，
那是鸭和鸡同打更，
哥要分手离去了，
妹若有话请讲明。

妹：　交待阿哥第一句，
交心犹如交金钱，
我俩情谊深又深，
请哥永世别忘情。

哥：　雄鸡高唱第二遍，
密密叫声使人愁，
好比鸡仔被抓走，
催着我俩快分手。

妹：　交待情哥第二句，
我俩深交不忘情，
咱们分别有归日，
不是分离下黄土。

哥：　雄鸡高唱第三遍，
妹花插进袖子里，
就是我变成乞丐，
妹你也别忘前情。

妹：　交待情哥第三句，
妹我永是一条心，
再次交待呵大哥，
但愿万代不忘情。

哥：　雄鸡高唱第四遍，
青蛙连连叫田边，
情哥今天要远走，
妹若有话请留言。

妹：　交待情哥第四句，
请哥莫用多伤心，
随人怎样造家当，
定等哥来把我迎。

哥：　雄鸡高唱第五遍，
分别犹如马离槽，
小马离槽还会长，
我俩相思病难医。

妹：　交待情哥第五句，
请哥过桥别丢棍，
愿我俩交情之花开不败，
就像荷花出水红鲜鲜。

哥：　雄鸡高唱第六遍，
我俩犹像小牛快别娘，
小牛离娘一天比一天长大，
我俩别后相思病相连。

妹：　交待情哥第六句，
我俩相离情义连，
少哪月通信不到，
请大哥莫把妹忘。

哥：　雄鸡高唱第七遍，
我俩分别像花蝶离梨花，
也像斑鸠与画眉相别，
我俩怎么能分开呢!

妹：　交待情哥第七句，
花蝶离梨花，
斑鸠别画眉，
我俩永远成对不分离。

哥：　雄鸡高唱第八遍，
犹如山伯别英台，
人虽分离情义重，
死了也要重相逢。

妹：　交待情哥第八句，
犹如山伯嘱英台，
妹妹交待你大哥，
保重身体等妹来。

哥：　雄鸡高唱第九遍，
一问二问又三问，
别了金妹远离去，
哪日哪月再相见?

妹：　交待情哥第九句，
石榴花开在河边，
不管哥去多久远，
请哥常记在心中。

哥：　雄鸡高唱第十遍，
手拉着手难松开，
就要离妹远走了，
将来有变也难猜。

妹：　交待情哥第十句，
情哥别妹在四方，
我俩情深义又重，
变成仙女也等哥。

流传地区：马山县

演唱者：韦永青，瑶族，78 岁，农民，初小文化；韦秀王，瑶族，40 岁，农民，不识字；兰桂年母，瑶族，75 岁，农民，不识字

搜集整理者：红波，壮族，46 岁，文化馆干部；韦善标，瑶族，33 岁，农民，初中文化

搜集时间及地点：1986 年 7 月搜集于马山县合群乡内学村五弄屯

来源：选自马山县民间文学三套集成编写组，马山县文化局、文化馆编印《中国民间文学三套集成马山县歌谣卷（三）瑶族上》（内部资料），1987 年 7 月

分别歌（瑶族）

哥：　告别情妹第一步，
衣袖擦泪泪不断，
今别情妹远去了，
泪水湿透白衣衫。

妹：　送走情哥第一步，
请哥莫哭莫流泪，
山高路险不好走，
泪眼模糊难辨认。

哥：　告别情妹第二步，
衣袖擦泪水，
今别妹去了，
泪水流不断。

妹：　送走情哥第二步，
请哥莫伤心，
放心向前走，
造英雄世界。

哥：　告别情妹第三步，
犹如花朵离露水，
我俩别情又别意，
几时才能成双对。

妹：　送走情哥第三步，
请你大哥放心走，
我俩情谊重过山，
常来书信把心连。

哥：　告别情妹第四步，
犹如小马分离槽，
走了啰金妹，
好比小牛离娘亲。

妹：　送走情哥第四步，
哥莫胡思乱猜想，
努力读书去深造，
前途光明人人见。

哥：　告别情妹第五步，
犹同鲤鱼离江水，
我与你唱歌诀别，
好像独仔别亲妈。

妹：　送走情哥第五步，
请哥放心去念经，
练成仙成龙，
再把情来连。

哥：　告别情妹第六步，
我的泪水已流干，
分别一天又一天，
一月到了心又烦。

妹：　送走情哥第六步，
请哥莫意乱心烦，
今离走远去他乡，
请多保重常来往。

哥：　告别情妹第七步，
犹如金花别银花，
好比金丝鸟离开画眉，
让哥今后怎么度日走天下。

妹：　送走情哥第七步，
我俩恩爱金银也难换，
我俩情义重过山，
就像天上日月永相随。

哥：　告别情妹第八步，
就像山伯别英台，
我今离开了情妹，
犹如金伦别玉马。

妹：　送走情哥第八步，
犹如山伯送英台，
今日我送走大哥，
就是死也归一处。

哥：　告别情妹第九步，
好像工蜂别王蜂，

别离情妹去京城，
同班知道也伤心。

妹：送走情哥第九步，
交待的话请铭记，
京城的花杂又乱，
请哥莫要乱采撷。

哥：告别情妹第十步，
哥别妹远走他乡，
别了金妹远离去，
何时才能成双对。

妹：送走情哥第十步，
再见了大哥，
正想与哥同前走，
只是天不应。

流传地区：马山县

演唱者：韦秀王，瑶族，40岁，农民，不识字；韦永青，瑶族，75岁，农民，不识字

搜集整理者：红波，壮族，46岁，文化馆干部；韦善标，瑶族，33岁，农民，初中文化

搜集时间及地点：1986年9月搜集于马山县内学村五弄屯

来源：选自马山县民间文学三套集成编写组，马山县文化局、文化馆编印《中国民间文学三套集成马山县歌谣卷（三）瑶族上》（内部资料），1987年7月

送上路歌（瑶族）

问：哥送我回家吧，
去看一看我们那里的路，
去看一看我住的地方，
去看一看我坐的位置。

答：送就送吧妹!
哥正想看看你家的路，
正想看看你住的地方，
正想看一看你坐的位置。

问：哥送我回家吧，
送我回到家去，
看看我的兄弟，
看看我的父母。

答：送就送吧妹，
老早就想去看你的家，
老早想看你的兄弟，
老早想看望你父母。

问：哥想送你一起回去，
又怕你的兄弟骂，
送去到村口，
骂我怎么办?

答：哥但送我回去，
我的兄弟绝不骂你，
你送到村口，
有花轿来抬你进去。

问：哥想送你归去，
又怕你父母骂，
送你到门堂，
骂我怎么办?

答：哥但送我归去，
我的父母不会骂你，

送我到门堂，
他会笑哈哈来迎接你。

问：　哥想送你回去，
又怕你的家夫骂，
又怕你的家夫恨，
你说怎么办阿妹？

答：　哥但送我回去，
妹未曾有夫在家，
妹更无夫来骂你，
哥哥请你莫害怕。

问：　哥想送你回家，
又怕下雨没有伞，
到家没有地方住，
让我坐在院子里。

答：　哥但送我回去，
有伞给哥撑，
家里有地方给哥住，
不会坐在院子里。

问：　哥想送妹回去，
又怕到家没凳坐，
又怕进家没床睡，
丢了我的面。

答：　哥但送我回去，
到家定有凳给哥坐，
到家定有床给哥睡，
不会丢哥好面容。

问：　哥想送妹回去，
又怕到家没酒喝，
又怕没好菜送酒，
坏了我的口味。

答：　哥但送我回归，
到家中定有美酒喝，
必定有好菜送酒，
不会坏哥的口味。

问：　哥想送妹回归，
只能送到南宁，
路远去不了，
没办法走啰。

答：　哥但先送我去，
送我到南宁，
路远走不得，
有轿子送哥。

问：　哥想送妹归去，
送去到京城，
妹如得做皇，
给哥做什么？

答：　哥但送妹归去，
送去到京城里，
如果妹能成皇，
哥你就是东床。

流传地区：马山县

演唱者：韦永英，瑶族，80 岁，农民，初小文化

搜集整理者：红波，壮族，46 岁，文化馆干部；韦善标，瑶族，33 岁，农民，初中文化

搜集时间及地点：1986 年 9 月搜集于马山县内学村五弄屯

来源：选自马山县民间文学三套集成编写

组，马山县文化局、文化馆编印《中国民间文学三套集成马山县歌谣卷（三）瑶族上》（内部资料），1987 年 7 月

送友歌（瑶族）

问：　别友别到村口旁，
泪水纷纷难启步，
村口小草细声说，
她在告咱什么话？

答：　送友送到村口旁，
双双泪眼落纷纷，
村口小草细声说，
你俩分手莫伤心。

问：　别友别到大山头，
山头静静莫出声，
她为什么不出声，
她想告诉咱什么？

答：　送友送到大山头，
山头静静心念友，
她在低声把友祝，
祝友一路大平安。

问：　别友别到滴水岩，
滴滴清水凉心头，
她响咚咚说什么？
她响叮叮怎么讲？

答：　送友送到滴水岩，
滴滴清水凉心头，
她响咚咚劝莫哭，
她响叮叮内心痛。

问：　别友别到榕树下，
两双情手紧紧握，
榕树眼紧盯咱俩，
她心里说什么话？

答：　送友送到榕树下，
双手紧紧难分离，
榕树眼紧望咱俩，
内心有话难回答。

问：　别友别到大山沟，
山沟嗖嗖吹凉风，
凉风轻轻挠心头，
她想告诉什么事？

答：　送友送到大山沟，
山沟嗖嗖吹凉风，
她在轻轻拂我心，
告诉咱俩莫断情。

问：　别友别到大山外，
山外风光多壮美，
她在哈哈笑着咱，
她在笑咱做什么？

答：　送友送到大山外，
山外美景有气派，
她在哈哈笑告咱，
她说前途无限好。

问：　别友别到大路上，
大路平平多宽广，
路面黝黝望着咱，
她想对咱说什么？

答：　送友送到大路上，

大路平平似睡床，
路面黝黝望着友，
她在嘱友安心走。

问：　别友别到荷塘边，
塘里荷花笑点头，
她笑咱们什么事？
她笑咱们怎样啦？

答：　送友送到荷塘边，
塘里荷花笑祝友，
祝友此去步步高，
祝友天天飞向上。

问：　别友别到大河边，
大河清水流不断，
哗哗向前又回头，
她在对咱讲什么？

答：　送友送到大河边，
心酸泪水流成河，
哗哗向前又回头，
她叫双双莫忘情。

问：　别友别到大船上，
大船摇摇不安稳，
隔河两岸还相望，
她还相望做什么？

答：　送友送到大船上，
船头摇摇不安稳，
隔河两岸还相望，
如心在说信常通。

流传地区：马山县

演唱者：韦永业，瑶族，60岁，农民，初小文化；兰公松，瑶族，78岁，农民，不识字；罗公王，瑶族，79岁，农民，不识字

搜集整理者：红波，壮族，46岁，文化馆干部；韦善标，瑶族，33岁，农民，初中文化

搜集时间及地点：1987年2月搜集于马山县合群乡民族村

来源：选自马山县民间文学三套集成编写组，马山县文化局、文化馆编印《中国民间文学三套集成马山县歌谣卷（三）瑶族上》（内部资料），1987年7月

叮妹歌（瑶族）

叮妹第一句，
掏出心里话，
从小一起玩，
咱相爱十分。

叮妹第二句，
如天长地久，
从小在一起，
莫把我俩忘。

叮妹第三句，
以前喊阿哥，
今哥成乞丐，
也莫要忘情。

叮妹第四句，
同坐一只船，
船要翻就翻，
手拉手莫放。

叮妹第五句，
像蝴蝶恋灯，
做不成夫妻，
也结交朋友。

叮妹第六句，
情义重如山，
别去日长久，
想友心莫烦。

叮妹第七句，
梨花结七朵，
斑鸠与画眉，
同记在心间。

叮妹第八句，
像山伯英台，
恩情深又重，
死要同升天。

叮妹第九句，
天莫乱下雨，
水流河面宽，
妹忘哥也知。

叮妹第十句，
如月亮太阳，
明话要明讲，
相照在天上。

流传地区：马山县

演唱者：兰桂年母，瑶族，75 岁，农民，不识字

搜集整理者：红波，壮族，46 岁，文化馆干部；韦善标，瑶族，33 岁，农民，初中文化

搜集时间及地点：1986 年 8 月搜集于马山县内学村五弄一带

来源：选自马山县民间文学三套集成编写组，马山县文化局、文化馆编印《中国民间文学三套集成马山县歌谣卷（三）瑶族上》（内部资料），1987 年 7 月

叮情妹歌（瑶族）

交待情妹第一句，
做人心要正直，
莫道家底穷，
只要相爱心相依。

交待情妹第二句，
嫁莫要嫁远方人，
他乡路遥远，
到死难见父母面。

交待情妹第三句，
同双同对住在出生地，
生地穷是穷，
日日能见父母笑欢容。

交待情妹第四句，
要管好家庭，
造成家成当，
有朝情哥来探看。

交待情妹第五句，
造新家庭有困难，
做哪样不对，
要有商有量。

交待情妹第六句，

家中事多，碗水难端平，
哪样事情做不到，
莫要吵闹给人听。

交待情妹第七句，
等到心中的金花开放了，
好日子也来到了，
慢慢劳动养儿娇。

交待情妹第八句，
努力创造新家庭，
造出财宝和金银，
再讨媳妇给儿孙。

交待情妹第九句，
我就要分手过世了，
做哪样不对，
多讲给哥好做人。

流传地区：马山县

演唱者：罗祥华，女，瑶族，98岁，农民，不识字；罗吉花，女，瑶族，60岁，农民，不识字

搜集整理者：红波，壮族，46岁，文化馆干部；韦善标，瑶族，33岁，农民，初中文化

搜集时间及地点：1986年6月搜集于马山县合群乡民族、内学村

来源：选自马山县民间文学三套集成编写组，马山县文化局、文化馆编印《中国民间文学三套集成马山县歌谣卷（三）瑶族上》（内部资料），1987年7月

妹出嫁哥叮话歌（瑶族）

一叮咛二又叮咛，
叮咛妹年纪还小，
今出嫁到丈夫家，
不要忘记旧时友。

二叮咛三又叮咛，
早上打好洗脸水，
晚上端好洗脚水，
扶老待小像朋友。

三叮咛四又叮咛，
叮咛妹小还无知，
丈夫的心未摸清，
心里的话莫乱提。

四叮咛五又叮咛，
妹的身骨还太嫩，
挑挑拾拾要小心，
重担压肩坏身体。

五叮咛六又叮咛，
每次进餐要吃饭，
为人不用太伤心，
吃饭养命活到老。

六叮咛七又叮咛，
上街或走村，
莫多嘴多舌，
怕丈夫不容。

七叮咛八又叮咛，
下田地去做工，
不要做那手长人，
莫给别人骂是非。

八叮咛九又叮咛，
平时挑水或砍柴，
爬山过坳走远路，
小心看路脚莫歪。

九叮咛十又叮咛，
记住爬山或串寨，
不要走石壁悬崖，
方能保得青山在。

十叮咛又再叮咛，
哥妹永是一条心，
想起过去的恩爱，
请妹去了莫忘情。

流传地区：马山县

演唱者：韦永英，瑶族，80 岁，农民，初小文化；罗祥华，女，瑶族，98 岁，农民，不识字

搜集整理者：红波，壮族，46 岁，文化馆干部；韦善标，瑶族，33 岁，农民，初中文化

搜集时间及地点：1986 年 4 月搜集于马山县内学村五弄屯

来源：选自马山县民间文学三套集成编写组，马山县文化局、文化馆编印《中国民间文学三套集成马山县歌谣卷（三）瑶族上》（内部资料），1987 年 7 月

苦情歌

是妹嫁夫水拌油（汉族）

人屋嫁夫糖拌饭，
是妹嫁夫水拌油。
知是哪门配不合，
凑哪正同打架牛。

流传地区：宾阳县

演唱者：龙怀甫，男，汉族，农民，初中文化，宾阳县武陵乡马王龙村人

搜集整理者：王启智、陆有全

搜集时间及地点：1986 年 6 月 16 日搜集于宾阳县武陵乡马王龙村

来源：选自宾阳县民间文学三套集成编委会编《中国民间文学三套集成宾阳县歌谣卷》（内部资料），1987 年

弟不成家因无双（汉族）

当初比似大江水，
深潭海阔任行流；
谁知今日无缘分，
拆散鸳鸯过别洲。

上街去开灯草铺，
四时为妹哥心愁；
猪胆拿来点蜡烛，
火烧到胆双泪流。

日头落山去悠悠，
晒谷不干也要收；
晒谷毋干吃碎米，
连情毋得更忧愁。

一个木鱼一条棒，
毋见一秤配双砣；
世上一男配一女，
不见一女配双夫。

明处点灯暗处坐，
半盏眼泪半盏油；
入房不见双人影，
极命几多泪暗流。

情妹去了哥心愁，
手拿白米诱鹧鸪；
笼内鹧鸪飞走了，
丢个空笼把弟收。

良药难医相思病，
茅台也难解真愁；
妹是坏园苦麻菜，
开花结子无人收。

夜兰移归床底种，
花开屈气毋闻香；
肚饥吃着黄连草，
为哥苦楚实难尝。

咸鱼苦瓜一锅煮，
咸咸苦苦是哥尝；
大媚籴米细媚煮，
凄凉过了又凄凉。

手拎筛箕眼泪落，
着虫灯草是心伤；
半夜关门妹暗极，
横切鲮鱼暗断肠。

哥也想来妹也想，
有情想得好心伤；
牛踩田螺死得惨，
连娘连子断肝肠。

上山落岭脚步踮，
困多停来烧筒烟；
烧了筒烟不见妹，
仰睡岭坪白睇天。

莲塘种蔗因无藕，
塘基种菜叹无园；
秧不成禾因无水，
弟不成家因无双。

流传地区：宾阳县

演唱者：陆祥

搜集整理者：王启智、陆有全

搜集时间及地点：1986年5月5日搜集于宾阳县太守乡陆华村

来源：选自宾阳县民间文学三套集成编委

会编《中国民间文学三套集成宾阳县歌谣卷》（内部资料），1987 年

相思病重为妹缠（汉族）

一条大路白连连，
为妹愁谋吃毋甜；
三日吃餐都毋想，
相思病重为妹缠。

金鸡想凑凤凰企，
今日分开两路行；
点火烧桥打断路，
个场路断草生还。

流传地区：宾阳县

演唱者：陆永天，男，汉族，宾阳县黎明乡横岭村人，农民，初中毕业

搜集整理者：陆有全

搜集时间及地点：1986 年 1 月 1 日搜集于宾阳县芦圩

来源：选自宾阳县民间文学三套集成编委会编《中国民间文学三套集成宾阳县歌谣卷》（内部资料），1987 年

命毋修（汉族）

命毋修，
一条扁担度春秋；
叹云生做穷人子，
明火烧猪逼出油。

有女毋把嫁富翁，
仗势欺人实在凶；
鸡儿跌落米箩底，
虽然得吃毋欢容。

面盆载水满披披，
做人细媚实在亏；
白日拎来当牛使，
到夜拎来当马骑。

流传地区：宾阳县

演唱者：封大姑

搜集整理者：封家朝

搜集时间及地点：1980 年搜集于宾阳县者宾乡同太村

来源：选自宾阳县民间文学三套集成编委会编《中国民间文学三套集成宾阳县歌谣卷》（内部资料），1987 年

心烦伐伐乱麻麻（汉族）

心烦伐伐乱麻麻，
担水去淋大路沙；
嫁落你家屈坏妹，
塘干晒死鲤鱼花。

亚哥乖，
唱歌也乖人也乖；
若妹嫁夫同你样，
毋有反夫跳出来。

流传地区：宾阳县

演唱者：覃文威

搜集整理者：王启智、陆有全

搜集时间及地点：1986 年 5 月 10 日搜集于宾阳县思陇墟

来源：选自宾阳县民间文学三套集成编委

会编《中国民间文学三套集成宾阳县歌谣卷》（内部资料），1987 年

苦零丁（汉族）

蛛丝密密挂妹门，
妹是闲人凭队欢；
出门人紧妹也紧，
入门人快妹心酸。

高山有路天不到，
井中有水不通船；
思陇黄梅满街卖，
把哥看充心尽酸。

好花插在牛屎上，
好秧插落石头田；
是妹嫁夫不相等，
屈坏妹今六十年。

纱纸做裙你福薄，
叹你烧香不到天；
嫁夫毋好来连弟，
伝俩相交几十年。

新织鸡笼装龙凤，
谁知装着野山鸡；
这只山鸡浪荡大，
只闻拍翅毋闻啼。

锹耕田角毋如犁，
脱毛龙凤不如鸡；
山鸡也有山鸡旺，
鸡母睇充打西呆[1]。

一个螺丝九个弯，
十个单身九个难；
年青道说单身好，
后生易过老来难。

为人在世怕孤单，
后生也难老也难；
入门点灯一个影，
煮到饭来一个影。

日头落山山背阴，
鸟雀双双飞去林；
小鸟飞去成双对，
只有情哥苦零丁。

流传地区：宾阳县

演唱者：黄夙蓬

搜集整理者：王启智、陆有全、黄龙琼

搜集时间及地点：1986 年 6 月 6 日搜集于宾阳县思陇乡黄村

来源：选自宾阳县民间文学三套集成编委会编《中国民间文学三套集成宾阳县歌谣卷》（内部资料），1987 年

嫁着歹夫也着跟（汉族）

新做车子转轮轮，
嫁着歹夫也着跟；
拌饭毋盐也着吃，
独木架桥也着行。

[1] 睇充：看见。西呆：母鸡叫。

蹁脚入门伝就忧，
嫁个丈夫懒同牛；
同样做人难得世，
宁愿背个石磨游。

流传地区：宾阳县

演唱者：韦月秀

搜集整理者：能兴亮、莫兆桐

搜集时间及地点：1986 年搜集于宾阳县廖平墟

来源：选自宾阳县民间文学三套集成编委会编《中国民间文学三套集成宾阳县歌谣卷》（内部资料），1987 年

小弟单身日夜愁（汉族）

排几妹，
有排冇怕[1]讲来听；
如有排班仑械[2]哥，
出圩见面话好倾[3]。

大路陡陡妹冇姓，
大路平平妹冇名；
出世三朝爹娘死，
哪个还为妹安名？

单身愁，
小弟单身日夜愁；
成双只愁三五日，
单身愁闷春过秋。

成双兄，
来妹面前怨单身；
上下村乡人都识，
讲哥冇妻冇对因[4]。

只见猫儿上屋顶，
冇见拉牛过屋墙；
只有单身来问妹，
冇有成双来问娘。

弟孤寒，
亦无爹娘亦冇妻；
若你冇信跟去睇，
张台三角冇人围。

弟有十分思想妹，
如同鸡母想鸡儿；
鸡母想儿喊吃谷，
弟想着妹肚冇饥。

想着我情冇见面，
眼泪流来冇停时；
点点眼泪滴落地，
滴落地上活得鱼。

今日行过牛柑[5]根，
牛柑开花笑纭纭；
冇是笑佢[6]冇笑你，
笑妹单身冇同人。

人当世界妹也当，
妹当世界冇同人；

[1] 冇怕：不怕。

[2] 仑械：说给。

[3] 倾：倾谈。

[4] 冇妻：无妻。冇：不。因：语气助词。

[5] 牛柑：植物，果可食用，味甘苦。

[6] 佢：他。

人当世界鱼共水，
妹当世界是单身。

实是想，
日夜想妹卯了时[1]；
白日想到日头落，
夜晚想到三更时。

心忧忧，
哥担灯草妹担油；
灯草放落油灯底，
哥心放落妹心头。

流传地区：横县

演唱者：覃秀文，女，壮族，农民，初中文化，横县镇龙乡那荣村人

搜集整理者：蒙仁伟

搜集时间及地点：1986 年 9 月 9 日搜集于横县那荣村

来源：选自横县民间文学三套集成编委会编《横县歌谣集上册》（内部资料），1987 年 1 月

弟孤寒（汉族）

弟孤寒，
冇有爹娘亦冇妻，
当着孤寒单身子，
你见难为卯难为？

实卯有，
有双卯落个样人[2]；
南[3]脚入门心就愁，
样样家务在弟身。

实卯有，
有双卯落个样人；
衫烂裤穿卯人补，
饭熟卯人拾起身。

实卯有，
有双卯落个样人；
卯信伝朋跟去睇[4]，
菜饭上台独自吞。

实卯有，
有双卯落个样人；
伝朋你见凄凉卯？
你有细姨媒械伝[5]。

流传地区：横县

演唱者：覃秀文

搜集整理者：蒙仁伟

搜集时间及地点：1986 年 9 月搜集于横县镇龙乡

来源：选自横县民间文学三套集成编委会编《横县歌谣集上册》（内部资料），1987 年 1 月

笼装凤凰难出头[6]（汉族）

愁了愁，

[1] 卯了时：时刻不断。

[2] 卯落个样人：不致变成这样的人。

[3] 南：抬。

[4] 伝朋：大家。睇：看。

[5] 媒械伝：做媒介绍给我。

[6] 最初发表于《横县情歌》1981 年 8 月版。

手拎[1]愁书哥摇头；
锅儿无米难揭盖，
火烧情书来糊口。

化子上街吹六笛[2]，
口边欢乐心里忧；
吹罢愁乐无家去，
哭声未出泪先流。

铁打心肝肠欲断，
铜打眼睛泪成[3]流；
连妹比想[4]长江水，
空见流去卯回头。

约会期满妹卯到，
口饭三吞难落喉；
翻来覆去睡不着，
卯知失约为哪咎[5]？

失约为爹卯将就，
双亲压妹嫁横州[6]；
妹我抗婚不依从，
无奈爹妈锁门楼。

妹你爹妈卯将就，
道理讲来为哪咎？
面脂涂上时钟壳，
其中必定有因由。

不讲兄你不知道[7]，

[1] 拎：拿。
[2] 化子：乞丐。六笛：竹笛，因有六个音孔，故名。
[3] 成：还。
[4] 比想：好比。
[5] 卯：不。咎：原为“周”，现据话意改用“咎”。
[6] 压：原为“鸭”，现改用“压”。横州：横县县城。
[7] 道：原为“到”，现改用“道”。

讲起爹妈眼泪流；
前日双亲算哥命，
话讲兄你条命丑。

同强[8]讲来卯用操，
只要妹你坚心够；
多讲善劝双父老，
竹筒装水两头流。

隔节竹筒来吹火，
爹卯通气实在嬲；
硬讲嫁哥贱如狗，
说妹痴情骂不休。

独脚凳儿俾[9]哥坐，
难为哥我坐不猫[10]；
猫儿跳上断耳篮，
身未企[11]定篮就倒。

劝声哥你莫再忧，
卯是妹我情不投；
都怪皇帝卯开眼，
天生我俩无缘由。

亏妹还讲无缘由，
为乜当初把哥留[12]？
骗哥先上高楼顶，
后面你把楼梯收。

歌词劝兄莫气怒，
为妹比你心更愁；

[8] 同强：这样。
[9] 俾：给。原为“比”字，现据语句改用“俾”。
[10] 猫：蹲下。
[11] 企：站立。
[12] 乜：什么。留：追求。

无奈爹妈迷信重，
话讲哥命贱如牛。

火烧茅屋没得救，
笼装凤凰难出头；
金鸡跌落长江水，
娇娥去了卯回头。

杜鹃啼血屋顶上，
孤房妹我哭不休；
日起哭到日头[1]落，
绵绵夜泪湿枕头。

苦情哭到筋都抽，
泪洗棉毡泪洗口；
神仙得见神仙叹，
菩萨睇[2]见也摇头。

哭情哭到筋都抽，
铁打枕头滴成沟；
要知妹我泪多少，
比想长江源源流！

百斤棉被泪湿透，
千吨石炭泪淌流；
面对苦海天哪天！
怜我孤单怜我愁。

流传地区：横县

来源：选自横县民间文学三套集成编委会编《横县歌谣集上册》（内部资料），1987年1月

[1] 日头：太阳。

[2] 睇：看。

苦楝情（汉族）

苦楝[3]情，
苦楝子苦叶子青；
苦楝生来怨命苦，
兄命苦苦不招情。

苦楝苦，
苦楝子苦苦到兄；
苦楝苦苦无人爱，
命中苦苦妹丢情。

苦楝苦，
兄是苦楝妹丢兄；
苦楝苦苦掉落地，
花街路头断了情。

苦楝苦，
人丢苦楝激气兄；
肚里生疮睇卯见，
暗痛在心总卯明。

苦楝苦，
苦闷不逢十几情[4]；
想情不见情的面，
朝望日头夜望星。

苦楝苦，
苦楝苦苦命生成；
口含红豆思又想，
夜吃田螺暗溯声[5]。

[3] 苦楝：树的一种，果可食，有苦味，皮苦可入药。

[4] “十几”指年龄。情：情人。

[5] 暗溯声：暗抽泣。溯：指吸的声音，吃田螺须吸出。

苦楝子苦苦丁丁，
妹丢了情害苦兄；
蜡烛作灯床头点，
暗思流泪卯时停。

苦楝最怕秋风声，
花残叶落子孤零；
花在枝头人人爱，
苦楝落地鸟不叮。

十月苦楝孤零丁，
山中画眉[1]断了声；
世上最怕江水断，
人间最怕断爱情。

苦楝黄连苦对苦，
心中苦苦吐真情；
七月牛郎会织女，
山伯何日会祝英[2]？

流传地区：横县

演唱者：宋世希

搜集整理者：黎坚

搜集时间及地点：1986年10月搜集于横县宋村

来源：选自横县民间文学三套集成编委会编《横县歌谣集上册》(内部资料)，1987年1月

苦连天（汉族）

兄在那边笑连连，
妹在这边苦连天；
大舅去担蜜糖卖，
眼见兄甜妹卯甜。

瘦肉拎[3]来送饭吃，
强好[4]生活妹尚嫌；
若兄照[5]得妹队强，
就是想死限几年。

苦连天，
妹娘嫁妹落渡船；
日日都行三步板，
卯得返归要少年。

饭甑炊纱莫忧气，
嫁落船家任使钱；
一只大船装百客，
百客交钱千又千。

妹命丑，
嫁去人村卯灶门；
三只火砖搭只灶，
低头吹火妹心酸。

妹命好，
大屋堂堂嫌卯门；
今日去做人新妇，
三年两载又有孙。

妹命丑，
嫁去人村恶嫱娜；
放米落锅数米粒，

[1] 画眉：鸟名。
[2] 山伯：梁山伯。祝英：祝英台。
[3] 拎：拿。
[4] 强好：这样好。
[5] 照：仿照。

放柴落灶数柴杈。

婄娜虽恶亦卯怕，
特定[1]去掌人村家；
今日去做人新妇，
三年两载得做妈。

六禾卯好望翻稿，
嫁夫卯好望同年；
谁知同年以卯好，
水浸日头屈坏天。

你娘放命真会械[2]，
嫁夫登对似门联；
俩佬同高又同未，
同台吃饭笑连连。

流传地区：横县
演唱者：蒙泽煌
搜集整理者：蒙泽煌，横县附城长江村人
来源：选自横县民间文学三套集成编委会编《横县歌谣集上册》，1987 年 1 月

好了人家亏了哥（壮族）

好了你呀，
罗梭，
好了人家亏了哥，
当初手板相垫坐，
罗梭，
难为今日抛掉哥。

[1] 特定：故意。
[2] 你娘放命：意为父母包办的婚姻。械：给。

好久不见行山路，
娇妆，
这条私路变成山，
若妹有心哥有意，
娇妆，
大齐开山做路还。

细布包针针有耳，
情思，
好丑是伝两个知，
黄鳝钻过塘膝底，
情思，
暗里通行哪个知？

蚯蚓钓鱼心情愿，
情心，
有人落水去生擒，
甘心提来送水吃，
情心，
你情我愿至甘心。

流传地区：南宁市邕宁区那陈镇一带
演唱者：黄正勉，黄上升
搜集整理者：杨培，男，壮族，初中文化
来源：选自邕宁区民间文学三套集成编委会编《中国民间文学三套集成邕宁县民间歌谣集》（内部资料），1987 年

眼看凤飞留空窝（壮族）

路头交朋友，
哥心常想念，
分离日久记当初。
同游近半世，
抛梭织麻布，

为何今日才嫌粗。

约定么见面，
断定娘改路，
难怪沙道无脚模。
风吹灯草散，
条条都戳断，
娘今必定芯头多。

人生难尽信，
情断叹孤苦，
如今分离生再疏。
无缘匹配你，
怨叹我命丑，
眼看凤飞留空窝。

流传地区：南宁市邕宁区那楼镇、中和镇、新江镇一带

演唱者：黄砍邦，男，壮族，农民，初中文化

搜集整理者：李启梧，男，壮族，初中文化，邕宁区民间文学三套集成采风队队员

来源：选自邕宁民间文学三套集成编委会编《中国民间文学三套集成邕宁县民间歌谣集》（内部资料），1987 年

十想（壮族）

一想变成双蝴蝶，
留恋园中花八角，
趣味常香有舍离。
二想变成双宝鸭，
同游水面寻花藕，
不舍分离东过西。
三想变成双燕子，
同游海南真快乐，
日同飞舞夜同飞。
四想变成双筷子，
日夜莫离同伴住，
朝糠晚菜莫嫌弃。

五想变成山涧水，
日夜常流无停断，
暗流石底有根基。
六想变成鱼共水，
四季莫离真正好，
若想漂洋离小溪。

七想变成星伴月，
西去东回常相伴，
暗暗明明郁同时。
八想变成山鸡样，
日夜同游山过岭，
自由结对共山栖。

九想变成梁山伯，
英台日夜同窗伴，
生死留给后人知。
十想变成蜜蜂样，
飞过花园寻好味，
成双结伴酿糖蜜。

流传地区：南宁市邕宁区那楼镇等地

演唱者：黄国平，男，壮族，农民

搜集整理者：周大楼

来源：选自邕宁民间文学三套集成编委会编《中国民间文学三套集成邕宁县民间歌谣集》（内部资料），1987 年

壮族侬歌（一）（壮族）

从细跟人去戽水，
未曾行过石螺滩，
毋掩石螺浮水面，
有掩石螺水底行。

十八后生未娶妇，
好幸成双在个秋，
特定绚船等水起，
留心守等你来游。

听闻情娘一句话，
十分都有九分差，
红袱盖头人取去，
怎得你来管我家。

文仙酸梅吞落肚，
毋来欲诱我心酸，
想到同年睡毋着，
怎得你来解心欢。

我便开门等十夜，
走去花街眼望穿，
独坐三更妹毋到，
床头滴泪到天光。

嘱你莫学窦氏女，
嫌贫爱富别前夫，
后来做臣有官做，
京州大路走来求。

不但妹想兄也想，
一夜想娘十二时，
想多走出村头望，
正同狼狗望猪儿。

第一去嫁问父母，
第二去嫁问本身，
去喊先生排八字，
姻缘毋合泪纷纷。

流传地区：宾阳县和吉镇、洋桥镇、黎明镇等地
演唱者：葛达光，宾阳县洋桥镇桂西村歌手
搜集整理者：熊兴亮、莫兆桐
搜集时间及地点：1986 年 5 月 27 日搜集于宾阳县洋桥镇桂西村
来源：选自宾阳县民间文学三套集成编委会编《中国民间文学三套集成宾阳县歌谣卷》（内部资料），1987 年

壮族侬歌（二）（壮族）

六月日头大连连，
晒得江干石出烟；
白鹤飞天热到死，
鲤鱼脱骨在江边。

六月日头大连连，
竹筒担水上高田；
高田毋吃几多水，
连哥毋得几多年。

先时妹是牡丹球，
今日风吹跌落窝；
因为嫁夫不相称，
头发披蓬也懒梳。

先日妹是菊花球，
今日风吹跌落窝；

头也懒梳面懒洗，
正同坏庙毋人修。

若我嫁夫同你样，
上墟就买玉林梳；
买得玉林梳摆鬓，
梳装摆鬓共兄游。

走去深山种茉莉，
茉莉开花出山皮；
六月蜘蛛吊颈死，
屈坏愁谋一肚丝。

鹧鸪过岭你毋望，
人人都识弟家穷；
若是有钱早娶你，
怎把放命落广东。

白饭上台毋想吃，
吃少忧多添皱纹；
手拎铜镜倚门照，
英雄失色十三分。

难了难，
如同鹧鸪望高山；
鹧鸪望山倒容易，
小弟单身难过关。

流传地区：宾阳县

演唱者：黄寿光，宾阳县洋桥镇人

搜集整理者：熊兴亮、莫兆桐

搜集时间及地点：1986年6月20日搜集于宾阳县洋桥镇

来源：选自宾阳县民间文学三套集成编委会编《中国民间文学三套集成宾阳县歌谣卷》（内部资料），1987年

壮族侬歌（三）（壮族）

从细平生到今日，
并毋错脚行路歪；
行路逢花我毋采，
侧身遍过毋去挨。

有心有意就容易，
无心莫诱我心焦；
有心约媒就通话，
双方同意就吹箫。

石头顶上种丹桂，
成根也望兄壅泥；
蚂蚁担泥归筑屋，
好事成双夫共妻。

三岁起个凉亭住，
风流全靠少年时；
彭祖落塘去挖藕，
老了想连枉心机。

一条大路白滔滔，
正想问情人又多；
刀剪无钉难开口，
石上斩藤难落刀。

流传地区：宾阳县和吉镇、洋桥镇、黎明镇等地

演唱者：宾阳县和吉镇巴乍村村民冯达荣、冯智光、冯达光、冯达和、冯善识

搜集整理者：熊兴亮、莫兆桐

来源：选自宾阳县民间文学三套集成编委会编《中国民间文学三套集成宾阳县歌谣卷》（内部资料），1987年

壮族侬歌（四）（壮族）

一只蝴蝶飞过街，
今日为花我又来；
怎得有缘娶得你，
牡丹移归园内栽。

兄在江边洗茶叶，
妹在桥底洗石渣；
若兄有钱娶得我，
吃水正同八角茶。

讲着钱银如粪土，
人义相交值千金；
新起凉亭无人盖，
风流哪个又嫌贫。

今朝我来我爹骂，
我爹砍刺路头栽；
我爹拎棒路头等，
皮破血流妹也来。

初三去拜娥眉月，
毋得团圆心毋欢；
虽然不得成夫妇，
伝队也谈到天光。

妹金银，
茶壶毋盖你身单；
茶壶无盖妹单独，
作我贤妻能毋能？

有心有意就容易，
无心无意难得娘；
同心约媒就通话，
两家中意庆其昌。

早见那时你毋讲，
个时才讲我心凉；
若你有心早托话，
我俩早来三五场。

鸩鸠飞来竹表企，
你一开言我就知；
新瓮里头种甘草，
好心成就实难离。

利刀切藕丝毋断，
且祝我情毋断思；
不信你看纸共墨，
纸张溶烂墨难离。

流传地区：宾阳县洋桥镇、黎明镇一带

搜集整理者：冯达荣、冯旭光

来源：选自宾阳县民间文学三套集成编委会编《中国民间文学三套集成宾阳县歌谣卷》（内部资料），1987 年

壮族侬歌（五）（壮族）

塘基栽芋不着处，
塘内装罾不着鱼；
嫁得个夫三不四，
如同雪水活鲮鱼。

昨夜无盐吃菜淡，
今朝毋米吃粥稀；
天旱大虫咬竹笋，
毋讲苦情你毋知。

你苦一些就喊苦，
我苦咁多你毋知；

你苦钱财共谷米，
我苦牙床枕上妻。

流传地区：宾阳县

演唱者：冯智光

搜集整理者：熊兴亮、莫兆桐

搜集时间及地点：1986年5月5日搜集于宾阳县和吉镇巴乍村

来源：选自宾阳县民间文学三套集成编委会编《中国民间文学三套集成宾阳县歌谣卷》（内部资料），1987年

壮族侬歌（六）（壮族）

断了情，
肉篮断肉酒断瓶，
兄村断了阿妹脚，
床头断了细话声。
石头顶上晒沙姜，
一阵风来一阵香，
现时讲出分离话，
兄断心肝妹断肠。

流传地区：宾阳县

演唱者：冯达群

搜集整理者：熊兴亮

搜集时间及地点：1986年6月1日搜集于宾阳县和吉镇巴乍村

来源：选自宾阳县民间文学三套集成编委会编《中国民间文学三套集成宾阳县歌谣卷》（内部资料），1987年

单身汉歌（壮族）

正月正，
山姜叶返青，
别人成双对，
单身独是兄。

二月惊蛰过，
人家秧苗青，
双双蝶恋花，
哥晕泪不停。

三月交清明，
妹扯秧不停，
哥孤儿单身，
要成人难成。

四月交立夏，
人有妻耘田，
同去又齐归，
哥泪落连连。

五月末夏至，
忧将死可怜，
干活归来晏，
饭菜独我缠。

六月至小暑，
到处收割声，
妹越割越甜，
哥手软心惊。

七月末处暑，
人沤肥淋田，
妹穿新衣裳，
哥千缝百线。

八月交白露，
干活不沾边，
妹成双打柴，
哥睡泪连连。

九月重阳节，
稻收回晒场，
我各翻各趟，
谁来帮哥想。

十月末小雪，
人纺纱不停，
妹有钱打扮，
谁问哥一声。

十一月冬至，
天气冷冰冰，
妹火边打鞋，
哥无人同情。

十二月大寒，
北风吹无情，
人有妻照顾，
哥单身孤伶。

流传地区：宾阳县甘棠镇、露圩镇一带

演唱者：易培恩，男，壮族，初小文化，歌手，宾阳县甘棠镇金奎村人

搜集整理者：易培恩

翻译者：黄轻，男，壮族，大学文化，宾阳县壮文学校

来源：选自宾阳县民间文学三套集成编委会编《中国民间文学三套集成宾阳县歌谣卷》（内部资料），1987 年

旧情歌（壮族）

男：想妹情切切，
日日四处寻，
不知在何方，
恋情埋在心。

女：不见哥返回，
妹上下打听，
想起以往事，
哥变成痴人。

男：想起从前事，
梦中几回醒，
想到孩提时，
玩耍实天真。

女：想到孩提事，
妹心绪翻腾，
与哥情已深，
谁知妹恋情？

男：恋情无人知，
独自埋心底，
手拉手谈情，
相聚两依依。

女：手拉手谈情，
相聚两依依，
提起从前事，
相恋心已痴。

男：手拉手谈情，
倾心又相恋，
板凳两头坐，
好像对婵娟。

女：　同坐条板凳，
情似蜜糖甜，
很久不相逢，
妹情心熬煎。

男：　谁心不煎熬，
几年不见面，
想以前情义，
犹如在眼前。

女：　想以前情义，
滴水唇不沾，
妹想返家园，
恋哥又回转。

流传地区：隆安县小林乡一带

演唱者：林兆荣，壮族，隆安县小林乡大林村人，初小文化

搜集整理者：林兆荣，壮族，隆安县小林乡大林村人，初小文化

翻译者：马成宁

来源：选自隆安县民间文学三套集成编委会编《中国民间文学三套集成隆安县歌谣集 第二集》（内部资料），1987 年 8 月

泪挽情歌[1]（壮族）

私造两句话，
表达心中意；
要白布来写，
赔阳间情义。

这样来对我，
想想心恐惧；
才病两三天，
就丢命离去。

托人买把香，
寄到弄多上；
哭过桥过路，
伤心倒路旁。

去送哥不得，
自哭自伤心；
前面不见你，
后面不见人。

板果村后生，
果竹屯伙计；
人人都悲凉，
懂文章道理。

妹是女儿家，
讲句伤心话；
阳间和阴间，
情义各天涯。

我应听人言，
快过门几天；
那马或崇祥，
路遥像上天。

可怜我命贱，
烧香红河边；
哥送几斤棉，
还未得纺线。

[1] 故事发生在三百多年前的清代贡川至龙口一带（今大化县贡川乡），弄多屯有一名男子在石塘土司府当差，从事办案工作，他与灯唤村果列屯一名叫达红的才女恋爱多年，男子给该女子送过洋纱、棉布、棉花等礼物，女子尚未过门。男子突然暴病身亡，女子悲痛欲绝，拿了三丈白布到坟墓旁边边哭边唱，并将写有挽歌的白布盖在坟墓上。后人将此歌抄下，得以流传至今。

你突然归阴，
娘哭纺机前；
斗笠或雨伞，
妹帮你来拿。

病如千斤重，
谁都没办法；
四月十四日，
我俩喜相逢。

十九你成鬼，
闻之心都溶；
人传你病重，
听了我心惊。

搭船下化圩，
那马去打听；
十天或九天，
到哥家看望。

扶哥上凳坐，
见面心也甘；
罢列哥呀哥，
一世想不通。

盗贼抢走你，
无痕又无踪；
买条布给妹，
还未曾收好。

有什么鬼妖，
将把你命倒；
娘叫吃午饭，
你抬脚出门。

二一二二天，
哭你泪纷纷；
丢妹在后面，
哭得泪汪汪。

三月人插田，
妹无种育秧；
下那马问人，
过弄万问路。

想去送一程，
脚软难起步；
这世枉来世，
墓前对你讲。

无力伏犁耙，
进屋凉荒荒；
未成你老婆，
就买纱给我。

你对我情深，
哭得泪成河；
见人家穿好，
带妹去化圩。

买新布来裁，
给妹缝新衣；
虽未得过门，
早是你的人。

可再等十年，
我家果列村；
你走另条路，
很少俩相逢。

百针不走线，
情诚心也诚；

远望你的村，
不得进家门。

爹娘未曾喊，
恨未曾成亲；
未曾装盆水，
未曾近你身。

未曾扶上坐，
到死不甘心；
水车断了杆，
冲走在沙滩。

你家穷布粮，
无钱来开丧；
若能和你住，
守寡心也甘。

初十和十五，
为你烧纸钱；
路远你先走，
留妹泪涛涛。

七月做纸衣，
妹往哪里烧；
像串村赶圩，
你快步急急。

化三魂七魄，
与妹永分离；
二十几岁人，
还没食阴果。

你就死去了，
父母靠哪个？
你还在阳间，
赶圩同相邀。

门外听声喊，
懂得你暗号；
男十三四岁，
拿八字合命。

父母早就催，
你就是不听；
叫你报佳期，
赖过天又天。

都说有时间，
以为寿百年；
你只爱游荡，
玩那马石塘。

天天背大单，
丢家全不管；
斑鸠也找对，
穷人也娶妻。

早就对你讲，
你总说不急；
妹话你不听，
爱当差当兵。

乐外不顾家，
丢父在堂厅；
人你与同龄，
孩儿绕衣襟。

你不理不睬，
至今孤零零；
穷人也成家，
孤儿有家当。

你虽个好汉，
死下土了光；
家有父有兄，
有地有田庄。

你无儿无后，
只因你心浪；
年年跟三府，
天天在石塘。

叫哥造个家，
你不声不响；
哥像只画眉，
喊过水过山。

整天跟官吏，
过日子真难；
父六七十岁，
鳏寡独伤悲。

三月人下田，
家无种无肥；
请神仙下凡，
拉你都不回。

只有雷雨天，
你才把家归；
人有儿有妻，
死去命才值。

春时得扫墓，
七月裁纸衣；
无缘岳父母，
没有内兄弟。

只身到阎罗，
灶王都不理；
婶娘和伯娘，
陪母亲凄凉。

白发送黑发，
哭得好心伤；
怕洞穴不满，
自挑土填塘。

我做饭拦路，
摆在你墓旁；
人插田纷纷，
父急欲断魂。

天天望哥回，
秧烂在田中；
种烂在田中，
哭眼泪红红。

天越来越旱，
田里干烘烘；
如知你短寿，
偷要种来收。

走干净如水，
什么都不留；
冤枉为你多，
早应把你丢。

迷到十分心，
如今泪自流；
请道师来招，
搞斋场来护。

样样伤我心，
看来命不长；

骑马追不上，
拉也不回来。

是棉或是布，
损了买来赔；
哭多伤两眼，
悲多坏肚肠。

忽儿眯了眼，
梦依你身旁；
妈煮半筒米，
一粒未进口。

灯里没有油，
油尽灯也灭；
哥开丧之时，
妹身不得拜。

买条纱块布，
不得盖给哥；
棺下点盏灯，
照哥去路程。

不得成夫妻，
与师道同拜；
你我各一边，
给妹怎么活。

愿哥来划魂，
同死能同乐；
愿死死不了，
活比死难受。

丢妹你自去，
整日泪斑斑；
早应就下嫁，
撒谷下秧田。

给你留个种，
跟哥到那吏；
因宠信太多，
一朝又一朝。

该下田不下，
只踩过田边；
为婚期恶语，
闹了几多事。

告到那史衙，
以为得成对；
公婆也打闹，
做老来调停。

早知你命折，
何必来当初；
天地灰蒙蒙，
哥墓在山中。

哪天墓长草，
野狗来作伴；
想跳河去死，
跟你到阴间。

父母年纪老，
到河边又停；
若能做买卖，
用钱赎你回。

卖房卖田地，
交到阎王殿；
化成云成雾，
死了哪能回。

阎罗王审事，
有哭也有欢；
凄凉只想哭，
悲伤只流泪。

死了在一起，
还认我没有；
讲你命不争，
生辰你不好。

我要去问仙，
给她讲我听；
哭声写上布，
插墓上给你。

行人过往看，
知道我的心；
买斤把素菜，
墓前来祭拜。

流传地区：马山县

演唱者：达红，女，壮族，马山县贡川乡（现大化县贡川乡）弄多屯人

搜集整理者：零锡耿

搜集时间及地点：1987年4月搜集于马山县贡川乡（现大化县贡川乡）弄多屯

来源：选自马山县民间文学三套集成编写组，马山县文化局、文化馆编中国民间文学三套集成《马山县歌谣卷（二）》（内部资料），1987年6月

无妻歌（壮族）

女：
你妻何处去，
自己来洗衣，
称你哥或弟，
让我把水提。

男：
怨我无妻子，
死了眼不闭，
你担水往上边，
石上我洗衣。

女：
开口讲无妻，
墙上挂丝线，
两手戴顶指，
你前妻留传？

男：
蛛丝挂墙上，
眼花看作丝，
两手戴顶指，
借四妹邻居。

女：
口开讲无妻，
墙上挂有麻，
昨夜我打前门过，
是谁在纺纱？

男：
龙须草墙上挂，
眼花当作麻，
昨夜你路过，
上屋大女在我家。

女：
开口说无妻，
有梳挂墙上，
是谁跟你睡，
双枕同一床？

男：　牛轭挂墙上，
眼花看作梳，
床上有双枕，
便客人过路。

女：　开口讲无妻，
墙上挂镜子，
厨房铃铃响，
谁做家务事？

男：　瓦崩射日影，
眼花当作镜，
厨内猫捉鼠，
铃铃作响声。

女：　开口说无妻，
水粉飞满地，
昨日我路过，
是谁把布织？

男：　虫蛀粉满地，
眼花把人凝，
昨日你路过，
凿木作修理。

女：　开口讲无妻，
是谁帮缝衣，
早晚去犁田，
谁人把饭煮？

男：　自己缝来自己裁，
眼泪如雨滴，
早晚去犁田，
一餐煮来多餐吃。

女：　你似只黄鹂，
停落在竹枝，
样子乖俐俐，
谁知你无妻。

流传地区：隆安县乔建镇一带
演唱者：陆禧希，男，壮族，初中文化，隆安县慕恭村人
搜集整理者：卢敢武、林敢枢
翻译者：陈朝阳
搜集时间及地点：1987 年 5 月搜集于隆安县乔建村
来源：选自隆安县民间文学三套集成编委会编《中国民间文学三套集成隆安县歌谣集 第二集》（内部资料），1987 年 8 月

出嫁歌（瑶族）

哥：　妹将出嫁第一月，
母亲怄气叹出声，
公婆家送钱来了，
你妈忙碌裁新衣。

妹：　将要出嫁第一月，
我怄气吃素难入睡，
公婆家送嫁钱来了，
我身发抖心乱如麻。

哥：　妹将出嫁第二月，
父亲怄气叹出声，
公婆家送钱来了，
父催母快缝新衣。

妹：　将要出嫁第二月，
心烦意乱不知觉，
公婆家送钱来了，

丢下情哥不思活。

哥：　妹将出嫁第三月，
母亲忙碌量衣身，
全身上下件件新，
给妹打扮去嫁人。

妹：　将要出嫁第三月，
母亲忙碌缝衣啰，
缝了一件又一件，
穿在身上远离哥。

哥：　妹将出嫁第四月，
父亲去乡请木匠，
新床新柜新嫁妆，
给妹陪嫁去婆家。

妹：　将要出嫁第四月，
父亲下乡请木匠，
新床新柜新嫁妆，
死到临头啰大哥。

哥：　妹将出嫁第五月，
阿母催妹做新鞋，
做得新鞋一双双，
待到出嫁好送郎。

妹：　将要出嫁第五月，
母亲催妹快钉鞋，
逼着妹妹离大哥，
哥有嘱咐讲出来。

哥：　妹将出嫁第六月，
父亲上街买家具，
买了新床和蚊帐，
别下情哥自己去。

妹：　将要出嫁第六月，
父亲上街买家具，
妹妹出门别大哥，
从此我俩各一处。

哥：　妹将出嫁第七月，
你父赶圩买毛毡，
毛毡画龙又描凤，
好和新郎一同用。

妹：　将要出嫁第七月，
父亲赶圩买毛毡，
要包妹去丢大海，
情哥可怜就架桥。

哥：　妹将出嫁第八月，
父亲上街买棉胎，
棉胎套上红被面，
与你新郎好同台。

妹：　将要出嫁第八月，
父亲上街买棉胎，
棉胎把我俩隔开，
情哥可怜就快来。

哥：　妹将出嫁第九月，
你父赶圩去买伞，
买了阳伞买镜子，
好与你郎同遮照。

妹：　将要出嫁第九月，
父亲赶圩去买伞，
新伞遮我不见哥，
哥不忘情多来看。

哥：　妹将出嫁第十月，

你父发帖去请客，
请四方客人吃酒，
送你出门去嫁人。

妹：　将要出嫁第十月，
父亲发帖去请客，
天要崩下啰阿哥，
有相片送我留念。

哥：　妹将出嫁第十一月，
公婆家吹打来接亲，
银妹到人家里去，
但愿没忘旧恩情。

妹：　将要出嫁第十一月，
公婆家吹打来接人，
别离情哥远去了，
情哥莫忘多来信。

流传地区：马山县

演唱者：韦秀王，瑶族，40岁，农民，不识字；韦秀气，瑶族，45岁，农民，不识字

搜集整理者：红波，壮族，46岁，文化馆干部；韦善标，瑶族，33岁，农民，初中文化

搜集时间及地点：1986年3月搜集于马山县内学村五弄屯

来源：选自马山县民间文学三套集成编写组，马山县文化局、文化馆编印《中国民间文学三套集成马山县歌谣卷（三）瑶族上》（内部资料），1987年7月

交情歌（瑶族）

哥：　好久没有来探望，
妹的脸色因何变，
或者因哥断久了，
或是怪哥没讲清。

妹：　难生活啰大哥哎，
我父母心太毒多，
把我的命交给别人，
对不起哥日夜愁。

哥：　送命给人就算了，
请银妹莫用吊颈，
共同生活在世上，
常常相见也有情。

妹：　话虽是这么样讲，
怎么离友去过活，
我俩恩爱情意重，
怎么能忘你大哥。

哥：　正想说与你同住，
可我家境又太穷，
妹娘见我不高兴，
再想结交也是空。

妹：　我的大哥呀大哥，
我俩情意重如山，
你就变成了乞丐，
也愿与你度残生。

哥：　妹的心情哥知道，
你的行为哥看见，
只因妹父不开心，
往后日子也难过。

妹：　真是难过啰哥呀，
我的父母心太毒，
拿我命字给人家，
不知如何过这世。

哥：　银妹请莫怕，
伦妹莫伤心，
高兴去夫家，
来世再结亲。

妹：　不想去也挨去，
不想走也挨走，
我的父母心狠毒，
拆开我俩的情窦。

哥：　他们心想害的是我，
我应该吃毒药了结一生，
我要吃毒药了结一生，
又怕伤害了荷花的根。

妹：　话虽然这样讲，
我的心很惆怅，
不得与哥做夫妻，
死也心不甘。

哥：　心不甘就算了，
难道要跳河吗？
跳河去养鱼虾，
留给后人笑话。

妹：　吊颈我也能做，
跳河我也不怕，
没得与哥做夫妻，
我愿死去罢了。

哥：　请妹莫跳河，
丢命的事妹莫做，
大家同活在世上，
同创幸福的生活。

妹：　哥的话使我宽心，
请哥千万别忘情，
我俩情意深如海，
死变蝴蝶从东升。

哥：　哥讲的都是实话，
哥讲的都是正经，
妹今虽去了夫家，
将来死了也是情人。

妹：　哥的话我不会忘记，
哥的心我完全明白，
死后全变成了泥土，
我俩也会永远相爱。

流传地区：马山县．

演唱者：韦永英，瑶族，80岁，农民，初小文化；韦永青，瑶族，78岁，农民，初小文化

搜集整理者：红波，壮族，46岁，文化馆干部；韦善标，瑶族，33岁，农民，初中文化

搜集时间及地点：1986年3月搜集于马山县内学村五弄屯

来源：选自马山县民间文学三套集成编写组，马山县文化局、文化馆编印《中国民间文学三套集成马山县歌谣卷（三）瑶族上》（内部资料），1987年7月

梦哥歌[1]（瑶族）

夜夜梦见哥，
醒来泪滴滴，
想起同在一起的时候，
痛苦得我口吐血。

父亲无情又无意，
狠心要我俩分裂，
不知要到哪年哪月，
才见到你的脸面。

想到你孤单，
爱你的心火怎能灭，
日夜盼做你的妻，
助你当英雄豪杰。

但我又无法违反父令，
只得怄气吞声肝欲裂，
心中虽然十分痛苦，
又不知道去找谁说。

你孤单去做很多事，
辛苦像泰山压肩一样，
我的心中是知道的，
但也无法帮你的忙。

给你自己管理自己，
你不要怪我不懂理，
我没一点自由心如刀割，
想帮你也不敢去帮。

天上不应该生我爱你，
我不该把你的心偷走，
我爱你而不能跟你走，
我愿早死离开这阳间。

今哥你自己去出游，
犹如孤独仙人到处走，
吃苦胆度日，
每当想起我心更忧。

我盼早早死去了，
死变成鬼好相见，
苦思苦想也枉然，
变成了鬼再结姻缘。

我今像吃苦胆，
心如被刀剐烂，
没得哥做夫，
死我心不甘。

流传地区：马山县

演唱者：韦祖基，瑶族，80岁；韦永英，瑶族，80岁

搜集整理者：红波，壮族，46岁，文化馆干部；韦善标，瑶族，33岁，农民，初中文化

搜集时间及地点：1986年12月搜集于马山县内学村五弄屯

来源：选自马山县民间文学三套集成编写组，马山县文化局、文化馆编印《中国民间文学三套集成马山县歌谣卷（三）瑶族上》（内部资料），1987年7月

[1] 相传有个名叫罗飞的姑娘与山歌手李云峰相爱，她父亲不许，她日思夜想，思念云峰，便在信中寄了这首歌给李云峰。

答妹歌[1]（瑶族）

读情妹的信，
泪雨洒如麻，
读信见妹心，
不愿活在天下。

我俩相爱如金银，
谁愿把谁分，
如今像心头失了血，
只有苦胆连苦根。

自从相别来，
我吃饭当嚼草，
心痛如刀刺，
有哪个知道。

你父厌我是穷瑶人，
厌我是孤儿无娘亲，
压你与我断了情，
就像割断我的心。

由于你父太狠心，
我只好别你走，
如今度日如度年，
欲断了肝肠。
但家法威严不可抗，
死也得从父亲命，
不应反天意，
反了天意合不成家。

相亲相爱不得在一起，
我日思夜想喝水来度日，
苦胆吞不下，
也得压进喉咙里。

莫为这点而伤命，
莫为这点误青春，
要学松柏树，
做千年花红。

多为别人做好事，
多为国家献力量，
保卫国家得平安，
才是真英雄好汉。

我俩恩爱超十分，
也等进阴间才重逢，
我喝凉水度光阴，
死在桥头把妹等。

流传地区：马山县

演唱者：韦祖基，瑶族，90岁；韦永伯，瑶族，90岁

搜集整理者：红波，壮族，46岁，文化馆干部；韦善标，瑶族，33岁，农民，初中文化

搜集时间及地点：1986年11月搜集于马山县内学村五弄屯

来源：选自马山县民间文学三套集成编写组，马山县文化局、文化馆编印《中国民间文学三套集成马山县歌谣卷（三）瑶族上》（内部资料），1987年7月

断情歌[2]（瑶族）

妹断情过了，

[1] 据传这首歌是山歌手李云峰收到情妹罗飞的歌信后写的回信。

[2] 一对男女恋爱结婚，女子移情，另嫁他人，男子唱出了此歌。

断去了就了，
到死难那天，
莫再盼哥了。

妹断情过了，
断去了就了，
妹死进阴间，
莫再想哥了。

妹断情过了，
断去了就了，
妹死到西天，
莫再等哥了。

妹断情过了，
断去了就了，
妹死到桥垌，
莫再等哥了。

妹断情过了，
断去了就了，
妹死到桥头，
莫再等哥了。

妹断情过了，
断去了就了，
妹死到阴腊，
莫讲爱哥了。

妹断情过了，
断去了就了，
妹死到财圩，
莫再等哥了。

妹断情过了，
断去了就了，
妹死到恋圩，
莫再找哥了。

妹断情过了，
断去了就了，
妹死见罗汉，
莫提哥名了。

妹断情过了，
断去了就了，
妹死到男人国，
莫再骂哥了。

流传地区：马山县

演唱者：罗祥华，瑶族，98岁，农民，不识字

搜集整理者：红波，壮族，46岁，文化馆干部；韦善标，瑶族，33岁，农民，初中文化

搜集时间及地点：1986年8月搜集于马山县合群乡内学村五弄屯

来源：选自马山县民间文学三套集成编写组，马山县文化局、文化馆编印《中国民间文学三套集成马山县歌谣卷（三）瑶族上》（内部资料），1987年7月

送物歌[1]（瑶族）

寄信给妹妹不收，
送金给妹妹不要，
心中必定有了人，
望妹告诉我知道。

[1] 据传唐龙锋和兰丽花谈恋爱，本已相爱，因此唐龙锋把珍贵礼物送给了她，但她都不领收。因此唐龙锋唱这首歌来问她。

送帽给妹妹不要，
送巾给妹妹不领，
心中必定有好友，
请妹告诉给我听。

送金给妹妹不收，
送银给妹妹不用，
心中必定有官人，
妹不告诉我也懂。

送镜给妹妹不要，
送梳给妹妹不领，
心中必定另有哥，
望妹告诉给我听。

送镯给妹妹不要，
戒指给妹妹不领，
心中定有了官人，
望妹给我讲个真。

送棉给妹妹不要，
送布给妹妹不领，
心中必定有了主，
望妹给我说一声。

送衣给妹妹不要，
送裤给妹妹不领，
心中必有了师傅，
望妹给我讲个明。

送鞋给妹妹不要，
送裤给妹妹不领，
心中必定有同年，
望妹给我讲个明。

送床给妹妹不要，
送帐给妹妹不领，
心中必定另有夫，
望妹告诉我原因。

送被给妹妹不要，
送毯给妹妹不领，
心中必定另有家，
望妹告诉我知情。

流传地区：马山县

演唱者：蒙照玲，女，瑶族，75 岁，农民，不识字；韦永英，瑶族，80 岁，农民，初小；韦秀王，瑶族，40 岁，农民，不识字

搜集整理者：红波，壮族，46 岁，文化馆干部；韦善标，瑶族，33 岁，农民，初中文化

搜集时间及地点：1986 年 8 月搜集于马山县古零乡那龙屯内学、五弄一带

来源：摘自马山县民间文学三套集成编写组，马山县文化局、文化馆编印《中国民间文学三套集成马山县歌谣卷（三）瑶族上》（内部资料），1987 年 7 月

7

抗婚歌

无情难成好夫妻[1]（壮族）

有钱难买六月雪，
无情难成好夫妻；
男婚女嫁勿[2]包办，
自主新诗红叶题。

流传地区：横县

演唱者：黄庆东，横县云表镇亚陂村小学教师

采集时间：1981 年 1 月 1 日

来源：选自横县民间文学三套集成编委会编《横县歌谣集上册》（内部资料），1987 年 1 月

[1] 最初发表于《赛歌台》第 12 期。

[2] 勿：不要。

自己做媒自己配[3]（壮族）

井边饮水不用杯，
谈情说爱不用媒；
金钱美貌都不想，
自己做媒自己配。

流传地区：横县

演唱者：邓泽金，横县六景镇工商所干部

来源：选自横县民间文学三套集成编委会编《横县歌谣集上册》（内部资料），1987 年 1 月

谷米一贵样样贵（壮族）

谷米一贵样样贵，
就是女儿卯[4]值钱，
鸭蛋拎[5]来送烧酒，
最好迎亲在今年。
闻讲女儿卯值钱，
等佐大家莫嫁先，
皇历放落雨遮[6]底，
留佢[7]大伞撑过年。

流传地区：横县

演唱者：苏天佑，男，壮族，农民，高小文化，横县校椅镇中团村人

搜集整理者：韦昌竞，男，壮族，初中文化，校椅镇文化站干部，横县校椅镇青桐村人

[3] 最初发表于《赛歌台》第 1 期。

[4] 卯：不。

[5] 拎：拿。

[6] 雨遮：雨伞。

[7] 佢：它。

搜集时间及地点：1986年9月搜集于横县校椅镇小团村

来源：选自横县民间文学三套集成编委会编《横县歌谣集上册》（内部资料），1987年1月

家婆（壮族）

日已上三竿，
人影都不见，
牛撞坏栏杆，
何时开牛圈？

肚饥未饱餐，
儿啼把我缠，
喂儿吃饱奶，
急忙把牛牵。

春天挑肥忙，
腰酸步晃晃，
冬至做糍粑，
婆守在我身旁。

糍粑圆又圆，
瘦肉夹中间，
婆怕媳偷吃，
不离我跟前。

家婆窄心肠，
背后论短长，
实在难服侍，
犹如坐针床。

婆婆窄心肠，
背后论短长，
讲媳妇贪吃，
不允我讲端详。

夫郎把我打，
家婆骂喳喳，
度日如度年，
谁人救苦娃？

流传地区：隆安县

演唱者：黎敢英，女，壮族，隆安县乔建镇乔建村人

搜集整理者：陆秀英、陈建睦

翻译者：黄平文，广西民族干校教师

来源：选自隆安县民间文学三套集成编委会编《中国民间文学三套集成隆安县歌谣集 第二集》（内部资料），1987年8月

下楼梯歌[1]（瑶族）

走下第一级楼梯，
用衣袖抹干泪水，
妹站在梯口上面，
泪水又不停地下。

走下第二级楼梯，
眼泪纷纷下，
心绞痛如麻，
我怎么能离开这个家。

走下第三级楼梯，
我哭得心头欲断，
父母压着我去嫁，

[1] 据传袁眷花刚十八岁，被父母逼迫去嫁一位六十多岁的大地主，心不服，在下楼时一哭再哭，悲悲惨惨。心中流出此歌流传至今。

不知何日才得归来。

走下第四级楼梯，
我双脚似有千斤重，
压我嫁个不同辈的老夫，
我的心情难受无比。

走下第五级楼梯，
我的身体沉重像铁块，
压我嫁个像狗一样的人，
我怎么也不愿去。

走下第六级楼梯，
我的心冷如冰雪，
他比我父亲还老，
我誓死也不愿去。

走下第七级楼梯，
想不去父打母又骂，
像如今不算做人，
我愿死去就了了。

走下第八级楼梯，
死他们也要把我嫁，
拉我去做牛做马，
我到死也不甘心。

走下第九级楼梯，
心中的苦楚再讲不出来了，
我这次要去死了，
死了我俩再变化做夫妻。

流传地区：马山县

演唱者：袁桂玲，瑶族，85岁，农民，不识字；袁照秋，瑶族，40岁，农民，不识字

搜集整理者：红波，壮族，46岁，文化馆干部；韦善标，瑶族，33岁，农民，初中文化

搜集时间及地点：1986年5月搜集于马山县上龙村弄花屯

来源：选自马山县民间文学三套集成编写组，马山县文化局、文化馆编印《中国民间文学三套集成马山县歌谣卷（三）瑶族上》（内部资料），1987年7月

逃婚歌（瑶族）

男：逃婚第一天，
变两只鸟飞，
我们一起走啰金妹，
去吃外面的饭。

女：飞就飞啰哥，
变成两只鸟一起飞，
我俩一起走，
去到外面吃白米。

男：逃婚第二天，
母亲关门睡觉还未醒，
我们一起走啰金妹，
去到城里自己开个店。

女：飞就飞啰哥，
莫让父母知道，
我们两个一起去，
到城里开个店铺自己吃。

男：逃婚第三天，
我们一起往前走，
丢下父母远走他乡，

父母的恩爱丢一旁。

女：　　飞就飞啰哥，
我们一起往前走，
父母心不好，
莫要去想他们啰。

男：　　逃婚第四天，
我们一起爬山越岭，
我们一起讨饭吃，
我们睡在河边。

女：　　飞就飞啰哥，
爬山越岭我们也不怕，
讨饭过日子也不怕，
睡在河边我们也不怕。

男：　　逃婚第五天，
买一斤菜花一块钱，
一斤米也要花一块钱，
日子难过心也甜。

女：　　飞就飞啰哥，
菜贵我们也不怕，
米贵我们也不怕，
只要我们能相亲相爱。

男：　　逃婚第六天，
来到桥头望，
手拉手走过去，
不跌下河才算留条命。

女：　　飞就飞啰哥，
过独木桥我也不怕，
得与哥成双对，
死我也心甘。

男：　　逃婚第七天，
去到荒无人烟的山。
远离了父母离了家，
吃稔果充饥。

女：　　飞就飞啰哥，
住在荒无人烟的岭，
吃稔果度日，
也不想父母亲。

男：　　逃婚第八天，
挑几对棚笼，
坐船去广东，
去广东卖茶。

女：　　飞就飞啰哥，
变牛也要走，
变马也要飞，
不愿受气啰朋友。

男：　　逃婚第九天，
挑几对竹箩，
坐船去东兰，
去东兰卖货。

女：　　飞就飞啰哥，
变成什么都不怕，
我们不爱金钱，
只要相爱在一起。

男：　　逃婚第十天，
有男有女再回来，
造有家有当，
才回来探父母。

女：　　飞就飞啰哥，

生儿育女慢回来，
有了家和当，
再回来把父母看。

流传地区：马山县

演唱者：兰桂斌，瑶族，45岁；韦秀王，瑶族，48岁

搜集整理者：红波，壮族，46岁，文化馆干部；韦善标，瑶族，33岁，农民，初中文化

搜集时间及地点：1986年7月搜集于马山县内学村五弄、冲邦、内勾屯

来源：选自马山县民间文学三套集成编写组，马山县文化局、文化馆编印《中国民间文学三套集成马山县歌谣卷（三）瑶族上》（内部资料），1987年7月

儿童歌谣

儿童歌谣是民间歌谣的重要组成部分，内容非常丰富且充满童真趣味。

儿童歌谣最大的特点是以儿童的口吻进行创编，切合儿童的兴趣、心理和爱好。南宁儿童歌谣主要有催眠歌、自然事物歌、童趣歌、事理歌、猜谜歌。

催眠歌：是大人为儿童所哼唱的歌谣，意在让儿童安静入睡。常见的有《摇篮谣》《船家摇篮曲》《催眠曲》等。

自然事物歌：通过对花鸟虫鱼、飞禽走兽等自然事物的描述，突出事物特征，让孩子了解日常生活所见的各种事物。

童趣歌：以儿童的口吻展现活灵活现的场景，以游戏歌谣为主要内容，充满童真和乐趣。

事理歌：让孩子懂得生活事理、人生道理，教化性很强。

猜谜歌：充满着娱乐性和知识性。

南宁的儿童歌谣民族特色明显，壮族和瑶族多居住于山区丘陵地区，儿童歌谣中多出现山野中常见的花草虫鱼、猪马牛羊等动物和物象，如《星星谣》《逗蚂蚁》《萤火虫》《月亮照山川》等；而汉族多居于城镇圩市，故汉族的儿童歌谣中多出现街市的物象，如《骑木马》《卖沙梨》《好睇姑娘买茶辣》等。随着城市化进程的加快，壮族儿童歌谣和瑶族儿童歌谣日渐式微，而汉族儿童歌谣则相对传承状况较好。汉族儿童歌谣以白话童谣为主，南宁白话童谣现已成为广西壮族自治区级非物质文化遗产代表性项目，在非遗进校园活动的不断推动下，白话童谣已在多所中小学校生根开花，并常常呈现于文艺舞台，深受师生们的喜爱。

1

催眠歌

摇篮谣[1]（汉族）

摇啊摇，
摇到外婆桥，
外婆叫我好宝宝，
糖一包，饼一包，
还有糖果还有糕。

流传地区：马山县白山镇一带
演唱者：杨国芳，汉族，初中文化
搜集整理者：蓝求，壮族，干部
搜集时间及地点：1987 年 4 月 6 日搜集于马山县白山镇业余剧团
来源：田野调查

摇篮（汉族）

摇啊摇，
摇到外婆桥，
外婆问我好宝宝，
问我爸爸妈妈好不好，
我说爸爸妈妈好，
外婆听了哈哈笑。

流传地区：马山县白山镇一带
演唱者：杨国芳，汉族，初中文化
搜集整理者：蓝求，壮族，干部
搜集时间及地点：1987 年 4 月 6 日搜集于马山县白山镇业余剧团
来源：田野调查

摇到外婆桥（汉族）

摇、摇、摇，
摇到外婆桥，
外婆叫我好宝宝，
糖一包，果一包，
还有饼儿还有糕，
你要吃，就动手，
吃不完，
拿着走。

流传地区：马山县白山镇一带
演唱者：杨国芳，汉族，初中文化
搜集整理者：蓝求，壮族，干部
搜集时间及地点：1987 年 4 月 6 日搜集于马山县白山镇业余剧团
来源：田野调查

[1] 这首歌谣是演唱者小时候由他外婆传教的。

船家摇篮曲（一）（汉族）

嗳嗳……
嗳细得条威仔带[1]，
嗳细得条威罗裙，
裙脚开花十二朵，
裙头裙尾绣鱼鳞。
嗳嗳……
嗳大拉姑嫁大海，
嗳大拉姨嫁秀才，
嫁得秀才样样有，
荔枝龙眼大担担来。

流传地区：横县

演唱者：陈国英，女，汉族，职工，不识字，横县南乡街人

搜集整理者：何小黎

搜集时间及地点：1986年9月搜集于横县南乡镇

来源：选自横县民间文学三套集成编委会编《横县歌谣集下册》（内部资料），1987年1月

船家摇篮曲（二）（汉族）

嗳嗳……
嗳妹上街买白布，
问妹爱红是爱青？
爱青又去高街买，
爱红就去广州城。

流传地区：横县

演唱者：李日和，女，汉族，职工，不识字，横县南乡街人

搜集整理者：何小黎

搜集时间及地点：1986年9月搜集于横县南乡镇

来源：选自横县民间文学三套集成编委会编《横县歌谣集下册》（内部资料），1987年1月

嗳又嗳（汉族）

嗳又嗳，嗳又嗳[2]，
三只大船齐上海，
中间这只卖花鞋，
买对花鞋给妹着，
行街净走青草路，
不走大路踩坏鞋。

流传地区：南宁邕江一带

演唱者：林晚妹，女，船民

搜集整理者：陈再明

来源：选自中国民间文学三套集成南宁市领导小组编《南宁市歌谣》（内部资料），1987年

嗳姑乖（汉族）

嗳姑乖，嗳姑大，
嗳大拉姑[3]嫁大海，
嗳大拉二[4]嫁秀才，
嫁得秀才样样有，

[1] 威仔带：漂亮的背带。

[2] 嗳：语气词，起催眠作用，妇女一般用此方言词哄孩子入睡。

[3] 拉姑：大闺女。

[4] 拉二：小闺女。

荔枝龙眼大担沙梨。
大担担来探父母，
小担担来探伯娘。

流传地区：南宁邕江一带

演唱者：黄南妹，女，船民

搜集整理者：陈再明

来源：选自中国民间文学三套集成南宁市领导小组编《南宁市歌谣》（内部资料），1987年

嗳儿睡（汉族）

嗳儿入睡不出声，
等姆捻麻绕大鹰[1]，
捻得麻绳剪细布，
问你爱蓝或爱青，
爱青便去街上买，
爱蓝便上广东船，
买多二尺缝女裙，
裙头绣出龙相貌，
裙尾桃花十二朵，
裙头裙尾起鱼鳞。

流传地区：南宁邕江一带

演唱者：谢惠芳，女，船民

搜集整理者：陈再明

来源：选自中国民间文学三套集成南宁市领导小组编《南宁市歌谣》（内部资料），1987年

[1] 大鹰：麻绳捆团。

嗳妹乖（汉族）

嗳妹乖，
嗳妹出门去行街，
不买鱼不买肉，
买条青菜养女颜容。

流传地区：南宁邕江一带

演唱者：马莲枝，女，船民

搜集整理者：陈再明

来源：选自中国民间文学三套集成南宁市领导小组编《南宁市歌谣》（内部资料），1987年

催眠曲（壮族）

睡——睡！
睡啰宝贝，
睡等妈，
妈回来——来，
睡了捉条浅水鱼，
捉只红嘴蝗虫！
捉美丽鸟儿回家，
拾鹧鸪卵石来玩耍，
睡——睡！
睡啰宝贝，
睡等妈回家。

流传地区：隆安县布泉乡

演唱者：隆香莲，女，壮族，农民，隆安县布泉乡下准屯人

搜集整理者：隆雅林，林敢枢

翻译者：马成宁

搜集时间及地点：1986年9月搜集于隆安县

来源：选自隆安县民间文学三套集成编委会编《中国民间文学三套集成隆安县歌谣集 第三集》（内部资料），1987 年 8 月

摇篮曲（壮族）

睡等妈，
妈未来，
你吃锅里饭，
睡见路上吃午餐；
你吃大米饭，
睡见河堤被水淹，
你等妈妈返，
睡到爸爸回。

流传地区：隆安县南圩镇南兴村、望朝村一带

演唱者：农一球，男，壮族，农民，高小文化，隆安县南圩镇南兴村人；农广英，男，壮族，农民，隆安县南圩镇南兴村人

搜集整理者：林啟枢，农之亮，黎达英

翻译者：马成宁

搜集时间及地点：1986 年 10 月搜集于隆安县

来源：选自隆安县民间文学三套集成编委会编《中国民间文学三套集成隆安县歌谣集 第三集》（内部资料），1987 年 8 月

摇篮歌（壮族）

哄宝贝，
宝贝就睡觉，
睡到母亲回，
睡到外公来，
酒菜无准备，
做馍未浸米，
浸在辣椒根，
好清心快乐，
像乐游扬州，
是风流大地，
躺下就睡着。

流传地区：隆安县那桐镇、南圩镇一带

演唱者：马秋平，女，农民，高小文化，隆安县那桐镇兰台村人

搜集整理者：李安贞

翻译者：曹秀扬

搜集时间及地点：1986 年 8 月搜集于隆安县

来源：选自隆安县民间文学三套集成编委会编《中国民间文学三套集成隆安县歌谣集 第三集》（内部资料），1987 年 8 月

2

自然事物歌

火亮虫（汉族）

火亮虫，火亮虫，
带带鸡落笼，
鸡笼鸡孵蛋，
孵得十只鸡儿九只公，
带男带女去扒葱，
扒葱埋韭菜，
韭菜开花落地红，
大姐过来摘一朵，
二姐过来衫袖拢[1]，
问你拢归做乜使，
丢掉十五挂提笼，
蚊子飞过提笼脚，
外头好看里头空。

流传地区：南宁郊区石埠一带

搜集整理者：李绮光

来源：选自中国民间文学三套集成南宁市领导小组编《南宁市歌谣》（内部资料），1987 年

鸦鹊鹊（汉族）

鸦鹊鹊，尾毛长，
大姐织布二姐量，
三姐爱穿长丝带，
四姐爱穿带丝长，
五姐常常煮饭卖，
六姐时时卖菜秧，
七姐得吃糖糕加粽子，
八姐望得颈喉长，
九姐爬山再过岭，
十姐爱做秀才娘。

流传地区：南宁郊区石埠一带

搜集整理者：李绮光

来源：选自中国民间文学三套集成南宁市领导小组编《南宁市歌谣》（内部资料），1987 年

马螂狂[2]（汉族）

（邕州官话儿歌）

马螂狂，跳过江；
大姐舂米，二姐舂糠。
三姐打伤姨父脚，
姐夫卖膏药。

[1] 衫袖拢：拢，收进；放进衣袖里。

[2] 马螂狂即螳螂。

膏药好，多得（感谢）卖油佬。

流传地区：南宁城区

演唱者：邓翠蓉，女；温慕员，女

搜集整理者：温松生，男，市文物管理委员会干部，大学学历

来源：选自中国民间文学三套集成南宁市领导小组编《南宁市歌谣》（内部资料），1987 年

狗吠汪汪去耙田（汉族）

（邕州官话儿歌）

狗吠汪汪去耙田，
遇见姨父来拜年。
姐夫端凳姨父坐，
亚婆烧水烫公鸡，
公鸡跳上梅花树，
亚婆开口笑咪咪。

流传地区：南宁城区

演唱者：邓翠蓉，女；温慕员，女

搜集整理者：温松生，男，市文物管理委员会干部，大学学历

来源：选自中国民间文学三套集成南宁市领导小组编《南宁市歌谣》（内部资料），1987 年

蔷薇花（一）（汉族）

（邕州官话儿歌）

蔷薇花，朵朵开；
大娘饮酒二娘筛[1]。
吃得昏昏醉，
跑去老爷床上睡。
老爷骂我老妖精，
骂我喝酒不正经。
十八军，十八人；
十八鼓手来接亲。
哥哥背我上花轿，
嫂嫂送到城隍庙。
喊一声，哭一声，
隔壁邻舍都来听，
听得蚊子叮眼睛。

流传地区：南宁城区

演唱者：邓翠蓉，女；温慕员，女

搜集整理者：温松生，男，市文物管理委员会干部，大学学历

来源：选自中国民间文学三套集成南宁市领导小组编《南宁市歌谣》（内部资料），1987 年

蔷薇花（二）（汉族）

蔷薇花，朵朵开，
大娘骑马二娘牵；
火马绑在梧桐树，
小马绑在石榴边。
石榴边，有对鹅，
飞来飞去接公婆[2]。
公婆不吃油炒饭，
要吃河边水打鸡蛋。
公一碗，婆一碗，

[1] 筛：斟酒，倒酒。
[2] 公婆：公公婆婆。

吃了打烂红花碗。

流传地区：南宁城区

演唱者：邓翠蓉，女；温慕员，女

搜集整理者：温松生，男，市文物管理委员会干部，大学学历

来源：选自中国民间文学三套集成南宁市领导小组编《南宁市歌谣》（内部资料），1987 年

盖子盖莲蓬[1]（汉族）

（邕州官话儿歌）

盖子盖莲蓬，
莲蓬开花满地红。
八月八，
请个雷公来吃茶。
九月九，
请个雷公来吃酒。
十月十，
请个雷公来打劈。

流传地区：南宁城区

演唱者：邓翠蓉，女；温慕员，女

搜集整理者：温松生，男，市文物管理委员会干部，大学学历

来源：选自中国民间文学三套集成南宁市领导小组编《南宁市歌谣》（内部资料），1987 年

后园种株千里香（汉族）

后园种株千里香，
望姐归来看看娘；
望你常常归来看，
大细老少[2]，
莫听姐夫说短长。

后园种莙东管菜（汉族）

后园种莙东管菜，
问姐明年几时来；
姐答一声有几耐，
几时想着几时来。

捉螳咩[3]（汉族）

螳咩螳咩，有人捉你，
你高高飞。
螳咩螳咩，我来捉你，
你矮矮飞。

流传地区：南宁城区

演唱者：邓翠蓉，女；温慕员，女

搜集整理者：温松生，男，市文物管理委员会干部，大学学历

来源：选自中国民间文学三套集成南宁市领导小组编《南宁市歌谣》（内部资料），1987 年

[1] 莲花在含苞时是盖着莲蓬的，所以当莲蓬露出时，莲花已开得满地红了。

[2] 大细老少：老老少少。

[3] 螳咩即蜻蜓。

亮光虫[1]（汉族）

亮光虫，似灯笼，
飞到西，飞到东。
我捉萤火虫，
做只大灯笼，
灯笼照我寻亚公（外公）。

流传地区：南宁城区

演唱者：邓翠蓉，女；温慕员，女

搜集整理者：温松生，男，市文物管理委员会干部，大学学历

来源：选自中国民间文学三套集成南宁市领导小组编《南宁市歌谣》（内部资料），1987年

槟榔树上正开花（汉族）

月光娜[2]，
请你落来耍，
有槟榔有茶。
茶在深山正结蕊，
槟榔树上正开花。

流传地区：横县

演唱者：黎冠群，女，汉族，初中文化，横县南乡镇南乡街居民

搜集整理者：何小黎

搜集时间及地点：1986年9月搜集于横县南乡镇

来源：选自横县民间文学三套集成编委会编《横县歌谣集下册》（内部资料），1987年1月

白鸽子（汉族）

白鸽子，跳上台，
脚红绯绯踏红鞋，
大舅无钱嫁鸽子，
细妹无钱嫁秀才。
又嫁秀才又嫁官，
官想有人上衙门；
上到衙门官狗吠，
官狗吠，快回归。
碰着鸡啼娘梳头，
梳得个头滑油油，
油罂挂在金钩上，
捞不到，眼泪流。

流传地区：横县

搜集整理者：陈友恩

搜集时间及地点：1986年9月搜集于横县良圻街

来源：选自横县民间文学三套集成编委会编《横县歌谣集下册》（内部资料），1987年1月

奴伲妞[3]（汉族）

奴伲妞，
请点头，
东边在哪头？

[1] 亮光虫：萤火虫。

[2] 娜：妈。

[3] 宾阳县当地有一种昆虫蛹，形似花生，叫做“奴伲妞”。它有一种特性，就是会指东西南北方向，小孩们常常捉它来玩耍，或作游戏。

西边在哪头？
如果你点头，
我就不用愁。

流传地区：宾阳县

搜集整理者：张焕中，男，汉族，宾阳县武陵中学教师，中师毕业

搜集地点：宾阳县武陵乡

来源：选自宾阳县民间文学三套集成编委会编《中国民间文学三套集成宾阳县歌谣卷》（内部资料），1987 年

月亮大[1]（汉族）

月亮大，
照中街，
照见官女出城来，
头上插花手戴镯，
脚踏红丝勾雕鞋。

流传地区：宾阳县

搜集整理者：蓝清民

搜集地点：宾阳县太守乡

来源：选自宾阳县民间文学三套集成编委会编《中国民间文学三套集成宾阳县歌谣卷》（内部资料），1987 年

十月唱（汉族）

正月黑身甜勾子[2]，
二月桃花映塘基，
三月黄梅青涩李，
四月荔枝红菲菲[3]，
五月黄皮树上熟，
六月蕃桃毋剥皮，
七月龙眼球对球，
八月绿卜几层皮，
九月柑子金黄色，
十月鸳鸯佛子皮[4]。

流传地区：宾阳县

搜集整理者：甘焕文

搜集地点：宾阳县古辣乡

来源：选自宾阳县民间文学三套集成编委会编《中国民间文学三套集成宾阳县歌谣卷》（内部资料），1987 年

十二月唱（汉族）

正月笋，
二月菌；
三月拱篮上岭顶，
四月饿得肚了拎[5]，
五月雄黄搽头顶，
六月新禾米饭吃肚摈[6]，
七月嫩姜炒鸭颈，
八月热茶送面饼，
九月黄蜂飞屋顶，
十月收禾归齐整，
十一月戽塘背大笭[7]，
十二月捣糕又打饼。

[1] 此歌是搜集整理者回忆儿时演唱过的儿歌而写出。

[2] 甜勾子：一种野生马蹄果。

[3] 红菲菲：艳红艳红的样子。

[4] 鸳鸯佛子：一种果类。

[5] 肚了拎：饿得肚皮凹了进去。

[6] 肚摈：吃得肚皮鼓鼓的。

[7] 笭：一种装鱼工具。

流传地区：宾阳县

搜集整理者：甘焕文

搜集地点：宾阳县古辣乡

来源：选自宾阳县民间文学三套集成编委会编《中国民间文学三套集成宾阳县歌谣卷》(内部资料)，1987 年

螃蜱[1](汉族)

螃蜱，高飞，矮企，
有只鬼儿执你尾，
你毋飞，你就死，
茶油炒你翅，
豆油煎你尾。

流传地区：宾阳县

搜集整理者：廖树桂

搜集地点：宾阳县新宾乡

来源：选自宾阳县民间文学三套集成编委会编《中国民间文学三套集成宾阳县歌谣卷》(内部资料)，1987 年

鲤鱼红嘴又红鳃(汉族)

鲤鱼红嘴又红鳃，
游到尾舵食青苔，
食口青苔饮口水，
摇头摆尾游开来。

流传地区：南宁邕江一带

演唱者：黎俊英，女，船民

搜集整理者：陈再明

[1] 螃蜱：指蜻蜓。此歌是搜集整理者回忆儿童时代演唱过的儿歌而写出。

来源：选自中国民间文学三套集成南宁市领导小组编《南宁市歌谣》(内部资料)，1987 年

月亮好(壮族)

月亮好，
给团糯饭我小孩，
等我大，
等我乖，
等我明年把你抬。

流传地区：南宁市邕宁区一带

演唱者：杨忠，男，壮族

搜集整理者：杨博民，男，壮族，高小文化，邕宁区民间文学三套集成采风队队员；卢艺，男，壮族，高中文化，邕宁区文化局干部

来源：选自邕宁民间文学三套集成编委会编《中国民间文学三套集成邕宁县民间歌谣集》(内部资料)，1987 年

月亮光光(壮族)

月亮光光，
借把锁匙开笼箱。
借匹牛，滚绣球，
借匹马，上柳州。
柳州门前有张塘，
两条鲤鱼跳庞庞。

大哥拿来打死去，
二哥拿来做小娘。
小娘娘，不当家，

跑回外婆家。
外婆婆，
舂米做油米莫。

油米莫大，
油米莫小，
吃不了；
放在灶门口，
狗吃了。
狗呢？
狗跑山上去了。
山呢？
山挨水漫了。
水呢？
水挨太阳晒干了。
太阳呢？
太阳挨乌云遮住了。
乌云呢？
乌云挨风吹散了。
风呢？
风停了。
月亮——

流传地区：武鸣县

演唱者：潘秀珠，女，壮族

搜集整理者：陆炬烈，男，壮族，大学文化

来源：选自南宁市文化新闻出版广电局、南宁市民族文化艺术研究院编《南宁歌谣集成（壮族卷）》，广西教育出版社，2014年12月

下雨飒飒（壮族）

下雨飒飒，
水流沙沙，
哪床女儿偷出嫁，
去到桥头斟杯酒，
去到毕马插束花。

流传地区：邕宁区

演唱者：李月秀

搜集整理者：李启梧，男，壮族，初中文化，邕宁区民间文学三套集成采风队队员；卢艺，男，壮族，高中文化，邕宁区文化局干部

来源：选自邕宁民间文学三套集成编委会编《中国民间文学三套集成邕宁县民间歌谣集》（内部资料），1987年

星星谣（一）（壮族）

星星对星星，
颗颗亮晶晶。
夜夜来观赏，
昨晚又啼哭，
啼哭到田边，
见乌鸦织布，
织布做手巾。
手巾浸下水，
鲜花朵朵出；
一朵送外公，
一朵送舅父，
舅父在家里，
呆呆坐床边，
拜天又拜地。
去偷拉扯糖，
小孩嘈嚷嚷，
每人赏一点，
两眼鼓汪汪。

流传地区：隆安县那桐镇一带

搜集整理者：李安贞，男，壮族，隆安县那桐镇那重村人；曹秀扬

搜集时间及地点：1986 年 10 月搜集于隆安县

来源：选自隆安县民间文学三套集成编委会编《中国民间文学三套集成隆安县歌谣集 第三集》（内部资料），1987 年 8 月

星星谣（二）（壮族）

星星呀星星，
凄凉星，
苦难星，
苦难找后妻，
后妻恨原配。
餐餐给稀粥，
辣椒当菜吃，
吃得眼泪流，
不吃肚又饿，
吃多又难受。
吃肉给吃皮，
吃肉给骨头，
吃果给烂果，
牛肉给筋头。
爸呀爸，
人生几条路，
哪条直再走。

流传地区：隆安县丁当镇一带

演唱者：潘丽娟，女，壮族，隆安县丁当镇森岭村人

搜集整理者：罗拜干、曹秀扬

搜集时间及地点：1986 年 10 月搜集于隆安县

来源：选自隆安县民间文学三套集成编委会编《中国民间文学三套集成隆安县歌谣集 第三集》（内部资料），1987 年 8 月

猫儿发气声不响（壮族）

鼻梁歪，
脸上凹，
煮青菜，
炒豆角，
吃不完，
狗儿碰倒懒猫儿，
猫儿发气声不响。

流传地区：南宁市邕宁区一带

演唱者：周日新，女

搜集整理者：杨博民，男，壮族，高小文化，邕宁区民间文学三套集成采风队队员；卢艺，男，壮族，高中文化，邕宁区文化局干部

来源：选自邕宁民间文学三套集成编委会编《中国民间文学三套集成邕宁县民间歌谣集》（内部资料），1987 年

萤火虫（一）（壮族）

火虫闪闪，
夜了飞飞去，
你飞去哪里？
时而亮，时而黑，
请你飞下来，
一齐去看戏。
大家笑嘻嘻……

流传地区：南宁市邕宁区一带

演唱者：黄绍章

搜集整理者：杨博民，男，壮族，高小文化，邕宁区民间文学三套集成采风队队员

来源：选自邕宁民间文学三套集成编委会编《中国民间文学三套集成邕宁县民间歌谣集》（内部资料），1987年

萤火虫（二）（壮族）

萤火虫，挂灯笼。
蒸糯饭，杀鸡公。
天上有个红花女，
走去嫁广东。
隔山又隔水，
爷娘看毋中。
丢兄又丢弟，
哭得眼睛红。

演唱者：吴阿红

搜集整理者：熊兴亮、莫兆桐

来源：选自宾阳县民间文学三套集成编委会编《中国民间文学三套集成宾阳县歌谣卷》（内部资料），1987年

萤火虫（三）（壮族）

萤火虫脸皮厚，
相跟来我家，
我有大猪给你杀，
有马给你骑，
骑到宾州去，
又游到宾官，
得喝百杯茶，
地下炼手镯，
手镯给达花，
达花不会戴，
挨丢荔枝树下边，
被老师拾得，
要钱去互换，
得十八条带，
两条红花叶，
三条红又紫，
四条压阉鸡，
五条串过肠，
六条哭啼啼。

流传地区：马山县林圩镇一带

演唱者：黄树仪，男，壮族，初中文化

搜集整理者：蓝求、梁肇佐

搜集时间及地点：1987年4月2日搜集于马山县林圩镇文化站

来源：选自南宁市文化新闻出版广电局、南宁市民族文化艺术研究院编《南宁歌谣集成（壮族卷）》，广西教育出版社，2014年12月

六畜童谣（壮族）

黄牛

斗身黄，
下巴长，
双角勾勾敲铃铛；
春耕大忙上赛场，
赢了把你养，
输了把你剐。

猪

大肥猪，
睡门旁，
我进家，
把路挡，
手挥棒，
给它尝，
猪腰弯，
跑得慌。

狗

守门狗，
瞪眼睛，
贼进门，
不张声，
冲上去，
咬脚跟。

猫

猫呀猫，
整天叫，
不去抓老鼠，
鱼儿吃不到。

鹅

颈儿长，
喊声传四方，
一对公和母，
相邀过村旁。

羊

小羊乖，
小羊乖，
刚刚生下来，
就把胡子甩，
看它乖不乖，
跪向妈妈来吃奶。

母鸡

红了脸，
下了蛋，
叫声响咯咯，
饿了闹着要吃饭。

流传地区：上林县巷贤镇、明亮镇、大丰镇一带

搜集整理者：黄寿才，男，壮族，上林县人，广西作家协会会员

来源：选自南宁市文化新闻出版广电局、南宁市民族文化艺术研究院编《南宁歌谣集成（壮族卷）》，广西教育出版社，2014年12月

燕子（壮族）

飞过山，
飞过河，
带着春天来见我，
楼板下面忙做窝，
下蛋孵出小燕子，
飞到野外把虫捉；
燕妹妹不见爸妈回，
跟着燕姐姐睡不着，

燕姐姐自己出去玩，
燕妹妹在家眼泪落。

流传地区：上林县巷贤镇、亭亮镇、大丰镇一带

搜集整理者：黄寿才，男，壮族，上林县人，广西作家协会会员

来源：选自南宁市文化新闻出版广电局、南宁市民族文化艺术研究院编《南宁歌谣集成（壮族卷）》，广西教育出版社，2014年12月

猫猫歌（瑶族）

猫猫，你在哭什么？
猫猫，你在恨什么？
猫猫，我在哭命苦，
猫猫，我在恨老鼠。
猫猫，老鼠怎样犯你？
猫猫，你为什么恨它？
猫猫，它偷丹犯我，
猫猫，它害我发恨。

猫猫，你原是怎样的猫？
猫猫，你有什么贵丹？
猫猫，我原是天仙女，
猫猫，上帝派我管仙丹。
猫猫，你怎样丢仙丹，
猫猫，你怎样被降职？
猫猫，因八月十五，
猫猫，我同朋友游太空。
猫猫，没记锁好库，
猫猫，老鼠偷进库。
猫猫，把库里仙丹，
猫猫，偷去五六盒。
猫猫，玉皇他知道，
猫猫，把我降了职。

猫猫，你怎么不告老鼠？
猫猫，你就服降职？
猫猫，我已告了状，
猫猫，因老鼠它乖。
猫猫，它怕受死罪，
猫猫，它早先下凡。
猫猫，玉后抓不到，
猫猫，罪怪我不忠。
猫猫，我气顶了他，
猫猫，因此受降职。

猫猫，你不在天上生活？
猫猫，愿下凡来当猫？
猫猫，我受降了职，
猫猫，十分恨老鼠。
猫猫，我要求玉帝，
猫猫，放我下凡来追捕它。
猫猫，玉皇大帝很高兴，
猫猫，把虎帽给我戴。
猫猫，令我下凡当猫，
猫猫，令我来吃掉老鼠。
猫猫，因此我变猫，
猫猫，专门抓老鼠。

流传地区：马山县

演唱者：兰公业，82岁，农民，不识字；罗公金，70岁，农民，初小文化；韦公安，80岁，农民，不识字

搜集整理者：红波，壮族，46岁，文化馆干部；韦善标，瑶族，33岁，农民，初中文化

搜集时间及地点：1987年1月搜集于马山县合群乡民新村

来源：选自马山县民间文学三套集成编写组，马山县文化局、文化馆编印《中国民间文学三套集成马山县歌谣卷（四）瑶族下册》（内部资料），1987 年 7 月

童趣歌

月光光（汉族）

（邕州官话儿歌）

月光光，照地堂。
三月晚，摘槟榔。
槟榔香，挖子姜。
子姜辣，买茶辣。
茶辣苦，买猪肚。
猪肚肥，买牛皮。
牛皮薄，买菱角。
菱角尖，买马鞭。
马鞭长，挂屋梁。
屋梁高，买把刀。
刀切菜，买镬盖。
镬盖园，买只船。
船无底，浸死一只番鬼仔。

流传地区：南宁城区

演唱者：邓翠蓉、温慕员

搜集整理者：温松生，男，市文物管理委员会干部，大学学历

来源：选自中国民间文学三套集成南宁市领导小组编《南宁市歌谣》（内部资料），1987 年

天睇睇（汉族）

（邕州官话儿歌）

天睇睇，地睇睇，
咁好花鞋踩烂泥，
咁好白饭喂猫仔，
咁好姑娘嫁个烂赌仔。

流传地区：南宁城区

演唱者：邓翠蓉，女；温慕员，女

搜集整理者：温松生，男，市文物管理委员会干部，大学学历

来源：选自中国民间文学三套集成南宁市领导小组编《南宁市歌谣》（内部资料）1987 年

老鼠偷萝白（汉族）

（邕州官话儿歌）

月光光，月白白，
老鼠偷萝白[1]。
盲佬睇见哑佬[2]喊贼。
瘸手打锣，跛脚[3]赶贼。

[1] 萝白：萝卜。

[2] 盲佬：对盲人的蔑称。哑佬：对哑人的蔑称。

[3] 跛脚：腿瘸。

摇船摇橹（汉族）

（邕州官话儿歌）

摇船，摇橹，
摇到江边寻外母[4]。
得乜归？
得条鲤鱼和生鸡（小公鸡）。
请边个？
请阿哥。

流传地区：南宁城区

演唱者：邓翠蓉，女；温慕员，女

搜集整理者：温松生，男，市文物管理委员会干部，大学学历

来源：选自中国民间文学三套集成南宁市领导小组编《南宁市歌谣》（内部资料），1987 年

萝卜苗（汉族）

（邕州官话儿歌）

阿娇娇，萝卜苗；
人行沙街[5]你行桥。
行到桥头生只仔，
买鱼买肉做三朝，
麻糖鸡屎[6]捞辣椒。

流传地区：南宁城区

演唱者：邓翠蓉，女；温慕员，女

搜集整理者：温松生，男，市文物管理委员会干部，大学学历

来源：选自中国民间文学三套集成南宁市

[4] 外母：丈母娘。

[5] 沙街：即今解放路。

[6] 麻糖鸡屎：黄色的鸡屎。

领导小组编《南宁市歌谣》（内部资料），

1987 年

点虫虫（汉族）

（邕州官话儿歌）

点虫虫，虫虫飞，
飞过隔壁寻婆的[1]。
婆的有只蛋，
留给乖乖送碗饭。

流传地区：南宁城区

演唱者：邓翠蓉，女；温慕员，女

搜集整理者：温松生，男，市文物管理委员会干部，大学学历

来源：选自中国民间文学三套集成南宁市领导小组编《南宁市歌谣》（内部资料），1987 年

亚妈妈（汉族）

亚妈妈，姨娘嫁，
点得银钱买对花？
三分二分都系礼，
送比姨娘买粉搽，
搽白粉，似观音，
着对红鞋坐轿心，
家公睇见多欢喜，
家婆睇见笑眯眯，
丈夫睇见行礼仪。

流传地区：南宁城区

[1]　婆的：老婆婆。

演唱者：邓翠蓉，女；温慕员，女

搜集整理者：温松生，男，市文物管理委员会干部，大学学历

来源：选自中国民间文学三套集成南宁市领导小组编《南宁市歌谣》（内部资料）

1987 年

车咧[2]婆（汉族）

车咧婆，卖菠萝，
卖比别人做细婆[3]。
细婆挨打哭唷唷，
老公睇见笑呵呵。

流传地区：南宁城区

演唱者：邓翠蓉，女；温慕员，女

搜集整理者：温松生，男，市文物管理委员会干部，大学学历

来源：选自中国民间文学三套集成南宁市领导小组编《南宁市歌谣》（内部资料），1987 年

摆摆手（汉族）

摆摆手，去街游，
买乜嘢：买芋头，
请边个？请朋友。

流传地区：南宁城区

演唱者：邓翠蓉，女；温慕员，女

搜集整理者：温松生，男，市文物管理委员会

[2]　车咧：话多累赘之意。

[3]　细婆：小老婆。

员会干部，大学学历

来源：选自中国民间文学三套集成南宁市领导小组编《南宁市歌谣》(内部资料)，1987 年

肥仔二（汉族）

肥仔二，
卖豆豉，
卖到年初二，
拾得一只大利市[1]。

流传地区：南宁城区

演唱者：邓翠蓉，女；温慕员，女

搜集整理者：温松生，男，市文物管理委员会干部，大学学历

来源：选自中国民间文学三套集成南宁市领导小组编《南宁市歌谣》(内部资料)，1987 年

骑木马（汉族）

骑木马，木马摇，
摇到外婆桥。
外婆有间小草屋，
入去寻婆吃碗粥。

流传地区：南宁城区

演唱者：邓翠蓉，女；温慕员，女

搜集整理者：温松生，男，市文物管理委员会干部，大学学历

来源：选自中国民间文学三套集成南宁市领导小组编《南宁市歌谣》(内部资料)，1987 年

大肚佛（汉族）

大肚八，大肚佛，
三斤烧酒冇够饮，
三斤糯米冇够食。

流传地区：南宁城区

演唱者：邓翠蓉，女；温慕员，女

搜集整理者：温松生，男，市文物管理委员会干部，大学学历

来源：选自中国民间文学三套集成南宁市领导小组编《南宁市歌谣》(内部资料)，1987 年

落雨咪咪（汉族）

落雨咪咪[2]，
水浸田畦。
田畦有戏唱，
亚婆钻进大蚊帐[3]。

流传地区：南宁城区

演唱者：邓翠蓉，女；温慕员，女

搜集整理者：温松生，男，市文物管理委员会干部，大学学历

来源：选自中国民间文学三套集成南宁市领导小组编《南宁市歌谣》(内部资料)，1987 年

[1] 大利市：大红包。

[2] 落雨咪咪：即下毛毛雨。

[3] 大蚊帐：这里是指舞台上的大幕。家长哄孩子看戏，当闭幕后，孩子闹还要看戏，大人就告诉他："亚婆已进大蚊帐，你也该去睡了。"

二叔公[1]（汉族）

二叔公，吹火筒，
买条甘蔗又生虫，
买条裤，又穿窿。

流传地区：南宁城区
演唱者：邓翠蓉，女；温慕员，女
搜集整理者：温松生，男，市文物管理委员会干部，大学学历
来源：选自中国民间文学三套集成南宁市领导小组编《南宁市歌谣》（内部资料），1987 年

讲古[2]（汉族）

讲古，讲古，
两头通咕噜。

流传地区：南宁城区
演唱者：邓翠蓉，女；温慕员，女
搜集整理者：温松生，男，市文物管理委员会干部，大学学历
来源：选自中国民间文学三套集成南宁市领导小组编《南宁市歌谣》（内部资料），1987 年

眼睛仔[3]（汉族）

眼睛仔，眼睛仔，
出来帮我揾掘揾。

流传地区：南宁城区
演唱者：邓翠蓉，女；温慕员，女
搜集整理者：温松生，男，市文物管理委员会干部，大学学历
来源：选自中国民间文学三套集成南宁市领导小组编《南宁市歌谣》（内部资料），1987 年

定定企[4]（汉族）

定定企，有人扶。
跌倒跤，起大牢[5]。

流传地区：南宁城区
演唱者：邓翠蓉，女；温慕员，女
搜集整理者：温松生，男，市文物管理委员会干部，大学学历
来源：选自中国民间文学三套集成南宁市领导小组编《南宁市歌谣》（内部资料），1987 年

卖沙梨（汉族）

定定企，卖沙梨，
卖完沙梨卖荔枝，
荔枝麻麻地，
好像石榴皮。
高大姐，撞倒矮小姨。

[1] 此歌是说那些做什么事情都不顺心的人，像那不顺心的二叔公那样，干啥都没成功。

[2] 这是为对付那些缠着要讲故事的孩子而唱的。

[3] 这是小孩丢了东西，找时唱的。

[4] 定定企：即慢慢学站立。

[5] 大牢：即大疱。

流传地区：南宁城区

演唱者：邓翠蓉，女；温慕员，女

搜集整理者：温松生，男，市文物管理委员会干部，大学学历

来源：选自中国民间文学三套集成南宁市领导小组编《南宁市歌谣》(内部资料)，1987 年

贺元宵（汉族）

贺元宵，挂彩虹；
家家门前挂灯笼。
到处有人舞狮子，
重有一处耍长龙。
狮短短，长长龙，
满街锣鼓响咚咚[1]。

流传地区：南宁城区

演唱者：邓翠蓉，女；温慕员，女

搜集整理者：温松生，男，市文物管理委员会干部，大学学历

来源：选自中国民间文学三套集成南宁市领导小组编《南宁市歌谣》(内部资料)，1987 年

蒙鸡撑（汉族）

蒙鸡冇偷装[2]，
偷看发鸡盲[3]，
死鸡踩烂碰[4]。

[1] 咚：象声词。

[2] 蒙鸡：蒙眼。装：看。

[3] 发鸡盲：长鸡眼。

[4] 踩烂碰：不算数，重来。

流传地区：南宁城区

演唱者：邓翠蓉，女；温慕员，女

搜集整理者：温松生，男，市文物管理委员会干部，大学学历

来源：选自中国民间文学三套集成南宁市领导小组编《南宁市歌谣》(内部资料)，1987 年

卖龙呵[5]（汉族）

卖龙啊，卖龙啊，
（白）你要龙头还是要龙尾？
（对方答）要龙头！
你要龙头，你是牛。
（对方答）要龙尾，
你要龙尾，龙摆尾。
（对方答）我要龙中间！
你要龙中间，
抓到算你精[6]。

流传地区：南宁城区

演唱者：邓翠蓉，女；温慕员，女

搜集整理者：温松生，男，市文物管理委员会干部，大学学历

来源：选自中国民间文学三套集成南宁市领导小组编《南宁市歌谣》(内部资料)，1987 年

[5] 此歌是儿童作卖龙游戏时唱的。卖龙游戏是几个孩子，一个揪一个衣尾，排成一条长龙，由带头的喊："卖龙啊！"于是由一小孩出来买龙，目的就是要抓其他小孩，这时带头的就用双手阻拦，指挥其他孩子躲避，队伍摆来摆去，像龙一样游动着，谁要被抓中，谁就演买龙的人了。与北方的"老鹰抓小鸡"类似。

[6] 精：机灵。

初一骑门槛[1]（汉族）

初一骑门槛，
初二踩花篮。
姑娘出嫁着花衫，
婆姆[2]逝世着红鞋。

流传地区：南宁城区

演唱者：邓翠蓉，女；温慕员，女

搜集整理者：温松生，男，市文物管理委员会干部，大学学历

来源：选自中国民间文学三套集成南宁市领导小组编《南宁市歌谣》（内部资料），1987 年

排排坐（汉族）

排排坐，猪娜懦[3]，
冇还钱，割耳朵。

流传地区：南宁城区

演唱者：邓翠蓉，女；温慕员，女

搜集整理者：温松生，男，市文物管理委员会干部，大学学历

来源：选自中国民间文学三套集成南宁市领导小组编《南宁市歌谣》（内部资料），1987 年

[1] 此乃儿童游戏歌。游戏时，由一女孩子坐在地上，伸出双脚，一只脚叠在另一只脚上，其他女孩子骑过上面，跳来跳去，唱着此歌，谁若碰着脚指，谁就要坐在地上给别人骑过去。现在可以看出，这是儿童玩耍跳绳游戏的萌芽，今之跳绳、跳胶，不外乎是由此发展而来的。

[2] 婆姆：老太婆。

[3] 猪娜懦：即肥猪。

打掌仔（汉族）

打掌仔[4]，卖薄刀[5]，
卖比姑娘剃脸毛。
姑娘梳只零叮髻[6]，
车铃车啶[7]慢慢来。

流传地区：南宁城区

演唱者：邓翠蓉，女；温慕员，女

搜集整理者：温松生，男，市文物管理委员会干部，大学学历

来源：选自中国民间文学三套集成南宁市领导小组编《南宁市歌谣》（内部资料），1987 年

排排坐（汉族）

排排坐，
吃果果，
你一个，
我一个，
隔邻弟弟留一个。

流传地区：横县

演唱者：张轩隆，男，汉族，横县峦城镇人，教师，初中文化

搜集整理者：张轩隆

搜集地点：横县峦城镇

来源：选自横县民间文学三套集成编委会编《横县歌谣集下册》（内部资料），1987 年 1 月

[4] 打掌仔：拍巴掌。

[5] 薄刀：剃刀。

[6] 零叮髻：即在头左右两边梳的小髻。

[7] 车铃车啶：即转来转去的意思。

点虫虫（汉族）

点虫虫，
虫虫飞，
飞过隔邻喂鸡儿，
鸡儿生个蛋，
留俾乖乖送晏饭[1]。

流传地区：横县

演唱者：张轩隆，男，汉族，横县峦城镇人，教师，初中文化

搜集整理者：张轩隆

搜集地点：横县峦城镇

来源：选自横县民间文学三套集成编委会编《横县歌谣集下册》（内部资料），1987年1月

月光光（汉族）

月光光，
照池塘，
买文[2]饼，
买粒糖，
送给宝宝去书房。

流传地区：横县

演唱者：张轩隆，男，汉族，横县峦城镇人，教师，初中文化

搜集整理者：张轩隆

搜集地点：横县峦城镇

来源：选自横县民间文学三套集成编委会编《横县歌谣集下册》（内部资料），1987年1月

排排坐等米过（汉族）

排排坐，
等米过，
猪劈柴，
狗烧火，
猫儿担凳[3]俾婆坐，
坐烂屁股莫赖我。

流传地区：横县南乡镇

演唱者：黎冠群，女，汉族，横县南乡镇南乡街居民，初中文化

搜集整理者：何小黎，女，汉族，干部，横县南乡文化站人员，高中文化

搜集地点：横县南乡镇

来源：选自横县民间文学三套集成编委会编《横县歌谣集下册》（内部资料），1987年1月

滚水烫着挨跛脚（汉族）

踮脚乒乓，
寿比南山，
南山北斗，
鸡公[4]卖酒，
卖落苏屋大门口，
猪一脚，
牛一脚，

[1] 晏饭：午饭。
[2] 文：一枚铜板。
[3] 担凳：拿凳。
[4] 鸡公：公鸡。

滚水[1]烫着挨跛脚。

流传地区：横县南乡镇

演唱者：黎冠群

搜集整理者：何小黎

搜集地区：横县南乡镇

来源：选自横县民间文学三套集成编委会编《横县歌谣集下册》，1987 年 1 月

妹邀太[2]（汉族）

妹邀太，
丢团糯饭已[3]落来，
等妹吃，等妹大，
等妹明年去寻太。

流传地区：邕宁区五塘乡、伶俐乡

演唱者：青美元

搜集整理者：滕作承，男，壮族，邕宁县教师进修学校，五塘小学教师，高中学历

来源：选自邕宁民间文学三套集成编委会编《中国民间文学三套集成邕宁县民间歌谣集》（内部资料），1987 年

手螺歌（一）（汉族）

一螺富，
二螺勤，
三螺扶君子，
四螺贫在身，
五螺贩谷壳，
六螺卖糠尘，
七螺去做凳，
八螺坐吃不奔波，
九螺老黑贼，
十螺骑马战纷纷。

流传地区：南宁市邕宁区一带

演唱者：李月秀

搜集整理者：卢艺，男，壮族，邕宁区文化局干部，高中文化；李启梧，男，壮族，邕宁区民间文学三套集成采风队队员，初中文化

搜集地点：南宁市邕宁区

来源：选自邕宁民间文学三套集成编委会编《中国民间文学三套集成邕宁县民间歌谣集》（内部资料），1987 年

手螺歌（二）（汉族）

一螺贫，
二螺富，
三螺抓刀去杀人，
四螺成君子，
五螺小相人，
六螺担屎桶，
七螺朝尾，
八螺撑大伞，
九螺去做官，
十螺起屋到天门。

流传地区：南宁郊区江西镇扬美一带

演唱者：杜阴娥，女，汉族，江西镇扬美人，农民，不识字

搜集整理者：杜建威，男，汉族，江西镇

[1] 滚水：开水。
[2] 太：方言，月亮外婆的意思。
[3] 已：方言，这里的意思。

扬美人，初中文化

来源：选自中国民间文学三套集成南宁市领导小组编《南宁市歌谣》（内部资料），1987 年

好睇姑娘买茶辣（汉族）

好睇姑娘买茶辣，
茶辣苦，
去打鼓，
鼓不响，
打巴掌，
巴掌痛，
吃柠檬，
柠檬酸，
去嫁官，
官不来，
嫁秀才，
秀才死，
嫁老李，
老李偷牛挨斩头。
斩便斩，
流便流，
流到长江水埠头，
让人执得做柴头。

流传地区：南宁郊区亭子一带

演唱者：奚学荫

搜集整理者：雷务远，郊区亭子文化站专干

来源：选自中国民间文学三套集成南宁市领导小组编《南宁市歌谣》（内部资料），1987 年

十八姑娘吃槟榔（汉族）

月光光，
照地堂，
十八姑娘吃槟榔，
槟榔香，
姑娘头发未曾长，
过了三年梳大髻，
插朵兰花喷喷香。

流传地区：横县

演唱者：张轩隆，男，汉族，横县峦城镇人，教师，初中文化

搜集整理者：张轩隆，男，汉族，横县峦城镇人，教师，初中文化

搜集地点：横县峦城镇

来源：选自横县民间文学三套集成编委会编《横县歌谣集下册》（内部资料），1987 年 1 月

天皇皇地皇皇[1]（汉族）

天皇皇，地皇皇，
我家有个烂哭[2]皇，
过路君子念一念，
我儿睡到大天光。

流传地区：横县

演唱者：谢生，男，汉族，横县峦城镇锦德街居民，艺人，高小文化

[1] 这是一首民间祈祷孩子平安的歌。过去民间有这样的习俗：哪家有特别爱哭的孩子，由父母或请人把这首歌抄在一小块红纸上，在夜深人静时偷偷贴在路口显眼的地方，让过路人来念。据说，这样孩子就会平安无事了。也有哄着孩子唱的。

[2] 烂哭：特别爱哭。

搜集整理者：郭汉炳，男，汉族，干部，横县峦城镇文化站人员，初中文化

搜集时间及地点：1986年9月搜集于横县峦城镇

来源：选自横县民间文学三套集成编委会编《横县歌谣集下册》（内部资料），1987年1月

晚学唱[1]（汉族）

读书儿，读书诗，
日日背书肚易饥；
先生严，老虎威，
背书毋出圈眼皮；
日落山，鹩儿归，
毋放学生到几时？
饭盲装，菜未归[2]，
快些[3]放我鹩儿飞。
马吃江边草，
鱼吞水浪花；
学生来路远，
早放我回家。

流传地区：宾阳县

搜集整理者：王启智

搜集地点：宾阳县新桥乡

来源：选自宾阳县民间文学三套集成编委会编《中国民间文学三套集成宾阳县歌谣卷》（内部资料），1987年

[1] 搜集整理者小时候听同学们唱的，全县各地都有流传。

[2] 饭盲装，菜未归：盲：未的意思。句意是说晚餐我未装米下锅，园里青菜我未摘归。

[3] 快些：快一点。

游呀游[4]（汉族）

游呀游，
背儿背女去宾州。
宾州骑大马，
芦墟骑大牛。
牛在哪？
牛在牛碾窝。
马在哪？
马在江边吃草蔸[5]。
鸭在哪？
鸭在塘边吞石螺。
鸡在哪？
鸡在竹蔸啼簌簌[6]。

流传地区：宾阳县

搜集整理者：王启智、莫兆桐

搜集地点：宾阳县新桥乡

来源：选自宾阳县民间文学三套集成编委会编《中国民间文学三套集成宾阳县歌谣卷》（内部资料），1987年

老腊虫[7]（汉族）

老腊虫[8]，
挂灯笼，
哥骑马，
妹骑龙，
骑龙骑马去广东；
广东有条百花街，

[4] 此歌是搜集整理者回忆孩童时演唱过的儿歌而写出。

[5] 草蔸：一簇一簇的嫩草。

[6] 啼簌簌：纷纷地啼叫。

[7] 此歌是搜集整理者回忆孩童时演唱过的儿歌而写出。

[8] 老腊虫：即萤火虫。

花锣花鼓两边排；
身排铜钱骑马过，
没有铜钱不进来。

流传地区：宾阳县

搜集整理者：甘平凡，男，汉族，宾阳县新桥乡甘村人，农民，高小毕业

搜集地点：宾阳县新桥乡

来源：选自宾阳县民间文学三套集成编委会编《中国民间文学三套集成宾阳县歌谣卷》（内部资料），1987 年

嗳姑大了就出海（汉族）

（水上民歌）

啊嗳啊嗳，
嗳姑乖，嗳姑大，
嗳姑大晒[1]就出海，
街上便有鲜鱼卖。
卖，卖晒[2]买返鲜花戴。
戴，戴唔晒[3]，
放在床头老鼠拉。
拉，拉船上大街。
嫁个姑爷有顶戴。

流传地区：邕宁区八尺江一带

演唱者：彭志雄，男，壮族，干部，初中文化

搜集整理者：李启梧

来源：选自邕宁民间文学三套集成编委会编《中国民间文学三套集成邕宁县民间歌谣集》（内部资料），1987 年

［1］ 大晒：长大了。
［2］ 卖晒：卖完。
［3］ 戴唔晒：戴不了这么多。

去游游（汉族）

去游游，
去到塘边栽芋头，
栽了芋头栽八角，
八角开花球对球，
亲手过去摘一朵，
双手提归屋里头。

流传地区：南宁郊区石埠一带

演唱者：梁日桂，女，汉族，石埠下灵村人，农民

搜集整理者：李绮光，男，汉族，石埠人，石埠文化站专干

来源：选自中国民间文学三套集成南宁市领导小组编《南宁市歌谣》（内部资料），1987 年

团团转（汉族）

团团转，菊花园，
五月五，睇龙船。
龙船真好睇，
老奶无钱使。
走返来，艇里底。
船头望一望，
船尾睇一睇。
睇见还有两只生鸡仔，
我双手就摸入笼里底。
我就走，
走到鸡行头。
见个姑娘仔，
口红点点真好睇。
佢问我，
你只鸡，叫做乜嘢鸡。

我话佢，
叫做白毛黑肉鸡。
佢话我，
真系岩我[1]使。
昨晚我个大姨生个姨甥仔，
我拎来送鸡米。
佢问我，
你只鸡，
要番[2]几多钱来一斤鸡。
我话佢，
至少八毫头我才制[3]。
卖了鸡，得了钱，
买了油盐买了米。
买了两个大圆蹄，
返来你一球我一球。

流传地区：南宁郊区白沙一带

演唱者：奚学荫，男，汉族

搜集整理者：雷务远

来源：选自中国民间文学三套集成南宁市领导小组编《南宁市歌谣》（内部资料），1987 年

团团转菊花园（汉族）

团团转，
菊花园，
大姐背我睇龙船；
龙船卯好睇，
睇鸡仔[4]，
鸡仔大，
捉去卖，
卖得三百钱，
二百买金鸡，
一百买银牌。
金腰带，
银腰带，
请公请婆出来拜。
拜得多，
冇奈何。
一埕酒，
两只鹅，
送俾江边三妗婆，
三妗婆，
不在屋，
送四叔，
四叔赞我好宝宝，
送我十只大红枣。

流传地区：横县

演唱者：张轩隆，男，汉族，横县峦城镇人，教师，初中文化

搜集整理者：张轩隆，男，汉族，横县峦城镇人，教师，初中文化

搜集时间及地点：1986 年 9 月搜集于横县峦城镇

来源：选自横县民间文学三套集成编委会编《横县歌谣集下册》（内部资料），1987 年 1 月

[1] 真系岩我：真是适合我。
[2] 要番：要还。
[3] 八毫头：一种银圆。制：同意卖。
[4] 鸡仔：小鸡。

点灯盏[1]（汉族）

点灯留留[2]，
铜盆载酒。
六道烧香，
爆出芽长。
蔽睛蔽眼点灯盏，
谁点不中谁闭眼。

流传地区：宾阳县

搜集整理者：王启智

搜集地点：宾阳县新桥乡

来源：选自宾阳县民间文学三套集成编委会编《中国民间文学三套集成宾阳县歌谣卷》（内部资料），1987 年

箍手拇[3]（汉族）

采箍手，
来箍手，
大众齐来箍手拇。
箍手拇，
装做牛。
谁做牛，
看清楚，
点中谁人谁做牛。

流传地区：宾阳县

搜集整理者：王启智

搜集地点：宾阳县新桥乡

来源：选自宾阳县民间文学三套集成编委会编《中国民间文学三套集成宾阳县歌谣卷》（内部资料），1987 年

踮脚乒乓（汉族）

踮脚乒乓跛骡到，
一捉猪又捉牛，
捉到黄牛三百只，
马尾飘开龙船头。
头对头，冬瓜拉芋头，
上水肢[4]，下水肢，
肢着那个挨一扭。

一托竹二托木（汉族）

一托竹，二托木，
托到江边起[5]大屋，
大屋去捉鱼，
孖妹嫁蟾蜍，
蟾蜍翕翕口，
阿妹嫁只赖哭[6]狗。

流传地区：横县

演唱者：麦锦红，女，汉族，南乡水运公司人，船民，不识字

搜集整理者：何小黎，女，汉族，横县南乡文化站人员，干部，高中文化

搜集时间及地点：1986 年 9 月搜集于横县南乡镇河面

来源：选自横县民间文学三套集成编委会

[1] 《点灯盏》一歌，一般是在晚饭后天将黑时，小孩们在院子里捉迷藏唱的歌。小孩们商议后，选出一个人闭着眼睛去点灯，点着了就算赢了一局。若点不着，就得闭着眼睛去捉躲藏起来的人。

[2] 留留：象声词，没实际意义。

[3] 《箍手拇》一般是在晚饭后小孩们聚集在一起唱的歌。做法是你右手抓住我的左手拇指，我左手捏住你的右手拇指，最后由一个人点指，点中谁的手指谁就撑卧在地上做牛，每人骑一圈后才来点第二次。

[4] 肢：瘙痒。

[5] 起：建。

[6] 赖哭：爱哭。

编《横县歌谣集下册》(内部资料),1987年1月

点卯兵(汉族)

点卯兵,
点着谁人谁做兵;
点卯官,
点着谁人谁做官;
点卯贼,
点着谁人谁做贼。

流传地区:宾阳县

搜集整理者:莫兆桐

搜集地点:宾阳县黎明乡

来源:选自宾阳县民间文学三套集成编委会编《中国民间文学三套集成宾阳县歌谣卷》(内部资料),1987年

捉猪牛(汉族)

点脚乒乓波罗斗[1],
问你捉猪或捉牛,
捉得黄牛三百头,
马尾丢开龙船头。
头对头,冬瓜对石榴,
石榴对水抱[2],
水抱对沙洲,
洲过洲,船过船,
请你一帮男男女女落齐乒轮船,
麻油捞韭菜,
一人夹一口好行开。

流传地区:南宁邕江一带

演唱者:罗莲舅,女,船民

搜集整理者:陈再明

来源:选自中国民间文学三套集成南宁市领导小组编《南宁市歌谣》(内部资料),1987年

点脚乒乓(汉族)

点脚乒乓[3],
脚踩南山,
南山种竹,
果园种木,
木水漂漂,
观音打铁,
白马行桥,
桥衣郁郁[4],
元宝、蜡烛。
一托竹,二托木,
托到东边起大屋,
大屋种金瓜[5],
细屋种油麻,
油麻会开花,
拉女[6]嫁疍家,
疍家会打鱼,
拉女嫁琴渠[7],
琴渠抹抹口,

[1] 波罗斗:膝盖。
[2] 水抱:救生圈。

[3] 乒乓:指左右小腿。
[4] 桥衣:小桥。郁郁:摇摇。
[5] 金瓜:南宁人称南瓜为金瓜。
[6] 拉女:指最小的女儿。
[7] 琴渠:方言,即蛤蟆。

拉女嫁乌狗[1]，
白狗会装香，
黑狗会扫地，
狗衣踏对衣共轰[2]。

流传地区：南宁邕江一带

演唱者：罗莲舅，女，船民

搜集整理者：陈再明

来源：选自中国民间文学三套集成南宁市领导小组编《南宁市歌谣》(内部资料)，1987年

颠倒头[3]（汉族）

南江水起北江流，
东海鲤鱼西海游；
将钱去买犀牛角，
角断长江水倒流。

狗吠汪汪牛偷贼，
下园甘蔗咬沙牛；
屋背塘干鱼咬獭，
阉鸡去叮狐狸头。

昨夜风吹石连[4]起，
石磨推水随江流，
三更半夜鬼儿叫，
沙牛屙屎塞满楼。

正月挖禾谷吃鸭，
二月割粟拗马骝[5]，
三月花生正吃鸡，
四月番薯正吃牛。

五月京白[6]去咬蜢[7]，
六月兰豆咬鼠头，
七月甘蔗绞郎颈，
八月黄麻剥娘喉。

九月芋檬[8]吃沙蟋[9]，
十月葱咬番薯头，
十一月天泥锤锄，
十二月天田犁牛。

三更圩逢[10]人热闹，
白捻[11]银纸[12]着[13]人偷；
徒弟还教师卖药，
三岁老人耍风流。
初一子时出日头，
十五午时月亮游；
十六月从西边起，
三十东边落日头。

赶叶上山去吃鸭，
牵草落洞[14]去吃牛，
戽干江水捉老鼠，
放火烧山挖泥鳅。

[1] 乌狗：黑狗。

[2] 狗衣：小狗。踏：方言，意为小狗相互在玩“石头剪子布”的游戏。对衣：相互之间两拳相碰。

[3] 这是一首游戏歌。歌中把所涉及到的事物都颠倒来讲，如：牛犁田，它说是“田犁牛”，因此，民间给了它《颠倒头》这样一个名称。从字面上看，它似乎很荒谬，但在演唱时，因为它语句流畅、朗朗上口，富有情趣，所以流传甚广。

[4] 石连：石碾。

[5] 马骝：猴子。

[6] 京白：京白菜。

[7] 蜢：蚱蜢。

[8] 芋檬：芋梗。

[9] 沙蟋：一种在沙滩上钻小洞的昆虫。

[10] 圩逢：村或圩的纪念日。

[11] 白捻：小偷。

[12] 银纸：钱。

[13] 着：被。

[14] 落洞：下田洞。

老鼠帮[1]猫过屋脊，
蛤蟆赶蛇过田头；
大虫[2]过岭着猪拮[3]，
鱼叼白鹤过沙洲。
哭哭啼啼时时乐，
唱歌跳舞日夜愁；
四只鸡儿两对翼，
静静江水急急流。

流传地区：横县

演唱者：农永政，男，壮族，横县陶圩乡船塘村人，农民，高小文化

搜集整理者：蒙琼伟，男，壮族，横县陶圩乡文化站人员，干部，初中文化

搜集时间及地点：1986年9月搜集于横县善塘村

来源：选自横县民间文学三套集成编委会编《横县歌谣集下册》（内部资料），1987年1月

大话歌（汉族）

我名叫做车大炮[4]，
今朝偷吃十斤油；
扛梯上树装虾狗[5]，
落水拎[6]笼摸斑鸠，
半夜三更贼吠狗，
去嫁阿婆在个头[7]，
午时拜月观星头，
半夜三更出日斗。

马骨装船沉海底，
水抱大石满江游，
蛤母[8]拉蛇拖入窟，
百足[9]拉鸡上树游。
蜘蛛捉鸭驰田走，
老鼠背猫上灶头，
高凳会行台会走，
青菜又吃大水牛。

流传地区：横县

演唱者：潘世英，男，汉族，横县马岭乡人，农民画家

搜集整理者：石必山，男，壮族，横县马岭文化站人员，干部，初中文化

搜集时间及地点：1986年9月搜集于横县马岭乡

来源：选自横县民间文学三套集成编委会编《横县歌谣集下册》（内部资料），1987年1月

打烂了（汉族）

妹呀模呢？
模猫吃了，
猫呢？
猫进洞了，
洞呢？
洞草塞了，
草呢？
草牛吃了，

[1] 帮：追赶。
[2] 大虫：老虎。
[3] 拮：肩扛。
[4] 车大炮：吹牛皮。
[5] 虾狗：竹制的捕虾工具。
[6] 拎：拿。
[7] 个头：这里。
[8] 蛤母：青蛙。
[9] 百足：蜈蚣。

牛呢？
牛上山了，
山呢？
山水泡了，
水呢？
水舂墙了，
墙呢？
墙母猪拱倒了，
猪呢？
猪剥皮了，
皮呢？
皮蒙鼓了，
鼓呢？
鼓黄花小姐打烂了！

流传地区：横县
演唱者：张轩隆，男，汉族，横县峦城镇人，教师，初中文化
搜集整理者：张轩隆，男，汉族，横县峦城镇人，教师，初中文化
搜集时间及地点：1986年9月搜集于横县峦城镇
来源：选自横县民间文学三套集成编委会编《横县歌谣集下册》(内部资料)

煮俾宝宝送晚饭（汉族）

老公公，
开开门。
买乜嘢[1]？
买豉油[2]。
豉油咸，
买甘榄，
甘榄甜，
买文铣[3]，
食卯了[4]，
挂耳表，
耳表长，
挂屋梁，
屋梁高，
买剃刀，
刀柄长，
买只羊，
羊角低，
买只鸡，
鸡生蛋，
煮俾宝宝送晚饭。

流传地区：横县
演唱者：张轩隆，男，汉族，横县峦城镇人，教师，初中文化
搜集整理者：张轩隆，男，汉族，横县峦城镇人，教师，初中文化
搜集时间及地点：1986年9月搜集于横县峦城镇
来源：选自横县民间文学三套集成编委会编《横县歌谣集下册》(内部资料)

下雨洒洒（壮族）

下雨洒洒，
哪床女儿偷出嫁，
不管教，倒被打，
到门角去哭，

[1] 买乜嘢：买什么。
[2] 豉油：酱油。
[3] 文铣：一枚铜板。
[4] 食卯了：吃不了。

靠在树根下。

流传地区：南宁市邕宁区一带

演唱者：刘希宁

搜集整理者：卢艺，男，壮族，邕宁区文化局干部，高中文化

搜集地点：南宁市邕宁区

来源：选自邕宁民间文学三套集成编委会编《中国民间文学三套集成邕宁县民间歌谣集》（内部资料），1987 年

哨音响（壮族）

哨音响，
冷啊冷，
小鸡跟小鸭，
鸡儿抖翼翼（翅膀），
鸭儿走极极[1]。

流传地区：南宁市邕宁区一带

演唱者：杨忠，男，壮族

搜集整理者：卢艺，男，壮族，邕宁区文化局干部，高中文化；杨博民，男，壮族，邕宁区民间文学三套集成采风队队员，高小文化

搜集地点：南宁市邕宁区

来源：选自邕宁民间文学三套集成编委会编《中国民间文学三套集成邕宁县民间歌谣集》（内部资料），1987 年

[1] 极极：鸭走得急而发出的声响。

手腡歌（壮族）

一腡富，
二腡勤。
三腡同君子，
四腡贫在身，
五腡贩谷壳，
六腡卖糠尘，
七腡去做凳，
八腡坐吃不奔波，
九腡老黑贼，
十腡骑马战纷纷。

流传地区：南宁市邕宁区一带

演唱者：李月秀

搜集整理者：卢艺，男，壮族，邕宁区文化局干部，高中文化；李启梧，男，壮族，邕宁区民间文学三套集成采风队队员，初中文化

搜集地点：南宁市邕宁区

来源：选自邕宁民间文学三套集成编委会编《中国民间文学三套集成邕宁县民间歌谣集》（内部资料），1987 年

下河捞（壮族）

下河捞，
捞得鱼来不怕臊，
娃睡久，
在床上，
醒来有鱼不用忧。
下河捞，
捞得只鱼风头转，
娃睡好，
在头上，

醒来有鱼给你挑。

流传地区：南宁市邕宁区一带

演唱者：周芙蓉，女，南宁市伶俐镇德福村人

搜集整理者：杨博民，男，壮族，邕宁区民间文学三套集成采风队队员，高小文化；卢艺，男，壮族，邕宁区文化局干部，高中文化

搜集地点：南宁市邕宁区

来源：选自南宁市文化新闻出版广电局、南宁市民族文化艺术研究院编《南宁歌谣集成（壮族卷）》，广西教育出版社，2014年12月

嗲嗲且（壮族）

嗲嗲且，
和尚拉手拜，
拜拜得文钱，
提去买油盐，
油盐跌落地，
双手拜土地。
钱么要，米么要，
要个糍粑归给弟。
弟眯哭，
等姐落田拾包谷。

妹深算，去嫁官，
官头白，嫁秀才，
秀才死，嫁老李，
老李偷牛被砍头，
砍在哪里？
砍在横江水磨头，
流来流去到横州。
横州好米卖，
文钱得个大牛头，
提归壅火做柴头。
火不着，做凳脚，
做马脚，骑马去接娘，
担担归落屋，
文钱总用桶来量。

流传地区：南宁市五塘镇、伶俐镇一带

演唱者：周太

搜集整理者：滕作承，男，壮族，小学教师，高中文化；杨博民，男，壮族，邕宁区民间文学三套集成采风队队员，高小文化

来源：选自邕宁民间文学三套集成编委会编《中国民间文学三套集成邕宁县民间歌谣集》（内部资料），1987年

下雨天（壮族）

（一）
下大雨，
河水涨，
寡妇被改嫁，
孤儿泪汪汪。

（二）
大水冲，
龙门崩，
官家死人杀牛。
杀鸡又点灯。

（三）
送瘟神，

乐死人，
村头村尾闹嚷嚷，
酒到三更。

流传地区：上林县巷贤镇、明亮镇、大丰镇一带

搜集整理者：黄寿才，男，壮族，上林县人，广西作家协会会员

来源：选自南宁市文化新闻出版广电局、南宁市民族文化艺术研究院编《南宁歌谣集成（壮族卷）》，广西教育出版社，2014年12月

打秋千（壮族）

摇呀摇，摇呀摇，
蒸罢芋头春年糕，
斗八年糕才蒸下，
满锅芋头已熟了。
姐姐双手捧一个，
只给妹妹吃半边，
妹妹赌气跑走了，
逃到天上云彩间。
八月十五才回来，
姐姐出门把她迎，
给她放个大红灯，
送她一个大月饼。

流传地区：上林县巷贤镇、明亮镇一带

演唱者：杨益年，男，壮族，上林县明亮镇塘浮庄人；莫天让，男，壮族，上林县巷贤镇李洞庄人

搜集整理者：黄寿才

来源：选自南宁市文化新闻出版广电局、南宁市民族文化艺术研究院编《南宁歌谣集成（壮族卷）》，广西教育出版社，2014年12月

嫁女谣[1]（壮族）

下雨啰阿婆，
收草啰阿公，
弄礼[2]公娶媳，
媳反把门闭，
大猪往外跑，
挨老虎抓去，
喊老师来判，
剁成块成块，
一块给阿孙，
一块分老鹰，
老鹰吃不够，
嘴仅点仅点，
点老鹰过河，
嫁女儿过山，
背篓装柑子，
衣兜包芝麻，
舂粉给官公，
官公相互打，
马在下赛鼓，
赛鼓对达的[3]，
达的穿服来，
达来[4]穿花服，
穿花衣串村，
去村经座桥，
过去软绵绵，
“扑通”跌下河。

[1] 此首歌谣，一般是在下雨时，成群结队的小孩在廊檐下戏水的时候唱的。
[2] 弄礼：屯名
[3] 达的：女孩乳名。
[4] 达来：女孩乳名。

流传地区：马山县林圩乡东庄村东七屯一带

演唱者：黄树仪，男，壮族，林圩乡文化站工作人员，初中文化

搜集整理者：蓝求、梁肇佐

搜集时间及地点：1987 年 4 月 2 日搜集于马山县林圩乡

来源：选自马山县民间文学三套集成编写小组编，马山县文化局、马山县文化馆印《中国民间文学三套集成马山县歌谣卷（二）》（内部资料），1987 年 6 月

招蚁（一）（壮族）

招蚁，
招蚁，
招黑蚁黄蚁，
呼吁老螃来，
同斟团结酒，
捣腐朽蜂窝，
剁吃白蚁肉，
打官府财主，
咬吃他心头，
他偷偷溜躲，
山螺见，
田螺叫，
忍到螃蟹公，
雷公雷公叫燕子，
燕子穿花衣，
乌鸦乌鸦穿纸衣，
纸衣杂花衣，
到山下天亮，
枪声响连天，
狗官见阎王。

流传地区：马山县白山镇、合群乡一带

演唱者：韦耀，男，壮族，高小文化；吴电明，男，壮族，高小文化；叶永菁，男，壮族，高小文化

搜集整理者：罗玉树，男，壮族，初中文化

搜集时间及地点：1987 年 5 月 8 日搜集于马山县白山镇业余剧团

来源：选自马山县民间文学三套集成编写小组编，马山县文化局、马山县文化馆印《中国民间文学三套集成马山县歌谣卷（二）》（内部资料），1987 年 6 月

招蚁（二）（壮族）

招蚁，招蚁，
招小蚁大蚁，
采螃下吃酒，
来吃酒吃菜，
来串鱼串蜻蜓，
叫姆毛来碎，
碎成块成块，
一块给公毛，
公毛吃不饱，
棍就打姆毛，
打姆毛出岭，
拿篓装柑果。

衣袋装芝麻，
掩粉等公宦，
宦在上相打，
马在下定鼓，
达红骑达表，
达表穿裁衣，
达裁穿母衣，

穿母衣去夫，
到架下就回，
回到母吃晚，
母下楼拿棍，
子就哭下梯，
去不归不母，
你母屠夫女，
到乐圩买纸，
到乔利买香，
遇只羊过河，
嫁女儿过岭。

流传地区：马山县合群乡一带

演唱者：罗永清，壮族，农民，小学文化

搜集整理者：罗永初，男，壮族，合群乡文化站工作人员，初中文化

搜集时间及地点：1987 年 5 月 28 日搜集于马山县合群乡百怀屯

来源：选自马山县民间文学三套集成编写小组编，马山县文化局、马山县文化馆印《中国民间文学三套集成马山县歌谣卷（二）》（内部资料），1987 年 6 月

赏月谣（壮族）

月儿徐徐升，
照亮了竹林，
照明了榕树。
我家建大屋，
伯父盖瓦房，
三百五根柱，
斑鸠飞不过，
四面建花园，
四方又整齐，
四角塑人像，
传到官府里，
县官来拜堂，
宾郎来了给椅子坐，
财主来了给小凳坐，
阿邓爱养猪，
阿刘爱养鸡，
阿细爱养牛，
阿才爱咩咩叫。

流传地区：隆安县那桐镇、乔建镇等七个乡镇

演唱者：马秋平，女，农民，隆安县那桐镇兰台村人，高小文化

搜集整理者：李安贞，男，壮族，隆安县那桐镇那重村人

搜集时间及地点：1986 年 9 月搜集于隆安县

来源：选自隆安县民间文学三套集成编委会编《中国民间文学三套集成隆安县歌谣集 第三集》（内部资料），1987 年 8 月

熊婆谣（壮族）

熊婆瞪大眼，
要找鲜血尝，
捉小孩去卖，
赶牛上山养，
赶到竹林里，
见老虎乘凉，
见姑娘挑水，
高矮隔成行，
远近槟榔树。

流传地区：隆安县雁江镇

演唱者：严守规，女，隆安县红良村那艾

屯人

搜集整理者：梁愈琦、曹秀扬

搜集时间及地点：1986年9月搜集于隆安县

来源：选自隆安县民间文学三套集成编委会编《中国民间文学三套集成隆安县歌谣集 第三集》(内部资料)，1987年8月

逗蚂蚁（壮族）

蚂蚁跑，
搬酒糟，
有的扛，
有的找，
接新娘过坳，
接新郎过桥，
妻埋怨，
郎唠叨，
赶鸡连棍也难找，
叫亲家来喂，
喂在乌鸦洼，
喂在州官脚下，
州官吃槟榔，
槟榔未熟透，
柚子未成熟，
贩牛去赶路，
转噜喱噜喱，
转来又转去，
转到羊肚底，
羊儿咩咩叫，
到潭烈喝酒，
双公婆收谷，
屁股仰上天。

流传地区：隆安县雁江镇、杨湾乡等六个乡镇

演唱者：许汝稳，男，壮族，隆安县雁江镇个体户协会干部，高小文化

搜集整理者：梁愈琦、曹秀扬

搜集时间及地点：1986年9月搜集于隆安县

来源：选自隆安县民间文学三套集成编委会编《中国民间文学三套集成隆安县歌谣集 第三集》(内部资料)，1987年8月

止哭谣[1]（壮族）

雨还下，
水还浊，
鲃下垒，
种子四斤谷，
一斤麻雀吃，
一斤下山雀肚，
山雀会击桹[2]，
击桹叮柚果，
柚果十二个，
蔸树结十二个。

流传地区：隆安县都结乡

演唱者：黄琼芬，女，壮族，隆安县都结村人，农民，初小文化

搜集整理者：林敢枢、梁朝泰

翻译者：马成宁

搜集时间及地点：1986年10月搜集于隆安县都结乡

来源：选自隆安县民间文学三套集成编委会编《中国民间文学三套集成隆安县歌谣集 第三集》(内部资料)，1987年8月

[1]　《止哭谣》：在小孩哭啼时逗小孩止哭用。

[2]　桹：粤语音“浪”。木具，古代时用大树挖空以击乐。

引蚂蚁（壮族）

一只三文钱，
请姑娘来买，
买带回家中，
给外公送饭。
猴子抢吃完，
吃还吃不够，
又牵连喜鹊，
吱吱喳！
接新娘过弄，
接媒公下山，
拿网去贩马，
得匹黄脚马。
得头拐脚马，
拐步上山坡，
媒公再下山，
下山去采花。

同把媳妇接，
得个媳妇有四耳，
得头四角牛，
得中间骨头。
得个土地鬼，
大姐拿来藏，
大哥啼哄哄，
只好送回还。
使媒公难看，
三棍子打死，
老爷去养牛，
回头见死了。

流传地区：隆安县那桐镇一带

演唱者：马秋平，女，隆安县那桐镇兰台村人，高小文化

搜集整理者：李安贞，男，壮族，隆安县那桐镇那重村人

搜集时间及地点：1986 年 9 月搜集于隆安县那桐镇

来源：选自隆安县民间文学三套集成编委会编《中国民间文学三套集成隆安县歌谣集 第三集》（内部资料），1987 年 8 月

扯谈谣（壮族）

有请姑奶奶，
来家把话拉，
请塘边奶奶，
过来谈谈话，
大家歇一天。

姑奶奶守寡，
零丁又孤寒，
大媳收桌爱看镜，
二媳清静爱戴花，
三媳煮茶喜连连，
四媳清秀爱翻瓦，
五媳送来茶盆架。
六媳爱穿绿裤子，
七媳上街提花袋，
八媳无奈把花插，
九媳点灯来绣花，
十媳最爱唱山歌。

来呀，奶奶，儿媳们，
姑奶奶闹喳喳，
奶奶笑哈哈。

流传地区：隆安县乔建镇一带

演唱者：陆美花，女，壮族，隆安县乔建镇人，初小文化

搜集整理者：陆秀英、许汝芬

翻译者：曹秀扬

搜集时间及地点：1986年9月搜集于隆安县

来源：选自隆安县民间文学三套集成编委会编《中国民间文学三套集成隆安县歌谣集 第三集》(内部资料)，1987年8月

月亮照山川（壮族）

月儿圆又亮，
我借花伞用，
又借马儿骑，
骑到云雾去。
云雾无田地，
到坡上开荒，
畲地大无比，
草大如簸箕，
两手拔不起，
满手是血泡。
孩儿吃糍粑，
父母吃山芋。

流传地区：隆安县振东村一带

演唱者：乃庆伦，男，隆安县振东村人，初中文化

搜集整理者：乃庆伦、许汝芬、曹秀扬

搜集时间及地点：1986年9月搜集于隆安县振东村

来源：选自隆安县民间文学三套集成编委会编《中国民间文学三套集成隆安县歌谣集 第三集》(内部资料)，1987年8月

读书成秀才[1]（壮族）

才秀成经教学开，
开学彭经有路来。
来路有经通达理，
理达通经成秀才。
才子读书采，
采到百花开。
开书得见理，
理送状元才。

流传地区：上林县明亮镇一带

搜集整理者：黄寿才，男，壮族，上林县人，广西作家协会会员

来源：选自南宁市文化新闻出版广电局、南宁市民族文化艺术研究院编《南宁歌谣集成（壮族卷）》，广西教育出版社，2014年12月

[1] 此歌为回文形式歌。

4

事理歌

鸡公仔（汉族）

鸡公仔[1]，
尾弯弯，
做人媳妇甚艰难。
朝朝起早又话晏[2]，
又挨家婆打一餐，
打断三条黄勒棍[3]，
跪烂九条绉纱裙。

流传地区：横县

演唱者：张轩隆，男，汉族，横县峦城镇人，教师，初中文化

搜集整理者：张轩隆，男，汉族，横县峦城镇人，教师，初中文化

搜集地点：横县峦城镇

来源：选自横县民间文学三套集成编委会编《横县歌谣集下册》（内部资料），1987年1月

[1] 鸡公仔：小公鸡。

[2] 又话晏：又讲迟。

[3] 黄勒棍：一种有刺的灌木棍。

破竹歌（汉族）

一条根竹子，
破开十二节，
鱿鱼虾米砌番塔，
番塔高，去驮芦，
驮芦有个乞丐仔，
乞来乞去乞富贵，
织条龙，龙上身，
嫁牡丹，
牡丹落海找船撑，
遇着蚂蝗咬脚睁[4]。

流传地区：南宁邕江一带

演唱者：韦秀英，女，船民

搜集整理者：陈再明

来源：选自中国民间文学三套集成南宁市领导小组编《南宁市歌谣》（内部资料），1987年

[4] 脚睁：脚根。

免得惊醒读书郎（汉族）

（邕州官话儿歌）

月光光，洒地堂。
纱锦被，象牙床。
银光照，照梳装。

梳起蓬头[1]天大光。
手把梳盒轻轻放？
免得惊醒读书郎。

流传地区：南宁城区

演唱者：邓翠蓉、温慕员

搜集整理者：温松生，男，市文物管理委员会干部，大学学历

来源：选自中国民间文学三套集成南宁市领导小组编《南宁市歌谣》（内部资料），1987年

摘朵梅花伴髻围（汉族）

（邕州官话儿歌）

麻雀仔，企田畦；
口含花蕊睡花枝。
咁好时年唔嫁女，
留女梳装到几时？
女重细，
话知媒婆慢慢来。
媒婆梳个双孖蝴蝶髻，
摘朵梅花伴髻围。

流传地区：南宁城区

演唱者：邓翠蓉、温慕员

搜集整理者：温松生，男，市文物管理委员会干部，大学学历

来源：选自中国民间文学三套集成南宁市领导小组编《南宁市歌谣》（内部资料），1987年

[1] 蓬头：即女人的发式。

照南方[2]（汉族）

（邕州官话儿歌）

月光光，照南方；
个个同胞上战场。
日本鬼仔要打倒，
同胞生活要改良。

流传地区：南宁城区

演唱者：邓翠蓉、温慕员

搜集整理者：温松生，男，市文物管理委员会干部，大学学历

来源：选自中国民间文学三套集成南宁市领导小组编《南宁市歌谣》（内部资料），1987年

打发细姑嫁秀才（汉族）

（邕州官话儿歌）

麻雀仔，企神台，
望见亲家担盒[3]来。
大哥有钱开盒睇，
二哥冇钱不敢开。
花轿临门欢喜庆，
打发小姑嫁秀才。

流传地区：南宁城区

演唱者：邓翠蓉、温慕员

搜集整理者：温松生，男，市文物管理委员会干部，大学学历

来源：选自中国民间文学三套集成南宁市

[2] 这是抗日战争时期，人民群众为教育儿童反对日本帝国主义侵略而编的儿歌。这首儿歌于20世纪30年代末和40年代初流传于南宁一带。

[3] 担盒：这里的盒，是指南宁人过去在婚嫁时装礼品的“食格”，这“食格”是长方形的，内装礼品，由两人抬着送给对方。

领导小组编《南宁市歌谣》(内部资料),1987 年

做人新抱实艰难(汉族)

(邕州官话儿歌)

麻雀仔,尾弯弯,
做人新抱(媳妇)实艰难。
早早起身(起床)都话晏,
又挨家婆打一餐(顿),
打断三条苏木棍,
跪烂三条绉纱裙。
返去讲给爹妈都不信,
打开裙带才见血淋淋。

流传地区:南宁城区

演唱者:邓翠蓉、温慕员

搜集整理者:温松生,男,市文物管理委员会干部,大学学历

来源:选自中国民间文学三套集成南宁市领导小组编《南宁市歌谣》(内部资料),1987 年

连累姑娘嫁不成(汉族)

(邕州官话儿歌)

麻雀仔,尾巴长;
舂谷舂米养姑娘。
姑娘嫁,我也嫁,
我同姑娘拿手帕。
打烂姑娘花油瓶,
连累姑娘嫁不成。

流传地区:南宁城区

演唱者:邓翠蓉、温慕员

搜集整理者:温松生,男,市文物管理委员会干部,大学学历

来源:选自中国民间文学三套集成南宁市领导小组编《南宁市歌谣》(内部资料),1987 年

契娘打契爷[1](汉族)

嗒嗒车,契娘打契爷;
为乜野?
为了昨晚夜。
契爷饮醉像只猪,
契娘一晚闻酒嗝!
为食鬼[2],偷蚂蚁;
人家咁高,
你咁矮。

流传地区:南宁城区

演唱者:邓翠蓉、温慕员

搜集整理者:温松生,男,市文物管理委员会干部,大学学历

来源:选自中国民间文学三套集成南宁市领导小组编《南宁市歌谣》(内部资料),1987 年

尾巴长(汉族)

尾巴长,尾巴长,
拜谢爹爹拜谢娘;

[1] 契娘:干妈。契爷:干爸。

[2] 为食鬼:即好吃的人。

拜谢爹爹养大我，
拜谢亲娘喂奶浆。
奶浆都系亲娘血，
功劳大大费心肠。
日夜烧香来祝愿，
唯愿爹娘寿星长。

流传地区：南宁城区

演唱者：邓翠蓉、温慕员

搜集整理者：温松生，男，市文物管理委员会干部，大学学历

来源：选自中国民间文学三套集成南宁市领导小组编《南宁市歌谣》(内部资料)，1987年

韭菜开花恭对恭（汉族）

韭菜开花恭对恭，
归家服侍你姑翁[1]；
侍候三年和两载，
等人[2]传姐好门风。

流传地区：南宁城区

演唱者：邓翠蓉、温慕员

搜集整理者：温松生，男，市文物管理委员会干部，大学学历

来源：选自中国民间文学三套集成南宁市领导小组编《南宁市歌谣》(内部资料)，1987年

[1] 姑翁：即公公和婆婆。

[2] 等人：给人。

自食自生疮（壮族）

自食自生疮，
死了无人扛，
猫儿打锣镲，
狗儿拖下江，
拖到陷阱里，
蚂蝗叮他肚脐疮。

流传地区：邕宁区

演唱者：杨忠，男，壮族，南宁市伶俐镇福庆村人

搜集整理者：杨博民，男，壮族，邕宁区民间文学三套集成采风队队员，高小文化；卢艺，男，壮族，邕宁区文化局干部，高中文化

来源：选自邕宁民间文学三套集成编委会编《中国民间文学三套集成邕宁县民间歌谣集》(内部资料)，1987年

后母憎前儿（壮族）

一星星，
二星星，
一个苦，
孤零零，
苦因为后娘，
后娘母老鹰，
吃肉给块皮，
吃鱼给骨腥，
煮饭给锅巴，
煮菜给余剩，
不吃肚又饿，
吃来毒眼盯。

爸呀爸，
路有三道程，
哪条平才走，
私路不可行，
一手拿布麻，
一手把泪抹，
流泪看后娘，
不是我亲娘。

爸呀爸，
崎岖路不蹬，
儿手拿来麻，
边抹泪不停，
回去一看娘，
无点亲生情，
真菜种才贵，
亲生情真诚。

流传地区：南宁市那龙镇
演唱者：卢月莲，女，南宁市那龙镇双又村人
搜集整理者：卢艺，男，壮族，邕宁区文化局干部，高中文化
来源：选自邕宁民间文学三套集成编委会编《中国民间文学三套集成邕宁县民间歌谣集》（内部资料），1987 年

驳骄（壮族）

（一）

女：　全村一条猪，
喂糠又喂米，
人多抢着买，
讲价不到你。

男：　猪喂糠大肚，
肚大一肚屎，
若然把猪劏，
只见骨和皮。

（二）

女：　白头巾似雪，
好像是包银，
想吃唐僧肉，
你在近面跟。

男：　白头巾似雪，
面孔滑似猿，
我在后面走，
掩鼻呼吸难。

（三）

女：　果是迟熟果，
生在树枝下，
无人来问津，
一点也不差。

男：　花开有先后，
结果是常情，
若说无人问，
满身挨乌叮。

（四）

女：　少见才多怪，
炉炼铁也蚀，
丁山怕梨花，
枉自称勇烈。

男：　不讲火炼铁，
好钢炼也蚀，
梨花配丁山，

梨花自心快。

（五）

女：　哪里大人物，
真正厚脸皮，
大路一起走，
手也拉我衣。

男：　不错也说错，
请你莫怀疑，
大路一起走，
相碰亦有时。

（六）

女：　园中有苋菜，
早摘晚又茂，
哥你欲想吃，
先得有龙油。

男：　若要龙油煮，
把眼也望穿，
红菇汤炒菜，
越吃口越甜。

流传地区：隆安县乔建镇一带

演唱者：陆福隆，男，壮族，隆安县儒浩村人，农民，初中文化

搜集整理者：林啟枢

翻译者：陈朝阳、马成宁

搜集时间及地点：1987年3月搜集于隆安县乔建镇儒浩村

来源：选自隆安县民间文学三套集成编委会编《中国民间文学三套集成隆安县歌谣集 第三集》（内部资料），1987年8月

5

猜谜歌

有好烟卖（汉族）

月亮挂在半边天，
一男一女共头眠；
火烧西土无人救，
哑佬读书不用言。

流传地区：宾阳县

搜集整理者：韦子宪

搜集地点：宾阳县古辣乡

来源：选自宾阳县民间文学三套集成编委会编《中国民间文学三套集成宾阳县歌谣卷》（内部资料），1987年

中秋月饼（汉族）

仲夏人去影无踪，

火伴禾苗相映红；
朋友外游三十日，
良人合并喜相逢。

流传地区：宾阳县

搜集整理者：韦子宪

搜集地点：宾阳县古辣乡

来源：选自宾阳县民间文学三套集成编委会编《中国民间文学三套集成宾阳县歌谣卷》（内部资料），1987 年

多谢好酒（汉族）

一夕迭一夕，
言身寸不离；
女子并排坐，
三更对酉时。

流传地区：宾阳县

搜集整理者：王兆元，男，汉族，广西宾阳县文化局局长，高中毕业

搜集地点：宾阳县宾州镇

来源：选自宾阳县民间文学三套集成编委会编《中国民间文学三套集成宾阳县歌谣卷》（内部资料），1987 年

巍（汉族）

女子去巡田，
遇着鬼来连；
山高跳不过，
躲在禾底边。

流传地区：宾阳县

搜集整理者：程豪光

搜集地点：宾阳县大桥乡

来源：选自宾阳县民间文学三套集成编委会编《中国民间文学三套集成宾阳县歌谣卷》（内部资料），1987 年

晶（汉族）

九横六直，
天下无人识，
走去问孔子，
孔子猜三日。

流传地区：宾阳县

搜集整理者：王启智、陆有全

搜集地点：宾阳县新宾乡

来源：选自宾阳县民间文学三套集成编委会编《中国民间文学三套集成宾阳县歌谣卷》（内部资料），1987 年

漏斗（汉族）

日吃千斤酒，
点滴不私留；
油水过身不沾点，
全都送到别人壶。

流传地区：宾阳县

搜集整理者：王启智、陆有全

搜集时间及地点：1986 年 7 月 7 日搜集于宾阳县太守乡

来源：选自宾阳县民间文学三套集成编委会编《中国民间文学三套集成宾阳县歌谣卷》（内部资料），1987 年

笋（汉族）

细时青枭枭，
大了穿红袍，
脱了红袍同爷高。

流传地区：宾阳县

搜集整理者：韦乃华，男，汉族，宾阳县武陵乡六柞村人，农民，初中毕业

搜集地点：宾阳县武陵乡

来源：选自宾阳县民间文学三套集成编委会编《中国民间文学三套集成宾阳县歌谣卷》（内部资料），1987 年

螳螂（汉族）

头戴三角帽，
身穿青领衣；
人人喊做马，
世上无人骑。

流传地区：宾阳县

搜集整理者：韦乃华，男，汉族，宾阳县武陵乡六柞村人，农民，初中毕业

搜集地点：宾阳县武陵乡

来源：选自宾阳县民间文学三套集成编委会编《中国民间文学三套集成宾阳县歌谣卷》（内部资料），1987 年

鼓（汉族）

生来苦命嫁纤夫，
无吃无穿愿做奴；
丈夫高兴用棍打，
每打必应泪不流。

流传地区：宾阳县

搜集整理者：韦乃华，男，汉族，宾阳县武陵乡六柞村人，农民，初中毕业

搜集地点：宾阳县武陵乡

来源：选自宾阳县民间文学三套集成编委会编《中国民间文学三套集成宾阳县歌谣卷》（内部资料），1987 年

粽叶（汉族）

生在山中叶飘飘，
死在锅头任火烧；
得到凡间半筒采，
一条篾草捆在腰。

流传地区：宾阳县

搜集整理者：韦乃华，男，汉族，宾阳县武陵乡六柞村人，农民，初中毕业

搜集地点：宾阳县武陵乡

来源：选自宾阳县民间文学三套集成编委会编《中国民间文学三套集成宾阳县歌谣卷》（内部资料），1987 年

绿卜子[1]（汉族）

青布包白布，
白布包牙梳；
牙梳包虾子，
虾子包酸醋。

[1] 绿卜子：柚子。

流传地区：宾阳县

搜集整理者：韦乃华，男，汉族，农民，初中毕业，宾阳县武陵乡六柞村人

搜集地点：宾阳县武陵乡

来源：选自宾阳县民间文学三套集成编委会编《中国民间文学三套集成宾阳县歌谣卷》（内部资料），1987 年

竹磨（汉族）

上个墩，
底个墩，
中间虾子跳纷纷。

流传地区：宾阳县

搜集整理者：王启智

搜集地点：宾阳县新桥乡

来源：选自宾阳县民间文学三套集成编委会编《中国民间文学三套集成宾阳县歌谣卷》（内部资料），1987 年

磨（汉族）

一点一横长，
一撇过西乡；
林公石上坐，
石上好乘凉。

流传地区：宾阳县

搜集整理者：韦奉坚，男，汉族，宾阳县文化馆馆长，高中毕业

搜集地点：宾阳县黎塘镇

来源：选自宾阳县民间文学三套集成编委会编《中国民间文学三套集成宾阳县歌谣卷》（内部资料），1987 年

瑶家心向党

（欢瑶）

记 谱：振虞 博雨
译 词：老耿
演 唱：蓝成琪

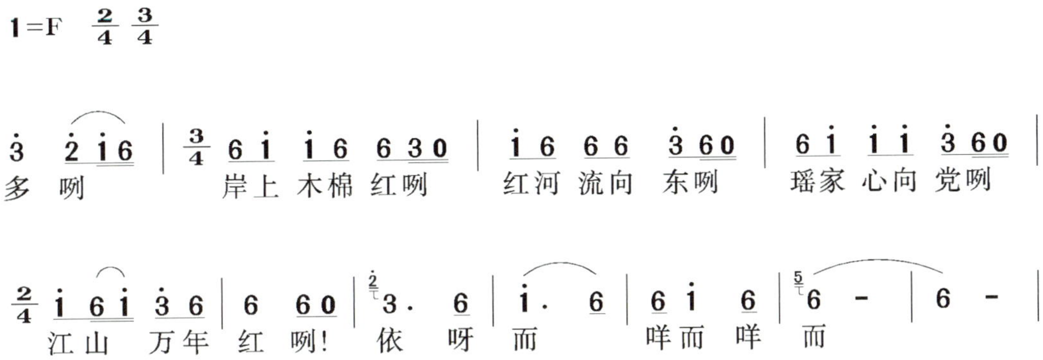

1=F 2/4 3/4

多 咧 | 岸上 木棉 红咧 | 红河 流向 东咧 | 瑶家 心向 党咧 |
江山 万年 红 咧！| 依 呀 | 而 | 咩而 咩 | 而 |

哥妹心连心

（瑶族山歌）

记 谱：蓝求
译 词：老耿
演 唱：蓝成琪

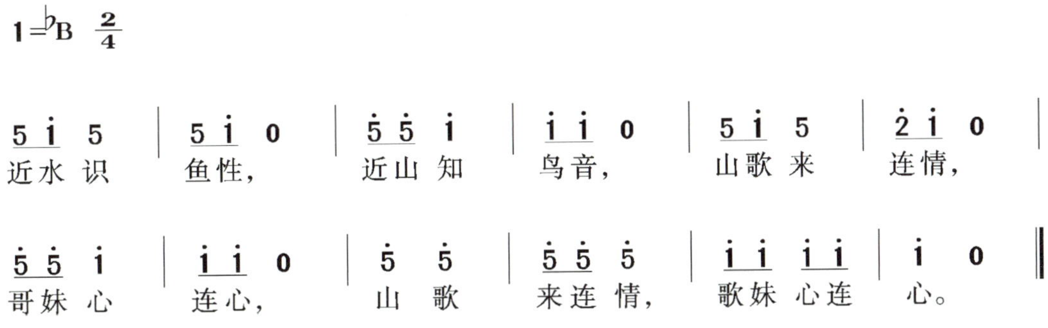

1=♭B 2/4

近水 识 | 鱼性， | 近山 知 | 鸟音， | 山歌 来 | 连情， |
哥妹 心 | 连心， | 山 歌 | 来连 情， | 歌妹 心连 | 心。 ‖

三娘乖

流传地：宾阳
民　族：汉族

1=C 3/4 2/4

中速

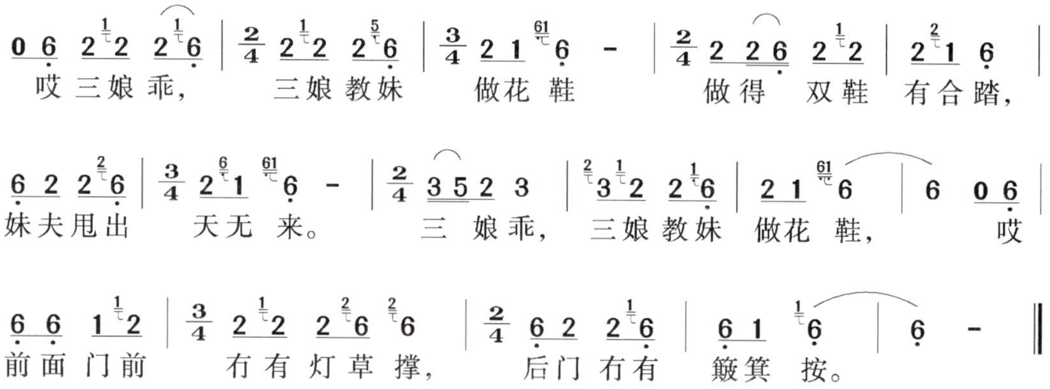

哎三娘乖，三娘教妹做花鞋
做得双鞋有合踏，
妹夫甩出天无来。三娘乖，三娘教妹做花鞋，哎
前面门前有有灯草撑，后门有有簸箕按。

各人计较养爹娘

（鲁班调）

流传地：宾阳
民　族：汉族

1=A 2/4 3/4

稍慢

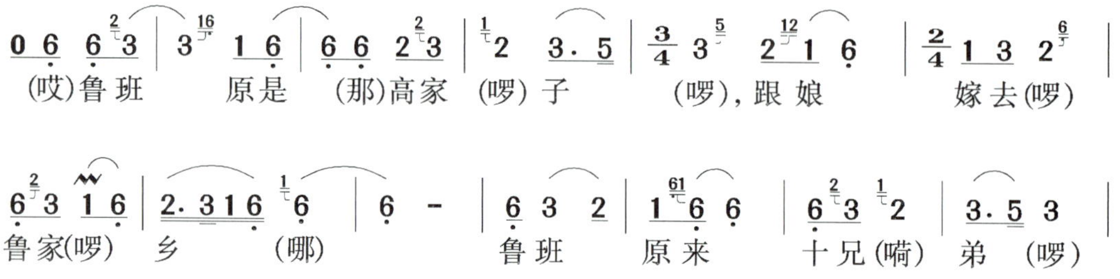

（哎）鲁班原是（那）高家（啰）子（啰），跟娘嫁去（啰）
鲁家（啰）乡（哪）鲁班原来十兄（嗬）弟（啰）

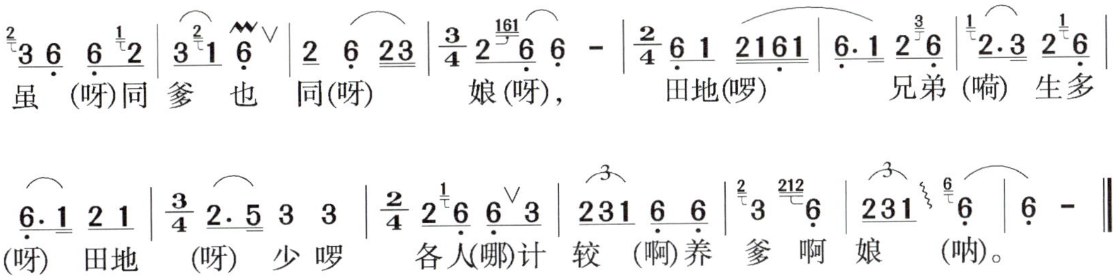

虽 (呀)同 爹 也 同(呀) 娘(呀)， 田地(啰) 兄弟 (嘀) 生多

(呀) 田地 (呀) 少 啰 各人(哪)计 较 (啊)养 爹 啊 娘 (呐)。

哥妹并肩夺丰收

流传地： 横县

民　族： 汉族

1=♭A $\frac{2}{4}$ $\frac{3}{4}$ $\frac{4}{4}$

稍快

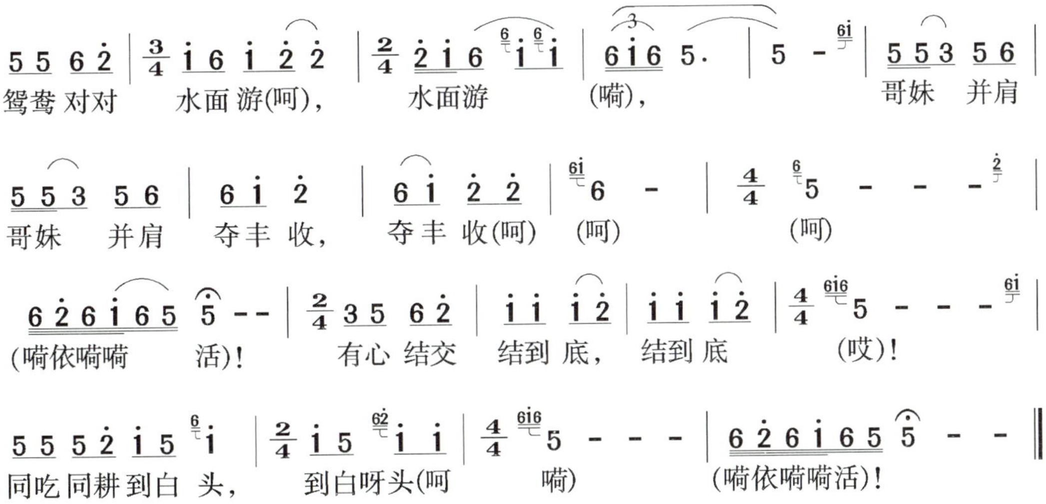

鸳鸯对对 水面游(呵)， 水面游 (嘀)， 哥妹 并肩

哥妹 并肩 夺丰 收， 夺丰 收(呵) (呵) (呵)

(嘀依嘀嘀 活)！ 有心 结交 结到 底， 结到 底 (哎)！

同吃同耕到白 头， 到白呀头(呵 嘀) (嘀依嘀嘀活)！

正同龙凤麒麟

（闹房腔）

流传地：宾阳

民　族：汉族

1=B $\frac{2}{4}$

稍慢

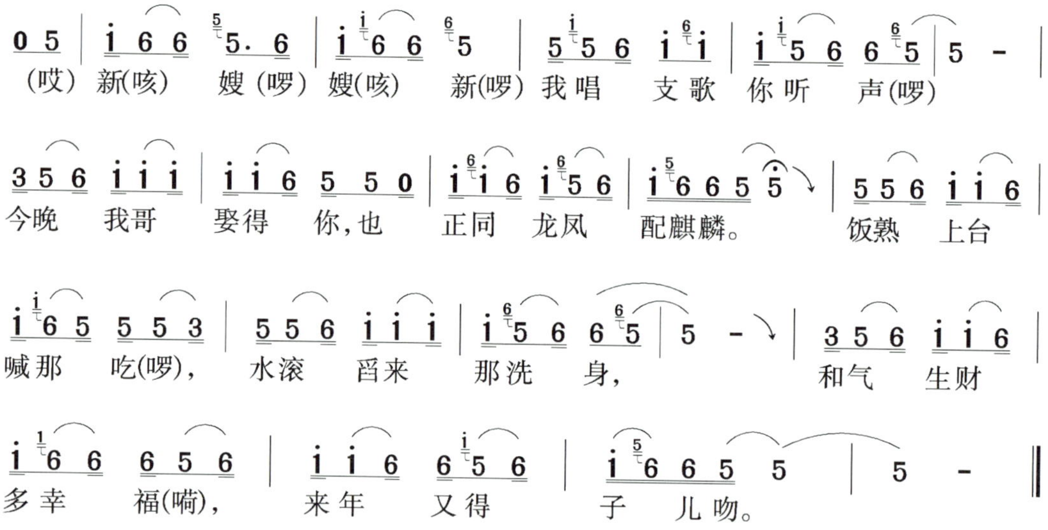

（哎）新(咳) 嫂（啰）嫂(咳) 新(啰）我唱 支歌 你听 声(啰)

今晚 我哥 娶得 你,也 正同 龙凤 配麒麟。 饭熟 上台

喊那 吃(啰), 水滚 舀来 那洗 身, 和气 生财

多幸 福(啲), 来年 又得 子 儿吻。

哥无路难进妹花园

（新民山歌）

流传地：武鸣

民　族：汉族

1=D 4/4

快速

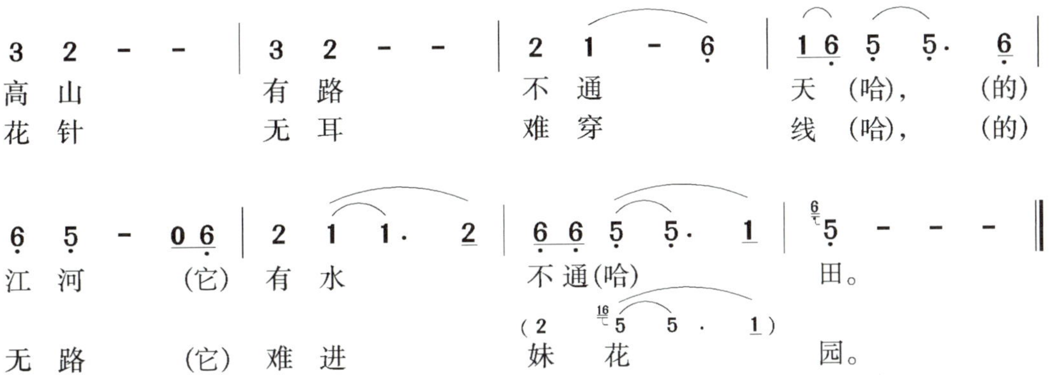

3 2 - - | 3 2 - - | 2 1 - 6 | 1 6 5 5. 6 |

高 山 有 路 不 通 天（哈），（的）

花 针 无 耳 难 穿 线（哈），（的）

6 5 - 0 6 | 2 1 1. 2 | 6 6 5 5. 1 | 5 - - - ‖

江 河 （它）有 水 不 通（哈） 田。

（2 5 5. 1）

无 路 （它）难 进 妹 花 园。

山山弄弄彩霞飞

（新民山歌）

流传地：马山

民　族：汉族

1=C 2/4 3/4

快速

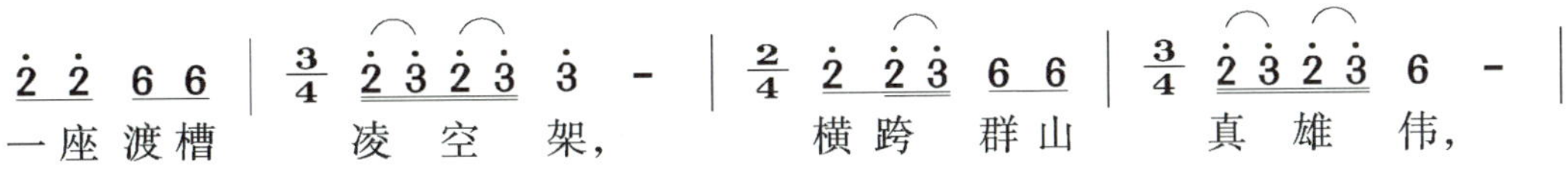

2 2 6 6 | 3/4 2 3 2 3 3 - | 2/4 2 2 3 6 6 | 3/4 2 3 2 3 6 - |

一座 渡槽 凌 空 架， 横 跨 群 山 真 雄 伟，

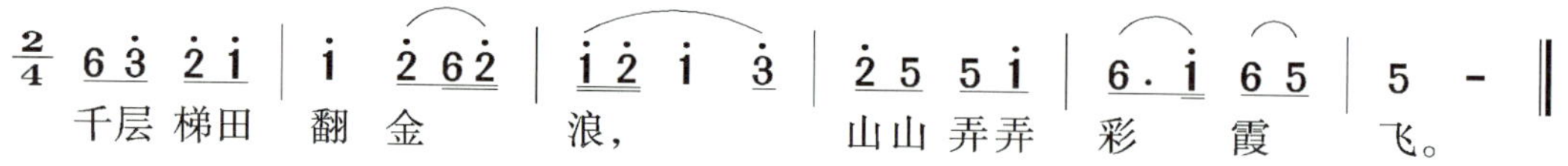

千层梯田翻金浪，山山弄弄彩霞飞。

日久出真心

流传地：　南宁市区

民　族：　汉族

1=F　$\frac{3}{4}$ $\frac{2}{4}$

慢速　自由地

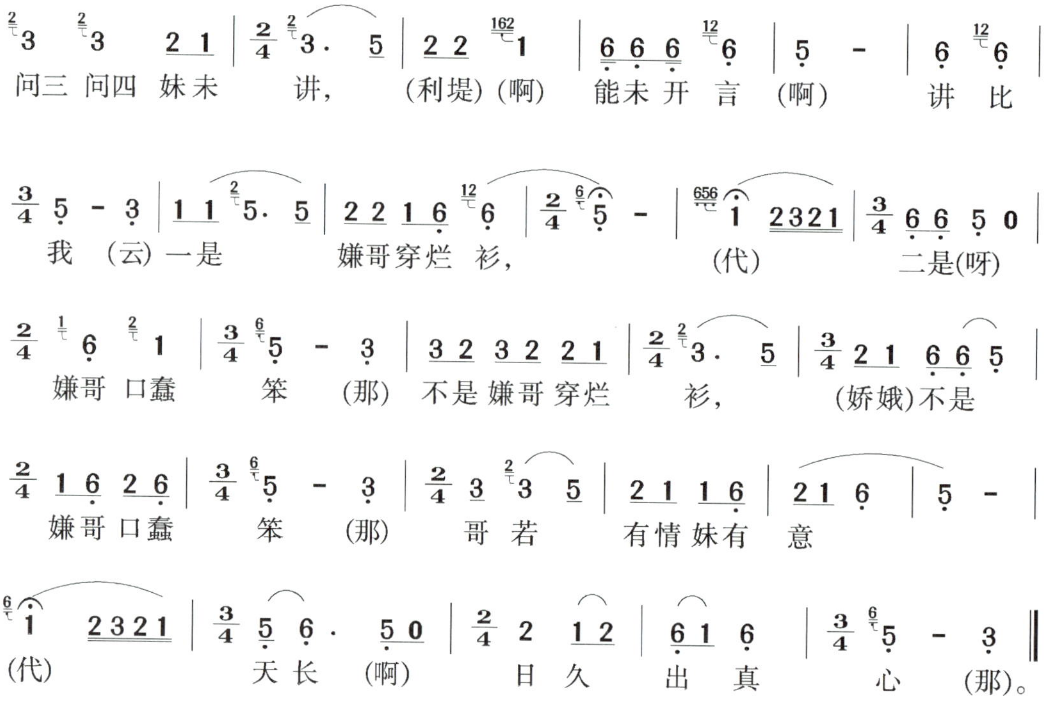

问三　问四　妹未　讲，（利堤）（啊）能未开　言　（啊）　讲　比

我　（云）一是　嫌哥穿烂　衫，　（代）　二是(呀)

嫌哥　口蠢　笨　（那）不是嫌哥穿烂　衫，　（娇娥）不是

嫌哥　口蠢　笨　（那）　哥　若　有情妹有　意

（代）　天长　（啊）　日　久　出　真　心　（那）。

唱起山歌洗愁肠

流传地： 隆安

民　族： 汉族

1=G $\frac{2}{4}$

中速

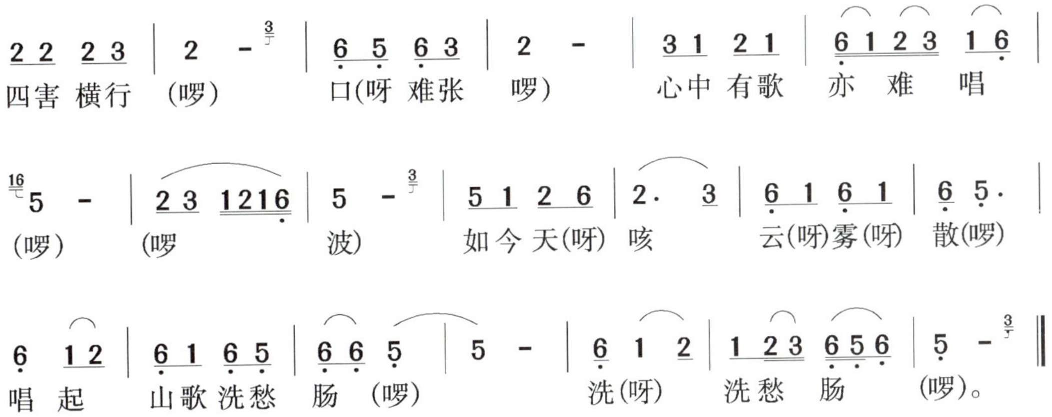

四害 横行 （啰） 口(呀 难张 啰) 心中 有歌 亦 难 唱

(啰) (啰 波) 如今天(呀) 咳 云(呀)雾(呀) 散(啰)

唱 起 山歌 洗愁 肠 (啰) 洗(呀) 洗愁 肠 (啰)。

等妈妈

（隆安摇篮曲）

演　唱： 岑清立

记　谱： 梁容丽

译配词： 农冠品　甘丽芙

1=C $\frac{3}{4}$ $\frac{2}{4}$

♩= 118

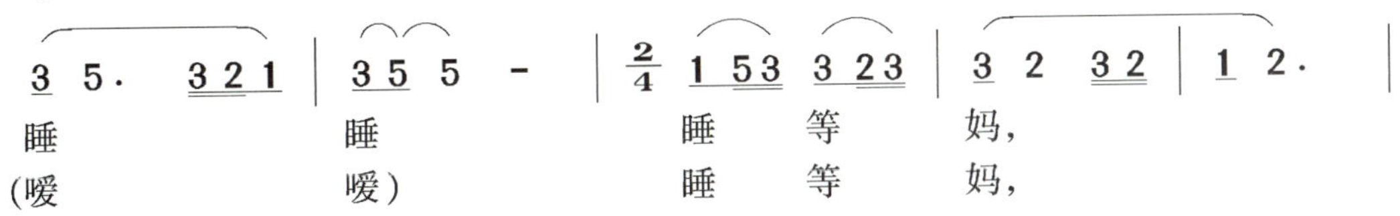

睡 睡 睡 等 妈，

(嗳 嗳) 睡 等 妈，

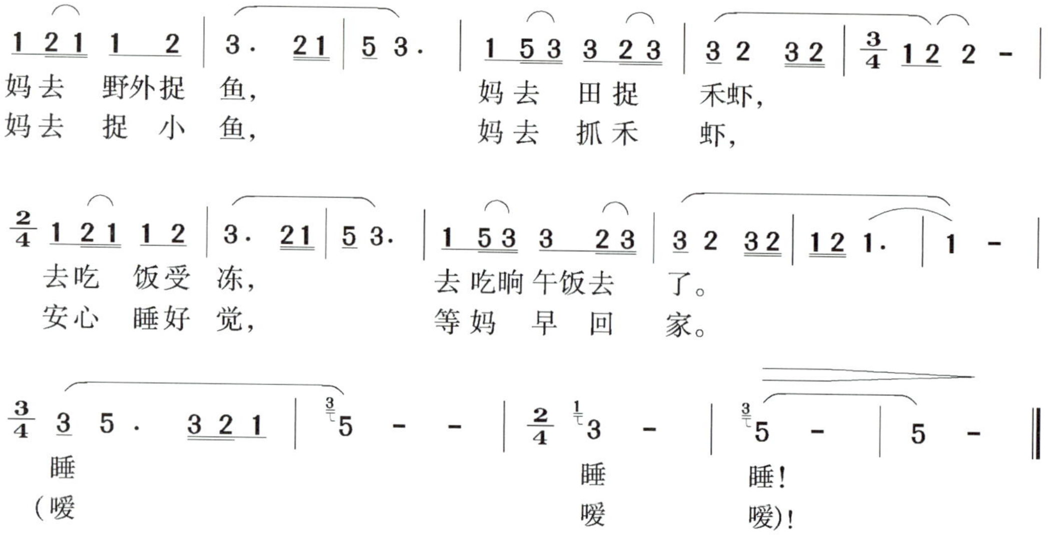

1 2 1 1 2 | 3. 21 | 5 3. | 1 53 3 23 | 3 2 32 | 3/4 1 2 2 - |

妈去 野外捉 鱼， 妈去 田捉 禾虾，

妈去 捉 小 鱼， 妈去 抓禾 虾，

2/4 1 21 1 2 | 3. 21 | 5 3. | 1 53 3 23 | 3 2 32 | 12 1. | 1 - |

去吃 饭受 冻， 去吃晌午饭去 了。

安心 睡好 觉， 等妈 早 回 家。

3/4 3 5. 321 | 5 - - | 2/4 3 - | 5 - | 5 - ‖

睡 睡 睡！

（嗳 嗳 嗳）！

难分离

（隆安高腔民歌）

演 唱：欧阳斌

记 谱：梁容丽

译配词：农冠品 甘丽芙

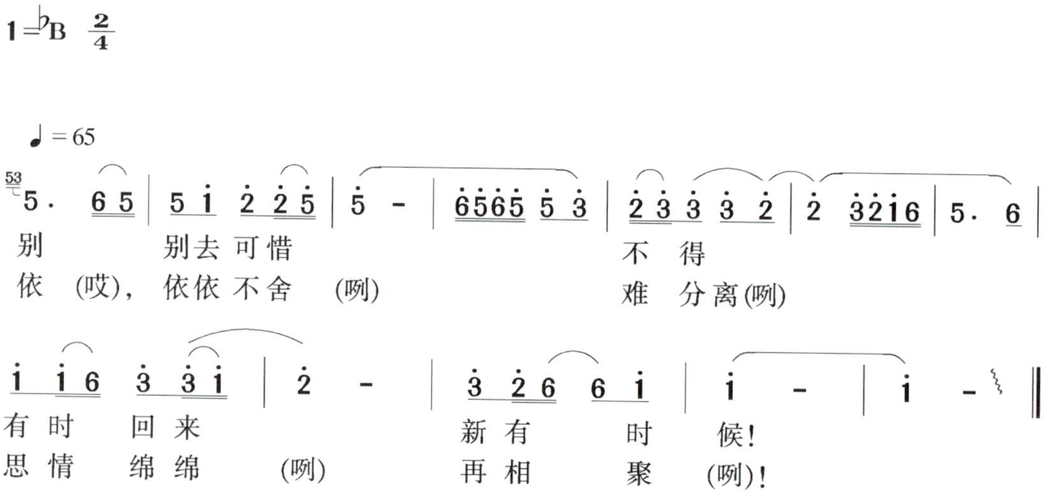

1=♭B 2/4

♩=65

5. 65 | 5 1 2 25 | 5 - | 6565 5 3 | 2 3 3 3 2 | 2 3216 | 5. 6 |

别 别去 可惜 不 得

依 （哎），依依 不舍 （咧） 难 分离（咧）

1 16 3 31 | 2 - | 3 26 6 1 | 1 - | 1 - ‖

有 时 回 来 新 有 时 候！

思 情 绵 绵 （咧） 再 相 聚 （咧）！

妹子十七八

（马山永州高腔）

演　唱：林杰成
记　谱：梁容丽
译配词：农冠品　甘丽芙

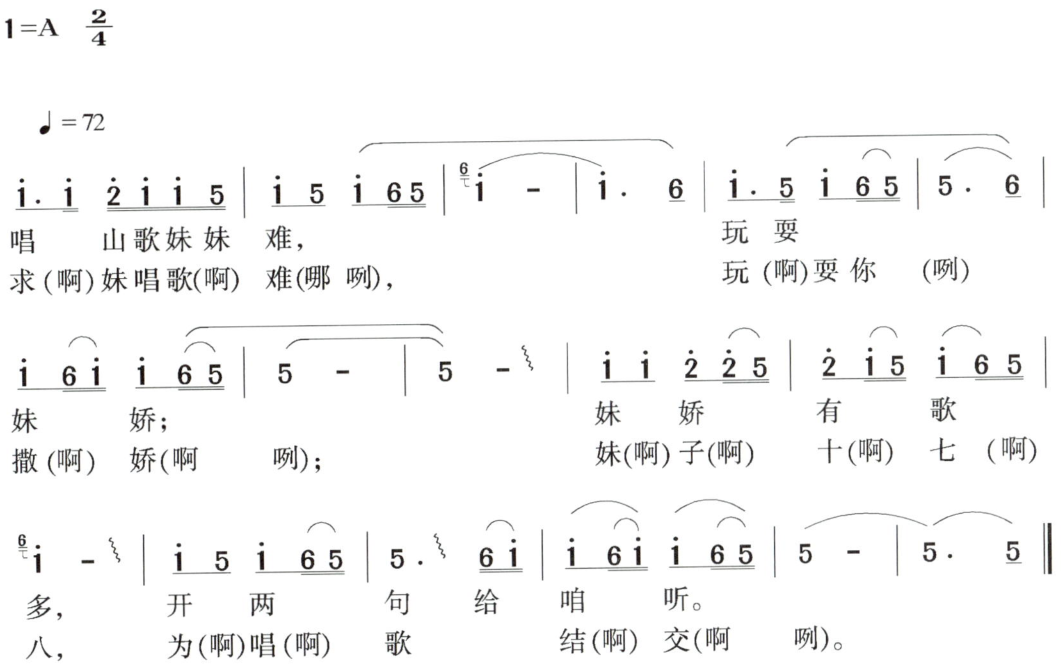

1=A $\frac{2}{4}$

♩=72

唱　山歌妹妹　难，玩　要
求（啊）妹唱歌(啊)　难(哪　咧)，玩（啊)要 你　(咧)

妹　娇；妹　娇　有　歌
撒（啊）　娇(啊　咧)；妹(啊)子(啊)　十(啊)　七　(啊)

多，开　两　句　给　咱　听。
八，为(啊)唱(啊)　歌　结(啊)　交(啊　咧)。

三月花儿红

（上林西燕山歌）

演　唱：　刘燕

记　谱：　梁容丽

译配词：　农冠品　甘丽芙

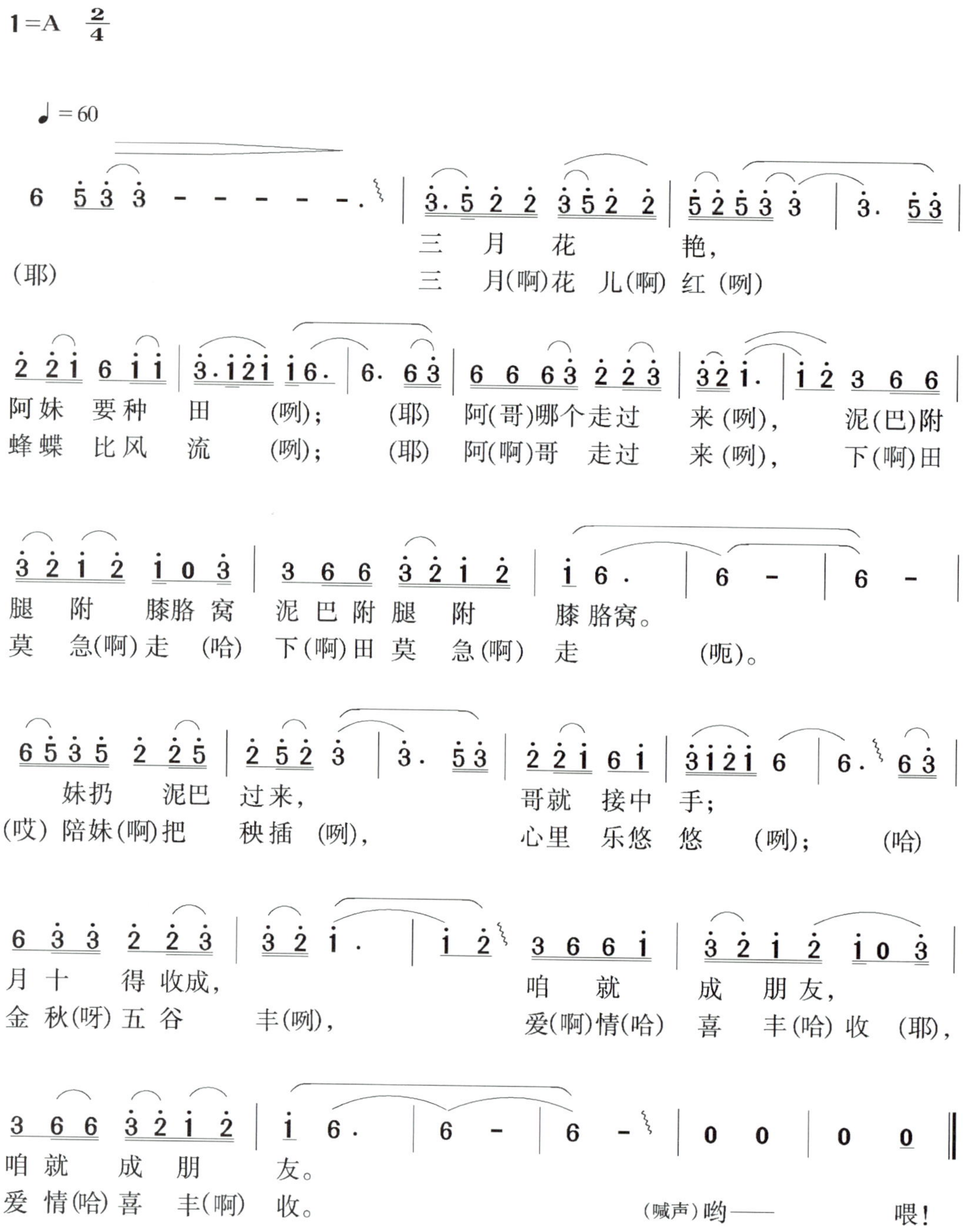

1=A　2/4

♩=60

（耶）三月花艳，阿妹要种田（咧）；（耶）阿（哥）哪个走过来（咧），泥（巴）附腿附膝胳窝泥巴附腿附膝胳窝。妹扔泥巴过来，哥就接中手；月十得收成，咱就成朋友，咱就成朋友。

三月（啊）花儿（啊）红（咧）蜂蝶比风流（咧）；（耶）阿（啊）哥走过来（咧），下（啊）田莫急（啊）走（哈）下（啊）田莫急（啊）走（呃）。（哎）陪妹（啊）把秧插（咧），心里乐悠悠（咧）；（哈）金秋（呀）五谷丰（咧），爱（啊）情（哈）喜丰（哈）收（耶），爱情（哈）喜丰（啊）收。（喊声）哟——喂！

喜鹊叫喳喳

（上林木山壮欢）

演　唱：李明才
记　谱：梁容丽
译配词：农冠品　甘丽芙

1=D $\frac{3}{8}$ $\frac{2}{4}$

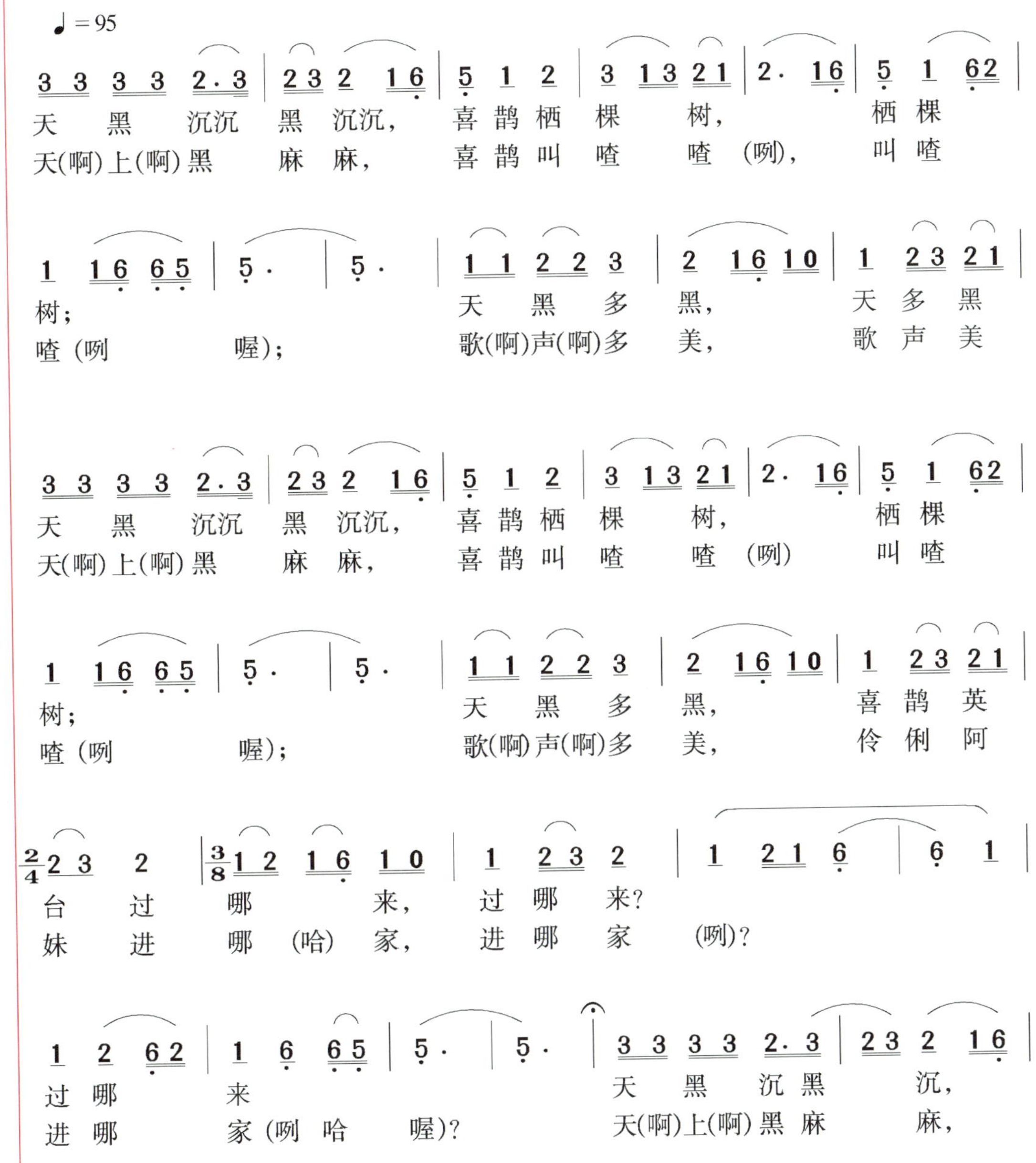

♩=95

3 3 3 3 2·3 | 23 2 16 | 5 1 2 | 3 13 21 | 2· 16 | 5 1 62 |
天 黑 沉沉 黑 沉沉， 喜 鹊 栖 棵 树， 栖 棵
天(啊)上(啊)黑 麻 麻， 喜 鹊 叫 喳 喳 (咧)， 叫 喳

1 16 65 | 5· | 5· | 11 22 3 | 2 16 10 | 1 23 21 |
树； 天 黑 多 黑， 天 多 黑
喳（咧 喔）； 歌(啊)声(啊)多 美， 歌 声 美

3 3 3 3 2·3 | 23 2 16 | 5 1 2 | 3 13 21 | 2· 16 | 5 1 62 |
天 黑 沉沉 黑 沉沉， 喜 鹊 栖 棵 树， 栖 棵
天(啊)上(啊)黑 麻 麻， 喜 鹊 叫 喳 喳 (咧) 叫 喳

1 16 65 | 5· | 5· | 11 22 3 | 2 16 10 | 1 23 21 |
树； 天 黑 多 黑， 喜 鹊 英
喳（咧 喔）； 歌(啊)声(啊)多 美， 伶 俐 阿

$\frac{2}{4}$ 23 2 | $\frac{3}{8}$ 12 16 10 | 1 23 2 | 1 21 6 | 6 1 |
台 过 哪 来， 过 哪 来？
妹 进 哪 (哈) 家， 进 哪 家 (咧)？

1 2 62 | 1 6 65 | 5· | 5· | 3 3 3 3 2·3 | 23 2 16 |
过 哪 来 天 黑 沉 黑 沉，
进 哪 家（咧 哈 喔）？ 天(啊)上(啊)黑 麻 麻，

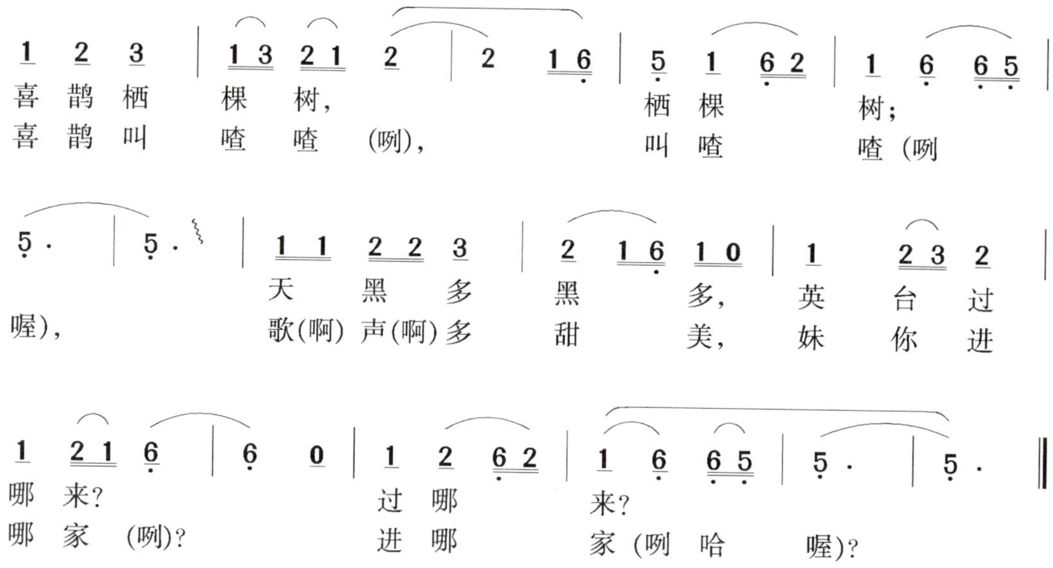

喜鹊栖棵树，栖棵树；
喜鹊叫喳喳（咧），叫喳喳（咧喔），

天黑多黑多，英台过
歌（啊）声（啊）多甜美，妹你进

哪来？过哪来？
哪家（咧）？进哪家（咧哈喔）？

妹问

（上林三里哈悦）

演　唱：周宗勉
记　谱：梁容丽
译配词：农冠品　甘丽芙

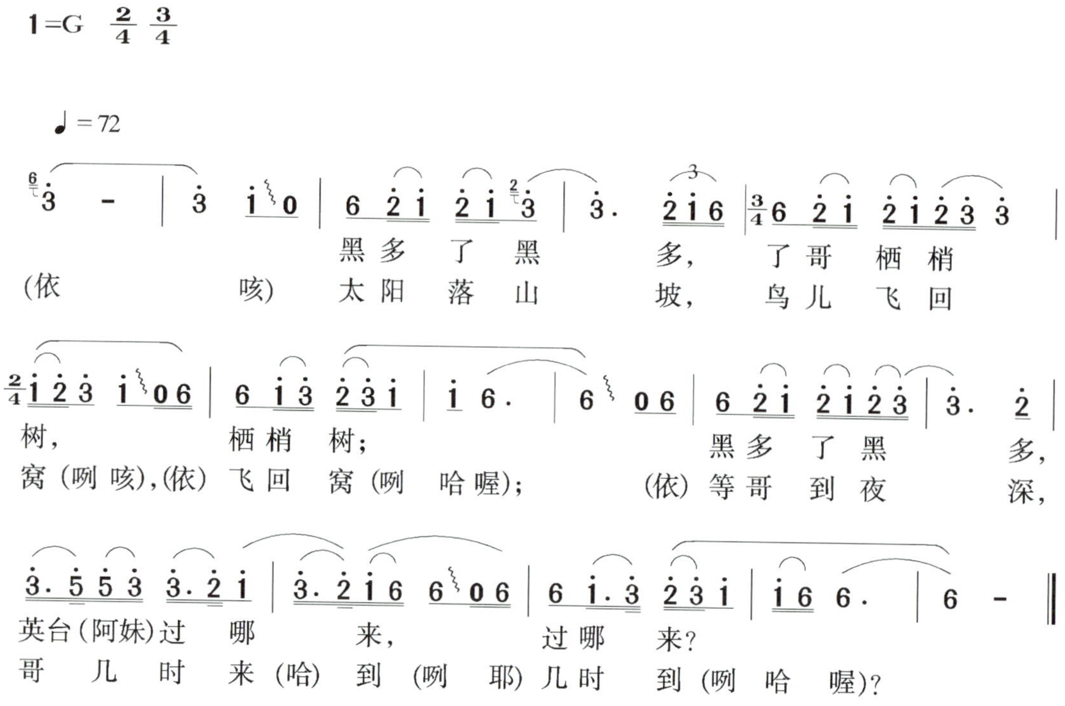

1=G $\frac{2}{4}$ $\frac{3}{4}$

♩=72

黑多了黑多，了哥栖梢
（依咳）太阳落山坡，鸟儿飞回

树，栖梢树；黑多了黑多，
窝（咧咳），（依）飞回窝（咧哈喔）；（依）等哥到夜深，

英台（阿妹）过哪来，过哪来？
哥几时来（哈）到（咧耶）几时到（咧哈喔）？

十月收谷来酿酒

（上林高腔）

演　唱：刘燕　李胜荣

记　谱：梁容丽

译配词：农冠品　甘丽芙

1＝F　$\frac{3}{4}$ $\frac{2}{4}$

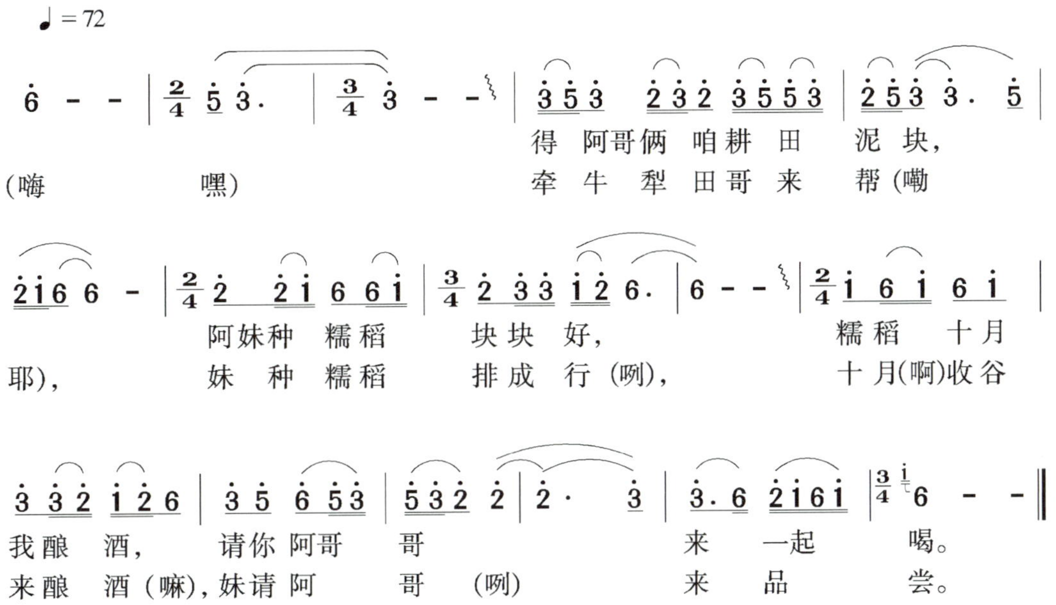

♩＝72

得　阿哥俩　咱耕　田　泥　块，

(嗨　　嘿)　牵　牛　犁　田哥　来　帮(嘞

阿妹种　糯稻　块块　好，　糯稻　十月

耶)，　妹　种　糯稻　排成　行（咧），　十　月(啊)收谷

我酿　酒，　请你　阿哥　哥　来　一起　喝。

来酿　酒（嘛），妹请　阿　哥　（咧）　来　品　尝。

人人把歌唱

（上林四六联山歌）

演　唱：　刘燕　李胜荣

记　谱：　梁容丽

译配词：　农冠品　甘丽芙

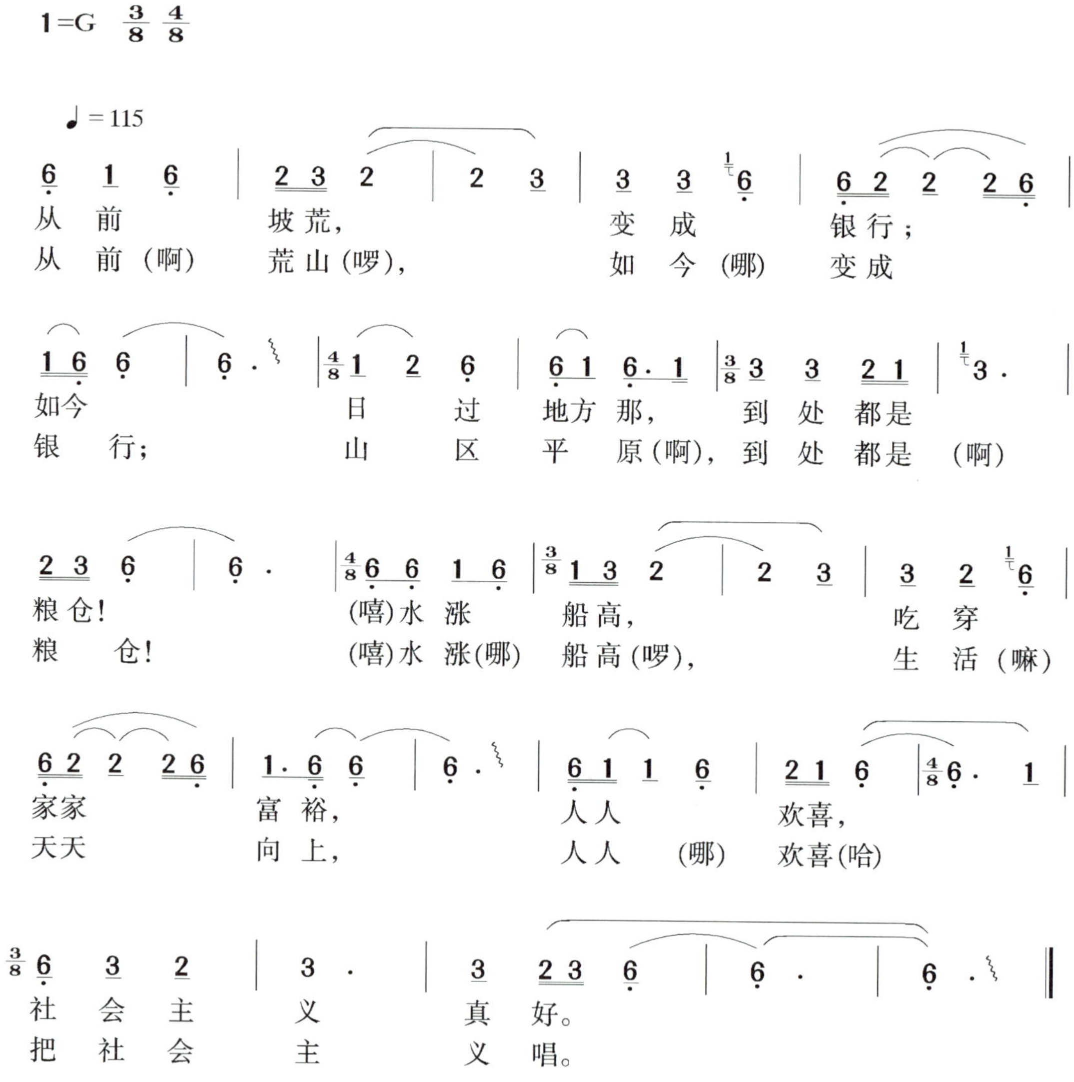

1=G $\frac{3}{8}$ $\frac{4}{8}$

♩=115

从　前　坡荒，变　成　银行；

从　前（啊）荒山（啰），如　今（哪）变成

如今　日　过　地方那，到　处　都是

银　行；山　区　平　原（啊），到　处　都是　（啊）

粮仓！（嘻）水　涨　船高，吃　穿

粮　仓！（嘻）水　涨（哪）船高（啰），生　活（嘛）

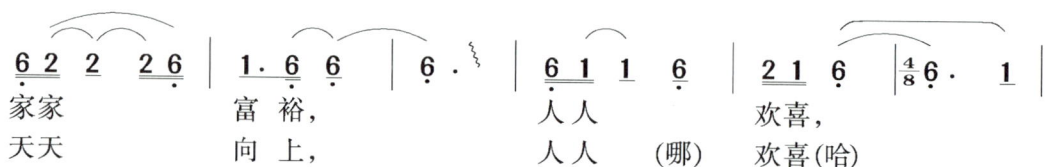

家家　富　裕，人人　欢喜，

天天　向　上，人人（哪）欢喜（哈）

社　会　主　义　真　好。

把　社　会　主　义　唱。

酒歌

（邕宁山歌）

演　唱：马辉文　刘艳丹
记　谱：梁容丽
译配词：农冠品　甘丽芙

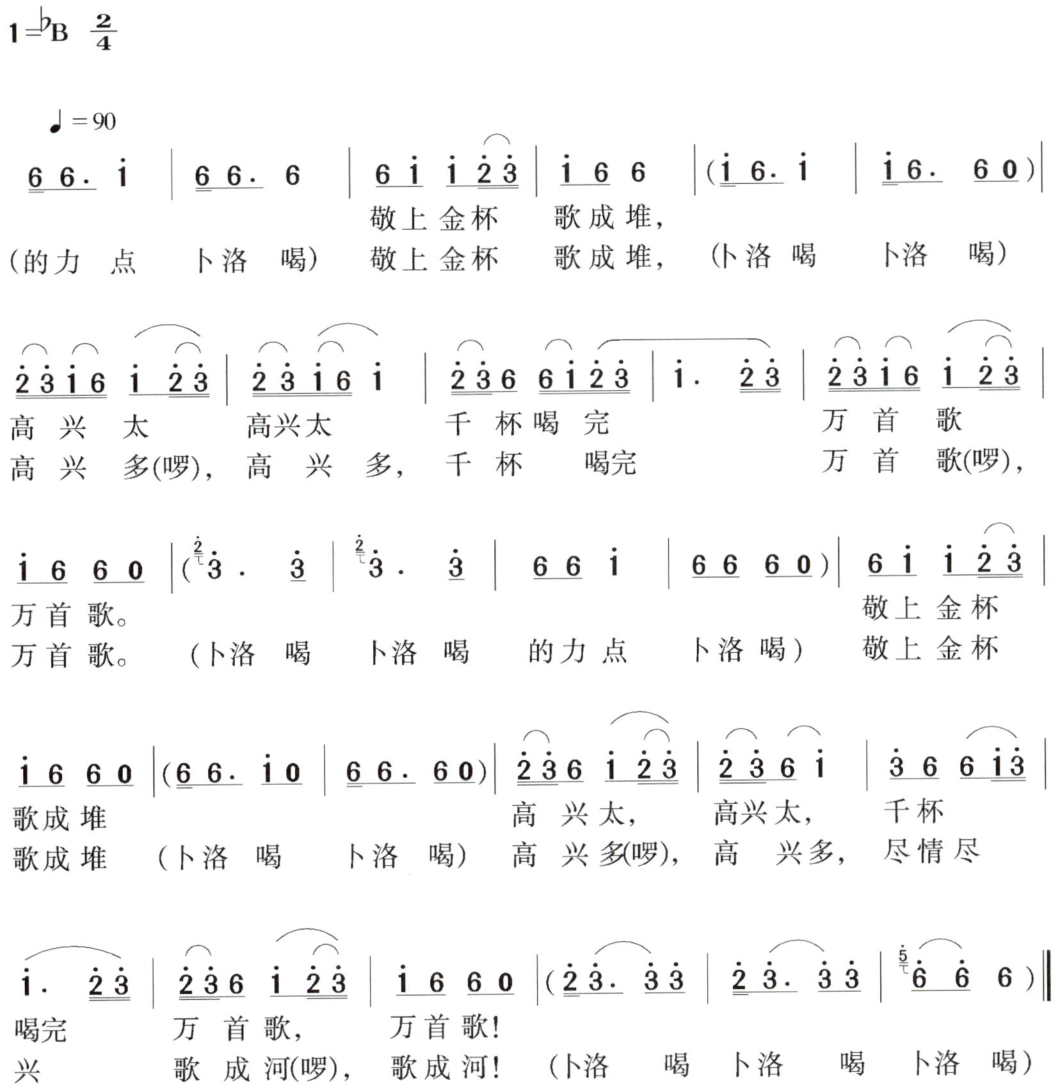

1=♭B　2/4

♩=90

6 6. 1̇ | 6 6. 6 | 6 1̇ 1̇ 2̇3̇ | 1̇ 6 6 | (1̇ 6. 1̇ | 1̇ 6. 6 0) |

敬上金杯　歌成堆，
(的力点　卜洛　喝) 敬上金杯　歌成堆，(卜洛喝　卜洛　喝)

2̇3̇1̇6 1̇ 2̇3̇ | 2̇3̇1̇6 1̇ | 2̇3̇6 61̇2̇3̇ | 1̇. 2̇3̇ | 2̇3̇1̇6 1̇ 2̇3̇ |

高兴太　高兴太　千杯喝完　万首歌
高兴多(啰)，高兴多，千杯喝完　万首歌(啰)，

1̇ 6 6 0 | (3̇. 3̇ | 3̇. 3̇ | 6 6 1̇ | 6 6 6 0) | 6 1̇ 1̇ 2̇3̇ |

万首歌。　敬上金杯
万首歌。(卜洛　喝　卜洛　喝　的力点　卜洛喝) 敬上金杯

1̇ 6 6 0 | (6 6. 1̇ 0 | 6 6. 6 0) | 2̇3̇6 1̇ 2̇3̇ | 2̇3̇6 1̇ | 3̇ 6 6 1̇3̇ |

歌成堆　高兴太，高兴太，千杯
歌成堆 (卜洛　喝　卜洛　喝) 高兴多(啰)，高兴多，尽情尽

1̇. 2̇3̇ | 2̇3̇6 1̇ 2̇3̇ | 1̇ 6 6 0 | (2̇3̇. 3̇3̇ | 2̇3̇. 3̇3̇ | 6 6 6) ‖

喝完　万首歌，万首歌！
兴　歌成河(啰)，歌成河！(卜洛　喝　卜洛　喝　卜洛　喝)

等果熟再摘

（武鸣东部山歌）

演　唱：　李超元　陆俊林
记　谱：　梁容丽
译配词：　农冠品　甘丽芙

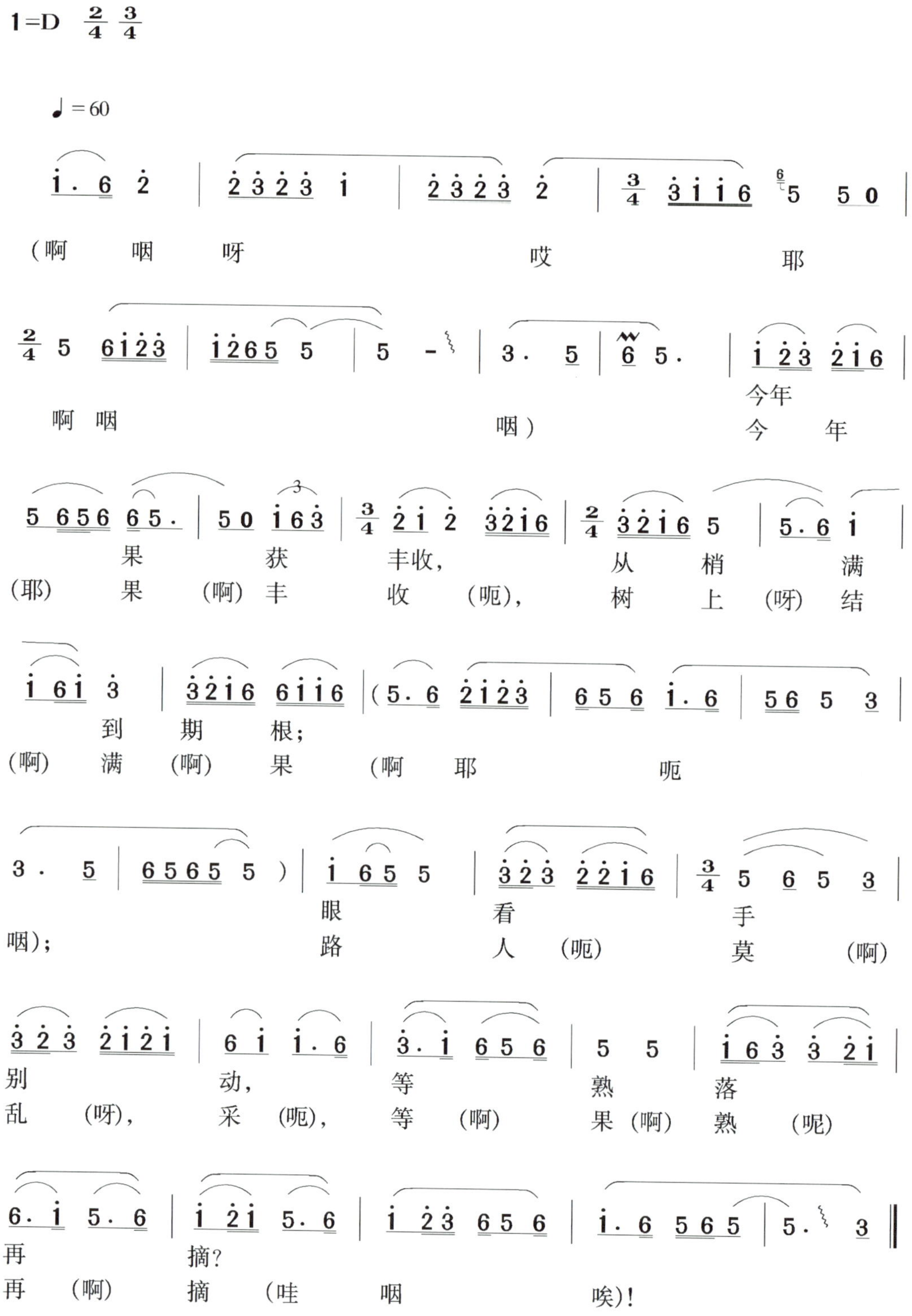

1=D $\frac{2}{4}$ $\frac{3}{4}$

♩=60

（啊　咽　呀　哎　耶
啊　咽　咽）

今年果获丰收，从梢满到期根；
今年（耶）果果（啊）丰收（呃），树上（呀）结（啊）满（啊）果（啊　耶　呃

咽）；

眼看手别动，等熟落再摘？
路人（呃）莫（啊）乱（呀），采（呃），等（啊）果（啊）熟（呢）再（啊）摘（哇　咽　唉）！

三月春光好

（武鸣西部山歌）

演　唱：　黄乃班

记　谱：　梁容丽

译配词：　农冠品　甘丽芙

1=C　$\frac{4}{4}$ $\frac{3}{4}$ $\frac{2}{4}$

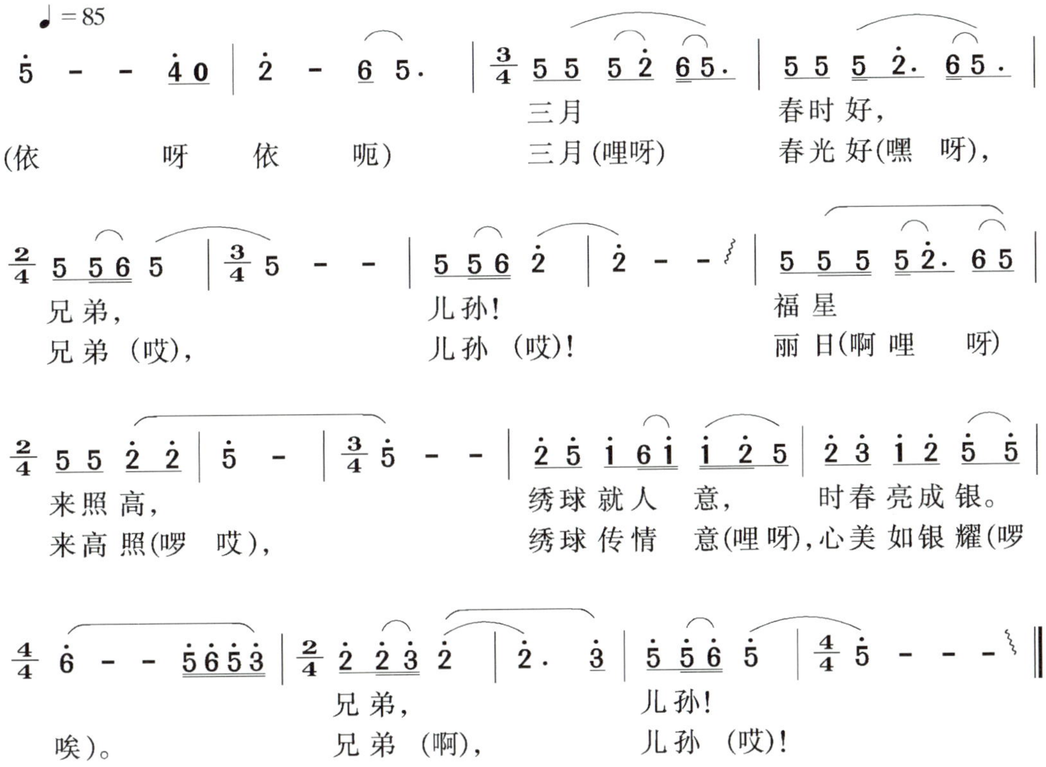

♩=85

三月　春时好，

(依　呀　依　呃)　三月(哩呀)　春光好(嘿　呀)，

兄弟，　儿孙！　福星

兄弟（哎），　儿孙（哎）！　丽日(啊哩　呀)

来照高，　绣球就人　意，　时春亮成银。

来高照(啰　哎)，　绣球传情　意(哩呀)，心美如银耀(啰

兄弟，　儿孙！

唉)。　兄弟（啊），　儿孙（哎）！

何时再相见

（武鸣中部山歌）

演　唱：　黄剑红

记　谱：　梁容丽

译配词：　农冠品　甘丽芙

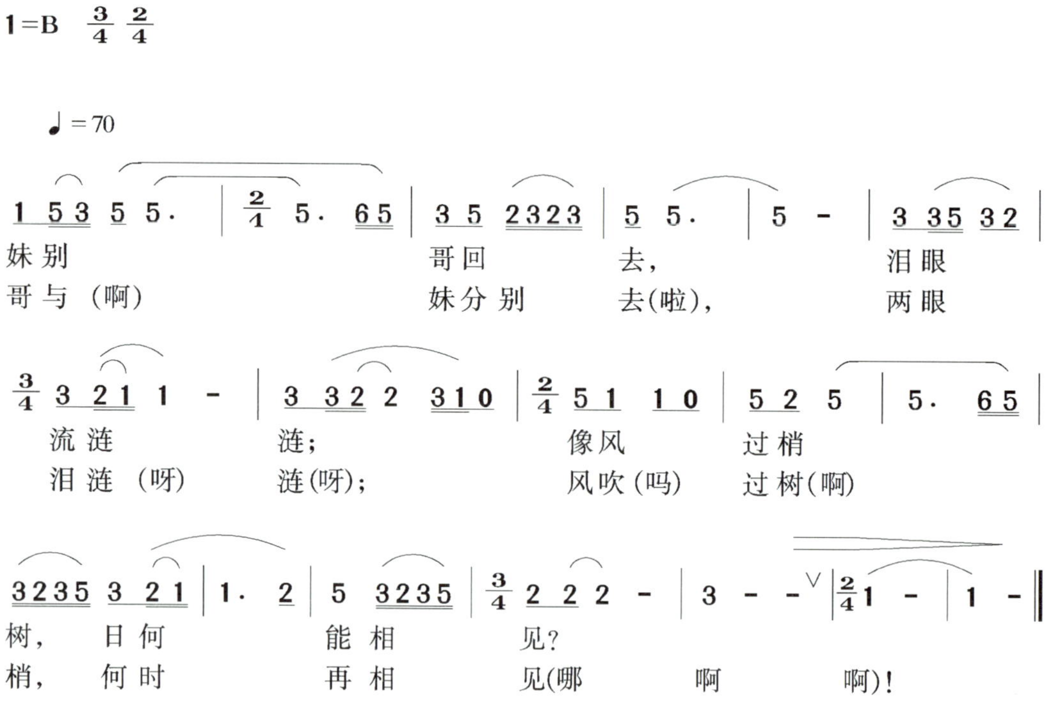

1=B　$\frac{3}{4}$ $\frac{2}{4}$

♩=70

1 53 5 5· | $\frac{2}{4}$ 5· 65 | 3 5 2323 | 5 5· | 5 － | 3 35 32 |

妹别　哥回　去，　泪眼

哥与（啊）　妹分别　去(啦)，　两眼

$\frac{3}{4}$ 3 21 1 － | 3 32 2 310 | $\frac{2}{4}$ 51 10 | 52 5 | 5· 65 |

流涟　涟；　像风　过梢

泪涟（呀）　涟(呀)；　风吹(吗)　过树(啊)

3235 3 21 | 1· 2 | 5 3235 | $\frac{3}{4}$ 2 22 － | 3 － － | $\frac{2}{4}$ 1 － | 1 － ‖

树，日何　能相　见？

梢，何时　再相　见(哪　啊　啊)！

情到表礼仪

（宾阳敬茶歌）

演 唱：施焕新 颜小珍 黄理萍 陈香芬
记 谱：梁容丽
译配词：农冠品 甘丽芙

1=D $\frac{4}{4}$

♩=78

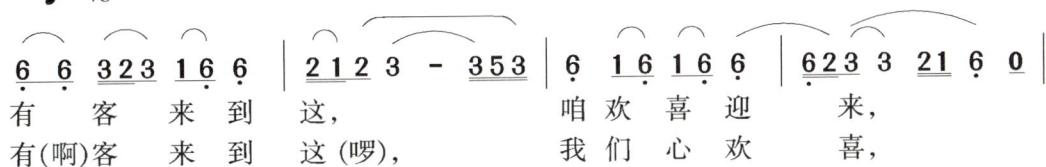

6 6 323 16 6 | 2123 3 - 353 | 6 16 16 6 | 623 3 21 6 0 |
有 客 来 到 这， 咱 欢 喜 迎 来，
有(啊)客 来 到 这(啰)， 我 们 心 欢 喜，

6 63 23 1 6 | 6122 2 - 23 | 21 63 21 66 | 21 6. 1 0 ‖
口 渴 喝 口 茶， 没 有 啥 礼 仪。
口 渴 喝 杯(啊) 茶(喔 喔)，情 到 表 礼 仪。

脱贫致富戴红花

（邕宁嘹啰山歌）

演 唱：屈进仕 马辉文
记 谱：梁容丽
译配词：农冠品 甘丽芙

1=D $\frac{2}{4}$ $\frac{3}{4}$

♩=98

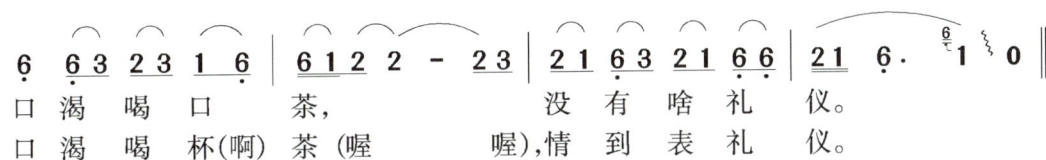

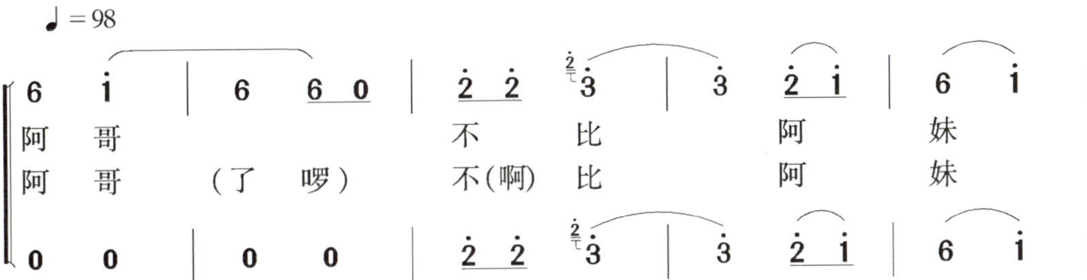

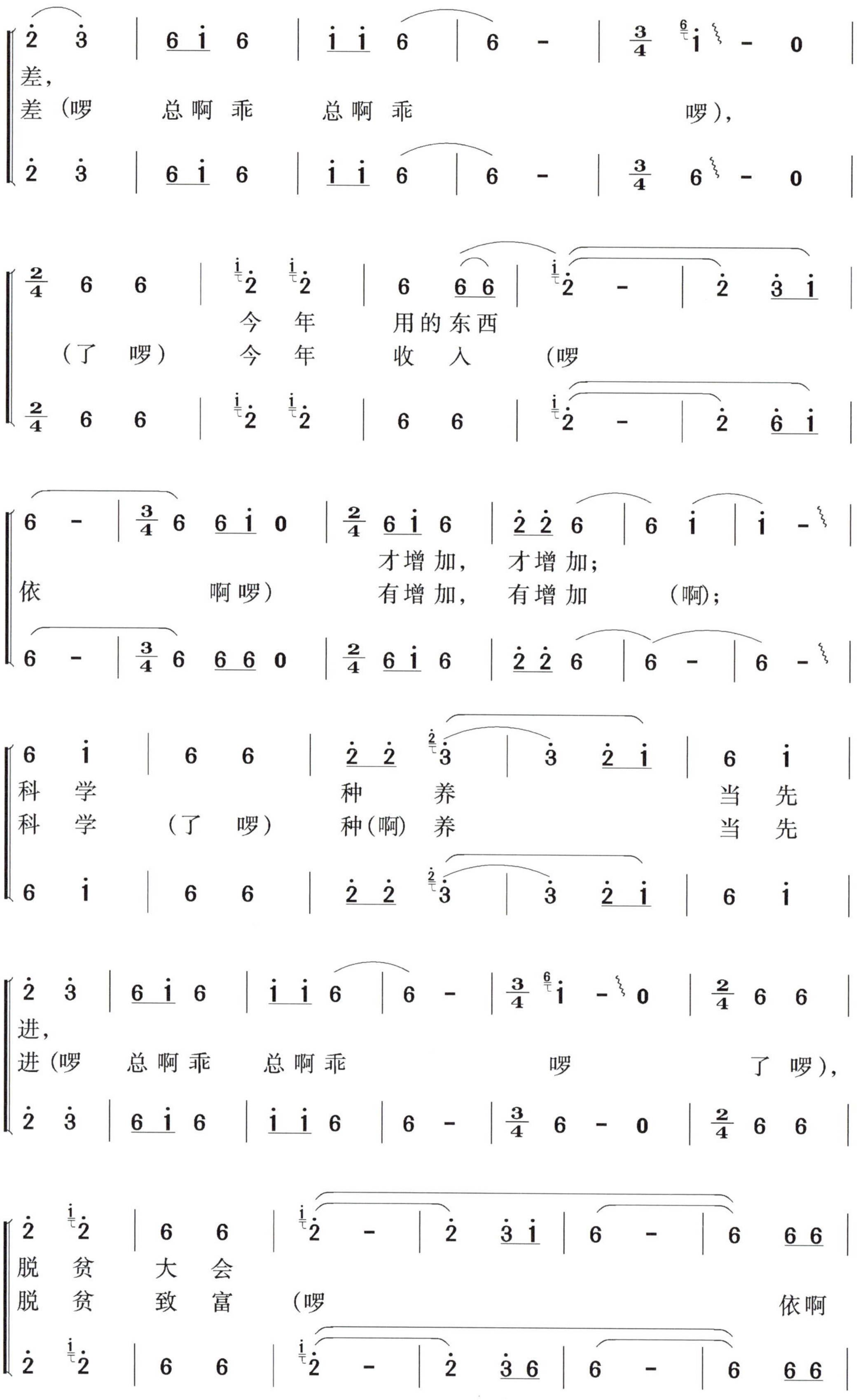

| 2 3 | 6 1 6 | 1 1 6 | 6 - | 3/4 1 - 0 |
差，
差（啰　总啊乖　总啊乖　啰），
| 2 3 | 6 1 6 | 1 1 6 | 6 - | 3/4 6 - 0 |

| 2/4 6 6 | 2 2 | 6 6 6 | 2 - | 2 3 1 |
今　年　用的东西
（了　啰）今　年　收　入　（啰
| 2/4 6 6 | 2 2 | 6 6 | 2 - | 2 6 1 |

| 6 - | 3/4 6 6 1 0 | 2/4 6 1 6 | 2 2 6 | 6 1 | 1 - |
才增加，　才增加；
依　啊啰）　有增加，　有增加　（啊）；
| 6 - | 3/4 6 6 6 0 | 2/4 6 1 6 | 2 2 6 | 6 - | 6 - |

| 6 1 | 6 6 | 2 2 3 | 3 2 1 | 6 1 |
科　学　种　养　当　先
科　学　（了　啰）种（啊）养　当　先
| 6 1 | 6 6 | 2 2 3 | 3 2 1 | 6 1 |

| 2 3 | 6 1 6 | 1 1 6 | 6 - | 3/4 1 - 0 | 2/4 6 6 |
进，
进（啰　总啊乖　总啊乖　啰　了　啰），
| 2 3 | 6 1 6 | 1 1 6 | 6 - | 3/4 6 - 0 | 2/4 6 6 |

| 2 2 | 6 6 | 2 - | 2 3 1 | 6 - | 6 6 6 |
脱　贫　大　会
脱　贫　致　富　（啰　依啊
| 2 2 | 6 6 | 2 - | 2 3 6 | 6 - | 6 6 6 |

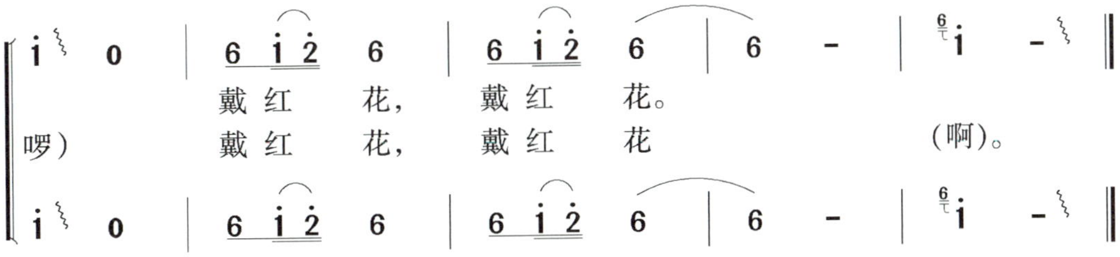

戴红　花，戴红　花。
啰）　戴红　花，戴红　花　（啊）。

园中果芳香

（武鸣南部山歌）

演　唱：蒙海泊　陆俊林　唐炳端
记　谱：梁容丽
译配词：农冠品　甘丽芙

1=F　$\frac{2}{4}$ $\frac{3}{4}$

♩=75

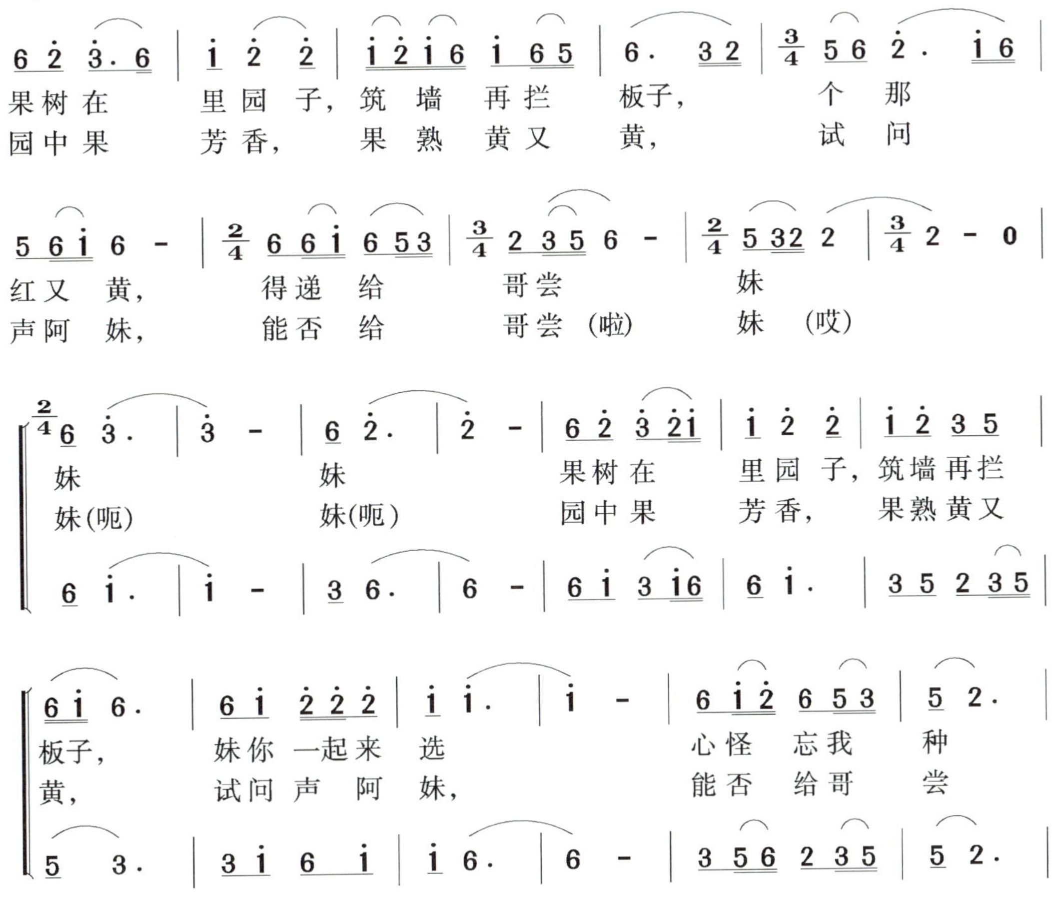

果树在　里园　子，筑　墙　再拦　板子，　个　那
园中果　芳香，　果　熟　黄又　黄，　试　问

红又　黄，　得递　给　哥尝　妹
声阿　妹，　能否　给　哥尝（啦）　妹（哎）

妹　妹　果树在　里园　子，筑墙再拦
妹(呃)　妹(呃)　园中果　芳香，　果熟黄又

板子，　妹你　一起来　选　心怪　忘我　种
黄，　试问声　阿　妹，　能否　给哥　尝

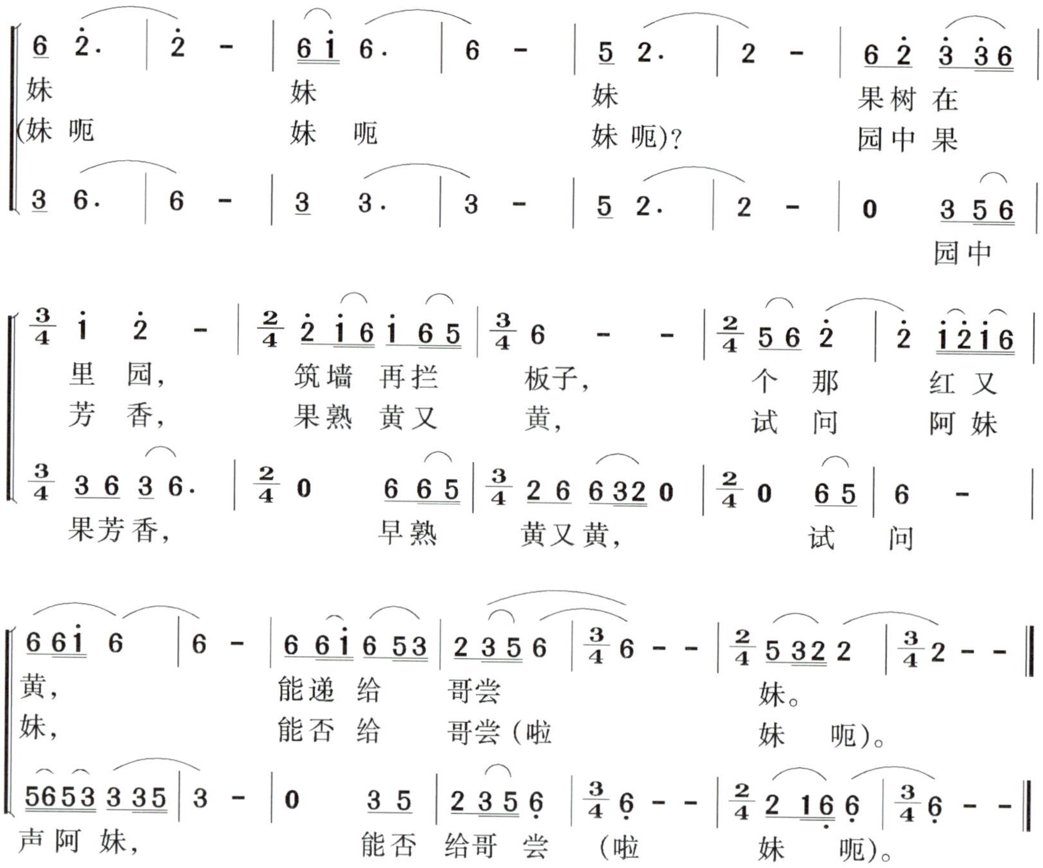

妹　妹　妹　果树在
(妹呃　妹呃　妹呃)？　园中果

园中

里园，　筑墙再拦板子，　个那红又
芳香，　果熟黄又黄，　试问阿妹

果芳香，　早熟黄又黄，　试问

黄，　能递给哥尝妹。
妹，　能否给哥尝(啦妹呃)。

声阿妹，　能否给哥尝(啦妹呃)。

蓝天广朗朗

（马山三步欢）

演　唱：蒙海泊　蓝春平　蓝日浩
记　谱：梁容丽
译配词：农冠品　甘丽芙

1=C $\frac{2}{4}$ $\frac{3}{4}$

♩=90

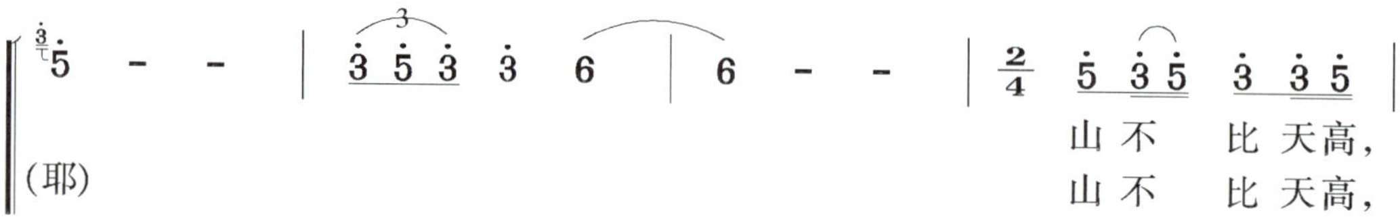

山不比天高，
(耶)　山不比天高，

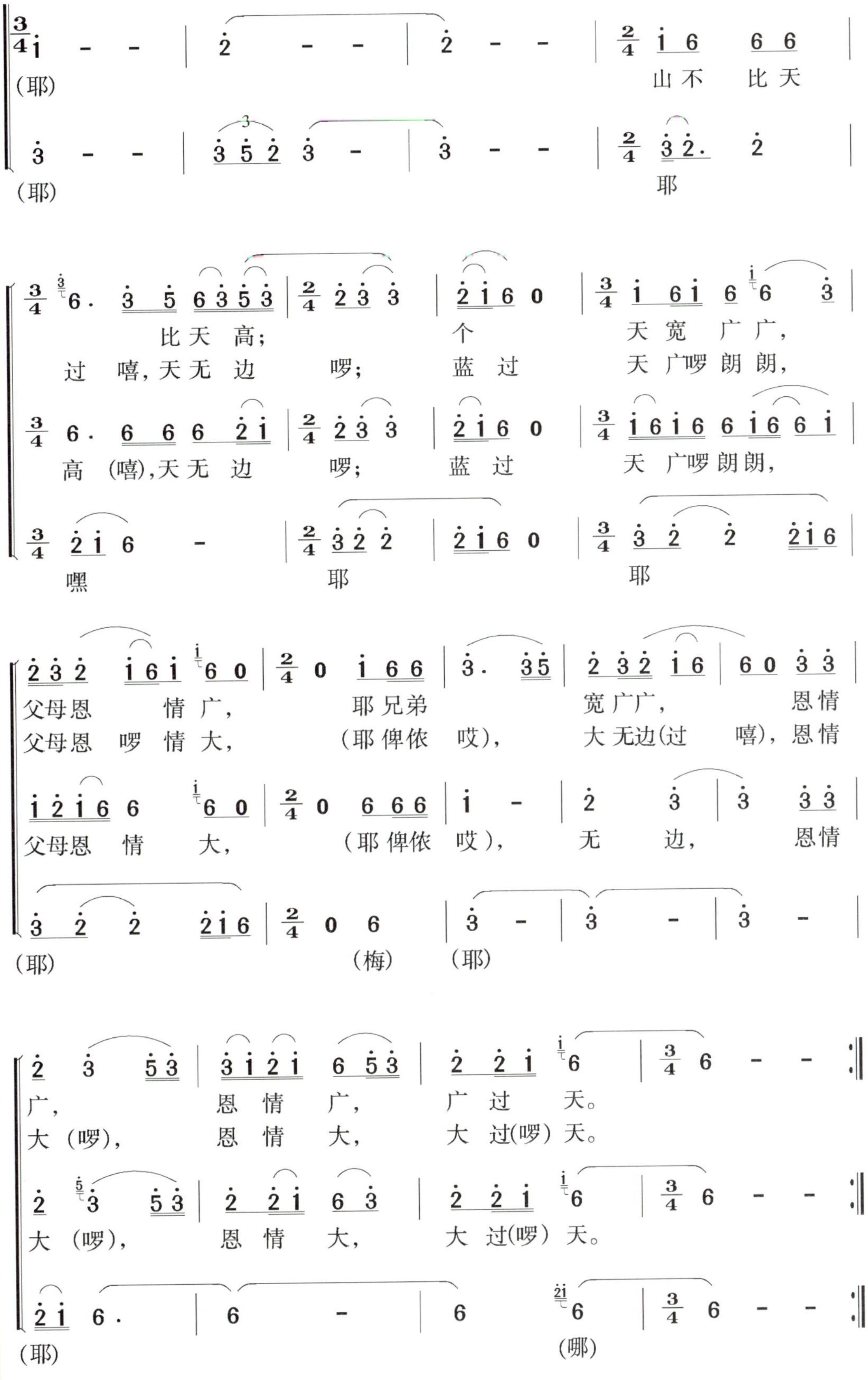

(耶)
山不 比天
(耶)
耶

比天 高;
过 嘻,天无 边 啰; 蓝 过 天 广啰 朗 朗,
个 天 宽 广 广,
高 (嘻),天无 边 啰; 蓝 过 天 广啰 朗 朗,
嘿 耶 耶

父母恩 情 广, 耶 兄弟 宽 广广, 恩情
父母恩 啰 情 大, (耶 俾依 哎), 大 无边(过 嘻),恩情
父母恩 情 大, (耶 俾依 哎), 无 边, 恩情
(耶) (梅) (耶)

广, 恩 情 广, 广 过 天。
大(啰), 恩 情 大, 大 过(啰) 天。
大 (啰), 恩 情 大, 大 过(啰) 天。
(耶) (哪)

附录

一

传承人小传

温桂元

——壮族三声部民歌国家级非遗代表性传承人

温桂元，男，壮族，生于1934年2月，卒于2021年4月，小学文化，南宁市马山县古零镇安善村人，农民。曾获“广西歌王”称号，2009年被评为壮族三声部民歌国家级非遗代表性传承人。温桂元是马山县有名的歌手和歌师，他从7岁起就跟父亲学习壮族原生态民歌“三顿欢”调；年岁稍长，即熟练掌握壮族三声部民歌的唱法技巧，形成自己的唱法特点，并熟悉多种民歌内容。能演唱本地多种民歌腔调，思维敏捷，能开口成歌；在任何场合都能即兴演唱，对歌如流。他善唱高音部，唱自编的山歌声腔高亢，主要担任壮族三声部民歌第一声部的主唱。他自编山歌内容广泛，有近四千首之多。为使壮族三声部民歌世代传扬，他以家庭为单位，建立了壮族三声部民歌演唱队，向其儿子、媳妇、孙子及其他族人传授壮族三声部民歌演唱技法，其所带的30多个弟子全部都会唱壮族三声部民歌，其家庭演唱队现已成为当地壮族三声部民歌演唱的主要队伍。他先后在马山县安善小学、壮族三声部民歌传承基地举办多届壮族三声部原生态民歌培训班，为马山县培养了大批壮族民歌手。他几乎用了一辈子的时间来传唱、传承壮族三声部民歌，晚年仍在不遗余力地为三声部民歌的传承发展发挥余热。由于他在壮族三声部民歌保护工作方面的执着奉献，深受社会各界敬重。温桂元多次代表市、县、乡参加区内外各类文艺会演。1982年出席五省区在南宁召开的民歌座谈会，获“广西歌王”称号；2004年12月，到北京参加全国“天籁之声”原生态民歌汇报演出，得到专家学者的高度评价；2007年12月11日，接受中国国际广播电台记者采访，央视“国际在线·新闻”网站播出其事迹，在国内外引起了较大的反响。他对壮族三声部民歌的保护和传承发展作出了积极的贡献。

卢超元

——壮族三月三国家级非遗代表性传承人

卢超元，男，壮族，生于1948年11月，小学文化，南宁市武鸣区罗波镇布凌村人，农民。壮族歌圩文化第六代传承人，南宁市民间文艺家协会第一次代表大会代表。曾荣获“广西民间歌王”称号，2018年被评为壮族三月三国家级非遗代表性传承人。他自11岁起跟随父亲卢宝基（第五代传承人）演唱山歌，在长期的传唱生涯中，他熟悉了武鸣各部山歌特征，尤其擅长演唱东部山歌；其演唱声音高亢嘹亮，对歌思维敏捷，能开口成歌，歌词幽默风趣。每年农历四月初八是当地隆重的传统节日，每到那天，他便在家中设宴款待歌友，开场对唱，以其熟练的演唱技艺、高亢的唱腔，吸引无数的山歌手前来对歌，常常连唱两三昼夜，歌友尽兴而归。他十分重视壮族歌圩的传承，几十年来带出了卢嘉德、黄慧珠、李良金、李国年、李英元、黄加业、蒙美京、欧小玲、韦仕花、黄存等大批壮族歌圩接班人，为壮族歌圩的保护和传承发展作出了积极的贡献。他创作的《孝常客》在1982—1985年的山歌比赛中多次获奖；1983—1985年，他连续三年参加自治区“歌王”比赛，其中《顺父母》被广西人民广播电台多次播放；1985年，他代表广西出席贵州省布依族盛大的“六月六”歌节，用壮语演唱贺歌，《贵州日报》对此做了专题报道，并把歌词翻译发表；1987年，他获得“广西壮族民间歌手”称号；1992年“三月三”，他参加首届民间“歌王”大奖赛，获优秀歌师奖；1994年，广西山歌学会授予他“广西民间歌王”称号；2001年应邀参加广西宜州“九月唱丰收——广西农村山歌会”；2002年参加广西“国策杯”山歌比赛，荣获优秀奖；2004年获“武鸣三月三歌王”称号；2007年，他参加广西首届歌王大赛，获“十大民歌手”称号。

刘正成

——壮族歌圩国家级非遗代表性传承人

刘正成，男，壮族，生于1935年7月，卒于2022年9月，初小文化，南宁市邕宁区新江镇团阳村那桃坡人，农民。曾获“广西十大歌手”称号，2008年被评为壮族歌圩国家级非遗代表性传承人。刘正成自幼热爱民间音乐，热衷于嘹啰山歌表演活动，他的爷爷刘芳栋和父亲刘炳中都是当地著名的山歌手，他从小就跟随爷爷和父亲学唱山歌；20多岁时，已是一名小有名气的山歌手，30多岁时，已成为能唱、能编的歌师，40多岁时，已可以收徒授艺。他所演唱的山歌以手法娴熟、触景生情、即兴而歌见长。他充分利用自己所掌握的技能，积极配合党委、政府的工作，带领本村嘹啰山歌演唱队参与新农村建设、精神文明建设、党的方针政策等各方面工作的宣传活动。每逢春节、三月三、新江镇开圩纪念日等民族传统节日，他积极带队演唱山歌，增加节日的喜庆气氛，不断丰富群众文化娱乐生活，推进当地精神文明建设工作。他积极配合当地文化部门工作，认真开展壮族嘹啰山歌的传承工作，积极推动本村嘹啰山歌队建设，到壮族嘹啰山歌传承基地团阳村小学开展教学工作，培养接班人，徒弟多达数百人，一家四代也是有名的山歌手。几十年来，刘正成参加各种演出活动达数百场次。他经常受邀到南宁市各县区（市）、钦州市等地参加民间音乐交流演出活动，曾受邀参加2009年南宁国际民歌艺术节开幕式的演出，提高了壮族歌圩的传播力和影响力，其事迹被各新闻媒体多次宣传报道，为壮族嘹啰山歌的传承和发展作出了贡献。

莫若珍

——南宁平话民歌自治区级非遗代表性传承人

莫若珍，女，壮族，生于 1965 年 4 月，初中文化，南宁市邕宁区那楼镇人，2015 年被认定为南宁平话民歌自治区级非遗代表性传承人，现任广西民间平话山歌艺术团副团长。她自小学时就喜欢唱歌，常跟随外婆学唱平话民歌，经常在田间地头一展歌喉，练就了一副好嗓子。她唱腔多样，能综合利用各地民歌唱法，取其精华，能熟练掌握歌曲的旋律。由于基础扎实，音色甜美，莫若珍得到梁世华老师的赏识，跟随梁老师学唱平话民歌。经过勤学苦练，她演唱技艺突飞猛进，现已成为南宁市一名优秀的平话民歌手。近年来，在各类山歌比赛活动中屡获佳绩，荣获歌王称号；她自编民歌唱词，教团员演唱，近年来演出超过百场；一直致力于平话民歌的学习、传承、推广等工作，为南宁平话民歌的传承发展作出了贡献。

万立仁

——白话童谣自治区级非遗代表性传承人

万立仁，男，生于 1942 年 8 月，大学文化，汉族，广西南宁人，2021 年被认定为白话童谣自治区级非遗代表性传承人。万立仁自小对白话童谣产生极大兴趣，与同在南宁园艺场插队的知青张桥芳结婚后，得到岳父的亲传口授，积累了大量贴近生活的民谚、民谣及白话童谣。他善收集，勤整理，多研究，多年来将大量传统白话童谣编辑成册，付诸于文字保存；具有创编、辅导、吟诵、修改的能力，掌握了一定的艺术表演技能，创编的新白话童谣及有童谣因素的本土曲艺、戏曲节目数百个。他积极到社区、学校开讲座和培训班，指导学生排演节目，在南宁市和自治区各类大赛活动中多次获奖。通过编著白话童谣读物、策划举办活动、进行理论研究等一系列传承工作，使白话童谣这一非物质文化遗产大放光芒。

李秀连

——横县云表壮族歌圩自治区级非遗代表性传承人

李秀连，女，生于 1970 年 9 月，初中文化，壮族，横县云表镇邓圩村人，2021 年被认定为横县云表壮族歌圩自治区级非遗代表性传承人。她从小便跟随家中长辈学习唱山歌，通过不断学习实践，15 岁时，已是当地及周边村镇有名的壮族山歌手。1985 年跟随第五代传人何有新系统学习壮族山歌，至今已有 30 多年，充分掌握了壮族歌圩文化内涵、表演形式和山歌演唱技巧。经过多年的日积月累、刻苦钻研，创作了许多山歌类型的作品。多年来，李秀连带领山歌队参与各类歌圩活动，如南宁市首届歌王争霸赛暨南宁市首届壮族歌圩音乐节、广西壮族歌王大奖赛等，在各类比赛中均获得优秀成绩。她每年还积极参与各类民间民俗活动，如壮族三月三歌圩、茉莉花文化节民俗活动、春节山歌展演等。2018 年始，李秀连负责邓圩小学壮族歌圩教学点教学活动，每年开展“壮族歌圩”进校园教学活动 20 多场，教授学生 500 多人次，使山歌传承后继有人。

韦有创

——上林四六联民歌自治区级非遗代表性传承人

韦有创，男，壮族，生于 1959 年 10 月，初中文化，上林县巷贤镇耀河村中耀庄人，2019 年被认定为上林四六联民歌自治区级非遗代表性传承人。他从小就受爱唱山歌的祖父和父亲影响，耳濡目染，对壮族民歌特别是四六联民歌十分感兴趣，多次登门向老艺人学习求艺，掌握了各种山歌曲调。他曾多次参加自治区、市、县的各类山歌擂台比赛，屡获佳绩。在本地壮山歌剧团担任台柱子，三十多年来，他参演的剧目达 30 多部，其中《高山红玫瑰》在县农村文艺展演中获一等奖，《状元与乞丐》《姻缘风波》等在当地演出 300 多场。

卢成

——上林瑶族山歌自治区级非遗代表性传承人

卢成，男，瑶族，生于 1967 年 3 月，中专文化，上林县镇圩瑶族乡人，2019 年被认定为上林瑶族山歌自治区级非遗代表性传承人。他自幼受祖父和父亲山歌声的熏陶，对上林瑶族山歌特别感兴趣；为学好上林瑶族山歌，他主动登门向老一辈艺人学唱，现已掌握了瑶族山歌的韵律和曲调，是本地艺术剧团的台柱子。十几年来，他积极参加自治区、市、县的各种山歌擂台比赛，参演的剧目多达十几部，其中《瑶山歌》在市、县农村文艺大展演中荣获一等奖，《猴王戏鼓》《猴鼓恋粥筒》《芭蕉熟了》《达努》等节目在当地演出 100 多场，深受观众的好评和喜爱。

莫花美

——壮族三声部民歌自治区级非遗代表性传承人

莫花美，女，壮族，生于 1957 年 7 月，高中文化，南宁市马山县古零镇安善村人，2009 年被认定为壮族三声部民歌自治区级非遗代表性传承人。2002 年，她开始跟随公公学习壮族原生态民歌“三顿欢”调，又跟丈夫学习壮族民歌，唱腔高亢，善唱高音部，每次演出都担任壮族三声部民歌第一声部的主唱；熟悉并能演唱多种民歌，开口成歌，在任何场合都能即兴演唱，对歌如流。2008 年 12 月，代表马山县参加南宁市文化局举办的南宁市 2008 年文化惠民工程村屯社区文艺队文艺调演，荣获优秀奖。自 2003 年起，踊跃参加各种文艺演出活动，并培养了 20 多位熟练掌握壮族三声部民歌演唱技巧的弟子。

蓝日茂

——壮族传扬歌自治区级非遗代表性传承人

蓝日茂，男，壮族，生于 1981 年 6 月，小学文化，马山县古寨瑶族乡古寨村人，2017 年被认定为壮族传扬歌自治区级非遗代表性传承人。他自小热爱唱颂壮族传扬歌，10 岁时，师从蓝天榜学唱壮族传扬歌，他苦练唱功，掌握了多种壮族传扬歌技能艺能。经过多年的勤学苦练，形成了自己独特的风格，他不断编创传扬歌歌词，成为现今古寨瑶族乡一带最有名气的唱颂壮族传扬歌歌师。此外，由于蓝日茂用心领悟和学习，很快掌握和熟悉道场的踩花灯、击打鼓乐等表演，手眼身法灵活生动，有较高的表演水平，实至名归地成为道场的领队。平日里，他操持农活，当有红白喜事和祭祀活动时，他就带领道（师）公队去唱颂壮族传扬歌。久而久之，组建了自己的壮族传扬歌队伍，并培养出 20 多位弟子，为壮族传扬歌的传承作出了积极贡献。

陆建情

——瑶族剪刀歌自治区级非遗代表性传承人

陆建情，男，瑶族，生于 1965 年 3 月，大专文化，马山县古寨乡古棠村人，2019 年被认定为瑶族剪刀歌自治区级非遗代表性传承人。他自幼爱好听山歌，15 岁时跟随父亲学唱瑶族剪刀歌，学习民俗乐理。其父亲常在不同场合以唱山歌形式表达问候，唱法多样化；在父亲的影响和指导下，经过长期的学习和积累，他学会了唱瑶族剪刀歌，每年还跟随父亲到各村屯表演。父亲过世后，他又请教当地民间较有名望的歌师潘立国先生，对瑶族剪刀歌的编写和唱法不断地进行探索。他常编写歌词，参加各种演出比赛，至今已有三十多年的经验，熟练掌握瑶族剪刀歌多种形式和唱法。为了让独特稀有的瑶族剪刀歌后继有人，农闲时节他辅导周边村民学唱瑶族剪刀歌，还经常到古寨村小学指导学生们学唱，至今已培养 10 多位徒弟，很好地传承和发展了瑶族剪刀歌。

林碧

——隆安壮族排歌自治区级非遗代表性传承人

林碧，男，壮族，生于 1953 年 1 月，高小文化，隆安县城厢镇大林村那潭屯人，2015 年被认定为隆安壮族排歌自治区级非遗代表性传承人。他自小酷爱唱山歌，13 岁时，拜歌师陆桂青为师学唱隆安壮族排歌，不久就成为当地有名的歌手、歌师。20 世纪 80 年代，林碧将隆安壮族排歌的演唱形式、特点等毫无保留地传授给徒弟黄小红，并与她共同组建壮族排歌队；目前排歌队有 10 多位队员，传承传播隆安壮族排歌。作为隆安壮族排歌队歌师、组织者、传承人，林碧除务农外仍坚持创作隆安壮族排歌。

黄翠荣

——南宁壮族哭嫁歌自治区级非遗代表性传承人

黄翠荣，女，壮族，生于 1951 年 8 月，高小文化，南宁市兴宁区三塘镇围村坡人，2017 年被认定为南宁壮族哭嫁歌自治区级非遗代表性传承人。20 世纪 60 年代，她师从陆秀英、方林英等民间歌师学唱南宁壮族哭嫁歌，13 岁时，开始参与村里姐妹们的出嫁仪式，并作为伴嫁娘唱南宁壮族哭嫁歌；参与多了，唱熟了，便渐渐成为南宁壮族哭嫁歌主唱者。解放初至 1966 年，村中姐妹出嫁，黄翠荣是“每嫁必到，每到必唱”者。近几年，每到春节，黄翠荣必定会组织村中姐妹到三塘镇文化广场展示南宁壮族哭嫁歌；业余时间，则带领 5 位徒弟演唱、交流。

谢桂友

——南宁民谣自治区级非遗代表性传承人

谢桂友，男，汉族，生于 1953 年，本科文化，南宁市兴宁区人，2019 年被认定为南宁民谣自治区级非遗代表性传承人。五六岁开始受父辈影响，接触南宁民谣，十分喜爱。1978 年—1994 年先后在广西艺术学院、中央美术学院接受高等教育，收集和整理南宁民谣，使南宁民谣易于吟唱和表演。在教学工作中，利用所教学的书法、中外建筑鉴赏等中华传统文化课程，向广大学生传授南宁民谣文化。

苏兰育

——壮族嘹啰山歌自治区级非遗代表性传承人

苏兰育，男，壮族，生于1949年6月，初中文化，南宁市邕宁区人，2019年被认定为壮族嘹啰山歌自治区级非遗代表性传承人。1962年开始学唱山歌，就能跟壮族嘹啰山歌歌师一起合唱；师从当地名师李云香，得到李云香亲传，所唱山歌得到好评，后师从当地多名歌师。20岁便能创作壮族嘹啰山歌歌词。改革开放后，常受良庆区那马镇、大塘镇、南晓镇等民间山歌团体邀请参加壮族嘹啰山歌歌会活动。他随时随地均能出口成歌，能与当地优秀山歌歌手对唱、合唱。如今，作为壮族嘹啰山歌协会副会长，活跃在壮族嘹啰山歌的舞台上，亦不断培育新人，传承壮族嘹啰山歌。

韦秋岑

——武鸣壮族山歌自治区级非遗代表性传承人

韦秋岑，女，壮族，生于1977年2月，中专文化，南宁市武鸣区两江镇人，2017年被认定为武鸣壮族山歌自治区级非遗代表性传承人。她于1997—2014年学习并掌握南宁市武鸣区东、西、南、北、中等不同地域山歌曲调（含三声部、二声部民歌）、唱法及壮族山歌创作知识，熟悉广西多种常见山歌曲调，对壮族山歌、汉族山歌词曲创作规律、方法有一定研究，曾组织编印出版《美丽山歌300首》。她还积极开展武鸣壮族山歌传习活动，截至目前，她共授徒100多人，经她传授山歌知识学员近千人。她连续两年荣获中国壮乡·武鸣“壮族三月三”暨骆越文化旅游节先进个人荣誉称号，2016年参加中国民间文艺家协会在新疆举办的西部山歌会，获得“十佳歌手”称号。

潘宝山

——灵水壮族歌圩自治区级非遗代表性传承人

潘宝山，男，壮族，生于1958年，初中文化，南宁市武鸣区人，2019年被认定为灵水壮族歌圩自治区级非遗代表性传承人。他从小爱听伯父潘兆昌唱山歌，1977年初中毕业后，跟随仙湖镇三冬村雷珠屯潘文先歌师学唱山歌。1980年，初步掌握了灵水壮族歌圩东、南、西、北、中不同地域山歌的唱词创作与曲调唱法。1995年，参加南宁市武鸣县文化馆山歌培训班后，个人山歌创作及演唱技艺更上一层楼，曾多次在比赛中荣获歌王称号。2004年，开始接收潘文正为第一个徒弟，教其山歌技能唱法，潘文正于2006年10月代表南宁市老干局到河池市参加自治区老干局举办的山歌擂台赛荣获团体二等奖。多年来，他先后到灵水风景区、武鸣老年人活动中心、仙湖中学、中桥小学等地上山歌课；授徒8人，其中潘姿纯、潘艳艳、曾陪荧等徒弟于2016年参加灵水歌圩少年组比赛分别荣获一、二等奖。他为壮族山歌的传承发展贡献了力量。

二

新旧地名对照表

序号	原地名	现更名	更名时间
1	邕宁县	邕宁区	2004年
2	南宁市郊区	南宁市西乡塘区	2004年
3	武鸣县	武鸣区	2016年
4	横县	横州市	2021年
5	太守乡	思陇镇太守社区	2005年
6	新桥乡	新桥镇	1991年
7	新宾乡	宾州镇新宾农业村	2003年
8	芦圩乡	宾州镇	2009年
9	古辣乡	古辣镇	1993年
10	伶俐乡	伶俐镇	1995年
11	片联乡	林圩镇片联村	2005年
12	高田乡	陈平镇高田社区	2005年
13	思陇乡	思陇镇	1994年
14	邕宁县吴圩镇	江南区吴圩镇	2004年
15	邕宁县苏圩乡	江南区苏圩镇	2004年

注：原地名是指文本里面的地名。

后记

《中国民间文学大系》是根据中共中央办公厅、国务院办公厅印发的《关于实施中华优秀传统文化传承发展工程的意见》，由中国文联负责实施的一项国家重点文化工程。

该卷根据南宁市十二个县区（市）歌谣内容丰富、种类繁多的特点而独立编纂成卷。南宁拥有“天下民歌眷恋的地方”的美誉，一年一度的南宁国际民歌艺术节已成为南宁市一张享誉中外的城市名片。在南宁的传统习俗里，但凡节庆、祝寿、婚嫁、丧葬、社交、待客等，人们都会“言之不尽，歌以咏之”，该卷歌谣真实地反映了南宁社会与人民劳动、生活、习俗和思想感情的方方面面，是南宁历代民间社会生活的鲜活见证。

南宁市十二个县区（市）的汉族、壮族、瑶族歌谣浩如烟海，犹如满天繁星，本卷所选录的作品仅仅是搜集而来作品的约三分之一，是精挑细选的一小部分。本卷作品主要选自20世纪80年代南宁市各县区（市）三套集成歌谣卷的内容，同时也收录了编纂者田野调查收集的部分歌谣；很多作品是从南宁市各地歌圩现场中搜集采录而来，也有部分作品是从各县区（市）历年的歌王擂台赛、山歌大赛中精选而来。搜集到的歌谣种类丰富，数量巨大，是极其珍贵的优秀文化遗产，内容十分广泛。但由于篇幅限制，本卷在“科学性、广泛性、地域性、民族性、代表性”原则的指导下，进行了精选，同时尽量附加了与歌谣相关的民俗文化、演唱背景等内容，增加了包含歌词和曲谱的代表性歌谣。为了让读者对南宁汉族、壮族、瑶族歌谣有一个更直观、全面的了解和认识，收录了数十幅与歌谣活动密切相关的照片以及壮族三声部民歌、壮族三月三、壮族歌圩等国家级非遗项目代表性传承人资料、照片。

本卷的编纂工作得到了中国文联副主席、中国民协主席潘鲁生先生的悉心指导，得到了中国民间文艺家协会副主席、广西文联二级巡视员、广西民间文艺家协会主席韦苏文，广西民族大学教授廖明君，广西民间文艺家协会副主席严琴，广西社会科学院研究员过竹，广西大学教授罗树杰，广西民族大学教授蓝芝同，广西民族大学教授陆晓芹，南宁市民间文艺家协会主席郑天雄等专家学者的指导；中国文联、广西文联的领导对本卷的编纂工作高度重视，在组织、宣传和经费上给予大力支持；南宁市各县区（市）文化行政管理部门、文化馆、图书馆、博物馆等单位为本卷提供资料、图片、影像；各县区（市）文化人士、民间歌手、非遗项目代表性传承人对本卷的编纂工作提供了大量的帮助。在此，一并致以衷心的感谢！

由于时间紧迫、水平有限，错漏之处在所难免。敬请专家学者和广大读者批评指正。